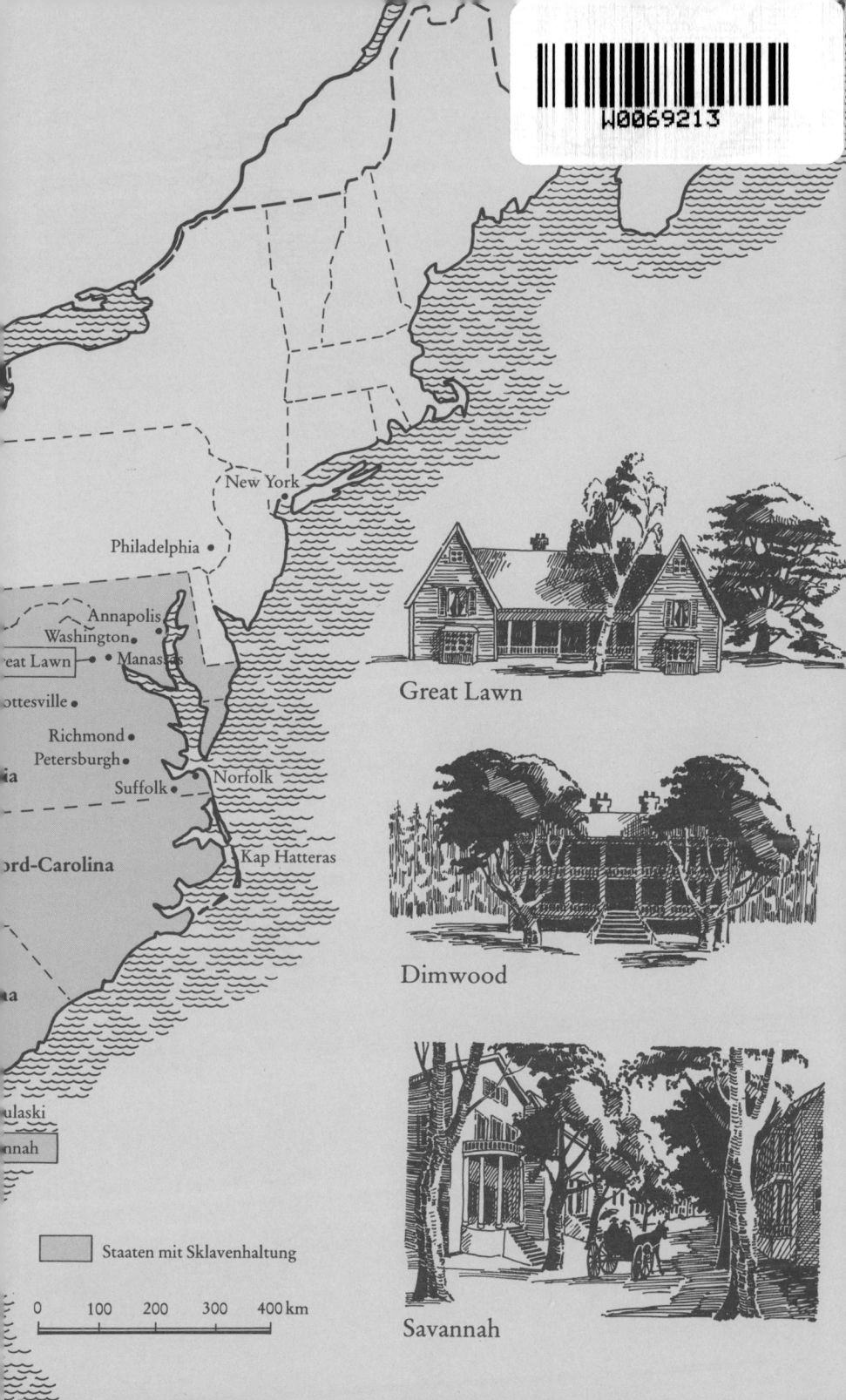

New York

Philadelphia

Annapolis
Washington
Great Lawn • Manassas
ottesville •
Richmond
Petersburgh •
Suffolk • Norfolk
ia
ord-Carolina

Kap Hatteras

ulaski
nnah

Great Lawn

Dimwood

Savannah

Staaten mit Sklavenhaltung

0   100   200   300   400 km

Julien Green
Von fernen Ländern

Roman

Aus dem Französischen
von Helmut Kossodo

Carl Hanser Verlag

Titel der Originalausgabe
Les Pays lointains
© der Originalausgabe by Editions du Seuil, Paris 1987

ISBN 3-446-14961-9
© 1988 Carl Hanser Verlag München Wien
Satz: F. Pustet, Regensburg
Druck und Bindung: Franz Spiegel Buch GmbH
Printed in Germany

*Zur Erinnerung
an meine Mutter,
eine Tochter des Südens.*

I
Dimwood

I

Elizabeth war gerade sechzehn, als sie die Plantage in einer vom Gesang der Frösche widerhallenden Nacht zum ersten Mal erblickte, und zunächst hatte sie Angst. Hand in Hand mit ihrer weinenden Mutter stieg sie zögernd und furchtsam die langen Stufen zwischen den beiden riesigen Magnolienbäumen empor. Es schien ihr, als nehme der Aufstieg kein Ende und als würde sie nie bis zu dem schwarzgekleideten Herrn gelangen, der sie in Begleitung seines schwarzen Dieners, welcher eine Fackel trug, erwartete. Groß und aufrecht, die rosigen Wangen von üppigen Koteletten überwachsen, die bis zu seinem Schnurrbart reichen, breitete er mit einem breiten Lächeln die Arme aus.

»Willkommen in Dimwood«, rief er, indem er Mrs. Escridges Hände ergriff, sich zu Elizabeth neigte und sie küßte. »Sie kleines Veilchen aus England werden unseren Süden liebgewinnen«, sagte er, die frischen Wangen des jungen Mädchens streifend, die sich dem Kitzeln all dieser Haare zu entziehen suchten.

Und plötzlich schallte den Neuankommenden vom Eingang her ein fröhlicher Tumult entgegen. Damen in weißen Kleidern eilten auf sie zu, und in einem stürmischen Wortschwall tauschte man Küsse ohne Ende. Eine Art Benommenheit ergriff Elizabeth angesichts dieser neugierig glänzenden Augen, die sie anstarrten und wie mit einer Mauer umgaben.

Sie fühlte sich zugleich glücklich und verloren in einem unerklärlichen Traum. Zuweilen drang die Stimme ihrer Mutter bis zu ihr, in deren Seufzern und Ausrufen sie stückweise ihre Reise und die Mißgeschicke ihrer Familie wiedererkannte.

Wie ein ins volle Licht geschleuderter Nachtvogel fand sich das junge Mädchen gleich darauf in einem hell erleuchteten Saal, wo Lampen auf Konsolen ihr Licht in großen, bis an den Deckenstuck reichenden Spiegeln reflektierten. In einem plötzlichen Verlangen, die Flucht zu ergreifen, ging sie auf eine offene Tür zu, aber schon eilten ihr zwei junge Männer nach.

»Versuchen Sie nicht, davonzulaufen!« rief der eine lachend. »Sie sind unsere Gefangene.«

Obwohl kaum älter als sie, sah er mit seinem struppigen Haar und seiner Stupsnase wie ein Schuljunge aus.

»Ich bin Ihr Vetter Billy Stevens«, sagte er.

Und ohne weitere Umstände drückte er der erschaudernden Elizabeth seine wulstigen, etwas feuchten Lippen auf die Wange. Dann wandte er sich an seinen weniger unternehmungslustigen Gefährten und sagte:

»Komm schon, Fred, worauf wartest du noch?«

Fred war in der Tat einige Schritte vor der jungen Dame stehengeblieben und betrachtete sie mit einem halben Lächeln. Die großen schwarzen Augen in dem schönen, schmalen Gesicht drückten sichtlich Überraschung oder Bewunderung aus, was sie noch größer erscheinen ließ, und er zögerte eine Sekunde, bevor er linkisch seinen Mund der Nase, dem Ohr, den Lidern oder irgendeinem anderen Teil des kleinen, verängstigten Gesichts näherte, nur nicht ihren Lippen, und dann waren es doch die Lippen, die er in seiner Unbeholfenheit berührte. Die beiden erröteten, während hinter ihnen die Damen Mrs. Escridge umgaben, die ohnmächtig zu werden drohte, was sie mit vielen Tränen und Worten unterstrich.

»Es ist die Ergriffenheit«, beteuerte sie. »Ich schäme mich. Nie in meinem Leben habe ich mich so schlecht benommen.«

In einem Chor höflicher Proteste trug man sie zu einem großen roten Sofa, wo sie sich ausstreckte.

Sie hatte ihre Haube fallen gelassen, und üppige graue Haarsträhnen umgaben ihr langes Gesicht, auf dem die gut vierzig Jahre ihres Lebens frühzeitige Runzeln hinterlassen hatten, aber ihre Züge bewahrten einen gewissen Adel. Allein die große, magere und vorstehende Nase ließ die späte Nachkommenschaft einer ausgestorbenen Rasse erkennen, und aus den riesigen grauen Augen schrie die Verzweiflung wie aus den Tiefen einer Felsenhöhle.

»Ich werde euch alles erzählen«, rief sie, während sie mit einer Art Gewaltsamkeit die Falten ihres Rockes über den entblößten Beinen ordnete. »Die Unbequemlichkeit, die schlechten Straßen, die schrecklichen Mietkutschen ...«

»Morgen«, ertönte die klare Stimme Mr. Hargroves, der vor sie hintrat. »Wir alle wissen, was Sie durchgemacht haben. Aber jetzt werden wir Sie auf Ihr Zimmer führen und die kleine Elizabeth auf das ihre. Sie beide brauchen Ruhe. Sie müssen sich zuerst einmal ausschlafen.«

»Als mein Mann starb«, fuhr sie in einem aggressiven Ton fort, als ob sie nichts gehört hätte, »wollte ich auch sterben. Ich liebte ihn.

All das geht weit über Tränen hinaus. Seine enormen Schulden –
habe ich euch die Höhe seiner Schulden genannt?« fragte sie
plötzlich.

»Ja, Cousine. Ich bin über alle Einzelheiten informiert. Wir
werden morgen darüber reden.«

»Aber unser Landhaus, das ich verkaufen mußte ... Also an
diesem Tage, dem letzten Tage, ist mir das Herz gebrochen.«

»Hier bei uns werden Sie das alles vergessen.«

»Vergessen? Niemals! Die Wände eines jeden Zimmers habe ich
mit meinen Lippen geküßt, bevor ich es verließ. Ich weinte nicht,
wohlgemerkt. Ich bin nicht eine von denen, die weinen. Das überlassen wir den Männern.«

Mr. Hargrove winkte Billy mit dem Finger herbei, flüsterte ihm
ein paar Worte ins Ohr, und der junge Mann verschwand sogleich.

Dann nahm er Mrs. Escridge sanft und gebieterisch bei der Hand.

»Gestatten Sie, daß ich Ihnen aufhelfe«, sagte er.

Sie stieß ihn zurück.

»Lassen Sie das«, fuhr sie ihn an. »Und um Himmels willen
schneiden Sie mir nicht das Wort ab. Wenn ich spreche, habe ich das
Gefühl, mich von meinen Qualen zu befreien. Mit dem hundertfach
von Hypotheken belasteten Haus blieb mir und Elizabeth kaum
noch etwas zum Leben, und da habe ich um Hilfe gerufen.«

Bei diesen Worten warf sie ihm einen flehenden Blick zu, dessen
Bedeutung ihm so klar erschien, daß er sich den Personen zuwandte,
die ihn umgaben und sehr aufmerksam zuhörten, und mit dem Kopf
zur Tür wies. Es gab ein kurzes Zögern, einiges Flüstern und
Blickewechseln, aber sie verstanden und zogen sich so würdevoll wie
möglich zurück. Nur Elizabeth rührte sich nicht. Während der
ganzen Szene hatte sie sich abseits in einer Ecke des großen Saals
gehalten, wo sie von niemandem bemerkt wurde.

Mrs. Escridge verbarg ihr Gesicht in den Händen und murmelte
wie bei einer Beichte:

»Um Hilfe gerufen ...«

»Daran haben Sie gut getan«, sagte er, als die Tür sich schloß.

»Aber dieser Brief ... Dieser Brief, den ich Ihnen geschrieben
habe, aus diesem ärmlichen Zimmer einer elenden und eiskalten
Pension in London, einem trübseligen London, als ich kaum noch
wußte, was ich tat, sterbend vor Scham ... eine Bettlerin!« schrie sie
plötzlich. »Jawohl, ich, eine Bettlerin.«

»Cousine Laura, ich bitte Sie«, sagte Mr. Hargrove. »Betteln ...
das ist doch Unsinn. Ihr Mann war mein Vetter. Sie gehören zur
Familie.«

»Nein«, erwiderte sie sehr heftig. »Ich gehöre nicht zu Ihrer
Familie, ich bin eine Almosenempfängerin, Gegenstand Ihrer
Barmherzigkeit. Barmherzigkeit, wie entsetzlich!«

»Cousine Laura«, hub er an und nahm ihre Hand.

Sie entzog sie ihm sogleich, als ob er versucht hätte, sie ihr
wegzunehmen.

»Cousine Laura«, fuhr er fort, »die Barmherzigkeit kommt weniger von den Menschen als von oben ...«

»Ach nein!« rief sie, »reden Sie mir nicht von Religion, oder ich
gehe.«

»Und wohin, arme Cousine?«

Auf diesen Ausdruck stürzte sie sich mit wilder Freude.

»Arme Cousine! Sie sagen es selbst, Mr. Hargrove. Ich werde die
arme Verwandte sein, die man nicht zeigt oder für deren Anwesenheit man sich entschuldigen muß, der Störenfried.«

»Laura Escridge«, rief er, sich jäh erhebend, »gestatten Sie mir,
Ihnen zu sagen, daß ich Sie unausstehlich finde.«

Und mit schneidender Stimme fügte er hinzu:

»Ich befehle Ihnen, den Mund zu halten.«

Zu seiner großen Überraschung hob sie den Kopf zu ihm auf und
betrachtete ihn mit einer Art Bewunderung.

»Schon gut«, sagte sie plötzlich besänftigt, »aber ich nehme
nichts von dem zurück, was ich gesagt habe, und ich wünsche, in
Ruhe gelassen zu werden.«

»Man wird Sie in Ruhe lassen«, erwiderte er mit einem forcierten Lächeln, das sich im Gestrüpp seines Schnurrbarts verlor.
»Und jetzt werden wir Frieden schließen. Der Süden ist bekannt
für seine Gastfreundschaft. Sie werden aufstehen, und ich führe
Sie auf Ihr Zimmer. Es wird Ihnen hoffentlich gefallen, es ist eins
der behaglichsten des Hauses. Und nun geben Sie mir bitte Ihren
Arm.«

Stolz, aber bezwungen, gehorchte sie und hakte ihre Hand wie
eine Vogelkralle auf den kräftigen Arm in der Alpakajacke. Nicht
ohne Mühe half er ihr auf, und dann schritten sie beide zur Tür wie
auf einem Ball.

»Sie werden Ihre bezaubernde Elizabeth als Zimmernachbarin

haben. Vermutlich ist sie bei den anderen. Ich werde sie holen lassen.«

Eine feste kleine Stimme ließ sie innehalten.

»Ich bin hier.«

»Elizabeth«, rief Mrs. Escridge aus, »das ist sehr ungehörig. Du hast dich versteckt, um zu lauschen.«

Ruhigen Schritts durchquerte das junge Mädchen den langen Saal, und die großen aufmerksamen Spiegel zählten im Vorübergehen all die Elizabeths im schottischen Rock.

»Ich habe mich nicht versteckt«, sagte sie, »ich saß dort in einer Ecke.«

»Du hättest das Zimmer verlassen sollen, als du die anderen hinausgehen sahst.«

»Ich war lieber allein.«

Diese resolut gesprochenen Worte setzten den Fragen ein Ende.

»Schon gut«, sagte Mr. Hargrove sanft, »und nun folge uns bitte; ich werde dir dann auch dein Zimmer zeigen.«

Noch einige Schritte, und sie befanden sich am Fuße einer breiten Wendeltreppe, deren Verlauf die Rundung einer Palette nachahmte. Wie um die Wirkung der ein wenig strengen Eleganz dieses Vorraums zu lindern, standen rotgepolsterte Sessel am Fuße der Säulen, die wie fügsame und geduldige Personen auf etwas zu warten schienen.

Mr. Hargrove klatschte zweimal in die Hände, und sogleich trat ein Schwarzer aus einer Tür, gefolgt von einem zweiten, beide in blauer Livree und mit weißen Handschuhen. Als Mrs. Escridge sie erblickte, stieß sie einen kleinen Schreckensschrei aus.

»Ich will sie nicht in meiner Nähe haben«, flüsterte sie.

»Sie haben nichts zu fürchten. Sie sind wie Kinder.«

Nachdem er sie in einen Sessel gesetzt hatte, befahl er den Dienern, sie in die erste Etage zu tragen. Sie ließ es geschehen, schloß die Augen, aber bei jeder Stufe stöhnte sie, schwach vor Entsetzen, und stammelte immer wieder mit gebrochener Stimme:

»Die Überfahrt war auch nicht schlimmer, das schwöre ich ... Ach, hoffentlich sind wir bald da.«

»Machen Sie die Augen auf, Cousine Laura«, sagte Mr. Hargrove nach einigen Minuten vergnügt. »Da sind wir.«

Sie betraten ein Zimmer, dem das Licht der Dämmerung eine etwas melancholische Anmut verlieh, und wahrscheinlich wirkte sich der Charme dieses ungewissen Halbdunkels auf den Geist Mrs. Escridges aus, denn in dem Augenblick, da Mr. Hargrove befahl, die Lampen anzuzünden, äußerte sie einen Wunsch, der einer plötzlichen und tiefen Eingebung entsprungen sein mußte.

»Warten Sie einen Moment«, sagte sie.

Das breite und hohe Zimmer empfing das Licht aus zwei Fenstern, die auf eine Veranda hinausgingen, deren weiße Säulen sich hinter den Musselinvorhängen abzeichneten. Ein Himmelbett nahm die Mitte des Raumes ein, der im Spiel der Schatten und des schwindenden Lichts wie ein geträumter Ort erschien.

Mrs. Escridge ließ den Blick eine Weile über diese Wände schweifen, durch dieses Zimmer, in das das Schicksal sie verschlagen hatte, und wandte sich dann mit einer Handbewegung an Mr. Hargrove.

»Können wir jetzt Licht machen?« fragte er.

Sie nickte, und bald erstrahlte eine Öllampe auf dem runden, mit einem indischen Teppich bedeckten Tisch. Mahagonimöbel schimmerten diskret hie und da. Die traumhaften Eindrücke von soeben wichen nun einer Atmosphäre von unaufdringlichem, aber solidem Wohlstand.

Eine Weile herrschte Schweigen.

»Ich hoffe, daß dieses Zimmer Ihnen annehmbar erscheint«, sagte Mr. Hargrove, »aber falls irgend etwas Ihnen nicht genehm sein sollte ...«

Als Mrs. Escridge nicht antwortete, neigte er sich mit verschämtem Zartgefühl ein wenig zu ihr und sagte leise:

»Auch ich weiß, was es bedeutet, im Exil zu leben.«

Elizabeths Zimmer, weniger geräumig als das ihrer Mutter, ging ebenfalls auf die Veranda hinaus, die die erste Etage des Hauses, wie auch das Erdgeschoß, umgab, aber das junge Mädchen betrachtete diesen Raum mit erstaunter Bewunderung, denn sie, die bisher nur ein bescheidenes und alltägliches Zimmer gekannt hatte, in dem sich ihre Kindheit abgespielt hatte, sah darin das fast prunkvolle Gemach einer Dame. Auf einmal fühlte sie sich wie eine Erwachsene. In dieser ganz unerwarteten Freude schenkte sie den Schwarzen ein Lächeln, und diese erwiderten es mit einer so offensichtlichen Gutmütigkeit, daß sie das Verlangen verspürte, etwas zu ihnen zu sagen, aber es fiel ihr nichts ein, und sie öffnete errötend den Koffer, den sie soeben auf einen Stuhl gestellt hatten. Nach dem Weinen

und Klagen ihrer Mutter während der endlosen Reise hatte die Ankunft in der Neuen Welt, wo ihr fast bei jedem Schritt etwas Unerwartetes begegnete, für sie ganz den Anschein eines Abenteuers.

2

Etwas später wurde in einem kleinen Salon, dessen Wände mit
bezaubernden italienischen Landschaftsbildern bemalt waren, eine
leichte Abendmahlzeit serviert. Elizabeth blickte entzückt um sich
und war fasziniert von den Vulkanen unter dem azurblauen Himmel, den Rebstöcken mit den Traubengirladen, den schweren Heu-
wagen, die von Ochsen mit übermäßig großen Hörnern durch die
Straßen gezogen wurden, wo junge Männer und Mädchen tanzten,
während Mrs. Escridge das alles nur eines gleichgültigen Blicks
würdigte und dann plötzlich erklärte, sie wolle wieder hinaufgehen
und schlafen.

»Soll man Ihnen nicht wenigstens einen kleinen Imbiß auf Ihr
Zimmer bringen?« fragte Mr. Hargrove.

Sie lehnte mit einer Handbewegung ab, aber wahrscheinlich
schämte sie sich doch ein bißchen, vorhin so unbeherrscht die
Nerven verloren zu haben, denn sie gab sich Mühe, liebenswürdig
zu erscheinen, und der Schatten eines Lächelns zeigte sich auf ihrem
erschöpften Gesicht.

»Die Müdigkeit«, flüsterte sie, »ich bin sterbensmüde, verstehen
Sie?«

»Dann werden wir Sie in einem Sessel hinauftragen, Cousine
Laura.«

»Nein, danke«, erwiderte sie mit einem Anflug von Stolz, »ich
gehe ganz allein.«

»Lassen Sie sich wenigstens von mir nach oben begleiten.«

»Nein«, sagte sie und fügte mit Überwindung hinzu: »Aber ich
danke Ihnen für das Anerbieten und ... ja ... und für alles.«

Als sie fort war, nahm Mr. Hargrove in einem Sessel Platz, nicht
weit von dem Tisch, an dem Elizabeth saß. Er hatte das Gefühl, daß
sie furchtbar eingeschüchtert war, und das war sie in der Tat, von
allem, von ihm zuerst, aber auch von dem Schwarzen in dem weißen
Jackett, der hinter ihr stand, von dem funkelnden Silber auf der

blendend weißen Tischdecke, den Kerzen in dem kleinen Leuchter an ihrer Seite, sogar von dem Stuhl, auf dem sie saß, mit der hohen Rückenlehne, der ihr den Eindruck gab, eine Königin zu sein. Mit einem Wink schickte er den Diener hinaus.

»Ich bin nicht unzufrieden, bei dieser Gelegenheit mit Ihnen reden zu können, meine kleine Elizabeth«, begann er in einem feierlichen Ton, der sie vollends in Schrecken versetzte.

»Wenn er bloß nicht diese Koteletten hätte«, dachte sie. Denn von allem, was er sagte, verstand sie nur Bruchstücke: »... Solange es noch warm ist ... meine Anwesenheit soll Sie nicht abhalten ... heute abend lassen wir Sie in Ruhe ... wir alle haben Sie lieb ... die Maiskrapfen ...«

Hier bedurfte es keiner Erklärungen. Mehrere dieser kleinen goldkrustigen Plätzchen waren bereits vertilgt, und während ihre Ängste allmählich wichen, sah die junge Reisende Mr. Hargrove wie aus einer Wolke treten.

»Wasser«, sagte er gerade. »Wir trinken zum Essen nichts anderes, aber wie wäre es mit diesem kleinen Mandelkuchen ...«

Jetzt aß sie ohne Zurückhaltung, und der Kuchen nahm den gleichen Weg wie die Krapfen, aber dann wurde sie plötzlich unruhig, als sie bemerkte, mit welcher Aufmerksamkeit er den Bewegungen ihrer Hände folgte. Die Art, wie sie Gabel und Löffel hielt, wurde diskret begutachtet.

»Vermeiden Sie es, mit den Schwarzen zu sprechen«, fuhr Mr. Hargrove fort, »es sei denn, Sie wollen sie um etwas bitten, das Sie gerade brauchen, und dann müssen Sie immer nett zu ihnen sein. Was ich Ihnen da sage, ist von äußerster Wichtigkeit. Es ist unbedingt notwendig, daß diese Leute Sie mögen. Sie sind Kinder, verstehen Sie? Möchten Sie noch etwas Obst? Eine Orange vielleicht? Nein? Dann werde ich Ihnen jetzt eine gute Nacht wünschen, kleine Elizabeth. Gehen Sie hinauf, ruhen Sie sich aus, und schlafen Sie gut.«

Beide erhoben sich, und wieder beugte er sich über das junge Mädchen, das abermals erschauderte, als es den Kitzel des buschigen Ziergestrüpps seines Barthaars auf seinen Wangen verspürte.

Nur mit einem Laken zugedeckt, da die Nacht warm zu werden versprach, vermochte Elizabeth keinen Schlaf zu finden. Allein der Gesang der Frösche in den Bäumen hätte genügt, sie wach zu halten, aber das Ohr gewöhnte sich daran, und allmählich verschmolz er mit der Stille, deren flüssige Stimme er zu sein schien, wie ein aus Geräuschen gewobener Schleier, der die Nacht umhüllt. Mit offenen Augen lauschte Elizabeth, während sie vor sich hin starrte. Wer weiß, welche Erscheinungen plötzlich auftauchen könnten. Vor allem mußte sie die gespenstische große weiße Fläche der Musselinvorhänge im Auge behalten, die das Fenster verhängte.

Trotz aller Müdigkeit war sie entschlossen, der Schwere der Lider nicht nachzugeben, aber irgendwo in den Tiefen ihres Gehirns verwirrten sich die Dinge. Ein ausgedehnter englischer Rasen grünte plötzlich unter weißen Wolken, und sie hatte den Eindruck, in ein schwarzes Loch zu versinken, kam dann aber wieder zu sich. Jetzt war sie in ihrem Zimmer im fernen Devonshire, die Sonne schien auf ihre Kommode, die Mutter leerte jammernd die Schubladen, und auf einmal verjagten das eintönige Geräusch der Wellen und das Schaukeln des Schiffes diese Bilder. Als sie in die Wirklichkeit zurückkehrte, fürchtete sie vor allem, daß irgend etwas um ihr Bett herumgeistern könnte, sowie sie die Augen geschlossen hätte, und eine Weile leistete sie Widerstand, glitt dann aber, ohne es zu merken, in den Abgrund des Schlafs.

Am Morgen des folgenden Tages wartete sie unentschlossen in diesem Zimmer, aus dem das Licht die Geister gebannt hatte, und traute sich nicht, die Tür zu öffnen. Ein fernes, schrilles und fortwährendes Raunen ertönte von draußen her, aber sie achtete nicht darauf. Sie war früh aufgestanden und wunderte sich, daß sie sich in diesen vier Wänden hatte fürchten können, wo alles ihr zulächelte, wie der märchenhafte, köstliche Schwindelgefühle spendende Schaukelstuhl, die riesigen, in der Nacht so beunruhigend und am Tag so unschuldig wirkenden Musselinvorhänge, und auch der große, goldgerahmte Spiegel, in dem sie sich jetzt sah. Sie fragte sich, was das junge Mädchen im Schottenrock, das ihr entgegenblickte, als nächstes tun solle. Ihre Ungewißheit dauerte nicht lange.

Es klopfte leise an die Tür, und eine junge Frau trat lachend ein. »Schon fertig? Bin ich zu spät?«

Sie war in weißes Leinen mit blaßrosa Streifen gekleidet und trug ein hellblaues Kleid über dem Arm, das sie sorgfältig auf das Bett legte.

Dann wandte sie sich Elizabeth zu, umarmte sie und sagte:

»Haben Sie keine Angst, ich bin Ihre Cousine Minnie und will Ihnen helfen. Meine arme Elizabeth, Sie werden noch ersticken in dieser dicken Highlandwolle! Hören Sie die Grillen?«

»Die Grillen?«

»Ach, das wissen Sie nicht? Es gibt noch so vieles, das wir Ihnen erklären müssen! Aber, um Himmels willen, ziehen Sie rasch diesen hübschen Rock aus.«

Während sie sprach, lief sie mit einer Lebhaftigkeit hin und her, die Elizabeth ein bißchen verwirrte, aber ihre Bewegungen waren anmutig, und ihre schwarzen, vor Fröhlichkeit strahlenden Augen schienen riesig in dem kleinen, noch kindlichen Gesicht, dessen blasser, bräunlicher Teint auf eine Empfindlichkeit der Leber schließen ließ. Wenn sie lächelte, was sie häufig tat, zeigte sie blendend weiße Zähne, auf die sie offenbar sehr stolz war. Das zurückgekämmte Haar beschwerte den Nacken mit einem dunklen, rötlich schimmernden Dutt.

Sie half Elizabeth beim Ablegen ihres Rocks und beim Anziehen des blaßblauen Kleides, das sich über der Brust als eine Idee zu weit erwies, was jedoch mit ein paar Nadelstichen behoben werden könnte, zumal es unter den zahlreichen Bewohnern des Hauses eine ausgezeichnete Schneiderin gab, Mademoiselle Souligou Trottereau, eine alte französische Mulattin, die ihre Muttersprache nie vergessen hatte.

»Sie werden sehen«, sagte sie, während sie an den Falten des Kleides zog und sie dann wieder, wie um sie zu trösten, glattklopfte, »wir haben hier eine Welt im Kleinen. Zuerst die Familie; ganz oben Mr. Hargrove, oder besser Onkel Hargrove, weil er darauf besteht, von den Jungen so genannt zu werden. Er ist sehr gütig, darüber herrscht Einigkeit. Dann seine beiden Söhne, die Brüder meines Vaters, der nicht mehr da ist, und Tante Laura. Es sind Joshua, genannt Onkel Josh, und Douglas, Onkel Douglas, der Älteste – bitte drehen Sie sich –, beide verheiratet, und das führt – aber so drehen Sie sich doch – zu einem ganzen Regiment von jüngeren Vettern und Cousinen, und der letzte Kleine, Mike, ist der Schrecken der Damen, die ihn wie den Teufel fliehen, weil er immer ganz schwarze Hände hat. Es ist ein ziemliches Durcheinander, und zuerst wird es Sie ein bißchen verwirren, denn immer wieder kommt noch jemand dazu, der nicht vorgesehen ist. Ich jedenfalls bin Ihre Cousine Minnie. Schließlich gibt es noch die Sklaven, aber man nennt sie Diener, vergessen Sie das nicht. Das Kleid gehörte Ihrer Cousine Mildred, die etwas größer ist als Sie. Fühlen Sie sich nicht besser? Natürlich, und jetzt schauen Sie in den Spiegel, aber schnell, denn es ist fast Zeit, und wenn wir Onkel Hargrove warten lassen, gibt es ein Donnerwetter.«

Der Raum, in dem das Frühstück eingenommen wurde, war viel kleiner, als man erwartet hätte, aber das Haus, das aus dem Ende des 18. Jahrhunderts stammte, war nicht dazu erbaut, so viele Menschen zu beherbergen. Doch es zeichnete sich durch so schöne und angemessene Proportionen aus, daß William Hargrove, ein Mann von sicherem Geschmack, sich weigerte, es durch den Anbau eines Flügels zu verschandeln. Folglich drängten sich fünfzehn Personen, Mr. Hargrove ausgenommen, um einen langen und schmalen Tisch, als Elizabeth mit Cousine Minnie eintrat.

»Entschuldigen Sie bitte die Verspätung«, sagte diese. »Ich habe Elizabeth eins von Mildreds Kleidern gegeben, weil es heute sehr warm werden wird.«

»Ich erlasse Ihnen eine Erklärung, die nicht verlangt worden ist«, erwiderte Mr. Hargrove mit erhabener Miene. »Nein«, fügte er hinzu, »setzen Sie Elizabeth nicht dorthin. Heute wird mein kleines Veilchen aus England zu meiner Rechten frühstücken.«

Dieser Platz war in der Tat noch frei. Rot vor Verwirrung schlich sich das Veilchen aus England dorthin, bemüht, nicht die Wände zu streifen, die mit prunkvollen Szenen und mysteriösen Personen bemalt waren. Aufs neue zog sich ihr Herz vor Schrecken zusammen, als sie sich an einer Ecke des Tisches wiederfand, dessen Schmalseite in ihrer ganzen Breite dem Herrn der Plantage zustand. Als sie so dicht neben ihm saß, kam er ihr vor wie eine riesige Masse aus schwarzer Tussahseide, der Ausdünstungen von Kölnisch Wasser entströmten.

Nachdem er einen langen Blick durch den ganzen Raum hatte schweifen lassen, erhob er sich langsam und feierlich, während alle Anwesenden in einer gleichförmigen Bewegung ihre Nasen über die Teller senkten. Dann begann er mit einer Stimme, die nicht seine gewöhnliche Stimme war, sondern aus einer fernen Kathedrale zu kommen schien, mit einer Fülle dumpfer und tiefer Modulationen, das übliche Tischgebet zu sprechen, dem er eine Reihe persönlicher und besonderer Bitten hinzufügte. Es war lang, inhaltsreich und vollständig. Nichts wurde ausgelassen, weder die Gunst eines Tages, der schön zu werden versprach, noch das Wohlbefinden der Bewohner der Plantage, das gute Betragen der Dienerschaft, der Wohlstand des Landes oder die Weisheit der Regierung, und er vergaß auch nicht – doch hier wurde der Ton vertraulicher –, Gottes Segen für die allergnädigste Majestät jenseits des Ozeans zu erbitten, den König, zu dessen Untertanen sich Mr. Hargrove zählte, sowie die allerliebste Kleine, im Hort der Familie Neuangekommene, und ihre liebe Mutter, die wegen eines leichten Unwohlseins auf ihrem Zimmer geblieben war. Ein allgemein gemurmeltes Amen beschloß diese Rede, durch die er wie durch ein gütliches Einvernehmen mit dem Himmel alles auf der gesamten Erdkugel ins Lot gebracht zu haben schien.

Inzwischen wurden die köstlichen kleinen Roggenkrapfen kalt, und die Butter schmolz in den hübschen Untertassen aus englischem Porzellan. So setzte eine Art von höflichem Massenangriff auf alles schicklicherweise Verzehrbare ein. Die silbernen Kaffeekannen schienen in den weiß behandschuhten Fäusten der Diener durch die Lüfte zu fliegen, welche sich bis dahin reglos wie Standbilder verhalten hatten und jetzt eifrig um den Tisch liefen. Die massive Teekanne beherrschte allein den Mr. Hargrove vorbehaltenen Teil der Tafel, und er ließ sich seine Eier mit Speck schmecken, trank seinen Lipton Tea, zufrieden mit sich selbst und allem Anschein nach auch zufrieden mit Gott, denn nach einer Weile lächelte er breit, während er sich den Schnurrbart wischte.

»Ihre liebe Mama erholt sich von den Mühen einer langen Reise«, sagte er schließlich, den Kopf leicht zu Elizabeth gewandt. »Oh, machen Sie sich keine Sorgen. Morgen früh werden Sie unter den jungen Leuten Ihres Alters sitzen. Das wird amüsanter für Sie sein. Aber heute wollen wir uns besser kennenlernen, nicht wahr?«

»Ja«, hauchte sie.

»Ja, wer?«

»Ja, Mr. Hargrove.«

»Oh, nein, mein hübsches Kind. Ja, Onkel Will. Sagen Sie es laut, damit ich es höre.«

»Ja, Onkel Will.«

»Das ist schon besser, aber wir werden noch Fortschritte machen. Ihr lieber Papa hat Ihnen bestimmt von seinem Onkel Will erzählt, von Onkel Hargrove.«

Sie schwieg.

»Nun, nun, Sie sind noch ein bißchen schüchtern, mein kleines Veilchen aus England. Und dann glaube ich, daß Sie ein wenig Angst vor mir haben, nicht wahr? Schade.«

In diesem Augenblick trat ein Diener zu ihm und flüsterte ihm etwas ins Ohr.

»Gut«, sagte Mr. Hargrove leise zu ihm, »benachrichtigen Sie Miss Llewelyn, die sich um sie kümmern wird, und ich wünsche, daß es ihr an nichts fehlt.«

Keines seiner Worte war Tante Laura, Mr. Hargroves Tochter, entgangen. Sie saß zu seiner Linken, weil Elizabeth, ohne es zu wollen, ihren angestammten Platz eingenommen hatte. In aufrechter und aufmerksamer Haltung knabberte sie an kleinen gerösteten Brotschnitten, die sie, kaum angebissen, auf ihren Teller legte. Ihre vierzig Jahre schienen dem Gesicht von klassischer Schönheit nichts angehabt zu haben, trotz der ein wenig länglichen Wangen, einem Schönheitsfehler, den jedoch der eigenartige Charme ihrer blaßblauen Augen wettmachte, deren Sanftmut etwas Ergreifendes hatte, denn sie schienen irgendwo fern in der Welt der Erinnerung ein Schauspiel von herzbewegender Melancholie zu betrachten.

Ihre Ernsthaftigkeit und ihr Schweigen standen in krassem Gegensatz zu der Fröhlichkeit der beiden Söhne Mr. Hargroves, die sich in ironischen Bemerkungen über eine kleine Wahlkampagne der Gegend ausließen, der keiner der beiden Wichtigkeit beizumessen schien. Man merkte ihnen an, daß sie von Natur aus politischen Dingen gegenüber gleichgültig waren, während die Beredsamkeit ihres Vaters sich ins Grandiose steigerte, sowie die Probleme schwieriger wurden.

Was die Frauen dieser beiden zu spaßhaften Ansichten neigenden Brüder betraf, so tauschten sie, ohne Gefahr zu laufen, daß man sie hörte, inmitten des allgemeines Lärms ihre Eindrücke bezüglich Elizabeth aus, die sie »bezaubernd britisch« und auch sonst ganz reizend fanden. Im Flüsterton, den sie für diskret hielten, rätselten sie dann über Mrs. Escridges Charakter, deren Psychologie ihnen viel verwirrender und dadurch faszinierend erschien. Das Wort Hysterie schwebte ihnen auf den Lippen, um dann in der Annäherung der einander zugewandten geschwätzigen Profile so vertraulich wie möglich hervorgestoßen zu werden. Emma, die erregtere der beiden Damen, war auch die hübschere. In ihren feinen Zügen und dem vollkommenen Oval ihres Gesichts bewahrte sie trotz ihrer fast vierzig Jahre etwas von der Anmut der jungen Frauen des Südens. Unter dem verlängerten Bogen ihrer mit dem Pinsel nachgestrichenen Brauen flammten verhaltene Leidenschaften in den tiefschwarzen Augen, und der kleine Schmollmund zeugte noch von kindlicher Naschhaftigkeit.

Ihre etwas ältere Gesprächspartnerin machte, wenn man so sagen kann, ihren Nachteil durch ihre natürlich majestätische Haltung wett, die ihr auf immer Schutz vor männlichen Begierden sicherte. Bei ihrem Anblick stellte sich das Wort »vornehm« wie von selbst ein, und schon deshalb war sie zu einem ruhigeren Dasein bestimmt als ihre Nachbarin, die wie dazu geschaffen schien, Unruhe in den Herzen zu stiften. In der Tat verlieh die starke Nase Tante Augusta ein Profil, das man übereinstimmend als königlich bezeichnete, und dieser Eindruck fand eine zusätzliche Bestätigung durch den stolzen Blick ihrer herrlich grünen Augen, die wie die eines Adlers nur selten blinzelten.

»Ich will ja nicht leugnen, daß sie aus einer guten Familie stammt«, beteuerte Emma, »aber sie läßt es uns auch keine Minute vergessen.«

»Es ist wahr, daß sie es, ohne ein Wort zu sagen, mit ihrem großartigen Gehabe zu verstehen gibt ...«

»... indem sie uns eine aristokratische Nervenkrise vorspielt«, zwitscherte der kleine Kirschenmund.

Der Raubvogel unterdrückte einen Aufschrei.

»Reines Theater. Ich kenne ihr Vorleben, aber reden wir leiser. Mir scheint, wir werden belauscht.«

»Das soll mir nur recht sein«, rief Emma. »Ich habe Cousine Laura sehr gern, aber sie tut mir leid. Sie ist so unglücklich ...«

»So erschöpft von dieser beschwerlichen Seereise ...«

»So seelenwund und zerrissen durch diesen Abschied vom Heimatland.«

Das Echo dieser Klagen drang bis an die Ohren Billys, der der jüngere von Onkel Douglas' beiden Söhnen war. Der große, fünfzehnjährige, rotbackige Junge strich sich mit der Hand eine braune Haarsträhne aus der Stirn und tat seine Meinung kund:

»Die beiden werden sich schon eingewöhnen. Schließlich sind sie hier ebensogut aufgehoben wie dort.«

»Junger Mann«, sprach Augusta, »Sie reden ohne zu wissen, was der Reiz der alten Heimat bedeutet.«

»Ach, meine alte Heimat ist es jedenfalls nicht«, erwiderte Billy und schob energisch die widerspenstige Strähne zurück.

»Eines Tages werden Sie Ihre Ansichten ändern und das Land als Tourist besuchen.«

»Ich? Niemals, Tante Augusta! Kein Interesse.«

Und mit einer Handbewegung, die sowohl der lästigen Strähne als England galt, unterstrich er seine Worte.

Emma schenkte ihm ein betörendes Lächeln.

»Hoffentlich werden Sie wenigstens zu Elizabeth etwas freundlicher sein.«

»Die Kleine da drüben? Die könnte mal ganz hübsch werden. Wenn sie größer ist, werde ich sie schon trösten.«

»Pfui, schämen Sie sich!« rief Emma lachend. »Sie verdienen es fast, daß ich einmal mit Ihrem Vater rede.«

Augustas harte Stimme durchschnitt die Luft:

»Die Peitsche verdient er!«

»Ich bitte um Verzeihung, Tante Augusta, aber es gibt keine Peitsche auf der Plantage«, erwiderte Billy in gespielt belehrendem Ton.

Augusta warf einen Märtyrerblick zur Decke und wandte sich ostentativ ab.

»Denen habe ich aber ganz schön das Maul gestopft. Da staunst du, was?« flüsterte Billy seinem Tischnachbarn ins Ohr.

Dieser, ein bißchen weniger rosig, weniger angenehm anzuschauen, jedoch ernsthafter, beschränkte seine Antwort auf ein Lächeln. Zwischen den beiden Brüdern herrschte eine natürliche Komplizität mit ihren eigenen Gesetzen, Gewohnheiten und Verboten. Im Gegensatz zu dem frivolen Billy nahm Fred alles ernst, besonders seine Rolle des Älteren. Eine sich anbahnende Neigung zum Embonpoint rundete die untere Hälfte seines sonst schmalen und mattbleichen Gesichts mit energischen Zügen, einer starken Nase, schmalen Lippen und einem eigensinnigen Kinn. Die Augen ließen Intelligenz erkennen, jedoch keinerlei Zartgefühl.

»An deiner Stelle«, sagte er schließlich mit ruhiger Stimme, »würde ich mich in meiner Ausdrucksweise zurückhalten. Sonst setzt du dich einer kleinen Predigt Onkel Wills über die hochheilige Höflichkeit des Südens aus. Cousine Augusta ist nachtragend und petzt gern.«

»Ach was«, sagte Billy lachend, »hast du nicht auch manchmal

genug davon, den Gentleman aus dem Süden mit seinen einge-
fleischten guten Manieren zu spielen?«

»Nein.«

»Wieso nein?«

»Weil es nun einmal so ist.«

»Na schön. Ich will mich nicht streiten, aber ich habe oft von dem
freien Tomo Tschi-Tschi geträumt, der Savannah unter seinen
Schutz nahm. Es hätte mir Spaß gemacht, indianisches Blut in
meinen Adern zu haben.«

»Oder schwarzes vielleicht.«

»Das ist überhaupt nicht das gleiche. Falls du das für witzig
hältst ... Reich mir mal den Marmeladentopf rüber.«

Fred gehorchte sogleich.

»Siehst du, hier ist der Georgia-Sirup, und jetzt kann ich mit
meinem kleinen Bruder Frieden schließen, wie Tomo Tschi Tschi
mit Savannah. Und wenn ich Tomo Tschi Tschi II. wäre, würde ich
der Squaw Augusta, die mir auf dem Kriegspfad zu sein scheint, ein
nettes Lächeln schenken und ein kleines Kompliment machen.«

»Lieber sterbe ich.«

Als ob sie verstanden hätte, was sich die beiden Jungen zuflüster-
ten, strafte Augusta sie mit einem vernichtenden Blick und wandte
ihnen dann wieder den Rücken zu.

»Ich könnte wetten, daß sie im voraus für eins dieser vom Essen
erregten Mädchen zittert«, raunte Billy seinem Bruder zu. »Schau
doch nur, wie sie bei ihrem Geflüster auf den Stühlen zappeln ... Ich
frage mich, durch welches Wunder sie es fertiggebracht hat, die
allerliebste kleine Cousine auf die Welt zu bringen, denn die Mama
ist wirklich keine Venus.«

»Dafür ist sie majestätisch.«

»Glaubst du, daß Majestät die Männer anzieht?«

»Billy, du denkst zuviel an diese Dinge. Du hast Feuer in den
Adern.«

»Das Feuer gebe ich zu, aber nicht das übrige.«

Die erwähnten jungen Mädchen waren drei an der Zahl, und an
ihrer Lebensfreude gab es keinen Zweifel. Wie um an dem Fest
teilzunehmen, hüpften ihre Locken um die kleinen schwatzhaften
und anmutigen Köpfe. Die blonde Mildred, Augustas und Onkel
Joshs Tochter, zeichnete sich durch den entschlossenen Ton ihrer
schrillen Stimme und die angriffslustige Selbstsicherheit ihrer ver-

gißmeinnichtblauen Augen aus. Billy fand sie am interessantesten, aber die beiden anderen wetteiferten an Frische, und er erklärte, daß sie in einigen Jahren ganz annehmbar sein könnten.

Plötzlich ertönte Mr. Hargroves Baßstimme, und alle verstummten.

»Ihr jungen Damen dort«, begann er, »scheint zu vergessen, daß man Kinder bei Tisch sehen, aber nicht hören soll, auch nicht flüstern. Dieser kleine Verstoß gegen die Regeln wird sich nicht wiederholen, so wahr ich William Hargrove heiße, aber heute ist ein besonderer Tag. Wir begrüßen eure Cousine aus Übersee. Zeigt ihr ein bißchen die Umgebung des Hauses und denkt dabei an die Gesetze der Gastfreundschaft des Südens.«

Mit der Gemächlichkeit, die einen Teil seiner Persönlichkeit ausmachte, erhob er sich dann und sprach ein Dankgebet, dessen Kürze allen wohltat, denn eine an den Herrn da droben gerichtete Rede blieb immer zu befürchten.

Man stand auf, die Stühle scharrten auf dem Marmorfußboden, und dann trennten sich alle in einem leisen und trägen Stimmengewirr, das Elizabeth mit Vergnügen vernahm, weil es ihr beruhigend erschien. An die härtere und nachdrücklichere Aussprache ihres Heimatlands gewöhnt, mußte sie über die hiesige etwas schleppende und singende Sprechweise lächeln. So folgte sie ihren neuen Gefährtinnen in ihren leichten blaßblauen oder weißen Kleidern, und obwohl Elizabeth ein wenig befangen war, bewegte sie sich doch recht anmutig in dem ihren, das noch einiger Änderungen bedurfte, und sie schlenderten dahin, nicht ahnend, daß sie vier spazierenden Blumen glichen, bis sie zur Einfahrt der großen Allee gelangten.

Hier verlor sich der Blick zwischen den zwei Reihen riesiger Eichen, deren höchste Äste sich wie ein Gewölbe zusammenfügten. Da und dort drangen vereinzelte Sonnenstrahlen durch das dunkle Grün und warfen goldene Tupfen auf die graue Erde, wie um die unglaubliche Länge dieses Tunnels auszumessen, dessen Ende die verwunderte kleine Engländerin vergeblich auszumachen suchte. Es war wie der Traum eines Spaziergangs bis ans Ende der Welt. Man konnte tagelang unter dem Schutz des fast reglosen Laubs wandern. Zwischen ihr und dieser Dichte, in der sich unmerklich das Leben regte, zwischen diesen gewaltigen Stämmen und der kleinen Fremden bestand eine geheimnisvolle Affinität, die sie im tiefsten Grunde ihres Herzens fühlte, ohne sie sich erklären zu können.

Eine Viertelstunde lang spazierten sie unter den Bäumen, schwatzten alle zugleich, doch Mildreds Stimme hatte mehr Autorität als die ihrer Cousinen.

»Es ist die schönste Allee der Gegend. Onkel Will hat alles Moos ausreißen lassen, damit es genau wie eine englische Allee aussieht.«

»Aber wir haben auch Moos in England«, entgegnete Elizabeth lebhaft, »und sogar sehr schönes, es ist wie Samt.«

Dieser Einwand wurde mit Gelächter aufgenommen.

»Unser Moos ist ganz anders als bei euch. Du wirst es übrigens sehen.«

Als sie an einen Pfad gelangten, der von der Allee in die Wiesen abzweigte, blieben sie wie zu ihrem Bedauern stehen.

»Hier dürfen wir nicht weitergehen, es ist verboten«, sagte Susanna.

»Weil dieser kleine Weg über die ganze Wiese in den Wald führt.«

»Und niemand geht in den Wald«, flötete Hildas schüchternes Stimmchen, die ganz rot wurde, als ob sie ein Geheimnis verraten hätte.

Mildred erklärte in belehrendem Ton:

»Niemand, außer Onkel Will, allein oder mit Miss Llewelyn. Er zu Pferde und sie in ihrem kleinen Eselwagen. Miss Llewelyn hat Angst vor Pferden. Aber sie gehen nicht oft dorthin.« Einige Sekunden herrschte Schweigen, als wenn sich etwas Mysteriöses ereignet hätte, und dann fuhr Mildred fort:

»Wenn du genau nach rechts schaust, kannst du den Wald sehen; er ist ganz grau und fast ohne Laub.«

»Man nennt ihn den verfluchten Wald«, platzte Hilda plötzlich heraus, die sich nicht länger zurückhalten konnte.

»Du tätest besser daran, den Mund zu halten«, schalt Mildred sie.

»Warum verflucht?« wollte Elizabeth wissen.

Mildred erteilte ihr sogleich die gereizte Antwort:

»Die Schwarzen nennen ihn so, kein Mensch weiß, warum, und Onkel Will hat es nicht gern, daß man darüber spricht. Gehen wir zum Haus zurück, ja, Elizabeth?«

Langsam traten sie den Rückweg an, weniger gesprächig als beim Hinweg, denn die Hitze wurde drückend. Vögel riefen von weit her einander zu, und der Raum zwischen Frage und Antwort verlieh ihren Stimmen eine leichte Melancholie.

Und dann stieg plötzlich der rächende Schrei der Grillen zum blaßblauen Himmel auf.

Hilda seufzte und faßte Elizabeths Hand.

»Sie hätten früher kommen sollen«, sagte sie. »Vor drei Wochen waren die Tage noch so frisch.«

»Seit gestern nacht sind sie da«, sagte Mildred. »Ich habe sie heute früh am Morgen gehört, aber bei Sonnenuntergang werden sie ein bißchen ruhiger sein. So ist es überall im Süden, und Sie werden sich daran gewöhnen.«

»Man wird uns alle Eissorten servieren«, verkündete Hilda. »Ich mag am liebsten Pistazieneis. Und Sie, Elizabeth?«

Elizabeth antwortete vage, sie wisse es nicht. Je mehr sie sich der Plantage näherte, desto aufmerksamer betrachtete sie das Haus, das sie bisher zu sehr aus der Nähe gesehen hatte, um einen Gesamteindruck zu gewinnen, und jetzt, vom Ende der Allee aus, erschien es ihr von märchenhafter Anmut. Zuerst wirkte es fast winzig zwischen den Platanen links und rechts, die es um das Doppelte überragten und deren gewaltige Äste das Dach streiften, doch wenn man näher kam, wurde es von Minute zu Minute größer und enthüllte dem Blick die ganze Schönheit seiner vollkommenen Ebenmäßigkeit. Es war weiß und bestand aus einem einzigen kubischen Gebäude, das von zwei Veranden umgeben war: eine umschloß das Erdgeschoß, während die andere, auf zierliche Säulen mit griechischen Kapitellen gestützt, um die obere Etage lief.

Noch nie hatte Elizabeth ein solches Haus gesehen, und in ihre Bewunderung mischte sich ein undeutliches Gefühl, das sie sich nicht eingestand. Susanna mit den pechschwarzen Locken, die am wenigsten geschwätzige ihrer Gefährtinnen, näherte sich der jungen Fremden. Schlank und hochgewachsen, beobachtete sie Menschen und Dinge mit einer Ernsthaftigkeit, die ihrem Alter nicht entsprach, und ihre tiefschwarzen Augen schienen fast immer unbewegt.

»Sind Sie zufrieden, Elizabeth?« fragte sie leise.

Die Antwort ließ etwas auf sich warten. »Nun ... ja.«

»Zufrieden und gleichzeitig ein wenig beunruhigt, nicht wahr?«

»Ach, alles ist so anders ... Aber ich werde mich schon daran gewöhnen.«

»Wir haben Sie alle sehr gern ... Falls Sie Schwierigkeiten haben, sagen Sie es mir. Wie ich hörte, soll Mademoiselle Souligou heute nachmittag kommen, um Ihr Kleid zu richten, und wenn es soweit ist, wird man Ihnen Savannah zeigen.«

»Mademoiselle Souligou?«

»Ja, die Schneiderin, eine sehr nette alte Mulattin.«

»Die Souligou ist eine Hexe«, unterbrach sie die selbstbewußte Mildred, die die letzten Worte gehört hatte. »Alle Frauen von den Antillen sind Hexen.«

»Sie ist keine Hexe«, sagte Susanna, »aber sie ist neugierig, und man darf ihr nicht zuviel erzählen. Onkel Will wünscht es nicht. Und übrigens spricht sie so schlecht Englisch ...«

»Sie bringt Französisch und Englisch durcheinander«, sagte Mildred, »und zum Schluß weiß sie selbst nicht mehr, was sie will. Sprechen Sie Französisch, Elizabeth?«

»Nein, kein Wort.«

»Sie wird in ihrer Sprache kauderwelschen. Ihre Eltern kamen von dort. Und sie wird Ihnen Fragen stellen.«

»Soll sie nur, ich antworte nicht.«

Als sie an der großen schwarzen Masse des Magnolienbaums vorübergingen, berührte sie eine der Blumen, deren Duft sie auflächeln ließ, flüchtig mit ihren Lippen. Ein Gedanke kam ihr in den Sinn, aber sie traute sich nicht, ihn auszusprechen:

»Wer weiß, ob ich hier nicht glücklich sein werde?«

3

Da Mildred beschlossen hatte, einen Reitausflug zu machen, fiel es ihrer Schwester Susanna zu, Elizabeth wenigstens einen Teil des Hauses zu zeigen. Hilda wollte sich ihnen anschließen, wurde aber mühelos abgewehrt.

Ohne sich aufzuhalten, durchquerten sie die Galerie mit den hohen schlanken Spiegeln, die bis an die komplizierten Verzierungen der Deckenleisten ragten. Überall herrschte ein Halbdunkel, in dem das Auge die Dinge nur in einer geheimnisvollen Undeutlichkeit erkannte, denn um die kostbare Kühle zu erhalten, wurden bereits am frühen Morgen die schweren, dunkelgrünen Fensterläden geschlossen. So nahm Susanna Elizabeth bei der Hand und führte sie, während sie mit leiser und ruhiger Stimme zu ihr sprach.

»Allmählich werden Sie sich an das schwache Licht gewöhnen. Die Tür dort neben der Treppe ... Sie sehen sie noch nicht deutlich, aber dort befindet sich Onkel Wills Arbeitszimmer. Sie werden es nicht oft betreten, denn niemand darf ihn stören, außer einer Dame in Grau, der man manchmal in den Gängen begegnet. Vielleicht haben Sie sie schon einmal gesehen, sie ist eine etwas ältere Dame, ein wenig beleibt, aber ziemlich flink in ihren Bewegungen.«

»War sie beim Frühstück? Da waren so viele Leute.«

»Nein. Sie nimmt ihre Mahlzeiten nie mit uns ein. Es ist ein bißchen umständlich zu erklären, aber jedenfalls ist sie schon immer hiergewesen. Nur gehört sie nicht zur Familie. Und jetzt werden wir hinaufgehen. Sehen Sie das Treppengeländer?«

»Das brauche ich nicht. Jetzt kenne ich mich aus. Mein Zimmer ist dort oben rechts.«

»Sehr gut, aber ich halte Sie trotzdem bei der Hand. Wir schleichen uns ganz leise an der Tür Ihrer Mutter vorbei, die sich neben der Ihren befindet.«

»Ich weiß. Mama schläft bestimmt. Heute früh sagte sie mir, sie fühle sich nicht wohl, und in solchen Fällen nimmt sie immer Laudanum.«

»Hoffentlich nicht zuviel.«

»O nein. Nur die übliche Dosis, wie sie die Apotheker empfehlen.«

»Sie ist natürlich sehr müde.«

»Sie ist unglücklich.«

Die Einfachheit, mit der Elizabeth das sagte, schien Susanna zu beeindrucken, denn sie schwieg eine Weile. Unter ihren Schritten knarrten die Dielen so laut, daß sie von Zeit zu Zeit stehenblieben, als ob sie fürchteten, die Stille zu unterbrechen.

Als sie endlich oben angelangt waren, stahlen sie sich an Mrs. Escridges Tür und dann an der nächsten Tür vorbei und kamen an einen langen, von den verhangenen Verandafenstern nur schwach beleuchteten Korridor.

»Man könnte meinen, das Haus sei leer«, sagte Elizabeth. »Man hört nichts.«

»Im Augenblick ist es auch fast leer auf dieser Seite. Fast alle Schlafzimmer gehen auf die große Allee hinaus. Ihnen hat man die ruhigsten gegeben.«

Vielleicht bereute sie diesen Satz noch, während sie ihn aussprach, denn sie fügte rasch hinzu:

»Die ruhigsten und auch die angenehmsten.«

Sie hatten die rechtwinklige Ecke des Korridors erreicht.

»Wollen wir einen Rundgang über die Veranden machen? Um diese Zeit sind alle unten. Das ist lustiger, als vor verschlossenen Türen durch die Korridore zu wandern.«

Schon seit einer Weile hatte Elizabeth jede Orientierung verloren, was sie ein wenig zu beunruhigen begann, und so stimmte sie erleichtert zu.

»Wir gehen durch mein Zimmer«, sagte Susanna. »Es ist bestimmt noch nicht gemacht, aber das spielt keine Rolle. Hier ist meine Tür. Die beiden nächsten gehören zu Mildreds und Hildas Zimmern. Alle Mädchen sind auf einer Seite«, fügte sie lachend hinzu.

»Und die Jungen?« fragte Elizabeth in aller Unschuld.

»Unten. Im Erdgeschoß, neben Onkel Will«, antwortete Susanna und lachte noch lauter. »Er besteht darauf, sie zu überwachen. Aber interessiert Sie das?«

»Überhaupt nicht«, sagte Elizabeth errötend.

»Ich habe nur gescherzt«, beruhigte sie Susanna. »Aber gehen wir hinein.«

Die Sonne schien noch nicht auf dieser Seite des Hauses, und die Läden vor den weit geöffneten Fenstern ließen das Licht durch die weißen Vorhänge dringen. Sehr behutsam löste Elizabeth ihre Hand aus der Susannas.

»Und wo gehen wir jetzt hin?« fragte sie.

»Jetzt werden Sie eins der hübschesten Zimmer des Hauses sehen. Dort hinten gehen wir nach rechts.«

An der Wand blickten in regelmäßigen Abständen unbewegliche Personen aus goldenen Rahmen und schauten ihnen zu aus dem Nichts, wie Neugierige aus ihren Fenstern. Viele waren altmodisch gekleidet, mit Perücken, deren Puder sich wie Rauhreif auf dem Samt ihrer Schultern niedergeschlagen hatte. Einige, ganz in Schwarz, trugen schwere Seidenhalstücher.

»Die Familie«, erklärte Susanna mit düsterer Stimme.

Elizabeth bewegte sich zögernd an all diesen aufmerksamen Unbekannten vorbei.

»Ach«, sagte ihre Gefährtin, »Sie werden sie noch oft sehen …

alle sind Engländer. Auf die Dauer werden sie langweilig. Onkel Will wird Ihnen mehr über sie erzählen.«

»Oh, dieser da!« sagte Elizabeth und blieb plötzlich stehen. »Den finde ich sehr gut. Sie nicht?«

»Bewundern Sie ihn nicht zu sehr. In seiner Jugend war er schön, aber dann ist er einer der schärfsten Richter in ganz England geworden. Das, was man einen Henkersrichter nennt.«

»Oh!«

»Ja. Ein entfernter Vetter. Er verspottete die Verurteilten, bevor er sie hängen ließ. Das wird Ihnen Onkel Will allerdings nicht erzählen, aber die Familie weiß es.«

»Onkel Will macht einen so netten Eindruck«, sagte Elizabeth mit leichtem Zögern.

Susanna blickte sie lächelnd an.

»Keine Bange, Elizabeth. Onkel Will ist sehr gütig.«

»Aber ich habe nicht gesagt, daß ich Angst vor ihm habe«, erwiderte Elizabeth gereizt. »Ich habe vor niemandem Angst.«

»Gewiß. Man braucht Sie nur anzuschauen, um das zu wissen. Aber da sind wir.«

Sie waren am Ende des Korridors angelangt und befanden sich nun in dem breiteren Teil, der ihm folgte. Das Licht drang durch die Musselinvorhänge wie durch einen Nebel, erhellte jedoch deutlich eine hellgrün gestrichene Tür, die kleiner als alle anderen war.

Vor dieser Tür blieb Susanna stehen.

»Werden Sie auch niemandem sagen, daß ich Sie hierhergeführt habe?« fragte sie, die Hand auf dem kupfernen Türknopf. »Es ist zwar nicht ausdrücklich verboten, aber Onkel Will liebt es nicht, daß darüber geredet wird. Versprochen?«

»Versprochen.«

Sie traten ein. Es war ein ovales Zimmer von bescheidenen Ausmaßen, aber von oben bis unten mit feinen vergoldeten Laubzweigen geschmückt, die sich entlang der Karniese erstreckten und um die Rahmen matter, im Laufe der Jahre erblindeter Spiegel rankten. Kein Fenster, nur eine runde Öffnung in der Decke, die mit einer dünnen Alabasterschicht bedeckt war und in deren blaßgelbem, von oben fallenden Licht man allmählich die Einzelheiten der Verzierungen erkannte.

Susanna schloß geräuschlos die Tür und sagte mit lauter Stimme:

31

»Hier können Sie aus Leibeskräften schreien, und niemand wird Sie hören. Nicht einmal wenn man das Ohr an die Tür hält.«

Elizabeth blickte sich in stummer Verwunderung um, schwankend zwischen einem Gefühl der Unsicherheit und dem Vergnügen, in ein Mysterium gedrungen zu sein, doch dann siegte der gesunde Menschenverstand und sie entgegnete:

»Man würde mich aber hören, wenn es ein Fenster gäbe.«

»Ein Fenster hat es hier nie gegeben.«

»Und das Schloß, das Schlüsselloch, dort könnte man lauschen.«

»Sehen Sie ein Schloß?«

»Ach, nein. Das hatte ich nicht bemerkt.«

»Die Stille kommt anderswoher. Es ist ein Geheimnis.«

»Aber wozu dient denn eigentlich dieses Zimmer?« fragte sie nach einer Weile.

»Zu nichts. Onkel Douglas meint, gerade deshalb sei es so schön.«

»Das verstehe ich nicht.«

»Ach, das sind Dinge, die Onkel Douglas so sagt, und er sagt manchmal seltsame Dinge.«

»Also jeder kann hier nach Belieben hereinkommen? Man braucht nur die Tür aufzustoßen.«

»Ja, aber niemand kommt herein. Auch Sie könnten nicht länger als fünf Minuten bleiben.«

Elizabeths Augen begannen zu glänzen.

»Ach, vielleicht ein Gespenst?«

Susanna lachte.

»Nein. Ich muß Sie enttäuschen, aber hier im Hause gibt es keine Gespenster.«

»Dann möchte ich aber gerne wissen, warum man in diesem Zimmer nicht länger bleiben kann, falls man es will.«

»Man würde es eben nicht wollen, das ist alles, was ich Ihnen dazu sagen kann. Und dann haben es alle gesehen, das liegt doch auf der Hand, und es ist für niemanden von Interesse, aber man spricht nicht darüber. Jetzt müssen wir gehen. Es wäre mir peinlich, wenn man uns hier fände.«

Sie traten wieder hinaus und gingen den Korridor entlang bis zu einer Stelle, wo er hinter den geschlossenen Läden im Dunkel lag; hier schritten sie ein wenig langsamer, als ob es Nacht um sie würde.

»Jetzt scheint die Sonne auf dieser Seite, aber bis zum Abend wird es im Hause kühl sein«, sagte Susanna.

Nach einem Augenblick der Unsicherheit, die wahrscheinlich von der Anstrengung, sich an das Halbdunkel zu gewöhnen, herrührte, nahm sie Elizabeth bei der Hand, und beide gingen nun etwas rascher an einer Tür vorbei, die sich in nichts von den anderen unterschied.

»Hier wohnt Miss Llewelyn«, sagte Susanna. »Sie lebt ein wenig abseits. Man bringt ihr die Mahlzeiten auf das Zimmer.«

»Ich habe sie noch nie gesehen.«

»Sie werden sie bestimmt noch kennenlernen. Sie ist die Dame in Grau, von der ich Ihnen erzählt hatte. Aber reden Sie nicht zuviel mit ihr – Sie werden übrigens keine Lust dazu haben.«

»Sie scheinen sie nicht gerade zu mögen«, sagte Elizabeth lachend.

»Ach, ich habe nichts gegen sie, aber gern mag ich sie wirklich nicht.«

»Nein? Und warum?«

»Ich weiß es nicht genau. Sie ist ein bißchen sonderbar. Sie sind aber neugierig, Elizabeth!«

»Ich bitte um Verzeihung.«

Susanna lachte und drückte ihr plötzlich einen Kuß auf die Wange.

»Ich habe das Gefühl, daß wir uns gut verstehen werden«, sagte sie.

Elizabeth lächelte höflich und antwortete nicht.

Ein kurzes Schweigen trat ein, Susanna fuhr sich mit den Fingern durch die schwarzen Locken, die ihr bis über die Schultern fielen, und schob sie zurecht.

»Es wäre vielleicht ratsam, hinunterzugehen«, sagte sie. »Wahrscheinlich wundert man sich schon, wo wir bleiben. Besonders meine Mutter. Sie will immer wissen, was ich tue – als ob ich noch ein Baby wäre. Ich finde das ein bißchen lächerlich.«

»Meine Mutter ist auch ein wenig so mit mir.«

»Sollten Sie nicht zu ihr gehen?«

»Ach, ich glaube, sie schläft.«

»Ich an Ihrer Stelle ...«

»Also gut, aber Sie müssen mich bis zu ihrer Tür bringen. Ich würde mich in all diesen Korridoren verlaufen.«

»Sie werden sich bald bestens auskennen. Kommen Sie.«

Gemeinsam gingen sie den ganzen Weg zurück, jedoch ohne ein Wort zu wechseln. Erst vor Mrs. Escridges Tür fand Susanna die Sprache wieder und flüsterte:

»Sie finden mich sicher ein bißchen ... überspannt, nicht wahr, Elizabeth?«

Elizabeth schaute sie sehr ernsthaft an, mit dem Blick des Kindes, das sie geblieben war.

»O nein, Susanna.«

»Jetzt haben Sie zum ersten Mal Susanna zu mir gesagt.«

»Wirklich? Das war mir gar nicht aufgefallen.«

»Doch, wirklich. Nehmen Sie mir dieses schöne Geschenk nicht wieder fort.«

»Geschenk? ... Ich verstehe nicht.«

»Lassen Sie nur. Es ist so eine Redensart von mir. Man gibt mir immer zu verstehen, daß ich nicht so bin wie die anderen. Hier muß man wie die anderen sein. Bis später also.«

Sie entfernte sich rasch, und Elizabeth, starr vor Überraschung, hörte noch lange den harten Widerhall ihrer Schritte auf den Treppenstiegen.

4

Zweimal klopfte sie ziemlich leise an die Tür und hoffte insgeheim, keine Antwort zu erhalten, um mit ruhigem Gewissen ebenfalls wieder hinuntergehen zu können, aber sie brauchte nicht lange zu warten. Mrs. Escridge, deren Stimme noch härter als gewöhnlich klang, befahl ihr, einzutreten.

Zuerst vermochte Elizabeth im Halbdunkel nichts zu erkennen. Durch die geschlossenen Läden drang nur ein schwacher Lichtschimmer, und ein blasser Strahl fiel auf Mrs. Escridges Füße in den Pantoffeln. In diese Richtung bewegte sich das junge Mädchen.

»Mama«, sagte sie.

»Mama«, ahmte Mrs. Escridge sie nach. »Man erinnert sich also, daß man eine Mutter hat und daß sie hier ist. Seit Stunden warte ich auf dich. Was bedeutet dieses verschwörerische Geflüster, das ich eben vor meiner Tür gehört habe? Wer war bei dir?«

»Cousine Susanna. Sie hat mir das Haus gezeigt.«

»Während ich also in diesen vier Wänden vor Kummer sterbe, geht meine Tochter im Haus spazieren und schwatzt. Ich liebe dich sehr, Elizabeth, aber du bist herzlos.«

»Verzeihen Sie mir; ich glaubte, Sie schliefen.«

»Ich habe geschlafen.«

»Haben Sie etwas genommen?«

»Ich habe etwas genommen, wie du sagst, jawohl, dreißig Tropfen. Dennoch ist deine Mutter in der letzten Nacht nur mit knapper Not dem Tode entronnen.«

»Oh!«

»Jawohl, oh! Hast du mich nicht rufen gehört?«

»Ich schlief.«

»Natürlich, du schliefst. Ich will es dir nicht verübeln. Aber was stehst du da herum und starrst auf meine Pantoffeln wie eine Idiotin! Ich weiß, daß sie scheußlich sind. Hol dir einen Stuhl. Ich muß mit dir reden.«

Allmählich gewöhnten sich die Augen des jungen Mädchens an das Zwielicht. Nach und nach sah sie die Möbel wie Schiffswracks aus dem Halbdunkel auftauchen: eine große Kommode mit vielen Schubladen und in der Mitte des Zimmers ein mit einem Baldachin aus weißem Leinen überdachtes Säulenbett. Nach dem kurzen dramatischen Bericht ihrer Mutter über die vergangene Nacht erwartete sie, die Laken und Decken zerwühlt und in heilloser Unordnung zu sehen, aber alles war makellos und der Bettüberwurf sorgfältig geglättet.

Endlich entdeckte sie einen schweren Stuhl, den sie bis in respektvolle Distanz von dem imposanten Schaukelstuhl stieß, auf dem Mrs. Escridge inmitten vieler Kissen thronte.

»Komm näher!«

Elizabeth rückte näher.

Mrs. Escridge beugte sich vor und rief plötzlich aus:

»Aber was trägst du da für ein Kleid?«

»Cousine Minnie hat es mir zum Anziehen gegeben, wegen der Hitze.«

»Wegen der Hitze! Geh, öffne die Läden, damit ich es sehe.«

Die Angst vor dem, was nun folgen würde, zog ihr die Eingeweide zusammen. Elizabeth ging zum Fenster und stieß die Läden ein klein wenig auf, so daß ein dünner Lichtstrahl hereindrang.

»Weiter«, befahl Mrs. Escridge. »Versuche nicht, dich zu verstecken.«

Die zitternden kleinen Hände gehorchten, und das Licht strömte wie mit rächender Wut ins Zimmer.

Mrs. Escridge betrachtete ihre Tochter eine Weile, ohne ein Wort zu sagen.

»In meinem Schottenrock wäre es mir zu warm geworden«, sagte Elizabeth, um das beunruhigende Schweigen zu brechen. Dann fügte sie hinzu:

»Es müssen noch ein paar Änderungen gemacht werden.«

»Dreh dich um.«

Das junge Mädchen gehorchte und hielt mit den Fingern die Falten um die Taille zusammen.

»Ein paar Änderungen«, wiederholte Mrs. Escridge mit zusammengebissenen Zähnen.

»Heute soll eine Schneiderin kommen«, murmelte Elizabeth fast jammernd.

Sie befürchtete, daß ihre Mutter verlangen würde, sie solle wieder den Rock aus guter, warmer und fester englischer Wolle anziehen, aber sie sollte überrascht werden.

»Nicht schlecht«, sagte Mrs. Escridge in sanfterem Ton.

Sie schwieg einen Augenblick, dann seufzte sie.

»Natürlich konntest du es nicht abschlagen.«

»Man hat es mir auf so nette Weise angeboten.«

»Ein Akt der Barmherzigkeit. Der erste, Elizabeth. Von jetzt an wird uns alles aus Barmherzigkeit gegeben werden. Mit Takt, gewiß, aber das ändert nichts an unserer Lage. Barmherzigkeit bis zum letzten Stück Brot!«

»Oh, Mama!«

»So ist es. Die höfliche Herablassung der Reichen ... Sie selbst merken es nicht einmal. Du wirst schon sehen. Und dann dieser Hochmut, den sie hier alle haben, dieser Stolz des Südens ... Das riecht man, wie man den Geruch der Erde riecht.«

In ihrem länglichen, von schwarzen Bändern umrahmten Gesicht verhärteten sich die Züge, und sie setzte eine finstere Miene auf, als sie fortfuhr:

»Vergiß nicht, daß du aus einer älteren Familie als der ihren stammst, nämlich aus der deiner Mutter. Also laß dich nicht von ihnen beeindrucken, auch wenn wir ihre armen Verwandten sind.«

In ihrem Nachthemd, das den ganzen Körper bis zu den Füßen bedeckte, wäre sie vielleicht komisch erschienen, wenn dieses weite, weiße Leinengewand ihr nicht das ungefähre Aussehen einer Tragödin verliehen hätte, die von ihrem Unglück berichtet.

Ihre Stimme wurde dumpfer.

»Ich will dir nicht verbergen, daß ich dieses Land hasse«, fuhr sie fort. »Es kommt mir vor, als sei ich schon jahrelang hier, und ich ersticke. Hörst du diese Grillen? Es ist zum Wahnsinnigwerden. Wird das denn nie aufhören? Alles ist hier so seltsam. Heute früh kam eine dicke schwarze Frau herein, um mein Bett zu machen. Eine Sklavin. Ich brauchte sie nur anzuschauen, um zu wissen, daß sie mir die Kehle aufschlitzen würde, wenn sie den Mut dazu hätte. Wie auf den Antillen.«

»Auf den Antillen?«

»Lassen wir die Antillen. Nach der Schwarzen kam eine Weiße.«

»Die hat Ihnen wahrscheinlich Onkel Will geschickt.«

»Dick und kurzbeinig, spielt die Dame in ihrem grauen Kleid, aber sie ist sehr gewöhnlich.«

»Miss Llewelyn?«

»Sie hat sich vorgestellt, aber den Namen habe ich gleich vergessen. Bist du ihr begegnet?«

»Nein, aber man hat mir von ihr erzählt.«

»Wer ist sie?«

»Das weiß ich nicht. Sie gehört jedenfalls nicht zur Familie.«

»Das will ich hoffen, aber sie kam und ging, als ob sie hier zu Hause wäre, und ließ mich nicht aus den Augen. Sie sagte, sie würde mir ein englisches Frühstück heraufkommen lassen. Das will ich nicht, und ich brauche sie nicht. Schließlich hat sie sogar versucht, mir Fragen zu stellen. Mir! Sie hat eine Art, mich anzustarren, die mir unausstehlich ist. Ich will sie nicht mehr sehen.«

Sie nahm einen Palmfächer von dem kleinen Tisch neben sich, auf dem ein Glas, eine Wasserkaraffe und ein Fläschchen mit rotem Etikett standen. Mit einer heftigen Handbewegung begann sie sich Luft zuzufächeln.

»Dieser blöde Fächer ... er bewegt nur heiße Luft. Mach die Läden zu, und zwar ganz.«

Elizabeth gehorchte sofort, doch nicht ohne einige Mühe, denn die schweren Läden hingen fest in ihren Angeln. Aufs neue wurde es Nacht im Zimmer, und das junge Mädchen tastete sich in die

Richtung des Schaukelstuhls, orientierte sich an dem großen weißen Fleck des Nachthemds ihrer Mutter.

»Du kannst jetzt gehen«, sagte diese. »Nein, küsse mich nicht, ich bin ganz naßgeschwitzt. Sage unten Bescheid, daß man mich in Ruhe läßt.«

»Aber falls Sie etwas brauchen sollten?«

»Ich brauche nichts. Ich habe alles, was ich benötige.«

»Mama, seien Sie bitte vernünftig.«

»Es ist gut, Elizabeth.«

Zögernden Schrittes entfernte sich das junge Mädchen in der Dunkelheit, bis sie den Türknopf gefaßt hatte, dann blieb sie noch einmal stehen. In der Stille hörte sie das leise Geräusch des Palmfächers, den ihre Mutter bewegte, und es kam ihr der seltsame Gedanke, daß sie nun von Sommer zu Sommer, bis ans Ende ihrer Tage, dieses unmerkliche Rascheln eines Palmblatts vernehmen würde.

»Du bist noch da?« fragte die Mutter plötzlich.

»Ja. Ich gehe jetzt.«

»Bleib nicht zu lange auf. Und komm mir gute Nacht sagen, bevor du das Licht löschst.«

»Ja, natürlich.«

Nachdem sie mit äußerster Behutsamkeit die Tür wie die eines Krankenzimmers hinter sich geschlossen hatte, stieg sie die prunkvolle Wendeltreppe hinab, die schon für sich allein den Eindruck großer Wohlhabenheit machte. »Arme Verwandte« ... Dieser Ausdruck, den sie nicht vergessen konnte, begleitete das ohnehin so schreckhafte junge Mädchen in ihr neues Leben, und auf jeder Stufe hätte sie sich am liebsten entschuldigt, den Fuß auf den roten Teppich zu setzen.

Zuerst jedoch wollte sie Onkel Will aufsuchen, um ihm mitzuteilen, daß ihre Mutter heute nicht erscheinen würde. Sie fand ihn in einer Ecke der großen Galerie hinter einer aufgeschlagenen Zeitung. Nach einigem Zögern trat sie auf ihn zu.

Die Papiermauer stürzte ein, wurde mit einem breiten Lächeln und den üblichen Herzlichkeitsbezeugungen beiseite gelegt, und dann geschah das, was das kleine Veilchen aus England am meisten fürchtete. Sie hielt die Augen vor Entsetzen geschlossen und hatte wieder einmal das Gefühl, mit dem Gesicht in ein Dornengestrüpp zu stürzen.

Endlich befreit, faßte sie sich und sprach in einem Atemzug: »Mama möchte den ganzen Tag auf ihrem Zimmer bleiben.« Schweigen. Mr. Hargrove nickte mit besorgter Miene. »Gut, meine liebe Kleine. Ich werde Miss Llewelyn benachrichtigen lassen. Und du solltest dich inzwischen deinen jungen Gefährtinnen anschließen, bis wir uns zu Tisch setzen. Sie treiben sich irgendwo hier herum.«

5

Das Mittagessen (das man *Diner* nannte) fand um zwei Uhr nachmittags in einem großen und langgestreckten Saal statt, der an eine Galerie erinnerte. Die zu Dreiviertel geschlossenen Läden ließen ein gerade ausreichendes, durch die hauchzarten Musselinvorhänge angenehm gedämpftes Licht ein. Der schwarze Marmorfußboden strahlte so etwas wie Kühle aus, und die Damasttischdecke mit einer Unzahl von Silberbestecken verlieh diesem Teil des Hauses eine festliche und prunkvolle Note.

Das war auch Elizabeths Eindruck. An das viel bescheidenere Haus gewöhnt, in dem sie ihre Kindheit verbracht hatte, blieb sie einen Augenblick sprachlos auf der Schwelle des Eßzimmers stehen, und Cousine Minnie mußte sie bei der Hand nehmen, um sie zu ihrem Platz am Tisch zu führen.

Jetzt, da sie zwischen Mildred und Hilda saß, blickte sie sich um wie ein in die Falle geratenes Tier, denn wenn das Frühstück sie bereits ein wenig aus der Fassung gebracht hatte, so erschreckte sie das *Diner* noch mehr. Dazu trug zum einen der Prunk bei, aber dann zeigten sich auch noch neue Gesichter, zuerst ein schwarzgekleideter, schlanker junger Mann, der sie durch eine Nickelbrille betrachtete, und zwar mit einer so unverhohlenen Neugier, daß es ihr peinlich war. Er setzte sich zur Rechten Tante Augustas und hatte folglich den ungestümen jungen Billy zum Nachbarn. Ihm gegenüber, auf der Seite der Mädchen, saß eine etwa vierzigjährige Dame mit ernsthaftem und sanftmütigem Gesichtsausdruck ganz artig auf ihrem Stuhl, wie jemand, der nicht auffallen möchte. Der dezente Ausschnitt ihres Kleides ließ einen vollkommen gerundeten Hals sehen und sehr feine Ohren, aber das Gesicht war reizlos, mit

Ausnahme der großen schwarzen Augen, die eine kluge Nachdenklichkeit ausstrahlten.

Unter den anderen Anwesenden herrschte eine leicht erregte Stimmung, und sie redeten fast alle auf einmal. Die Zeitungen der Hauptstadt waren soeben angekommen. Elizabeth verstand nichts von dem, was gesprochen wurde. Ihr erstaunter Blick schweifte über all die Edelsteine, die Smaragde und Saphire, die an den Fingern der Damen funkelten, und dann fragte sie sich, was die Eisstücke in den mit Wasser gefüllten Kristallgläsern vor jedem der Tischgäste bedeuten mochten. In der Tat hatte jeder eins, und die kleinen Würfel begannen bald dahinzuschmelzen. Das war amüsant.

Die Gespräche verstummten plötzlich, als zwei weißgekleidete Diener ein Stück Fleisch auf einer großen blau-goldenen Porzellanplatte vor ihrem Herrn auf den Tisch stellten. Mr. Hargrove erhob sich wie zu einer religiösen Zeremonie, nahm ein Messer von beeindruckender Länge und schickte sich an, da ihm als dem Herrn des Hauses dieses Amt und Vorrecht zustand, mit einem Zartgefühl und einer Geschicklichkeit, über die die Familie sich noch immer verwunderte, die »edle hochherrschaftliche Rindslende« (*Sirloin of Beef*) zu zerteilen. In einem Erinnerungsblitz glaubte Elizabeth ihren Vater am oberen Tischende zu sehen, wie er die gleichen Gesten mit der gleichen Feierlichkeit ausführte, und sie verspürte mit einem Schlag schreckliches Heimweh.

»Eine hauchdünne Scheibe für mich«, ließ sich Lauras sanfte Stimme vernehmen.

»Als ob ich das nicht wüßte«, brummte Mr. Hargrove.

Der Geschmack und die Vorlieben eines jeden waren ihm in der Tat längst vertraut, und man schwieg, während man ihm zusah; als aber alle bedient waren und der dampfende, schneeweiße Reis in Silberschüsseln aufgetragen wurde, lösten sich die Zungen.

»Vater«, sagte Onkel Douglas, »haben Sie die Nachrichten gelesen? Mit diesen Schwätzern im Norden werden wir nie etwas erreichen. Handeln heißt für sie vor allem, uns Moralpredigten zu halten.«

»Laßt sie nur reden. Die Verfassung garantiert uns unsere Rechte«, sagte Onkel Josh mit Gelassenheit.

Jetzt erhoben auch die Frauen die Stimme.

»Die Union, sie reden von nichts anderem!« rief Emma.

»Seit fünfzig Jahren ist die Union krank, und sie wird das Ende des

Jahrhunderts bestimmt nicht überleben«, erklärte Augusta in einem Ton, der keinen Widerspruch zuließ.

Onkel Josh zuckte die Achseln.

»Warum diese Aufregung? Wir haben das Recht, auszutreten, wann immer es uns beliebt. Ich möchte wissen, wer uns daran hindern sollte.«

»Sie werden es mit Gewalt versuchen«, sagte Douglas.

»Mit welcher Gewalt? Sie haben keine Armee.«

Emma mischte sich erneut in die Debatte, während sie ihr Fleisch zerschnitt.

»Südkarolina hat bereits gedroht, die Union zu verlassen.«

»Die Sezession, überall im Süden spricht man davon.«

»Die Sezession!« rief Billy plötzlich mit feurigen Wangen. »Warum nicht? Ich bin für die Sezession!«

»Billy, halte gefälligst den Mund!« brüllte Mr. Hargrove, der bisher nichts gesagt hatte.

In der Stille, die diesem unerwarteten Ausbruch folgte, fuhr er fort, mit einer beinahe majestätischen Gemächlichkeit das Fleisch in Scheiben zu schneiden, und dann fügte er mit ruhiger Stimme hinzu:

»So wie ich die Dinge sehe, scheint mir die Union eine Notwendigkeit. Nun sagt mir bloß nicht, ich denke und rede nur so, weil ich ein Engländer bin ... Augusta, noch eine Scheibe? ... Nein? ... Es ist allerdings etwas Wahres daran, das gebe ich zu, aber ich bin auf eurer Seite.«

»Sir, das bezweifelt niemand«, versicherte ihm Onkel Josh unter zustimmendem Gemurmel.

Die Südstaatler hatten eine Schwäche für schöne, schwungvolle Reden, und etwas von dieser Art kündigte sich in Mr. Hargroves leicht vibrierender Stimme an.

»Fürwahr«, fuhr er fort, »stellen wir uns einmal die Sezession Georgias vor. Wie stünde es allein gegenüber der Welt da?«

Ein allgemeiner Aufschrei antwortete ihm:

»Nicht allein! Der ganze Süden mit uns!«

Mr. Hargrove bewahrte Ruhe, aber seine sonst rosigen Wangen wurden bleich. Sehr bedächtig legte er das große Messer auf die Platte zurück und sagte zu den hinter ihm stehenden Dienern:

»Tragt das fort.«

Dann setzte er sich und nahm sein Fleisch in Angriff.

»Ehrlich gesagt«, hub er an, »sind Mahlzeiten, die in Parlamentsdebatten ausarten, nicht nach meinem Geschmack. Ich finde, wir sollten jetzt all die schönen Dinge genießen, die die Vorsehung uns auf unseren Tellern beschert hat. Billy, mit dir habe ich noch ein paar Worte zu reden. Ich erwarte dich um fünf Uhr in meiner Bibliothek.«

»Jawohl, Sir«, antwortete Billy mit fester Stimme.

»Heute«, fuhr Mr. Hargrove mit einem Lächeln fort, das sich nur leicht unter seinem Schnurrbart andeutete, »heute ist kein Tag wie jeder andere. Es ist der erste Tag, den die kleine Elizabeth unter unserem Dach verbringt, und ich fürchte, ihr habt sie mit eurem Geschrei erschreckt, aber wir werden dafür sorgen, daß sie diesen Zwischenfall vergißt und sich bei uns wohl fühlt. Ihre Mutter konnte wegen eines Unwohlseins leider nicht erscheinen, was ich zutiefst bedaure.«

»Wir ebenfalls«, ließen sich vereinzelt höfliche Stimmen vernehmen.

Mr. Hargrove billigte sie nickend, wandte sich an die Dame mit dem sanften Blick, dann an den ernsthaften jungen Mann mit der Nickelbrille und sagte:

»Mir entgeht nichts, und ich habe Ihre Ruhe bewundert, Miss Pringle und Mr. Stoddard.«

»Das ist kein Verdienst«, erwiderte dieser bescheiden. »Für Politik kann ich mich nicht begeistern; meine Interessen sind anderer Art.«

»Ich habe es nicht vergessen, und ich verstehe«, sagte Mr. Hargrove, dessen Stimme ein wenig priesterlich zu klingen begann. »Miss Pringle, Ihre gelassene Haltung gereicht Ihnen zur Ehre. Sie haben uns eine kleine Lektion erteilt«, fügte er schmunzelnd hinzu.

»Mr. Hargrove, ich habe Ihnen nie verhehlt, daß ich aus dem Norden komme.«

Diese mit sanfter und näselnder Stimme vorgebrachte Antwort wurde von allen erwartet, wirkte aber nichtsdestoweniger wie ein kalter Lufthauch aus der Arktis. Jeder wußte, daß Miss Pringle aus Philadelphia kam, und niemand hatte dieser würdigen und gelehrten Person etwas vorzuwerfen, aber ihre Anwesenheit in Dimwood blieb ein Problem. William Hargrove glaubte an Annäherung, und er verstand es, seine Ansichten auf seine höfliche Art durchzusetzen. Gewöhnlich nahmen Miss Pringle und Mr. Stoddard ihre Mahlzeiten gemeinsam und auf ihren Wunsch in einem hübschen kleinen Salon am anderen Ende des Hauses ein. Daß sie heute in den Speisesaal geladen waren, verdankten sie dem Herrn des Hauses und seinem ziemlich unglücklichen Einfall einer allgemeinen Zusammenkunft, um Mrs. Escridge und das kleine Veilchen aus England willkommen zu heißen. Das Fiasko dieser großmütigen Idee überzeugte ihn noch lange nicht von deren Unsinnigkeit und schien ihn keineswegs zu stören. Miss Pringle und Mr. Stoddard fiel die undankbare Aufgabe der Erziehung derer zu, die man noch Kinder nannte, und die heute einen freien Tag hatten.

Der Kuchen, der am Ende der Mahlzeit dieses mißglückte Fest krönte, wurde bis auf den letzten Krümel genossen, nachdem man eine großzügige Portion für die Köchin beiseite getan hatte. Er war allerdings riesig, und es bedurfte zweier Diener, um ihn auf seinem Silbertablett hereinzutragen. Er war rund und mit einer weißen Zuckerglasur bedeckt und wurde in den Reihen der Jugend mit bewunderndem Gemurmel begrüßt.

»Donnerwetter«, rief Onkel Douglas, »der sieht aber einem Hochzeitskuchen zum Verwechseln ähnlich.«

Diese Bemerkung löste ein leichtes Unbehagen aus, denn alle Anwesenden erinnerten sich noch gut an eine gewisse Verlobung, die mit einem schmerzlichen Bruch geendet hatte.

»Oder eher einem Geburtstagskuchen«, beeilte sich Mr. Hargrove zu berichtigen. »Wie alt bist du, Elizabeth?«

»Sechzehn«, hauchte eine vor Aufregung halb erstickte Stimme.

»Nun, so feiern wir Elizabeths sechzehn Jahre«, verkündete der Herr und Meister, ein Messer, so groß wie das eines Menschenfressers, in der Faust.

»Ach bitte, Vater, machen Sie es kurz«, rief Onkel Josh mit gezwungenem Lächeln, denn all diese falsche Fröhlichkeit war ihm peinlich. »Wir alle warten sehnsüchtig auf den Kuchen, und das wissen Sie sehr gut.«

»Ich füge mich«, sagte Mr. Hargrove und begann den Kuchen in Stücke zu schneiden, auf denen bunte glasierte Früchte inmitten eines hellgelben, schweren Teigs glänzten.

Dazu wurde ein süßer und so leichter Wein serviert, daß auch die Jugendlichen ihn trinken durften. Nach einem Rezept, das von Generation zu Generation eifersüchtig gehütet wurde, war er aus wilden Pflanzen der Gegend hergestellt, und selbst der erfahrenste

Gaumen vermochte keinen Geschmack in ihm zu erkennen, aber die Erwachsenen nippten höflich ein Viertelgläschen davon, während die Jungen immer mehr verlangten, was ihnen aus Furcht, sie könnten der Trunksucht verfallen, abgeschlagen wurde, denn in seinen Prinzipien zeigte sich Mr. Hargrove ebenso stark, wie dieses Getränk schwach und verwässert war.

Als er den Augenblick für gekommen erachtete, erhob sich Mr. Hargrove wie zu einer Rede, aber er sprach nur ein paar Worte: »Meine Damen, Sie werden sich jetzt bestimmt ausruhen wollen, während Josh und Douglas sich mit mir, wie ich hoffe, ins Rauchzimmer begeben. Ein Portwein, der das Kap umsegelt hat, ist gestern bei mir eingetroffen und erwartet euch. Mr. Stoddard, wollen Sie uns das Vergnügen machen, sich uns anzuschließen?«

»Ich danke Ihnen, Mr. Hargrove, aber der Portwein gehört nicht zu meinen Gewohnheiten und hat auch keine Aussicht, je dazuzugehören.«

Diese mit fester und höflicher Stimme hervorgebrachte Antwort entsprach genau Mr. Hargroves Erwartungen, und er lächelte verschmitzt.

»Mr. Stoddard, Sie könnten vielen Ihrer Kollegen als Beispiel dienen, die in diesem Punkt andere theologische Ansichten vertreten.«

Der tugendhafte Stoddard verneigte sich und schloß sich den Damen an, die zur Tür gingen.

»Kinder«, rief nun Mr. Hargrove im Ton eines Schulmeisters, »ihr dürft euch zerstreuen, aber ich wünsche keinen Unfug. Elizabeth, mein kleines Veilchen, vergessen Sie nicht, daß Mademoiselle Souligou vor dem Abendessen zu Ihnen kommt. Miss Pringle, kümmern Sie sich ein bißchen um das liebe Kind.«

6

Das mit dunklem Holz getäfelte Rauchzimmer lag im Licht eines großen Fensters, das zur Allee mit den grünen Eichen hinausging. Die halb heruntergelassenen Jalousien verbargen nur wenig von der überwältigenden Schönheit des Ausblicks, dem sich der Blick stets zuerst zuwandte, wenn man diesen Raum mit niedriger Decke und von recht bescheidenen Ausmaßen betrat. Ein Mahagonitisch und vier schwere, mit pflaumenblauem Samt überzogene Sessel bildeten das ganze Mobiliar, abgesehen von einer Art Hirtenstab aus Mahagoni auf dem Tisch, der wie in England dazu diente, einander die Portweinflasche zuzuschieben, ohne aufstehen zu müssen.

Der Wein wurde als ausgezeichnet befunden, und der Zigarrenrauch stieg bereits in Wolken über den drei schweigenden Männern auf, als William Hargrove schließlich das Wort ergriff und erklärte:

»Ich habe mir über den Zwischenfall von vorhin Gedanken gemacht. Dieser Skandal ... Wir sollten es in Zukunft vermeiden, bei Tisch und in Anwesenheit der Dienstboten über unsere Probleme zu sprechen.«

»Ach, die haben doch nichts verstanden«, erwiderte Douglas lebhaft.

»Laßt euch nur nicht täuschen«, fuhr Hargrove fort. »Sie sind besser informiert, als ihr glaubt. Daß das Wort Sezession gefallen ist, finde ich sehr ärgerlich.«

»Vater, ich wette, daß selbst der intelligenteste Schwarze uns nicht sagen kann, was das Wort Sezession bedeutet. Die Schwarzen sind Kinder.«

Josh hatte diese Bemerkung in ruhigem Ton gemacht, und es folgte ein Schweigen.

»Vielleicht«, sagte Hargrove schließlich, »aber sie verstehen, daß es sich um etwas Ernstes handelt.«

»Na und? Was befürchten Sie?« fragte Douglas.

William Hargrove stellte sein Glas auf den Tisch und antwortete mit erhabener Miene:

»Ich befürchte nichts, mein Junge. Die Schwarzen werden sich ruhig verhalten, was immer auch geschieht.«

»Das sagen alle im Süden«, warf Onkel Josh leise ein. »Es wird keine Rebellion der Schwarzen geben. Eine Rebellion der Schwarzen wird es nicht geben«, wiederholte er, wie um sich selbst zu überzeugen.

»Niemand hat Anlaß zur Beunruhigung«, sagte Mr. Hargrove mit fester Stimme, »aber wir wollen auch nicht die Augen verschließen, um die Tatsachen nicht zu sehen. Die Sklaverei ist ein Übel.«

»Gewiß«, sagte Josh, »aber wir sind nicht dafür verantwortlich. Sie wurde uns von Europa beschert, von den Sklavenhändlern aus Frankreich und England.«

»Ich weiß«, erwiderte Mr. Hargrove, »aber wir benötigten die Schwarzen für die Arbeit auf den Baumwollfeldern, weil sie unser Klima vertragen.«

Josh zuckte die Schultern.

»Die Sklaverei wird allmählich verschwinden. Es ist heutzutage bei einigen Mode geworden, den Sklaven die Freiheit zu schenken ... wie die Russen mit ihren Leibeigenen. In zwanzig Jahren werden Sie keinen einzigen Sklaven mehr bei uns sehen.«

Diese Worte wirkten auf Mr. Hargroves Gemüt, und er hob die Stimme.

»Aber um den Schwarzen die Freiheit zu schenken, muß man sehr reich sein. Für viele Plantagenbesitzer würde es den Ruin bedeuten. Wir kennen Beispiele in der Nachbarschaft. Glaubt ihr vielleicht, ich sei nicht versucht gewesen, alle meine Sklaven loszuwerden?«

»Vater«, antwortete Onkel Josh, »wir sind davon überzeugt, aber Ihre Schwarzen lieben Sie, das wissen Sie, und das weiß jeder. Sie tun alles, was Sie können, um ihnen das Leben leichter zu machen. Sie haben eine riesige Familie unter Ihren Schutz genommen.«

»Was sollen sie schon mit der Freiheit anfangen?« fragte Onkel Douglas. »Und wo würden sie hingehen? In den Norden, um an Tuberkulose zu sterben?«

Mr. Hargroves Miene verfinsterte sich.

»Einer ist geflohen, vor zwei Jahren. Und dieser war mir ein lebender Vorwurf.«

Bei diesen Worten mußten die beiden Söhne lachen.

»Der lebende Vorwurf ist nach acht Tagen zurückgekehrt!« rief Onkel Douglas. »Und Sie haben nichts gesagt.«

»Allerdings. Ich hatte meinem Aufseher befohlen, ihn in Ruhe zu lassen. Man hat mich der Schwäche bezichtigt, weil ich menschlich sein wollte.«

Onkel Josh neigte sich zu ihm.

»Lassen Sie die Leute reden. Kein einziger Schwarzer ist dem Beispiel des Ausreißers gefolgt. Welchen Beweis ihrer Anhänglichkeit brauchen Sie noch?«

»Schon gut«, sagte Mr. Hargrove plötzlich ein wenig gereizt. »Meine persönlichen Probleme sind von keinerlei Interesse für die Welt. Reden wir von etwas anderem. Ich muß euch gestehen, daß die Anwesenheit Mrs. Escridges im Hause mir Sorge macht. Sie ist wohl eine schwierige Person.«

»Ach, sie ist doch noch nicht einmal einen Tag hier«, sagte Onkel Josh. »Geben Sie ihr Zeit, sich ein bißchen einzugewöhnen.«

»Sie ist noch ganz von ihrem geliebten England erfüllt«, fügte Douglas schalkhaft hinzu. »Sie müssen sie verstehen. Sie verdankt es Ihrer Großzügigkeit, daß sie bei uns ist.«

»Ach, sie hätte sich auch ohne mich in London irgendwie aus der Affäre gezogen, aber ich dachte vor allem an die Zukunft ihrer kleinen Tochter. Ich erschauderte beim Gedanken, das Kind in den Händen dieser verantwortungslosen Frau zu sehen.«

»Jedenfalls können Sie in dieser Hinsicht beruhigt sein«, sagte Douglas lächelnd. »Miss Pringle wird ihre ersten Schritte in der Gesellschaft des Südens lenken.«

Diese Bemerkung wurde von Mr. Hargrove mit einem verärgerten Brummen aufgenommen.

»Laß die blöden Witze, Douglas«, sagte er. »Du weißt genau, daß Miss Pringle nicht von hier ist.«

»Vater, das ist doch kein Verbrechen! Ich hoffe nur, daß sie ihr nicht den Akzent des Nordens beibringt.«

»Ich aber sage euch voraus, daß die Kleine nie ihre englische Aussprache verlieren wird«, erklärte Josh feierlich.

Mr. Hargrove drückte seine Zigarre aus und erhob sich.

»Nun, um so besser«, sagte er vergnügt. »Denn ich liebe ihren Tonfall des Devonshire. Aber es ist fast vier Uhr, ich will mich in meiner Bibliothek etwas ausruhen. Wir sehen uns wieder beim Abendessen.«

Nach diesen Worten trat er mit seinem etwas schwerfälligen Schritt zur Tür und verschwand.

»Er ist nicht zufrieden«, sagte Douglas.

»Nein, aber du hast ihn geneckt.«

»Ich kann es nun einmal nicht verhindern, daß ich sehe, was ich sehe, und höre, was ich höre.«

»Ich auch nicht, Douglas, aber ich behalte meine Schlüsse für mich.«

»Josh, ich werde deinem edlen Beispiel folgen«, sagte Douglas lachend. »Komm, wir ruhen uns auch ein wenig aus.«

7

Sehr zu seinem Unwillen erinnerte sich der junge Billy, daß er Mr. Hargrove um fünf Uhr in seiner Bibliothek aufsuchen mußte. Die Versuchung, es zu vergessen, war stark, aber bei all seiner Kühnheit wagte er es nicht, dem Herrn der Plantage zu trotzen, und wenn dieser auch nie gegen jemanden die Hand erhob, so waren seine Strafpredigten um so mehr gefürchtet. Mit schneidender Stimme und in einer Sprache vorgetragen, die als ein Muster klassischer Präzision gelten konnte, hatten sie eine niederschmetternde Wirkung, und das Opfer empfand nur noch den Wunsch, in den Boden zu versinken. Ohrfeigen oder eine Tracht Prügel wären weniger demütigend gewesen, aber sie entsprachen nicht dem Stil dieses Mannes, dessen offenbare Milde von eiserner Beschaffenheit zu sein schien. So hatte Billy bei seinem Erscheinen in diesen vier Wänden nichts Erfreuliches zu erwarten. Dennoch schob er sich entschlossen die lästige Haarsträhne aus der Stirn und durcheilte festen Schrittes den Flur, der zur Bibliothek führte, aber dort blieb er plötzlich stehen.

Ein Geräusch von Stimmen drang durch die dicke Polsterung der Tür, die die Stille in diesem Raum gewährleistete, zu dem gewöhnlich niemand außer Miss Llewelyn Zutritt hatte.

Billy erkannte sofort den walisischen Akzent dieser privilegierten Person, die irgend etwas schrie, wovon er nur Wortfetzen verstand, in denen das Wort *Beweise* immer wiederkehrte.

Aufmerksamer lauschend, vernahm er die mit wütender Hartnäckigkeit wiederholten Worte:

»... immer Beweise ... welche Beweise? Was wollen Sie für Beweise ... immer wollen Sie ...«

Dieser Wortschwall, der durch nichts einzudämmen schien, übertönte jedoch nicht das fortwährende Grollen einer dumpfen Stimme, bis ganz plötzlich ein Schweigen eintrat, das beunruhigender als alles andere war. Von Entsetzen gepackt, wich Billy zurück und entfernte sich über den Flur, durch den er gekommen war. Diese instinktive Reaktion erwies sich als nützlich, denn die Tür der Bibliothek wurde jäh aufgerissen, und Mr. Hargrove erschien auf der Schwelle mit puterrotem Gesicht.

»Billy!« rief er.

Mit der Verschlagenheit seines Alters wandte sich der Junge um und kehrte, unschuldig dreinblickend, zurück.

»Du kannst gehen«, sagte Mr. Hargrove barsch. »Ich habe im Augenblick zu tun. Geh in die Allee hinaus. Ich will es dieses Mal noch durchgehen lassen, aber ich warne dich. Daß du dich bei Tisch nie mehr so benimmst, wie du es heute getan hast!«

Kaum hatte er diese Worte gesprochen, schloß er die Tür wieder, und Billy konnte sich zufrieden, aber im höchsten Grade neugierig zurückziehen.

Während dies geschah, ereignete sich am anderen Ende des Hauses eine Szene sehr unterschiedlicher Art. In einem Zimmer, dessen Mobiliar aus einem großen Arbeitstisch und zwei auf Kugelfüßen ruhenden Schränken sowie zwei geraden Stühlen bestand, saßen sich Elizabeth und Miss Pringle gegenüber. Letztere, in einem dunkelblauen Kleid, blickte das junge Mädchen freundlich lächelnd an.

»Ich hoffe«, sagte sie, »daß meine Fragen Ihnen nicht peinlich sind, aber wir kennen uns noch kaum, und ich fühle mich verpflichtet ...«

»Ihre Fragen sind mir durchaus nicht peinlich, ganz im Gegenteil.«

Ein neues Schweigen entstand, das Miss Pringle schließlich durchbrach:

»Vielleicht fühlen Sie sich hier ein wenig einsam, mein Kind?«

»Ja, so ist es wohl ... es sind so viele Leute.«

»Allein unter zu vielen«, sagte Miss Pringle mit einem neuen, noch geheimnisvolleren Lächeln. »Das scheint widersprüchlich, aber ich verstehe Sie. Auch ich habe das gekannt, bis zum Tage, da mir der Gedanke kam, daß ich nie allein bin. Nie ...«

Während sie dies sagte, machte sie den Eindruck, als umkreise sie eine Seele. Dann blickte sie dem jungen Mädchen tief in die Augen.

»Ich will Ihnen jetzt eine andere Frage stellen«, fuhr sie fort, wobei sie sich leicht vorneigte. »Lesen Sie jeden Tag in Ihrer Bibel?«

»O ja, Miss Pringle. Natürlich.«

»Aber vermutlich in der Bibel Ihrer Mutter?«

»Nein. Als mein Vater starb, gab man mir die seine ... Sie ist sehr schön.«

Miss Pringle richtete sich auf.

»Nun, dann bin ich ganz beruhigt«, sagte sie. »Falls Sie irgend etwas nicht verstehen sollten, wenden Sie sich an mich. Ich überlasse Sie jetzt Mademoiselle Souligou, die ich gerade kommen höre. Sie ist eine brave Frau, aber vergessen Sie bitte trotzdem nicht, was ich Ihnen empfehle: keine Fragen und nur kurze Antworten auf die Fragen, die sie Ihnen gewiß stellen wird.«

Einige Sekunden später näherten sich schlurfende Schritte auf dem Marmorfußboden, und dann erschien eine kleine Alte in einem geblümten Baumwollkleid. Obwohl sie etwas gebeugt ging wegen ihres Alters, hielt sie den Kopf aufrecht, und man blickte in ein hageres, braunes Gesicht, auf dem sich die Runzeln kreuzten, ineinanderliefen und gleichsam willkürlich ein kompliziertes Netz um die spitze Nase und den zu einem breiten Lächeln erstarrten Mund bildeten. Zwei lebhafte schwarze Augen schossen fast pausenlos neugierige Blicke in alle Richtungen, und um den Kopf trug sie ein dickes indigoblaues Tuch, dessen beide Enden sich wie Siegesschwingen über dem Haupt dieser zwar winzigen, aber selbstbewußten Person emporstreckten, die offensichtlich stolz war, Josephine Souligou von den Antillen und Schneiderin aus Pointe-à-Pitre zu sein.

Auf der Schwelle blieb sie stehen und starrte Elizabeth an.

»Guten Tag, Mademoiselle Souligou«, rief Miss Pringle ungeduldig. »Kommen Sie schon herein, stehen Sie nicht da an der Tür.«

»Guten Tag, Miss Pringle, ich komme ja, wie Sie sehen.«

Sie sprach mit französischem Akzent, und ihre Stimme war sanft und hatte einen fast kindlichen Tonfall, der plötzlich abbrach und härter wurde. Sie trat ein, ohne den Blick von der jungen Engländerin abzuwenden.

»Miss Elizabeth ist eine Verwandte von Mr. Hargrove«, erklärte Miss Pringle. »Sie wird jetzt bei uns wohnen, und heute sollen Sie ihr etwas zu langes Kleid richten. Elizabeth, Mademoiselle Souligou ist die Hausschneiderin. Ich bin sicher, daß Sie sich mit ihr verstehen werden. Bis morgen früh also, Elizabeth, aber falls Sie mich noch irgend etwas fragen wollen ...«

»Ich habe keine Fragen«, sagte Elizabeth.

»Aber ich habe tausend!« rief die Schneiderin.

»Das kann ich mir denken«, sagte Miss Pringle, »aber damit

müssen Sie sich bis auf ein andermal gedulden, Mademoiselle Souligou. Guten Abend.«

»Miss Pringle ist nicht sehr gesprächig«, sagte Mademoiselle Souligou, als sie mit dem jungen Mädchen allein war.

In ihrem Mund reimte sich der Name Pringle genau auf das französische Wort *tringle*, was Elizabeth unter anderen Umständen spaßig gefunden hätte, aber in der Gegenwart dieser alten, so seltsam aussehenden Frau fühlte sie sich unbehaglich.

Mademoiselle Souligou erriet es sofort.

»Haben Sie keine Angst«, sagte sie mit einem noch breiteren Lächeln. »Hier nennt man mich die gute alte Souligou, weil ich immer allen helfe. So werde ich heute abend Ihr Kleid ein wenig richten.«

»Aber es ist nicht mein Kleid«, entgegnete Elizabeth, die mit Mühe ihre Verwirrung beherrschte.

»Das sehe ich wohl. Mademoiselle Minnie hat mir alles erzählt. Sie mag Sie sehr gern. Kommen Sie ein bißchen näher zu mir ... So, das genügt.«

Ihr holpriges, aber rasches Englisch belustigte Elizabeth schließlich so sehr, daß sie ein wenig den Kopf neigte, um ein Lächeln zu verbergen. Die Schneiderin bemerkte es trotzdem und rief fröhlich:

»Lachen Sie nur, Mademoiselle Elizabeth. Wenn Sie lachen, macht die Souligou Ihnen keine Angst mehr, und dann werden wir gute Freunde sein.«

Elizabeth errötete. Diese beginnende Vertraulichkeit verwirrte sie.

»Ich versichere Ihnen, daß ich mich nicht über Sie lustig gemacht habe«, erwiderte sie lebhaft.

»Ach, Mademoiselle Elizabeth, das weiß ich doch. Ich weiß alles. Sie sind das englische Fräulein, von dem man seit Wochen redet. Mr. Hargrove hatte persönlich Ihre Ankunft angekündigt.«

»Ich bin mit meiner Mutter gekommen«, erklärte Elizabeth, wie um ihre eigene Wichtigkeit zu mindern.

»Auch das weiß ich sehr wohl. Miss Liuline hat es mir gesagt.«

»Miss Liuline?«

»Ja, die Dame in Grau, die sich um sie kümmert.«

»Ach, Miss Llewelyn!«

»Sagen Sie es, wie Sie wollen. Ich an Ihrer Stelle würde mit Miss

Liuline nicht zuviel reden. Aber nun werde ich geschwätzig. Wir müssen uns an die Arbeit machen. Ihr Kleid ist eine Katastrophe.« Dieser Bemerkung folgte ein bestürztes Schweigen, und man hörte nur noch das Rascheln des Stoffs unter den knochigen Fingern der Schneiderin.

»Da ist nicht viel zu machen«, sagte sie schließlich, »es sei denn, Sie ziehen es aus, und ich nehme es mit zu mir.«

»Ich will es nicht ausziehen.«

Die Alte lachte verschmitzt über diesen entschlossenen Ton.

»Nicht umsonst eine Engländerin«, murmelte sie auf französisch.

Dann sagte sie laut auf englisch:

»Nun, Mademoiselle Elizabeth, dann werden wir versuchen, es an Ort und Stelle zu richten, aber Sie werden sich mit einem großen Saum am Rock begnügen müssen, den ich Ihnen sonst zugeschnitten hätte, um eine elegante Dame aus Ihnen zu machen.«

Während sie schwatzte, kramte sie in einer Tasche in den Falten ihres bunten Rocks und holte eine Schere mit Etui und eine kleine Schachtel hervor.

»Drehen Sie sich ein wenig. Sind Sie geduldig?« fragte sie und kniete sich vor das junge Mädchen.

»Ich gebe mir Mühe.«

Mit überraschender Schnelligkeit heftete sie die Nadeln an die richtigen Stellen.

»Drehen Sie sich ... und jetzt auf die andere Seite«, befal sie, als sei es ein Spiel, und Elizabeth, noch etwas röter geworden, biß sich auf die Lippen und gehorchte.

Jetzt glitt der Faden durch das blaue Leinen, und die Schneiderin fand ihre Sprache wieder.

»Wie es scheint, wird man Sie übermorgen früh in die Stadt bringen, zu einer Madame Clementine aus Paris, so sagt sie jedenfalls, obgleich sie eine Diebin ist und mit ihrem hübschen Fuß noch nie französischen Boden betreten hat, aber Paris, wissen Sie ... die Leute hier sind so – wie sagen Sie *gobeurs* auf englisch?«

»Das weiß ich nicht.«

»Macht nichts. Sie hat ein paar ganz passable Modelle, die angeblich von denen aus Paris kopiert sind. Die Mama des jungen Billy soll Sie in der Kalesche nach Savannah bringen, denn sie hat eine ellenlange Liste von Einkäufen, die sie dort machen will. Das weiß ich von Miss Susanna, die Sie sehr gern mag, wie übrigens alle in Dimwood. Ich hoffe nur, daß man die Geschenke nicht vergessen wird.«

»Die Geschenke?« fragte Elizabeth. Dieses Wort bewahrte seinen Zauber in den Ohren des kleinen Mädchens, das sie in mancherlei Hinsicht noch war.

»Was denn sonst? Glauben Sie vielleicht, die Schwarzen erwarten nicht auch eine Kleinigkeit aus der großen Stadt? Nicht alle natürlich, aber der Reihe nach hat jeder Anrecht auf ein Geschenk. Mr. Hargrove will keine unzufriedenen Gesichter in Dimwood sehen. Das letzte Mal hat die alte Bessie ein schönes buntes Baumwollkleid bekommen und ein großes Paket Tabak für ihre Pfeife, weil sie sehr viel raucht. Man nennt sie die Großmutter der Plantage. Seien Sie nett zu ihr. Seien Sie nett zu allen Schwarzen, und man wird Sie lieben und Ihnen immer zulächeln, aber wenn Sie hochnäsig sind ...«

»Ich bin nicht hochnäsig!« wehrte sich Elizabeth, die den Schatten eines Vorwurfs zu erkennen glaubte.

»Bitte halten Sie still, damit ich Sie nicht pikse. Ich habe nicht gesagt, daß Sie hochnäsig sind, ich habe gesagt, *wenn* ... Und was ich Ihnen sage, ist wichtig. Die Schwarzen werden sich rasch ein Urteil über Sie bilden.«

»Wie, Sie werden über mich urteilen?«

»Verstehen Sie mich doch: Sie werden sich eine gute oder schlechte Meinung bilden. Wenn die Meinung nicht gut ist, werden Sie sich Ihnen gegenüber zwar immer respektvoll zeigen, aber in ihrem Herzen wird kein Platz für Sie sein, und wenn ein Schwarzer Sie verachtet, ist es schlecht. Das weiß ich, weil ich von den Antillen bin, und Mr. Hargrove weiß es auch.«

Sie schwieg, und ihr Schweigen schien Elizabeth ebenso beunruhigend wie der plötzlich unterbrochene Schwall ihrer Worte. Was ging in diesem gebeugten grauen Kopf vor? Die beiden Flügel ihres indigoblauen Kopftuchs wirkten gar nicht mehr komisch. Das junge Mädchen hatte den Eindruck, daß alles um sie herum sich veränderte und daß eine unbestimmte Drohung auf dieser geheimnisvollen Plantage lastete. Die Schwarzen ... Ihre Mutter fürchtete sich vor ihnen.

»Meine Kleine, Sie sagen gar nichts?« fragte die Schneiderin mit etwas sanfterer Stimme.

53

Elizabeth war zu verwirrt, um den Übergang von »Mademoiselle« zu »Meine Kleine« bemerkt zu haben. Sie brauchte ein beruhigendes Wort, und die Schneiderin hielt es bereit: »Hier haben Sie von den Schwarzen nichts zu befürchten, weil man sie nicht beleidigt. In diesem Punkt ist Mr. Hargrove sehr streng.«

»Cousine Susanna hat gesagt, er sei sehr gütig.«

»Gütig? Ja. Weil er vorsichtig ist. Mit der Zeit werden alle in dieser Gegend vorsichtig. So. Ich bin fertig. Drehen Sie sich um. Jetzt noch einmal. Es geht. Jedenfalls ist es nicht mehr lächerlich.«

»Wie? Ich war lächerlich?« rief Elizabeth entsetzt aus.

»Sie nicht, mein schönes Kind, aber dieser Rock, der hinter Ihnen herschleifte.« Sie erhob sich schwerfällig und setzte sich. »So wie Sie aussehen«, fuhr sie fort, »werden Ihnen in weniger als einem Jahr die jungen Männer nachlaufen.«

»Die jungen Männer?«

Sie sagte es, wie sie »die Geschenke?« gesagt hatte.

»Jawohl, die jungen Männer. Man könnte meinen, ich erzähle Ihnen von seltenen Tieren.«

»Aber nein, gewiß nicht.«

»Haben Sie drüben in England welche gekannt?«

Elizabeth zögerte.

»Ja, einen«, sagte sie lachend. »Einen Freund aus der Kindheit, von der Schule her. Wir spielten miteinander.«

»Und hatte er Sie gern?«

»O ja. Ich ihn auch ... das heißt, nun ja.«

»Hat er geweint, als Sie fortgegangen sind?«

»Geweint? Nein, was für eine komische Idee, Mademoiselle Souligou. Ein Junge weint doch nicht. Wenigstens nicht in England.«

»Ich vergaß. Und die Mädchen?«

»Aber nein. Das wäre lächerlich. Und dann war das alles doch nur ein Spaß.«

»Hier werden Sie junge Leute finden, die Sie vielleicht zum Weinen bringen werden, Mademoiselle Elizabeth.«

»Das möchte ich aber mal sehen!«

»Ich weiß allerlei Dinge, mein Kind. In gewissen Augenblicken kann ich in die Zukunft sehen.«

Instinktiv trat Elizabeth, die stehengeblieben war, einen Schritt zurück und setzte sich.

»Sie haben überall im Süden Verwandte und unzählige Vettern. Wußten Sie das?«

»Nein.«

»Man hat Ihnen nichts gesagt. Durch Ihren Vater sind Sie mit den Siverac in Louisiana verwandt. Einige von denen kommen manchmal hierher. Andere auch. Alle großen Familien des Südens sind miteinander versippt. Ich habe Junge und Alte in Dimwood auf Besuch gesehen. Die Siverac stehen im Ruf, die Bestaussehenden zu sein.«

»Die Bestaussehenden«, wiederholte Elizabeth automatisch.

»Ach, das interessiert Sie, Mademoiselle Elizabeth? Wenn man auch eine Engländerin ist, meine Kleine, man bleibt doch ein Mensch.«

Diese Bemerkung machte sie auf französisch und lächelte.

Elizabeth, die eine ironische Anspielung vermutete, wurde rot.

»Ich verstehe nicht«, sagte sie.

»Aber Sie können doch ein bißchen Französisch.«

»Sehr wenig. Nur was ich auf der Schule gelernt habe.«

»Nun, wenn der junge Siverac wieder einmal nach Dimwood kommt, wird er Ihnen ein paar Worte beibringen. Seine gesamte Familie ist französisch geblieben. Aber er ist gefährlich.«

»Gefährlich!« rief die naive Elizabeth aus. »Dann habe ich keine Lust, diesen Herrn kennenzulernen.«

»Oh, er ist kein Mörder. Er wird Ihnen nicht weh tun.«

Inzwischen war das schwindende Licht großen Schatten gewichen, die von der Decke hinabzuschweben schienen, und bald sah das junge Mädchen von dem Gesicht der alten Frau nur noch die Umrisse.

Diese neigte sich ein wenig zu ihr und sagte leise:

»Man wird eine Lampe bringen, und wir werden uns trennen, aber wir sehen uns wieder, und wenn Sie irgendwelche Sorgen haben, fragen Sie die gute alte Souligou um Rat. Seien Sie auf der Hut vor den jungen Männern. Hören Sie, ich werde Ihnen ein kleines französisches Lied beibringen, das man noch am Hofe Ludwigs XVI. sang.«

Und wie mit einer Kinderstimme begann sie ein altertümlich klingendes Lied zu singen, von dem Elizabeth nur die letzte Strophe zu behalten vermochte:

Voici la fin du jour
Et le loup vous guette,
Ma jolie fillette,
En son séjour.

Im Dämmerlicht prägten sich diese Worte in ihr Gedächtnis ein, und ohne zu wissen warum, wurde es ihr beklommen ums Herz. Ein Diener trat ein und stellte eine Lampe auf den Tisch.

8

Das *Souper* fand bei Sonnenuntergang statt; es war kürzer als das *Diner* und auch ruhiger. Die Hitze des Tages hatte alle ein wenig ermüdet, und selbst der Appetit war gedämpft. Man ließ sich zwar die kalt servierte Schildkrötensuppe schmecken, rührte aber das übrige kaum an. Gemäß einer Gewohnheit, von der er nie abwich, sprach Mr. Hargrove die Abendgebete, und er sprach lange beim Gesang der Laubfrösche, die schüchtern den Abend begrüßten. Mit der Stimme, die er sich für diese Minuten vorbehielt, dankte er dem Himmel in einem Schwall von Worten, die durch die zahllosen Wiederholungen geheimnisvoll zu klingen begannen, denn je länger er redete, desto dumpfer und fast klagend wurde seine Stimme, während die riesige Torte unangetastet blieb und die fünfzehn Menschen, in der Reglosigkeit der Langeweile erstarrt, ein jeder mit gefalteten Händen, sich in ihren eigenen Träumereien des Herzens und der Sinne verloren.

In ihrem von Mademoiselle Souligou gekürzten Kleid fühlte sich Elizabeth von neuem unbehaglich unter diesen mit einer gewissen Sorgfalt für den Abend gekleideten Männern und Frauen, die Frauen in Weiß, die Männer in Schwarz, den Hals in steife Kragen und schwere seidene Binden gezwängt. Und rund um den Tisch funkelten die Juwelen im gedämpften Licht der Kerzenleuchter.

Das abschließende *Amen* erlöste die Tischgäste, und während die »Kinder« in einer Art von rasender Flucht zur Tür eilten und die Damen sich mit gewohnter Würde in den Salon begaben, schritten die Herren langsam auf die Veranda zu, wo sie das unvermeidliche politische Gespräch im Rauch langer Zigarren erwartete.

Dort saß nun Mr. Hargrove eine Weile schweigend zwischen seinen beiden Söhnen, während der Fußboden unter den Schaukelstühlen knarrte. Die Nacht war dunkel, aber die Bäume der großen Allee hoben sich vom Himmel ab, wo die ersten Sterne erstrahlten. Fast flüsternd brachte Mr. Hargrove den Namen Calhoun ins Gespräch, der dunkel nachhallte. Es folgte eine lange Pause, und dann murmelte Douglas:

»Ich bewundere ihn, aber ich finde ihn immer beunruhigender.«

Diesem Satz folgte keine sofortige Erwiderung, die Schaukelstühle wippten weiterhin auf und ab, die Frösche fuhren fort, den leichten Schleier ihres ununterbrochenen Gesangs zu weben. Man hätte meinen können, daß der große nächtliche Friede das Gespräch der Männer verstummen ließ.

»Warum beunruhigend?« fragte Mr. Hargrove schließlich.

Diese Worte fielen in das schwarze Loch des Schweigens, wie um sich in Vergessenheit zu flüchten, aber dieses Mal nahm Josh sie auf und äußerte leise die schreckliche Frage:

»Sehen Sie denn nicht, daß er das Land in zwei Teile spaltet? Seine Rede im Senat war eine Provokation.«

»Er hat unsere Rechte auf bewundernswerte Art verteidigt«, sagte Mr. Hargrove nach einigem Nachdenken.

»Bereits 1811 hat er Amerika in einen nutzlosen Krieg gegen England gestürzt«, entgegnete Douglas etwas lebhafter.

»Das alles liegt weit zurück«, sagte Mr. Hargrove, und seine noch dumpfer gewordene Stimme ließ dieses »weit zurück« noch ferner erscheinen. »Die Dinge werden sich schon einrenken, weil es so sein muß. Aber reden wir von etwas anderem. Seht ihr den Großen Bären dort über den Bäumen?«

»Ja.«

»Nun, wenn ich auf Reisen bin und an zu Hause denke, sage ich mir: Unser liebes Dimwood liegt unter dem Großen Bären.«

»Ich frage mich, wie es heute nacht anderswo liegen sollte«, murmelte Douglas vor sich hin, weil ihm diese Sentimentalität auf die Nerven ging.

»Was sagst du, Douglas?« fragte Mr. Hargrove.

»Nichts, Sir. Ich denke, daß Dimwood tatsächlich unter dem Großen Bären liegt.«

Sei es, daß Elizabeth sich ihres geliehenen Kleides schämte, weil Mademoiselle Souligou sich so abfällig darüber geäußert hatte, sei es, daß sie allein sein wollte, um über alles nachzudenken, was ihr von dieser Frau erzählt worden war, jedenfalls folgte sie den »Kindern« nicht, die zur großen Allee liefen.

Da sie auch nicht in den Salon gehen wollte, wo die Damen plauderten, trat sie einige Schritte auf die Veranda hinaus, aber dann hörte sie plötzlich Mr. Hargroves tiefe und schleppende Stimme und kehrte rasch ins Haus zurück. Unentschlossen und niedergeschlagen verirrte sie sich schließlich in den Korridoren. Was sie unbewußt am meisten fürchtete, war die Möglichkeit, einem schwarzen Diener zu begegnen, aber sie fürchtete auch den Augenblick, da sie auf ihr Zimmer gehen und ihre Mutter sehen müßte.

Nach einigem Irren fand sie die große Eingangshalle und flüchtete sich, wie sie es am Vorabend getan hatte, in die dunkelste Ecke. Dort versuchte sie, sich an gewisse Einzelheiten des Tages zu erinnern. Sie hatte das unbestimmte Gefühl, daß man sie sozusagen von Hand zu Hand reichte, von einem zum anderen, und jeder erzählte ihr etwas über das Leben auf der Plantage. Susannas ein wenig traurige Stimme klang noch zuweilen in ihren Ohren, öfter aber und mit Eindringlichkeit der Name Siveracs und die Warnung vor diesem gefährlichen Mann. Es schien ihr, als liefe alles seit ihrer Abreise aus England ihrem unbändigen Wunsch entgegen, glücklich zu sein. Vergeblich lächelte man ihr zu. Sie hatte Angst in Dimwood. Nur der Stolz hielt sie davor zurück, in Tränen auszubrechen.

Einige Minuten lang blieb sie regungslos, wie fasziniert von der Stille und der Einsamkeit, als ob sie auf etwas wartete, und plötzlich verspürte sie eine Art von Panik. Ein Grauen packte sie, jenes Grauen, das aus dem Nichts kommt und sich eines jeden Menschen zu irgendeinem Zeitpunkt seinen Erdendaseins bemächtigt. Mit ihren kaum sechzehn Jahren erkannte sie in einer kurzen und niederschmetternden Eingebung, daß die Welt um sie herum nur ein Schein war und daß sich dahinter etwas anderes verbarg, eine zugleich unfaßbare und unleugbare Wirklichkeit. Es dauerte nur einen Herzschlag lang und schien doch eine Ewigkeit. Sie wollte schreien und blieb stumm, und dann fiel sie fast sogleich in den schweren Schlaf äußerster Erschöpfung.

Ein Geräusch von Schritten weckte sie, und sie sah Tante Laura auf sich zukommen. Ihr hellgraues Kleid und ihre Rüschenhaube verliehen ihr eine eigenartige Würde, und sie wäre Elizabeth furchterregend erschienen, wenn ihr sanfter Blick diesen Eindruck nicht abgeschwächt hätte.

Hübsch konnte man sie nicht nennen. Das Gesicht war zu lang und die Züge zu ausgeprägt, als daß dieses Wort auf sie gepaßt hätte, aber die sehr gerade Nase teilte dieses ernste Antlitz in zwei Hälften und verlieh ihm eine in ihrer Symmetrie vollkommene Regelmäßigkeit. Ein günstiges Licht ließ sie schön erscheinen, und ein weniger barmherziges zeigte sie als eine Frau von fast männlicher Häßlichkeit, aber zu keiner Zeit konnte man den Blick von diesem Gesicht abwenden, das eine tiefe Herzensgüte ausstrahlte. Nichtsdestoweniger blieb sie die geheimnisvollste Person in Dimwood. Sie sprach sehr wenig, und obgleich sie bei Tisch zur Rechten ihres Vaters saß, schenkte dieser ihr nicht die geringste Aufmerksamkeit. Er verlangte lediglich, sie in seiner Nähe zu haben, aber es geschah selten, daß sie ein paar Worte wechselten. Seit langem überraschte dieses sonderbare Verhältnis niemanden mehr. Man nahm das Schweigen, das diese beiden Menschen trennte, ebenso kommentarlos hin wie ihre Plätze am Tisch, die sie einander so nahe brachten. Daß Tante Laura darunter litt, schien offenbar. Was ihn betraf, so wußte man es nicht. Man beurteilte ihn eher summarisch: einerseits war er gütig und andererseits unergründlich in seinen Motiven. Man liebte Tante Laura, aber sie war von einer lächelnden Melancholie umgeben und lebte in einer gewissen Einsamkeit, die von allen schweigend respektiert wurde.

»Elizabeth«, sagte sie lachend, »ich habe Sie geweckt! Verzeihen Sie mir, aber ich suche Sie schon seit einer Weile. Ich hätte nicht erwartet, Sie hier zu finden, schlafend wie ein Kätzchen in einem Sessel. Sind Sie müde?«

»Nein, eigentlich nicht. Ich weiß nicht, warum ich hier eingeschlafen bin.«

Nichts von dem, was ihrem jähen Einschlafen vorausgegangen war, blieb ihr in Erinnerung, außer einer unerklärlichen Traurigkeit, und sie blickte die lächelnde Frau ernst an.

»Haben Sie irgendwelche Sorgen?« erkundigte sich Tante Laura.

»Nein«, und nun lächelte auch Elizabeth, »ich glaube, ich habe wohl geträumt.«

»Wenn es weiter nichts ist! Wir werden Ihre Träume vertreiben und ein Stück spazierengehen, ja? Aber ich bin etwas besorgt. Vorhin ging ich zu Ihrer Mutter hinauf, um sie zu fragen, ob ich ihr irgendwie helfen könne. Ich klopfte an ihre Tür, aber sie wollte mich nicht einlassen. Sie hat sehr laut verkündet, sie wünsche, allein zu sein.«

»Das erstaunt mich nicht. Das hat sie mir heute früh auch gesagt.«

»Natürlich hat sie mich nicht eingelassen. Sie hat mich gestern abend ja kaum gesehen, aber glauben Sie nicht, daß Sie einen Versuch machen könnten? Ich muß gestehen, daß ich ein wenig beunruhigt bin.«

»Sie sagte mir, sie werde mich sehen, wenn ich schlafen gehe. Es ist zwecklos, mit Mama zu diskutieren.«

»Dann will ich nicht weiter drängen. Gehen wir auf die Veranda.«

»Dort ist Mr. Hargrove mit seinen Söhnen.«

»Ich weiß, aber wir gehen nicht auf diese Seite. Und Sie brauchen auch keine Angst vor meinem Vater zu haben. Er liebt Sie sehr.«

»Ich habe keine Angst vor Mr. Hargrove«, erwiderte das junge Mädchen stolz, »aber ich will ihn nicht stören. Ich glaube, er spricht über Politik . . .«

»Ach was, das ganze Land redet von nichts anderem, und das seit dreißig Jahren. Bei uns liebt man die politischen Diskussionen – das Geschrei. Dieser Lärm beim Mittagessen . . . Sie haben mir richtig leid getan, und ich fürchte, es hat Sie erschreckt.«

»Aber nein, durchaus nicht.«

Sie log. Ihre Selbstachtung verbot ihr, die Wahrheit zu sagen.

»Sehr gut«, sagte Tante Laura. »Ich bin stolz auf Sie.«

Während sie plauderten, hatten sie die große Halle durchquert und traten nun auf die Nordseite der Veranda. Die Luft war frischer geworden, und es duftete gut.

»Wir sind auf der Gartenseite. Sie werden unsere Gärten zwar nur riechen, ohne sie richtig zu sehen . . . Aber wenigstens haben Sie dann eine Vorstellung . . .«

Sie nahm das junge Mädchen bei der Hand und führte es im Halbdunkel.

»In ein paar Minuten wird es heller sein«, fügte sie im Weitergehen hinzu.

Auf die Balustrade gelehnt, schwiegen sie eine Weile, und dann sagte Laura mit gedämpfter Stimme:

»Dort sind so viele Blumen, daß ihr Duft bis zu uns dringt. Rosen und Jasmin ... riechen Sie es?«

»O ja«, erwiderte Elizabeth, die diese köstlichen Düfte beglückten, als sei sie im heimatlichen Devonshire. »Aber warum sind diese Gärten so weit entfernt?«

»Ach, das ist nun einmal so. Erkennen Sie sie jetzt? Der Mond erhellt sie ein wenig, aber man sieht nicht die schönen Farben. Es wirkt alles recht dunkel, eine große grüne Masse.«

»Man könnte fast meinen, es sei ein kleiner Wald.«

»Ja, ein kleiner Wald. Die Pflanzen sind unglaublich hoch, und es gibt Alleen in alle Richtungen. Man kann sich dort verlaufen.«

»Cousine Susanna wollte mit mir vor dem Abendessen hingehen, aber ich war mit Mademoiselle Souligou beschäftigt.«

Tante Laura schwieg einen Augenblick nachdenklich.

»Vor dem Abendessen«, sagte sie schließlich, »ja, am frühen Abend, wenn die Sonne tiefer steht, das ist der beste Zeitpunkt. Dennoch hielte ich es für besser, wenn Sie mit mir hingingen. Susanna ist reizend, aber ich kenne all die verschiedenen Blumenarten besser als sie, und es gibt so viele ...«

»Könnten wir nicht jetzt hingehen?«

»Jetzt ist es zu dunkel, und Sie würden fast nichts sehen. Und dann geht man nachts nicht in die Gärten. Mein Vater wünscht es nicht.«

»Wie schade!« entfuhr es Elizabeth unwillkürlich.

Dieser Ausruf blieb ohne Resonanz.

»Wollen wir uns nicht setzen?« schlug Tante Laura mit sanfter Stimme vor. »Diese Schaukelstühle sind sehr bequem. Hoffentlich gefallen Ihnen unsere Schaukelstühle.«

»Sehr sogar. Ich habe einen in meinem Zimmer und werde nicht müde, darin zu wippen.«

Über die Naivität dieser Bemerkung mußte Tante Laura lachen.

»Sie sind bereits eine richtige Amerikanerin«, sagte sie heiter. »Setzen Sie sich dort neben mich, und nehmen Sie das hier ... Die Luft ist noch warm.«

Sie reichte ihr einen der Palmfächer, die überall auf der Veranda auslagen.

Mit kindlichem Vergnügen schickte Elizabeth sich an, den Fächer heftig und ganz nahe an ihrem Gesicht zu bewegen. Die Besorgnisse des Tages verflüchtigten sich, und alles schien ihr jetzt angenehm und neu. Zum ersten Mal seit ihrer Ankunft empfand sie die geheimnisvolle Freude eines grenzenlosen Vertrauens zu einem Menschen. Tante Lauras Charme wirkte so unwiderstehlich auf sie, daß sie ihr am liebsten ihr Herz ausgeschüttet, ihr all ihre Enttäuschungen und vagen Hoffnungen anvertraut hätte, aber eine instinktive Scham hielt sie davor zurück. Wie wenn sie auf diesen stummen Ruf eines noch unversehrten Herzens antwortete, sprach die Stimme im Dunkel:

»Ich möchte, daß Sie glücklich sind, weil ich selbst es nicht gewesen bin.«

Sie schwieg einen Augenblick und fuhr fort:

»Die Welt ist grausam, Elizabeth. Ich werde dasein, um Sie zu beschützen, falls ich es kann.«

»Aber Tante Laura, was gibt es denn hier zu befürchten?«

Sie zögerte eine Sekunde und fügte dann mit einem gezwungenen Lachen hinzu:

»Mama hat Angst vor den Schwarzen.«

»Vor den Schwarzen! Mein Kind, es handelt sich nicht um die Schwarzen. Die Schwarzen sind einfältige Gemüter. Wenn Sie sie lieben, können Sie sicher sein, daß man Sie auch liebt, und diese Menschen merken sofort, ob man sie mag. Lächeln Sie ihnen zu. Jeder von ihnen wird Ihnen seinen Namen nennen. Aber dann dürfen Sie ihn nicht vergessen. Wenn Sie den Namen eines Schwarzen vergessen, verletzen Sie ihn. Ich kenne sie gut. Die Schwarzen werden Ihnen nichts Böses tun. Aber ich dachte nicht an die Schwarzen.«

»Oh, wissen Sie, ich fürchte mich vor nichts!« erklärte fröhlich Elizabeth, die mit dem wachsenden Vertrauen immer kühner wurde.

»Sie reden wie die Kinder von drüben. Und wie ich, als ich in Ihrem Alter war. Wir sind beide englischer Abstammung. Viele hier sind es. Und doch werden Sie diese Grausamkeit, von der ich spreche, überall finden. Sie beschränkt sich nicht auf Dimwood. Die ganze Welt ist voller Gefahren.«

»Die Gefahren ... wie es scheint, haben wir einen Vetter in Louisiana, der gefährlich ist.«

Tante Laura zuckte zusammen und schien beunruhigt.

»Wer hat Ihnen das erzählt, Elizabeth?«

»Mademoiselle Souligou.«

»Das ist Unsinn. Ich kenne ihn. Er ist ein junger Herr wie jeder andere. Und überhaupt bin ich ja da. Ich muß einmal mit Mademoiselle Souligou reden.«

Plötzlich stand sie auf.

»Es wird spät, meine kleine Elizabeth. Der Mond geht auf, und wir werden von hier aus einen ganzen Teil der Plantage überblicken können. Man sieht jetzt viel besser. Danach, denke ich, sollten Sie zu Ihrer Mutter gehen, meinen Sie nicht?«

»Ich wäre gern noch länger bei Ihnen geblieben, Tante Laura.«

»Das ist sehr nett von Ihnen, aber wir werden uns noch oft sehen.«

Wieder standen sie und stützten die Hände auf die Balustrade. Das kalte Mondlicht fiel auf die Gärten, Wälder und Wiesen, die sich im matten Schimmer der ersten Frühlingsknospen weithin erstreckten. In dieser Beleuchtung, die im Gegensatz zu der wie mit schmetternden Klängen triumphierenden Sonne das Wesen der Stille auszudrücken schien, nahm alles ein gespenstisches Aussehen an, aber von der Präzision einer Federzeichnung. Da konnte man zunächst nur schweigen, um den Schlaf einer schlummernden Welt nicht zu stören, und es dauerte eine Weile, bis sich die Worte schüchtern über die Lippen wagten.

»Wie groß sie ist!« flüsterte Elizabeth.

»Ja, immer ein wenig größer, als ich sie in Erinnerung hatte, und auch ...«

Sie brach ab und seufzte.

»Und was?« fragte das junge Mädchen.

»Nichts von Bedeutung, mein Kind. Es ist der Mond ... in seinem Licht wirkt alles so anders und ernst. Jetzt sehen Sie deutlich die Gärten.«

»O ja. Die langen Alleen und die Plätze mit den Bäumen ringsherum. Überall Gras und üppige Blüten. Wie schön sie sind!«

»Die Schwarzen begießen sie, wenn die Sonne untergeht. Es bleibt eine köstliche Frische zurück ... Heute nacht werden Sie den Gesang der Frösche hören. Sie klettern auf die Bäume und kommen dort aus dem Wasser, sehen Sie?«

Elizabeth sah in der Tat einen langgestreckten Teich, dessen Oberfläche im Mondlicht metallisch schimmerte. Zypressen von düsterer Pracht ragten aus reglosen Tiefen empor.

»Diese Bäume sind so alt, daß man ihr Alter nicht einmal mehr kennt«, sagte Tante Laura. »Die Sioux haben dort gelebt.«

»Woher weiß man das?«

»Es gibt irgendwo dort drüben einen kleinen Baum, dessen Stamm verkrüppelt ist, aber verdreht wie ein von Menschenhand gewrungenes Tuch. Das machte man so bei den Indianern. Sie wählten einen ganz jungen, kaum aufgesprossenen Baum und gaben ihm diese Form. Er diente ihnen dann als Orientierungszeichen auf ihren Streifzügen durch das Land. Der Baum wuchs und gedieh, verkrüppelt, aber ohne seine Kraft zu verlieren. Man wird ihn Ihnen bei Tage zeigen.«

»Aber ich sehe ihn sehr gut, er steht am Ende des Teichs auf der rechten Seite. Er ist sehr häßlich. Wie ein Zwerg.«

»Elizabeth!« rief Tante Laura ganz mit veränderter, gerührter Stimme. »Was für gute Augen du hast! Wie kannst du nur so weit sehen? Aber in deinem Alter konnte ich es auch.«

Sie ließ ein paar Sekunden verstreichen, dann sagte sie:

»Es ist spät geworden. Wir werden jetzt hineingehen, und du wirst deiner Mutter eine gute Nacht wünschen.«

»Ja, aber sagen Sie mir zuerst, was das für ein großer schwarzer Wald dort ist.«

Die Frage war ein wenig hinterhältig, denn sie wußte genau, daß es der *verfluchte Wald* war, den man ihr am Vormittag gezeigt hatte.

»Das ist Dimwood«, antwortete Tante Laura rasch.

»Dimwood? Wie das Haus?«

»Ja, man hat diesen Namen beibehalten, ich weiß nicht warum. Der dunkle Wald. Dort geht niemand hin. Er ist auch sehr alt, aber die Bäume sind nicht schön. Man sollte sie fällen, da ohnehin kein Mensch dort spazierengeht.«

»Aber Tante Laura, da sind Leute in diesem Wald. Ich sehe sie sehr gut.«

Da nahm Tante Laura das junge Mädchen unversehens bei der Hand und sprach mit matter und ungeduldiger Stimme:

»Da ist niemand, Elizabeth. Es ist eine optische Täuschung. Es sind nur die Moosfetzen, die von den Bäumen hängen und sich beim leisesten Lufthauch bewegen.«

»Ja, aber ich sehe auch Männer kommen und gehen.«

Tante Laura stieß einen kleinen Schrei aus, der zugleich Gereiztheit und Angst verriet.

»Mein liebes Kind, ich habe dir gesagt, daß es eine optische Täuschung ist. Jeder weiß das. Es kann einfach niemand dort sein. In den dreißig Jahren, die ich auf der Plantage bin, hat niemand dort je einen Menschen gesehen. Also, ich bitte dich, rede nicht mehr davon, und laß uns hineingehen.«

Ohne ein weiteres Wort verließen sie die Veranda und traten ins Haus, wo nicht das geringste Geräusch zu hören war.

»Sie sind alle draußen in der großen Allee, um die frische Abendluft zu genießen. Willst du dich ihnen anschließen oder gleich hinaufgehen?«

Man erriet ihren Wunsch, die etwas strengen Worte von vorhin vergessen zu machen, denn während sie sprach, strich sie Elizabeth leicht über das Haar.

»Ich gehe lieber schlafen«, sagte diese. »Ich bin müde.«

»Nun, dann werde ich dich bis zur Treppe begleiten, um ganz sicher zu sein, daß du dich nicht verirrst. Es ist ein wahres Labyrinth ...«

Sie gingen durch mehrere kleine Zimmer, die Elizabeth nicht kannte, dann durch die lange Halle, wo sie geschlafen hatte. Am Fuße der Treppe blieb Tante Laura stehen und sagte in sehr ernstem Ton:

»Ich liebe dich sehr, mein Kind, und falls du je in Bedrängnis oder in Herzensnot bist ...«

Der unvollendete Satz hallte seltsam in der Stille, und das junge Mädchen blickte beunruhigt zu dieser Frau auf, in deren großen dunklen Augen Tränen glänzten.

»... dann komm zu mir«, fuhr sie endlich mit fast flehender Stimme fort, »aber um Gottes willen sage mir immer die Wahrheit.«

Eine plötzliche Röte stieg in Elizabeths Wangen, als hätte man sie geohrfeigt. Sie begriff sofort: Tante Laura glaubte ihr nicht, daß sie wirklich Männer im Wald gesehen hatte.

»Ich sage immer die Wahrheit«, erklärte sie kurz entschlossen.

Ohne etwas zu erwidern, küßte Tante Laura sie leicht auf die Wange, lächelte ihr zu und entfernte sich.

9

Kaum hatte Elizabeth ihr Zimmer betreten, da hörte sie ihre Mutter rufen.

Mrs. Escridge saß aufrecht im Schaukelstuhl und hielt einen Palmfächer in der Hand, den sie in den Schoß legte, als sie ihre Tochter eintreten sah. Mit Sorgfalt frisiert und in einem Kleid aus flohbraunem Taft, das sie nur bei besonderen Anlässen trug, saß sie völlig reglos da und blickte Elizabeth schweigend an.

»Was hast du heute gemacht, Elizabeth?« fragte sie schließlich ruhig.

Verwirrung stieg in dem jungen Mädchen auf, und die Kehle war ihr wie zugeschnürt, so seltsam erschien ihr das Betragen ihrer Mutter, aber dann bezwang sie ihre Unruhe und erzählte ganz ruhig ihren Tagesablauf, und wenn sie auch vorsichtigerweise einige Einzelheiten ausließ, sagte sie doch eigentlich alles, berichtete von den Mahlzeiten, den Gesprächen, dem Besuch der Schneiderin und dem kurzen nächtlichen Spaziergang mit Tante Laura auf der Veranda.

»Wer ist diese Tante Laura?«

»Aber Mama, sie ist doch Mr. Hargroves Tochter.«

»Dann war sie es also, die bei mir angeklopft hat. Sie nannte mir ihren Namen. Was schert mich ihr Name? Es interessiert mich nicht, wie sie heißt, und wenn sie auch die Tochter des Hausherrn ist, ich hatte strikte Anweisung gegeben, daß man mich in Ruhe läßt. Aber warum stehst du denn da wie eine Angeklagte? Du kannst dich schon etwas natürlicher benehmen. Ich werfe dir nichts vor. Nun setz dich doch.«

Elizabeth zog einen Stuhl heran und setzte sich ihrer Mutter gegenüber, die sie aufmerksam anblickte.

»Du hast also das Haus nicht verlassen«, fuhr sie fort, »außer den paar Schritten in dieser großen Allee, wie du sie nennst. Hast du dich glücklich gefühlt, hier zu sein?«

»Ehrlich gesagt, noch nicht sehr, aber ich denke, ich werde mich schon eingewöhnen.«

»Ich werde mich nie an dieses Land gewöhnen, und ich fühle mich hier so unglücklich, daß ich am liebsten tot wäre.«

Diese letzten Worte stieß sie wie einen Schrei hervor, und dann erhob sie sich plötzlich. Aufrecht und starr stand sie da in ihrem prunkvollen Kleid, während der Sessel hinter ihr wild schaukelte, wie ein zum Sprung ansetzendes Tier. Dann begann sie langsam zu sprechen, ohne ihre Tochter anzusehen, den Blick unverwandt auf die Tür gerichtet.

»Ich habe während dieses endlosen Tages viel nachgedacht«, hub sie an. »Es war ein großer Irrtum von mir, daß ich annahm, wir würden ein wenig von unserem Land auf diesem Boden wiederfinden, der ihm einst gehörte.«

In der einen Hand, die sie schlaff herunterhängen ließ, hielt sie ein Schnupftuch, mit dem sie sich von Zeit zu Zeit den Mundwinkel abwischte. Ihr ganzes Aussehen hatte etwas erschreckend Majestätisches, und Elizabeth betrachtete diese Frau, die sie dem Wahnsinn nahe glaubte und die ihre Mutter war, mit Entsetzen.

Doch Mrs. Escridge erhob die Stimme nicht und drückte sich ebenso präzise wie gemessen aus. Elizabeth hätte glauben können, sie sage einen auswendig gelernten Text auf, wenn die zu sorgfältig artikulierten Sätze nicht das Durcheinander ihrer Gedanken hätten erkennen lassen.

»Ich werde nach England zurückkehren«, fuhr sie bedächtig fort. »Dort habe ich zahllose Freunde, die nur zu glücklich sein werden, mich bei sich aufzunehmen. Und laß dir vor allem nicht wie eine kleine dumme Gans einreden, daß ich den Verstand verliere. Man wird das nämlich als Vorwand benutzen, um mir bei meinen Bemühungen nicht helfen zu müssen. Aber ich werde allein handeln und von hier fortgehen. Du siehst, daß ich mich heute abend festlich gekleidet habe. Ich feiere im voraus meine Flucht in die Freiheit, Elizabeth. Denn man behandelt mich bereits wie eine Gefangene. Da ist diese Frau in Grau mit ihrem Schlüsselbund, die ganz plötzlich wie aus dem Nichts auftaucht, um mich zu überwachen, und dann all die Schwarzen, die mir keine Ruhe lassen. Auf schweren Silbertabletts bringt man mir Speisen, die ich um nichts auf der Welt anrühren werde.«

»Aber Mama, man wünscht sehr, daß Sie herunterkommen und mit uns allen essen. Mr. Hargrove ...«

»Schweig und hör mir zu. Nimm dich in acht vor William Hargrove. Er ist ein grausamer Mensch. Dein Vater hat mir schreckliche Dinge über ihn erzählt. In Haiti ... Aber lassen wir das. Ich hatte ihm nur geschrieben, weil er verpflichtet war, mir zu helfen. Ich wußte zuviel, verstehst du? Und jetzt – siehst du dieses Fläschchen da?«

»Ja, Mama, gestern abend war es noch halb voll.«

»Erspare dir deine vorlauten Bemerkungen. Ich brauche ein neues. Ich fühle mich krank. Wenn ich sterben muß, will ich in England sterben. Du wirst mir also ein neues Fläschchen bringen.«

»Laudanum.«

»Jawohl, Laudanum, und wenn du mir noch ein einziges Mal sagst, es sei gestern abend halb voll gewesen, kriegst du eine Ohrfeige. Du wirst sagen, ich hätte wahnsinnige Kopfschmerzen. Also, morgen früh bringst du mir ein neues Fläschchen. Hast du mich verstanden?«

»Ich verspreche Ihnen, daß ich mein Möglichstes tun werde.«

»Für deine Versprechungen habe ich keine Verwendung. Du mußt nur gehorchen und mir ein Fläschchen bringen. Gestern nacht ist ein Schwarzer mit einem Säbel bei mir eingedrungen. Er hat nicht gewagt, mich anzurühren. Ich habe ihm direkt in die Augen geschaut, und er ist verschwunden, aber ich bin in Gefahr. Ich will fort von hier. Was dich betrifft ... falls du das Herz hast, deine Mutter allein fortgehen zu lassen, so kann ich dich nicht daran hindern. Überlege es dir.«

»Oh, Mama, bitte bleiben Sie!« rief Elizabeth aus.

»Widersprech mir nicht. Ich habe beschlossen, dieses entsetzliche Land zu verlassen. Denke nach, ich lasse dir Zeit. Falls du bleibst, wirst du im Luxus erzogen wie eine kleine amerikanische Republikanerin, man wird einen Mann für dich finden, und du wirst umgeben von Schwarzen in einem erstickenden Klima auf irgendeiner Plantage leben. Und jetzt geh zu Bett. Du darfst mich küssen.«

Elizabeth wollte sich in die Arme ihrer Mutter stürzen, aber diese bot ihr nur eine kalte Wange und sagte:

»Keine Gefühlsausbrüche. Hast du heute früh in der Bibel gelesen?«

»Nein, Cousine Minnie kam in mein Zimmer ...«

»Ich weiß nicht, wer Cousine Minnie ist, aber du wirst vor dem Einschlafen ein ganzes Kapitel lesen. Und wenn du es nicht tust, so werde ich es wissen. Gute Nacht.«

Diese letzten Worte sprach sie mit jener barschen Stimme, die Elizabeth gut kannte, und die sie nicht verletzte, sondern ihr wieder Vertrauen gab und sie hoffen ließ, ihre Mutter habe die Beherrschung wiedergewonnen. In der Tat verbarg sich hinter der Strenge dieser Frau eine verworrene Zuneigung für ihr einziges Kind, von einem Mann, den sie zu leidenschaftlich geliebt hatte.

»Falls du das Herz hast, deine Mutter fortgehen zu lassen ...« Da hat sie sich verraten, sagte sich Elizabeth mit einer für ihr Alter erstaunlichen Weitsicht, als sie allein in ihrem Zimmer war.

Während sich der Krampf in ihrer Kehle allmählich löste, zog sie sich aus und schleuderte das ihr inzwischen verhaßte blaue Kleid von sich. In ihrem langen Nachthemd, das ihr fast die Füße bedeckte, setzte sie sich auf den Bettrand und las ein Kapitel aus dem Evangelium, aber sie vermochte sich nicht zu konzentrieren.

Ihre Mutter hatte sie gelehrt, nach den Worten zu suchen, die sich auf sie beziehen konnten, und die sie bei aufmerksamer Lektüre finden sollte, aber heute fand sie nichts, während das Buch doch gewöhnlich zu ihr sprach. So war dieses Kreuz, das man jeden Tag tragen mußte, nicht für sie, während sie doch schon, ohne es zu erkennen, sein Gewicht zu spüren begann. Nur der Vers über die Zeichen der Zeit fiel ihr durch seine Seltsamkeit auf. Falls ihre Mutter sie morgen fragen würde, könnte sie ihr diese Stelle zitieren.

Nachdem sie die Bibel zugeklappt hatte, kniete sie sich vor das Bett, nahm den Kopf in die Hände und vergrub das Gesicht in den Decken. Mit gedämpfter Stimme sprach sie das *Vaterunser* in jenem Altenglisch, das es noch geheimnisvoller machte. »... und führe uns nicht in Versuchung ...« Welche Versuchung? »... sondern erlöse uns von dem Übel«. Sie von dem Übel erlösen? Warum erlösen? War sie dem Übel ausgeliefert? Und dieses dunkle Wort, das ihr Angst einflößte, was bedeutete es? Sie wagte selbst nicht, sich zu fragen, was es bedeutete, aber eine durch Generationen vererbte gläubige Angst quälte sie in Stunden der Ungewißheit mit dieser Frage, und seit ihrer Abreise aus England fühlte sie sich einsam und bange. Tante Laura hatte sie vorübergehend beruhigt, aber dann waren plötzlich diese schroffen Worte wegen der Männer im Wald gefallen ... Und dann das feierliche und eisige Betragen ihrer Mutter ...

Sie stand auf, blies die Lampe aus, kuschelte sich verängstigt in die Decken, diese letzte Zuflucht der Kindheit vor den dunklen Mächten, von denen sie sich umgeben glaubte, zog die Decke bis über die Ohren und glitt fast sofort in den Abgrund der Träume.

Auf einmal sah sie sich auf einer Straße am Rande einer Wiese, wo

Schafe weideten. Lämmer machten Luftsprünge, über die sie lachen mußte. Schwere weiße Wolken zogen majestätisch langsam am tiefblauen Himmel vorüber, und sie erkannte ihr Devonshire an einem jener schönen Sommertage, da die Freude zur Erde hinabsteigt. Ihr Vater hielt sie bei der Hand und sprach zu ihr, aber sie verstand kein einziges Wort. Nur eines wußte sie: Das Haus gehörte ihnen immer noch, und dort gingen sie hin, um es nie wieder zu verlassen. Noch sah man es nicht. Es lag versteckt hinter einem langen und niedrigen, dicht bewaldeten Hügel, und die Wipfel der Bäume bewegten sich kaum in der warmen Brise. Obwohl sie keine Müdigkeit verspürte, schien es ihr, als wanderten sie seit vielen Stunden, aber der Hügel lag immer noch in der gleichen Ferne, und die gleichen Lämmer hüpften immer noch fröhlich um die gleichen Schafe. Auch die Wolken zogen nicht weiter, obgleich sie sich ständig bewegten. Was sie indessen beruhigte, war die sanfte Hand ihres Vaters, die die ihre hielt und sie zuweilen ein wenig drückte. Nur ihr Vater hatte diese Art, ihr mit einem zärtlichen Druck der Hand zu sagen, daß er sie liebte. Es war wie eine Geheimsprache, die nur er und sie kannten. Worte waren überflüssig. Außerdem wurde seine Stimme so undeutlich, daß sie ihm gar nicht mehr zuhörte; sie wartete nur auf einen neuen Druck seiner Hand, und als sie zu ihm aufblickte, sah sie niemanden, und die Hand, die sich ihrem ganzen Wesen in Wellen der Wonne mitteilte, diese Hand war unsichtbar.

Sie erwachte in Schweiß gebadet und stieß die Decken von sich. Der Mond erhellte das halbe Zimmer, und in diesem kalten, stummen Licht dauerte der Traum inmitten der Wirklichkeit noch eine Weile an.

Elizabeth erschrak bis in das innerste Herz und blieb lange reglos und wie gebannt von der Angst. Sosehr sie auch ihr Gedächtnis bemühte, vermochte sie doch die soeben erlebten glücklichen Minuten auf der Straße von Devonshire nicht wiederzufinden. Es blieb ihr nur die unendliche Erinnerung an die sanfte und starke Hand, die die ihre umschlossen hatte.

Allmählich verflüchtigte sich das Gefühl, eine Welt verlassen zu haben, um in eine andere einzudringen, die greifbar und wirklich war, und sie fragte sich wieder, warum sie sich in diesem Hause befand, wo kein einziger Gegenstand ihr vertraut war, wo alles sie in einer Sprache von stummer Präzision zum Fortgehen aufforderte: die Wände, die Möbel, die stolzen Säulen. Umsonst lächelte man ihr zu und bemühte sich, freundlich zu ihr zu sein, denn hinter alledem verbarg sich das unausgesprochene Wort »die Fremde«. »Wir mögen Sie gern, alle mögen Sie gern.« Man mochte sie, aber man akzeptierte sie nicht. Man hätte sie noch lieber gemocht, wenn sie nicht dagewesen wäre ... Über diesen Gedanken mußte sie in all ihrer Verwirrung unwillkürlich lachen. Diese unerschütterliche Ironie, die ihr über die schwierigsten Stunden hinweghalf, hatte sie von ihrer Mutter.

Plötzlich wollte sie sich Gewißheit verschaffen, ob ihre Mutter nebenan schlief, oder ob sie noch las oder sich mit etwas anderem beschäftigte. An der Tür zu lauschen war ihr peinlich. Wie oft hatte sie sagen hören, das täten nur die Dienstboten! Aber sie tat es trotzdem und hielt das Ohr an das Schlüsselloch.

Stille. Das war die demütigende Antwort.

Lautlos schlich sie sich an die große Fenstertür der Veranda und schob pochenden Herzens und mit allergrößter Vorsicht den Laden ein wenig zurück. Beim geringsten Knarren hätte sie geglaubt, vor Schrecken sterben zu müssen, aber die Angeln knarrten nicht. Behutsam trat sie näher und konnte nun, wenn sie sich vorneigte, das Fenster ihrer Mutter sehen. Das Licht drang durch die Latten und mehr noch durch einen Spalt zwischen den Läden, die Mrs. Escridge nie ganz schloß. Von hier aus war es Elizabeth möglich, ihre Neugierde vollauf zu befriedigen, aber welcher Kühnheit hätte es bedurft, einer so eifersüchtig auf ihr Privatleben bedachten Person zu begegnen ...

Elizabeth zögerte. Wenn sie sich ganz zusammenduckte, lief sie weniger Gefahr, gesehen zu werden, und noch weniger, wenn sie sich flach hinlegte. Das schien ihr die beste Lösung, und einen Augenblick später hob sie den Kopf ein paar Zentimeter über dem Boden empor, den ihre goldenen Locken streiften, um einen Blick ins Zimmer zu werfen.

Zuerst erkannte sie den Rocksaum des flohbraunen Taftkleides, das die Mutter nicht abgelegt hatte, aber dann überlief die junge Spionin ein kleiner Schreckensschauder, als sie sah, daß die Spitzen der von dem Kleid fast völlig verdeckten Halbstiefel geradewegs auf sie gerichtet waren. Im Nu wichen die goldenen Locken zurück.

Es folgte ein langes Schweigen und eine vollkommene Reglosigkeit auf beiden Seiten des Fensters. Nur das schüchterne, helle Quaken der Laubfrösche war in der Stille der Nacht zu hören, bis das Rascheln des Tafts verkündete, daß Mrs. Escridge sich bewegte, und da dieses Geräusch sich entfernte, wagte Elizabeth einen weiteren forschenden Blick in das Zimmer. Was sie dieses Mal sah, verwunderte sie eher, als daß es ihr Angst machte. Ihre Mutter stand vor dem großen Spiegel und setzte sich eine Spitzenhaube auf, deren Bänder ihr bis über die Schultern hingen. Ein deutlich sichtbares Lächeln erhellte das sonst so ernste Gesicht. Sie schien sehr aufmerksam, als sie mit ihren hageren Fingern das schwarze Haar unter dem Haubenrand aus feinem Leinen richtete. Von Zeit zu Zeit wendete sie den Kopf zur Seite und schien mit jemandem zu sprechen, den man nicht sah; während sie nämlich fast völlig vom Licht des Mondes überflutet wurde, das ihr ein gespenstisches Aussehen verlieh, verbarg sich ihr Gesprächspartner, falls ein solcher überhaupt vorhanden war, im Dunkel, und weder über ihre noch über seine Lippen kam ein Laut. Doch plötzlich erschallte aus den Sykomoren, die das Haus umgaben, ein lautes und schrilles Spottgelächter, das Elizabeth das Blut in den Adern erstarren ließ und ihre Mutter so erschreckte, daß sie zum Fenster blickte.

Das junge Mädchen hatte gerade noch Zeit, zu verschwinden; am ganzen Körper zitternd, kehrte sie in ihr Zimmer zurück und warf sich auf das Bett. Eine Minute verstrich, und dann ertönte aufs neue der laut krächzende Freudenschrei über dem Dach. Den Kopf unter den Decken vergraben, erinnerte sich Elizabeth, daß Susanna ihr von diesem unheimlichen Vogel erzählt hatte, den man ziemlich oft hörte, ohne ihm die geringste Bedeutung beizumessen, während er in der Phantasie der in ihre Kissen gekauerten kleinen Engländerin zum Ausgangspunkt toller Irrfahrten durch alle Regionen des nächtlichen Schreckens wurde.

Sie bemühte sich, das Pochen ihres Herzens zu besänftigen, und sprach ganz leise das Abendgebet, aber auch da wieder steigerten die seltsamen Worte von der »Erlösung von dem Übel« ihre Unruhe nur noch mehr, und plötzlich wurde ihre Aufregung und Angst so groß, daß sie das Bewußtsein verlor.

Eine Hand strich über eine ihrer aus den Decken hängenden Haarsträhnen und zog sie sanft aus tiefem Schlaf. Sie erriet sofort, daß es ihre Mutter war, und rührte sich nicht. Sie fürchtete sich nicht, sondern fühlte sich von einer Welle kindlicher Zärtlichkeit überflutet, von einer Wonne, die sie seit den längst vergangenen

Jahren in Devonshire nie mehr empfunden hatte, und in der tiefen Stille vernahm sie über sich die traurig geflüsterten Worte: »Meine arme kleine Bessie.«

So hatte sie auch ihr Vater genannt.

Sie hütete sich, auch nur die leiseste Bewegung zu machen, wartete, bis ihre Mutter aus dem Zimmer gegangen war, und dann erst erstickte sie ihr Schluchzen in ihrem Kopfkissen.

10

Bei Tagesanbruch drang der Gesang der Vögel aus den Wäldern wie ein gewaltiger, glückstrunkener Ruf an ihr Ohr. Mit wetteiferndem Übermut ließen diese abertausend winzigen Kehlen ihre Töne erschallen. Ein jeder hob sich klar von den anderen ab, und alle zusammen vereinigten sich zu einem ohrenbetäubenden Konzert, das das Herz erfreute. Sie stand am Fenster und lauschte mit all ihren Kräften, und dieser wunderbare Lärm erschien ihr wie der über die Meere hallende Liebesruf der fernen Heimat. Mit geübtem Ohr erkannte sie die Laute, die sie seit den frühsten Kindheitstagen liebgewonnen hatte. Aber auch unbekannte Stimmen mischten sich in den glückseligen Tumult, und diese waren keinesfalls weniger schön und ergreifend.

Endlich und fast auf einmal verstummte das Gezwitscher, die Stimmen schwiegen, und der Zauber verschwand. So begann Elizabeth ihren Tag wie ein enttäuschtes Kind. Nach den täglichen Gebeten und der Lektüre eines Abschnitts aus dem Evangelium wusch und kämmte sie sich, zog das demütigende blaue Kleid an, und um Punkt acht Uhr stand sie vor der Tür ihrer Mutter, ließ jedoch eine Minute verstreichen, bevor sie anklopfte. Wen würde sie finden? Gewiß, die in der Nacht zärtlich geflüsterten Worte vergaß sie nicht, aber sie liebte und fürchtete ihre Mutter zugleich. Immerhin gab ihr die ruhige Stimme, die sie zum Eintreten aufforderte, wieder Mut.

Mrs. Escridge saß hübsch im Bett, den Rücken gegen drei Kissen gelehnt, die Bibel neben sich, und begrüßte ihre Tochter recht freundlich. Das Zimmer war noch nicht gemacht, aber das flohbraune Taftkleid, das sorgfältig ausgebreitet auf dem Sofa lag wie eine in Ohnmacht gefallene große Dame, zeugte von größter Sorgfalt.

Kaum eingetreten, fiel Elizabeth auf dem Teppich das wohlbekannte Fläschchen auf, dessen Etikett aber von anderer Farbe war. Sie tat, als habe sie es nicht gesehen.

»Ich nehme an, du hast gut geschlafen«, sagte Mrs. Escridge. »Komm näher, daß ich dich anschaue. Gut so. Mögest du noch lange diesen rosigen und gesunden Teint unserer Heimat bewahren, anstatt dieser wächsernen Blässe, wie sie die Schönheiten des Südens haben. Aber so komm doch näher. Mein Gott, du hast ja ganz rote Augen. Hast du geweint? Antworte.«

»Ja, vielleicht ein bißchen.«

»Nun, das ist deine Sache. Es ist kein Verbrechen, hie und da zu weinen, wenn es sich nicht um Selbstmitleid handelt, was absolut lächerlich ist. Ich stelle dir keine Fragen. Und jetzt wirst du mir die Wahrheit sagen. Siehst du dieses fast leere Fläschchen zu deinen Füßen?«

»Ich sehe es.«

»Leer, wohlgemerkt. Hast du es heute nacht auf meinen Nachttisch gestellt?«

»Aber nein.«

Mrs. Escridge nahm ihre Bibel und legte sie auf das Bett in Reichweite Elizabeths.

»Leg die Hand auf die Bibel, wie ich es dir sage. Wiederhole noch einmal, daß nicht du es warst, die dieses Fläschchen Laudanum gebracht hat, während ich schlief.«

Elizabeth legte die Hand flach auf das schwarze Buch. Wie oft war sie zu dieser Geste schon gezwungen worden, die allein den Argwohn ihrer Mutter besänftigte ...

»Da Sie es verlangen, schwöre ich, daß ich dieses Fläschchen nicht hierhergestellt habe. Übrigens habe ich bisher noch keines mit diesem weißen Etikett gesehen. Wann werden Sie mir endlich glauben, Mama? Ich bin keine Lügnerin.«

»Ich weiß es, aber ich will nun einmal die Gewißheit haben. Dieses Fläschchen enthielt nur einige Tropfen. Kaum die gewöhnliche Dosis. Das gleiche gilt für den Portwein, der – dafür garantiere ich – nie das Kap umsegelt hat.«

Mit einer verächtlichen Handbewegung wies sie auf eine elegante Kristallkaraffe, die neben ihrem Bett stand und ebenfalls leer war.

»Alles ist knauserig bemessen, wie für eine Kranke, der man aus Barmherzigkeit ein wenig Medizin gibt. Also, wenn du es nicht warst, wer ist dann hiergewesen?«

»Das weiß ich nicht.«

»Diese Frau, die gestern nachmittag an meine Tür geklopft hat? Diese Tante Laura, wie du sie nennst?«

»Ich weiß es nicht.«

»Also wer?«

»Aber ich weiß es doch nicht.«

»In diesem Hause, in dem die Lüge umgeht, kann man von niemandem etwas erfahren.«

»Ich lüge nicht.«

»Ich weiß, ich weiß, aber wiederhole es nicht ständig.«

»Ich will es versuchen.«

Plötzlich schien sie sich zu besinnen und fuhr langsamer fort, als wenn sie zu sich selbst spräche:

»Warum soll ich mich übrigens mit Leuten streiten, die mich bei sich aufnehmen, ohne daß sie dazu verpflichtet sind? Die arme Verwandte hat nichts zu sagen. Sie sind höflich, das ist immerhin schon etwas. Du wirst mich bei William Hargrove entschuldigen, Elizabeth. Ich werde mich weder heute noch morgen sehen lassen. Ich bin zu müde. Das mußt du ihnen sagen. Jetzt geh frühstücken, und störe mich tagsüber nicht mehr. In der Nacht sind schon zu viele Leute gekommen.«

»Zu viele Leute, Mama?«

»Das kannst zu nicht verstehen. Ich war dort, ich weiß es, ich bin dessen ganz sicher. Nein, versuche nicht, mich zu küssen. Ich hasse Rührseligkeiten. Du wirst sie bitten, dir Briefpapier für mich zu geben, sowie Tinte und eine Feder. Eine Feder mit breiter Spitze, wie in England. Das bringst du mir heute abend. Was stehst du da herum und starrst mich an wie ein öffentliches Denkmal? Geh, mein Kind, aber gib mir zuerst meinen Fächer, der aus dem Bett gefallen ist. Ich will wenigstens den Lufthauch dieser Palme auf meiner Haut spüren. Gibt es in dieser Hölle denn nie ein Gewitter? Nun geh schon. Ich will allein sein, allein und noch mal allein.«

Elizabeth verweilte einige Minuten auf der Treppe. Ihre Selbstachtung gebot ihr, sich nichts von dem, was sie so heftig bewegte, anmerken zu lassen, aber wenn sich auch ihr Herz beruhigte, so begleitete die Furcht sie doch auf Schritt und Tritt.

An diesem Morgen verlief das Frühstück zum Glück viel ruhiger als am Vortage. Elizabeth sagte den kleinen banalen Satz auf, ihre Mutter sei noch furchtbar müde, Mr. Hargrove drückte sein Bedauern aus und begann dann mit dem Gebet, das wirklich ungewöhnlich lange dauerte. Die darauf folgenden Gespräche zeichneten sich durch ihre liebenswürdige Belanglosigkeit aus. Abgesehen von einigen frechen Witzeleien Billys, für die er auf der Stelle gemaßregelt wurde, belebte nichts die Konversation, und niemand wagte, das Wort Politik auch nur auszusprechen. Man mußte schon eine unschuldige Seele wie Elizabeth sein, um nicht zumindest zu argwöhnen, daß dieses so hochinteressante Thema vom Herrn des Hauses aus ganz bestimmten Gründen verbannt worden war, aber das wußte der Gast nicht und wollte es auch nicht wissen.

Als alle den Speisesaal verließen, trat Tante Laura zu Elizabeth und sagte mit ihrer angenehmen, sanften Stimme, die wie eine Liebkosung war:

»Mein liebes Kind, ich habe an dich gedacht, nachdem ich dich gestern abend verließ. Ich war vielleicht ein wenig kurz angebunden, als ich von diesem Wald sprach. Du wirst mir darum nicht böse sein, weil du ein goldenes Herz hast, aber wir sehen uns bald wieder. Ich glaube, mein Vater möchte dich sprechen.«

Nach diesen letzten Worten entfernte sie sich rasch, als ob sie nicht länger bleiben dürfte, und in der Tat warf ihr Mr. Hargrove, der gerade hinzutrat, einen kalten, gebieterischen Blick zu. Sie verschwand.

»Mein liebes kleines Veilchen aus England, wirst du mir die Ehre erweisen, zu einem Gespräch in meine Bibliothek zu kommen?«

Als er sich näher zu ihr neigte und der Duft des russischen Eau de Cologne, mit dem er seine Koteletten parfümierte, das junge Mädchen streifte, verzieh sie Mr. Hargrove sein ein wenig geziertes Betragen, als ob sie ein albernes kleines Mädchen sei, denn dieser zugleich frische und männliche Geruch erinnerte sie plötzlich an ihren Vater, der sich damit die Hände einzureiben pflegte.

»Ja«, sagte sie lächelnd.

Die Bibliothek, in der er sie führte, war für alle eine Art von unverletzbarem Allerheiligsten. Eine Ausnahme machten nur wenige Auserwählte, große Schuldige, die dort ihre Strafe erwartete, Miss Llewelyn – aus unbekannten Gründen – und der schwarze Diener Job, der dort das tat, was man allgemein Ordnung machen nannte.

Noch nie hatte Elizabeth ein Zimmer dieser Art gesehen, und während sie sich nach allen Richtungen umsah, war sie beim Anblick einer solchen Unzahl von Büchern eine Minute lang derart verblüfft, daß es ihr die Sprache verschlug.

Gleich Mauern aus dunklem, mit winzigen Goldlettern übersäten Leder bedeckten die Bücher den ganzen Raum zwischen den Boden- und Deckenleisten, was einen seltsamen Eindruck von beklemmender Schönheit ergab, trotz der verhältnismäßig kühlen Luft, die durch die halbgeschlossenen Läden und die große Markise der Veranda vor der Sonne geschützt war. Um die Wahrheit zu sagen, sah man zuerst fast nichts, aber man gewöhnte sich schnell an dieses Halbdunkel, das im übrigen alles verschönerte.

Mr. Hargrove bot Elizabeth einen Sessel mit runder Rückenlehne an, wählte für sich selbst einen Sitz von strengerer Form, der an die Predigtstühle vergangener Zeiten gemahnte, und als sie Platz genommen hatten, schlug er sogleich einen jovialen Ton an, um das Gespräch einzuleiten.

»Nun sitzen wir uns gegenüber, junges Fräulein, Sie und ich, beide Engländer, und sollten uns doch verstehen, nicht wahr?«

»Gewiß«, antwortete sie höflich.

»Wundern Sie sich nicht zu sehr über all diese Bücher, die Ihnen einen falschen Eindruck von mir vermitteln könnten. Seit Jahren lese ich sie nicht mehr. Ich liebe es, in ihrer Gesellschaft zu sein, aber sie haben mich gelehrt, ohne sie auszukommen. Verstehen Sie das?«

»Nicht ganz ...«

»Ich erkläre es Ihnen ein andermal. Die einzige Ausnahme ist diese kurze Reihe dort mit den Werken unserer Dichter, und natürlich die Bibel. Sie lesen doch bestimmt auch die Bibel, da bin ich sicher.«

Etwas verärgert über diese indiskrete Frage schwieg Elizabeth.

»So ist es doch, nicht wahr?« fragte er mit einem gutmütigen Lächeln, das die Enden seines Schnurrbarts leicht in die Höhe zog.

»Aber natürlich, Mr. Hargrove.«

»Das ist recht, aber ich bitte Sie, nicht Mr. Hargrove, Onkel Will.«

Schweigen.

»Nicht wahr?« drängte er.

Und nun ging etwas sehr Seltsames in diesem sechzehnjährigen, bisher so gefügigen jungen Mädchen vor, eine plötzliche Rebellion, die sie von einer ganz anderen Seite zeigte.

»Ich werde Sie Onkel Will nennen, da Sie es wünschen«, rief sie erregt, »aber auch ich habe eine Forderung zu stellen: Nennen Sie mich nicht mehr Ihr kleines Veilchen aus England!«

William Hargroves Augen blitzten zornig auf, denn er war in seinem Stolz verletzt, aber dann beherrschte er sich sofort und brach in schallendes Gelächter aus.

»Gut gegeben!« sagte er. »Mir gefällt diese Auflehnung an Ihnen, denn sie beweist mir, daß wir vom gleichen Schrot und Korn sind, Elizabeth. Und jetzt hören Sie mir zu. Wissen Sie, warum Sie hier sind?«

»Weil meine Mutter Sie darum gebeten hat. Ich weiß das alles.«

»Es wird immer besser. Wir reden von Mann zu Mann.«

»Wieso von Mann zu Mann?«

»Also gut, von Mann zu Frau, wenn Ihnen das lieber ist. Ich werde auf meine Ausdrucksweise achtgeben. Sie und Ihre Mutter, Sie gehören zur Familie, und Sie sind hier zu Hause. Ich bedaure nur, daß Sie zu einer Zeit gekommen sind, da alles schlecht geht und noch schlimmer zu werden droht.«

»All das Geschrei beim Mittagessen ließ mich etwas derartiges vermuten.«

»Das wird nicht wieder vorkommen, aber wissen Sie denn eigentlich, was diesen Aufruhr herbeigeführt hat? Haben Sie eine Ahnung von den Verhältnissen in diesem Land?«

»Nein. Woher sollte ich das wissen? Ich bin doch gerade erst angekommen.«

»Hat Ihre Mutter Ihnen nichts gesagt?«

»Nein, nichts. Ich habe sie übrigens noch nie mit einer Zeitung gesehen.«

Mr. Hargrove stand auf, verschränkte die Hände auf dem Rücken und ging im Zimmer auf und ab. Das gab Elizabeth Gelegenheit, ihn etwas genauer zu betrachten, und jetzt fiel ihr sein eleganter grauer Anzug auf, dessen von einer schmalen schwarzen Borte gesäumte Jacke sich über einer weißen Weste öffnete, und trotz des Unwillens, den ihr dieser ernste Mann mit den grauen Schläfen verursachte, bewunderte sie, wie schlank er geblieben war. Aber es war auch gewissermaßen das erste Mal, daß sie ihn wirklich anschaute.

Er kam auf sie zu und setzte sich wieder.

»Ich werde Ihnen unser Problem erklären – oh, so einfach wie möglich.«

Sie blickte wie ein kleines Mädchen drein.

»Ich werde versuchen, zu verstehen«, sagte sie.

Plötzlich schwieg er und betrachtete sie sehr aufmerksam.

»Elizabeth, ich habe manchmal das Gefühl, daß Sie mich nicht besonders mögen.«

»Oh, das habe ich nie gesagt.«

»Nein, aber da wir beide vom gleichen Schlag und auch ein wenig vom gleichen Blut sind, verstehen wir uns ohne Worte.«

Dieses Mal wandte sie ihm statt einer Erwiderung nur ein unschuldiges Gesicht zu und blickte ihm ausdruckslos in die tiefliegenden schwarzen Augen.

»Wie es Ihnen beliebt«, sagte er. »Ich werde Ihnen also einen kurzen Überblick geben, dessen Unzulänglichkeit mir bewußt ist, aber dennoch: Der Norden und der Süden, die in ihrer Gesamtheit die Union bilden, sind trotz allem getrennt, aber Gott sei Dank nicht durch eine Grenze, sondern durch ihr Klima. Das ist das eine.«

»Hoffentlich ist es im Norden weniger heiß. Hier ist es sehr heiß.«

»Ich glaube, Sie werden sich wie wir daran gewöhnen, mein Kind. Sie werden sehen, daß dieses Haus selbst bei der größten Hitze kühl bleibt. Dimwood ist eine Art Oase.«

Er sprach ein wenig langsamer, schien sich jedes Wort vorher zu überlegen, und während er den Kopf leicht neigte, schlug er die Augen nieder, wie um seine Stiefelspitzen zu betrachten. Elizabeth folgte seinem Blick und bemerkte den vollkommenen Glanz des Leders und den fein geformten Fuß. Diese Einzelheiten weckten ihr Interesse, weil sie sich langweilte.

»Der Süden lebt zum großen Teil von seiner Landwirtschaft, vor allem von den Tabak- und Baumwollplantagen. Der Norden hat seine Industrien und braucht unsere Produkte. Können Sie mir folgen?«

»So ungefähr, aber ich muß gestehen, daß diese Fragen mich nicht besonders interessieren.«

»Dann kommen wir etwas rascher zur Sache. Für die Arbeit auf den Baumwollfeldern braucht man die Schwarzen, die die Hitze besser als die Weißen vertragen. Diese Schwarzen, die aus Afrika kommen, wurden von französischen und englischen Handelsgesellschaften hierhergebracht. Wußten Sie das?«

»Nein. Davon hat man uns in England nie erzählt.«

»Es ist höchste Zeit, daß Sie es erfahren. Europa hat uns diese Schwarzen verkauft.«

»Verkauft?«

»Ja. Es gibt kein anderes Wort dafür.«

»Aber wenn sie nun nicht kommen wollten?«

»Man hat sie nicht gefragt. Man hat sie mit Gewalt geholt. Es gab keine andere Möglichkeit.«

Elizabeths Wangen wechselten vom Rosa zum Rot.

»Das ist eine Schande!« rief sie aus.

»Sehen Sie«, fuhr er etwas schwungvoller fort, »das finde ich auch. Und ich glaube, daß fast alle hier so denken. Der Norden hat übrigens auch Sklaven gekauft und sie dann an den Süden weiterverkauft, weil die Schwarzen das dortige Klima nicht vertragen. Aber das hat der Norden vergessen. Der Handel mit den Schwarzen ist seit langem verboten, aber sie sind nun einmal da, und das ist der Alptraum des Südens.«

»Aber warum schickt man sie nicht in ihre Heimat zurück?«

»Wir glauben, daß sie das um keinen Preis wollen. Sie sind seit Generationen hier, und der Boden, den sie bestellen, ist ihnen zur Heimat geworden. Sie arbeiten, aber sie haben genug zu essen und werden gepflegt, wenn sie krank sind. Man wacht über sie, wie man über Kinder wacht, denn sie sind Kinder und lieben uns schließlich auch, wenn wir sie nicht mißhandeln. Durch den Umgang mit uns verlieren sie ihre Wildheit. Das alles nennt man die Wohltaten der Zivilisation. Man unterrichtet sie in unserer Religion, die ihnen sehr teuer ist. In vielen Fällen übernehmen sie sie zusätzlich zu ihrer eigenen, der ihrer Ahnen. Können Sie mir folgen, Elizabeth?«

»Vorhin hatten Sie sich klarer ausgedrückt. Ich weiß nicht mehr, was daran ein Alptraum ist.«

»Der Alptraum ist, daß sie von der Freiheit träumen. Von der Freiheit, die wir ihnen genommen haben. Einige Leute sagen, daß die Schwarzen sich nicht auflehnen werden, aber sie sagen es zu oft, also denken sie ständig daran. Es gelingt ihnen nicht, sich selbst davon zu überzeugen.«

»Dann sollen sie doch den Schwarzen die Freiheit geben!«

»Einige Plantagenbesitzer tun es, mehr und mehr sogar. Aber da muß man schon sehr reich sein. Wer seine Schwarzen freiläßt, ist ruiniert.«

Er hielt inne. Offenbar wollte er nicht mehr sagen, aber irgendwie – er wußte nicht aus welchem Grund – zwang ihn Elizabeths Gegenwart dann doch dazu. Er hatte sie in dieses Zimmer gebeten, und jetzt fragte er sich, warum, aber auch das wollte er sich nicht eingestehen. Das Bild eines von einer Barriere versperrten Weges kam ihm in den Sinn und ließ ihn nicht mehr los, und diese Situation schien ihm lächerlich und dumm.

Elizabeth ihrerseits blieb stumm und reglos; zum ersten Mal hatte sie das Gefühl, einem unglücklichen Mann gegenüberzusitzen, dessen gute Laune vorgetäuscht und dessen gebieterische Selbstsicherheit nur eine Pose war, aber das alles ahnte sie so verschwommen, daß sie es nicht in Worte hätte fassen können. Sie betrachtete William Hargrove mit einem Blick, der so etwas wie Mitleid ausdrückte, und lächelte ihm schüchtern zu.

»Warum lächeln Sie, Elizabeth?« fragte er mit plötzlicher Strenge.

»Habe ich gelächelt?« sagte sie. »Ich war mir dessen gar nicht bewußt. Ein Lächeln ist doch nichts Schlimmes.«

»Man lächelt nicht ohne Grund, und das wissen Sie sehr gut. Ist es etwas, das ich gesagt habe? Etwas Komisches? Ich will es wissen.«

»Ich verstehe nicht. Ich kann Ihnen überhaupt nicht mehr folgen.«

Er blickte sie finster an.

»Sie sind nicht mehr so offen wie vorhin. Sie sind nicht mehr die gleiche.«

»Kann ich jetzt gehen?« fragte sie und stand auf.

Als er sie zur Tür gehen sah, machte er ein Gesicht, als sei er aus einem Traum erwacht.

»Elizabeth!« rief er. »Ich habe Sie geängstigt, ohne es zu wollen. Bleiben Sie, ich bitte Sie. Ich habe mich schlecht ausgedrückt. Ich hatte geglaubt, Sie machten sich über mich lustig, über das, was ich von den Plantagenbesitzern sagte, die sich ruinieren, weil sie ihre Schwarzen freilassen.«

»Durchaus nicht«, sagte sie schroff. »Ganz im Gegenteil.«

»Im Gegenteil?«

»Jawohl, im Gegenteil. Ich finde das gut.«

Jetzt lächelte er fast ebenso schüchtern wie sie kurz zuvor.

»Setzen Sie sich«, sagte er milde. »Ich habe Ihnen noch etwas zu sagen, um Ihnen das alles in wenigen Worten verständlich zu machen, aber ich werde Sie nicht lange aufhalten. Man könnte sich fragen, wo Sie bleiben, und Sie überall im Hause suchen«, fügte er lachend hinzu, als ob es ein Witz sei, und doch verriet dieser Satz alles das, was er sich nicht eingestehen wollte.

Elizabeth machte keine Miene, auf seinen Scherz einzugehen, und nahm geduldig wieder Platz in ihrem Sessel.

»Nicht weit von hier«, begann Mr. Hargrove, »wohnt ein Mann, der in finanzieller Bedrängnis oder, besser gesagt, in beschämender Armut lebt. Sein einst sehr bewundertes Haus wird von Jahr zu Jahr baufälliger, und die Ländereien ringsumher verringern sich zusehends, da er gezwungen ist, Teile davon zu veräußern, um leben zu können. Er und sein Sohn bewohnen dieses alte Herrenhaus Old Creek, das noch einige Spuren seiner vergangenen Pracht bewahrt hat. Er heißt Armstrong.«

»Nun, man muß ihm helfen.«

»Das haben wir auch versucht, wie Sie sich denken können, aber er will nichts davon wissen. Dazu ist er zu stolz. Ein Armstrong läßt sich von niemandem eine Barmherzigkeit erweisen.«

»Barmherzigkeit!« sagte Elizabeth und dachte an die bitteren Bemerkungen ihrer Mutter über dieses Wort.

»Nun ja, Barmherzigkeit. Man mag dieses Wort nicht, aber das Christentum ist von A bis Z Barmherzigkeit. Was wäre das Neue Testament ohne die Barmherzigkeit?«

Sie sah instinktiv voraus, daß er nun eine seiner Predigten beginnen würde, und sie hatte recht, weil Vorträge über Religion in kritischen Augenblicken sein Gewissen erleichterten.

»Und der Sohn?« kam sie ihm lebhaft zuvor. »Er hat doch einen Sohn.«

Die Antwort ließ nicht auf sich warten, sie war kurz und schroff.

»Der Sohn ist ein Taugenichts.«

»Kann er denn nichts tun?«

»Ich habe Ihnen gesagt, daß der Sohn ein Taugenichts ist«, erwiderte Mr. Hargrove leicht gereizt. »Von ihm reden wir ein andermal. Was ich Ihnen jedoch sagen wollte, ist, daß dort, wo diese beiden Männer leben, einst eine der schönsten Plantagen des Landes gedieh. Fast tausend Schwarze bestellten die Felder, bis eines Tages ein Ideologe seinen Einfluß geltend machte . . .«

»Ein Ideologe?«

»Ein Fanatiker, wenn Sie wollen ... Und dieser wahnwitzige Armstrong beschloß, fast auf einen Schlag alle seine Sklaven ... seine Schwarzen zu befreien. Mit dem Geld, das er dafür bekam, konnte er eine Zeitlang gut leben. Sein kaum mündiger Sohn gab Unsummen für seine Vergnügungen aus, und eines Tages mußten sie dann wohl oder übel immer größere Stücke des Landes veräußern. Vom Rausch seiner edlen Begeisterung geheilt, sah Armstrong die Armut Schritt für Schritt auf sich zukommen, wie den Mann im Eisen, von dem die Bibel spricht. Er hatte nie einen Sinn für Geschäfte, und es mangelte ihm in erheblichem Maße an Willenskraft. Seinem überflüssig gewordenen, jedoch sehr fähigen und treuen Aufseher wäre es wahrscheinlich gelungen, ihn zu retten, wenn der Stolz eines Armstrong sich vor einem Diener hätte beugen können. Er wurde entlassen. Armstrong zog es vor, seinem Sohn Jonathan nachzugeben, den er über alles liebte. Aber ich schweife ab, ich langweile Sie bestimmt.«

»Durchaus nicht. Wie alt ist Jonathan?«

»Das ist eine seltsame Frage, Elizabeth. Warum wollen Sie das wissen?«

»Es macht die Geschichte interessanter«, antwortete sie in aller Unschuld.

»Jonathan ist ein Mensch ohne jede Moral. Er hat mehr als das halbe Vermögen seines Vaters durchgebracht, beim Spiel verloren oder in den niedrigsten Ausschweifungen verpraßt. Durch seinen Hochmut ist er bei allen Familien des County verhaßt. Man meidet ihn, und man hat recht. Ich bedaure, sein Nachbar zu sein. Mögen eure Wege sich nie kreuzen.«

Elizabeth schlug sie Augen nieder und flüsterte:

»Das will ich hoffen, wenn er so böse ist, wie Sie es sagen.«

»Ich werde aufpassen«, erklärte er feierlich.

Jetzt war er wieder der William Hargrove mit der schleppenden Stimme, dem ernsten und gütigen, ein wenig traurigen Blick.

In diesem Moment ertönten von der hohen und schmalen Standuhr zehn tiefe und langsame Schläge. Als die letzten Schwingungen verhallten, legte Mr. Hargrove Elizabeth leicht die Hand auf den Kopf.

»Und nun, mein Kind, machen Sie, daß Sie fortkommen«, murmelte er. »Sie sind viel zu lange hiergeblieben.«

Er öffnete die Tür, zögerte und sagte dann plötzlich:
»Falls man Sie fragen sollte, warum ... Aber nein, man wird Sie
nichts fragen. Am besten versuchen Sie, sich zu den ›Kindern‹ zu
gesellen. Gehen Sie jetzt.«

Ein wenig überrascht über diesen brüsken Abschied blickte sie ihn
aus ihren klaren blauen Augen an, deren Unschuld er nicht ertrug.

»Schnell«, sagte er und faßte sie an der Schulter, wie um sie zu
drängen. »Schnell!«

11

Nachdem er die Tür geschlossen hatte, setzte er sich an seinen
Schreibtisch und stützte den Kopf in die Hände.

Mit gedämpfter Stimme sprach er:

»O Gott!« Und noch einmal: »O Gott!«

Dieses entsetzte Gebet verriet aber auch die Erleichterung angesichts einer Gefahr, die sich mit Elizabeths raschen Schritten im
Korridor von ihm entfernte.

Bisher hatte er ein zwar wenig schmeichelhaftes, jedoch insofern
beruhigendes Bild von sich selbst gehabt, als er sich gegen die
großen Verwirrungen der Leidenschaft gefeit glaubte. Die vorübergehenden Versuchungen hatten nicht vermocht, seinen ebenso
sorgfältig wie ein viktorianisches Interieur gestalteten moralischen
Haushalt zu stören. Man sagte ihm so oft, er sei gütig, daß er
schließlich daran glaubte, und er war auch überzeugt, daß man ihn
liebte. Ein- oder zweimal im Monat, wenn das, was er bei sich seine
natürlichen Triebe nannte, sein Gemüt oder seine gute Laune zu
erschüttern drohte, verschwand er und verbrachte einige Tage in
New York, wo es immer etwas für Dimwood einzukaufen gab, und
kehrte dann viel ruhiger und stets wohlwollend mit seiner gewohnten Neigung, den Nächsten zu belehren, zurück.

Doch vor drei Tagen hatte die Ankunft Mrs. Escridges und ihrer
Tochter alles in dramatischer Weise durcheinandergebracht. Eine
Kalesche war zum Bahnhof in Wilmington gefahren, um die Damen
abzuholen, und im purpurnen Licht der Abenddämmerung hatte
ihm dieses kleine strahlende Gesicht eine Art Schock versetzt. In
seiner Bestürzung hatte er es versäumt, zur Begrüßung der Ankom-

menden die Treppe hinabzusteigen, wie es die elementarste Höflichkeit verlangte, sondern war wie angewurzelt oben stehengeblieben und hatte mit uneingestandener Freude dieses arme Mädchen betrachtet, das wie eine von finsteren Schicksalsmächten dargebotene Beute zu ihm emporstieg. So stark war dieser Eindruck, daß es ihn einige Anstrengung kostete, den Blick Mrs. Escridge zuzuwenden, die vor Müdigkeit gebeugt und bereits mit einem Herzen voller Bitternis die Treppe ihres Wohltäters erklomm. Ihre demütige Haltung schien ihm wie ein Vorwurf an seine Großzügigkeit, die sie zu erdrücken schien. Und wie in einem Blitzstrahl sah er die Hölle in der Gestalt dieser beiden Schiffbrüchigen auf sich zukommen, von denen die eine ebenso zu fürchten war wie die andere, aus ganz verschiedenen Gründen.

Jetzt, in der Einsamkeit seiner Bibliothek fragte er sich mit Schrecken, warum Gott ihn in Versuchung führte, ihn, der doch nur den Lehren des Evangeliums hatte folgen wollen, indem er einer Witwe und einer Waisen half.

Die Gewohnheit, überall Zeichen zu sehen, ließ sein Herz angesichts der Gefahr seiner Verdammnis pochen. Während seines Gesprächs mit Elizabeth hatte er zum ersten Mal in seinem Leben die Gegenwart von etwas oder jemandem verspürt, von der oder dem man nie sprach, weil niemand mehr daran glaubte. Was er empfand, hätte er nicht beschreiben können, außer, daß er mit diesem sechzehnjährigen jungen Mädchen nicht allein war. Und deshalb machte sie ihm Angst. Nie hatte er gedacht, daß der Mensch irgendwann einmal in seinem Leben vor dem Nichts erschaudern könnte ... Denn wie anders sollte man diese jähe Erscheinung des Nicht-Seins nennen? Den Abgrund? Nein. Es war viel schlimmer, denn nichts hatte sich in diesem Zimmer verändert, inmitten all der alten Bücher auf den Regalen und unter der hohen und schmalen Standuhr, die geduldig die ihm zum Leben verbleibenden Minuten zählte. Plötzlich war die unbeschreibliche Leere überall gewesen, hatte den Platz der Luft eingenommen ... Sich vor einem Abgrund zu befinden, wäre weniger schlimm gewesen. Hier hatte sich eine ewige Verdammnis eingerichtet, wo noch vor einem Augenblick die Zeit dahinfloß.

In der ungeheuerlichen Theologie, die er sich im Laufe der Jahre zurechtgelegt hatte und die sich ausschließlich auf die Gottesfurcht konzentrierte, glaubte er sich in Sicherheit vor dem Dämon und geschützt vor dem Zorn Gottes. Er vergaß, daß Gott gütig ist. Das verfälschte alle seine religiösen Hirngespinste, ohne daß er sich dessen gewahr werden konnte, weil er nie verliebt gewesen war und nicht wußte, was Liebe ist. Für seine Frau, die ihm drei Söhne und eine Tochter geboren hatte, hatte er nie mehr als eine etwas selbstgefällige Nachsicht empfunden. Sie war gehorsam und vernünftig und eine gute Hausfrau. Mehr verlangte er von ihr nicht. Ihr plötzlicher Tod hatte ihm keinen Kummer verursacht.

Allein seine kranke Phantasie hatte aus dieser friedlichen Bibliothek, wo ein junges Mädchen seinen Worten lauschte, einen Ort des Schreckens gemacht. Er wagte nicht, sich das plötzliche Begehren einzugestehen, das er nicht begreifen konnte. Besonders in dem Augenblick, da Elizabeth ihm zugelächelt hatte, war er in Wut geraten, weil er darin eine List des Teufels und ein unerbittliches Zeichen dafür sah, was ihn in der anderen Welt erwartete, falls er sich nicht rechtzeitig abkehrte. Plötzlich erblickte er in Elizabeth das Instrument eines zerstörerischen Willens, und alles um ihn herum erschien ihm als Sinnestäuschung, hinter der sich die Wirklichkeit der ewigen Flammen verbarg, deren Brennen er bereits in seiner Seele zu verspüren glaubte.

Wie lange dauerte diese innere Qual, die ihn an den Rand des Wahnsinns trieb? Er hätte es nicht zu sagen vermocht. Die Intensität des Leidens wurde zum Maß der Zeit, aber die Unendlichkeit läßt sich nicht messen. Mit großer innerer Anstrengung kam er wieder zu sich, und sein Entschluß war gefaßt. Im selben Augenblick verschwand die Hölle, die er erschaffen hatte, und die Obsession ließ nach, denn, wie gesagt, er hatte vergessen, daß Gott gütig ist.

Nach dem Abendessen forderte er seine beiden Söhne auf, ihm in einen kleinen, für vertrauliche Gespräche vorbehaltenen Salon zu folgen, einen hübschen, runden Raum im Stil des 18. Jahrhunderts mit Karniesen, um die sich elegante Blumengirlanden aus Stuck rankten. Neben diesem Meisterwerk italienischer Stukkatur wirkten die pflaumenblauen, dickgepolsterten viktorianischen Sessel ein wenig fehl am Platze. Hinter dem hohen, mit Musselin verhängten Fenster zeichneten sich die Bäume der großen Allee verschwommen ab.

Josh, der feschere der beiden Brüder, trug trotz der Hitze eine schwarze Samtjacke, die seiner schlank gebliebenen Taille schmeichelte, und dazu hellgraue Flanellhosen, der letzte Schrei der Herrenmode. Sein Gesicht mit dem frischen Teint ließ eher auf viel Bewegung in frischer Luft und auf eine gute Verdauung schließen, als auf intellektuelle oder politische Interessen, aber die blauen Augen strahlten eine solche Lebensfreude und vor allem eine natürliche Sorglosigkeit aus, daß man ihn einfach gern haben mußte. Mit seiner Stupsnase und den blendend weißen Zähnen bewahrte er das Aussehen eines Studenten, und man konnte fast nicht glauben, daß er eine sechzehnjährige Tochter hatte.

Douglas, um ein Jahr älter als er, wirkte eher streng und setzte gewöhnlich die Miene eines Mannes auf, den es ärgert, bei seinen Gedanken gestört zu werden. Die hohe Stirn mit den Geheimratsecken wölbte sich über einem langen, schmalen Gesicht, dessen blasse Haut sich über einen asketischen Schädel spannte, und die schwarzen, umschatteten, aus tiefen Höhlen funkelnden Augen verstärkten diesen Eindruck. Groß und von hagerem Wuchs, ging er fast stets erhobenen Hauptes. In einem gutgeschnittenen schwarzen Anzug entsprach er ganz dem Bild des Aristokraten der Familie, wie man es von ihm – sozusagen als Gegensatz zu seinem etwas bäurisch wirkenden jüngeren Bruder – erwartete.

Zwischen den beiden machte William Hargrove den Eindruck einer wohlbestallten Persönlichkeit, eines Mannes, der die Sorgen seiner Stellung mit gravitätischer Würde trägt, aber etwas Schmerzliches in seinem Blick verhinderte, daß er banal erschien. Genau das lasen die Söhne in seinen braunen Augen, und deshalb liebten sie ihn. In diesem Punkt waren sie sich einig. Sie allein ahnten, welche Qualen in der Seele dieses schweigsamen Mannes hausten, der so ruhig und so selbstsicher schien.

So kam es auch, daß sie, nachdem er sie aufgefordert hatte, Platz zu nehmen, und zu reden begann, seine schlichten Worte verstanden.

»Ich brauche euren Rat«, sagte er mit vor Erregung ranker Stimme. »Von nun an werdet ihr euch um die kleine Elizabeth bekümmern müssen. Was mich betrifft, so muß ich gestehen, daß ich dazu nicht fähig bin. Ich habe den Eindruck, daß ich ihr Angst mache. Deshalb sollte ich mich lieber von ihr fernhalten.«

Die beiden Brüder wechselten einen raschen Blick, der den gleichen Gedanken erraten ließ.

»Sie haben bereits mehr als genug Sorgen«, erwiderte Douglas lebhaft. »Und da ist es doch nur natürlich, daß wir uns der kleinen Elizabeth annehmen, nicht wahr, Josh?«

»Ganz meine Meinung«, antwortete Josh. »Wir werden auf sie aufpassen.«

»Ihr habt mir eine große Last abgenommen, und ich danke euch, aber ich schulde euch eine Erklärung.«

»Das ist nicht nötig, wir verstehen«, rief Josh unbedacht aus, weil er eine lange Rede befürchtete.

William Hargrove erstarrte.

»Was versteht ihr?« fragte er errötend.

Douglas griff sofort ein.

»Wir verstehen, daß die ganze Erziehung der Kleinen nachgeholt werden muß und daß es unsere Pflicht ist, ihr die Manieren des Südens beizubringen. Das erfordert Geduld – und Zeit.«

»Es wird nicht ganz leicht sein.« Hargrove war beruhigt. »Hinter ihrer artigen Miene verbirgt sich ein entschlossener Charakter. Sie hat ihre eigenen Ideen und weiß sich zu behaupten. So entnahm ich dem Gespräch, das ich mit ihr hatte, daß sie eine überzeugte kleine Abolitionistin ist. Sie kennt dieses Wort vielleicht nicht, aber ihre diesbezüglichen Ansichten lassen keinen Zweifel offen. Sie findet die Sklaverei empörend.«

»Wir werden sie zum Bischof von Savannah bringen«, sagte Douglas. »Hochwürden Elliot ist, was unsere besondere Institution betrifft, unschlagbar. Er wird den Glauben dieses kleinen Mädchens zu erleuchten wissen. Er verfügt über erstklassige Argumente.«

»Aber sie ist kein kleines Mädchen mehr«, sagte Hargrove und blickte zur Seite. »Sie redet wie eine Frau.«

Josh ließ sich zu einer etwas unglücklichen Sympathieerklärung hinreißen.

»Papa«, sagte er, »seien Sie beruhigt. Sie ist nicht dumm, sie wird sich fast von selbst anpassen, denn sie ist sehr nett und sogar charmant. Alle finden sie bezaubernd.«

»Bezaubernd«, wiederholte Hargrove mit Märtyrerblick.

Douglas ließ sich zu der etwas geringschätzigen Bemerkung herab:

»Zu gegebener Zeit werden wir ihr einen präsentablen Ehemann besorgen. Fesche junge Leute von guter Rasse gibt es im Süden genug.«

»Aber nicht irgendeinen«, rief Josh aus. »Sie ist ebenso gut wie wir.«

»Besser sogar«, murmelte Hargrove traurig. »Durch ihre Mutter, deren Familie älter ist.«

»Denn die Mutter ist ja auch noch da«, bemerkte Douglas etwas schulmeisterlich.

Hargrove seufzte.

»Hätte ich sie nicht kommen lassen sollen?«

Die Antwort kam wie aus einem Munde:

»Sie konnten nicht anders handeln, nach diesem Brief ...«

»Ach, ich hätte ihr auch Geld nach England schicken können, genug, um ihr dort ein behagliches Leben zu sichern. Die Mittel dazu habe ich reichlich ... Die Bodenschätze des Südens sind unerschöpflich, dem Himmel sei Dank, und sie, sie stirbt vor Heimweh.«

»Ihr Tudorschlößchen können Sie ihr nie ersetzen«, sagte Douglas.

»Wir werden schon dafür sorgen, daß sie ihr Tudorschlößchen vergißt«, rief Josh aus, »wir werden freundlich und aufmerksam zu ihr sein und ...«

»Josh, du bist heute abend noch naiver als gewöhnlich«, unterbrach ihn Douglas. »Sie geht dauernd in ihrem Schlößchen spazieren. Dazu gibt es das Laudanum.«

»Ich habe nichts gegen das Laudanum, solange man es mit Maßen gebraucht«, sagte Hargrove. »Es ist nicht verboten.«

»In der Tat, die Heilige Schrift sagt kein Wort darüber«, erwiderte Douglas spöttisch.

»Douglas«, sagte sein Vater, »du redest wie ein Narr ... Diese Frau leidet. Wenn sie mit ein paar Tropfen Laudanum Erleichterung findet, soll sie haben, soviel sie will. Auch ich habe es dort unten genommen, und es hat mir über böse Augenblicke hinweggeholfen.«

Man schwieg eine Weile. Die letzten Strahlen der untergehenden Sonne drangen durch das Laub der Bäume, und ihr schräges Licht streifte William Hargroves gequältes Gesicht; er mußte sich abwenden. Josh stand auf und schloß einen der Läden. In den nahen Wäldern sangen die Vögel in einem geradezu panischen Wettstreit, als wollten sie den Tag aufhalten, der auf immer zu verschwinden drohte, und eine plötzliche Melancholie erfüllte diese Minute mit ihrem berauschenden Abschiedsgesang. Hargrove erhob sich aus seinem Sessel.

»Ihr werdet mir helfen«, sagte er, ohne seinen Gedanken genauer auszudrücken, und während er zur Tür schritt, wünschte er seinen Söhnen eine gute Nacht.

Als sie allein waren, blickten die beiden Männer sich eine Weile wortlos an.

»Ein so klares Geständnis hätte ich nicht erwartet«, sagte Douglas schließlich.

»Ja, er hat zum ersten Mal kapituliert«, bemerkte Josh. »Der Witwerstand bekommt ihm nicht. Diese kleine Ausländerin hat ihn verändert.«

»Ausländerin?« sagte Douglas. »Eine Engländerin ist bei uns in Georgia keine Ausländerin. Du vergißt, wie stark England unser Savannah geprägt hat. Davon ist immer noch etwas da.«

Josh antwortete mit einer ungeduldigen Handbewegung: »Das weiß ich. Trotzdem ist Elizabeth nicht von hier. Sie kommt von woanders.«

»Wie Papa also. Und in gewisser Hinsicht auch wie wir, die wir auf den Antillen geboren sind. Worauf willst du eigentlich hinaus? Man hat uns schließlich akzeptiert, oder vielleicht nicht?«

»Akzeptiert, ja, wenn du willst. Für Papa ist es nicht einfach gewesen. Akzeptiert, ja, aber anerkannt? Nicht ganz. Fühlst du das nicht?«

»Das ist völlig unwichtig«, rief Douglas aus. »Jedenfalls bin ich sicher, daß eine Ehe für die Kleine alles ins Lot bringen wird.«

»Während Papa in seiner unsichtbaren Vereinsamung bleibt, an der wir teilhaben.«

»Ach was«, sagte Douglas. »Jetzt werden wir trübsinnig. Gehen wir in die große Allee, eine Zigarette rauchen.«

Unter den hohen Eichen, deren riesige Stämme sich verschwommen in der Dunkelheit abzeichneten, wehte eine frischere Luft, die das Laub ein wenig bewegte, und sie atmeten mit Vergnügen den Duft der Nacht. Das Gespräch in der Dunkelheit verlieh den Worten etwas Vertrauliches. Man sagte sich nicht die gleichen Dinge wie am hellen Tage.

»Ich bewundere den Mut unseres Vaters«, murmelte Douglas, als fürchtete er, daß man ihn hören könne. »Er hat die Notwendigkeit begriffen, klipp und klar Schluß zu machen, sonst wäre es zu einem Skandal gekommen. Aber er wird noch darunter zu leiden haben.«

»Ich habe immer geglaubt, daß das seine Hauptbeschäftigung ist, zu leiden.«

»Vielleicht hast du recht. Das Gewissen ... welche Qualen es ihm bereitet haben muß.«

Josh lächelte ein wenig verschmitzt.

»Schade, daß er es nicht einschläfern kann! *Das Gewissen macht uns alle zu Feiglingen* ...«

»Ach, du liest noch Shakespeare?«

»O nein«, erwiderte Josh, wie um sich zu entschuldigen. »Nur eine vage Erinnerung aus dem College.«

»Aber er ist nicht feige. Er hat ganz einfach Angst vor der Plantage, Angst vor dem Krieg, und vor allem Angst vor sich selbst. Und trotzdem bleibt er standhaft. Du verstehst ihn nicht.«

»Doch, aber er lebt in einem selbsterfundenen Alptraum. Die Plantage ist sicher, der Krieg ist ausgeschlossen, und sein Ansehen ist so unerschütterlich wie der Felsen von Gibraltar – was unseren lieben Papa allerdings nicht hindert, seinen kleinen Eskapaden in New York nachzugehen.«

Die Antwort kam unmittelbar und schneidend.

»Ich mische mich nicht in Papas persönliche Angelegenheiten.«

Josh lachte spöttisch.

»Wie empfindlich du bist! Der Moralist der Familie hat mich in meine Schranken verwiesen. Aber wir werden uns nicht zanken. Es ist so angenehm unter diesen hohen Bäumen, die sich wahrscheinlich fragen, worüber wir reden. Viel dringlicher scheint mir das Problem Elizabeth. Eine schwere Aufgabe. Ehrlich gesagt, fühle ich mich der Sache überhaupt nicht gewachsen. Bist du in der Lage, dich um sie zu kümmern?«

»Das ist gar nicht so schwierig, wie du es dir vorstellst. Willst du es meinem gesunden Menschenverstand überlassen?«

»Von Herzen gern!« rief Josh aus.

»Dann werde ich dir meine diesbezüglichen Ideen anvertrauen, und den Entschluß, den ich gestern gefaßt habe, ohne Papas Rat einzuholen.«

Der Rest des Gesprächs verlor sich im großen Konzert der

hellen Stimmen der Frösche, das aus dem Laub aufstieg und die nächtliche Stille begrüßte.

12

Für Elizabeth war dieser Tag eine einzige lange Prüfung. Gleich nachdem sie William Hargroves Bibliothek verlassen hatte, machte sie sich auf die Suche nach ihren Cousinen, da sie wissen wollte, um welche Zeit sie nach Savannah fahren würden, aber weder Mildred noch Hilda hatten auf sie gewartet und waren mit dem Tilbury in den großen, im Norden der Plantage liegenden schattigen Wald gefahren. Dort war man an einem Tage, der sehr heiß zu werden versprach, noch am besten geschützt, und die Einsamkeit begünstigte die kleinen Vertraulichkeiten, auf die junge Mädchen in diesem Alter so besonders erpicht sind.

Billy, der seine Unabhängigkeit über alles liebte, war auf seinem Rotfuchs mit unbekanntem Ziel ausgeritten.

Nachdem Elizabeth die nähere Umgebung erforscht hatte – zu weit wagte sie sich nicht hinaus –, beschloß sie, ins Haus zurückzukehren, aber bevor sie die Freitreppe zur Veranda emporstieg, verweilte sie einen Augenblick vor dem großen Magnolienbaum, dessen schwere weiße Blüten einen so köstlichen Duft verbreiteten, als wollten sie das enttäuscht dreinblickende junge Mädchen zurückhalten und ein wenig trösten. Während sie mit den Fingerspitzen eines der leuchtenden großen Blütenblätter berührte, streiften ihre Lippen in einer unwillkürlichen Bewegung eine der Blumenkronen. Zwischen sich und dem duftenden Baum hatte sie seit den ersten Minuten in Dimwood eine unerklärliche Wesensverwandtschaft gespürt. Die Magnolie wurde für sie zu einer Person. Sie liebkoste die Rinde mit leichter Hand und murmelte traurig, wie man jemandem ein Geheimnis ins Ohr flüstert:

»Sie haben mich vergessen.«

In der Tat, was war aus dem Besuch bei der wohlbekannten Schneiderin in der großen Stadt geworden, deren Eleganz man rühmte? William Hargrove hatte sein Einverständnis gegeben, und Tante Laura sollte Elizabeth dorthin bringen. Es war sogar von einer Kalesche die Rede gewesen ...

92

Sie blickte auf ihr blaues Kleid herunter, dessen sie sich schämte, trotz der Verbesserungen, die Mademoiselle Souligou daran vorgenommen hatte, und hielt Tränen der Enttäuschung und der Demütigung zurück. Schweren Herzens stieg sie die Treppe zu diesem Hause empor, das sie zu hassen begann, und trat in die große Eingangshalle, die sie, ohne sich umzuschauen, durchquerte. Vielleicht suchte man auch sie in einem der Zimmer des Erdgeschosses – oder in ihrem Zimmer, aber sie hatte nicht den Mut, sich einer Begegnung mit ihrer Mutter auszusetzen, die sie in ein endloses Verhör nehmen würde.

Wie gewöhnlich um diese Zeit lag das Haus im Halbschatten, um bis zum Abend eine relative Kühle zu bewahren, und man konnte sich leicht in diesem für Elizabeth immer noch beängstigenden Labyrinth der Korridore verlaufen. Trotzdem ging sie weiter, blieb vor jeder Tür stehen und fürchtete, daß sie sich öffnen könnte, was Elizabeth sich im Grunde wünschte, aber sie hatte immer mehr das Gefühl, sich an einem unheimlichen Ort verirrt zu haben, wo eine unsichtbare Gegenwart sie belauschte, wie einst in dem kleinen Tudorschloß mit jenen gewissen Ecken und Nischen, die man nach Anbruch der Dunkelheit tunlichst mied.

Sie ging bis zu einer Veranda, wo ein wenig Licht durch die halbgeöffneten Läden drang. Ein Blick genügte, um zu sehen, daß hier niemand war. Wo steckten sie nur alle? Auf ihren Zimmern oder irgendwo draußen in der Ferne? Sie fühlte sich unbehaglich in dieser Stille, in der sie sich noch einsamer fühlte. Sollte sie rufen? Aber nach wem? Sie traute sich nicht. Ohne viel Hoffnung entschloß sie sich, ihren Rundgang durch das Erdgeschoß fortzusetzen, verließ das Fenster und kehrte in die dunklen Regionen der Korridore zurück, in denen sich, wie ihr Susanna gesagt hatte, die großen Wäscheschränke befanden.

Wenn sie geradeaus ging, mußte sie, soweit sie sich erinnerte, in die Eingangshalle gelangen, und dort würde sie sich in einen der großen Sessel setzen und nachdenken. Worüber sie nachdenken wollte, hätte sie nicht sagen können, aber dies schien ihr vernünftig, und so trat sie tapfer in den breiteren, jedoch recht dunklen Mittelgang, an dessen Ende ein Licht schimmerte.

Sie war kaum drei Meter gegangen, als sie erschrocken aufschrie. Jemand stand plötzlich vor ihr, aber zunächst sah sie nur eine weiße

Schürze, und dann hörte sie jemand mit verschwörerischer Stimme ihren Namen flüstern:

»Mam'sell Elizabeth.«

»Wer sind Sie?« rief das junge Mädchen aus.

»Keine Angst haben«, sagte die weiße Schürze. »Ich bin Betty.« Jetzt erkannte Elizabeth ein schwarzes Gesicht, in dem vor allem das Weiß der Augen hervortrat.

»Ich habe keine Angst«, erwiderte sie. »Ich suche jemanden.« Die instinktive Furcht, die sie vor den Schwarzen empfand, fuhr ihr in die Glieder, und ihr Herz pochte, als sie sich dieser schwarzen Frau gegenübersah, die ihr den Weg versperrte.

Betty, denn so hieß sie offenbar, trat ein paar Schritte zurück und öffnete eine Tür. In einem breiten, wie überall gedämpften Lichtstreifen erschien jetzt eine Frau mit glänzendem, mahagonifarbenem Gesicht. Es war rund und voll und strahlte eine entwaffnende Gutmütigkeit aus.

Elizabeth blieb stumm vor diesem Blick voller Zärtlichkeit, der auf sie gerichtet war. Ihre Ängste verflogen, doch sie fand immer noch keine Worte. Betty brach als erste das Schweigen:

»Ich mache die Zimmer von Mam'sell Hilda und Mam'sell Mild'ed.«

Elizabeth bemerkte in der Tat, daß sie einen Besen in der Hand hielt. Betty war ein wenig größer als sie selbst, jedoch breiter und von stärkerem Wuchs und stand auf zwei kräftigen Beinen, deren dicke Waden und nackte Füße in Sandalen unter dem roten Baumwollrock hervorschauten. Diese imposante und massive Person sprach mit einer flötenden, angenehm sanften Stimme:

»Mam'sell Lisbeth muß keine Angst vo' mi' haben.«

»Aber ich habe überhaupt keine Angst, das sagte ich Ihnen doch.«

Ein kurzes Schweigen, und dann sagte die Frau mit einem Lächeln, das ihre blendend weißen Zähne sehen ließ:

»Ich we'de Ihnen mal ein Geheimnis sagen.«

»Ach? Was denn?« fragte Elizabeth neugierig.

»Ich heiße Betty.«

»Aber das haben Sie mir doch schon gesagt.«

»Ja, aber ich will sicher sein, daß Mam'sell Lisbeth es gehö't hat.«

Elizabeth verstand sofort.

»Ja ... Betty«, sagte sie.

Sie zögerte ein wenig, dann fragte sie: »Ist niemand im Hause?«
»O doch, alle, außer Massa Billy und Mam'sell Hilda und Mam'-
sell Mild'ed.«
Elizabeth überlegte, ob es schicklich wäre, eine weitere Frage zu
stellen, doch sie widerstand der Versuchung nicht.
»Aber warum sieht man niemanden?«
»Das ist imme' so um diese Zeit.«
»Warum?«
»Oh, Mam'sell Lisbeth, weil sie sich aus'uhen.«
»Sie ruhen sich aus ...«
»Die Hitze, Mam'sell Lisbeth. Die macht müde.«
Elizabeth drang nicht weiter in sie, aber andere Fragen kamen ihr
in den Sinn, die sie nicht alle auszusprechen wagte. So stellte sie nur
die, die sie seit mehr als einer Stunde quälte:
»Fahren wir heute nicht nach Savannah?«
»Savannah? O nein, das glaub' ich nicht. Savannah ist seh' weit,
seh' weit.«
Das junge Mädchen schluckte; die Kehle schnürte sich ihr zu.
»Mit der Kutsche?«
»Nicht mit die Kutsche. Man nimmt zue'st die Eisenbahn in
Macon. Die Kutsche fäh't ganz f'üh und wa'tet in Savannah.«
»Die Kutsche ...«, wiederholte Elizabeth nervös.
»Die Kutsche ist da, Mam'sell Lisbeth. Sie müssen nicht so t'au'ig
sein.«
Ein Seufzer, dessen sie sich schämte, entfuhr der sonst so be-
herrschten jungen Engländerin.
»Oh, Betty ...«
Sie faßte sich sogleich wieder.
»Ich werde in der Halle warten. Es wird schon jemand kommen.«
»Wa'um nicht hie' in Mam'sell Susannas Zimmer? Sie hat Sie
vo'hin gesucht. Sie wi'd sich f'euen.«
Mit diesen Worten trat sie beiseite, um die noch unschlüssige
Elizabeth einzulassen. Sie wollte nicht, daß es so aussah, als ginge sie
auf den Vorschlag ein, aber dann siegte die natürliche Neugier.
Schließlich war es kein Verbrechen, einen flüchtigen Blick in dieses
Zimmer zu werfen. Sie betrat das Zimmer und blieb einen Moment
auf der Schwelle stehen. Das von der Veranda eindringende, gedämpfte Licht umspielte die pfirsichfarbenen Wände des quadrati-
schen Raums und verlieh der Einrichtung einen verschwiegenen

und schlichten Charakter. Das Bett mit den fein ziselierten Säulen fiel ihr auf. Unter dem leichten weißen Baldachin mit den regelmäßigen Volants sah man auf dem cremefarbigen Bettüberwurf winzige, in regelmäßigen Abständen aufgenähte Baumwolltupfen. Große Spiegel in Mahagonirahmen und ein Schaukelstuhl, das war alles, was sie sich in einem raschen, jedoch äußerst aufmerksamen Blick anzuschauen erlaubte.

»Sehr hübsch«, sagte sie.

»Mam'sell Susanna will alles seh' hübsch. Mam'sell Susanna ist eine wah'e Dame.«

Dieses letzte Wort klang bedeutsam in Elizabeths Ohren. Sie war im Begriff, etwas zu sagen, besann sich jedoch und nickte nur.

»Ich gehe jetzt, Betty.«

»Ich sage Mam'sell Susanna dann, daß Sie in der Halle sind.«

»Das ist nicht nötig, denn ich bleibe dort nicht.«

Da sie diesen Satz ein wenig schroff fand, fügte sie hinzu:

»Danke, Betty.«

Diese antwortete ihr nur mit einem Lächeln, aber auf so nette Art, daß Elizabeth sich verpflichtet fühlte, es zu erwidern.

Wie erwartet war niemand in der Halle, und sie beschloß, sich dort nicht aufzuhalten. Sie wollte nicht riskieren, Susanna zu begegnen, denn durch den kurzen Blick, den sie in ihr Zimmer geworfen hatte, war ihr etwas klargeworden, das sie in Bestürzung versetzte, daß sie nämlich dieses große Mädchen, dem so viel daran zu liegen schien, ihr zu gefallen, nicht mochte. Es war wie eine Erleuchtung, obgleich nichts diese Antipathie rechtfertigte, die ihrem ersten, günstigen Eindruck widersprach.

So zog sie es vor, sich in ihrem Zimmer einzuschließen und zu hoffen, daß ihre Mutter sie nicht hörte. Lautlos wie ein Kätzchen schlich sie die Treppe hinauf, und als sie vor ihrem Zimmer angelangt war, faßte sie den kupfernen Türknopf und drehte ihn langsam und mit äußerster Vorsicht. Endlich stand sie vor ihrem Bett, legte sich nieder, vergrub das Gesicht in den Kopfkissen und ließ ihrem Kummer freien Lauf, wobei sie das verhaßte blaue Kleid nach Belieben zerdrückte. Mrs. Escridges Tür war geschlossen. Sich diesem erstickten, rückhaltlosen Schluchzen hinzugeben, tat Elizabeth wohl; es war eine verzweifelte Klage über die Torheit ihrer Mutter, die sie in eine Falle geführt hatte. Durch das Weinen, das ihre schmalen Schultern schüttelte, glaubte sie eine andere zu werden, zugleich resigniert und entschlossen, aber sie konnte nichts an der Tatsache ändern, daß sie auf dieser Plantage gefangen war, von der man ihr ständig erzählt hatte, wie glücklich sie dort sein würde, und daß sie sich erst einmal eingewöhnen müsse, und unwillkürlich stieß sie einen erstickten Schrei aus, der ihr aus tiefstem Herzen drang.

Als diese Krise vorüber war, schämte sie sich. Das Kopfkissen war ganz naß, und sie nahm eine Ecke des Lakens, um sich die Augen und die Wangen abzuwischen. Vorhin hatte sie sich gefragt, worüber sie eigentlich nachdenken wollte; jetzt wußte sie es. In Dimwood hatte sie zu niemand mehr Vertrauen. Der einzige Lichtschimmer in ihrer Verzweiflung war, ohne daß sie es sich hätte erklären können, der Blick dieser farbigen Frau, dieser Betty, die sie zuerst lächerlich und erschreckend gefunden hatte. Aber auch da konnte sie sich getäuscht haben. Dieses schwerfällige und wie ein Kind redende Geschöpf schien ihr zwar ein herzensguter Mensch zu sein, aber war sie nicht vielleicht auch wie all die anderen, die sie mit Liebenswürdigkeiten und Komplimenten überschütteten? Mr. Hargrove bildete da keine Ausnahme. Besonders mit ihm wünschte sie nie mehr zu sprechen. Er widerte sie an. Warum? Ach, einfach darum ...»darum« war die wütende innere Antwort auf alles.

Plötzlich drehte sie sich um. Im Türrahmen stand ihre Mutter, starr wie eine Bildsäule, und beobachtete sie schweigend. Wegen der Hitze, die ihr immer mehr zusetzte, trug sie ein Nachthemd, das sie von Kopf bis Fuß einhüllte, aber weit davon entfernt, eine komische Figur zu machen, wirkte sie in dieser Bekleidung wie ein Gespenst. Das schüttere, bis auf die Schultern fallende Haar verstärkte noch diesen beängstigenden Eindruck. Doch dann sprach sie mit sehr ruhiger Stimme:

»Du weinst, mein Kind, und ich verstehe dich besser, als du glaubst, aber du solltest wissen, daß eine Dame in solchen Fällen nicht heult. Doch, doch, ich habe dich gehört. Ich selbst habe hier in aller Stille genügend Tränen vergossen, um darin ein Bad nehmen zu können. Und nun sag mir: Was macht dir solchen Kummer?«

Elizabeth gab sich alle Mühe, ihre Ruhe wiederzufinden und in einem normalen Ton zu reden, aber die Kehle war ihr wie zugeschnürt.

»Man sollte heute mit mir nach Savannah fahren, um mir ein Kleid machen zu lassen, damit ich dieses hier, das mir nicht gehört,

nicht mehr zu tragen brauche. Aber ich glaube, man hat mich vergessen.«
»Ich sehe darin keine Tragödie. Das Leben besteht nun einmal aus Enttäuschungen. Du bist eitel, Elizabeth. Dieses Kleid steht dir nicht schlecht. Ein bißchen zerknittert, wie mir scheint. Ist das alles?«
Elizabeth antwortete nicht.
»Hat man dir die Zunge abgeschnitten?« fragte ihre Mutter. »Erzähle mir alles, aber bitte hör auf zu weinen.«
Das junge Mädchen blickte zu dieser Frau auf, deren Züge trotz der zehrenden Sorgen ihren edlen Stolz bewahrt hatten, und sie konnte nicht umhin, sie zu bewundern.
»Es gefällt mir nicht in Dimwood«, sagte sie.
»Du hast dich entschieden, hierzubleiben. Ich kehre nach England zurück. Komm in mein Zimmer.«
Elizabeth folgte ihr, und während sie hinter ihr herging, überkam sie plötzlich ein unerklärlicher Schrecken beim Anblick dieses langen, mattbraunen Haars, das wie ein Vorhang über die ganze Breite des Nachthemds hing, und sie fragte sich vergeblich, woher dieses Gefühl des Unbehagens kam.
In Mrs. Escridges Zimmer war Ordnung gemacht worden, und sogar, wie es schien, mit ganz besonderer Sorgfalt. Nichts lag auf den Möbeln oder dem schwarz gestrichenen Fußboden herum, nur die Portweinkaraffe stand an ihrem Platz auf dem Nachttisch neben dem Fläschchen Laudanum und der Bibel. Dennoch erwartete Elizabeth eine Überraschung: in einer Ecke beim Fenster stand wieder die große Reisetruhe, die man, nachdem sie leer gewesen war, weggeschafft hatte, und unter dem aufgeklappten Deckel sah sie Wäschestücke und einige Gebrauchsgegenstände.
Der Verdacht, daß ihre Mutter wahnsinnig geworden sei, kam Elizabeth aufs neue, und sie blieb reglos stehen, den Blick starr auf die Truhe gerichtet. Mrs. Escridge mußte ihre Gedanken erraten haben, denn sie fuhr ihre Tochter ungnädig an:
»Hör endlich auf, wie eine Idiotin diese Truhe anzustarren, und bilde dir nur nicht ein, daß ich morgen abreisen will. Sie steht hier, weil mir die Gewißheit tröstlich ist, daß man sie eines Tages vollgepackt zum Wagen bringen wird, der mich zum Bahnhof fährt. Ich bin vollständig bei Verstand, mein Kind.«

»Aber natürlich, Mama«, rief Elizabeth, etwas beruhigt über diese energische Rede.

»Setz dich.«

Sie selbst nahm in dem Schaukelstuhl Platz, wippte auf und nieder, und begann:

»Mehrere Briefe, die ich in der Nacht geschrieben habe, sind, wie ich hoffe, bereits unterwegs nach England. Ich habe sie Laura anvertraut, die mir versprach, sie abzusenden.«

»Tante Laura war hier?«

»Ja, Tante Laura, wie du sie nennst. Ihr gutes Benehmen und ihre Sanftmut haben zumindest einige meiner Befürchtungen zerstreut, und ich habe ihr erlaubt, hereinzukommen. Sie stand dort auf der Veranda und bat mich so höflich durch das offene Fenster ... Und da dachte ich, daß sie mir nützlich sein könnte, verstehst du?«

»Sie ist charmant.«

»Charmant«, wiederholte Mrs. Escridge mit nachdenklicher Miene. »Hast du mit ihr gesprochen?«

»Ja, gestern abend auf der Veranda. Sie hat mir amüsante Dinge erzählt, über die Plantage, die Gärten ...«

»Sprach sie vielleicht auch über Religion?«

»Nein ... kaum.«

»Kaum ... Das beweist, daß sie klug ist«, murmelte Mrs. Escridge. »Auch wir haben uns unterhalten«, fuhr sie vernehmlicher fort, »aber weder über Gärten noch über die Plantage, sondern eben gerade über Religion. Ich erfuhr da manches im Vertrauen. Elizabeth, ich muß dir etwas über diese Frau sagen, damit du es weißt. Sie ist katholisch.«

»Oh!« rief Elizabeth aus.

»Ja. Sie spricht sehr diskret darüber, mit Taktgefühl, und sie macht kein Geheimnis daraus. Sie ist trotz allem eine Lady, aber sie geht zur Messe. Sie haben da eine kleine Holzkirche in der Gegend, und sie werden geduldet. In der Familie deines Vaters hat es auch einen gegeben.«

»Was? Einen Katholiken?«

»Man spricht nicht darüber. Übrigens hat ihn die Königin Elisabeth aufhängen lassen, aber das gehört nicht hierher. Was Tante Laura betrifft, so wurde sie auf den Antillen geboren und von den Barmherzigen Schwestern erzogen. Nimm dich in acht.«

»Was wollen Sie damit sagen, Mama?«

Mrs. Escridge hörte zu wippen auf und sprach mit schrecklicher Stimme:

»Ich will damit sagen, daß ich dich lieber tot wüßte als katholisch – tot, hier zu meinen Füßen.«

»Aber Mama, das ist doch ausgeschlossen«, beteuerte Elizabeth sehr bewegt.

»Ich wünsche es dir. Aber diese Leute tragen sich immer mit dem Hintergedanken, ihre Mitmenschen zu bekehren, und sie sind überaus geschickt und verstehen es, sich einzuschmeicheln. Es soll in dieser Gegend einige geben. Also, falls du hier bleibst, sei auf der Hut.«

»Ich habe gar keine Lust mehr, mit Tante Laura zu sprechen.«

»Wir wollen nicht übertreiben. Sie ist eine Christin, auf ihre Art.«

»Eine Götzenanbeterin, Mama.«

»Sagen wir lieber eine Verirrte im Dunkel des Aberglaubens. Sie kann nichts dafür. Sie war es von Geburt an. Aber gütig ist sie.«

»Gütig?«

»Ja, das muß ich anerkennen. Mir gegenüber hat sie sich gütig gezeigt. Was sie nicht weniger gefährlich macht.«

»Ich werde aufpassen.«

Ein kurzes Schweigen trat ein, als wollten sich beide eine Atempause gönnen, denn dieses Gespräch bewegte sie. Elizabeth, die auf einem Stuhl mit sehr hoher Rückenlehne saß, bemühte sich, dem aufmerksamen Blick ihrer Mutter standzuhalten, aber es gelang ihr nicht. Unwillkürlich richteten sich ihre Augen auf die offene Truhe, die in ihrer stummen Sprache von Flucht redete, und je länger sie sie anstarrte, um so mehr glaubte sie schließlich daran.

»Mama«, rief sie plötzlich aus, »ich kehre mit Ihnen zurück!«

Mrs. Escridge streckte die Arme nach ihr aus.

»Habe ich dich wieder, meine kleine Tochter. Auf diesen Ausruf habe ich gewartet. Dein Schweigen tat mir weh, weil ich dich immer geliebt habe, und weil ich sah, wie du mich ohne ein Wort fortgehen lassen wolltest, mich, deine Mutter.«

Elizabeth stürmte auf sie zu, fühlte die kalten Lippen auf ihrer glühendheißen Wange, und war gerührt wie ein kleines Mädchen.

»Dort werden wir glücklich sein«, sagte Mrs. Escridge. »Nicht reich, aber zu Hause. Das ist immer noch besser als das Leben armer Verwandter bei reichen Leuten, die uns gnädig ihre Barmherzigkeit erweisen.«

»Ja, dieses alte Kleid, das sie mir geschenkt haben«, stimmte Elizabeth wütend ein.

»Wenn es weiter nichts wäre, mein Kind!«

Mrs. Escridge blickte auf einmal nachdenklich drein.

»Es ist meine Schuld«, gestand sie in plötzlicher Demut. »Ich wollte nur dein Bestes, ich dachte an deine Zukunft.«

»Eine Zukunft in diesem Lande will ich nicht.«

»Eines Tages wärst du reich gewesen. Verheiratet …«

»Ich will es nicht.«

»Elizabeth, erinnerst du dich an die kleine Pension in dieser dunklen Londoner Straße, wo wir einige Wochen verbracht haben? An die Mahlzeiten, diesen Eintopf, von dem uns schlecht wurde, und den man uns Tag für Tag in dem feuchten und eiskalten Eßzimmer servierte?«

»Nein, Mama, nein! Das ist doch nicht möglich.«

»Doch, es ist möglich. Und erinnerst du dich an jene Nacht, als du in deinem Bett weintest, weil du so gefroren hast? Und als ich aufstand und dir eine meiner Decken gab, um zitternd vor Kälte in mein Bett zurückzukehren? Das war in der gleichen grauenhaften kleinen Pension – ›Günstige Zimmerpreise, gutbürgerliche Küche‹ stand auf dem Prospekt. Vielleicht erinnerst du dich nicht, aber ich habe es nicht vergessen.«

»Aber jemand wird uns doch helfen. Sie haben Briefe geschrieben.«

»Ja, an unseren Vetter Joe Anderson, den Anwalt. Er ist der beste Mensch auf der Welt, aber sehr reich ist er nicht. An deinen Paten, den Architekten Philip Grey. Der ist mächtig, hat es zu etwas gebracht, aber da er klein angefangen hat, fürchtet er sich noch immer vor Entbehrungen, und es kostet ihn Überwindung, sich auch nur von einem einzigen Pfund zu trennen. Da werden wir drängen müssen. Willst du mehr hören?«

»Nein«, erwiderte Elizabeth mit einer Festigkeit, die ihre Mutter erstaunte. »Es wird sich bestimmt jemand finden, dessen bin ich sicher, und ich will nach England mit Ihnen.«

»Mit mir?«

»Natürlich.«

»Du liebst mich also doch ein bißchen, trotz meiner Strenge?«

Elizabeth blickte ihr in die Augen.

»Wußten Sie das nicht?« fragte sie.

Mrs. Escridge war verwirrt und gerührter, als sie es sich anmerken lassen wollte, und wandte sich ab.

»Meine kleine Tochter«, sagte sie nur.

Im langen Schweigen, das nun folgte, hob und senkte sie die Fußspitze, um ihren Schaukelstuhl in einen ihre Gedanken und Träumereien begünstigenden Rhythmus zu versetzen. Elizabeth saß ihr schräg gegenüber und bemühte sich, in den vollkommen ebenmäßigen Zügen ein wenig von jener heftigen Zärtlichkeit wiederzufinden, die sie einen Augenblick zuvor kurz hatte aufleuchten sehen, aber das bleiche Gesicht wirkte abwesend wie das einer Schlafenden, deren Gedanken anderswo sind. Die blaßgrauen Augen starrten auf einen Punkt oberhalb von Elizabeths Kopf, als suchten sie in der Türfüllung die Antwort auf eine schwierige Frage. Plötzlich sprach sie mit einer sanften und fernen Stimme, die ihre Tochter nicht kannte und die einen geheimen Gedankengang auszusprechen schien:

»Ich bin nie wirklich mütterlich gewesen. Vielleicht hatte ich dem, der uns verlassen hat, zuviel Liebe gegeben. Aber ich liebte dich, Elizabeth, ich liebte dich, weil du in deinen Augen jenen Glanz hattest, den ich während der letzten Monate bei ihm vermißte, den Lebenshunger ...«

»Ich habe ihn mir bewahrt«, rief Elizabeth unbeherrscht aus. »Ich weiß, was Sie meinen.«

Mrs. Escridge hörte zu schaukeln auf und warf ihr einen leicht vorwurfsvollen Blick zu.

»Aber er ist nicht mehr da«, murmelte sie. »Und doch verspüre ich in deiner Nähe manchmal seine Gegenwart. Meine Kleine, du darfst mich nicht verlassen. Ich habe für dich getan, was ich konnte. Dimwood ist nicht meine Schuld. Wir bahnen uns einen Weg durch die Toten.«

Elizabeth sprang plötzlich auf, und sie schien so erschrocken, wie sie es beim Anblick der offenen Truhe gewesen war.

»Mama!« rief sie aus.

»Ja«, erwiderte Mrs. Escridge sehr ruhig. »Du willst gehen?«

»Das Mittagessen ... Wenn ich mich verspäte, bekomme ich solchen Ärger ...«

Sie stotterte ein wenig und errötete, als sie sah, wie ihre Mutter auf die Standuhr blickte, deren Zeiger auf Viertel nach eins standen.

»Du wirst dich heute nicht verspäten«, sagte ihre Mutter mit

einem etwas müden Lächeln, »aber du scheinst mir sehr aufgeregt zu sein. Ruhe dich einen Augenblick in deinem Zimmer aus.«
Und rasch fügte sie hinzu:
»Aber zuerst, komm her zu mir, damit ich dir einen Kuß gebe – für vorhin.«

Ohne weiter zu erklären, was sie unter »vorhin« verstand, wandte sie sich Elizabeth zu, nahm sie in die Arme, drückte sie schweigend an sich und küßte sie auf die Stirn zwischen die wirren goldenen Locken und auf die Wange, mehrmals, wie es ihr die Zärtlichkeit eingab.

Verwirrt und verblüfft zugleich kehrte das junge Mädchen in sein Zimmer zurück und setzte sich auf das Bett. Dieser mütterliche Überschwang stand in einem seltsamen Widerspruch zu dem Bild, das sie sich von der gewöhnlich so zurückhaltenden und selbstbeherrschten Frau gemacht hatte. Für Elizabeth, die stets zu lieben bereit war, offenbarte sich hier zum ersten Mal das Geheimnis des menschlichen Wesens, und sie fühlte sich wie von einer Woge zu dieser Mutter getragen, die sie gerade erst entdeckte.

Jetzt war sie fest entschlossen, Dimwood mit ihr zu verlassen; sie hatte es versprochen und würde es auch tun. Eines Morgens würde sich die Tür dieses Zimmers öffnen und sie würde es für immer verlassen. »Für immer…« Diese Worte, die sie halblaut wiederholte, veränderten ihr Leben. Ihre blauen Augen warfen bereits einen Abschiedsblick in die Runde, und auf unbeschreibliche Weise verwandelte sich alles, die Wände, die Möbel, die ganze Szenerie, an die sie sich nach zwei Tagen nicht einmal zu gewöhnen begonnen hatte, und die wie durch einen geheimnisvollen Zauber plötzlich in einer bisher unbekannten Schönheit erstrahlten.

Es kam ihr der Verdacht, daß sie diesen Ort, den sie zu hassen glaubte, allmählich liebgewann, und sie empfand einen fast panischen Schrecken, als ob sie in eine Falle geraten sei, die über ihr zuschnappte.

Einige Minuten vergingen. Es blieb ihr noch etwa eine halbe Stunde. Sie kämmte sich vor dem Spiegel und sah die Angst in ihren Augen. Die Worte des *Vaterunser* kamen ihr wieder in den Sinn: »Erlöse uns…« Sie sprach sie laut, hielt sich jedoch sogleich mit einer kindlichen Geste die Hand vor den Mund, um sie zurückzuhalten, bevor ihre Mutter sie hörte, denn die Tür zu ihrem Zimmer war einen Spalt offengeblieben.

Dann lauschte sie. Gewöhnlich drang das Knarren des Fußbodens unter den langen Kufen des Schaukelstuhls bis zu ihr, aber sie hörte nichts.

Neugierig und mit etwas stärker pochendem Herzen schlich sie sich zum Türspalt und sah ihre Mutter vor dem Bett knien, das Gesicht in den Decken vergraben. Die über das weiße Linnen gebreitete Flut ihres dunklen Haares wirkte beängstigender als ein Verzweiflungsschrei. Rasch wich das junge Mädchen zurück, wie jemand, der etwas gesehen hat, was er nicht sehen soll, und setzte sich in eine Ecke ihres Zimmers.

In schmerzlicher Unentschlossenheit fragte sie sich, was sie tun könnte, aber sie brauchte nicht lange zu warten. Einige Minuten später ging die Tür weit auf, und die Mutter erschien. Das lange bleiche Gesicht war von der erschreckenden Schönheit einer antiken Rachegöttin. Die vor heftiger Erregung weit aufgerissenen Augen suchten Elizabeth und fanden sie nicht. Mit heiserer, tonloser Stimme murmelte sie:

»Sie ist fort ...«

»Aber nein, Mama, ich bin da!« rief das junge Mädchen und trat auf sie zu.

»Elizabeth«, sagte Mrs. Escridge, »höre mich an. Ich bitte dich, so wahr mich Gott hört, auf immer zu vergessen, was ich dir vorhin gesagt habe. Falls ich je schwach werden und meinen Entschluß bereuen sollte, wirst du mich an mein Wort erinnern. Bleibe hier. Deine einzige Chance, glücklich zu werden, ist hier, auf der Plantage. Es mag dir heute unmöglich erscheinen, aber eines Tages wirst du es einsehen. Versprichst du mir, daß du nicht versuchen wirst, mir zu folgen, wenn ich von hier fortgehe?«

Elizabeth starrte sie verblüfft an. So viele verschiedene Gedanken schwirrten ihr durch den Kopf, daß sie kein Wort hervorbringen konnte. Die langsame Sprechweise ihrer Mutter, diese fast religiöse Feierlichkeit wirkten einschüchternd, als sei sie den oberen Regionen entstiegen, und schlossen jeden Gedanken an Wahnsinn aus. Gleichzeitig tauchten in der Phantasie der Tochter mit halluzinatorischer Genauigkeit Bilder der Heimat auf, all die Wiesen, die Bäume, die Blumen, die Bäche des fernen Landes, das sie so inbrünstig wiederzusehen wünschte. Der Schock dieser gebieterischen Rede traf sie so stark, daß es ihr schwindelte und sie sich auf eine Stuhllehne stützen mußte.

»Mama ...«, stammelte sie.

Mrs. Escridge wartete eine Weile in dieser starren Haltung, die schon allein Angst einflößte.

»Falls du zögerst«, sagte sie schließlich, »falls du dich weigern solltest, werde ich mich heimlich in der Nacht davonstehlen. Das kann ich. Eines Morgens wirst du in mein Zimmer kommen und mich nicht mehr finden.«

Ein kurzes Schweigen, und dann sagte sie:

»Ich werde allein fortgehen.«

Trotz ihrer Bestürzung bemerkte Elizabeth, daß der heftige, stumme Abschiedsblick, den ihr die Mutter zuwarf, von Tränen verschleiert war.

»Du mußt mir versprechen, hierzubleiben«, sagte die Mutter streng.

Die folgende Minute war für Elizabeth ein stummer Kampf. Endlich fand sie die Kraft, ihre Tränen zurückzuhalten, und sagte:

»Ich verspreche, daß ich es versuchen werde.«

Zu ihrer Überraschung lächelte Mrs. Escridge sie seltsam an.

»Du bist ganz die Tochter deiner Mutter«, sagte sie. »Du gibst nicht so leicht nach. Jedenfalls habe ich getan, was ich konnte. Und jetzt geh zum Mittagessen. Du wirst dich noch verspäten.«

Elizabeth entfuhr ein Aufschrei:

»Mama, lassen Sie sich umarmen!«

»Heute abend vor dem Schlafengehen, aber ich will keine Tränen.«

»Gut, heute abend«, sagte sie mit erstickter Stimme.

Als Elizabeth die Tür öffnen wollte, hielt ihre Mutter sie zurück.

»Du wirst mich bei Mr. Hargrove entschuldigen. Ich mag diesen Mann zwar nicht, aber wir schulden ihm Respekt.«

Nachdem sich die Tür hinter ihr geschlossen hatte, mußte Elizabeth sich an die Wand lehnen, um nicht zu fallen. Von einem Schwindel erfaßt, schloß sie die Augen und ließ einige Minuten verstreichen, reglos und mit dumpf pochendem Herzen.

Plötzlich vernahm sie aus Mrs. Escridges Zimmer ein schreckliches Geräusch, wie einen erstickten Schmerzensschrei. Schon einmal hatte sie diesen Aufschrei gehört, an dem Abend, als ihr Vater gestorben war.

13

Alle außer Mr. Hargrove saßen bei Tisch, als sie eintrat. Sie war ein wenig zerzaust, denn in ihrer Verwirrung hatte sie vergessen, sich noch einmal zu kämmen. »Zum Glück ist Onkel Will noch nicht da«, dachte sie.

»Verspätet! Verspätet!« rief Billy vergnügt.

»Billy, hör auf, sie zu necken«, sagte Onkel Douglas. »Wir haben uns gerade erst gesetzt. Du kommst also nicht zu spät, aber wir haben mit dem Gebet auf dich gewartet. In Abwesenheit meines Vaters werde ich es sprechen.«

»Kurz, hoffentlich«, sagte Onkel Josh.

Ein zustimmendes Gemurmel erhob sich von allen Seiten.

»Das werde ich meiner Eingebung überlassen«, erwiderte Onkel Douglas pikiert.

»Und vielleicht auch der des Allmächtigen«, fügte Onkel Josh salbungsvoll hinzu.

Douglas warf ihm einen wütenden Blick zu und stand auf. Nachdem er sich mit einiger Mühe gesammelt hatte, fand er den passenden feierlichen Ton.

Alle Köpfe neigten sich, und er sprach ein Gebet von vernünftiger Länge.

Erst als er sich wieder gesetzt hatte und seine Serviette entfaltete, gab er seine Verärgerung kund:

»Es gibt eine Zeit zum Lachen und eine Zeit zu ernsthafter Besinnung; das gilt für alle Anwesenden.«

»Wie schrecklich«, sagte Onkel Josh. »Jetzt redest du genau wie Papa. Willst du ihn ersetzen?«

Douglas beherrschte sich und antwortete ruhig:

»Niemand kann ihn ersetzen, und vor allem ist er nicht gestorben.«

Tante Laura bekreuzigte sich verstohlen.

»Nun komm schon, Douglas, und ärgere dich nicht«, fuhr Onkel Josh fort. »Du weißt sehr gut, daß ich immer zum Lachen aufgelegt bin. Dein Gebet war sehr gut. Und ich kann auch ernst sein, wenn es sein muß. Es ist heute weniger heiß, und das Leben ist schön. Sonst noch etwas?«

»Genug, genug!« riefen alle fröhlich. »Wir wollen endlich essen.«

Die beiden Schwarzen, die jetzt geschäftig mit den Schüsseln um den Tisch liefen, lächelten und zeigten ihre weißen Zähne, um an der allgemeinen guten Stimmung teilzunehmen. Die weit heruntergezogenen Jalousien tauchten den Raum in ein goldenes Halbdunkel, das alles zu verschönern schien: Noch makelloser wirkte das schneeweiße Tischtuch, noch glänzender das Silber, aber vor allem noch hübscher die Mädchen Hilda und Mildred, und ganz allerliebst Elizabeth. Ein wenig verdutzt über das heitere Treiben, hielt sie linkisch Messer und Gabel und bemühte sich vergeblich, ihr Fleisch zu schneiden. Zum Essen fehlte ihr der Appetit, aber sie hatte wenigstens das Gefühl, daß das Geplauder am Tisch sie sanft aus der dramatischen Atmosphäre erlöste, die bei ihrer Mutter herrschte, und sie versuchte, ohne daß es ihr gelingen wollte, den Gesprächen zu folgen. Onkel Douglas erhob aufs neue vernehmlich die Stimme: »Bei allem Respekt, den ich meinem Vater schulde ...«

»... der so gütig ist, daß wir alle ihn lieben«, fügten Onkel Josh und alle Damen außer Tante Laura hinzu.

»Was habt ihr eigentlich?« fragte Onkel Douglas pikiert.

»Sagst du das nicht immer, bevor du ihn kritisierst?«

Diese unschuldig gestellte Frage trieb Onkel Douglas' Gereiztheit auf die Spitze, und seine Miene wurde hart wie Stein.

»Wenn ihr so weitermacht, schweige ich eben«, sagte er kühl.

»Ach, Douglas«, beschwichtigte ihn sein Bruder, »siehst du denn nicht, daß wir ›bei allem Respekt usw.‹ wie Schulkinder sind, die sich in Abwesenheit ihres Lehrers austoben? Lach doch ein bißchen mit uns. Wir necken dich ja nur und meinen es nicht böse.«

Onkel Douglas faßte sich wieder.

»Nun gut«, sagte er mit gezwungenem Lachen, »als ich eben auf so ungehörige Weise unterbrochen wurde, wollte ich nur bemerken, daß derjenige, dessen Platz heute leer ist, die Konversation in mancher Hinsicht blockiert. Und das heißt, daß ihr ruhig vom Krieg sprechen könnt.«

»Aber da es keinen Krieg geben wird«, erwiderte Onkel Josh, »wäre es interessanter, von etwas anderem zu sprechen. Was bedeutet zum Beispiel dieses plötzliche Verschwinden Papas?«

Stets majestätisch bis in den Tonfall ihrer Stimme machte Tante Augusta die beunruhigende Bemerkung:

»Gewöhnlich gibt er vorher Bescheid. Diese Geheimnistuerei gefällt mir gar nicht.«

Tante Emma schüttelte den hübschen kleinen Kopf, und die braunen Locken schienen beim bloßen Gedanken an die Unbesonnenheiten, die ihrem Mund entschlüpfen würden, vor Freude zu tanzen.

»Hoffentlich ist ihm nicht das gleiche passiert wie Mr. Armstrong. Mich schaudert, wenn ich daran denke.«

»Dann denke nicht daran«, sagte Onkel Josh.

Mildreds helle Stimme ertönte vom anderen Tischende:

»Was ist denn Mr. Armstrong passiert, Tante Emma?«

Onkel Douglas ließ ein brummiges Räuspern vernehmen.

»Du wirst uns doch nicht diese alte Geschichte auftischen, Emma! Willst du die Kinder ängstigen?«

»Aber ich liebe Geschichten, die Angst machen!« rief Mildred.

Hilda und Susanna stimmten ein:

»Ich auch! Ich auch!«

Jetzt wurde Elizabeth auf einmal sehr aufmerksam. Insgeheim freute sie sich, daß Mr. Hargrove nicht da war. Im tiefsten Innern wünschte sie sich, daß er nie wiederkäme.

»Ich auch«, murmelte sie zaghaft.

Tante Emma zuckte verächtlich die Schultern:

»Wenn diese Geschichte ihnen am hellen Tage Angst macht, dann haben wir es mit einer Generation von Feiglingen zu tun.«

»Im Süden gibt es keine Feiglinge!« rief Billy dazwischen.

»Halte gefälligst deinen Mund!« fuhr ihn sein Vater an. »Emma, du brennst darauf, deine Geschichte zu erzählen. Ich kann dich nicht daran hindern, aber erzähle sie wenigstens richtig.«

Der dampfende Reis wurde gerade aufgetragen, aber die Schwarzen, die ihn servierten, lächelten nicht mehr. Auf ihren Kindergesichtern zeichnete sich eine gewisse Unruhe ab, und die weiß behandschuhten Hände zitterten leicht.

Tante Emma begann in schulmeisterlichem Ton:

»Es war im Jahre 1823 ...«

Onkel Josh berichtigte sie lächelnd:

»1825.«

Die Erzählerin seufzte ungeduldig und fuhr fort:

»Also an einem Frühlingsabend im Jahre 1825 saß der junge Armstrong mit seinem Vater beim Abendessen hier in diesem Haus, in welchem wir uns befinden und das seine Familie seit einem Jahrhundert bewohnte. Er hatte es gerade neu instand setzen lassen.

Es wurde bereits von einigen Plantagenbesitzern aus der Umgebung bewundert, und Mr. Armstrong war stolz auf sein neues Haus.«
»Und mit Recht«, bemerkte Onkel Josh. »Das Werk eines guten englischen Architekten.«
»Stolz, aber sorgenvoll«, fuhr Emma fort. »Nein danke, bei dieser Hitze nehme ich keinen Reis. Sorgenvoll, jawohl.«
»Warum?« fragte Onkel Josh.
»Eine Gewissenskrise. Die hatte er angeblich oft.«
»Ein wenig vage«, bemerkte Onkel Douglas. »Und nichts ist entnervender als jemand, der Gewissenskrisen hat. Aber erzähl ruhig weiter.«
»Während sie also aßen, kam ein Diener herein und meldete, daß jemand den jungen Herrn im Vestibül erwarte. Dieser erhob sich, ohne zu fragen, wer es sei, ohne auch nur ein Wort zu sagen, jedoch mit zutiefst erschrockenem Gesicht, und verließ das Speisezimmer.«
Bei diesen Worten stellte Jonas, einer der beiden Schwarzen, die bei Tisch bedienten, seine Schüssel hin und ging zur Tür.
Tante Augusta konnte ihre Empörung nicht zurückhalten.
»Douglas, hast du das gesehen? Jonas! Diese Unverschämtheit! So tu doch etwas.«
»Ich werde gar nichts tun«, erwiderte Onkel Douglas, »und Jonas wird keinen Verweis bekommen.«
Onkel Josh warf Emma einen sehr ironischen Blick zu:
»Siehst du, was du angerichtet hast? Du erschreckst das Personal und untergräbst die Grundfesten unserer Gesellschaftsordnung.«
Die Antwort kam prompt:
»Unsere Gesellschaftsordnung ist die solideste der Welt, aber wenn ihr mich ärgern wollt, höre ich auf.«
Daraufhin reckten sich vier junge Köpfe empor und riefen einstimmig:
»Oh, Tante Emma, bitte! Erzähle weiter!«
Emma schmollte ein wenig, ließ ein paar Sekunden verstreichen und fuhr dann fort:
»Im Vestibül wartete ein hochgewachsener Mann in einem schwarzen Cape, das sein Gesicht bis zu den Augen verdeckte.«
Jeremias, der zweite Diener, der bis dahin standgehalten hatte, hielt es für ratsam, die seinen zu schließen.
»Der junge Armstrong richtete keine einzige Frage an den Un-

bekannten, aber als dieser wortlos kehrtmachte und hinausging, folgte er ihm. Seitdem hat man sie nie wiedergesehen.«

Ein kurzes Schweigen trat ein.

»Ist das alles?« fragte Billy.

»Genügt es dir nicht?«

»Es ist jedenfalls alles, was man weiß«, schloß Onkel Douglas. »Gewöhnlich fügen die geübteren Erzähler noch hinzu, der Unbekannte im schwarzen Cape habe glühende Augen gehabt.«

»Die glühenden Augen hatte ich vergessen.«

»Daran hast du gutgetan, denn falls er welche hatte, kann niemand sie gesehen haben, außer Mr. Armstrong. In diesem Punkt hast du unser jugendliches Publikum enttäuscht.«

Am anderen Ende des Tisches blickten sich die »Kinder« schweigend und mit offenem Munde an.

»Die glühenden Augen!« rief Billy. »Aber natürlich muß jemand sie gesehen haben. Der Diener, der ihm die Tür öffnete.«

»Sehr richtig, mein Junge, und du kannst dir wohl denken, daß man ihn ausgefragt hat, aber der Schreck war ihm dermaßen in die Glieder gefahren, daß man ihn schließlich in Ruhe ließ. Und niemand hat ihn je dazu bringen können, etwas über den Besucher im schwarzen Cape zu sagen.«

»Es war ... (ein langes Schweigen) ... der Teufel«, erklärte Tante Emma mit fester Stimme.

Tante Laura kroch fast unter den Tisch und bekreuzigte sich aufs neue.

Onkel Douglas klatschte in die Hände:

»Ich bin dafür, daß wir mit diesem Geschwätz aufhören und zum Nachtisch übergehen. Jeremias, du bist tapferer als Jonas. Falls du in die Küche gehen kannst, ohne ohnmächtig zu werden, hole uns das Eis, und ein bißchen schnell.«

Jeremias verschwand.

Tante Emma war enttäuscht, nicht den erwarteten Erfolg erzielt zu haben, und in der Hoffnung, das Versäumte nachzuholen, ergriff sie erneut das Wort:

»Nach einem Jahr vergeblicher Nachforschungen im Lande gab man es schließlich auf. Mrs. Armstrong war vor Kummer gestorben ...«

»Machen wir es kurz«, unterbrach sie Onkel Douglas gebieterisch. »Das Haus blieb im Besitz der Armstrong bis 1827. Es verwahrloste nach und nach, wie alle Häuser, die man nicht genug liebt. Als dann unser Vater von den Antillen kam ...«

In diesem Augenblick erhob sich Tante Laura und sagte fast flüsternd:

»Ich muß euch alle bitten, mich zu entschuldigen. Ich bin furchtbar müde von der Hitze und werde auf mein Zimmer gehen und mich ausruhen.«

»Du bist ja ganz blaß«, sagte Onkel Josh und stand ebenfalls auf. »Soll ich dich nicht lieber begleiten?«

Sie lächelte und schüttelte den Kopf, und dann schritt sie zur Tür. In ihrem langen, pflaumenblauen Baumwollkleid schien sie sich fortzubewegen, ohne den Boden zu berühren, und eher zu schweben, als zu gehen.

»Ich bin sicher, daß sie einen Umweg über die Küche macht«, sagte Onkel Josh, »um zu sehen, was da los ist ...«

»Und warum das Eis nicht kommt«, fügte Tante Augusta hinzu.

»Oder eher, ob die Schwarzen nicht krank sind, denn das sähe ihr ähnlich«, beendete Onkel Josh seinen Satz.

Da schnitt Billys spöttische Stimme wie ein Pfeil durch die Luft, die plötzlich dick und stickig zu werden schien:

»Man könnte meinen, daß unsere charmante englische Cousine mit ihrer Frisur in einen Wirbelsturm geraten sei.«

Das Blut schoß Elizabeth in die Wangen, sie zuckte zusammen und hob erschrocken beide Hände, um ihr unordentliches Haar zu richten.

Onkel Douglas fuhr verärgert auf:

»Billy, du bist ungezogen! Laß Elizabeth in Ruhe. Emma, du solltest einmal ein energisches Wort mit deinem Sohn reden.«

Billy begann zu zetern:

»Aber meine Bemerkung war doch zugleich ein Kompliment. Sie ist wirklich sehr hübsch, die Elizabeth.«

»Eine solche Frechheit!« empörte sich Tante Augusta. »Ich habe schon immer gesagt, daß er die Peitsche verdient.«

»Tante Augusta, ich würde wahrscheinlich nicht lebendig Ihren Händen entkommen, wenn Sie die Peitsche führten, aber körperliche Züchtigungen sind auf dem ganzen Gebiet von Dimwood verboten, und das wissen Sie sehr wohl.«

Onkel Douglas klopfte energisch mit den Fingern auf den Tisch.

»Ich bitte um Ruhe! Es ist heiß, und wir alle leiden darunter, aber von heute abend an wird uns der Pankha erfrischen. Und morgen haben wir einen amüsanteren Tag für Elizabeth geplant: mein Bruder wird sie nach Savannah begleiten.«

Diese Nachricht wurde mit einem fröhlichen Ausruf begrüßt: »Savannah!«

Onkel Douglas wandte sich dem Ende der Tafel zu: »Aber Elizabeth, wußtest du das nicht?«

»Ich hatte vergessen, es ihr zu sagen«, erklärte Onkel Josh. »Diese kleine Reise ist so oft verschoben worden ... Emma, du kommst mit. Wir brauchen deinen Rat.«

In Tante Emmas schwarzen Augen leuchtete ein stiller Triumph, aber sie beherrschte sich und sagte bescheiden:

»Wenn ich euch nützlich sein kann, mit Vergnügen. Aber ich dachte, Tante Laura sollte ...«

Onkel Douglas schnitt ihr das Wort ab:

»Mein Vater wünscht es nicht. Er hat sich plötzlich anders besonnen.«

»Ach! Und warum?«

»Ich bitte dich, Emma, keine Fragen. Mehr kann ich euch nicht sagen, und da die Schwarzen nicht mehr da sind, möchte ich euch daran erinnern, daß wir in ihrer Gegenwart nie vom Teufel oder von Teufeleien sprechen dürfen. Das hat gute Gründe, und ich bedaure, Emma, daß du diese Geschichte erzählt hast. Ich hätte Einspruch erheben sollen, aber wenn ich sie auch in- und auswendig kenne, interessiert sie mich doch immer noch.«

»Um so mehr«, fügte Tante Emma dramatisch hinzu, »als dieses berühmte unterbrochene Abendessen im selben Zimmer stattfand, in dem wir heute sitzen.«

Onkel Douglas berichtigte sie sanft:

»Irrtum. Zu jener Zeit befand sich das Speisezimmer in dem großen Saal, den man als Billardzimmer eingerichtet hat ... und zwar aus gutem Grunde.«

»Das wußte ich nicht.«

»Es gibt noch vieles auf der Plantage, von dem du nichts weißt.«

Dieses Wort fiel in ein tiefes Schweigen, doch dann konnte Billy nicht mehr an sich halten und bemerkte:

»Ich finde auch, daß der Nachtisch auf sich warten läßt.«

Kaum hatte er es gesagt, da erschien der Gegenstand seines Verlangens, ein gewaltiger Berg aus dunkelrotem Eis, umgeben von

Ananasscheiben, die ihn wie Festungsmauern schützten. Er thronte auf einem riesigen Silbertablett mit festen Griffen, das Jeremias, dessen mahagonifarbenes Gesicht vor Schrecken fast grau war, leicht wankend hereinbrachte.

»Stell es hier vor mich hin, und verschwinde«, befahl Onkel Douglas. »Aber vorher sag mir noch: wo ist Jonas?«

»Jonas nicht gut, Massa Douglas.«

»Sage ihm, er soll sich ruhig verhalten. Ich komme dann später zu euch.«

Mit unsicheren Händen stellte Jeremias das Tablett vor Onkel Douglas auf den Tisch und rannte sogleich davon wie ein gehetztes Tier. Eine Weile starrte Onkel Douglas unschlüssig auf das Eis, und dann schob er das Tablett zu seinem Bruder, der ihm gegenübersaß.

»Josh, bediene uns bitte. Ich bin zu ungeschickt. Die Teller werden der Reihe nach weitergereicht, wie damals, als wir Kinder waren. Aber ich möchte euch nochmals daran erinnern, daß es gewisse Themen gibt, über die vor den Schwarzen absolut nicht gesprochen werden darf. Emma, mich trifft die gleiche Schuld wie dich.«

Onkel Josh stand auf und teilte das Eis aus. Tante Augusta wurde zuerst bedient, und sie erhielt eine Scheibe von vernünftiger Größe.

»Ich verstehe nicht, warum unsere Schwarzen so furchtsam sind«, sagte Tante Emma, die gleich danach ihre Portion bekam.

Onkel Douglas schien zu zögern und erwiderte schließlich:

»Ich verrate euch kein Geheimnis. Es sind zwei oder drei Schwarze, die mit unserem Vater von den Antillen kamen, und die haben den anderen den Verstand vergiftet.«

»Die Antillen!«

Dieser Ausruf vom anderen Ende des Tisches verriet eine unbändige Neugier, und sofort machte Onkel Douglas eine finstere Miene.

»Lassen wir die Antillen, wo sie sind«, erklärte er streng. »Wir reden jetzt von anderen Dingen.«

Zur allgemeinen Überraschung gab Billy entschlossen seine Meinung kund:

»Man soll die Kinder nicht verängstigen.«

»Was redest du da schon wieder, Billy? Halte dich gefälligst raus.«

»Sir, ich habe ein sehr interessantes Buch über die Antillen gelesen, da steht alles drin, was dort passiert, und es wird auch auf Bildern gezeigt. Bei manchen Stellen läuft es einem kalt über den Rücken.«

»Nun, dann wirst du dein bescheidenes Wissen für dich behalten. Eigentlich sollte ich dich wie einen Sechsjährigen mit dem Entzug der Nachspeise bestrafen.«

»Zu spät«, sagte Onkel Josh. »Er hat eben seine Portion bekommen, und sie ist bereits verschwunden. Du kennst seine Gefräßigkeit.«

Onkel Douglas war nahe daran, die Stimme zu erheben, begnügte sich dann aber mit der schneidenden, zornigen Bemerkung:

»Billy, ich bin sehr unzufrieden mit dir.«

»Es tut mir leid, Sir.«

»Glaube nur nicht, daß du so leicht davonkommst. Woher hast du dieses Buch?«

»Aus dem Bücherschrank im Salon.«

»Man hätte ihn abschließen müssen«, seufzte Onkel Josh.

»Du wirst das Buch sofort wieder an seinen Platz stellen.«

»Schon geschehen. Ich habe es heute nacht gelesen.«

Die beiden Brüder tauschten einen Blick.

»Wer kann ihn nur auf diese Idee gebracht haben?« murmelte Onkel Douglas zwischen den Zähnen.

Onkel Josh zuckte die Achseln.

»Wie willst du es verhindern, daß die Schwarzen untereinander reden und Billy sie unauffällig belauscht? Es ist immer das gleiche. Sowie Papa abwesend ist, gerät alles in Unordnung.«

»Ich versichere Ihnen, daß ich die Schwarzen nicht belausche«, erklärte Billy beleidigt. »Man begegnet ihnen überall im Hause, und man müßte schon taub sein, um nicht hie und da etwas von ihren Geschichten aufzuschnappen.«

Onkel Douglas sagte mit dem respektgebietenden Ton des Familienoberhaupts:

»Schon gut, schon gut, lassen wir das und reden wir nicht mehr davon. Morgen früh – hörst du, Elizabeth? – wird Tante Emma mit dir nach Savannah fahren . . .«

»Und ich auch!« rief Billy.

»Du? O nein, das ist nicht vorgesehen.«

»Aber ich wünsche es«, sagte Emma. »Ich brauche meinen Jungen beim Einkaufen. Ich bestehe darauf.«

»Und ich auch«, fügte Billy hinzu. »Ich werde dabeisein. Elizabeth braucht einen Mann, der auf sie aufpaßt.«

Onkel Douglas wandte sich an seinen Bruder:

»Einen Mann! Hast du das gehört? Aber da Emma es nun einmal wünscht, werde ich mich nicht widersetzen ... Ihr werdet morgen früher aufstehen. Um acht Uhr fahrt ihr mit dem Einspänner zum Bahnhof in Wilmington. Frühstück um sieben. Tante Laura wird für alles sorgen. Ich bedaure, daß sie euch nicht begleiten wird, aber wenn Papa sich etwas in den Kopf setzt ... Ihr werdet dort übernachten, die Zimmer im besten Hotel sind bereits bestellt, im De Soto. Übermorgen abend seid ihr wieder zurück.«

Plötzlich sprang Billy auf, mit glänzenden Augen und offenem Mund, und wollte etwas sagen.

»Schweig und setz dich«, befahl sein Vater. »Natürlich wird euch jemand vom Bahnhof abholen. Mr. Charles Jones.«

»Charles Jones!« wiederholte Emma erfreut.

Tante Augusta streckte das Kinn vor.

»Welch eine Persönlichkeit! Der britischste aller Untertanen Victorias.«

»In der Tat«, erklärte Onkel Douglas, »er scheint darauf zu bestehen, seine junge Landsmännin als erster zu begrüßen.«

Elizabeth blickte sich verwirrt um, errötete zum zweiten oder dritten Mal, aber dieses Mal besonders tief, denn alle Augen waren auf sie gerichtet, als ob sie genau in dieser Minute für Dimwood zu existieren beginne, und sie wünschte sich verzweifelt, unter den Tisch zu versinken.

Nachdem die letzten Reste des Erdbeereises von den Tellern und der Platte verschwunden waren, erhob sich Onkel Douglas und sprach ein kurzes Gebet, wobei er sich bemühte, den Ton seines Vaters nachzuahmen, empfahl dann allen, sich auszuruhen – ein sozusagen zum Ritual gehörender und völlig überflüssiger Rat.

»Elizabeth«, fügte er hinzu, »Tante Laura wird sich um dich und die notwendigen Vorbereitungen für deine kleine Reise bekümmern. Sobald sie sich erholt hat, wird sie dich in deinem Zimmer aufsuchen.«

»Oh, nicht in meinem Zimmer«, rief Elizabeth aus.

»Aber warum denn nicht?«

»Es würde Mama stören. Sie hört alles.«

Josh und Douglas tauschten einen fragenden Blick.

»In der Tat. Wir vergessen immer wieder, daß sie da ist«, murmelte Onkel Douglas mit gerunzelten Brauen.

»Aber sie könnte ebensogut in England sein, da sie offenbar beschlossen hat, uns nicht zu sehen.«

Tante Augusta, der kein Wort entgangen war, sagte deutlich vernehmbar:

»Laßt euch nicht täuschen. Mrs. Escridge ist da, und sogar in ... aufdringlicher Weise. Wir fühlen es alle.«

»Aufdringlich ist ausgesprochen unfreundlich«, erwiderte Onkel Josh lebhaft, »besonders in Gegenwart ihrer Tochter. Sie ist niemandem lästig.«

»Nun gut, ich nehme aufdringlich zurück«, sagte Tante Augusta mit Würde.

Während dieses Wortwechsels wurde Elizabeth von Hilda und Mildred bestürmt, die unbedingt eingeladen werden wollten, sie nach Savannah zu begleiten, und so verstand sie nichts.

Onkel Douglas wandte sich dem Tischende zu und schlug einen zärtlichen Ton an:

»Meine kleine Elizabeth, ich bin sicher, daß eine deiner Cousinen sich glücklich schätzen wird, wenn du dich bei ihr ausruhst.«

»Ja, bei mir!« rief Susanna sofort.

»Nein, bei mir, bei mir!« entgegneten Mildred und Hilda wie aus einem Munde.

»Oder bei mir«, vernahm man Tante Lauras sanfte Stimme, die plötzlich auf der Türschwelle erschien.

Unter ihrer Haube aus feinem Linnen wirkte ihr Gesicht zwar noch blaß, aber es strahlte eine vollkommene Ruhe aus. Um allen Fragen zuvorzukommen, sagte sie sogleich:

»Ich glaube, ich habe die Schwarzen beruhigen können, aber es wäre vielleicht besser, gewisse Dinge in ihrer Anwesenheit nicht zu erörtern. Ich kümmere mich um Elizabeth. Ist es euch recht, Josh und Douglas?«

Ein Seufzer der Erleichterung war Joshs Antwort.

»Nichts wäre mir lieber!« rief er lachend.

»Einverstanden«, sagte Douglas. »Wir bitten übrigens um Entschuldigung, daß diese große Platte hier leer ist, aber, wie Sie wissen, liebe Laura, hält sich das Eis nicht lange.«

Tante Laura antwortete wie immer mit gleichmäßiger und sanfter Stimme:

»Laßt nur, ich brauche wirklich nichts. Elizabeth, willst du mit mir kommen?« Im allgemeinen Schweigen blickte sich Elizabeth verloren um, als wolle sie um Hilfe rufen, aber sie war von einer Mauer lächelnder Gesichter umgeben, die ihr rieten, sich zu fügen. Nur Billys feuriger Blick war wie eine stumme Aufforderung zur Rebellion. Nach kurzem Zögern folgte sie Tante Laura.

14

Im Halbdunkel des Korridors nahm Tante Laura die junge Engländerin bei der Hand, und als sie leise zu sprechen begann, schien es fast, als bemühe sie sich, die Stille und die Dunkelheit nicht zu stören. »Mein Zimmer ist am anderen Ende des Hauses«, sagte sie, »abseits von allen anderen. Das verschafft mir eine gewisse Einsamkeit. Erwarte nicht, dort den Luxus zu finden, den du anderswo sehen wirst. Wenn ich dich zu mir führe, so liefere ich mich dir in gewisser Weise aus, so jung du bist, weil ich dich gern habe. Verstehst du?«

Elizabeth antwortete auf gut Glück mit einem Ja, denn sie wollte diese Frau nicht verletzen, die sie trotz ihrer vertraulichen Unterredung am Vorabend auf der Terrasse nicht zu lieben vermochte. Und dann kam noch hinzu, was ihre Mutter ihr eröffnet hatte: eine Katholikin ...

Vor ihrem Zimmer angekommen, drehte Tante Laura den Schlüssel im Schloß und stieß die Tür weit auf. Sie traten ein. Zu ihrer Überraschung entdeckte Elizabeth ein hübsches Gemach, dessen Leinentapeten mit Blumen übersät waren. Das Auge verlor sich in einer Fülle aller nur möglichen Arten von Rosen, Päonien, Flieder, Vergißmeinnicht und Margeriten. Das junge Mädchen lächelte verwundert.

»Gefällt es dir?«

»Es ist viel hübscher als mein Zimmer ... viel heiterer.«

»Es ist etwas anderes. Als ich klein war und in England lebte, wollte meine Mutter, daß ich stets von Blumen umgeben bin. Jetzt, da ich sie ständig vor Augen habe, sehe ich sie nicht mehr. Doch manchmal, wenn ich an meine Kindheit zurückdenke, erkenne ich sie wieder, und dann ist mir, als ob sie echt wären.«

»Sie ist verrückt«, dachte Elizabeth, aber dann sagte sie sich: »Nein, sie ist Engländerin.«

An Tante Laura gewandt, sagte sie:

»Ich hätte gern ein Zimmer wie das Ihre gehabt.«

»Vorausgesetzt, daß du in ihm glücklich wärst. Ich bin es nicht gewesen.«

Die Frage »Warum?« zögerte auf Elizabeths Lippen, aber sie hielt sie zurück und ließ den Blick um sich schweifen. Sie bemerkte die Korbstühle, den weißen Tisch und den großen Schaukelstuhl aus schwarzglänzendem Holz, der anders aussah als die anderen und dessen gewaltige Rückenlehne aus Korbgeflecht wie ein großer Palmwipfel emporragte.

»Ja«, antwortete Tante Laura wie auf eine stumme Frage, »er kommt von dort unten. Meine Mutter hat ihn mir hinterlassen. Hier benutzte sie ihn kaum, denn sie starb eineinhalb Jahre nach ihrer Ankunft. Sie mochte Dimwood nicht. Und dort, hinter den weißen Vorhängen verborgen, ist mein Bett.«

Elizabeth ging einen Schritt auf diesen großen schneeweißen Würfel zu, der eine Ecke des Zimmers einnahm, aber Tante Laura gebot ihr mit sanfter Stimme Halt:

»Öffne die Vorhänge nicht, mein Kind.«

Elizabeth antwortete rasch und kurz angebunden:

»Ich hätte es nicht ohne Ihre Erlaubnis getan.«

»Ich weiß. Verzeih mir.«

Und ohne Übergang fuhr sie fort:

»Ihr werdet morgen mit der Kutsche nach Savannah fahren, und nicht mit der Eisenbahn. Es ist nicht weit, ihr braucht höchstens zwei Stunden. Den Herrn, der euch empfangen wird, wirst du auf den ersten Blick gern haben. Er ist vielleicht ein wenig zu selbstbewußt, aber er ist einer der angesehensten Kaufleute der Stadt.«

»Ein Kaufmann?«

»Versteh mich recht. In Savannah ist ein Kaufmann soviel wie ein Fürst. Man wird euch verwöhnen. Du darfst nicht alles annehmen ...«

Elizabeth unterbrach sie ungeduldig:

»Aber das weiß ich doch alles. Mama hat mich in England hundertmal ermahnt: ›Eine Lady nimmt keine Geschenke an.‹«

»Schon gut, schon gut. Mein Rat war überflüssig, das hätte ich mir denken sollen. Man wird dich zu der berühmten Schneiderin in Savannah bringen. Tante Emma wird dir bei der Auswahl helfen. Laß dich nicht von den schreienden Farben verlocken und von allem, was angeblich aus Paris kommt ...«

»Aus Paris?«

»Ja, aus Paris, aber das ist zweifelhaft. Und dann, Paris ...«

»Mein Vater war in Paris, und ich will auch einmal dorthin.«

»Wenn du älter bist, vielleicht, aber das sind Träume.«

»Oh, ich würde alles darum geben.«

»Inzwischen wirst du dich mit Savannah begnügen, der Stadt, die als die eleganteste des Südens gilt ...«

Sie zögerte einen Augenblick und fügte dann fast widerstrebend hinzu:

»... nach Charleston in Südkarolina. Aber lassen wir das. Ich habe eine komplette Liste aufgestellt von allem, was du brauchst. Die Liste ist lang, denn du hast nichts. Warum schaust du mich so an?«

»Sie reden wie meine Mutter. Wir haben nichts.«

»Ich wollte dich mit meiner Bemerkung nicht kränken. Nichts kann meinem Vater mehr Freude machen als eine Gelegenheit, zu schenken, alles zu geben. Er ist von einer grenzenlosen Großzügigkeit – soweit es um Geld geht.«

Schon eine Weile hallte der Satz von den armen Verwandten wie ein Refrain in Elizabeths Kopf nach, und sie fühlte sich unfähig, die Worte, die sie eigentlich nicht sagen wollte, länger zurückzuhalten:

»Und wenn man nun in niemandes Schuld stehen möchte, wie meine Mutter ... oder wie ich?«

Vor Aufregung zitterte sie ein wenig, als Tante Laura sie verblüfft und bestürzt anblickte. Diese schwieg eine Weile, schließlich fragte sie nur:

»Und wie soll Gott Ihnen helfen, wenn nicht durch die Hand der Menschen?«

Elizabeth antwortete nicht. Sie schauten einander unverwandt an, und einige Sekunden verstrichen; dann sagte Tante Laura mit matter Stimme:

»Ich war viele Jahre lang ebenso stolz wie du. Schließlich gibt man nach. Man fügt sich.«

»Man fügt sich in was?«

»In alles. Das Leben ... Man muß sich zu beugen wissen.«

Elizabeths fassungslose Miene schien sie zu rühren, und sie bemühte sich, sanfter zu sprechen:

»Sei vernünftig, und alles wird leichter sein. Hier liebt man dich sehr, und du hast alle Chancen, glücklich zu werden.«

Dann fuhr sie ohne Übergang fort:

»Ich hoffte, mit dir in die Stadt zu fahren, aber das werden wir ein andermal tun. Du wirst morgen eine Stunde früher aufstehen. Ihr frühstückt dann in dem kleinen Zimmer, wo Mr. Stoddard und Mrs. Pringle ihre Mahlzeiten einnehmen. Wahrscheinlich werden sie dabeisein. Ich glaube, es liegt ihnen viel daran, dich zu sehen. Und jetzt darfst du gehen, und ich bleibe hier, ich habe dich schon zu lange aufgehalten. Willst du mich küssen?«

»Aber gewiß«, murmelte das junge Mädchen.

Doch da sie sich nicht rührte, neigte Tante Laura sich ein wenig vor, und ihr farbloses Gesicht streifte die rosige Wange, die sich ihm nicht entzog.

15

Die Tür schloß sich hinter ihr, und Elizabeth fragte sich, was sie nun tun sollte. Sie war zu bewegt von dem Gespräch mit dieser Frau, die sie nicht verstand, und wünschte vor allem, allein zu sein, sich in irgendeine Ecke der Plantage zu flüchten, wo niemand sie finden würde. Als sie in die Richtung der Haustür ging, tauchten plötzlich Hilda und Mildred vor ihr auf, hübscher denn je, die eine in einem weißen, die andere in einem fliederfarbenen Kleid, die kleinen Gesichter unter den großen, weichen Strohhüten in heller Aufregung.

Sie redeten beide gleichzeitig und gerieten ins Stottern, denn sie hatten so viel zu erzählen:

»Elizabeth, du mußt mit uns in den Wald am Fluß kommen ...«

»Zwei Kutschen sind für morgen reserviert. Zwei! Weißt du, was das bedeutet?«

»Mama leiht uns ihren Einspänner. So mach doch nicht so ein trübseliges Gesicht. Komm!«

Und sie nahmen sie bei den Händen.

Sie ließ sich bis zum Fuße der Freitreppe führen, aber vor dem

Magnolienbaum zögerte sie. Von dieser hohen und dunklen Gestalt, aus der die großen weißen Blüten wie neugierige Gesichter zu blicken schienen, fühlte sie sich wie von einer liebenden und schützenden Macht in ihren Bann gezogen.

»Warum bleibst du stehen?« fragte Mildred.

Und als Elizabeth mit den Fingerspitzen ein Magnolienblatt berührte, fuhr sie fort:

»Ach, du liebst ihn, diesen Magnolienbaum? Wir lieben ihn alle. Der Gärtner sagt, niemand weiß, wie alt er wohl ist.«

»Er war vielleicht vor dem Haus da. Wir lieben ihn sehr.«

Diese Worte enttäuschten Elizabeth, die die Liebe zu diesem Baum für sich ganz allein haben wollte.

»Hilda«, sagte Mildred, »lauf schnell ins Haus und hole einen schönen Strohhut für Elizabeth. Susanna hat eine ganze Sammlung davon.«

»Sie wird mit uns kommen wollen.«

»O nein, sie soll bloß nicht mitkommen! Elizabeth gehört uns beiden«, erklärte Mildred ungestüm. »Sag ihr irgendwas. Sie gibt immer nach.«

Hilda sprang bereits die Stufen der Freitreppe empor.

»Vor allem, weil man im Einspänner nur zu dritt bequem sitzt«, rief sie und verschwand.

Als sie allein mit Mildred vor dem Magnolienbaum stand, wollte Elizabeth, die schon halb überzeugt war, trotz allem ein gutes Wort für Susanna einlegen, die sie zwar nicht mochte, die aber freundlich zu ihr gewesen war.

»Susanna ist sehr nett«, sagte sie plötzlich.

»Nett, ja, gewiß, aber langweilig. Und dann ist sie viel älter als wir.«

»Das ist wahr. Sie redet bereits wie die anderen.«

Die anderen ... dieses Wort umfaßte alle Erwachsenen bis zu den Greisen, die man nicht verstand und auf deren Gerede man nichts gab.

»Genau!« rief Mildred aus. »Die anderen. Wie klug du bist! Weißt du, wir brennen darauf, nach Savannah zu fahren, Hilda und ich, weil es in Savannah Geschäfte gibt. Das fehlt hier auf der Plantage, die Geschäfte. Verstehst du das?«

Elizabeth verstand es so ungefähr. Im Dorf unweit des väterlichen Schlosses erinnerte sie sich nur an die Bäckerei und den Krämerladen, und die in London hatte sie aus dem Gedächtnis verdrängt, weil sie zu einem Alptraum gehörten.

»Es ist wunderbar, mit dir zu reden«, plauderte Mildred weiter, »weil du alles verstehst. Du brauchst also Papa nur ein Wort zu sagen, daß er uns mitkommen läßt, zumal zwei Kaleschen für die Reise vorgesehen sind.«

»Zwei Kaleschen und ein Gepäckkarren!« rief Hilda, die diese letzten Worte gehört hatte und einen großen Hut mit grünem Band schwenkend die Stufen hinunterrannte. »Ich hatte alle Mühe, ihn ihr wegzunehmen. Sie wollte mitkommen – und mit diesem Hut! Ist der Einspänner noch nicht da?«

»Das siehst du doch.«

»Ich wette, Tommie ist wieder mal eingeschlafen. Es wird immer schwerer, sich Gehorsam zu verschaffen. Das hat man davon, wenn man nett und höflich zu den Schwarzen ist, wie Großvater es verlangt. Mich macht das wütend!«

Während sie ihrem kleinen Ärger Luft machte, knirschten Räder auf dem Sand hinter dem Haus, und gleich darauf bog ein eleganter Einspänner um die Ecke, der von einer klapprigen alten Stute gezogen wurde, die jeden Augenblick einzudösen schien. Sie hielt wenige Schritte vor den drei Mädchen, ohne daß man »Hott« zu sagen brauchte. Tommie stieg aus und nahm seinen zerfransten Strohhut ab. Er trug einen weißen Baumwollanzug und wirkte kaum wacher als die Stute, aber in seiner Haltung gegenüber den jungen Damen lag eine so natürliche Würde, daß Elizabeth beeindruckt war. Das graue Kraushaar milderte ein wenig seine groben Züge, und er lächelte, als er die Mädchen begrüßte.

»Guten Tag, Tommie«, sagte Mildred und fügte, zu Elizabeth gewandt, kurz hinzu: »Elizabeth, das ist Tommie.«

Wahrscheinlich rührte die Demut des alten Mannes, der mit dem Hut in der Hand vor ihr stand, die kleine Engländerin, denn sie erwiderte sein Lächeln und sagte:

»Guten Tag, Tommie.«

Die sofortige Antwort überraschte sie:

»Danke, Mam'sell Lisbeth.«

»Aber Tommie«, rief Hilda aus, »was bringst du uns da für eine Mähre? Warum Grannie, diese alte Oma? Ich hatte Wildfang verlangt.«

Wildfang war ein ungestümes und kräftiges Pony, das schon beim leichtesten Peitschenschlag in Galopp fiel.

»Massa Douglas hat gesagt, Wildfang ist zu gefäh'lich, er wollte nicht.«

»Es ist nicht zum Aushalten«, sagte Hilda. »Onkel Douglas ist viel zu vorsichtig. Er hält uns für Babies. Gut, Tommie, wir brauchen dich nicht mehr.«

Er verneigte sich, setzte seinen Hut auf und ging, doch nicht ohne noch einen Blick auf Elizabeth geworfen zu haben.

»Warum hat er mir gedankt?« fragte sie, und Mildred antwortete: »Ach, die Schwarzen sind nun einmal so. Er war nicht darauf gefaßt, und jetzt hast du eine Eroberung gemacht, aber vergiß nicht, daß er Tommie heißt, wenn du ihm wieder begegnest. Sonst wird er dich nicht mehr lieben.«

»Und wenn schon«, sagte Hilda ärgerlich. »Was schert es uns, ob sie uns lieben.«

»Großvater findet es wichtig. Und nun steig ein, Hilda. Du nimmst die Zügel. Komm, Elizabeth, du setzt dich zwischen uns.«

So richteten sie sich alle drei auf der gepolsterten schwarzen Sitzbank des eleganten Einspänners ein, aber es bedurfte eines kleinen Peitschenwirbels, bis Grannie sich in Bewegung setzte. Brav trottete sie eine Straße entlang, die geradewegs durch die Wiesen führte.

Sie waren noch nicht sehr weit, als ein kleines rosa Ziegelhaus Elizabeths Aufmerksamkeit erregte. Fast am Rande der Gärten gelegen, schien es absichtlich isoliert, obgleich die grünen Fensterläden und das rote Schindeldach ihm ein freundliches Aussehen verliehen.

»Dort wohnt Joe Dickinson, der Aufseher«, erklärte Mildred. »Niemand mag ihn.«

Hilda stimmte sofort ein:

»Er bildet sich wer weiß was ein, weil er aus Südkarolina kommt, und dabei ist er furchtbar ordinär. Außer Onkel Douglas redet niemand mit ihm. Mildred, schlag einmal fest mit der Peitsche, sonst kommen wir nie an.«

Die Peitsche trat in Aktion, Grannie spitzte die Ohren, machte eine kleine Anstrengung, die sie ein paar Meter weiterbrachte, dann verfiel sie wieder in ihren gewöhnlichen Trott, und Hilda stöhnte vor Ungeduld.

»Mit Wildfang wären wir längst da! Ich habe Tommie im Verdacht, daß er mit Großvater gesprochen hat.«

»Aber der ist doch fort.«

»Stimmt. Er hat so seine Tage, da verschwindet er. Man weiß nie, wohin, und er sagt nichts. Man will ihn sprechen, geht in sein Zimmer, und es ist leer.«

Eine Viertelstunde lang schwatzten die beiden Mädchen links und rechts von Elizabeth, die stumm blieb. Denn sie mußte noch immer an den Verzweiflungsschrei denken, den sie vor zwei Stunden gehört und über der Aufregung des Mittagessens vorübergehend vergessen hatte. Jetzt, da sie auf die frisch besäten Ackerfurchen blickte, deren Regelmäßigkeit sie faszinierte, vermeinte sie ihn aufs neue wie einen herzzerreißenden Abschiedsruf zu hören, den gleichen Abschiedsruf wie beim Tod ihres Vaters, und sie war gerade im Begriff, zu ihren Gefährtinnen zu sagen, sie wolle wieder umkehren, als ein Wort Mildreds sie zurückhielt:

»Mich überraschen diese Eskapaden nicht. Das liegt am Haus ...«

Doch dann merkte sie, daß Elizabeth ihr zuhörte, und hielt inne.

»Wir werden unserer Cousine noch Angst machen«, sagte sie.

»O nein«, erwiderte Elizabeth ein wenig gereizt. »Ich habe keine Angst.«

»Die Geschichte, die Tante Emma erzählt hat ...«

»Davon kenne ich jede Menge.«

Und mit einem plötzlichen Anflug von Nationalstolz fügte sie hinzu:

»Bei uns gibt es fast in allen Häusern so etwas.«

»Meinst du Gespenster?«

Elizabeth zuckte die Achseln.

»Das oder etwas anderes«, sagte sie mit allwissender Miene.

Mildred neigte sich ein wenig zu Hilda, und beide blickten einander mit einem Ausdruck an, in dem sich Neugier und Beunruhigung mischten. Sogleich hatte Elizabeth ihre Mutter vergessen. Es amüsierte sie, diesen stolzen jungen Damen des Südens mit ihrer Plantage und ihren Sklaven einen gehörigen Schrecken einzujagen.

»Erzähle, ach bitte, erzähle!« flehte Mildred sie an.

»O ja, erzähle«, bat Hilda. »Mildred, gib dem Pferd noch einmal die Peitsche, denn der Wald ist schon in Sicht, und es wird herrlich sein, das alles im Schatten zu hören.«

In der Tat kam die langhingestreckte schwarze Masse am Horizont immer näher.

»Was soll ich euch denn erzählen? Es gibt so viele Geschichten ...«

Hilda nahm die Sache in die Hand:

»Dein Vater hatte ein Schloß.«

»Ich rede nicht gerne von unserem Schloß.«

»Tu uns den Gefallen, bitte! Da war doch bestimmt so ein Schild über der Tür ...«

»Du meinst ein Wappen? Ja, aber man sah es kaum, denn das Schloß war sehr alt. Auf dem Fallgitter ...«

»Was ist ein Fallgitter?«

»Ach ja, natürlich, wie könnt ihr das wissen? Ein Gitter vor der Zugbrücke.«

»Eine Zugbrücke! Ach Mildred, gib mir die Peitsche. Diese Mähre schläft ein.«

»Nie im Leben! Du würdest sie totschlagen.«

»Auf beiden Seiten des Fallgitters standen zwei Löwen«, fuhr die junge Engländerin unverdrossen fort.

»Und natürlich spukte es in eurem Schloß«, sagte Mildred.

»Fürchterlich sogar.«

»Und du hast sie gesehen, die ...«

»Ja.«

Diese so kurze und schreckensreiche Antwort wurde in einem tiefen Schweigen vernommen, das keine der beiden Cousinen zu brechen wagte, obwohl ihnen die gleiche Frage auf den Lippen brannte. Schließlich platzte Mildred heraus:

»Jedenfalls gibt es nichts derartiges in Dimwood.«

Die schlaue Elizabeth traf eine verwirrende Unterscheidung:

»Einige sehen etwas, andere sehen nichts, aber das bedeutet nicht, daß es nichts gibt.«

»Hast du bei uns im Haus etwas gesehen?« fragte Mildred mit belegter Stimme.

»Wenn ich etwas sehe, behalte ich es für mich. Es gehört sich nicht, darüber mit anderen zu reden.«

»Hilda, heute nacht schlafe ich in deinem Zimmer. Weißt du, Elizabeth, ich glaube, ich möchte lieber nichts davon wissen.«

»Du Dummerchen«, rief Hilda, »sie wird uns Angst machen, und das wird im Walde köstlich sein.«

Elizabeth belehrte sie kurz und schroff eines Besseren:
»Es wird nicht köstlich sein, weil ich schweigen werde.«

Während sie dies sagte, bedeckten die Eichen am Waldrand die Mädchen bereits mit ihren Schatten, und sie verstummten instinktiv. Selbst für die beiden Cousinen, die diesen Ort gut kannten, bewahrte der Eindruck, in dieses Reich der Stille zu dringen, eine magische Kraft. Hier begann eine andere Welt. Die hohen Bäume schlangen ihre Äste wie riesige, mit schwerem Laub behangene Arme ineinander, durch die kein Sonnenlicht eindrang, und lange Reihen von Zypressen ließen den Wald noch dunkler erscheinen. Als der Wagen weiterfuhr, verlor sich das Licht von der Straße allmählich in dieser Nacht, bis nur noch jener den Tiefen der Wälder eigene Schimmer zurückblieb, dessen sanftes Flimmern zu geheimnisvoll ist, um nicht ein gewisses Gefühl der Unruhe zu erwecken.

Die Stute blieb stehen, und Hilda stieg zuerst aus, um die Zügel am Stamm einer Sykomore zu befestigen.

Jetzt schlugen die jungen Mädchen einen Weg ein, der sie zu einer Lichtung führte, wo ein vor sehr langer Zeit vom Blitz gefällter Baum lag. Wahrscheinlich hatte niemand daran gedacht, ihn wegzuräumen, denn ein Pfad schlängelte sich an seinen beiden Seiten entlang. Sie setzten sich auf den geschälten Stamm und hielten einander unwillkürlich bei den Händen, wie um sich zu beruhigen, denn kein einziger Vogel zwitscherte zu dieser Stunde. Das Summen eines Insekts wäre ihnen willkommener erschienen als diese bedrückende Reglosigkeit der Luft und des Raums um sie her, denn diese viele Jahrhunderte alte Vegetation war in bedrückender Weise real und gegenwärtig. Wie an allen Orten, wo die Zeit zu fliehen und Zuflucht zu nehmen scheint, herrschte hier die Angst vor den uralten Dingen, und den drei jungen Unbesonnenen war es plötzlich, als sei ihre Seele so alt wie die Welt.

So saßen sie, ohne sich zu rühren, wagten nicht den Mund aufzumachen, und das Blut pochte in ihren Ohren.

Doch nach einer Weile schämten sie sich ihrer offenbar grundlosen Furcht, und Mildred fand als erste den Mut zu sprechen:

»Heute ist der Wald nicht wie sonst«, sagte sie leise.

»Vielleicht ist es, weil wir vorhin über Gespenster gesprochen haben«, flüsterte Hilda.

Ein kurzes Schweigen folgte auf diese Erklärung, und dann sagte Elizabeth ziemlich ruhig und in leicht spöttischem Ton:
»Aber habt ihr nicht eben noch gesagt, daß es köstlich wäre, sich hier Gespenstergeschichten zu erzählen? Oder nicht?«

Sie löste sanft ihre Hände aus dem Griff der anderen, wartete einige Sekunden, in der Hoffnung auf eine Antwort, und fuhr dann freundlich fort:
»Ich habe mich inzwischen anders besonnen. Wenn ihr wollt, erzähle ich euch eine ...«

»Lieber ein andermal«, unterbrach Mildred sie.

Ein wenig verlegen, versuchte Hilda abzulenken.

»Es wäre lustiger, einen Spaziergang am Fluß zu machen.«

Elizabeth lachte kurz auf.

Mildred war rasch aufgesprungen.

»Oh, du mußt unbedingt den Fluß sehen. Hilda, du wirst uns hinführen.«

»Das ist nicht schwer. Man braucht nur dieser Schneise zu folgen, aber man darf nicht vom Wege abweichen. Man kann sich leicht verirren, und dann ...«

»Und dann was?« fragte Elizabeth.

»Ach, ich weiß nicht, aber geht nicht zu weit hinaus, denn sonst findet man euch nicht.«

Elizabeth ließ es dabei bewenden, aber dieser Wald, der ihr zuerst ein bißchen Angst gemacht hatte, zog sie jetzt gerade deshalb an, weil er so viel Unbekanntes verbarg, und sie ahnte etwas, was man ihr nicht sagen wollte. Schweigend folgte sie ihren Gefährtinnen, die vorausgingen und ihr freundlich den Weg bahnten, indem sie die riesigen Farnzweige beiseite schoben, die mannshoch waren und ihre Wangen streiften.

Elizabeth blieb absichtlich ein Stück zurück, und als Mildred bemerkte, daß sie ihnen nicht mehr folgte, rief sie beunruhigt:

»Hilda, halt. Elizabeth ist nicht mehr da.«

Hilda drehte sich um, und dann riefen sie beide:

»Elizabeth, wo bist du?«

Ein wenig hoch und schon fern ertönte eine Stimme durch all das Grün, das sich wie eine Wand hinter ihnen schloß: »Ich bin hier.«

»Wo?«

»Hier, wo ich bin, und ich will wissen, wo man hinkommt, wenn man zu weit geht.«

»Das wissen wir nicht.«

»Ihr wißt es sehr wohl, und wenn ihr es mir nicht sagt, verlasse ich diese Schneise und gehe in eine andere Richtung. Und falls ihr versuchen sollte mir zuvorzukommen, laufe ich sofort davon.« Die beiden Cousinen blickten einander mit schreckgeweiteten Augen an.

»Hilda, sag irgend etwas.«

Hilda formte die Hände zu einem Trichter und schrie:

»Man kommt zu einem Kreis von alten Bäumen, wo Schlangen von den Ästen auf jeden niederfallen, der sich dort hinwagt.«

Es folgte ein kurzes Schweigen, und dann erwiderte die Stimme in ihrem unverkennbar britischen Akzent:

»Ich finde das sehr interessant, aber auch hier, wo wir sind, können uns Schlangen auf den Kopf fallen. Der Wald ist doch überall der gleiche. Also was ist mit diesem Kreis?«

»Du hättest den Kreis nicht erwähnen sollen«, sagte Mildred.

»Elizabeth, wenn du schwörst, daß du zu uns kommst, werden wir es dir sagen.«

»Ich schwöre nicht, aber ich verspreche es euch.«

»Gut, wir haben dein Wort.«

»Das Wort einer Engländerin!« schrie Mildred, um diese mündliche Einwilligung mit einer ernsthaften Garantie zu bekräftigen.

Statt einer Antwort hörten sie zuerst ein schwaches Knacken, dann ein immer lauter werdendes Rascheln; schließlich begannen die hohen Farnzweige sich zu bewegen und öffneten sich plötzlich, um die mit entschlossener Miene hervortretende Elizabeth hindurchzulassen.

»Da bin ich«, sagte sie. »Und nun schnell eure Geschichte.«

»Hier? Am Fluß wäre es viel besser, hier im Stehen und zwischen all den Pflanzen ist es so ungemütlich.«

»Jetzt und hier, oder ich verschwinde. Ihr kennt mich nicht.«

»Hilda, fang an.«

»Nein, du. Dir hat die Souligou es erzählt.«

»Also gut, wenn es sein muß«, seufzte Mildred. »Wie es scheint, gibt es irgendwo ziemlich weit von hier einen großen Kreis von Bäumen, riesige Eichen, von denen dichte Schleier von grauem Moos herabhängen.«

»Das Moos ist eher grün«, berichtete Hilda.

»Na schön, also hängendes Moos, wie du es überall sehen wirst. Und in der Mitte – nichts, nur Gras.«

»Ist das alles?«

»Nein. An gewissen Tagen hört man ein dumpfes Geräusch vom Boden aufsteigen. Was es ist, weiß man nicht. Großvater hat es gehört und will nicht darüber sprechen. Er hat streng verboten, daß man dort hingeht. Er ist übrigens der einzige, der den Weg kennt.«

»Aber du sagtest mir doch, die Souligou habe dieses dumpfe Geräusch auch gehört.«

»Das erzählt sie jedenfalls. Sie behauptet, man höre einen Schrei, immer den gleichen. Sie kennt viele solcher Geschichten. Aber eins ist sicher: vor mehr als hundert Jahren hat man dort eine Menge Tscherokesen umgebracht, als die Weißen kamen. Die Engländer ...«

Elizabeth blieb ungerührt.

»Und?« sagte sie. »Warum erzählt ihr nicht weiter?«

Hilda fuhr entschlossen fort:

»Engländer, Amerikaner, Franzosen. Die Indianer skalpierten ihre Gefangenen mit der Axt.«

»Mit dem Tomahawk«, berichtigte Elizabeth.

»Woher weißt du das?« fragte Mildred.

»Wir sind doch nicht blöd. Das alles haben wir auf der Schule gelernt. Die Kolonialkriege ...«

Angestachelt von diesem Seitenhieb, fuhr Mildred lebhaft fort:

»Gut. Also eine Metzelei. Der Indianerstamm wurde niedergemacht, und seitdem ist er da, dieser Schrei, der aus dem Boden dringt. All diese Wälder waren voller Indianer. Sie schlugen sich nicht offen in der Prärie, sondern sie schossen ihre Pfeile hinter den Bäumen ab. Hier sind wir bei ihnen, in ihren Wäldern.«

Elizabeth blickte sie mit einem mitleidigen Lächeln an.

»Meine liebe Mildred, ihr seid überall bei ihnen.«

»Sieh einmal an«, sagte Hilda, »du redest wie Onkel Josh. Er ist ganz verrückt auf die Indianer.«

Und um von dem Thema abzulenken, fügte sie hinzu:

»Ich habe zwar keine Ahnung, wie spät es ist, aber mir scheint, daß der Tag zur Neige geht. Wir haben gerade noch Zeit, uns den Fluß anzusehen.«

Schweigend machten sie sich wieder auf den Weg und folgten

den Mäandern des rot schimmernden Pfades. Plötzlich ließ sich Elizabeths Stimme vernehmen:

»Mildred, du hast die Schlangen vergessen, die auf die Vorübergehenden fallen. Gibt es die nur in den Bäumen?«

»O nein, im Grase wimmelt es von ihnen.«

Diese Antwort mußte Elizabeth befriedigt haben, denn sie schwieg, und bald gelangten sie an eine Stelle, wo die Bäume in größeren Abständen voneinander standen und der graue Himmel hindurchschien. Schon vernahmen sie das Plätschern des Flusses, und sie atmeten den Duft der Hyazinthen, deren rosa und blaue Blütenmassen zwischen den Bäumen aufleuchteten.

Der Anblick der Blumen ließ das Herz der jungen Engländerin höher schlagen, und sie lief mit einem Ausruf des Entzückens an das Ufer des Flusses, dessen träge dunkelgrüne Fluten mit geheimnisvollem Flüstern zwischen knorrigen Weiden dahinströmten.

Mildred und Hilda kamen nach und begeisterten sich ihrerseits. Mildred schloß die Augen, vergrub ihr hübsches Näschen in den Blüten der Pfeifensträucher und erklärte, es sei zum Sterben schön, während Hilda mit andächtiger Miene die wilden Schwertlilien betrachtete, deren stolze Schönheit in dieser Einsamkeit prangte.

Elizabeth seufzte:

»Warum habt ihr mich nicht gleich in dieses Paradies geführt, anstatt mich durch dieses langweilige Farnkraut zu schleppen?«

Während sie sprach, wandte sie den Kopf nach allen Richtungen, wie um alles auf einmal zu sehen und in sich aufzunehmen. Blaßgelbe Orchideen rankten sich an den Pinienstämmen und an den Lianen empor und streuten violette Lichtflecke in das Dunkel. Die kräftig wuchernden roten und weißen Azaleen wuchsen bis in Baumhöhe und breiteten ihre Blütengewölbe aus, in deren dunkelrotem Schatten rosa und weiße Tupfen schimmerten.

Bis zur Benommenheit atmete sie den Jasminduft, der ihr alle Gärten Englands und Schottlands wiederschenkte und sie in eine köstliche Melancholie versetzte.

Überwältigt von ihren Gefühlen, ließ sie sich sanft in das Gras sinken und lachte und weinte zugleich.

Mildred kniete sich vor sie hin.

»Du bist glücklich!« rief sie aus. »Wußte ich's doch! Laßt uns hierbleiben. Hilda, komm.«

Hilda blickte sie mit ihren großen, stechenden schwarzen Augen an, die bereits die Frau ahnen ließen, die sie später sein würde, wandte sich von den Schwertlilien ab und setzte sich zu ihnen. Mildred war gerührt. Sie neigte sich zu Elizabeth und gab ihr einen Kuß auf die Wange.

»Ich hoffe«, sagte sie in einem Anflug von Zärtlichkeit, »daß du jetzt ein wenig mit unserem Süden versöhnt bist. Wie es scheint, wolltest du fliehen.«

Elizabeth antwortete nicht, aber Hilda ergriff an ihrer Stelle das Wort:

»Sie wird vollends von Savannah begeistert sein, wenn sie die bezaubernden Häuser sieht ...«

»Und die bezaubernden Geschäfte«, fügte Mildred hinzu. »Da wirst du nicht mehr wissen, wo dir der Kopf steht.«

»Wir werden dir alles zeigen«, sagte Hilda, »und besser als Tante Emma, die ohnehin voll beschäftigt sein wird mit ihren Besuchen bei Freunden und den unzähligen Verwandten, die wir dort haben. Mildred und ich, wir werden uns um dich kümmern und in der zweiten Kutsche fahren, die sicher für uns bestimmt ist.«

Wie im Traum sagte Elizabeth leise:

»Aber Tante Laura hat nicht gesagt, daß ihr mitkommt.«

Die beiden Cousinen reagierten gereizt:

»Ach die! Die ist immer gegen uns und mischt sich in alles ein.«

»Du brauchst nur Papa zu fragen. Er betet dich an. Alle beten dich an, meine Liebe. Du brauchst also nur zu fragen.«

Hilda schlug einen energischen Ton an:

»Verlange es einfach. Bei Onkel Josh kannst du alles erreichen.«

»Eher als bei Tante Emma. Papa gibt immer nach. Aber wende dich auf keinen Fall an Tante Laura. Ich an deiner Stelle würde mich vor ihr in acht nehmen.«

»Warum, Mildred? Mama mag sie gern.«

»Deine Mama kennt sie nicht so gut wie wir. Sie ist seltsam.«

»Hast du nicht bemerkt«, warf Hilda ein, »daß sie und Großvater nie miteinander reden?«

»Nicht einmal beim Essen«, fügte Mildred hinzu.

Tatsächlich hatte Elizabeth noch keine Zeit gehabt, all das zu bemerken.

»Nein«, sagte sie. »Sie reden überhaupt nicht miteinander?«

»Kein Wort. Aber ich rate dir, sie nicht nach dem Grund zu fragen. Das ist etwas, wovon man nicht spricht.«

Elizabeth lachte ein wenig gezwungen.

»Wie viele Geheimnisse ihr habt!«

»Geheimnisse! Hast du das gehört, Hilda? Ich und Geheimnisse!«

Sie legte sich rücklings neben Elizabeth hin und streckte einen elegant beschuhten Fuß in die Höhe.

»Schau dir einmal diesen hübschen roten Schuh an. Genau solche Schuhe wird man dir in Savannah kaufen. Findest du sie nicht schön?«

Widerwillig blickte Elizabeth auf diesen kleinen Fuß, der eitel vor ihr auf- und abwippte, und obgleich sie dieses Benehmen vulgär fand, bewunderte sie den Schuh.

»Nicht schlecht«, gab sie zu.

»Nicht schlecht! Das will ich hoffen. Russisches Leder, mein Kind.«

Hilda bemühte sich, eine ungezwungen sinnliche Pose einzunehmen.

»Es ist ganz einfach, Elizabeth«, sagte sie. »In Savannah brauchst du nur zu wählen. Du bekommst, was du willst, alles, was du willst.«

Diese mit einer Art verwöhnter Nonchalance gesprochenen Worte hatten eine seltsame Wirkung auf die junge Fremde. Irgend etwas veränderte sich in ihrem Innern. Und obgleich sie immer noch etwas schockiert war, wurde sie plötzlich aufmerksam.

Ohne das Bein zu senken, schob Mildred den Saum ihres Rocks ein wenig zurück.

»Da ich einmal dabei bin, werde ich dir auch die Spitzenborte meines Höschens zeigen.«

Elizabeth zuckte zusammen, und unwillkürlich entschlüpfte ihr ein Satz, der ihr in dem Augenblick, da sie ihn ausgesprochen hatte, lächerlich erschien:

»Das schickt sich nicht.«

Hilda hob den Kopf und warf Mildred einen Blick zu.

»Ach, die Unschuld«, murmelte sie.

Sie sagte das, als sei sie fünfzig Jahre alt. Es sah aus, als blinzle sie Mildred vertraulich zu.

Diese lachte hell auf:

»Du redest wie unsere Eltern, meine liebe Elizabeth. Eine Dame zeigt nicht einmal ihren Fußknöchel. Aber wart nur ab, wenn du später einmal auf einen Ball gehst und eine Krinoline trägst, und wenn deine Krinoline sich beim Walzer emporschwingt, dann wird man auch die Spitzenborte deines Höschens sehen. Meine ist jedenfalls aus Mechelner Spitzen.«

Unter dem emporgezogenen Rock kam in der Tat eine filigrane Spitze zum Vorschein. Elizabeth wurde puterrot. Das Bein senkte sich.

Hilda kommentierte in gelehrtem Ton:

»Die Stickerinnen dort machen diese Arbeit im Keller, was dem Faden eine besondere Qualität verleiht.«

»Und es versteht sich von selbst«, fügte Mildred lässig hinzu, »daß sie dabei erblinden.«

Mit ersterbender Stimme und geschlossenen Augen fügte sie plötzlich hinzu:

»Diese Blumen, all diese Blumen! Genießt du nicht ihren Duft, Elizabeth? Bist du nicht glücklich, mit uns in diesem geheimen Garten zu sein?«

»Wo niemand hinkommt«, bekräftigte Hilda.

Elizabeth begnügte sich mit einem Lächeln. Seit einiger Zeit ahnte sie dunkel, daß sie sich nicht in Gesellschaft zweier Mädchen befand, die jünger waren als sie, sondern daß sie es mit zwei Erwachsenen zu tun hatte, deren Beweggründe sie nicht verstand und auf die nur der flüchtige Ausdruck »Die Unschuld« ein verdächtiges Licht warf. Mildred und Hilda, vor allem Hilda, wußten Dinge, die sie nicht wußte, und das erfüllte sie mit Unbehagen.

Die Orchideen, deren Stengel sich wie Lianen von Baum zu Baum rankten, gefielen Elizabeth. Sie bewunderte diese Girlanden, und als sie näher trat, nahm sie einen zarten Vanilleduft wahr. Eigenartig erschienen ihr diese Blumen mit den blaßorangenen, rotgesprenkelten Blütenblättern rund um die bräunlichen Staubgefäße.

Hilda folgte dem Blick der jungen Fremden.

»Interessieren dich diese Orchideen?« fragte sie. »Hast du in England noch nie welche gesehen?«

»Nein, nie.«

»Ach, du Glückliche. Siehst du diesen hübschen blaugoldenen Schmetterling, der über dieser Blume flattert? Siehst du ihn?«

»Wo? Ach, dort. Ja. Er ist ganz allerliebst, man könnte meinen, er tanzt.«

Der Schmetterling flatterte, drehte sich im Kreise, berührte den Griffel der Blüte.

»Schau«, sagte Hilda.»Schau! Er rührt sich nicht mehr, er scheint zu zerschmelzen und sich … aufzulösen.«

»Aber das ist ja schrecklich!« rief Elizabeth entsetzt.

»Das ist noch nicht alles. Die Blütenblätter schließen sich jetzt langsam.«

»Hilda!«

»Diese Orchidee ist eine fleischfressende Pflanze. Sie lauert auf Beute.«

Sie blickte Elizabeth ernst an, und ihre schwarzen Augen funkelten: »Ihre Beute, verstehst du?«

»Ich finde diese Blume abscheulich.«

Hilda lächelte geheimnisvoll.

»Aber schön ist sie doch«, sagte sie leise.

Der Tag ging unmerklich zur Neige. In der nun eintretenden Stille hörten sie den fernen Gesang eines Vogels. Er hielt sich wahrscheinlich irgendwo im Walde verborgen, stieß zwei oder drei melancholische Laute aus, verstummte, und begann dann wieder mit ein oder zwei vereinzelten, traurigen Tönen.

»Die Einsiedlerdrossel«, flüsterte Mildred, als fürchtete sie, das klagende Stimmchen zum Schweigen zu bringen.

»Sie singt nur in der Stille«, sagte Hilda.»Sie braucht Einsamkeit.«

Elizabeth lauschte, ganz im Bann dieses schüchternen Rufs.

»Sie verkündet die Dämmerung«, flüsterte Hilda.»Wir müssen gehen.«

Wortlos erhoben sie sich, verweilten einen Augenblick vor den Orchideen und den Schwertlilien, deren Farben im schwindenden Licht dunkler leuchteten. Das Wasser plauderte im trauten Selbstgespräch. Der ganze Zauber des Abends schien bemüht, sie beim ersten Einbruch der Nacht hier zurückzuhalten. Die Drossel sang wieder zögernd und verträumt. Dann fielen andere Vögel ein, doch sie waren viel näher und übertönten ihre Stimme.

Versonnen und viel schweigsamer als auf dem Hinweg bahnten sie sich ihren Weg zwischen dem hohen Farn hindurch, dessen Zweige ihre Wangen streiften, und fanden bald den Einspänner und die geduldige Grannie, die im Schlaf mit dem Kopf nickte.

Auch diesmal ergriff Hilda die Zügel und die Peitsche, die sie bereits mit rächender Hand schwang, aber ihr Eifer erwies sich als unnötig, denn die alte Stute kannte den Weg durch den Wald nach

Dimwood sehr gut und trottete recht vergnügt ihrem heimischen Stall entgegen. Hilda schalt sie eine Heuchlerin und ließ die Peitsche über ihren Ohren knallen.

Mildred lachte, Elizabeth schwieg.

»Du bist so nachdenklich«, sagte Hilda. »Hat dir der Tag denn nicht gefallen?«

»Sie denkt an ihren Liebsten.«

»Hör auf, Mildred. Wie kannst du so etwas sagen?«

»Aber das ist doch keine Sünde, meine hübsche Cousine! Eines Tages wird man dir fesche junge Männer in Uniform vorstellen, die dir den Hof machen werden.«

»Vielleicht mag sie das nicht«, meinte Hilda.

Elizabeth war aufs neue verlegen und sagte lachend:

»Unsinn! Ich blickte in die Wolken.«

In der Tat leuchtete der Himmel orangerot am Horizont und bezog sich mit langen grauen Wolkenstreifen, die nach und nach dunkler wurden und die Landschaft in ihre Schatten hüllten. Nur die rote Erde der ungeteerten Straße schimmerte hell.

Plötzlich ertönte ein lauter und dumpfer Knall. Elizabeth schrie leise auf und blickte zu ihren Gefährtinnen. Hilda lachte:

»Hab keine Angst. Das ist der Rabe.«

»Der Rabe?«

»Ja, der Rabe, der den Regen verkündet«, erklärte Mildred.

»Was für ein seltsamer Rabe! Gar nicht wie bei uns.«

»Diesen hört man nur im Süden. Er bläht sich auf, macht bumm und fliegt fort.«

»Heute nacht kommt ein Gewitter«, sagte Hilda. »Das wird uns für einige Wochen die Kühle des Aprils zurückbringen. Es war ja auch zum Ersticken, nicht wahr, Elizabeth?«

Die Antwort fiel kurz aus, weil Elizabeth nie wußte, worauf diese Bemerkungen zielten, und sich vorsah.

»Ja, es war zum Ersticken.«

Auf einmal platzte Mildred heraus:

»Elizabeth hat eine himmelblaue Seele, wie ihr Kleid.«

»Ach, laßt meine Seele in Ruhe. Und dieses Kleid ist mir verhaßt.«

»In Savannah wird man dir herrliche Kleider zeigen. Da gibt es eine ganze Skala von bezaubernden Rosatönen. Dir würde so ein leicht malvenfarbenes stehen.«

Mildred rief aufgeregt in die Brise, die sich gerade erhob: »Nein, Hilda, nein! Eher ein Blaßgrün. Zu diesem goldenen Haar wäre das ein schöner Kontrast. Aber wir werden bei dir sein, um dich zu beraten, Elizabeth.« »Ihr scheint mir allen Ernstes verrückt zu sein«, sagte diese. »Ich treffe meine Wahl ohne Hilfe. Und dann ist es durchaus noch nicht sicher, daß ihr morgen mitkommt.«

»Du Böse!« rief Mildred aus.

»Nein, du nette Böse«, berichtigte Hilda. »Sie wird bestimmt alles bei deinem Vater erreichen.«

Doch trotz ihrer guten Worte war sie wütend und versetzte der Stute einen heftigen Peitschenhieb, der die gute Grannie beinahe zu einem unerwarteten Galopp veranlaßt hätte.

Ohne es sich eingestehen zu wollen, fragten sie sich alle drei, ob sie vor Einbruch der Nacht zu Hause sein würden. In den Bäumen, die zu ihrer Rechten wie eine hohe schwarze Mauer aufragten, webten die Grillen mit ihrem Zirpen ein tönendes Netz.

Eine ganze Weile verging, und während die brave Grannie gemütlich den vertrauten Weg entlangtrottete, wurden sie gewahr, daß sie, wenn sie früher oder später in Dimwood ankommen wollten, ganz auf den Instinkt und Orientierungssinn der alten Stute angewiesen waren. Die Peitsche ruhte. Die große Laterne, die vorne am Wagen befestigt war, hätte ihnen nützlich sein können, wenn sie eine Schachtel Zündhölzer mitgenommen hätten, aber sie waren bei der Abfahrt zu sehr mit anderen Dingen beschäftigt gewesen, um daran zu denken, und jetzt schwiegen sie betreten. Mildred zitterte insgeheim vor Angst, und plötzlich flüsterte sie:

»Elizabeth, siehst du die Straße?«

»Ich sehe nichts, und ich kümmere mich auch nicht darum«, erwiderte Elizabeth kalt. »Du und Hilda, ihr habt mich dazu verleitet, in diesen Wagen zu steigen. Hoffentlich scheut die Stute und geht durch.«

Mildred stöhnte:

»Ach, Elizabeth, manchmal bist du wirklich zu britisch.«

»Durchaus nicht«, rief Hilda. »Sie hat ganz recht. Ihr werdet schon sehen.«

Sie griff nach der Peitsche und schlug mit aller Kraft auf die Stute ein, die sich nach einem kurzen Wiehern ein wenig aufbäumte, dann stehenblieb und sich nicht mehr vom Fleck rührte. Obwohl weitere

Peitschenhiebe auf sie niederprasselten, machte sie nicht die geringste Bewegung. Es folgte ein entsetztes Schweigen, dann sagte Elizabeth mit ruhiger Stimme:

»Da ist alle Mühe vergebens. Ich kenne diese Tiere. Sie ist störrisch wie ein Maulesel, und außerdem fällt sie fast um vor Müdigkeit.«

»Was sollen wir tun?« fragte Mildred.

»Warten oder zu Fuß heimgehen.«

»Zu Fuß ist es noch eine Stunde«, sagte Hilda, »und man sieht fast nichts.«

Viel schneller als in Europa war die Dämmerung ganz plötzlich der Nacht gewichen, und mit einem Mal schien den jungen Mädchen alles um sie herum unendlich weit. Instinktiv kuschelten sich Mildred und Hilda an Elizabeth, die sich vergeblich dagegen wehrte.

Seitdem sie aus dem »Paradies« gekommen waren, hatte Elizabeth von der einen wie von der anderen den schlechtesten Eindruck gewonnen. Sie erschienen ihr wie zwei kleine böse Hexen in einem Märchen. Vor allem mißfiel ihr die eigenartige Zurschaustellung der Spitzenunterwäsche, für die sie keine Erklärung fand. Waren das die feinen Manieren des Südens, mit denen man ihr ständig in den Ohren lag?

»Hört doch endlich auf, mich zu schubsen«, sagte sie. »Ihr braucht keine Angst zu haben. Man wird bestimmt jemanden ausschicken, um uns zu holen. Also regt euch nicht auf, ihr Zimperliesen.«

»Wir sind keine Zimperliesen.«

In einem boshaften Verlangen, die beiden zu erschrecken, fragte Elizabeth unschuldig:

»Soll ich euch von einer geheimnisvollen Entdeckung erzählen, die ich gemacht habe, um euch die Zeit zu vertreiben?«

»O ja!« rief die unbesonnene Mildred.

Hilda schwieg.

»Als ihr mich vorhin gefragt habt, ob es in Dimwood etwas Spukähnliches gäbe, wollte ich nicht antworten. Aber es gibt etwas.«

»Ach, Elizabeth«, sagte Hilda vorwurfsvoll, »das hättest du nicht sagen sollen.«

»Wie schrecklich!« stöhnte Mildred, fragte jedoch sogleich neugierig: »Hast du es gesehen?«

»Da ist nichts zu sehen. Es ist überall. Es steigt aus der Erde empor, auf der das Haus gebaut ist. Eine blutige Schlacht hat dort stattgefunden ...«

Sie hatte derartige Geschichten in England gehört, und sie tischte ihren Cousinen jetzt eine nach ihrem Geschmack auf, vielleicht, um sie zu lehren, Geheimnisse, wie das ihrer Spitzenunterwäsche, für sich zu behalten.

»Denkt nur«, fuhr sie fort, »ein Schlachtfeld ... ganz zu schweigen von all den Indianern, die ihr umgebracht habt.«

Sie hielt einige Sekunden inne, um sich von der Wirkung ihrer Worte zu überzeugen, aber sie hatten nicht den erhofften Erfolg. In der fast völligen Finsternis schien der Himmel noch höher, die Felder grenzenlos weit. Sie hörte Mildred leise schniefen, und dann flüsterte Hilda:

»Du hast uns Dimwood für immer verdorben.«

Elizabeth verstand sogleich, was sie angerichtet hatte, und sagte spontan:

»Verzeiht mir.«

Und sie streckte die Hände nach rechts und links aus. Die linke wurde von Mildred ergriffen und heftig gedrückt, aber die rechte blieb in der Luft hängen.

»So leicht kommst du nicht weg«, murmelte Hilda.

Elizabeth fühlte die Demütigung, die in dieser Antwort lag, doch das war ihre eigene Schuld, und so schwieg sie lieber. Ganz im Gegensatz zu ihrer Cousine zeigte Mildred sich großherzig, und die junge Engländerin war gerührt, fand sie aber doch ein wenig zu weinerlich und ließ ihre Hand los, nachdem sie sie zärtlich gestreichelt hatte. Jetzt mußte sie Hildas Zurückweisung verdauen, und das war hart. Das rauhe und kratzende Zirpen der Grillen paßte dazu.

Plötzlich vernahmen sie ein fernes Schellengeklirr, und gleich darauf tauchte ein schwach flackerndes Licht am Horizont auf. Minuten später erst hörten sie den Hufschlag eines Pferdes.

»Da kommt jemand von der Plantage!« rief Mildred unter Tränen. »Das gilt uns.«

Und sie schneuzte sich.

Drei weit aufgerissene Augenpaare spähten in die schwarze Nacht, und als sie am wenigsten darauf gefaßt waren, erschien plötzlich eine zweirädrige Kutsche wie aus dem Boden gestampft vor ihnen. Das Pferd, an dessen Geschirr Glöckchen schellten, machte einige Meter vor Grannie halt, und der alte Tommie kletterte von seinem Sitz.

»Tommie!« rief Elizabeth freudig aus und eilte ihm entgegen.

Er wandte ihr ein Gesicht zu, das durch sein Lächeln weniger häßlich erschien, denn das Laternenlicht warf dunkle Schatten auf seine tiefen Runzeln.

»Mam'sell Lisbeth, alle ha'm sich zu Haus So'gen gemacht. Alle f'agen sich, wo die d'ei jungen Damen sind.«

Mit schneidender Stimme erklärte Hilda:

»Wir sind hier, weil deine verdammte Grannie ihre Launen hat und sich nicht vom Fleck rührt. Ich werde veranlassen, daß man sie zum Schinder bringt.«

»Oh, bitte nicht, Mam'sell Hilda!«

Und ohne die Zügel loszulassen, ging er auf die Stute zu und nahm ihren Kopf in seinen Arm. Sie bewegte sich nicht.

»G'annie«, sagte er, »nun sei mal b'av. Ich binde dich an die Kutsche an, und dann folgst du schön. Gute G'annie, brave G'annie.«

»Hör auf, Tommie«, befahl Hilda.

Verstohlen drückte er seine Wange an die Schnauze der Stute, dann ging er zu der Kutsche zurück. Er wendete mit äußerster Vorsicht, und das Fuhrwerk, an dem man hinten die Zügel des Einspänners befestigt hatte, setzte sich langsam in Bewegung. Grannie, wieder ein Muster an Gefügigkeit, trottete brav hinterher.

»So kommen wir nie an«, stöhnte Hilda. »Ich mag diesen alten Schwarzen nicht. Elizabeth, ich rate dir, Vertraulichkeiten mit den Dienstboten zu vermeiden.«

Auf diese Bemerkung erhielt sie eine eisige Antwort:

»Besten Dank. Ich weiß sehr wohl, wie ich mich der Dienerschaft gegenüber zu benehmen habe, liebe Hilda.«

Es folgte ein bedrückendes Schweigen, das bis zum Schluß der Fahrt andauern sollte, während Elizabeth sich wortlos mit Mildred zankte, die ihre Hand zu fassen versuchte, und der sie sie jedesmal, wenn sie es erreicht zu haben glaubte, wütend entzog. Es sah also ganz so aus, als ob die drei sich einigermaßen zerstritten hätten, als sie vor dem Haus ankamen.

Onkel Josh erwartete sie auf den Stufen der Veranda und schalt sie lächelnd:

»Meine Damen, es ist allerhöchste Zeit. Sie kommen zu spät zum Abendessen.«

Hilda bestürmte ihn sogleich mit Fragen. Sie wollte wissen, ob wirklich so viele Indianer in Dimwood niedergemetzelt worden wären, daß ihre Geister aus dem Boden, auf dem das Haus stand, emporstiegen, und ob in diesem Hause »etwas« nicht geheuer sei.

»Das habe ich gesagt«, erklärte Elizabeth mit einer ruhigen Stimme, die mit dem aufgeregten Redeschwall der Petzerin kontrastierte.

Onkel Josh zeigte sich der Situation sofort gewachsen:

»Um die Gegenwart eines solchen ›Etwas‹ in unserem Hause wahrzunehmen, bin ich nicht schottisch genug, aber, meine liebe Elizabeth, das Land ist seit Jahrhunderten ein Schlachtfeld gewesen. Wir leben auf einem Friedhof.«

»Papa, das ist ja entsetzlich!« rief Mildred aus.

»Beruhige dich, man gewöhnt sich daran. Was die Rothäute betrifft, denen wir das Land ihrer Vorfahren geraubt haben, so müssen wir Amerikaner uns schuldig bekennen, aber vor uns waren die Spanier da, dann die Engländer und die Franzosen. Der Vorwurf, den die edle Rasse der Indianer gegen die weiße Rasse erhebt, ist ein weitläufiges und schwieriges Thema, und in zehn Minuten will ich drei junge Damen mit frisch gewaschenen Händen bei Tisch im Speisesaal sehen. Verstanden?«

Er wies mit dem Finger zur Tür, und die völlig verdutzten Mädchen eilten ins Haus.

16

Das Abendessen verlief ein wenig kürzer als gewöhnlich, und die Rothäute blieben aus dem Spiel.

Doch als sich alle zurückzogen, machte Hilda Elizabeth ein Zeichen, daß sie mit ihr sprechen wolle.

»Komm mit mir«, forderte sie sie auf. »Es ist wichtig.«

Neugierig folgte ihr Elizabeth in den mit Gaslampen erleuchteten Korridor, und während sie hinter dieser so entschlossen ausschreitenden kleinen Person herging, bewunderte sie unwillkürlich die Autorität, die dieser schmale Rücken und der stolz zurückgeworfene Kopf ausstrahlten.

Der Ort, den Hilda gewählt hatte, war der gewöhnlich den Herren vorbehaltene ovale Salon, wo sie abseits von den Damen ihre Zigarren rauchten, aber an diesem Abend hatten Onkel Josh und Onkel Douglas ihre Absicht kundgetan, einen Spaziergang in der großen Allee zu machen.

Nachdem Hilda die Tür geschlossen hatte, schloß sie die Vorhänge vor den hohen Fenstern halb und löschte die Lichter.

»So sehen wir noch genug«, sagte sie, »und man wird uns in Ruhe lassen.«

»Warum die Geheimnistuerei, Hilda?«

»Geduld.«

Sie setzten sich in einiger Entfernung voneinander.

»Was für Albernheiten«, dachte Elizabeth. »Sie ist noch viel kindischer, als ich geglaubt hatte. Worauf will sie nur hinaus?«

Der mit schwarzen Wolken bezogene Himmel spendete ein schwaches Licht, und in diesem dramatischen Halbdunkel ertönte nun Hildas leise und präzise Stimme:

»Cousine Elizabeth, du hast uns in allen Tonarten zu verstehen gegeben, daß du Engländerin bist. Das ist sehr gut. Von mir dagegen sollte man meinen, daß ich das ganze schottische Blut der Familie in meinen Adern habe.«

»Das ist sehr gut. Ich gebe dir also dein Kompliment zurück.«

»Danke. Hat man euch auf der Schule erzählt, daß der König von England den Mann, den man den Schlächter von Hannover nannte, nach Schottland schickte, um das Heer unserer Patrioten, das Heer des jungen Prätendenten niederzumetzeln?«

»Bei Culloden. Natürlich. Hast du mich deshalb hierher gebeten?«

»O nein, nur um dich daran zu erinnern, daß wir, wenn wir einmal hassen, gründlich hassen.«

»Hilda, bist du verrückt? Was soll dieser Geschichtsunterricht?«

»Er wird dir helfen, mich zu verstehen.«

»Das ist nicht schwer. Du kannst mich nicht leiden. Also gehe ich.«

»Nicht so schnell. Vorhin auf der Straße hast du uns erzählt, daß es hier nicht geheuer sei.«

»Ja, aber ich habe keine Angst davor.«

»Vielleicht weil du nicht alles weißt. Ich ahnte schon immer, daß es da etwas gibt. Großvater behauptet, das seien Ammenmärchen, und ich glaubte schließlich, daß er recht hat. Und dann mußtest du kommen und uns wieder beunruhigen, Mildred und mich. Aus reiner Bosheit.«

»Durchaus nicht. Ich bin nicht boshaft.«

»Doch. Du hältst dich bloß für wer weiß wie gut, weil du in der Bibel liest und deine Gebete sagst. Ich weiß es. Man hat es mir erzählt. Mich hält man für böse, aber ich bin es nicht.«

Sie sagte dies in einem so merkwürdigen Ton, daß Elizabeth sich etwas vorbeugte, um sie besser zu sehen, aber in dem kleinen marmorblassen Gesicht war nichts zu erkennen, außer dem herrlichen Glanz der großen schwarzen Augen.

»Hilda«, sagte sie leise, »du vergißt, daß ich euch beide um Verzeihung gebeten habe.«

»Das war wohl das mindeste, aber was du gesagt hast, hast du gesagt, und das vergesse ich nicht. Tante Emma hat dir nicht alles erzählt. Wenn du die ganze Geschichte hören willst, brauchst du nur die Souligou zu fragen, und dann wirst du in Dimwood keine Nacht mehr ruhig schlafen.«

Sie ließ einige Sekunden verstreichen und fuhr dann in härterem Ton fort:

»Ich habe dich heute abend hierher gebeten, um dir zu sagen, daß ich einen Monat lang nicht mit dir reden werde.«

Elizabeth fand das so komisch, daß sie lachen mußte.

»Sieh einmal an! Du bestrafst mich!«

»Ach, du machst dich über mich lustig, weil ich erst dreizehn bin und du sechzehn, aber ich weiß mehr als du. Ich bestrafe die Leute durch mein Schweigen.«

In diesen naiven Worten lag so viel Ernst, daß Elizabeths Belustigung einem plötzlichen Mitgefühl wich.

»Hilda, es könnte sein, daß ich eines Tages mit Mama nach England zurückkehre. Dann werde ich niemanden mehr hier auf der Plantage beunruhigen. Wir haben Heimweh.«

Auf diese Worte war es still. Elizabeth, die die kleine Person ihr gegenüber nicht aus den Augen ließ, glaubte zwei Tränen über die blassen Wangen rinnen zu sehen, und dann erhob sich plötzlich eine schüchterne Stimme, und es war die Stimme der Kindheit:

»Ich will nicht, daß du fortgehst, Elizabeth.«

Elizabeth wollte etwas sagen und fand nichts. Ohne recht zu wissen warum, sah sie sich vor einem Rätsel, und plötzlich erinnerte sie sich an das »Paradies« am Flußufer, und das Gespräch dort erschien ihr in einem neuen Licht. Sie witterte ein Geheimnis, dessen tieferer Sinn ihr noch verborgen blieb, obgleich sie ganz nahe daran war, ihn zu begreifen, so wie es manchmal vorkommt, daß einem ein Name auf der Zunge liegt und sich trotzdem nicht einstellen will. Der Ausspruch »Die Unschuld« kam ihr in den Sinn, aber es half nichts: Er schien ihr ebenso unerklärlich wie alles übrige.

Plötzlich kam sie auf eine Idee, die sie für geeignet hielt, sich aus der Affäre zu ziehen. Sie legte einen Finger an den Mund und sagte lächelnd:

»Du vergißt die Strafe. Ein Monat Schweigen.«

Da warf ihr Hilda einen Blick zu, in dem die Verzweiflung wie eine Welle emporflutete, wandte den Kopf ab, schritt rasch zur Tür und verschwand.

Bestürzt entschloß sich Elizabeth, auf ihr Zimmer zu gehen und dort möglichst leise ihren Koffer für die morgige Reise zu packen. Wenn ihre Mutter sie hören sollte, würde sie mit ihr sprechen. Aber was sollte sie ihr sagen? Auch darüber war sie ratlos. Sie mußte ihre Zunge im Zaum halten, aber es würde ihr guttun, mit jemandem zu reden.

Auf der Treppe verhielt sie zögernd den Schritt. Reden war gefährlich. Wie konnte diese kleine Hilda mit den schwarzen Augen, dieses Kind, so geheimnisvoll sein? Was hatte es mit dieser »Unschuld« für eine Bewandtnis? Warum die gelöschte Lampe und die zugezogenen Vorhänge im Rauchzimmer? So etwas fällt nur einem Erwachsenen ein. Hilda war wie eine Erwachsene und bereits eine ausgeprägte Persönlichkeit... Nein, darüber sollte sie lieber schweigen.

Als sie in ihr Zimmer trat, bot sich ihr ein überraschender Anblick: Betty war über einen Koffer gebeugt, den sie auf das Bett gestellt hatte. Das breite Lächeln, das ihre weißen Zähne entblößte, beruhigte Elizabeth. Ein menschliches Gesicht, das soviel Herzensgüte ausstrahlte, war genau das, was sie brauchte, und dieses schwarze Gesicht schien die Besorgnis über all die Rätsel zu zerstreuen, mit denen sie sich seit einer Stunde herumschlug.

»Betty«, sagte sie erfreut, »ich hatte nicht erwartet, dich hier zu finden.«

»Ich bin jetz Ih'e Zofe, Mam'sell Lisbeth. Von jetz ab tun Sie nichts, und Betty macht alles fü' Mam'sell Lisbeth.«

»Aber warum all diese Wäsche? Ich gehe doch nicht auf Reisen.«

»Miss Lau'a hat gesagt: Pack den Koffe' von Mam'sell Lisbeth fü' Savannah. Zwei Tage im Hotel.«

»Im Hotel?«

Sie brauchte ein paar Sekunden, um sich ein prunkvolles Hotel vorzustellen, wo Blumen in den Zimmern standen und geschäftige Diener hin und her liefen.

»Kennst du Savannah, Betty?«

»Ja, Mam'sell Lisbeth. Betty in Savannah gekauft.«

»Was sagst du da?«

»Ja. In Savannah gekauft, als ich zwölf wa'.«

»Aber von wem denn?«

»Von Massa William.«

Elizabeth blickte sie an und empfand ein undefinierbares und tiefes Unbehagen, als ob sie von einer unverständlichen Welt, die sie soeben mit Hilda entdeckt hatte, in eine andere, ebenso verworrene und unergründliche geraten wäre. Plötzlich hatte sie den Eindruck, daß die schwarze Frau vor ihr kein menschliches Wesen mehr sei, sondern ein Gegenstand. Doch dieser absurde Gedanke streifte sie nur flüchtig, und sie suchte nach einer vernünftigen Erklärung. Wußte sie nicht sehr gut, daß alle Schwarzen der Plantage gekauft worden waren? Es war das Wort »gekauft«, das sie verwirrte.

»Betty«, sagte sie nur.

Vielleicht erriet die schwarze Frau ihre Verstörung.

»Massa William seh' nett mit uns alle, die Schwa'zen.«

Nach einem Zögern, weil sie wußte, daß gewisse Fragen nicht gestattet waren, fragte Elizabeth:

»Und die anderen?«

Betty hob überrascht die Brauen und antwortete ernst:

»Alle seh' nett zu uns.«

Und mit dem gleichen Lächeln wie vorhin fügte sie hinzu:

»Besond's Miss Lau'a.«

»Tante Laura?«

»Ja. Sie mag uns alle, die Schwa'zen. Wenn du mal was hast ode' k'ank bist, kommt sie, Miss Lau'a.«

Nach dieser kurzen Lobrede auf Tante Laura ging sie zum Mahagonischrank, öffnete ihn und nahm den Schottenrock heraus.

»O nein!« rief Elizabeth.

Betty drehte sich um und hielt den Rock mit ausgestrecktem Arm wie eine Trophäe empor. Ihre massive Person strahlte zugleich eine große Sanftmut und die Autorität einer Familienmutter aus. »Miss Lau'a hat gesagt, das hübsche Woll'öckchen fü' die Fah't. In Savannah viele schöne Dinge fü' Sie, Mam'sell Lisbeth. Aba fü' unte'wegs müssen Sie das hübsche Jöckchen t'agen. Bitte sein Sie lieb, ziehn Sie das an.«

»Nun gut«, sagte Elizabeth.

Der Schottenrock schien ihr ein wenig albern, aber sie war froh, das verhaßte blaue Kleid loszuwerden. Und dann, würde ihr Savannah nicht alles nur Vorstellbare an Eleganz bieten? Allein der Name dieser unbekannten Stadt machte sie schwindeln.

»Gut«, wiederholte sie leicht ungeduldig.

»Ja, Mam'sell Lisbeth, aba man sieht nichts meh'.«

In der Tat war plötzlich die Dunkelheit hereingebrochen, und das Grollen eines fernen Donners klang wie Rosse und Wagen eines biblischen Heers auf holpriger Straße.

Elizabeth schaute Betty an und sah nur das Weiße in ihren Augen.

»Hast du Angst?« fragte sie.

»Nein, Mam'sell Lisbeth. Und Sie?«

»Natürlich nicht, aber wir müssen Licht machen.«

Da ihr dieses Zimmer noch nicht genügend vertraut war, konnte sie sich nicht genau erinnern, wo die Lampe stand, und tastete sich vorsichtig wie eine Katze in die falsche Richtung. Plötzlich hörte sie ein dumpfes Geräusch und erschrak.

»Betty, hast du etwas fallen lassen?«

»Nein, Mam'sell Lisbeth.«

»Weißt du, wo die Lampe steht?«

»Nein, weiß nicht. Ich sonst nie hie'gewesen.«

»Ich will Mama nicht wecken. Gewöhnlich sieht man einen Schimmer unter ihrer Tür, denn sie läßt ihre Nachtlampe brennen.«

Mit einer Hand ins Leere tastend, spürte sie schließlich eine Wand unter ihren Fingern, aber aus Furcht, einen kleinen Tisch umzuwerfen oder an einen Stuhl zu stoßen, wagte sie sich nicht weiter vor. Eine vage Unruhe stieg in ihr auf und steigerte sich allmählich zu jener Angst vor der Dunkelheit, die wir in der Kindheit so stark empfinden und die uns aus vorgeschichtlichen Zeiten vererbt ist.

Sie rief: »Betty!«

Eine etwas unsichere Stimme antwortete:
»Ja, Mam'sell Lisbeth.«

Plötzlich erstrahlte das ganze Zimmer im blendenden Licht eines aufflammenden Blitzes, in dem sich alle Einzelheiten, von den Stuckdecken bis zum Parkettfußboden, mit gespenstischer Schärfe abzeichneten.

Elizabeth hatte gerade Zeit, Betty zu sehen, die neben dem Tisch mit der Lampe auf dem Boden kniete und das Gesicht in den Händen vergrub. Doch sogleich umschloß sie wieder die Finsternis, und das junge Mädchen schrie wie eine Ertrinkende:

»Hab keine Angst, Betty! Es besteht keine Gefahr.«

Ein ohrenbetäubendes Krachen folgte diesen Worten wie ein Kommentar, und der Donner erfüllte den Himmel mit seinem rächenden Getöse.

Ohne Zögern ging Elizabeth in die Richtung der Lampe, deren Entfernung sie jetzt ziemlich genau abschätzen konnte, aber obwohl sie ihre Schritte ganz vorsichtig setzte, stieß sie plötzlich an Bettys Knie, die wie ein Tier aufheulte.

»Betty, ängstige dich nicht, ich bin es«, sagte sie. »Wenn du dich bewegst, wirst du die Lampe umwerfen.«

Einen Augenblick später gab das milde Licht der Öllampe dem Zimmer wieder ein friedliches Aussehen, und nur Betty verweilte in ihrer dramatischen Pose.

In diesem Augenblick öffnete sich die Tür, und Mrs. Escridge erschien in ihrem langen Nachthemd.

»Was ist denn los?« fragte sie ganz ruhig. »Ich habe einen Schrei gehört, Elizabeth!«

»Es ist nichts, Mama. Betty ist gerade dabei, meinen Koffer zu packen . . .«

»Auf den Knien? Wie eigenartig!«

»Wir fahren morgen früh nach Savannah.«

»Ich weiß. Cousine Laura hat es mir erzählt, aber ich glaube erst an diese Reise, wenn ihr fort seid. Und jetzt schließ bitte sofort das Fenster.«

»Nein, das mach ich schon«, ließ sich Betty plötzlich vernehmen.

Ein wenig geniert von dem kalten Blick der englischen Dame, stand Betty auf und ging das große Fenster schließen.

»Elizabeth«, sagte Mrs. Escridge, »wenn diese Vorbereitungen . . .«

Aufs neue flammte ein Blitz auf, der sämtliche Ecken und Winkel des Zimmers erhellte und jeden einzelnen Gegenstand wie im fahlen Licht des Jüngsten Gerichts aufleuchten ließ, doch diese schreckliche Bestandsaufnahme dauerte nur den Bruchteil einer Sekunde. Betty ließ sich auf das Bett fallen und rief den Herrgott an. Bleich und reglos wie Tote warteten Elizabeth und Mrs. Escridge auf den Donnerschlag. Er kam etwas später als beim ersten Mal, doch mit ebenso drohendem Getöse.

Als wieder Stille eingetreten war, beendete Mrs. Escridge in geduldigem Ton ihren Satz:

»Wenn diese Reisevorbereitungen abgeschlossen sind, komm auf ein Wort zu mir.«

»Gleich, Mama. Betty, das Gewitter verzieht sich. Pack meinen Koffer, und laß das blaue Kleid im Schrank.«

Kaum war sie in das Zimmer ihrer Mutter getreten, da prasselten die ersten Regentropfen auf das Dach der Veranda. Mrs. Escridge zeigte ein Lächeln, wie es Elizabeth seit der Abreise aus der »alten Heimat« nicht mehr gesehen hatte.

»Hörst du?« sagte sie verträumt. »Regen. Die Luft ist bereits frischer, und wir können wieder atmen. Erinnerst du dich, wie die Erde in unserem Garten nach einem Gewitter duftete?«

»Oh, ich habe daran gedacht, und ich denke ständig an all das, seit wir hier sind. Mama, haben Sie schon eine Antwort auf Ihre Briefe?«

»Es ist noch zu früh, mein liebes Kind. Man sagte mir, es dauere mindestens drei Wochen, falls die Leute gleich antworten. Aber ich bin wie du. Geht die Zeit denn nie vorbei? Es kommt mir vor, als seien wir schon ein Jahr hier.«

»Ich glaube, ich werde doch mit Ihnen fortgehen.«

»Nein!«

»Aber Mama, es gibt Augenblicke, da ich hier ebenso unglücklich bin wie Sie.«

»Mag sein, aber du wirst bleiben. Diese kleine Fahrt nach Savannah wird alles ins Lot bringen. Zuerst einmal ist Savannah, wie es scheint, eine englische Stadt geblieben. Aristokratisch sogar, ha-ha-ha!«

»Aber hier auf der Plantage ist es zu traurig.«

»Es wird weniger traurig sein, wenn du alles hast, was du willst. Vergiß jedoch nicht, daß man dir alles aus Barmherzigkeit gibt.«

»Das ist es ja gerade. Ich hasse die Barmherzigkeit.«

»Nun hör mal, mein Kind. Falls ich je drüben ankomme, werde ich auch von Barmherzigkeit leben müssen, aber ich ziehe die Barmherzigkeit bei uns der von denen hier vor! Du aber wirst in Luxus und Reichtum leben.«

»Ich bin lieber arm und daheim.«

»Rede nicht wie eine Närrin. Hast du die Pension und den abendlichen Eintopf vergessen? Nachdem sechs alte Damen und ein Achtzigjähriger, der sich von Medikamenten ernährte, ihn abgelehnt hatten, wurde er uns aufgetischt ...«

»Mein Gott«, dachte Elizabeth, »jetzt fängt sie schon wieder mit dem Eintopf an, der jedesmal schrecklicher wird ...«

»... mit Mehl angedickt und voller Fettklumpen, und das Ganze lauwarm ...«

»Mama, ich bitte Sie ...«

»Gut, ich sehe, du verstehst. Also reden wir nicht mehr davon, aber wenn du einmal dort in ihrer Aristokratenstadt bist, wirst du ein gutes Töchterchen sein und mir zwei Fläschchen Laudanum besorgen. Und heute abend komm mir nicht gute Nacht sagen. Ich bin heute nicht in sentimentaler Laune. Deshalb will ich mich auch gleich von dir verabschieden. Diese Formalität hätten wir hinter uns. Morgen früh wirst du leise fortgehen, ohne mich zu wecken. Das ist alles. Nein, zieh die Vorhänge zu, damit ich diese Blitze nicht mehr sehe, die mir auf die Nerven gehen. Und jetzt geh. Ich will dem Regen lauschen.«

Als Elizabeth ein wenig später zu Bett ging, hatte sie den Eindruck, daß ihre ganze Freude über die Reise nach Savannah verflogen war. Vor allem betrübte sie die grauenhafte Litanei ihrer Mutter über den abendlichen Eintopf und die bestürzende Perspektive eines ärmlichen Daseins in England, während man ihr, Elizabeth, um sie von ihrem Heimweh zu heilen, das vergiftete Geschenk eines Lebens ohne materielle Sorgen in einem Land anbot, das ihr verhaßt war. Noch vor einigen Stunden hatte der Name Savannah wie Musik in ihren Ohren geklungen, aber der sarkastische Ton ihrer Mutter warf einen Schatten auf diese Stadt. Besonders das Wort »aristokratisch« verwirrte sie. Wie konnten Amerikaner Aristokraten sein?

Betty hätte den Koffer nicht besser packen können. Ganz verlegen hatte sie gewartet, bis Elizabeth erschien, um ihr eine gute Nacht zu wünschen. Als sie lächelnd und schweigend im Licht der Lampe vor ihr stand, wäre das junge Mädchen am liebsten auf sie zugeeilt und hätte ihr in einem überwältigenden Zärtlichkeitsbedürfnis die Hände gedrückt, aber die Grundsätze ihrer Erziehung verboten es ihr, und sie begnügte sich mit einem Wort des Dankes an die schwarze Frau, die sie glücklich anstrahlte und sich zurückzog.

Während der ganzen Nacht prasselte der Regen wie ein dichter, gleichmäßiger Trommelwirbel auf das Dach der Veranda nieder, und Elizabeth lauschte ihm, wie man einer langen Geschichte lauscht. Von Zeit zu Zeit drangen Blitze durch den Spalt der Vorhänge und teilten die Finsternis wie mit einem Schwerthieb, und der Donner grollte immer ferner. Plötzlich träumte Elizabeth, sie glitte in einen Abgrund.

17

Beim Morgengrauen regnete es immer noch ein wenig. Die beiden Kutschen warteten vor dem Haus. Sie beeindruckten Elizabeth durch ihre Eleganz. Lang und geräumig ruhten sie wie Gondeln auf großen, hellgrün gestrichenen Rädern. Eine Plane schützte die Sitze vor den letzten Regentropfen, aber der Himmel klärte sich auf. Die schwarzen Pferde, prachtvolle Tiere mit glänzendem Fell und feinem Geschirr, schüttelten eitel die Mähnen, und man sah ihnen an, daß sie stolz auf ihr schönes Aussehen waren und auf die Pflege, die man ihnen angedeihen ließ.

Der Kutscher trug ein leichtes Cape über seiner goldbetreßten, dunkelblauen Livree, riesige Regenschirme bewegten sich in einem ständigen Hin und Her zwischen der Haustür und den Trittbrettern der Wagen, und es gab ein fröhliches Geschrei und Durcheinander unter den Reisenden, als es um die Verteilung der Plätze ging. Die Sonne drang hinter den Wolkenfetzen hervor, und die plötzlich nutzlos gewordenen Schirme klappten zu. Man beschloß, daß Tante Emma und Elizabeth in der ersten Kalesche fahren, und Onkel Josh mit Billy in der zweiten folgen sollten, wogegen Billy, der die Gesellschaft Elizabeths bei weitem vorgezogen hätte, vergeblich protestierte. Hinter diesem luxuriösen Wagen zog ein kräftiges, dickes Pferd einen Gepäckkarren.

Es war übrigens nicht mehr die Rede davon, in Wilmington oder Macon die Eisenbahn zu nehmen. Man hatte seine Pläne geändert, wie so oft im Süden. Elizabeth hörte Onkel Josh zu Tante Emma sagen, daß sie zu Charlie Jones führen. »Er hat mir gestern abend eine Nachricht geschickt. Es komme nicht in Frage, im De Soto abzusteigen, wir wohnen bei ihm. Also direkt nach Savannah.«

Onkel Douglas stand auf der Terrasse mit Tante Laura, die ein wenig traurig lächelte, und man winkte, wie es sich gehört, aber als sich die Räder in Bewegung setzten, wurde Elizabeths Aufmerksamkeit auf eins der Fenster des Speisesaals gelenkt, wo sie hinter der Scheibe Hildas blasses und ernstes Gesicht erspähte, das sie aus schwarzen Augen traurig und vorwurfsvoll anblickte.

Jetzt erinnerte sie sich – nicht ohne einen inneren Schock –, daß sie ganz vergessen hatte, Onkel Douglas zu fragen, ob Hilda und Mildred sie nach Savannah begleiten dürften, und es tat ihr leid, aber fühlte sie sich im Grunde nicht wohler ohne diese beiden ein bißchen sonderbaren Mädchen?

Nun bogen die Wagen in die große Allee ein, und Tante Emma, die neben Elizabeth saß, schwatzte lustig drauflos, aber unter ihrem entzückenden, von fliederfarbenen Schleifen gehaltenen Strohhut waren ihre Worte nur dem verständlich, dem sie direkt den Kopf zuwandte. Um sich vor den Wassertropfen zu schützen, die von den Bäumen fallen könnten, hatte sie einen niedlichen kleinen Regenschirm aus grüner Seide aufgespannt, den sie verwegen hin- und herschwenkte. Elizabeth hielt den breiten Hut mit der weichen und leichten Krempe im Schoß. Man hatte ihm der zu Tode betrübten Susanna entreißen müssen, die sich ebenfalls um den ersehnten Besuch in der Stadt betrogen sah. Das Haar im Winde, atmete Elizabeth die frische Luft in vollen Zügen, wie man kühles Quellwasser trinkt, lauschte vergnügt dem komplizierten Hufschlag der Pferde, der auf seine Weise von einer Zukunft ohne materielle Sorgen sprach, und der Eintopf der Londoner Pension kam ihr mit beißender Ironie wieder in den Sinn, aber zugleich stellte sich durch eine Assoziation noch eine andere, ganz frische Erinnerung ein, die sie erschaudern ließ und in die harte Wirklichkeit zurückversetzte. Kurz vor Morgengrauen, in der dunkelsten Stunde, war sie von einem Blitz aufgeweckt worden, der die Nacht zerriß, und hatte im Nebenzimmer die Stimme ihrer Mutter gehört, eine klagende, Gebete stammelnde Stimme. Schlief sie denn nie? Überrascht und ein wenig beunruhigt, hatte Elizabeth einen Augenblick zugehört und war dann wieder eingeschlafen, und jetzt auf einmal, im Sonnenlicht, das durch das Laub dieser stolzen Allee drang, schien sie die gewöhnlich so schroffe Stimme aufs neue zu vernehmen, aber traurig und flehend, vielleicht um sie zurückzurufen? Sie war so bestürzt, daß sie Tante Emmas weiß behandschuhte Hand nicht gleich bemerkte, die ihr zu ihrer Linken etwas zeigte. Als sie endlich den Kopf wandte, sah sie eine lange Reihe kleiner Hütten mit weiß verputzten Mauern und vor jeder einen Garten voller Blumen.

»Das Sklavenviertel«, erklärte Tante Emma, »aber merke dir, daß wir sie stets nur Diener nennen, oder *Darkies* (wegen ihrer dunklen Hautfarbe). Tante Laura bekümmert sich um diese Leute, die sie vergöttern. Sie wird dich zu ihnen führen.«

»Zu denen?« rief Elizabeth ohne die geringste Begeisterung aus.

»Jawohl. Es ist wichtig, daß du zu ihnen gehst und daß sie dich lieben. Sie sind wie eine große schwarze Familie, und wir sorgen für sie. Du wirst sehen, sie sind sehr nett.«

Diese letzten Worte sprach sie ziemlich laut, in der Hoffnung, daß sie von den feingerandeten braunen Ohren zweieinhalb Meter über ihr vernommen würden, aber anscheinend verloren sie sich im triumphierenden Peitschengeknall, und der junge Mulatte, der in seiner makellos geschnittenen blauen Kutscherlivree auf dem Bock thronte, änderte seine hochmütige Haltung nicht.

Tante Emma rückte näher zu Elizabeth heran, als wollte sie das rosige und widerspenstige Gesicht mit den Rändern ihrer Kappe umschließen:

»Von denen ist nichts zu befürchten«, sagte sie in einem vertraulichen Ton. »Sie werden sich nie auflehnen.«

»Ich weiß«, erwiderte Elizabeth, ein wenig fortrückend, »man hat mir alles gesagt.«

Da das Problem somit ein für allemal erledigt war, lehnte sich Tante Emma in ihre Ecke zurück und bewunderte die Landschaft. Die Plantage lag bereits weiter hinter ihnen. Fast am Straßenrand bot ein dichter Pinienwald mit riesigen Bäumen Einblick in seine dunklen Tiefen. Tante Emma machte eine Handbewegung:

»Das alles gehört uns«, erklärte sie lässig.

Im Hauch der Brise verspürten sie einen berauschenden Duft, den das Laub oberhalb der rostfarbenen Stämme ausströmte.

Elizabeth schloß entzückt die Augen.

»Das wächst und wächst«, sagte die Stimme unter der Haube. »Offenbar vermag nichts diese Invasion aufzuhalten.«

»Warum sie aufhalten?« fragte sich Elizabeth.

Aber die Kutsche fuhr jetzt sehr schnell, und bald veränderte sich die Landschaft. Die Pinien wichen dem Grasland, das sich unendlich, so weit das Auge reichte, und bis zu anderen Wäldern erstreckte, die sich wie ein dicker schwarzer Strich vom Horizont abhoben. Und plötzlich riß Elizabeth die Augen weit auf: abseits von der Straße erblickte sie eine riesige Wasserfläche von undefinierbarer Farbe, weder grau noch braun, von riesigen toten Baumstümpfen in einem vorsintflutlichen Durcheinander bedeckt, die das Sumpfufer in diesem gottverlassenen Stück Natur unzugänglich machten. Ein starker und faszinierender Eindruck des Unheils und der Trauer ging von diesem Orte aus, dessen Einsamkeit wie ein böser Zauber wirkte.

Unter Tante Emmas Haube ertönte ein finsteres Wort: »Gefährlich«, und sie fügte hinzu: »Schlangen, Fieber, Moskitos, ein Schlupfwinkel entlaufener Sträflinge und Verbrecher.«

Sie hielt sich ein kleines parfümiertes Taschentuch vor die Nase und fügte mit erstickter Stimme hinzu: »Der Schandfleck des County.«

Aber Elizabeth fand es interessant und bedauerte, daß der Kutscher die Pferde mit einem Schnalzen der Zunge zur Eile antrieb. Sie hätte sich gern länger aufgehalten, um sich an der beunruhigenden, fast höllischen Poesie dieses Ortes zu berauschen.

Während der folgenden halben Stunde blieb sie im Bann dieser unheimlichen Landschaft, in die innere Betrachtung dieses geheimnisvollen Gewässers versunken. Was von der Frömmigkeit ihrer Vorfahren noch in ihr war, konnte den Reiz fragwürdiger übersinnlicher Phänomene nicht trüben, in welchen der schottische Aberglaube triumphierte. Dank einer jener geheimnisvollen Launen des Gedächtnisses konnte sie sich, je weiter sie sich von der langgestreckten Wasserfläche entfernte, immer klarer an alle beängstigenden Einzelheiten und Besonderheiten erinnern, und was sie zuallererst empfand, war, obwohl sie es kaum hätte beschreiben können, das Gefühl einer unermeßlichen Einsamkeit. Erst dann kam der Schrecken. Gibt es ein anderes Wort für das, was nicht jenseits, sondern diesseits der menschlichen Sprache liegt? Die Vorahnung verbotener Regionen, verboten, ohne daß sie wußte, warum und wie.

Tante Emmas leicht verärgerte Stimme riß sie aus ihren Gedanken:

»Was hast du nur, Elizabeth? Jetzt rede ich seit fünf Minuten mit dir, und du scheinst es nicht einmal zu bemerken. Wovon träumst du?«

»Aber ich träume nicht, Tante. Ich habe nichts gehört.«

»Schau mich an. Du bist ja ganz bleich. Fühlst du dich nicht wohl?«

»Ich versichere Ihnen, daß mir nichts fehlt.«

»Wir sind durch zwei Dörfer gefahren. Savannah ist nicht mehr weit. Leider werden wir zuerst die Elendsviertel sehen.«

»Die Elendsviertel?«

»Mein liebes Kind, du bist nicht wie sonst. Da gibt es doch etwas.«

Sie blickten einander an und betrachteten sich zum ersten Mal seit Elizabeths Ankunft in Dimwood aufmerksam, und unter der Haube mit den fliederfarbenen Bändern erschien die Unschuld dieses hübschen, nicht mehr jungen Gesichts dem jungen Mädchen wie die Offenbarung einer für sie neuen Welt. Es gab etwas, in der Tat. Die Räder drehten sich mit viel Geräusch, die Hufe der Pferde hämmerten hart auf der Straße, und die Sonne stürzte aufs neue zur Erde nieder, um sie zu verschlingen.

Plötzlich fühlte Elizabeth, daß sie eine andere wurde, eine Erwachsene.

II
Savannah

18

In aufregende Gedanken versunken, achtete sie nicht auf Tante Emmas Reden, bis sie plötzlich einen Aufschrei unterdrückte, als sie die vorhin erwähnten Elendsviertel erblickte. Da der Boden immer sandiger wurde und die Kalesche ihr Tempo verlangsamen mußte, hatte sie alle Muße, die baufälligen Hütten längs der Straße zu betrachten. Sie waren bunt gestrichen, wie um das hoffnungslose Elend aufzuheitern, doch das Herz der verblüfften jungen Engländerin zog sich bei diesem Anblick zusammen, und sie konnte sich eines entsetzten Ausrufs nicht erwehren, als sie die Kinder sah, die auf die Wagen zueilten. In ihren Lumpen, die kaum die abgezehrten Leiber bedeckten, blickten sie zu den Reisenden empor, und auf ihren Gesichtern stand der Hunger geschrieben, der in der Sprache seines stummen Grolls ein Almosen forderte. Ein wenig hinter ihnen erblickte sie Männer und Frauen jeden Alters, schmutzig und grau, in zerrissenes oder schlecht zusammengeflicktes Sackleinen gekleidet, die in teilnahmsloser, stummer Reglosigkeit zusahen.

»Und ich dachte, der Süden sei reich!« rief Elizabeth aus.

»Sehr sogar«, sagte Tante Emma, und während sie auf die Gruppen der Neugierigen wies, erklärte sie: »Aber das hier ist der Abschaum, das sind die weißen Armen.«

»Der Abschaum? Warum der Abschaum?«

In ihrer Erregung war sie aufgesprungen und ließ den Blick über alle die über ihr Erstaunen verwunderten Gesichter schweifen. Plötzlich hörte sie die Stimme des jungen Kutschers, der man eine gewisse Dreistigkeit anmerkte:

»So is' es, Mam'sell. De' Abschaum von die weißen A'men!«

»Jéhu«, fuhr Tante Emma ihn an, »man hat Sie nicht nach Ihrer Meinung gefragt. Los, fahren Sie schneller.«

Sie packte Elizabeth am Arm, zog sie auf die Sitzbank nieder und neigte erneut ihre Haube dem erschrockenen kleinen Gesicht zu.

»Mein liebes Kind, du mußt wissen, daß diese Habenichtse sogar von den Schwarzen verachtet werden. Schon ihr Name ist ein Schimpfwort in der guten Gesellschaft. Man kürzt ihn ab und sagt PWT*.«

Elizabeth hütete sich, ihre Meinung über das, was sie soeben

* Poor White Trash.

gehört hatte und was sie noch mehr verwirrte als alles, was sie sah, zu äußern. Sie verstand nun noch weniger, warum zwischen diesem ärmsten Teil der weißen Bevölkerung Schwarze in farbenfroher Kleidung herumliefen, bei der das Blau dominierte, Rot und Grün jedoch nicht ausgeschlossen waren. Sie kamen und gingen in völliger Freiheit, sangen und schwatzten mit der Lebhaftigkeit ihrer Rasse, während die Weißen ringsum sie gar nicht wahrzunehmen schienen und sich nicht vom Fleck rührten.

»Das alles ist höchst rätselhaft«, dachte sie.

Eine verkehrte Welt, die in seltsamem Widerspruch zu der Vorstellung stand, die sie sich in Dimwood gemacht hatte, aber das Bild änderte sich rasch.

Einige Minuten später waren die ärmlichen Hütten außer Sicht, und der Sand verschwand, denn jetzt klapperten die Hufe der Pferde fröhlich auf dem rosa Ziegelpflaster einer breiten Straße. Der Zauber begann, und der unangenehme Eindruck von vorhin verflüchtigte sich. Links und rechts neigten sich riesige Sykomoren anmutig über die Straße, wie um mit ihrem Laub ein leichtes und undurchdringliches Gewölbe zu bilden.

Aufs neue bediente sich Tante Emma ihres Sprachrohrs, das heißt, sie wandte ihre Haube Elizabeth zu und schrie:

»Wir sind soeben in die Stadt eingefahren, und zwar durch das Tor von Ogeetchee. Der Name sagt dir nichts, weil du den Kopf woanders hast, aber ich habe dir vor zehn Minuten in der Ferne den Ogeetchee-Fluß gezeigt, und du hast nicht zugehört. Ich glaube, du bist taub.«

»Ja, ja«, antwortete das junge Mädchen aufs Geratewohl.

Ihre Augen wanderten von links nach rechts und wurden nicht müde, die Häuser mit den weißen oder tiefroten, von Geißblatt überrankten Fassaden anzuschauen. Zwischen den verzierten schmiedeeisernen Treppengeländern führten zehn oder zwölf Stufen zu einer Tür von eleganter Einfachheit, dem einzigen Schmuck dieser Häuser, die ein wenig von der Straße und den Neugierigen zurückgesetzt lagen, vor denen jedoch, um den vielleicht etwas abweisenden und distanzierten Eindruck zu lindern, üppige Blütensträucher den Vorübergehenden zulächelten: Azaleen, Rhododendron, Hortensien.

Undeutlich vernahm sie, wie Tante Emma dem Kutscher mit schriller Stimme Anweisungen erteilte: die Namen Whitaker und

Broughton drangen an das Ohr des jungen Mädchens und versetzten sie nach einer Fahrt durch Indianergebiet zurück nach England, und wieder mußte sie an ihr Land denken, als sie wie geblendet einen Platz überquerte, wo die Häuser mit ihren feinen weißen Säulen ein riesiges Quadrat bildeten. Sie waren durch kleine Gärten voneinander getrennt, die wie Blumensträuße aussahen, und lagen im friedlichen Schatten jahrhundertealter Eichen, die sie unterschiedslos mit ihrem Laub bedeckten, wie um sie näher zueinander zu rücken. Ein jedes zeichnete sich durch die Vollkommenheit seiner Fassade aus, und auch hier konzentrierten sich wieder alle Ansprüche eines raffinierten Geschmacks auf die Tür, die entweder mit einem schlichten dreieckigen Giebel oder mit einem luftigen Peristyl von fünf kreisförmig angeordneten Säulen geschmückt war.

Hier fiel Tante Emma in den schulmeisterlichen Ton, den sie liebte:

»Du kannst sie ruhig hübsch finden, diese Villen, die so stolz darauf sind, hier zu stehen. Der junge Mann, der sie erbaut hat, war ein Landsmann von dir. Erinnerst du dich an seinen Namen? Er war dreiundzwanzig Jahre alt und hieß ... und hieß ... Zu dumm, ich habe es vergessen, aber Douglas wird es dir sagen ...«

»Dreiundzwanzig!« rief Elizabeth unbesonnen aus. »War er schön?«

»Du hast aber komische Fragen! Keine Ahnung. Manchmal frage ich mich, ob du nicht verrückt bist.«

Und dann fiel es ihr plötzlich wieder ein:

»Jay! William Jay. Merke dir diesen Namen.«

»Ich werde ihn nie vergessen«, erwiderte Elizabeth, die nicht mehr genau wußte, was sie sagte.

Seit einer Viertelstunde befand sie sich in einem Freudentaumel. Die Erinnerung an Dimwood verschwand allmählich aus ihrem geistigen Horizont und gehörte bereits einer seltsam fernen Vergangenheit an. Die Stunden der Angst und der Tränen auf der Plantage verflüchtigten sich wie ein Alptraum und machten einer köstlichen Gegenwart Platz. Auf einer schattigen, von Rasenflächen umgebenen Promenade in der Mitte des großen Platzes sah sie Damen in hellen Kleidern, von einer erstaunlichen Vielfalt der zartesten Farbtöne, Lindgrün, Fliederblau, Blaßgelb, und auf dem Kopf trugen sie breitgeränderte, mit winzigen Blumengirlanden geschmückte Hüte. Und da diese eleganten Schönen die schädliche

Einwirkung des Lichts fürchteten, schwenkten sie lässig lächerlich kleine Sonnenschirme in der weiß oder blaßlila behandschuhten Hand, und ihr von hellem Lachen unterbrochenes Geplauder klang in Elizabeths Ohren wie der Gesang des Glücks und der Sorglosigkeit. Am liebsten wäre sie ausgestiegen und hätte sich ihnen zugesellt, aber die Wagen verließen bereits den Platz und fuhren in östliche Richtung. Sie verstand gerade noch den Namen Abercorn, den Tante Emma angestrengt hervorstieß, als Onkel Joshs Stimme aus der zweiten Kalesche, die sie überholte, rief: »Wir sind da!«

Die breite, mit rosa Ziegeln gepflasterte Straße, über die die Sykomoren ihre beweglichen Schatten warfen, duftete nach dem Geißblatt, das sich an den Häusern emporrankte, und dem Jasmin, der in üppiger Fülle neben den Gehsteigen blühte.

Das Haus von Charlie Jones lag etwas abseits von den benachbarten Gebäuden und zeichnete sich durch eine schmiedeeiserne Veranda aus, zu der eine Freitreppe mit etwa fünfzehn Stufen emporführte. Auf den ersten Blick bemerkte Elizabeth nur dies, denn fast sogleich begann, vergleichbar einem Aufstand, das fröhliche Durcheinander des gastlichen Empfangs. Schwarze in mandelgrünen, goldbetreßten Livreen eilten in großen Sätzen und mit fliegenden Rockschößen die Treppe hinunter, während die Reisenden unter dem üblichen Tumult aus den Wagen stiegen. Ein schwarzgekleideter Herr stürzte den Ankommenden von der Veranda mit ausgestreckten Händen und herzlichem Lachen entgegen.

»Wir erwarten euch seit einer Stunde!« rief er. »Ich dachte schon, die Tscherokesen hätten euch skalpiert. Sei gegrüßt, Josh, guten Tag, Emma, guten Tag, Billy, du Schlingel! Wo ist meine Landsmännin?«

Elizabeth saß noch in der Kalesche, völlig eingeschüchtert von diesem Herrn, der ihr als einer der schönsten Menschen erschien, den sie je gesehen hatte, und zwar sowohl wegen seiner natürlichen Eleganz als auch wegen der Ebenmäßigkeit seiner Züge, und ganz besonders wegen seiner strahlenden, großen, tiefblauen Augen.

Als er sie erblickte, setzte er mit tänzerischer Gewandtheit zu einer Art von Sprung an, zog sie an sich und schloß sie in seine Arme. Errötend ließ sie es geschehen.

»Ich will doch hoffen, daß Sie keine Angst vor dem englischen Kinderschreck haben, Cousine Elizabeth«, sagte er.

Sie stammelte:

»Keinerlei Angst.«

»Dann betrachte ich das als Erlaubnis, Sie zu küssen.«

Sie fühlte sein nach Eau de Cologne duftendes Gesicht auf ihrer Wange und schloß die Augen, um sich ihre Erregung nicht anmerken zu lassen.

»Charlie«, rief Onkel Josh, »wenn du deine miserable Vorstellung von *Romeo und Julia* beendet hast, kümmere dich bitte um deine Gäste.«

Aber die Schwarzen hatten sich bereits des Gepäcks angenommen und trugen es zur Veranda hinauf. Charlie erhob die Stimme:

»Aminadab, in fünf Minuten die Mint Juleps im grünen Salon! Emma, Ihren Arm, wenn ich bitten darf, damit ich Ihnen die Stufen hinaufhelfe. Octavia wird Sie in Ihr Zimmer führen, wo Sie sich ausruhen können.«

Tante Emma stützte sich auf ihn, hob ihre Krinoline und murmelte unter ihrer Haube einige kaum vernehmbare Liebenswürdigkeiten.

»Das nenne ich mir vernünftig gesprochen«, sagte Charlie Jones, der kein Wort verstanden hatte. »Es ist ein Vergnügen, Ihnen zuzuhören.«

Tante Emma warf ihm unter ihrem Hut ein strahlendes Lächeln zu:

»Charlie Jones, Sie sind ein Charmeur, und ich weiß nicht, ob ich Ihnen glauben soll.«

Er protestierte, und unter dieser Plauderei gelangten sie zur Tür eines bezaubernden Zimmers mit vielen Spiegeln, das zum Garten hinausging.

Von Tante Emma befreit, eilte er zu Josh, der Elizabeth bei der Hand hielt und fügsam den mit den schweren Lederkoffern beladenen Dienern folgte. Charlie öffnete persönlich die Tür des Zimmers, das für seine Landsmännin vorgesehen war.

Als sie eintrat, konnte sie sich eines bewundernden Ausrufs nicht erwehren, den dieser Raum gewiß auch verdiente, denn die Tapeten aus blaßblauem Moiré und die hübschen, chintzbezogenen Polstermöbel mit den großen Blumen auf schwarzem Grund waren allerliebst. In einer Ecke verhüllten weiße Vorhänge ein Himmelbett mit zierlichen kannelierten Säulen, und eine sandfarbene Markise schützte den großen Balkon vor dem blendenden Sonnenlicht. Etwas abseits hing an der Wand ein Porträt in schwarzem Rahmen, das einen leichten Kontrast zu den zarten Tönen des Ensembles darstellte, aber Elizabeth schenkte ihm zuerst keine Aufmerksamkeit.

»So«, sagte Charlie Jones vergnügt. »Das wird von jetzt an Elizabeths Zimmer sein, und hier kann sie jedesmal wohnen, wenn sie nach Savannah kommt.«

»Ein Gemach, das einer Prinzessin würdig ist«, bemerkte Onkel Josh.

»Da ich noch nie eine Prinzessin bei mir empfangen habe, kann ich das nicht beurteilen. Möchtest du jetzt die erbärmliche Rumpelkammer sehen, die ich für dich bestimmt habe? Elizabeth, lauf mir nicht davon. Und du, Billy, gedulde dich. Ich glaube, da ist noch irgendwo im Haus so eine Art von Rattenloch, in dem man dich einquartieren wird.«

»Ein Rattenloch?« rief Billy empört aus.

»Murre nicht, mein Junge, in deinem Alter kann man auf einer Gartenbank schlafen.«

Während er seine Gäste mit unerschöpflichem Frohsinn neckte, führte er sie einen breiten Korridor entlang und zeigte jedem sein Zimmer. Josh protestierte, als er das seine betrat. Es war ebenso streng, wie das des jungen Mädchens sanft und behaglich war, und bot alle Garantien britischer Ungemütlichkeit, verbunden mit einer Würde großen Stils: massive Sitzgelegenheiten von ehrwürdigem Alter, ein königliches Bett, dem man auf den ersten Blick die Marmorhärte ansah. Das einzige Zugeständnis an die Bequemlichkeit war ein prächtiger Schaukelstuhl mit weichen Polsterkissen.

»Ich wußte, daß du logst, als du mir von einer Rumpelkammer erzähltest«, sagte Onkel Josh lachend.

»Ein kleines Musterbeispiel unserer Nationaltugend, der Verstellung«, erwiderte Charlie Jones bescheiden. »Ich lasse dich einen Augenblick allein. Billy, jetzt bist du an der Reihe. Folge mir.«

Mit langem Gesicht und gerunzelten Brauen gehorchte Billy ohne ein Wort, jedoch mit frechen Bemerkungen gerüstet, falls das Rattenloch wirklich seinen Namen verdienen sollte.

Er brauchte nicht lange zu warten. Am Ende des Korridors sah er eine Tür, auf die ein Zettel mit einer Inschrift in großen Druckbuchstaben geheftet war:

PRIVATRESIDENZ WILLIAM HARGROVE JUNIOR
GENANNT: DAS RATTENLOCH
EINTRITT STRENG VERBOTEN
BEI SOFORTIGER TODESSTRAFE

Charlie Jones trat als erster ein und ließ Billy folgen, der sprachlos den Mund aufriß.

Das Zimmer war hoch, breit und quadratisch. An den ockerfarbenen Wänden hingen Farbdrucke in vergoldeten Rahmen, die dem Lernbegierigen zum einen das realistische Schauspiel eines grausamen Boxkampfes boten, zum anderen alle Phasen einer Hetzjagd, wobei das Scharlachrot der Reiterröcke, die Jagdhörner und die glänzenden Kruppen der Rassepferde hervorstachen. Auf einem anderen prächtigen Stich sah man ein großes Segelschiff in Seenot, aber was William Hargrove junior vor allem verblüffte, war eine lange indianische Piroge, die unter der Decke hing. Ein Flaschenzug gestattete, dieses mit einem Paddel versehene Boot herunterzuholen.

Charlie Jones folgte dem Blick des Jungen und gab einige Erläuterungen: »Es ist ganz aus Büffelleder und steht Liebhabern zur Verfügung, aber ich empfehle die ruhigen kleinen Flüsse und nicht die edlen Ströme, die die Alligatoren bevorzugen.«

»Oh«, sagte Billy mit glückstrahlender Miene, »ich werde mich schon in acht nehmen, da können Sie sicher sein.«

»Du solltest dich ebenso vor den jungen Damen in acht nehmen, die du in der Stadt sehen wirst. Ich kenne dich, ich war auch einmal in deinem Alter. Der Alligator hat, wie du weißt, achtzig Zähne. Die jungen Damen haben nur zweiunddreißig, aber in beiden Fällen ist das Lächeln verdächtig. Verstanden?«

»Jawohl, Sir.«

»Nenn mich nicht Sir. Von jetzt an wirst du Onkel Charlie zu mir sagen.«

»Gut ... Onkel Charlie.«

»Wenn du nachts heimkommst, nicht zu spät und möglichst bevor der Hahn kräht, kannst du dort deine ermatteten Glieder ausstrecken.«

Und er zeigte auf ein Bett aus schwarzem Eichenholz von schlichter Form, schmal wie ein Soldatenbett, das in einer dunklen Ecke stand.

»Zufrieden?« fragte Charlie Jones.

»O ja«, antwortete Billy mit etwas gezwungener Begeisterung, denn in Dimwood schlief er in einem Himmelbett mit Vorhängen.

»In einigen Minuten wird ein Schwarzer kommen und dich in den kleinen Salon führen, wo wir unsere weiteren Pläne besprechen können. Wir haben heute noch viel vor.«

Mit diesen Worten verschwand er und ließ den verdutzten und etwas ratlosen Billy im Zimmer zurück. Ihm schien, daß Charlie Jones mit seiner Ironie eine geheime Komplizenschaft durchblicken ließ, die der Junge gern als Erlaubnis zu schlechtem Betragen in einem gewissen Rahmen verstehen wollte, zumal die Vergnügungen Savannahs im ganzen Lande bekannt waren. Diese tiefsinnigen Gedanken beschäftigten ihn, bis ein Schwarzer in betreßter Livree erschien, um ihn in den grünen Salon zu führen.

Elizabeth gab sich unterdessen der Begeisterung über ihr Zimmer hin, setzte sich in alle Sessel, lehnte sich über den Balkon und atmete den Duft der Blumen, der bis zu ihr hinaufdrang. Dem Porträt im schwarzen Rahmen widmete sie zuerst nur einen zerstreuten Blick, doch als sie wieder daran vorüberging, blieb sie plötzlich stehen. Das ein wenig naive Gemälde zeigte ihr einen jungen Mann von etwa zwanzig Jahren, in schwarzer Kleidung und mit einer kunstvoll geschlungenen weißen Halsbinde. Das Gesicht war von gebieterischer Schönheit; in den dunkelblauen, fast schwarzen Augen wetterleuchtete es, aber auf den fleischigen Lippen schwebte ein leicht spöttisches Lächeln. So wie er war, bewegte er das junge Mädchen, das sich sofort in ihn verliebte.

Einige Minuten lang hätte sie nicht sagen können, ob sie litt, oder ob ihr im Gegenteil das Herz vor Freude pochte, und als der Diener an die Tür klopfte, fühlte sie sich so verwirrt, daß sie ihn bat, noch ein wenig zu warten. Was sie noch mehr erregte als die leidenschaftliche Bewunderung für diesen Mann, war das Gefühl, vor einem höchst irritierenden Rätsel zu stehen. Es schien ihr nämlich, als habe sie den, der aus seinem altmodischen Rahmen spöttisch auf sie herablächelte, gekannt, und es war ihr, als sagte dieser Rahmen zu ihr: »Du vernarrst dich in jemanden, der nicht mehr existiert. Laß die Toten in Ruhe.«

Endlich faßte sie sich, ging zur Tür und folgte dem Diener.

Allein in seinem Zimmer, nachdem Charlie Jones gegangen war, ließ Onkel Josh einen kritischen Blick in die Runde schweifen und betrachtete das Bett mit Kennermiene.

»Interessant«, murmelte er. »Von erlesenem Geschmack. Um 1600, würde ich sagen, und aus einem fürstlichem Schloß, wenn nicht sogar aus einem königlichen, aber ich werde verlangen, daß man eine dicke Roßhaarmatratze hineinlegt, besser noch zwei.«

Und dann sagte er lauter:

»Es steckt immer irgendein Schabernack hinter den Aufmerksamkeiten dieses Spaßvogels. Schauen wir uns einmal diesen Sessel an.«

Damit setzte er sich in den Schaukelstuhl, wippte einige Minuten lang und lächelte zufrieden.

»Erträglich«, sagte er, »und sogar sehr erträglich. Unser Charlie ist menschlich geblieben, trotz seines Erfolgs.«

Dann sprang er plötzlich auf und setzte die Untersuchung des ganzen Zimmers mit einer geradezu pedantischen Neugier fort, bis es klopfte.

»Ich komme«, rief er. »Es ist nicht nötig, auf mich zu warten. Ich kenne den Weg.«

19

Der grüne Salon, in dem sich alle einen Augenblick später versammelten, zeichnete sich durch eine höchst raffinierte Schlichtheit aus, die durch das zarte Gold der Karniese und den diskreten Schimmer der blaßlila Taftvorhänge unterstrichen wurde.

Tante Emma, die jetzt eine imposante Spitzenhaube trug, nahm in einem breiten Sessel Platz, während der Herr des Hauses Elizabeth einlud, sich zu seiner Rechten auf ein mit lavendelfarbener Seide bezogenes Sofa zu setzen.

»Es verstößt zwar gegen alle Sitten des Südens, daß ein Herr sich neben einer jungen Dame auf ein Sofa setzt«, erklärte er lächelnd, »aber ich will hoffen, daß unser Ehrengast mich nicht deswegen verjagen wird und nichts dagegen hat, einen Mint Julep mit uns zu trinken.«

Während er dies sagte, erschienen drei weißgekleidete Schwarze und brachten Tabletts, auf denen große Gläser mit dem üblichen Pfefferminzblatt in gestampftem Eis standen.

»Aber Charlie«, rief Tante Emma aus, »meinen Sie nicht, daß Elizabeth zu jung ist, um einen Julep zu trinken? Sie weiß ja nicht einmal, was das ist.«

»Beruhigen Sie sich, Emma, ich habe den für sie bestimmten Julep selbst zubereitet. Und dann hat eine Engländerin doch vor nichts Angst, nicht wahr?«

»Vor nichts«, erwiderte Elizabeth wie ein Echo, aber sie errötete unwillkürlich und fühlte sich unbehaglich in ihrem blauen Kleid, das so gar nicht zu den Farben dieses eleganten Zimmers paßte.

Als hätte er ihre Qual erraten, fügte Charlie Jones rasch hinzu: »Ein kleiner Schluck dieses Getränks wird die Welt in Ihren Augen verwandeln und Ihnen die gegenwärtige Stunde köstlich erscheinen lassen. Der Strohhalm wird sich als nützlich erweisen.«

Onkel Josh, der in der Mitte des Salons stand, war der Meinung, daß man Elizabeth über die Beschaffenheit dessen, was sie trinken sollte, aufklären müsse.

»Ich kann es ihr erklären«, meldete sich plötzlich Billy zu Wort, der unbedingt auch etwas sagen wollte. »Ich habe unzählige Juleps für meine Freunde zubereitet.«

»Na schön, laß hören«, sagte Charlie Jones mit gönnerhafter Miene, »aber vergiß nicht, daß du hier vor Fachleuten sprichst.«

Mit einer leicht nervösen Handbewegung fuhr sich der Junge duch das Haar, um seine Verlegenheit zu verbergen.

»Für jedes Glas eine Handvoll Pfefferminzblätter«, begann er.

»Eine Handvoll! Das kann ja heiter werden!« sagte Tante Emma.

»Unterbrechen Sie nicht«, sagte Charlie Jones. »Er ist ein feuriger Sohn des Südens, der keine halben Sachen macht. Also, lieber Professor, jetzt haben Sie eine Handvoll Minze. Und was nun?«

»Ich zerstampfe sie zu Brei.«

»Wie man den Feind in einer Schlacht zermalmt?« schlug Onkel Josh vor.

»Genau. Nachdem ich sie ins Glas geschüttet habe, fülle ich es bis zum Rand mit gestampftem Eis.«

»Zu Tode gestampft wie die unglückliche Minze«, murmelte Onkel Josh ironisch.

»Durchaus nicht. Ganz normal gestampft, und nichts weiter.«

Charlie spielte den Naiven:

»Das ist bereits ausgezeichnet. Und jetzt kommt der große Augenblick, da du den Rum über das Ganze gießt.«

Billy schrie empört auf:

»Rum, Onkel Charlie? Was denken Sie? Cognac natürlich.«

»Es soll mir recht sein, mein Junge, aber es gibt so viele verschiedene Arten von Cognac.«

Tante Emmas Haube geriet in Bewegung.

»Ach, irgendeinen! Genug davon. Ich will nicht vor allen anderen trinken, aber ich sterbe vor Durst.«

»Eben nicht irgendeinen«, belehrte Billy sie in schulmeisterlichem Ton. »Jeder Gentleman weiß, daß der Bourbon der einzig mögliche ist.«

»Bravo«, sagte Charlie Jones. »Aber woher weiß er das alles? Ich frage mich, ob du, so jung wie du bist, nicht bereits eine Vergangenheit hast. Aber lassen wir das. Bist du fertig?«

»Noch nicht. Zuletzt den Zucker.«

Ein erneuter Ausruf Tante Emmas:

»Oh, aber nicht zuviel, um Himmels willen, denn der Zucker berauscht.«

Billy funkelte seine Mutter aus seinen blauen Augen an.

»Wozu soll er denn sonst gut sein, Mama?«

»Logisch betrachtet, hat er recht«, meinte Charlie Jones, »aber es gibt für alles ein Maß, mein Junge.«

»Ich hasse das Maß!« ereiferte sich Billy mit steigender Empörung.

Onkel Josh lächelte wie ein Fuchs.

»Sieh einmal an. Man könnte schwören, daß unser Professor sich bereits einen Julep in der Küche genehmigt hat.«

»Sir, ich verkehre nicht in der Küche.«

Onkel Charlie griff ein:

»Josh, ich bitte dich. Du verwirrst unseren Spezialisten. Fahre fort, Billy.«

»Dann stecke ich ein Pfefferminzblatt oben ins Eis, wie einen Wimpel.«

»Und damit wären wir natürlich am Schluß«, sagte Onkel Josh verschmitzt. »Jetzt brauchen wir nur noch deinen tadellosen Julep zu trinken.«

»Das wäre übereilt, Onkel Josh. Er muß eine Nacht im Eis sein.«

Charlie Jones lachte:

»Gut gespielt, mein Junge. Josh, er ist in keine unserer kleinen Fallen gegangen. Beurteilen wir nun das Resultat. Elizabeth, ich trinke auf dein Glück.«

»Auf das Glück Elizabeths und auf die Zukunft«, fügte Onkel Josh hinzu.

Man hob sehr artig die Gläser, und die Strohhalme wurden zum Munde geführt. Ein kurzes Schweigen trat ein, und dann sagte Onkel Josh:

»Köstlich.«

»Durchaus«, pflichtete ihm Charlie Jones bei. »Und was sagst du, Elizabeth?«

»Ich finde es recht gut«, sagte sie.

»Habt ihr das gehört?« rief Charlie. »Sie spricht in der großen literarischen Tradition des gemäßigten Stils, wo der vulgäre Superlativ verpönt ist.«

»Was ist das für ein unverständliches Gerede?« sagte Billy, der bereits ein Drittel seines Glases geleert hatte und leicht beschwipst war. »Mag sie meinen Julep nicht?«

»Beruhige dich«, sagte Onkel Josh. »Zuerst einmal ist es nicht *dein* Julep. Er wurde hier gestern abend zubereitet. Und dann laß Elizabeth Zeit, sich an den Geschmack zu gewöhnen.«

Das junge Mädchen hatte die Augen geschlossen und schien entrückt. In regelmäßigen Zügen saugte sie mit dem Strohhalm den Inhalt ihres Glases aus, das man ihr sanft aus den Händen nehmen mußte.

»Nicht so rasch, mein liebes Kind«, sagte Charlie Jones, »du mußt lernen, die guten Dinge des Lebens mit Bedacht zu genießen.«

»Aber ich fühle mich sehr wohl«, sagte sie mit verzücktem Lächeln und etwas unsicherer Stimme. »Gebt mir mein Glas zurück.«

Tante Emmas schrille Stimme ließ sich vernehmen:

»Hatte ich nicht gleich gesagt, daß der Zucker gefährlich ist?«

Sie rückte ihre große Haube zurecht, die ein wenig zur Seite gerutscht war.

»Aber ich muß gestehen«, fuhr sie fort, »daß dieser Julep einer der besten ist, die ich je getrunken habe.«

Charlie Jones erhob sich.

»Ich schlage vor, daß wir unsere Gläser mit ins Speisezimmer nehmen. Elizabeth, du wirst das deine an deinem Platz finden.«

Nach einem kurzen Zögern stand Tante Emma auf, reichte ihr Glas einem Diener und sagte: »Charlie, geben Sie mir Ihren Arm.«

So verließen sie gemeinsam den Salon, gefolgt von Elizabeth, die Onkel Josh fest bei der Hand hielt, und Billy, dessen Augen noch mehr als gewöhnlich glänzten. Alle scherzten und lachten, bevor sie sich zu Tisch setzten, und es herrschte ein liebenswürdiges Durcheinander, das eine fröhliche Mahlzeit ahnen ließ. Man unterhielt sich bereits recht laut.

Das ovale Speisezimmer war mit einer hellen Holztäfelung geschmückt, die fein kannelierte flache Säulen im reinsten neoklassizistischen Regency-Stil darstellten. Auf dem weißen Tischtuch waren in einer sehr kunstvollen Unordnung Blumen in allen Farbtönen verstreut und verliehen dem etwas strengen Rahmen eine fröhlich festliche Note.

Elizabeth, die sich angenehm schwindlig fühlte, fand eine Art von festem Halt in der Betrachtung Charlie Jones', zu dessen Linken sie saß und den sie rückhaltlos bewunderte, sowohl wegen seines vollkommenen Profils als auch wegen seinen frischen Wangen von einem so lebhaften Rosa, als sei er gerade an einem schönen Wintermorgen von einem Galopp in Devonshire zurückgekehrt. Sie verstand kaum, was man zu ihr sagte, aber sie war glücklich.

Onkel Josh rief sie vom anderem Tischende und wollte wissen, ob sie sich wohl fühlte. Statt einer Antwort lächelte sie ihm zu, und sie hatte Lust, allen zuzulächeln, ohne dabei gewahr zu werden, daß man heimlich den Inhalt ihres Glases durch Wasser mit Pfefferminzsirup ersetzt hatte.

Es schien ihr, als ob alle auf einmal redeten und einen Lärm machten, als seien zwanzig Personen im Raum. Die weißgekleideten Diener eilten um den Tisch, huschten wie Schatten vorbei, aber stets verweilten ihre Blicke auf der jungen Fremden. Ein köstliches Gefühl von Unwirklichkeit bemächtigte sich ihrer, trotz Onkel Charlies Gegenwart, der lautstark das Tagesprogramm erläuterte, und sie zuckte bisweilen zusammen, wenn sie ihren Namen hörte, aber in diesem Augenblick des Wohlbefindens war nichts von Bedeutung. Plötzlich stellte eine weiß behandschuhte Hand behutsam einen Teller mit einer kalten Suppe vor sie hin, von der sie, ihrem Tischnachbarn folgend, einen Löffel kostete, ohne den Geschmack dessen, was wie gehorsam aß, zu erkennen. Onkel Charlie neigte sich zu ihr und flüsterte:

»Schildkrötensuppe. Magst du sie?«

Sie nickte aufs Geratewohl und lächelte.

Allmählich kam sie wieder zu sich und wandte das Gesicht von Charlie Jones, da sie bemerkte, daß Billy, der neben ihr saß, sie seit einer Weile beobachtete. Plötzlich stieß er sie mit dem Ellbogen an und sagte mit einer Stimme, die er für ein Flüstern hielt:

»Sie sind gerade dabei, dich auf ihre Weise einzukleiden. Hörst du denn nicht, was sie sagen?«

»Was sie sagen? Nein . . .«

»Mama wählt Kleider für dich aus, die gar nicht zu deinem Alter passen. ›Wie es sich schickt‹ – sie können von nichts anderem reden. Auch Onkel Josh ist schrecklich.«

»Schrecklich?«

»Schrecklich altmodisch. Zum Glück besteht Onkel Charlie darauf, daß du deine eigene Wahl triffst. Aber hör zu. Ich werde dabeisein und dir sagen, was die jungen Mädchen von heute tragen.«

»O ja!« sagte Elizabeth und wurde auf einmal ganz wach.

»Wenn du dich nicht wehrst, machen sie eine Dame aus dir. Wie dieses Kleid, das du da anhast. Es ist unter uns gesagt . . .«

»Scheußlich!« rief Elizabeth mit lauter Stimme. »Aber ich werde mich zur Wehr setzen.«

Plötzlich wurde es sonderbar still.

»Sie hat etwas gesagt«, verkündete Emma, als ob eine Art von Wunder geschehen wäre.

»Keine Sorge«, sagte Onkel Josh. »Es geht ihr sehr gut.«

Charlie Jones richtete sich auf wie jemand, er eine wichtige Mitteilung zu machen hat:

»Wir wollen dafür sorgen, daß Elizabeth heute ihren ersten wirklich ungetrübten Glückstag im Süden genießt. Sie wird unter all den Dingen, die wir ihr anzubieten haben, ihre freie Wahl treffen. Wir werden ihren Launen nachgeben, sie nicht mit Ratschlägen plagen und sie richtig verwöhnen . . .«

Unter den Erwachsenen erhob sich ein Gemurmel, aber Billy erkühnte sich, seinen Beifall kundzugeben und rief: »Hurra!«

Charlie Jones warf ihm einen stählernen Blick zu und fuhr fort:

». . . weil wir annehmen dürfen, daß sie zu feinfühlig ist, um nicht zu wissen, wo die geheime Grenze liegt.«

»Welche Grenze?« wollte Billy wissen.

»Das erkläre ich dir ein andermal unter vier Augen«, antwortete

Charlie Jones nachsichtig. »Für den Augenblick wollen wir nur an Erfreuliches denken.«

»Ich versuche, mir das Gesicht meines Vaters vorzustellen, wenn er dich so reden hörte.«

Diese Bemerkung Onkel Joshs beunruhigte Elizabeth, die eine Gefahr witterte.

»Was meinst du damit?«

»Den äußeren Schein. Darauf besteht er mit unerbittlicher Strenge, was die Kleidung betrifft.«

»Er wird mit allem einverstanden sein, was Elizabeth Freude macht.«

Onkel Josh seufzte, ohne zu antworten.

»Nun komm schon«, sagte Charlie Jones, »mach nicht so ein finsteres Gesicht. Ich kenne William Hargrove besser als du, jawohl, besser als du, sein Sohn. Wir haben zusammengearbeitet. Ich kann ihn zu allem überreden.«

Tante Emma schickte sich wieder einmal an, zu ihrem Vergnügen ein wenig Schrecken in die Konversation zu streuen, und sagte mit hinterhältiger Miene:

»Ich finde es sonderbar, daß er manchmal so lange von Dimwood abwesend ist.«

»Befürchten Sie nichts, er wird wiederkommen«, erwiderte Onkel Charlie.

»So? Und wenn er nun zufällig nicht wiederkäme?«

»Emma«, sagte Josh, »Sie träumen. Reden wir von etwas anderem.«

Ohne sich aus der Ruhe bringen zu lassen, fuhr Tante Emma mit bedeutungsvoller Stimme fort:

»Es wäre nicht das erste Mal, daß ein Mann die Plantage für immer verläßt.«

Seit einer Minute folgte Elizabeth dem Gespräch mit so gespannter Aufmerksamkeit, daß ihr Gesicht fast starr wirkte, und plötzlich rutschte ihr eine Frage heraus, die wie ein Schrei klang:

»Onkel Will kommt nicht zurück?«

Dieser Gefühlsausbruch rief Verblüffung hervor, und Onkel Josh beschwichtigte das junge Mädchen sofort, aber Charlie Jones blickte sie aufmerksam an: Das war nicht die Angst, die aus ihr schrie, sondern vielmehr eine uneingestandene Hoffnung.

»Cousine Emma«, sagte er schließlich, »sehen Sie denn nicht, daß

Sie Elizabeth mit Ihren Geschichten Angst machen? Lassen wir das, ich bitte Sie. Und jetzt wollen wir uns das Essen schmecken lassen, den Virginiaschinken mit süßen Kartoffeln und Maiskrapfen!«

Eine Schüssel wurde vor Charlie Jones hingestellt, und er erhob sich aufs neue, wie um das edle Fleischstück willkommen zu heißen, dessen Farbe an das Dunkelrot der schönsten Häuser der Stadt erinnerte. Karamelisierter Zucker vergoldete hie und da diese duftende Masse, die ein allgemeines zufriedenes Gemurmel hervorrief und den Meinungsverschiedenheiten ein Ende setzte.

Während Onkel Charlie sein langes Messer mit erstaunlicher Gewandtheit führte, beobachtete er seine junge Tischnachbarin aus dem Augenwinkel.

»Elizabeth«, sagte er, »dieser Schinken kommt direkt aus einer kleinen, bescheidenen und doch fast weltberühmten Stadt in Virginia. Sie heißt Smithfield, und ich werde sie dir eines Tages zeigen. Dort wirst du einen riesigen, dunklen Schuppen sehen, geheimnisvoll und dunkel wie ein Wald, und in diesem Schuppen kannst du im würzigen Duft und im Schatten Hunderter von den Deckenbalken hängender Schinken spazierengehen. Du wirst das Gefühl haben, dich in einem Schlaraffenwald verirrt zu haben, wo alles dein Verlangen erweckt, und wenn es auch nicht in deiner Reichweite ist, so doch in der meinen, der ich für dich das Allerbeste ausgewählt habe...«

Onkel Josh unterbrach ihn schroff:

»Charlie, wir haben Hunger. Um Himmels willen, beende deine Lobreden.«

Ohne sich aus der Fassung bringen zu lassen, fuhr Charlie Jones fort, mit geübter Hand die dicken Scheiben zu schneiden, und antwortete durch die Zähne:

»Vermutlich sagt dir meine kleine Rede nicht zu.«

»Sie scheint mir charmant und völlig überflüssig.«

Fast flüsternd, den Kopf über sein Messer gebeugt, erwiderte Charlie Jones:

»Du solltest immerhin wissen, daß ich nichts ohne guten Grund tue.«

Seine Arbeit war gleichzeitig mit diesem Satz beendet, und die Diener reichten nacheinander die großen, blaugeränderten Teller aus Meißner Porzellan, die so heiß waren, daß man sich daran die Finger verbrannte, und auf denen sich bald der Schinken, die

Maiskrapfen und die in rosige Scheiben geschnittenen, goldtriefenden süßen Kartoffeln häuften.

Berauscht vom Essen wie sie es vom Julep gewesen waren, widmeten sich die Tischgäste der angeregten Plauderei, während die Gabeln auf dem Porzellan klirrten. Elizabeth wurde mehrere Male in alle Farbnuancen des Regenbogens gekleidet, in feines Leinen, Seide und Baumwolle, in kurze, halblange und lange mit Blumen, Schleifen oder fliegenden Bändern besetzte Röcke. Aus Schamgefühl vermied man es, das Problem der Spitzenborten, die gegebenenfalls die Unterwäsche zieren sollten, anzugehen, und Billy, der seine Meinung über diesen Punkt äußern wollte, wurde von den drei Erwachsenen schroff in seine Schranken verwiesen. Die Betroffene sagte seit Beginn dieser Diskussion kein Wort, aß still und nahm nichts mehr, als man die Schüsseln zum zweiten Mal herumreichte.

Onkel Charlie neigte sich zu ihr:

»Elizabeth, du scheinst bekümmert. Du hast diesen sehr leichten Wein in deinem Glas nicht angerührt. Verdrießt dich irgend etwas?«

»Aber nein, Onkel Charlie, ganz bestimmt nicht.«

Sie blickte ihn lächelnd an, und dann sagte sie plötzlich:

»Darf ich Sie etwas fragen?«

»Aber gewiß doch. Nur zu.«

»Es ist vielleicht nicht schicklich, so neugierig zu sein, aber ich möchte gern wissen, wer dieser Herr ist, dessen Porträt in meinem Zimmer hängt.«

Er lachte.

»Und das hat dich so nachdenklich gestimmt?«

Sie wurde ganz rot.

»Ich rede nie viel, wissen Sie, ich lasse lieber die anderen reden. Sie haben so viel zu sagen.«

»Nicht wahr? Und gewöhnlich bleibt nichts zurück. Aber du hast mir eine Frage gestellt und die meine nicht beantwortet. Dieser Herr, dessen Porträt du in deinem Zimmer gesehen hast …«

»Oh! Ich hätte Sie nicht fragen sollen …«

»Aber doch. Was hältst du von ihm?«

»Ich finde das Porträt schön.«

»Mein liebes kleines Mädchen, versuche nur nicht, Onkel Charlie etwas vorzumachen. Du hättest diesen Herrn gern kennengelernt, nicht wahr?«

»Das habe ich nicht gesagt.«

»Mag sein. Aber du wirst ihn nie kennenlernen.«

»Ist er tot?«

»Nicht ganz. Ich bin es nämlich, als ich zwanzig war.«

Sie zuckte zusammen und lachte dann ein wenig unnatürlich. Ihre Enttäuschung war so offensichtlich, daß es auch ihm einen kleinen Schock versetzte, und sie blickten einander sekundenlang an, dann lachte Charlie Jones mit herzlicher Gutmütigkeit.

»Man verändert sich rasch, wenn man älter wird, Elizabeth. Nicht die Damen – sie sind unverwüstlich –, aber wir, die Männer. Ich verstehe dein Erstaunen.«

Das junge Mädchen erriet, daß sie ihn, ohne es zu wollen, in seinem männlichen Stolz verletzt hatte, und sie suchte verzweifelt nach einem Wort, das den Schaden wiedergutmachen könnte.

»Ich bin überhaupt nicht erstaunt«, sagte sie lebhaft. »Ich hatte Sie sofort erkannt.«

»Elizabeth«, sagte Onkel Charlie mit einem zärtlichen Glanz in den blauen Augen, »du bist sehr lieb, aber lügen kannst du noch nicht.«

»Ich lüge nie!« wehrte sie sich entrüstet.

»Man wird es dich lehren, und das ist schade.«

Plötzlich war ihr dieser Mann verleidet, weil er sie bei einer Lüge ertappt hatte, aber in einer Art Panik des Herzens bewunderte sie ihn dennoch. Wie hatte ihr die Ähnlichkeit zwischen dem Porträt in ihrem Zimmer und diesem rosigen, ebenmäßigen Gesicht entgehen können, das ihr direkt in die Augen schaute?

»Ich habe dich ein bißchen verwirrt«, sagte er halblaut. »Du bist mir hoffentlich nicht böse. Ich werde alles tun, damit du dich hier glücklich fühlst.«

Sie dankte ihm mit einem leichten Kopfnicken.

»Bald wird die Kalesche dich zu Mademoiselle Clementine bringen«, fuhr er fort. »Sie hat Anweisung von mir, sich ganz deinen Wünschen zu fügen. Mademoiselle Souligou hat ihr deine Maße geschickt, und das wird ihre Arbeit sehr erleichtern.«

»Souligou ...«, sagte Elizabeth wie jemand, der sich an einen Traum erinnert, und auf einmal sah sie sich wieder in Dimwood. »Ich will nicht auf die Plantage zurück«, sagte sie.

»Kannst du mir sagen, warum?« fragte er sanft.

Sie schüttelte den Kopf.

»Später vielleicht?«

Mit großer Anstrengung sah sie ihm in die Augen.

»Wie soll ich mich jemandem anvertrauen, der mir nicht glaubt?«

Diese schlichten Worte hatten nicht die erwartete Wirkung. Ohne den geringsten Protest begnügte er sich mit einem Lächeln.

»Ich verstehe«, sagte er. »Ich verstehe sehr gut, aber mir scheint, man hört uns zu.«

In der Tat herrschte seit einer Weile ein seltsames Schweigen in der Runde, und dann stieg die immer etwas belehrend klingende Stimme Tante Emmas im Dunst der Speisen empor.

»Vetter Charlie«, sagte sie, »ich finde es ein wenig ungerecht, daß Sie und unsere liebe Elizabeth so lange miteinander flüstern, ohne daß ein einziges Ihrer Worte bis zu uns gedrungen ist. Sie sprechen doch bestimmt von hochinteressanten Dingen.«

Das Rot ihrer Wangen hatte sich belebt, und ihre große Spitzenhaube war ihr, ohne daß sie es merkte, auf die Schulter geglitten. Onkel Josh berichtigte die kleine Unordnung ihrer Toilette, dann griff er mit fester Hand nach der herrlichen Kristallkaraffe, die den kostbaren Gruaud-Larose enthielt und deren Billy sich gerade zu bemächtigen versuchte.

»Charlie«, sagte Josh und erhob sich, »falls du nichts dagegen hast, schlage ich vor, diese köstliche Mahlzeit abzubrechen und uns ohne Aufschub in die Stadt zu begeben. Wir haben heute nachmittag noch viel zu tun.«

»Und mein Mittagsschläfchen?« fragte Tante Emma.

»Und die Nachspeise?« reklamierte Billy.

Onkel Charlie fand das gutmütige Lachen, das in solchen Fällen alles ins Lot bringt.

»Wie du willst«, sagte er. »Gestatten wir zuerst Tante Emma, sich ein bißchen auf dem Sofa im Salon auszuruhen, und was die Erdbeeren mit Schlagsahne und andere Tröstungen dieser Art betrifft, so werden wir sie hier bei unserer Rückkehr vorfinden.«

Er winkte einen der Schwarzen heran:

»Sag Azor, er soll die Pferde einspannen.«

»Azor«, sagte Josh, als der Diener verschwunden war, »das ist ein Name, den ich seit meiner Jugend nicht mehr gehört habe, als ich in Paris meine Ferien verbrachte, aber da war es ein Hundename.«

»Josh, ist es meine Schuld, daß mein Kutscher Azor heißt? Seine Eltern haben es so gewollt. Aber wenn unser lieber schwarzer Pastor

Ebenezer Tucker hier wäre, hätte er dir geraten, das Neue Testament etwas aufmerksamer zu lesen, denn da würdest du deinen Azor finden und erröten.«

»Unglaublich!« sagte Onkel Josh. »Das muß ich nachprüfen.«

»Ich habe es bereits nachgeprüft. Die Bibel ist voller Überraschungen. Inzwischen wollen wir Tante Emma ein bißchen beim Aufstehen helfen.«

»Tante Emma bedarf keinerlei Hilfe«, erklärte diese pikiert, stützte sich zuerst auf dem Tisch, dann auf ihren Stuhl, dann auf den Arm eines Dieners und erhob sich leicht schwankend.

Mit einer ungeduldigen Bewegung richtete sie ihre Krinoline und schritt langsam und würdig zur Tür, aber obgleich sie sich sehr gerade hielt, schien sie sich nur durch die Kraft des mit lila Volants behangenen Glockenuntersatzes zu bewegen, der sie wie eine Maschine vorwärts trieb.

20

Eine halbe Stunde später rollten die beiden Kaleschen Onkel Charlies in Richtung der Geschäftsviertel. In einem moderneren Stil als die Onkel Joshs, die in den Schuppen geblieben waren, wirkten sie ein wenig auffällig durch den Kontrast des pechschwarzen Aufbaus und der grellgelben großen Räder, die sich wie Sonnen drehten. Der Kutscher Azor, der in einem eleganten hellbeigen Gehrock auf dem Bock saß, ließ ohne Grund ständig seine Peitsche knallen. Daß er ein stolzer Gesell war, sah man an der Art, wie er seinen kleinen Zylinder trug, schief und fast über dem einen Auge, was seinem frechen bronzefarbenen Gesicht gut stand.

Die zweite Kalesche wurde von Jéhu, Onkel Joshs Kutscher, betreut, der Elizabeth und Tante Emma nach Savannah gebracht hatte. Er wetteiferte an Selbstgefälligkeit und Peitschenknallen mit seinem Kollegen, dem er sich, da er Mulatte war, weit überlegen fühlte. Die an seiner blauen Livree blinkenden Messingknöpfe und besonders die schwarzen, pfirsichfarben gefütterten Stiefel erhöhten sein Selbstgefühl und gaben ihm Gewißheit, daß er ebenso wie die prächtigen braunen Pferde bewundert wurde, die mit ihren schlanken Formen und feinen Fesseln eine geradezu sinnliche

Schönheit ausstrahlten. In alldem offenbarte sich eine gewisse Schamlosigkeit, und die Hufschläge auf dem Steinpflaster hatten etwas Provozierendes.

In diesem dichtbevölkerten Teil der Stadt mußte ein so auffälliger Hochmut zugleich Bewunderung und Neid erregen, was bei den Insassen der Wagen ein schwer zu erklärendes Unbehagen auslöste. Elizabeth wußte zwar nicht, was in den Gesichtern der Passanten zu lesen stand, aber sie fühlte sich auf unverständliche Weise schuldig und hätte sich am liebsten versteckt. Tante Emma hatte Angst. Obgleich sie an Reichtum gewöhnt war, liebte sie es nicht, die Aufmerksamkeit der Straße durch diese prächtige Zurschaustellung auf sich zu lenken. Was Billy betraf, der von einfacherem Naturell war, so hatte er nur Lust, den Neugierigen die Zunge herauszustrekken.

Wie beim vorigem Mal saß er neben Onkel Josh, der sich die Peinlichkeit des auf ihn und seine Begleitung gerichteten Interesses nicht anmerken ließ. Die kleinen Leute, die ihnen mit den Blicken folgten, behielten die bitteren Gedanken nicht immer für sich, die der auffällige Luxus der feinen Gesellschaft in ihnen erweckte. Natürlich hatten die vornehmen Familien sich ihrer Stellung gemäß zu verhalten. Ein seit langer Zeit so fest verankertes Prinzip wurde nicht in Frage gestellt. Daß es im Lande Männer und Frauen gab, die sich für das tägliche Brot abschinden mußten, und andere, die nur von Almosen lebten, gehörte zu den Rätseln des Schicksals. In diesem Punkt stimmte Onkel Josh so ungefähr mit der allgemeinen Meinung überein, aber da war noch etwas anderes, Beunruhigenderes. Weder der Mann vom Lande, der seinen Boden bestellte, noch die Krämer und Handwerker in den Städten zählten für die Nachkommen des englischen Adels. Sie bildeten eine Klasse für sich, die der *Crackers*, wie man sie geringschätzig nannte.

Man mußte allerdings noch viel tiefer in der Kategorie der Besitzlosen hinabsteigen, bis man zu den wirklich Armen gelangte, den Hungerleidern und Elendsgestalten mit dem bedrohlichen Blick. Diese waren der Auswurf, der sogar von den Schwarzen ganz offen verachtete *Poor White Trash*, und vor ihm hatte Onkel Josh Angst, wie Tante Emma, aber aus anderen Gründen. Nicht etwa weil er von ihnen Rebellion und Gewalt fürchtete; er fragte sich nur, wie lange das noch andauern konnte. Weiter gingen seine Überlegungen nicht.

Bald bogen die beiden Wagen in eine von Sykomoren beschattete Straße ein. Es war nicht die Hauptstraße, und die Häuser mit ihren kaum mehr als zwei Stockwerken wirkten eher bescheiden, aber die Geschäfte verliehen ihr den außerordentlichen Ruf in der guten Gesellschaft. In den Schaufenstern sah man seltene, aus Europa importierte Gegenstände, zuweilen auch prächtige Stilmöbel, und einige Antiquariatsbuchhandlungen boten den Sammlern kostbare, als unauffindbar geltende Werke in alten Einbänden. An schönen Spätnachmittagen hielten sich hier viele Spaziergänger auf, und die Sonnenschirme der vornehmen Damen, die das Bild mit ihren bunten Tupfen belebten, ließen die stille Straße noch reizvoller erscheinen. So wandten sich alle Blicke den lärmend herannahenden Kutschen zu, und man erkannte sofort die Jonesschen Karossen. Es überraschte niemanden, daß sie vor dem Modegeschäft hielten, über dem der Name *Mademoiselle Clementine de Paris* in großer englischer Schrift prangte. Das Schaufenster nahm links und rechts der Tür fast die ganze Breite des Hauses ein, das das letzte der langen Reihe war.

Im Erdgeschoß stand ein halbes Dutzend hölzerner Puppen, deren Kleidung der letzten Damenmode entsprach, aber mit jenem gewissen Etwas, worin der Kennerblick einer Pariserin vielleicht den Stil dieser Stadt wiedererkannt hätte. Ein Spitzenschal bedeckte das keck ausgeschnittene Dekolleté und verbarg auf diese Weise, was man anscheinend unmöglich offen zeigen konnte. Die übertrieben eingeschnürte Taille brachte die prächtige Krinoline zu voller Geltung, und nur mit einiger Phantasie vermochte man sich die Beine wie Schwengel unter dieser ungeheuren Glocke vorzustellen. Um den Eindruck des Traums zu vervollständigen, zeigten die Wachsköpfe dieser reglosen Damen den Vorübergehenden ein bezauberndes Gesicht mit einem Lächeln von strahlender Blödheit.

Billy war von dieser Sinnestäuschung recht angetan und bedauerte nur, daß man keine nackten Arme sah, aber die Ärmel spien wahre Fluten von bestickter Schleierleinwand aus, die sich bis auf die Gelenke der entzückenden, mit feinem Leder überzogenen Hände ergossen.

Elizabeth blieb wie angewurzelt stehen, geblendet von der Pracht des in reichen, dunklen Farben schimmernden Tafts und den zarten Farbtönen der Sommerstoffe mit all den Volants, die im Wirbel eines Balles sehr verführerisch flattern müßten, aber sie eigneten sich wirklich nur für Bälle ... Sie aber, die in ihrem verhaßten blauen

Kleid eingetreten war, wünschte nur, daß sie wie jede andere gekleidet in die Stadt zurückkehren könnte.

Tante Emma schubste sie ein wenig zur Seite, um vor ihr in den Salon der ersten Etage zu steigen.

Dieser geräumige und im französischen Stil Louis XVI. möblierte Salon hatte nichts von einem Schneideratelier. Man merkte ihm das Bestreben an, alle Nachlässigkeit zu verbannen, um eine Atmosphäre von Vornehmheit zu schaffen. Die gelbrosa gestrichenen Wände hatten den Vorteil, dem Aussehen der Kundschaft zu schmeicheln, besonders wenn – und das war heute der Fall – die halb heruntergelassenen Jalousien das Licht dämpften. Die farbigen Modebilder kamen direkt aus Paris und verliehen dem trotz allem etwas strengen Raum eine heitere Note.

Mademoiselle Clementine begrüßte ihre Besucher mit betonter Höflichkeit. Vor Tante Emma machte sie sogar einen diskreten Knicks. Sie war ziemlich groß, trug ein enggeschnürtes hellgraues Kleid und trotzte ihren fünfzig Jahren mit einer Schminkschicht, die die Wangen ihres hübschen, müden Gesichts belebte. Eine Haube, wie eine Wolke aus Spitzen, saß auf ihrem Kopf, und darunter teilten sich die schwarzen Haarflechten über zwei ganz entzückend geformte Ohren, auf die sie sichtlich stolz war. Was aber vor allem auffiel, waren ihre tiefschwarzen warmen Augen unter den bräunlichen Lidern. Sie behauptete, in Louisiana geboren zu sein, und erwähnte oft und gern ihre kreolische Abstammung. Ihre sehr sanfte Stimme klang angenehm, aber sie war auch bekannt für ihre zuweilen recht lautstarke Ausdrucksweise. Kunden der feinen Gesellschaft gegenüber befleißigte sie sich eines etwas gekünstelten Tons, wie man ihn in aristokratischen Kreisen hörte.

War sie sich des Kontrasts zwischen ihrer Person und der Inszenierung bewußt, die sie geflissentlich für ihre Rolle erdacht hatte? Diese geraden Sessel mit ihren schlichten blaßblauen Bezügen, das Fehlen jedes überflüssigen Schmucks und auch ihr graues Kleid von strenger Eleganz, ohne den mindesten Volant, ohne die bescheidenste Krinoline, die die Falten des Stoffs zur Geltung gebracht hätte, standen in merkwürdigem Gegensatz zu ihrer Person.

Gezähmte Wildheit lag in ihren Zügen, und man witterte Leidenschaft in diesem großen, ungeschlachten Körper, der eine fast animalische Wärme ausstrahlte. Die Damen fanden sich weniger leicht damit ab als die zur Toleranz neigenden Herren, aber angesichts einer so außergewöhnlichen Begabung für die Haute Couture nahmen sie vieles in Kauf.

Woher kam sie? Aus welcher Ecke des unermeßlich großen Louisiana? Man wußte es nicht, und sie sagte es nicht. Woher hatte sie das Geld, um sich in einer so auf Anstand bedachten Stadt wie Savannah zu etablieren? Geheimnisvolle Beziehungen steckten dahinter. Man zog es vor, es nicht zu wissen, solange sie da war und mit ihren Zauberhänden wirkte.

Im Augenblick stand sie im Gegenlicht, um einige Runzeln zu verbergen, und die Besucher saßen vor ihr und erwarteten einen, sie wußten nicht welchen, Orakelspruch über die vorteilhafteste Art, die neue Kundin einzukleiden, die sie schweigend und mit einer gewissermaßen unerbittlichen Aufmerksamkeit betrachtete. Elizabeth, noch stärker errötend als gewöhnlich, ertrug schlecht die Last dieses finsteren Blicks, und Empörung stieg in ihr auf. Es war ihr, als tastete man sie ab, untersuchte sie von Kopf bis Fuß, und als sie mit leicht singender Stimme aufgefordert wurde, sich zu erheben, trotzte sie und rührte sich nicht. Erst nachdem Onkel Josh ihr sanft erklärt hatte, sie müsse Mademoiselle Clementine bei ihrer Arbeit helfen, stand sie widerwillig auf.

So stand sie nun vor allen in ihrem verhaßten blauen Kleid und warf einen verächtlichen Blick auf diese große indiskrete Frau, die um sie herumging wie um ein Denkmal und bei jedem Schritt nachdenklich stehenblieb, bis man sie in der Stille auf französisch murmeln hörte:

»Souligou, Souligou, du hast noch einen langen Weg vor dir, bis du es mit der Haute Couture aufnehmen kannst.«

Onkel Josh erwiderte in der gleichen Sprache:

»Mademoiselle Souligou maßt sich nicht an, eine Schneiderin von Ihrem Format zu sein, Mademoiselle Clementine.«

»Sprecht bitte Englisch«, rief Tante Emma. »Ich habe das Gefühl, daß man mich vor die Tür setzt, wenn ihr Französisch sprecht.«

Mademoiselle Clementine wandte sich ihr zu.

»Ich bitte um Verzeihung, Madame, es ist das Emigrantenblut, das aus mir spricht.«

Sie fuhr auf englisch fort:

»Das Kleid von Miss ... Miss ...«

»Elizabeth«, sagte Onkel Josh mit Ungeduld. »Ich dachte, man hätte Ihnen den Namen genannt.«

Mademoiselle Clementine verneigte sich lächelnd und fuhr fort: »Das Kleid von Miss Elizabeth ist reizend, aber es steht ihr nicht. Ich habe die Hoffnung, es besser zu machen.«

Während sie dies sagte, warf sie einen forschenden Blick auf Elizabeth. Offensichtlich machte sie sich Gedanken über die Neuangekommene, von der sie fast nichts wußte, außer daß sie mit ihrer Mutter, die ihr Vermögen verloren hatte, von Mr. Hargrove aufgenommen worden war. Aus Barmherzigkeit, wie die gutunterrichteten Leute in der Stadt behaupteten.

Aus Barmherzigkeit ... Das war lobenswert, aber gehörte Elizabeth zu der Kategorie der armen Weißen, diesem Lumpenpack? Mit anderen Worten, war die Kleine eine Lady oder eine Person von niederer Abstammung? Da sie selbst aus bescheidenen Verhältnissen stammte, war sie sich dessen nicht sicher, denn es fehlte ihr der Instinkt, den jene besaßen, die aus den »besseren Kreisen« stammten, ein Instinkt übrigens, der seltsamerweise bei den Schwarzen unfehlbar war. Sie erkannten es auf den ersten Blick. Doch Clementine hatte nicht einen Tropfen schwarzes Blut in ihren Adern, und sie kam aus einem anderen Land, das sie nicht verriet. Ohne es zu wissen, legte sie den Finger in die offene Wunde einer ganzen Gesellschaft: die berühmte Arroganz des Südens, die dem Norden unerträglich war.

In ihrer Ungewißheit kam ihr eine Idee, und sie rief mit lauter Stimme:

»Dorcas!«

Sogleich öffnete sich eine Tür, und eine junge Mulattin trat ein. Fast ganz in einen langen Arbeitskittel aus grauem Leinen gehüllt, schien sie deshalb nicht weniger schön, und ihr Gesicht überraschte durch die besonders feinen Züge. Wie ein Rassehund vor einem seltenen Wild starrte Billy sie sofort begierig an.

»Billy«, befahl Onkel Josh ihm leise, »laß das!«

»Jawohl«, sagte Billy, ohne den Blick abzuwenden.

Über diesen kurzen Wortwechsel hinweg fragte Mademoiselle Clementine mit leicht herrischer Stimme:

»Dorcas, seid ihr wohl bald fertig?«

»Noch eine Stunde, und alles ist bereit. Eins ist schon fertig, Mademoiselle.«

Die warme, etwas schleppende Stimme steigerte die Erregung des Jünglings aufs äußerste, trotz des gestrengen Blicks, mit dem Onkel Josh ihn zurechtzuweisen versuchte.

»Eine Stunde ist noch lang«, sagte Mademoiselle Clementine. »Bring mir unverzüglich das Kleid für Elizabeth.«

Dorcas verschwand, und im gleichen Augenblick trafen Elizabeths Worte die Ohren der Schneiderin wie ein Schlag mit dem Handrücken:

»Für Miss Elizabeth, falls es Ihnen nichts ausmacht.«

Es waren die »besseren Kreise«, die aus Elizabeths Munde sprachen.

Ein leicht verschmitztes und insgeheim beifälliges Lächeln huschte über Mademoiselle Clementines Gesicht: jetzt war sie sicher.

»Für Miss Elizabeth selbstverständlich«, sagte sie.

Mit einem Schlag waren alle Augen auf das junge Mädchen gerichtet, ein wenig überrascht, aber bewundernd, und zum ersten Mal hatte Elizabeth das Gefühl, in ihren Kreis gedrungen und angenommen worden zu sein. In ihren Augen funkelte noch eine leichte Entrüstung, die sie verschönte, und Billy zwinkerte ihr verschwörerisch zu, als hätte er sie plötzlich entdeckt.

Wieder ging die Tür auf, und Dorcas trug das Kleid mit ausgestreckten Armen herein. Es war aus blaßgrünem Linon, einem fast ätherischen Stoff, und drei gewellte Volants ließen es noch zarter und duftiger erscheinen.

Onkel Josh und Billy ließen ein kennerisches Gemurmel vernehmen. Tante Emma hüllte sich in Schweigen.

»Dieser helle Farbton sollte sehr gut zum Gold des Haares passen«, erklärte Mademoiselle Clementine. »Gefällt es Ihnen, Miss Elizabeth?«

Elizabeth fand es zwar bezaubernd, legte sich jedoch Zurückhaltung auf: »Nicht schlecht.«

»Dann könnten Sie es gleich anprobieren. Dorcas, in den kleinen Salon.«

Die Mulattin ging zu einer Tür am anderen Ende des Zimmers, gefolgt von Mademoiselle Clementine und einer plötzlich viel gefügigeren Elizabeth, die sich vor Ungeduld verzehrte, endlich das blaue Kleid abzulegen und sich in dieser interessanten Toilette zu sehen.

Ihrem Fortgehen folgte ein kurzes Schweigen, dann gab Onkel Josh seine Meinung kund:

»Ich bin so daran gewöhnt, sie in ihrem blauen Kleid zu sehen, daß ich mich auf eine Überraschung gefaßt mache – eine angenehme Überraschung. Was meinen Sie, Cousine Emma?«

»Nichts. Ich warte.«

»Ich bin sicher«, sagte Billy, »daß es mir gefallen wird. Falls der Rock nicht zu lang ist.«

Onkel Josh betrachtete ihn mit ironischem Lächeln.

»Was du nicht sagst! Glücklicherweise hat man niemals Mühe, dem Lauf deiner edlen Gedanken zu folgen. Übrigens bringst du diese junge Mulattin mit deinen aufdringlichen Blicken in Verlegenheit. Das gehört sich nicht für einen Gentleman.«

»Dorcas sah aber gar nicht verlegen aus, lieber Onkel.«

»Ach was, jetzt nennst du sie sogar schon mit Namen. Ich habe ein wachsames Auge auf dich, mein Junge, vergiß das nicht.«

»Ach, ich habe mir den Namen nur gemerkt, weil ich ihn hübsch finde. Das ist alles.«

»Ich gebe zu, daß er bezaubernd ist. Er hat etwas von der griechischen Mythologie.«

Bei diesen Worten fuhr Tante Emma auf:

»Josh, lesen Sie denn nie die Bibel? Dorcas hat nichts Mythologisches. Sie war eine heilige Frau im Gefolge des Apostels Paulus.«

»Ach! Das muß mir entfallen sein.«

»Falls Sie es je gewußt haben. Und wissen Sie, welchen Beruf sie ausübte?«

»Keine Ahnung. Den einer heiligen Frau vermutlich.«

»Schneiderin, mein Lieber.«

»Ach was!«

»Und sie nähte Kleider für die Armen.«

»Die bewundernswerte Dorcas.«

»Und Röcke von schicklicher Länge, da können Sie sicher sein.«

»Emma, ich glaube Ihnen aufs Wort. Aber hier ist der Gegenstand unserer Besorgnis.«

In der Tat öffnete sich gerade die Tür, und die junge Engländerin erschien freudestrahlend in ihrem neuen Kleid. Das lockige Haar, dessen goldener Glanz durch das Blaßgrün zu voller Geltung kam, umrahmte das kindlich frische Gesicht wie ein Heiligenschein. Sie trat einige Schritte vor und blieb in der Mitte des Zimmers stehen, von einer plötzlichen Scheu erfaßt, wie eine Schauspielerin in ihrer ersten Rolle.

»Zauberhaft!« rief Onkel Josh.

»O ja, wirklich toll«, stimmte ihm Billy begeistert zu.

Die viel beherrschtere Tante Emma sagte nur:

»Sie soll sich ein bißchen umdrehen.«

»Wenn Sie so gut sein wollen, Miss Elizabeth«, bat Mademoiselle Clementine.

Elizabeth gehorchte. Das Urteil kam zögernd.

»Also zu meiner Zeit«, begann Tante Emma, »hätte man nicht geduldet ...«

Onkel Josh unterbrach sie ungeduldig:

»Seit Ihrer Zeit haben die Mode und die Sitten sich ein wenig gelockert, meine liebe Schwägerin. Und dann hat Onkel Charlie verfügt, daß Elizabeth heute in aller Freiheit wählen soll, was ihr beliebt. Also sagen Sie uns, Elizabeth, ob Sie zufrieden sind.«

Ein strahlendes Lächeln war die Antwort.

»Ich muß gestehen«, bemerkte Mademoiselle Clementine, »daß die Souligou sich in ihren Maßen nicht um einen Millimeter geirrt hat.«

Jetzt ließ sich Tante Emmas ruhige, aber feste Stimme vernehmen:

»Josh, lassen Sie bitte Jéhu sagen, er soll mich nach Hause fahren. Ich werde euch nicht in die Stadt begleiten.«

»Das bedauern wir alle sehr«, sagte Onkel Josh und half ihr aus dem Sessel. »Jéhu wartet unten mit der Kalesche. Ich begleite Sie hinunter.«

Die Spitzenhaube verneinte energisch.

»Ich bitte um Verzeihung, wenn ich gerade etwas unhöflich war«, flüsterte Josh ihr zu.

Ohne zu antworten, schritt sie zur Tür, aber ihre ganze Person schien zornige Unzufriedenheit auszudrücken. Die Schultern zuckten abweisend unter dem zartlila Schal.

Als sie verschwunden war, herrschte einige Sekunden lang höfliche Bestürzung, dann fuhr Onkel Josh wohlgemut fort:

»Jetzt bleibt uns nur noch, Mademoiselle Clementine zu beglückwünschen, und dann müssen wir aufbrechen und unseren Rundgang durch die Geschäfte von Savannah machen.«

»Ich habe Miss Elizabeth vier oder fünf Kleider gezeigt«, sagte

Mademoiselle Clementine. »Nach langem Zögern wählte sie eines aus, was einen ausgesprochenen Sinn für Farbe und Mode bewies.«

»Ein Irrtum war ausgeschlossen, sie waren alle entzückend«, erwiderte Elizabeth höflich.

»Schicken Sie alle fünf zu Mister Charles Jones«, sagte Onkel Josh sofort.

»Morgen nachmittag werden Sie sie haben«, versprach die Schneiderin.

Bevor Elizabeth noch danken konnte, sah sie Dorcas mit einer großen, in rosa Papier gewickelten und mit grünen Bändern verschnürten Schachtel eintreten.

Ihr Gesicht verfinsterte sich, denn sie erriet nur zu gut, was sich darin befand.

»Ach, das blaue Kleid«, sagte Onkel Josh. »Das hatte ich ganz vergessen.«

»Dorcas wird es zu Ihrer Kalesche bringen«, sagte Mademoiselle Clementine.

»Gehen wir. Elizabeth, du voran, Billy nach mir.«

Es folgte eine kurze, stumme Szene. Billy ließ mit geheuchelter Höflichkeit Dorcas den Vortritt, aber seine Absichten waren so deutlich, daß die junge Mulattin sie durchschaute und wartete. Sie schlug die Augen nieder, um die aufdringlichen Blicke nicht zu sehen, mit denen er sie belästigte. Plötzlich ließ sich ein diskretes Hüsteln vernehmen, und Billy mußte wohl oder übel hinter seinem Onkel hinuntergehen. Mademoiselle Clementine überwachte ihr Personal.

21

Die von Jéhu gelenkte Kalesche war gerade mit Tante Emma verschwunden, als sie in das zweite Gefährt stiegen, auf dessen Bock Azor thronte. Billy hoffte, neben Elizabeth zu sitzen, aber Onkel Josh hatte auch dafür bereits Vorsorge getroffen.

»Komm zu mir, mein Junge, damit Elizabeth ihren hübschen Rock ausbreiten kann, ohne die Falten zu zerdrücken.«

Dann neigte er sich zu seinem Neffen und sprach in vertraulichem Ton:

»Reden wir offen, wie es sich unter Männern geziemt. Deine liebe Mama ist eine anbetungswürdige Frau, aber sie hat die Eigenheit, von einem Gläschen Claret in Hochstimmung versetzt zu werden ...«

»Ein Gläschen?« rief Billy vergnügt. »Fast eine halbe Flasche, lieber Onkel.«

»Übertreibe nicht! Jedenfalls wird sie danach von einer unerklärlichen Reue ergriffen – als ob sie etwas Unrechtes getan hätte –, verfällt in Melancholie, hängt finsteren Gedanken nach und sieht die Sünde überall.«

»Ich nicht.«

»Lassen wir das. Ich wollte dir nur erklären, warum sie vorhin so streng war. Das Gewissen, verstehst du? Dein Großvater hat die gleichen Skrupel ...«

»Ach, der ... Das weiß doch jeder. Der macht aus jeder Kleinigkeit eine Gewissensfrage.«

»Schweig! Ich verbiete dir, in diesem Ton von Papa zu sprechen. Elizabeth, da du jetzt zu uns gehörst, ist es Zeit, daß ich dir ein wenig über die Geschichte unserer Stadt erzähle. Azor, geradeaus und nicht zu schnell.«

Sie verließen die lange, belebte Straße und fuhren über einen Platz, wo die Schatten der Sykomoren die Fassaden der weißen Häuser streiften, an deren Fuße Blumen in großen Mengen blühten. Eine Duftwolke umgab die Kalesche mit all ihren Wohlgerüchen, und das junge Mädchen wollte unbedingt anhalten, aber Onkel Josh lachte nur.

»Elizabeth, wir würden nie ankommen, wenn die Rosen und der Jasmin uns bei jedem Schritt zurückhielten. Savannah besteht fast nur aus großen, viereckigen Plätzen, von denen jeder ein Paradies ist. Sie folgen einander in gerader Linie und sind durch schattige Alleen verbunden. Du wirst hier überall Bäume sehen, denn man nennt Savannah die Waldstadt. Und Blumen ... Bedauerst du es jetzt, hierhergekommen zu sein?«

Sie antwortete wie eine stammelnde Verliebte:

»Ich möchte hier immer leben und nie mehr fortgehen.«

Billys Stimme riß sie wie ein Trompetenstoß aus ihren Träumen.

»Das ist es!« rief er. »Wir sollten Dimwood verlassen. Man amüsiert sich nur in Savannah.«

»Ich würde dir raten, diesen Plan deinem Großvater zu unterbreiten«, bemerkte Onkel Josh sarkastisch.

»Ach! Großvater ist weit weg. Er hat sicher auch genug von Dimwood.«

»Eines Tages wird er zurückkehren.«

»Glauben Sie?« fragte Elizabeth unschuldig.

»Aber natürlich. Er muß. Und dann hat auch Dimwood seinen Reiz.«

»Aber nicht wie hier«, murmelte Elizabeth.

Onkel Josh reagierte mit leichter Ungeduld.

»Das ist etwas anderes. Aber ich sehe, daß ich bei der Beschreibung unserer Stadt ins Schwärmen geraten bin. Die historische Wirklichkeit ist weniger angenehm. Alle diese Plätze waren einst Befestigungen, deren Form sie beibehalten haben.«

Dieser letzte Satz enttäuschte Elizabeth.

»Hat man hier gekämpft?«

»Nicht gegen die Indianer. Es gab zum Glück zwei große Männer, die das Blutvergießen verhinderten. Zuerst der General Oglethorpe, der aus England kam, um eine Kolonie zu gründen und den Arbeitslosen des Königreichs eine Zufluchtsstätte zu schaffen, aber auch den jüngeren Söhnen der englischen Familien, die daheim keine Zukunft hatten. Das waren schon eine Menge Leute. Doch den offiziellen Handelsgesellschaften waren es nicht genug, und man öffnete die Tore der Gefängnisse.«

»Bravo!« rief Elizabeth.

Onkel Josh blickte sie überrascht an.

»Sieh da«, sagte er. »Ich entdecke allmählich eine Elizabeth, die ich nicht kannte. Aber die Verurteilten, die man in die Neue Welt schickte, waren keine schlimmen Verbrecher. Man hatte sie wegen ihrer Schulden eingesperrt.«

»Das ist ja noch schöner«, sagte das junge Mädchen erregt. »Sie hatten kein Geld, um die schwarzgekleideten Männer zu bezahlen, die mit Papieren ins Haus kommen... Ich habe sie bei Papa gesehen.«

Onkel Josh nahm ihre Hand.

»Du mußt versuchen, überhaupt nicht mehr an diese Dinge zu denken«, sagte er sanft. »Das alles ist vorbei, verstehst du? Du wirst nie mehr diese schwarzgekleideten Männer sehen. Soll ich nun meine Geschichte weitererzählen?«

»O ja, Onkel«, rief Billy. »Keine schwarzgekleideten Männer mehr, Elizabeth!«

»Oglethorpe landete 1733 in Charleston, Südkarolina ...«

»Die Leute in Charleston sind furchtbar eingebildet«, bemerkte Billy.

»Ich bitte dich, halte den Mund«, sagte Onkel Josh. »Also in Charleston, 1733. Die Engländer waren bereits da.«

»Wie immer«, murmelte Billy.

»Deine Bemerkung ist verletzend für Elizabeth und überdies dumm. Die Engländer waren dort seit Charles II., also seit fast achtzig Jahren. Und vor ihnen die Spanier, die Philipp II. geschickt hatte. Sie wurden von den Engländern vertrieben.«

Plötzlich zuckte der Erzähler zusammen und rief:

»Azor, der Gepäckwagen!«

Azor bremste ein wenig und antwortete über die Schulter:

»Steht wohl noch vo' Mam'sell Clementines Laden.«

»Es ist meine Schuld«, sagte Onkel Josh, »ich habe ihn ganz vergessen. Sehr ärgerlich. Alle Diener rechnen mit Geschenken. Eine wahre Tragödie ...«

»Ja, Massa«, pflichtete ihm Azor mit ernster Miene bei.

»Fahr weiter geradeaus bis zur Broughton Street und setze uns vor dem Warenhaus ab. Dort werden wir voraussichtlich eine ganze Weile bleiben. Inzwischen kehrst du zu Mademoiselle Clementine zurück, holst den Gepäckwagen und wartest auf uns.«

»Ja, Massa.«

Unter seinem breiten Panamahut, der sein Gesicht beschattete, warf Onkel Josh einen sorgenvollen Blick ins Leere, und dann fuhr er mit gesenkter Stimme fort: »Diese Moralisten im Norden, die uns ständig unsere besondere Institution vorwerfen, möchte ich mal mit drei Dutzend Familien auf dem Halse sehen. Eines Tages, aber nicht jetzt, werde ich euch erzählen, was unserer Urgroßmutter geschah, als sie das Geschenk für die Köchin vergaß ...«

»Oh, warum nicht jetzt gleich?« riefen Elizabeth und Billy.

»Nein, und nochmals nein. Wo war ich stehengeblieben?«

»Bei den Spaniern«, sagte Billy resigniert.

»Ach ja. Und vor ihnen die Franzosen. Sie durchstreiften einmal die Gegend, ersetzten die indianischen Namen durch französische und zogen bald wieder ab – aus mangelndem Interesse –, kamen aber nach zwei Jahren wieder ... Ein bißchen schneller, Azor!«

»Ja, ja, ein bißchen schneller, lieber Onkel!« rief Billy vorlaut.

»Du kleiner Schlingel! Kamen wieder, richteten sich ein und wurden von den Spaniern verjagt. Diese waren gegenüber den Indianern, die sie mit Gewalt bekehren wollten, von einer unverzeihlichen Grausamkeit. Die Indianer waren Sonnenanbeter und hatten zuerst den prunkvollen Schmuck des katholischen Klerus bewundert, die Prozessionen, die unter einem Baldachin getragene Sonne, die Gesänge ...«

»Die Sonne?« fragte Elizabeth. »Die Katholiken sind also auch Sonnenanbeter? Wußte ich's doch, daß Tante Laura mir etwas verheimlichte!«

»Aber nein. Was ich ihre Sonne nenne, ist ein großer, mit Strahlen verzierter goldener Gegenstand, vor dem man niederkniet. Einer ihrer liebsten Aberglauben. Dann kamen, wie erwähnt, die Engländer, schafften Ordnung und errichteten einen Vorposten. Die Spanier wurden in die Flucht geschlagen, trieben sich aber immer noch in der Gegend herum.«

»Sehr gut«, sagte Elizabeth. »Das werde ich Tante Laura erzählen.«

»Mein liebes Kind«, erwiderte Onkel Josh und nahm ihre Hand. »Ich rate dir zu schweigen und dich mit Katholiken auf keine Diskussion einzulassen. Sie haben auf alles eine Antwort.«

»Sie reden genau wie meine Mutter.«

»Das ist sehr gut möglich. Schließlich kam Oglethorpe mit hundertzwanzig Kolonisten. Er verließ Charleston und beschloß, weiter im Norden ein Gebiet zu suchen, das sich für seine philanthropischen Pläne eignete, und er fand es in der Gegend, in der wir uns jetzt befinden. Hier gründete er seine ideale Kolonie. Ideal!«

Während er dies sagte, schlug er die Augen zum Himmel.

»Denn dieser tapfere General war auch ein naiver Träumer. Im voraus verbannte er zwei Übel aus seiner Kolonie: den Whisky und die Sklaverei, denen er, wie man erzählt, dann noch die Juden und die Katholiken hinzufügte. Aber am Ende hatte er sie doch alle. Und jetzt muß ich aufhören, denn wir sind da.«

In der Tat kündete ein großer Lärm eine geradezu aggressive Geschäftigkeit an. Der Broughton Street, durch die die Kalesche nun fuhr, mangelte es in betrüblichem Maße an jener Poesie, die die schönen Stadtviertel auszeichnete. Mit ihren dreistöckigen Häusern, den Lebensmittelgeschäften, Eisenwarenhandlungen, Krämerläden, Apotheken und kleinen Banken versetzte sie dem jungen Mädchen, das in glückliche Träumereien versunken war, einen Schock. Keine Baumreihe, die die Banalität dieser breiten Geschäftsstraße mit ihren Schatten gemildert hätte. Die Leute kamen und gingen hastiger als anderswo inmitten des Wagenlärms und des unaufhörlichen Durcheinanders geschwätziger Stimmen.

Zu Elizabeth gewandt, bemerkte Onkel Josh:

»Hier siehst du das, was man die moderne Welt nennt, in seiner ganzen Vulgarität. Das Warenhaus, in das ich dich führe, war einst das eleganteste in Savannah und versucht es jetzt noch zu sein. Von außen sieht es noch aus wie vor zwanzig Jahren, aber durch die Renovierungen im Inneren bemüht man sich, dem heutigen Geschmack zu entsprechen. Habe ich mich klar genug ausgedrückt?«

»Nein«, sagte Elizabeth. »Nichts gehört.«

Er seufzte.

»Na schön«, sagte er. »Du wirst dich gleich selbst überzeugen können. Wir sind da.«

Wie um die kleine Rede Onkel Joshs zu bestätigen, tauchte vor ihnen das Warenhaus im Schutz seiner Markisen auf. Es erstreckte sich über eine imposante Länge mit seinen von schwarzem Holz gerahmten Schaufenstern in einem altmodischen und etwas naiven Stil. Zarte Laubzweige rankten sich in einem Auf und Ab über die glatte Außenfläche aus hellerem Holz. Das geübte Auge erkannte mühelos das Maulbeerblatt, eine Erinnerung an die Zeiten, da die Seidenraupe herrschte, die später dem König Baumwolle weichen mußte.

Kaum hielt die Kalesche, da sprang Elizabeth auf den Gehsteig und eilte zum Warenhaus, gefolgt von Billy und dem langsamer gehenden Onkel Josh, der ihr nachrief:

»Schau wenigstens im Vorübergehen, du kleiner Wildfang. Billy, paß auf, daß sie nicht verlorengeht. Ich treffe euch bei den Handschuhen oder den Schals.«

Elizabeth trat ein und war wie vom Donner gerührt. Sie hatte in London Geschäfte gesehen, aber noch nie eines wie dieses. Der erste Saal, der ihr unermeßlich schien, ging in einen zweiten, ebenso großen über. Unter der hohen Decke drang das Sonnenlicht nur gedämpft durch die Markisen, doch das reichte aus, um die schweren Ladentische zu erhellen, die sich wie Festungsschanzen längs der Wände erstreckten. Man hatte den Eindruck, daß die elegante

Kundschaft sich in einem Sturmangriff der Verkäuferinnen zu bemächtigen versuchte, die die Fluten des kostbaren Putzes aus Seide, Samt und Spitze verteidigten. In ihrer ersten Verwirrung lief Elizabeth hierhin und dahin und mischte sich unter das Gewühl der Damen. Diese genierten sich bei aller Vornehmheit nicht, zu keifen und das junge Fräulein, das sich entschlossen zwischen sie drängte, mit wütenden Ellenbogenstößen zu traktieren. Erst das energische Eingreifen Billys brachte sie in ruhigere Gefilde.

»Elizabeth, was genau möchtest du eigentlich?«

»Ich weiß nicht«, antwortete sie benommen. »Alles – das heißt fast alles. Einen Schal, Schuhe, Handschuhe ...«

»Wo es Schuhe gibt, weiß ich nicht. Ich komme nie hierher. Was die Handschuhe betrifft, so wird Onkel Josh uns helfen, denn da kommt er gerade.«

Etwas rot vor Verwirrung eilte Onkel Josh herbei und fächelte sich mit seinem Hut Luft zu.

»Tante Emma hätte uns nicht im Stich lassen sollen«, stöhnte er. »Ich bin mehrere Male mit ihr hiergewesen, aber ich kenne mich schlecht aus in diesem Laden. Ich erinnere mich nur noch, daß die Handschuhe dort drüben sind.«

Nachdem sie sich ihren Weg bis zu den Handschuhen gebahnt hatten, wo weniger Andrang herrschte, gelang es ihnen, eine Verkäuferin zu finden, die sich der Wünsche Elizabeths annahm. Völlig kopflos geworden und unfähig, eine Wahl zu treffen, steckte sie ihre feinen Händchen in etwa zwanzig Paar Handschuhe der verschiedensten Farbtöne, Weiß, Grau, Beige, Blaßgelb, Hellgrün ... Noch ging es nur um solche aus Baumwolle, aber dann kamen die Lederhandschuhe an die Reihe, und die waren so schön leicht und zart, daß sie ins Schwärmen und Zaudern verfiel und Billy ungeduldig mit den Füßen scharrte.

»Oh, diese Frauen!« brummte er halblaut.

Sein kleiner steifer Strohhut hing ihm fast über die Nase und gab ihm das Aussehen eines ganz jungen Collegeschülers. Der Onkel tauschte mit der Verkäuferin, einer Dame reiferen Alters mit blaßgrauen Augen, ein verständnisvolles Lächeln.

»Mein Junge«, sagte er lachend, »die Frauen werden dich eines Tages schon noch Geduld lehren.«

Und dann erklärte er in gesetztem Tonfall:

»Um dem schwierigen Problem der Handschuhe ein Ende zu

machen, bitte ich Sie, zwei Dutzend von jeder Serie zu Mr. Charles Jones zu schicken, damit Mademoiselle sich zu Hause in aller Ruhe entscheiden kann. Höchstwahrscheinlich wird sie alles behalten.«

Elizabeth war entzückt, heuchelte jedoch Erstaunen:

»Alles, Onkel Josh? Meinen Sie wirklich . . .«

»Mein liebes Kind, da ich die menschliche Natur kenne, bin ich dessen sicher.«

In diesem Augenblick beugte sich Elizabeth über den Ladentisch und flüsterte der Dame mit den blaßgrauen Augen etwas zu. Nach einem kurzen verschwörerischen Dialog erschien ein neues Paar Handschuhe aus sehr feinem Leder, etwas größer als die für Elizabeth und von einem schönen Pflaumenblau mit einem leichten Stich ins Braune.

Elizabeth warf Onkel Josh einen fragenden Blick zu.

»Die auch?« sagte er. »Aber natürlich. Ich habe verstanden.«

Als sie den Ladentisch verließen, überfiel Onkel Josh und Billy beim Gedanken an das, was sie noch erwartete, eine plötzliche Müdigkeit, aber Elizabeth war hellwach und immer noch ganz aufgeregt.

»Und wohin jetzt?« fragte Onkel Josh.

Die Antwort kam sofort:

»Zuerst die Schals, dann die Hüte, die Schuhe und auch . . .«

Sie zögerte. Ringsum gingen die Kunden so nahe vorbei, daß sie alles hören konnten, und sie hatte das Gefühl, daß einige absichtlich stehenblieben. So wandte sie Billy den Rücken zu, stellte sich auf die Zehenspitzen und flüsterte Onkel Josh ins Ohr:

»Die Unsagbaren.«

Onkel Josh konnte sich nicht enthalten, über dieses Echo aus dem puritanischen England zu lachen.

»Natürlich«, sagte er, »aber Tante Emma hätte dich da besser beraten können als wir.«

»Ich brauche Tante Emmas Ratschläge nicht«, erwiderte Elizabeth pikiert. »Ich weiß sehr gut, was ich will.«

»Mit hübschen Spitzenborten hoffentlich«, sagte Billy.

Und dann fügte er mit verschmitztem Lächeln hinzu:

»Glaube bloß nicht, daß ich es nicht erraten habe.«

Sie funkelte ihn wütend an und wollte antworten, als Onkel Josh sie bei der Hand nahm.

»Beruhige dich«, sagte er und zog sie in die ungefähre Richtung der Schals, wobei ihm eine vage Erinnerung an seine Einkäufe mit Tante Emma leitete.

Bei dem Andrang der Damen wurde die Luft stickiger, und ein animalischer Geruch verbreitete sich, denn unter der Einwirkung der unerbittlichen Hitze des Südens rochen die vornehmsten Kundinnen nicht weniger stark als die anderen.

»Hier vermengen sich die Klassenunterschiede in den gleichen primitiven menschlichen Ausdünstungen«, murmelte Onkel Josh vor sich hin.

»Können die Schals nicht warten?« stöhnte Billy. »Ein andermal vielleicht ...«

»Nein«, erwiderte Elizabeth.

Onkel Josh wischte sich die Stirn mit einem großen Taschentuch, dem der frische, erlesene Duft eines Eau de Cologne entströmte, und er schwenkte es in der Luft, wie man einen Segen erteilt. Dankbare Gesichter wandten sich ihm zu.

Endlich waren sie bei den Schals, und die unermüdliche kleine Engländerin konnte ihre Finger in einen Regenbogen von hauchzartem Linon tauchen. Ein unbewußter Geschmack leitete sie bei der Auswahl der Farben, und sie beschränkte sich auf die Pastelltöne, aber diese stürzten sie in erneute Unschlüssigkeit, und sie schwankte in ihren Entschlüssen, bis ihr schwindelte. Doch wie gewöhnlich griff Onkel Josh ein und befahl, eine Auswahl von fünfundzwanzig Schals an Mr. Jones zu liefern.

Verwirrt, jedoch auf köstliche Art, schenkte sie Onkel Josh ihr schönstes Lächeln und bat mit einer Kleinmädchenstimme, zu den Hüten geführt zu werden. Billy protestierte heftig.

»Hüte? Davon haben wir haufenweis zu Hause.«

Mit ruhigem Trotz erwiderte sie:

»Mag sein, aber in diesem Haufen von Hüten sehe ich keinen für mich.«

»Sehr richtig«, seufzte Onkel Josh. »Und dann will Charlie, daß sie heute tun kann, was ihr beliebt. Dieser letzte Wunsch sei dir also gewährt.«

»Kann ich gehen?« fragte Billy.

»Natürlich. Schau, ob Azor mit dem Gepäckwagen gekommen ist, und warte auf uns in der Kalesche.«

»Weil der Gepäckwagen auch noch gefüllt werden muß?« rief Billy entsetzt aus.

»Ja, aber ich habe schriftlich die nötigen Anweisungen erteilt, so daß alles im Laufe des Nachmittags erledigt werden kann. Tante Laura hat die Liste aufgestellt.«

»Wird man auch niemanden vergessen?« fragte Elizabeth.

Onkel Josh blickte sie erstaunt an.

»Eine seltsame Frage, mein Kind. Interessiert es dich? Du hast wohl mit Tante Laura geplaudert. Gewöhnlich gibt sie sich mit dieser lästigen Aufgabe ab, aber in diesem Jahr wollte ihr Vater sie nicht nach Savannah fahren lassen.«

Elizabeth warf ihm einen beunruhigten Blick zu.

»Mr. Hargrove? Kommt er zurück?«

»Nun hör mal, Elizabeth. Warum machst du ein solches Gesicht? Er wird bestimmt eines Tages zurückkommen. Er ist doch nicht tot.«

Sie senkte nachdenklich den Kopf und ließ sich zu den Hüten in den Saal nebenan führen. Der Abend brach an, einige Leute gingen bereits fort, und wie in geheimnisvollem Einverständnis wurden auch die Stimmen mit dem schwindenden Licht immer leiser.

Die Hutabteilung nahm eine ganze Ecke ein, wo große ovale Spiegel die letzten, durch Jalousien gefilterten Sonnenstrahlen reflektierten. In diesem gedämpften Licht schien sich in Elizabeths Augen alles ein wenig von der gewöhnlichen Wirklichkeit zu entfernen. Sie sah die verschiedenen Strohhutmodelle auf den pilzförmigen Untersätzen und gab zunächst keinem den Vorzug.

»Du bist auf einmal so ruhig«, sagte Onkel Josh. »Möchtest du, daß Madame dir bei der Auswahl behilflich ist?«

Die Verkäuferin, eine hochgewachsene Brünette, beobachtete seit einer Weile das unschlüssige junge Mädchen und fragte sich, wer dieser Neuankömmling in Savannah sein mochte.

»Etwas mit breiter Krempe, um ihren Teint zu schützen«, sagte sie und nahm einen riesigen, blaßgelben Hut mit langen grünen Bändern vom Ständer.

Elizabeth schüttelte den Kopf.

»Probiere ihn doch einmal«, rief Onkel Josh. »Der Sommer ist hier sehr heiß, und du wirst froh sein, deine hübschen rosa Wangen zu bewahren.«

Es war das erste Kompliment, das Onkel Josh ihr machte, und sie errötete tief. Sie folgte seinem Vorschlag, und bald darauf blickte sie aus den Tiefen eines ovalen Spiegels ihr Gesicht unter den weichen

Schwingen des Strohhuts wie das eines Gemäldes an, und sie hatte aufs neue das verwirrende Gefühl, in einer anderen Welt zu sein. War es nur die Ortsveränderung? Noch vor zwei Monaten hatte sie in England gelebt, und jetzt war sie in Savannah. Warum Savannah? Sie hörte die ein wenig eintönige Stimme Onkel Joshs, dann die raschere der Verkäuferin, und verstand kein Wort von dem, was sie sagten. Der große Hut verschwand und wurde sofort unter größten Vorsichtsmaßnahmen durch einen anderen ersetzt. Er war kleiner, schmal, ganz mit Bändern geschmückt und erschien ihr lustig. Sie wollte lachen, aber das Lachen erstarb auf ihren Lippen, als sie Onkel Josh hörte.

»Zu seriös. In ein oder zwei Jahren vielleicht . . .«

Diese Worte verstand sie sofort, und sie erschienen ihr schrecklich. In ein oder zwei Jahren immer noch hier . . .

Andere Modelle folgten. Sie wurden ihr jedesmal mit einer Sorgfalt aufgesetzt, als handelte es sich um eine Krönung, und einige waren allerliebst mit Blumen geschmückt, einer sogar mit einer langen Straußenfeder, die tief herabhing. Königlich – das war der Ausdruck, mit dem die Verkäuferin ihn bezeichnete.

»Königlich!«

»Mag sein«, sagte Onkel Josh zweifelnd.

Nachdem zwanzig Minuten verstrichen waren und Elizabeth noch immer keine Wahl treffen konnte oder wollte, bat Onkel Josh mit müder Stimme, zwölf der vorgeschlagenen Modelle zu Mr. Charles Jones zu schicken. Elizabeth hatte bisher geschwiegen, aber als sie mit Onkel Josh am Ausgang war, fühlte sie sich plötzlich zur Höflichkeit verpflichtet und sagte leise:

»Danke.«

»Du mußt dich bei Onkel Charlie bedanken, mein Kind, aber komm, die Kalesche wartet.«

Sie wartete in der Tat, und auf der Sitzbank wartete ein übelgelaunter Billy, die Beine übereinandergeschlagen, die Arme in einer frechen Pose nach beiden Seiten ausgestreckt.

»Komm sofort heraus«, rief Onkel Josh verärgert, »und laß Elizabeth einsteigen. Du gibst der ganzen Straße ein Schauspiel.«

Billy gehorchte ohne Widerrede, und das junge Mädchen setzte sich neben Onkel Josh.

»Na, bist du zufrieden?« fragte Billy.

Sie schaute ihn an, als hätte sie ihn noch nie gesehen, und wieder verspürte sie dieses sonderbare Unbehagen, das Gefühl, als ob die Welt um sie herum immer unwirklicher würde. Sie verfiel absichtlich in völliges Schweigen, aus Angst, unsinnige Dinge zu sagen. Über sich, in der Höhe, vernahm sie Onkel Joshs tiefe und gemessene Stimme, und von Zeit zu Zeit ertönte ein seltsamer Name, der als einziges ihre Aufmerksamkeit weckte:

»Tomo Tschi-Tschi.«

Diese bizarren Laute machten sie neugierig und brachten sie wieder in die Wirklichkeit zurück.

»Du wirst es gleich sehen«, fuhr Onkel Josh fort. »Direkt vor dem Justizpalast. Dort hat man ihn als Pfand ewiger Treue hingestellt.«

Der Wagen rollte jetzt unter den Korkeichen einer Avenue mit rosa Ziegelhäusern dahin, und im Zwielicht der Dämmerung wehte der Duft der Gärten in Schwaden herüber, aber hie und da flammten die Straßenlaternen auf und machten dem Zauber dieser Stunde ein Ende.

Als sie zum Platz vor dem Justizgebäude gelangten, ließ das junge Mädchen einen Blick in die Runde schweifen, der aufmerksam erscheinen sollte, aber in ihrem Innern beschäftigte sie ein immer klarer werdender Gedanke: man ließ sie hier eine Art Märchen erleben, und sie glaubte nicht mehr an Märchen. Man erfüllte ihre Wünsche, von denen sie nie zu träumen gewagt hätte. Diese Großzügigkeit verwirrte sie, weckte sie aber gewissermaßen auch aus ihrer Benommenheit. Deshalb erschien ihr die Außenwelt, wie sie sie seit vierundzwanzig Stunden erlebte, so unwirklich und trügerisch.

So konnte sie sich auch nicht für die große Fassade mit den weißen Säulen begeistern, die Onkel Josh ihr zeigte. Vielleicht hatte sie zu viele weiße Säulen gesehen, um noch darüber zu staunen oder sie zu bewundern.

»Schau, aber so schau doch!«

Sie riß sich zusammen, und ihr Blick folgte seiner ungeduldig ausgestreckten Hand, und plötzlich fuhr sie überrascht auf. Einige Schritte vom Wagen entfernt sah sie einen Felsblock von riesigen Ausmaßen, kantig, recht und schlecht behauen, wie um seine unzivilisierte Wildheit zu zähmen, aber dennoch stand er da, das Bild einer unbeugsamen Wirklichkeit, die seltsam mit der zerbrechlichen Eleganz des englischen Palais aus früherer Zeit kontrastierte.

»Die Indianer haben ihn hierhergebracht, die Tscherokesen,

deren Häuptling Tomo Tschi-Tschi eine große Persönlichkeit war. Mit einigen seiner tapferen und prächtig gekleideten Krieger hatte er den General Oglethorpe ohne das geringste Zeichen von Feindseligkeit willkommen geheißen, und es gab keinen Krieg.«

»Aber«, wollte Elizabeth wissen, »warum dann all die Befestigungen, die euren großen Plätzen diese Form gegeben haben?«

»Die ließ Oglethorpe erst später errichten. In weiser Voraussicht bereitete er sich auf eine mögliche Invasion der Spanier oder der Franzosen vor. Er schlug dann auch die Spanier auf ihrem Eroberungsfeldzug nicht weit von Savannah in der Schlacht der blutigen Sümpfe. Mr. Stoddard wird dir das alles erzählen.«

»Ich hätte gern von Ihnen mehr über Tomo Tschi-Tschi gehört. Sie würden es bestimmt besser erzählen als Mr. Stoddard.«

»Ich glaube zwar, daß niemand die Indianer mehr liebt als ich, aber es wird dunkel, und man erwartet uns. Verschieben wir es also auf ein andermal. Azor, nach Haus.«

22

Bei Onkel Charlie fanden sie zu ihrem Erstaunen niemanden vor. Ein Diener, den sie befragten, teilte ihnen lakonisch mit, daß alle Herrschaften der Ruhe pflegten.

»Das ist eine der Lieblingsbeschäftigungen des Südens«, erklärte Onkel Josh der jungen Engländerin, »und ich glaube, ich werde mich ihr auch bis zur Abendessenszeit hingeben. Falls ihr Lust habt, schaut einmal ins Speisezimmer. Onkel Charlie hat euch dort sicher etwas von seinen sogenannten ›Tröstungen‹ bereitstellen lassen.«

Als sie allein waren, nahm Billy Elizabeth bei der Hand und führte sie ins Speisezimmer. In dem großen, dunklen und kühlen Raum funkelten auf dem weißen Tischtuch zwar die Gedecke, aber sonst nichts. Billy schnitt ein ungeduldiges Gesicht und klatschte in die Hände. Eine Minute verging, und dann erschien ein verschlafener Diener.

»Wo sind die Erdbeeren?« fragte Billy gebieterisch. »Und die Schlagsahne?«

»Wu'de alles ins Kalte gestellt, Massa William. Man wi'd Ihnen gleich alles b'ingen.«

197

Billy ließ sich in einen Sessel sinken und erklärte:

»Dieser Geschichtsunterricht ist blöde und langweilig. Onkel Josh und seine Indianer ... Man sollte sich diese Leute ein für allemal vom Halse schaffen und endlich Schluß machen. Willst du dich nicht zu mir setzen? Bis die Erfrischungen kommen ...«

Sie warf ihm einen argwöhnischen Blick zu.

»Nein. Ich bin todmüde. Ich werde mich im Salon auf dem Sofa ein wenig ausruhen.«

»Na schön, wenn dir das lieber ist ... Ich bleibe jedenfalls hier. Ich habe einen schrecklichen Hunger. Ich dachte nur, da wir doch gerade einmal allein sind ...«

Während er das sagte, räkelte er sich auf eine Weise, die ihr peinlich war, ohne daß sie wußte, warum. Im Zwielicht erschien er ihr riesig groß in seinem weißen Anzug. Sie rührte sich nicht.

»Mache ich dir Angst?« fragte er spöttisch.

»Angst? Vor dir? Bist du verrückt?«

Er lachte. »Angst vor den jungen Männern.«

Sie fühlte, wie ihr die Zornesröte ins Gesicht stieg, und sie wollte antworten, aber da trat ein Schwarzer ein, stellte einen silbernen Leuchter mit vier Kerzen auf den Tisch, und gleich darauf erschien ein zweiter Diener, der eine Schüssel Erdbeeren und einen Topf Schlagsahne auf einem großen Tablett hereinbrachte.

Das milde Licht ließ Billys rosiges und freches Gesicht sanfter erscheinen, und sie war plötzlich beruhigt. »Ein Kind«, dachte sie und verließ das Zimmer, während sie Billy kichernd und gleich darauf mit dem Löffel auf dem Teller klappern hörte.

Im Salon brannte auf einem runden Tisch eine Öllampe, ohne die großen Schatten an der Decke zu vertreiben oder die Möbel ganz ins Licht zu tauchen, aber sie fand mühelos das rote Samtsofa und streckte sich darauf aus.

Zu viele Dinge hatten sie an diesem Nachmittag verwirrt, und sie spürte nichts mehr von dem Glücksgefühl des Morgens. Beunruhigt und enttäuscht zugleich ließ sie den Blick über die Wände schweifen, wo die goldenen Rahmen der Bilder schwach schimmerten. Es waren Porträts, die dort in regelmäßigen Abständen hingen, aber man sah nur das Weiß der etwas gespenstisch wirkenden Gesichter.

Die Frage, die sie seit gestern unaufhörlich beschäftigte, kam ihr wieder in den Sinn: Was hatte sie in dieser fremden Stadt zu suchen? Es war wie ein Rätsel, das ein verdächtiger Unbekannter ihr aufgab.

Die Lider halb geschlossen vor Müdigkeit, glitt sie allmählich vom Wachzustand in den Schlaf, als sie einen schwarzgekleideten Mann sah, der langsam und vorsichtig den Salon durchquerte. Vor dem Sofa blieb er einen Augenblick stehen und schaute Elizabeth an; dann ging er zur Tür und verschwand wie ein Schatten.

Erst nachdem er fort war, erkannte sie ihn und schreckte mit einem ängstlichen Stöhnen empor, das sie jäh aus dem Schlaf riß. Sie hatte William Hargrove gesehen.

»Er ist tot«, dachte sie sofort. »Es war sein Geist.«

Der Schweiß rann ihr über das Gesicht, und sie wischte ihn so gut sie konnte mit einem kleinen Taschentuch ab, das sie in der Hand hielt. Noch nie hatte sie eine Erscheinung gesehen, und sie begann zu zittern, aber plötzlich hörte sie aus dem Eßzimmer das Klirren eines Löffels auf dem Porzellan, und sie war Billy dankbar für dieses beruhigende Geräusch.

»Tot«, sagte sie halblaut. »Ich wußte es.«

Sie stand auf, machte ein paar Schritte, nahm einen Palmfächer vom Tisch. »Aus und vorbei«, sagte sie und wedelte sich Luft zu. »Er ist fort. Man hat es mir nicht sagen wollen.«

Jetzt dachte sie nur noch daran, um jeden Preis dieses Zimmer zu verlassen und im Garten spazierenzugehen, aber sie wollte Billy nicht begegnen und scheute sich, die Tür anzufassen, durch die der Tote verschwunden war. Aber wie hatte er hereinkommen können? Und wozu brauchte er eine Tür, um einzutreten und ihr zu erscheinen? Er hatte bestimmt gewartet, daß sie sich auf dem Sofa ausstreckte, um sie anzuschauen. Dieser Gedanke machte ihr von neuem Angst.

Schließlich schämte sie sich ihrer Feigheit. Wenn es ihr wirklich davor grauste, die gleiche Tür wie er zu benutzen, wäre es am einfachsten, durch das Speisezimmer hinauszugehen.

Billy saß über seinen Teller gebeugt, blickte auf und rief ihr verwundert zu:

»Schon zurück? Aber was hast du denn?«

»Nichts. Ich habe ein bißchen geschlafen.«

»Du bist ja ganz bleich. Schau dich an.«

»Keine Lust. Ich werde in den Garten an die frische Luft gehen.«

»Ich komme mit.«

»Nein, danke«, sagte sie und fächerte sich mit der Lässigkeit, die sie bei den älteren Damen beobachtet hatte. »Ich möchte allein sein.«

»Ach!« sagte er pikiert. »Spiel nur die Dame, aber eines Tages wirst du weniger abweisend sein, wenn man dir den Hof macht.« Mit dem Löffel in der Hand vor einem Häufchen Erdbeeren mit Sahne, sah er noch kindlicher aus als vorhin, aber sein Gesicht verriet alle Arten der Naschhaftigkeit.

Ohne etwas zu erwidern, trat sie in den Garten hinaus und hatte vor allem den Wunsch, sich zu setzen und den Vögeln zu lauschen. Es war die Stunde, da sie alle im Chor den letzten Lichtschein des sinkenden Tages begrüßten, und Elizabeth versuchte, die ihr vertrauten Stimmen zu erkennen, aber etwas war ihr fremd in diesem ohrenbetäubenden Gezwitscher, seltsame Töne, die aus dem nahen Urwald zu kommen schienen. Sie sah kaum noch die Alleen zwischen den Blumenbeeten, die im Dunkel verschwanden, aber die wunderbaren Düfte, die durch die kühlere Luft zu ihr herwehten, luden sie zum Verweilen ein. Gern wäre sie geblieben, um sich an ihnen zu berauschen, doch da ertönte Billys freche Stimme aus dem Speisezimmer und riß sie aus ihren Träumereien.

»Sei mir nicht böse wegen dem, was ich gesagt habe. Du bist wirklich gar nicht übel, und ich finde deinen englischen Akzent ganz allerliebst.«

Aus Furcht, er würde zu ihr kommen wollen, bahnte sie sich einen Weg bis zur Freitreppe und ging durch die große Tür ins Haus zurück. Gaslampen erhellten die Treppe, und sie fand ihr Zimmer ohne Mühe, aber dort wartete eine Überraschung auf sie. Große Kartons, in lila Papier gewickelt, stapelten sich überall in den Ecken, und auf dem Bett lagen zwei der Kleider, die sie ausgewählt hatte.

Eine Weile betrachtete sie sie unschlüssig. Dann wandte sie den Blick dem schönen jungen Mann in seinem ovalen Rahmen zu, wie um ihn um Rat zu fragen, aber er war tot oder – schlimmer noch – lebendig und vom Alter gezeichnet. Schließlich klingelte sie. Das zumindest war einfach. Ein langer Brokatstreifen mit einem ringförmigen Kupfergriff hing an der Wand.

Einen Augenblick später erschien eine schwarze Dienerin in weißer Schürze, mit einem grünen Tuch um den Kopf. Trotz ihres Alters machte sie einen leichten Knicks. Noch nie hatte Elizabeth ein so schwarzes Gesicht gesehen. Die Gestalt ihrer Züge verlor sich in dieser schillernden Maske, aber aus ihren Augen leuchtete die Güte der Schwarzen und ihr tragischer Wunsch zu lieben.

Die alte Frau sprach mit sanfter Stimme:

»Massa Cha'lie hat gesagt, ich soll mich um Sie kümme'n. Ich heiße No'a.«

Ein Lächeln ließ ihre weißen Zähne sehen. Elizabeth, die zuerst ein wenig vor ihr erschrocken war, fühlte sich plötzlich instinktiv zu ihr hingezogen, wie es ihr auch bei Betty ergangen war.

»Nora«, sagte sie.

»Ja. Massa Cha'lie hat gesagt, ich soll Ihnen beim Ankleiden helfen.«

»Ach, ich kann mich alleine anziehen.«

»Zum Abendessen?«

»Aber ja doch ... ich werde einfach ein anderes Kleid anziehen, und dann ist es noch lange nicht Essenszeit.«

»In eine' Stunde. Soll ich die neuen Sachen in Ih'e Kommode tun?«

»In meine Kommode?«

»Haben Sie nich' gesehen? Massa Cha'lie hat sie do't hinstellen lassen, als Sie in de' Stadt wa'en.«

Mit diesen Worten durchquerte sie das Zimmer und legte ihre breite schwarze Hand auf eine Kommode aus Ahornholz, die man vor eine der hinteren Wände geschoben hatte. Es war ein langes und schweres Möbelstück mit drei Schubladen und Kupfergriffen.

»Massa Cha'lie hat gesagt, das hie' wi'd Mam'sell Lisbeths Zimme' sein.«

Sie fuhr mit der Hand über die Kommode. Elizabeth merkte, daß sie zum Plaudern, und zwar ausgiebigem Plaudern aufgelegt war.

»Ja«, sagte Nora, wie um diese Vermutung zu bestätigen, »das hat Massa Cha'lie gesagt.«

»Aber Nora, ich wohne in Dimwood. Das ist ziemlich weit von hier.«

»Ich weiß, Mam'sell Lisbeth, Dimwood kenn ich, abe' Massa Cha'lie hat gesagt, Sie sollen auch in Savannah wohnen. Soll ich die Kleide' in die Schubladen tun?«

»Aber ich muß sie doch nach Dimwood mitnehmen.«

»Schade, Mam'sell Lisbeth. In Savannah Sie haben es besse'.«

»Warum sagst du das? Kennst du Dimwood so gut?«

»O ja. Seh' gut. Ich acht Jah'e in Dimwood. Und dann hat Massa Ha'g'ove mich an Massa Cha'lie ve'kauft.«

»Er hat dich verkauft?« rief Elizabeth empört aus.

»Nun ja. Ich gehö'te ihm doch. Ich wollte nach Savannah. Massa Cha'lie seh' nett.«

»Mr. Hargrove auch, nicht wahr?«

»Massa Ha'g'ove seh' nett, seh' gut, abe' ich mag Dimwood nich'.«

Auf diese Worte folgte ein kurzes Schweigen. Elizabeth war plötzlich sehr interessiert und zögerte doch, weitere Fragen zu stellen ... Einen Dienstboten auszufragen schickte sich nicht. Aber ein Wort brannte ihr auf den Lippen, und schließlich brachte sie es heraus:

»Warum?«

»Mam'sell Lisbeth, Sie we'den nichts sagen?«

»Aber Nora, natürlich nicht.«

»Ich mag Dimwood nich'.«

»Hat man dich dort schlecht behandelt?«

»O nein. Alle seh' nett zu No'a.«

»Also?«

»Ich weiß nich'.«

»Du weißt nicht, warum du Dimwood nicht magst?«

»Mam'sell Lisbeth, ich weiß bloß, ich mag Dimwood nich'.«

»Na schön, da du mir nichts sagen willst, hättest du auch nicht davon reden sollen.«

Nora machte ein zu Tode betrübtes Gesicht.

»Mam'sell Lisbeth nich' zuf'ieden mit No'a?«

»Doch, aber du sagst mir nicht alles, weil du kein Vertrauen hast.«

Sie standen sich gegenüber und blickten einander schweigend an, als ob eine jede etwas von der anderen erwartete. Elizabeth glaubte in Noras Augen eine Beunruhigung zu lesen, die in Furcht umzuschlagen drohte, und von Mitleid ergriffen, lächelte sie ihr zu. Dadurch ermutigt, sagte die alte Frau:

»No'a hat Angst vo' Dimwood.«

Elizabeths Lächeln erstarb. Sie hatte das Gefühl, sich zu weit in ein gefährliches Gebiet vorgewagt zu haben. Noras Worte verhalfen ihr zu einer Selbsterkenntnis. Eine Wahrheit, gegen die sie seit Tagen ankämpfte, stand plötzlich deutlich vor ihr: Auch sie hatte Angst vor Dimwood, und sie wollte nicht wissen, warum.

»Schon gut«, sagte sie, »ich verstehe, Nora, ich verstehe sehr gut, und ich werde nichts sagen.«

Ein Schatten der Enttäuschung breitete sich auf Noras Gesicht aus. Wahrscheinlich sah sie sich in ihrer Hoffnung auf weitere Fragen getäuscht, die ihr erlaubt hätten, alles zu sagen, was sie auf dem Herzen hatte, aber das junge Mädchen verspürte jetzt, da es vollends dunkel war und ihrer beider Schatten sich im Licht der Lampen vergrößert an der Wand abzeichneten, eine kindliche Angst beim bloßen Gedanken an beunruhigende Geständnisse.

»Später«, sagte sie, »später wirst du mir von Dimwood erzählen.«

Und wie um sich über sich selbst lustig zu machen, fügte sie mit einem kleinen Lachen hinzu:

»Bei Tage, wenn es hell ist.«

Ein wenig verblüfft, begann auch Nora zu lachen.

»Jetzt kannst du meine Kleider in die Schubladen legen. Ich werde eines für heute abend auswählen.«

Wortlos griff die alte Frau in ihre Schürzentasche und zog eine Nickelbrille hervor, die ihr plötzlich ein gelehrtes Aussehen verlieh, und begann mit dem Auspacken. Die Kleider wurden nacheinander mit einer fast andächtigen Sorgfalt zuerst auf dem Bett ausgebreitet, damit Elizabeth ihre Wahl treffen konnte, und dann mit einer Ehrfurcht in die Schubfächer gelegt, als ob es sich um Personen handelte. Und gerade dies war Elizabeth peinlich, diese Furcht, der Herrschaft nicht demütig genug zu dienen. »Man könnte meinen, sie trägt meine Kleider zu Grabe«, sagte sie sich.

Endlich fiel ihre Wahl auf ein aquamarinblaues, sehr langes Kleid, und sie begann sich auszuziehen, aber da entfuhr ihr ein kleiner Schreckensschrei. Wie hatte sie vergessen können, sich Unterwäsche zu kaufen, die »Unaussprechlichen«? Sie wollte nicht, daß Nora sie in ihren einfachen, altmodischen Hosen sah, die ihre Mutter ihr selbst geschneidert hatte.

»Dreh dich um, während ich in mein Kleid schlüpfe«, sagte sie. »Nein, schau mich nicht so an. Ich habe nur aus Spaß geschrien. Los, dreh dich um.«

Nora gehorchte, aber dem jungen Mädchen entging die seltsame Gebärde nicht, mit der sie ein Unheil abzuwehren schien. Sie kannte diese Gebärde, konnte sich jedoch nicht erinnern, wo sie sie schon einmal gesehen hatte. Wahrscheinlich ein Aberglaube der Schwarzen.

In weniger als zwei Minuten hatte sie das aquamarinblaue Kleid angezogen, dessen Falten sie um die Taille aufbauschte, und dann erlaubte sie Nora, sich umzudrehen.

»Seh' hübsches Kleid, Mam'sell Lisbeth, und schön lang.«

»Absichtlich, denn ich wollte es gern ein bißchen lang haben.«

Sie erinnerte sich nämlich an das, was Billy ihr von der Unterwäsche erzählt hatte, die man im Wirbel des Walzers erblickte, und sie hoffte zwar aus tiefstem Herzen, daß man keinen Walzer tanzen würde, aber man konnte nie wissen. Und dann war da auch noch Tante Emma mit ihren ewigen Nörgeleien.

Sie stellte sich vor den Spiegel, aber sie sah fast nichts.

»Bring mir die Lampe, Nora.«

Die alte Frau holte die Lampe, trug sie durch das Zimmer, und riesige Schatten huschten bis in die entferntesten Winkel der Decke, wo sie jemanden zu suchen schienen. Hinter Elizabeth blieb sie stehen, die Lampe in der Hand.

»Seh' hübsches Kleid«, wiederholte sie.

Ohne es sich einzugestehen, erwartete das junge Mädchen etwas anderes, ein Kompliment, das ihrer Person galt. Zuweilen wurde sie von Zweifeln befallen. Billy hatte ihr zugerufen, sie sei nicht übel, aber das war auch alles. Sie selbst fand sich hübsch, aber nicht hübscher als die meisten anderen Mädchen ihres Alters. Man bewunderte an ihr vor allem den goldenen Glanz ihres Haares, die Frische ihres Teints und die rosigen Wangen, sie aber hätte sich gewünscht, eine strahlende Schönheit zu sein. Sie war zu jung, um zu erkennen, daß sich auf ihrem ängstlichen kleinen Gesicht ein undefinierbarer Charme andeutete, der viel verführerischer wirkte als der banale Reiz vollkommener Schönheit. Immerhin betrachtete sie sich einen Augenblick lang mit Wohlgefallen. Endlich war sie so elegant wie die anderen. Der Alptraum des blauen Kleids war vorbei.

Als alle Kleider in der Kommode verstaut waren, folgte eine Vielzahl von Schals, die Nora zu bewundernden Ausrufen hinrissen, während Elizabeth sie ein wenig blasiert betrachtete. Sie gewöhnte sich rasch an den Luxus und fühlte sich bereits als eine Reiche. Mit einer lässigen Geste warf sie sich eins dieser fast immateriellen Seidentücher über die Schultern und wandte sich dann Nora zu, die sie schweigend anstarrte, die wulstigen Lippen halb geöffnet, die glänzenden Augen hinter der Brille weit aufgerissen. So hätte sie irgendwo in Afrika vor einem Götzenbild stehen können.

»Nun, Nora?« fragte Elizabeth mit gespielter Gleichgültigkeit. Die Antwort kam wie ein schüchternes Anbetungsgemurmel:

»Oh! Mam'sell Lisbeth seh' seh' schön.«

»Kann ich so zum Abendessen hinuntergehen?«

»O ja! Wenn es Zeit is'. Sie wi'klich seh' fein, seh' schön.«

»Ich habe dich nicht gefragt, ob ich schön bin«, sagte die entzückte Heuchlerin. »Ich will nur wissen, ob ich mich so sehen lassen kann ... Ach! Meine Handschuhe. Soll ich Handschuhe tragen?«

Ganz von selbst lief die alte Frau und holte ihr ein Paar weiße, ins Blaßblaue gehende Handschuhe. Die Wahl schien Elizabeth vortrefflich, und ihr wurde ganz warm ums Herz von dem naiven Kompliment, das sie endlich erhalten hatte.

»Woher stammst du, Nora?« fragte sie gütig und schämte sich sogleich dieses herablassenden Tons, den sie bei gewissen Damen des Südens gehört hatte.

»Ich, Mam'sell Lisbeth? Massa Ha'g'ove hat mich in Vi'ginia gekauft, abe' meine Mama kam von den Antillen.«

Die Unterwürfigkeit dieser Antwort verwirrte Elizabeth vollends.

»Gekauft«, wiederholte sie. »Hat man dich mit deiner Mutter gekauft?«

»Nein, die Mama is' dageblieben. Nich' zusammen ve'kauft.«

»Aber Nora, das ist doch nicht möglich! Man hat euch getrennt?«

»Ja, Mam'sell Lisbeth.«

»Und dein Vater?«

»Oh! Weiß ich nich', hab' ihn nie gesehn. Mama hat gesagt: Dein Papa is' seh' weit.«

Plötzlich wandte sich das junge Mädchen ab und trat an das Fenster, das auf den Garten hinausging. Dieses Gespräch hatte ihr einen Schock versetzt, und sie wollte ihre Erregung verbergen. Noras Stimme folgte ihr ein wenig klagend:

»Mam'sell Lisbeth nich' zuf'ieden mit No'a?«

»Aber nein, Nora ist sehr gut, sehr nett. Du kannst jetzt gehen. Wird man mich holen, wenn es Zeit zum Abendessen ist?«

»Ja, und man wi'd auch läuten.«

»Ah, gut. Also guten Abend, Nora.«

»Guten Abend, Mam'sell Lisbeth.«

Als sie allein war, blickte Elisabeth zum Himmel, wo gerade der Vollmond emporstieg. Gewöhnlich verweilte sie lange beim Anblick des aufgehenden Mondes, aber an diesem Abend fühlte sie eine unbestimme Unruhe, und sie hatte wieder einmal Heimweh nach England.

Das hübsche Zimmer erschien ihr trübselig im Licht der Lampe. Große Schatten fielen wie dunkle Vorhänge über einen Teil der Decke, und in der Mitte des Raums waren der runde Tisch und der Schaukelstuhl in hellgelbes Licht getaucht, ein banales Bild, das zur Ruhe einlud, oder zur Lektüre, oder zur Langeweile. Bald schon würde die Glocke läuten, und man würde an ihre Tür klopfen. Hatte sie wirklich Lust, hinunterzugehen und zu essen?

Abermals trat sie ans Fenster und stützte sich auf den Sims. In einem schwachen Geräusch von Stimmen, das immer näher kam, erkannte sie Onkel Josh und Charlie Jones.

Onkel Josh sprach ziemlich erregt, aber Charlie Jones unterbrach ihn höflich und mit ruhiger Stimme. Zuerst verstand sie nichts, denn der Dialog fand im Inneren des Hauses statt, und ihr erster Impuls war, sich zurückzuziehen, denn wenn man nicht an der Tür lauschen durfte, sollte man auch nicht am Fenster lauschen. Aber sie rührte sich nicht. Charlie Jones hatte gerade eben ihren Namen ausgesprochen. Es folgte ein Gemurmel, dann sagte Charlie Jones etwas lauter:

»Laß uns im Garten eine Zigarre rauchen; dort können wir uns besser unterhalten als in diesem Salon, wo jeder uns hört.«

Elizabeth errötete im Dunkeln, blieb aber trotzdem, wo sie war.

»Ich tue genau das, was man von mir verlangt«, fuhr Charlie Jones fort, »ich handle, als wenn ich den letzten Willen eines Testaments vollstreckte.«

»Es geht hier nicht um ein Testament, da es keinen Toten gibt. Ich finde diesen Punkt der Abmachung unmenschlich.«

»Ich auch.«

»Also?«

»Also füge ich mich trotzdem, weil ich nun einmal so bin. Beruhige dich, Josh. Darf ich dir wirklich keine Zigarre anbieten?«

»Nein, danke, ich kann Zigarren nicht ausstehen.«

Charlie Jones lachte amüsiert.

»Was du im Augenblick nicht ausstehen kannst, bin ich.«

»Tu nicht, als ob du mich nicht verstehst. Diese ganze Geschichte empört mich. Man mißbraucht deine Großzügigkeit mit einem Zynismus ... Du schießt da einen Riesenbetrag vor.«

»Pardon, ein Viertel der Gesamtsumme wird von ihm bezahlt.«

»Aber er könnte mehr tun, auch wenn er nicht über ähnliche Mittel verfügt wie du. Wir sind beileibe nicht arm.«

»Mag sein, aber wenn ich unbedingt als der reichste Mann in Savannah gelten soll, dann muß ich mich auch so verhalten. Im übrigen sind diese Geldstreitereien einfach widerlich, findest du nicht?«

»Ich weiß, aber ich kann nicht vergessen, daß du nicht weniger als dreiundzwanzig arme Familien am Hals hast. Jetzt übernimmst du noch eine mehr.«

»Ach, komm mir bloß nicht wieder mit meinen sogenannten Wohltaten. Reden wir lieber von deiner Familie. Wenn ich dein Bruder Douglas wäre, würde ich auf meinen Sohn, diesen wilden jungen Hengst, ein bißchen besser aufpassen.«

»Billy?«

Dieser Name wirkte auf Elizabeth wie ein elektrischer Schlag. Rasch zog sie sich vom Fenster zurück und flüchtete in die entfernteste Ecke ihres Zimmers. Ihr Herz pochte wild. In ihrer Bestürzung hätte sie sich am liebsten auf das Bett geworfen und das Gesicht in den Kissen vergraben, aber die Furcht, ihr Kleid zu zerdrücken, hielt sie davon zurück, und sie blieb stehen. Eigentlich sollte sie überhaupt nur stehen, wenn sie die schöne Anordnung der Falten bewahren wollte. Selbst das Sitzen war ein Risiko.

Reglos in ihrer Ecke vernahm sie nur noch ein undeutliches Stimmengewirr, und als sie nachzudenken begann, kam sie sich ausgesprochen blöde vor. Wie konnte sie vor Billy Angst haben? Vor Billy, mit seinem ganz von Erdbeeren verschmierten Mund? Einfach lächerlich!

Etwas anderes verwirrte sie, doch sie wollte es sich nicht eingestehen. Als ihr Vater reich war und eine Pferdezucht besaß, pflegte sie zu reiten, und sie wußte, was ein Hengst war. Schon das Wort erschien ihr schrecklich, doch in Charlie Jones' Mund war es ihr ganz besonders peinlich.

Als sie sich ein wenig beruhigt hatte, schämte sie sich ihrer Furchtsamkeit und bezog wieder ihren Platz am Fenster. Die Neugier war stärker als ihre Skrupel. Das Dunkel, in dem jetzt der Garten lag, erinnerte sie an einen tiefen Brunnen. Sie sah nur den roten Punkt, wo Charlie Jones' Zigarre glimmte. Und sie lauschte.

»In meiner jetzigen Lage«, sagte Onkel Charlie, »kann ich es nicht, wie du weißt. Du mußt den Ball eröffnen.«

Onkel Josh brach in schallendes Gelächter aus.

»Stellst du dir etwa vor, ich könnte tanzen?«

»Nein ... aber du wirst es versuchen.«

»Charlie, bedenke, was du da sagst.«

»Na schön, dann wird er sich von ganz allein eröffnen, und, glaube mir, das sollte nach dem Champagner nicht schwierig sein.«

»Hoffen wir es.«

»Glaubst du, daß das Leben in Savannah Elizabeth gefallen wird?«

»Man gewöhnt sich an alles«, sagte Onkel Josh viel ruhiger. »Mit den Ausflügen, den Besuchen bei den Nachbarn, den Bällen, eines Tages vielleicht ...«

Charlie Jones unterbrach ihn, und sie hörte ihn mit fröhlicher Stimme sagen: »Bälle? Das will ich hoffen! Euer Familienleben ist – wenn du mir die Bemerkung gestattest – ein bißchen seriös. Ich will damit nicht sagen, daß es bei euch auf der Plantage direkt trübselig ist ...«

»Oh, sage es nur! Glaubst du, ich wüßte es nicht? Man langweilt sich in Dimwood.«

»Also ein bißchen Leben, Freude, Josh, Feste. Soll ich mich darum kümmern? Die Jugend muß glücklich sein ... und alle sollen heiraten. Zwei Jungen und vier Mädchen, und Elizabeth.«

»Ach! Die natürlich auch.«

An dieser Stelle des Gesprächs machte die Betroffene fast gleichzeitig zwei entgegengesetzte Bewegungen. Sie warf sich zurück und lehnte sich dann hinaus, auch auf die Gefahr hin, gesehen zu werden.

»Sie ist hübsch«, sagte Charlie Jones.

»Nun ja, ganz hübsch«, gab Onkel Josh zu.

»Ich kenne mich aus. Sie wird eines Tages allen Freiern der Umgebung den Kopf verdrehen. Ich weiß auch schon wem.«

»Ich nicht, aber man wird schon jemanden für sie finden.«

»Sie wird sich ihres Charmes bedienen, dieser unlauteren Waffe. Merkst du das nicht?«

»Der Charme der Unschuld vielleicht, aber der wird vergehen, bevor sie Unheil anrichten kann.«

»Irrtum. Sie wird etwas davon bewahren. Selbst dein so gestrenger Vater scheint ihm erlegen zu sein, nach dem, was Emma mir vorhin erzählt hat.«

»Ach, reden wir nicht von dieser peinlichen Angelegenheit. Alle sahen es, alle verstanden es, alle wußten es – nur sie nicht.«

»Da bin ich gar nicht so sicher. Während des Mittagessens habe ich mich mit ihr über ihn unterhalten, um zu sehen, ob da wirklich ...«

Das Ende dieses Satzes vernahm Elizabeth nicht mehr.

Ein Schwindel überfiel sie, und sie mußte sich an den Vorhängen festhalten, bevor sie vom Fenster zurücktreten konnte. Mr. Hargrove!

Sie wankte zum Schaukelstuhl und ließ sich ungeachtet der Falten ihres Kleides hineinfallen. Unten im Garten sprachen sie von dem schwarzgekleideten Mann, den sie durch den Salon hatte gehen sehen. Sie wollte nichts davon wissen, wäre am liebsten fortgelaufen. Während einer geraumen Zeit hörte sie das Stimmengemurmel und roch den Zigarrenduft, der bis in ihr Zimmer drang. Ihre Mutter wiedersehen, mit ihr heimkehren ... Dieser Gedanke ließ sie nicht los.

Plötzlich schlug die Glocke, nicht laut, aber hell und fröhlich wie das Geläut einer Wanduhr. Die Stimmen verstummten. Unter Aufbietung ihrer ganzen Willenskraft erhob sich Elizabeth und betrachtete sich im Spiegel: »Ganz hübsch ...«

Traurig flüsterte sie diese Worte, wie ein Geständnis.

»Sehr hübsch«, antwortete der Spiegel.

Man klopfte an die Tür, zwei- oder dreimal, und so leise, als wenn man sich entschuldigte. Als sie öffnete, stand vor ihr ein riesiger Schwarzer in roter Livree mit vergoldeten Knöpfen.

Sie zuckte zusammen, und dann schüttelte sie den Kopf.

»Ich gehe allein hinunter«, sagte sie. »Ich kenne den Weg.«

Der Schwarze verneigte sich und verschwand.

Den Weg kannte sie. Am Ende des Korridors, zwei Schritte von der Tür, fand sie die schöne Wendeltreppe mit den breiten hellgrauen Marmorstufen und den kunstvollen schmiedeeisernen Verzierungen. Eine Gaslaterne an der Wand verbreitete ein helles Licht wie im Theater, so daß sie blinzeln mußte, und sie hielt sich am Geländer fest, als sie plötzlich Billy die Treppe hinaufkommen sah.

Ein eleganter schwarzer Anzug brachte seine schlanke Taille und seine ganze quecksilbrige Person vorteilhaft zur Geltung. Unter dem mit dem Kamm gebändigten Haar strahlte sein freches Gesicht, und er rief ihr zu:

»Wie du siehst, eile ich dir entgegen. Hast du im Warenhaus deine Dinger gefunden, deine Unsagbaren, oder deine Unglaublichen, oder deine Unbeschreib . . .«

Sie ohrfeigte ihn mit aller Kraft, und er wäre beinahe über das Geländer gestürzt. Dann blickten sie einander in höchster Verwunderung an. Elizabeth hatte den Eindruck, die Hand sei ihr ausgerutscht und durch die Luft gesaust, ohne sie zu fragen. Billy stand mit offenem Munde da, fassungslos über diese blitzartige Reaktion, und plötzlich lachten beide wie Kinder.

»Das habe ich kommen sehen«, prustete der Junge. »Ihr schlagt aber ganz schön fest zu in England!«

»Wir machen eben keine halben Sachen, und das war auch seit langem überfällig. Richte deine Krawatte.«

»Meine Krawatte? Was ist denn mit der?«

Elizabeth neigte sich zu ihm und rückte ihm mit zarter Hand die kunstvoll gebundene weiße Seidenschleife zurecht, die etwas schief saß. Als ihre Finger die Haut des Jungen berührten, zog sie sie rasch zurück.

»Werden viele Leute beim Abendessen sein?« fragte sie.

»Wahrscheinlich. Eine stinklangweilige Gesellschaft, aber das Essen wird gut sein. Bei Charlie Jones ist es immer gut. Sitzt meine Krawatte jetzt richtig?«

»Tadellos.«

»Also trotzdem besten Dank. Die Backe brennt noch. Sieht man es? Ist sie rot?«

»Sagen wir, deine eine Gesichtshälfte hat eine prächtig gesunde Farbe.«

Er fächelte sich lebhaft mit der Hand die mißhandelte Wange.

»Du Biest!« sagte er lachend. »Wie sehe ich denn aus?«

»Wie ein junger Herr, der für sein unverschämtes Benehmen eine Ohrfeige bekam.«

»Gut. Schließen wir Frieden und gehen hinunter. Du siehst wirklich nicht übel aus in deinem blauen Kleid.«

»Aquamarin«, berichtigte sie resigniert.

»So? Aber ein bißchen lang, finde ich. Man sieht deine Beine nicht, und du hast hübsche Beine, weißt du . . .«

»Billy, hör auf. Und nun geh schon! Man hört bereits die Leute.«

»Hast du keinen Fächer? Alle Mädchen haben einen.«

»Nein, ich habe keinen, und wozu auch?«

»Um mit den Männern zu schäkern, aber laß nur. Übrigens brennt es nicht mehr so sehr. Was ist denn das für ein betreßter Lulatsch?«

Der Diener in roter Livree, den Elizabeth vorhin gesehen hatte, kam auf sie zu und blieb am Fuße der Treppe stehen.

»Was willst du?« fragte Billy.

»Massa Cha'lie hat gesagt, ich soll sagen, daß man auf Sie wa'tet, Mam'sell Lisbeth und Massa Willie.«

»Wir kommen schon. Wie heißt du?«

»Ebenezer.«

»Ich werde es nie vergessen«, sagte Billy spöttisch.

Elizabeth war verärgert und blickte den Schwarzen an.

»Ebenezer ist ein sehr schöner Name.«

Der Schwarze lächelte über das ganze Gebiß.

»Danke, Mam'sell Lisbeth.«

23

Im Speisesaal, einem viel größeren Raum als dem, wo sie zu Mittag gegessen hatten, waren alle Wände von einem blassen Mandelgrün, und zwar bis hinauf zu der in einem kräftigeren Grün gehaltenen Decke. Das Ganze vermittelte ein Gefühl von Frische und kontrastierte stark mit den roten Livreen der sechs Diener, die, sehr eingenommen von der Pracht ihrer Kleidung, aufrecht und reglos dastanden, während die Gäste plauderten und ihre Juleps tranken.

Sie waren so zahlreich, daß Elizabeth auf der Schwelle zögerte, da sie niemanden in dieser Menge kannte. Von einem Schwindel erfaßt, sah sie nur noch die roten Livreen, die schwarzen Gehröcke und die hellen Kleider, und sekundenlang blickte sie sich verloren nach ihrem Begleiter um, aber Billy hatte sich davongemacht, um sich der langweiligen Pflicht einer allgemeinen Vorstellung zu entziehen. Ihr war, als würde sie gleich zu Boden sinken, als eine warme und tiefe Stimme an ihr Ohr drang und eine Hand ihre Taille umfaßte.

»Kein Grund zur Aufregung ...«

Es war Charlie Jones, der sich ihr in einer Wolke von Eau de Cologne und Zigarrenduft entgegenneigte.

»Ich wußte, daß es dich ein wenig verwirren würde, und deshalb habe ich auf dich gewartet. Wie geht es dir?«

Sie schämte sich ihrer Schwäche und nahm sich zusammen.

»Gut«, sagte sie.

»Schön. Dann nimm meine Hand und halte dich aufrecht. Ich werde dich nicht allen meinen Gästen vorstellen, denn sonst hätten wir bis zum Morgen zu tun, aber sie wissen alle, wer du bist. Ich führe dich an deinen Platz, wo du dann neben Onkel Josh sitzen wirst. Du brauchst keine Angst zu haben.«

»Aber ich habe keine Angst!«

»Dann lächle. Du hast ein bezauberndes Lächeln.«

Flüchtig erinnerte sie sich an den jungen Mann mit dem feurigen Blick in ihrem Zimmer. Wenn *er* ihr das gesagt hätte . . . Und doch war es der gleiche Mann, der sie durch all das Stimmengewirr an einem scheinbar endlosen Tisch entlangführte. Man trat beiseite, um sie unter gutgelaunten Bemerkungen durchzulassen, und sie entnahm aus Charlie Jones' schlagfertigen Erwiderungen, daß von ihr die Rede war, und errötete bis unter die Haarwurzeln, wenn man sie grüßte. Von all den Gesichtern, die sich ihr zuwandten, behielt sie nur den Eindruck völlig gleich aussehender weißer Flecken zurück, wie in einem endlosen Wachtraum.

Als sie sich endlich neben Onkel Josh befand, hätte sie ihn am liebsten umarmt, aber der überraschte Blick, mit dem er sie betrachtete, brachte sie auf den Boden der Tatsachen zurück.

»Du bist ja ganz rot, mein liebes Kind. Was erregt dich denn so?«

»Aber gar nichts, vielleicht ist es die Hitze.«

»Bald wird man die Ventilatoren anschalten. Wenn man dir einen Julep anbietet, lehne ab. Du bist es noch nicht gewohnt. Hast du interessante Leute kennengelernt? Alles, was in Savannah Rang und Namen hat, ist hier, ein bißchen zu deinen Ehren, versammelt.«

Elizabeth schrie auf: »O nein!«

»Wieso? O ja! . . . Macht es dir denn kein Vergnügen?«

»Onkel Josh, hören Sie, mir wäre es lieber, wenn man mir keine Aufmerksamkeit schenkte.«

Onkel Josh stellte sein halbvolles Glas Julep auf den Tisch.

»Elizabeth«, ermahnte er sie ernst. »Du wirst uns doch keine Schande machen. Du bist eine junge Lady aus England, die uns das Vergnügen macht, sich bei uns im Süden niederzulassen, und du wirst dich folglich auch wie eine Lady benehmen.«

In ihrem Ehrgefühl getroffen, rief sie entrüstet aus:

»Aber natürlich werde ich das!«

»Bravo! Diese zornfunkelnden Augen gefallen mir besser als deine furchtsame Miene von vorhin.«

In seinem schönen, vortrefflich geschnittenen schwarzen Anzug mit der prächtigen, kunstvoll geschlungenen schneeweißen Binde, deren spitze Ecken sich wie zwei winzige Flügel ausstreckten, erschien Onkel Josh der in ihrem Stolz getroffenen jungen Engländerin plötzlich wie ein Grandseigneur.

»Fast alle Männer hier«, fuhr er fort, »stammen aus sehr alten englischen Familien und sind die Enkel nachgeborener Söhne, die in die Kronkolonien kamen, um ihr Glück zu versuchen. Du wirst dich also ein wenig in einer Welt bewegen, die man immer noch die alte Heimat nennt. Man wird dir Komplimente machen; glaube nicht zu sehr daran. Das gehört nun einmal zur Höflichkeit des Südens. Aber was für ein Radau! Man muß schreien, um sich verständlich zu machen. Hast du verstanden, was ich dir gesagt habe?«

»Fast nichts«, schrie sie ihm zu, »aber seien Sie unbesorgt. Ich werde mich zu benehmen wissen. Man hat mich nicht auf einem Bauernhof erzogen.«

Onkel Josh blickte sie entsetzt an.

»Auf einem Bauernhof?« rief er aus. »Das hat uns deine Mutter nie erzählt.«

In diesem Augenblick trat ein junger Mann von etwa zwanzig Jahren auf sie zu. Schwarze Koteletten, die bis zum Kinn reichten, umrahmten ein schmales Gesicht, und große, graublaue, sehr sanfte Augen schauten Elizabeth unverwandt an. Onkel Josh stellte ihn sogleich vor.

»Alexander Moreland, einer unser jungen Architekten, ein großer Freund unseres lieben Charlie Jones, für den er arbeitet. Alexander, unsere junge Cousine Elizabeth kommt aus dem Devonshire, woher deine Familie stammt.«

Elizabeth gab ihm die Hand, und er ergriff sie mit einer Verbeugung, ohne den Blick von dem kleinen rosigen Gesicht abzuwenden, auf dem sich der Anflug eine Lächelns abzeichnete. Es folgte ein kurzes, aber peinliches Schweigen, das Josh schließlich brach.

»Elizabeth hat die lange Reise nicht gescheut, um zu uns zu kommen.«

»Hoffen wir, daß sie sich hier so wohl fühlen wird, daß sie nicht mehr fortgehen will«, sagte Alexander Moreland mit einer etwas tiefen Stimme.

»Oh, das will ich nicht hoffen«, sagte sie auf Geratewohl.

Sie fürchtete, nicht recht verstanden zu haben, und fragte sich, ob sie etwas Falsches geantwortet hatte.

Er lächelte Onkel Josh zu.

»Dieser Akzent«, sagte er. »Welch eine bezaubernde Musik von drüben!«

»Ja, schließe die Augen, und du glaubst, du bist in der alten Heimat.«

»Im gegenwärtigen Falle hat man keinerlei Lust, die Augen zu schließen.«

Während dieser langsam gesprochenen Worte blickte der junge Mann Elizabeth tief in die Augen, und sie zwang sich, nicht mit der Wimper zu zucken. Es war ihr nicht ganz klar, was er hatte sagen wollen. War es eine Unverschämtheit oder ein Kompliment? Auf jeden Fall durfte sie sich nichts anmerken lassen. Aber die Worte *ganz hübsch* und *gar nicht übel* klangen in ihrem Kopf, und sie schwankte zwischen dem Argwohn und der Faszination, die die hübschen graublauen Augen auf sie ausübten. Ach, welche Zärtlichkeit glaubte sie darin zu lesen ... Sie liebte ihn.

Noch nie hatte sie diese Mischung aus Freude und Unruhe erlebt, noch nie hatte man so zu ihr gesprochen, und sie wollte antworten, irgend etwas sagen und lächeln, aber ihr Gesicht blieb starr, und sie litt auf die angenehmste Weise – ein seltsames Glück, das jedoch unterbrochen wurde, als sich ein hochgewachsener Mann zwischen die jungen Leute drängte, ohne deshalb unhöflich zu erscheinen, denn er entschuldigte sich mit den galantesten Worten:

»Man sollte Aufdringlingen wie mir den Zutritt verbieten«, sagte er mit melodischer Stimme. »Ich unterbreche gewiß ein angenehmes Tête-à-tête.«

»Angenommen, Sie haben recht, welche gute Nachricht bringen Sie uns, um den Schaden wiedergutzumachen?«

»Keine. Die Verhandlungen dauern an.«

»Und werden wie das letzte Mal mit einem Kompromiß enden«, sagte Onkel Josh.

»Hoffen wir es, denn andernfalls ...«

»Da gibt es kein ›andernfalls‹«, unterbrach ihn Onkel Josh mit einiger Schärfe. »Der Kongreß wird wie immer eine Lösung finden. Ich bitte dich, Harry, beunruhige meine junge Cousine nicht. Sie ist gerade aus England gekommen und wird bei uns leben. Elizabeth, ich stelle dir meinen Freund Harry Longcope vor, einen unserer hoffnungsvollsten Advokaten. Harry, Elizabeth Escridge.«

Harry Longcope verneigte sich umständlich.

»Miss Escridge«, sagte er mit gezierter Aussprache, »solange Sie unter uns weilen, werden Sie nur die Wonnen des Friedens in unserem poetischen Süden genießen.«

Elizabeth verstand so gut wie nichts von dieser Rede, und der Tonfall dieses Mannes irritierte sie, aber sie bemerkte auch die Schönheit seiner Züge, die von klassischer Ebenmäßigkeit waren. Allerdings erinnerte er sie in peinlicher Weise an die Gipsfiguren in den Zeichensälen der Schule, die sie besucht hatte. Kein Gedanke war auf dieser edlen Stirn und diesem Mund von vollkommener Form zu lesen. Dagegen glänzten seine hellblauen Augen vor Selbstgefälligkeit.

Viel besser gefiel ihr das Gesicht des jungen Architekten, auf dem sie einen sanften Vorwurf zu entdecken glaubte, und sie sah sich bereits in Gefühlsverwicklungen verstrickt, die jedoch plötzlich unterbrochen wurden, als ein junger Offizier in einer strengen dunkelblauen Uniform, zweireihig und mit Kupferknöpfen, erschien. Der steife Kragen zwang ihn, den Kopf sehr aufrecht zu tragen, was seiner ganzen Physiognomie einen stolzen und entschlossenen Ausdruck verlieh.

Elizabeth fühlte ihr Herz pochen, und ein wonniger Schauder lief ihr über den Rücken. Der junge Mann sah kaum älter aus als zwanzig, und er machte auf sie den Eindruck der Tapferkeit. Es war, als umwehte eine Aura von Gefahr und Wagemut seine schmalen Schultern und seine schlanke Figur in der enganliegenden Uniform, die ein guter Schneider aus dem Tuch der staatlichen Bestände zugeschnitten haben mußte. War er schön? Sie hätte es nicht zu sagen vermocht, sie war geblendet, aber das rote Haar im Bürstenschnitt fiel ihr auf.

»Ach, jetzt kommt die Armee«, seufzte Onkel Josh und nahm das junge Mädchen bei der Hand. »Elizabeth, bitte setz dich«, sagte er in gebieterischem Ton.

Der Augenblick hätte nicht günstiger gewählt sein können. Charlie Jones erhob nämlich gerade seine laute und klare Stimme, um sich über dem allgemeinen Gemurmel Gehör zu verschaffen, und bat seine Gäste, Platz zu nehmen, was dann auch in einer Art von vergnügtem Durcheinander geschah. Unter Gelächter suchte man seinen Namen auf den hübschen, mit Blumen geschmückten Tischkarten, was sich nach dem maßlosen Konsum an Juleps als gar nicht so einfach erwies, aber einige Minuten später hatten alle ihre Plätze gefunden, und die Diener in den roten Livreen begannen die Schüsseln aufzutragen.

Silberne Kerzenleuchter verbreiteten schimmernde Lichtflecke auf dem blaßrosa Tischtuch, und Veilchen in kleinen Kristallvasen belebten das Bild. Einer dieser Sträuße stand direkt vor Elizabeth und erregte ihre Aufmerksamkeit, ohne daß sie wußte, warum. Sie betrachtete ihn wie etwas, das ihr in einem Traum erschienen war, bis ihr plötzlich einfiel, daß Mr. Hargrove sie sein kleines Veilchen aus England genannt hatte, und sie glaubte, sein Flüstern in ihrem Ohr zu vernehmen: »Ich bin da.« Einen kurzen Moment lang verspürte sie den gleichen Schrecken wie vor drei Stunden, als sie den schwarzgekleideten Mann im Salon gesehen und seinen Blick auf sich ruhen gefühlt hatte.

Instinktiv berührte sie den Arm ihres Nachbars zur Linken. Onkel Josh lächelte ihr zu und fragte dann plötzlich:

»Was hast du denn, mein Kind? Fühlst du dich nicht wohl?«

Sie riß sich zusammen und versuchte ebenfalls zu lächeln:

»Mir ist nur ein bißchen heiß, sonst nichts.«

»Du wirst sehen, die Luft wird gleich frischer werden. Darf ich dir einen Rat geben? Iß nicht zuviel. Hast du Hunger?«

»Überhaupt nicht.«

»Man wird uns Champagner einschenken. Trink ein paar Schlucke, aber nicht mehr, das wird dir guttun.«

Der Klang dieser Stimme und die einfachen Worte beruhigten sie ein wenig. Während Onkel Josh sich einer Dame zuwandte, nutzte sie die Gelegenheit und schob die Vase zur Seite.

Ein junger Mann zu ihrer Rechten bemühte sich vergeblich, ein Gespräch mit ihr anzuknüpfen, aber sie tat, als hörte sie nichts, denn er trug einen Kneifer. Immerhin hatte er sehr schöne lange, schmalgliedrige Hände, und eine davon ruhte auf dem rosa Tischtuch wie ein kostbarer Gegenstand, dicht neben Elizabeths Teller, als wünschte sie, bewundert zu werden, und schien zu sagen: »Schau mich an, bin ich nicht von edler Rasse?« Aber die Aufmerksamkeit des jungen Mädchens galt anderen Dingen. Ihre Augen suchten den jungen Architekten und den Offizier, ohne sie gleich zu finden, denn sie verloren sich in der Flut der hellen Kleider, der schwarzen Jacken und der Uniformen. Dagegen erkannte sie nicht weit von sich den hoffnungsvollen Advokaten aus Savannah, und er nickte ihr mit einem Lächeln zu, das unerwidert blieb. Um die Wahrheit zu sagen, fühlte sie sich noch zu befangen, um all diese Leute eingehender zu betrachten, wie sie es gewollte hätte. Man beobachtete sie heimlich von allen Seiten. Plötzlich sah sie einen jungen Offizier, dann einen zweiten, und sie fühlte, wie ihr die Röte in die Wangen stieg. In ihrer Verwirrung zerdrückte sie die Kruste des Brötchens, das neben ihrem Teller lag. Diese unüberwindliche Schüchternheit spielte ihr die wunderlichsten Streiche. Wie konnte sie erröten, ohne zu wissen, warum? Und wie um ihrer Schwäche zu spotten, tauchte zu ihrer Linken ein roter Ärmel auf, und eine weiß behandschuhte Hand stellte einen Teller vor sie hin. Ein Duft von Suppe stieg ihr in die Nase, und plötzlich wurde sie sich bewußt, daß man zu ihr sprach.

»Elizabeth«, sagte Charlie Jones, der neben Onkel Josh und Tante Emma saß, »laß dich von all diesen verschiedenen Meinungen nicht verwirren. Im Süden liebt man es außerordentlich, große Reden zu halten und kühne Behauptungen aufzustellen.«

»Aber ich verstehe kein Wort«, rief Elizabeth, »man spricht zu laut.«

»Um so besser«, meinte Tante Emma, die jetzt entspannt schien, lächelte und im Glanz ihrer Wichtigkeit strahlte.

Sie saß zwischen ihrem Schwager Joshua und Charlie Jones und nahm in der Tat den Ehrenplatz ein. Auf dem Kopf trug sie eine prächtige pflaumenblaue Haube mit Spitzenborte, und über ihrem linken Ohr baumelte eine winzige Straußenfeder an einer Rubinenbrosche, die bei der geringsten Bewegung ins Pendeln geriet. Mit ihrem weiten Kleid aus braunem Taft gefiel sie sich in der wohleinstudierten Rolle der großen Dame. Als sie sah, daß Elizabeth sie anblickte, machte sie der jungen Fremden mit einer leichten Bewegung der Fingerspitzen ein Zeichen herablassender Freundschaft.

Elizabeth ignorierte den kleinen, gönnerhaften Gruß und widmete sich wieder ihren Beobachtungen der am Tisch sitzenden Gäste. Sie entdeckte Billy, der sich mit dem gleichen gefräßigen Blick wie vor seinen Erdbeeren einer jungen Dame in Rosa zuneigte.

Sie fand ihn ungezogen, konnte sich jedoch eines kleinen Stichs der Eifersucht nicht erwehren. Das Stimmengewirr um sie herum wurde lauter, und sie hörte immer wieder das Wort Kalifornien.

Man servierte den Champagner.

»Einen Schluck«, sagte Onkel Josh mit erhobenem Finger zu Elizabeth.

Sogleich rief Charlie Jones dem jungen Mädchen zu:

»Josh erlaubt dir einen Schluck, und du kannst noch einen von mir hinzufügen, denn der Champagner hat noch niemandem geschadet. Dieser hier kommt aus Epernay in Frankreich, und er wird auf den Schiffen der Handelsmarine herübergebracht. Verstehst du, wovon im Augenblick gesprochen wird? Nein? Natürlich nicht, aber das macht nichts.«

»Der Champagner wird nicht gerade zur Ruhe beitragen«, bemerkte Onkel Josh. »Du wirst den Radau gleich hören.«

»Nicht allzusehr, schon wegen der Damen.«

»Charlie, wo denkst du hin? Die Damen werden mithalten. Was meinst du, Emma?«

»Die Damen werden sagen, was sie zu sagen haben«, erwiderte Emma in ihrem schulmeisterlichsten Ton.

Etwas in ihrer Stimme kündigte den Sturm an. Sie stellte ihr halbleeres Glas vor sich hin, blickte Josh und dann Charlie an, und ihre Augen glänzten bereits unter der Einwirkung des Champagners.

»Ich finde«, erklärte sie, »daß Elizabeth nicht länger in Unwissenheit gelassen werden sollte.«

»Ja, ja, aber später«, rief Charlie, der eine Katastrophe voraussah.

Tante Emma klopfte gebieterisch wie eine Kaiserin mit dem Zeigefinger auf den Tisch.

»Jetzt«, sagte sie.

»Was hat sie nur?« flüsterte Onkel Josh ängstlich Charlie zu. »In Dimwood ist sie überhaupt nicht so. Ich fürchte, der Alkohol bekommt ihr nicht.«

Charlie warf ihm einen verschmitzten Blick zu und flüsterte zurück:

»Was trinkt sie bei euch?«

»Gewöhnlich nur Wasser oder Tee.«

»Da hast du den Grund, aber heute abend müssen wir das

Schlimmste verhüten und sie am Reden hindern. Steh auf und sag irgendwas. Du könntest zum Beispiel einen Toast ausbringen.«

»Das kommt dem Herrn des Hauses zu. Also erhebe dich, Charlie, und zeige Mut!«

»Das werde ich dir heimzahlen«, zischte Charlie wütend, dann stand er auf, setzte eine liebenswürdige Miene auf und rief mit Stentorstimme:

»Ich bitte um das Wort!«

»Na endlich«, sagte Tante Emma und fächerte sich mit energischer Hand.

»Laßt uns zuallererst auf unseren geliebten Süden trinken.«

Ein ohrenbetäubendes Getöse folgte der kurzen Stille, und es kostete die Gesellschaft einige Mühe, sich zu erheben.

»Ein Hurra für den Süden!«

Elizabeth blieb sitzen. Der Abend begann einen unbehaglichen Verlauf zu nehmen. Sie ahnte, daß Schlimmstes sich anbahnte.

Charlie Jones fuhr fort:

»Ich bitte nun, in Freundschaft des Abwesenden zu gedenken.«

Der Abwesende! Elizabeths Herz pochte. Es konnte sich nur um einen Toten handeln. Und wie um ihre Vorahnung zu bestätigen, umspülte ein liebevolles Gemurmel gleich einer sanften und zärtlichen Woge den Tisch.

»Lieber alter Willie Hargrove ... Du fehlst uns heute abend ...«

In der Erinnerung sah sie ihn im Salon vorübergehen und ihr einen langen, traurigen Blick zuwerfen, aber mit dem Schrecken dieser gespenstischen Vision eines dem Grabe Entstiegenen verspürte sie gleichzeitig ein unleugbares Gefühl der Erleichterung, dessen sie sich schämte. Es schien ihr, als ob der Hausherr von Dimwood mit ihr tafelte. Doch man ließ ihr keine Zeit, sich bei dieser augenblicklichen Halluzination aufzuhalten, denn sie fiel von einem Schrecken in den nächsten, als sie sah, daß Charlie Jones sich nun ihr mit einem breiten Lächeln zuwandte.

»Und jetzt«, sagte er, jedes Wort betonend, »schlage ich vor, unsere Gläser zu einem herzlichen Willkommenstoast auf Miss Elizabeth Escridge zu erheben.«

Es folgte eine geräuschvolle Unruhe. Alle Tischgäste waren aufgestanden und blickten sich nach Elizabeth um, die man bisher kaum wahrgenommen hatte, und plötzlich erfüllte ein donnernder Ruf den Saal:

»Auf Elizabeth!«

Ohne recht zu wissen, was sie tat, erhob sich das junge Mädchen ebenfalls und wandte sich in ihrer Bestürzung dem jungen Mann zu ihrer Rechten zu. Er hatte seinen Kneifer abgenommen und starrte sie verblüfft an. Es war, als ob jeder von ihnen in seiner Verwirrung Zuflucht beim andern suchte, und ihr blieb gerade noch Zeit, ein Gesicht zu sehen, das ihr wie das eines Engels erschien. Der arme Junge, der nicht wußte, was man von ihm erwartete, verlor den Kopf und gab Elizabeth einen Kuß.

Tobender Beifall begrüßte diese unverhoffte Gefühlsäußerung. Sie winkte all diesen Gesichtern zu, die sie, schwindlig vor Angst, vor sich sah.

Mit der Unaufhaltsamkeit einer Woge schienen sie sich ihr zu nähern, dann plötzlich zurückzuweichen, um wieder heranzukommen. Sie klammerte sich mit der linken Hand an Onkel Joshs Ärmel und blickte ihn hilfesuchend an, aber er drückte ihr nur den Arm und sagte:

»Halte dich aufrecht und zeige, daß wir stolz auf dich sein können.«

Dieser Satz traf sie wie ein Schlag ins Gesicht, und sie glaubte zu ihrer Schande die harte und schroffe Stimme ihrer Mutter zu hören:
»Mach dich nicht lächerlich vor Fremden.«

Nun erwachte ihr Stolz, sie beherrschte ihre Angst, aber noch ließ der Schwindel sie nicht los. Immerhin nahm sie die Tischgäste jetzt genauer wahr, ihre Gesichter, die hellen Kleider der Damen, die schwarzen Jacketts der Herren und die unter dem Kinn prangenden weißen Seidenhalsbinden, aber all diese Leute hörten nicht auf, sich zu nähern und wieder zurückzuweichen, genau wie vorhin, nur mit dem Unterschied, daß es jetzt so aussah, als tanzten sie eine riesige Quadrille in einem allgemein bewegten Auf und Ab, und von diesem Schauspiel erheitert, hob sie spontan ihr Glas. Höfliche Hurrarufe begrüßten diese Geste, bis Onkel Joshs Stimme wieder ertönte und um Ruhe bat.

»Liebe Freunde«, begann er, »da unsere Elizabeth jetzt vom Süden adoptiert worden ist, wollen wir ihr kurz erklären, was es mit der Krise auf sich hat, in der wir uns befinden ...«

Ein Gemurmel ging durch die Menge, ein Summen wie in einem Bienenkorb, und dann rief eine Dame mit fester Stimme:
»Warum?«

Es war die schöne Mrs. Harrison Edwards, Witwe und Besitzerin einer der ertragreichsten Plantagen des Landes. Ihr hellgraues Taftkleid schmeichelte dem Glanz ihrer samtig-weißen Haut, von der sie so viel sehen ließ, wie es der Anstand eben zuließ, mit einem nicht allzu gewagten Dekolleté, das entfernt an die Kühnheiten der Pariser Mode erinnerte. Der bezaubernd sanfte Blick ihrer großen schwarzen Augen war berühmt und berechtigte durchaus zu dem Vergleich mit einer Königin im Exil. Dem feinen Benehmen zuliebe hatte sie nur ein wenig an der Fleischpastete geknabbert und den Rest an sich vorübergehen lassen, nicht ohne Bedauern allerdings, da sie zur Naschhaftigkeit neigte, aber ihr ovales Gesicht lief Gefahr, Fett anzusetzen. Viele Männer machten ihr den Hof.

»Zuerst einmal«, fuhr sie fort, »gibt es keine Krise.«

»Finden Sie?« riefen mehrere Stimmen.

Sie erklärte mit souveräner Gelassenheit:

»Nichts berechtigt diese Schwätzer im Kongreß, uns in unseren Lebensgewohnheiten und unserem Komfort zu stören. Schaut euch einmal im Lande um. Der Süden ist stark und jeder Krise gewachsen. Die Bodenschätze des Südens sind unerschöpflich. Welches Land kann das von sich behaupten?«

»Aber Lucile«, sagte Charlie Jones, »es handelt sich um eine politische Krise.«

Unerschütterlich antwortete sie:

»Für politische Krisen gibt es immer eine Lösung, weil es eine geben muß. Dafür ist der Kongreß da.«

Mit einer sehr beherrschten Stimme, die seinen Unwillen kaum verbarg, erklärte Charlie Jones:

»Diese einleuchtende Darlegung bedarf einiger zusätzlicher Erklärungen. Elizabeth, zur Zeit, da England über die gesamte Kolonie herrschte, sprach man nur ganz allgemein von Norden und Süden, aber es gab bereits Streitigkeiten bezüglich der territorialen Grenzen der verschiedenen Provinzen. Zwischen Pennsylvania und Maryland zum Beispiel wollten sie kein Ende nehmen.«

Während dieser Rede liefen die Schwarzen in ihren roten Livreen mit schweren Salatschüsseln aus weiß-goldenem Porzellan um den Tisch. Der auf einem Bett von Avocadobirnen und schwarzen Pilzen ruhende Hummersalat entlockte der schönen Mrs. Harrison Edwards, die ihm nicht zu widerstehen vermochte, einen Aufschrei des Entzückens:

»Hervorragend gewürzt! . . . Einfach göttlich!«

Man schenkte dem Redner nur eine etwas zerstreute Aufmerksamkeit, und das regelmäßige Plätschern, mit dem der Wein in die Gläser und von den Gläsern in die Münder floß, faszinierte das junge Mädchen. All das bot ihr genug Ablenkung, um keine Langeweile zu verspüren. Sie hörte Charlie Jones und seinem Geschichtsunterricht überhaupt nicht mehr zu, hatte den Eindruck, sich unter undisziplinierten Mitschülern in einem Klassenzimmer zu befinden, und amüsierte sich über das Geflüster in ihrer Nähe.

»Wenn er jetzt immer noch bei der englischen Kolonialherrschaft ist, wird er nicht vor morgen früh beim Unabhängigkeitskrieg angelangt sein.«

Ein alter Herr mit weißem Schnurrbart hob die Hand und hielt sie hoch, bis Schweigen eintrat. Es war der Richter Pilgrim. Mit brüchiger und sehr höflicher Stimme ergriff er das Wort:

»Darf ich meinen würdigen und hochverehrten Freund daran erinnern, daß es bald an der Zeit ist, den Ball zu eröffnen? Ich glaube, die Musiker im Salon stimmen schon ihre Instrumente. Könnte er den majestätischen Lauf des großen Stroms der Geschichte nicht ein wenig beschleunigen? Die ungeduldige Jugend . . .«

»Ich verstehe. Euer Ehren haben völlig recht. Ich werde einige Jahre überspringen.«

Niemand hatte auch nur den geringsten Geigenton vernommen, und die ungeduldige Jugend drängte nicht, solange es Wein zu trinken gab, aber der ehrwürdige Richter Pilgrim hatte Lust, schlafen zu gehen. Charlie Jones fuhr gelassen fort:

»Um den gegenseitigen Beschuldigungen der Provinzen ein Ende zu machen, berief man zwei englische Feldmesser: Mason und Dixon.«

»Ein Hurra für Mason und Dixon!« riefen die Gäste wie aus einem Munde.

Charlie Jones fuhr mit starrer Miene und in unverhohlen autoritärem Ton fort: »Das war um 1730. Sie zogen auf der Landkarte eine lange Linie von Osten nach Westen, die den Norden vom Süden abgrenzt. Sie brauchten dreißig Jahre dazu, und da sie die Geographie nur ungenügend kannten, war diese Linie, die besser im Zickzack verlaufen wäre, ein gerader Strich, eine Grenze.«

Zur allgemeinen Überraschung ließ Elizabeth, die plötzlich aufmerksam geworden war, sich mit einem Ausruf vernehmen:

»Oh! Aber warum denn?«

Die klare Stimme drang durch die stickige Luft, und einen Augenblick herrschte Bestürzung. Mit geröteten Wangen blickte sich das junge Mädchen nach Onkel Josh um.

»Ich finde diesen Ausruf ganz vernünftig«, sagte dieser mit Ruhe. »Nichts gefährdet den Frieden mehr als eine schlecht gezogene Grenze. Der große Jefferson selbst sah nach seinem Sieg über England einen Krieg zwischen den Staaten der Union voraus.«

Bei diesen Worten erhob sich der ehrwürdige Richter Pilgrim und sagte:

»Meine lieben Freunde, für einen Mann in meinem Alter ist es spät, und ich möchte Sie um Erlaubnis bitten, mich zurückzuziehen, aber bevor ich gehe, bitte ich zu bedenken, daß wir uns bereits vor dreißig Jahren einem Krieg mit dem Norden sehr nahe glaubten. Damals ging es um den Eintritt Maines und Missouris in die Union. Maine war ein freier Staat und in Missouri gab es die Sklaverei. Doch das Land bewies Vernunft. Ein großer Mann – es war Clay – schlug einen Kompromiß vor und setzte ihn durch. Missouri behielt die Skaverei bei und nahm seinen Platz im Süden ein, Maine schloß sich als freier Staat dem Norden an, und eine ganze Generation lebte in Frieden und guter Nachbarschaft. So werden auch diesmal die Schwierigkeiten, die der Eintritt Kaliforniens in die Union verursacht, durch einen Kompromiß behoben werden. Es wird keinen Krieg geben, aber die Grenze hat ihren Sinn und Zweck. Ich wünsche euch allen einen frohen Abend und eine gute Nacht.«

Nach diesen mit großem Ernst gesprochenen Worten schickte er sich an, den Saal zu verlassen, als Billy sich ihm plötzlich in den Weg stellte, ein Billy mit wirrem Haar und einem vom Wein und Essen geröteten Gesicht.

»Und wenn es zu einem Krieg gekommen wäre, Euer Ehren, was hätten Sie dann getan?«

Der Richter blieb stehen und blickte ihn aus seinen stahlblauen Augen an.

»Mein Junge«, sagte er ruhig, »Sie sollten wissen, daß man derartige Fragen nicht an einen Mann meines Standes richtet, aber da Sie es unbedingt wissen wollen, kann ich es Ihnen sagen: Ich hätte sofort mein Gewehr geholt, ganz gleich ob der Süden im Recht oder Unrecht war.«

Ein sonderbares Schweigen folgte dieser Erklärung. Es war, als ob ein unsichtbares Wesen im Licht der Kerzenleuchter über den Köpfen der Männer und Frauen vorüberschwebte. Der alte Mann verließ den Saal, aufrecht und gemessenen Schrittes, in seinem langen schwarzen Gehrock.

Nach einer Minute, die wie eine Ewigkeit erschien, ergriff Charlie Jones wieder das Wort:

»Es steht außer Zweifel, daß eine schlecht gezogene Grenze gefährlich ist. Im Falle Missouris und Maines zum Beispiel hat der Südstaat eine Enklave im Norden und der Nordstaat eine Enklave im Süden gebildet.«

Ein Mann von etwa vierzig Jahren wandte sich Charlie Jones zu. Sein dunkler Teint und die etwas strengen Züge waren von jener Härte, an der man den Offizier erkennt.

»Mr. Jones«, sagte er mit gezwungener Höflichkeit, »wir schätzen Sie als einen der unseren, und Sie haben unsere Freundschaft gewonnen . . .«

»Das will ich hoffen«, erwiderte Charlie Jones mit Geduld.

». . . aber Sie sind Engländer.«

»Wie Ihre Familie, die es seit zwei Jahrhunderten ist.«

»Zugegeben, aber ich bin Südstaatler, und für mich ist und bleibt es eine unabänderliche Tatsache, daß diese Grenze, ob gut oder schlecht gezogen, durch die Herzen aller Männer unserer Heimat geht. Sie dagegen kommen aus diesem alten Land, das auch wir nicht verleugnen, aber bei allem Respekt sind Sie nichtsdestoweniger ein Ausländer.«

»Ich komme in der Tat aus einer kleinen Stadt zwischen Shropshire und Wales, und ich habe nie ein Geheimnis daraus gemacht. Aber worauf wollen Sie eigentlich hinaus, Major Crawford?«

Charlie Jones sprach mit einer etwas lauteren und noch geduldigeren Stimme, und seine Nüstern blähten sich.

Die Antwort ließ eine noch gezwungere Höflichkeit erkennen.

»Auf Folgendes, Sir: Es wird Ihnen nie gegeben sein, die gleichen Gefühle wie wir zu empfinden, wenn es um die Ehre unserer Nation geht. Das sagt Ihnen ein Soldat, der sich vor dreizehn Jahren im mexikanischen Feldzug bewährt hat. Ob die Mason-und-Dixon-Linie gut oder schlecht gezogen ist, wir werden sie überschreiten, bevor jemand auch nur den Mund aufmachen kann, wenn die Gelegenheit sich bieten sollte.«

»Hochgesinnte Worte, Major, aber jetzt ist es an mir, Ihnen eine

Frage zu stellen. Glauben Sie, Major Crawford, daß die Stadt Savannah meine Loyalität gegenüber dem Süden in Zweifel zog, als sie mich zum Ehrenbürger ernannte und mir die gleichen Ämter und Würden anvertraute wie den drei Kaufleuten, denen sie ihren Wohlstand verdankt?«

Der dunkle Teint Major Crawfords nahm eine schöne warme rote Farbe an, die ihm plötzlich ein jugendliches Aussehen verlieh, und er erklärte mit fester Stimme:

»Ich weiche keinen Zoll von meinem Standpunkt, Charlie Jones, aber ich hatte nicht die Absicht, Sie zu beleidigen.«

Sehr gelassen und mit fast unmerklicher Ironie erwiderte Charlie Jones:

»Wenn keine Beleidigung vorliegt, wird auch Ihre Meinung bezüglich meiner Gefühle in meinen Augen bedeutungslos. Sie täuschen sich, aber wir alle irren uns zuweilen; es liegt in unserer Natur, und es ist fast ein Privileg, das wir genießen. Was die Grenzen betrifft, so sind sie wie Schlangen, die man lieber schlafen lassen sollte, solange die Mittel fehlen, sie auf der Stelle auszurotten.«

Während er dies sagte, hatte er nach und nach die ehrwürdig-herablassende Haltung einer Statue angenommen. Nur die herrlich blitzenden Augen bewegten sich in dem marmornen Gesicht, wandten sich langsam von rechts nach links, als suchten sie einen Widersacher, um ihn zu vernichten. In solchen Augenblicken zeigte sich der Genosse der »furchtgebietenden Brüderschaft«, wie Thackeray die reichen Kaufleute genannt hat, die die Stadt regierten. Wer ihn dann hörte, hatte den Eindruck, daß seine Schultern breiter wurden und daß sein ganzer Körper sich dehnte. Nach einigen Sekunden eines etwas peinlichen Schweigens entspannten sich seine Züge, und er fand wieder seinen unbeschwerten Tonfall.

»Elizabeth«, sagte er, »du hast von alledem bestimmt nicht viel verstanden.«

»Kein Wort.«

Er lachte.

»Ich liebe diese direkten Antworten, aber es ist Zeit, daß wir dir in zwei Worten die Situation erklären. Aber zunächst die Nachspeise. Los, ihr da«, rief er den Schwarzen zu, die den Gesprächen immer aufmerksamer lauschten, »räumt schnell ab und bringt uns den nächsten Gang.«

Die Diener eilten sogleich davon, und als ob das Wort »Nachspeise« eine Zauberformel wäre, erschienen nun, einer nach dem anderen, junge Männer in Uniform, schlichen sich zuerst an den Wänden entlang und stellten sich dann hinter den Damen auf, um in leichtem Flüsterton ein Gespräch zu beginnen. Sie waren Zöglinge einer Kadettenanstalt in der Umgebung. Charlie Jones hatte sie zum Ball eingeladen, der dem Essen folgen sollte, und sie wußten wohl, was sie taten, als sie zu spät kamen.

24

Außer den Großmüttern in ihren traurigen Rüschenkleidern aus blaßbraunem Taft zeigten fast alle Damen jenes sanfte Lächeln, das als typisch für den Süden mit all seinem Charme einer zerbrechlichen und überfeinerten Gesellschaft gilt. Zur Lieblichkeit der Züge tat die Stimme mit den zuweilen so köstlich trägen Intonationen das ihre hinzu. Eine geheimnisvolle Übereinstimmung des Aussehens verlieh ihnen allen eine Familienähnlichkeit, die sich weder durch die Wölbung der Stirn, noch durch die Rundung der Wangen oder die Form des Mundes erklären ließ, sondern durch die leicht hochmütige Kopfhaltung und den ruhigen stolzen Ausdruck ihres Blicks. Das einzige, was dieser weiblichen Anmut fehlte, war ein glänzender Teint, aber die blasse Haut ließ die Augen, auf deren Grund ein Feuer schlummerte, noch besser zur Geltung kommen. Sie waren schalkhaft wie kleine Mädchen, kicherten und plauderten, und blieben dabei seltsam distanziert.

Elizabeth fühlte sich ein wenig bäurisch mit ihren roten Wangen und schämte sich ihrer Robustheit, die etwas Ländliches hatte. Sogar ihre Lebhaftigkeit ärgerte sie, es fehlte ihr das leicht Schmachtende in Haltung und Akzent, das eine vornehme Herkunft verriet, aber in ihrem Innersten brodelte der Stolz ihrer Familie.

Dennoch bewunderte sie die natürliche Eleganz der Damen und verglich in Gedanken ihre neuen, in den Schubladen ihres Zimmers schlummernden Kleider mit den zarten malvenblauen, weißen, blaßgrünen und rosa Toiletten dieser lebenden Blumen, die sich dazu herabließen, Stücke roten Fleisches zwischen ihre aristokratischen Zähne zu schieben. Von Zeit zu Zeit winkte ihr die eine oder andere mit einer lässigen Handbewegung und einem gütigen Lächeln zu, und dann kochte sie erst recht vor Wut in ihrer unermeßlichen Einsamkeit. Es ärgerte sie vor allem, daß diese jungen Damen sichtlich bemüht waren, sich einfach zu geben und sich auf ihr Niveau herabzulassen, während doch in ihres Vaters Schloß einst ein Wappen über dem Portal geprangt hatte – und welche von ihnen konnte sich eines Wappens rühmen?

Doch diese kleine Aufwallung ihres Adelsstolzes dauerte nicht lange und schien ihr bald lächerlich, doch da sie unfähig war, ihren Platz in einer so in sich geschlossenen Gesellschaft zu finden, suchte ihr Blick nach einem zugänglicheren Menschen unter den Kadetten.

Sie waren jetzt sehr zahlreich vertreten. In ihren strengen, mit Kupferknöpfen besetzten Uniformen fand sie sie ebenso dekorativ wie die Schönsten ihres Geschlechts. Sie las Rechtschaffenheit und eine etwas rauhe Freimütigkeit aus diesen offenen Zügen, doch mit einem ebenso großen Vergnügen beobachtete sie die verführerische Unbeholfenheit ihrer Galanterie. Sie beugten sich linkisch über die Schultern der hübschen Damen und flüsterten Worte, die die Angesprochenen zu scherzhaften Antworten oder geziertem Kichern veranlaßten, oder sie bemühten sich, wenn sie neben ihnen saßen, mit kräftiger Hand nach dem Arm der Schönen zu greifen, der keinen ernsthaften Widerstand leistete. Niemand nahm daran Anstoß, da man sich jetzt überall in ähnlicher Weise betrug, außer im Kreise der Matronen und der Herren mit den weißen Backenbärten. Die allgemeine geräuschvolle Fröhlichkeit machte es möglich und warf einen Schleier über die Zudringlichkeiten. Elizabeth beobachtete das alles mit Interesse und fragte sich, ob man auch sie mit Komplimenten belästigen würde. Ihr Nachbar zur Rechten war so still . . .

Plötzlich erinnerte sie sich an ihn und wandte ihm den Blick zu. Sie war überrascht: er betrachtete sie ernst aus seinen sanften, kurzsichtigen Augen. An einem schwarzen Band hing sein Kneifer, den er einen Augenblick abgenommen und wahrscheinlich aus Eitelkeit nicht wieder aufgesetzt hatte. Sein Gesicht von vollkommenem Ebenmaß zeigte das, was die Romanschriftsteller eine interessante Traurigkeit nennen. Die üppigen schwarzen Locken, die die leicht gewölbte Stirn umrahmten, machten aus ihm einen jungen Romantiker, und die Sehschwäche, die seinem Blick etwas Geheimnisvolles verlieh, ließ ihn sogar noch anziehender erscheinen, da man nicht wußte, ob er sein Gegenüber sah oder an anderes dachte. Nur der rote und sinnliche Mund stand in einem heftigen Widerspruch zur sanften Poesie der oberen Regionen dieses reglosen Gesichts.

»Mademoiselle«, sagte er nach einigem Zögern, »ich weiß, wer Sie sind, aber Sie wissen nicht, wer ich bin.«

»Nein«, erwiderte sie.

»Nun, mein Name ist Francis Brooks.«

Elizabeth lächelte höflich, er hielt kurz inne und fuhr dann fort: »Es mag Sie erstaunen, mich in dieser feinen Gesellschaft zu sehen. Aber Mr. Charlie Jones hat es gewollt.«

Ein wenig verdutzt, sagte sie kühl: »Sehr nett von ihm.«

Der junge Mann errötete.

»Sie sollen es lieber gleich wissen: ich gehöre keiner angesehenen Familie an.«

Er hatte das mit einer solchen Selbstverständlichkeit gesagt, daß sie eine plötzliche Zuneigung für ihn verspürte, die sie allerdings rasch unterdrückte.

»Und?« fragte sie.

»Mein Vater ist Schneider in einer kleinen Stadt in Virginia.«

»In Virginia? Ich weiß gar nicht, wo das ist.«

»Nördlich von hier und ziemlich weit weg, aber immer noch im Süden.«

Unwillkürlich hatte sie ihre Aufmerksamkeit der Bewegung seiner feuchten Lippen zugewandt, und sie blickte rasch weg, als hätte sie etwas gesehen, das man nicht sehen sollte. Sie setzte das Gespräch fort:

»Sie sind also nicht von hier, aber trotzdem aus dem Süden, wie die Leute aus Savannah.«

»Sehr richtig, aber bei uns ist man weniger ... stürmisch.«

Ohne zu wissen, warum, fühlte sie sich verwirrt. Der junge Mann sprach angenehm langsam, und er hatte eine schöne, ein wenig hohe Stimme. Er wartete auf eine Bemerkung von ihr, doch da nichts kam, fuhr er fort:

»Mr. Jones besitzt zahllose Ländereien in Virginia. Eines seiner Häuser steht auf einem ehemaligen Rennplatz. Dort habe ich meine Sommer- und Weihnachtsferien verbracht.«

»Er mag sie bestimmt gern.«

»Ich glaube, ja. Er hat sich um meine Erziehung gekümmert. Mr. Jones ist sehr gütig.«

»Und welchen Beruf werden Sie ausüben?«

»Architekt.«

Sie zuckte zusammen.

»Da ist noch einer«, murmelte sie.

»Ach, es sind mehrere, die mit dem Bau des großen Hauses am Madison Square beschäftigt sind. Es wird das schönste und größte der Stadt sein. Tudor.«

»Tudor?«

»Ja. Ganz im Tudorstil, und alles Material soll aus England kommen.«

Sie verstand ihn nicht mehr recht, da sie an den Architekten von vorhin dachte, der auf so seltsame Art zu ihr gesprochen und ihr dabei so tief in die Augen geschaut hatte. Vielleicht würde Francis Brooks mit ihm arbeiten, und dann ...

Der junge Mann war gesprächig geworden, und wieder beobachtete sie seine Lippen, die sich unaufhörlich auf und ab bewegten.

Und da sie plötzlich das Gefühl hatte, irgend etwas sagen zu müssen, entfuhr ihr ein Satz, der eine große Unschuld verriet:

»Ich finde, Sie haben einen sehr schönen Mund.«

Er unterbrach sich mitten im Satz und blickte sie schockiert an; sie wurde sich sofort der Ungehörigkeit ihrer Bemerkung gewahr, schämte sich, und um den Schaden wiedergutzumachen, rief sie lachend aus:

»Ach, was rede ich da. Sie haben einen Mund wie jeder andere.«

Der junge Brooks wurde puterrot, und auch sie fühlte, wie ihr das Blut in die Wangen schoß. Beide schwiegen betreten. In einer anscheinend gewohnheitsmäßigen Geste hatte er die Hände auf den Tisch gelegt, als wüßte er nichts mit ihnen anzufangen, und wieder fiel ihr die Geschmeidigkeit seiner Finger auf und das zarte Handgelenk, das aus dem Ärmel ragte. Das waren bestimmt nicht die Hände eines Mannes von »gemeiner Herkunft«, wie man in ihrem Milieu zu sagen pflegte. Als sie den Kopf hob, sah sie, daß der junge Mann sie nicht aus den Augen ließ, und sie glaubte in diesem Blick, dem die Kurzsichtigkeit etwas Verschwommenes verlieh, einen Vorwurf zu lesen.

»Mr. Brooks«, sagte sie, »Sie müssen dem, was ich eben gesagt habe, keine Aufmerksamkeit schenken.«

Er erwiderte sanft:

»Mademoiselle, man macht sich oft über meinen zu großen Mund lustig.«

»Oh! Aber das habe ich nicht so gemeint«, rief sie aus. »Verzeihen Sie mir, falls ich Sie verletzt habe.«

Er saß einen Augenblick mit offenem Munde da, dann sagte er leise:

»Mademoiselle, wenn man Sie hörte ...«

»Na und?«

»Man würde es nicht verstehen ... Bei dem Standesunterschied zwischen uns ...«

Plötzlich schämte sie sich, schämte sich ihrer selbst, schämte sich dieser Gesellschaft mit ihren Vorurteilen, und erwiderte lebhaft:

»Ich mache keinen Unterschied, Mr. Brooks.«

Ein Lächeln erhellte sein Gesicht, und zu Elizabeths Bestürzung setzte er sich den Kneifer wieder auf die hübsche Nase.

In diesem Augenblick kam es am anderen Ende des Tischs zu einem kleinen Eklat, der alle Blicke auf sich zog. Major Crawford hatte sich unvermittelt erhoben und verabschiedete sich ohne ein Wort von den Anwesenden. Sein zu heftig zurückgestoßener Stuhl war hinter ihm umgefallen und lag nun wie ein Opfer seines aufs äußerste gesteigerten Unwillens am Boden. Nach seinem Wortgefecht mit Charlie Jones war ihm nicht ganz klargeworden, ob er eine Abfuhr erhalten hatte oder nicht – rasches Denken lag ihm nicht –, und so marschierte er kriegerischen Schritts zur Tür, um draußen auf der Straße seiner Wut Luft zu machen.

Charlie Jones blickte ihm heiter lächelnd nach, als er aus dem Saal verschwand.

»Der brave Major Crawford«, sagte er laut. »Er würde sich als einer der ersten für den Süden die Brust durchlöchern lassen, wenn es zum Krieg käme.«

»Aber es wird keinen Krieg geben«, erklärte Tante Emma in einem Ton, der keinen Widerspruch duldete.

In der allgemein optimistischen Stimmung, die der Champagner noch begünstigte, wirkten diese Worte wie ein soeben unterschriebener Friedensvertrag, und man hörte vereinzelte Hurrarufe. Diese hätten allerdings ebensogut dem Erscheinen der Nachspeise gelten können, die die Diener wie in einer Prozession auf drei schweren, bemalten Metalltabletts hereintrugen.

Zuerst kam das römische Pantheon aus vielfarbigem Eis. Vanillesäulen und Himbeermauern stützten eine Pistazienkuppel, und eine offene Tür unter dem Peristyl gewährte Einblick auf Berge von Süßigkeiten in Form von Smaragden, Rubinen und Topasen. Büschel von Engelwurz umgaben diese monumentale Scheußlichkeit, die allgemeine Verblüffung auslöste und bei den Jungen eine kaum verhohlene, freßgierige Zerstörungswut.

Es folgte ein Berg aus eingerollten kleinen Biskuits, hauchdünn wie totes Laub und von einer erstaunlichen Vielfalt der Formen.

Kaum stand das Pantheon auf dem Tisch, da verkündete Charlie Jones, daß die Gäste sich selbst bedienen würden, und befahl den Schwarzen, sich zurückzuziehen.

»Du behandelst sie wie Kinder«, sagte Onkel Josh zu ihm.

»Hörst du ihr Freudengeschrei beim Anblick dieses grotesken Pantheons? Und findest du, daß das erwachsene Menschen sind, die so schreien? Ich verüble es ihnen nicht, fröhlich und ausgelassen zu sein, aber es fehlt unserem Lande tatsächlich an Erwachsenen. Diese riesige und, unter uns gesagt, gräßliche Süßspeise wird mir helfen, einige bittere Wahrheiten auszuteilen, die ich ihnen zu verabreichen gedenke.«

»Du wirst doch nicht etwa vom Krieg reden?«

»Von welchem Krieg? Es gibt keinen Krieg, aber wir nähern uns seit Monaten der Kriegsgefahr. Und was tut der Süden bei Kriegsgefahr? Er tanzt.«

»Ich finde es mutig, daß sie sich weigern, der Angst nachzugeben.«

»Oh, an Mut fehlt es nicht, er ist vielleicht das einzige, was der Süden hat, und er hat viel Mut, aber was die Politik betrifft, so sind sie einfach noch nicht erwachsen.«

»Was meinst du damit, wir hätten keine Erwachsenen? Findest du den Norden erwachsen?«

»Kein Volk ist es wirklich. Aber selbst wenn der Norden nicht erwachsen ist, so hat er Fabriken und eine Industrie, die sich zu einer wahren Macht entwickelt. Und wie viele Fabriken gibt es im Süden?«

»Meines Wissens keine einzige. Aber wenn es uns auch an Erwachsenen mangelt, so haben wir dafür große Persönlichkeiten. Clay ist ein Politiker von Format. Er verhandelt mit dem Norden, schlägt gegenseitige Konzessionen vor. Wenn er das durchsetzt, was er die Union der Herzen nennt, hat er den Frieden gerettet. Dieses Schlagwort von der Union der Herzen mag dir naiv erscheinen, aber Clay ist nicht naiv, er setzt auf die Karte des Gefühls, und die ist fast immer Trumpf in Amerika.«

»Calhoun glaubte nie an die Union der Herzen, und er war der Mann des Südens.«

»Ich fürchtete immer, daß er ihm Unglück bringt. Mit diesem Namen, der wie der Schrei eines wilden Tieres klingt, wäre er durchaus fähig gewesen, uns in das gefährlichste Kriegsabenteuer zu stürzen.«

»Hast du ihn je gesehen?«

»Nein, und ich war keinesfalls erpicht darauf. Mit seiner Beredsamkeit hat er Amerika entzweigeschnitten, mehr noch als diese Mason-und-Dixon-Linie.«

»Mein lieber Josh, während wir uns todernsten Gesprächen hingeben, sehe ich dort drüben einen Aufruhr, der in offene Meuterei ausartet. Das Pantheon steht im Begriff, den Barbaren oder, wenn dir das lieber ist, unseren Gästen in die Hände zu fallen.«

In der Tat hatten sich die Gäste in einem allgemeinen Ansturm, alle guten Manieren vergessend, um den vielfarbigen Tempel gerottet und drängten und stießen einander in einer Art von fröhlichem Schlachtgetümmel unter Gelächter und tausend Protesten. Einen Teller in der Hand, attackierten sie mit dem Löffel die Säulen und Mauern, um dann triumphierend mit der eroberten Portion, der sie noch im Vorbeigehen eine Handvoll Biskuits hinzufügten, an ihre Plätze zurückzukehren. Die Kadetten zeichneten sich durch ihre Kühnheit aus, aber auch die Damen ließen es nicht an Unternehmungsgeist fehlen, schlossen sich instinktiv und völlig ungeniert zu einer Art ellenbogenbespicktem Bataillon zusammen und brachten ihrerseits die Pistazienkuppel zum Einsturz. Man jubelte ihnen zu, schlug mit den Löffeln auf die Teller.

»Zu meiner Zeit«, erklärte lachend Tante Emma, die bereits mit einer doppelten Portion Himbeereis und einigen Dutzend Biskuits versorgt war, »hätte eine so skandalöse Unordnung helle Entrüstung hervorgerufen, aber seit meiner Kindheit geht es mit der Welt bergab!«

Immerhin amüsierten sich die Großmütter, die man nicht vergaß, köstlich bei ihrem Eis, lachten unter Tränen und schienen nicht im geringsten entrüstet.

»Jetzt halte ich den Augenblick für gekommen, ihnen eine Lektion zu erteilen«, sagte Charlie Jones zu Onkel Josh, »mit der ich unter dem Vorwand, Elizabeth die Lage zu erläutern, ein bißchen Klarheit in ihre Köpfe bringen werde.«

»Aber du wirst sie erschrecken!«

»Sie erschrecken? Das möchte ich gern, sei es auch nur für eine Minute, aber selbst ein Kanonenschuß würde da nicht genügen und sie höchstens in noch größere Begeisterung versetzen. Elizabeth!«

Elizabeth hörte ihn nicht. Ihre ganze Aufmerksamkeit war dem endlich erspähten Architekten zugewandt. Dieser, der seinen Platz oft wechselte, hatte fast eine ganze Runde um den Tisch gemacht und schaute jetzt einer sehr hübschen jungen Dame tief in die Augen, die wie er eine Portion Eis verzehrte und seine Blicke erwiderte. Ihre Teller berührten sich. Er war nicht mehr sehr weit von Elizabeth entfernt, und sie hatte Muße, sich melancholischen Betrachtungen über das hinzugeben, was ihr wie ein Verrat erschien.

»Elizabeth!« rief Charlie Jones abermals.

Sie blickte mit einem Märtyrergesicht zu ihm auf.

»Was hast du, mein liebes Kind? Nimmst du keine Nachspeise?«

Sie schüttelte den Kopf.

»Keinen Hunger«, sagte sie.

»Ach, Eis kann man auch essen, wenn man keinen Hunger hat, aber wie du willst. Wir sind im Lande der Freiheit.«

Dann erhob er die Stimme wie ein Professor, um sich bei allen Gehör zu verschaffen, und verkündete:

»Jetzt werde ich versuchen, dich über unsere augenblicklichen Differenzen mit dem Norden aufzuklären, ohne dich zu langweilen.«

»Man hat es mir bereits erklärt«, sagte sie leise. »Ich bin bestens unterrichtet.«

»In großen Zügen, gewiß, aber die Einzelheiten sind interessant. Du wirst sehen. Du wirst überrascht sein. Weißt du, wo Mexiko liegt?«

Schweigen.

»Nun, Mexiko liegt in Mittelamerika, also zwischen Nord- und Südamerika. Verstehst du?«

Elizabeth sah vor allem die hübsche junge Dame, die ihr Eis kaum noch anrührte und in ihrem Teller herumstocherte, um sich nichts von dem faszinierenden Blick entgehen zu lassen. Sehr charmant, ganz ohne Zweifel, mit ihren schwarzen Locken, auf denen ein rötlicher Schimmer lag. Ihre herrlichen dunkelblauen Augen schienen wie gebannt von dem etwas starren Blick ihres Bewunderers und saugten alles begierig auf, was er an ihrer unvergleichlichen Schönheit des Südens pries.

»Und eben noch war ich es«, dachte die junge Engländerin.

»Einst eine spanische Provinz«, fuhr Charlie Jones fort, »erkämpfte sich Mexiko schließlich seine Unabhängigkeit. Bereits zu der Zeit, da die Spanier herrschten, zog Texas, obwohl es Sklaven hielt, Einwanderer aus dem Südwesten an, und nachdem es ein freies Land war, nahm die Bewegung immer mehr zu. Die Neuangekommenen fanden sehr gute Aufnahme, zumal es in Texas an Arbeitskräften fehlte. Kannst du mir folgen, Elizabeth?«

»Als ob ich mit Ihnen dort wäre, Mr. Jones.«

Diese freche Antwort war ihr unwillkürlich entschlüpft, und in ihrer Verwirrung wandte sie sich dem jungen Francis Brooks, ihrem Nachbarn zur Rechten, zu.

Er saß still und aufrecht da seit seinem kurzen Gespräch mit der kleinen englischen Aristokratin. Vielleicht versuchte er, auf diese Weise den »Unterschied« wettzumachen.

»Mr. Brooks«, sagte sie, »wissen Sie, wann der Ball beginnt?«

Aus Höflichkeit nahm er seinen Kneifer von der Nase, wie man den Hut abnimmt, wenn man zu einer Dame spricht.

»Sehr bald, denke ich, Mademoiselle. Ich habe gehört, daß die Musiker Bier verlangen, weil sie seit langem warten und unter der Hitze leiden.«

Sie lachten beide unauffällig, was sie einander näherbrachte.

»Tanzen Sie, Mr. Brooks?«

»Ja, wenn ich ... Oh! Mademoiselle, würden Sie mir wohl Ihren ersten Walzer gewähren?«

Er hatte diese Frage ein wenig stammelnd hervorgebracht, und jetzt biß er sich auf die Lippen.

Ein Ball begann in Elizabeths Phantasie, und ihre Gedanken wirbelten im Walzertakt. Aber riskierte sie nicht, wenn sie tanzte, ihre von der Mutter genähten »Unaussprechlichen« den Blicken preiszugeben? Sie sah sich bereits als das Gespött des Abends. Und dazu noch mit einem Partner, der einen Kneifer trug ...

Sie hatte keine Zeit zu antworten, denn Charlie Jones richtete das Wort an sie.

»Elizabeth!« rief er, »es will mir scheinen, daß Ihre Aufmerksamkeit sich gerade weit von Texas entfernt hat.«

»Oh! Mr. Jones, ich bin wieder ganz Ohr.«

Francis Brooks setzte rasch seinen Kneifer auf und blickte starr vor sich hin.

»Ich fahre also fort«, sagte Charlie Jones mit Nachdruck. »1830 waren es nicht weniger als zwanzigtausend, und die mexikanische Regierung war beunruhigt. Um die Einwanderung zu bremsen, schaffte sie zuerst die Sklaverei ab, was die seit über zehn Jahren in Texas ansässigen Siedler ruinierte. Es kam zu Unruhen und 1835 schließlich zum Krieg. Entscheidend war die Schlacht von Alamo.«

Dieser Name, den er mit besonderer Betonung in die Menge rief, begeisterte die Tischgäste, die an ganz andere Dinge dachten, und sie brüllten im Chor:

»Ein Hoch auf Alamo!«

Aus ihren sentimentalen Träumereien gerissen, blickte Elizabeth verwirrt zu Onkel Josh auf.

»Was ist denn los?« fragte sie.

»Elizabeth!« donnerte Charlie Jones, »bei Alamo hielten hundertdreiundachtzig Texaner vierzehn Tage lang dem Ansturm von viertausend Mexikanern stand. Als dann Verstärkung eintraf, erlitten die mexikanischen Streitkräfte eine schwere Niederlage. Mexiko sah sich gezwungen, dem Staat Texas seine Unabhängigkeit zu gewähren. Dieser bat dann die Vereinigten Staaten, ihn in die Union aufzunehmen. Und ob du es glaubst oder nicht, die Vereinigten Staaten weigerten sich.«

»Warum?«

»Man weiß es nicht genau. Wahrscheinlich schreckte man vor einem Konflikt mit Mexiko zurück. Das war 1837.«

»Charlie«, sagte Onkel Josh, »die Musiker warten und werden ungeduldig. Hörst du sie nicht ihre Instrumente stimmen?«

»Und wenn schon! Gegebenenfalls werden sie ihre Instrumente auf die Posaune des Jüngsten Gerichts einstimmen. Ich fahre fort.«

Zwar war immer noch Gemurmel und ersticktes Gelächter am Tisch zu hören, doch begann man, aufmerksamer zuzuhören. Die Trümmer des Pantheons aus Speiseeis lagen in einer Lache zerdrückter Himbeeren, die niemanden mehr interessierte.

»Schließlich wurde Texas 1846 auf seinen Wunsch hin in die Union aufgenommen. Mexiko beanstandete die Festsetzung der

Grenzen. Der darauf folgende Streit führte natürlicherweise zu einem Krieg. Er hätte vermieden werden können, aber der Süden wollte ihn, und selbst Massachusetts im Norden wurde vom Kriegseifer angesteckt, Elizabeth. Aber Washington stellte die Ereignisse auf seine Weise dar. Es handelte sich keinesfalls um eine Invasion ...«

»Vielleicht«, bemerkte jemand lautstark, »aber es sah einer Invasion verdammt ähnlich.«

»... sondern«, fuhr der Redner fort, »nur um eine militärische Besetzung der umstrittenen Gebiete. Bei den ersten Zusammenstößen erlitten die Amerikaner eine Niederlage, und ein Sturm der Empörung ging durchs ganze Land: amerikanisches Blut war auf amerikanischem Boden geflossen. Jetzt brach die Kriegswut los. Die amerikanische Armee, an Zahl dem Feind unterlegen, trug nichtsdestoweniger sieben denkwürdige Siege davon, und Mexiko wurde eingenommen. Es war ein kurzer Krieg. Der Oberbefehlshaber, General Winfield Scott, bedeckte sich mit Ruhm. Desgleichen Lee und Jackson, beide aus dem Süden. Mit einem Schlag entrissen die Vereinigten Staaten dem Gegner nicht nur Texas, sondern auch Arizona, Neumexiko und vor allem Kalifornien. Um diese Eroberungen zu rechtfertigen, kauften sie die Gebiete oder zwangen vielmehr Mexiko, sie ihnen zu verkaufen.«

»Mit Blut gekauft und verkauft«, erklärte der gleiche Gast, der vorhin den Begriff Invasion kommentiert hatte.

Es war ein kleiner, grauhaariger Mann mit hagerem Gesicht und schwarzen, stechenden Augen. In seiner äußerst gepflegten Kleidung, die ihm ein klerikales Aussehen verlieh, hielt er sich um so aufrechter, als er ziemlich viel getrunken hatte, und bemühte sich klar und deutlich zu sprechen.

»Das Blut«, fuhr er fort, »fließt in einem unversiegbaren Strom entlang der Grenzen, besudelt die ewig provisorischen Friedensverträge, bezahlt die Kriegsschulden ...«

»... und wäscht uns von der Schande rein«, rief ein Kadett dazwischen.

»... außer dort, wo sie unauslöschlich ist, wie ich es gesehen habe, und dann kann auch alles Kämpfen sie nicht abwaschen.«

Der junge Soldat warf sich in die Brust und gab sich alle Mühe, einen arroganten Ton anzuschlagen, aber er mochte noch so sehr die Brauen runzeln und die Stimme erheben, sein Gesicht bewahrte den Ausdruck zartester Jugend, der die gewünschte Wirkung vereitelte.

»Sir, ich sehe, daß Sie nicht wie wir alle denken«, sagte er, »und daß Sie gegen ...«

Eine feste Stimme unterbrach diese Rede, die heftig zu werden drohte.

»Kadett Butts, ich muß Sie um Ruhe bitten. Wissen Sie überhaupt, mit wem Sie reden? Das Beste, was Sie im Augenblick tun können, ist, den Mund zu halten. Ihr Vorgesetzter fordert Sie dazu mit allem Nachdruck auf.«

Kadett Butts drehte sich um, erblickte blitzartig das zornige Gesicht seines Hauptmanns und schwieg.

»Charlie«, sagte Onkel Josh zu seinem unerschütterlich gebliebenen Tischnachbarn, »du siehst dir deine Gästeliste nicht genau genug an. Dieser kleine Säbelraßler ...«

»Er hat sich mit seinen Kameraden eingeschlichen und wird nicht mehr wiederkommen, weil er noch nicht wie ein Gentleman zu trinken weiß. Was den guten alten Professor Horatio Brixton Bragg betrifft, so scheint er heute abend noch ein wenig übergeschnappter als gewöhnlich zu sein, weil der Champagner ihn von seinen Hemmungen befreit, aber er ist der Stolz seines kleinen College, und er hat einige aufmerksame Zuhörer hier.«

»Gut, aber um Himmels willen fasse dich kurz, fasse dich kurz!«

»Einverstanden. Also im Januar 1848 wurde ein Friedensabkommen zwischen Mexiko und den Vereinigten Staaten unterzeichnet«, fuhr Charlie Jones mit lauter Stimme fort. »Doch am vierzehnten Januar des gleichen Jahres, kurz vor Abschluß des Vertrages, geschah etwas völlig Unerwartetes. Ein gewisser Marshall, der in Colonna in Kalifornien ein Stück Land umgrub, stieß auf Gold. Man suchte weiter, fand noch mehr, und sofort verbreitete sich die Kunde blitzartig in der ganzen Welt. Aus allen Ecken Amerikas und Europas strömten Einwanderer nach Kalifornien. Es war der berühmte ...«

»Goldrausch!« brüllten die Gäste. »Das wissen wir doch alles, Charlie Jones.«

»Sehr gut. Ende 1849 hatten sich achtzigtausend Kolonisten in Kalifornien angesiedelt. Wie es in Frankreich die ›Achtundvierziger‹ gab, hatte Amerika seine ›Neunundvierziger‹. Doch der Kongreß stand nun vor dem Problem der Zulassung Kaliforniens zur

Union. Der Süden forderte, Kalifornien als einen Südstaat aufzunehmen, was immerhin vernünftig schien. Die achtzigtausend Kalifornier wünschten zwar sehr, der Union beizutreten, aber nur unter der Bedingung, daß es keinem Schwarzen, ob frei oder Sklave, erlaubt sein sollte, sich dort niederzulassen. Der Süden, der auch dort die Sklaverei durchsetzen wollte, glaubte sich betrogen und verlangte eine Kompensation. Der Kongreß begünstigt den Eintritt Kaliforniens und bietet uns als Entschädigung an, daß die flüchtenden Sklaven im Norden keine Aufnahme finden und sogar in den Süden zu ihren Herren zurückgeschickt werden sollen.«

»Ein völlig lächerliches Anerbieten«, rief ein Herr mit struppigem weißen Haar und stark gewölbter Brust, die den Redner verriet. »Sie glauben doch nicht etwa, daß der Norden auch nur einen einzigen flüchtenden Sklaven zurückschicken wird.«

Zur allgemeinen Überraschung erhob Elizabeth die Stimme so laut sie nur konnte:

»Aber dort im Norden sind sie frei.«

Der Redner wandte sich langsam dem jungen Mädchen zu:

»Mein kleines Fräulein, das sind die Schwarzen dort in der Tat. Frei, um für die Yankees zu schuften, bei denen sie Steine klopfen müssen, wenn sie nicht verhungern wollen, frei, um bei dem harten Klima lungenkrank zu werden. Viele werden sterben. Einige Glücklichere werden davonkommen und mit Freudentränen zu ihren ehemaligen Herren zurückkehren. So ist es einem von Mr. Hargroves Sklaven ergangen. Er ist zurückgekehrt und war glücklich, seine Hütte in der Sonne und einen gütigen Herrn wiederzufinden, der nicht einmal daran dachte, ihn auszuschelten.«

Elizabeth wurde blaß, als sie den Namen Hargrove hörte.

»Das ist genau der Punkt«, fuhr Charlie Jones fort, »aber ich vereinfache ganz schrecklich. Mr. Clay ist der Ansicht, daß wir diesen von ihm ausgearbeiteten Kompromiß akzeptieren sollten. Er glaubt und predigt das, was er die Union der Herzen nennt, die Versöhnung, aber unser großer Calhoun hat nie an die Union der Herzen geglaubt und befürwortet eine gewaltsame Lösung. Übrigens will der gegen die Sklaverei aufgebrachte Norden um keinen Preis, daß man die Flüchtlinge ausliefert oder den Schwarzen die Aufnahme in die Nordstaaten verwehrt. Das ist der Stand der Dinge. Aber vergessen wir nicht, daß man vor nicht sehr langer Zeit auf den Stufen des Capitols in Washington Sklaven kaufte und verkaufte.

Die Verwirrung ist groß, aber die Gefahr eines Krieges besteht, und Calhoun, der weiterhin behauptet, der Süden sei eine Nation und der Norden eine andere, hat uns zu unwiderruflichen Entscheidungen gedrängt.«

»Hurra! Er sieht die Dinge, wie sie sind. Was haben wir mit dem Norden gemein?« brüllten die Gäste.

»Vielleicht nicht viel«, donnerte Charlie Jones zurück, »aber habt ihr mal darüber nachgedacht, wie sehr wir von ihm abhängen?«

»Charlie, was sagen Sie da?« brüllte der Redner mit dem struppigen Haar. »Wir sind eines der reichsten Völker der Welt. Unsere Baumwolle sichert uns unerschöpfliche Mittel. Alle großen Länder kaufen unsere Baumwolle.«

»Moment mal. Die Engländer werden bald genug Baumwollvorräte haben. Außerdem gebe ich folgendes amüsante Detail zu bedenken: Von der Klapper, die der Südstaatler als Wiegenkind erhält, bis zum Leichentuch, in dem man ihn zu Grabe trägt, beziehen wir alles, wirklich alles aus dem Norden.«

»Aber nicht unsere Mode«, rief eine Dame. »Die eleganten New Yorkerinnen sehen aus wie Köchinnen im Sonntagsstaat. Für das, was wir brauchen, gibt es immer noch Paris. Im Norden herrscht die Vulgarität der Parvenüs.«

»Nicht immer«, entgegnete Charlie Jones, »und nicht überall. Ich kenne den Norden, Madame. Er ist auf dem besten Wege, eine Industriemacht zu werden.«

»Wir fürchten den Norden nicht«, sagte die Dame und erhob sich.

Es war eine sehr schöne Rothaarige in einem grün schimmernden Taftkleid. In einer instinktiven Geste streckte sie zwei prächtige starke und fleischige Arme empor.

Die Wirkung war ansteckend. Mit einem Mal sprangen alle Herren auf und stießen einen wilden Schrei aus, der dem Halali der Jäger ähnelte.

Doch plötzlich wurde er von einem siegreichen Lärm übertönt, der einem Ruf zu den Waffen glich, dann aber sogleich verhallte und sich in einem Strom schmachtend verliebter Klänge und mitreißender Strudel verlor. Die Türen des Ballsaals öffneten sich weit, und der Walzer drang durch das ganze Haus. Es war eines der letzten Erfolgsstücke des Wiener Komponisten Lanner, das in allen großen Hauptstädten Europas Triumphe gefeiert hatte und mit seinen bald kriegerisch schmetternden, bald süßlich einschmeichelnden Melodien den Hofball im Habsburger Schloß in seiner ganzen Pracht vor den Augen der Zuhörer erstehen ließ.

Im Speisesaal fielen die Stühle zu Boden, wie durch einen Zauber hatte jeder seine Handschuhe übergestreift, und ohne ein Wort, ohne einen Schatten der Ungewißheit stürzten sich die Gäste, dem magischen Ruf folgend, in den Ballsaal, wie gepackt und mitgerissen von dem allmächtigen Mahlstrom. In diesem allgemeinen Rausch waren alle Frauen schön, und alle Männer wurden es.

Elizabeth brauchte sich nicht lange zu fragen. Bevor sie wußte, wie ihr geschah, hatte Francis Brooks sie um die Taille gefaßt, und sie sah ihn mit einer raschen Handbewegung den Kneifer abnehmen, der nun fröhlich an seinem schwarzen Band im Kreise schwang.

»Aber ich kann doch nicht Walzer tanzen!« seufzte sie.

Der Atem des jungen Mannes streifte ihr Gesicht, und sie fühlte seine Lippen ganz nahe an ihrem Ohr.

»Walzer tanzen kann man auch, ohne es gelernt zu haben.«

Sie wehrte sich nicht mehr. In einer Art Taumel ließ sie sich davontragen. Ihre Füße schienen unter ihr zu fliehen und sich ganz von selbst dem beschwingten Rhythmus anzupassen, der sie vom Boden hob.

In den Ballsaal gelangt, sah sie etwa zwanzig Musiker mit ihren Instrumenten auf einem Podium: Geigen, Bässe, Klarinetten, Pauken, Gitarren, Fagotte, Zimbeln. Der Fiedelbogen war gleichsam der König des Festes. Höher als seine Brüder hinausschwingend, schien er über die Saiten zu fliegen, und zuweilen sang er mit der Stimme eines verliebten Mädchens, während die Bässe brummten.

Die Augen halb geschlossen und bemüht, ihren Partner nicht anzuschauen, gab Elizabeth sich der Trunkenheit des Augenblicks hin. Sie entdeckte die Wonnen des Herumwirbelns, das keinerlei Übung erforderte, da der junge Mann sie führte. Es genügte, daß sie ihre Hand in die seine legte und den Bewegungen seines Körpers folgte. Er hatte zwar nicht die Eleganz geübterer Tänzer, aber es fehlte ihm weder an natürlicher Grazie, noch an einer überraschenden Leichtigkeit, die ihn bisweilen zu kleinen Sprüngen ermutigte. Er schien glücklich zu sein, aber es störte sie, daß er ständig sein Gesicht dem ihren zu nähern versuchte, wie um daran zu schnuppern, und sie drehte den Kopf nach allen Seiten, bis sie plötzlich erkannte, daß er sie ohne seinen Kneifer fast nicht sah und nur bestrebt war, sie anzuschauen.

Im allgemeinen Wirbel des Tanzes bemerkte sie hie und da einige etwas erstaunte Blicke, und da sie glaubte, daß man nur ihre Unerfahrenheit belächelte, achtete sie zuerst nicht darauf. Sie war mit allem zufrieden. Vielleicht hielt Francis Brooks sie ein wenig zu fest umschlungen, aber dann dachte sie, er tanzt ja wie ein Junge aus dem Volk, und plötzlich wurde ihr alles klar. Das, was er den »Unterschied« nannte, das sah man. Auf einmal war all ihre Freude dahin. Sie errötete vor Scham: dieser junge Mann von bescheidener Herkunft, der mit ihr tanzte, deklassierte sie in den Augen der Leute. Zorn stieg in ihrem Herzen auf, und als er sich wieder über sie beugte, wandte sie den Kopf nicht ab, sondern beschloß, ihn lächelnd anzuschauen. Hielt er das für eine Einladung? Denn er lächelte nun auch, und dann berührte er mit den Lippen fast das kleine, noch vor Entrüstung glühende Ohr.

»Miss Elizabeth«, sagte er, »gestatten Sie mir, Ihnen etwas zu gestehen?«

Der Walzer trug sie in eine Ecke des Saals, und sie hörte ihn ziemlich deutlich, trotz des langgezogenen Schluchzens der Geige. Unwillkürlich schüttelte sie den Kopf.

»Mr. Brooks, ich glaube, Sie sollten hier lieber nichts sagen.«

»Wenn ich es Ihnen jetzt nicht sage, werde ich nie wieder den Mut aufbringen, es Ihnen zu sagen, und wenn ich es nicht sage, sterbe ich. Elizabeth, ich liebe Sie.«

»Oh! Ich hatte es Ihnen verboten.«

»Sie können einen Mann nicht hindern, Sie zu lieben, Elizabeth.«

»Ich bitte Sie, schweigen Sie.«

Aber er fuhr fort, mit kaum verhaltenem Ungestüm zu murmeln:

»Aber Elizabeth, ich versichere Ihnen ... seit dem Augenblick, als ich Sie bei Tische sah ...«

In diesem Moment trat ihnen plötzlich ein junger Mann in den Weg. Er war höchst elegant gekleidet, mit Spitzenmanschetten und einem schwarzen Seidenschal, der die Blässe des Gesichts betonte, und er verneigte sich vor Elizabeth. Seine hochmütige Schönheit erinnerte an die Porträts der englischen Aristokraten des 17. Jahrhunderts: die gleiche Süffisance, die gleiche Dünkelhaftigkeit.

»Mademoiselle«, sagte er, »ich habe Ihnen etwas Dringliches mitzuteilen. Wollen Sie mir die Ehre erweisen, die letzte Runde dieses Walzers mit mir zu tanzen?«

Mit puterroter Miene schickte Francis Brooks sich an, Elizabeths Hand zu ergreifen.

»Monsieur«, fuhr ihn der Eindringling barsch an, »Sie werden uns gefälligst allein lassen. Falls Sie einer Erklärung bedürfen, so werde ich sie Ihnen unter den Bäumen des Kolonialfriedhofs geben, wo ich Ihnen im Morgengrauen zur Verfügung stehe; ich werde mich dort einfinden und wäre erstaunt, Sie dort anzutreffen, aber ich rechne nicht damit.«

»Nicht ihn werden Sie dort vorfinden, Mr. Hudson, sondern mich«, sagte jemand. »Ihr Betragen ist unstatthaft. Sie bringen den Süden in den Augen zweier völlig unschuldiger Personen in Verruf.«

Diese etwas matte, jedoch wohlklingende Stimme war die eines hochgewachsenen Mannes, dessen energisches Gesicht kleine schwarze Koteletten wie Kommas unter den hervorstehenden Backenknochen zierten. Sein sehr eng anliegender Frack ließ einen kräftigen und geschmeidigen Körper erkennen. Seine grauen Augen warfen Mr. Hudson einen gezielten Blick zu, und er wartete.

»So werde ich also zwei Ehrenhändel zu erledigen haben, Major Burton«, entgegnete Mr. Hudson ruhig. »Und zwar einen nach dem anderen. Zuerst mit diesem ... Herrn, dessen Name ich nicht kenne.«

»Irrtum, Mr. Hudson«, erwiderte Major Burton in einem noch ruhigeren Ton, »denn das Alter hat Vorrang, und da ich ohne Zweifel älter als Sie beide bin, fordere ich den ersten Waffengang, und wenn ich mich nicht sehr täusche, wird Mr. Brooks sich nicht bemühen müssen.«

Mr. Hudson nickte geringschätzig.

»Einverstanden, Major Burton, beginnen wir mit Ihnen.«

Während dieses geheuchelt höflichen Wortwechsels hatte sich Elizabeth leicht auf Francis Brooks' Arm gestützt, der stumm und ganz verstört dastand. Sein kurzsichtiger Blick wanderte von einem zum anderen, und er versuchte, in ihren Zügen etwas zu lesen, was ihm entging, ahnte jedoch verschwommen, daß von seinem Tod die Rede war, obwohl er nicht wußte warum, und das Blut wich aus seinen Wangen. Ebenso bleich wie er, fragte sich das junge Mädchen, ob sie zu ihrer Schande nicht ohnmächtig werden würde, aber ihr angeborener Sinn für Ironie kam ihr zu Hilfe: es war ihr erstes Duell, und wie benahm man sich unter solchen Umständen? Jedenfalls durfte sie sich um keinen Preis zu irgendwelchen lächerlichen Emotionen hinreißen lassen. Major Burton zog sie geschickt aus der Verlegenheit.

»Mr. Brooks«, sagte er, »ich halte Sie für einen ehrbaren jungen Mann, den diese Diskussion nicht betrifft, ganz gleich ob Mr. Hudson dieser Ansicht ist oder nicht. Wollen Sie bitte Miss Elizabeth an ihren Platz zurückbegleiten?«

Die Musik, die seit einer Weile in verliebtem Schluchzen zu ersterben drohte, lebte überraschenderweise mit martialischer Energie wieder auf, und bei einem kräftigen Beckenschlag rief Elizabeth mit ihrer hellen Stimme: »Ich kann sehr gut allein an meinen Platz zurückkehren, aber wenn es Mr. Brooks Vergnügen macht, mich zu begleiten, steht es ihm frei.«

Mit diesen Worten entfernte sie sich, und Francis Brooks, der es nicht wagte, ihr seinen Arm anzubieten, ging fügsam hinter ihr her.

Major Burton und Mr. Hudson verließen den Ballsaal, begaben sich in einen kleinen anliegenden Raum, der als Garderobe diente, und dort, inmitten von Mänteln, Schals, Capes und Haufen von Zylinderhüten, begannen sie zu brüllen, um die von der verschlossenen Tür kaum gedämpfte Walzermusik zu übertönen.

»Mr. Hudson, Sie waren nahe daran, auf diesem Fest ein höchst ärgerliches Aufsehen zu erregen, und ich verlange eine Erklärung.«

»Das ist sehr einfach. Dieser Francis Brooks ist der Sohn eines armen Weißen, des Abschaums unserer Gesellschaft. Seine Anwesenheit auf dem Ball ist ein Skandal und eine Schande.«

»Mr. Hudson, der Grund, den Sie mir angeben, ist unwürdig, und ich betrachte ihn als Ehrverletzung. Wählen Sie die Stunde und den Ort unseres Duells.«

»Major, es ist fast Mitternacht. Um halb vier Uhr morgen früh stehe ich Ihnen mit meinem Sekundanten unter den letzten Bäumen des Kolonialfriedhofs zur Verfügung.«

»Ich werde mich mit den meinen dort einfinden.«

Nachdem sie sich über die Modalitäten des Duells geeinigt hatten – ein Pistolenschuß auf zwanzig Schritt Distanz –, verließen sie das Haus durch die Gartentür und trennten sich, während die ersten Takte der Quadrille erklangen.

Unterdessen war Elizabeth an ihren Platz neben Onkel Josh zurückgekehrt, der nicht am Tanz teilgenommen hatte. Sie saß reglos da und schien aufmerksam das Hin und Her der Quadrille zu verfolgen, aber ihre Gedanken waren anderswo, und ihr Herz pochte noch von der Erregung, die sie nicht zu beherrschen vermochte. Onkel Josh wandte sich ihr zu:

»Du bist mit Francis zu früh davongeeilt. Zum Schluß kommt nämlich noch der Galopp, der am amüsantesten ist.«

Sie lächelte und sagte:

»Ich bin müde, Onkel Josh.«

»Soll man dich auf dein Zimmer begleiten?«

»Nein, danke.«

Da sie das Gefühl hatte, daß Francis Brooks sie beobachtete, drehte sie sich zu ihm um und sah den Schrecken auf seinem wie zu Stein erstarrten Gesicht. Sie fuhr zusammen und legte instinktiv ihre Hand neben die seine. Er sah sie nicht. Er sah offenbar überhaupt nichts mehr.

»Mr. Brooks ...«, sagte sie.

Keine Antwort. Sie neigte sich ihm ein wenig zu.

»Sie haben doch hoffentlich keine Angst ...«

Das Wort »Angst« riß ihn aus seiner Benommenheit.

»Angst!« sagte er mit matter Stimme. »Elizabeth, Sie verstehen nicht. Dieser Mann hat mich beleidigt.«

Empörung stieg in ihr auf, oder eher eine Art von heftigem Mitleid, und im tosenden Lärm des Orchesters erhob sie die Stimme und sagte zu ihm:

»Er ist wahnsinnig, er hatte nicht das Recht ...«

»Warum hatte er nicht das Recht, Elizabeth? Was sollte ihn daran hindern?«

Der Zorn verwandelte ihn, und aus dem kurzsichtigen, schüchternen Jungen wurde plötzlich ein zutiefst in seiner Ehre gekränkter Mann.

»Sagen Sie mir, was ihn daran hindern sollte, Elizabeth.«

Sie geriet in Verlegenheit und antwortete rasch:

»Er hatte nicht das Recht, mit mir tanzen zu wollen, weil ich mit Ihnen tanzte.«

»Darum geht es nicht. Ich hatte kein Recht, überhaupt dazusein. Mr. Jones hatte mir nahegelegt, nicht zu tanzen, aber ich wollte es so gern ... Elizabeth. Ich hätte an den Unterschied denken sollen ...«

»Oh!« rief sie aus. »Ich habe Ihnen bereits gesagt, daß er für mich nicht existiert.«

»Aber für diesen Mann existiert er.«

»Er sollte sich schämen. Haben Sie nicht gehört, was Major Burton sagte?«

»Gewiß, dieser Mann, der mich herausforderte, hatte nicht das Recht dazu – ich weiß, warum –, und das ist es, was Sie mir nicht sagen wollen: wegen des Unterschieds, und dennoch hat er mich herausgefordert.«

»Was werden Sie tun, Francis Brook?«

»Ich weiß es nicht. Adieu, Elizabeth.«

Bevor sie etwas erwidern konnte, war er aufgestanden und ein wenig unsicher wie ein Blinder zur Tür gegangen.

Elizabeths Herz zog sich zusammen. Die Musik hämmerte ihr mit einer unerträglichen Regelmäßigkeit gegen die Schläfen, und sie nahm den Kopf zwischen die Hände.

»Was hast du denn?« fragte Onkel Josh plötzlich. »Fühlst du dich nicht wohl?«

»Ich möchte einfach nur schlafen. Ich werde mein Zimmer ganz allein finden. Nein, ich bitte Sie, Onkel Josh.«

Aber er war bereits aufgesprungen, nahm sie bei der Hand und ging mit ihr zur Tür.

Zwei oder drei Schwarze standen da und schauten sich den Galopp an.

Ihre Augen glänzten, und die schneeweißen Zähne blitzten in einem breiten Lächeln, als sie beiseite traten, um Onkel Josh durchzulassen.

»Einer von euch soll bitte Miss Elizabeth auf ihr Zimmer führen«, sagte er.

25

Die Öllampe verbreitete einen schwachen Schimmer, und der größte Teil des Zimmers lag im Dunkel. Nur der mit einem indischen Teppich bedeckte runde Tisch und der große Schaukelstuhl waren zu sehen, wie auf einer Bühne. Neben der Lampe lag eine Bibel.

Der Diener erbot sich, den Docht etwas weiter herauszuziehen, aber Elizabeth wünschte es nicht. Von dem großen Sessel aus, in den sie sich erschöpft gekuschelt hatte, beobachtete sie diesen alten Schwarzen in seiner scharlachroten Livree. Das krause Haar war ergraut, und er bewegte sich vorsichtig und langsam, schob einen Stuhl an die Wand, zupfte an den Vorhängen und erging sich in allerlei nutzlosen Gesten, die nur verrieten, daß er zu sprechen wünschte.

»Mam'sell Lisbeth«, begann er schließlich sehr leise, »da'f ich Ihnen was sagen?«

Er stand in einer Ecke des Zimmers, wo sie ihn kaum sah, und diese Stimme, die aus dem Dunkel kam, gab ihr ein Gefühl der Unsicherheit. Ohne zu wissen, was sie befürchtete, hätte sie es vorgezogen, wenn der schwarze Mann nicht dagewesen wäre. Aus der Ferne ertönte die durch die Distanz gedämpfte und dadurch ein wenig gespenstisch klingende Musik.

»Was wollen Sie?« fragte sie plötzlich.

»Mam'sell Lisbeth is' so blaß. Ich kann Ihnen was holen …«

»Nein, nein, ich brauche nichts. Sie können gehen.«

»Ja. Gute Nacht, Mam'sell Lisbeth.«

Während er zur Tür ging, kam er nahe an ihr vorbei, und sie zog die Füße ein. Nach einem Zögern blieb er zwei Schritte hinter ihr stehen, und sie ängstigte sich.

»Gehen Sie«, sagte sie, »ich möchte allein sein.«

»Ja, Mam'sell Lisbeth.«

Sie hörte, wie er sich entfernte, wie er die Hand auf die Klinke legte. Dort blieb er wieder stehen und sagte fast flüsternd:

»Massa Hudson hat gef'agt, wo Mam'sell Lisbeth is', wi Sie nich' meh' im Speisesaal wa'en.«

»Mr. Hudson? Sie dürfen ihm auf keinen Fall sagen, wo ich bin.«

»Niemand hat nichts gesagt.«

»Gut. Dann gehen Sie. Danke.«

Kaum war der Diener fort, stand sie auf und verriegelte die Tür. Diese Vorsichtsmaßnahme überraschte sie selbst, aber sie wollte sich nicht eingestehen, daß Mr. Hudson sie erschreckt hatte. Sie haßte ihn. Trotz seines schönen Profils und seiner eleganten Erscheinung schien er ihr ein brutaler Mensch zu sein, und sie verzieh ihm nicht die Demütigung, die er dem armen und wehrlosen Francis Brooks zugefügt hatte.

An diesen dachte sie seit einer Weile mit widersprüchlichen Gefühlen. Wenn er beim Tanz sein Gesicht dem ihren näherte, um sie besser zu sehen, glich er einem blinden Engel. In diesen Augenblicken hatte sie eine Erregung verspürt, die sie sich nicht erklären konnte, denn natürlich war sie nicht in ihn verliebt. Allein dieser lächerliche Kneifer bewies schon die Absurdität eines solchen Gedankens, und dann war sie überhaupt noch nie in jemanden verliebt gewesen. Gewiß, als er sie im Wirbel des Walzers mit sich davontrug, hatte sie so etwas wie einen Glückstaumel empfunden, aber es verstand sich von selbst, daß es keine Verliebtheit sein konnte, und das sagte sie sich immer wieder, um ganz sicher zu sein.

Unten ging der Ball zu Ende, und die Gäste verabschiedeten sich unter lautem Gelächter und Komplimenten. Für Charlie Jones war der Abend ein blendender Erfolg gewesen, und er bedauerte nur, daß seine junge Landsmännin sich so früh zurückgezogen hatte, aber Onkel Josh versicherte ihm, daß sie schlafen gegangen sei. Also kein Anlaß zur Beunruhigung.

Kein Anlaß zur Beunruhigung, und doch ... Das Geräusch der letzten sich entfernenden Kutschen hallte noch auf dem Pflaster nach, als Charlie Jones und Onkel Josh sich in den kleinen Salon begaben, der auf den Garten hinausging, und die Tür hinter sich abschlossen.

Hinter dem Anschein eines zerstreuten und zuweilen verträumten Mannes verbarg Onkel Josh einen Hang zur Neugierde. Da er nicht gut tanzte, hatte er sich nicht dem allgemeinen Taumel hingegeben und es vorgezogen, von weitem all die kleinen Vorkommnisse des Balls zu beobachten. So war es ihm nicht entgangen, daß vier Personen sich zu einem gewissen Zeitpunkt von der Bildfläche entfernt hatten, und er stellte seufzend fest, daß ihm sein in solchen Fällen nützliches Opernglas fehlte.

Er hatte einen Verdacht und fragte Charlie Jones:

»Hast du Francis Brooks erlaubt, mit Elizabeth Walzer zu tanzen?«

»Ich habe Francis empfohlen, sich ruhig zu verhalten. Ist er dort?«

Onkel Josh lachte:

»Ich nehme es an.«

»Aber ich dachte, du hättest dich nicht vom Platz gerührt, um aufzupassen?«

»Ich achte vor allem auf Tante Emma, der ich ständig das Champagnerglas wegnehme.«

»Was für Schelme die beiden sind. Ich habe nicht das Herz, sie zu schelten, wenn sie sich amüsieren, aber Francis war ungehorsam.«

»Wir werden ja sehen, was er sagt. Ich sah vier Personen verschwinden.«

»Vor dem Galopp? Das ist aber etwas rasch.«

»Weißt du, daß es schon nach Mitternacht ist?«

Die Nachtluft war angenehm kühl, als Elizabeth sich auszog; zuerst das schöne, jetzt ein wenig zerknitterte Kleid, dann die »Unaussprechlichen«, deren sie sich so schämte, diese gerade geschnittenen, weiten Unterhosen mit einer sehr einfachen Borte ohne Spitzen. Hatte man sie bemerkt? Jetzt war ihr das egal. Alles war ihr egal. Durch die schreckliche Herausforderung schien ihr das ganze Leben verwandelt, als betrachte sie es durch ein riesiges Kaleidoskop. Inmitten des Festes hatte sie plötzlich Francis Brooks mit dem gequälten Gesicht eines geohrfeigten Mannes gesehen, aber man hatte ihn nicht geohrfeigt. Es war viel schlimmer. Die harte und schneidende Stimme Mr. Hudsons hatte ihn mit der entsetzlichen Wucht eines Peitschenhiebs getroffen. Und diese mörderischen Worte waren ohne Erwiderung geblieben, weil er sich nicht wehren konnte ...

In ihrem weißen Nachthemd, das ihr bis auf die Füße fiel, trat sie ans Fenster und stützte sich auf den Sims. Noch nie hatte sie so viele Sterne am Himmel gesehen. Mit zurückgelegtem Kopf betrachtete sie sie, bis ihr schwindlig wurde vor der Unermeßlichkeit, und sie klammerte sich an die Brüstung. Seltsame Gedanken gingen ihr durch den Kopf. Welche Bedeutung hatte das Leben unter dieser erschreckenden Vielfalt der Gestirne? Der Ball, der ganze Abend, das Orchester, die Gesichter, alles schien lächerlich und vor allem unwirklich, aber auf dem Kolonialfriedhof würden in wenigen Stunden Männer kämpfen und vielleicht sterben. Sie konnte es nicht glauben, die Idee, daß Francis Brooks sterben sollte, war ihr unerträglich, aber die Pracht der flimmernden Sterne sprach von anderen Dingen, die sie nicht verstand.

Sie wollte nicht schlafen. Die tiefe Stille hatte etwas Faszinierendes. Seit langem waren alle Geräusche der Stadt verstummt. Nur ein Hund bellte irgendwo in der Ferne. Plötzlich fühlte sie, wie ihre

Beine nachgaben, wankte zum großen Schaukelstuhl, ließ sich hineinsinken und bewegte ihn mit einem leichten Druck der Ferse.

Das Schaukeln beruhigte sie ein wenig, allmählich kam der Schlaf, und die Lider wurden ihr schwer, da sah sie plötzlich ein weißes Stück Papier, das aus dem Goldschnitt der neben ihr liegenden Bibel ragte. Sie zog es heraus und erkannte die energische Schrift Tante Emmas: »Du hast deine Bibel in Dimwood vergessen, und ich habe dir die meine auf dein Zimmer bringen lassen. Lies die Kapitel, bei denen du stehengeblieben warst: Matthäus 3 von Anfang bis Ende und das erste Kapitel aus Jesaja, von Vers 18 an. ›Wenn eure Sünde gleich blutrot ist, soll sie doch schneeweiß werden, und wenn sie gleich ist wie Scharlach, soll sie doch wie Wolle werden.‹ Ich werde dir morgen ein paar Fragen darüber stellen. Gute Nacht. E.«

»Nein«, dachte sie, »dazu habe ich nicht die Kraft, aber ich werde beten.«

Und sie begann leise: »Vater unser . . .«, doch dann fiel ihr wieder Francis Brooks ein, den man umbringen wollte, und sie rief laut:

»Nein! Nicht den blinden Engel! Oh, Gott! Verhindere es! Laß es nicht dazu kommen!«

Während sie das Gesicht in den Händen verbarg, hörte sie einen Wagen auf der Straße und verließ ihren Schaukelstuhl, um ans Fenster zu eilen. Zuerst sah sie nichts, denn der Schatten einer Sykomore verdeckte die Chaussee vor dem Garten, aber sie hörte gedämpfte Stimmen. Jemand befahl mit Ungeduld:

»Schnell! Ich habe es eilig.«

Um besser zu sehen, lehnte sie sich hinaus. Sie sah den Kopf einer schwarzen Stute, dann hörte sie das Geräusch eines sich zur Seite neigenden Wagens und das Knarren des Trittbretts unter den Füßen des Kutschers, der auf seinen Bock stieg. Gleich darauf knallte ein leichter Peitschenschlag, und ein Einspänner mit großen gelben Rädern schoß aus dem Dunkel ins helle Mondlicht hervor. Elizabeth erkannte die Umrisse William Hargroves und Azors, der sein Pferd in den menschenleeren Straßen zum Galopp antrieb.

Entsetzt wankte sie zu ihrem Bett, auf das sie sich bäuchlings warf. Das Kopfkissen erstickte ihren Verzweiflungsschrei:

»Und ich dachte, er sei tot!«

26

Der Kolonialfriedhof war ein großer, von Alleen durchzogener Park, wo die schönsten Bäume Savannahs ihre beweglichen Schatten über dem rosa Ziegelpflaster ausbreiteten. Da standen Sykomoren, Trompetenbäume, Korkeichen, in deren Laub gleich zerrissenen Schleiern die langen, beim leisesten Luftzug erzitternden Moosfetzen hingen. Diese beinahe schwerelose Vegetation, die von den Barbados stammte und vom Wind hergeweht war, verlieh der lieblichen und heiteren Landschaft eine gewisse Melancholie, deren seltsamer Zauber die Phantasie anregte. Man konnte sie noch so oft aus den grünen Tiefen der Bäume reißen, sie kam hartnäckig immer wieder.

Um vier Uhr morgens war es bereits hell, aber die Stadt schlief noch, und der Friedhof lag still und menschenleer. Die ersten Sonnenstrahlen umspielten die im Gras verstreuten Grabsteine, auf denen der Besucher die Namen der im Unabhängigkeitskrieg gefallenen Soldaten lesen konnte, aber auch die der Duellanten, die ein Säbelhieb oder eine Pistolenkugel in diesem romantischen Baumschatten hingestreckt hatte.

Mr. Hudson kam als erster mit seinen Sekundanten an, bei denen er unangemeldet erschienen war, als sie gerade schlafen gehen wollten. Daher wohl auch die schlechtgelaunten, feierlichen Mienen der beiden. Hudson hatte ein Lächeln auf den Lippen und wiegte sich in den Hüften, um seine schlanke Taille zur Geltung zu bringen. Er gab sich äußerst selbstzufrieden, und sein etwas schief sitzender Hut verlieh ihm ein leicht verwegenes Aussehen, das ihm zu gefallen schien. Er trug perlgraue Handschuhe und eine Hundepeitsche, mit der er sich leicht gegen die Wade schlug. Der kurz nach ihm eintreffende Major Burton bot einen ganz anderen Anblick. Zehn Jahre älter als sein Gegner, wirkten seine Züge etwas müde, und sein ruhiges Gesicht hätte auch das eines Mannes sein können, der sich zu einem langweiligen Schauspiel begibt. Seine Sekundanten, offensichtlich Offiziere in Zivil, bewahrten Schweigen. Nachdem man die üblichen Grüße getauscht hatte, erklärte einer von Hudsons Sekundanten noch einmal die Bedingungen: zwanzig Meter Distanz, ein einziger, zur gleichen Zeit abgefeuerter Pistolenschuß.

Blieb also nur noch die Distanz abzumessen, da wurde man von einem Zwischenfall unterbrochen. Galoppierende Hufschläge ertönten in der äußeren Allee des Friedhofs, und dann erschien Charlie Jones auf seiner braunen Stute, die sich manch tollen Ritts mit ihrem Herrn rühmen konnte.

Von Kopf bis Fuß in Schwarz gekleidet, sprang er mit der Behendigkeit eines jungen Mannes vom Pferd und rief:

»Es tut mir furchtbar leid, meine Herren! Aber ich muß für einen Augenblick um Ihre Aufmerksamkeit bitten.«

Als Mr. Hudson ihn erblickte, wurde er rot, rückte automatisch seinen Hut zurecht und ließ die Peitsche fallen.

Charlie Jones wandte sich zuerst an Major Burton und sagte:

»Kommandant, über Ihren Streit wurde ich von Francis Brooks unterrichtet, der gleich eintreffen wird. Er wäre schon längst hier, wenn seine extreme Kurzsichtigkeit ihn nicht behindert hätte. Aber mir scheint, ich sehe ihn herbeieilen, völlig außer Atem und mit der Hand am Kneifer, damit er ihm nicht herunterfällt.«

»Ich hatte ihm doch gesagt, daß seine Anwesenheit unnötig sei.«

»Er hielt sie aber für unbedingt notwendig. Francis Brooks ist ein Ehrenmann wie wir alle. Mr. Hudson«, fuhr er schroff fort, »falls die Umstände es gestatten, habe ich ein Wort mit Ihnen zu reden, nachdem Sie mit Major Burton ins reine gekommen sind.«

Mr. Hudson nickte.

In diesem Augenblick erschien Francis Brooks. Er wischte sich die Stirn und bemühte sich vergeblich, etwas zu sagen. Sein schwarzes Haar war zerzaust, und er hielt einen Zylinderhut in der Hand, der sichtlich zu groß für ihn war. Nervös steckte er sein Schnupftuch in die Hosentasche, nahm seinen Kneifer ab, wie man aus Höflichkeit den Hut zieht, und verneigte sich. Alles in seiner Haltung verriet eine heftige, kaum beherrschte Erregung.

»Verschnaufen Sie sich«, sagte Charlie Jones, »bleiben Sie ganz ruhig neben mir stehen, und schauen Sie genau zu.«

Der junge Mann gehorchte und rührte sich nicht mehr, aber sein Gesicht war in Schweiß gebadet, und seine Blicke wanderten ängstlich von einem Gegner zum anderen.

Diese, jetzt beide in Hemdsärmeln, die Waffe in der Faust, warteten auf das Signal, den üblichen Ausruf. Die Stille war fast unerträglich, nur die Vögel zwitscherten aus allen Ecken des Friedhofs und wetteiferten in einer Art spöttischer Neckerei.

»Meine Herren, sind Sie bereit?«

Einige Sekunden verstrichen, die wie eine Ewigkeit erschienen. Ohne seinen Kneifer konnte Francis Brooks nichts sehen, obgleich er mit starrem Blick vor sich hin starrte, und das Herz pochte wild in seiner Brust.

»Eins ... zwei ... drei. Feuer!«

Eine Kugel pfiff ganz nahe am rechten Ohr des Majors vorbei, aber er zuckte nicht mit der Wimper, während Mr. Hudson einen leisen Schrei ausstieß. Man bemühte sich um sie.

»Mr. Hudson ist so ungeschickt, daß er mich beinahe umgebracht hätte«, sagte der Major lächelnd, »aber wenn ich mich nicht sehr täusche, wird er in dieser Saison keinen Walzer mehr tanzen.«

In der Tat war eine Kugel etwas unterhalb der Schulter durch Mr. Hudsons rechten Arm gedrungen.

Nachdem man dem Verwundeten Erste Hilfe geleistet hatte, fragte man die Gegner, ob sie sich zu versöhnen wünschten. Der Major zuckte die Achseln.

»Ich habe nichts dagegen«, sagte er gleichgültig, »aber der Junge wird es nicht wollen. Er ist viel zu hitzig. Er hat auf den Kopf gezielt, und das war schließlich auch sein Recht. Wenn es einmal zum Krieg kommt, wird er ganz vorn an der Front sein und mit dem Bajonett angreifen. Aus ihm wird einmal ein stürmischer Liebhaber, aber nie ein Chef.«

Als ob er diese Worte gehört hätte, warf Mr. Hudson ihm einen wütenden Blick zu, der jede Hoffnung auf Versöhnung ausschloß.

Gefolgt von Francis Brook, der ihm nicht von den Fersen wich, trat Charlie Jones zu ihm. Man legte ihm einen Verband an. In wohlwollendem Ton erkundigte er sich, ob der junge Mann Schmerzen habe.

»Es läßt sich aushalten«, antwortete Mr. Hudson mit gezwungenem Lächeln.

»Die Kugel hat den Arm durchbohrt und einen Muskel zerrissen«, erklärte der Arzt, der sich um ihn bemühte. »Er wird den Arm mindestens drei Monate in der Schlinge tragen müssen.«

»Den Arm in der Schlinge? Damit werden Sie sich in ganz Savannah Hochachtung verschaffen«, sagte Charlie Jones lachend. »Die Begegnung wurde zu Protokoll genommen. Der Ehre ist somit Genüge getan. Man schlägt vor, diese Angelegenheit mit einer Versöhnung endgültig zu bereinigen. Was meinen Sie dazu?«

Der junge Mann schüttelte trotzig den Kopf. Und da tat Charlie Jones etwas, das nur er konnte und das seine Freunde erstaunte. Auf unerklärliche Weise veränderte er sich. Seine Schultern schienen plötzlich viel breiter, seine Gestalt richtete sich auf, so daß man den Eindruck gewann, er sei gewachsen, und sein Gesicht wurde hart.

»Hudson«, begann er, »ich werde eines Tages Gelegenheit zu einem längeren Gespräch mit Ihnen haben. Heute früh bitte ich Sie nur, sich an die Zeit zu erinnern, als Sie in einem meiner Büros gearbeitet haben. Es steht Ihnen frei, zu tun, was Ihnen beliebt, aber ich an Ihrer Stelle würde die Hand nicht abweisen, die dieser ehrenwerte Mann Ihnen bietet.«

Die beiden Männer blickten einander an, und jeder von ihnen suchte zu erraten, was der andere hinter seinem Blick verbarg. Schließlich sagte Mr. Hudson matt:

»Ich kann Ihnen nur antworten, wenn wir unter vier Augen sind.«

Charlie Jones wandte sich sogleich an die Sekundanten:

»Meine Herren, darf ich Sie bitten, sich für einige Minuten zu entfernen? Herr Doktor, genügt diese Erste Hilfe, so daß auch Sie . . .«

»Ja, aber ich wäre beruhigter, wenn Mr. Hudson sich setzen könnte. Der Schmerz ist vielleicht zu heftig.«

»Ach, ich kann sehr gut stehen.«

»Man bringe uns diese Bank, die ich dort in der Allee sehe«, befahl Charlie Jones. »Francis Brooks, ziehen Sie sich mit den anderen zurück. Aber was verstecken Sie denn da unter Ihrem Rock?«

Francis Brooks errötete und stammelte:

»Später bitte, Mr. Jones.«

»Gut. Gehen Sie.«

Man stellte die für die Spaziergänger bestimmte Bank unter eine Eiche, von deren Zweigen die langen Fransen des unvermeidlichen Mooses hingen. Sie setzten sich.

»Hudson«, sagte Charlie Jones, »eine einfache Geste kann Ihrem Schicksal eine neue Wendung geben. Drücken Sie Burton die Hand, so werden Sie die Achtung der Gesellschaft von Savannah gewinnen und Ihre Situation, die sich dadurch nur verbessern kann, festigen. Soll ich mich näher erklären?«

»Sir, Sie müssen mich verstehen. Ich habe Miss Elizabeth gebeten, mit mir zu tanzen, weil ich sie am Arm eines Mannes sah, der meines Erachtens in unserer Gesellschaft nichts zu suchen hat.«

»Sie können sich wohl denken, daß den Personen in Ihrer Nähe keines Ihrer Worte entgangen ist. Drei Minuten später wußte es jeder auf dem Ball. Machen wir es kurz, Hudson. Sie haben einst auf die unsinnigste Weise spekuliert, und ich habe Sie dreimal vor dem totalen Ruin gerettet. Ihre Möbel wurden gepfändet, Ihr Haus versteigert, und Sie riskierten, in den Schuldturm zu kommen. Ist es nicht so?«

Hudson erbleichte und antwortete nicht.

»Gut«, fuhr Charlie Jones fort. »Danach verloren Sie sich für eine Weile in der großen Herde der armen Weißen. Sie gehörten ja jetzt auch dazu.«

»Mr. Jones, ich bitte Sie.«

»Es ist kein angenehmes Thema, zugegeben, aber das bringt uns zum Fall Francis Brooks. Als Sohn eines armen Weißen wurde er von mir aufgenommen, absolvierte ein Studium und ist heute einer meiner besten Architekten. Kurzsichtig wie ein Maulwurf, behilft er sich mit einem ganzen System von Lupen und hat blendenden Erfolg damit. Bewundern Sie das nicht?«

»Ich kann es nicht beurteilen – und außerdem ...«

»... und außerdem möchten Sie, daß ich zum Schluß komme. Also gut. Falls Sie Francis Brooks auch nur anrühren, haben Sie in mir bis zum Ende meiner Tage einen hartnäckigen Gegner. Ich werde immer dasein, um Ihnen den Weg zu versperren. Muß ich Sie noch daran erinnern, daß Sie keiner der großen Familien Savannahs angehören und allen Grund haben, vernünftig zu sein, falls Sie, wie soll ich sagen, emporkommen wollen?«

Mr. Hudson reagierte empört.

»Mr. Jones, finden Sie nicht, daß wir über dieses Thema genug gesagt haben? Es gibt einen Punkt, an dem es unerträglich wird, weitere Demütigungen einzustecken.«

»Ganz richtig, und das ist der Augenblick der weisen Entschlüsse. Wie zum Beispiel in Ihrem Fall, Major Burton die Hand zu schütteln. Ihre Sekundanten erwarten Sie mit denen des Majors.«

»Bei allem Respekt, den ich Ihnen schulde, möchte ich doch bemerken, daß Sie mich in unstatthafter Weise unter Druck setzen. Man kann es auch deutlicher sagen.«

»Stellen Sie sich nicht dumm, Hudson. Sie sind völlig frei zu handeln, wie es Ihnen beliebt. Ich habe Sie nur auf die Gefahr aufmerksam gemacht, die Ihnen droht.«

Mit einer vor Zorn bebenden Stimme erwiderte Mr. Hudson: »Was bleibt mir anderes übrig, als Ihnen zu gehorchen? Ich gehe also, aber mit Wut im Herzen.«

»Mit Wut im Herzen«, wiederholte Charlie Jones resigniert und erhob sich. »Fühlen Sie sich imstande, allein zu gehen? Soll ich Ihnen helfen?«

Mr. Hudson blickte ihn entrüstet an.

»Sie belieben zu scherzen«, sagte er.

Mit der linken Hand auf die Bank gestützt, stand er auf. Der Arzt, der sich mit den anderen in einiger Entfernung befand, eilte herbei.

»Ich begleite Sie, Mr. Hudson. Es muß sein. Haben Sie Schmerzen?«

Mr. Hudson wandte ihm ein steinernes Gesicht zu. Die ganze Bedeutungslosigkeit seiner Schönheit trat im flammenden Licht seines Zorns hervor.

»Ich habe in der Tat Schmerzen«, murmelte er durch die Zähne.

»Das ist ganz normal. Es wird vorübergehen.«

»Niemals. Aber lassen Sie mich bitte. Wie sähe das aus, wenn man mir für die paar Schritte helfen müßte? Übrigens kommt man mir entgegen.«

Die Formalitäten wurden nach altem Brauch vor dem flachen Grab eines dreiundzwanzigjährigen jungen Mannes vollzogen, der in den schönen Tagen der Revolution einen Offizier auf der Straße schief angeblickt hatte. Major Burton streckte Hudson die Hand mit einem leicht gönnerhaften Lächeln entgegen, dieser berührte sie eher, als daß er sie drückte, und sein wütender Blick zielte besser, als es seine rechte Hand kurz zuvor vermocht hatte.

Unterdessen winkte Charlie Jones den jungen Francis Brooks zu sich, aber dieser sah nichts und mußte erst darauf aufmerksam gemacht werden, worauf er sich den Kneifer aufsetzte und herbeieilte.

»Francis«, sagte Charlie Jones sogleich, »jetzt zeigen Sie mir, was Sie da unter Ihrem Rock verbergen.«

Der junge Mann öffnete einen an seinem Gürtel befestigten Sack und entnahm ihm eine imposante altertümliche Pistole. Der kupferne Kolben war mit Elfenbein verziert, der Lauf von erstaunlicher Länge.

Charlie Jones nahm sie ihm ab.

»Vorsicht! Sie ist geladen!« rief Francis Brooks.

»Und das schleppen Sie in einem Sack an ihrem Gürtel mit sich herum? Was haben Sie damit vor? Und woher kommt diese gefährliche Verteidigungswaffe?«

»Es ist die Pistole, mit der mein Großvater für die Unabhängigkeit gekämpft hatte.«

»Sie gehört ins Museum. Wir werden zuerst einmal das Pulver ausschütten.«

Francis Brooks machte eine abwehrende Geste.

»Aber sie dient doch zur Verteidigung meiner Ehre.«

Charlie Jones lächelte wohlgefällig, während er die Pistole leerte.

»Ihre Ehre ist nicht betroffen, mein lieber Francis, und Sie werden sie niemals mit der Waffe zu verteidigen haben, wenn es mir gelingt, die Duelle verbieten zu lassen. Kommen Sie.«

Er nahm ihn freundschaftlich beim Arm und ging mit ihm unter den Bäumen spazieren. Die Pistolenschüsse hatten Leute angelockt, und Charlie Jones wurde fast bei jedem Schritt gegrüßt. Francis Brooks hatte seine nun leere Pistole wieder an sich genommen und in seinen Sack gesteckt, aber er fühlte sich darum an der Seite von Mr. Jones nicht weniger wichtig und unantastbar. Denn seine Angst war groß gewesen, und jetzt endete sein Alptraum im zarten Morgenlicht, das durch das Laub schimmerte und die länglichen, verstreut und versonnen daliegenden Grabsteine umspielte.

Vor einem blieb Charlie Jones stehen.

»Hier ruht ein dreiundzwanzigjähriger junger Mann, der durch das Schwert eines seiner liebsten Kameraden fiel. Eine abfällige Bemerkung aus schlechter Laune oder Unbesonnenheit galt als Beleidigung. Beleidigung der Ehre! Dieses Wort führte man ständig im Munde. Und dann kreuzte man die Klingen. Dort ist ein anderes Grab aus dem Jahre 1820 oder 22, und es erinnert an ein noch tragischeres Geschick. Es ist das Grab eines angesehenen Arztes aus der Gegend, den ein dahergelaufener Narr, der in seine Frau verliebt war, provozierte. Es ist noch gar nicht lange her, da liefen fast alle jungen Leute in Savannah mit Pistolen oder Dolchen herum. Aber Sie werden sich von niemandem herausfordern lassen. Allein Ihre Sehbehinderung verbietet Ihnen, sich zu duellieren. Doch genug davon. Schauen Sie, wie schön das Leben heute früh ist. Der Park könnte keinen köstlicheren Schatten bieten. Eine Aufforderung zum Glück liegt in der Luft. Ich werde jetzt auf meiner braunen Stute heimkehren. Bis später dann, Francis, ich sehe Sie auf der Baustelle.«

Er entfernte sich und schritt rasch auf sein Pferd zu, das ein Diener am Zaum hielt.

Als er den Fuß in den Steigbügel setzte, drang Francis Brooks' hohe und ein wenig erstickte Stimme zu ihm:

»Mr. Jones, glauben Sie, daß es einen Krieg geben wird?«

Charlie Jones schwang sich in den Sattel und antwortete:

»Vielleicht, falls die Politiker den Kopf verlieren, aber nicht, wenn wir auf Mr. Clay hören.«

Mit einem leichten Schlag seiner Reitgerte stob er im Galopp davon.

Francis Brooks, die Arme wie ein Blinder vor sich ausgestreckt, versuchte ihm nachzulaufen und rief:

»Mr. Clay! Mr. Clay!«

In dieser Nacht hatte Elizabeth fast nicht geschlafen. Jedesmal, wenn sie gerade am Einschlummern war, weckte sie die Angst, die sie bis in ihre Träume verfolgte. Sie sah sich wieder am Fenster stehen, wo sie Mr. Hargrove von hinten in seinem Einspänner erblickt hatte. Die Nacht war still, und das Pferd lief in raschem Galopp, aber sie sah immer noch Mr. Hargroves Rücken im Mantel vor sich, weil sich nichts von alledem bewegte. Von Entsetzen gepackt, warf sie die Decke von sich und ging barfuß im Zimmer auf und ab.

Die Lampe auf dem Tisch war erloschen, und die Bibel, die sie beim achten Kapitel des Buches Jesaja aufgeschlagen hatte, lag offen da. Die Seiten schimmerten schwach im Mondlicht. Sie berührte sie unentschlossen. Dann kehrte die Erinnerung an den Ball so plötzlich und heftig zurück, daß sie sich auf den Tisch stützen mußte. Neben ihr standen diese drei Männer, der eine stumm, die beiden anderen in einem zornigen Wortwechsel, von dem sie nichts verstand. Sie fühlte das heftige Pochen ihres Herzens.

Wie spät mochte es sein? Bei Tagesanbruch sollte der Kampf stattfinden, und einer von ihnen würde verletzt oder gar getötet werden. War es denn möglich? In Augenblicken höchster Not redete sie sich ein, daß nur die Welt, die sie sehen und berühren konnte, wirklich existierte. Die Wände, die Möbel, das Zimmer, die Dinge um sie herum, all das beruhigte sie, linderte ein wenig ihre

Ängste, aber wenn sie es sich auch nicht einzugestehen wagte, fürchtete sie am meisten um das Schicksal des armen Francis Brooks. Sie zitterte für ihn, denn zwischen diesen beiden grimmigen Männern wirkte er wie ein verlorenes Kind. Zuweilen lag sogar eine gewisse Komik in seinen linkischen Bewegungen und seiner Unbeholfenheit, aber es war eine unerträgliche Komik, weil sie auf grausame Weise ein verletzliches und hilfloses Wesen verspottete.

Auf der mit Vergißmeinnicht und Edelweiß bemalten Schweizer Kaminuhr war es gerade drei. Da es noch sehr dunkel war, erkannte Elizabeth die Uhrzeit nur, indem sie nach den Zeigern tastete. Aus Angst vor neuen Alpträumen wollte sie nicht ins Bett zurückkehren, und so irrte sie wieder zwischen den Möbeln umher und wartete auf den Morgen. Der Tag würde Gewißheit bringen. Vergeblich versuchte sie sich den Kolonialfriedhof vorzustellen, und sie sah ihn voller Palmen, die sich über die Gräber neigten. Wie kann man sich auf einem Friedhof schlagen!

Es kam ihr der Gedanke, an der brokatbesetzten Klingelschnur zu ziehen und ihre schwarze Dienerin Nora zu rufen, damit sie ihr die Lampe auffüllen solle. Sie wagte es nicht oder wollte es nicht. Dennoch ging sie zur Tür, neben der die Schnur hing, und nahm diese unschlüssig in die Hand, da fiel ihr Blick auf ein weißes Papier, das fast zu ihren Füßen lag.

Ein unter ihre Tür geschobener Brief ... Sie hob ihn auf, drehte ihn um. Der Umschlag war zugeklebt. Wie sollte sie den Namen im Dunkel entziffern? Offensichtlich war der Brief an sie gerichtet. Sie erinnerte sich an den alten schwarzen Diener, der sie auf ihr Zimmer gebracht und ihr so seltsame Dinge gesagt hatte, und sie sprach laut den Namen Hudson aus. Wenn der Brief von ihm war, welch eine Enttäuschung! Sie verabscheute diesen Mann, der den kleinen Francis Brooks beleidigt hatte. Doch einen Brief zu erhalten, war immerhin ein Ereignis. In ihrem ganzen Leben hatte sie nur vier bekommen: von ihrer Großmutter, von ihrem alten Vormund, von ihrem Vater, als er auf Reisen war, und von einer kleinen boshaften Schulkameradin, die ihr im Namen eines frei erfundenen Anbeters geschrieben hatte. Elizabeth, die damals zwölf Jahre zählte, war darüber vor Wut in Tränen ausgebrochen, aber dieses Mal, das wußte sie, handelte es sich um etwas ganz anderes.

Plötzlich drehte sie den Schlüssel im Schloß und öffnete die Tür. Warum war ihr das nicht schon früher eingefallen? Eine Öllampe brannte die ganze Nacht auf der Treppe und verbreitete gerade soviel Licht, daß man die Stufen sah. Es war eine kleine Bronzelampe, den römischen Lampen nachgebildet, mit einem in Öl schwimmenden Docht, und sie stand in einer Nische zu Füßen einer Hermesstatue aus Marmor.

Mit den guten Augen einer Sechzehnjährigen entzifferte Elizabeth mühelos die große, unregelmäßige Handschrift. Auf einer Stufe, an das Treppengeländer gelehnt, las sie:

Liebe Elizabeth, falls ich Sie so nennen darf, was nützt es mir, Ihnen diesen Brief zu schreiben, den ein Schwarzer unter Ihre Tür schieben wird? Wenn Sie ihn in einigen Stunden lesen werden, bin ich vielleicht tot. Auf dem Ball in dieser Nacht habe ich die größte Dummheit meines Lebens begangen, indem ich einen armen Jungen beleidigte, der von geringer Herkunft und nicht satisfaktionsfähig ist, aber es versetzte mich in Raserei, Sie an seiner Seite zu sehen, Sie, die ich bis zum Wahnsinn liebe, weil Sie diejenige sind, auf die ich seit meiner frühesten Jugend gewartet habe. Wie schön Sie sind, Elizabeth! Ahnen Sie auch nur, wie schön Sie sind? Sie haben das Alter der Julia. Oh, Elizabeth, wie schön Sie sind ...

Sie ließ den Brief sinken. Unter dem Schock solcher Worte fühlte sie, wie etwas in ihr ins Wanken geriet. Noch nie hatte ein junger Mann so zu ihr gesprochen. Durch eine Art magischer Verdopplung sah sie sich in Mr. Hudsons Zeilen wie in einem Spiegelbild, sah sich schön, bildschön mit ihren goldenen Locken auf dem weißen Nachthemd und ihren rosigen Wangen, die an die frische Luft der englischen Wiesen gemahnten, und sie haßte diesen Mann nicht mehr.

Sie ließ einige Sekunden verstreichen, dann las sie weiter:

Mein Gegner gilt als einer der besten Schützen des Landes. Aber auch ich habe mit der Pistole in der Hand schon manche Probe bestanden. Ich habe die Absicht, ihn in den Kopf zu treffen, weil ich nicht leben kann, wenn ich diesen Mund, der mich beleidigt hat, nicht zum Schweigen bringe. So wird meine Ehre unangetastet sein, und ich kann, von aller Schande reingewaschen, zu Ihnen kommen, um Ihnen aufs neue meine Liebe zu erklären ...

Diesmal fiel ihr der Brief aus der Hand, und sie wollte einfach nicht glauben, was sie soeben in solcher Klarheit gelesen hatte. Mr.

Hudson heiraten? Sie hob den Brief auf, steckte ihn in den Umschlag, ging in ihr Zimmer zurück und verschloß die Tür mit der gleichen Eile, mit der sie sie geöffnet hatte.

Plötzlich erblickte sie Mr. Hudsons Gesicht wie in einer Halluzination. Seine Glätte und Ebenmäßigkeit verursachten ihr ein Unbehagen, das sie sich nicht zu erklären vermochte. Konnte ein Mann zu schön sein? Eine gewissen Vollkommenheit der Züge erweckte eher Langeweile als Liebe. Und außerdem konnte von Liebe oder gar von Ehe überhaupt keine Rede sein. Sollte er für eine Zeichenklasse Modell stehen. Sie wollte nicht mit ihm leben.

Mit dem Überdruß eines Menschen, der zu sehr angebetet wird, warf sie den Brief in eine Schublade, aber im Innersten wußte sie wohl, daß sie schlecht Komödie spielte. Schließlich duellierte man sich doch für sie. Wie sollte sie sich da nicht wichtig fühlen?

Hinter den Dächern begann es zu tagen. Ein schwacher grauer Lichtschimmer drang in das Zimmer. Elizabeth lehnte sich aus dem Fenster und sah, wie zuerst die Büsche und dann die Rabatten mit den rosa Geranien langsam aus dem Dunkel auftauchten.

Einer plötzlichen Eingebung folgend, holte sie den Brief und wartete, bis es hell genug war, um ihn zu Ende zu lesen. Vielleicht würde er im gleichen Augenblick, da sie die letzten Zeilen las, von einer Kugel in die Stirn getroffen und tot zu Boden sinken. Im Roman gab es solche Zufälle.

Im ersten Morgenlicht konnte sie endlich folgende Worte lesen:

Verzeihen Sie mir, wenn ich Ihnen dergleichen schreibe. Ich vergesse nicht, daß Sie noch sehr jung sind, und vielleicht hat noch nie ein Mann so zu Ihnen gesprochen, wie ich es jetzt tue. Vielleicht hat aber auch ein Mann, der dem Tod ins Auge blicken wird, das Recht, ein paar Stationen zu überspringen. Falls ich sterben sollte, so möge es im Rausch dieses Geständnisses geschehen.

Ihr unglücklicher Philip.

Mit gerunzelter Stirn las sie noch einmal diese letzten Zeilen, war sich jedoch nicht sicher, sie richtig verstanden zu haben. Trotz der geringen Zuneigung, die sie für Mr. Hudson verspürte, begann sie ihn anders zu sehen. Sein Brief ängstigte sie. Er liebte sie. Sie konnte sich eines gewissen Mitleids für ihn, und zugleich für sich selbst, nicht erwehren. So jung und bereits in ein Drama verstrickt ... Eine überaus romantische Situation ...

Jetzt ertrug sie das Warten nicht länger. Sie wollte wissen, wie das alles enden würde, wenn die beiden Männer sich jetzt gegenüberstanden. Sie war ein wenig außer sich und hielt den Brief in der Hand, bis sie in einem Anflug von gesundem Menschenverstand ihre Mutter zu sehen glaubte, die das alles mit einem sehr britischen Blick betrachtete und zu ihr sagte: »Du kleine Närrin, verhalte dich ruhig und mach dich nicht lächerlich.«

Jetzt zog sie ohne zu zögern die Klingelschnur. Zehn Minuten vergingen. Man hätte meinen können, daß diese ungestüme Klingel, die so früh am Morgen die Leute weckte, in der entrüsteten Stille untergegangen sei.

Endlich hörte sie das Geräusch schlürfender Pantoffeln, und Nora trat ein, das Haar in aller Eile zusammengebunden und blinzelnd vor Müdigkeit.

»Guten Tag, Mam'sell Lisbeth. Is' Mam'sell Lisbeth nich' wohl?«

»Doch, Nora. Guten Morgen. Wie spät ist es?«

»Weiß nich'. Die Sonne geht auf. Vielleich' bald vie'.«

»Vier Uhr? Oh, Nora, ich bin so unruhig. Um vier Uhr duellieren sich zwei Herren auf dem Friedhof ..«

»Auf'm Kolonialf'iedhof? Da tun sie's imme', jede Woche. Es is' sch'ecklich, Mam'sell Lisbeth.«

»Nora, ich hoffe, sie werden sich nicht umbringen.«

Nora machte wieder diese Geste, die Elizabeth nicht verstand. Es sah aus, als wickelte sie einen unsichtbaren Schleier um ihren Oberkörper, den sie an den Schultern befestigte.

Elizabeth schaute sie an.

»Was tust du da, Nora?«

»Ein Gebet, Mam'sell Lisbeth, fü' die beiden Massas.«

»Sehr gut«, sagte Elizabeth und war zu verlegen, um weitere Fragen zu stellen.

Sie trat zum Fenster.

»Ich möchte, daß es endlich vorbei ist, Nora. Dauert ein Duell sehr lange?«

»Weiß ich nich'. Hab' es nie nich' sehen wollen. Mam'sell Lisbeth jetz' macht No'a dein Bett, und du wi'st schlafen.«

»Kommt nicht in Frage. Laß die Jalousie herunter. Die Sonne scheint schon.«

Nora gehorchte, und der orangefarbene Stoff hüllte das Zimmer in ein goldenes Halbdunkel.

Die dicke Frau hatte keine Zeit gehabt, sich eine weiße Schürze über ihr schwarzes Kleid zu ziehen. Sie ging im Zimmer auf und ab und versuchte Ordnung zu machen, indem sie die Unterwäsche aufhob, die Elizabeth überall hingeworfen hatte. In Wirklichkeit war sie neugierig und hätte nur allzugern gewußt, warum die junge englische Lady sich für dieses Duell interessierte. Sie traute sich nicht, etwas zu sagen, hoffte jedoch, einen traurigen Seufzer zu vernehmen, der einen Tröstungsversuch rechtfertigte, bewegte ihre schweren Massen hin und her, während der Fußboden ganz erbärmlich unter ihrem Gewicht knarrte.

Elizabeth hüllte sich in Schweigen, ging ebenfalls im Zimmer auf und ab und mied Noras Nähe, deren Anwesenheit sie jetzt als ein wenig störend empfand. Vor dem Porträt von Charlie Jones blieb sie stehen und warf ihm wieder einmal einen zugleich zärtlichen und vorwurfsvollen Blick zu. Warum war er nicht so geblieben, wie er damals war, warum hatte er nicht den Glanz seiner Jugend bewahrt? Warum veränderten sich die Menschen?

Noras Stimme ließ sie zusammenfahren, als sei sie ertappt worden.

»Ah, Mam'sell Lisbeth, du siehst das Bild an?«

»Nun ja, Nora. Warum nicht?«

»Massa Cha'lie will es wegnehmen.«

»Wegnehmen? Wieso denn?«

»Massa Cha'lie hat gesagt, das Zimme' soll hübsche' we'n.«

»Mein Zimmer? Es ist doch hübsch genug.«

»Massa Cha'lie hat gesagt, Blumen sind besse' fü' die kleine Lady!«

»Ein Blumenbild? Das will ich nicht.«

»Mit Blumen isses abe' hübsche'.«

»Also meinetwegen. Schon gut, Nora, laß mich jetzt.«

»Mam'sell Lisbeth wiede' nich' zuf'ieden mit No'a?«

Angesichts der Traurigkeit dieses schwarzen Gesichts zögerte Elizabeth, und plötzlich entschlüpfte ihr ein seltsamer Ausruf:

»Oh, Nora, ich habe Angst!«

Schüchtern trat Nora näher zu ihr.

»Mam'sell Lisbeth, keine Gefah' fü' Massa Hudson. Mußt du keine Bange um ihn haben.«

»Wie weißt du das?«

»No'a gebeten fü' ihn.«

»Du meinst gebetet?«

»Ja, Mam'sell. Mam'sell Lisbeth ve'liebt?«

»Hör auf, Nora. Davon kann überhaupt keine Rede sein.«

»Ve'zeihung, Mam'sell Lisbeth.«

»Das sind Dinge, die du nicht verstehst. Ich habe kein Auge zugetan. Ich kann mich an dieses Land nicht gewöhnen ... aber das sollte ich dir nicht sagen. Alle sind sehr nett zu mir.«

Plötzlich wurde sie gewahr, daß sie wie ein kleines Mädchen redete, und daß sie Nora in die Rolle einer Großmutter versetzte. Trotzdem fuhr sie fort:

»Ich glaube, ich werde nicht mehr in dieses Zimmer zurückkehren. Aber nicht weitersagen, Nora. Versprichst du mir das?«

»Ja, Mam'sell Lisbeth, ich we'de es niemand nich' sagen, niemand nich'.«

»Hier werde ich nie glücklich sein. Und nun geh und schau, ob man Nachricht hat. Wenn Mr. Hudson tot ist, gehe ich fort ... oder wenn Francis Brooks ...«

»Massa B'ooks, Mam'sell Lisbeth?«

»Er könnte in diesem Duell getötet werden. Ich will nicht, daß ihm etwas passiert.«

»Massa B'ooks, o nein!«

»Was willst du damit sagen?«

»Niemand wi'd Massa B'ooks nich's tun, Mam'sell Lisbeth. Massa B'ooks kann sich nich' weh'en.«

»Mr. Hudson hat ihn in meiner Gegenwart beleidigt, Nora.«

Nora blickte Elizabeth schweigend an, den Mund halb geöffnet, als wollte sie etwas sagen, aber offenbar traute sie sich nicht. Tränen glänzten in ihren Augen.

»Findest du das sehr schlimm?« fragte das junge Mädchen sie schließlich.

Nora nickte, ließ einen Augenblick verstreichen, und dann murmelte sie:

»Massa Hudson keine Qualität.«

Diese Worte verblüfften Elizabeth. Sie verstand zwar mühelos, daß Nora damit sagen wollte, Mr. Hudson sei nicht von guter

Herkunft, aber wie konnte sie das wissen? Sie selbst hatte es sofort gespürt.

»So darfst du nicht sprechen, Nora. Und wer hat dir das erzählt?«

»Alle Schwa'zen wissen, ob jemand Qualität hat oder nich'.«

Und sogleich fügte sie hinzu:

»Massa Cha'lie mag Massa B'ooks seh' ge'n.«

»Ich auch, Nora.«

»Alle, Mam'sell Lisbeth.«

»Geh jetzt schnell hinunter. Es ist bestimmt vorbei, und man wird Nachricht haben. Ich bin sehr beunruhigt, Nora ... Oh, diese Sonne ist überall. Laß den Laden ganz herunter. Das viele Licht ... viel zuviel für einen Tag wie heute.«

Und dann sagte sie mit tonloser Stimme:

»Es ist ein Licht des Unheils.«

»Mam'sell Lisbeth. Heute gib's kein Unheil nich'.«

»Wie willst du das wissen?«

»No'a weiß, Mam'sell Lisbeth.«

Es lag eine solche Zuversicht im Ton ihrer Stimme, daß sie für Elizabeth immer rätselhafter wurde, wie übrigens all diese Schwarzen, die sie noch so wenig kannte. Sie erinnerte sich, daß sie ihrer Mutter Angst machten, ihrer Mutter, die sich vor nichts fürchtete.

»Schlag die Bibel auf, die dort auf dem Tisch liegt«, sagte sie plötzlich. »Die Heilige Schrift wird uns Antwort geben.«

In dieser Stunde der Angst meldete sich ihr alter protestantischer Instinkt. Die Bibel an irgendeiner Stelle aufgeschlagen und den Finger auf den ersten besten Vers legen, aber auch da reagierte Nora in einer Weise, die sie verwirrte.

»Die Bibel, Mam'sell Lisbeth?«

»Ja, die Bibel dort auf dem Tisch.«

Widerwillig trat Nora an den Tisch und hatte ganz offensichtlich nicht die geringste Lust, das schwarze Buch anzufassen, das sie für einen gefährlichen Gegenstand zu halten schien.

»Öffne sie.«

Die schwarzen Hände schlugen die Bibel etwa in der Mitte auf und wichen sofort zurück. Elizabeth näherte sich behutsam. Das Unternehmen bekam etwas Magisches.

»Jetzt mach die Augen zu und lege den Finger irgendwo auf eine Seite.«

Es folgte ein noch viel längeres Zögern, und der Befehl mußte wiederholt werden.

»Tu, was ich dir sage, Nora. Wovor hast du Angst?«

In Wirklichkeit hatte sie selbst jetzt Angst, Angst vor dem Buch, Angst vor der erzwungenen Antwort und wie sie lauten würde.

Die Augen fest geschlossen, hielt Nora ihre vor Entsetzen zitternde Hand über das Buch und berührte schließlich eine Seite mit der Fingerspitze.

»Gut«, sagte Elizabeth. »Und nun lies, was da steht.«

Schweigen.

»Tu, was ich dir sage, Nora.«

Ein noch längeres Schweigen.

»Mam'sell Lisbeth, No'a kann nich' lesen.«

Und sie zog die Hand zurück.

»Oh!« rief Elizabeth, »du hättest die Hand nicht wegnehmen dürfen! Zeig mir, wo es war.«

»Weiß ich nich'.«

»Du mußt dich erinnern, Nora. Das ist die Antwort.«

Nora wurde kopflos.

»Da, glaube ich.«

Mit großer Neugier beugte sich Elizabeth über das Buch und las: »Irret euch nicht! Gott läßt sich nicht spotten. Denn was der Mensch sät, das wird er ernten.«

»Das ist es nicht!« rief sie. »Du mußt dich geirrt haben, Nora. Das ist keine Antwort. Es war bestimmt woanders. Du kannst gehen, Nora.«

Nora schlurfte zur Tür und verschwand ohne ein weiteres Wort. Elizabeth klappte das Buch zu und sagte laut und mit ruhiger Stimme:

»Natürlich war es das nicht.«

Aber der Schweiß rann ihr über die Stirn.

Sie streckte sich auf ihrem Bett aus und wartete, aber ihr Schädel brummte.

27

Kurz vor dem Frühstück begab sie sich ins Erdgeschoß, erfrischt von einem heilsamen morgendlichen Schlaf und einem langen Sitzbad. Sie trug an diesem Morgen einen ihrer neuen Sommerröcke, einen blaßgelben, und hatte wieder ihr gesundes Aussehen, die lebhaften rosa Wangen, die alle erstaunten. Da sie im Vestibül niemanden sah, wollte sie gerade in den Garten hinausgehen, als Charlie Jones ihr entgegenkam, ganz in Weiß gekleidet, ein Lächeln auf den Lippen, eine Gardenie im Knopfloch und in eine Duftwolke von Eau de Cologne gehüllt. Lachend nahm er Elizabeth in seine Arme.

»Ein kleines Duell ohne Bedeutung«, sagte er. »Kein Toter, nur eine Armwunde für Hudson, der in dieser Saison keinen Walzer mehr tanzen wird. Er hatte gehofft, Burton ins Jenseits zu befördern, und es wäre ihm auch beinahe gelungen. Damit hat er sich alle Sympathien verscherzt. Er ist kein Gentleman. Hoffentlich verdrießt es dich nicht, daß ich das sage ...«

»O nein.«

»Gehen wir in den Garten, bis es Zeit zum Frühstücken ist.«

So spazierten sie eine Weile durch die großen, sandigen Alleen, im Schatten der Sykomoren entlang der Rasenflächen, und Elizabeth pflückte im Vorbeigehen eine Jasminblüte, deren Duft sie von Zeit zu Zeit einatmete.

»Jetzt, da zwei Männer sich deinetwegen duelliert haben«, sagte Charlie Jones vergnügt, »bist du kein entzückendes kleines Mädchen mehr, sondern eine bezaubernde junge Lady. Fühlst du den Unterschied?«

»Gewiß.«

»Ich schließe die Möglichkeit nicht aus, daß dieser Mr. Hudson sich in dich verliebt hat, es scheint mir sogar so gut wie sicher. Irre ich mich? Aber ich bin indiskret ...«

»Durchaus nicht, aber wie soll man die Aufrichtigkeit eines Mannes beurteilen, den man nicht kennt?«

»Donnerwetter, du bist aber in dieser Nacht gereift! Du antwortest wie eine Erwachsene.«

»Ich mag in der Tat gereift sein, wie Sie sagen, Onkel Charlie. Aber dürfte ich jetzt erfahren, ob Francis Brooks gesund und wohlauf ist?«

»Gesund und wohlauf? Aber sicher. Ich war dabei, Hudson soll erklärt haben, er werde ihn mit der Peitsche züchtigen, sobald sein rechter Arm es ihm erlaubt.«

Elizabeth blieb stehen und warf die Jasminblüte zu Boden.

»Ich hasse diesen Mann«, sagte sie.

Beim Frühstück fehlten einige. Zuerst einmal Tante Emma. Onkel Josh, der sich neben Charlie setzte, flüsterte ihm halblaut zu:

»Sie hat in dieser Nacht eine große Gewissenskrise durchgemacht, liegt noch im Bett mit einem eisgekühlten Taschentuch auf der Stirn und seufzt und stöhnt zum Erbarmen.«

»Ein bißchen Kalomel wird sie wieder auf die Beine bringen«, sagte Onkel Charlie in leicht spöttischem Ton. »Ich werde später zu ihr hinaufgehen. Ist Billy nicht da?«

»Billy hatte sich ziemlich früh zurückgezogen, etwas vor Mitternacht, als der Ball noch auf seinem Höhepunkt war.«

»Vielleicht langweilte er sich.«

»O nein! Er hat wie ein Wilder getanzt, bis er sich plötzlich unwohl fühlte und in aller Eile verschwand. Er war sicher zum Umfallen müde und wankte mit Hilfe eines Dieners auf sein Zimmer ...«

»Vermutlich hat der ihm ins Bett geholfen.«

»Nicht ganz. Billy befahl ihm, die an der Decke hängende Piroge herunterzulassen, und in die hat er sich mitsamt seinen Kleidern geworfen. Er schläft noch. Billy ist ein großer Träumer. Er läßt sich auf den schlammigen Fluten des Savannahflusses, an den dunklen Wäldern entlang, in eine ideale Welt treiben, wo alles erlaubt ist, wo die verführerischten Frauenspersonen ...«

»Halte ein, Josh. Ich werde Anweisung geben, ihn mit einigen Tropfen kalten Wassers in die Wirklichkeit zurückzubringen.«

Er winkte einen Diener heran und flüsterte ihm ein paar Worte zu. Der Schwarze grinste bis über beide Ohren und verschwand in dem Augenblick, als Elizabeth ins Speisezimmer trat und ihren üblichen Platz einnahm.

»Ich bitte um Verzeihung«, sagte sie, »aber ich kam an einem Spiegel vorbei und sah, daß mein Haar ganz in Unordnung war.«

»Ich hielt diese Unordnung für kunstvoll und beabsichtigt«, sagte Charlie Jones. »Es muß nicht sein, aber da Tante Emma heute früh nicht bei uns ist, kannst du an meiner Seite Platz nehmen.«

Elizabeth antwortete mit einem Lächeln und setzte sich ohne ein Wort neben Charlie Jones.

»Schau, wie ordentlich alles wieder ist«, sagte er. »Siehst du dort hinten den großen Speisesaal und etwas weiter den Ballsaal? Keine Spur mehr vom Festmahl oder der rauschenden Ballnacht. Alles geht vorbei. Nichts bleibt von einem Fest zurück.«

»Nichts, außer der Erinnerung an ein Duell mit Pistolen auf einem Friedhof«, erwiderte Elizabeth leise.

Onkel Josh und Charlie Jones tauschten einen erstaunten Blick.

»Gewiß«, sagte Charlie Jones, »man kann die Dinge auch unter diesem Gesichtspunkt betrachten, aber ein solches Duell ist bald vergessen. So, und jetzt wird uns allen eine Tasse guten starken Tees wohltun. Einverstanden, Elizabeth?«

»Mit Vergnügen, aber für mich muß es schwarzer Tee sein.«

»Von der Farbe dieser Teekanne dort?«

»Genau so.«

In der Mitte des Tisches thronte wahrhaftig eine geradezu herausfordernd britische Teekanne, in deren glänzend schwarzlackierten Rundungen sich die drei Personen am Tisch spiegelten.

Nur Onkel Josh lehnte ab und nahm in weiser Vorsicht statt dieses Getränks, das er für mörderisch hielt, einen Fruchtsaft.

Ein Diener brachte eine soeben aus Washington eingetroffene Zeitung auf einem Silbertablett. Charlie Jones schlug sie auf und warf sie fast sogleich zur Seite. »Toombs setzt seine Schmähreden gegen Clays Beschwichtigungsversuche fort. Ich fürchte, er wird eines Tages zu weit gehen, und dann ...«

»Und dann was?« fragte Elizabeth.

»Und dann werden sich die Prediger im Norden erhitzen und in edlem Wettstreit nach den besten Gründen suchen, die ihnen die Heilige Schrift liefert, um bei uns einzufallen.«

»Glaubst du vielleicht, unsere Prediger seien nicht fähig, ebenso zündende Bibelzitate zu finden, mit denen sie unsere Soldaten zum Kampf anspornen können?«

»Welche Soldaten? Wir haben keine Armee.«

»Aber Armeen stampft man aus dem Boden, mein lieber Charlie. Dazu bedarf es nur einiger heroischer Proklamationen der Zivilisten von den Rednertribünen.«

»Es wäre trotzdem eine Niederlage für den Süden, Josh, denn die freie Wahl der Regierung eines jeden Staates hat Gesetzeskraft.«

»Das hätte schon vor zehn Jahren beinahe zum Austritt Südkarolinas aus der Union geführt, weil dieser Staat sich in seiner Unabhängigkeit vom Norden bedroht glaubte. Die Sezession liegt in der Luft; wir alle spüren es.«

»Nun beruhige dich, Josh. Du regst dich plötzlich auf wie ein Pastor auf der Kanzel.«

»Und wessen Schuld ist es? Obwohl du ein Engländer bist, gehörst du insgeheim zu den Aufgeregtesten von uns.«

»Josh, wenn wir uns auf dieses Terrain begeben, werden wir jemandem Angst machen.«

Elizabeth stellte ihre Tasse hin.

»Falls Sie mich damit meinen, kennen Sie mich schlecht. Ich wüßte nicht, was mir Angst machen könnte.«

»Bravo, Elizabeth!« rief Onkel Charlie. »Aber um uns auf andere Gedanken zu bringen, werden wir mit der Kalesche zu dem Bauplatz fahren, wo eines Tages mein neues Haus stehen wird.«

»Eines Tages?« fragte Onkel Josh. »Hast du das Datum schon bestimmt?«

»Da ich es sehr schön, sehr geräumig und auch sehr reich verziert haben will, in zehn Jahren.«

»Zehn Jahre! Wo werden wir 1860 sein?«

»Hier, und im Frieden. Ihr seht, wie wenig ich an einen Krieg glaube.«

»Charlie, bist du dir bewußt, daß in diesem Lande ständig und überall vom Krieg die Rede ist?«

»Hören wir auf damit. Wer vom Krieg spricht, muß Strafe zahlen.«

»Was ich fragen wollte«, sagte Elizabeth, der diese Diskussion langweilig wurde, »warum hört man eigentlich nie eine Schwarzdrossel im Süden? Gibt es hier keine? Ich habe heute früh den Vögeln gelauscht und hoffte vergeblich, den Gesang einer Schwarzdrossel zu hören.«

»Es ist traurig, aber wahr«, antwortete Charlie. »Auch mir fiel es auf, als ich 1830 hier ankam. In den Vereinigten Staaten pfeifen die Drosseln nicht.«

»Aber Onkel Charlie, es gibt keinen fröhlicheren Gesang, keinen glücklicheren, keinen abwechslungsreicheren ...«

»Und keinen optimistischeren«, fügte Josh hinzu. »Ich habe sie in Paris pfeifen hören. Da schöpfte der sorgenvollste Mann frischen

Mut. Ach, Paris! Drei Monate habe ich dort in meiner Jugend verbracht. Wenn ich nur daran denke! Was für schöne Erinnerungen ...«

Charlie Jones unterbrach ihn:

»Josh, fang bloß nicht damit an! Das kannst du mir ein andermal erzählen, wenn wir unter vier Augen sind. Elizabeth, darf ich dir noch etwas Tee eingießen?«

»Danke, Onkel Charlie, ich bin fertig.«

»Ausgezeichnet. Da wir alle fertig sind, werde ich jetzt Tante Emma aufsuchen und sehen, wie es ihr geht. Dir, Josh, rate ich, nach Billy zu schauen. Und Elizabeth ...«

»Ich gehe auf mein Zimmer«, sagte Elizabeth ohne weitere Erklärung.

Und sie setzte eine so entschlossene Miene auf, daß Charlie Jones lächeln mußte.

»Je länger sie hier ist, desto englischer wird sie«, dachte er schmunzelnd und verneigte sich.

Elizabeth hatte gute Gründe, auf ihr Zimmer zu gehen. Mr. Hudsons Brief kam ihr wieder in den Sinn, und sie fragte sich, wo sie ihn gelassen hatte.

Einen Moment später stürmte sie in ihr Zimmer. Das Bett war gemacht, alles schien in Ordnung, und sie stellte fest, daß das Porträt von Charlie Jones noch immer an seinem Platz hing, aber im Augenblick interessierte sie nur Mr. Hudsons Brief. Der Gedanke, daß jemand ihn hätte finden und lesen können, war ihr unerträglich. Ein Mann schreibt doch solche Dinge nicht, ohne zumindest eine kleine Ermutigung bekommen zu haben, einen Blick, ein Lächeln, einen Händedruck ...

Kopflos rannte sie hin und her, zog Schubladen auf, sah unter die Möbel, deckte das Bett auf, warf Laken, Decken und Kissen auf den Teppich, und plötzlich rief sie:

»Nora!«

Wieso war ihr das erst jetzt eingefallen? Nora hatte das Zimmer gemacht, den Brief gefunden und mitgenommen. Wozu? Alle diese alten schwarzen Weiber betrieben mehr oder weniger Hexerei, standen mit dem Teufel im Bunde ... Oder aber sie hatte den Brief entwendet, um ihn Charlie Jones zu zeigen – aus purer Bosheit.

Sie zog an der Klingelschnur, setzte sich in den Schaukelstuhl und bemühte sich, Ruhe zu bewahren. Es kam vor allem darauf an, mit der abscheulichen Alten zu reden und ihr einen gehörigen Schrekken einzujagen. Ihr Blick fiel auf das schwarze Buch, die heilige Bibel, die sie nicht befragen durfte. Jetzt strafte Gott sie, aber wofür? Sie hatte doch nichts Böses getan. Dieser Mann hatte ihr einen Liebesbrief geschrieben. Sie hätte ihn in tausend Stücke zerreißen sollen. Neben dem Tisch stand ein Papierkorb. Leer. Das Buch machte ihr Angst. Sie hatte sich erkühnt, es zum Sprechen zu zwingen, und einer Hexe befohlen, ihm Fragen zu stellen. Und das Buch hatte geantwortet: »Irret euch nicht. Gott läßt sich nicht spotten . . .«

Hinter ihr öffnete sich die Tür.

»Nora!« rief Elizabeth.

»Ja, Mam'sell Lisbeth?«

»Komm her.«

Kaum hatte sie das gesagt, da bemerkte sie etwas Weißes zwischen dem Goldschnitt der schwarzen Bibel. Das Buch war auf altmodische Weise gebunden, und die Deckel ragten weit hervor, um das kostbare Blattgold zu schützen, und verbargen so ein wenig das zwischen den Seiten steckende weiße Papier.

Mit einer raschen Geste schlug sie die Bibel auf – und da war der Brief. Sie unterdrückte einen Aufschrei und starrte Nora an, die mit hängenden Schultern und einem zu Tode erschrockenen Gesicht vor ihr stand.

»Mam'sell Lisbeth nich' zuf'ieden?« stammelte sie.

Es folgte ein peinliches Schweigen.

»Schon gut«, sagte Elizabeth schließlich. »Es ist nur dieser Brief, den ich gerade in der Bibel finde. Man legt nichts in eine Bibel, Nora. Weißt du das nicht? Hat man dir das nie gesagt?«

»Nein, Mam'sell Lisbeth. Niemand nich' gesagt.«

»Wo hast du den Brief gefunden?«

»Da, auf'm Boden.«

Sie wies mit dem Finger auf den Teppich, fast zu Elizabeths Füßen.

»Gut. Das ist alles, was ich wissen wollte. Nein . . . sage mir noch, warum du das Porträt nicht fortgenommen hast.«

»Massa Cha'lie is' heute füh gekommen, und da habe ich gesagt, Mam'sell Lisbeth will das Po't'ät behalten, und da hat Massa Ch'alie gesagt, is' gut, laß es hängen.«

»Ach, Nora, das hättest du ihm nicht sagen sollen. Aber es macht nichts.«

»Massa Cha'lie hat sich gef'eut!«

»Na schön ... Ich habe mein Bett in Unordnung gebracht, du wirst es mir später machen. Jetzt lasse mich bitte allein.«

Nora rührte sich nicht und schien noch auf etwas zu warten. Im Gegenlicht erschien sie noch schwärzer als gewöhnlich und von einer noch ausgeprägteren Häßlichkeit, aber seit einigen Minuten sah Elizabeth sie mit anderen Augen: »Sie hat Angst vor mir, einer Sechzehnjährigen, während sie mindestens sechzig ist«, dachte sie. »Seltsam ... sie sieht so schrecklich aus und zugleich ganz ehrlich und lieb.«

»Nora«, sagte sie mit einem Lächeln, »warum stehst du noch da?«

»Mam'sell Lisbeth nich' zuf'ieden mit No'a?«

Jetzt konnte Elizabeth nicht länger an sich halten und sagte:

»Nora, das darfst du mich nie mehr fragen. Ich bin immer zufrieden mit dir.«

Die alte Frau faltete die Hände über ihrem gewaltigen Busen und schien etwas sagen zu wollen, aber Elizabeth, die einen Herzenserguß befürchtete, ließ sie nicht zu Wort kommen.

»Nein, laß das und geh jetzt bitte. Ich bin sehr zufrieden. Aber geh, ich möchte allein sein.«

Dieses Mal war es an Nora zu lächeln, und sie zeigte dabei all ihre Zähne, dann verschwand sie ohne ein weiteres Wort.

»Es fehlte nicht viel, und sie wäre in Tränen ausgebrochen«, murmelte das junge Mädchen, als sie gegangen war. »Einfach lächerlich.«

Sie ergriff den Brief, nahm ihn mit einer heftigen Bewegung aus dem Umschlag, las ihn, ließ ihn dann offen in ihrem Schoß liegen und starrte ratlos vor sich hin. Natürlich mußte sie ihn vernichten, da sie den Mann, der ihn geschrieben hatte, nicht liebte.

Er aber war trotz allem verliebt in sie, demütigte sich vor ihr, indem er zugab, daß es unrecht von ihm war, den armen Francis Brooks zu beleidigen. Aber hatte er später, nach dem Duell, nicht gesagt, daß er vorhabe, ihn auszupeitschen? Deswegen verachtete sie ihn und beschloß, den Brief zu zerreißen. Er log. Er war kein Gentleman.

Glaubte sie etwa, daß ein Gentleman niemals lügt? Er hatte

immerhin nicht gelogen, als er diesen Brief schrieb. Ach, wenn sie diese Zeilen doch nie erhalten und nie gelesen hätte! Wie peinlich war ihr dieses Blatt Papier ... Und doch war es ein Liebesbrief. Ihr erster Liebesbrief. Sie betrachtete ihn eine ganze Weile und überlegte. Später würde sie vielleicht andere erhalten, aber dieser war nichtsdestoweniger der erste und würde es bleiben.

Langsam, wie zu ihrem Bedauern, steckte sie ihn in den Umschlag zurück, und holte ein abgenutztes ledernes Reisenecessaire aus dem Schrank, ein Erinnerungsstück, das ihre Mutter ihr vor der Abreise aus England anvertraut hatte. Von außen sah es aus wie ein Köfferchen mit Handgriff und Schloß. Im Innern blinkte eine Anzahl Flakons mit großen Metallverschlüssen. Unter dem Deckel befand sich ein Spiegel in einem Etui, und dahinein steckte sie den Brief. Dort würde ihn niemand suchen.

So gewann sie Zeit, über dieses ganz neue Problem der Aufbewahrung von Liebesbriefen nachzudenken. Für den Augenblick jedenfalls war diese schwierige Frage aufgeschoben, und das mußte einstweilen genügen.

Als sie einige Minuten später in den Salon hinunterging, traf sie dort Charlie Jones, der die Zeitung las.

»Elizabeth«, sagte er, »wie bringst du es fertig, nach einer so ereignisreichen Nacht derart rosig und frisch auszusehen? Oh, wunderbare Jugend! Aber setze dich doch. Ich will dir zuerst Nachricht von Tante Emma bringen, denn sicher brennst du vor Ungeduld, etwas über ihr Befinden zu erfahren.«

Die Ironie dieser Worte erheiterte Elizabeth, und sie lächelte.

»Meine Ungeduld hält sich in Grenzen.«

»Jedenfalls geht es ihr bestens. Ich habe Josh im Verdacht, ihr ein wenig Laudanum gegeben zu haben. Du wirst sie beim Mittagessen sehen; sie ist wieder ganz ruhig.«

»Und ihr Gewissen auch, hoffe ich.«

»Alles deutet darauf hin. Sie weiß nichts von dem Duell, und sie darf es natürlich auch nie erfahren.«

»Besser nicht.«

»Du findest mich bei der Zeitungslektüre, einer recht trübseligen Beschäftigung. Der Norden schürt die Flammen seiner Empörung über die Sklaverei.«

»Onkel Charlie, Sie hören es vielleicht nicht gern, aber ich finde, daß er recht hat.«

»Liebe Elizabeth, ein guter Teil des Südens denkt im Prinzip wie du, denn die Arbeit der Schwarzen, die das Klima uns auferlegt, ist ein Fluch. Der Norden hat wie wir Sklavenhandel betrieben, bis man eines Tages feststellte, daß die Schwarzen in diesem Klima umkamen. Daraufhin hat man uns die Überlebenden zu einem guten Preis weiterverkauft. Ich sehe durchaus ein, daß ihre Argumente von Gewicht sind. Sie sind sich einig im Haß auf uns und im Stolz auf ihr gutes Gewissen, aber ich verlasse mich auf Clay, der einen Kompromiß erzielen wird, falls Toombs endlich einmal schweigt. Doch lassen wir das, Elizabeth. Das Thema wird auf die Dauer langweilig.«

»Es ist immerhin interessant.«

»Wir werden nur noch allzuoft Gelegenheit haben, darauf zurückzukommen. Soll ich dich jetzt im Einspänner zum Madison Square mitnehmen und dir die Baustelle meines Hauses zeigen? Es beginnt gerade, sich aus dem Boden zu erheben.«

»Mit Vergnügen«, antwortete das junge Mädchen höflich.

»Ich glaube, es wird dir Spaß machen, und falls wir genug Zeit haben, könnten wir Hochwürden Elliott einen Besuch machen. Er ist der Bischof von Savannah und hat den Wunsch geäußert, dich kennenzulernen.«

»Ein Bischof?« rief sie aus. »Aber ich habe noch nie mit einem Bischof gesprochen.«

»Nun, dann wird es dein erster Bischof sein«, erwiderte Charlie Jones lachend. »Es gibt für alles ein erstes Mal. Übrigens hat dieser Bischof nichts Erschreckendes, und er ist von ausgesuchter Höflichkeit.«

»Anglikaner?«

»Episkopalist. Das ist der Anglikanismus der Amerikaner, die aristokratischte und eleganteste Kirche.«

»Was Sie nicht sagen!«

»So ist es aber. Einen vergleichbaren Rang nimmt die weniger prunkvolle, jedoch sehr angesehene presbyterianische Kirche ein, zu der ich gehöre, wenn ich auch dazu neige, es zu vergessen – denn ich habe so meine eigenen, sonderbaren Ideen. Danach kommt die Methodistenkirche, deren Gründer ein äußerst liebenswertes Orginal namens Wesley war. Er wurde 1735 aus Savannah vertrieben, weil er einer Dame, die ihn nicht heiraten wollte, die Kommunion verweigerte.«

»Das geht ein bißchen zu weit«, sagte Elizabeth lachend.

»Oh! Sage nur nichts gegen Wesley. Das war ein Heiliger.«

»Na schön. Da hätten wir also drei Kirchen.«

»Etwas weiter unten gibt es noch die Baptisten, die einfachste Kirche, die die Schwarzen vorziehen.«

»Das alles haben wir auch bei uns, außer den Schwarzen... Aber worüber lachen Sie denn, Onkel Charlie?«

»Ich denke an das Gelöbnis des Generals Oglethorpe, erinnerst du dich? Keine Schwarzen, keine Juden, keine Katholiken, keinen Whisky. Schließlich hatte er sie alle.«

»Auch die Katholiken? Meine Mutter nennt sie Götzenanbeter.«

»Sie sind überall, und sie sind keine Götzenanbeter. Ich kenne einige, die ich bewundere. Deine liebe Mama lebt noch in der etwas rigoristischen Ideenwelt ihrer Generation.«

Elizabeth dachte an Tante Laura und schwieg.

»Wollen wir jetzt fahren?« fragte Charlie Jones.

Sie erhob sich.

»Sofort.«

Als sie das Zimmer verließen, eilte ihnen Josh im Vestibül entgegen.

»Ich melde euch«, sagte er, »daß Tante Emma, die wieder ganz obenauf und gestrenger Laune ist, soeben ihr Zimmer verläßt und sich in einem schwarzen Kleid ins Speisezimmer begibt, wo ein ausgiebiges Frühstück sie erwartet.«

»Elizabeth«, sagte Onkel Charlie auf französisch, »*filons!*«

»Wie bitte?«

»Entschuldige, eine Reminiszenz aus meiner Pariser Zeit. Das heißt: entfernen wir uns schleunigst von diesem Ort.«

»Das wird euch nicht gelingen«, sagte Josh. »Sie geht zwar langsam, trifft aber pünktlich wie das Schicksal ein und voller moralischer Strenge.«

»Wir nehmen den Gartenausgang. Sie kann ihren Tee mit Billy trinken.«

»Damit ist nicht zu rechnen. Billy läßt sich in seinem Zimmer ein Frühstück von unglaublichen Ausmaßen servieren.«

»Bewundernswert, wie alles hienieden wieder in Ordnung kommt. Elizabeth, du findest neben dem Eingang einen ganzen Haufen von Hauben, Hüten und Palmfächern. Nimm dir, was du brauchst. Die Sonne wird unbarmherzig sein. Ich werde inzwischen den Wagen anspannen lassen. Wir treffen uns vor dem Haus.«

Er verschwand, und Elizabeth eilte in die kleine Garderobe, wo sie einen breiten Hut mit langen grünen Bändern wählte, denn sie begann beim Gedanken an die Blässe der Schönen des Südens um ihren rosigen Teint zu fürchten.

Einen Augenblick später war sie auf der Straße und stieg in den eleganten Einspänner. An der Seite Onkel Charlies, der einen prächtigen Panamahut trug, fühlte sie sich glücklich wie bei einem Abenteuer. Der Frohsinn ihres Landsmanns ließ sie die Ängste der Nacht vergessen, und sie jauchzte beim Anblick der blaßroten Ziegelhäuser, auf die die Sykomoren ihre beweglichen Schatten warfen. Mit ihren hohen Fenstern und ihren schlichten Fassaden bewahrten die alten Gebäude etwas von der strengen Würde der ersten Kolonisatoren. Zum ersten Mal gewann Elizabeth einen Einblick in das Wesen des Südens, das sich jeder Definition entzieht und Außenstehenden immer unverständlich bleiben wird. Sie empfand ein sonderbares Gefühl, das so plötzlich wie ein Verliebtsein erwachte und das sie sich nicht erklären konnte.

Der immer raschere Trott des Pferdes verriet Charlie Jones' Ungeduld. Jeden Morgen eilte er zum Bauplatz am Madison Square wie zu einem leidenschaftlichen Rendezvous, denn es gehörte zu seinen größten Freuden, sein Werk mit dem Stolz eines unvoreingenommenen Besuchers zu betrachten.

Madison Square zählte zu den breitesten und schattigsten Plätzen der Stadt. Mit seinen Korkeichen war er ein beliebter Treffpunkt der Spaziergänger und der Damen, die sich dort am späten Nachmittag unter ihren winzigen und beinahe überflüssigen Sonnenschirmen einfanden.

Doch seit achtzehn Monaten wurde eine ganze Ecke des Platzes von einer Art Zitadelle eingenommen, die aus turmhohen Gerüsten und einem Bretterwall aus Pinienholz gebildet war und deren verschlossene Tür den Schaulustigen keinen Zugang erlaubte. Dieser rotbraune Zaun, der offensichtlich schön und solide aussehen sollte, erregte zuerst Aufmerksamkeit und sodann eine unbezähmbare Neugier. Man fragte sich, welche Schätze diese hohen Bretter wohl verbargen, die so exakt zugeschnitten und aneinandergefügt waren, daß auch nicht der geringste Spalt einen Einblick ins Innere des großen Vierecks erlaubte.

Der Einspänner hielt vor der hölzernen Tür, Charlie Jones sprang wie ein junger Mann auf den Gehsteig und reichte Elizabeth die Hand, um ihr beim Aussteigen zu helfen. All das geschah mit verblüffender Geschwindigkeit, der Schlüssel drehte sich im Schloß, die Tür ging auf, und sogleich erschien ein ordentlich gekleideter Schwarzer. Offensichtlich erwartete er sie, und nachdem er Charlie Jones begrüßt hatte, nahm er das Pferd beim Zügel.

»Warte mit dem Einspänner im Schatten und beantworte keine Fragen. Vergiß das nicht. Ich verbiete es dir.«

»Ja, Massa Cha'lie.«

Auf der Türschwelle machte Charlie Jones eine feierliche Miene und hielt dem jungen Mädchen eine kleine Rede:

»Elizabeth, du wirst nun für einen Augenblick Amerika verlassen und dich in England befinden. Das vertraue ich dir an, weil du Engländerin bist. Du wirst von meinem Haus nur den unteren Teil sehen, aber wir sind schon weit über die Fundamente hinaus. Drei Fenster im Erdgeschoß sind bereits an ihrem Platz. Das ganze Mauerwerk kommt später, aber eine Ecke ist schon fertig. Auf diesem Grundstück, das ich für einen horrenden Preis erworben habe, gebe ich der Krone ein Stück ihrer Kolonie zurück, die ihr in diesem unglücklichen Krieg, in dem sie einen ganzen Kontinent verlor, am längsten treu geblieben ist. Hältst du mich für verrückt?«

»Onkel Charlie, es gibt Fragen, auf die man nicht zu antworten braucht, aber Sie haben mich neugierig gemacht, diese Türschwelle zu überschreiten.«

Er blickte sie einen Augenblick wortlos an und fuhr dann fort:

»Sehr gut. Ich rede mit einer intelligenten Frau. Was ich hier baue, hätte man im Frankreich des Ancien Régime ein Lustschloß genannt. Das meine wird ein Lustschloß im Tudorstil sein.«

»Im Tudorstil?«

»Ja, und inmitten von Palmen und Bananenbäumen. Jetzt glaubst du wirklich, daß ich verrückt bin, nicht wahr?«

»Ja«, erwiderte sie lachend, »aber gehen wir doch um Himmels willen endlich hinein.«

»Folge mir.«

Er trat ein, half Elizabeth über die Schwelle, und dann wurde die Tür mit energischer Hand doppelt verriegelt.

Die Sonne stand hoch und überflutete die Baustelle mit ihrem Licht, so daß das junge Mädchen zuerst nichts sah. Sie zog ihren Hut in die Stirn und schützte die Augen mit dem Fächer. Plötzlich fühlte sie Charlie Jones' weiche Hand auf ihrem Arm.

»Laß uns in eine schattige Ecke gehen, wo es angenehmer ist.«

Seine Stimme war nicht mehr so belehrend und fest wie vorhin. Er sprach jetzt mit einer sanften Zärtlichkeit.

Etwa zwölf Schritte weiter gelangten sie in einen Winkel des Bauplatzes, wo das Licht nicht blendete.

»Schau«, sagte er, »achtzig Mann arbeiten an diesen Mauern von früh bis spät in kleinen Gruppen, die einander ablösen.«

Sie sah Männer in blendendweißen Leinenkitteln und mit großen Strohhüten, die ihre Köpfe wie unter einem Dach verbargen.

In der gegenüberliegenden Ecke ragte ein Gerüst auf, zu dessen Füßen Stapel von riesigen mit Metallbändern verschnürten Holzkisten lagen. Eine von ihnen, die man gerade öffnete, wurde von einem schwarzgekleideten Mann überwacht, den Elizabeth trotz des Panamahuts, der ihm bis zu den Schultern reichte, mühelos wiedererkannte.

»Du siehst dort deinen Tänzer von gestern abend«, sagte Charlie Jones. »Er weiß sehr wohl, daß du hier bist, aber wie ich ihn kenne, wagt er nicht, sich vor dir zu zeigen, weil er sich seines Kneifers schämt.«

»Sein Kneifer hindert mich nicht, ihn zu mögen.«

»Ach, wenn er dich nur hören könnte! Er betet dich an.«

»Das ist leider mehr als ich mir wünsche.«

»Und für ihn ist es ein kleines Drama. Er hat es mir vorhin gestanden, und jetzt leidet er Qualen unter seinem schönen Panamahut.«

»Onkel Charlie, es tut mir furchtbar leid, aber Liebe läßt sich nicht erzwingen.«

»Das weiß ich sehr gut, und ich möchte um nichts auf der Welt, daß du die Frau eines Francis Brooks wirst, aber soll ich dir nicht eine Bank bringen lassen? Bist du müde?«

»Durchaus nicht. Was ist denn so Kostbares in diesen Kisten, die man mit einer solchen Behutsamkeit öffnet?«

»Ziegelsteine aus England, die ich mir mit Handelsschiffen

kommen lasse. Die Reise ist lang, aber der Inhalt der Kisten ist mir jeden Preis wert. Jeder dieser Steine ist in mehrere Lagen Seidenpapier verpackt.«

Elizabeth schob die Krempe ihres Huts zurück und blickte Charlie Jones an, der keine Miene verzog.

»Soll das ein Scherz sein?« fragte sie.

»Frag einmal Francis, ob ich scherze, wenn ich höre, daß ein Stein zerbrochen ist. Dann geht die Furcht auf der Baustelle um, obgleich ich meinen Zorn nur in Worten auslasse. Siehst du, ich will, daß alles in diesem Hause von vollkommener Schönheit ist und daß alles, bis auf das letzte Stück Holz, Metall oder Glas, aus der Heimat kommt.«

»Auch Glas?«

»Gewiß. Damit das Licht in jedem Zimmer durch die Fenster von drüben dringt. Ich weiß, was du denkst. Denke es nur, mein Kind. Die Franzosen sagen: verrückt wie ein Engländer. Du hast einen Engländer vor dir. Verstehst du?«

»Nun, die Tatsachen sind so offenkundig, daß die Frage sich erübrigt.«

»Ausgezeichnet. Ich fahre fort: dieses Haus wird eines Tages ein Zufluchtsort sein. Frage mich nicht, wie oder warum. Ich weiß es selbst nicht, aber ich bin mir dessen sicher.«

Auf dem Boden bezeichneten kleine Mäuerchen in Vierecken und Rechtecken die Wände des Erdgeschosses.

»Den Eingang wird eine lange, mit Statuen geschmückte Halle bilden, die zu einer breiten Wendeltreppe führt«, erklärte Charlie Jones. »Kannst du sie dir vorstellen?«

»Als ob ich bereits hinaufstiege.«

»Eine absurde Legende berichtet, daß man einst genau an dieser Stelle auf einer Leiter zum Galgen hinaufstieg.«

»Interessant.«

»Ich sage es dir lieber gleich, bevor man es dir heimlich zuflüstert. Du wirst den üblichen Schauder verspüren.«

»Da irren Sie sich. Ich erschaudere nicht wegen solcher Kleinigkeiten.«

»Vortrefflich. Der Salon zur Rechten ist riesig und mit Stukkaturen längs der Karniese geschmückt.«

Mit einer ausladenden Geste bezeichnete er im Raum unsichtbare Stukkaturen.

»Stukkaturen aus Italien, die Sie auf Handelsschiffen kommen lassen«, bemerkte Elizabeth spöttisch.

»Pardon, weit gefehlt. Sie werden hier von englischen Stukkateuren im reinsten Grimling-Gibbons-Stil ausgeführt. Am anderen Ende des Erdgeschosses befindet sich der Speisesaal.«

»Riesig vermutlich.«

»Irrtum, mein Kind. Ich hasse die Festgelage, die zur Beredsamkeit ermutigen. Aber gehen wir, Elizabeth. Es ist heiß, und wir haben noch einen Besuch zu machen. Soll ich Francis bitten, daß er kommt und dich begrüßt? Er wird zuerst seinen Kneifer abnehmen.«

»Der arme Francis. Ich möchte ihn lieber nicht leiden lassen. Mit seinen veilchenblauen Augen könnte sich manche Frau in ihn verlieben.«

»Die Augen sind wirklich nicht schlecht, und man hofft, ihn von seiner Kurzsichtigkeit zu heilen, aber das wird eine lange und komplizierte Prozedur sein. Er kehrt uns gerade den Rücken zu. *Filons.*«

28

Nachdem sie wieder in den Einspänner gestiegen waren, lenkte Charlie Jones seinen Rotfuchs in raschem Trott zum Monterey Square, wo der Bischof Elliott ein großes Gebäude aus der Zeit Oglethorpes bewohnte, dessen Fassade von schlichter Eleganz allgemein sehr bewundert wurde. Die hohen und schmalen Fenster gruppierten sich rechts und links um eine schwarzgestrichene Tür, die schon für sich allein mit ihrem graziösen, von griechischen Säulenreliefs gestützten dreieckigen Türgiebel als ein Meisterwerk klassischer Ornamentik gelten konnte. In der Mitte der Tür funkelte ein schwerer kupferner Klopfer.

»Da du eine gute Protestantin bist«, sagte Charlie Jones, als sie sich dem bischöflichen Palais näherten, »wirst du sicherlich einige Fragen über die besondere Institution, die dich so empört, auf dem Herzen haben. Hochwürden weiß auf alles eine Antwort.«

Elizabeth begann sich ein wenig zu ängstigen: »Er wird mir doch hoffentlich keinen theologischen Vortrag halten!«

»Dazu ist er viel zu wohlerzogen. Du brauchst keine Angst zu haben. Er ist ein alter Herr von untadeliger Höflichkeit.«

Ein farbiger Diener in schwarzer Livree öffnete ihnen die Tür und führte sie in die Bibliothek, die einen Teil des Erdgeschosses einnahm.

Der Bischof empfing sie mit charmanter Herzlichkeit. Hochgewachsen, schlank und schwarz gekleidet, trug er ein schlichtes Metallkreuz an einer Kette auf der Brust. Dieses Detail fiel dem jungen Mädchen zuerst auf, und sie blieb eine Weile stumm. In ihrer Religion gab es keine derartigen Insignien, und sie war heimlich schockiert, aber das schöne rosige und ebenmäßige Gesicht, das sich ihr zuneigte, beruhigte sie ein wenig, und sie lächelte. Der Bischof fragte seine Besucher, ob sie eine kleine Erfrischung wünschten, und Charlie Jones lehnte höflich ab.

Auf allen Seiten ragten die Bücherregale bis zur Decke empor und verrieten ein gewaltiges Wissen, das Elizabeth einschüchterte. Sie wandte den Blick zum Fenster, das auf den von Sykomoren beschatteten Monterey Square hinausging. Damen gingen vorbei, schwatzten und waren glücklich, frei ... Wie sehr sie bedauerte, nicht unter ihnen zu sein! Ihr erster Bischof machte ihr Angst.

Sie nahmen Platz. Zunächst kommentierte man in aller Ruhe die politischen Neuigkeiten. Charlie Jones pries Clays Bemühungen um die Rettung des Friedens, und Hochwürden Elliott konnte solch lobenswerte Absichten natürlich nur gutheißen. Dennoch war er eher für die von Calhoun befürwortete Stärke. Und nun begeisterten sich beide für die Hartnäckigkeit des alten Kämpfers, der – zu krank, um sich selbst zum Senat zu begeben – einen Vertreter beauftragt hatte, seine Rede vorzulesen. Als ob man den Mann mit dem Raubvogelblick und dem zornig gesträubten Haar ersetzen könnte! Immerhin hatte die Rede ihre Wirkung nicht verfehlt, und seit seinem Tode waren die Verhandlungen ins Stocken geraten. Dieser Meinungsaustausch blieb für Elizabeth unverständlich und ohne Reiz, aber da sie jetzt ruhiger geworden war, beobachtete sie Hochwürden Elliott und fand ihn schließlich recht gutaussehend, trotz der langen weißen Haarsträhnen, die ihm über die Ohren hingen. Sie hatte ihn sich jünger vorgestellt. Den tiefblauen Augen, hinter denen sich wahrscheinlich ein Abgrund von Gelehrsamkeit verbarg, fehlte es nicht an Güte, aber es war nicht nur jene Liebenswürdigkeit, die sein Rang ihm abverlangte, sondern eine gewisse menschliche Zärtlichkeit, die sehr weit gehen konnte. Es lag etwas Paradiesisches in diesen Augen, der Glaube, die großen Tugenden – das sagte sie sich, um ihren Protestantismus zu betonen – und auch die Liebe, die Liebe zu den Menschen, gewiß hatte er sie gekannt, als er jung war ...

Wie geschwätzig diese beiden Männer waren! Vielleicht sollte sie lieber auf ihre Fragen bezüglich der besonderen Institution verzichten. Sie erhoben sich bereits, wie um den Besuch zu beenden, und auch sie sprang rasch auf. Doch jetzt sprachen sie von ihr. Charlie Jones erklärte Hochwürden gerade, daß sie aus einer alten Familie der Grafschaft Kent stammte, und daß das Schloß ihrer Ahnen, obgleich in andere Hände übergegangen, über dem Portal immer noch das Wappen aus der Zeit Heinrichs VII. trug. Hochwürden richtete seinen Blick auf sie, sie nickte ihm leicht mit einem beifälligen Lächeln zu und fühlte sich glücklich – bis Onkel Charlies unglaublicher Kommentar sie wie ein Donnerschlag traf:

»Ungeachtet alles dessen ist sie eine Abolitionistin.«

»Eine Abolitionistin!« rief Hochwürden aus.

Er neigte sich der jungen Abolitionistin mit einem strahlenden Lächeln zu, und das goldene Kreuz, das sich ein wenig von seiner Brust entfernte, baumelte in der Luft.

»Mein liebes Kind, glauben Sie vielleicht, die einzige Abolitionistin hier im Süden zu sein? Im Grunde meines Herzens denke ich wie Sie.«

Fasziniert und entzückt, fühlte sie, wie ihr bei diesen Worten das Herz aufging, und sie verlor sich im Anblick seiner etwas starren blauen Augen.

»Die Sklaverei ist eine Plage, für die der Süden nicht verantwortlich ist«, sagte Charlie Jones energisch.

»Wissen Sie nicht«, fuhr der Bischof fort, ohne den Blick von Elizabeth zu wenden, die wieder zu einem kleinen Mädchen geworden war, »oder haben Sie vergessen, daß Abraham, Isaak und Jakob Sklaven besaßen?«

Bei den Namen der heiligen Erzväter erwachte die eifrige Bibelleserin mit einem Schlag:

»Euer Gnaden, in der Heiligen Schrift ist aber nur von Dienern die Rede.«

»So nennen wir sie ja auch«, erwiderten die blauen Augen.

Diese unerwartete Antwort ließ sie zusammenzucken.

»Aber dennoch ...«, entgegnete sie tapfer.

»Dennoch besteht die besondere Institution, die uns aufgezwungen wurde, nun schon seit so langer Zeit, daß man annehmen darf, sie sei irgendwo im göttlichen Heilsplan vorgesehen ...«

»Oh!« sagte Elizabeth.

»... bis auf weiteres«, berichtigte Charlie Jones.

»Es ist in der Tat durchaus möglich«, räumte der Prälat ein, »daß sie mit den neuen Ideen in zwanzig Jahren verschwunden sein wird.«

»Wir sehen eine ähnliche Entwicklung wie für die Leibeigenen in Rußland voraus«, bemerkte Charlie Jones.

Elizabeth blieb stumm, während die beiden Männer das Gespräch im angeregten Austausch der üblichen Höflichkeitsfloskeln beendeten. Ihrer Erziehung getreu, verabschiedete sich das junge Mädchen mit einem angedeuteten Knicks, wie es die Sitte verlangte. In diesem Augenblick legte der Bischof seine Hand auf ihr Haupt und segnete sie mit großer Zuneigung. Ganz verwirrt, vermochte sie nur noch zu stammeln:

»Ich danke Euer Gnaden.«

Im Wagen schwenkte sie ihren Fächer mit jenem Anflug von Gereiztheit, der sie wieder sehr erwachsen machte.

»Eine imposante und edle Erscheinung, dieser Bischof von Georgia«, sagte Charlie Jones. »Und mit ganz anglikanischem Charme.«

»Mag sein, Onkel Charlie, aber ich teile seine Ansichten nicht.«

»Du wärst keine Engländerin, wenn du sie teiltest.«

»Er redet einfach allen nach dem Mund. Sein göttlicher Plan hat mich nicht überzeugt. Ich bin gegen die Sklaverei.«

»Vortrefflich. Ich auch. Wenn meine Diener in den Norden gehen wollen, steht es ihnen frei. Ich habe es ihnen gesagt, aber sie sind nicht so dumm! Es geht ihnen sehr gut bei mir. Und dann habe ich keine Plantage. Meine Büros sind am Hafen. Ich verkaufe Baumwolle nach ganz Europa, Elizabeth. Ich bin ein Kaufmann.«

»Ein Kaufmann?«

»Jawohl, ein Kaufmann. Schockiert dich das? Bist du enttäuscht? Es gibt keinen anderen Ausdruck dafür, alle Geschäfte laufen über uns, und wenn man so will, liegt das Schicksal der Stadt praktisch in unseren Händen. In Zeiten finanzieller Krisen – denn die gibt es bei uns auch – setzt ein wahrer Sturm auf meine Bank ein, ich meine die, die ich hier gegründet habe.«

»Das wußte ich nicht«, sagte Elizabeth in jenem leicht bewundernden Ton, den sie um der Höflichkeit willen anschlug.

»Es ist ganz gut, daß du es weißt«, fuhr Charlie Jones fort, »und ich sage es nicht, um mich vor dir zu brüsten, sondern weil ich mir mit dem Reichtum auch das Bewußtsein einer ganz gewaltigen Verantwortung erworben habe, und darin liegt unsere Gemeinsamkeit.«

»Wie soll ich das verstehen?«

»Auf der Liste der Dinge, die dich empören, steht, glaube ich, auch die Verachtung der feinen Gesellschaft für die armen Weißen.«

»Ja, und sogar ganz weit oben.«

»Das Duell von heute früh – dein erstes Duell – ist ein augenfälliges Beispiel dafür. Würdest du Francis Brooks heiraten, wenn du in ihn verliebt wärst?«

»Verliebt? Aber ich bin wirklich in niemanden verliebt.«

»Noch nicht, aber unsere jungen Südstaatler haben bisweilen ein sehr einnehmendes Wesen.«

»Erstens einmal weiß ich nicht, ob ich überhaupt Lust zum Heiraten habe.«

»Lassen wir das. Sage mir, kennst du eine unausstehlichere Rasse als die Engländer?«

»Ja, alle anderen.«

Charlie Jones brach in schallendes Gelächter aus.

»Dann muß ich dir sagen, du unausstehliche kleine Engländerin, was unsere Aristokratie dem Süden geschenkt hat, als sie sich hier niederließ: ihre Selbstgefälligkeit, ihren herablassenden Hochmut, der Höflichkeit vortäuschen soll, ihren Hang zum Luxus und der Zurschaustellung dieses Luxus ...«

»... und ihre Eleganz, ihren tollkühnen Wagemut, ihre Weigerung, sich geschlagen zu geben, ihre eiserne Standhaftigkeit im Unglück ...«

»... aber auch die Verachtung in ihrem Blick, wenn sie das Elend sehen, weil das Elend der Mißerfolg ist, während sie den Mammon des Reichtums und des Erfolgs anbeten, und ihre Heuchelei, die ihnen quasi Weltruhm verschafft hat ...«

»Onkel Charlie!« schrie Elizabeth.

»Beruhige dich, wir sind da. Nur eines noch: als Europa von einem Tyrannen beherrscht wurde, war es England, das mit der gewohnten bornierten Starrköpfigkeit zehn Jahre lang nein gesagt und ihn schließlich gestürzt hat.«

Elizabeth warf ihm einen triumphierenden Blick zu.

»Napoleon Bonaparte«, murmelte sie.

»Sachte, mein Kind. Es handelt sich um den größten Mann unserer Zeit. Aber England war nie ein großmütiger Feind; das ist ein Luxus, den es sich nicht leisten kann. Als der Gegner ihm in die Hände fiel, hat es ihn auf eine verlorene Insel in den Tod geschickt, und erst danach hat es begonnen, ihn zu bewundern. So geht es immer. Man mag uns respektieren, aber lieben wird man uns nie – außer in Einzelfällen, wenn es um Personen von unwiderstehlichem Charme geht ...«

»Wie Sie, Onkel Charlie«, rief Elizabeth, die an das Porträt in ihrem Zimmer dachte.

»Das wollte ich gerade sagen«, erwiderte Charlie Jones lachend.

Er hielt mit dem Pferd unter der großen Sykomore an, die ihren Schatten über den Hauseingang warf.

»Siehst du«, fuhr er in ernstem Ton fort, »es war die größte Demütigung für den Mann, den man das korsische Ungeheuer nannte, daß er von einem Soldaten geschlagen wurde, der ohne Genie war.«

»Wellington, der *Iron Duke*, war immerhin ein großer Engländer.«

»Irrtum, meine liebe Elizabeth, er war Ire, aber lassen wir das Thema. Vorhin hast du Hochwürden Elliott tief in die Augen geblickt, leugne es nicht, mir entgeht nichts.«

»Ich leugne es nicht«, antwortete Elizabeth gereizt.

»Und was du in seinen blauen Augen suchtest, war dein England, nicht wahr?«

»Na und?«

»Aber dies, verstehe mich wohl, war nicht das richtige England.«

»Wie soll ich diese seltsamen Worte verstehen?«

»Du hast recht. Es mag dir seltsam erscheinen, daß ich mit dir hier auf der Straße über solche Dinge rede. Es ist eine meiner plötzlichen Eingebungen, die keinen Aufschub dulden. Ich liebe den Süden, da ich ja beschlossen habe, hier zu leben. Hier sind alle Merkmale einer großen Nation vereinigt, die sich vom Norden unterscheidet.«

Elizabeth zog die Hutkrempe über die Stirn, um sich vor der Mittagssonne zu schützen.

»Das höre ich nicht zum ersten Mal«, sagte sie geduldig.

»Doch zu seinem Unglück«, fuhr Charlie Jones fort, »lebt er in einer Welt, die den heutigen Zeiten nicht mehr entspricht. Der Norden verwandelt und modernisiert sich. Der Süden bleibt, wie er ist. Er gefällt sich in der Vergangenheit und macht sie zu seiner Gegenwart. Die Baumwolle sichert ihm Wohlstand. Er will nicht sehen, daß der Norden von Jahr zu Jahr in bedrohlicher Weise an Macht gewinnt.«

»Aber ich habe doch gehört, daß der Süden beunruhigt ist.«

»Beunruhigt oder nicht, jedenfalls ist er fest entschlossen, diesem gefährlichen Nachbarn die Stirn zu bieten. Man setzt sein Vertrauen in die Baumwolle, die der Norden und auch die europäischen Länder brauchen. Der Norden baut Fabriken. Im Süden gibt es keine einzige.«

»Ich sehe nicht ein, warum es deshalb einen Krieg geben soll.«

»Ein Krieg könnte vermieden werden, wenn der Süden zu Zugeständnissen bereit wäre, aber er will auf keinen Fall den Anschein erwecken, daß er sich einschüchtern läßt. Sein Stolz steht auf dem Spiel, und damit riskiert er, sich in ein gefährliches Abenteuer zu stürzen, dessen Ende niemand vorauszusehen vermag.«

»Dann ist der Krieg also unvermeidlich?«

»Nicht unbedingt, weil auch der Norden keine Lust hat, sich einer so kostspieligen Machtprobe auszusetzen. Ich bin überzeugt, daß man eine mehr oder weniger dauerhafte Lösung finden wird, die beiden Teilen erlaubt, das Gesicht zu wahren. Glaubst du, ich würde ein Haus bauen, wenn ich der Ansicht wäre, daß wir kurz vor einem Krieg stehen?«

»Ehrlich gesagt, würde ich am liebsten nach England zurückkehren, wenn ich könnte.«

»Hast du Angst?«

»O nein!« rief sie wütend und verwirrt. »Ich sagte das nur, weil ich Heimweh habe.«

»Das bringt uns auf das, was ich eben sagte, zurück. Dein England ist nicht hier im tiefen Süden, sondern in Virginia. Dort wirst du es finden, mit seinen stillen und grünen Wiesen, den Wäldern und den großen Landhäusern, wo nichts zu einem glücklichen Leben fehlt. Aber ich sehe, du fühlst dich nicht wohl hier in der Sonne. Gehen wir in den Garten. Ich habe dir noch etwas zu sagen.«

Er berührte sein Pferd mit der Peitsche, und der Einspänner fuhr auf die andere Seite des Hauses. Ein Diener nahm den Rotfuchs am Zügel. Einen Augenblick später saß Elizabeth mit Charlie Jones in einer schattigen Laube, wo sie mit einem Seufzer der Erleichterung ihren Hut abnahm. Ringsum hingen die Zweige der Bäume wie ein grüner Vorhang bis auf den Boden und verliehen diesem Zufluchtsort die Kühle einer Grotte.

»Ich gestehe, daß ich Ihnen lieber hier zuhöre, als draußen auf der Straße«, sagte sie lächelnd.

»Welch ein Vorwurf!« rief er lachend. »Ich verdiene ihn, aber du mußt mich nehmen, wie ich bin. Die Laune des Augenblicks läßt mich alle Höflichkeit vergessen. Und nun höre. Ich erzähle dir eben von Virginia. Schon der Name hat für mich einen zauberhaften Klang. Es ist der Staat, aus dem die bedeutendsten Männer Amerikas stammen. Man hat ihn Virginia genannt, zu Ehren der jungfräulichen Königin, der großen Elizabeth. Dort wirst du dich wie zu Hause fühlen, und dort habe ich mir ein Haus bauen lassen, in das ich dich eines Tages mitnehmen werde. Du wirst es nicht mehr verlassen wollen. Mein Sohn verbringt dort seine Ferien.«

»Ihr Sohn? Ich wußte nicht ...«

»Ich habe den Eindruck, daß man dir fast nichts über mich erzählt hat. Ich war verheiratet und bin seit zwei Jahren Witwer.«

Das Wort Witwer versetzte Elizabeth einen solchen Schock, daß sie Charlie Jones plötzlich wie von einem Trauerflor umgeben sah.

»Mach nicht so ein entsetztes Gesicht«, sagte er ein wenig traurig. »Ich liebte meine Frau, und da ich noch in Trauer bin, habe ich gestern abend den Ball nicht eröffnet. Du hast dich vielleicht gewundert ...«

»Nein.«

»Durch diese Ehe bin ich mit allen Familien des Südens versippt.«

»Mit allen Familien? Sie meinen doch nur die besten?«

»Sagen wir die, auf die es ankommt. Ich gebe nicht viel auf Adelstitel. Jedenfalls hoffe ich, mich im nächsten Jahr wieder zu verheiraten.«

Er zögerte einen Augenblick und fuhr fort:

»Mein Sohn ist bereits achtzehn Jahre alt. Er studiert auf der Universität von Virginia, wo alle Söhne der Gentry des Südens hingehen. So ist das. Ich habe dir fast alles gesagt. Bleibt nur noch das Wichtigste, das aber auch am schwierigsten ist. Um es kurz zu machen: Als deine Mutter in Schwierigkeiten war und sich an meinen Freund Hargrove wandte, tat sie es, weil er mit deinem Vater verwandt ist.«

»Das weiß ich alles.«

»Hätte sie das Unmögliche getan und sich an mich gewandt, so wärst du nicht in Dimwood, sondern hier oder in Virginia, und wie ich glaube, glücklicher. Ich will dafür sorgen, daß du ein angenehmes Leben hast.«

»Ich danke Ihnen. Ich möchte meine Mutter möglichst bald wiedersehen.«

Er zögerte wieder und blickte sie ernst an.

»Ich verstehe dich, Elizabeth. Deine Mutter ist eine bewundernswerte Frau. Wir können jetzt ins Haus gehen. In einer Stunde essen wir zu Mittag.«

Und mit einer unerwarteten Geste neigte er sich über sie und berührte ihre Stirn mit seinen Lippen.

»Bleibe bei uns«, sagte er.

Sie antwortete nicht.

29

Sie verließ Charlie Jones im Vestibül und ging gleich auf ihr Zimmer. Alles war in vollkommener Ordnung, und sie sah auf den ersten Blick, daß das Porträt immer noch an seinem Platz hing. Sie klingelte.

Die Sonne schien nicht mehr ins Zimmer, und die halbgeschlossenen Läden schützten vor dem blendenden Licht, aber kein Lufthauch bewegte die langen Musselingardinen.

Elizabeth wusch sich ausgiebig das Gesicht und die Arme, als Nora endlich keuchend und mit den Pantoffeln schlurfend erschien.

»Mam'sell Lisbeth, ich wa' inne Küche, und ich komm nich' so schnell die T'eppe hinauf.«

»Schon gut, Nora«, sagte Elizabeth, während sie sich abtrocknete. »Hör mal, hat Mr. Charlie dir nicht gesagt, du sollst sein Porträt in sein Zimmer bringen und hier statt dessen ein Blumenbild aufhängen?«

»Ja, Mam'sell, aba wenn Mam'sell Lisbeth das Po't'ät will ...«

»Du mußt tun, was er dir sagt. Nimm das Porträt herunter und bring mir dafür – was er will. Nimm es gleich fort.«

»Gut, Mam'sell Lisbeth.«

Sie gehorchte, nahm das Porträt mit großer Vorsicht vom Haken und schlurfte langsam zur Tür, die Elizabeth ihr weit öffnete. Auf der Schwelle blieb die alte Frau stehen.

»Mam'sell Lisbeth nich' zufrieden?« fragte sie in klagendem Tonfall.

»Nora, ich habe dir verboten, mich das zu fragen. Merke dir ein für allemal, daß ich nie unzufrieden mit dir bin. Und nun schaff das Bild hier heraus, aber sei vorsichtig auf der Treppe.«

Ein wenig beunruhigt beobachtete sie den Abtransport des Bildes, bis Nora unten war, dann schloß sie die Tür.

Ihr Blick fiel auf die Wand, wo das Porträt nun nicht mehr hing, und sie betrachtete den leeren Fleck.

»Witwer«, dachte sie, »und Vater eines achtzehnjährigen Sohns. Also eigentlich ein alter Herr. Als er jung war, muß er sich schön gefunden haben, daß er sich hat malen lassen.«

Ein paar Minuten lang gab sie sich Betrachtungen über die ungerechten Verwandlungen des Alters hin, dann beschloß sie, sich zum Mittagessen umzuziehen und wählte das Kleid, das sie am schönsten, wenn auch ein wenig auffällig fand: es war meergrün und mit lila Bändern geschmückt. Es schien ihr ein amüsantes Wagnis, und sie fühlte sich darin ein bißchen wie eine andere Person.

Als sie sich vor dem Spiegel bewunderte und die Falten des leichten Stoffs zurechtzupfte, klopfte es an die Tür, und bevor sie antworten konnte, trat Tante Emma in einem langen flohbraunen Kleid mit schwarzen Bändern ein.

In der Mitte des Zimmers blieb sie stehen und blickte Elizabeth schweigend an.

»Darf ich erfahren«, fragte sie schließlich mit entrüsteter Stimme, »woher du dieses extravagante Kleid hast?«

»Es ist durchaus nicht extravagant«, erwiderte Elizabeth mit Festigkeit. »Onkel Josh hat es mir gestern gekauft, und es entspricht der Mode von Savannah.«

Tante Emma runzelte die Stirn.

»Die Mode dieser Stadt scheint mir höchst zweifelhaft. Sie läßt wirklich allen Ernst vermissen.«

»Die jungen Mädchen meines Alters tragen oft noch lebhaftere Farben.«

Tante Emma warf den Kopf zurück.

»Wenn du meine Tochter wärst, würde ich verlangen, daß du ein unauffälligeres Kleid anziehst. Was wohl deine Mutter sagen würde, wenn sie ...«

Plötzlich brach sie ab und fuhr dann in einem ruhigeren Ton fort:

»Ich kam nur vorbei, um mir meine Bibel zu holen. Du hast doch hoffentlich die Kapitel gelesen, die ich dir angab?«

»Nein, nicht diese Kapitel, sondern etwas anderes ... von Paulus.«

»Paulus? Na schön. Du hättest zuerst das Evangelium lesen sollen, aber hören wir mal, was du von Paulus weißt.«

»Im Brief an die Galater ...«

»Wie kamst du darauf?«

»Eine plötzliche Eingebung«, antwortete Elizabeth, eifrig bemüht, die Wahrheit zu sagen, ohne sich zu verraten.

»Ich bin nicht gegen diese Art von Eingebungen, ich habe sie auch zuweilen. Und was hat Paulus gesagt?«

»Es war etwas, das mich stutzig machte: ›Gott läßt sich nicht spotten.‹«

Tante Emma schloß die Augen und sagte mit tonloser Stimme:

»Richtig. Ich hatte diesen Vers vergessen. Er hat mir immer Angst gemacht.«

Mit einem Schlag hatte ihr Gesicht sich entfärbt und war nun von einem ungesunden Weiß, das ins Gelb überging.

»Was haben Sie, Tante Emma? Wie kann Ihnen dieser Vers Angst machen? Er richtet sich doch nicht an Sie.«

»Doch, aber das kannst du nicht verstehen. Du bist zu jung.«

Während sie diese Worte sprach, wirkte sie plötzlich stark gealtert. Elizabeth hatte Mitleid mit ihr und führte sie zum Schaukelstuhl, in den sie sich hineinfallen ließ. Unter ihrem Gewicht setzte sich dieses Möbelstück sogleich in Bewegung und schaukelte sie mit der Ironie der Dinge fröhlich auf und ab, wie um mit ihr auf die Reise zu gehen.

»Schon wieder eine Gewissenskrise«, sagte sich das junge Mädchen, ohne ein Lächeln unterdrücken zu können. »Wir werden wohl nie zu Mittag essen.«

»Tante Emma«, fuhr sie laut fort. »Paulus schrieb für einfache Leute, die er wahrscheinlich ein wenig grob anfassen mußte.«

»Rede keinen Unsinn. Die Bibel spricht immer zu jedem von uns. Halt diesen Stuhl an.«

Man klopfte an die Tür. Ein Diener meldete, daß das Mittagessen in wenigen Minuten bereit sei.

»Gehen wir hinunter«, sagte Tante Emma, während sie sich den Schweiß von der Stirn wischte, und dann erklärte sie in einem entschlossenen Ton, der Elizabeth überraschte: »Ich glaube, in Dimwood wird es mir besser gehen als hier. Ich werde gleich mit Joshua reden.« (So nannte sie ihn nur in sehr ernsten Situationen.) »Hoffentlich bist du einverstanden, daß wir heimkehren. Ich finde überhaupt, daß Savannah keine Stadt für dich ist.«

»Ich weiß nicht, was Sie unter einer Stadt für mich verstehen, Tante Emma, aber ich werde glücklich sein, meine Mutter wiederzusehen.«

Bei diesen Worten warf ihr Tante Emma einen seltsamen Blick zu und sagte: »Hilf mir auf.«

Im Speisesaal, der im Halbdunkel lag, diskutierten Charlie Jones und Onkel Josh sehr angeregt, verstummten jedoch, als Tante Emma, gefolgt von Elizabeth, erschien. In einer Ecke hockte ein sehr junger weißgekleideter Mann, der am Seil eines Pankhas zog, und das große Stück Leinwand bewegte die feuchtwarme Luft mit einem leicht stöhnenden Geräusch.

»Wir haben euch warten lassen«, erklärte Tante Emma mit besorgter Miene. »Ich sprach mit Elizabeth über unsere Heimreise nach Dimwood.«

»So früh schon?« rief Charlie Jones aus.

Billy protestierte heftig:

»Kaum angekommen, reisen wir schon wieder ab.«

»Schweig! Wir fahren weder heute noch morgen, sondern übermorgen.«

»Das nenne ich mir einen kurzen Besuch, aber Dimwood ist nicht weit, und ihr seid in meinem Hause stets willkommen.«

»Dimwood ist langweilig, und in Savannah kann man sich amüsieren«, murrte Billy.

»Wir wollen lieber nicht wissen, was du darunter verstehst«, sagte Onkel Josh sarkastisch, »und auch nicht, was du in den Stunden getrieben hast, als du auf so geheimnisvolle Weise verschwunden warst.«

»Laß ihn, Josh«, sagte Charlie Jones. »Man ist nur einmal im Leben fünfzehn Jahre alt.«

»Fast sechzehn«, behauptete Billy.

Die beiden Männer tauschten einen Blick, als ob sie in Gedanken nachrechneten.

»Emma, laß uns bis zum Samstag bleiben«, sagte Onkel Josh. »Damit Elizabeth noch einige unserer Freunde besuchen kann. Ganz Savannah möchte sie brennend gern kennenlernen.«

»Vielleicht könntest du auch mit Emma vorausfahren«, sagte Charlie Jones, »und ich würde Elizabeth ein paar Tage später nach Dimwood bringen.«

»Und mich auch!« brüllte Billy.

Aber Tante Emma zeigte sich unerbittlich.

»Elizabeth wird mit mir und Billy heimkehren. Die Kinder haben für dieses Mal genug von Savannah gesehen.«

»Aber Mama!« rief Billy.

»Schweig. Elizabeth, ich nehme an, du bist einverstanden.«

»Ich gebe zu, daß ich mich freue, meine Mutter wiederzusehen.«

Es trat ein betretenes Schweigen ein, und man hörte nur noch das Stöhnen des Pankhas.

»Also schön«, sagte Charlie Jones, »dann bleibt es leider dabei ... Essen wir.«

Ein Hauch von Melancholie überschattete diese Mahlzeit, wie sehr sich Charlie Jones auch bemühte, die Konversation aufzuheitern. Onkel Josh machte ein besorgtes Gesicht, Tante Emma, in besonders gestrenger Laune, verzehrte mit sauertöpfischer Miene eine dick mit Marmelade bestrichene Scheibe Toast nach der anderen, und selbst Billy, der sich sonst so geschwätzig zeigte, machte den Mund nur auf, um wie durch ein Wunder ein gutes Dutzend in Ahornsirup schwimmende Pfannkuchen darin verschwinden zu lassen.

Elizabeth rührte ihren Tee kaum an und hüllte sich in Schweigen, beobachtete den jungen Schwarzen, der mechanisch am Seil des Pankhas zog, jedoch in der warmen und stickigen Luft bald einzudösen begann, so daß sich der Pankha plötzlich nicht mehr bewegte.

Tante Emma legte ihre Toastschnitte auf den Teller und äußerte mit matter Stimme:

»Ich ersticke.«

»Ach, der Junge ist eingeschlafen«, sagte Charlie Jones. »Wir werden ihn wecken.«

»Ein Glas kaltes Wasser ins Gesicht würde ihm nicht schaden«, erklärte Tante Emma.

»Der Vorschlag ist angenommen«, sagte Charlie Jones grinsend, »nur werden wir Ihre Methode etwas mäßigen.«

Damit tauchte er die Finger in eine Wasserschale und schnippte dem Schwarzen ein paar Tropfen ins Gesicht. Dieser riß verwirrt die Augen auf, und als er seinen Herrn lächeln sah, erwiderte er seinen Blick mit dem strahlenden Lächeln der Jugend.

»Pa'don, Massa Cha'lie«, stammelte er und zog das Seil mit aller Kraft.

»Ich an Ihrer Stelle würde diesen faulen Burschen verkaufen«, sagte Tante Emma, »und ihn den Mississippi herunterschicken, wo er noch einen Abnehmer finden könnte.«

»Emma«, fuhr Josh sie an, »um Himmels willen, was denken Sie sich eigentlich? Sind Sie sich bewußt, daß man Sie nebenan hört? Es ist wirklich nicht der geeignete Moment für solche Reden.«

»Beruhige dich«, sagte Charlie Jones, »ich habe nicht die geringste Absicht, Noah oder irgendeinen anderen meiner Diener zu verkaufen. Noah, hör endlich auf, wie ein gehetztes Tier dreinzuschauen und setze den Pankha in Betrieb.«

Die Maschine fing wieder an, mit ihren knarrenden Klagelauten die Luft zu bewegen, aber alle waren mit dem Essen fertig, und Tante Emma verkündete, sie würde auf ihr Zimmer gehen und sich ausruhen.

Nachdem sie sich zurückgezogen hatte, wechselten die beiden Männer einen Blick und schüttelten die Köpfe. Elizabeth schaute sie an, als ob sie eine Erklärung erwartete. Noch nie war ihr etwas so peinlich gewesen wie das Betragen Tante Emmas. Bisher hatte sie ihr gegenüber nur Gleichgültigkeit empfunden, manchmal auch ein gewisses Mitleid, wenn sie sie unglücklich glaubte, aber jetzt verabscheute sie sie.

Als Charlie Jones die fassungslose Miene des jungen Mädchens sah, rief er Noah zu, er könne jetzt gehen, und schlug dann Billy vor, sich ein Pferd satteln zu lassen und einen Erkundungsritt durch die Gegend zu machen. Der Stallmeister hatte bereits Anweisung, und der Ausflug war vorgesehen. Das Angebot wurde mit Freude angenommen, und der Junge verschwand, jedoch nicht ohne noch einen sehnsüchtigen Blick auf die restlichen Pfannkuchen und den Ahornsirup zu werfen.

»Das nenne ich mir eine unproblematische Natur«, sagte Onkel Josh, als Billy draußen war.

»Ich begreife nicht, wie Emma ein so einfältiges Wesen produzieren konnte. Emma ist eine große, gequälte Seele.«

»Charlie, lassen wir die Dinge, wie sie sind. Elizabeth, du hast dich doch hoffentlich nicht von dieser absurden Diskussion wegen des Pankhas beeindrucken lassen?«

Elizabeth wandte Onkel Josh einen absichtlich kühlen Blick zu: »Beeindruckt? Nein. Aber ich habe etwas gelernt, was ich bisher nicht wußte.«

»Schau, Tante Emma spricht, wie man zu ihrer Jugend sprach. Heute würde bei uns niemand mehr so unmenschliche Reden führen.«

Und er fügte leise hinzu:

»Nicht etwa, weil wir eine Rebellion der Schwarzen fürchteten . . .«

»Es wird keine Rebellion der Schwarzen geben«, erklärte Charlie Jones.

»Nein, Charlie, aber es ist eine jener Möglichkeiten, die wir nie ganz aus unseren Gedanken vertreiben können und die sich uns immer wieder aufdrängen. Was du eben gesagt hast, hört man alle Tage: ›Es wird keine Rebellion der Schwarzen geben, es wird keine Rebellion der Schwarzen geben.‹ Man ist sich dessen sicher, aber man hat das Bedürfnis, ständig zu wiederholen, daß man dessen sicher ist.«

»Josh, dich verfolgt die Erinnerung an Saint-Dominique.«

»In Saint-Dominique war es etwas ganz anderes. Dort hatten die Schwarzen einen Führer.«

»Ich sehe keinen Toussaint-Louverture auf unserem Boden wachsen, aber wir werden Elizabeth Angst machen, wenn wir noch länger über dieses unheilvolle Thema reden. Hier ist es zum Ersticken, verlassen wir diesen Raum.«

Elizabeth bedauerte nur, daß niemand etwas über ihr meergrünes Kleid mit den lila Bändern gesagt hatte.

30

Trotz der Hitze nahmen die für die bevorstehende Abreise erforderlichen Aktivitäten ihren geplanten Verlauf. Onkel Josh besorgte Geschenke aller Art, die die Dienerschaft in Dimwood von ihnen erwartete. Er verließ das Haus mit dem Einspänner, gefolgt von einem großen Lastkarren, und kehrte erst drei Stunden später zurück, erschöpft und am Ende seiner Nerven, jedoch zufrieden, diese undankbare Aufgabe, die er als mörderisch bezeichnete, hinter sich gebracht zu haben.

Sehr viel angenehmer verlief der Vormittag für Elizabeth, die mit Charlie Jones in der Kalesche auf den großen schattigen Avenuen spazierenfuhr. Nicht ohne Takt und mit sehr viel Geist klärte er seine zuweilen widerspenstige Landsmännin über den idealen und den wirklichen Süden auf. Sie zeigte sich in der Tat recht ungefügig, trotz allem Charme, den ihr Lehrmeister aufbot, denn sie hielt an ihren Einwänden fest, als gälte es, einen Schatz zu verteidigen, aber bald fühlte sie, wie sie gegenüber dem männlichen Element auf unwürdige Weise schwach wurde.

Der Spätnachmittag war einigen Besuchen im schönsten Wohnviertel gewidmet, dort wo sich die elegantesten Häuser befanden. Sie wiesen in ihren Fassaden und den Verzierungen der Türen allesamt eine gewisse Ähnlichkeit auf.

Man empfing Elizabeth mit der für den Süden typischen charmanten Herzlichkeit. Sie konnte wirklich glauben, daß all diese Freundschaftsbezeugungen ihr galten, und zuerst entging ihr der etwas formelle Charakter der Komplimente und der aufgeräumten Stimmung. Man tat alles, damit die junge Engländerin sich in dieser exklusiven und als hoffärtig verschrieenen Welt zu Hause fühlte.

Angesichts dieser Damen in Perlgrau und dieser Herren in Schwarz mit den bis zu den Ohren reichenden weißen Halsbinden hatte sie den Eindruck, daß sie alle ihrer eher ernsthaften Natur Zwang antaten, um den strengen Regeln einer konventionellen Höflichkeit gemäß liebenswürdig zu erscheinen, und sie fragte sich ein wenig beunruhigt, ob sie in ihrem grünen Kleid mit den lila Bändern nicht wie eine Bäuerin im Sonntagsstaat aussah. Tante Emmas entrüstete Bemerkung kam ihr wieder in den Sinn. Das alles verwirrte sie, denn sie war sich noch nicht des verführerischen

Charmes bewußt, den ihre ganze Person ausstrahlte und zu dem ihre klare und singende Stimme, deren Klang so sehr an die Heimat erinnerte, das ihre beitrug. Man fand sie bezaubernd.

Der darauffolgende Tag war hektisch. Die unmittelbar bevorstehende Abreise rief ein solches Durcheinander hervor, daß man hätte meinen können, es handle sich um die Vorbereitungen für eine Weltreise. Billy erleichterte die Sache dadurch, daß er wiederholt von der Bildfläche verschwand. Man verdächtigte ihn, sich in der Nähe des Ladens von Mademoiselle Clementine herumzutreiben, wo er in ständigem Kommen und Gehen auf eine Gelegenheit hoffte, die verführerische Mulattin Dorcas zu erspähen, die im Atelier der Caprices de Paris arbeitete – und so verging die Zeit.

Bei Charlie Jones füllten sich die Kisten und Truhen mit den Kleidungsstücken der Abreisenden. Man mußte noch einige Koffer hinzufügen, um Elizabeths Einkäufe zu verpacken. Diese Aufgabe fiel Nora zu, aber sie ließ einige Kleider, Schals und die »Unaussprechlichen«, die das junge Fräulein bei ihrem nächsten Aufenthalt wiederfinden sollte, in den Schubladen. Denn alle rechneten damit, daß sie einen guten Teil des Jahres in Savannah verbringen würde, alle, außer der Hauptperson, die sich mit zahllosen Fragen herumschlug.

Kurz vor dem Abendessen erschien Billy mit stutzerhafter Miene, und was er von seinen Wanderungen in den Wäldern zum besten gab, stieß auf lebhaftes Interesse, besonders bei Charlie Jones, der genau wußte, daß man in diesen undurchdringlichen Wäldern nicht spazierengehen konnte. »Aber«, wiederholte er im Flüsterton gegenüber Onkel Josh, »man ist nur einmal im Leben fünfzehn Jahre alt.«

Der nächste Tag versprach sehr heiß zu werden, und die Abreise wurde auf vier Uhr nachmittags verschoben. Man tat, was man konnte, um sich die endlose Wartezeit zu vertreiben, mit der man nichts Rechtes mehr anzufangen wußte. Tante Emma, die sich von ihrer heftigen Gewissenskrise erholt hatte, erklärte Onkel Josh im Vertrauen, daß sie glücklich sei, diese unmoralische Stadt zu verlassen, und verbrachte die ihr auferlegten Mußestunden am Schreibtisch, wo sie Briefe an ihre Freundinnen schrieb.

Wie am Vortag verschwand Billy, ohne das Ziel seines Spazierganges näher zu bezeichnen, und Onkel Charlie brachte Elizabeth das Schachspiel bei. Sie fand sofort Geschmack daran, und ihr großzügiger Gegner ließ sie die erste Partie gewinnen.

Während er ihr die vertrackten Sprünge des Pferdes und die Allmacht der Königin erklärte, gab er ihr weise Ratschläge, die sie sich aus Höflichkeit anhörte.

»In Dimwood tust du gut daran, die Leute reden zu lassen, ohne dich an den Diskussionen zu beteiligen. Man schwatzt viel zuviel im Süden. Ich fürchte, du wirst es manchmal nicht leicht haben und vielleicht sogar traurig sein ...«

»Traurig?« fragte sie beunruhigt.

»Aber dann auch wieder fröhlich. Das Leben hat nun einmal vielerlei Farben. Wenn der Herbst kommt, wird es zahlreiche Bälle geben. Junge Männer werden dir den Hof machen. Aber sei bitte nicht so dumm, auch nur ein Wort von dem zu glauben, was sie dir erzählen werden. Ich würde jetzt an deiner Stelle meinen Läufer zwei Felder vor die Königin setzen. Sie ist plump und furchtsam und wird sich nicht bewegen. Falls das Schicksal dir je einen harten Schlag versetzen sollte, erinnere dich, daß ich dein bester Freund und immer für dich da bin und daß dein Zimmer dich hier erwartet. Ich rücke mit meinem König vor, was sehr ungeschickt ist. Du kannst ihn mit deinem Turm matt setzen, er ist verloren. Schach matt. Bravo. Aber man ruft zum Essen.«

»Schon?«

»Das Schachspiel hat Zauberkraft. Es vertreibt nicht die Zeit, es schlägt sie tot, vernichtet sie. Das ist sehr praktisch.«

Er durchquerte den Salon und trat vor Tante Emma hin, die zusammenzuckte und ihn verblüfft anblickte.

»Tante Emma, Sie müssen die Feder niederlegen«, sagte er. »Wir essen zu Mittag. Josh, laß deine Zeitung. Was ist eigentlich mit euch los? Träumt ihr denn alle? Habt ihr Jeremia nicht gehört, als er zu Tisch rief? Und wo ist Billy?«

»Hinter Ihnen, Onkel Charlie.«

Da war er wahrhaftig, etwas rot im Gesicht und mit Schweißtropfen auf der Stirn.

»Ich bin gerade gekommen. Ich war ...«

»Ich habe dich nicht gefragt, wo du warst. Gehen wir endlich essen.«

Im Halbdunkel des großen Zimmers, wo das Silber auf dem weißen Tischtuch glänzte, hockte Noah und zog kräftig am Seil des

Pankhas, und das Hin und Her der großen Zeltleinwand schuf die Illusion eines frischen Lufthauchs, aber es fehlte der Mahlzeit an festlicher Stimmung. In dieser Hitze hatte niemand Lust zu essen oder viel zu reden. Nur Billy bewahrte seinen gesunden Appetit und machte einen vergeblichen Versuch, seinen Morgenspaziergang zu beschreiben. Man gebot ihm Schweigen, worauf er sich mit ein paar Dutzend Flußkrebsen tröstete und – da er als letzter bedient wurde – mit dem Rest einer Mokkaeistorte, von der er nur aus Höflichkeit einen winzigen Rest auf der Schüssel zurückließ.

Der obligatorische Mittagsschlaf verlängerte sich um eine halbe Stunde, was die Abreise dementsprechend verzögerte. Onkel Charlie mußte die Schläfer auf den Sofas im Salon und im Vestibül wachrütteln. Billy zeigte sich am rebellischsten, und Onkel Charlie stieß die Chaiselongue kurzerhand um. Der Junge hockte auf dem Boden, rieb sich die Augen, wagte keinen weiteren Protest, äußerte jedoch einen Wunsch:

»Onkel Charlie, lassen Sie mich meine Piroge mitnehmen.«

»Kommt nicht in Frage. Los, steh auf, mein Junge.«

Billy sprang auf.

»Man könnte sie auf den Karren mit den Geschenken schnallen . . .«

»Billy, du wirst deine Piroge, wie du sie nennst, hier bei mir finden, wenn du wieder nach Savannah kommst, aber die Piroge gehört Ned. Und jetzt mach dich bereit. Die Kutschen stehen vor der Tür und warten seit einer halben Stunde. Du wirst diesmal mit Tante Emma fahren.«

»Oh, Onkel Charlie!« rief Billy mit einer Märtyrermiene.

»Da gibt es kein ›Oh, Onkel Charlie!‹. Du wirst mit deiner Mutter reisen.«

Die Reisenden nahmen ihre Plätze ein, als im letzten Moment Elizabeth, gefolgt von Noah, erschien. Er trug einen zusätzlichen Koffer, den man noch rasch in der Kalesche verstaute, in der Onkel Joshua und die junge Engländerin Platz nahmen.

»Ich bitte um Entschuldigung«, sagte sie etwas verlegen. »Es sind Schals, Handschuhe und alle möglichen Kleinigkeiten für Mama.«

Onkel Josh antwortete nicht sogleich.

»Aber das ist doch ganz natürlich«, sagte er schließlich, »durchaus natürlich.«

Die Sonnenschirme öffneten sich, die Peitschen knallten, und die Wagen fuhren in raschem Trott davon, während Onkel Charlie winkte, und hinter ihm winkten all die Schwarzen des Hauses im flammenden Licht einer unbarmherzigen Sonne.

III
Einsamkeit

31

Die Vögel sangen inbrünstig dem schwindenden Tag ihr Lebewohl. Am Ufer des kleinen dunkelgrünen Flusses, der am Rande des Pinienwaldes plätscherte, ging Mr. Stoddard in Begleitung Miss Pringles spazieren. Sie schritten langsam, wie in Gedanken versunken, und keiner von ihnen sprach ein Wort. Mit dem Schwinden des Lichts verstummte allmählich das Zirpen der Grillen, und beim Nahen der Abenddämmerung verbreitete sich der starke Duft der Bäume und erfüllte die Luft.

Miss Pringle brach als erste das Schweigen:

»Es tut mir leid. Ich wollte Sie nicht im mindesten betrüben, aber Sie mußten doch wissen, daß es unmöglich war.«

»Seit langem, Miss Pringle. Ihre Berufung als Missionarin zieht Sie nach Afrika, die meine hält mich hier zurück.«

Während sie weitergingen, senkte Miss Pringle ein wenig den Kopf, wie um nachzudenken. Ihr hellgraues Baumwollkleid ließ kaum ihre Knöchel sehen und auch fast nichts von ihren hübschen Armen. Desgleichen war ihre Brust von den Falten eines leichten Umhangs verdeckt. Doch all diese Vorsicht vermochte weder die Anmut des Gesichts noch die herrliche Tiefe ihrer schwarzen Augen zu verbergen.

Sie wartete eine Weile und fügte dann hinzu:

»Ich glaube, ich werde nie heiraten.«

»Sie glauben, sagen Sie?«

Vielleicht mißfiel ihr diese Frage, weil sie ihr ein wenig aufdringlich schien.

»Besser gesagt, ich habe bisher noch nie daran gedacht.«

Sie machten noch einige Schritte und wechselten das Thema.

»Wenn wir hier weitergehen«, sagte sie, »kommen wir bald in die große Allee, und dort riskieren wir, den Kaleschen zu begegnen, mit denen unsere Reisenden heimkehren.«

»Wäre es Ihnen denn peinlich, sie zu begrüßen?«

»Erstens steht es uns nicht an, sie zu begrüßen, und zweitens habe ich wirklich keine Lust, sie über die letzten Vorkommnisse in Kenntnis zu setzen.«

»Ich, ehrlich gesagt, auch nicht. Zu vieles ist in ihrer Abwesenheit geschehen.«

»Sie müßten eigentlich schon dasein, denn es wird allmählich dunkel. Wollen wir zum Wald zurückgehen?«

Aufs neue schlenderten sie an dem kleinen Fluß entlang, dessen frische Kühle bis zu ihnen aufstieg, und im goldenen Licht der untergehenden Sonne erschien Miss Pringles Gesicht ihrem Begleiter noch schöner. Er hätte ihr das gern gesagt, war jedoch klug genug, es nicht zu tun. Es gefiel ihm, wie sie manchmal den Kopf zurückwarf, unter dem Gewicht ihres schweren schwarzen Dutts, der ihren Nacken verdeckte, das hatte etwas Herausforderndes.

»Ich werde bis zu Beginn des Winters bleiben. Es sollte nicht schwierig sein, einen Ersatz für mich zu finden.«

»Da bin ich gar nicht so sicher.«

»Möglicherweise werden Sie für einige Zeit mit den jungen Leuten allein sein, mit den ›Kindern‹, wie man sie immer noch nennt. Wachen Sie über die Neuangekommene. Ich glaube, sie ist in Gefahr.«

»Elizabeth? Sie erstaunen mich.«

»Ich weiß, was ich sage. Sie steht im Mittelpunkt eines regen Interesses, einer Neugierde, deren sie sich immer stärker bewußt wird. Sie ist nicht mehr so unschuldig wie am Tage ihrer Ankunft.«

»Schlechte Einflüsse?«

»Ich will keine Namen nennen, aber Sie sollten ihr mehr Aufmerksamkeit widmen. Meiner Meinung nach hätte sie besser daran getan, in ihrem Lande zu bleiben, wo sie in Sicherheit wäre.«

»Sie fürchten doch nicht etwa einen Krieg?«

»Auch diese Gefahr besteht, und ich wollte gerade darauf kommen. Der Krieg ist unvermeidlich.«

»Oh! Aber Sie wissen doch so gut wie ich, daß eine Einigung in Sicht ist.«

»Wir haben einen Punkt erreicht, wo eine definitive Einigung nicht mehr möglich ist.«

»Mr. Clay ist nicht dieser Ansicht.«

»Ihr Mr. Clay mag ein großer Mann sein, aber er ist vor allem ein Träumer. Sie haben doch nicht jenes Mittagessen vergessen, wo alle – Sie und ich ausgenommen – die Aussicht auf eine Sezession mit Freudengeschrei begrüßten.«

»Ich bin Südstaatler, Miss Pringle, aber ich gestehe, daß ich mich an diesem Tage meiner Landsleute schämte. In Virginia sind wir viel ruhiger, viel vernünftiger.«

»Hier hat man alle Ruhe und Vernunft verloren. Es herrscht eine allgemeine Hysterie.«

»Sie ist weniger verbreitet, als Sie denken.«

»Immerhin überschwemmt eine Welle der Kriegsbegeisterung den tiefen Süden, in dem wir uns befinden. Sie reißt Leute mit sich, die sich nicht einmal vorstellen können, was ein Krieg mit dem Norden für sie bedeuten würde.«

»Sie haben sicher bemerkt, daß Tante Laura sich sehr ruhig verhielt.«

»Tante Laura lebt in ihrer eigenen Welt und wird uns stets ein Rätsel sein. Aber Tante Emma, die gewöhnlich so friedfertig ist wie ...«

»Wie eine Kuh, Miss Pringle. Das ist bestimmt der Vergleich, nach dem Sie suchen.«

»Nun gut, wie eine Kuh, jawohl. Und die anderen – wobei ich den kleinen Teufel Billy und die Kinder ausnehmen will, die nicht einmal wissen, was das Wort Sezession bedeutet, aber dieses Wort hat einen Zauberklang für diese Schwachköpfe, es fasziniert sie wie das Zischen der Riesenschlange ...«

»Verzeihung, Miss Pringle, aber ich glaube nicht, daß die Riesenschlange zischt.«

»Aha! Ich sehe, daß auch Sie von streitsüchtiger Natur sind und den Kampf suchen.«

»Nicht mit Ihnen, Miss Pringle!«

Er wollte sagen: »Allerliebste Miss Pringle, wie hübsch Sie sind, wenn Sie in Zorn geraten!«, aber er beherrschte sich.

»Genug davon«, sagte sie spitz. »Lassen wir es dabei bewenden. Ich bin aus dem Norden, aus Philadelphia, Sie aus dem Süden. Ich habe meine Ideen. Behalten Sie die Ihren.«

»Aber meine liebe Miss Pringle, wir haben uns doch bisher immer gut verstanden. Errichten Sie keine Grenzen zwischen uns. Es gibt keinen Krieg. Meine Bemerkung über die Riesenschlange hat Ihnen mißfallen. Ich nehme sie zurück, und das fällt mir um so leichter, als ich noch nie eine Riesenschlange gesehen habe. Und Sie?«

Überrascht antwortete sie:

»Nein, natürlich nicht. Welch eine seltsame Frage ...«

»Nicht wahr? Hier dürften sie auch keiner begegnen. Die Raubvögel haben die meisten lästigen Reptilien ausgerottet. Aber es wird schon ein wenig dunkel. Die Abenddämmerung ist kurz in diesen

Breiten, und die Nacht fällt wie ein Vorhang. Ich glaube, ich sehe Lichter dort hinten in der großen Allee.«

Er sprach mit einer sanften Stimme, die im Gegensatz zu Miss Pringles nasalem Akzent und ihrer präzisen Aussprache stand.

»Sie irren sich nicht«, sagte sie. »Ich sehe mindestens sechs Laternen.«

»Meinen Sie nicht, daß es ratsam wäre, unsere Zimmer aufzusuchen, Sie das Ihre und ich das meine? Ich fürchte lästige Erklärungen. Falls man mich braucht, wird man mich zu finden wissen.«

»Ich werde mich wie Sie auf mein Zimmer begeben.«

»Jetzt sieht man fast nichts mehr. Gestatten Sie, daß ich Ihnen die Hand reiche, um Sie durch das Dunkel zu führen?«

»Es wird mir genügen, mich auf Ihren Arm zu stützen, falls es Ihnen nichts ausmacht.«

Unter dieser etwas gezierten Konversation gelangten sie bis zu der Rasenfläche, die sie vom Haus trennte. Nacheinander flammte hinter den hohen Fenstern das Licht auf, bis das Gebäude wie eine große Laterne leuchtete. Nur drei Fenster der ersten Etage blieben dunkel.

»Wir sollten es vermeiden, über die große Veranda hineinzugehen«, sagte Miss Pringle sehr leise, als fürchtete sie, man könnte sie hören. »Dort wird man bald Geschrei und Wehklagen hören.«

»Völlig Ihrer Meinung«, antwortete er im gleichen verschwörerischen Ton. »Wir gehen über die Dienstbotentreppe. Die Schwarzen sind bestimmt schon alle unten und warten auf den Wagen mit den Geschenken. Da können Sie sicher sein.«

Sie kicherten beide diskret. Diese Art von Komplizität brachte sie einander wieder näher und versöhnte sie ein wenig nach dem Streit von vorhin.

Einige Schritte vor der Veranda blieben sie einen Augenblick stehen und blickten zu den drei dunklen Fenstern hinauf.

»Woran denken Sie?« fragte sie schließlich fast flüsternd.

Er antwortete im gleichen Ton:

»Wahrscheinlich an dasselbe wie Sie, Miss Pringle, aber ich will über niemanden richten.«

»Das wird ein anderer tun«, sagte sie schulmeisterlich.« Aber ich höre Geräusche in der Allee. Gehen wir.«

32

Die Kaleschen hielten vor der Veranda und wurden sofort von einer Schar Schwarzer, die mit Fackeln herbeieilten, umringt. Der Schein der Flammen auf den roten Livreen und goldenen Tressen verlieh dieser nächtlichen Ankunft etwas Festliches. Elizabeth und Billy sprangen flink heraus, aber Tante Emma, die während der ganzen Reise geschlafen hatte, erklärte, sie sei völlig zerschlagen vor Müdigkeit, und man mußte sie aus dem Wagen heben. Onkel Josh führte sie, den Arm um ihre Taille, bis zur Freitreppe, die sie dann mit Hilfe des kräftigen Jonas emporstieg. Oben angekommen, stieß sie einen tragischen Seufzer aus und murmelte mit ersterbender Stimme, die lange Fahrt habe sie zu Tode erschöpft. Man brachte sie auf ihr Zimmer, und dort verlangte sie ein Fläschchen jenes guten Laudanums, das ihr bei Onkel Charlie so wohlgetan und dessen Wirkung sie nie zuvor erprobt hatte. Man half ihr ins Bett, verhätschelte sie, und bald schlummerte sie ein, glücklich, der Welt und ihrem eitlen Treiben entrückt zu sein.

Insgeheim entrüstet über diese Feigheit, deren Grund er nur zu gut kannte, machte sich Onkel Josh auf die Suche nach William Hargrove, aber niemand konnte ihm sagen, wo sich der Herr von Dimwood befand. Er war am Vortag zurückgekehrt und schien schon wieder verschwunden zu sein.

Nur Mildred und Hilda tauchten plötzlich auf, traten verschüchtert aus einem dunklen Korridor hervor wie zwei hübsche, im Walde aufgeschreckte Tiere. Beide näherten sich zögernd Elizabeth, trauten sich jedoch nicht, sie zu umarmen.

Die junge Engländerin lachte:

»Was ist denn los?« fragte sie. »Ihr starrt mich an, als ob ich ein Gespenst sei … oder eine Aussätzige!«

»Aber nicht doch«, versicherte ihr Hilda.

»Wir sind so froh, dich zu sehen …«

Mildreds Ausruf blieb ohne Echo.

»Man könnte meinen, daß ich euch Angst mache.«

In diesem Augenblick ergriff jemand von hinten ihre Hand. Es war Susanna mit dem pechschwarzen Haar und den schönen dunklen Augen, die Schweigsame, die nur einmal länger mit Elizabeth gesprochen hatte, am Vormittag nach ihrer Ankunft in Dimwood.

Kaum älter als sie, ließ sie bereits die Frau erkennen, die sie später einmal sein würde, eine sanftmütige und stille Frau mit einem leicht ironischen Lächeln.

»Das blaue Kleid«, sagte sie.

»Ach, meine liebe Susanna, das habe ich nicht vergessen. Die Schneiderin in Savannah hat es eingepackt, und es ist im großen Koffer.«

Es folgte ein kurzes Schweigen. Dann trat Susanna plötzlich auf sie zu und schloß sie krampfhaft in ihre Arme. Tränen rannen ihr aus den Augen und näßten Elizabeths Wange, die sich vor Erstaunen nicht zur Wehr setzte.

Über Susannas Schulter hinweg sah sie Mildred und Hilda durch den Korridor davonlaufen, und jetzt wurde sie von Panik ergriffen.

»Alle laufen davon«, rief sie. »Was ist denn los?«

Susanna ließ die Arme sinken, wischte sich die Augen mit ihrem Schal und sagte in einem Ton, der ruhig erscheinen sollte:

»Heute nacht wirst du nicht dort oben schlafen.«

»Es ist etwas passiert. Mama ist krank, und ihr habt es mir verschwiegen. Ich will zu ihr hinauf.«

»Hör mir zu, Elizabeth, sie ist nicht krank ...«

Elizabeth rannte zur Treppe, aber Susanna hielt sie am Arm zurück.

»Ich gehe mit dir hinauf. Du mußt mich anhören. Deine Mutter hat Betty beauftragt, dir einen Brief zu übergeben.«

»Einen Brief? Von Mama? Betty? Ich verstehe nicht. Du machst mir Angst.«

Susanna packte sie fest am Arm und stieg mit ihr die Stufen der großen Treppe empor, wo der griechische Gott aus einer Nische ungerührt diese Szene mit seinen blinden Augen betrachtete. Elizabeth versuchte sich aus Susannas energischem Griff zu befreien. Plötzlich ertönte ein furchtbarer Schrei:

»Sie ist tot, und niemand hat es mir sagen wollen!«

»Ich schwöre dir, daß sie nicht tot ist. Beruhige dich um Himmels willen!«

Im ersten Stock ging eine Tür auf. Betty erschien und hob die Arme.

»Mam'sell Lisbeth!«

»Mach die Lampe in Miss Elizabeths Zimmer an«, rief Susanna. Mit einem Stoßgebet zum lieben Gott verschwand Betty im

Dunkel, und ihre frommen Rufe erschreckten das junge Mädchen noch mehr.

»Jetzt bin ich sicher«, stöhnte sie. »Susanna, hör endlich auf, dich an mich zu klammern. Man hat mir alles verheimlicht, alle haben mich belogen ...«

Während sie in einer Art von Kampf, der sie immer wieder aufhielt, miteinander hinaufstiegen, begann ein mildes und friedliches Licht durch die offene Tür des Zimmers zu leuchten. Und in diesem Augenblick kam das junge Mädchen auf einen noch viel entsetzlicheren Gedanken, der ihr das Herz zerriß: ihre Mutter war wahnsinnig geworden. Schon mehrere Male hatte Elizabeth das Gefühl gehabt, daß ihr Geist sich verdüsterte: der Tod ihres Mannes, die Armut und das Exil in diesem Lande, das sie nicht liebte, all das mußte ihr den Verstand geraubt haben. Jetzt hatte man sie bis zum Abtransport in ein Irrenhaus in ein dunkles Zimmer gesperrt ...

Sie gab allen Widerstand auf und sah Susanna mit angstverzerrtem Gesicht an:

»Bleib bei mir, bitte! Ich bin so unruhig, so unglücklich ...«

»Du brauchst keine Angst zu haben. Komm ...«

Rasch stiegen sie die letzten Stufen empor.

In Elizabeths Zimmer verlieh das Licht der Öllampe den Dingen wieder ein normales und beruhigendes Aussehen. Alles war in Ordnung. Die Mahagonimöbel schimmerten diskret, und draußen schien der helle Gesang der Frösche mit der Stille zu verschmelzen.

Betty saß mit gesenktem Kopf weinend auf einem Stuhl, und zwischen ihren weit geöffneten Knien lag in den Falten ihres schwarzen Kleides ein weißer Briefumschlag. Als die beiden jungen Mädchen eintraten, nahm sie den Brief und erhob sich.

»Mam'sell Lisbeth«, murmelte sie, den Brief in der Hand.

Susanna ergriff sofort das Wort:

»Ja, da ist ein Brief, Elizabeth, ein Brief für dich. Du wirst sehen, deine Mama erklärt dir alles. Wir mußten ihr versprechen und auf die Bibel schwören, daß wir dir hier in Dimwood nichts sagen würden, und auch in Savannah durfte dir niemand etwas verraten. Sie verlangte, sie verlangte ...«

Susanna versuchte zu lächeln und redete mit einem hektischen Eifer, als wollte sie das Unheil betäuben und ungeschehen machen, aber Elizabeth hörte ihr nicht mehr zu.

Wortlos nahm sie den Brief und wollte damit in das Zimmer ihrer Mutter gehen, aber die Tür war verschlossen.

»Macht auf«, sagte sie zu Susanna und Betty gewandt.

Im Licht der Lampe, das ihr direkt ins Antlitz schien, wirkte sie größer, denn ihr Schatten ragte hinter ihr bis zur Decke empor, und in ihrem plötzlich sehr bleichen Gesicht verhärteten sich die Züge.

Susanna war verblüfft über diese Verwandlung und starrte sie fassungslos an, während Betty in einer Schublade nach dem Schlüssel kramte, den sie dann zitternd dieser ihr ganz unbekannten Mam'sell Lisbeth überreichte.

Fast im gleichen Moment war Susanna bei ihr.

»Laß mich, Susanna, ich will allein sein. Betty, geh.«

Der Ton ihrer Stimme war so gebieterisch, daß Susanna sich entfernte und mit der in Tränen aufgelösten Dienerin das Zimmer verließ. Elizabeth drehte den Schlüssel im Schloß.

Durch die offene Tür trat sie ins Dunkel und fühlte sogleich, daß das Zimmer leer war. Eine lange Weile blieb sie reglos in diesem verlassenen Raum stehen, in dem alles von Abwesenheit sprach und der ihr sagte, was niemand ihr hatte sagen wollen. Ein schwacher Duft von Laudanum weckte Erinnerungen.

Nach etwa zehn Minuten kehrte sie in ihr Zimmer zurück, nahm die Lampe, trug sie in das Zimmer ihrer Mutter und stellte sie auf den kleinen Tisch neben dem großen Himmelbett. Es schien ihr, als spürte sie in diesem Licht eine Gegenwart, die von ihr Besitz ergriffe. Sie setzte sich auf das Bett, öffnete den Brief, den sie noch immer in der Hand hielt, und las:

Meine liebe Tochter,

ich gehe fort. Weine nicht zu sehr, weine überhaupt nicht. Ich habe alle nur möglichen Tränen vergossen. Meine Abreise wird Dir das Leben erleichtern, und mir nicht minder. Falls Du so intelligent bist, wie ich glaube, wirst Du schließlich glücklich sein. Du wirst Dich an diese Aristokratie gewöhnen, die ihre Titel und ihre Heimat verloren hat und Zuflucht in einer argwöhnischen Isolation fand. Sie hat zwar ihren Adel bewahrt, doch scheint sie nichts mehr damit anzufangen zu wissen. Es ist ein Adel, der aus Söhnen von Auswanderern hervorgegangen ist, an heute veralteten Gebräuchen festhält und eine Höflichkeit pflegt, die der unseren nicht mehr ganz entspricht. Laura Hargrove, mit der ich lange gesprochen habe, klärte mich über diese Besonderheiten auf. Genau wie in England ist es auch hier verpönt, Fragen zu stellen, aber das weißt Du. Diese Gewohnheit überlassen wir den Leuten auf dem Kontinent, die keine Lebensart haben.

Trotz ihrer römisch-katholischen Religion verdient Laura Hargrove unser Vertrauen, aber ein vorsichtiges Vertrauen. Denn man kann nie wissen, was im Kopf eines exaltierten Katholiken vorgeht und ob er insgeheim nicht doch vorhat, einen zu bekehren. Du wirst also auf der Hut sein und Dich an Deine Bibellektüre halten. Mit dieser Einschränkung wirst Du in Laura Hargrove eine Frau mit Herz und Verstand finden. Sie hat viel gelitten.

Vergiß nie, daß Du Engländerin bist. Versuche stets menschlich zu sein. Die Welt glaubt zwar, daß wir das nicht können, aber ich bin nicht ganz dieser Meinung, und wen kümmert es schon, was die Welt glaubt?

Was das rein Materielle betrifft, so brauchst Du dir um Deine Mutter keine Sorgen zu machen. Charlie Jones, den ich in meiner Jugend kannte, als er sich in England aufhielt und mir eine fast zu große Aufmerksamkeit schenkte, Charlie Jones also hat sich von einer grenzenlosen Großzügigkeit erwiesen. Auf einer Londoner Bank steht mir eine beträchtliche Geldsumme zur Verfügung. Bis dahin bin ich mehr als reichlich von William Hargrove versorgt, der hinter der Freigebigkeit des Südens nicht zu weit zurückstehen wollte. Da ich bereit bin, in allem die Hand Gottes zu erkennen, habe ich diese Hilfe ohne die geringsten Skrupel angenommen. Diesem Grundsatz gemäß kann ich Dir jetzt nur raten, ebenso zu handeln, taktvoll, versteht sich, da Du ja nun von unserer verlorenen Kolonie adoptiert worden bist.

Zu gegebener Zeit wirst Du Nachricht von mir erhalten. Dann kannst auch du mir schreiben. Gefühlsergüsse habe ich nie geschätzt. Es genüge Dir zu wissen, daß ich Dich immer geliebt habe, wie eine Mutter ihre Tochter lieben soll, und in meinem Falle vielleicht sogar ein wenig zu sehr.

Laura Escridge

Elizabeth verbrachte einen guten Teil der Nacht angekleidet im Zimmer ihrer Mutter. Sie ließ den Schaukelstuhl, in dem sie saß, in einer ständigen Bewegung auf und ab wippen, was ihr beim Nachdenken half, und während sie ihre Phantasie anstrengte, versuchte sie, sich ihr Leben ohne ihre Mutter vorzustellen. Von Zeit zu Zeit döste sie ein. Mehrere Male betrat man ihr Zimmer, ohne daß sie sich dessen gewahr wurde. Zuerst Laura, dann Onkel Josh. Keiner der beiden wollte sie wecken, und sie zogen sich fast sogleich wieder zurück.

In den frühen Morgenstunden, als das Gezwitscher der Vögel sie aus ihrer Erstarrung riß, ging sie in ihr Zimmer, entkleidete sich und schlüpfte zwischen die Laken. Dort zog sie die Decke über den Kopf und brach plötzlich in Tränen aus, und während der Weinkrampf sie einige Minuten lang schüttelte, schlief sie ein.

Kurz vor neun klopfte man an ihre Tür, um sie zum Frühstück zu rufen. Sie machte in aller Eile Toilette und kam gerade rechtzeitig herunter, als man sich zu Tisch setzte.

Man fragte sie, ob sie gut geschlafen habe, und sie antwortete mit einem Lächeln:

»Ausgezeichnet.«

Ein sehr feines Ohr hätte, leichter als einen Hauch, einen fast allgemeinen Seufzer der Erleichterung vernehmen können. Nur Billy, der von nichts wußte, seufzte erst, als die Pfannkuchen mit Ahornsirup aufgetragen wurden.

Das Leben nahm wieder seinen gewohnten Verlauf. William Hargrove erhob sich, dankte dem Herrn für die glückliche Heimkehr der Reisenden, erbat seinen Segen für alle Anwesenden und alle Arbeiter der Plantage, sodann für die Nation und insbesondere für den Süden, ferner für den Staat Georgia, und in einem prächtigen *Diminuendo* für das geliebte Dimwood.

Wie in einem Traum beobachtete Elizabeth diesen Mann, den sie tot geglaubt und der sie im Hause von Charlie Jones, als er sie schlafend wähnte, so lange betrachtet hatte. Da hatte sie ihn für ein Gespenst gehalten, und obgleich sie ihn später im Einspänner hatte abfahren sehen, war dieser erste Eindruck des Übernatürlichen auf seltsame Weise zu einem Bestandteil der Wirklichkeit geworden. Die Nacht voller beängstigender Gedanken und der zu kurze Schlaf begünstigten ihre Neigung, die sichtbare Welt für eine Art Halluzination zu halten. Nichts war wirklich, alles verbarg sich hinter einer scheinbaren Realität. Nur was in ihr geschah, zählte. Aus welchem fernen Ursprung kam ihr dieses seltsame Gefühl? Ein Rest von Müdigkeit an diesem Morgen war eine mögliche Erklärung. Sie hätte gern mit all ihren Kräften die Wirklichkeit leugnen mögen, unter der sie litt, die Existenz der Personen um sie herum, die Plantage und den gesamten Süden, und auch die Seereise, um sich mit einem Aufschwung ihrer Seele wieder auf englischem Boden zu befinden.

Tante Laura, die neben ihr saß, ließ sie nicht aus den Augen, und da sie ihr nachdenklicher als gewöhnlich schien, sagte sie leise zu ihr: »Mein Vater hat dir ein sehr angenehmes Zimmer im Erdgeschoß herrichten lassen, wo es im Sommer weniger heiß ist.«

Elizabeth blickte sie gleichgültig an.

»Ich werde deine Nachbarin sein«, fügte Tante Laura hinzu.

Diese Nachricht wurde mit einem etwas gezwungenen Lächeln aufgenommen, und das kurze Gespräch war damit beendet, aber Tante Laura legte einen Augenblick in einer stummen Geste der Zuneigung ihre Hand auf die Elizabeths.

Beide tranken schweigend ihren Tee. Die anderen plauderten mit einer ungewohnten Zurückhaltung, als respektierten sie Elizabeths Kummer, aber allmählich belebte sich die Konversation. Onkel Josh rühmte die Schönheiten des Frühlings in den Straßen von Savannah, den Charme der großen Plätze und den interessanten Besuch bei Mademoiselle Clementine und den CAPRICES DE PARIS, was Billy zu lautem Stöhnen veranlaßte, während Mildred und Hilda dem Redner begehrliche Blicke zuwarfen. Ermutigt von der schmeichelhaften Aufmerksamkeit, mit der man ihm zuhörte, begann Onkel Josh nun, das Bankett und den darauffolgenden Ball zu beschreiben, als ein gebieterisches Räuspern ihn in seinem erzählerischen Schwung unterbrach, und Tante Emma machte ein stummes Zeichen in die Richtung der jungen Engländerin, die allem Anschein nach ihren eigenen Gedanken nachging.

Elizabeth beobachtete verstohlen William Hargrove, der sie anzublicken vermied. Er schien noch sorgenvoller als gewöhnlich und wechselte zuweilen ein paar Worte mit seiner Schwiegertochter Augusta, die zu seiner Rechten saß. Sie sah nicht glücklicher aus als er, und an dieser Ecke des Tisches herrschte ein Unbehagen, das immer deutlicher spürbar wurde, bis auch Joshua plötzlich verstummte.

In dem peinlichen Schweigen, das nun folgte, ließ Douglas seine nachdenkliche Stimme vernehmen:

»Während man sich in Savannah amüsiert und den Freuden des Walzers hingibt, scheinen sich die Dinge im Norden zuzuspitzen. Das von Clay vorgeschlagene Abkommen wird heftig kritisiert, weil es den Süden zu stark begünstige. Alles ist wieder in Frage gestellt, und der Frieden scheint aufs neue gefährdet.«

Bei diesen Worten schnürte es Elizabeth die Kehle zu. Sie hatte den Eindruck, daß eine Wirklichkeit, deren Existenz sie nicht mehr zu leugnen vermochte, sich wie eine Mauer aus Granit vor ihr aufrichtete. Warum hatte ihre Mutter sie nicht mitgenommen? Die Frage verfolgte sie mit einer bösen Beharrlichkeit. Bisher hatte sie die Probleme des Nordens und Südens noch nicht ernstgenommen, weil sie nichts davon verstand. Aber jetzt nahm mit der Wiederholung der gleichen Sätze die Bedrohung auf einmal Gestalt an. Millionenfach ausgesprochene Worte mußten schließlich zum Krieg führen, wenn man sie oft genug wiederholte.

Zum ersten Mal hatte sie Angst, eine animalische Angst, die ihr in die Eingeweide drang, und Schweißtropfen rannen ihr über die Stirn bis auf die Nasenflügel. Ohne den Mund zu öffnen, wandte sie sich zu Tante Laura und berührte ihre Hand.

Die Antwort kam sofort. Tante Laura unterdrückte einen Aufschrei und erhob sich.

»Komm mit mir, Elizabeth, du bist ja ganz bleich.«

Ohne zu zögern stand das junge Mädchen auf, und beide verließen das Speisezimmer, während die anderen ihnen überrascht und in verblüfftem Schweigen nachblickten. Niemand rührte sich, bis Elizabeth und Tante Laura verschwunden waren, aber dann lösten sich die Zungen, und erstaunte Ausrufe waren zu hören. Es folgten Fragen und erklärende Antworten. Man schrieb es der Müdigkeit von der Reise zu, der Hitze ...

»Der Schock des leeren Zimmers«, sagte Onkel Josh.

Nur William Hargrove blieb stumm und wie vor Entsetzen versteinert, die Augen starr auf die noch weit offene Tür gerichtet. Wer diesen Blick zu lesen wußte, hätte darin deutlich die angstvolle Frage erkannt: »Wird sie darüber hinwegkommen?«

Die beiden Brüder fanden sich unter den Bäumen der großen Allee wieder. Josh sah die Lage mit Gelassenheit.

»Den Entschluß muß sie ganz plötzlich gefaßt haben«, sagte er. »Sie hat nicht einmal gewartet, bis sie eine Antwort auf ihre Briefe bekam. Außerdem wäre eine Antwort für sie gar nicht mehr wichtig gewesen. Als sie abreiste, hatte sie alles, was sie brauchte, und sogar noch mehr.«

»Immerhin kommt sie dort ganz allein an, und das wird hart sein.«

»Allein? Mit einem Vermögen ist man nie allein!«

Sie gingen noch lange schweigend spazieren, und jeder hing den Gedanken nach, die diese Bemerkung in ihm wachgerufen hatte.

33

Als Elizabeth ihr neues Zimmer erblickte, mußte sie trotz ihrer großen Erregung lächeln. Es schien wirklich alles dazu angetan, ihr Leben angenehm und vor allem ruhig und friedlich zu gestalten. Die Mittel dazu hatte man mit einer gewissen glücklichen Naivität gewählt. An den blaßgelb gestrichenen Wänden hingen hübsche italienische Landschaftsbilder, große, von fleißiger und geduldiger Hand gemalte Aquarelle, auf denen weder das Wölkchen am tiefblauen Himmel noch die leichte Andeutung des dem Vesuv entsteigenden Rauchs fehlte. Seidenvorhänge in den Farben des Regenbogens umrahmten zwei hohe Fenstertüren, die auf den Säulengang hinausgingen, der sich in seiner ganzen Länge unter der Veranda erstreckte und so vor der Sonne geschützt war. Man brauchte nur einige Schritte bis zum Geländer zu gehen, um den Duft der Magnolien zu atmen.

»Dieses Zimmer wird dein Zimmer sein«, sagte Tante Laura. »Es war das Gästezimmer. Mein Vater wünscht, daß es von jetzt das deine sei. Gefällt es dir?«

Elizabeth nickte: Allein die Aussicht auf den Magnolienbaum gab ihr den Frieden wieder, wie es ein verlorener und wiedergefundener Freund getan hätte.

»Fühlst du dich besser? Möchtest du dich ein bißchen hinlegen?«

»Nein, danke«, murmelte das junge Mädchen.

Und mit festerer Stimme fügte sie hinzu:

»Es geht mir wieder gut.«

»Du siehst noch nicht ganz wohl aus, aber es wird schon werden. Dieses Zimmer ist freundlicher als das andere. Wir hatten euch dort oben untergebracht, weil die beiden Zimmer durch eine Tür miteinander verbunden sind, aber sie waren doch ein wenig kahl. Schau dir diesen kleinen Sekretär an. Ist er nicht hübsch? Er ist aus Kampferholz und kommt aus ...«

Sie hielt inne. Durch ihren Wortschwall hatte sie offenbar gehofft, das junge Mädchen von seinen sorgenvollen Gedanken abzulenken, und ohne es zu wollen, war sie zu weit gegangen.

Sie durchquerten das Zimmer. Das kleine Möbel, von dem die Rede war und das zwischen den beiden Fenstern stand, war von einer manierierten Eleganz: kunstvoll verschnörkelte Linien, verziert mit naturalistischen Schnitzereien, Blumen, Früchten und Girlanden, die sich in alle Richtungen erstreckten.

Elizabeths natürliche Neugier erwachte plötzlich, und sie betrachtete den Sekretär mit einer Aufmerksamkeit, die Tante Laura unangenehm zu sein schien.

»Er dient eher dazu, dem Auge zu gefallen, und eignet sich nicht so sehr zum Briefeschreiben«, sagte sie mit einem verlegenen Lachen. »Es ist das, was man Rokoko nennt, aber wenn du lieber einen praktischeren Schreibtisch haben willst ...«

»Nein, er ist lustig ... Woher kommt er?«

»Von sehr weit her ... aus den Kolonien.«

»Den Kolonien?«

»Das erkläre ich dir ein andermal. Es ist ein bißchen kompliziert, und dann hat dir deine Mama bestimmt gesagt, daß man keine Fragen stellt.«

Auf einmal kam wieder etwas Farbe in Elizabeths Gesicht.

»Ich bitte um Verzeihung«, sagte sie.

»Ich verstehe sehr gut deine Neugierde. Dieser kleine Sekretär ist so sonderbar ... Ich frage mich manchmal, ob er sehr hübsch oder nicht eher scheußlich ist. Ich bekam ihn geschenkt, als ich in deinem Alter war. Er hat große Reisen gemacht.«

Während sie das sagte, blickte sie so versonnen und betrübt drein, daß Elizabeth das Gefühl hatte, sie müsse ihr aus dieser plötzlichen Nachdenklichkeit helfen.

»Ich finde ihn sehr hübsch.«

»Dann sollst du ihn haben. Ich schenke ihn dir. Gewöhnlich steht er in meinem Zimmer, aber in gewisser Hinsicht werde ich froh sein, ihn nicht ständig vor Augen zu haben.«

Elisabeth dankte ihr und betrachtete den Sekretär mit um so größerem Interesse, als sie wußte, daß er jetzt ihr gehörte.

Tante Laura lächelte und sagte mit hintergründiger Miene:

»Er hat ein Geheimnis.«

»Ein Geheimnis?«

»Es ist an dir, es zu entdecken. Ich lasse dich jetzt allein. Es ist

Zeit, daß ich zu den Schwarzen gehe. Eines Tages nehme ich dich mit. Heute will ich nur nachsehen, ob die Geschenke richtig verteilt worden sind. Diese Schwarzen sind wie die Kinder. Doch bevor ich gehe, noch rasch ein Wort über das, was heute früh bei Tisch geschehen ist. Hoffentlich hat es dich nicht beunruhigt. Von Zeit zu Zeit spielt man hier, man habe Angst, um den Anschein von Ernsthaftigkeit zu erwecken.«

Ein Hoffnungsschimmer leuchtete in den Augen des jungen Mädchens auf.

»Glauben Sie?«

»Es wird keinen Krieg geben. Ich verlasse dich jetzt. Ruh dich aus, und laß dich nicht von den ›Kindern‹ überfallen.«

Als sie verschwunden war, blieb Elizabeth eine Weile verwirrt zurück. Ohne Zweifel hatte Tante Laura sie mit ihren klaren und überzeugenden Worten beruhigt. Diese wenigen Worte hatten genügt, um den Alptraum des Krieges zu verscheuchen. Wie geheimnisvoll diese Frau doch war! Sie dachte an den Brief ihrer Mutter und schöpfte neue Hoffnung. »Vertrauen, aber vorsichtiges Vertrauen.« Warum vorsichtig? Und dieses Geschenk, dieser kleine Sekretär. Welch eine charmante Großzügigkeit. Und dabei schien Laura Hargrove an diesem auf so seltsame Weise anmutigen Möbelstück zu hängen. Dem jungen Mädchen klang noch die zugleich sanfte und rasche Stimme im Ohr, als habe Tante Laura einen plötzlichen Entschluß gefaßt, etwas ein für allemal hinter sich zu bringen.

Und dann stürzte sie sich mit einer unbändigen Neugier auf den Sekretär, dem sie um jeden Preis sein Geheimnis entreißen wollte. Vielleicht handelte es sich um ein winziges, im Gewirr des Blattwerks verborgenes Schubfach. Oder nur ein Geheimfach in einer der sichtbaren Schubladen, das sich mit einem Druck auf eine bestimmte Stelle öffnete? Oder aber etwas anderes in einem der Füße, eine Einbuchtung, eine Rille, die eine Sprungfeder enthielt? Ihre schmalen weißen Hände betasteten das tückische Möbel von oben bis unten, und sie biß sich vor Wut auf die Zunge, als Hilda und Mildred plötzlich laut lachend ins Zimmer stürmten.

Sie waren über den Säulengang gekommen und liefen auf Elizabeth zu.

»Plage dich nicht mit diesem gräßlichen Möbel ab«, sagte Mildred und küßte sie. »Es hat keinen Sinn. Nur Tante Laura weiß es.«

Hilda umarmte sie ebenfalls, vielleicht etwas zu fest, denn Elizabeth wehrte sich.

»Freust du dich denn nicht, uns zu sehen, Elizabeth? Es war häßlich von dir, ohne uns nach Savannah zu fahren, aber du hast uns gefehlt. Darf man sich setzen?«

Ohne auf eine Antwort zu warten, hatten sie bereits auf dem niedrigen Sofa mit dem Seidenkissen Platz genommen.

Man hätte meinen können, daß Elizabeth, die vor ihnen stand, nicht mehr wußte, wie sie mit ihnen reden sollte. Vielleicht war sie von ihrem Benehmen überrascht.

»So setze dich doch«, sagte Mildred.

Wortlos nahm Elizabeth einen Stuhl und setzte sich den beiden Mädchen gegenüber, aber diese riefen: »Nein, zwischen uns!«

»Was thronst du da wie ein Richter?« fragte Hilda.

»Du siehst schon wieder etwas besser aus als vorhin«, sagte Mildred. »Beim Frühstück warst du weiß wie ein Handtuch. So komm doch ... Schau, wir machen dir Platz.«

»Danke, aber ich sitze hier sehr gut.«

»Du hast wohl Angst vor uns.«

»Schweig, Mildred«, sagte Hilda. »Elizabeth ist Engländerin, und sie ist schon in Ordnung so, wie sie ist.«

»Wenn du einmal wirklich zum Süden gehörst, wirst du anders sein ... äh ...«

»... ungenierter?« fragte Elizabeth gereizt.

»Oh! Sie drückt sich aber gut aus, besser als wir«, rief Mildred.

Hilda setzte eine ernste Miene auf.

»Wenn du wüßtest, was hier in deiner Abwesenheit passiert ist ... Ihr wart am Morgen abgefahren, und am gleichen Nachmittag kam der junge Armstrong im Einspänner mit einer Dame.«

»Sie sah entzückend aus.«

»Ich weiß nicht, wie du feststellen konntest, daß sie entzückend aussah, mit dem dicken schwarzen Schleier vor dem Gesicht.«

»Es war aber zu erraten, und dann dieses weiße Kleid von einer Eleganz ... einem Schick ... Hoffentlich hast du mir mein blaues Kleid wiedergebracht.«

»Natürlich, es ist noch in meinem Gepäck.«

»Übrigens finde ich deines einfach toll ... grün mit lila Bändern.«

»Ach, ich wollte eigentlich ein anderes für die Reise anziehen, aber wir sind so rasch aufgebrochen. Es ist sicher ganz zerknittert.«

»Überhaupt nicht. Du hast uns doch nicht vergessen? In deinem Gepäck sind doch sicher auch ein paar Mitbringsel für uns?«

»Ja ... Nein. Ihr könnt euch nehmen, was ihr wollt. Aber ich verstehe kein Wort von eurer Geschichte.«

»Weil Mildred ständig schwatzt. So höre doch, Mildred, laß mich erzählen.«

»O ja! Erzähle, Hilda, erzähle.«

»Der junge Armstrong wollte ...«

Mildred konnte den Mund nicht halten:

»... Großvater sprechen!«

»Keineswegs. Er hat einen Schwarzen gefragt, ob Mr. Hargrove da sei.«

»Das kommt aufs gleiche heraus.«

»Nein, es ist ein großer Unterschied.«

Elizabeth war aufgestanden und rückte ihren Stuhl näher.

»Mr. Hargrove?« fragte sie.

»Ja. Warum erstaunt dich das?«

»Er war nicht da.«

»Eben! Das wollte der junge Armstrong wissen.«

»Aber wo war er?«

Hilda richtete ihre großen schwarzen Augen auf die junge Engländerin und antwortete in strengem Ton:

»Das ist eine Frage, die man in Dimwood nicht stellt. Er kam vor drei Tagen nach dem Mittagessen zurück, und das ist alles, was ich dir sagen kann. Ich würde dir nicht raten, ihn zu fragen, wo er war.«

Elizabeth hätte am liebsten erwidert, sie wisse genau, wo er gewesen sei, hielt es jedoch für klüger, zu schweigen.

»Und was war nun mit dem jungen Armstrong?« fragte sie.

»Ach, er interessiert dich also?« bemerkte Mildred schnippisch.

»Nicht im geringsten, aber erzählt ihr nun eure Geschichte oder nicht?«

»Gut. Also der junge Armstrong fuhr sehr langsam im Einspänner mit dieser Dame um das Haus herum. Bis zum Garten. Er schwenkte seine Reitgerte ...«

»Er hat immer eine Reitgerte in der Hand«, unterbrach Mildred.

»... er schwenkte seine Reitgerte und zeigte der Dame in Weiß die Fenster, die Veranda, den Säulengang, und er redete und redete ...«

»Er erklärte ihr alles.«

»Halt den Mund, Mildred. Man konnte nicht hören, was er sagte. Niemand kam aus dem Haus, um mit ihm zu sprechen . . .«

»Kein Mensch mag ihn leiden«, bemerkte Mildred.

». . . niemand kam heraus, aber alle waren an den Fenstern . . .«

». . . hinter den Gardinen versteckt.«

»Jawohl, hinter den Gardinen – ach, Mildred, du bist wirklich unerträglich!«

»Ich verstehe nicht, warum er euch solche Angst machte«, sagte Elizabeth.

»Angst, nein, das nicht. Es ist ein bißchen kompliziert. Sein Vater, der noch lebt, hatte Dimwood an Großvater verkauft.«

»Mr. Hargrove?«

»Aber ja doch! Elizabeth, wann wirst du endlich begreifen, daß William Hargrove unser Großvater ist? Verzeih mir, wenn ich ein wenig ungeduldig bin, aber Mildred geht mir auf die Nerven mit ihren ständigen Unterbrechungen . . .«

»Schon gut, Hilda, ich werde es nicht wieder tun, aber wenn du anfängst, die Gouvernante zu spielen . . .«

»Hör auf, Mildred, oder ich gehe. Also der alte Armstrong hat Dimwood verkauft, aber unter einer Bedingung: nach einer gewissen Zeit fällt der Besitz an die Armstrongs zurück, falls sie in der Lage sind, den Preis für den Rückkauf zu bezahlen . . .«

»Sie haben keinen Cent«, sagte Mildred.

»Und zu diesem Zeitpunkt wären die Bewohner des Hauses verpflichtet, mit den Armstrongs zu verhandeln. Wenn unsere Eltern nicht mehr da sind, wird es an uns sein, den Brüdern, Schwestern, Vettern und Cousinen, uns mit dem jungen Armstrong oder seinen Nachkommen zu einigen.«

»Aber das liegt doch in weiter Ferne, und ihr könnt hier noch lange in aller Ruhe leben . . .«

»Ich hoffe es, aber der junge Armstrong betrachtet das Haus, als ob es ihm bereits gehörte. Er ist von einer Unverschämtheit! Manchmal macht er uns einen Besuch. Einen nachbarlichen Besuch nennt er das. Dann fliehen wir alle, außer Großvater. Der junge Armstrong braucht nämlich immer dringend Geld.«

»Du willst mir doch nicht erzählen, daß er sich bei deinem Großvater Geld leiht. Das wäre nun wirklich der Gipfel!«

»Nein. Er verkauft ihm einfach noch ein Stück Land, das an Dimwood grenzt. Dadurch vergrößert sich unser Besitz, und der junge Armstrong sagt sich wahrscheinlich, daß es ihm ohnehin zu gegebener Zeit wieder zukommen wird. Ein entsetzlicher Kerl, dieser junge Armstrong!«

»Du nennst ihn immer den jungen Armstrong. Wie alt ist er denn?«

»Ach, wenn ich jung sage, so will das nicht heißen ...«

»Er ist schon alt«, rief Mildred dazwischen. »Zweiundzwanzig Jahre!«

»Und wie sieht er aus?«

Die Antwort war einstimmig:

»Widerlich!«

»Und dabei«, fügte Mildred hinzu, »steht er in dem Ruf, ein Frauenheld zu sein.«

»Manche Frauen haben eben einen schlechten Geschmack«, sagte Hilda. »Aber ich frage mich, wer diese Person in Weiß sein mag. Er zeigte ihr das Haus, als sollte sie dort eines Tages mit ihm leben.«

»Ja, sie sind lange geblieben, und wir sahen sie sehr gut von unserem Fenster aus, nicht wahr, Hilda?«

»Wenn sie an unserer Seite vorbeikamen, versteckten wir uns hinter der heruntergelassenen Jalousie. Aber man sah sie deutlich durch die Ritzen. Und dann, als es dunkel zu werden begann ...«

»Da kam Mrs. Llewelyn ...«

»Da kam Mrs. Llewelyn plötzlich aus dem Haus und ging bis zur großen Allee und wartete da am Fuß einer Sykomore.«

»Ich hasse diese Frau!« rief Mildred aus. »Sie macht mir Angst.«

»Alle hassen sie.«

»Warum?« fragte Elizabeth. »Meine Mutter mochte sie auch nicht und weigerte sich, mit ihr zu reden.«

»In Dimwood gibt es nur einen Menschen, der mit ihr redet: Großvater. Oft schließt er sich mit ihr in der Bibliothek ein und führt lange Gespräche mit ihr. Was sie sich zu sagen haben, weiß niemand, aber manchmal geht es dabei ziemlich laut zu.«

»Wenn man sie nur belauschen könnte ...«, sagte Mildred.

Sie erhielt eine schneidende Antwort:

»Nur die Schwarzen lauschen an der Tür, und wenn Großvater einen dabei ertappt, wäre er fähig, ihn zu verkaufen.«

Mildred errötete, und um ihre Beschämung zu verbergen, fragte sie ungeduldig:

»Also wie war das? Mrs. Llewelyn am Fuße einer Sykomore? In ihrem scheußlichen grauen Kleid ...«

»Da stand sie, aufrecht und breitbeinig, mit ihrer dicken Haartolle auf dem Kopf. Der Wagen fuhr gerade an der Veranda vorbei, da sahen sie die gräßliche Frau. Sie trat einen Schritt auf sie zu, und die Dame in Weiß stieß einen Schrei aus. Der junge Armstrong trieb sein Pferd mit einem Peitschenschlag zum Galopp an, und sie sind wie ein Pfeil an ihr vorbeigesaust. Sie hat noch einen Augenblick auf die Allee geschaut und ist dann wieder ins Haus gegangen.«

»Und dann?« fragte Elizabeth.

»Und dann nichts. An diesem Abend wurde beim Essen fast nichts gesprochen. Mildred, du hast gesagt, du hättest den jungen Armstrong mit einer Dame gesehen, und man befahl dir, den Mund zu halten.«

»Ich frage mich, wieso«, rief Mildred aus. »Alle hatten sie gesehen.«

»Alle, außer Tante Augusta. Sie schlief.«

»Sie schläft ständig.«

»Sie war in ihrem Zimmer, und Onkel Douglas wollte sie nicht wecken.«

»Natürlich, und ausgerechnet er hat mich angeschnauzt! Onkel Douglas ist streng. Tante Augusta fing an, Fragen zu stellen, und er sagte ihr, sie sollte nicht auf mich hören, denn ich erzählte nur irgendeinen Unsinn. Darauf hat sie mir einen schrecklichen Blick zugeworfen.«

»Ach, du arme Mildred, du gehst mir auf die Nerven mit deinen Klagen.«

»Schon gut, Hilda. Kein Wort mehr darüber. Niemand hat etwas gesehen. Immerhin hatte Tante Laura ganz rote Augen, die waren so rot ...«

»Und dann?«

»Und dann nichts. Ich hülle mich in Schweigen. Die Geheimnisse von Dimwood. Verschwiegen wie das Grab.«

Elizabeth, die aufmerksam zuhörte, deutete ein Lächeln an:

»Ich bedaure, daß Mildred nicht mehr sagen kann. Ich habe sie im Verdacht, höchst interessante Dinge zu wissen.«

Hilda erhob sich.

»Wir haben dir alles gesagt, was es zu sagen gibt, meine liebe Elizabeth. Es ist wunderbar, wieder bei dir zu sein, aber wir müssen dich jetzt verlassen. Wenn Tante Laura uns hier findet, wird sie sehr böse sein.«

»Oh! Warum denn?«

Jetzt sprang auch Mildred auf und machte das gleiche ernste Gesicht wie Hilda.

»Warum? Warum? Elizabeth, in Dimwood ist dieses Wort verboten. Man darf niemals Fragen stellen.«

Hilda nahm sie beim Arm.

»Komm, du Meckerziege. Tante Laura kann jeden Moment auftauchen. Elizabeth, wir lieben dich sehr, und du bist bezaubernd, aber du brauchst dich in Dimwood nicht wie für einen Ball anzuziehen.«

Sie waren bereits draußen, als Mildred ihr zurief:

»Aber es wird Bälle geben!«

34

Der ruhige Tagesablauf in Dimwood stand in einem krassen Gegensatz zu dem bewegten Treiben des täglichen Lebens in Savannah. Elizabeth bemerkte bald, daß sich die Langeweile auf der Plantage häuslich eingerichtet hatte. Nur die Mahlzeiten unterbrachen die eintönige Gleichförmigkeit. Die Ereignisse, die in Elizabeths Abwesenheit stattgefunden hatten, wurden mit keinem Wort erwähnt, und sie erfuhr erst nach und nach, was geschehen war. Zwischen dem *Breakfast* und dem Mittagessen sowie zwischen dem Mittagessen und dem Abendessen gab es absolut nichts zu tun.

Durch Tante Lauras Vermittlung wurde Elizabeth gefragt, ob sie nicht an Mr. Stoddards hochinteressanten Vorlesungen über die amerikanische Revolution von 1776 teilnehmen wollte, und sie lehnte mit typisch englischer Kälte ab.

Nachdem sich die Aufregung über die Heimkehr und über die phantastische Nachricht bezüglich des jungen Armstrong und der Dame in Weiß gelegt hatte, ging das Leben wie gewohnt weiter. Tante Emma, heiter und gelassen wie früher, schien etwas von ihrer während der Gewissenskrisen in Savannah eingebüßten Jugend wiedergefunden zu haben. Smaragde und Diamanten schmückten erneut ihre molligen Hände, was bei ihr als ein Zeichen vollkommenen inneren Friedens gelten konnte. Bei Tisch tauschten die Männer ihre Ansichten über die politischen Wirren in Washington aus. Elizabeth hörte ihnen nicht zu.

Sie gewöhnte sich an ihr Zimmer, dessen Reiz sie sich nicht entziehen konnte. Schon allein die Magnolien versöhnten sie mit diesem so geheimnisvollen Land, aber sie litt zu sehr unter der Abwesenheit ihrer Mutter, um die Gesellschaft der »Kinder« zu suchen, und man war diskret genug, sie in Ruhe zu lassen. Hilda und Mildred trauten sich nicht mehr, bei ihr wie am ersten Tag plötzlich hereinzuschneien. Jemand hatte es ihnen verboten, und die junge Engländerin machte nicht die geringste Andeutung, daß sie sie zu sehen wünschte. Instinktiv mißtraute sie den beiden, die man die Unzertrennlichen nannte.

Um ihre Traurigkeit zu vergessen, stürzte sie sich in die Lektüre von Romanen, die sie im Bücherschrank des Salons fand. *Die letzten Tage von Pompeji* interessierten sie lebhaft, aber ohne sich dessen bewußt zu sein, gab sie, wahrscheinlich auch unter dem Einfluß der Hitze, dem Hang zur Trägheit des Südens nach und verbrachte lange Schlummerstunden in einem großen, aus Korb geflochtenen Schaukelstuhl im Kolonialstil.

Zuweilen, doch nie zu oft, kam Tante Laura zu ihr. Sie kündigte sich stets vorher an, indem sie Elizabeth rief, und trat nie unaufgefordert ein. Gewöhnlich blieb sie stehen, als wolle sie andeuten, daß ihr Besuch kurz sein würde.

»Ich komme als Nachbarin zu dir«, sagte sie mit ihrer sanften und für die Frauen des Südens so typischen Stimme. »Hoffentlich ist alles in Ordnung.«

In ihrem lila Baumwollkleid, das fast bis zum Boden reichte, bewegte sie sich mit der Anmut eines jungen Mädchens.

»Du darfst dich nicht scheuen, Betty Befehle zu erteilen. Sie ist zwar sehr gehorsam, aber von sich aus tut sie nichts und würde nicht einmal Staub wischen, wenn man es ihr nicht sagt. Alle Schwarzen sind so. Es sind Kinder.«

»Sie ist aber sehr nett.«

»Natürlich, ich kenne sie gut. Im Augenblick ist sie hochbeglückt, weil man ihr aus Savannah den roten Unterrock mitgebracht hat, von dem sie schon immer träumte. Ein wahrer Graus, aber man muß ihnen diese kleinen Freuden machen, damit sie mit uns zufrieden sind. Das ist sehr wichtig«, fügte sie lachend hinzu.

Bald ging sie quer durch das Zimmer bis zum zweiten Fenster, das sich nur halb öffnen ließ, bald näherte sie sich dem Schaukelstuhl, in dem Elizabeth saß und las, und jedesmal wenn das junge Mädchen aus Höflichkeit aufstehen wollte, wehrte Tante Laura mit einer Geste ab.

»Bleib ruhig sitzen, ich schaue nur mal rasch vorbei.«

Dieser ziemlich oft wiederholte Satz verursachte Elizabeth ein leichtes Unbehagen. Eine wenn auch flüchtige Eingebung sagte ihr immer wieder: Du wirst diskret überwacht.

»Ach, du liest einen Roman? Ich las auch Romane in deinem Alter ... als ich noch dort war.«

»Dort, Tante Laura?«

»Ja, das erzähle ich dir ein andermal. Ich wurde in Virginia geboren. Mein Vater zog mit uns weg, als ich zehn Jahre alt war, aber ich habe meine Heimat nie vergessen. Man wird eines Tages mit dir hinfahren – aber was schwatze ich da. Ich hoffe, daß man dich nicht stört. Einstweilen soll man dich in Ruhe lassen.«

Sie blieb vor Elizabeth stehen und blickte sie aus ihren großen schwarzen, etwas starren Augen an, die ihrem Gesicht eine tragische Schönheit verliehen.

»Wenn du mich brauchst«, sagte sie, »ich bin nebenan.«

Und so lautlos, wie sie gekommen war, verließ sie das Zimmer.

Elizabeth wußte nicht, was sie von Tante Laura halten sollte. Die Mutter hatte ihr gesagt, daß man ihr Vertrauen schenken könne, obgleich sie katholisch sei, aber eine gewisse Zurückhaltung sei trotzdem geboten, und sie erinnerte sich daran, welch autoritären Ton Tante Laura bezüglich der grauen Männer angeschlagen hatte, die Elizabeth ganz sicher war, in dem verfluchten Wald gesehen zu haben, während diese katholische Dame behauptet hatte, das sei völlig ausgeschlossen. Wie konnte sie das vergessen? All die guten Worte und sanftmütigen Blicke hatten nicht vermocht, die ihrem Ehrgefühl zugefügte Wunde zu schließen.

Bei Tisch sprach man zu ihr nicht wie zu einer Kranken, sondern eher wie zu einer Genesenden. Natürlich wurde Mrs. Escridges Name nie erwähnt, und man hätte meinen können, ihre Mutter sei überhaupt nie in Dimwood gewesen. Elizabeth wäre es lieber gewesen, wenn man sie auf dem laufenden gehalten hätte. Sie mußte inzwischen in New York sein. Oder war sie bereits auf hoher See? Wann würde sie in England ankommen? Sie folgte ihr in Gedanken, war bei ihr, sah die schäumenden Wellenkämme am Bug des Schiffes, die schwindelerregende Tiefe und dann das plötzliche Aufschwellen der Wogen, bei dem sich einem der Magen umdrehte, aber sie liebte diese Gewalt des Wassers und seinen starken Geruch.

Die neben ihr sitzende Minnie zog sie geschickt aus ihren Träumen. Für Elizabeth hatte dieses junge Mädchen, das fast nie sprach, etwas zugleich Besänftigendes und Geheimnisvolles. In ihren schwarzen Augen leuchtete eine ruhige Fröhlichkeit, eine verspielte Heiterkeit, die das kleine Gesicht mit dem bräunlichen Teint erhellte, der vielleicht von einer empfindlichen Leber herrührte. Der schwere, kastanienbraune, von rötlichen Schimmern durchsetzte Haarknoten saß ihr tief im Nacken und verlieh ihr ein romantisches Aussehen, aber ihr eigentlicher Charme lag in ihrem unwiderstehlichen Lächeln und dem Aufblitzen ihrer Zähne, die von einem so blendenden Weiß waren wie der Reis, der täglich dampfend an William Hargroves Tafel serviert wurde.

An diesem Morgen nahm sie, als man sich vom Frühstückstisch erhob, Elizabeth beiseite:

»Falls du nichts Besseres zu tun hast, schlage ich dir einen Spaziergang am Fluß vor. Die Sonne sticht dort noch nicht, aber nimm trotzdem einen Hut mit.«

Einem so zärtlich vergnügten Blick konnte Elizabeth nichts abschlagen, und einen Augenblick später folgten sie beide dem Pfad, der an den dunklen und stillen Wassern entlangführte. Diesen Ort bevorzugten auch Miss Pringle und Mr. Stoddard für ihre kleinen Streitgespräche in der Abenddämmerung. Elizabeth und Minnie jedoch hatten keinerlei Streit zu fürchten, da letztere die entwaffnende Tugend einer stets guten Laune besaß.

»Die Zeit vergeht furchtbar schnell«, sagte sie. »Es ist noch nicht lange her, da brachte ich dir das blaue Kleid, und nun scheint es schon eine Ewigkeit zurückzuliegen ...«

»Es war mein erster Tag in Dimwood, mein erster Morgen. Ich mochte dieses blaue Kleid nicht sehr.«

»Mildred hängt daran wie die Königin von England an ihrem Krönungsstaat. Sie hat es mehrmals von Susanna zurückverlangt. Mir gefällt dieses weiße und blaßgrüne, das du heute trägst, viel besser. CAPRICES DE PARIS?«

»Nein, Onkel Josh hat es im Warenhaus an der Avenue für mich ausgewählt.«

»Ich weiß. Eine gute Adresse, sehr schick. Elizabeth, ich wette, du weißt nicht einmal, wer ich bin. Widersprich mir nicht, und vor allem nenne mich nie Tante Minnie! Denn, weißt du, ich bin schon alt, ich bin zwanzig!«

Sie lachten.

»In Dimwood«, fuhr Minnie fort, »habe ich das Gefühl, nicht ganz dazuzugehören. Es ist ein bißchen kompliziert. Als Waisenkind . . .«

»Als Waisenkind?«

»Ja, wie im Melodrama. Mein Vater starb, als ich sieben Jahre und meine Schwester Hilda sechs Monate alt waren. Er war der jüngste der Familie Hargrove und fiel in einem Duell.«

Bei diesem Wort zuckte Elizabeth zusammen.

»In Savannah scheint man nur von Duellen zu reden.«

»Ach, es gibt sie jetzt viel weniger oft. Man hat sogar eine Gesellschaft für die Abschaffung der Duelle gegründet. Aber das bringt mir meinen Vater nicht zurück, den ich angebetet habe.«

Einige Minuten lang schritten sie schweigend auf dem von wildem Gras bewachsenen Weg. Der Gesang der Vögel drang aus den tiefen Wäldern bis zu ihnen und hallte über den Fluß. Elizabeth schwor sich, keine Fragen mehr zu stellen, obgleich sie ihr durch den Kopf schwirrten, und wie um ihr diesen brennenden Wissensdurst zu stillen, begann Minnie wieder zu sprechen:

»Meine Mutter starb einige Monate nach meinem Vater.«

Und in einem seltsamen Ton, der eine gewisse Scham verriet, fügte sie hinzu:

»Sie liebte ihn zu sehr.«

Der Spaziergang wurde bis zum Waldrand fortgesetzt, wo sich die geheimnisvollen und für die junge Engländerin bereits erinnerungsschweren Gärten verbargen. Lange Zeit wurde kein Wort gesprochen. Sie gingen langsam, den Kopf ein wenig geneigt, jede in ihre eigenen Gedanken versunken.

Die Sonne stieg über den hohen Sykomoren auf, als Minnie aus einem Traum zu erwachen schien und sagte:

»Wir sind ein wenig zu weit gegangen. Setz deinen Hut auf, und laß uns zurückkehren. Einverstanden?«

Dann lachte sie vergnügt:

»Ich habe den Eindruck, daß wir uns eine Menge gesagt haben, ohne den Mund aufzutun.«

»Vielleicht«, sagte Elizabeth peinlich berührt, als hätte man ihr ein Geheimnis geraubt.

»Ach, das mußt du nicht ernst nehmen! Ich rede manchmal ganz unüberlegt daher. Wir werden über die Wiese gehen. Die Grillen fangen schon wieder mit ihrer Musik an, es wird sehr heiß werden.«

Sie öffnete den an ihrem Arm hängenden kleinen Sonnenschirm, und bald stapften sie durch das hohe Gras, das in der Sommerhitze noch nicht gewelkt war. Plötzlich erhob sich in der schönen Morgenstille das laute Zirpen der Grillen wie eine unsichtbare Geräuschmauer.

»Höre«, sagte Minnie. »Ich habe dir nichts von meiner Schwester Hilda erzählt. Wir lieben sie alle sehr. Sie wuchs ein wenig unbeaufsichtigt auf … ich meine, sie hatte keine Eltern, die sich um sie kümmerten und auf sie aufpaßten, und da ist sie ein bißchen wild geblieben, die liebe kleine Hilda, und – wie soll ich es sagen? – sie ist charmant, allerliebst sogar, aber … verschlossen und geheimnisvoll. Gewiß, sie ist schon recht, so wie sie ist, aber höre nicht zu sehr auf sie. Verstehst du?«

»Ich glaube.«

»Ich hoffe es.«

Mit einem Seufzer der Erleichterung schenkte Minnie Elizabeth ein letztes Lächeln, eines jener bezaubernden Lächeln, das ihrer Überzeugung nach alles ins Lot brachte. Vor dem Magnolienbaum unten am Säulengang trennten sie sich.

Elizabeth begab sich auf ihr Zimmer, wo sie zu ihrer großen Überraschung Hilda vorfand. In einem lila Kleid lag sie auf dem Sofa, den Kopf in einem Kissen vergraben. Als sie die Schritte der jungen Engländerin hörte, sprang sie auf. Tränen liefen ihr über die Wangen.

»Elizabeth«, sagte sie leise, »ich weiß nicht, was man dir über mich erzählt hat. Du darfst den Leuten nicht glauben. Mache ich dir Angst?«

Elizabeth ahnte sofort, daß ihr eine höchst peinliche Szene bevorstand, die sie – sie wußte nur nicht wie – zwingen würde zu lügen.

»Du machst mir keine Angst. Und außerdem hat man mir nichts Böses über dich erzählt.«

»Dann sag mir, warum du mich nicht sehen willst. Magst du mich nicht?«

Eine heikle Frage! Elizabeth fühlte, daß sie eine Person vor sich hatte, die sie nicht kannte, und doch kam ihr ein Bild in den Sinn, das sie gern vergessen hätte, nämlich Hildas Gesicht hinter der Fensterscheibe am Morgen der Abreise nach Savannah, das vor Kummer gealtert schien. Und jetzt sah sie wieder so aus, mit diesen vor Traurigkeit geweiteten schwarzen Augen, die alles das sagten, was sie nicht sagen konnte.

Eine lange Minute blieb Elizabeth sprachlos.

»Das habe ich nie gesagt«, murmelte sie schließlich.

»Dann höre ... ich bin nicht das, was man ein schlechtes Mädchen nennt, und ich habe zumindest das Recht, dir zu sagen, daß du hübsch bist, nicht wahr? Du wirst mir doch nicht weh tun wollen, Elizabeth?«

»Oh, Hilda, ich verstehe dich nicht, und ich finde, wir sollten von etwas anderem reden.«

Hilda stand mit dem Rücken zum Fenster, und plötzlich fuhr Elizabeth vor Schrecken zusammen: Tante Lauras hohe Gestalt war im Säulengang erschienen; reglos und offenbar sehr aufmerksam, jedoch vielleicht etwas zu weit entfernt, um die in angstvoller Erregung gestammelten Worte verstanden zu haben.

Sie hüstelte und trat kurz entschlossen ins Zimmer. Hilda wurde kreidebleich.

»Es tut mir leid, ein kleines Zwiegespräch zu unterbrechen«, sagte sie freundlich und heiter.

In ihrem langen weißen Baumwollkleid mit grauen Streifen bewahrte sie ihre natürliche Eleganz, und die schwarzen Haarflechten verliehen der etwas strengen Schönheit ihres Gesichts eine milde Sanftmut. Ihre ganze Persönlichkeit strahlte etwas Beruhigendes aus.

»Hilda, Liebling«, sagte sie lächelnd, »es scheint mir, daß wir unsere Abmachung vergessen haben ... unsere geheime Abmachung«, fügte sie mit gespielter Verschwörermiene hinzu. »Soll ich sie dir vor Elizabeth in Erinnerung rufen ... oder lieber nicht?«

Hilda gab ihr nickend zu verstehen, sie könne es ruhig tun.

Tante Laura zog ein Schnupftuch aus ihrer kleinen weißledernen Handtasche und betupfte damit leicht das flehentlich zu ihr aufblickende Gesicht.

»Weine nicht, kleine Hilda, du hast nichts Böses getan, aber ich sähe es lieber, wenn du mit Elizabeth auf der großen Allee spazierengehen würdest, als sie hier in ihrem Zimmer zu besuchen, verstehst du? Elizabeth, ist es dir recht?«

Hilda verstand, Elizabeth war es recht.

»Eines Tages werde ich mit euch beiden einen Ausflug in der Kalesche machen, ja? Elizabeth sollte etwas mehr von der Umgebung sehen, findet ihr nicht?«

Auch darauf bekam sie eine zustimmende, wenn auch resignierte Antwort.

»Und jetzt«, schloß Tante Laura, während sie Hilda sanft bei der Hand nahm, »werde ich mit meiner lieben kleinen Nichte in mein Zimmer gehen, wo wir uns wie zwei gute Freundinnen unterhalten können. Bis später dann, Elizabeth.«

Als sie das Zimmer verließen und in den Säulengang traten, drehte sich Hilda noch einmal mit einem verzweiflungsvollen Blick nach Elizabeth um.

Allein geblieben, setzte sich das junge Mädchen in den Schaukelstuhl und nahm wieder die Lektüre der *Letzten Tage von Pompeji* auf, um sich zu beruhigen, aber nach kaum drei Minuten wurde diese interessante historische Rekonstruktion zur Decke geschleudert. Selten gab sich Elizabeth so heftigen Ausbrüchen des Unmuts hin, aber wenn sie sich auch einerseits über das, was sie insgeheim Hildas Weinerlichkeit nannte, geärgert hatte, weil sie ihr grundlos erschien, so glaubte sie andererseits in Tante Laura eine Frau von einer moralischen Grausamkeit zu entdecken, die um so empörender war, als sie sich hinter einer salbungsvollen Sanftmut verbarg. Das war die katholische Falschheit! Hilda unter dem Vorwand eines Gesprächs zwischen zwei guten Freundinnen auf ihr Zimmer zu nehmen! Wie wenig Elizabeth auch über die Schlechtigkeit der Welt wußte, erwartete sie doch, daß nun eine gehörige Züchtigung, von Schreien begleitet, folgen würde – wie in England –, aber sie hörte nur Tante Lauras Stimme längere Zeit unverständliche Worte murmeln und dann plötzlich ein leises, krampfhaftes Schluchzen.

Einige Tage waren seitdem vergangen, und Tante Lauras Besuche bei Elizabeth hatten plötzlich aufgehört. Zu scharfsichtig, um nicht das gegenwärtige Mißverständnis zwischen ihr und ihrer jungen Nachbarin gefühlt zu haben, zog sie es vor, einige Zeit verstreichen zu lassen, bis sie sich wieder der Vervollkommnung einer moralischen Erziehung widmen würde, bei der es vermutlich noch manch seltsame Mängel zu beheben galt.

Bei Tisch, wo sie nebeneinander saßen, tauschten sie allerhöchstens ein paar höchst banale Worte, aber fast ständig verklärte ein Lächeln Tante Lauras Züge. Es schien klar, daß Elizabeth ihr alles Vertrauen entzogen hatte, und die Wiedereroberung der kleinen Engländerin erforderte eine Engelsgeduld.

Die Zeit verging so langsam in Dimwood, daß man hätte glauben können, ein kunstvoller Mechanismus verzögere absichtlich das Ticken der Uhren. In einer Ecke des großen Salons ragte eine dieser altehrwürdigen Maschinen, die man Großvateruhren nannte, fast so hoch auf wie die Fenster und ähnelte in ihren Rundungen einem Kontrabaß. Ein ganzes Jahrhundert alt, hatte sie alle Stunden des Unabhängigkeitskrieges geschlagen und schmückte sich noch immer mit dem königlichen Wappen Englands aus vergoldetem Holz. Heute maß sie nur noch die Langeweile der endlosen Nachmittage, denn es gab auf William Hargroves edlem Kolonialsitz zwischen dem Mittagessen in der Hitze des Tages und dem Abendessen in der Dämmerung absolut nichts zu tun. Zehnmal am Tage schaute Elizabeth auf den Stand der Zeiger und warf einen haßerfüllten Blick auf das schwere Pendel, dessen gemächliches Ticktack das Pochen ihres Herzens beruhigen zu wollen schien, und sie erinnerte sich an den Ausruf ihrer Mutter: »Will die Zeit denn nie vorübergehen?«

Der Frühling hatte kaum drei Wochen gedauert, und schon richtete sich der Sommer im zirpenden Lärm der Grillen ein. Man mußte warten, bis die erste Brise sich bei Sonnenuntergang zu regen begann, um ein wenig Frische in der großen Allee zu finden, wenn sich der schüchterne Ruf der Frösche zu den Bäumen erhob. Es gehörte zu den Gebräuchen von Dimwood, daß die Kinder dann ohne Begleitung der Erwachsenen spazierengehen durften. Der stets abwesende Billy überließ die Mädchen ihrem Geplauder und ihren kleinen Geheimnissen. Aus höchst persönlichen Gründen zog er es vor, sich anderswo Zerstreuung zu suchen, und gelegentlich war Wildfang der Komplize seiner Eskapaden.

An diesem Abend schlenderten Elizabeth und Susanna zuerst allein durch das Halbdunkel, dann gesellte sich Minnie zu ihnen. In ihren weißen Kleidern erschienen sie winzig unter den riesigen Eichen, die den Weg säumten. Für Elizabeth war dies die ersehnteste Stunde, und sie legte ihre natürliche Zurückhaltung ab und ging ein wenig aus sich heraus:

»Ich bin gern mit euch hier draußen«, sagte sie. »Warum läßt man mich tagsüber immer allein?«

»Es ist Tante Lauras Idee«, antwortete Minnie.

Und dann sagte sie nach einem Zögern:

»Sie meint, man sollte dich allein lassen, wegen . . .«

»Ich weiß. Wegen der Abwesenheit meiner Mutter. Aber ich bin kein Baby. Da ist noch etwas anderes.«

»Etwas anderes?« sagte Minnie. »Davon weiß ich nichts. Susanna, weißt du es?«

»Nein, ich weiß nichts.«

Sie schwiegen ein oder zwei Minuten. Es war, als scheuten sie sich, mit ihren Worten den hellen und beharrlichen Gesang zu stören, der sie bei jedem Schritt begleitete.

»Bald werden wir die Sterne sehen. Der Mond geht auf«, sagte Minnie so leise, als wollte sie ihre Stimme mit der Nacht und den Bäumen in Einklang bringen.

Unwillkürlich begann nun auch Elizabeth leiser zu sprechen.

»Konnten Mildred und Hilda heute nicht mit uns kommen?« fragte sie.

»Die sind die Gegend erforschen gegangen«, sagte Susanna lachend. »Sie glauben, es gäbe Winkel in Dimwood, die noch niemand kennt, und dort wollen sie geheimnisvolle Dinge entdek-ken.«

»Haben sie denn keine Angst?«

»Angst vor was?« fragte Minnie. »Indianer gibt's keine mehr in der Umgebung.«

»Aber Schlangen, die von den Bäumen fallen.«

Susanna und Minnie lachten.

»Das war einmal. Die Raubvögel haben sie alle getötet.«

»Ach ja, das haben sie mir erzählt . . . Sie haben mir auch den Garten gezeigt, in dessen Nähe die Seminolen niedergemetzelt wurden.«

»Das hätten sie nicht tun sollen«, sagte Minnie. »Großvater mag es nicht, daß man dort hingeht . . .«

»Wegen Jonathan Armstrong«, erklärte Susanna.

»Susanna, reden wir nicht darüber«, sagte Minnie.

»Aber Tante Emma hat diese Geschichte vor Elizabeth erzählt.«

»Ich liebe diese Art von Geschichten«, sagte Elizabeth. »Ich nehme an, Jonathan Armstrong ist derjenige, der vom Tisch aufgestanden ist und nie zurückkam?«

»Nein«, sagte Minnie. »Jonathan Armstrong ist derjenige, den man vor ein paar Tagen in Dimwood gesehen hat, aber Tante Emma hat alles durcheinandergebracht. Kein Mensch weiß, was wirklich passiert ist.«

»Die Souligou weiß es«, murmelte Susanna nachdenklich.

»Ich kenne die Souligou«, sagte Elizabeth. »Ich habe sie gesehen, als sie mir das blaue Kleid gekürzt hat. Sie war übrigens sehr nett zu mir.«

Susanna seufzte.

»Dieses blaue Kleid, das ich dir am ersten Tage bringen ließ ... Du hättest Mildred hören sollen, wie sie jammerte: ›Mein schönes blaues Kleid, das mir die Souligou verpatzt hat ...‹«

»Ich finde die Souligou amüsant«, fuhr Elizabeth fort. »Sie spricht Französisch mit mir.«

»Nimm dich in acht vor der Souligou«, sagte Minnie.

»Warum?«

Minnie zögerte.

»Ich weiß nicht«, sagte sie lachend. »Sie bereitet mir Unbehagen, das ist alles. Sie ist seltsam.«

»Sie muß dieser Tage kommen, um Wäsche auszubessern«, sagte Susanna. »Elizabeth, wenn du etwas zum Ausbessern hast – und wenn sie dir keine Angst macht ...«

»Ich habe vor niemandem Angst. Ich werde sehen, was ich ihr geben kann ...«

Im Geiste leerte sie ihre Schubladen. Irgend etwas würde sich schon finden ...

»Wann kommt sie denn?«

»Sie kündigt sich nie an, und auf einmal ist sie da. Betty wird es dir sagen. Aber hüte dich vor Souligous Geschichten, wenn du ruhig schlafen willst.«

Susannas ein wenig schleppende Stimme verlieh diesen Worten etwas Geheimnisvolles, und das gefiel Minnie nicht.

»Hören wir auf mit dem Bangemachen. Schaut lieber die ersten Sterne an, die man dort oben zwischen den Bäumen sieht.«

Alle drei warfen die Köpfe zurück. Durch eine weite Öffnung

im Laub schimmerte ein schwarzer Himmel, der alles in Schweigen hüllte.

So standen sie eine Weile reglos, stumm und fasziniert, und dann flüsterte eine von ihnen:

»Man wird ganz benommen, wenn man lange da hinaufschaut.«

»Es wird einem direkt schwindlig.«

»Wir sollten weitergehen«, sagte Minnie. »Auf dem Weg hinter der Allee gibt es eine Stelle, wo man den ganzen Himmel sieht. Der Mond geht auf.«

Ein weißes Licht drang durch die Eichen, und ihre Stämme warfen riesige Schatten auf den Boden, gleich einer feierlichen Prozession in einer fahlen Landschaft. In der Ferne, jenseits der farblos schimmernden Wiesen, hoben sich die unförmigen schwarzen Massen des verfluchten Waldes vom Horizont ab.

Minnie nahm die jungen Mädchen bei der Hand, und sie gingen rasch unter den Bäumen hindurch, dann den mit Gras überwachsenen Pfad entlang, fast rennend und von einer kindlichen Freude ergriffen, die sie sich nicht zu erklären vermochten.

Und plötzlich blieben sie stehen. Der Vollmond schien ganz allein den Himmel mit seinem Licht auszufüllen, und sie erlagen der seltsamen Macht, die er ausstrahlte. Wortlos schauten sie hinauf, als sähen sie ihn zum ersten Mal, aber jedesmal war das erste Mal beim Anblick dieser leuchtenden Kugel, die alles ringsum mit Wellen des Schweigens überflutete. Weder Minnie noch Elizabeth oder Susanna verspürten den Wunsch, den Zauber dieser unbeschreiblichen Minuten zu stören. Sie empfanden undeutlich die mit Schrecken gemischte Freude, plötzlich in eine andere Welt versetzt zu sein. Man mußte den Bann behutsam brechen.

»Wir werden ihn begrüßen«, sagte Minnie mit flüsternder Stimme.

»Aber den Vollmond begrüßt man von einer Anhöhe aus«, entgegnete Susanna.

»Von einer Anhöhe aus? Wo willst du in Dimwood eine Anhöhe finden? Aber ganz hier in der Nähe gibt es eine lange Steinbank, auf die wir uns stellen könnten.«

Elizabeth befreite sich als erste aus dieser Verzauberung.

»Bei eurem Geflüster könnte man glauben, man sei in der Kirche«, sagte sie mit ihrer klaren Stimme, »aber ich finde, die Bank ist eine gute Idee. Hoffentlich wird es der Mond verstehen.«

»Du hast recht«, erwiderte Minnie in einem normalen Ton, »wir sind ein bißchen albern, aber es ist doch amüsant.«

»Es wird uns Glück bringen«, sagte Susanna.

Und lachend und voller Lebensfreude rannten sie los.

Die Steinbank erwartete sie etwas weiter. Vom Regen eines ganzen Jahrhunderts ausgehöhlt und halb mit Moos bedeckt, erschien sie den drei bereits von dem übernatürlichen Licht berauschten Mädchen um so romantischer. Kichernd und glucksend wie Schulmädchen bestiegen sie die Bank und stellten sich Hand in Hand auf, Minnie in der Mitte. In ihren weißen Kleidern sahen sie aus, als hätte man sie in Silber getaucht.

»Und was jetzt?« fragte Susanna.

»Jetzt«, erklärte Minnie, »müssen wir uns dreimal zusammen verbeugen und dabei sehr ernst sein.«

»Wenn wir lachen, wird er glauben, wir machten uns über ihn lustig«, sagte Susanna, »und das würde uns Unglück bringen.«

Bemüht, ihren nervösen Übermut zu beherrschen, verneigten sie sich ein erstes Mal, dann ein zweites, und plötzlich waren sie so andächtig, als glaubten sie wirklich an diesen seltsamen Kult. Jede von ihnen verbarg ein Liebesgeheimnis in ihrem Herzen. Bei der dritten Verbeugung verlor Susanna das Gleichgewicht, fiel vornüber von der Bank und riß ihre Gefährtinnen mit sich. Alle drei rollten sie ins Gras und in das tote Laub, wo sie, von einer unwiderstehlichen Lachlust ergriffen, helle Schreie ausstießen und ihre Freude gleichsam stoßweise verpuffen ließen. Elizabeth und Minnie bemerkten erst nach einer Weile, daß Susanna schluchzte.

35

In dieser Nacht schlief Elizabeth fest und erwachte früh. Ihre erste Sorge war, nach Betty zu klingeln. Diese erschien sogleich, und ihr Lächeln befreite das junge Mädchen im Nu von dem bangen Gefühl, das ihr die Ereignisse der Mondnacht verursacht hatten. Dieses gütige schwarze Gesicht gab ihr die Herzensruhe wieder.

»Betty«, sagte sie, »wenn Mademoiselle Souligou für die Näharbeiten kommt, möchte ich, daß du es mir sofort sagst.«

Bettys gewohntes Lächeln breitete sich fast bis zu den Ohren aus.

»Mam'sell Souligou is' schon seit sieben Uh' f'üh da, abe' sie a'beitet in einem and'en Zimme' im zweiten Stock.«

»Du wirst mir zeigen, wo es ist. Sag ihr, ich werde sie nach dem Mittagessen aufsuchen.«

Und mit einer fast schuldbewußten Miene fügte sie hinzu:

»Eines meiner Sommerkleider scheint mir ein bißchen zu lang, und ich möchte es ein wenig kürzen lassen, verstehst du? Etwa zwei Fingerbreit.«

Betty deutete durch ein Kopfnicken an, daß sie verstand, sagte aber nichts. Rund und massiv in ihrem schwarzen Kleid, das ihr bis über die Waden reichte, stand sie reglos da und schien nachzudenken. Die großen bronzefarbenen Hände ruhten auf der weißen Schürze, wie um sie zu glätten.

»Warum sagst du nichts, Betty? Magst du Mademoiselle Souligou nicht?«

Betty lächelte wieder und blickte Elizabeth an.

»Betty mag alle Leute in Dimwood.«

Dieser so einfache Satz traf das junge Mädchen, als verberge sich dahinter etwas, was ihr entging. »Natürlich muß sie sagen, daß sie alle mag«, dachte sie sich. »Es ist eine Sklavenantwort.« Und doch drang sie weiter in sie:

»Ist sie nett? Findest du sie nett?«

Die schwarzen Augen blickten so vieldeutig drein, daß Elizabeth ihre Frage bereute. Die Antwort kam nach einer langen Pause:

»Zu mi' is' sie schon nett, ja. Abe' es is' besse', wenn sie nich' da is'.«

Der feste und ruhige Ton, mit dem Betty dies sagte, fachte Elizabeths Neugier noch mehr an, und am liebsten hätte sie diese stille und sanfte Frau geschüttelt, die so viele Dinge wußte, von denen sie selbst – und das schmerzte sie – nichts ahnte. Manchmal machte Dimwood ihr Angst.

Doch Bettys Sanftmut beruhigte sie, und mehr noch als ihre Sanftmut ließ ihre natürliche Zärtlichkeit es durchaus glaubwürdig erscheinen, daß sie wirklich alle Leute mochte. Es war ungerecht, sie auszufragen.

Plötzlich sah sie sich selbst, wie sie dieser Frau gegenüberstand, die geduldig auf einen Befehl, auf ein Wort wartete, und die Szene kam ihr auf einmal ganz sonderbar vor: in diesem Zimmer, inmitten all der Möbel aus edlem, honigfarbenem Holz, wo das gedämpfte Licht wie gezähmt und gleichsam demütig durch die hohen Fenster drang, stand ein junges Mädchen – sie selbst, Elizabeth, in einem Nachthemd, das ihre Füße bedeckte, und in dieser Kleidung zweifellos sehr schön, was ihr der hohe, goldgerahmte Spiegel bezeugte, wirklich sehr schön mit dem rosigen Gesicht und dem wirren goldenen Haar –, und zwei Schritte vor ihr stand die alte Dienerin, plump und schwerfällig von Gestalt, mit einem erbärmlich häßlichen Gesicht, ein Wesen, das ganz und gar nicht in diese elegante Umgebung paßte. Aber es war Betty, und Betty strahlte eine grenzenlose Liebe aus. Plötzlich fühlte sich Elizabeth ihr gegenüber seltsam klein.

36

Die beste Zeit, Mademoiselle Souligou aufzusuchen, war, wie Betty meinte, etwa in der Mitte des Nachmittags. Dann würde sie einen guten Teil ihrer Arbeit beendet haben, und wenn Elizabeth sich mit ihr über das zu kürzende Kleid unterhalten wollte, lief sie weniger Gefahr, gestört zu werden. Betty ahnte wohl, daß dieses Kleid nur ein Vorwand war und daß der jungen Engländerin vor allem daran lag, die alte Schneiderin zum Reden zu bringen. Das gefiel ihr gar nicht, und sie befürchtete das Schlimmste, aber sie gab ihr aus Zuneigung nach.

Man hatte Mademoiselle Souligou in einem Zimmer des obersten Stockwerks untergebracht, das auch als Wäschekammer diente, und dort saß sie an einem langen Tisch vor einem großen Haufen von Wäschestücken aus dem ganzen Haus, die sie ausbessern sollte. Das Bild erinnerte an jene Märchen, in denen die gefangene Prinzessin eine jedes menschliche Vermögen übersteigende Aufgabe bewältigen muß, um ihre Freiheit zu erlangen. Im vorliegenden Fall hatte das Opfer nichts von einer Prinzessin und genoß völlige Freiheit in seinem Kommen und Gehen, aber der Berg von Kleidern, Unterwäsche, Schnupftüchern, Servietten, Halsbinden und Putzlappen war immerhin von entmutigenden Proportionen. Doch man ließ der Schneiderin soviel Zeit, wie ihr beliebte, und belohnte sie mit einer Großzügigkeit, die allen Beanstandungen zuvorkam. Man muß nämlich wissen, daß sie eine Schwäche für die prächtigen Golddollars hatte.

Betty begleitete Elizabeth durch einen langen Korridor bis zum Fuß einer steilen und schmalen Treppe, die zum Dachboden führte, aber sie ging nicht mit ihr hinauf. In ihrer Gewissensqual machte sie sich heftige Vorwürfe, das fremde Fräulein auf einen für ihr Seelenheil vielleicht gefährlichen Weg gebracht zu haben. So groß war die Abscheu, den ihr die Schneiderin einflößte. Doch sie brachte nicht den Mut auf, Mam'sell Lisbeth etwas abzuschlagen. So ließ sie sie stehen und ergriff die Flucht.

Gelenkig wie ein Panther kletterte Elizabeth die fünfzehn Stufen zum Dachboden empor und fand ihren Weg ohne Mühe. Die krächzende Stimme, die sie sogleich wiedererkannte, gab ihr genau die Richtung an.

»Immer geradeaus, Mademoiselle Elizabeth. Noch zehn Schritte, dann sind Sie bei Josephine Souligou, verwitwete Trottereau.«

Hätte Elizabeth sich nach links oder rechts gewandt, so wäre sie in ein Labyrinth finsterer Gänge geraten, aber direkt vor ihr drang ein Lichtstrahl durch eine halbgeöffnete Tür, und von der Schneiderin, die mit dem Rücken zur Tür saß, waren nur die beiden kecken Spitzen ihres blauen Kopftuchs zu sehen, die die Rückenlehne eines großen roten Plüschsessels überragten.

»Woher wußten Sie, daß ich es bin?« fragte Elizabeth lachend.

»Mein Gott. Ich erwartete Sie.«

»Hat Betty es Ihnen gesagt?«

»Nun hören Sie schon mit Ihren Fragen auf, und setzen Sie sich. Betty hat mir nichts gesagt. Brauchte ich die etwa, um zu wissen, daß Sie kommen würden? Glauben Sie vielleicht, ich kenne Sie nicht? Setzen Sie sich dorthin.«

Obgleich Elizabeth es nicht gewohnt war, herumkommandiert zu werden, gehorchte sie sofort und setzte sich auf den Stuhl neben Josephine Souligou, deren Gesicht sie nun mit Muße betrachten konnte. Die ruhelosen schwarzen Augen verliehen dem braunen, maskenhaften Gesicht, das nach allen Richtungen von Runzeln durchfurcht war, eine beunruhigende Lebendigkeit. Die schmale, spitze Nase ragte hervor, als suchte sie etwas, ein Goldstück, ein Parfüm, einen Geruch, die Zukunft ... Die noch jungen Zähne blitzten zuweilen bei einem Lächeln auf, das einen erstaunlichen Reiz bewahrt hatte.

»Wenn Sie mich lange genug betrachtet haben, werden Sie mir vielleicht sagen, was Sie zu mir geführt hat«, sagte sie. »Nein, lassen Sie das Kleid ruhig aus dem Spiel, das ich kürzer machen sollte und das Sie übrigens mitzubringen vergaßen. Sie sind verwirrt, nicht wahr?«

»Aber nein.«

»Aber doch. Strengen Sie sich ein bißchen an, und sagen Sie die Wahrheit.«

»Ich sage immer die Wahrheit.«

»Bravo. Das gefällt mir. Wehren Sie sich nur. Aber Sie sollten wissen, daß Betty ungehorsam war, als sie Sie hierherbrachte. Tante Laura, wie Sie sie nennen, hatte es ihr verboten.«

»Aber warum denn?«

»Das kann nur sie Ihnen sagen. Wir werden also ein verbotenes Gespräch führen. Das kann hochinteressant werden. Fangen wir an. Diese gefährliche Wäschekammer, in der Sie sich jetzt befinden, ist mein Revier. Da ich keine Sklavin bin und niemandem gehöre, habe ich ein Anrecht auf Rücksicht und Achtung. Dieser Sessel, der bessere Tage gesehen hat, ist immerhin noch ganz stattlich. Ich soll es bequem haben, weil ich es verstanden habe, mich unentbehrlich zu machen. Ich ändere Anzüge, die wegen des guten Essens zu eng geworden sind, und ich flicke und stopfe und nähe und ändere. Es fehlt mir nur noch der Besenstiel, und dann ist das Bild vollständig, das man sich von mir macht. Dieser Wäscheberg hier wird mich noch vier Tage beschäftigen. Das macht nichts. Josh Hargrove ist nicht knauserig. Sein Vater mag mich nicht besonders, denn ich störe sein empfindliches Gewissen. Ich weiß nämlich zuviel über die Familie, wissen Sie. Meine kleine Elizabeth, Sie sind jetzt wirklich ganz vom Süden adoptiert und stecken bis über die Ohren in der hiesigen Aristokratie. Aber Ihre Erziehung steht noch aus. Sie müssen noch dressiert werden.«

Elizabeth sprang mit einem Satz auf:

»Dressiert? Aber das ist ja ...«

»Beruhigen Sie sich. Die schönen jungen Männer des Südens werden das mit einem Lächeln besorgen, das Ihnen den Kopf verdreht. Haben Sie schon einen *Beau*?«

»Einen *Beau*?«

»Ja, einen Verehrer oder einen Anbeter, wenn Sie so wollen,

das nennt man einen *Beau*, und die sammelt man. Und jetzt schauen Sie sich einmal um. Das Zimmer verdient es.«

In der Tat bot diese Wäschekammer einige bemerkenswerte Besonderheiten. Obwohl sie so niedrig war, daß ein hochgewachsener Mann sich bücken müßte, um nicht an die Decke zu stoßen, erstaunte sie durch ihre außergewöhnliche Länge und Breite. Um den riesigen Arbeitstisch, der die Mitte des Raumes einnahm, standen vierzehn Stühle mit hohen und schmalen Rückenlehnen im holländischen Stil des vorigen Jahrhunderts, und dieses Ensemble strahlte eine solche Würde aus, daß man an eine Versammlung wichtiger Persönlichkeiten denken mußte, die sich hier trafen, um über Politik zu diskutieren oder einfach nur an einem Bankett teilzunehmen. Die großen Schattenflächen in den Ecken nahmen auf unbestimmte Weise die Plätze der fehlenden Sessel und Sofas ein und möblierten so die leeren Zonen, auf denen der Blick nicht verweilte. Kein Wunder auch, daß die Beleuchtung derartige Eindrücke begünstigte, denn die Fenster bestanden nur aus einer Reihe langer und schmaler Öffnungen, Augenschlitzen vergleichbar, durch die man in die Ferne blinzelt und die sich um den ganzen Raum erstreckten, jedoch nur ein spärliches Licht auf den schwarzgestrichenen Fußboden fallen ließen.

»Merkwürdig, meine Wäschekammer, nicht?« fragte die Schneiderin. »Bei schönem Wetter sieht man gerade genug, um nähen zu können. Aber zum Ausgleich kann man von hier aus wunderbar beobachten, was sich auf der Plantage tut ...«

Sie lachte spöttisch und erklärte:

»Ideal zum Spionieren. Es ist übrigens eines der zahlreichen Rätsel von Dimwood, daß dieses Zimmer in manchen Nächten voller Menschen ist. Aber lassen wir diese Dinge, die zum Bereich des Übernatürlichen gehören. Oder interessiert Sie das Übernatürliche?«

»Wenn Sie damit Gespenster meinen ...«

»Zum Beispiel ...«

»Nun dann, ehrlich gesagt, ja.«

»Da habe ich eine einmalige Auswahl an Geschichten, aber bewahren wir uns die für den Abend auf. Reichen Sie mir mal dieses Hemd da.«

Elizabeth langte auf den Gipfel des Wäschebergs und zog ein weites weißes Hemd aus feinem Linnen hervor, dessen einzige

Zierde zwei winzige rotgestickte Buchstaben etwas unterhalb des Kragens waren, die einem Blutfleck ähnelten. Sie konnte es sich nicht verkneifen, den Kopf zu neigen, um sie zu lesen.

»W. H., Sie kleine Neugierige«, sagte Mademoiselle Souligou. »Sie können sich nicht vorstellen, wie er in diesem langen Negligé aussieht.«

»Doch nicht Mr. Hargrove!«

»Aber ja. Warum schauen Sie so entsetzt? Man könnte ihn darin für einen kirchlichen Würdenträger halten, dem nur das Kreuz fehlt. Aber er ist immer noch ein schöner Mann. Finden Sie nicht?«

»Nein.«

»Ach, ich necke Sie, und das sollte ich nicht. Wie hat er es nur angestellt, seinen Ärmel zu zerreißen? Aber Sie fragen sich wahrscheinlich, wie ich ihn in dieser nächtlichen Toilette sehen konnte, nicht wahr? Es war ein sehr heißer Abend, und ich ging vor das Haus, um den Duft der Jakarandas zu atmen. Er hatte die Läden seines Fensters halb geöffnet, und ich bin wie ein Schatten im Dunkel verschwunden, aber ich habe ihn gesehen ...«

»Es wäre mir lieber, wenn Sie von etwas anderem redeten, Mademoiselle Souligou ...«

»Nennen Sie mich einfach Souligou, wie es die anderen in Dimwood tun. Ich nenne Sie Elizabeth. Man braucht Sie nicht lange anzuschauen, um zu sehen, daß Sie von vornehmer Abstammung sind. So sagen die Schwarzen. Sie wissen instinktiv auf den ersten Blick, ob jemand von vornehmer Abstammung ist oder nicht. Durch Generationen der Sklaverei haben sie wenigstens das gelernt. Wenn Sie nicht von vornehmer Abstammung sind, verachten sie Sie, und die Verachtung der Schwarzen ist furchtbar. Ist das schwer zu verstehen?«

»Ja ... Nein. Es interessiert mich nicht sehr.«

»Es hätte Sie vielleicht interessiert, wenn Sie wie ich den jungen Armstrong gesehen hätten, der am Tage Ihrer Abreise nach Savannah hier vorbeikam.«

»Der junge Armstrong!«

»Ja, Kleine. Der junge Armstrong, den die Frauen verabscheuen, aber den sie nicht genug anstarren können. Der junge Armstrong ... der ist von vornehmer Abstammung.«

»Das ist mir egal.«

»Da sind Sie wie ich. Diese Unterschiede sind lächerlich. Ich habe

kreolisches Blut in den Adern und stehe all diesen arroganten
›Abstammungen‹ in nichts nach, aber schließlich und endlich fängt
man an, ein bißchen wie die anderen zu denken. Als ich den jungen
Armstrong sah, sagte ich mir, daß dieser Halunke trotz allem eine
Haltung hat, wie sie nur ein Aristokrat haben kann ...«

»Finden Sie nicht, daß dieses Wort Aristokrat einem auf die
Nerven geht, wenn man es ständig im Munde führt?«

»Es entfesselt Revolutionen, und es ist wieder mal dabei, uns
einen hübschen Krieg zu bescheren ...«

»Mademoiselle Souligou!«

»Souligou, wenn's beliebt, Kleine. Beruhigen Sie sich, der Krieg
kommt nicht gleich morgen, aber die Drohung hängt über uns wie
eine dicke schwarze Wolke, die sich nicht vom Fleck rührt. Seit
Jahren leben wir im Schatten einer Katastrophe, aber man gewöhnt
sich daran, man tanzt, man trinkt, man verliebt sich. Der junge
Armstrong – da können Sie sicher sein – denkt viel mehr an seine
Liebschaften als an den Krieg. Er ist ein ausgekochter Halunke und
trotz seiner bösen kleinen Fratze ein prächtiger Kerl. Meiden Sie
ihn.«

»Ist er denn so gefährlich?«

Die Souligou sah von ihrer Arbeit auf und blickte Elizabeth
aufmerksam an.

»Elizabeth«, fragte sie, »glauben Sie an den Teufel?«

»Natürlich, es steht doch in der Bibel.«

»Ich brauche ihn nicht in der Bibel zu suchen. Es genügt mir, das
Gesicht dieses Mannes zu sehen, um daran zu glauben.«

Das junge Mädchen schwieg.

»Jedenfalls«, fuhr die Schneiderin fort, »sehe ich, daß Sie keine
von denen sind, die vor den Männern weglaufen. Aber nehmen Sie
sich in acht.«

»Ich bin nie vor jemandem weggelaufen.«

»Sie kleine Unschuld, wir spielen Verstecken. Tante Laura weiß
wohl, was sie tut, wenn sie Sie so häufig in Ihrem Zimmer besucht.«

»Woher wissen Sie das?«

Die Schneiderin lehnte sich zurück und lachte.

»Das alles weiß ich, weil die Schwarzen reden und die Souligou
gute Ohren hat.«

»Manchmal hasse ich Tante Laura.«

»Da haben Sie unrecht. Sie ist vielleicht die aufrichtigste Seele in ganz Dimwood.«

»Sie ist katholisch!«

»Lassen wir das, und seien wir ernst. Haben Sie diese schmalen und langen Fenster bemerkt? Mir kommen sie vor wie jemand, der halb die Augen schließt, um besser in die Ferne zu sehen. Dank dieser Besonderheit konnte ich den Bewegungen des jungen Armstrong und seiner Gefährtin in Weiß folgen, als sie ihre Runde um das Haus machten. Beide im gemächlichen Schritt, sie in ihrem eleganten gelben Einspänner, von einem braven Pferd gezogen, er auf seinem Rotfuchs mit dem prächtigen schwarzen Schweif, der edlen und glänzenden Kruppe, dem feinen stolzen Kopf, und er zeigte ihr mit der Reitgerte alle Teile des Hauses, neigte sich hie und da der Schönen zu, um ihr die verschiedenen Einzelheiten zu erklären. Ich ging von einem Fenster zum anderen, um gut zu sehen und alles zu behalten. Ich kann sagen, daß ich in diesen aufregenden Minuten den Eindruck hatte, die Seiten eines Romans umzublättern, und noch nie ist mir dieser junge Mann hassenswerter und – ich muß es gestehen – faszinierender erschienen. Mit ausgesuchter Eleganz gekleidet, trotz seiner bereits sprichwörtlichen Geldschwierigkeiten trug er eine enge und sehr kurze scharlachrote Jacke, weiße Hosen und gelbe Reitstiefel, kurz, er sah aus wie ein junger Lord, der sich auf die Fuchsjagd begibt, und sein kleines Gesicht war von jener bezaubernden Häßlichkeit, die empfindsame Damen in Ohnmacht versetzt. Und sehen Sie, seine ganze Unverschämtheit zeigte sich in der arroganten Art, wie er sich in den Hüften wiegte.«

»So wie Sie ihn mir beschreiben«, sagte Elizabeth, »verspüre ich nicht die geringste Lust, ihm zu begegnen, aber was ich in Ihrer Erzählung vermisse, ist die Dame im Einspänner. Man könnte meinen, sie sei ein Gespenst.«

Abermals gab sich die Schneiderin einem Heiterkeitsausbruch hin, und ihre Zähne glänzten verdächtig weiß im Zwielicht der Dämmerung.

»Sie machen mir Spaß, Kleine. Ein Gespenst! Das Gespenst der weißen Dame, das hätte gerade noch gefehlt, um die Legende von Dimwood zu vervollständigen. Aber täuschen Sie sich nicht. Besagte weiße Dame ist eine Frau aus Fleisch und Blut und von strahlender Schönheit hinter ihren Schleiern. Wo sie lebt? Anderswo, denn sie ist immer woanders, ob im Norden oder im Süden, aber stets lebt sie im Luxus. Männer haben sich für sie ruiniert, und der junge Armstrong ist dabei, diesem Beispiel zu folgen, aber er hängt an ihr wie ein Hund, und solange er Geld hat, wird sie sich von ihm lieben lassen ...«

»Ist er denn reich?«

»O nein! Aber er findet schon, was er braucht, und er rechnet fest damit, ihr eines Tages dieses Haus, in dem wir uns befinden, zu schenken und hier mit ihr zu leben. Deshalb kam er an jenem Nachmittag mit ihr hierher. Sie sollte ihr zukünftiges Liebesnest bewundern.«

»Ist er verrückt?«

»Nicht so sehr, wie Sie glauben. Sehen Sie, das Haus ist alt und sehr stilvoll. Es gehörte den Armstrongs, von denen William Hargrove es kaufte, als er aus Jamaika kam und sich im Süden niederlassen wollte. Der Großvater des jungen Armstrong hatte sein ganzes Vermögen bei katastrophalen Spekulationen verloren, und Dimwood stand zum Verkauf. Nur wegen seines schlechten Rufs fand es keinen Abnehmer. Hargrove nahm es nicht so genau. Das war ein Fehler – oder vielleicht wußte er nicht alles.«

»Nicht alles? Aber was denn?«

»Darauf kommen wir jetzt. Ich habe ihn im Verdacht, etwas geahnt zu haben, aber Hargrove ist ein harter Geschäftsmann. Jedenfalls begriff er rasch, daß er es mit einem ziemlich verzweifelten Manne zu tun hatte, und das nutzte er aus. Die Armstrongs sind bekannte Pechvögel, die das Unglück seit Generationen verfolgt. Sie würden sich dem Teufel verschreiben, um sich aus der Klemme zu ziehen, aber auch der Teufel ist ein harter Geschäftsmann, und er verachtet die zu leichte Beute. Er interessiert sich nur für die Seelen, die sich ihm verweigern.«

»Warum reden Sie schon wieder vom Teufel?«

»Weil er in Dimwood alle Hände voll zu tun hat.«

»Wollen Sie mir Angst machen, Souligou?«

»Durchaus nicht, aber es gibt unter den Schwarzen zu viele aus der Karibik. Einer kam mit William Hargrove von dort, und das war ein Fehler, aber lassen wir das einstweilen. Kommen wir auf Harold Armstrong zurück, der seine Plantage für eine Summe Geldes verkaufte, die weit unter ihrem wahren Wert lag, jedoch hoch genug war, um ihm die Illusion eines gewissen Reichtums zu geben. Er verkaufte sie für die Dauer von fünfundzwanzig Jahren. Das entspricht einer alten englischen Gepflogenheit, die 1826 auch hier die Regel war und weiterhin gültig bleibt, solange die Rechtsprechung in Georgia englisch ist. Folglich wird 1852 ...«

»Ich weiß. Harold Armstrong wird Dimwood zurücknehmen und sich hier häuslich niederlassen. Ich kenne dieses Gesetz. Aber zwei Jahre, das ist noch lang hin ...«

»Oh! Zwei Jahre, meine Kleine, das ist so gut wie morgen. Der alte Harold Armstrong hat sich in Ausschweifungen aller Art verbraucht. Bleiben seine Erben. Zwei sind nicht mehr auf dieser Welt. Und der letzte ist kein anderer als dieser Jonathan, den Sie nicht sehen wollen, und das ist auch besser so.«

»Wenn alles schiefgeht, werde ich nach Savannah flüchten. Charlie Jones hofft ohnehin, daß ich eines Tages bei ihm wohnen werde.«

Die Schneiderin blickte verträumt vor sich hin und schwieg eine Weile. Ein schwacher Sonnenstrahl drang durch das Halbdunkel, warf einen blaßgoldenen Lichtfleck auf den schwarzen Fußboden, und der hohe Wäscheberg auf dem Tisch war nur noch eine weiße Masse, in der man nichts unterschied, aber William Hargroves Nachthemd lag wie ein Schneefeld zwischen Elizabeth und der Souligou. Plötzlich kam die Schneiderin wieder zu sich.

»Ich werde mir nicht die Augen verderben, um diesen unerklärlichen Riß auszubessern ... Savannah!« fuhr sie fort. »Ich kann Sie mir dort gut vorstellen. Das Dumme ist nur, daß man Dimwood mit der Zeit liebgewinnt, und ziemlich rasch sogar.«

»Das ist bei mir durchaus nicht der Fall, aber Sie sprachen von Jonathan und seinen beiden Brüdern, die nicht mehr da sind. Tante Emma hat uns die schreckliche Geschichte der beiden Besitzer von Dimwood erzählt, die auf so geheimnisvolle Weise verschwunden sind. Aber über den Vater sagte sie nichts.«

»Tante Emma erzählt alles verkehrt, weil man es nicht für ratsam hielt, ihr die ganze Wahrheit zu sagen. Schreckhaft, wie sie ist, wäre sie imstande gewesen, Dimwood für immer zu verlassen. Sind Sie bereit zu hören, was sich hier wirklich zugetragen hat, auch wenn Ihnen Ihr prächtiges blondes Haar zu Berge stehen sollte?«

»Halten Sie mich für eine Zimperliese, Souligou?«

»Ich brauche Sie nicht zu ermahnen, kein Wort von dem, was ich Ihnen erzählen werde, weiterzusagen. Es würde Ihnen Unglück bringen. Verstehen Sie mich?«

Elizabeths Blick war vielsagend genug.

»*Fillette*«, begann die Souligou, »ich nenne Sie so auf französisch, weil Sie in meinen Augen ein kleines Mädchen sind. Wenn Sie Angst haben, höre ich auf.«

»Fangen Sie an«, sagte Elizabeth, die bereits angenehm erschauderte.

»Sie wissen also, daß das Haus vor William Hargroves Ankunft immer den Armstrongs gehörte. Es soll sehr viel Geld gekostet haben. Die Engländer hatten es erbaut, und sie kannten sich in solchen Dingen aus. Es hat die Revolution und den Krieg von 1776 erlebt, als überall ringsum heftig gekämpft wurde. Sie müssen wissen, daß man in der Gegend viele Indianer umgebracht hat. Merken Sie sich das gut.«

»Viele Indianer . . .«

»Ja, und sie waren ziemlich wild, diese *Creeks*, wie man sie nannte. Die skalpierten einen Mann, wie man einen Pfirsich schält.«

»Aber Souligou, das ist ja schrecklich.«

»Soll ich aufhören?«

»O nein, ich bitte Sie!«

»Abgesehen davon war um 1800 alles ruhig in Dimwood. Die Plantage beschäftigte Hunderte von Schwarzen, die hart auf den Baumwollfeldern arbeiteten. Ein Aufseher mit einer Peitsche überwachte sie.«

»Abscheulich!« rief Elizabeth aus.

»Beruhigen Sie sich. Die Peitsche war nur zur Einschüchterung da, denn die Stimme und der Blick des Aufsehers genügten. In der damaligen Gesellschaft, wie in der heutigen, wurde ein Pflanzer, der seine Sklaven mißhandelte, nicht akzeptiert. Aber der Aufseher war schrecklich. Er starb dann später. Man hatte ihn vergiftet.«

»Interessant.«

»Das ist noch gar nichts, *Fillette*. Großvater Armstrong, der 1800 seit drei Jahren Witwer war, las lieber Bücher, als sich um seine Plantage zu kümmern. Er haßte die Zahlen und überließ alles seinem Aufseher Silas. Alle Armstrongs standen im Ruf der Gelehrsamkeit. Sie waren es vielleicht ein bißchen zu sehr. Je gelehrsamer man ist, desto mehr will man lesen. Man will zuviel über Dinge wissen, die man lieber im verborgenen lassen sollte.«

»Welche Dinge denn?«

»Unterbrechen Sie mich nicht dauernd. Sie werden alles erfahren. Silas mogelte ein bißchen bei der Buchhaltung, und zwar recht geschickt. Der alte Armstrong nahm es nicht so genau. Ich sage der alte Armstrong, um ihn von seinem Sohn zu unterscheiden, aber er war erst fünfzig Jahre alt und hieß Walter. Sein Sohn Harold war 1800 fünfundzwanzig. Können Sie mir folgen?«

»Ja, ich habe das Gefühl, wir gehen den ganzen Stammbaum durch.«

»Diese Ungeduld! Sie wollen gleich die Schrecken und wissen nicht einmal, ob Sie sie ertragen können. Aber ich werde versuchen, schneller zu erzählen. Harold machte einem jungen Mädchen aus einer benachbarten Plantage den Hof, einer gewissen Emily Thornton, die ihn eine angemessene Zeit schmachten ließ, aber sie war wahnsinnig verliebt.«

»War sie hübsch?«

»Bezaubernd. Und neunzehn Jahre alt, aber jetzt, *Fillette*, heißt es aufpassen. Eines Tages verkündete ihr Anbeter, ihr *Beau*, wie man sagt, dem alten Walter Armstrong, daß er Emily sogleich und ohne Aufschub heiraten müsse. Sie war nämlich schwanger. Können Sie mir folgen?«

»Ja, ich glaube. Gewöhnlich heiratet man zuerst ...«

»*Fillette*, die Hochzeit fand statt, und das Kind wurde in Dimwood geboren, sieben Monate nach der Hochzeitsreise nach Kuba. Walter Armstrong bekam zuerst einen Wutanfall und dann einen Schlaganfall. Er überlebte ihn, aber sehr reduziert. Im Lande bewahrte man Schweigen. Man mutmaßte, aber man sprach nicht darüber, oder nur unter vier Augen.«

»Warum diese Geheimniskrämerei? Das verstehe ich nicht.«

»Ach du liebe Zeit! Sie sind ja noch naiver, als ich glaubte. Hat Ihre Mutter Sie denn nicht aufgeklärt? Aber schließlich kann ein Kind auch nach sieben Monaten geboren werden. Fahren wir fort. Das Kind war ein Junge und erhielt den Namen Malcolm. Er wurde nicht getauft.«

»Warum nicht?«

»Fragen Sie das andere. Es gibt Protestanten, die nicht an die Taufe glauben. Seine Mutter liebte ihn abgöttisch. Auch der alte Walter, der sich angesichts des Babys wie ein Kind benahm. Nur Harold, der Vater, mochte den Kleinen nicht. Kinder langweilten ihn. Er war überhaupt in jeder Hinsicht sonderbar. Da er Dimwood traurig fand, lud er die Besitzer der anderen Plantagen zum Essen

ein, und man kam, weil seine Tafel einen guten Ruf genoß, besonders die Weine, wie es scheint.«

»Und das genügte, um die Leute anzulocken?«

Die Schneiderin beugte sich vor und zurück, als ob sie sich vor
Lachen schüttelte, aber ihr Gelächter, das dem Gackern eines
Huhns glich, war durchaus nicht fröhlich, und sie antwortete mit
unverhohlenem Spott:

»Sie sollten wissen, *Fillette*, daß es genügt, ein Kotelett über der
Tür aufzuhängen, um Gäste anzulocken. Und wenn Sie dazu noch
eine gute Flasche schwenken, haben Sie bald ein volles Haus.«

»Was Sie da sagen, ist aber nicht schön, Souligou.«

»Nein, schön ist es nicht, aber Sie werden sich damit abfinden
müssen. Doch eines Tages geschah etwas. Einladungen wurden
ausgeschlagen, in aller Höflichkeit natürlich, aber immer öfter, und
schließlich kam niemand mehr. Es war nicht wegen der Armstrongs.
Es war etwas anderes.«

»Etwas anderes? Oh, Souligou, erzählen Sie weiter!«

»Ich halte nur inne, weil wir auf ernstere Dinge kommen. Es war
wegen des Hauses.«

»Kannte man es nicht?«

»Nicht sehr gut. Sie müssen wissen, daß Großvater Walter nie
viele Leute bei sich empfangen hatte, also nie besonders gastlich
war. Sein Sohn Harold dagegen spielte gern den großen Herrn, aber
den größten Erfolg hatte seine Frau, die entzückende Emily. Sie war
geistreich und amüsant. Von der Tafel ganz zu schweigen. Man aß
wie bei einem Fürsten.«

»Also?«

»Also, wie ich bereits sagte, war es das Haus. Man mochte es nicht.
Und dabei war jedes Zimmer üppig mit Blumen geschmückt, alle
Deckenleuchter brannten hell, ein kleines Orchester spielte gedämpfte Musik, während man aß, die Konversation war angeregt
und charmant, die Damen sahen entzückend aus in ihren Abendtoiletten, kurz, das große Fest, das ganze Tralala der Aristokraten.
Man verbrachte ein paar angenehme Stunden, aß zuviel und trank
zuviel – aber man kam nicht wieder.«

»Aber warum denn nicht, Souligou? Sagen Sie es doch endlich.«

»Es gab etwas, das störte, das den Leuten Angst machte.«

»Angst? Hier, in diesem Haus?«

»Jawohl, Kleine, hier in diesem Haus.«

Im gleichen Augenblick läutete draußen eine kleine Glocke, ließ fünf oder sechs kurze Schläge ertönen, und Elizabeth schaute die Schneiderin beunruhigt an.

»Ist das schon die Glocke zum Abendessen?«

»Nein, noch nicht. Es ist das Glockensignal, das die Diener daran erinnert, den Tisch zu decken und ihre Livreen anzuziehen. Sie kennen die Geräusche des Hauses noch nicht. Es bleibt uns noch eine halbe Stunde. Soll ich fortfahren?«

»Oh, bitte!«

»Sehen Sie, dieses Haus steht auf einem schlechten Platz. Man hat es an einem Ort errichtet, wo zu viele Seminolen umgebracht wurden. Die Seminolen sind zwar ebenso wild wie die Creeks, aber sie waren hier zu Hause, und der Boden ist in einem Umkreis von vier Meilen verflucht. In den Wäldern ganz in der Nähe gibt es einen Ort, wo man sie zu bestimmten Stunden der Nacht hören kann. Ein dumpfes Geräusch, das von der Erde aufsteigt, Schreie ...«

Die junge Engländerin schluckte und flüsterte dann:

»Ich weiß, nicht weit vom Fluß, wo es so viele schöne Blumen gibt ...«

»Ja, aber woher wissen Sie das? Es ist verboten, dorthin zu gehen, *Fillette*.«

»Hilda und Mildred haben mich hingeführt.«

»Die Unzertrennlichen. Nehmen Sie sich vor denen in acht, ja? Verstehen Sie mich?«

»Ja ... Nein ...«

»Ich fahre fort ... Harold Armstrong war sonderbar wie alle Männer in seiner Familie. Er langweilte sich um so mehr in seinem schönen Haus, das niemand mehr besuchte, als seine Frau ihm ein Jahr nach dem ersten einen zweiten Sohn gebar, Hamish. Da begann er seine einst so vergötterte Emily zu hassen. Vielleicht wegen der Kinder, deren Geschrei ihn in Wut versetzte. Am liebsten hätte er Dimwood verlassen, aber da war die Plantage. Auch die hatte er satt, und er sah, daß sie ihm immer weniger einbrachte, aber immerhin noch etwas, und dann hielt ihn das Haus zurück. Als seine Jungen größer waren, schickte er sie auf Privatschulen und später auf die Universität im fernen Virginia. Es schmerzte Emily sehr, ihn so verändert zu sehen, denn sie liebte ihn immer noch. Sein Vater, der alte Walter, hatte ihm Bücher gezeigt, aus denen man lernt, mit den Toten zu sprechen.«

Elizabeth schrie auf:

»Nein, das ist doch nicht möglich!«

»Aber doch, Kleine, das ist sehr wohl möglich, und viele Leute bemühen sich, es zu tun. Es gelingt aber nur denen, die die Gabe besitzen, und Harold hatte diese Gabe. Er begab sich des Nachts in den Garten, wo Sie mit Hilda waren. Dort verbrachte er viele Stunden und lauschte. Ein alter Sklave von den Antillen begleitete ihn. Gemeinsam gelang es ihnen schließlich, Geräusche und Worte zu vernehmen, die sie nicht verstanden, Stimmen, die sie riefen ...«

»Souligou, dort gehe ich nie mehr hin.«

»Im Hause werden Sie bestimmt mehr Ruhe haben, oder in der Nähe des Hauses – aber auch das ist nicht sicher ... Gehen Sie lieber mit Tante Laura spazieren, aber wenn Sie wollen, daß ich meine Geschichte zu Ende erzähle, bevor es zum Abendessen läutet, unterbrechen Sie mich nicht immer. Weder Harold noch sein Sklave kannten die Sprache der Seminolen, aber sie verstanden, daß diese toten Rothäute ihnen etwas sagen wollten. Und jetzt, *Fillette*, erschrecken Sie nicht zu schnell. Ich erzähle Ihnen nur, was man mir erzählt hat. Die Jahre vergingen. Der Sohn Malcolm kehrte 1821 aus Virginia zurück. Man hatte ihn von der Universität gejagt. Warum, weiß ich nicht. Er war eine verdammte Seele. Man brauchte ihn nur einmal anzuschauen, um das zu sehen. Ich habe ihn mit eigenen Augen gesehen.«

»Wie sah er aus?«

»Neugierig, was? Schön und mit einem Blick, bei dem einem das Blut in den Adern erstarrte. Der gleiche Blick wie der von Jonathan.«

»Oh, den werde ich nie sehen!«

»Seien Sie nicht zu sicher. Er ist neulich nicht nur gekommen, um seiner Schönen das Haus zu zeigen, sondern auch, weil er hoffte, Sie zu überraschen. Soll ich fortfahren oder nicht?«

»Fahren Sie fort.«

»Als Emily ihren Sohn Malcolm wiedersah, glaubte sie, vor Freude wahnsinnig zu werden. Sie klammerte sich an ihn wie ein Ertrinkender an einen Rettungsring. Sie traute sich nicht, ihm in die Augen zu schauen, aber sie liebte ihn. Und natürlich erzählte sie ihm von den nächtlichen Ausflügen seines Vaters. Das wußten übrigens alle. Malcolm ging allein in den Indianerwald und hatte keine Mühe, sich zu verständigen, denn wenn jemand die Gabe besaß, so war er es. Indem er auf den Boden klopfte, erfand er eine Art Sprache, und bald bekam er Antworten. Fragen Sie mich nicht, was sie besagten. Er bildete sich eine Menge Dinge ein. Bald waren es geheime Zeremonien, bald ein Tribunal, wo man über die Toten richtete, über die Weißen natürlich. Er glaubte so fest daran, daß er den Verstand verlor, und er beschrieb das alles seinem Vater, der schließlich auch daran glaubte. Die schuldigen Toten mußten noch einmal sterben.«

»Souligou, das ist ja entsetzlich!«

»Sie wollten doch Schrecken, nicht? Reicht es Ihnen?«

»Fahren Sie nur fort.«

»Der Vater bekam es mit der Angst zu tun, nicht aber der Sohn. Er war überzeugt, daß die Indianer ihn als einen Freund betrachteten und ihn zu sich einluden, unter die Erde, wie er sagte, um sie zu sehen.«

»Er war verrückt.«

»Völlig verrückt. Eines Nachts erzählte er seinem Vater, die Indianer hätten ihn zu einem Treffen in den blätterlosen Wald gebeten, den Wald mit den Moosvorhängen, den verfluchten Wald. Harold versuchte, ihn zurückzuhalten, aber umsonst. ›Hörst du sie nicht?‹ sagte er zu seinem Vater, ›sie rufen mich, sie erwarten mich.‹ Harold hielt ihn mit seinen Armen fest, aber Malcolm stieß ihn zu Boden und schwang sich auf seine schwarze Stute. Das Tier stob im Galopp davon, als hätten zehn Bremsen es gestochen. Von ganz allein stürmte es in den Wald, und man hörte Malcolms Schreie, aber es waren Schreckensschreie. Das alles hat der alte Harold einige Zeit später erzählt. Die schwarze Stute galoppierte in den Wald und noch viel weiter. Am folgenden Tag fand man Malcolm aufrecht, aber einen Meter über dem Boden, am dicken Ast eines der alten Bäume.«

Elizabeth stieß einen Schrei aus:

»Er hat sich erhängt!«

»Ach, die Mühe blieb ihm erspart. Die Schlinge erwartete ihn, und sie war, wie es scheint, auf indianische Art geknüpft.«

Elizabeth erhob sich ohne ein Wort, und ihr Gesicht war bleich.

»Souligou ...«, murmelte sie schließlich.

Die Antwort kam ruhig und leicht spöttisch:

»Da bleibt selbst eine Engländerin nicht ungerührt, wie ich sehe. Setzen Sie sich, ich bin fast am Ende.«

Elizabeth setzte sich sogleich.

»Als Emily die Nachricht erfuhr, starb sie auf der Stelle. Das Herz hatte ausgesetzt. Harold hatte stärkere Nerven. Er beerdigte seine Frau und seinen Sohn auf einem fernen Friedhof. Malcolms Tod galt als Selbstmord. Man sprach viel darüber, stellte sich alle möglichen Fragen. Nach einigen Tagen begannen die Schwarzen Malcolm zu sehen. Er ging um, das heißt, er erschien ihnen an den verschiedensten Orten, im verfluchten Walde, in der Nähe des Hauses und sogar im Haus. Die Weißen sahen ihn nicht, aber die Schwarzen zitterten und stöhnten vor Entsetzen. Natürlich hatten sich einige Personen verpflichtet gefühlt, Harold zu besuchen, aber seine Kälte ermunterte nicht gerade zu Beileidsbezeugungen. Doch dann gab es eine Frau. Sie hieß Ivy und war Engländerin wie Sie. Er war zwar nicht mehr der Jüngste, aber sie sahen sich mehrere Male. Wie alle Armstrongs zog Harold die Frauen an, und nach einigen Wochen wurde ihr bewußt, daß sie ihn liebte. Da er die Gesellschaft einer Frau brauchte, heirateten sie ein Jahr später. Die Hochzeit fand in aller Heimlichkeit statt, vor zwei Zeugen, dem Großvater Walter und Harolds zweiten Sohn Hamish, der mit seinem Diplom und seinem Doktorhut von der Universität heimgekehrt war. Und jetzt werden Sie mich fragen, wie Hamish aussah.«

»Aber nein«, antwortete Elizabeth ein wenig verärgert.

»Sie werden es trotzdem erfahren. Ein ernstes Gesicht und eine Brille.«

Die Erinnerung an den blinden Engel kam Elizabeth in den Sinn und erhellte wie ein Lichtstrahl diese traurige Geschichte.

»Allem Anschein nach ein guter Junge, stets lächelnd, aber schweigsam. Ein bißchen seltsam, sehr verschlossen. Und natürlich hochgelehrt. Architekt wollte er werden, und zuerst ließ er einige Zimmer des Hauses renovieren, die es bitter nötig hatten. Harold kümmerte sich nicht darum, gab Hamish freie Hand und alles Geld, das er brauchte. Die Arbeiten schritten fort, doch plötzlich schien Hamish sich nicht mehr für das schöne Haus zu interessieren und begann es sogar zu hassen, wie man einen Menschen haßt. Offenbar wollte er fort. Es war das erste Mal, daß ein Armstrong Dimwood verlassen wollte. Vielleicht fühlte er, daß er nie mehr fortkäme, wenn er länger bleiben würde. Das Haus schlägt schließlich jeden in seinen Zauberbann.«

»Mich nicht«, entgegnete das junge Mädchen lebhaft. »Mir würde es nicht schwerfallen, Dimwood zu verlassen.«

»Sie sind noch nicht lange genug hier. In ein oder zwei Jahren werden Sie gefangen sein, aber hören Sie, wie es weitergeht. Das Leben in Dimwood nahm wieder seinen normalen Verlauf. Harold und Ivy verstanden sich gut, und sie bekam einen dicken Bauch.«

»Einen dicken Bauch?«

»Also wirklich, Kleine, muß man Ihnen denn alles erklären? Sie erwartete ein Kind und war im achten Monat. Und da geschah es. Eines Abends, als sie alle drei beim Essen saßen ... Ich sage drei, weil Großvater Walter allein in seinem Zimmer aß.«

»Das finde ich hart.«

»Er zog es vor. Eine gute schwarze Mammy fütterte ihn. Kurz, die drei saßen im Speisezimmer.«

»Das, in dem wir essen?« fragte Elizabeth beunruhigt, da sie ahnte, was nun kommen würde.

»Jawohl, Mademoiselle, das, in dem Sie heute abend essen werden. Ein alter Diener trat ein, die Knie schlotternd vor Entsetzen, und verkündete, daß ein ganz in Schwarz gekleideter Herr im Vorzimmer wartete. Harold zögerte einen Augenblick, stand dann auf und ging hinaus, um zu sehen, wer es war.«

»Oh! Das hätte er nicht tun sollen. Tante Emma hat uns diese Geschichte erzählt, und sie sagte, es sei der Teufel gewesen, der da im Vorzimmer wartete.«

»Tante Emma sieht den Teufel überall, weil sie Angst hat, in die Hölle zu kommen, wenn sie nicht artig ist. Sie sollte ihn lieber in ihrem Champagnerglas suchen. Es war nicht der Teufel. Harold kam lachend zurück und sagte, es sei niemand dagewesen, außer dem alten Diener, der sich in einer Ecke versteckt hatte und die Fäuste auf die Augen preßte. Nun stand Hamish auf. Die Einbildungen der Schwarzen gingen ihm auf die Nerven, und er wollte diesem eine Lektion erteilen. Der Diener hat später alles erzählt. Hamish gab ihm eine Ohrfeige und sagte: ›Du Schwachkopf, du hast nichts gesehen.‹ – ›Ich hab' Massa Malcolm gesehen mit glühende Augen.‹ – ›Du bist betrunken. Ich werde jetzt ein bißchen ausreiten, um etwas Luft zu schöpfen.‹ Er kam nie zurück.«

»Souligou, das ist furchtbar. Glauben Sie nicht, daß sein Bruder ihn holen gekommen ist?«

»Und wohin hätte er mit ihm gehen sollen?«

»Dorthin, wo er für immer ist.«

»Das wäre interessant, aber ich glaube ganz einfach, er hat sich mit einem dicken Bündel Banknoten davongemacht, dem Geld für die Arbeiten, und das war bestimmt eine hübsche Summe, denn die Südstaatler knausern nicht, selbst wenn sie in Schwierigkeiten sind ... Überhaupt kein Sinn für Geld, weil sie zuviel davon haben ... Wo war ich noch?«

»Bei Hamish, der nie zurückkam.«

»Richtig. Man suchte ihn überall im Staat und dann außerhalb. Zeitvergeudung. Die Polizei bot ihre Hilfe an, man setzte Detektive auf seine Spuren, aber er war in ganz Amerika nicht zu finden. Ich sehe ihn eher in Europa, in Paris vielleicht, hoffentlich, auf den großen Boulevards.«

Dieses letzte Wort sprach sie mit einer Betonung, als meinte sie damit das Paradies.

»Warum auf den großen Boulevards?«

»Ach, Sie kennen Paris nicht? Ich war einmal dort mit meinem verehrten Gemahl, dem seligen Hauptmann Trottereau. Manchmal träume ich noch davon, aber lassen wir das. In Dimwood traf das Verschwinden Hamishs die arme Ivy so schwer, daß sie vor der Zeit mit einem Sohn niederkam und kurz nach der Geburt 1827 starb. Der Sohn ist dieser Jonathan, der sich vor ein paar Tagen hier mit seiner weißverhüllten Dulzinea herumtrieb.«

Sie verstummte.

»Ist das alles?« fragte Elizabeth.

»Nun ja. Das übrige wird man Ihnen erzählt haben. Mr. Hargrove kam 1827 hierher. Zu dieser Zeit war Großvater Walter völlig vertrottelt, und Harold lebte allein, wie ein Wilder, mit einer jener schwarzen Mammys, die sich für ihren Herrn in Stücke reißen lassen würden.«

Sie verfiel wieder in Schweigen und schien nachdenklich. Unmerklich ging der Tag zur Neige, und rings um das Haus begannen die Vögel aus voller Kehle dem Licht ihr Abschiedslied zu singen. Elizabeth wurde von einer plötzlichen Traurigkeit ergriffen. In diesem ohrenbetörenden und zauberhaften Gesang, dem sie jeden Abend so gerne lauschte, vernahm sie einen Ruf der Heimat, über deren Verlust sie sich nicht zu trösten vermochte, und die ihr durch dieses unablässige Gezwitscher grausam gegenwärtig wurde.

Mademoiselle Souligous Stimme brachte sie in die Wirklichkeit zurück:

»Das ist alles für heute. Hoffentlich sind Sie zufrieden und haben sich schön gegruselt. Aber fangen Sie bloß nicht an, Malcolm mit den glühenden Augen zu sehen. Das wäre der Gipfel.«

»Gespenster habe ich noch nie gesehen, aber in England gibt es jede Menge davon«, sagte Elizabeth in einem Anfall patriotischer Eitelkeit.

»Ach! Glauben Sie vielleicht, wir hätten keine in Amerika? Wenn man sie zählen könnte, würde das die Bevölkerungszahl verdoppeln. Aber Sie möchten wahrscheinlich wissen, was aus Harold geworden ist, dem Vater Jonathans.«

Elizabeth hatte nicht die geringste Lust, es zu erfahren. Nur der Sohn interessierte sie, wenn sie es sich auch nicht eingestehen wollte.

»Ja, natürlich«, sagte sie gleichgültig.

»Harold hatte schon immer getrunken, aber nach Ivys Tod begann er zu saufen. Um die Schreie des kleinen Jonathan nicht zu hören, schickte er ihn in ein Kinderheim. Der Aufseher Silas war immer noch da, kaum gealtert, frisch und munter, unverfroren und diebisch wie zu Großvater Walters guten alten Zeiten. Niemand weiß, wie Harold auf die Idee kam, die Nase in die Buchhaltung zu stecken und endlich zu begreifen. Und da hat er ihn abserviert, wie man in Frankreich sagt.«

»Abserviert?«

»Ich werde es Ihnen erklären. Zuerst schlug er seinen Stock auf seinem Rücken entzwei, dann packte er ihn bei den Hacken und stürzte ihn aus dem Fenster der ersten Etage. Das war 1827, in dem Jahr, als Mr. Hargrove sich hier niederließ. Alles andere wissen Sie bereits.«

»Und Jonathan?«

Die Schneiderin kniff die Augen zusammen, als wollte sie ihrem starren Blick noch mehr Schärfe verleihen.

»Nehmen Sie sich in acht, Kleine. Der Wolf lauert Ihnen auf, und er heißt zufällig Jonathan, denn der brennt geradezu darauf, Sie kennenzulernen.«

»Oh! Ich will ihn nicht sehen. Ich wollte nur wissen, was geschah«, verteidigte sich Elizabeth, der das Blut in die Wangen gestiegen war.

»Nun gut. Jonathan wuchs zuerst in einem kleinen Kreis engelhafter schwarzer Ammen und weißer Babies auf. Dann ging er auf die Schule und lernte nichts. Schließlich landete er auf der bescheidenen Plantage seines Vaters in Old Creek, zehn Meilen von hier. In Dimwood haßt man ihn und fürchtet seine Besuche. Er kommt von Zeit zu Zeit, wie man Ihnen erklärt hat, um Hargrove ein Stück Land zu verkaufen, damit er leben kann und trinken und alles übrige. Haben Sie begriffen?«

»Ja, aber ich will Jonathan nicht sehen.«

»Ein weiser Entschluß. Und jetzt zu ernsteren Dingen.«

Sie zog eine Schublade auf, entnahm ihr ein ungewöhnlich großes Kartenspiel, mischte es, hob ab und breitete es fächerförmig, aber verdeckt auf dem Tisch aus.

»Tarock«, sagte sie. »Wissen Sie, was das ist? Nein? Schon mal vom Kartenlegen gehört? Sie wissen ja überhaupt nichts. Wählen Sie eine Karte.«

»Ist das nicht verboten?«

»Verboten? Von wem?«

Elizabeth wagte nicht zu sagen: von der heiligen Bibel. Zögernd fuhr sie mit der Hand über diese abgegriffenen und etwas schmutzigen Karten. Endlich nahm sie irgendeine. Die Schneiderin drehte sie behende um:

»Der Gaukler«, sagte sie.

Das primitiv gemalte Bild zeigte einen jonglierenden Taschenspieler.

»Der Gaukler. Das kann gut sein – oder auch nicht.«

»Warum?«

»Das ist zu umständlich zu erklären. Es kommt ganz darauf an, was nun folgt. Noch eine Karte.«

Mit unsicherer Hand, einer Hand, die sich schuldig fühlte, nahm Elizabeth eine Karte.

»Der Herzbube«, verkündete die Souligou. »Das könnte gehen, wenn nicht der Gaukler wäre. Ihr Gaukler macht mir Sorge.«

»Könnte man ihn nicht austauschen, ihn durch eine andere Karte ersetzen?«

Die Schneiderin hob den Kopf, und abermals senkten sich die schwarzen Augen in die blauen.

»Und das Schicksal, *Fillette*? Läßt sich das Schicksal austauschen? Nun machen Sie bloß nicht so ein verstörtes Gesicht. Ich dachte, eine Engländerin fürchtet sich vor nichts. Noch eine Karte, die letzte.«

Elizabeth zog eine Karte, die sehr langsam umgedreht wurde. Es folgte ein langes Schweigen. In diesem großen Zimmer, das immer dunkler wurde, erhob sich die Stimme des jungen Mädchens wie ein Vogelschrei:

»Ist es nicht gut? Sagen Sie es mir, auch wenn es nicht gut ist.«

»Das kann ich nicht, aber Sie glauben doch daran, nicht wahr?«

»Nein«, schrie Elizabeth wütend, weil sie der Alten in die Falle gegangen war. »Ich glaube nicht daran, denn es ist der Teufel!«

»Oh, Kleine, da gehen Sie zu weit. Man darf den Tarock nicht kränken. Die Karten haben das gar nicht gern. Liebe Karten, hört nicht auf die Unwissende. Aber ich will Ihnen einen Rat geben, Elizabeth: reden Sie nicht mit Mrs. Llewelyn.«

Sie sprach es Liulin aus, aber Elizabeth lächelte nicht.

»Ich habe keinerlei Verlangen danach.«

»Und auch nicht mit Jonathan.«

Draußen läutete eine Glocke.

»Das ist der erste Gong zum Abendessen«, sagte die Souligou. »Sie haben noch Zeit, sich fertig zu machen. Kämmen Sie Ihr schönes Haar, und für alles weitere: Kopf hoch und guten Mut. Es wird schon gehen, wenn Sie auf mich hören.«

Wortlos erhob sich Elizabeth und verließ das Zimmer.

Als sie die steile Treppe hinunterstieg, rief die ein wenig ironische Stimme der Schneiderin hinter ihr her:

»Und nächstes Mal bedanken Sie sich bei der Witwe Trottereau, geborene Souligou, die Sie trotzdem mag.«

»Oh, Pardon und vielen Dank!« rief Elizabeth zurück.

Aber die Tür des Dachbodens knallte kräftig zu und schnitt ihr das Wort bei der ersten Silbe ab.

Unten ertönte die Glocke zum zweiten Mal.

37

Wie die Souligou es vorausgesehen hatte, ging Elizabeth in ihr Zimmer, um sich zu kämmen, aber sie war zu aufgeregt, um noch zu wissen, was sie tat, und fuhr sich mit dem Kamm so oft durch die dichte goldblonde Mähne, bis sie den Eindruck hatte, gar nicht mehr aufhören zu können, und dann stellte sie fest, daß ihre Hand zitterte.

»Das Schicksal«, murmelte sie vor sich hin. »Was wollte sie mit diesen gräßlichen Karten sagen? Ich will sie nie mehr sehen.«

Bei Tisch setzte sie sich neben Susanna, die ihr wie gewöhnlich ein schönes und etwas melancholisches Lächeln schenkte. Doch Elizabeth beachtete es nicht, denn Tante Lauras sehr aufmerksamer Blick war auf sie gerichtet, und ihre Augen schienen voller Fragen. Mehr brauchte es nicht, daß das junge Mädchen sich schuldig und noch unglücklicher fühlte. Sie wandte sich zu Billy, der ihr verworrenes und taktloses Zeug zuflüsterte.

»Man sieht dich ja gar nicht mehr. Wo versteckst du dich denn, du Schlimme? Du bist aber hübsch heute abend ...«

»Billy, hör sofort auf«, befahl Tante Emma. »Dein Großvater betet.«

William Hargrove erflehte in der Tat den Segen des Himmels für alle Anwesenden und das Land herab, in einem außergewöhnlich inbrünstigen Ton. Vielleicht ohne es zu wollen verbreitete er Beunruhigung, indem er den Frieden für alle Staaten der Union erbat. Schweißtropfen perlten auf seinem besorgten Gesicht, und seine Stimme wurde immer matter.

Als er endlich schwieg und sich setzte, fragte sein Sohn Joshua: »Vater, haben Sie etwas Neues erfahren?«

»Nein, und ich habe sicher unrecht, wenn ich an Vorahnungen glaube. Es ist eine Schwäche, deren ich mich schämen muß. Man sollte seine Intuitionen für sich behalten.«

Es folgte ein peinliches Schweigen. Niemand rührte sich, und die Schwarzen in ihren goldbetreßten Baumwollivreen machten große Augen.

Elizabeth, die reglos wie alle anderen dasaß, wurde von einer Art Panik ergriffen, als Mr. Hargrove, der seit zwei Wochen kein Wort zu ihr gesprochen hatte, sie plötzlich ansprach.

»Elizabeth«, sagte er mit größter Anstrengung, als schnürte dieser Name allein ihm die Kehle zu, und dann verstummte er.

»Vater«, sagte Douglas, »haben Sie etwas Neues erfahren? Sie sind erregt, beruhigen Sie sich.«

Hargrove hob die Hand, wie um seinen Sohn abzuwehren, und fuhr mit festerer Stimme fort:

»Als Sie bei uns ankamen, Elizabeth, oder vielmehr ein paar Tage zuvor, am 31. März, starb Calhoun.«

Diese Worte fielen wie die Schläge einer Totenglocke, er unterbrach sich erneut und wiederholte dann langsam, als wollte er sich selbst von dem, was er sagte, überzeugen: »Calhoun ist tot.«

Und wieder verstummte er.

»Sie werden unsere junge Cousine erschrecken«, sagte Joshua.

»Aber nein«, erwiderte Mr. Hargrove. »Elizabeth weiß nicht, wer Calhoun war. Calhoun, das war der Süden. Er verteidigte uns im Kongreß mit einem Mut, der seinen Gegnern Bewunderung abverlangte. Ich habe diesen Mann einmal in Savannah auf der Straße gesehen. Groß und hager, mit scharfen Zügen, einem furchterregenden Raubvogelblick und diesen schrecklichen, tiefblauen Augen, die dem ausgemergelten Gesicht eine große Schönheit verliehen. Seine dichte Mähne trug noch zu seinem sonderbaren Aussehen bei. Wer ihn einmal gesehen hatte, vergaß ihn nie. Man glaubte, einem der großen Seher des Alten Testaments begegnet zu sein, einem Propheten.«

Diese kleine Rede wurde in einem so fieberhaften Ton vorgetragen, daß Douglas es ratsam fand, ein paar ruhigere Worte hinzuzufügen:

»Das alles ist sehr gut beobachtet, Vater, aber Sie könnten auch erwähnen, daß er trotz seiner hohen Stellung in der Regierung äußerst bescheiden lebte.«

»Was er wollte«, fuhr Mr. Hargrove fort, »war die volle Gleichstellung des Südens mit dem Norden, mit dem viel mächtigeren und viel dichter bevölkerten Norden. Nur unter dieser Bedingung wollte er die Union.«

Elizabeth folgte dem Gespräch nicht mehr, aber sie bemerkte, daß man sehr rasch zu sprechen begann. Sie sah, wie Tante Augusta den Dienern ein Zeichen machte, und wie diese die Schüsseln zudeckten und in die Küche trugen. »Was ist denn los?« fragte sie beunruhigt. »Ist ein Unglück geschehen?«

Plötzlich übertönte Tante Emmas flache und präzise Stimme den Wortschwall der Männer:

»Ich finde, wir sollten an andere Dinge denken als an Calhoun. Er ist schließlich schon seit einem Monat tot.«

»Schweig, Emma«, sagte Joshua, »und laß meinen Vater reden. Vor allem verstehst du überhaupt nichts von Politik . . .«

»Aber ich verstehe sehr wohl, daß wir hier bei Tisch sitzen, um zu Abend zu essen, und nicht essen.«

»Bravo!« brüllte Billy.

»Was dich betrifft«, sagte Onkel Josh, »so wirst du, wenn du auch nur noch ein Wort sagst, draußen auf dem Rasen essen.«

William Hargrove schien nichts von diesen Konflikten am Rande und auch nichts von dem, was seine beiden Söhne sagten, zu hören. Mit einer lauten, jedoch seltsam eintönigen Stimme setzte er seine Rede fort:

»1848 haben wir die Mexikaner geschlagen und Kalifornien erobert. Wir haben ein Recht auf Kalifornien, und die Leute in Washington wollen uns dies nur ohne die Sklaverei zugestehen. Damit lockt man uns in die Falle und beraubt uns unseres Sieges.«

»Vater«, sagte Douglas und ergriff seine Hand, »die Goldsucher, die Neunundvierziger, die berühmten kalifornischen *Squatter* wollen keine Schwarzen bei sich, ob Freie oder Sklaven. Sie machen das Gesetz.«

»Welches Gesetz? Calhoun nannte es eine plumpe Unverschämtheit.«

»Wir müssen uns wohl oder übel damit abfinden«, seufzte Douglas, »wenn wir den Frieden wollen. Henry Clay, der unsere Interessen verteidigt, ist für einen Kompromiß. Der Kompromiß ist der Frieden.«

»Ein Frieden in Schande und Demütigung.«

»Keinesfalls. Ein Friede in der Union der Herzen.«

William Hargrove wurde wütend:

»Wie könnt ihr an diesen Quatsch glauben? Calhoun glaubte nicht an die Union der Herzen. Das sind die Träume Henry Clays. Clay mag ein großer Mann sein, aber er ist ein Träumer. Und in der Politik gibt es nichts Gefährlicheres als die Träumer.«

»Aber man bietet uns Entschädigungen an!« rief Joshua. »Der Norden verpflichtet sich, unsere flüchtigen Sklaven in den Süden zurückzuschicken.«

»Oh, dieses alberne Gewäsch!« brüllte William Hargrove. »Bildet ihr euch wirklich ein, sie werden uns diese elenden Schwarzen ausliefern, wenn die ganze Meute der Abolitionisten die öffentliche Meinung aufwiegelt?«

Tante Emma stürzte sich aufs neue ins Gefecht:

»Ich bedaure zwar, daß wir nichts zu essen kriegen, aber ich bin froh, daß die Diener in der Küche sind und euch nicht hören.«

Douglas brach in ein spöttisches Gelächter aus:

»Immerhin blüht und gedeiht die Sklaverei im Staate Columbia, zu dem Washington gehört, und wißt ihr, wo der Sklavenhandel stattfindet? Auf den Stufen des Kapitols.«

Von der Erregung der Erwachsenen angesteckt, erhob nun auch der junge Fred, der sonst nie ein Wort sagte, die Stimme. Sein sonst so nachdenkliches Gesicht wurde plötzlich ganz rot:

»Es ist doch wahr! Man vergißt es, vor allem diejenigen, die uns ständig Moralpredigten halten, all diese Pastoren, die mit ihren Bibeln und ihren Pantoffeln zu Hause bleiben, wenn es zum Krieg kommt, während wir in den Kampf ziehen.«

»Ich gehe mit dir!« schrie Billy. »Wir werden vom ersten Tag an dabeisein.«

Völlig außer sich war er aufgesprungen, hatte seinen Stuhl umgestoßen und schien entschlossen, eine Rede zu halten. Sein rotgoldener Schopf mit den widerspenstigen Strähnen sprühte Funken. Joshua, der in seiner Reichweite war, zwang ihn, sich wieder zu setzen.

»Der gesamte Süden wird sich wie ein Mann erheben«, verkündete Douglas. »Die Jungen und die Alten, die Reichen und die Armen. Das Massenaufgebot wird sich ganz von selbst ergeben.«

Die Schwarzen, die jetzt mit ihren Schüsseln kamen, kehrten zu Tode erschrocken in die Küchen zurück, und Tante Emma schloß die Augen, ließ den Kopf nach hinten sinken und verlangte stöhnend nach Laudanum.

Elizabeth, völlig benommen von dem Geschrei und der allgemeinen Aufregung, blickte sich hilfesuchend nach allen Seiten um, verstand überhaupt nichts mehr und sah Tante Laura das geheimnisvolle Kreuzzeichen machen.

Schließlich erhob sich William Hargrove, beide Hände auf den Tisch gestützt. Unter seinem grauen Backenbart schien sich sein leichenblasses Gesicht vor Entsetzen aufzulösen. Offenbar hatte er die katastrophale Wirkung seiner Lobrede auf Calhoun nicht vorausgesehen.

»Hört mich an«, sagte er, »hört mich um Himmels willen an.« Irgend etwas in seiner Haltung und seiner ganzen Person verlieh ihm das erschreckende Aussehen eines Gespensts, und Schweigen trat ein.

»Ihr vergeßt«, sagte er mit belegter Stimme, »ihr vergeßt, daß Südkarolina sich 1832 wegen einer vom Norden aufgezwungenen Tarifbestimmung von der Union trennen wollte. General Andrew Jackson, der Präsident der Vereinigten Staaten, sandte Truppen nach Charleston, und Südkarolina mußte klein beigeben. So endete die Sezession Südkarolinas, weil der Süden sich nicht anschloß.«

Man schwieg betreten, und William Hargrove fuhr fort:

»Ohne Armee, ohne Waffen, ohne eine einzige Fabrik im Süden, wie hätten wir uns da schlagen sollen?«

»Ein Volk, das sich erhebt, findet immer, was es braucht«, erwiderte Fred.

William Hargrove wandte sich zu ihm und blickte ihn eine Weile an.

»Überlege dir deine Worte, bevor du sprichst«, sagte er. »Die Übermacht des Nordens ist niederschmetternd. Wir stehen einer gegen drei.«

»Ich glaube trotzdem, daß ich recht habe, Großvater.«

»Die Tatsachen sprechen für sich, Fred. Am 1. Februar 1833 hat der Süden sich der Übermacht beugen müssen. Und warum sollte man auch die Zukunft einer Nation wegen einer Tariffrage aufs Spiel setzen ... Denn wir sind eine Nation.«

Douglas ergriff abermals seine Hand.

»Vater«, sagte er sanft, »Sie sind Engländer.«

»Gewiß, aber meine Kinder sind Söhne des Südens. Ich bin auf der Seite des Südens.«

Die Jungen schrien »Bravo!«, und eine Weile herrschte ein ziemliches Durcheinander bei Tisch. William Hargrove schien auf einen Punkt am Ende des Saals zu starren, und er blieb stumm. Joshua ergriff das Wort:

»Offensichtlich steuern wir auf einen Kompromiß zu. Wir haben mit unseren Präsidenten kein Glück gehabt. General Andrew Jackson hat zur Gewalt gegriffen. Wozu brauchen wir noch einmal einen Präsidenten, der dem Militär angehört? Der jetzige, Zachary Taylor, hat im mexikanischen Krieg gekämpft, und er findet den Kompromiß annehmbar.«

»Wann werden wir aufhören, nachzugeben?«

»Der Augenblick ist noch nicht gekommen«, sagte Douglas mit Schärfe.

Hatte William Hargrove diese Worte gehört? Er schien plötzlich aus einem Traum zu erwachen und fing wieder an zu sprechen, aber mit langen Pausen zwischen den Sätzen, als ob er sich die Worte aus dem Herzen risse.

»Man hat gesehen, wie Calhoun endete. Er kämpfte für uns wie niemand sonst. Er hatte geglaubt, die Stirn bieten zu können, aber jetzt kennt man die Wahrheit: Calhoun sah die Zukunft des Südens nicht ... Calhoun«, fuhr er fort, »war bereits ein todkranker Mann, als man ihn zum letzten Mal im Senat sah, und so schwach, daß er einen jüngeren Kollegen bitten mußte, seine Rede für ihn vorzulesen. Der Text war von einer erschreckenden Scharfsicht, und er bot seine letzte Kraft auf, um die geheimen Fallen eines möglichen Kompromisses aufzuspüren.«

»Die geheimen Fallen?« fragte Joshua.

»Er sah klar«, antwortete William Hargrove, ohne seinen Sohn eines Blicks zu würdigen, und dann fuhr er mit zuweilen erstickter Stimme fort: »Calhoun war undurchschaubar. In diesem wunderbar häßlichen, maskenhaften Gesicht schienen die tiefblauen Augen mit einem unendlichen Schrei der Verzweiflung und des Schmerzes ins Nichts zu blicken. Als ein entschiedener Gegner der Sezession war er leidenschaftlich für die Union, wenn Georgia und alle Staaten des Südens darin ihre Integrität und das absolute Selbstbestimmungsrecht gemäß ihren Gesetzen und Traditionen bewahren könnten. Der Norden wollte dieses Prinzip nicht anerkennen. Gegenüber einem so mächtigen Gegner nachzugeben und einen Kompromiß zu schließen, bedeutete für den Süden von vorneherein ein verlorenes Spiel. Man würde eine Konzession nach der anderen machen und schließlich auf schändliche Weise gänzlich vor der Zentralmacht kapitulieren, und das wäre das Ende des Südens als Nation ... Während der Sprecher diese Seiten vorlas, die vor allem ein Appell zur Versöhnung waren, eine inständige Bitte an die Regierung, der sehr gefährlichen Kampagne der Abolitionisten ein Ende zu setzen, grub die Tragödie neue Furchen in Calhouns verheertes Gesicht. Er vernahm die Stimme des Schicksals in dem zu aufmerksamen Schweigen seiner Zuhörer. Seine Warnung war vergebens. Die Partie war bereits entschieden. Man bewunderte den Mut des Verlierers. So blickte er zum letzten Mal auf diese Versammlung schwarzgekleideter Männer, die sein Land zu Grabe trugen, und dann kehrte er heim, um zu sterben.«

Als William Hargrove geendet hatte, verharrte er reglos und starrte immer noch auf die offene Tür zum Vestibül, als erwartete er jemanden. Seine Rede hatte Bestürzung hervorgerufen, und nun wurde sein Schweigen unerträglich. Schließlich erhob sich Onkel Josh und sagte mit fester Stimme:

»Vater, wir alle empfinden mit dir, aber wenn unser großer Calhoun nicht mehr da ist, so hat die Vorsehung es so gewollt. Wir werden aus der Sackgasse herausfinden und zum Frieden gelangen. Und jetzt meine ich, daß wir essen sollten.«

»Ein aufgewärmtes Abendessen?« rief Tante Augusta. »Das wäre wirklich das erste Mal in meinem Leben. Ich muß schon sagen, wir fangen an, wie die Armen zu leben! Da sterbe ich lieber.«

»Beruhige dich, Augusta, und laß mich ausreden. Ich schlage vor, daß wir ein kaltes Abendbrot zu uns nehmen. Wir haben alles, was wir dazu benötigen, und es wird draußen auf der Wiese stattfinden, in der frischen Luft, unter den Sternen und mit Champagner. Vater, Sie sind doch einverstanden?«

William Hargrove antwortete nicht.

»Stillschweigen gilt als Einwilligung«, sagte Douglas. »Josh, deine Idee ist ausgezeichnet. Noah«, rief er einem der Schwarzen zu, »laß einen langen Tisch vor das Haus stellen, mit einer großen weißen Decke und zwölf Korbsesseln. Zuerst gibt's Melonen. Dann einen Virginia-Schinken. Vier große Schüsseln mit gemischten Salaten, den für heute abend vorgesehenen Kuchen, jede Menge Obst, und dann Eis und Gebäck. Beeilt euch und diskutiert nicht lange. Ich verlange nichts Unmögliches, aber ich will nicht warten. Also rasch die Sessel hinaus, gegenüber der großen Allee. Los, und ein bißchen schnell, verstanden?«

»Und vergeßt den Champagner nicht«, rief Josh dem Diener nach, der bereits verschwunden war und bestürzt in die Küche eilte.

Die Befehle, die noch in seinem grauen Kopf summten, klangen ganz anders als die sanfte, fast väterliche Stimme William Hargroves, wenn dieser sich an seine Diener wandte. Massa Douglas sprach bereits mit der Ungeduld des Herrn, der sich als der Erbe der

Plantage fühlte. Massa Joshua war weniger streng, verlangte jedoch ebenfalls unbedingten Gehorsam.

Im Speisesaal begrüßte ein zustimmendes Gemurmel die getroffenen Entscheidungen, und alle erhoben sich, außer William Hargrove am einen Ende des Tisches und Elizabeth am anderen. Sie blickte beunruhigt auf den Mann mit dem großen Backenbart, der sich nicht rührte, und fragte sich schon seit einer Weile, ob er nicht sterben würde. Bisher hatte sie in ihrem Leben nur einen Toten gesehen, ihren Vater, und sie fand, daß Mr. Hargrove einem Toten ähnelte.

Die Stühle wurden mit einem scharrenden Geräusch auf dem Marmorfußboden zurückgeschoben, und die Jungen drängten sich fröhlich zur Tür. Josh und Douglas, wahrscheinlich ebenso beunruhigt wie Elizabeth, sprachen mit ihrem Vater. Vergeblich. Sein bleiches, fast graues Gesicht schien keinerlei Gefühlsregung auszudrücken, und seine harten Züge erstarrten. Man hörte seinen kurzen und keuchenden Atem.

Die beiden Brüder tauschten einen Blick und wollten ihm unter die Arme greifen, doch sie merkten, daß er sich mit seinem ganzen Gewicht widersetzte.

»Wir wollen Ihnen beim Hinausgehen helfen, Vater«, sagte Josh. »Die frische Luft wird Ihnen guttun. Es ist viel zu heiß hier.«

Einige Sekunden verstrichen, und dann murmelte er heiser:

»Laßt mich.«

Aufs neue wechselten sie fragende Blicke.

»Er wird sich schon erholen«, sagte Josh leise. »Es ist die Müdigkeit und die Aufregung.«

»Geh du hinaus«, erwiderte Douglas im gleichen Ton. »Ich bleibe ein bißchen bei ihm.«

In diesem Augenblick trat Tante Laura hinzu und sagte:

»Nein, ich.«

Josh und Douglas brachten vor Verblüffung kein Wort hervor. Sie beugte sich über William Hargrove, ihr langes, etwas melancholisches Gesicht streifte fast das des reglosen Mannes, und ihr Flüstern klang wie ein Flehen.

»Vater«, sagte sie.

Er zuckte zusammen und schien in einer Willensanstrengung seine Kräfte zu sammeln.

»Verschwinde!« sagte er.

Im Nu richtete sie sich auf und hielt sich beide Hände vor die Augen, ohne ein Wort zu sagen.

Elizabeth sprang auf und lief davon.

38

Auf den Stufen der Veranda blieb sie einen Augenblick stehen. Ihr Herz pochte so stark, daß sie sich auf das Geländer stützen mußte, aber selbst in ihrer Erregung nahm sie den Duft der Magnolien wahr, der sie wie am Abend ihrer Ankunft in Dimwood betörte. Hier bemühte sie sich, ihre Ruhe wiederzufinden, und alles schien ihr dabei helfen zu wollen, sowohl die frische Nachtluft, die ihr Gesicht umwehte, als auch das zarte und unablässige Quaken der Frösche in den Bäumen. Sie schloß die Augen.

Von allem, was sie bei Tisch gehört hatte, war ihr nichts verständlich gewesen, weder William Hargroves Rede, und noch viel weniger die kurze und heftige Szene, die sich danach abgespielt hatte. Das Bild der verzweifelten Tante Laura verfolgte sie so deutlich und beängstigend wie ein Alptraum. Eine Person auf eine für sie derartig ungewöhnliche Weise handeln zu sehen, hatte für das junge Mädchen etwas Skandalöses, das zugleich geheimnisvoll und schrecklich war, und von dem man nichts wissen durfte.

Nach einigen Minuten wurde sie etwas ruhiger und ging ein Stück über den Rasen. Der Duft der Erde und des Grases erschien ihr so köstlich wie in ihrem fernen England und besänftigte sie. In der Ferne sah sie die Diener den langen, weißgedeckten Tisch aufstellen. Ringsum schlenderten die von Calhouns Gespenst aus dem Speisesaal vertriebenen Tischgäste plaudernd auf und ab, aber ihre Stimmen verloren sich in der unendlichen Nacht.

Der Gedanke, sich wieder zu dieser Gruppe zu gesellen, widerte sie an. Plötzlich lehnte sie sich auf, vielleicht wegen Tante Laura. Sie liebte sie und liebte sie nicht, je nachdem. Heute abend fühlte sie sich ihr seltsam nahe – aber was wußte sie von diesen verworrenen Familiengeschichten? Von einer jähen Müdigkeit ergriffen, ließ sie sich auf den Boden sinken, körperlich und seelisch erschöpft. Sie weigerte sich, vom Süden verschlungen zu werden.

Sie lag auf dem Rücken, die Augen weit geöffnet, und ihr Blick verlor sich in den abertausend Sternen am schwarzen Himmel. Was sie dabei empfand, hätte sie nicht sagen können. Worte existierten nicht mehr. In einem wohligen Schwindelgefühl gab sie sich dem Eindruck hin, sie würde zu den unzähligen Sternbildern emporgetragen, als ob sich die Erde durch einen geheimnisvollen Atem höbe. Verwirrt dachte sie: »Das Glück ... sich nicht rühren, keinen Widerstand leisten ...« Alle diese Punkte leuchteten, sprachen in einer unbekannten Sprache und mit einer unbeschreiblichen Langsamkeit, die lange Jahre dauerte ... aber was war die Zeit? Das ganze Himmelsgewölbe neigte sich zu ihr nieder, um sich ihrer Person zu bemächtigen und sie sanft zu zermalmen und vernichten, sie der Welt und den Schrecken der Welt zu entheben.

Als sie ihren Frieden wiedergefunden hatte, verfiel sie allmählich in tiefen Schlaf, bis sie Bettys zärtliche Stimme vernahm.

»Mamsell Lisbeth, man sucht Sie übe'all. Wollen Sie nich' mit den ande'en essen?«

Elizabeth richtete sich auf und erkannte im Dunkel die weiße Schürze.

»Bist du es, Betty?«

»Ja, Mam'sell Lisbeth, Sie müssen jetz' essen gehn.«

»Ach, Betty, ich habe gar keine Lust. Ich war hier so wohl.«

»Ich we'd Ihnen helfen, Mam'sell Lisbeth.«

»Aber was denkst du dir denn!«

Sie sprang auf, und Betty begann, ihr das Kleid abzuklopfen.

»Das hübsche Kleid, ganz ze'knüllt, so ein Jamme'«, klagte sie, während sie an den Falten zog.

»Laß nur, ich kann so viele Kleider haben, wie ich will«, erwiderte das junge Mädchen ungeduldig, aber unwillkürlich dachte sie doch: »Jetzt rede ich schon wie die Reichen ...«

Verstört von diesem Gedanken, fügte sie laut hinzu:

»Betty, ich danke dir, du bist immer nett zu mir. Geh jetzt ins Haus zurück und leg dich schlafen.«

»Mam'sell Lisbeth zuf'ieden?«

»Sehr zufrieden.«

Betty wünschte ihr eine gute Nacht und entfernte sich. Sie war noch nicht ganz in der Dunkelheit verschwunden, als das junge Mädchen sie zurückrief.

»Sag mir, Betty, ist Tante Laura dort bei den anderen?«

»Nein, Mam'sell Lisbeth. Mam'sell Lau'a is' in ih'em Zimme'.«

Elizabeth wollte sie noch etwas fragen, hielt sich aber zurück.

»Danke, Betty. Du kannst gehen. Gute Nacht.«

Als sie allein war, ging sie langsam auf die Lichter der großen Allee zu. Tante Laura in ihrem grauen Kleid kam ihr nicht aus dem Sinn, und auch nicht Mr. Hargroves barsche und harte Stimme, die ihr mit einer unerträglichen Beharrlichkeit in den Ohren klang. Falls er anwesend sein sollte, würde sie sich entschuldigen und auf ihr Zimmer gehen, das schwor sie sich. Der Gedanke, daß sie ihm in Dimwood alles verdankte, versetzte sie in Wut. Warum mußte sie das tägliche Brot, um das sie Gott morgens und abends bat, aus der Hand dieses Mannes erhalten, den sie nicht ausstehen konnte? Sie wollte sich einreden, daß es besser wäre, an die Gastfreundschaft des so großzügigen und gütigen Onkel Charlie zu appellieren ... »Ich bettle«, stellte sie betrübt fest.

Als sie sich den Lichtern näherte, begrüßte Onkel Joshs liebenswürdige Stimme sie aus der Ferne.

»Da bist du ja! Komm schnell, wir haben nur noch auf dich gewartet.«

Susanna verließ ihren Platz und eilte ihr entgegen.

»Setz dich zu mir«, sagte sie und nahm sie bei der Hand.

Ein wenig geblendet vom Lampenlicht ließ sie sich führen. Der Tisch war mit dem üblichen Luxus gedeckt. Auf dem schneeweißen Tischtuch funkelten die Kristallgläser und das massive Silber. Dieser prunkvolle Aufwand kontrastierte seltsam mit der stillen Größe der Nacht.

Etwas besorgt blickte sie in die Runde.

»Nein«, beantwortete Douglas ihre stumme Frage, »Vater wird heute abend nicht mit uns essen. Er ist müde ...«

».. aber es geht ihm schon viel besser, und sein Unwohlsein war schnell vorüber«, fügte Onkel Josh hinzu. »Ich danke dir für deine Anteilnahme.«

Überrascht öffnete sie den Mund, aber Onkel Josh ließ ihr keine Zeit, etwas zu sagen, und fuhr fort:

»Die kleine Unstimmigkeit zwischen Vater und Tante Laura, die du vorhin miterlebt hast, ist nur ein belangloses Mißverständnis, das von Zeit zu Zeit auftritt. Es hat nichts zu bedeuten. Ich hoffe, daß unsere Melone dir schmecken wird.«

Elizabeth starrte auf die Melonenscheiben auf ihrem Teller und sagte nichts.

Doch Onkel Josh blieb stehen und sprach in jenem ruhigen, fröhlichen Ton und mit jener Wortgewandtheit, die ihn zum idealen Festredner machte.

»Ich finde es wunderbar«, sagte er, »daß wir uns fern des Weltgetümmels unter dem Sternhimmel einer göttlich klaren Nacht hier im Herzen unserer geliebten Plantage versammeln können, wie wir es immer getan haben.«

»Jedenfalls seit Vater Dimwood gekauft hat«, bemerkte Douglas.

»Der Süden lebt im Frieden«, fuhr der Redner fort, »nichts kann uns beunruhigen, die Segnungen des Himmels (er zeigte zu den Sternen) regnen, wenn ich so sagen darf, auf uns herab, die irdischen Güter strömen uns zu, ganz abgesehen von den bescheideneren Reichtümern . . .«

»Darunter verstehst du die Baumwolle einerseits und die Dollars andererseits«, spöttelte Douglas.

»Du torpedierst meine Ansprache.«

»Nicht im geringsten. Ich übersetze nur gelegentlich, damit alle die Feinheiten deiner Rhetorik verstehen und genießen können. Aber fahr nur fort.«

»Ich habe geendet. Es wird keinen Krieg geben.«

»Ohne das Andenken eines großen Mannes schmälern zu wollen, und da Vater nicht hier ist, möchte ich bemerken, daß John C. Calhoun uns in diesen Krieg, von dem man seit dreißig Jahren spricht, hineingestürzt hätte. Er verabscheute jeden Kompromiß.«

»Was er vom Norden forderte, war immerhin vernünftig. Daß die Kampagne der Abolitionisten endlich aufhören soll . . .«

»Da könnte er ebensogut verlangen, daß man den heulenden Wölfen das Maul zubindet. Und die Wölfe sind ihre Sonntagsprediger.«

»Und was sind unsere?« rief Onkel Josh. »Seien wir doch ehrlich.«

»Die ihren sind gefährlicher. Sie sind heilige Eiferer, und niemand versteht es so wie sie, die alten Flammen der Hölle wiederauflodern zu lassen. Unsere Prediger sind natürlich auch gefährlich, wenn sie die Verfassung wie die Gesetzestafeln emporhalten. Und sie haben verdammt recht. Die Verfassung erlaubt und schützt die Sklaverei, erlaubt und schützt das Recht eines jeden Staates, über sich selbst zu bestimmen, und gestattet auch die Sezession, ohne sie gutzuheißen.«

»Und deshalb«, fuhr Douglas erhitzt fort, »behaupten die Pastoren im Norden, daß die Verfassung ein Pakt mit dem Teufel und ein Abkommen mit der Hölle ist.«

»Also, worauf warten wir noch?« schrie Billy, den Mund voller Schinken.

»Ich befehle dir, den Mund zu halten«, sagte Douglas. »Du redest wie einer dieser Agitatoren, die man einsperren sollte. Niemand will den Krieg.«

»Niemand«, bestätigte Onkel Josh. »Es gibt höchstens eine Kriegsgefahr, und Mr. Clay wird das alles ins Lot bringen. Calhoun war ein großer Mann, aber Henry Clay ist ein großer Politiker.«

»Mit der ganzen reptilienhaften Geschmeidigkeit, die dazugehört«, bemerkte Fred spitz.

»Bist du wahnsinnig?« schrie Tante Augusta ihn an. »Clay, der Herold des Südens! Du machst uns Schande.«

»Meiner Meinung nach sollten wir aufhören, von einem Krieg zu reden, der nicht existiert, und lieber essen«, sagte Onkel Josh. »Ich habe meine Melone noch nicht angerührt, und ihr seid schon beim Schinken. Elizabeth, dein Teller ist leer. Ich will sofort eine dicke Scheibe Schinken darauf sehen. Schau, ich werde dich selbst bedienen.«

Elizabeth schüttelte den Kopf.

»Danke, ich habe keinen Hunger.«

Onkel Josh hatte ein langes Messer ergriffen und lächelte ihr ermunternd zu.

»Ich bitte dich ja nur, zu kosten.«

»Nimm schon«, sagte Billy, »probiere mal, und du wirst sehen.«

Er saß Elizabeth gegenüber und streckte ihr seinen struppigen Kopf entgegen; die blauen Augen strahlten vor Gefräßigkeit in seinem puterroten Gesicht.

»Unser Schinken kommt natürlich aus Smithfield«, begann Onkel Josh, während er die scharfe Klinge behutsam in das zartrosa Fleisch gleiten ließ. »Eines Tages werden wir es dir zeigen. Die kleine Stadt ist nicht von besonderem Interesse, aber auf einer Wiese steht ein riesiger Schuppen. Du gehst hinein und glaubst, du bist in einer Kirche; so dunkel und still ist es dort. Du schaust dich um, schnupperst, und zuerst erkennst du nichts in dieser beinahe religiösen Finsternis. Dann hebst du plötzlich den Kopf und siehst Tausende von Schinken, die an den Balken hängen ...«

»Du wählst dir einen aus, nimmst ihn mit, und schon steht er auf dem Tisch«, fuhr Douglas fort. »Josh, deine Beschreibungen sind zu umständlich. Fasse dich kurz, um Himmels willen. Du solltest Elizabeth lieber von dem Holzhaus erzählen, das sie eines Tages in Virginia, im Prince William County, sehen wird.«

»Ein Traumhaus ... Wenn sie es einmal gesehen hat, wird sie es um nichts auf der Welt mehr verlassen wollen, und dann verlieren wir sie. Dieses Traumhaus ist wie das Paradies.«

»Du scheinst ja hochinteressante Erinnerungen an das Paradies zu haben«, sagte Tante Augusta mit lebhafter Neugier. »Darf man erfahren, wann du das letzte Mal dort gewesen bist?«

Tante Emma lächelte verschmitzt. Hinsichtlich der Zukunft des Südens beruhigt, hatte sie wieder ihre typische Schmollmiene, die sie gewöhnlich zur Schau trug, wenn ihr Gewissen sie nicht plagte, und mit ihrem Lächeln drückte sie aus, daß sie sich zwar in religiösen Dingen als Spezialistin betrachtete, es jedoch vorzog, sich nicht zu äußern.

Onkel Josh antwortete lachend:

»Ich gehe über diese Scherze hinweg und trinke auf Mr. Clays Erfolg.«

Einige erhoben unwillkürlich ihre Gläser, doch dann ließ sich Freds strenge Stimme vernehmen:

»Sie könnten in Ihren Trinkspruch auch die Niederlage des Nordens in der Person von Mr. Webster einschließen.«

»Mr. Webster ist kein Mann, den man mit einem Schluck Champagner aus der Welt schaffen kann«, sagte Douglas sehr ernst. »Er ist der Fürsprecher der nationalen Sache und der Union schlechthin. Er ist eine überragende Persönlichkeit und unschlagbar in seiner Dialektik. Calhoun wußte das und fürchtete ihn nicht. Clay versteht es, auszuweichen, ohne das Gesicht zu verlieren, und dank dieser Fähigkeit werden wir Frieden haben.«

»Er wird dem Norden die paar Jahre schenken, die er braucht, um seine Macht auszubauen.«

»Aber Fred«, rief Onkel Douglas aus, »wie kommst du auf diese Idee?«

»Ich verfolge die Nachrichten, Vater, und ich mache mir meine Gedanken darüber.«

»Alles ist besser als Krieg, mein Junge«, erklärte Tante Augusta.

»Ein Schandfrieden ist überhaupt nichts wert«, fuhr Fred unerschütterlich fort. »Einen Krieg jetzt, den könnten wir noch gewinnen. Einen Krieg in zwanzig Jahren ... das weiß ich nicht.«

»Douglas, Joshua, bringt ihn doch endlich zum Schweigen«, bat Tante Augusta.

Billy sprang plötzlich auf.

»Nein«, brüllte er. »Fred hat recht. Ich bin bereit, zu kämpfen.«

»Was dich betrifft«, sagte Douglas, »so verspreche ich dir ein Gespräch unter Männern, an das du dich noch lange erinnern wirst.«

»Die Peitsche«, schlug Tante Augusta mit harter Stimme vor.

»Anstatt uns zu zanken«, sagte Josh, »sollten wir uns lieber um Tante Emma kümmern, die soeben in Ohnmacht gefallen ist.«

In einem solchen Falle wußten alle, was zu tun war. Susanna lief das Riechsalz holen, während Douglas das leblose Gesicht mit einer Energie ohrfeigte, die ganz nach einer heimlichen Abrechnung aussah.

Die bestürzten Diener füllten die Champagnergläser nach und trugen den Schinken fort, von dem nur noch der nackte Knochen übriggeblieben war, denn die Aufregung hatte den Appetit der Tischgäste nicht im geringsten beeinträchtigt, außer den Elizabeths, die nichts aß.

Inzwischen kam Tante Emma wieder zu sich und rief im Hagel der Ohrfeigen mit ersterbender Stimme den Himmel um Hilfe an.

Onkel Josh hob die Arme.

»Und wenn man bedenkt«, rief er aus, »daß vielleicht in diesem Augenblick überall in den Vereinigten Staaten, im Norden wie im Süden, ähnliche Szenen stattfinden, um des Friedens willen.«

»Das kommt nur daher«, sagte Fred, »daß der Süden sich weigert, in diesem Kuhhandel der Gefoppte zu sein, und der Norden findet, daß man uns zu günstige Bedingungen einräumt. Wir müssen ihnen zu Leibe rücken, bevor es zu spät ist.«

»Ja, ihnen zu Leibe rücken!« brüllte Billy. »Fred, ich denke wie du.«

»Oh, fangt mir bloß nicht schon wieder an«, mahnte Onkel Josh drohend. »Ich frage mich, was unsere Cousine aus England von uns denken mag. Sie sitzt so unbeweglich da wie ein Richter. Versuchen Sie, uns zu verstehen, Elizabeth. Wir leben in einer schweren Zeit.«

»Aber ich richte euch durchaus nicht«, antwortete sie höflich. »Ich fühle mich nur ein bißchen verloren in euren Diskussionen.«

»Ich werde dir alles erklären«, sagte Billy feurig.

Plötzlich verstummten sie. Jenseits der großen Allee stieg ein zauberhafter, süßer Gesang in die Sternennacht empor, und die Stimmen der Männer und Frauen waren so klar, daß die kleine aufmerksame Gruppe auf dem Rasen vor dem Haus jedes Wort verstand. Die Sklaven erzählten auf ihre Art von ihrer Traurigkeit.

Die zarte und klagende Melodie erstaunte die junge Engländerin, und sie bemühte sich, den Sinn zu begreifen. Sie verstand die Worte: *Dere was an old Nigga.*

Als die Stimmen verstummt waren, schwiegen alle gerührt. Tante Emma schneuzte sich diskret, und die Diener in ihren roten Livreen schniefen, während sie die silbernen Salatschüsseln herumreichten. Onkel Josh wandte sich an Elizabeth und erklärte ihr den Text:

»Es handelt sich um einen alten Neger, den guten und arbeitsamen Onkel Ned. Onkel Ned ist vor langer Zeit gestorben. Er hatte kein weißes Haar mehr auf dem Kopf, keine Kraft mehr in den Händen, keine Augen, keine Zähne mehr, und den Maiskrapfen auf seinem Teller mußte er liegenlassen. Als er tot war, wurde es dem Herrn ganz weh ums Herz, und seine Tränen flossen wie Regentropfen. Die Herrin wurde ganz blaß und war so traurig, Onkel Ned nicht mehr zu sehen. Aber für ihn war nun Schluß mit der Schaufel und der Hacke. Keine harte Arbeit mehr für den armen Onkel Ned, der jetzt dort ist, wo alle guten Neger hinkommen.«

»Sehr ergreifend«, sagte Fred. »Die Worte und die Musik sind von einem Weißen aus Pittsburgh, Massachusetts, einem gewissen Foster. Es ist ein Meister in jener Kunst, auf die Tränendrüsen zu drücken, die den Erfolg der volkstümlichen Balladen garantiert.«

»Das mag schon sein, aber die Schwarzen haben sie adoptiert und singen sie mit Inbrunst.«

Und nun folgte etwas Seltsames. Man hätte meinen können, daß niemand mehr Lust hatte zu plaudern, daß alles, was zu sagen wäre, gesagt war. Vielleicht spürte man eine unerklärliche Gegenwart, ohne Form, ohne Gesicht und unermeßlich wie die Nacht.

Das Essen endete in tiefem Schweigen.

IV
Jonathan

39

In dieser Nacht fand Elizabeth keinen Schlaf. Zum ersten Mal erlebte sie die Schrecken der Schlaflosigkeit. Sie hatte das Gefühl, in einem unbekannten Land herumzuirren, wo bei jedem Schritt die Gefahr auf sie lauerte.

Kurz vor Tagesanbruch stand sie auf, zündete die Lampe an und begann zu schreiben. Ihre Hand glitt wie von selbst über den Bogen Briefpapier, aber sie mußte mehrmals neu anfangen. Bald war der Brief zu lang, weil sie ihre ganze Geschichte von ihrer Ankunft in Dimwood an erzählte, bald schienen ihr die Sätze zu kurz, zu brüsk. Schließlich schrieb sie die folgenden Zeilen:

Lieber Onkel Charlie, ich weiß nicht, wie ich Ihnen erklären soll, was in mir vorgeht. Ich bin zu unglücklich in Dimwood. Sie hatten mir angeboten, daß ich zu Ihnen kommen könnte. Nur müßte man mich von hier abholen. Ich hätte nie den Mut, Mr. Hargrove zu sagen, daß ich fortgehen will. Ich denke an Sie und an all die Dinge, die Sie mir gesagt haben ...

An dieser Stelle war sie sehr unsicher. Sie wußte nicht, wie sie enden sollte. Fünfzehn Minuten verstrichen, eine an Verzweiflung grenzende Viertelstunde, denn das Wort, nach dem sie suchte, war wie ein unüberwindliches Hindernis. Sie stand auf und betrachtete sich im Spiegel. Im schwachen Schein der Lampe umrahmte das lockige goldene Haar das vor Müdigkeit kleine Gesicht wie ein Glorienschein. Sie konzentrierte ihre Aufmerksamkeit auf die blauen Augen, die ihren starren Blick zurückgaben, und in denen sie nur das sah, was aus ihrem tiefsten Inneren kam: die Angst.

Wohin sollte sie in diesem Zimmer gehen, das auf sie zu warten, auf sie zu lauern schien? Was sollte sie mit ihrem Körper anfangen? Was mit sich selbst? Sich wieder ins Bett legen, wo sie kein Auge schließen würde? Sich auf die Veranda hinauswagen? Das traute sie sich nicht, denn in Tante Lauras Zimmer brannte immer ein Nachtlicht, und diese könnte sie sehen, plötzlich herauskommen und sie ausfragen. Eines Tages hatte sie im Vorübergehen durch das halboffene Fenster ein schwarzes Kruzifix an der Wand über dem Bett erblickt und war davongelaufen.

Die frische Luft liebkoste ihr Gesicht. Der leise und schüchterne Gesang der Frösche in den Wäldern war verstummt.

Sie ging zum Tisch zurück und warf einen Blick auf den Brief, den sie jetzt sehr unbeholfen fand. »Es sieht überhaupt nicht wie ein Brief aus«, sagte sie sich. Doch dann, von einer plötzlichen Ungeduld ergriffen, unterschrieb sie ihn trotzdem mit ihrem Vornamen und fügte keine Höflichkeitsformel hinzu, nicht einmal einen Gruß. Dann steckte sie den Brief, so wie er war, in einen Umschlag und schrieb die Adresse mit fester, fast ungestümer Hand, denn sie war des Zauderns überdrüssig. In gewisser Hinsicht war sie ihrer selbst überdrüssig. Der Brief würde später gegen elf Uhr mit der Post abgehen. Nachdem sie diesen Entschluß gefaßt hatte, fühlte sie sich ungeheuer erleichtert und sprang mit einem Satz in ihr Bett. Die Vögel begannen zu singen, aber sie hörte sie nicht mehr.

Das Geräusch des warmen Wassers, das Betty in die Wanne schüttete, weckte sie. Sofort dachte sie an den Brief. Es wäre am einfachsten, ihn Betty zu geben, die ihn dem Kurier aushändigen würde. Man konnte sich auf sie verlassen. Aber zuerst mußte sie noch den Umschlag zukleben, den sie absichtlich offen gelassen hatte, um den Brief noch einmal durchzulesen und sich zu vergewissern, daß er wirklich in Ordnung war. Das hatte sie von ihrem Vater gelernt, einem Mann von geradezu pedantischer Gewissenhaftigkeit.

Im Nachthemd, mit aufgelöstem Haar, nahm sie den Brief aus dem Umschlag und las ihn noch einmal sorgfältig durch. »Völlig idiotisch«, sagte sie sich. »Ein Hilferuf und ein Bittgesuch. Und dann ist er nicht einmal datiert.«

Bettys besorgte Stimme rief aus dem Badezimmer:

»Mam'sell Lisbeth, Sie müssen jetz' kommen, sonst wi'd das Wasse' kalt.«

»Ich komme gleich.«

Sie nahm die Feder und schrieb: *10. Mai 1850*. Das sah jedenfalls seriöser und normaler aus.

»Und jetzt«, sagte ihr eine innere Stimme, »klebe den Umschlag zu und sende den Brief noch heute vormittag ab.«

Diese gebieterische innere Stimme kannte sie gut seit ihrer frühesten Kindheit. »Jawohl«, murmelte sie und ging ins Badezimmer.

Betty, die sich entfernt hatte, kam zurück, als das junge Mädchen sich ankleidete, und wählte das Kleid aus, das Mam'sell Lisbeth heute tragen würde. Das war eine Art Ritual, das Elizabeth aus Zuneigung für die schwarze Dienerin akzeptierte. Diese schwirrte wie eine dicke Biene im Zimmer herum, öffnete Schubladen und kramte in den Schränken.

Es war ein vergißmeinnichtblaues Kleid, und obgleich Elizabeth ein weißes vorgezogen hätte, ließ sie sich wie gewöhnlich überreden und machte auch keine Schwierigkeiten, als Betty sich vor sie hinkniete und ihr die kornblumenblauen Schuhe anzog, die sie zu auffällig fand. In einem seltsamen Widerspruch zu ihrer sonst so starrköpfigen und unabhängigen Natur gefiel es ihr, sich der Tyrannei dieser Schwarzen zu fügen, deren Herz voller Liebe war.

»Mam'sell Lisbeth viel schöne' wie die ande'en«, sagte Betty, während sie ihr in die Schuhe half, »schöne' wie alle junge Damen in Dimwood. Alle sagen, Mam'sell Lisbeth is' die schönste.«

Während das junge Mädchen zerstreut diesem kindlichen und zärtlichen Geschwätz zuhörte, meldete sich die Stimme von vorhin dringlicher zu Wort:

»Der Brief, gib ihr den Brief.«

Der Brief lag in Reichweite auf dem Tisch neben ihr. Sie nahm ihn wortlos und schob ihn in den Schlitz der Schublade, die sie nicht einmal zu öffnen brauchte.

Fünf Minuten später nahm sie ihren Platz im Speisezimmer ein, wo die Menschen und die Dinge genauso wie beim Frühstück am Vortage aussahen, denn in Dimwood änderte sich nie etwas. Die Erinnerung an das Abendessen unter dem Sternenhimmel verflog wie ein bedeutungsloser, ein wenig verrückter Traum. An diesem Morgen war alles wieder real. Mr. Hargrove erhob sich und sprach seine üblichen Gebete. Seine Stimme war belegt, und er bat mit solcher Traurigkeit um den Frieden, daß man glauben konnte, die Kämpfe an den Grenzen hätten bereits begonnen. Trotz seines schwarzen Anzugs und seiner weißen Manschetten wirkte er wie ein armer Mann von der Straße. Elizabeth hatte das Gefühl, daß etwas mit ihm vorgegangen war. Wahrscheinlich hatte er nicht geschlafen. Von Mitleid ergriffen, beschloß sie, den Brief an Onkel Charlie vorerst nicht abzuschicken.

Nachdem er seine Gebete beendet hatte und die Diener den Tee und den Kaffee einzuschenken begannen, erhob sich Onkel Josh und hielt in einem fröhlichen Ton, der mit dem frommen

Gemurmel seines Vaters seltsam kontrastierte, eine kleine Ansprache.

»Liebe Freunde«, sagte er, »der Telegraph meldet, daß die Friedenschancen mit dem Norden gut stehen. Unser großer Henry Clay wendet sich an den Kongreß, um eine Erklärung von höchster Wichtigkeit abzugeben. Im Einvernehmen mit Douglas bitte ich daher unseren Vater um die Erlaubnis, einen Ball zu veranstalten. Keinen großen Ball, aber immerhin etwas, das den eintönigen Alltag in Dimwood ein wenig beleben soll. In der Umgebung gibt es genug junge Offiziere, die sich nichts sehnlicher wünschen, als einen Abend in Dimwood zu verbringen und mit hübschen Mädchen zu tanzen. Vater, was halten Sie davon?«

William Hargrove runzelte die Brauen.

»Solange die Nachricht nicht bestätigt ist«, sagte er, »sollte man nicht feiern. In diesem Punkt bin ich abergläubisch.«

»Nun gut, dann werden wir auf die morgige Zeitung warten, aber wir können bereits jetzt die Liste der Gäste aufstellen und unser kleines Orchester benachrichtigen: Geige, Cello, Pauke und Trompete.«

»Und eine Trommel«, fügte Billy hinzu, »schon wegen der Militärs. Das klingt kriegerischer.«

»Aber auch eine Flöte«, schlug Tante Emma mit engelhafter Stimme vor, denn die Nachricht von dem nunmehr beinahe bestätigten Frieden belebte sie.

»Das sollt ihr alles haben«, sagte Onkel Josh und fuhr fort: »Dazu Blumen im Überfluß und zwei unerschöpfliche Buffets, weil die Armee über einen gesegneten Appetit verfügt. Ich möchte, daß es in der Umgebung so etwas wie das Ereignis der Saison ist, denn Dimwood wird trübselig. Freut es dich, Elizabeth?«

Das junge Mädchen zuckte zusammen, als ob man sie aufgeweckt hätte.

»Sehr«, sagte sie.

»Ich tue es auch deinetwegen«, sagte Onkel Josh. »Natürlich können wir nicht mit der Pracht von Savannah wetteifern, aber ich will die Jugend in Dimwood nicht mehr vor Langeweile gähnen sehen. Ich will, daß man sich vergnügt und glücklich ist.«

Ein zustimmendes Gemurmel begrüßte diese liebenswürdigen Worte. William Hargrove hob den Blick zur Decke, als wolle er sie zum Zeugen der menschlichen Torheit anrufen, und das Frühstück begann mit dem üblichen Geplätscher der Konversation. Nur Fred bewahrte eine finstere Miene und die junge Engländerin ein verduztes Gesicht.

»Mein Brief ...«, dachte sie.

Vielleicht hatte sie gut daran getan, ihn Betty nicht zu geben. Mit Offizieren tanzen, vielleicht sogar einen Walzer ... Doch dann kam sie sich frivol vor, bemühte sich, an andere Dinge zu denken, und wandte sich an Susanna:

»Was hat es eigentlich mit diesem Traumhaus auf sich, von dem Onkel Josh gestern abend sprach?«

»Ich habe es nie gesehen«, antwortete Susanna betrübt. »Es ist weit oben im Norden, in Virginia. Man soll dort sehr glücklich sein, glücklicher als in Dimwood. Mr. Jones hatte versprochen, uns einmal mitzunehmen, aber ich glaube, er hat es vergessen.«

»Mich hätte er bestimmt mitgenommen«, dachte Elizabeth. »Ich werde ihm meinen Brief nach dem Ball schicken.«

»Nein, jetzt«, sagte die innere Stimme, »auf der Stelle.«

Elizabeth schüttelte ungeduldig den Kopf und lächelte Billy zu, der ihr von der anderen Seite des Tisches etwas zu sagen versuchte.

»Bist du taub?« brüllte er. »Ich sagte, daß dir Himmelblau nicht schlecht steht, aber in Lila gefällst du mir besser. In Himmelblau siehst du aus wie ein artiges kleines Mädchen, das aus der Sonntagsschule kommt.«

Wütend wandte sie sich wieder Susanna zu.

»Erzähl mir von dem Traumhaus«, sagte sie, »erzähl mir irgend etwas. Billy geht mir auf die Nerven.«

Nichtsdestoweniger beschloß sie, noch am Vormittag das Kleid zu wechseln und ein pfirsichfarbenes mit lavendelblauen Schleifen anzuziehen.

40

Onkel Josh gab sich alle erdenkliche Mühe, eine Liste von Damen und Herren aufzustellen, die eine Einladung voraussichtlich annehmen würden, denn einerseits stand Dimwood immer noch ein bißchen in Verruf, andererseits war ein Ball bei den Hargroves ein seltenes Ereignis. Die Neugier würde also eine Rolle spielen, und dann gab es noch etwas, wovon man nicht sprach, was aber allen in Erinnerung geblieben war: Die Küche von Dimwood galt als die beste der ganzen Gegend. Jedenfalls durfte die Familie der Peinlichkeit einer Ablehnung – und sei es auch nur einer einzigen – nicht ausgesetzt werden. Onkel Josh war entschlossen, sich nicht lumpen zu lassen und alles aufs schönste und großzügigste vorzubereiten.

Er fand auch bei allen Umsitzenden freudige Zustimmung, außer bei Mr. Hargrove, der sich damit begnügte, durch ein Kopfnicken seine Erlaubnis zu erteilen.

Man begann den Ballsaal auszuräumen, der, seit er nicht mehr zum Tanze diente, mit Möbeln vollgestellt war, und man baute im Vestibül zwei lange Tische auf, die man mit gestärkten weißen Damasttüchern deckte.

Es lag eine gewisse Gespanntheit in der Luft. Die »Kinder« rannten aus allen Richtungen herbei, standen den Dienern im Wege, und auch die Erwachsenen kamen und gingen ohne ersichtlichen Grund, drängten und stießen einander unter lachenden Entschuldigungen. Alle schienen aus ihrer gewohnten Starre zu erwachen und waren berauscht von dem bloßen Gedanken an ein Ereignis, ein Fest, einen Ball, der die Langeweile vertreiben würde.

Doch hinter dieser fröhlichen Erwartung verbarg sich eine uneingestandene Unruhe. Denn wenn die morgige Zeitung unglücklicherweise die vielleicht übertriebene Hoffnung nicht bestätigen sollte, wie traurig würde es dann sein, all die Möbel wieder an ihren Platz stellen zu müssen, die Tischtücher in die Schränke zurückzulegen, die festliche Dekoration abzureißen, die schöne Dekoration . . .

Unwillkürlich fühlte sich Elizabeth von der allgemeinen Erregung angesteckt, und sie ignorierte Freds kleine Sticheleien, die er, seiner Rolle des Unglücksvogels getreu, vorbrachte. Schlank und von vollkommener Eleganz in seinem schwarzen Anzug, trug er zu jeder Jahreszeit sein kunstvoll gebundenes Halstuch, das so gut zu seinem schönen Gesicht mit den hellen Augen paßte. Er war bereits ein Mann und befand sich ständig und wie durch Zufall immer dort, wo die junge Engländerin sich aufhielt.

»Du also auch?« murmelte er ihr im Vorübergehen zu.

»Ich habe keine Ahnung, wovon du redest.«

»Von nichts, wenn du es nicht verstehst«, sagte er mit seltsam liebenswürdiger Miene.

Sie kehrte ihm den Rücken und ging auf ihr Zimmer. Mit seinen unverständlichen Andeutungen gab Fred ihr wie alle anderen zu verstehen – so dachte sie –, daß er sie für ein kleines Mädchen hielt. Ohne lange zu warten, zog sie ihr pfirsichfarbenes Kleid an und ging wieder hinaus.

Diesmal war es Billy, der sie mit einem zugleich hämischen und galanten Grinsen am Fuße der Treppe erwartete. Im Augenblick war es gerade still in diesem Teil des Hauses.

»Ich habe keine Lust, mit dir zu reden«, sagte sie. »Laß mich vorbei, Billy.«

Er verstellte ihr in der Tat den Weg, hüpfte nach rechts und links.

»Wie kratzbürstig du bist«, sagte er mit dem Lächeln des Wolfs aus dem Märchen. »Aber dieses Kleid steht dir hervorragend, und je wütender du bist, desto mehr Lust hat man, dich zu küssen.«

Er näherte sich ihr, sie bekam es mit der Angst zu tun und ohrfeigte ihn.

Er rührte sich nicht.

»Wenn es dir Spaß macht ...«, sagte er lächelnd.

»Laß mich vorbei, oder ich rufe.«

»Gut, Miss Escridge«, erwiderte er feierlich, verneigte sich und fügte hinzu: »Falls Miss Escridge allein bleiben möchten, ganz allein, wird man Sie in Ihrer Schmollecke in Ruhe lassen.«

Und er trat beiseite. Sie rannte davon, suchte Susanna, die ihre Vertraute geworden war, und fand sie im Eßzimmer. Ohne weitere Erklärung machte sie ihr ein Zeichen, ihr zu folgen, und sie begaben sich in den Säulengang unter der Veranda.

»Was hast du?« fragte Susanna und ergriff ihre Hand. »Du siehst ja ganz verstört aus.«

»Das ist möglich«, sagte Elizabeth und machte sich sanft los. Dann erklärte sie plötzlich. »Ich will nie mehr mit Billy reden ... und er soll nie mehr in meine Nähe kommen, nie, nie mehr.«

»Ich werde dir keine Fragen stellen, aber ich glaube, du tust gut daran, ihn zu meiden, ihn und all die Jungen.«

»Warum all die Jungen?«

»Na schön, ihn vor allem. Man weiß sehr wohl, daß er den Negerinnen im Labyrinth nachstellt. Und die sind gefährlich.«

»Gefährlich? Das verstehe ich nicht.«

»Krank. Oft wenigstens. So sagt man, und mehr weiß ich nicht. Sein Vater wird ihn nächstes Jahr auf eine Militärschule schicken,

um ihm Gehorsam beizubringen. Aber das wird nicht gelingen ...
Nimm dich vor ihm in acht.«

»Ich verstehe nicht recht, was du damit sagen willst. Wenn man
sich vor allen Leuten in Dimwood in acht nehmen muß ...«

»Billy könnte auch krank werden.«

»Ach, ich will nicht, daß Billy krank wird«, rief Elizabeth aus.
»Ich will nicht, daß ihm etwas passiert.«

»Erzähle mir bloß nicht, daß du in ihn verliebt bist.«

»Das habe ich nicht gesagt. Aber reden wir von etwas anderem.
Gibt es irgendwelche Nachrichten?«

»Nachrichten? Träumst du? Wir wissen nichts, bevor die Zeitung kommt. Alle warten.«

»Warten? Auf was? Doch nicht auf den Krieg?«

»Aber nein. Papa sagt, es wird keinen Krieg geben, aber man
will eben ganz sicher sein, verstehst du?«

»Man ist nicht sicher, daß es keinen Krieg geben wird? Alles,
was du sagst, macht mir Angst ...«

Sie seufzte schwer.

»Und du hast nicht einmal bemerkt, daß ich ein anderes Kleid
anhabe ...«

Susanna mußte das Kleid bewundern, damit ihr verziehen
wurde.

»Und diese lavendelblauen Bänder ... Natürlich habe ich das
alles gleich gesehen, als du zu mir kamst, mein armer Liebling ...«

Für diese Worte hätte Elizabeth sie am liebsten umarmt, aber
sie hielt sich zurück. Es war das erste zärtliche Wort, das sie in
Dimwood hörte. Nicht einmal die kühne Hilda hatte sich je eine
solche Freiheit erlaubt. Doch Elizabeth fürchtete Herzensergüsse
und streichelte nur flüchtig Susannas Gesicht, ohne zu ahnen, wie
maßlos ungeschickt gerade diese unschuldige Geste war, denn
besser hätte sie eine aufkeimende Flamme nicht schüren können.

»Susanna«, sagte sie, »wir müssen ins Haus zurückkehren. Man
wird sich fragen, was wir hier treiben. Tante Laura wäre imstande, uns ins Verhör zu nehmen.«

Susanna folgte betrübt dem jungen Mädchen.

»Tante Laura ist weder böse noch neugierig«, sagte sie.

»Ich habe den Eindruck, sie spioniert uns nach.«

»Das glaube ich nicht. Da kennst du sie schlecht. Aber geheimnisvoll ist sie. Erinnerst du dich an den Tag, als der junge Armstrong mit der Dame in Weiß hierherkam und um das Haus herumstrich? Aber du warst ja nicht da ...«

»Nein. Laß uns noch einen Augenblick hier draußen bleiben.«

»Interessiert es dich?«

»Ja, ein bißchen schon, das muß ich gestehen.«

»Mich auch. Aber vielleicht nicht aus dem gleichen Grund.«

»Ich verstehe nicht, was du damit sagen willst, aber erzähle.«

Man hätte meinen können, daß es Susanna ein seltsames Vergnügen bereitete, die naive Elizabeth zu necken.

»Also gut. An diesem Tag war ich auf meinem Zimmer und habe alles von meinem Fenster aus gesehen. Und weißt du, wer neben mir stand?«

»Wie soll ich das wissen? Aber jetzt erzähle doch endlich, ich bitte dich.«

»Es freut mich, daß du ungeduldig bist. Ich bin es nämlich auch und leide darunter. Nun, es war Tante Laura. Sie kam, wie sie es manchmal tut, um zu sehen, ob alles in Ordnung ist.«

»Das tut sie auch bei mir, und sehr oft sogar.«

»Als die beiden erschienen, er zu Pferde und sie in ihrem Einspänner, stürzte sie zum Fenster und schaute hinaus. Noch nie habe ich jemanden so gesehen. Ganz aufrecht stand sie da, wie versteinert ... ich hatte direkt Angst ...«

»Und dann?«

»Sie wartete, bis sie eine Runde um das Haus gemacht hatten und wiederkamen, diesmal viel näher. Man sah sie fast so gut, wie ich dich jetzt sehe. Und in diesem Augenblick ist Tante Laura ohne einen Schrei der Länge nach zu Boden gefallen, steif wie ein Brett. Ich war zu Tode erschrocken, stürmte hinaus und traf Onkel Douglas auf dem Flur. Er kam. Ich dachte, sie sei tot, aber er hat sie wieder zu sich gebracht und mir dann befohlen, das Zimmer zu verlassen.«

»Und dann?«

»Nichts. Jeder in Dimwood hat es schließlich erfahren, außer euch, die ihr in Savannah wart, Billy, Onkel Josh und Tante Emma ... und Großvater, der einen Tag vor euch ankam, aber zu spät. Wir mußten Onkel Douglas versprechen, es niemandem zu sagen, und wie du siehst, habe ich mein Versprechen nicht gehalten ...«

Und dann fügte sie seufzend hinzu:

»... aus Schwäche.«

Ganz in der Nähe der jungen Mädchen verbreitete der Magnolienbaum seinen süßen, sinnlichen und etwas schweren Duft. Elizabeth blickte Susanna an, sah ihr schmerzliches Gesicht, ahnte, daß ein neuer Herzenserguß sich anbahnte, und erklärte sehr ruhig und vernünftig:

»Es war zwar ein Versprechen, aber ihr habt ja nicht auf die Bibel geschworen.«

»Oh«, erwiderte Susanna entrüstet, »bei uns im Süden ist ein Versprechen ein Versprechen, Elizabeth.«

»Wie überall«, sagte Elizabeth. »Der Süden hat nichts erfunden.«

Und verärgert über ihren Ausrutscher wandte sie sich ab.

»Wir haben keine Zeit, lange darüber zu diskutieren, Susanna. Ich gehe ins Haus zurück. Bleib du noch einen Augenblick hier. Es ist besser, wenn man uns nicht zusammen sieht.«

»Warum?«

Aber Elizabeth hatte sich bereits zu den Erwachsenen im Ballsaal gesellt. Sie war so unzufrieden, sich in den Augen dieses Mädchens schlecht betragen zu haben, so unzufrieden über ihre unwürdige Erwähnung der Bibel, daß sie beschloß, Susanna in Zukunft aus dem Wege zu gehen.

Onkel Josh erteilte den Dienern Anweisungen, wie sie die Fenster putzen und dann den Fußboden bohnern sollten, den er spiegelglatt sehen wollte.

»Deine Tänzer werden ausrutschen«, bemerkte Onkel Douglas.

»Das ist meine Absicht. Sie sollen gleiten wie die Schlittschuhläufer. Die kleinen roten Ballstühle an den Wänden entlang, für die Mütter.«

»Ach ja, die Mütter mit ihrem ewigen Problem«, seufzte Tante Emma.

»Fang mir bloß damit nicht an«, sagte Onkel Douglas. »Die Mädchen werden alle unter die Haube kommen. Wo willst du das Orchester haben, Josh?«

»Im Salon nebenan, bei weit offenen Türen natürlich. Ich stelle noch unser altes Klavier dazu. Heute nachmittag kommt jemand, es zu stimmen.«

»Na, dem Klavierstimmer wünsche ich viel Glück«, sagte

Tante Augusta. »Aber du denkst wirklich an alles. Glaubst du immer noch an den Kompromiß?«

Elizabeth lief davon. Das Wort Kompromiß allein machte ihr aufs neue Angst. Und wenn sie auch behauptete, eine Engländerin fürchte sich vor nichts, so fürchtete sie sich doch wie alle anderen.

In der Geborgenheit ihres Zimmers ließ sie sich in den Schaukelstuhl sinken, um nachzudenken. Betty hatte gerade Ordnung gemacht, fuhr noch einmal schweigend mit dem Staubtuch über die Möbel und ging dann zur Tür, wo sie seufzend stehenblieb.

»Gib mir einen Fächer«, sagte Elizabeth, »und wenn du fertig bist, laß mich allein.«

Betty reichte ihr einen jener Palmwedel, die überall in Dimwood herumlagen. Leicht wie eine Feder und von anmutiger Form, vermittelte er zumindest die Illusion einer gewissen Kühle, und Elizabeth bewegte ihn leicht vor ihrem Gesicht, als die innere Stimme sich wieder meldete:

»Der Brief! Gib ihn Betty!«

»Unsinn«, dachte sie sich. »Jetzt, mitten in den Vorbereitungen zum Fest? Zu spät.«

»Betty«, sagte sie laut, »warum schaust du so traurig? Weil ich das Kleid gewechselt habe?«

Betty nickte.

»Findest du denn mein pfirsichgelbes nicht schön? Ist es nicht ebenso hübsch wie das blaue? Betty, ich mag dich wirklich sehr gern, aber du mußt mir nun einmal meinen Willen lassen, verstehst du?«

Die schwarze Frau in ihrer weißen Schürze bewahrte die Würde, die ihr das Alter verlieh, verneigte sich und ging hinaus. Elizabeth fühlte ein vages Unbehagen.

»Ich werde sie doch nicht um Verzeihung bitten«, sagte sie sich. »Dann schon eher Susanna ... Nein, auch die nicht. Sie scheinen sich alle verschworen zu haben, mir ein schlechtes Gewissen zu machen. Und mein Brief, dieser idiotische Brief ... Wie gut, daß ich ihn nicht abgeschickt habe ... Wie hätte ich ausgesehen mit meinem Hilferuf an Onkel Charlie, wo die Hargroves einen Ball geben werden ...«

Der Brief lag immer noch in der Schublade. Sie nahm ihn heraus und versteckte ihn hinter dem Handspiegel in ihrem Reisenecessaire, zusammen mit dem Liebesbrief dieses abscheulichen Kerls. Sie verachtete ihn zwar, aber sein Brief war ein Liebesbrief, der erste und einzige, den sie bis jetzt erhalten hatte, und sie brachte nicht den Mut auf, ihn zu vernichten. Den anderen Brief würde sie später, in einem geeigneteren Moment abschicken.

Beim Mittagessen wurde vereinbart, nicht über Politik zu sprechen, um sich ungestört den Tafelfreuden hingeben zu können, aber kaum waren fünf Minuten vergangen, da redete man schon nur noch über den Kompromiß und die Friedenschancen. Der Tag, an dem dieselben Personen in einem Anfall törichter Begeisterung die Sezession herbeigewünscht hatten, schien in weiter Ferne. Die Gerüchte, die jetzt zirkulierten, deuteten auf eine Einigung hin. Die Familienmitglieder, ihrer Hauptsorge enthoben, fielen nunmehr mit Vergnügen darüber her: Ein Schandfleck für die Ehre des Südens und außerdem eine politische Gaunerei. Der arme Calhoun würde sich im Grabe umdrehen.

Elizabeth geriet aufs neue in Verzweiflung und wandte sich ihrer Tischnachbarin Susanna zu, die sich entschlossen hatte, ihr die kalte Schulter zu zeigen und starr vor sich hin blickte. So sprach Elizabeth zu ihrem Profil:

»Susanna, ich muß dir etwas sagen.«

»Wieder etwas Verletzendes?« fragte das Profil.

»Aber nein, ganz im Gegenteil«, seufzte Elizabeth. »Du hast mich vorhin nicht richtig verstanden: ich fühle mich in eurem Süden schrecklich einsam ...«

»Dann hättest du mit deiner Mutter weggehen sollen«, erwiderte das Profil.

»Oh, bist du hart. An meiner Stelle würdest du ebenso leiden.«

Keine Antwort. Die lärmende Diskussion übertönte ihr Gespräch. Da sagte Elizabeth mit plötzlicher Heftigkeit, klar und rasch:

»Als ich vorhin behauptet habe, ein Versprechen sei nicht das gleiche wie ein Schwur auf die Bibel, das war schändlich von mir.«

Diese Worte wirkten wie ein elektrischer Schlag auf die allzu empfindsame Susanna. Plötzlich wandte sie ihrer Nachbarin ein strahlendes Lächeln zu, in dem noch die Tränen glänzten.

»O nein!« sagte sie mit erstickter Stimme. »O nein!«

Elizabeth belohnte sie mit ihrem schönsten Lächeln, und alles war gesagt.

41

Der Nachmittag verlief sehr eintönig. Die Luft war schwül. Den turbulenten Gesprächen beim Mittagessen folgte der allgemeine Wunsch nach einem Erholungsschläfchen in irgendeiner stillen Ecke. Selbst der lebhafte Billy erlag der Versuchung, auf einem der Sofas im großen Salon zu schnarchen.

Die Zeitung wurde erst um sechs Uhr abends erwartet, und bis dahin gab es in Dimwood nichts zu tun. Die Damen zogen sich in ihre Gemächer zurück, und Elizabeth folgte ihrem Beispiel, nachdem sie Susanna mit einem leichten Händedruck beglückt hatte, um die Untröstliche zu trösten.

Als sie in ihrem Schaukelstuhl saß, schloß sie die Augen und wollte schlafen, aber das politische Gerede war ihr auf den Magen geschlagen, und sie hatte kaum etwas zu sich genommen. Also bestand auch kein Bedarf für ein Verdauungsschläfchen. Sie schlug *Die letzten Tage von Pompeji* auf und klappte das Buch fast sofort wieder zu. Diese Liebesgeschichte im Schatten einer Katastrophe ging ihr auf die Nerven.

Zum zwanzigsten Mal schrieb sie im Geiste ihren Brief an Onkel Charlie. Gewiß, dieser Ball komplizierte das Problem, aber wie konnte ein Fest bei den Hargroves mit dem überwältigenden Luxus wetteifern, den Savannah zu bieten hatte? Sie blickte bereits ein wenig blasiert auf die bescheidenen Vergnügungen, die sich in Dimwood vorbereiteten. Man mochte noch so viele Girlanden aufhängen, die Zimmer vergrößern, indem man die großen Möbel herausschaffte, aber die Pracht der Räumlichkeiten würde fehlen, das Podium für das Orchester, das Bankett. Das einzig Interessante an diesem kommenden Abend war die Anwesenheit der Armee in Uniform, waren die Offiziere ...

Dann riß sie sich aus ihren Träumereien und fand diese Überlegungen ordinär, aber die Tage in Savannah hatten in ihr einen unwillkürlichen Hang zum Luxus und zu einem glanzvollen und abwechslungsreichen Leben erweckt. Zu frisch war noch die Erinnerung an die eisigen Straßen in London, die elende Pension, in der sie des Nachts vor Kälte zitterte, die Gesellschaft einer wortkargen und verzweifelten Mutter.

Als sie hinaustrat, um ein paar Schritte in dem Säulengang zu machen, war der Himmel bedeckt, ohne Abkühlung zu bringen, und das eintönige Zirpen der Grillen zerriß die Stille der Wälder. Dieses unablässige Geräusch hatte auf die Dauer etwas Beängstigendes und Unheilvolles. Vergebens schwenkte Elizabeth den Palmfächer vor ihrem Gesicht und Hals, sie schwitzte trotzdem. In ihr Zimmer zurückgekehrt, zog sie die Fensterläden so weit zu, daß kein Licht mehr hereindrang.

Die Hitze dörrte ihr die Kehle aus. Sie klingelte. Betty erschien sofort, als ob sie vor der Tür gewartet hätte, und sah sehr beunruhigt aus.

»Betty, bring mir frisches kaltes Wasser. Ich sterbe vor Durst.«

»Ja, Mam'sell Lisbeth«, stammelte Betty.

»Was hast du denn? Ist etwas passiert?«

»Nein, Mam'sell Lisbeth, ich bin gleich wiede' da.«

Keine fünf Minuten später kam sie zurück, brachte eine Karaffe mit Wasser und eine Schüssel voller Eisstücke auf einem Silbertablett, das sie auf den Tisch stellte. Sie wollte sprechen, aber ihre Augen waren vor Angst geweitet, und sie blieb reglos und stumm, die großen schwarzen Hände auf die weiße Schürze gepreßt.

»Du machst ein Gesicht wie jemand, der ein Gespenst gesehen hat«, sagte Elizabeth lachend. »Meine arme Betty, gib dir ein bißchen Mühe und sag etwas.«

»Wenn man kommt, Mam'sell Lisbeth, auf keinen Fall nich' aufmachen ...«

»Ich verstehe nicht, was du willst, Betty. Niemand kommt hierher, außer dir und Tante Laura. Hat man dir etwas erzählt?«

»Nein, Mam'sell Lisbeth, abe' ich hab Angst. Betty hat Angst ...«

»Angst vor dem Krieg?«

»Oh, Mam'sell Lisbeth, ich hab doch nichts vom K'ieg nich' gesagt.«

»Wenn du nicht reden willst, dann geh, Betty. Du wirst mich noch ganz nervös machen mit deinem geheimnisvollen Getue.«

Betty warf ihr einen vorwurfsvollen Blick zu und verließ das Zimmer. Betroffen und neugierig folgte Elizabeth ihr auf Zehenspitzen in den Flur. Da sah sie, wie Betty sich die Schürze vor das Gesicht hielt, was bei den Schwarzen ein Zeichen höchster Verzweiflung war.

Jetzt hielt sie es nicht länger aus, lief zu ihr und ergriff ihre

Hand. Die Schürze fiel herab, und Betty schrie auf wie ein in eine Falle geratenes Tier.

»Hör auf«, sagte Elizabeth streng. »Ich bin sehr unzufrieden.«

Und mit einer drohenden Stimme, die sie kaum als ihre eigene erkannte, erklärte sie:

»Wenn du etwas weißt und dich weigerst, es mir zu sagen, wird Gott dich strafen.«

Dieser Satz war ihr entschlüpft, als hätte jemand anders ihn gesagt, und sie war fast ebenso überrascht wie Betty, die sich, vor Schreck erstarrt, an die Wand lehnte.

»Die Souligou«, murmelte sie, »es is' die Souligou.«

»Mademoiselle Souligou«, korrigierte Elizabeth, »und was ist mit ihr?«

»Mam'sell Souligou hat was in die Ka'ten gesehen, und sie hat es Ne'o gesagt.«

»Na schön, Betty, und was hat sie in den Karten gesehen?«

»Das Haus voll Soldaten.«

Elizabeth versuchte zu lachen, aber ihr Lachen klang falsch.

»Meine arme Betty, Mademoiselle Souligou hat den Ball gesehen.«

»Den Ball, Mam'sell Lisbeth?«

»Aber ja doch, den Ball. Du weißt genau, daß in Dimwood ein Ball stattfinden wird. Ihr wißt doch sonst alles und hört alles. Ihr braucht Mademoiselle Souligous Visionen nicht, um zu wissen, daß wir einen Ball veranstalten ...«

Sie sprach rasch, viel zu rasch, wie mitgerissen vom Schwall ihrer Worte.

»Mam'sell Souligou hat nichts von einem Ball nich' gesagt«, erwiderte Betty. »Sie hat gesagt: Savannah, Mam'sell Lisbeth geht nach Savannah.«

Aufs neue wurde Elizabeths Kehle trocken, aber diesmal von einem jäh aufsteigenden Schrecken.

»Betty«, sagte sie schließlich, »ich will die Wahrheit wissen. Du hast in meinen Schubladen gekramt, du hast einen Brief gefunden und ihn an dich genommen. Wenn du diesen Brief gestohlen hast, verzeihe ich dir und werde nichts sagen, aber ich will es wissen.«

Bei diesen Worten ging eine seltsame Veränderung in Bettys Gesicht vor sich. Sie schien wie verwandelt und eine andere Frau. Der Blick ihrer großen schwarzen Augen senkte sich direkt in die hellen Augen der jungen Engländerin, und sie sagte langsam und feierlich:

»Betty stiehlt nich'.«

Vor diesem Blick, den sie nicht ertrug, wurde das junge Mädchen von einem Schwindel ergriffen und glaubte, vor Scham ohnmächtig zu werden. Sie hatte gerade noch die Kraft, in einem Atemzug diesen Satz zu stammeln, der ihr aus tiefstem Herzen kam:

»Verzeih mir, Betty.«

Dann lief sie in ihr Zimmer, schloß sich ein und hörte Susanna, die sie von draußen rief:

»Elizabeth, komm schnell, es gibt Neuigkeiten.«

Noch ganz benommen wankte sie ins Badezimmer.

Gekrümmt stand sie über dem Waschbecken und versuchte sich zu erbrechen, aber es gelang ihr nicht.

Einige Minuten später trat Tante Laura bei ihr ein und fand sie auf ihrem Bett ausgestreckt.

»Was hast du, Elizabeth? Ist dir nicht gut?«

»Nur müde, sonst nichts«, sagte das junge Mädchen und stand auf.

»Du bist ja ganz blaß. So habe ich dich noch nie gesehen.«

Elizabeth zögerte, bevor sie antwortete. Sie erinnerte sich an das, was Susanna ihr über Tante Laura erzählt hatte, und auch an die peinliche Szene, als sie von William Hargrove so barsch aus dem Speisezimmer verwiesen wurde. Wie konnte sie dieses heitere Aussehen bewahren?

Sie brachte die Kraft auf zu einem Lächeln und sagte:

»Tante Laura, ich werde mich nie an den Süden gewöhnen.«

»Ach, du kennst ihn noch kaum, aber du wirst ihn schließlich liebgewinnen, wie wir alle. Falls es die Hitze ist, die dich stört . . . Es zieht ein Gewitter auf, und das wird uns in der Nacht Abkühlung bringen.«

Und mit unbefangener Miene sagte sie plötzlich:

»Mir war, als hätte ich dich vorhin mit Betty auf dem Flur ganz in der Nähe meines Zimmers reden gehört. Ich hoffe, daß sie stets gehorsam und respektvoll dir gegenüber ist.«

Elizabeth antwortete sogleich:

»Betty ist sehr nett, und ich mag sie wirklich gern.«

»Alle mögen Betty. Siehst du, es ist wichtig, mit den Schwarzen gut zu stehen. Sie erwarten viel von uns und bilden sich insgeheim ihr Urteil über uns.«

Diese sanften Worte ließen Elizabeth aufhorchen. Wenn sie Tante Laura auch nicht gerade verdächtigte, an der Tür zu lauschen, so vermutete sie doch, daß diese geheimnisvolle Frau das Gespräch mit Betty gehört hatte.

»Ich weiß«, sagte sie ergeben.

»Nun, jetzt werden wir in den Salon gehen, wo man uns erwartet. Mein Vater wünscht, daß wir alle anwesend sind.«

In der Tat waren alle im Salon wie zu einer religiösen Feier versammelt. Die heruntergelassenen Jalousien dämpften das Licht und verstärkten diesen Eindruck. Von der Herrschaft getrennt, standen die Diener an der Tür, und Elizabeth erkannte Betty unter ihnen. Ihre Blicke trafen sich. Ein breites und liebevolles Lächeln erhellte das Gesicht der Dienerin, und Elizabeth nickte ihr diskret zu.

Onkel Douglas entfaltete die Zeitung und verkündete in feierlichem Ton:

»Liebe Freunde, ich glaube, wir haben Grund zur Freude, wenn auch nicht zu lautem Jubel. Unser großer Henry Clay hat das durchgesetzt, was er in seiner hohen Gesinnung die Union der Herzen nennt. Nach seiner Rede besteht die Aussicht auf eine Einigung zwischen uns und unseren Brüdern im Norden.«

Das Wort »Brüder« erregte lautes Murren bei den Männern, und es folgte ein sofortiges »Psst« von seiten der Damen.

»Unsere Nachbarn im Norden, wenn ihr wollt«, fuhr Onkel Douglas mit fester Stimme fort. »Kalifornien wird als ein freier Staat in die Union aufgenommen werden.«

Erneutes Murren bei den Männern und »Psst« bei den Damen.

»Andrerseits verpflichtet sich die Regierung in Washington, die aus dem Süden flüchtenden Schwarzen zur Rückkehr auf ihre Plantagen zu bewegen. Das sind, zusammengefaßt, die wichtigsten Bedingungen dieses Abkommens. Der so lange bedrohte Frieden ist nunmehr gesichert.«

Diese Erklärung wurde mit einem betretenen Schweigen aufgenommen. Onkel Douglas fuhr in noch feierlicherem Tonfall fort:

»Die Zeitung von Savannah gibt weiter keine Einzelheiten bekannt. Die morgige Ausgabe wird den vollständigen Text der Rede

Mr. Clays enthalten. Ich gebe jetzt unserem Familienoberhaupt das Wort, damit er für uns alle den Schutz des Allmächtigen erbitte.«

Vom Allmächtigen sprach man nur in den feierlichen Augenblicken des Lebens, und so ließ diese Bezeichnung eine Rede von gewaltiger Länge erwarten. Die Überraschung war daher groß, als William Hargrove in die Mitte des Zimmers trat und mit einer schlichten, fast kindlichen Stimme zu sprechen begann:

»Vater unser, der du bist im Himmel ...«

Und da ereignete sich etwas Unbeschreibliches: eine Welle der Emotion überflutete alle Anwesenden wie eine Sturmflut, und ohne es zu wissen, verwirklichten diese Menschen einen Augenblick lang jene Union der Herzen, die ein Politiker für die gesamte Nation erträumte.

Der Tag ging zur Neige, und als das Amen ertönte, trommelten die ersten Regentropfen auf das Dach des Säulengangs.

Man trennte sich schweigend im Halbdunkel, und niemand verspürte den Wunsch, etwas zu sagen. Das undeutliche Gefühl einer Niederlage hing wie ein Schatten über der Ankündigung des Friedens.

Die Diener brachten Fackeln, um ihre Herren zu begleiten, die nicht zu wissen schienen, wohin sie wollten, und diese stumme Verwirrung hatte etwas Gespenstisches.

Plötzlich übertönte Freds klare und schneidende Stimme das laute Prasseln des Regens:

»Und so verliert man einen Krieg, ohne einen einzigen Schuß abgefeuert zu haben.«

Niemand widersprach ihm.

42

In dieser Nacht tobte das Gewitter mit doppelter Heftigkeit, und die Blitze hörten nicht auf, in einer unverständlichen Schrift die Zukunft des Landes an den Himmel zu malen. Das war zumindest die Auffassung der Abergläubischen, besonders unter den Schwarzen, die sich bei jedem Blitzschlag am liebsten unter den Möbeln versteckten.

Im Rauchzimmer diskutierten die Männer nach dem Abendessen

sehr nüchtern hinter den verschlossenen Läden. Man hatte Fred trotz seiner Jugend erlaubt, sich zu den Älteren zu gesellen. Seine Ansichten schockierten manchmal, aber man fand sie interessant.

»Vater«, sagte er zu Onkel Douglas, »bei allem Respekt, ich habe den Eindruck, daß Sie die Wahrheit sehr milde ausdrückten, als Sie sagten, der Norden würde die flüchtenden Schwarzen bewegen, in den Süden zurückzukehren.«

»Du hast recht, aber in Gegenwart der Dienerschaft konnte ich nicht anders. Der Norden verpflichtet sich, sie mit Gewalt zurückzuschicken.«

»Und Sie glauben, man wird es wirklich tun?«

»Nein, aber der Norden stellt es als eine Art Entschädigung für Kalifornien dar, das uns entgeht.«

»Also ein Trostpreis, eine Goldpapierkrone auf der Stirn eines provisorischen Friedens. Wie stehen wir in den Augen der Welt da? Man hat uns gefoppt und der Lächerlichkeit preisgegeben.«

»Da täuschst du dich. Die Welt applaudiert, und es sollte mich wundern, wenn die *Squatters* in Kalifornien morgen nicht ihren Sieg feierten ...«

»Wir können mit zehn Jahren Frieden rechnen«, sagte Onkel Douglas.

»Zehn Jahre!« rief Onkel Josh aus. »Das ist immerhin etwas.«

»Der Norden braucht sie in der Tat, um seine Position zu festigen«, sagte Fred, »und seinen zukünftigen Angriff vorzubereiten.«

»Du solltest dich besser informieren. Das Volk im Norden hat keine Lust, sich in einen Krieg zu stürzen. Sie wollen nur arbeiten und reich werden. Onkel Charlie, der den Norden gut kennt, wird dir bestätigen, daß die Beredsamkeit der abolitionistischen Pastoren dem Wunsch des Krämers an der Straßenecke nach Ruhe durchaus nicht entspricht.«

»Sehr gut, Douglas«, sagte Onkel Josh, »aber lassen wir die Politik und reden wir von uns. Heute früh habe ich vier Boten ausgeschickt, die an zehn unserer Nachbarn Einladungen zum Ball überbrachten.«

»Zehn Familien«, sagte Onkel Douglas. »Das war ein großes Risiko.«

»Ich habe auf das Glück gesetzt, und ich war sicher, daß der Kompromiß durchkommen würde.«

»Wir müssen mindestens vier Tage rechnen, bis wir die Antworten erhalten.«

»Gute oder schlechte«, murmelte William Hargrove.

Er saß abseits in einem tiefen Ohrensessel, bewahrte Schweigen und schien in seine Gedanken verloren.

»Seien Sie unbesorgt, Vater«, sagte Joshua. »All diese Leute langweilen sich zu Tode auf ihren einsamen Plantagen. Nicht einer wird dem Ruf widerstehen.«

»Immerhin hätten wir uns vorher beraten sollen«, sagte William Hargrove. Er sprach mit der traurigen Stimme eines Besiegten. Offenbar hatte Henry Clays Triumph ihm hart zugesetzt, denn bei jeder Bemerkung seines Enkels Fred nickte er zustimmend.

»Zehn Jahre Frieden, bedenken Sie nur, Vater«, sagte Josh, anstatt auf den Vorwurf zu antworten.

»Ja, mein Junge, ich bedenke es, und ich erinnere mich an die letzten Worte des sterbenden Calhoun: *Der Süden, der arme Süden.*«

»Das sind die Worte eines enttäuschten großen Patrioten, der den Sinn für die Realitäten verloren hatte.«

»Es sind die Worte eines hellsichtigen Mannes«, sagte Fred. »Nur ist es nicht seine oder eure Generation, die in den Krieg ziehen wird, sondern wir.«

»Ach, Fred«, stöhnte Onkel Josh, doch dann fand er plötzlich wieder seinen heiteren Ton: »Ich bin der Meinung, daß wir, um auf andere Gedanken zu kommen, diesen etwas ernsten Abend mit einem letzten Glas jenes vortrefflichen Portweins beschließen sollten, der aus so weiter Ferne zu uns kam.«

Der Vorschlag wurde angenommen, und die Flasche, die das Kap umsegelt hatte, machte die Runde am Tisch. Nur William Hargrove verzichtete.

»Was mich betrifft«, sagte er so leise, daß man ihn kaum hörte, »so ist das Herz nicht dabei.«

Joshua war aufgestanden und neigte sich zu ihm.

»Vater«, sagte er liebevoll, »der Frieden ist da, wir gehen besseren Zeiten entgegen.«

Dieser Satz blieb ohne Widerhall. Trotz Onkel Joshs Bemühungen lastete eine schwere Trübsal auf allen Anwesenden. Man ließ einen Augenblick verstreichen, dann erhoben sich die Herren und verließen nacheinander das Zimmer. Die kaum angerührten Gläser blieben auf dem Tisch stehen.

Das war der Augenblick, auf den die Schwarzen hinter der Tür gewartet hatten.

43

Die Antworten auf die Einladungen trafen noch rascher ein, als Onkel Josh vorausgesehen hatte, und wie erhofft wurden alle mit den unveränderlichen Höflichkeitsfloskeln des Südens angenommen, mit Ausnahme einer einzigen Familie, die diese große Ehre usw., usw. infolge eines zu kürzlichen Trauerfalls nicht annehmen konnte.

Da einstweilen keine Kriegsgefahr mehr bestand, war man im Fort Pulaski großzügig, und die jungen Offiziere hatten Ausgang, wann sie wollten.

In Dimwood verursachte die Lawine der Zusagen zunächst eine gewisse Kopflosigkeit. Besonders die Damen wurden, sobald es um die Wahl der Blumen ging, leicht aggressiv und verheerten je nach Laune der einen oder anderen die Beete. Onkel Josh, der sich um die Einrichtung der Räume kümmerte, ließ zwanzigmal die Möbel umstellen, bis er die gewünschte Wirkung erzielt hatte. Die jungen Mädchen ihrerseits wechselten von früh bis spät ihre Kleider, ohne sich entscheiden zu können, ob sie so oder so hübscher aussahen. Es war schließlich auch ihr erster großer Ball in Dimwood. Bisher hatte es nur ein paar unbedeutende Tanzvergnügen gegeben. Und mindestens zwei junge Damen sagten sich, wenn sie es auch nicht auszusprechen wagten: »Wir werden Männer kennenlernen, richtige Männer!«

Elizabeth war ein wenig blasiert nach ihren Erlebnissen in Savannah und hielt sich abseits, aber auch sie dachte an die Offiziere. Auf Onkel Charlies Fest hatte sie derer eine Menge gesehen. Einige waren ganz nett, aber Elizabeth war anspruchsvoll. Zwar hatten es ihr die Uniformen angetan, und sie wußte auch die Zivilisten zu schätzen, aber die einen wie die anderen mußten vollkommen sein. Selbst der verachtungswürdige Kerl, der ihr einen Liebesbrief geschrieben hatte, besaß trotz allem einen gefährlichen Charme. Sie zog ihm jedoch den kleinen Architekten vor, der nur seinen Kneifer fallen zu lassen brauchte, um sie mit seiner Schönheit eines blinden Engels zu betören ...

Und was sollte sie zu diesem Ball anziehen? Ihre Wahl fiel auf ein ganz schlichtes, nicht zu langes weißes Kleid, ohne Bänder, ohne Blumen, ohne irgend etwas. Sie suchte Rat bei Betty, mit der sie Frieden geschlossen hatte, und Betty stimmte ihr zu:

»Mam'sell Lisbeth hat keinen Schmuck nich' nötig, Mam'sell Lisbeth imme' die Schönste.«

Diese naiven Komplimente rührten Elizabeth, und dann kam ihr eine unglückliche Idee.

»Ich danke dir, Betty. Nichts und wieder nichts, das ist immer noch am besten, aber ich frage mich, ob Miss Susanna oder Miss Minnie mir nicht einen Ring mit einem kleinen Saphir leihen könnten ... Saphire mag ich furchtbar gern, und sie haben so viele Ringe ...«

Ohne es zu ahnen, beschwor sie einen in den Familien des Südens wohlbekannten Konflikt herauf, den Konflikt zwischen der schwarzen Dienerin und der jungen weißen Herrin. Die eine oder die andere mußte nachgeben.

»Nein«, sagte Betty, »Mam'sell Lisbeth is' zu jung. Kein Schmuck nich'.«

»Zu jung! Sechzehn Jahre!«

Betty beharrte auf ihrem Standpunkt:

»Nein, Mam'sell Lisbeth. Die Juwelen, das kommt späte'.«

Und sie fügte hinzu:

»Sie müssen auf Betty hö'en. Betty weiß.«

Und wieder hatte sie diesen Blick, der sich zugleich flehend und gebieterisch auf Elizabeths Augen heftete.

Elizabeth erwiderte nichts.

»Betty weiß«, wiederholte die schwarze Frau in sanfterem Ton.

In diesem Moment kam dem jungen Mädchen ein Gedanke. In den Augen welches Menschen würde sie je mehr Liebe und vor allem mehr Güte sehen, als in diesen beiden großen nachtschwarzen Augen? Sie meisterte ihre Erregung und lächelte, aber in ihrem Innersten ahnte sie, daß sie von jetzt an nicht mehr das Sagen haben würde. Sie konnte vielleicht so tun als ob, aber das wäre auch alles.

Drei weitere Tage vergingen in fieberhaften Vorbereitungen. Die Herren bewahrten einen kühlen Kopf, aber die Damen und die »Kinder« hatten den ihren seit langem verloren, und es gab eine bunte Folge von Zänkereien und rührseligen Versöhnungen. Die kostbarsten Schmuckstücke wurden aus den Schatullen geholt.

Am Vorabend machte Onkel Josh eine Art Generalinspektion und erklärte sich fast völlig zufrieden. Die Räume im Erdgeschoß sahen prächtig aus. Zum Glück hatte das gestrige große Gewitter die Luft erfrischt, und man konnte hoffen, daß alles gutgehen würde. Jetzt blieb nur noch eine Nacht und ein Tag auszufüllen, und das schien eine lange Zeit. Man empfahl den aufgeregten jungen Leuten, sich ruhig zu verhalten, und den Damen, die ihrem gesellschaftlichen Rang gebührende Würde zu bewahren, aber selbst Onkel Josh wurde ein wenig nervös. Er vergaß nicht, daß über Dimwood ein Schatten hing. Das geheimnisvolle Verschwinden der beiden Brüder Armstrong gehörte inzwischen zum Legendenschatz der Gegend, und das war dumm. Aber schließlich hatten ja alle die Einladung der Hargroves akzeptiert, und so war anzunehmen, daß sich jedenfalls die junge Generation nicht von diesen Altweibergeschichten einschüchtern ließ und daß die Erinnerung an einen fröhlichen Abend bei den Hargroves den traurigen Ruf von Dimwood in Vergessenheit bringen würde. Trotzdem schluckte er ein gutes Schlafmittel, bevor er zu Bett ging, ohne zu ahnen, daß alle Erwachsenen in Dimwood die gleiche Vorsichtsmaßnahme trafen. Tante Emma nahm eine kräftige Dosis Laudanum, um ihre persönliche Seelenruhe zu festigen.

Elizabeth verabschiedete sich sehr früh von ihren Cousinen, die gern mit ihr bis zum Morgen geschwatzt hätten. Sie zog es vor, allein zu sein und nach Herzenslust von den schönen Überraschungen zu träumen, die sie vielleicht erwarteten, denn sie wußte wohl, daß der Zweck eines Balls für alle jungen Mädchen darin bestand, einen *Beau* zu finden, falls sie unglücklicherweise noch keinen hatten. In ihrer maßlosen Neugier, von der sie sich nichts anmerken ließ, berechnete sie ihre Erfolgschancen. Was sie sich mit allen Kräften wünschte – aber wie sollte sie das sagen, und wem? – war, sich heftig zu verlieben. So malte sie sich mit Wonne den idealen Mann aus. Möglichst in Uniform. »Fort Pulaski«, murmelte sie wiederholt vor sich hin.

Ein kurzer Besuch Tante Lauras unterbrach ihre Träumereien. Lautlos wie ein Schatten in ihrem ewigen grauweißgestreiften Kleid kam sie, um ihr gute Nacht zu sagen und stellte ihr einige jener diskreten Fragen, die die junge Engländerin immer wieder verwirrten. Zum Beispiel, ob sie in der Bibel gelesen habe, denn diese seltsame Katholikin schien aus ihr eine gute Protestantin machen zu wollen. »Nimm dich in acht«, hatte ihre Mutter gesagt, »man weiß nie, welche Hintergedanken sie haben ...«

»Noch nicht, aber ich werde darin lesen, bevor ich zu Bett gehe.«

»Sehr gut, und wo bist du gerade?«

»Bei der Weissagung Jeremias wider Moab. Es sind drei Seiten.«

»Ich kenne sie gut. Eine wahre Lawine von Flüchen, nicht wahr? Doch von herrlicher Größe und Vielfalt. Aber lies auch ein Kapitel aus dem Evangelium – vor dem Einschlafen. Wegen morgen.«

»Wegen morgen?«

»Ja, der morgige Ball. Unser aller Feind ist zwar nicht eingeladen, aber er wird trotzdem kommen.«

»Sie meinen den ...«

»Jawohl. Den Teufel, Elizabeth. Du hattest recht, deine Cousinen zu verlassen; sie werden noch bis Mitternacht schwatzen, anstatt sich auszuruhen. Und alles wegen diesem Ball ... Du bist vernünftiger, du denkst nicht zuviel daran, hoffe ich.«

»Ob zuviel, weiß ich nicht, aber ich denke schon daran.«

»Es hat keine Bedeutung, weißt du, nur viel Lärm und Aufregung ...«

»Ich weiß, ich war auf einem Ball in Savannah.«

»Ach ja, natürlich. Und hat es dir gefallen?«

»Ja, zuerst, aber später viel weniger ...«

»Ich verstehe, es ist so ermüdend. Ich habe das alles mitgemacht, als ich jung war. Darf ich dir einen Rat geben? Nimm das, was die jungen Leute zu dir sagen könnten, nicht zu ernst. Sie glauben kein Wort von dem, was sie erzählen ...«

»Ich weiß.«

»Besonders ihre Komplimente.«

»Ich weiß, Tante Laura.«

»Du weißt eine Menge für dein Alter ... aber ich mache mir keine Sorgen um dich. Du wirst mich auf dem Ball nicht sehen, aber ich werde die ganze Zeit an dich denken.«

Elizabeth blickte sie verblüfft an.

»Die ganze Zeit? Danke, Tante Laura.«

Und jetzt lächelte Tante Laura auf diese geheimnisvolle Art, die das junge Mädchen mißtrauisch machte.

»Schlaf gut, Elizabeth.«

»Schlafen Sie gut, Tante Laura.«

Aber Tante Laura war bereits fort. Elizabeth sah gerade noch die hohe, elegante Silhouette mit dem wehenden grauen Kleid im Säulengang verschwinden.

Was hatte sie mit diesem »ich werde an dich denken« sagen wollen? Und warum »die ganze Zeit«? Besonders diese letztere Bemerkung störte sie, als kündigte man an, sie ständig zu überwachen. Sie fand diese Frau bisweilen unerträglich. Doch dann sah sie in der Erinnerung wieder das schöne ernsthafte Gesicht und den tiefen Blick, der während des Gesprächs stets auf ihr ruhte. Sie hatte also auch Bälle besucht, als sie jung war. Ein seltsames Geständnis, das kaum der Vorstellung entsprach, die Elizabeth sich von ihr gemacht hatte. Tante Laura ... oder einfach Laura, beim Tanzen ...

Sie zuckte die Achseln und zog sich aus. Der schüchterne und unablässige Gesang der Frösche drang leise bis zu ihr. An dieses etwas melancholische Geräusch hatte Elizabeth sich gewöhnt, und sie erwartete es jeden Abend nach dem langen, aggressiven Zirpen der Grillen.

Nun war sie im Nachthemd und zögerte, zu Bett zu gehen, da sie keine Lust zu schlafen verspürte. In ihrem Schrank hing eine große Anzahl von Morgenröcken. Sie nahm den einfachsten, aus weißer Seide, und stellte sich damit vor den Spiegel. Weiß stand ihr gut, aber sie fragte sich zum hundertsten Mal, ob sie so hübsch wie die anderen wäre, wie all die jungen Mädchen in Dimwood und vor allem die in Savannah. Man hatte ihr gesagt, sie würde mit der Zeit noch schöner werden. Mußte sie vielleicht noch monatelang warten? Und wann würde sie einen *Beau* haben? Im Schein der Öllampe leuchtete ihr goldenes Haar in einer Pracht, die sie ein wenig zuversichtlicher stimmte, aber niemand war da, um ihr diesen Eindruck zu bestätigen und sie zu bewundern. Sie seufzte.

Schließlich löschte sie widerwillig die Lampe und legte sich hin. In der Dunkelheit wollte sie ihren Gedanken nachhängen, verfiel aber fast sogleich in tiefen Schlaf.

44

Der folgende Tag sollte ein Tag des Chaos werden. Kein anderes Wort konnte das allgemeine Durcheinander treffender beschreiben. Die Damen, die jungen Mädchen und die Jungen liefen eifrig und ein wenig kopflos durch die Zimmer, wie in einem Narrenspiel. Man wollte sehen, ob es neue Dekorationen gab, und die Schwarzen, die dadurch bei ihrer Arbeit behindert wurden, ergriffen schließlich die Flucht, um stöhnend und klagend das Rauchzimmer aufzusuchen, wo sich William Hargrove mit seinen beiden Söhnen beriet.

Onkel Josh, der das Unternehmen leitete, mußte seine ganze Autorität aufbieten. Nachdem er alle im Säulengang versammelt hatte, riet er den Damen, im Einspänner ein wenig durch die Gegend zu kutschieren oder die Natur in der großen Allee zu bewundern. Den jungen Leuten befahl er, sich je nach Belieben zu Pferd oder zu Fuß in der Umgebung zu zerstreuen.

Miss Pringle und Mr. Stoddard hatten um die Erlaubnis gebeten, sich einen Einspänner zu leihen, um nach Macon zu fahren, wo sie sich die Oper *Joseph* von Méhul anhören wollten, was ihnen bereitwillig gewährt wurde.

Nur Elizabeth durfte auf ihren ausdrücklichen Wunsch die Zeit in ihrem Zimmer verbringen. Tante Laura tat desgleichen, so daß sie wieder wie gewöhnlich in trauter Nachbarschaft waren.

Da Onkel Josh sein kleines Orchester ein wenig zu ländlich für ein Ereignis fand, von dem er wünschte, daß es unvergeßlich bleiben sollte, entließ er seine Musikanten, nicht ohne sie fürstlich entschädigt zu haben, und bestellte in aller Eile ein Berufsorchester aus Savannah. Viele seiner Musiker hatten sich bereits bei Onkel Charlie bewährt, und alle kannten die letzten Walzer von Lanner auswendig, die in Wien, Paris und London Furore machten. Sie waren in der Nacht angekommen und wurden im Haus des Aufsehers einquartiert, der sich zuerst zu widersetzen versuchte, bis Onkel Joseph ihm mit ein paar Goldmünzen den Mund stopfte.

Endlich, in den frühen Abendstunden, erschienen die Gäste. Einspänner und Kutschen nahmen hinter dem Hause Aufstellung, während die Damen in ihren hellen Kleidern vom Park aus durch die große Tür zu ebener Erde eintraten. Mit ihren weiten Krinolinen bewegten sie sich wie riesige Blumen an der Seite der wie Raben einherstolzierenden Herren in ihren schwarzen Fräcken. Sie wurden von allen Hargroves mit freudigen Ausrufen begrüßt, und so stieg von der ganzen Gruppe ein Stimmengewirr auf, das von weitem an den Lärm eines Vogelhauses von Distinktion gemahnte.

Aus Höflichkeit ließen die jungen Offiziere dieser zivilistischen Eleganz den Vortritt, und als sie dann im Salon erschienen, erregten sie um so größeres Aufsehen. Der Prunk der maßgeschneiderten Uniformen und der goldenen Tressen auf dem marineblauen Tuch forderte bereits seine klassischen Opfer, und der Umstand, daß sie, wenn auch nur ein wenig, mit dem Krieg in Berührung gekommen waren, verlieh ihrer stattlichen Erscheinung jenen Hauch von Heldentum, den alle, die nie würden kämpfen müssen, so sehr liebten.

Die Gäste wurden in einem großen runden Salon empfangen, der in Ermangelung bedeutender Festlichkeiten seit Jahren nicht mehr benutzt worden war. In Grün und Gold gehalten, war er ein Musterbeispiel jener harmonischen Schlichtheit, wie man sie im England des vergangenen Jahrhunderts schätzte. Gepolsterte Bänke standen ringsum an den Wänden, aber noch dachte niemand daran, sich zu setzen. Alle Frauen, jung oder alt, trugen Smaragde, Saphire und Rubine, von denen man an den Fürstenhöfen Europas nur träumen konnte. Elizabeth, die sich mit keinerlei Juwelen schmückte, ließ sich in ihrer Einfalt wie in Savannah von dieser Demonstration des Reichtums blenden, der ihr trotz allem seltsam auffallend erschien. Sie fühlte sich verloren in der Menge und spielte Versteck mit Onkel Josh, der sie suchte, um sie vorzustellen. Eine ehrwürdige alte Dame, an deren welkem Hals die Diamanten blinkten, hielt sie einen Augenblick auf, aber bald gelang es der jungen Engländerin, zu entkommen. Sie suchte Minnie, lief jedoch Susanna in die Arme und sagte zu ihr:

»Sei so lieb und bring mich hinaus, ich will hier nicht bleiben. Ich bin nicht richtig angezogen ...«

»Du siehst bezaubernd aus, und ich bin die Unglückliche, denn ich hasse das Tanzen ... besonders mit Soldaten.«

Einige Leutnants scharwenzelten bereits um sie herum. Vor allem einer wollte sich Elizabeth nähern. Mit seinen großen, sehr weit auseinanderstehenden Augen sah er aus wie ein Schuljunge in den Ferien, und sein Lächeln war von einer so unwiderstehlichen Gutmütigkeit, daß das junge Mädchen sich ihm zuwenden mußte. Sie schüttelte den Kopf und stammelte verwirrt:

»Ich bedaure ... ich glaube, erraten zu haben ... aber ich tanze nicht.«

Und mit einem Lächeln wandte sie sich ab und ergriff Susannas Hand.

»Gehen wir, ja? Komm!«

Aber Susanna antwortete nicht.

Eine junge Frau von zarter Schönheit trat auf Elizabeth zu und sagte lächelnd:

»Entschuldigen Sie, daß ich Sie unterbreche, aber ich hörte Ihren köstlichen englischen Akzent. Ist es indiskret, zu fragen, ob Sie Miss Escridge sind?«

Während sie dies sagte, machte sie eine geheimnisvolle Miene, als verrate sie ein Geheimnis. Ihr braunes Haar fiel in leichten Locken um das Gesicht und hob die anmutige Blässe ihres Teints hervor. Die veilchenblauen Augen hinter den langen schwarzen Wimpern suchten den Blick Elizabeths, die in einem plötzlichen Anfall von Schüchternheit den Kopf senkte. Die Stimme, mit der die Dame zu ihr sprach, war von einem sonderbaren Reiz, so sanft und zart, als müsse sie jeden Augenblick ersterben; auch zeugten die äußerst feinen Züge von einer zarten Gesundheit. Auch sie war in Weiß, doch mit einem leicht bläulichen Schimmer, und trug als einzigen Schmuck einen herrlichen Saphir, der das nach Pariser Mode weit ausgeschnittene Dekolleté zierte.

»Ja, ich bin Elizabeth Escridge«, sagte schließlich das junge Mädchen resigniert.

»Und ich bin Jennie Boulton«, antwortete die Dame mit den Veilchenaugen fröhlich. »Mein Bruder ist hier irgendwo in der Menge. Hoffentlich werden Sie sich nicht weigern, mit ihm zu tanzen.«

»Ach! Ich tanze so schlecht ...«

Keine der beiden bemerkte die Märtyrermiene, mit der Susanna Jennie Boulton ansah. Diese erblickte sie ganz zufällig, als sie sich nach ihrem Bruder umsah.

»Ach, Susanna«, sagte sie zerstreut, »guten Abend. Welch ein hübsches lila Kleid ... Ich verlasse euch jetzt. Aber Miss Escridge, Sie müssen unbedingt meinen Bruder kennenlernen. Er ist zum ersten Mal hier in Dimwood und läßt wahrscheinlich gerade den Alptraum der Vorstellungen über sich ergehen. Ich komme gleich zurück. Laufen Sie um Himmels willen nicht davon. Er hat von

Ihnen gehört, Elizabeth, und möchte unbedingt Ihre Bekanntschaft machen.«

Sie verschwand alsbald wie ein Schatten. Susanna ergriff Elizabeths Hand.

»Hast du gesehen?« fragte sie mit einer vor Kummer heiseren Stimme. »Sie hat mich kaum angeschaut ...«

»Na und? Ich verstehe nicht ...«

»Ach! Du verstehst nichts, überhaupt nichts ... Ich werde versuchen, zu verschwinden. Es tut zu weh.«

Sie hatte diesen Satz kaum beendet, als Onkel Josh vor den beiden jungen Mädchen auftauchte.

»Bleibt nicht hier in der Ecke«, sagte er. »Schnell, in die Mitte des Salons! Elizabeth, man will dich kennenlernen. Susanna, warum machst du so ein langes Gesicht? Dieses Fest findet für euch alle statt.«

Susanna blickte ihn mit kläglicher Miene an.

»Ich fühle mich nicht wohl ...«

Aber ihre Worte gingen in einem donnernden Getöse unter. Im Saal nebenan ertönten harmonische Klänge, die den Ball ankündigten. Onkel Josh nahm Elizabeth und Susanna bei den Händen und führte sie hinein. Alles Geplauder war verstummt, die Offiziere verneigten sich linkisch vor den Damen, und die Aufforderung zum Tanz vollzog sich in einer liebenswürdigen Konfusion. Fast ebenso viele Zivilisten wie Offiziere wetteiferten in höflichen Komplimenten, und die junge Engländerin, die einer Gruppe nach der anderen auswich, machte sich auf die Suche nach ihrem kleinen Leutnant von vorhin. Zu ihrem Leidwesen entdeckte sie ihn in Begleitung einer nicht mehr jungen Frau mit einem kaiserlichen Profil und prächtigem Smaragdenschmuck. Ein kleiner schnurrbärtiger Leutnant versuchte der fliehenden Elizabeth nachzueilen. Sie durchquerte den Salon und blieb plötzlich vor einem hochgewachsenen Offizier stehen, an den sich eines der allerhübschesten Mädchen schmiegte, das hellblonde Haar aufgesteckt wie eine Krone, die dunkelblauen Augen halb geschlossen, als ob sie sich bereits auf dem Gipfel des Glücks befände, während ihre Eroberung sich ihr von Zeit zu Zeit zuneigte, im übrigen jedoch seinen Blick voll neugieriger Ungeduld umherschweifen ließ. Sein Gesicht erschien Elizabeth von einschüchternder Vornehmheit, weniger der vollkommen ebenmäßigen Züge als der blauen Augen wegen, die eine gebieterische und fast königliche Würde ausstrahlten. Er bewegte sich langsam, mit dem typischen Stolz eines Offiziers, aber auch mit der herablassenden Geschmeidigkeit einer Raubkatze. Er bemerkte Elizabeth, die reglos vor ihm stand, und fragte sie etwas amüsiert und mit einer warmen und höflichen Stimme:

»Mademoiselle, Sie scheinen jemanden zu suchen. Darf ich Ihnen behilflich sein?«

Die junge Engländerin schüttelte verwirrt den Kopf und lief davon.

»Wer ist das?« fragte der Offizier die blonde Schönheit, die sich ungeniert an seine Schulter kuschelte.

»Keine Ahnung, ich habe sie noch nie gesehen.«

Die Musik spielte jetzt leiser, einschmeichelnd wienerisch, mit jenem Hauch von Melancholie, der das Erwachen zarter Gefühle begünstigt.

Zwei Stufen trennten den Salon vom großen Vestibül, wo die drei langen weißgedeckten Tische alle Köstlichkeiten darboten, die den Hunger und die Naschhaftigkeit der Gäste zu reizen vermochten, doch diese beschleunigten gerade unmerklich den Schritt bei den ersten Takten des Walzers, und es wäre lächerlich gewesen, den Tanz zu unterbrechen.

Ganz unwillkürlich fühlte sich Elizabeth von der Menge, die sie zu fliehen suchte, mitgerissen, und plötzlich umschlang ein kräftiger Arm ihre Taille. Sie sah sich von einem feschen jungen Offizier erobert, der mit gespielter Überraschung die Brauen hochzog:

»Verblüffend, finden Sie nicht? Ich kenne Ihren Namen nicht, und Sie wissen nicht, wer ich bin, und da tanzen wir beide!«

Er hatte ein hübsches, freches Gesicht, und sie konnte nur lächeln.

»Sie sind aber schrecklich von sich eingenommen«, sagte sie zu ihm.

»Nicht wahr? Das sagen mir alle. Es ist ein häßlicher Fehler, den ich hoffentlich nie ablegen werde.«

Das Orchester setzte dem Geplauder ein Ende. Der Walzer zog alle in seinen Bann, und ein wohliges Schwindelgefühl ergriff die Paare. Es war nicht der ungestüme Wirbel, den Elizabeth in Savannah erlebt hatte, wo die Tänzer bereits vor Beginn des Balls vom Champagner erregt waren. Im großen Salon von Dimwood gewann die Euphorie noch nicht die Oberhand über den Anstand, aber insgeheim griff der Rausch auf beglückende Weise um sich. Die Damen berührten kaum den Boden mit ihren Füßen, glitten in den Abgrund, stiegen leichten Kopfes wieder empor, fielen aufs neue, und schwebten in völliger Hingabe.

Die aus Altersgründen von diesen wollüstigen Vergnügungen ausgeschlossenen Mütter in ihren Spitzenhauben und dunklen Taftkleidern begaben sich würdigen und festen Schrittes zum Buffet. Zunächst betrachteten sie die drei Tische mit leichter Mißbilligung. Waren die Hargroves überhaupt in der Lage, eine solche Ausgabe zu verkraften? Das Wort Extravaganz schwebte ihnen auf den Lippen, doch dann kosteten sie diskret eines der kleinen Sandwiches nach dem anderen. Man bot ihnen ein Gläschen Bordeaux an, und sie schlugen es nicht aus. Mit steigendem Appetit ließen sie sich bald von den verräterischen Walderdbeertorteletts und anderen Süßigkeiten ähnlicher Art verführen, die in erstaunlicher Auswahl vorhanden waren. Wie eine dieser Damen scharfsinnig bemerkte, hatte man für alle Geschmäcker vorgesorgt, und das bewunderten sie rückhaltlos. In kurzer Zeit wurde ein gutes Dutzend Platten geleert und sofort durch neue ersetzt; »wie durch ein Wunder« meinte eine ehrwürdige Großmutter mit zitternden Händen.

Solange der Walzer dauerte, erholten sie sich auf diese Weise von den angeblichen Strapazen der Reise, und um nicht bei der Plünderung der Schüsseln und Platten überrascht zu werden, zogen sie sich vor den letzten Takten in den runden Salon zurück, wo sie auf den Bänken Platz nahmen, sich mit Palmwedeln Luft zufächerten und ihre Beobachtungen austauschten.

»Zweifellos hat man tief in die Tasche gegriffen«, sagte die eine, während sie sich den Mundwinkel mit einem winzigen Batisttaschentuch betupfte, »aber schließlich hat man Töchter an den Mann zu bringen, und wenn auch nur eine von den vieren unter die Haube kommt, wäre die Ausgabe gerechtfertigt.«

»Sie sehen nur vier?« erwiderte eine lächelnde kleine Alte, deren Gesicht in den Tiefen einer riesigen Spitzenhaube verschwand. »Ich zählte fünf mit der mysteriösen Engländerin, der all die jungen Leute viel Aufmerksamkeit zu schenken scheinen.«

Im Nu belebte sich das Gespräch, und auch die anderen beteiligten sich.

»Diese kleine Blonde gehört aber nicht zur Familie.«

»Wäre es nicht pikant, wenn gerade sie den Preis davontrüge?«

»Von einem Preis kann keine Rede sein. Außer meinen beiden Söhnen sehe ich nur Laffen ohne Vermögen ...«

»... aber von guter Abstammung. Der alte Hargrove wird wohl oder übel gezwungen sein, die Mitgift aufzurunden, und der glückliche Gewinner wird sich, einmal ins Zivilleben zurückgekehrt, in der entsetzlichen Lage sehen, arbeiten zu müssen.«

»Arbeiten? Wo denken Sie hin? Arbeiten heißt, seinen Rang verlieren.«

»Irrtum. Er kann Anwalt oder Schuldirektor werden, ohne sich zu erniedrigen.«

»Vielleicht, aber wie deprimierend für unsere Aristokratie, wenn sie darauf angewiesen ist ... Arbeiten!«

»Übrigens würde ich diesen imposanten Offizier dort mit dem stolzen Blick nicht gerade einen Laffen nennen.«

»Ach, den Leutnant Boulton? Er ist neu in Dimwood, aber wohlbekannt in Savannah. Der wäre ein idealer Fang. Reich und vielleicht von königlichem Blut ...«

»Aber zur linken Hand«, kreischten mehrere Stimmen.

»Und wenn schon! Er ist ein Tudor. Haben Sie nicht bemerkt, daß man ihm automatisch den Vortritt läßt?«

»Sehr jung ist Ihr Tudor nicht. Mindestens fünfundzwanzig, wenn nicht älter ...«

»Nicht so laut, meine Damen! Man hört uns. Jetzt sind sie alle am Buffet. Ist es nicht empörend, mit welcher Gier sie sich über die Sandwichpyramiden hermachen?«

»Wo sind die guten Manieren von einst?«

»Ja, wirklich. Zu meiner Zeit hätte man sie alle ausgepeitscht für eine solche Gefräßigkeit.«

Am Buffet, wo man die Schüsseln wieder aufgefüllt hatte, herrschte ein höfliches Durcheinander und ein bißchen Gedränge. Man bot den Herren Champagner an und auch den Damen, die es wünschten. Da keine sich weigerte, stellte sich bald eine ausgelassen fröhliche Stimmung ein, und die Teller wurden verblüffend rasch geleert. Das sehr förmliche Betragen, das bisher den schmachtenden Walzerklängen widerstanden hatte, wurde jetzt von sogenannten gefährlichen Vertraulichkeiten abgelöst, und die Paare entfernten sich vom Buffet, um sich in einer Ecke allerlei interessante Dinge zu sagen.

Leutnant Boulton, der die Schar der Gäste um Haupteslänge

überragte, hielt eine Lobrede auf den direkt aus den Weinkellern von Reims stammenden Champagner und wünschte mit Nachdruck, der geheimnisvollen Elizabeth vorgestellt zu werden. Diese hatte gemeinsam mit Susanna bereits mehrere Fluchtversuche unternommen, aber Onkel Josh, dessen Blick nichts entging, hatte sie fast gewaltsam wieder in die Nähe des Buffets zurückgebracht.

So erschien Elizabeth errötend vor Leutnant Boulton, der sich höflich verneigte und sie – sehr zur Überraschung der Anwesenden – nur einiger höchst banaler Worte und kaum eines Blickes würdigte. Denn seine Augen waren anderswo, starrten unverwandt auf die unglückliche Susanna, die vor Schüchternheit am liebsten im Boden versunken wäre, den Kopf abwandte und sich vergeblich hinter Elizabeth zu verbergen suchte. Blaß vor Aufregung lehnte sie sich leicht an die junge Engländerin, und die aufsteigenden Tränen erhöhten den Glanz ihrer großen, tragischen Augen.

Mit Entsetzen sah sie, wie dieser Hüne auf sie zutrat, sie mit einer tiefen Verbeugung begrüßte und sich in respektvollem Ton vorstellte:

»Leutnant Boulton.«

Sie versuchte zu lächeln und wußte nicht, was sie antworten sollte. Ihre Verwirrung war so groß, daß sie fast ihren eigenen Namen vergessen hätte.

»Würden Sie mir die Ehre erweisen, den nächsten Walzer mit mir zu tanzen?«

Sie stammelte, sie tanze zu schlecht, und er tat, als habe er es nicht gehört.

»Danke«, sagte er.

Dann neigte er sich noch näher zu ihr, und wie in einem Alptraum sah sie seine blauen Augen, in denen Zärtlichkeit und Gier aufleuchteten.

Einen Augenblick später stimmte das Orchester lautstark eine schwungvolle Melodie in feurigem Rhythmus an. Die Damen, die ihre letzten Skrupel im Champagner ertränkt hatten, gaben sich schmachtenden Blicks dieser unversehenen Bewegung hin. Leutnant Boulton trug sein Opfer wie eine Feder davon, und ihr Kopf schlug an die kräftige Schulter ihres Entführers. Sie ahnte nicht, wie sehr ihre Verzweiflung sie verschönte. Der blasse Perlmuttschimmer ihrer Haut ließ das Gesicht zart wie eine Kamee erscheinen. Als sie zwischen den langen schwarzen Wimpern fast die Augen verdrehte, erblickte ihr Partner darin ein stummes Liebesgeständnis, während sie in Wirklichkeit einer Ohnmacht nahe war.

In einem *accelerando* steigerte sich die Musik zu einem atemberaubenden Galopp, um dann plötzlich *rallentando* in eine zärtliche Melodie überzugehen. Das war der Moment der wortlosen Geständnisse und des heftigen Pochens der Herzen. Väter und Mütter kinderreicher Familien zählten natürlich auf diese anscheinend völlig unschuldigen Liebesfallen. Aber die Träume dauerten nicht an, und der Walzer endete in gesunder, alltäglicher Fröhlichkeit.

Nachdem der letzte Takt verklungen war, entfernte sich Leutnant Boulton von Susanna, die sich kaum noch auf den Füßen halten konnte, doch nicht ohne ihr die Hände gedrückt und aus tiefster Seele geseufzt zu haben. Er vertraute sie Elizabeths Fürsorge an, die offenbar etwas ahnte und ihr entgegengeeilt war.

»Was ist los?« fragte sie, während sie sie in eine Ecke des Buffets führte. »Du bist ja ganz weiß.«

»Ich hasse diesen Mann, ich will ihn nie mehr sehen. Wo ist er?«

»Das weiß ich nicht. Er durchquerte den Saal und verschwand.«

Elizabeth gab ihr einen Stuhl und holte ihr ein Glas Orangeade, aber Susanna rührte es nicht an.

»Ich habe Angst«, sagte sie. »Ich wäre am liebsten tot.«

Der letzte Walzer war kurz. Er begann süßlich und langsam, wurde dann immer einschmeichelnder und steigerte sich allmählich zu einem kuriosen und lauten Schluß, der die Gäste auf diplomatische Weise vor die Tür setzte.

Man bemerkte Leutnant Boultons Abwesenheit. Die der armen Susanna wurde nicht wahrgenommen. Nur Elizabeth wußte, daß sie sich wie ein gehetztes Tier in ihr Zimmer eingeschlossen hatte. Die Gäste verbrachten einige Minuten der Ratlosigkeit in den Empfangsräumen. Wie sollte man sich von den Gastgebern verabschieden, wenn sie nicht da waren? Und wo waren sie? Was sollte aus der Aufbruchszeremonie mit den wiederholten Danksagungen und Höflichkeitsbezeugungen werden? Man ging in die Garderobe, man bereitete sich für die Abfahrt vor, und man wartete. Die Herren standen da mit ihren seidenen Zylinderhüten in der Hand, die Damen in ihren schwarzen oder grauen Taftumhängen.

Die hübsche Miss Boulton fand eine Gelegenheit, sich Elizabeth zu nähern, ihr beide Hände zu drücken und ihr in einer Wolke von Parfüm geheimnisvoll ins Ohr zu flüstern:

»Trösten Sie sich, liebes Kind, das Leben ist voller Enttäuschungen, aber an *Beaus* wird es Ihnen nicht mangeln.«

Nachdem sie diese sibyllinischen Worte gemurmelt hatte, verschwand sie wie eine Fee.

Um den neugierig schwatzenden Leuten ein wenig die Zeit zu vertreiben, kam der Dirigent auf die glückliche Idee, seine Musiker eine Orchesterversion des Ständchens aus der *Entführung aus dem Serail* spielen zu lassen, und der Zauber wirkte sofort. Mozart brachte alle zum Schweigen, und als das Stück beendet war, rief jemand: »Da capo!« Das Orchester wiederholte die Serenade, und alles lauschte aufs neue dieser leisen Melodie, die von glücklicher Flucht und Freiheit sprach, da ertönte plötzlich ein ferner und wie erstickter Schrei.

Dieser Laut, der so gut zu der Opernszene paßte, schreckte die Zuhörer auf. Das Orchester schwieg. Man fragte sich, zuerst leise, bis die Musik verstummt war, dann lauter, was nun geschehen würde. Denn irgend etwas mußte geschehen, und man wartete darauf wie im Theater, bevor der Vorhang aufgeht.

45

Ein jäher Schrecken ergriff Elizabeth, und sie verließ den Saal. Sie zitterte für Susanna und fragte sich, was sie tun sollte. Etwas hielt sie davon zurück, in die erste Etage hinaufzusteigen. Ein viel stärkerer Instinkt trieb sie in den Säulengang.

Durch das Vestibül gelangte sie in das kleine Entree. Sie stieß die Tür auf und hatte das Gefühl, aus einem Gefängnis zu treten. Einen Augenblick lang schloß sie die Augen und atmete die frische Luft, die vom Duft der Pinien und der rings um das Haus wachsenden Blumen erfüllt war. Der nächtliche Gesang der Frösche vertiefte eher die Stille, als daß er sie störte. Sekundenlang verspürte Elizabeth ein unerklärliches, flüchtiges Glück. Plötzlich fühlte sie sich der Welt entrissen und an einen Ort ewigen Friedens versetzt, und als sie wieder zu sich kam, denn diese geheimnisvolle Freude dauerte nicht an, war ihr, als würde ihre Seele von der Last einer großen Traurigkeit niedergedrückt. Es überkam sie der Wunsch, ein wenig der verschwundenen Freude bei jenem Magnolienbaum wiederzufinden, der sie am ersten Abend auf den Stufen der Freitreppe begrüßt hatte, und sie ging einige Schritte in diese Richtung, doch plötzlich blieb sie stehen.

Da stand jemand und lehnte sich an das Geländer unmittelbar neben dem Magnolienbaum. Ein Mann. Er war hochgewachsen, in dunkler Kleidung, deren Farbe sie nicht zu erkennen vermochten, und hielt eine Reitgerte in der Hand, mit der er sich auf die Stiefel klopfte. Als Elizabeth erschien, verneigte er sich leicht und sagte mit leiser Stimme:

»Haben Sie keine Angst, Miss Escridge.«

Sie wich unwillkürlich zurück. Er fuhr fort, mit der Reitgerte auf seine Lederstiefel zu klopfen.

»Ich bin Jonathan«, sagte er in einem natürlichen, fast gleichgültigen Ton. »Sagt Ihnen das etwas?«

»Ich weiß nicht«, stammelte sie. »Ja, ich glaube schon, aber ich muß ins Haus zurück. Entschuldigen Sie mich.«

»Ich werde warten«, sagte er.

Aus Höflichkeit ließ sie die Tür halboffen und eilte hinein. Jonathan! Jonathan, den man nicht sehen wollte, Jonathan, der eine Runde um das Haus gemacht hatte ... Sie beschloß, nichts zu sagen und lief ins Vestibül.

Zu ihrer großen Überraschung war es leer. Alles war wieder in den Ballsaal zurückgeströmt, und im angrenzenden Raum mit den weit geöffneten Türen stand Onkel Josh auf dem Podium und hielt eine Rede. Das Orchester hatte sich zurückgezogen und ihm Platz gemacht, und er sprach nun ziemlich laut, in einem halb feierlichen, halb launigen Ton. Neben ihm standen William Hargrove, Tante Augusta und Onkel Douglas. Tante Emma saß auf einem Stuhl und ebenso Susanna, den Kopf ein wenig zur Seite geneigt. Doch hinter ihr, die ganze Versammlung wie ein Monarch überragend, stand Leutnant Boulton.

Der Anblick dieser Gruppe rief ein seltsames Unbehagen hervor, da alle ernst und völlig regungslos verharrten, außer Onkel Josh, der sehr aufgeregt schien. Sein weißes Spitzenjabot kontrastierte mit dem strengen schwarzen Frack von ausgesuchter Eleganz, und trotz seines den Umständen angemessenen Lächelns war er sehr bleich.

»Noch einmal«, sagte er, »bitten wir unsere lieben Gäste um Verzeihung für unsere lange Abwesenheit, die Ihnen unerklärlich erscheinen mußte (ein kurzes, gezwungenes Lachen). Bewundern wir jedoch die charmanten Tücken des menschlichen Lebens. Ein heimliches Glück entspann sich unter unseren Augen, und wir hatten nicht die geringste Ahnung davon.«

Hier lachte er wieder ebenso unnatürlich wie zuvor und fuhr dann in heiterem Ton fort:

»Ich habe die Ehre und die große Freude, Ihnen die Verlobung meiner geliebten Tochter Susanna mit Leutnant Boulton vom 20. schweren Artillerieregiment bekanntzugeben.«

Ein lautes »Ah« stieg zur Decke empor, dann ertönten Bravo- und Vivatrufe.

»Ich schlage vor«, rief Onkel Josh, »daß wir auf das Wohl des glücklichen Paars trinken.«

Nun gab es ein festliches Treiben und geräuschvolle Ausrufe und Kommentare. Die Familie Hargrove stieg in den Saal hinunter, und bald darauf ergoß sich ein Menschenstrom in das Vestibül und zu den drei Wunderbuffets, wo aufs neue Champagner gereicht wurde. Die Familienmitglieder wurden von allen Seiten bestürmt und zerstreuten sich. Einen Augenblick lang sah man die schrecklich bleiche Susanna unter den betreßten Fittichen ihres Eroberers, während sich ringsum alle Gläser hoben und ein ohrenbetäubendes Hurra die erstickend heiße Luft erzittern ließ.

Die Militärs scharten sich um ihren siegreichen Waffenbruder, die Damen und die Zivilisten stürzten sich auf die glückliche Erwählte, die mit erstickter Stimme zusammenhanglose Worte stammelte. Man drängte und schubste sich, und in diesem liebenswürdigen Durcheinander gerieten die guten Manieren vorübergehend in Vergessenheit. Hände wurden gedrückt und Küsse verteilt auf Lippen, die es nicht erwarteten.

Endlich gelang es Susanna, sich einen Weg durch die Menge zu bahnen, bis in den kleinen Salon bei der Garderobe, wohin ihr Elizabeth, die sie suchte, in ihrer katzenhaften Geschmeidigkeit zu folgen vermochte.

Susanna stieß die Tür zu und warf sich schluchzend in die Arme der jungen Engländerin.

»Es ist ungerecht«, stöhnte sie.

»Aber warum hast du eingewilligt?«

»Du kannst es dir nicht vorstellen. Papa war schrecklich. Er hat mich aus meinem Zimmer geholt. Er ist mit Gewalt eingedrungen. Und weißt du, was er zu mir gesagt hat? Es sei eine unerwartete Chance für die ganze Familie, und er befehle mir, mein Jawort zu geben, und seinem Vater den Gehorsam zu verweigern, bedeute, Gott den Gehorsam zu verweigern, und Gott den Gehorsam zu verweigern, sei die Hölle ... Ich hatte eine solche Angst ... So hatte ich ihn noch nie gesehen ... Er war ganz rot, und ich glaubte, er würde mich umbringen ...«

Mehr konnte sie nicht sagen, denn eine energische Hand riß die Tür auf.

Es war Onkel Douglas. Er sah sehr ergriffen aus, trat auf Susanna zu und küßte sie.

»Mein liebes kleines Mädchen«, sagte er, »sei vernünftig, wir wollen doch nur dein Glück.«

Hinter ihm erschien Onkel Josh. Sein Jabot saß schief, Stirn und die Wangen glühten in lebhaftem Rosa. Mit leiser und fester Stimme sagte er:

»Susanna, eines Tages wirst du der Vorsehung auf Knien danken für das, was sie zu deiner Rettung getan hat. Folge mir auf der Stelle und kehre zu deinem Verlobten zurück, der dich überall sucht. Benimm dich wie eine Dame des Südens.«

Dann nahm er sie bei der Hand und zog sie mit sich fort, während sie der entgeisterten Elizabeth einen letzten Märtyrerblick zuwarf.

Es wurde spät. Im Vestibül sah es fast wieder ordentlich aus. In kleinen Gruppen, zu zweit oder zu dritt, verabschiedeten sich die Gäste von den Hargroves und überschütteten Susanna, die zur Königin des Balls geworden war, mit Komplimenten. Diese, fast stumm vor Schrecken, gab sich eine heldenhafte Mühe, die Rolle der Dame des Südens gut zu spielen, während es ihr viel eher danach zumute gewesen wäre, vor Verzweiflung zu heulen.

Dieses schmerzverzerrte Gesicht beunruhigte schließlich sogar Leutnant Boulton.

»Unsere liebe Susanna ist so empfindsam«, erklärte ihm Onkel

Josh, »daß jede Gefühlserregung sie zu Tränen rührt, und da kam nun die große Überraschung dieses Abends, verstehen Sie?«

Leutnant Boulton beteuerte, er verstehe bestens, und zeigte das gutmütige Lächeln des Mannes, der nichts verstanden hat.

Onkel Josh machte unwillkürlich eine heuchlerische Miene, wie ein ungeschickter Kartenspieler, der zum ersten Mal mogelt:

»Es kann passieren«, erklärte er, »daß man im Übermaß des Glücks weint. Das kommt vor.«

Boulton nickte, in seinem männlichen Stolz angenehm gekitzelt.

»Ihre Tochter ist eine große Liebende«, sagte er überzeugt.

Nachdem die letzten Gäste gegangen waren, schloß man die großen Türen im Erdgeschoß, und die Hargroves begaben sich unter leichtem Gähnen in den runden Salon, wo sie sich auf die Polsterbänke sinken ließen. Nur Tante Emma blieb stehen. Sie fühlte sich inspiriert, ein paar noble Worte zu sagen. In einem Rascheln flohbraunen Tafts und frommer Betrachtungen trat sie auf die niedergeschlagene Susanna zu.

»Susanna«, begann sie. »Der Himmel ...«

Mit einem Satz war Susanna aufgesprungen.

»Oh, Tante Emma«, sagte sie sehr energisch, »ich bitte Sie, haben Sie Erbarmen. Ich sterbe vor Müdigkeit und gehe jetzt schlafen.«

Sie sagte dies in einem so entschlossenen Ton, daß alle verstummten, und dann verließ sie raschen Schrittes den Raum.

Nach einem Augenblick der Verblüffung erhob sich Onkel Josh, um ihr zu folgen, aber William Hargrove hielt ihn mit einer Geste zurück. »Man muß sie allein lassen«, sagte er traurig. »Sie ist unglücklich.«

»Aber ich will es wissen«, rief Onkel Josh, »ich will es verstehen.«

»Versuche es nicht, sie leidet, sie hat ein Recht auf Ruhe.«

»Die beste Partie in ganz Georgia!« schrie Onkel Josh. »Und so unverhofft. Wenn sie sich je in einen dieser jungen Laffen ohne Zukunft verlieben sollte, die hier herumlaufen ...«

»Das ist nicht zu befürchten. Und schließlich hat sie doch ihr Jawort gegeben. Genügt dir das nicht?«

»Aber Vater, Verlobungen kann man auflösen.«

»Josh«, sagte William Hargrove mit sanfter Stimme, »geh schlafen.«

In diesem Augenblick meldete ein Diener in roter Livree, daß Massa Jonathan Armstrong Massa William seinen Respekt zu bezeugen wünsche.

Im Nu erhoben sich Mr. Hargrove und Douglas. Josh stand bereits an der Tür, und die drei Männer blickten einander beunruhigt an.

»Wir können ihn nicht warten lassen«, sagte Douglas. »Er ist aus einer viel älteren Familie als wir.«

»Ich bin gezwungen, ihn zu empfangen«, sagte William Hargrove. »Aber wo? Alle Zimmer sind noch für diesen Ball dekoriert. Na schön, da es nicht anders geht ...«

Und an den Diener gewandt, sagte er:

»Führe ihn in den Ballsaal.«

»Dieser Mann bringt Unglück«, sagte Tante Emma, nachdem der Diener verschwunden war. »Ich will ihn nicht sehen.«

»Du wirst ihn auch nicht sehen«, erwiderte William Hargrove. »Ich werde ihn in mein Arbeitszimmer führen. Josh und Douglas, ihr kommt mit mir. Der Grund seines Besuchs ist nur allzu klar. Er versucht, uns vor dem Fälligkeitstermin von 1852 zu ruinieren. Das wird ihm nicht gelingen.«

»Charlie Jones würde es nie zulassen«, erklärte Onkel Josh.

Während sie sprachen, begaben sie sich ins Vestibül. Elizabeth, die sich seit Beginn dieses Gesprächs nicht gerührt hatte, blickte ihnen mit einer solchen Neugierde nach, daß sie den Eindruck hatte, ihren Körper zu verlassen und neben ihnen zu gehen. Ein paar Sekunden verstrichen, und dann sah sie den Mann, der im Säulengang mit ihr gesprochen hatte, ins Vestibül treten.

Er war schlank und hochgewachsen und trug eine herbstlaubfarbene Jacke und eine Wildlederhose. Die Reitgerte hing an seinem Handgelenk. Eine üppige schwarze Haarmähne hob die Blässe seines Gesichts hervor, dessen Züge sie zwar nur undeutlich sah, jedoch nicht schön fand. Sie war sehr enttäuscht. Immerhin bewunderte sie die natürliche Grazie seiner Haltung. Er begrüßte William Hargrove mit einer tiefen Verbeugung – »wie bei Hofe«, dachte die junge Engländerin.

Die vier Männer befanden sich jetzt in William Hargroves Bibliothek, jenem Zimmer, das Elizabeth nur einmal gesehen hatte und nie wiederzusehen hoffte.

Über den mit Papieren und Büchern überhäuften Tisch verbreitete eine Öllampe ein mildes Licht. Die langen Reihen der alten Lederbände bedeckten fast die Wände ganz, und die goldenen Titel schimmerten schwach auf den dunklen Rücken. Dieser Rahmen lud zur Ruhe ein, und vielleicht erhob deshalb keiner der Anwesenden die Stimme. Da saßen sie nun auf den schwarzen Stühlen, deren geschnitzte hohe Rückenlehnen viel mehr über das England des vorigen Jahrhunderts als über die Neue Welt sagten. Alles gemahnte zwingend an eine vergangene Zivilisation, und der Verlauf der Unterredung widersprach diesem Eindruck in keiner Weise.

Jonathan Armstrong hatte eine etwas nachlässige Haltung eingenommen und sprach mit herablassender Langsamkeit. Sein Benehmen war von jener stolzen Unnahbarkeit, die mit einer ausgesuchten Höflichkeit einhergeht. Dort, wo er saß, schwächte das Halbdunkel die Mängel seines schmalen und eigensinnigen Gesichts ein wenig ab. Die kleine, feingeschnittene Nase, der hübsch geformte, etwas spöttische Mund hätten ihm vielleicht eine gewisse Schönheit verliehen, wenn seine Züge insgesamt ausgeglichener gewesen wären. Doch der herrlich strahlende Blick der blaugrauen Augen machte alles wieder wett.

»Sir, gestatten Sie mir, Sie zu erinnern«, sagte er, »daß nichts in unserer Abmachung Sie verpflichtet, diese Summe zu bezahlen, wenn sie Ihnen zu hoch erscheint. Das Feilschen hat man mich nie gelehrt. Ich kann also mein Angebot zurückziehen, wenn es Ihnen lieber ist.«

»Bestehen Sie auf Ihrem Angebot, oder ziehen Sie es zurück, ganz nach Ihrem Belieben«, antwortete William Hargrove. »Wenn Sie dabei bleiben, wird Ihnen die Summe binnen vierundzwanzig Stunden von meiner Bank in Macon ausbezahlt. Ich bin durchaus bereit, die dazu notwendigen Papiere sofort zu unterschreiben, aber ich sagte das nur in Ihrem eigenen Interesse.«

»Mein Entschluß ist gefaßt, Sir. Ich weiß zwar guten Rat zu schätzen, habe aber im Augenblick wirklich keine Verwendung dafür.«

»Gut. Ich darf Sie also um Ihre Unterschrift bitten, mit der die Abmachung rechtskräftig wird. Doch gebe ich Ihnen folgendes zu bedenken: Sie haben mir nacheinander die Sümpfe, den sogenannten Verfluchten Wald und dann dreißig weitere Hektar Baumwollfelder abgetreten. Es bleiben Ihnen die große Allee, das Grundstück,

das sich zwischen dem Haus, dem Fluß und dem Rand des sogenannten Indianerwalds erstreckt, und schließlich noch die größte Zierde
der Plantage, die Gärten des Labyrinths. Ein Haus ohne Gärten . . .«

»Lassen Sie das meine Sache sein, Mr. Hargrove. Sind Sie bereit,
mir das Labyrinth abzukaufen oder nicht? Ich bin nicht als Bittstel-
ler zu Ihnen gekommen, sondern als der zukünftige Bewohner
dieses Hauses, in dem wir uns befinden.«

Ohne auf diese Bemerkung weiter einzugehen, zog William
Hargrove ein Schlüsselbund aus der Tasche und reichte es Douglas.
Dieser, der am anderen Ende des Tisches saß, öffnete damit eine
Schublade, entnahm ihr ein dickes Aktenbündel und legte es vor sich
auf den Tisch. Papiere und Bücher wurden beiseite geschoben, um
Platz zu schaffen. Dann entfaltete er zuerst eine Geländekarte der
gesamten Domäne von Dimwood. Mit roter Tinte gezogene Striche
markierten die an William Hargrove verkauften Parzellen des
Grundstücks, und jede dieser Transaktionen war datiert und mit
Jonathan Armstrongs Unterschrift versehen. Kein Kommentar
hätte den Abstieg einer Familie besser beschreiben können. Die vier
Männer standen um den Tisch und blickten schweigend auf diese
über und über mit roten Strichen bedeckte Zeichnung. Schließlich
legte William Hargrove den Finger auf das Viereck, das die Gärten
des Labyrinths bezeichnete.

»Nun«, sagte Jonathan Armstrong mit gleichgültiger Stimme,
»das wäre es. Ich sehe. Worauf warten wir noch?«

»Haben Sie es sich gut überlegt?« fragte William Hargrove.

»Sir, mein Entschluß ist gefaßt, und wir verlieren nur Zeit.«

William Hargrove öffnete ein anderes Schubfach, holte eine
imposante Brieftasche aus dunkelrotem Saffianleder hervor, der er
einen großen Scheck mit englischer Schrift entnahm. Seine beiden
Söhne und Jonathan Armstrong traten beiseite, und er setzte sich,
um zu schreiben.

»Ich warte«, sagte er geduldig.

Langsam und beinahe unbeteiligt nannte Jonathan Armstrong die
Summe:

»Tausend.«

Die Gänsefeder glitt über das wunderbare Chiffonpapier, trug die
Zahlen in Worten ein, und das leise Kratzen schien die Stille
auszufüllen. Dann wurde der ordnungsgemäß datierte und unter-
schriebene Scheck Jonathan Armstrong überreicht, der ihn mit einer

Verbeugung an sich nahm. Man gab ihm eine ganz neue Gänsefeder, die er in rote Tinte tauchte, um seinen Namen mit steiler und hochmütiger Schrift in das bereits markierte Viereck auf der Geländekarte zu zeichnen.

Darauf wurde wie durch ein Wunder eine Notariatsurkunde aus der großen dunkelroten Brieftasche hervorgezaubert und mit zwei Unterschriften versehen. Das war der Schlußpunkt dieser Unterredung, die ohne weitere Formalitäten endete. Der Herr von Dimwood begleitete Jonathan Armstrong bis in den Säulengang hinaus, wo sie sich gegenseitig eine gute Nacht wünschten. Dann begab sich William Hargrove wieder ins Haus zurück.

Jonathan Armstrong ging die Stufen der Freitreppe hinab, bis er in der Nähe des Magnolienbaums war, dessen Duft die stehende Luft erfüllte. Hier blieb er stehen und wartete.

46

In seine Bibliothek zurückgekehrt, fand William Hargrove seine Söhne in einiger Besorgnis.

»Sie haben ihm eine beträchtliche Summe gegeben«, sagte Douglas.

»Vielleicht, aber ich hatte eigentlich viel mehr erwartet. Alles bleibt bestens ausgewogen, und er ist es, der die Partie verliert. Er wird nie in einem Haus leben wollen, dessen Grund und Boden ihm nicht mehr gehört. Und sie auch nicht. Diese Frau hat ihm völlig den Kopf verdreht.«

Er verstummte und setzte sich an den Tisch, auf dem die Papiere unordentlich durcheinanderlagen.

»Jonathan tut mir leid«, sagte er. »Seine Eitelkeit ist unausstehlich, aber er ist im Grunde kein schlechter Mensch.«

»Vater«, sagte Joshua, »Sie sind müde, Sie müssen sich ausruhen.«

»Es ist wahr, aber ich kann nicht umhin, an sie zu denken. Ich hätte nur zehn Minuten gebraucht, um alles wieder ins Lot zu bringen, alles wiedergutzumachen. Wenn ich bedenke, daß sie hier war, und daß Miss Llewelyn sie nicht zurückgehalten hat ...«

»Das konnte sie nicht«, sagte Douglas. »Wenn es einen Menschen auf der Welt gibt, den Annabel nicht sehen will, so ist es diese Waliserin. Aber daß sie das Haus haben will, ist sicher.«

»Ach! Ich hätte es ihr gegeben!« rief William Hargrove aus. »Sie hätte geheiratet und zur guten Gesellschaft gehört.«

Bei diesen Worten protestierten Josh und Douglas heftig und redeten gleichzeitig auf ihn ein:

»Wo denken Sie hin, Vater? Überlegen Sie einmal, was Sie da sagen...«

»Ich weiß, ich weiß, aber sie ist außerordentlich schön, eine bezaubernde, gepflegte Frau.«

»Wir sind nicht in Europa«, sagte Douglas, »und auch nicht im Norden. Hier im Süden – niemals.«

»Es ist zu streng«, stöhnte William Hargrove. »Wir sind alle viel zu streng.«

»Beklagen wir uns nicht«, sagte Joshua. »Mit ihr würden wir nur einen Skandal riskieren, und einen lächerlichen Skandal noch dazu. Und dann, hier mit ihr leben? Niemand von uns würde es mit ihr aushalten, niemand, außer...«

»Genug!« schrie William Hargrove. »Ihr quält mich unnötig. Ihr habt nicht die gleichen Gründe wie ich, sie zu lieben.«

»Verzeihen Sie uns, Vater«, sagte Joshua, »und freuen wir uns lieber über die Verlobung Susannas mit Leutnant Boulton. Die Ehe wird sie retten.«

In diesem Augenblick ging jemand durch den Säulengang. Das Licht der Lampe auf dem Tisch drang durch die Ritzen der Läden, und sekundenlang war eine Silhouette sichtbar.

»Wir reden zu laut«, sagte Joshua leise, »man kann uns hören.«

»Das kann nur Miss Llewelyn sein«, meinte William Hargrove. »Sie spioniert und lauscht ständig.«

Douglas trat ans Fenster und öffnete die Läden ein wenig. Er sah eine Frau, die wie ein Schatten davonhuschte.

»Es ist Laura«, flüsterte er.

William Hargrove zuckte zusammen.

»Laßt mich allein«, sagte er.

Weit davon entfernt, am anderen Ende der Veranda, ging Elizabeth in ihrem Zimmer auf und ab und konnte sich nicht entschließen, sich auszuziehen und schlafen zu gehen. Nach den Geräuschen des Balls, des Orchesters und dem Geschwätz der Gäste schien ihr der helle

Gesang der Frösche mit großer Eindringlichkeit etwas Unverständliches sagen zu wollen, und sie hörte ihm unwillkürlich zu, denn sie hoffte, daß ihr davon leichter ums Herz würde, aber sie wurde enttäuscht. Mehrmals trat sie vor den Spiegel über dem Kamin und wollte sehen, ob sie wirklich so hübsch war, wie man ihr gelegentlich sagte. Sie stieg sogar auf einen Stuhl, um einen besseren Gesamteindruck zu gewinnen. Konnte sie zum Beispiel mit Miss Jennie Boulton rivalisieren? Der Spiegel sagte unmißverständlich: Ja und nein. Sie seufzte.

Was die *Beaus* betraf, so hatte sie die Armee nur in Gestalt des kleinen Leutnants zu mobilisieren vermocht, und dieser hatte sie nach einer Walzerrunde verlassen, um es mit seinem Lächeln und seinen Komplimenten anderswo zu versuchen; sie aber lechzte nach Komplimenten, nach Zärtlichkeit, ja, ganz einfach nach Liebe – nur gestand sie sich das nicht ein. Susanna hatte den am meisten bewunderten Offizier erobert, aber wie viele Tränen kostete sie dieser Sieg. Elizabeth stand vor einem Rätsel. Sie verstand es nicht recht. Wenn sie selbst sich von diesem eitlen Kerl auch nicht im geringsten angezogen fühlte, so sah sie doch, daß er in den Augen der Eltern heiratsfähiger Töchter ein begehrenswertes Objekt darstellte, und Susanna wollte ihn nicht. Immerhin konnte man sich doch mit ihm sehen lassen, und da man schließlich einmal heiraten mußte ... Sie selbst zitterte beim Gedanken, eine alte Jungfer zu werden, aber sie träumte von einer idealen Ehe mit einem Mann, der zugleich bildschön und gütig wie ein Engel wäre. Boulton war doch nicht so abstoßend, daß der Ekel seiner Verlobten sich rechtfertigen ließe ...

Für sie, die Fremde, die aus einem anderen Land kam, war es im Grunde ein etwas demütigender Abend gewesen. Sie fühlte wohl, daß niemand sie beachtete und sich für sie interessierte. Niemand, außer dem bedrohlichen Jonathan Armstrong, während jener wenigen Minuten in dem dunklen Säulengang. Schon von weitem war ihr sein seltsames Gesicht aufgefallen. Instinktiv versuchte sie ihn aus ihren Gedanken zu verbannen, aber mit einer verdächtigen Beharrlichkeit kam er immer wieder zurück.

»Haben Sie keine Angst, Miss Escridge.«

Sie glaubte den Klang dieser kaum vernehmbaren, halb respektvollen, halb spöttischen Stimme in der Einsamkeit ihres Zimmers zu hören. Und dann:

»Ich bin Jonathan Armstrong.«

Ganz nahe beim Magnolienbaum, ihrem Magnolienbaum, zu dem sie manchmal heimlich sprach, und weniger als fünfzehn Schritte von ihrem Zimmer entfernt. Und schließlich dieser letzte Satz, der eigentlich gar nichts zu bedeuten schien:

»Ich werde warten.«

Plötzlich verspürte sie den absurden Wunsch, in den Säulengang zu gehen, wo dieses bedeutungslose Gespräch stattgefunden hatte. Kleinmädchenlaune, sagte sie sich, um ihre Skrupel zu vertreiben, und als ob sie sich über sich selbst lustig machte. Neugierig, ja, das war sie – na und?

Behutsam stieß sie die Läden auf und warf einen vorsichtigen Blick in das Zimmer ihrer Nachbarin, Tante Laura. Kein Licht. Wahrscheinlich schlief sie.

War es denn verboten, auf der Galerie frische Luft zu schnappen, selbst zu so später Stunde? Sie schlich auf Zehenspitzen hinaus, in Richtung des Magnolienbaums.

Natürlich war niemand da. Das Mondlicht fiel auf den Baum, schien jede seiner Blüten herauszumeißeln und beleuchtete die langen, schwarzen Blätter. Elizabeth näherte sich dieser großen, duftenden Masse. Regungslos, die Augen geschlossen, gab sie sich ganz dem Zauber dieses Wohlgeruchs hin, in dem sich Glück und Trauer mischten, als plötzlich eine Stimme ihr Herz schneller schlagen ließ. Es war nur ein Flüstern, das von unten kam, aber sie vernahm:

»Haben Sie keine Angst, Miss Escridge.«

Voller Schrecken wollte sie davonlaufen, rührte sich jedoch nicht. Diesen Satz, wie hätte sie ihn nicht wiedererkannt?

»Sie haben nichts zu fürchten«, fuhr die Stimme fort. »Ich bin Jonathan. Kommen Sie ein wenig näher und bücken Sie sich. Ich habe Ihnen etwas zu sagen.«

Sie faßte sich und murmelte:

»Aber ich habe Ihnen nichts zu sagen, Mr. Armstrong. Entschuldigen Sie mich, ich gehe.«

»Nennen Sie mich Jonathan, und gehen Sie nicht fort. Ich werde hier stehenbleiben, wo ich bin, ich werde Sie nicht anrühren, ich bitte Sie nur, etwas näher zu kommen, damit ich Sie sehen kann. Das werden Sie mir doch nicht abschlagen?«

Sie antwortete nicht und zögerte. Dann trat sie vor wie ein

behextes Tier, neigte sich ein wenig nach vorn und streifte mit der Wange die weißen Blüten. Keine zwei Meter unter dem Geländer ragte Jonathans Kopf auf, blieb jedoch halb im Schatten.

Mit einer Hand schob der junge Mann das Laub zurück, und das Mondlicht strahlte ihm unerbittlich direkt ins Gesicht.

Sie blickte ihn an und blieb stumm. Als ob er ihre Gedanken gelesen hätte, lächelte er und sagte:

»Ich bin nicht schön, nicht wahr?«

»Das habe ich nicht gesagt«, erwiderte sie lebhaft.

»Ich sage es. Aber spielen wir nicht Romeo und Julia, obgleich der Mond, der Balkon und die ganze Szenerie dazu angetan sind. Geben Sie zu, daß ich ein komisches Gesicht habe, und daß es Ihnen nicht gefällt.«

»Ich gebe nichts zu, ich habe nichts zuzugeben«, sagte sie und wurde immer verwirrter, denn die zunächst ironisch klingende Stimme nahm nun einen langsamen, fast klagenden Ton an.

»Dann neigen Sie sich ein wenig zur Seite, her zu mir. Ich werde Sie eine Minute lang sehen, und das ist alles, was ich von Ihnen verlange. Das ist doch nichts Schlimmes.«

»Eine Minute, aber dann gehe ich.«

»Aber ja, ich bleibe, wo ich bin, das verspreche ich Ihnen. Wovor fürchten Sie sich?«

Während er sprach, hielt er die Augen halb geschlossen, als ob das Mondlicht ihn blendete. Das war es, zusammen mit seinen geflüsterten Worten, was Elizabeth am meisten beunruhigte und zugleich zum Bleiben bewog. Eine unbändige Neugier auf das, was er ihr sagen würde, hielt sie fest. Sie machte einen Schritt zur Seite und schob nun ihrerseits die Zweige fort, die sie verbargen.

»Elizabeth«, sagte er.

Sie neigte den Kopf ein wenig mehr. Ihre Blicke trafen sich, und sie fühlte, daß sie verloren war. Aus dem Grunde dieser hellen Augen stieg ein mächtiger Ruf zu ihr auf.

Der Gedanke an die verzweifelten Seelen, die vor dem Abgrund des Todes stehen, schoß ihr durch den Kopf und verwirrte sie.

Mit einer Stimme, so leise wie ein Hauch, sagte er:

»Hören Sie mich an, Elizabeth.«

Trotz des Schreckens, der ihr die Kehle zuschnürte, bewunderte sie diese herrlichen Augen, die hell waren und doch leuchteten, und in denen sie eine tödliche Unruhe las.

»Ich habe Sie vorhin durch eine halboffene Tür gesehen. Ein Blick genügte, um mich von Ihrer verwirrenden und wunderbaren Unschuld zu überzeugen. Und deshalb sind Sie in Gefahr.«

»In Gefahr? Warum?«

Er hob den Kopf etwas höher.

»Eines Tages werden Sie mich suchen, Elizabeth, und Sie werden mich nicht finden.«

»Warum sagen Sie solche Dinge?«

»Ich bin nicht hier, um Sie zu lieben. Sie werden mich erst lieben, wenn ich weit fort bin. Im Augenblick lieben Sie mich nicht.«

»Ich habe doch nichts gesagt«, murmelte sie, »ich verstehe nicht . . .«

»Sie können nicht verstehen. Mißtrauen Sie all diesen jungen Leuten und ihrer gezierten Höflichkeit. Sie reden von Liebe und wissen nicht, was es ist. Warten Sie. Und jetzt gehe ich, Elizabeth.«

»Oh! Warum denn?«

»Ich könnte es nicht ertragen aus Ihrem Munde ein Wort zu hören, das ich fürchte.«

»Aber ich habe doch nicht vor, Ihnen weh zu tun.«

»Sagen Sie nur meinen Namen, und das werde ich mit mir nehmen wie einen Talisman. Sagen Sie: Jonathan.«

Ihr Herz pochte wild, sie zögerte und murmelte dann leise:

»Jonathan.«

»Elizabeth, ich werde nie den Klang dieser Stimme vergessen, die in dieser dunklen Mainacht meinen Namen spricht. Und jetzt sagen Sie den Satz, der mich wie ein Dolchstoß treffen wird, weil dem, was nicht sein kann, ein Ende gemacht werden muß.«

»Warum reden Sie so? Sie machen mir Angst.«

»Nun gut, sagen Sie nur: Jonathan, ich werde Sie nie lieben können.«

»Was Sie da reden, gefällt mir nicht. Ich werde diesen Satz nicht sagen.«

»Warum nicht, Elizabeth?«

»Ich weiß nicht warum, aber ich kann nicht. Adieu, Jonathan.«

Mit diesen letzten Worten, die sie fast wie einen Schrei hervorstieß, floh sie und kehrte in ihr Zimmer zurück. Dort warf sie sich voll angezogen auf das Bett, vergrub das Gesicht in den Kissen, um ihr Schluchzen zu ersticken, und so plötzlich, wie man ohnmächtig wird, fiel sie in einen traumlosen Schlaf.

47

In den folgenden Tagen fand Dimwood seine gewohnte Ruhe
wieder, eine Ruhe, die sogar den Anschein des Glücks erwecken
konnte. Obwohl der Frieden nicht offiziell verkündet war, weit
gefehlt, schien er doch bereits so sicher wie das Aufgehen der Sonne
hinter den Hügeln; die Diskussionen über die Modalitäten eines
endgültigen Abkommens versprachen langwierig und schwierig zu
werden. Dem jähzornigen General Zachary Taylor gefiel diese
Einigung, die man mit dem etwas zweifelhaften Wort Kompromiß
bezeichnete, gar nicht, und da er zum Präsidenten gewählt worden
war, wog seine Meinung schwer, aber das Land wollte den Frieden,
und der Senat, der auch ein Wort mitzureden hatte, hörte diese
gebieterische Stimme sehr wohl.

Die Tage nach einem Fest sind stets von einer leichten Traurigkeit überschattet. Man hatte sich so gut amüsiert, und plötzlich
herrschte wieder die Langeweile des Alltags auf dem Lande. Der
Walzer, die Musik, der Champagner, man entbehrte sie schrecklich.
Das Haus war wieder aufgeräumt. Die Salons und das Vestibül
erinnerten an nichts. Man gähnte und litt wie zuvor, und jeder lebte
in seiner eigenen und geheimen kleinen Tragödie.

Susanna wollte mit niemandem sprechen und machte einsame
und verzweifelte Spaziergänge am Fluß entlang bis zum Rande des
Indianerwalds. Bisweilen wagte sie sich ziemlich weit vor unter dem
dunklen Laub dieses als unheilvoll verrufenen Ortes, wo von Zeit
zu Zeit das unheimliche Gelächter eines Vogels erklang, und sie
wünschte sich, daß ein plötzlicher Tod sie von ihren selbstquäleri-
schen Gedanken befreite. Vor allem schmerzte es sie, wie ungeniert
man über ihre Person und ihre Freiheit verfügte, als ob sie ein Tier
wäre. Sie sollte einem Mann gehören, weil ihr Vater es so wollte.
Und während sie noch ein wenig weiter in das Dunkel dieses
verbotenen Waldes eindrang, hoffte sie inbrünstig, daß ein verspäte-
ter Seminole ihr Herz mit einem Steinpfeil durchbohren würde, und
sei es nur, um die Familie in Gewissensqualen zu stürzen. Doch
schließlich kehrte sie stets rechtzeitig zum Abendessen zurück.

In der Herzensnot ihrer ersten Liebe flüchtete auch Elizabeth in
die Einsamkeit, doch wählte sie ihr Zimmer, um dort unbemerkt von
allen zu leiden. Hier war das Schlachtfeld, auf dem eine bange

Hoffnung gegen die absolute Verzweiflung kämpfte. Sie verteidigte sich schlecht. Was aber fängt man in solchen Fällen mit seinem Körper an?

Diese seltsame Frage stellte sie sich mit einer Beharrlichkeit, die zur Besessenheit wurde. Sie weinte nicht, sie hätte nur einfach nicht mehr auf der Welt sein mögen. Daß Jonathan nicht wiederkommen würde, hielt sie für gewiß, und wenn es keinen Jonathan gab, sollte es auch keine Elizabeth mehr geben, aber ihr Körper blieb da, mit ihrem Kopf, mit ihren Armen und Beinen, mit ihrer Brust und ihrem Hals, und das alles war sie, und es diente zu nichts. Mochte sie noch so oft ihr Zimmer nach allen Richtungen durchschreiten, zum ersten Mal in ihrem Leben wünschte sie sich verzweifelt die Gegenwart eines Mannes – Jonathan. Das wiederholte Flüstern seines Namens brachte ihn ihr nicht zurück, aber sie fand nichts anderes, um sich zu wehren. Als er ganz in ihrer Nähe im Laub der Magnolien gestanden hatte, hätte sie ihm sagen können, daß sie ihn liebte, aber das war ihr erst zu spät klargeworden als sie ihm wie eine Närrin Adieu gesagt hatte. Und jetzt war es aus. Sie hatte das Gefühl, als hätte sie sich in seine Augen gestürzt wie in einen tiefen See. Wäre sie doch nur mutig zu ihm hinabgestiegen! Aber sie war feige gewesen, jawohl, feige! All die unsinnigen Fragen, die er ihr gestellt hatte, bedeuteten nur eins. Ihr Körper wußte es. Darum war dieses *Adieu, Jonathan* eine Dummheit. In der Nacht war sie mehrmals an den Ort zurückgekehrt, wo er gestanden hatte. Was hoffte sie dort zu sehen? Ob er noch da sei? »Unsinn«, dachte sie. Und doch ging sie wieder hin, beugte sich über das Laub, streckte den Arm aus und tastete mit der Hand ins Leere nach dem Gesicht, das nicht mehr da war. Mit den Fingern sein Gesicht berühren … Das hätte sie gekonnt. Das Gesicht allein zählte, der Körper war nur anwesend, sie stellte sich nichts anderes, nichts Genaueres darunter vor, außer den Armen, mit denen er sie an sich drücken würde, etwas anderes wußte und fühlte sie noch nicht. Er hatte spöttisch von Romeo und Julia gesprochen, und für sie war es genau das, sie hatte das Stück von Shakespeare in der gereinigten Fassung *ad usum Delphini* gelesen. Julia war nicht davongelaufen, aber Elizabeth hielt, wie Julia, ihre Liebe geheim, und sie erschien bei allen Mahlzeiten. Niemand wußte davon.

Doch eines Tages, am späten Nachmittag, kam Tante Laura zu ihr. Ernst und lächelnd wie immer, und wie immer sehr anmutig in ihrem weißen und grauen Kleid.

Sie forderte Elizabeth auf, sich neben sie auf das Sofa zu setzen, und ergriff ihre Hände mit einer zärtlichen Geste.

»Elizabeth«, sagte sie, »etwas ist los mit dir. Verstehst du, was ich sagen will?«

»Nein.«

»Auf diese Antwort war ich gefaßt. Jede Frage ist indiskret, aber ich liebe dich sehr und sehe wohl, daß du immer weniger ißt.«

»Nur wegen der Hitze«, erwiderte das junge Mädchen etwas zu lebhaft, wie um sich zu verteidigen.

»Das ist wahr, aber du sprichst überhaupt nicht mehr während der Mahlzeiten. Ich weiß zwar, daß du schon immer etwas schweigsam warst . . .«

»Ganz richtig, Tante Laura. Und Sie auch, wie mir scheint.«

Der Schlag war direkt, und Tante Laura antwortete nicht sogleich.

»Ich bin es in der Tat und seit vielen Jahren. Schon deshalb bin ich wahrscheinlich die einzige, die dich verstehen kann. Du bist nicht glücklich hier in Dimwood.«

»Das stimmt.«

»Ich werde dir keine Fragen stellen. Wozu auch? Aber es ist offensichtlich, daß du etwas auf dem Herzen hast.«

Bei diesen Worten schoß Elizabeth das Blut in die Wangen, und sie sagte in ihrem spitzesten englischen Ton:

»Tante Laura, bei allem schuldigen Respekt muß ich gestehen, daß ich mich so unbehaglich fühle wie bei einem Verhör. Ich weiß nicht, wie Sie es fertigbringen, Fragen zu stellen, ohne es sich anmerken zu lassen.« Es war das erste Mal, daß sie so brutal und offen zu Tante Laura sprach. Die Worte ihrer Mutter verfolgten sie: »Sie ist katholisch. Nimm dich in acht.«

Ohne sich zu rühren, doch etwas blaß geworden, fuhr Tante Laura lächelnd fort:

»Ich verstehe deine Gereiztheit, meine liebe Elizabeth. Du hast von mir nichts zu befürchten, aber eines scheint mir klar: Du bist verliebt.«

Elizabeth sprang auf:

»Tante Laura«, erwiderte sie mit vor Zorn blitzenden Augen, »ich verstehe nicht, wie Sie so etwas sagen können.«

Die Antwort folgte in einem ruhigen Ton, aber mit einer Traurigkeit, die das junge Mädchen verblüffte:

»Weil auch ich in deinem Alter verliebt war und nie darüber hinweggekommen bin. Noch heute, in dieser Stunde, da ich mit dir rede, fühle ich die offene Wunde, die sich nicht schließen will. Sich zu verlieben kann eine große Freude oder auch ein sehr großes Unglück sein, aber man kann es sich nicht aussuchen, denn siehst du, es ist ein Mysterium.«

Ihr Gesicht strahlte eine solche Würde aus, als sie dies sagte, daß Elizabeth sich beschämt fühlte.

»Das wußte ich nicht«, sagte sie schließlich. »Es tut mir aufrichtig leid, daß ich so schroff reagiert habe.«

»Du brauchst dich nicht dafür zu entschuldigen, Elizabeth. Du hast wie eine Engländerin reagiert. Ich hätte an deiner Stelle vielleicht das gleiche getan. In dieser Gegend hier sind wir alle sehr englisch. Aber das wird der Norden nie verstehen. Komm, setz dich wieder.«

Klopfenden Herzens nahm Elizabeth wieder Platz, und aufs neue lächelte Tante Laura ihr zu:

»Vor allem«, sagte sie, »bilde dir nicht ein, daß ich etwas herausfinden will, was ich nicht wissen soll. Wenn du verliebt bist, sei auf der Hut. An jenem Abend waren einige junge Leute da, die vielleicht mit dir getanzt haben.«

»Ein einziger, ein kleiner, völlig uninteressanter Leutnant.«

»Ich finde das ein wenig bedauerlich. Alle sind aus recht guten Familien. Falls es sich jedoch um jemanden handeln sollte, der da war und nicht tanzte, zittere ich um dich, und indem ich das sage, habe ich alles gesagt. Du bist in Gefahr, Elizabeth, falls es der Mann ist, an den ich denke. Aber vielleicht bist du überhaupt nicht verliebt.«

»Leider doch«, seufzte Elizabeth.

»Wärst du imstande, Dimwood zu verlassen und einige Monate in Savannah bei Onkel Charlie zu verbringen? Ich könnte alles arrangieren.«

»Nicht der Mühe wert, er wird nicht wiederkommen, dessen bin -ich sicher.«

»Ich kenne den Mann. Wenn wir von der gleichen Person reden, so mußt du wissen, daß er wahnsinnig verliebt in die Dame ist, die ...«

Sie zögerte einen Augenblick und schloß die Augen.

»Eine Dame, die du nicht gesehen hast und die eines Tages mit ihm hierhergekommen ist. Im Einspänner, während du in Savannah warst.«

»Die Dame in Weiß?«

»Man hat es dir also erzählt ... Denke nicht mehr an ihn, Elizabeth, es lohnt sich nicht. Es gefällt ihm, dich leiden zu lassen, aber er liebt eine andere, nicht dich. Bete zum Himmel, daß er nicht zurückkehrt. Ich habe kein Recht, mehr zu wissen, aber ich werde heute nacht an dich denken.«

Sie war im Begriff aufzustehen, als Elizabeth in einem ungewohnt schüchternen Ton zu ihr sagte:

»Sie muß sehr schön sein, diese Dame in Weiß, wenn er sie so liebt.«

»Sehr schön, ja«, antwortete Tante Laura und setzte sich wieder.

Es folgte ein kurzes Schweigen, während dem jede der beiden ihren eigenen Gedanken nachhing. Elizabeth fühlte die Demütigung, die sie selbst herausgefordert hatte, in ihrer ganzen Härte. Tante Laura schien im leeren Raum ein unsichtbares Gesicht zu betrachten.

»Sie ist eine bildschöne Frau«, sagte sie leise, wie zu sich selbst. »Der Schleier, den sie trägt, um ihren Teint zu schützen, macht sie in der Phantasie der Leute geheimnisvoll, und das ist völlig absurd. Ebenso ihre langen weißen Handschuhe, die ihre hübschen Hände vor der Sonne bewahren. Alles an ihr ist so zart ... Wenn du sie sehen könntest, würdest du sie lieben. Man muß sie einfach lieben, aber es ist schwer, an sie heranzukommen.«

Noch nie hatte Elizabeth bei Tante Laura eine solche Aufwallung von Zärtlichkeit erlebt, und sie erschrak, als ob sie ein Geheimnis entdeckte, von dem sie nichts wissen durfte. Schließlich ärgerte sie sich ein wenig und sagte brüsk:

»Wenn sie so schön ist, ist sie vermutlich auch verheiratet.«

»Nein.«

»Also wird der Mann, der sie im Einspänner begleitet hat, sie heiraten?«

»O nein!«

Dieses kategorische Nein ließ einen Hoffnungsschimmer im Herzen des jungen Mädchens aufleuchten.

»Wenn ich Sie richtig verstanden habe, ist er also in sie verliebt, aber sie nicht in ihn?«

»So etwa ist es.«

»Aber dann wird er vielleicht doch eine andere heiraten?« fragte sie naiv.

Ihr Gedanke war so deutlich in ihren Augen zu lesen, daß Tante Laura sich zu ihr neigte und sie küßte.

»Mein liebes Kind«, sagte sie, »was für ein Spiel spielen wir? Seit einer Viertelstunde erzählst du mir von einem Mann, den du nicht nennen willst, und seit einer Viertelstunde höre ich dir zu und sehe das Gesicht Jonathan Armstrongs. Ich frage dich nicht, ob es sich um ihn handelt, aber falls er es ist, nimm dich in acht und meide ihn. Er kann dich nur unglücklich machen. Ich will dir nicht weh tun, aber ich kann dir die Wahrheit auch nicht verbergen, und die Wahrheit ist manchmal hart.«

Diese mit sehr sanfter Stimme vorgebrachte Rede griff Elizabeth ans Herz, und beinahe wäre sie in Tränen ausgebrochen. Doch sie beherrschte sich, und da Tante Laura sich erhob, stand auch sie auf.

»In diesem Augenblick«, fuhr Tante Laura fort, »magst du mich nicht und bist mir böse.«

»Nein«, erwiderte Elizabeth kalt.

»Doch, aber höre. Wenn jemand, als ich in deinem Alter war, so zu mir gesprochen hätte, wie ich heute zu dir sprach, hätte ich nicht dieses Schicksal gehabt, aber niemand hat es getan, und heute bin ich, wie ich hier vor dir stehe, die unglücklichste aller Frauen.«

Sie sprach diese Worte mit einer schrecklichen Ruhe, und ihre ganze Person schien von einer beinahe überirdischen Majestät.

Das junge Mädchen war überwältigt und konnte nur noch murmeln:

»Tante Laura ...«

»Es ist gut«, sagte diese, wie um Gefühlsergüssen vorzubeugen, »hab eine gute Nacht und erinnere dich daran ... Ich werde ein wenig zu schlafen versuchen, aber ich werde auch an dich denken.«

Ohne ein weiteres Wort küßte sie Elizabeth und verschwand.

Als sie allein war, zog Elizabeth sich aus, löschte die Lampe und ging zu Bett, aber zu viele widersprüchliche Gedanken drängten sich in ihrem Kopf, als daß sie hätte schlafen können. Die Rührung, die Fassungslosigkeit und der Ärger über Tante Lauras rätselhaften Satz, sie werde an sie denken, all das erregte sie auf höchst unangenehme Weise. Mit unwiderstehlicher Macht kehrte Jonathans Name auf ihre Lippen zurück, und sie murmelte ihn wie einen

Hilferuf. Plötzlich fiel sie in Schlaf, und der Traum bemächtigte sich ihrer mit der unwiderstehlichen Gewalt seiner Bilder. Sie stöhnte und schlug um sich. Leise öffnete sich die Tür ihres Zimmers, Unbekannte kamen herein, traten auf sie zu, sahen sie an und sprachen in einer unverständlichen Sprache. Plötzlich beugte sich ihr Vater über sie und sagte: »Das ist unsere Privatsprache, ihr versteht sie nicht.« Er sprach mit fest geschlossenen Lippen, und die Worte flossen überall aus seinem elfenbeinfarbenen Gesicht. Sie versuchte zu schreien und wälzte sich in ihrem Bett. Nach einer Weile fühlte sie die leichte Liebkosung einer Hand, die sie zuerst kaum berührte und sich dann zart auf ihre Stirn legte.

Da erwachte sie und erkannte im Licht des Morgengrauens Bettys Gesicht.

»Keine Bange«, sagte Betty, »keine Angst nich', Mam'sell Lisbeth, es is' ja nichts.«

»Oh, Betty! Was machst du denn hier?«

»Betty hat Sch'eien gehö't.«

»Schreien? Ich habe geschrien? Wann?«

»Heute nacht. Da bin ich gekommen ...«

»Wo hast du geschlafen?«

»Da, auf'm Fußboden. Sie müssen keine Angst nich' haben, Mam'sell Lisbeth.«

»Auf dem Fußboden! Meine arme Betty. Dann mußt du aber jetzt schlafen gehen.«

»Nein, Betty bleibt.«

Elizabeth fragte sie, ob sie im Schlaf etwas gesagt habe, und Betty antwortete in einem selbsterfundenen Kauderwelsch, das ihr als Ausflucht vor Wahrheiten diente, die sie lieber nicht sagte. Weiter in sie zu dringen, schien dem jungen Mädchen zu gefährlich, aber sie wollte unbedingt etwas erfahren.

»Antworte mir nur auf eine Frage. Habe ich jemandem beim Namen genannt?«

»O ja, Mam'sell Lisbeth.«

»Oft?«

»Ja.«

»Mr. Jonathan?«

Schweigen.

»Du wirst es niemandem erzählen?«

»Nein, Mam'sell Lisbeth.«

»Schwörst du es mir auf die Bibel?«

»Betty hat keine Bibel nich', Mam'sell Lisbeth.«

Das fand Elizabeth seltsam, ging aber nicht weiter darauf ein und sagte: »Du magst Mr. Jonathan nicht, Betty?«

»Niemand in Dimwood mag Massa Jonathan nich'.«

»Warum nicht, Betty? Ich will es wissen.«

»Wegen seine beiden B'üde'.«

»Das verstehe ich nicht. Was willst du damit sagen?«

Ein langes Zögern, und dann kam in einem entsetzten Flüstern die Antwort:

»In de' Hölle.«

Diesen Worten folgte jene verstohlene Geste, die Elizabeth auf die Nerven ging. Betty schien ihr Gesicht in einen unsichtbaren Schleier zu hüllen.

»Das ist doch Unsinn, Betty. Man weiß doch gar nichts. Niemand weiß etwas.«

»Alle sagen es, Mam'sell Lisbeth«, erwiderte Betty.

Schweigend zog sich Elizabeth das Bettuch über den Kopf.

»Mach die Läden zu«, sagte sie schließlich, »ich will versuchen zu schlafen.«

Betty gehorchte sofort, und während sie das Zimmer verdunkelte, murmelte sie:

»Mam'sell Lisbeth is' nich' glücklich heute f'üh nich', wegen ...«

»Wegen gar nichts«, sagte Elizabeth, um nicht hören zu müssen, was sie nicht hören wollte. »Ich rufe dich später. Geh du jetzt auch schlafen.«

Betty trat an das Bett und warf dem jungen Mädchen einen langen, mitfühlenden Blick zu. Da hob sich eine Ecke des Lakens, gerade weit genug, um ein zorniges blaues Auge hervorblicken zu lassen.

»Ich habe dir gesagt, du sollst gehen«, murrte eine Stimme aus den Tiefen der Kissen.

»Mam'sell Lisbeth nich' zuf'ieden mit Betty?«

»Aber ja doch! Ich danke dir, daß du in meinem Zimmer geschlafen hast, aber jetzt will ich allein sein.«

Schweren Schrittes schlurfte Betty aus dem Zimmer, schloß die Tür und murmelte etwas, das wie ein Gebet klang.

48

Die Tage vergingen, schleppten sich hin mit der Trägheit des Lebens auf dem Lande, und die Langeweile breitete sich in diesem prächtigen Sommer aus, der in den fröhlichsten Farben erstrahlte. Man konnte sich keinen herrlicheren Rahmen für Elizabeths Liebeskummer oder Susannas dumpfe Ängste denken.

Letztere fand jede Woche einen Brief unter ihrer Tür, dessen mit energischer Hand geschriebene Sätze von heißem Begehren und einer schwülen Sentimentalität zeugten. Sie trafen mit geradezu militärischer Exaktheit jeden Dienstagmorgen mit dem Acht-Uhr-Kurier ein. Jennifer, Susannas Dienerin, hatte die Aufgabe, ihr dann den geheimnisvollen Umschlag unter die Tür zu schieben.

Schon mit dem ersten Brief stürzte Susanna zu Elizabeth und brachte unter Tränen nur ein Wort hervor:

»Lies.«

Elizabeth machte sich daran, den Brief von der ersten bis zur letzten Zeile durchzulesen und gab ihn ihr dann mit einem verlegenen Lachen zurück:

»Es ist ganz einfach ein Liebesbrief. Sehr persönlich.«

Susanna stieß einen kleinen Verzweiflungsschrei aus:

»Glaubst du vielleicht, das wüßte ich nicht? Er ist geradezu ekelhaft, der Brief.«

»Findest du? Mir ist nichts Unschickliches aufgefallen.«

»Es ist der Ton, Elizabeth, der Ton! Und dann spricht er von meinem Mund.«

Elizabeth errötete und setzte sich auf die Bettkante. Wenn Jonathan ihr derartige Dinge schreiben würde ...

»Zeig noch mal her«, sagte sie.

Susanna reichte ihr den Brief und ließ sich in den Schaukelstuhl sinken.

Eine zweite, aufmerksamere Lektüre offenbarte ihr ein stürmisches Temperament. Elizabeth fühlte, wie die Eifersucht an ihrem Herzen nagte und vermochte eine Träne des Verdrusses nicht zu unterdrücken, obwohl sie sich ihrer schämte.

»Tatsächlich«, sagte sie mit leicht zitternder Stimme. »Er geht ein bißchen weit.«

»Ein bißchen weit? Er schreibt, er habe während des Walzers

meinen Körper an dem seinen gefühlt. Wohlerzogene Leute haben keinen Körper.«

»Aber ...«

»Nein und noch mal nein! Man spricht nicht von seinem Körper, man spricht von seiner Person. Ach, Elizabeth, ich bin so unglücklich. Was wird er mir antun? Antworte, sag etwas.«

»Aber ich weiß es doch nicht. Das, was verheiratete Leute miteinander tun, vermutlich.«

»Entsetzliche Dinge.«

»Aber ihr seid doch noch nicht verheiratet. Und es kann immer noch etwas dazwischenkommen.«

»Wie meinst du das? Er könnte sterben?«

»Zum Beispiel.«

»Ja, im Krieg. Wenn es einen Krieg gäbe ...«

»Natürlich.«

»Ein Krieg würde alles in Ordnung bringen. Wenn es nur zum Krieg käme, Elizabeth ...«

»Susanna, du bist ja ganz durcheinander, aber ich verstehe dich. Mir würde dein Leutnant auch nichts sagen. Wenn ich bedenke, daß Jennie Boulton mich trösten wollte, weil ich ihrem Bruder nicht gefiel ...«

»Ach! Wenn du es nur gewesen wärst! Vielleicht, wenn er dich wiedersieht ...«

»Vielen Dank. Um nichts auf der Welt.«

»Aber er ist von königlichem Blut, wie es scheint.«

»Das macht ihn nicht anziehender. Er ist ein Koloß. Er ist kein Mann, sondern ein Denkmal. Ich habe schlanke Männer lieber.«

Sie dachte an Jonathans elegante Figur und unterdrückte einen noch tieferen Seufzer.

»Also bist du auch unglücklich?« fragte Susanna durch ihre Tränen.

Aber die junge Engländerin behielt ihr Geheimnis für sich und antwortete nicht.

Susannas Klagen wurden plötzlich unterbrochen, denn Tante Laura erschien. Sie war lautlos eingetreten und sagte lachend:

»Es ist reizend, euch beide plaudern zu hören, und ich bedaure, euch zu stören, aber ich muß Briefe schreiben, und eure hübschen Stimmen lenken mich von meinen Gedanken ab. Elizabeth, du vergißt ständig, daß wir Nachbarinnen sind, und du, meine liebe

Susanna, vergißt, daß ich dich wiederholt gebeten habe, Elizabeth nicht zu besuchen.«

»Oh, Tante Laura, ich bin aber so unglücklich«, rief Susanna und stürzte auf die Dame in Grau zu, die immer noch lächelte.

»Wie viele junge Mädchen hier im Süden beneiden dich um deinen Erfolg«, sagte Tante Laura und führte sie sanft zur Tür. »In einem Jahr, vielleicht schon in sechs Monaten, wird diese glanzvolle Heirat dich zu einer Königin der Gesellschaft machen. Es ist ein unverhofftes Glück ...«

Mit dieser kleinen Rede geleitete sie die in Tränen aufgelöste Verlobte bis in den Flur, und dann schloß sie die Tür hinter ihr.

Elizabeth fragte sich, welche dunkle Ironie sich hinter diesen Worten verbarg, und wie um diesen Eindruck zu bestätigen, wandte Tante Laura sich zu ihr und sagte:

»Ich frage mich manchmal, ob wir auf der Welt sind, um glücklich zu sein.«

Die Briefe trafen regelmäßig jeden Dienstagmorgen ein und machten Susannas Leben zu einer Art Alptraum. Es schien ihr, als ob die Woche nur noch aus Dienstagen bestünde, und sie gab Elizabeth jeden Brief.

»Lies«, sagte sie, »und behalte sie alle. Sage mir nur, ob es etwas Neues gibt, ob er sich vielleicht anders besonnen hat und mich nicht mehr will.«

Zuerst zögerte Elizabeth ein wenig. Einen Brief zu lesen, der nicht an sie gerichtet war ... Doch früher oder später siegte die Neugier über alle Skrupel, und sie setzte sich in eine Ecke ihres Zimmers und verschlang diese flammenden Herzensergüsse, wie man einen mitreißenden Liebesroman verschlingt. Selbst die Längen waren köstlich, und in gewissen Wiederholungen spürte man die Atemlosigkeit der Leidenschaft. Sie lernte daraus, und sie litt, wenn sie sich ihren Jonathan an der Stelle dieses erregten Offiziers vorstellte. Der Leutnant konnte schreiben. Die Kunst der heuchlerischen Anspielungen war seine Stärke. Vom Körper zu sprechen, verstieß gegen die Schicklichkeit, das hatte er gespürt – wenn auch zu spät –, und von da an achtete er noch mehr auf seinen Stil. Aber dadurch wurde es noch schlimmer. Es war unmöglich, ihn nicht zu verstehen.

»Keine Hoffnung?« fragte Susanna.

Eines Dienstags sagte Elizabeth zu ihr:

»Schlechte Nachricht, meine arme Susanna. Wie ich seinem heutigen Brief entnehme, droht dir ein Besuch in diesem Sommer.«

»O nein! Nein, nein. Ich werde nicht dasein, ich werde fort sein, oder krank – oder tot.«

Sie weinten gemeinsam aus verschiedenen Gründen, und es erleichterte sie alle beide.

Unterdessen nahmen die Ereignisse ihren Lauf. Onkel Josh entfaltete die Zeitung und las die in nüchternen Großbuchstaben gedruckten Überschriften vor, enthielt sich jedoch jeden Kommentars. Wahrscheinlich genierte er sich in Freds Gegenwart. Fred sah die Dinge zu klar. Man fragte ihn nicht, und seit einiger Zeit sagte er auch nichts mehr, aber selbst sein Schweigen, das zuweilen von einem bitteren Lächeln begleitet war, verursachte ein seltsames Unbehagen.

Der Kongreß hatte sich im großen und ganzen über die Bedingungen eines Kompromisses geeinigt, aber man stritt noch über die konkreten Einzelheiten, und Stürme waren nicht ausgeschlossen. So konnte man nur auf den Frieden hoffen, und das war alles.

Auf die Freude vom 6. Mai folgten die Unruhe und eine Art uneingestandenen Unbehagens. Der Süden gab sich keineswegs mit den Ausflüchten von höchster Stelle zufrieden, und Zwistigkeiten bahnten sich an. Nachdem Präsident Zachary Taylor zuerst für die Zulassung Kaliforniens gewesen war, erklärte er sich plötzlich mit militärischer Schroffheit dagegen, und als die Abgeordneten des Südens gegen die Abschaffung der Sklaverei in diesem neuen Staat protestierten, antwortete der General und Präsident, Kalifornien sei ein freier Staat, und er, Zachary Taylor, würde den Mann, der seine Politik nicht billige, mit eigenen Händen aufhängen. Angesichts einer solchen Haltung konnte man verstehen, daß der Kongreß schwankte.

Im Fort Pulaski wurden die Urlaubsbewilligungen wieder seltener, wie immer in Krisenzeiten. Susanna war es nur recht.

Elizabeth ihrerseits brachte es nicht fertig, *Die letzten Tage von Pompeji* zu Ende zu lesen. Ihre Aufmerksamkeit war ständig abgelenkt, und infolge einer der wunderlichen Launen ihres Charakters sehnte sie sich nach Leutnants Boultons Briefen. Er war wenigstens treu, und man konnte auf ihn zählen. Wenn er auch die unglückliche

Susanna in Wut versetzte, so unterrichtete er Elizabeth doch über die Heftigkeit, die der Hunger nach körperlicher und seelischer Liebe bei einem Mann zu erreichen vermochte. Durch ihn reifte sie, wie eine Frucht in der Sonne reift, und allmählich trat er an Jonathans Stelle. Mit einer für einen Offizier überraschenden Demut beklagte er sich schüchtern über das Schweigen der Geliebten, bettelte um eine Antwort, und sei sie auch noch so kurz, gab zwanzigmal seine Adresse in Schönschrift oben oder unten auf dem Briefbogen an. Nur eine Zeile, flehte er, nur ein Wort, ein Blatt, auf dem ihre geliebte Hand geruht hätte, um die herrlichen Linien ihres angebeteten Namens zu zeichnen.

»Du solltest ihm schreiben«, sagte Elizabeth eines Tages zu ihr.

Die Antwort war ein entrüsteter Blick, und dann sagte Susanna mit vor Zorn bebender Stimme:

»Warum verspottest du mich?«

Dieser Verzweiflungsschrei erschütterte Elizabeth.

»Verzeih mir«, stammelte sie, »ich träumte. Seit ich in diesem Lande bin, scheine ich überhaupt nicht mehr zu leben, sondern nur noch zu träumen.«

»Was willst du damit sagen?«

»Ich weiß es nicht.«

An diesem Abend legte sie alle Briefe des Leutnants in eine Schachtel und verschloß sie in einer Schublade, nachdem sie sie noch einmal gelesen hatte. Es waren ihrer sechs, und sie hätte ganze Seiten auswendig hersagen können, besonders jene, wo er in Ton und Ausdruck mit einer brutalen Offenheit sprach, und das war es, was sie hören wollte, denn sie ließ sich nicht mehr von den Umschreibungen täuschen: in diesen Sätzen lag die Gewalt einer durch zu langes Warten unterdrückten Energie.

Wenn sie nun diese Worte Jonathan in den Mund legte, wurde sie von einem Schwindel erfaßt, der sie zugleich ängstigte und entzückte. Ohne daß sie wußte, wie, ging eine Veränderung in ihr vor. Sie kam auf die Idee, an Boulton jenen Brief zu schreiben, den er sich so sehnlich wünschte, und ihn mit Susannas Namen zu unterzeichnen. Sie würde es fertigbringen, ihm den Kopf zu verdrehen und ihn wie einen Wahnsinnigen in den nächsten vierundzwanzig Stunden nach Dimwood kommen zu lassen. Und dann? Ihr gesunder Menschenverstand ließ sie diesen Plan fast sofort wieder verwerfen, aber dennoch führte sie jeden seiner Briefe an die Lippen, bevor sie das, was sie bei sich ihren Schatz nannte, in der hintersten Schublade verschwinden ließ. Würde sie es wagen, an Jonathan zu schreiben? Was tat sie denn anderes von früh bis spät, in ihrer Phantasie? Doch weiter ging ihr Mut nicht. Er liebte sie nicht. Seine ironische Bemerkung über Romeo und Julia hatte sie verletzt, und der unerträgliche Satz schmerzte wie ein Messerstich. »Nimm dich in acht«, hatte Tante Laura gesagt.

Sie schloß die Schublade, setzte sich an den Tisch und begann mit säuberlicher Schrift einen Brief zu schreiben.

Sie vergessen mich, Jonathan ...

Diesen Satz strich sie aus und ersetzte ihn durch folgende Worte:

Jonathan, wie anders soll ich Sie nennen? Ihr Name allein macht Sie gegenwärtig in meiner Einsamkeit. Ich bilde mir ein, daß Sie da sind, wenn ich ihn laut ausspreche, wie ich es jetzt tue ...

In diesem Augenblick klopfte es sehr diskret an ihre Tür, aber es war so spät, daß dieses leichte Geräusch übermäßig laut in der tiefen Stille widerhallte, und das junge Mädchen ließ mit einem kleinen erschrockenen Aufschrei die Feder fallen. Nach einigen Sekunden fragte sie leise:

»Betty, bist du es?«

Statt einer Antwort ging die Tür sehr langsam auf, und es erschien eine etwas schwerfällige, lächelnde Dame in einem dunkelgrauen Tuchkleid. Zuerst erkannte Elizabeth sie nicht, weil alles in ihr sich dagegen sträubte, aber dann gelang es ihr, sich zu fassen, und sie sagte mit einer Stimme, die fest klingen sollte:

»Miss Llewelyn, ich bin gerade dabei, zu Bett zu gehen, und möchte schlafen. Bitte lassen Sie mich allein.«

»Allein, um diesen Brief zu beenden, der sicher so wichtig ist wie alle Briefe, die man um Mitternacht schreibt, wenn man ... sechzehn ist, nicht wahr?«

Das Lächeln blieb liebenswürdig, und die Stimme überraschte durch einen angenehmen Klang, der mit dem Äußeren des unwillkommenen Gastes kontrastierte. Elizabeth erinnerte sich an das, was man ihr in Dimwood oft genug gesagt hatte: sie solle auf keinen Fall mit Miss Llewelyn sprechen.

Der unbeendete Brief verschwand in einem Schubfach, und mit vor Angst zugeschnürter Kehle sagte Elizabeth leise:

»Lassen Sie mich in Ruhe, Miss Llewelyn.«

Ohne gleich zu antworten, schloß Miss Llewelyn lautlos die Tür.

»Ich habe Ihnen etwas zu sagen, Elizabeth Escridge.«

Der Ton war ernst und vertraulich.

»Und ich«, erwiderte Elizabeth lebhaft, »versichere Ihnen, daß ich Ihnen nichts zu sagen habe.«

»Der Tag wird kommen, da Sie mir sehr viel zu sagen haben werden«, entgegnete Miss Llewelyn, »und dieser Tag ist nicht mehr fern.«

Ohne ein weiteres Wort ging sie an dem jungen Mädchen vorbei und schloß das Fenster zum Säulengang.

»Entschuldigen Sie«, fuhr sie etwas lauter fort, »aber ich glaube, daß wir so besser in aller Ruhe plaudern können, ohne wie Verschwörer flüstern zu müssen.«

Ein verschmitztes Lächeln begleitete diese Worte und ließ eine Reihe eckiger, erstaunlich weißer Zähne aufblitzen. Sie trat wieder auf Elizabeth zu und stellte sie sich vor sie hin, wie um sich mustern zu lassen. Über ihrem mächtigen Busen straffte sich der Stoff des Kleides, und die breiten Hüften verstärkten den Eindruck gewichtiger Solidität, der von ihrer ganzen Person ausging. Das kantige Gesicht war das einer Bäuerin. Das leicht ergraute schwarze Haar war zurückgekämmt und im Nacken zu einem schweren Dutt geflochten. Ein enger weißer Kragen umgab den kräftigen Hals. Sie roch stark.

Nach einem erneuten Lächeln fuhr sie mit leicht singender Stimme fort:

»Haben Sie keine Angst vor mir. Ich bin keine schlechte Frau.«

»Sie machen mir keine Angst«, sagte Elizabeth, deren Herz immerhin stärker als gewöhnlich pochte, »aber wenn Sie mir etwas zu sagen haben ... Ich bin sehr müde.«

Diese diskrete Aufforderung, schnellstens zu verschwinden, wurde nicht wahrgenommen. Wie jemand, der etwas auf dem Herzen hat und entschlossen ist, sich davon zu befreien, fuhr Miss Llewelyn fort:

»Ich bin diejenige, der man nicht guten Tag sagt. Hie und da ein unmerkliches Kopfnicken am Ende eines Flurs oder in der Allee, das ist alles. Aber es macht mir nichts aus. Ich bin Gott sei Dank von jedem Adelsdünkel verschont und weiß viele Dinge, die ich nicht wissen sollte, und zwar über alle hier, über Dimwood und über das, was damals dort unten passiert ist ...«

»Dort unten?« murmelte Elizabeth, plötzlich neugierig geworden.

»Ja, dort unten, junge Engländerin, im Feuer und Blut einer schönen Nacht auf den Antillen. Aber ich habe bereits zuviel gesagt, und Miss Escridge möchte schlafen.«

Die Ironie dieser letzten Worte machte die Andeutungen noch faszinierender. Elizabeth hätte sie gern zum Bleiben aufgefordert, wußte aber nicht, wie sie es anstellen sollte, und schwieg.

»Bevor ich mich verabschiede«, sagte Miss Llewelyn, »muß ich noch erwähnen, daß ich Waliserin bin. Sie haben es wahrscheinlich an meiner Aussprache gehört. Hoffentlich hegen Sie keine Vorurteile gegen die Waliser, obgleich Sie Engländerin sind.«

»O nein«, beeilte sich Elizabeth zu erwidern, »durchaus nicht.«

»Recht so. Darf ich mich setzen?«

Ohne die Antwort abzuwarten, ließ sie sich in einem Sessel nieder, während das junge Mädchen sich in einiger Entfernung auf einen Stuhl setzte.

»Ich will mich keinesfalls in Dinge einmischen, die mich nichts angehen«, sagte Miss Llewelyn, »aber wir Waliser haben besondere Gaben: Vorahnungen, Zweites Gesicht etc.«

Elizabeth begann diese Frau unheimlich zu finden, hörte ihr jedoch um so aufmerksamer zu.

Aber Miss Llewelyn machte sich ziemlich unverschämt in ihrem Sessel breit. Sie war nicht mehr die gleiche wie vorher. »Ordinär«, fand Elizabeth. Was sie gegen diese Frau aufbrachte, war ihr Geruch. Sie stank. Deshalb hatte Elizabeth sich in einiger Entfernung von ihr gesetzt, und trotzdem drangen die widerlichen Ausdünstungen bis zu ihrem feinen und empörten Näschen.

Jetzt war es allerdings zu spät, ihr die Tür zu weisen, und Elizabeth hatte das unangenehme Gefühl, daß diese dicke Frau in ihrem Leben Platz nahm, wie sie in diesem Sessel Platz genommen hatte. Wie unvernünftig von ihr, sich auf ein Gespräch einzulassen, nachdem man ihr doch geraten hatte, der Waliserin aus dem Wege zu gehen ... Und doch, trotz ihres augenblicklichen Unbehagens, verspürte sie eine unwiderstehliche Neugier, was diese aufdringliche Person sagen würde.

Eine Weile ließ die Waliserin ihre kleinen grauen Augen in die Runde schweifen und klopfte mit dem Fingernagel auf einen der Knöpfe des Polstersessels.

»Ich bin gekommen, um Sie zu warnen«, sagte sie schließlich. »Ich bin keine Mademoiselle Souligou, bin keine Kartenlegerin und brauche keinen Tarock, um in die Zukunft zu sehen.«

Sie hielt inne, und da Elizabeth schwieg, fügte sie hinzu:

»Natürlich haben Sie wie alle jungen Damen in Dimwood Mademoiselle Souligou aufgesucht.«

»Ja.«

»Sie hat geheimnisvoll getan, nicht wahr? War es interessant?«

»Viel hat sie mir nicht gesagt. Sie wollte nicht.«

Miss Llewelyn lächelte spöttisch:

»Die alte Schlaumeierin. Sie weiß gar nichts. Sie zeigt zwei Karten und versteckt eine dritte, die Karte, die alles sagt, und die sie nicht sehen läßt.«

»Warum nicht?«

»Damit man wiederkommt. Sie erwartet ihr kleines Mitbringsel.«

»Ihr kleines Mitbringsel?«

»Ja, wenn Sie das nächste Mal nach Savannah fahren, werden Sie an sie denken. Mr. Jones wird Ihnen erklären, was Sie zu tun haben. Wir alle lieben unsere alte Souligou. Und nun komme ich auf das, was ich Ihnen sagen wollte: Sie täten gut daran, Mr. Jones einen Besuch zu machen, einen schönen langen Besuch von drei Wochen. Er wird sich freuen.«

»Im Augenblick habe ich keine Lust.«

»Ich weiß, aber Sie sollten es trotzdem tun. Verlassen Sie Dimwood, Elizabeth. Das ist der Rat, den ich Ihnen geben wollte.«

»Warum?«

»Soll ich Ihnen die Wahrheit sagen, oder möchten Sie lieber nichts wissen und sich, wie man sagt, Illusionen machen?«

»Ich will es wissen.«

»Nun gut. Machen Sie sich keine unnützen Hoffnungen, daß er Sie liebt, und Sie wissen sehr wohl, wen ich meine. Für ihn ist es höchstens eine Augenblickslaune.«

Elizabeth wurde rot vor Wut und erhob sich.

»Ich weiß wirklich nicht, wovon Sie reden.«

»Und ich«, sagte die Waliserin ruhig, »weiß genau, daß Sie es wissen. Also regen Sie sich nicht auf, und ich werde es Ihnen erklären. Er ist bis zum Wahnsinn in die Dame in Weiß verliebt und ruiniert sich für sie. Sie liebt den Luxus, und er verkauft seine

Ländereien, um ihr zu bieten, was sie sich wünscht. Es tut mir leid, Ihnen sagen zu müssen, daß Sie in seinen Augen nicht viel zählen.«

»Ich habe keine Veranlassung, Ihnen zu glauben, falls wir von der gleichen Person sprechen.«

»Gut. Wissen Sie, was eine Liebelei ist? Nein? Er wird es Sie lehren. Sie werden sehr leiden, Elizabeth. Ich kenne Jonathan. Er hat kein Herz. Sie werden ihn nicht halten können.«

Als Elizabeth diesen Namen hörte, schien sie plötzlich wie verwandelt und sagte mit einer vor Erregung bebenden Stimme:

»Das werden wir sehen, Miss Llewelyn.«

49

Es war ein glühender Sommer mit dem unerbittlichen Kreischen der Grillen. Man lechzte nach der Dämmerung und dem kleinen frischen Lufthauch aus der Ferne. Elizabeth litt am meisten und war jeden Tag aufs neue verblüfft und empört über diese Hitze, die ihr wie ein Fluch des Himmels erschien. Bereits morgens um sieben schloß man die Läden, um die leichte Morgenbrise wie einen Schatz zu hüten, aber die eingesperrte Luft wurde schon kurz nach Mittag zum Ersticken. Da halfen nur eisgekühlte Getränke, die man im verdunkelten Erdgeschoß unter den summenden Ventilatoren servierte, welche eine feuchte Schwüle verbreiteten. Man schleppte sich mit einem Palmfächer in der Hand von einer Ecke in die andere, und als die junge Engländerin fragte, warum die Amerikaner nicht auf den glücklichen Gedanken gekommen seien, sich zwischen den Hügeln niederzulassen, wo das Klima als milder galt, antwortete ihr nur ein gehässiger Blick, denn selbst die natürlichen Anlagen verkümmerten. Schwarze in leichter Baumwollkleidung brachten Mint Juleps, mit denen es sich aushalten ließ.

Elizabeth flüchtete in ihr Zimmer, riß sich die Kleider vom Leib und schlüpfte in ihr Nachthemd. Einen Augenblick lang war sie versucht, nackt zu bleiben, aber eine innere Stimme hielt sie davon zurück, und außerdem verbot ihr die Angst vor einem plötzlichen Besuch Tante Lauras diese grobe Unschicklichkeit, denn selbst im Bad behielt sie ihr jungfräuliches Hemd an. So begnügte sie sich damit, es an den Falten hochzuheben, um sich Luft zuzufächeln.

An einem Morgen, der etwas weniger heiß als die vorigen zu werden versprach, trat Betty zu Elizabeths Überraschung mit einem herrlichen Orchideenzweig bei ihr ein, dessen zwanzig oder mehr offene Blüten wie große Augen auf das junge Mädchen gerichtet waren und aussahen, als wollten sie ihr etwas sagen. Die Wurzeln steckten in einem mit Erde gefüllten Korbgefäß, das dem Zweig ein langes Leben sicherte.

Wortlos stellte Betty die Pflanze auf einen kleinen Tisch und wollte wieder hinausgehen, als die verblüffte Elizabeth sie zurückrief.

»Betty, was soll das? Willst du mir nicht sagen, woher diese Orchideen kommen?«

»Mam'sell Lisbeth, ein junge' Schwa'ze' hat sie eben geb'acht und hat gesagt, es is' fü' dich.«

»Ein Schwarzer? Welcher Schwarze?«

»Weiß ich nich'. Hat nich' gesagt, wem e' gehö't.«

Dieser Ausdruck schockierte Elizabeth, obwohl er so geläufig war, aber sie ließ es sich nicht anmerken.

»Betty, antworte mir. Wer hat sie geschickt?«

»De' Junge hat kein Wo't nich' davon sagen gewollt und is' gleich wiede' weg.«

»Aber Betty, Orchideen wachsen doch zu Millionen in den Gärten und Wäldern. Was soll das bedeuten?«

Zum ersten Mal blieb Bettys Gesicht ernst.

»Betty weiß nich', Mam'sell Lisbeth, Betty hat keine Ahnung nich'.«

Nachdem Betty gegangen war, betrachtete Elizabeth den Orchideenzweig. Nachdem sie ihn lange angesehen hatte, kam er ihr vor wie ein Mensch, und so begann eine Art stummes Zwiegespräch:

»Was willst du hier in meinem Zimmer?«

»Dir meine Huldigung erweisen, dir sagen, was man nicht zu sagen wagte.«

»Du kamst nur, um mich zu verspotten. Du bist zwar schön, aber du bist nichts Besonderes. Man findet dich überall und in Massen.«

»Ich bin unter allen anderen auserwählt, mit Liebe.«

»Du lügst.«

»Die Liebe, die Liebe, Elizabeth, die Liebe.«

Elizabeth zog die Klingel, und Betty kam wieder, immer noch mit ernstem, sorgenvollem Gesicht.

»Nimm diese Pflanze vom Tisch und stell sie in eine Ecke.«
Jetzt lächelte Betty und trug die Orchidee in einen Winkel des
Zimmers, wo man sie kaum sah.

»Das is' gut, Mam'sell Lisbeth«, sagte sie, bevor sie ging, »so
seh'n Sie die Pflanze nich', und das is' besse'.«

Tatsächlich sah das junge Mädchen sie nicht mehr, dachte aber
trotzdem an sie, und es war ihr, als murmelten die wachsamen
Blumen unablässig:

»Aus Liebe, Elizabeth, aus Liebe.«

Am gleichen Abend kam Tante Laura sie besuchen. Mit ihrer
üblichen Sanftheit erzählte sie ihr von den kleinen Ereignissen des
Tages. Trotz der Hitze hatten einige der zum Ball geladenen Gäste
Höflichkeitsbesuche gemacht, täglich zwei oder drei am Spätnachmittag, und Mr. Hargrove freute sich sehr darüber. Man vergaß den
bösen Schatten, der bisher über dem schönen Dimwood gelegen
hatte. Und was die drückende Hitzewelle betraf, so würde sie in drei
Tagen nachlassen. Ein großes Gewitter war angekündigt.

Wie es ihre Gewohnheit war, ging sie diskret im Zimmer auf und
ab, um sich, wie sie sagte, zu vergewissern, daß Betty ordentlich
saubergemacht hatte. Einen Augenblick betrachtete sie verträumt
den Orchideenzweig, enthielt sich jedoch jeden Kommentars.

»Übrigens«, sagte sie, »habe ich dir noch nicht erzählt, daß ich am
Abend des Balls vor vierzehn Tagen von mir aus an Onkel Charlie
geschrieben habe, um ihn zu bitten, dich für einige Zeit zu sich
einzuladen. Hier ist es dir, abgesehen von diesem Ball, gewiß
langweilig. Oh, ich weiß wohl, daß du zu gut erzogen bist, um es
zuzugeben . . .«

»Aber ich will nicht nach Savannah fahren«, rief Elizabeth spontan aus.

Warum? Sie hätte es nicht genau sagen können, vor allem nicht
gegenüber Tante Laura. Diese schwieg eine Weile, bevor sie antwortete. In ihrem weiten grauen Kleid, das elegant an ihr herabfloß,
setzte sie ihre kleine Inspektion fort und bemerkte:

»Falls du dein Zimmer mit Blumen schmücken willst, kann Betty
dir herrliche Sträuße binden. Sie hat einen sehr guten Geschmack.
Blumen bringen Leben in einen Raum.«

»Ich danke Ihnen, Tante Laura, aber ich habe nie gewollt, daß
man mein Zimmer mit Blumen schmückt.«

»Ich weiß, ich weiß. Dieser Orchideenzweig ist ein bißchen absurd, er sieht fast nach einem Spott aus, ich sagte fast, man kann ja nie wissen. Deine kleine Reise nach Savannah ist also auf nächsten Dienstag festgesetzt, in fünf Tagen ...«

»Festgesetzt? Aber man hat mich nicht gefragt ...«

»Liebe Elizabeth, mein Vater findet die Idee vortrefflich. Du würdest ihm großen Kummer bereiten, wenn du dich weigertest, ganz zu schweigen von Onkel Charlie, der dich mit Ungeduld erwartet. Denke an alles, was sie beide seit deiner Ankunft im Lande getan haben, damit du dich hier glücklich fühlst ...«

Darauf fand Elizabeth keine Antwort, aber sie warf Tante Laura einen Blick stummer Empörung zu. Es gab Tage, an denen sie bereit war, dieser Frau ihr ganzes Vertrauen zu schenken, und andere, an denen sie sie haßte. Es schien ihr klar, daß die Katholikin ihr nachspioniert hatte und alles wußte, und außerdem mußte Betty geschwatzt haben. Die Schwarzen waren ja immer über alles informiert.

»Ich werde nicht fahren«, sagte sie schließlich.

Tante Laura lächelte sie liebevoll an.

»Aber doch, mein liebes Kind. Schau, du wirst begeistert sein. Dieses Mal werden dich Tante Augusta und Fred als dein Beschützer begleiten.«

»O nein!« rief Elizabeth.

»Sind sie dir vielleicht ein bißchen zu ernst? Nun gut, dann soll Billy auch mitkommen, zumal er einen Heidenspektakel aufführen würde, falls man ihn zurückhalten wollte. Hoffentlich wird er sich wie ein Gentleman benehmen ...«

»Aber Tante Laura ...«

»Gute Nacht, liebes Kind, geh nur gleich schlafen. Ich bin viel zu lange geblieben.«

Damit ging sie zur Fenstertür, und ihr weites Baumwollkleid umfloß sie so leicht, als ob sich kein Körper darin befände.

Rätselhafte Tante Laura.

Als sie wieder allein im Zimmer war, verlor Elizabeth die Nerven und stampfte vor dem Spiegel wutentbrannt mit dem Fuß auf.

»Und das hast du dir gefallen lassen«, rief sie ihrem zornroten Spiegelbild zu. »Jonathan, worauf wartest du? Verrate mich nicht!«

Sie hatte die größte Mühe, einzuschlafen und bedauerte, daß ihr das Laudanum wegen ihres Alters verboten war. Nur die Erwachsenen hatten das Recht auf ein Fläschchen in ihrem Schrank. In der tiefsten Dunkelheit glaubte sie Jonathans Gesicht zu sehen, seine flehenden Augen, deren Bitte sie zu spät verstanden hatte, aber sie hatte ja alles zu spät verstanden, und ihr »Adieu, Jonathan«, dieser romantische Ausruf, war ein Fehler gewesen und entsprach in keiner Weise dem, was sie sich wünschte.

»Im Gegenteil!« schluchzte sie in ihr Kopfkissen.

Und was nun? Er würde wiederkommen und sie nicht finden. Sie wußte nur zu gut, daß sie Mr. Hargrove gehorchen mußte. Sie war die ewig Abhängige, von der man freundlichen Gehorsam erwartete, die arme Verwandte ...

Da kam ihr die Idee, die Souligou um Rat zu fragen. Vielleicht könnte man ihn durch irgendeinen Zaubertrick zurückholen ... Mit dieser schwachen Hoffnung glitt sie in den Abgrund des Schlafs, bis das lärmende Gezwitscher der Vögel sie weckte und ihr verkündete, daß die Welt herrlich sei.

50

Ein seltsamer Besuch sollte die schläfrige nachmittägliche Ruhe in Dimwood unterbrechen ... Gegen fünf Uhr hielt ein eleganter gelber Einspänner vor dem Haus, und einen Augenblick später meldete ein Diener, daß Mr. Robert Toombs um Erlaubnis bitte, William Hargrove seine Aufwartung zu machen, und im Säulengang warte.

Mr. Hargove, der mit seinem Sohn Douglas im Rauchzimmer saß, sprang jäh auf und mußte sich auf einen Tisch stützen, um nicht zu fallen.

»Der gefährlichste Mann des Südens ... Wir können ihn nicht empfangen.«

»Vater, wir müssen es wohl. Sie vergessen, daß er Mitglied der Abgeordnetenversammlung des Landes ist. Jeremy, führe Mr. Toombs in den Salon.«

»Dieser Mann, das bedeutet Krieg.«

Während er das sagte, wurde er leichenblaß, und sein Sohn schämte sich seiner.

446

»Fassen Sie sich«, sagte er energisch. »Alles wird bestens verlaufen. Ich werde Josh bitten, die Dienerschaft bis um acht Uhr wegzuschicken. Es ist nicht nötig, daß die Schwarzen uns hören. Gehen wir.«

Raschen Schrittes eilten sie durch das Vestibül in den Salon, wo Robert Toombs sie stehend erwartete. Er war mit erlesener Eleganz gekleidet, trug einen schwarzen Anzug, der ihn größer erscheinen ließ und seine gute Figur hervorhob.

Denn er war von einer herausfordernden Schönheit, die ihm nicht umsonst den Spitznamen Apollo eingetragen hatte, doch seine dunklen Augen, in denen eine einschüchternde Intelligenz funkelte, und sein entschieden spöttischer Mund retteten ihn vor der Lächerlichkeit. Er war höflich und liebenswürdig, wenn er es für erforderlich hielt, doch konnte er bei anderen Gelegenheiten mit einer sprichwörtlich gewordenen Vehemenz brüllen.

Nachdem er sich vor William Hargrove und dessen Sohn verneigt hatte, entschuldigte er sich, daß er sie – wie er es nannte – überfallen habe.

»Ich bin auf dem Wege nach Savannah, wo ich meinen Freund Mr. Charles Jones besuche, der mich für das Fest am 4. Juli bei sich aufnimmt. Ich glaube, Sie kennen ihn.«

»Sehr gut sogar«, sagte Douglas. »Er ist zwar ein Untertan der Königin Victoria, aber dennoch ein treuer Freund des Südens.«

»Ich weiß«, erwiderte Robert Toombs lächelnd, »und ich bin mir der Ironie der Situation durchaus bewußt. Man bittet mich, das Unabhängigkeitsfest am Jasper Square zu feiern. Charlie Jones wird wahrscheinlich zu Hause bleiben.«

»Er hat Witz genug, seiner Gesandtschaft zu trotzen und sich während Ihrer Rede zu Ihnen zu setzen.«

Diese Bemerkung von Douglas Hargrove rief allgemeines Gelächter hervor, was die Unterredung erleichterte. Ein Diener brachte auf einem Tablett vier Juleps in großen Gläsern, deren gestampftes Eis ein Pfefferminzblatt wie eine Kokarde schmückte.

In diesem Augenblick erschien Joshua, und man stellte einander im blumigen Stil der Südstaaten vor. Danach bewegte sich das Gespräch unwiderstehlich auf die Tagespolitik zu. William Hargrove hatte seine Selbstsicherheit wiedergefunden.

»Mr. Toombs«, sagte er, »Sie waren einst ein Befürworter des Kompromisses, aber wie es scheint, sind Sie es nicht mehr.«

Robert Toombs stellte behutsam sein Glas auf den Tisch, und Onkel Josh machte dem Diener ein Zeichen, zu verschwinden. Mit ruhiger, fast vertraulicher Stimme antwortete der Reisende William Hargrove:

»Da können Sie sicher sein. Ich fand den Eintritt eines freien Kaliforniens in die Union ganz natürlich, aber als die Abgeordneten des Südens mich sehr nachdrücklich daran erinnert haben, Kalifornien sei ursprünglich ein Sklavenstaat gewesen und es läge im Interesse des Südens, daß es dabei bliebe . . .«

Er nahm sein Glas, saugte diskret am Strohhalm und beendete seinen Satz in einem noch vertraulicheren Ton als zuvor:

»Nun, meine Herren, da habe ich mich anders besonnen.«

Plötzlich leuchtete eine Flamme in seinen Augen auf, und mit einer gezielten Handbewegung fuhr er sich durch seine schwarze Lockenmähne und brachte sie wie ein Wirbelwind in Unordnung. Laut und zornig donnerte seine Stimme durch den Salon:

»Wir beteuern ständig, die Sklaverei sei eine Plage, für die wir nicht verantwortlich sind. Sehr gut, meine Herren. Das beruhigt ein wenig die Stimme unseres Gewissens. Doch sehr zum Nachteil für unser moralisches Wohlbefinden gehört diese Stimme nicht zu jenen, die man zum Schweigen bringen kann, weil sie aus dem Schweigen kommt und sich schweigend vernehmbar macht. Elias hat sie auf dem Berge Horeb gehört. Der Sturm erhob sich. Die Stimme war stärker als der Sturm. Die Erde erbebte, und die Stimme war stärker als das Erdbeben. Eine Plage, für die wir nicht verantwortlich sind? Mag sein, ich will es gelten lassen. Aber wer hindert uns daran, diese Plage abzuschaffen, uns von ihr zu befreien? Sie antworten nicht?«

Niemand dachte daran, zu antworten. William Hargrove, welcher zwischen seinen beiden Söhnen saß, die einander bestürzte Blicke zuwarfen, riß die Augen auf wie ein Tier in der Falle.

Der Redner ließ einige Sekunden verstreichen, dann ertönte seine Stimme wieder wie Donnergrollen unter den vergoldeten Karniesen.

»Was berechtigt uns dazu, Männer und Frauen, die einen Körper und eine Seele haben wie wir, ihrer Heimat zu berauben, nur weil sie schwarz sind und weil wir sie brauchen, um auf unseren Plantagen zu arbeiten?«

Jetzt meldete sich Douglas schneidend und deutlich zu Wort:

»Wir nehmen die Schwarzen nicht gefangen. Wir kaufen sie zu dem Preis, den man von uns verlangt.«

»Wie das Vieh also.«

»Der Vergleich ist nicht richtig«, sagte Josh. »Wir behandeln sie nicht wie Vieh.«

»In diesem Punkt gebe ich Ihnen recht. Das Vieh hat keine Seele. Aber wir ziehen die Gewalt nicht in Betracht, die der Seele der Schwarzen angetan wird, indem man sie ihrer Handlungsfreiheit beraubt. Darüber werden wir einmal Rechenschaft geben müssen.«

Nun sammelte auch William Hargrove seine Kräfte, um etwas zu sagen, und er brachte mit zitternder Stimme vor:

»Mr. Toombs, ein Prediger des Nordens würde Sie um Ihre Eloquenz beneiden.«

»Viele im Süden beneiden mich darum. Was den Norden betrifft, so wollen wir ihn seinen eigenen Problemen überlassen, und die sind schwer genug. Wenden wir uns den unseren zu.«

Und mit donnernder Stimme fuhr er fort:

»Wir behaupten, saubere Hände zu haben, weil wir die schmutzigen Geschäfte anderen überlassen haben. Das noble England würde sich nicht dazu herablassen, seine Beute an der Elfenbeinküste selbst zu jagen. Damit beauftragt es die Eingeborenen des Landes, die wehrlose Männer, Frauen und Kinder für den Sklavenhandel einfangen. England ist reich, bezahlt gut und läßt sich beliefern. So segeln die vollbeladenen Schiffe mit den Schwarzen, die vor Angst halb wahnsinnig sind, zu den amerikanischen Häfen, wo die Ware feilgeboten und zu Höchstpreisen verkauft wird. Der Gewinn ist enorm, davon zeugt die Pracht der großen Herrenhäuser unseres Mutterlandes.«

In diesem Augenblick öffnete sich lautlos die Tür, und Fred schlich ins Zimmer und setzte sich hinter den Flügel.

»Aber vergessen wir nicht den Hauptlieferanten, den ich mit Bedauern erwähne, weil wir ihm zum Teil unsere Unabhängigkeit verdanken: das revolutionäre Frankreich, das die Sklaverei zuerst verboten, dann aber angesichts der regen Tätigkeit seiner Sklavenhändler beide Augen zugedrückt hat. So ist das Gold in die Schatzkammern geflossen. Wenn der Reichtum ein Beweis für den göttlichen Segen ist, habe ich nichts dazu zu sagen. Rochefort, La Rochelle, Bordeaux sollten für mich antworten, sowie Liverpool etc. . . .«

Während seiner feurigen Rede sträubten sich unwillkürlich seine kurzen Haarsträhnen, und sein schwarzes Seidenhalstuch schloß den Kragen wie ein wütendes Ausrufezeichen.

»Bei uns hier im Süden«, fuhr er fort, »haben eine seit Generationen tradierte Erziehung und die lange Gewohnheit der Sklaverei den Sinn für die enorme Ungerechtigkeit dieser Institution abgestumpft. Wir betrachten die Sklaverei als den Eckpfeiler unserer Gesellschaft. Eines nicht mehr fernen Tages aber werden wir ihn ausreißen müssen, und in unserem tiefsten Innern fühlen wir es ...«

»Jawohl, in unserem tiefsten Innern«, rief plötzlich Fred, verließ seinen Platz hinter dem Flügel und trat in die Mitte des Salons. »Mr. Toombs, wir alle wissen es, aber nicht alle von uns wollen es.«

In seinem zarten, vor Erregung zuckenden Gesicht leuchteten die Augen mit einem Glanz, der ihn völlig veränderte. Er ballte die Fäuste und schrie:

»Wenn wir diese verfluchte Sklaverei nicht beenden, wird der Norden es sich zur Aufgabe machen, uns davon zu befreien.«

Seine helle Stimme schien gegen den Sturm anzukämpfen, und er wirkte so kriegerisch, daß man seine schlanke und bebende Figur bereits in Uniform vor sich sah.

»Dieser Kompromiß kann nur Unschuldige täuschen«, fuhr er trotz William Hargroves verzweifelten Gesten fort, »und wozu, glauben Sie, wird der Norden diese zehn Friedensjahre, die man uns verspricht, nutzen? Zur Bibellektüre oder zum Ausbau seiner Fabriken und zur Herstellung von Kanonen? Denn sie haben Fabriken, während wir hier ... Ich bitte Sie, Mr. Toombs!«

Seit einer Weile betrachtete ihn Robert Toombs verblüfft und bewundernd zugleich, und mit seiner tiefen, raumfüllenden Stimme donnerte er:

»Junger Mann, wenn Sie nicht im Kriege fallen, werden Sie ein zweiter Calhoun. Die Art und Weise, auf die der Norden die Sklaverei abzuschaffen gedenkt, ist ein Einmarsch in den Süden, und dann, hören Sie, wird es nicht nötig sein, ein Massenaufgebot anzuordnen: Das wird von ganz allein auf einen Schlag geschehen.«

Douglas erhob sich und wollte seine Meinung äußern, aber umsonst, denn die beiden Redner entrissen einander das Wort, und dieser Wettstreit artete in einen Tumult aus. Wieder öffnete sich die Tür, und Billy erschien.

Er hatte die letzten Sätze seines Bruders gehört und glaubte, die Sezession sei im Gange.

»Ich gehe mit dir«, schrie er. »Zur Kavallerie! Morgen melde ich mich als Freiwilliger! Mit gezogenem Säbel auf Wildfang. Wir werden sie zusammenschlagen!«

In stummer Übereinkunft stürzten sich Douglas und Joshua auf ihn, um ihn zu bändigen. »Du wirst dich ruhig verhalten«, fuhr ihn sein Vater an, »oder ich setze dich vor die Tür.«

Billy wehrte sich und zappelte zwischen den beiden Männern. »Ich habe das Recht dazu«, brüllte er. »Ich habe das Recht! Ich bin fast sechzehn.«

»Mach dich nicht lächerlich«, sagte Onkel Josh und schüttelte ihn, »es gibt keine Sezession und auch keinen Krieg. Wir haben für zehn Jahre Frieden.«

»Wenn du noch ein Wort sagst, fliegst du raus«, ermahnte ihn Douglas und schüttelte ihn seinerseits mit aller Kraft.

Wütend machte Billy sich frei und flüchtete hinter den Flügel. Von dieser befestigten Stellung aus, die zu halten er fest entschlossen war, trotzte er seinem Vater und seinem Onkel mit dem feurigen Blick seiner blauen Augen.

»Ich bleibe«, schrie er.

Die beiden Männer zuckten die Schultern. Joshua hielt sich die Ohren zu.

»Wenn ich bedenke, daß es überall so zuginge, wenn es Krieg gäbe«, stöhnte er.

Von diesem Lärm waren die Damen in ihrem Mittagsschlaf aufgeschreckt und erschienen nun eine nach der anderen. Die jüngsten Bewohnerinnen Dimwoods machten den Anfang: Mildred, ganz verstört und mit besorgtem Blick ein Gesicht suchend, das sie nicht fand, dann Minnie und plötzlich Elizabeth, die aus ihren Träumen erwacht und von einer fieberhaften Neugier gepackt war, mit großen, aufmerksamen Augen. Zum Schluß kamen die ob dieser Unordnung sittlich entrüsteten, jedoch insgeheim entzückten Damen. Emma allerdings wankte nach den ersten drei oder vier Sekunden und mußte zu einem Sofa geleitet werden, wo sie bequem eine Ohnmacht vortäuschen konnte. Douglas ohrfeigte sie.

»Meine Familie«, sagte William Hargrove zu Robert Toombs.

Und nach dieser summarischen Vorstellung ließ er müde die Arme sinken.

Ohne daß jemand es bemerkt hatte, öffnete sich die Tür noch einmal, und Tante Laura irrte wie ein Gespenst durch das Zimmer. Ihr erschreckend bleiches Gesicht hätte gewiß Aufmerksamkeit erregt, wenn jemand in diesem Zustand kollektiven Wahnsinns fähig gewesen wäre, die ängstliche Frau genauer anzusehen. Endlich fand sie Mildred, die sich in einer Ecke verbarg und wie ein kleines Mädchen heulte. Tante Laura nahm sie bei der Hand.

»Hör auf zu weinen«, flüsterte sie ihr zu, »und sage mir, wo Susanna ist.«

Mildred wandte ihr ein tränenüberströmtes Gesicht zu.

»Aber ich weiß es doch nicht, ich suche sie überall. Ich glaube, sie ist fort.«

»Fort? Was willst du damit sagen? Wann ist sie fortgegangen?«

»Als Papa alle Schwarzen bis um acht Uhr entlassen hat. Da ist sie davongelaufen. Ich bin ihr nachgerannt, aber sie rief mir zu, ich solle sie in Ruhe lassen. Ich weiß nicht, was sie hat.«

»Wo ging sie hin? Rede, Mildred, es ist wichtig.«

»Keine Ahnung. Ich hoffte, sie hier zu finden, als das Geschrei losging.«

Mit plötzlicher Entschlossenheit trat Tante Laura auf Onkel Josh zu und zog ihn am Ärmel, bis er sich nach ihr umwandte.

»Josh«, sagte sie mit fester Stimme. »Susanna ist verschwunden.«

»Verschwunden? Was erzählst du mir da, Laura? Wahrscheinlich schmollt sie auf ihrem Zimmer, wie sie es seit dem Ball gewöhnlich tut.«

»Sie ist nicht im Hause.«

»Ach, dann geht sie unter den Weiden spazieren und spielt Ophelia. Laura, höre, was dieser Mann sagt. Das ist die Stimme des Südens.«

»Josh, es geht um deine Tochter.«

»Laura, du träumst. Wo soll sie denn sein, wenn sie nicht in Dimwood ist?«

»Ich weiß es nicht, aber seit einer Stunde ist sie nicht mehr da.«

»Und was meinst du, soll ich tun? Soll ich die Schwarzen ausschicken, um sie zu suchen?«

Sie kam nicht dazu zu antworten, denn plötzlich ertönte die hohe und schneidende Stimme ihres Bruders Douglas mit wütender Heftigkeit:

»Robert Toombs, Sie wissen genau, daß gewisse Plantagenbesitzer ihren Sklaven die Freiheit geben. Es ist Mode geworden, wie in Rußland, wo die Leibeigenen auch allmählich freigelassen werden. Aber was um Himmels willen sollen denn unsere unglücklichen Schwarzen tun, wenn wir sie entlassen? Diese Menschen sind wie Kinder und rechnen damit, daß wir für sie sorgen. Wenn sie aus Dimwood fort wollen, steht es ihnen frei. Das wissen sie. Einer von ihnen ist in den Norden geflohen. Er wurde dort wie ein Bruder empfangen und bekam auch sofort Arbeit, aber was für eine Arbeit! Das Klima hätte ihn beinahe umgebracht, und er ist zurückgekehrt. Wer wird ihnen die Nahrung geben, die wir ihnen geben? Wer wird sie pflegen, wenn sie krank sind? Wer wird für ihre stets wachsende Nachkommenschaft sorgen? Für all die vielen Kinder? Der Norden vielleicht? Reden wir ernsthaft. Der Norden nimmt die Flüchtlinge wie Brüder auf und schickt sie in die Fabriken. Dort halten sie es ein paar Wochen aus, dann werden sie krank, weil sie das Klima nicht vertragen, und kommen zu uns zurück.«

»Sie kommen zu Ihnen zurück, weil William Hargrove mit Recht den Ruf genießt, human und gütig zu sein. Doch, doch, das weiß jeder. Aber nicht alle Plantagenbesitzer sind so, es gibt da einige sehr brutale Kerle ...«

»Die sind geächtet und stehen außerhalb der Gesellschaft«, entgegnete Joshua, »und sie leben in ständiger Angst, daß die Schwarzen ihnen die Brust aufschlitzen, wie es auf den Antillen geschehen ist. Fragen Sie meinen Vater.«

William Hargrove schickte sich an, etwas zu sagen, als ein junger Schwarzer ins Zimmer stürmte und sich unter den entrüsteten Protesten derer, die er ohne Rücksicht beiseite stieß, seinen Weg zum Herrn von Dimwood bahnte.

»Bist du verrückt geworden?« fuhr Joshua ihn an. »Man hat dir gesagt, du sollst dich nicht vor acht Uhr blicken lassen. Und was ist das für ein Papier?«

Der Schwarze hielt tatsächlich einen Zettel in der Hand, den er wortlos William Hargrove überreichte. Das schwarze Gesicht des Sklaven hatte jene seltsame Farbe angenommen, die man das Grau des Entsetzens nennen könnte, und seine Zähne schlugen aufeinander.

William Hargrove nahm den Zettel, warf einen Blick darauf und gab ihn Douglas.

»Ich verstehe nicht«, sagte er mit schwacher Stimme.

Douglas las die von rascher und ungeschickter Hand geschriebenen Worte:

Ich bin zu unglücklich. Susanna.

Dann reichte er Joshua den Zettel und packte den Schwarzen mit beiden Händen, als wolle er ihn daran hindern, fortzulaufen.

»Du brauchst keine Angst zu haben«, sagte er. »Niemand wird dir etwas tun. Sage uns, was dieser Zettel bedeutet und wo du ihn gefunden hast.«

Robert Toombs näherte sich nun ebenfalls dem zu Tode erschrockenen Schwarzen.

»Du hast nichts zu fürchten«, sagte er mit seiner Stentorstimme, die er nicht zu dämpfen vermochte, weil er noch zu sehr unter dem Eindruck des feurigen Wortgefechts stand. »Du bist hier bei Leuten, die deiner Rasse wohlgesinnt sind. Und jetzt rede.«

»Da unten«, stammelte der Junge mit erstickter Stimme.

Er zeigte mit vager Geste zur Tür.

»Wo? Um Himmels willen, wo?« brüllte Joshua.

»Am Fluß, Massa Joshua.«

»Und? Oh! So rede doch, Junge!«

Der Junge rollte die weit aufgerissenen Augen.

»Auf de' Wiese, am Ufe', ganz nah am Wasse', da lag Mam'sell Susanna ih' g'oße' Hut, und auf'm Hut de' Zettel, und auf'm Zettel ein Stein.«

Auf diese Worte, die er wie ein keuchendes Tier hervorbrachte, folgte ein entsetztes Schweigen. Zwei der Damen fielen fast gleichzeitig in Ohnmacht. Aus einer Ecke des Salons erhob sich plötzlich ein schriller Aufschrei. Es war Mildred, die schrie:

»Susanna hat sich ertränkt!«

In dem traurigen Tumult, der nun folgte, nahm Douglas, der einen kühlen Kopf bewahrt hatte, den jungen Schwarzen beim Arm und bahnte sich einen Weg zur Tür.

»Du wirst mich dort hinführen«, sagte er mit zusammengebissenen Zähnen.

William Hargrove ließ sich verzweifelt auf einen Stuhl sinken.

»Was habe ich getan, daß Gott mich so straft?« stöhnte er.

Joshua klopfte ihm auf die Schulter.

»Vater«, sagte er, »man erwartet von Ihnen, daß Sie ein Beispiel geben. Zeigen Sie keine Schwäche. Stehen Sie auf.«

Robert Toombs verneigte sich steif wie ein Ritter in voller Rüstung vor dem Herrn der Plantage.

»Sir«, sagte er, »falls ich Ihnen in dieser schmerzlichen Situation irgendwie nützlich sein kann, stehe ich ganz zu Ihren Diensten.«

Joshua trat auf ihn zu und sagte leise:

»Mr. Toombs, Sie sind ein großer Mann, aber Sie können mir meine Tochter nicht zurückbringen.«

Aufs neue machte Robert Toombs eine tiefe Verbeugung, und Joshua begleitete ihn bis zur Verandatür. Die Versuchung, mit einem wohlformulierten Satz zu schließen, war so stark, daß der Redner ihr nicht widerstehen konnte:

»Mr. Hargrove«, sagte er und mäßigte seine berühmte Stimme, »wenn die Vorsehung es aus Gründen, die wir nicht kennen, für gut befunden hat, ein armes Menschenleben zu verkürzen, so können wir nur auf immer verstummen, aber die Union der Herzen, von der man in diesen Tagen soviel spricht, ist kein leerer Wahn.«

Damit ergriff er Joshuas schlaffe Hand und drückte sie kräftig. Joshua antwortete nicht und blickte ihm nach, wie er die Stufen der Freitreppe hinabstieg. »Susanna«, sagte er halblaut, wie man jemanden anspricht, den man aus tiefem Schlaf aufwecken will, ohne ihn zu erschrecken. So wartete er lange und konnte sich nicht zur Rückkehr ins Haus entschließen.

In den Bäumen quakten die Frösche mit ruhiger Teilnahmslosigkeit ihren abendlichen Gesang. Der schwere Duft der im Vorhof wuchernden Geißblattblüten und Gardenien stieg zu ihm auf, und in dieser zauberhaften Abendstimmung überkam ihn das Gefühl, daß sein ganzes Leben gescheitert war und daß die Vorstellung, die er sich von sich selbst gemacht hatte, in nichts zerfiel. Jedesmal, wenn er die Augen schloß, erschien ihm Susannas flehendes Gesicht wie in einer Halluzination, und er hörte sich die unentschuldbaren Worte sagen: »Wenn du diesen Mann heiratest, gibst du deiner Familie den ersten Platz in der Gesellschaft zurück ... Du hast kein Recht, dich zu weigern ...«

Ein Stöhnen, das fast wie ein Röcheln klang, entrang sich seiner Brust, und er verbarg das Gesicht in den Händen, als ein leichter Schritt in seiner Nähe ihn aufschrecken ließ. Es war Elizabeth. Zu bewegt, um deutlich sprechen zu können, stammelte sie verwirrt:

»Ich habe den Salon verlassen, als man vom Krieg zu sprechen begann. Ich will vom Krieg nichts hören.«

»Es wird keinen Krieg geben, Elizabeth, aber was tust du hier?«
»Ich floh in mein Zimmer, und unterwegs begegnete ich Susanna.
Sie rief mir zu: ›Du wirst mich nicht wiedersehen.‹ Oh, Onkel Josh,
Sie dürfen sie nicht zu dieser Heirat zwingen ... Deshalb ist sie
davongelaufen ...«
»Elizabeth, ich bitte dich, schweig.«
»Aber ich sage die Wahrheit. Als die Schwarzen fortgingen, ist sie
davongelaufen ...«
»Elizabeth, sag das nicht noch einmal. Ich bin sehr unglücklich.
Laß mich, geh auf dein Zimmer, ich werde es dir später erklären.«
Plötzlich ergriff das junge Mädchen seinen Arm und begann zu
ihm zu sprechen, wie sie noch nie in ihrem Leben gesprochen hatte.
Es schien ihr so seltsam, daß sie glaubte, jemand anders spräche an
ihrer Stelle:
»Onkel Josh, Sie müssen Mitleid haben, verstehen Sie? Sie müssen, Sie müssen ...«

Als er in den Salon zurückkehrte, fand er ihn halb leer.
Während seiner Abwesenheit hatten sich die meisten durch die
Tür ins Vestibül geflüchtet. Es schien, als hätte fast alle eine heilige
Angst befallen, daß plötzlich die Wasserleiche des jungen Mädchens
hereingetragen werden könnte, mit Algen im aufgelösten Haar.
Tante Augusta, deren maskenhaft erstarrtes Gesicht weiß wie
Marmor war, lag auf dem Teppich ausgestreckt. Obwohl der Mund
noch immer wie zum Angstschrei offenstand, nahm er dem stolzen
Gesicht nichts von seiner Würde. Inzwischen war Tante Laura leise
herbeigeeilt und kniete sich vor ihr nieder. Sie hütete sich aber, sie
zu ohrfeigen, sondern schob ihr ein Kissen unter den Kopf und rieb
ihr sanft die Stirn und die Wangen.
»Großvater«, sagte Fred plötzlich, »geben Sie die Hoffnung nicht
auf. Man sucht den Fluß mit Booten ab. Alles Notwendige wird
getan.«
In diesem Augenblick durchbrach ein krächzender Klagelaut die
Stille.
»Die arme Susanna, wir mochten sie so gern.«
Es war Billy. Sein später Stimmbruch spielte ihm einen Streich
und verlieh seiner kurzen Leichenrede eine groteske Komik.
Aber jetzt ertönte William Hargroves vor Kummer heisere
Stimme und machte den Gefühlsausbrüchen ein Ende.

»Es ist meine Schuld«, sagte er. »Ich hätte alles verhindern können. Ich wußte, daß es ein Fehler war, ein Mißbrauch des armen Kindes.«

Fred schnitt ihm energisch das Wort ab:

»Sir, gestatten Sie mir zu sagen, was ich von dieser Selbstmordgeschichte halte? Gestatten Sie es mir?«

»Was kannst du uns noch Schrecklicheres als die Wahrheit erzählen?« stöhnte William Hargrove.

»Nur eins: ich glaube nicht daran.«

»Bist du von Sinnen? Und dieser Zettel mit Susannas Handschrift?«

»Ich habe das alles gehört, aber ich kenne Susanna. Sie ist ein Angsthase.«

»Ein Angsthase kann sich sehr gut aus Verzweiflung ins Wasser stürzen.«

»Mag sein, aber es gibt etwas, wovor Susanna sich noch mehr fürchtet als vor dem schwarzen Wasser des Flusses, und das ist der Alligator, den man letzte Woche hier gesehen hat, und der wahrscheinlich nicht der einzige war. Dieser Zettel, den sie am Ufer gelassen hat, ist eine reine Lüge, mit der sie nur Zeit gewinnen wollte, um sich auf der Straße davonzumachen. Billy, anstatt wie ein Schloßhund zu heulen, solltest du lieber in die Ställe eilen und die Pferde zählen. Wenn sie alle da sind, könnt ihr mich meinetwegen bis zum Ende meiner Tage einen Trottel nennen.«

Nach einer Sekunde der Verblüffung verließ Billy seinen Platz hinter dem Flügel und stürmte zur Tür, ohne weitere Erklärungen zu verlangen, während Tante Laura sich bemühte, Tante Augusta aufzuhelfen, und zu einem Sessel zu führen.

»Was ist los?« fragte diese. »Wo sind sie alle?«

»Stellen Sie keine Fragen«, erwiderte Fred, »und verhalten Sie sich ruhig, wenn Sie können. Es ist nichts Schlimmes geschehen.«

»Fred«, sagte William Hargrove, »was berechtigt dich zu solchen Reden?«

»Mein gesunder Menschenverstand, Großvater. Ich bin überzeugt, daß Susanna nicht tot ist. Gedulden Sie sich nur, bis Billy zurückkommt.«

»Ich an deiner Stelle«, sagte Tante Laura, die bis jetzt geschwiegen hatte, »würde keine Hoffnungen erwecken, ohne meiner Behauptungen ganz sicher zu sein. Die Enttäuschung wäre schrecklich.«

»Tante Laura, ich bitte Sie nicht, an ein Wunder zu glauben, ich appelliere an Ihre Vernunft.«

»Sehr gut«, erwiderte Tante Laura, »aber es wäre vielleicht weiser, Gott anzurufen.«

»Ich verstehe kein Wort von dem, was ihr redet«, rief Tante Augusta verärgert aus.

Jetzt erhob William Hargrove mit kaum verhaltener Empörung die Stimme:

»Es handelt sich ganz einfach um deine Tochter, von der wir nicht wissen, ob sie am Leben oder tot ist. Hast du sie schon vergessen? Erinnerst du dich nicht mehr an die Tränen, die sie vergoß, als sie euch, dich und Josh, anflehte, sie nicht zu dieser Heirat mit Leutnant Boulton zu zwingen? Wir sind alle schuldig, und du, ihre Mutter, nicht weniger als wir alle ...«

Wut und Angst röteten Augustas Gesicht.

»Ich gehe«, sagte sie.

»Du bist nicht weniger schuldig als wir, wenn nicht noch mehr«, fuhr William Hargrove außer sich fort. »Wo blieb dein Mutterherz, als du deine Tochter zurückgestoßen hast? Du hast den Zorn Gottes auf uns gelenkt.«

»Vater, was Sie sagen, ist unerhört, ich ertrage es nicht, und ich werde keine Minute länger in diesem Zimmer bleiben. Fred, meine Haube.«

Tante Augustas Kopfputz hatte sich während der Ohnmacht von ihrem Haupte gelöst. Fred fand die Haube ohne Schwierigkeit unter einem Sessel; sie hatte kaum gelitten. Nur die langen Spitzenbänder sahen ein wenig zerknittert aus, aber die kleinen gestärkten Volants hatten nichts von ihrer strengen Eleganz verloren. Mit vor Entrüstung zitternden Händen setzte sich Tante Augusta diesen monumentalen Gegenstand wieder auf den Kopf und warf ihrem Schwiegervater einen wütenden Blick zu.

»Wenn man Sie reden hört«, sagte sie, »könnte man meinen, ich hätte diese Unglückliche, die ich zur Welt gebracht habe, bei der Hand genommen und ins Wasser gestoßen. Überdies hat man noch nie ein Mädchen gegen seinen ausdrücklichen Willen verheiratet. Es gibt Gesetze, die sie bis zum Fuße des Altars davor schützen würden. So werde ich diese Nacht zwar mit wundem Herzen, aber mit ruhigem Gewissen schlafen.«

Um diese kleine Rede zu halten, hatte sie jene seltsame Beherrschung wiedergefunden, wie sie die Schauspieler haben, wenn sie durch eine Art innerer Verwandlung von einer Gefühlsstimmung zur anderen wechseln. Die Überzeugungskraft des Textes, den sie rezitieren, verleiht ihnen eine absolute Glaubwürdigkeit. So wurde Tante Augusta bei diesem erstaunlichen Auftritt von den Sätzen, die sie sprach, gleichsam getragen, und in ihrem flohbraunen langen Taftkleid bot sie den Anblick einer Statue, wozu der prächtige Kopfputz nicht wenig beitrug.

Und sie fuhr fort:

»Haben Sie je in der Bibel, die Ihnen so teuer ist wie uns allen, auch nur einen einzigen Vers gelesen, in dem sich eine Rechtfertigung dafür fände, daß ein Vater durch seinen Fanatismus eine unerfahrene Seele mordet, und das nicht nur einmal, sondern an jedem Tag ihres Lebens, indem er ihr seinen tyrannischen Willen aufzwingt?«

Sie hielt plötzlich inne, erschöpft von der Anstrengung, und ging rückwärts zur Tür, während sie ihren Schwiegervater wie einen tödlich Verwundeten erbleichen sah.

Noch seltsamer war Tante Lauras Reaktion. Bei der Anspielung auf die Bibel und auf die Gewalt, die einer Seele durch väterliche Grausamkeit Tag für Tag angetan wird, baute sich diese sonst so zurückhaltende Frau entschlossen vor William Hargrove auf und starrte ihn schweigend aus ihren großen, reglosen Augen an. Er versuchte zuerst, diesem unerträglichen Blick standzuhalten, doch dann wandte er plötzlich mit einer heftigen Geste den Kopf ab.

»Verschwinde«, sagte er mit matter Stimme.

Sie rührte sich nicht. Immer noch von ihr abgewandt, rief er:

»Ich will dich nicht sehen, ich befehle dir, zu verschwinden.«

Und plötzlich brüllte er:

»Los, raus mit euch beiden, ich will allein sein!«

Er hatte sich bei diesen Worten erhoben, aber wie von einem Schwindel erfaßt, fuchtelte er blind mit beiden Händen durch die Luft, als suchte er nach einer Stütze, um nicht zu fallen.

Fred eilte zu ihm und half ihm, sich wieder zu setzen, während Tante Laura und Tante Augusta zur Tür gingen.

Sie brauchten sie nicht zu öffnen. Billy stürmte herein, das Haar zerzaust, mit verstörtem Gesicht.

»Mein Vater ist mit Onkel Josh, dem Aufseher und zwölf Schwarzen in Booten hinausgefahren, um den Fluß nach allen Richtungen abzusuchen.«

»Und wie viele Pferde sind in den Ställen?« fragte Fred.

»Alle da. Kein einziges fehlt. Von dieser Seite ist keine Hoffnung.«

William Hargrove warf Fred einen zornigen Blick zu, aber Fred ließ sich nicht aus der Ruhe bringen.

»Da siehst du, was deine Überlegungen und deine Eingebungen wert sind, du kleiner Narr. Und ich habe mich an deine schlagenden Argumente geklammert. Sie ist tot. Susanna ist tot.«

Tante Laura bekreuzigte sich und verließ das Zimmer, gefolgt von Tante Augusta, die jedoch nach ein paar Schritten zögerte und plötzlich stehenblieb. Freds herrische Stimme zerriß das Schweigen:

»Und ich sage Ihnen, daß sie nicht tot ist. Sie kann zu Fuß davongelaufen sein.«

»Schweig, Fred«, schrie William Hargrove. »Susanna ist tot.«

Augusta verweilte reglos bei der Tür, und nach einem Augenblick der Unschlüssigkeit ging auch sie hinaus, langsam und majestätisch. Durch die offengebliebene Tür konnte man sehen, wie sich die hohe, selbstbewußte Gestalt über die Veranda entfernte und sich allmählich in der Dämmerung auflöste. Plötzlich zerriß ein rauher, entsetzlicher Schrei die Luft, der dem Aufheulen eines Tieres ähnelte. Alle im Salon zuckten zusammen und blickten einander wortlos an, aber sichtlich ergriffen vor Schrecken und Mitleid.

51

Das Abendessen wurde zur gewohnten Stunde aufgetragen und verlief zwangsläufig in düsterer Stimmung. Dennoch hatte es den leichten Beigeschmack der uneingestandenen Zufriedenheit, daß man noch am Leben war, nachdem der Tod so nahe vorübergegangen war. In der gehobenen Sprache hieß er der Schnitter, und seine Sense hatte über den Köpfen dieser Tafelrunde gepfiffen, die nun innerlich dichter zusammenrückte.

William Hargrove fiel die Aufgabe zu, die gewohnten Gebete zu sprechen, aber seine Erregung war so stark, daß er nur einen einzigen Satz hervorbrachte, der jedoch alles sagte:

»O Herr«, murmelte er, »erbarme dich unserer Not. Amen.«

Weder Tante Augusta noch Tante Laura waren erschienen, und auch nicht die arme, auf ewig untröstliche Mildred. Tante Emma, völlig wiederhergestellt von ihren verschiedenen Ohnmachtsanfällen, ließ sich eine behagliche Mahlzeit auf ihrem Zimmer servieren. Die vollzählig anwesenden Männer trugen eine korrekte Trauer zur Schau, ungeachtet ihres natürlichen Hungers, den die gesunde und gepflegte Küche von Dimwood befriedigen sollte.

Minnie kam mit einiger Verspätung, und ihre Augen waren gerötet, aber sie nahm ihren Platz neben Fred ein und betrug sich mit Würde. Billy zu ihrer Linken erwies schweigend den Maiskrapfen die Ehre. Und ganz am Ende des Tisches saß Hilda artig und stumm, blickte starr vor sich hin und rührte keine der Schüsseln an, aber infolge eines seltsamen Phänomens schien sie ganz klein geworden zu sein.

Zur ihrer Rechten saß Elizabeth in einer statuarischen Regungslosigkeit, als sei sie gar nicht da, und versuchte den Tumult ihrer Gedanken zu beherrschen. Wie ihre Nachbarin verweigerte sie alle Speisen, die man ihr anbot. Bald sah sie in ihrer Phantasie das gequälte Gesicht Susannas, bald war es Jonathan, der ihr im Laub des Säulengangs und inmitten der weißen Magnolienblüten erschien. Sie war davon überzeugt, daß diese halluzinatorischen Erscheinungen zum wirklichen Leben gehörten, während dieses trübselige Abendessen nichts anderes als ein Alptraum war.

Onkel Douglas brach als erster das Schweigen, und er tat es beim Nachtisch in einem leicht schulmeisterlichen Ton:

»Ich bitte um Verzeihung, daß ich das Thema, das uns so schmerzlich berührt, zur Sprache bringe, aber da wir nun alle, fast alle beisammen sind ...«

Er wiederholte:

»... fast alle beisammen sind ...«, und fuhr nach einer kurzen Pause fort:

»Nun, ich weiß eigentlich nicht recht, welcher Art die religiösen Anschauungen dieser armen Kleinen waren ...«

»Gläubig war sie, das steht außer Zweifel«, murmelte William

Hargrove, »aber man weiß wenig über die religiösen Anschauungen der Generation, die auf die Eltern folgt ...«

»Sie las die Bibel«, sagte Joshua mit sanfter und fester Stimme. »Ihre Mutter hielt sie dazu an. Wie wir ging sie an den wichtigen Feiertagen in die Kirche, und das genügte. Wir haben in unserer Familie die äußeren Formen der Frömmigkeit nie übertrieben.« Er hielt inne und fügte dann hinzu:

»Sie war Mitglied der anglikanischen Kirche ...«

Diese Worte schienen seine Kräfte erschöpft zu haben.

Er schwieg, und Onkel Douglas ergriff wieder das Wort. Vielleicht ohne es zu wissen, schlug er den Ton der Pastoren der anglikanischen Kirche an, die als die Kirche der Aristokratie galt.

»Da wäre ein Trauergottesdienst in der Kathedrale das einzig richtige. Im großen Stil selbstverständlich. Trauerflor, Chorknaben in kleinen schwarzen Soutanen und weißen Chorhemden ...«

Fred unterbrach diesen Redeschwall mit seiner klaren und deutlichen Stimme:

»Den Sarg können Sie sich sparen, da Sie nichts hineinzulegen haben werden.«

»Fred, hinaus mit dir!« fuhr ihn sein Vater an.

»Verzeihung, Sir. Ich bitte um die Erlaubnis, bleiben zu dürfen.«

»Gut, aber noch ein Wort, und ich schmeiße dich hinaus«, sagte sein Vater mit einem wütenden Schnauben.

Er ließ einige Sekunden verstreichen, um den gewünschten Tonfall wiederzufinden, und fuhr bedächtig fort:

»Die berühmteste Organistin von Savannah, Mrs. George Wilkinson Howard wird der unerläßlichen Andacht eine, wenn ich so sagen darf, geistige Färbung zu verleihen wissen.«

Wieder machte er eine Pause, und dann lächelte er gerührt und sagte mit einer süßlichen Stimme, die man an ihm gar nicht kannte:

»Ich glaube, die arme Kleine würde zufrieden sein.«

Ein unerwarteter Ausbruch folgte diesen Worten. Elizabeth war plötzlich aufgesprungen und schrie mit sich überschlagender Stimme:

»Aber das ist doch nicht wahr! Morgen ist Dienstag, und es wird wie gewöhnlich ein Brief von Leutnant Boulton kommen, und Susanna wird ihn mir zu lesen geben und mich bitten, ihn zu den anderen zu legen, und dann wird sie weinen, und es wird keinen Trauerflor in der Kirche geben, und ...«

Sie war ganz rot geworden und griff sich mit den Händen an den Hals, als ob sie erstickte. Onkel Josh, der sich rasch erhoben hatte, eilte zu ihr und fing sie in seinen Armen auf, als sie zu Boden sank.

»Mein liebes kleines Mädchen«, sagte er und küßte sie, »beruhige dich, ich werde dich auf dein Zimmer bringen und bei dir bleiben, wenn du willst.«

Sie faßte sich sogleich und bot all ihre Willenskraft auf, um sich zu befreien.

»Sagen Sie mir, daß sie nicht tot ist«, bat sie.

»Elizabeth«, antwortete er leise, fast wie zu einer Kranken, »Elizabeth, höre, du mußt dich damit abfinden. Man muß Mitleid haben. Du hast es selbst gesagt.«

Diese Worte verhallten in einem schrecklichen Schweigen. Onkel Josh stützte sich auf die Stuhllehne. Als ob er den ersten Schrecken noch einmal durchlitte, war er sprachlos und stumm und suchte vergeblich nach einem Satz, den er sagen könnte.

Minnie stand auf und kam zu ihm.

»Minnie, tu etwas«, murmelte Elizabeth. »Ich möchte sterben.«

Ohne zu antworten, nahm Minnie sie am Arm und führte sie aus dem Speisezimmer. Die junge Engländerin war wie benommen vor Schmerz und wehrte sich nicht.

»Tot«, murmelte sie immer wieder. »Es ist nicht wahr.«

In der allgemeinen Aufregung hatte Hilda sich mit ihnen davongeschlichen und ergriff nun wie ein erschrecktes kleines Tier die Flucht. Nachdem die Männer allein waren, herrschte zuerst ein betretenes Schweigen. William Hargrove und seine beiden Söhne, wie immer in Schwarz, schienen in tiefer Trauer, als ob ihre Kleidung beschlossen hätte, am Drama teilzunehmen, während Billy sich in seinem kurzen marineblauen Jackett mit den Messingknöpfen einsam vor einer Schüssel mit Krebsschwanz- und Avocadosalat sah, die er heimlich leerte, wobei er freilich so tat, als folgte er den Gesprächen. Zwischen zwei hastigen Bissen blickte sein rosiges Gesicht voll besorgter Aufmerksamkeit drein. Es lag übrigens keinerlei Heuchelei in diesem heimlichen Betragen, denn das Verschwinden seiner jungen Cousine beunruhigte ihn zutiefst, wenn auch sein gesunder Appetit deshalb nicht nachgelassen hatte.

Joshua war zu seinem Platz neben seinem Vater zurückgekehrt, und Douglas hüstelte leicht, um anzudeuten, daß er wieder das Wort ergreifen würde.

»Es scheint mir unumgänglich«, sagte er feierlich, »die Nachricht den benachbarten Familien mitzuteilen, und vor allem auch der Presse, aber die Formulierungen und der Stil müssen sorgfältig erwogen werden, um dem Geflüster und böswilligen Gerüchten ein für allemal vorzubeugen. Ich hoffe, mich verständlich gemacht zu haben ...«

»So ungefähr«, sagte Fred nüchtern. Auch er war einsam, aber es war eine strenge Einsamkeit, die er durch seinen kühlen, skeptischen Blick und die über dem dunkelgrauen Anzug verschränkten Arme noch unterstrich. Nur die unter seinem Kinn sorgfältig geknüpfte Halsbinde verlieh ihm etwas von jener liebenswürdigen südstaatlichen Eleganz, deren man sich hierzulande rühmte.

Sein Vater warf ihm einen wütenden Blick zu und fuhr fort:

»Ich sehe die Sache etwa folgendermaßen: unsere geliebte Susanna sitzt am Ufer dieses hübschen Flusses, wie sie es oft und gern tut. Sie ist ein wenig müde, sie blickt in die dahinfließenden Fluten, sie beugt sich vor. Von einem plötzlichen Schwindel ergriffen, fällt sie ins Wasser, kämpft gegen die Strömung an, aber diese treibt sie bis zur Mündung des Ogeechee-Stroms, und dann ... Erscheint euch das einleuchtend?«

William Hargrove und Josh nickten. Es schien ihnen durchaus einleuchtend.

»Und wer kann bezeugen, es gesehen zu haben?« fragte Fred.

»Fred, merke dir, was ich sage. In einem solchen Fall ist die Wahrscheinlichkeit so augenfällig, daß sie nicht von Zeugen bestätigt zu werden braucht.«

»Aber dieser seltsame Zettel mit den vielsagenden Worten ...«

»Den wird niemand sehen. Der Schwarze, der ihn gebracht hat, kann nicht lesen. Die Version, die ich vorschlage, wird als wahr gelten. Und je länger ich darüber nachdenke, desto mehr erscheint sie mir als die Wahrheit selbst.«

»Was ist Wahrheit?« fragte Fred.

Onkel Douglas sprang auf und schrie ihn an:

»Fred, du machst mir Schande. Was du sagst, ergibt überhaupt keinen Sinn.«

»Vater, ich zitiere nur einen der bekanntesten Sätze der Weltgeschichte.«

»Glaubst du vielleicht, das wüßten wir nicht? Was hat das mit Susannas Verschwinden zu tun?«

»Nur das eine: Sie täuschen sich in der Wahrheit, und Susanna ist nicht tot.«

»Du wirst diesen Blödsinn bitter bereuen, wenn du hörst, wie der Bischof von Savannah für uns alle von der kleinen Verstorbenen Abschied nimmt. Er kennt unsere Familie, er mag uns, er wird es uns nicht verweigern.«

»Nun gut, Vater, an diesem Tage werde ich Sie für meine vorlaute Beharrlichkeit um Verzeihung bitten und doch irgendwo im Grunde meines Herzens die Hoffnung bewahren, meine Cousine trotz allem wiederzusehen.«

»Auf dieser Welt wirst du sie nie wiedersehen«, sagte Onkel Josh gesenkten Hauptes.

Fred erhob sich und sagte in einem ruhigen, ein wenig feierlichen Ton:

»Ich bitte um Erlaubnis, mich zurückzuziehen, und wünsche euch trotz der Umstände eine wirklich erholsame Nacht. Meine Gegenwart kann nur noch zu weiteren Unstimmigkeiten führen, und das tut mir leid.«

Nach dieser kleinen, mit kühler Höflichkeit vorgetragenen Rede verließ er das Zimmer in seinem gewohnten raschen Schritt, der in seiner Präzision an einen Soldaten erinnerte.

»Dieser Junge sät Zwietracht«, sagte Onkel Douglas betrübt. »Ich weiß, daß er intelligent ist, muß aber gestehen, daß ich froh bin, wenn er von hier verschwindet und auf die Universität geht.«

Es wurde Nacht. Bereits einige Zeit zuvor hatte der Herr der Plantage die Dienerschaft schlafen geschickt. Die Kerzenleuchter auf dem Tisch warfen große Schatten an die Wände und umgaben die vier Männer, die so spät noch zusammensaßen. Es herrschte eine so tiefe Stille, daß niemand sie brechen zu wollen schien. Endlich sagte William Hargrove leise:

»Es ist aus. Die Kleine hat sich in den Tod geflüchtet und unsere Welt zerstört. Wir werden nie mehr dieselben Dinge sagen, weil wir nie mehr dieselben Menschen sein werden. Wir alle wissen es, aber wir hätten es lieber bis zum Schluß nicht wahrgenommen. In Dimwood werden wir von nun an Fremde sein. Wenn Jonathan kommt, um sein Haus zurückzuverlangen, werde ich es ihm geben.«

Von einem Wortschwall mitgerissen, den er nicht mehr beherrschte, schien er einer dumpfen Eingebung zu gehorchen, die aus den geheimsten Regionen eines gequälten Gewissens kam.

Nach einer Weile nahmen ihn seine Söhne sanft am Arm und führten ihn hinaus. Er ließ es geschehen, redete jedoch unablässig weiter, nur immer leiser, als flüstere er lange, unverständliche Gebete.

Niedergeschlagen schlüpfte Billy hinter ihnen aus der Tür.

In der Nacht zog ein Gewitter vorüber, ohne daß ein Tropfen Regen gefallen wäre, aber es vertrieb die drückende Hitze des Tages. Der Morgen brachte eine Frische, die man unter anderen Umständen köstlich gefunden hätte. Zur üblichen Stunde wurde das Frühstück serviert, und mit einer Ausnahme saßen alle bei Tisch. Niemand sprach ein Wort, alle Gesichter blieben stumm, Augen und Lippen schwiegen. Bei diesem Anblick hätte man an eine seltsame Toten-versammlung denken können, und die alltäglichen Gesten des Essens und Trinkens änderten nichts an diesem Eindruck, denn mit ihren starren Zügen und leeren Blicken schienen sie nicht mehr zur Welt der Lebenden zu gehören.

William Hargrove nahm seinen gewohnten Platz ein, und man wartete vergeblich auf den Segen, der ihm so viel bedeutete. Die dichten Koteletten, die bis in das Gestrüpp seines Schnauzbartes reichten, unterstrichen die gelbliche Blässe seines Teints, und die tiefen blauschwarzen Ringe unter den Augen zeugten von einer in qualvoller Schlaflosigkeit verbrachten Nacht. Onkel Josh wollte ihn zum Essen bewegen, aber ohne Erfolg. Immerhin gelang es ihm, seinem Vater eine große Tasse Tee in die Hand zu drücken, die dieser beim Henkel faßte und leicht zitternd an seine Lippen führte.

Und es geschah, was zu befürchten gewesen war. Plötzlich ließen William Hargroves Finger die Tasse los, und diese fiel mit einem gewaltigen Lärm auf die Untertasse, wo sie in Stücke brach. Eine hellgelbe Flüssigkeit breitete sich auf dem schneeweißen Tischtuch aus.

Ein Diener eilte herbei, um dieses kleine Unglück zu beheben, aber sonst rührte sich niemand. Der Schwarze tat, was zu tun war, und es war ratsam, sich zu stellen, als habe man nichts bemerkt, um die Demütigung des Familienoberhauptes nicht durch unpassenden Eifer noch schlimmer zu machen. Übrigens schien William Har-grove den kleinen Unfall gar nicht bemerkt zu haben. In weniger als drei Minuten war alles wieder in Ordnung, und große weiße Da-mastservietten verdeckten die Spuren des ärgerlichen kleinen Malheurs, dessen schlimme Vorbedeutung weder Douglas noch Joshua entging. Sie tauschten besorgte Blicke.

Auf einmal begann ihr Vater einige unverständliche Worte zu murmeln.

»Er hat etwas gesagt«, flüsterte Onkel Josh. »Hörst du ihn?«

»Ja, aber ich verstehe nichts. Ich glaube ›Dimwood‹ gehört zu haben.«

Schlecht und recht ging das Frühstück zu Ende, und Onkel Douglas, der ruhig Blut bewahrt hatte, sagte mit scheinbarer Ruhe:

»Ich schlage vor, daß wir uns alle im Salon versammeln, um zu besprechen, was bezüglich des gestrigen Ereignisses zu tun ist.«

Niemand hatte etwas einzuwenden. In einer Art allgemeiner Apathie folgte diese sonst so gesprächige Runde wortlos dem entschlossenen Mann, dessen Ruhe ihr ein wenig Mut machte.

Jetzt befanden sie sich im großen Salon, wo der Ball stattgefunden hatte, doch kaum saßen sie in ihren Sesseln, da kippte Tante Augusta seitlich um, ohne einen Laut von sich zu geben. Man mußte sie auf ein Sofa tragen und ihr immer wieder das Riechsalz reichen, aber sie kam nur mit Mühe zu sich und blieb so liegen, ein Kissen unter dem Kopf, mit geschlossenen Augen.

Josh und Douglas hatten ihren Vater zu einem großen Lehnstuhl geführt, von wo aus er alles, was um ihn herum vorging, hätte beobachten können, wenn ihm danach zumute gewesen wäre. Doch sein erloschener Blick verriet eine körperliche und seelische Erschöpfung, die es ihm unmöglich machte, sich zur Aufmerksamkeit zu zwingen. Unartikulierte Laute drangen aus seinem Mund und durch das Dickicht seines Bartes, und zuweilen vernahm man eintönig wiederholte Satzfetzen. So glaubten die beiden Brüder einen Augenblick lang den Namen Laura gehört zu haben.

Und nun wartete die ganze Familie. Sie saßen auf den roten Plüschpolstern und starrten halb neugierig, halb entsetzt auf den Herrn von Dimwood, als ob dieser ein neues Unglück verkünden würde, das sie alle treffen sollte, denn alle fürchteten eine unmittelbar bevorstehende Gefahr.

Nur Fred in seinem grauen Anzug, der durch die schwarze Halsbinde noch strenger wirkte, blieb unerschütterlich. Absichtlich hatte er neben Billy Platz genommen, um seinem Bruder einen kräftigen Rippenstoß zu versetzen, falls dieser sich zu reden erdreisten sollte, aber der sonst so ungestüme Junge schien von dem bedrückenden Schweigen und der Bestürzung ringsum beeindruckt und verhielt sich still. Tante Emma, die rechts von Fred saß, ließ von Zeit zu Zeit ein diskretes Schniefen vernehmen, fiel aber diesmal nicht in Ohnmacht.

Minnie hatte sich zu Tante Laura gesetzt, die ihr liebevoll die Hand hielt, und rührte sich nicht. Was die Mädchen, die »Kinder« betraf, so hockten sie aufgereiht auf den großen Stühlen, reglos und tieftraurig in ihren hübschen rosa, weißen und lila Baumwollkleidern.

Plötzlich fiel William Hargroves Blick auf Tante Augusta, die immer noch wie eine Tote auf dem Sofa lag, in ihrem schwarzen Satinkleid, dessen lange und gerade Falten im hellen Morgenlicht schimmerten. Aus einem Grund, den er für sich behielt, den man jedoch zu erraten glaubte, betrachtete er lang die leblos daliegende Frau und murmelte etwas. Seine Augen begannen zu glänzen.

»Er hat gesagt: *Die Arme*«, flüsterte Onkel Douglas.

»Ich habe nichts gehört«, sagte Onkel Josh, »ich glaube, er bekommt nichts mehr mit.«

»Doch, Josh. Es gibt noch Hoffnung.«

Während er das sagte, ging die Tür lautlos auf, und Susanna trat ein. Sie ging zu einem kleinen Tisch, auf dem ein offenes Album mit Stahlstichen lag, die einige berühmte europäische Kunstwerke darstellten. Sie blätterte darin so natürlich, daß man sie während einer endlosen Minute gar nicht bemerkte, obgleich alle sie sahen.

Tante Emma stieß als erste einen heiseren Schrei aus und sank in Freds Arme, der sie mit seinem stählernen Griff wieder aufrichtete.

»Eine Erscheinung!« rief sie. »Sie rächt sich, ich kenne sie, oh!«

»Schweigen Sie, Mama. Sie ist nie tot gewesen. Susanna!«

Susanna blickte auf.

»Was ist denn los?« fragte sie. »Ich verstehe nicht.«

»Spiel uns keine Komödie vor«, fuhr der junge Mann sie an. »Steh auf und komm her.«

Susanna gehorchte und verließ ihren Platz. Um sie her entstand ein Tumult, in dem erstaunte und entsetzte Ausrufe und ein irres, helles Freudengelächter durcheinanderklangen. Man traute sich nicht zu nahe an das erstaunte junge Gespenst heran. Die Männer zeigten sich am furchtsamsten, die Mädchen drückten sich aneinander, aber als Susanna die Mitte des Salons erreicht hatte, stürzte sich ihre plötzlich erwachte Mutter auf sie wie ein Tier:

»Du kleines Scheusal«, schrie sie tränenüberströmt und mit hysterischem Gelächter, »was hast du uns für einen Streich gespielt?«

»Einen Streich? Welchen Streich?« fragte Susanna und versuchte sich loszumachen.

Jetzt trat Onkel Josh auf sie zu:

»Mein kleines Mädchen«, stammelte er. »Ich mache dir keinen Vorwurf. Aber warum hast du das getan?«

»Ja, warum? Das möchte ich auch wissen«, fragte Onkel Douglas etwas gereizt. »Du scheinst dir nicht bewußt zu sein, wie übel du uns mitgespielt hast.«

»Mama, lassen Sie mich los«, stöhnte Susanna. »Was habe ich denn Böses getan?«

»An welchem Ort hattest du dich versteckt?« fragte Fred im Ton eines Untersuchungsrichters.

»An welchem Ort? Aber ich habe das Haus nicht verlassen.«

Jetzt, da ihre Familie sie bedrängte, war es an Susanna, sich zu ängstigen.

»So laßt mich doch los«, schrie sie, »ich habe doch nichts getan.«

Tante Augusta richtete sich plötzlich auf und trat einen Schritt zurück.

»Du wirst mir die Wahrheit sagen«, befahl sie, und ihre Stimme war wieder fest. »Bedenke, daß es deine Mutter ist, die zu dir spricht. Ich will wissen, was dieser Zettel zu bedeuten hat, der auf deinem Hut auf Flußufer lag.«

»Dieser Zettel ...«, wiederholte die Schuldige.

»Jawohl«, sagte Tante Augusta und stampfte zornig mit dem Fuß, »der Zettel.«

»Ich habe ihn noch«, sagte Onkel Josh, mit Mühe seine Tränen zurückhaltend.

Und er griff nach seiner Brieftasche und zog den sorgfältig gefalteten Zettel hervor.

»Siehst du, ich habe ihn aufgehoben. Hier ist er. Also?«

Mit Susanna schien eine plötzliche Verwandlung vorzugehen. Sie machte ein entschlossenes Gesicht und fragte:

»Also, was steht auf Ihrem Zettel?«

»So eine Unverschämtheit!« rief Tante Emma. »Habt ihr das gehört? Auf Ihrem Zettel, hat sie gesagt.«

Onkel Josh wandte sich ihr zu:

»Emma, ich bitte dich, hör auf. Wir hatten geglaubt, Susanna sei ertrunken, und nun ist sie da und lebt.«

»Ja, verschwinde um Himmels willen«, sagte Tante Augusta. »Es handelt sich um meine Tochter und nicht um deine.«

Onkel Josh erhob die Stimme:

»Ich werde diesen Zettel vorlesen, da du mich darum bittest: *Ich bin zu unglücklich*, und unterschrieben: *Susanna*.«

»Und er lag auf dem Hut, mit einem Stein beschwert, damit er nicht wegfliegt«, fügte Fred sarkastisch hinzu.

»Halt den Mund, Fred«, sagte Onkel Josh. »Susanna, was wolltest du damit sagen?«

»Daß ich zu unglücklich bin wegen meiner Verlobung mit diesem Leutnant.«

»Und als du das geschrieben hast«, sagte ihre Mutter, »wolltest du uns glauben machen, daß du ins Wasser springen würdest.«

»Und wo steht, daß ich ins Wasser springen würde?«

Fred brach in schallendes Gelächer aus.

»Alle Achtung, du hast uns hereingelegt. Für so schlau hätte ich dich nicht gehalten.«

Onkel Josh und Tante Augusta blickten einander an.

»Man muß zugeben, daß sie nicht unrecht hat«, sagte Onkel Josh.

Damit zerriß er den Zettel und warf ihn freudig in die Luft.

»Soll ich Champagner holen lassen?« fragte Fred.

Ohne die Antwort abzuwarten, stieß er die Tür auf. Beinahe wäre er über einen schwarzen Diener gefallen, der gelauscht hatte. Dieser vollführte eine Art Luftsprung und stammelte:

»Jawohl, Massa F'ed, jawohl ...«

»Du Tropf, lauf in den Vorratskeller und sag Bescheid, daß man sofort Champagner für alle bringt. Und beeil dich! Los!«

Im Salon hatte Freds Fröhlichkeit das Entsetzen verjagt und einem Durcheinander von Ausrufen und Gelächter Platz gemacht. Alle wollten Susanna umarmen, und ihre Eltern mußten sie hinter dem kleinen Tisch verschanzen und sich wie ein Schutzwall vor sie stellen. Wie gewöhnlich war es Onkel Douglas, der mit kräftiger Stimme das Wort ergriff:

»Ihr werdet sie noch verängstigen mit eurem Geschrei. Um Himmels willen Ruhe! Wichtig ist allein, daß sie wieder da ist, lebendig und gesund. Sie wird sich erholen und uns in aller Ruhe sagen, was sie will, und warum sie verschwunden ist. Nicht wahr, Susanna?«

Alle schwiegen, und diesmal ließ sie ihre gespannte Neugier verstummen. Das junge Mädchen stützte die beiden Hände auf den Tisch und sagte mit heller und klarer Stimme:

»Ich will Leutnant Boulton nicht heiraten.«

»Einverstanden«, sagte ihr Vater. »Die Verlobung wird gelöst. Augusta, ist es dir recht? Sie wird gelöst.«

»Gelöst«, erwiderte Tante Augusta. »Bist du nun zufrieden, du Ungeheuer?«

»Glücklich, Mama, glücklich«, antwortete die Stimme mit engelhafter Sanftmut.

»Das wird interessant«, sagte Fred, »wenn der Kurier um elf Uhr den wöchentlichen Liebesbrief bringt. Der gute Mann hegt noch immer einen rosigen Traum unter seiner betreßten Offiziersmütze.«

»Fred, halte den Mund oder verschwinde«, sagte Onkel Douglas. »Susanna, mein Kind, du kannst uns jetzt erzählen, bei wem du dich versteckt hast. Es wird niemand bestraft, aber ich will es wissen.«

»Ich habe mein Ehrenwort gegeben, es niemandem zu sagen«, antwortete Susanna, »außer Großvater oder Tante Laura.«

Bei diesen Worten wanderten alle Blicke in die hinterste Ecke des Saals, wo Tante Laura aufrecht und regungslos neben ihrem Vater stand. Noch nie hatte das sonst so ausgeglichene Gesicht dieser Frau den neugierigen Blicken einen so entsetzten Anblick geboten. Sie bemühte sich, klar zu sprechen, aber die Worte blieben ihr im Halse stecken:

»Susanna, ich weiß, von wem du sprichst, und ich verbiete dir, auch nur ein weiteres Wort zu sagen. Ich verbiete es dir in meinem Namen und im Namen meines Vaters.«

Doch William Hargrove beobachtete das alles von seinem großen Sessel aus mit der zerstreuten Aufmerksamkeit eines Zuschauers, der einem Schauspiel beiwohnt, dessen Sinn er nicht ganz versteht. Kurze, zusammenhanglose Sätze entschlüpften seinen Lippen, und Tante Laura beugte sich über ihn, um ein Wort zu erhaschen, richtete sich aber jedesmal mit verzweifelter Miene wieder auf. Als sie Susanna in ihrem und ihres Vaters Namen befohlen hatte zu schweigen, beugte sie sich noch tiefer zu William Hargrove und flüsterte ihm etwas ins Ohr. Er hörte ihr zu und schüttelte dann freudig den Kopf, um zu verneinen, anscheinend glücklich, ihr einen Gefallen zu erweisen.

»Mein Vater ist wie ich dagegen, daß du die Person nennst, die dich bei sich aufgenommen hat.«

Einen Augenblick lang schien sie unschlüssig, dann bemühte sie sich zu lächeln.

»Er liebt dich sehr, Susanna. Willst du nicht kommen und ihm etwas Nettes sagen? Es wird ihm bestimmt guttun, denn, weißt du, er hat sich deinetwegen großen Kummer gemacht.«

Susanna warf ihren Eltern einen fragenden Blick zu.

»Man kann es ihm nicht verweigern«, murmelte Onkel Josh. »Laura mag recht haben, wer weiß?«

»Geh«, wies Augusta ihre Tochter an. »Aber versuche, keinen Unsinn zu erzählen.«

Alle traten beiseite, Tante Emma, Fred, Billy, Mildred, Hilda und auch Elizabeth, die gerade noch Zeit hatte, Susanna ins Ohr zu flüstern:

»Er wird dich küssen wollen. Paß auf, er piekt!«

Ein wenig verwirrt durchquerte Susanna den Raum, der sie von dem Herrn von Dimwood trennte, machte einen kleinen Knicks, und William Hargroves Gesicht erstrahlte in einem gütigen Lächeln. Während er sich ein wenig zu ihr neigte, fragte er sie mit sanfter Stimme und amüsierter Miene:

»Mein liebes junges Fräulein, wer sind Sie?«

52

Angesichts des herrlichen Wetters schien der folgende Tag ein Festtag zu werden. Es war eine Ironie des Schicksals, daß die Natur all ihre Kräfte aufbot, um den Anbruch einer neuen Existenz in Dimwoods Geschichte zu feiern. In der frischen, berauschenden Luft ging einem das Herz auf, und es war, als hätten die Blumen sich mit ihrem sinnesbetäubenden Duft während der Nacht um ein Vielfaches vermehrt.

Das Frühstück fand wie gewohnt statt, aber William Hargrove erschien nicht. Er mußte das Bett hüten, und Onkel Douglas sprach an seiner Stelle ein kurzes Gebet. Der Platz seines Vaters blieb leer.

Man wechselte nur wenig Worte. Das Tagesprogramm war – allerdings nicht ohne Schwierigkeiten – am Vorabend festgelegt worden. Für William Hargrove war absolute Ruhe erforderlich. Tante Laura beschloß, nicht nach Savannah zu fahren, was im Herzen Elizabeths die Hoffnung aufkeimen ließ, Jonathan wiederzusehen, doch diese Hoffnung wurde bald enttäuscht, denn Tante Lauras Entschluß würde die Reise um keinen Tag verschieben. In diesem Punkt blieb sie unbeugsam. Tante Emma würde sie vertreten und auf die junge Engländerin aufpassen, ebenso wie die sehr schuldige und sehr reuige Susanna. In einem langen, zwölfseitigen Brief, für den sie ihre Nachtruhe geopfert hatte, erklärte William Hargroves rätselhafte Tochter alles, was zu erklären war. Onkel Josh wollte bei seiner Frau daheim bleiben, und auch Onkel Douglas zog es vor, Dimwood nicht zu verlassen.

Das Problem der Jungen war schwieriger. Fred wurde zu Elizabeths Kavalier ausersehen, weil er ernsthafter war, und Billy sah sich kurzerhand von der Reise ausgeschlossen. Aber er erhob ein solches Geschrei, daß man ihm schließlich aus Schwäche nachgab. Der feurige, stets zum Krieg und zur Liebe bereite junge Mann hatte weder die Vergnügungen der Stadt noch die liebenswürdige Dorcas und ihren kaffeebraunen Charme vergessen. Um ganz sicher zu sein, daß er keine Dummheiten machte, gab man ihm einen Platz in der Kalesche seiner Mutter, neben der artig die Augen niederschlagenden, jedoch streng bewachten Susanna.

Im Gegensatz zu dem, was man befürchten konnte, herrschte an diesem Morgen keine betrübte Stimmung. William Hargrove ließ sich fügsam von seiner Tochter Laura füttern, blickte lächelnd um sich, bewunderte sein Zimmer und fand alles hübsch.

Onkel Douglas hatte es auf sich genommen, den Brief an Leutnant Boulton zu schreiben, mit dem die Verlobung aufgekündigt wurde. Trotz der ausgesuchten Höflichkeit war es ein schwerer Schlag für des Leutnants Eigenliebe wie für seine Liebe überhaupt.

Seine Briefe an Susanna wurden sorgfältig verpackt und an den Absender zurückgeschickt, dessen lautes Gebrüll bald die ganze Kaserne erzittern ließ.

Kurz vor zehn Uhr stiegen die Reisenden in die beiden Vierspänner, die vor dem Hause warteten. Wie in den besten Tagen thronte Azor in seiner eleganten hellgrauen Livree mit den roten Tressen auf dem Bock der ersten Kalesche, während Balthasar, ein Schwarzer, der als einer der tüchtigsten und dekorativsten Kutscher galt, die zweite Kutsche lenkte.

Tante Emma, Susanna und Billy stiegen zuerst ein, und dann nahmen Elizabeth und Fred im zweiten Wagen Platz. Onkel Josh kam und wünschte ihnen eine gute Reise, als ob sie sich auf eine Expedition in ferne Länder begäben, und hinter ihm im Säulengang standen die drei ewig Verlassenen, Minnie, Hilda und Mildred, und winkten traurig hinterher.

Als die Türen zuschlugen, trat Onkel Josh noch einmal ganz nahe an die Kaleschen heran, fast als wolle er sie zurückhalten. Seit dem Unglück des Vortags fühlte er sich in einer Aufwallung von Zärtlichkeit zu den Seinen hingezogen. Vielleicht war er sich noch nie so bewußt gewesen, wie sehr er sie liebte. Auf naive Weise versuchte er, ihre Abfahrt zu verzögern, indem er sie seiner Zuversicht versicherte.

»Es geht Papa schon viel besser«, sagte er zu Emma und den Kindern. »Er wird sich erholen, wartet nur ab.«

Tante Emma schlug unter ihrem lila Sonnenschirm die Augen zum Himmel auf.

»Bete für ihn«, sagte Onkel Josh.

Dann ging er zu der zweiten Kalesche und stützte sich auf den Schlag. Sein Gesicht war eingefallen vor Müdigkeit, und die schwarzen Ränder unter seinen Augen sahen aus wie mit Kohle gezeichnet.

»Warum geht ihr nur alle fort? Alles wird wieder gut werden, und außerdem habe ich heute früh in der Zeitung gelesen, der Kompromiß sei so gut wie beschlossen. Der Frieden ist gesichert. Und man kann in Dimwood noch glücklich sein, da es Vater besser geht.«

»Onkel Josh«, sagte Fred, »Sie wissen sehr gut, daß es andere Gründe für diese Reise gibt, und ein Frieden, den man als Kompromiß bezeichnet, ist ein fauler Frieden.«

Onkel Josh machte eine vage Handbewegung und warf einen letzten Blick auf die Reisenden, bevor er sich entfernte. Nach einigen Schritten drehte er sich um, und in seinen Augen lag Verzweiflung.

»Bleibt nicht zu lange fort«, sagte er.

Seine Stimme verlor sich im Lärm der Räder und der Peitschen, die wie Pistolenschüsse durch die Luft knallten.

Bald verschwand Dimwood aus dem Blickfeld dieser sechs Personen, von denen keine zum Plaudern aufgelegt und jede in ihre eigenen Träumereien versunken war, als am Ende der langen Eichenallee ein Reiter auftauchte.

Im Sattel eines herrlichen schwarzen Pferdes, dessen Fell wie Pech glänzte, galoppierte er mit verhängtem Zügel auf Dimwood zu. Als er auf der Höhe der Kutschen war, verlangsamte er sein Tempo und warf einen neugierigen Blick in die erste Kalesche. Dann wendete er sein Pferd mit vollendeter Grazie und ritt nun neben den verblüfften Reisenden her. Mit seiner schwarz behandschuhten Rechten lüftete er seinen großen Panamahut und schwenkte ihn grüßend mit einer weit ausholenden Geste. Es war Jonathan. Elizabeth verspürte ein Schwindelgefühl, denn diese herrlichen grauen Augen, die sie in ihren Träumen sah, waren mit unwiderstehlicher Eindringlichkeit auf sie gerichtet. Das lange schwarze Haar fiel ihm lockig in das Gesicht und hob dessen Blässe hervor. Mit dem unfehlbar raschen weiblichen Blick stellte sie fest, wie sehr ihn das verschönte, und als er lächelte, glaubte sie sich einer Ohnmacht nahe, aber da wandte er sich bereits an Fred, dem er sogar eine gewisse Ehrerbietung bezeugte.

»Ich habe gehört«, sagte er, »daß es Mr. Hargrove nicht gut geht, und eile nach Dimwood, um mich nach seinem Befinden zu erkundigen.«

»Sie können sich diese Mühe ersparen«, erwiderte Fred mit Autorität. »Mein Großvater ist wiederhergestellt – sonst wäre ich bei ihm, zu Hause.«

»Ich werde ihm trotzdem meine Aufwartung machen.«

»Auch das können Sie sich ersparen. Er ist heute vormittag sehr beschäftigt.«

»Nun, dann werde ich meinen Spazierritt auf diese schöne und ehrwürdige Eichenallee beschränken, die mir immer teuer sein wird. Sir, Ihr gehorsamer Diener.«

Diese letzten Worte sagte er in einem so unverhohlen ironischen Ton, daß Fred eine wilde Lust verspürte, den Unverschämten zu ohrfeigen. Doch er kam nicht dazu. In einer neuerlichen, noch kühneren Kehrtwendung als zuvor gab Jonathan seinem Pferd die Sporen und stob nach einem letzten Gruß mit seinem großen Hut durch die Allee davon.

Ein Augenblick verstrich. Die Kutsche schlug ein rasches

Tempo an, um die andere Kalesche, die Vorsprung gewonnen hatte, einzuholen. Fred erklärte in schneidendem Ton:

»Dieser Mann ist ein Schurke. Er hofft, aus der Situation Nutzen zu ziehen. Geld, Geld und wieder Geld, das braucht er immer.«

In die Ecke des Wagens gekauert, versuchte Elizabeth, diesem entrüsteten Monolog zu folgen, dessen genauer Sinn ihr entging. Alles um sie herum begann sich zu drehen. Jonathans Gesicht tauchte im Laub der Magnolien vor ihr auf, mit diesen heißhungrigen Augen, und plötzlich ritt er neben der Kalesche und suchte sie wie eine Beute mit diesem irren Blick, der sie außer sich brachte und ihm hilflos auslieferte. Ihre grausame, übererregte Phantasie zeigte ihn ihr: sein lockiges Haar, das bis auf die Rockaufschläge seiner Wildlederjacke fiel, und die schwarzen Lederhandschuhe, die seinen Händen etwas Gewalttätiges verliehen. Und in einer unbegreiflichen Laune ihrer fassungslosen Natur glaubte sie in der herrlichen, schweißglänzenden Kruppe des Pferdes eine lüsterne Nacktheit zu sehen, die sie vor Entsetzen erschaudern ließ. Einen Augenblick lang verlor sie jede Orientierung und wußte nicht mehr, wo sie sich befand.

Fred erhob die Stimme und sagte lachend:

»Du mußt ein bißchen gedöst haben, Elizabeth. Gewiß, diese eintönige Landschaft hat etwas Einschläferndes, aber wenn du nach links schaust, siehst du das Baumwollfeld, das wir gepachtet hatten und das jetzt uns gehört, weil wir es gekauft haben. Das war erst vor zehn Tagen, wie mir mein Vater erzählte. Genauer gesagt, am Abend des Balls, aber diese Geschichte braucht dich nicht zu interessieren. Siehst du, dort ist es.«

Am Abend des Balls … Wie ein Automat drehte sie den Kopf nach links. Endlose parallele Reihen von Pflanzen mit üppigen grünen Blättern erstreckten sich in der Ferne, und unter diesem Grün leuchteten hie und da kleine weiße Flecken hervor. Am Abend des Balls … Aufs neue fühlte sie sich von einem Schwindel erfaßt, beherrschte sich jedoch.

»Kein Vergleich mit dem grünen England«, fuhr Fred ein wenig sarkastisch fort. »Jetzt ist es noch nicht sehr schön. Aber im August steht alles in Blüte, und im September sind die Früchte reif. Siehst du, dieser Pflanze verdanken wir unseren Wohlstand. Ganz Europa braucht unsere Baumwolle, und der Norden auch. Deshalb billigt er insgeheim die Arbeit der Schwarzen, die er in der Öffentlichkeit verdammt, um sein Gewissen zu beruhigen. Denn der Norden hält sich für sehr moralisch, und es ärgert ihn, daß die Sklaverei von der hochheiligen Verfassung, die er verabscheut, erlaubt ist ... «

Elizabeth hörte nicht mehr zu. Sie kannte diese Rede, die sich im Knarren der Räder und dem Hufschlag der Pferde verlor, nur zu gut. Allein der Name Jonathan übertönte das Durcheinander der Argumente.

»Ich werde nie einen anderen lieben können«, sagte sie sich verzweifelt. »Er hat mit einem Schlag alles genommen, was mein Herz zu geben hatte.«

V
Abschied

53

In den heißesten Stunden des Nachmittags rollten die Kaleschen durch die Avenuen von Savannah, und sogleich drängte sich Elizabeth eine Flut von Erinnerungen auf. Selbst in ihrer gegenwärtigen Verwirrung übte diese zugleich liebliche und stolze Stadt eine große Anziehungskraft auf sie aus.

Onkel Charlie erwartete die Reisenden unter den Säulen seines Hauses und empfing sie mit einer Fröhlichkeit, die, wenn sie auch ein wenig gezwungen schien, in einem Feuerwerk von Späßen und Gelächter alle augenblicklichen Sorgen vergessen ließ. Ohne eine Minute zu verlieren, übergab Douglas ihm den zwölfseitigen Brief, den Tante Laura ihm anvertraut hatte. Ein Imbiß im großen, dunklen und kühlen Speisesaal war vorgesehen, aber zuerst wurde jeder der Gäste auf sein Zimmer geführt, um sich von den Strapazen der Reise zu erholen.

Als Elizabeth ihr Zimmer wiedersah, überkam sie jenes verwirrende Gefühl, als sei die Zeit aufgehoben, das man bei der Rückkehr an vergessene Orte verspürt. Nichts hatte sich verändert. Der kleine runde Tisch stand immer noch an seinem Platz neben dem Schaukelstuhl, das Porträt des jungen Onkel Charlie im Glanz seiner Jugend hing wieder an der Wand, und da war auch das hohe Fenster, aus dem sie sich gelehnt hatte, um jenem Gespräch zu lauschen, das in der Frühlingsnacht mit den köstlichen Düften des Gartens und dem prosaischen Geruch der Zigarren zu ihr aufgestiegen war. Glück und Unglück hatte sie hier erlebt. Sie war der Anlaß für ein Duell im Morgengrauen gewesen, sie hatte geglaubt, in diesen Gecken verliebt zu sein – wie hieß er gleich? War sie wirklich noch die Elizabeth von damals? Was hatte Jonathans Elizabeth an diesem Ort zu suchen?

Eine Viertelstunde später saß sie mit ihren Reisegefährten bei Tisch, zwischen Fred und Onkel Douglas. Tante Emma schien trotz ihrer Voreingenommenheit gegen Savannah, die auf moralischen Bedenken beruhte, recht zufrieden, fern von Dimwood zu sein. Susanna, die sie unter ihre Fittiche genommen hatte, sagte kein Wort und betrachtete andächtig die Sandwichpyramiden – Virginiaschinken zwischen hauchdünnen Weißbrotscheiben –, die Fruchtsäfte in den Kristallkaraffen, die Walderdbeertorteletts, die

Berge der hauchdünnen Sassafraskrapfen, die grünen, roten, weißen, zwischen Eiswürfel gebetteten Eisdesserts. Elizabeth knabberte an einem Krapfen, schwieg während der ganzen Mahlzeit und bat leise um eine Tasse Tee. Niemand sagte etwas.

Wahrscheinlich war das Essen für die meisten eine Tätigkeit, die sie ganz in Anspruch nahm, doch trotzdem umwehte der Hauch eines Geheimnisses diese sonst so gesprächigen Personen. Sie fühlten, daß dieser Besuch bei Charlie Jones etwas ganz anderes war als eine Lustpartie. Vergeblich versuchte der Herr des Hauses hie und da eine witzige Bemerkung über die Eitelkeit des täglichen Lebens und die Torheiten der Zeitungen zu machen, seine Fröhlichkeit wirkte unecht. Er war sichtlich ungeduldig, daß der Tag zu Ende ging, und man wußte nicht, was er für den Abend noch vorhatte.

Das Abendessen fand ziemlich spät statt, und es war so köstlich, wie man erwarten konnte, hatte jedoch keine Wirkung auf die Stimmung der Gäste, die ernst blieben und ihre Gespräche fast im Flüsterton führten. Nur Billy kam dank seines unverwüstlichen Appetits tapfer über den Augenblick hinweg, als alle ein undefinierbares, der Angst verwandtes Unbehagen befiel. Wie mochte es William Hargrove gehen?

Im flackernden Licht der Kerzenleuchter sah Elizabeth, wie sich Charlie Jones' Gesicht immer mehr verfinsterte, je näher das Ende der Mahlzeit rückte. Der Gewitterblick seiner blauen Augen, den sie einst so bewundert hatte, rief in ihr nur noch Unruhe hervor, denn er war immer wieder auf sie gerichtet, als ob Charlie Jones herauszufinden versuchte, was in diesem Kopf unter den goldblonden Locken vorging. Seit ihrer ersten Begegnung, die bereits in weiter Ferne zu liegen schien, hatte er seinen Backenbart abrasiert, und sein glattes, rosiges Gesicht nahm im Spiel der Kerzenflammen unter dem leichten Hauch der Ventilatoren vorübergehend wieder die Frische der Jugend an.

Als die Gäste sich in den Salon zurückzogen, trat er auf sie zu und sagte mit einem Lächeln, das besonders liebenswürdig sein sollte: »Wenn du einen Augenblick Zeit für mich hast, komm mit mir in mein Reich, in meine kleine Bibliothek, wo ich die Welt zu vergessen suche.« Sie folgte ihm, in höchstem Grade neugierig, aber doch argwöhnisch, weil sie Ärger witterte. Als sie den Speisesaal verließen, trat ihnen Onkel Douglas entgegen und nahm Charlie Jones beim Arm, wie um ihn zurückzuhalten:

»Hast du Lauras Brief gelesen?« fragte er leise.

»Ja, aber nur flüchtig.«

»Ich glaube, es gibt Dinge, über die man vorläufig lieber schweigen sollte.«

»Ich habe den Eindruck, daß man alt genug ist, sie zu verstehen.«

»Das ist gar nicht so sicher.«

Obgleich dieses kurze Gespräch fast geflüstert wurde, ahnte Elizabeth, daß es sie betraf, und das ärgerte sie.

»Falls meine Anwesenheit Sie stört, kann ich auch draußen warten«, sagte sie laut und vernehmlich.

»Ich bitte tausendmal um Vergebung«, rief Charlie Jones lachend. »Wir sind sehr unhöflich. Douglas, wir sehen uns später.«

»Ja, später«, murmelte Douglas, während er sich entfernte, »und wenn es auch um zwei Uhr morgens ist.«

Ohne zu antworten, führte Charlie Jones die junge Engländerin in einen kleinen Raum hinter dem Vorzimmer.

In Wahrheit rechtfertigte die eine Reihe Bücher auf dem Mahagoniregal kaum die Bezeichnung Bibliothek, aber es herrschte eine Ruhe in diesem Raum, die den Besucher sofort für ihn einnahm. Ein niedriger Diwan, der mit einer rotgrundigen Decke aus indischem Stoff bedeckt war, diente offensichtlich als Ruhebett. Zwei Sessel, davon ein Schaukelstuhl, beide schwarz und mit Roßhaar gepolstert, standen sich gegenüber. An einer der Wände hing das Porträt einer hübschen Frau mit einer großen Spitzenhaube. Es war der einzige Schmuck dieses Zimmers, in dem das schwache Licht einer runden Lampe die Stille zu unterstreichen schien.

Charlie Jones bot Elizabeth einen der Sessel an und setzte sich in den Schaukelstuhl.

»Meine liebe und charmante Landsmännin«, begann er mit einem reizenden Lächeln, das seinen Erfolg bei den Frauen erklärte, »wir werden wie zwei wahre Engländer ohne Umschweife miteinander reden. Wenn ich dir indiskret erscheine, kannst du mich ruhig zum Teufel schicken.«

»Ich habe nicht vor, Sie zum Teufel zu schicken, weil ich fest damit rechne, daß Sie nicht indiskret sein werden«, erwiderte sie entschlossen und machte sich auf das Schlimmste gefaßt.

»Gut geantwortet!« rief er lachend. »Du bist sehr intelligent, und wir werden unsere Probleme ganz offen besprechen. Weißt du, was eine Sünderin ist?«

Sie blickte ihn erstaunt an.

»Ja ... ich denke schon ...«

»Wenn ich Sünderin sage, bediene ich mich nur eines landläufigen Ausdrucks. Ich erlaube mir kein Urteil über den Beruf.«

»Ich auch nicht.«

Jetzt war es an ihm, überrascht zu sein.

»Hast du welche gekannt?«

»Nein, aber ich denke an Maria Magdalena im Evangelium.«

»Gewiß, gewiß, aber sie war eine außergewöhnliche Persönlichkeit. Sünderinnen gibt es heute wie zu allen Zeiten, nur sind sie nicht von der gleichen Qualität. Weißt du das? Sie verkaufen ihren Körper und verdienen sich auf diese Weise ihr Brot.«

Schweigen.

»Schockiere ich dich, Elizabeth?«

»Nein, aber warum erzählen Sie mir von diesen Dingen?«

»Weil die Dame, die man die Dame in Weiß nennt, eine Sünderin ist.«

Das junge Mädchen sprang auf.

»Ich verstehe nicht, warum Sie mir von dieser Person erzählen, die ich nicht kenne.«

Er antwortete langsam und ruhig:

»Es tut mir leid, daß meine Worte dich so aufregen, Elizabeth. Warum zitterst du denn? Ich bin da, um dir zu helfen, und nicht um dir Angst zu machen.«

»Ich habe gar keine Angst«, fuhr sie ihn an, »aber was Sie sagen, gefällt mir nicht, und ich glaube, Sie täuschen sich. Im übrigen interessiert mich diese Dame nicht.«

»Sie ist sehr reich.«

»Das ist mir egal.«

»Und wie alle Reichen will sie noch reicher werden, immer reicher und reicher.«

»Na und? Glauben Sie, das interessiert mich?«

»Warte, es wird dich gleich interessieren.«

»Onkel Charlie, wenn Sie gestatten, möchte ich lieber gehen.«

»Leider kann ich es dir nicht gestatten, weil ich die Pflicht habe, mit dir zu reden. Also setz dich bitte wieder.«

Er sagte das mit einem so energischen Gesichtsausdruck, daß Elizabeth ihm nicht zu widersprechen wagte und wieder Platz nahm.

In einem ruhigen Ton fuhr er fort:

»Tante Laura hat mir einen langen Brief geschrieben, in dem von dir die Rede ist. Es gibt da einige Dinge, die du wissen solltest. Diese Dame in Weiß hofft, sich durch ihren Besitz Eintritt in die gute Gesellschaft zu verschaffen. Sie führt ein sehr aufwendiges Leben in einem Staat, der dem unseren benachbart ist. Ich erfinde nichts und verrate kein Geheimnis. Diese Dinge sind in der Öffentlichkeit bekannt.«

»Ich wiederhole noch einmal, Onkel Charlie, daß ich keinerlei Wunsch habe, zu erfahren, was diese Person will.«

Charlie Jones fuhr fort, als hätte er nichts gehört:

»Sie ist durchaus keine Träumerin, ganz im Gegenteil. Sie weiß genau, daß aller Luxus der Welt sie nicht über die Schwelle eines Salons des Südens bringen würde, aber was man mit Geld nicht erreicht, vermag vielleicht eine Heirat. Das, was man eine gute Partie nennt ... mit einem Gentleman aus einer der besten Familien. Seit mindestens zwei Jahren übt sie ... ihr Gewerbe nicht mehr aus, aber die Leute vergessen es nicht. Entschuldige bitte meine unverblümte Ausdrucksweise, aber gewisse Dinge kann man nicht anders sagen. Sie verkauft sich also nicht mehr, aber sie wird diesen Ruf nicht los. Deshalb versucht sie das Unmögliche, indem sie ein Mitglied des alten englischen Adels dazu bringt, sie zu heiraten. Sie hat es bereits soweit gebracht, daß er in Liebe zu ihr entbrannt ist, oder in dem, was er für Liebe hält, aber sie wird ihm erst dann gehören, wenn er sie zu seiner Frau macht. Und von diesem Augenblick an wird sie, wie man sagt, gesellschaftsfähig sein. Jedenfalls stellt sie es sich so vor. Daß Wagnisse dieser Art glücken, kommt vor ... im Norden. Aber hier? ... Soll ich fortfahren?«

Sie blickte ihn stumm und mit bleichem Gesicht an und antwortete nicht.

Er wartete eine Weile und fuhr dann fort:

»Der betreffende Mann zögert. Sein Hochmut ist größer, als man es sich vorstellen kann. Aber er wird schließlich doch nachgeben, und sie wird ihn zu einem sehr reichen Mann machen. Möchtest du seinen Namen wissen, Elizabeth?«

»Nein«, erwiderte sie matt.

»Es wäre auch in der Tat überflüssig. Du kennst ihn so gut wie ich.«

»Da er so hochmütig ist, wie Sie sagen, wird er sie nicht heiraten. Sie wird immer eine Frau von niederem Rang bleiben.«

485

»Von niederem Rang ist sie aber nicht, sie ist eine Lady. Doch das ist eine andere Geschichte ... Aber wie durchtrieben diese Frau ist! Sie ruiniert diesen Mann, um ihm dann um so billiger kaufen zu können.«

»Ich verstehe kein Wort von dem, was Sie da erzählen. Ein Mann verkauft sich nicht.«

»Natürlich nicht wie ein Sklave, aber wenn er nichts mehr hat, wird sie ihm für seinen Namen ihre Hand und ihr Vermögen bieten.«

»Ich hasse diese Frau.«

»Eines Tages wirst du deine Meinung ändern. Du wirst sie kennenlernen. Sie ist bezaubernd.«

»Dieses Scheusal? Nie und nimmer! Ist es das, was Tante Laura Ihnen über mich zu sagen hatte? Weiß sie denn überhaupt, was Liebe ist?«

»Mein liebes Kind, du redest, ohne zu wissen, wovon du sprichst. Sie weiß sehr wohl, daß du verliebt bist, und sie versteht dich.«

»Ich habe nicht gesagt, daß ich verliebt bin!«

Bei diesen Worten stand er auf, trat auf sie zu und ergriff ihre Hände. Noch nie hatte sie so starke Hände gefühlt, von denen eine so große menschliche Wärme auf ihre ganze Person ausstrahlte. Die großen dunkelblauen Augen schienen sich ihrer zu bemächtigen, und ein Lächeln von unaussprechlicher Güte erhellte sein wieder ganz jugendliches Gesicht.

»Elizabeth«, sagte er mit einer Stimme voller Zärtlichkeit, »deine ganze Person spricht doch seit einer Stunde von nichts anderem, und fürchtest du wirklich, ich könnte dich nicht verstehen?«

Sie war nicht in der Lage, ihre Erregung zu beherrschen, und begann zu zittern, tat aber nichts, um ihre kleinen Hände aus den seinen zu befreien.

»Onkel Charlie«, stammelte sie.

Er fuhr fort, ohne ihre Hände loszulassen:

»Laura ist eine wunderbare Frau, und sie weiß so gut wie du und ich, was Liebe ist. Darüber werden wir nie reden. Aber sie glaubt, und auch ich glaube wie sie, daß dein Platz nicht mehr in Dimwood ist. Dort würdest du nicht mehr glücklich sein, nachdem das Unglück den Herrn des Hauses getroffen hat.«

In einer blitzartigen Verzweiflung sah sie alle Hoffnung auf ein

Liebesglück mit Jonathan schwinden, und es blieb ihr gerade noch die Kraft, zu sagen:

»Aber ich liebe Dimwood.«

Er lächelte ein wenig traurig.

»Eine junge Engländerin, und flieht vor der Wahrheit!« sagte er und ließ sanft ihre Hände los.

Elizabeth fühlte, wie die Scham in ihr brannte.

»Ich liebe diesen Mann trotz allem, was man mir über ihn erzählen könnte.«

»Das ist es, Elizabeth, was ich an dir bewundere«, sagte er. »Aber nimm dich in acht.«

»Ich bin sicher, daß er mich liebt.«

»Glaube nicht zu leichtfertig an das, was die Männer dir erzählen, und vor allem dieser.«

»Er hat es mir nicht gesagt, aber er hat es mir so klar zu verstehen gegeben.«

Beinahe hätte sie ihm von der Begegnung auf der Straße nach Savannah erzählt, aber irgend etwas hielt sie zurück.

»Ach«, sagte er nach einer Weile, »ich muß dir übrigens etwas mitteilen, was dich hoffentlich nicht allzusehr betrüben wird.«

Sie wartete.

»Du erinnerst dich doch sicherlich noch an diesen jungen Mann, der sich auf dem Ball so unschicklich benahm und dann beim Duell leicht verletzt wurde.«

»Aber natürlich. Philip Hudson.«

»Er hat sich vor acht Tagen eine böse Affäre zugezogen. Überzeugt, daß ein arrogantes Auftreten ihm zu Ansehen in der Gesellschaft verhelfen würde, beleidigte er einen jungen Mann, der ihn nicht kannte, in hochfahrender und unverschämter Weise, worauf dieser ihn sofort zum Duell forderte. Die Folge oder, besser gesagt, das Ende kannst du dir vorstellen. Er maß sich mit einem unserer berühmtesten und rauflustigsten Fechter. Du wirst ihn nicht mehr sehen.«

»Oh!«

Der Schock war um so stärker, als sie noch am gleichen Morgen, bevor sie Dimwood verließ, den Brief ihres unbesonnenen Verehrers zerrissen hatte.

»Man erzählt«, fuhr Charlie Jones fort, »daß er es am Vorabend dieses unsinnigen Duells mit der Angst zu tun bekam, aber da war es bereits zu spät. Hätte er den Kampf verweigert, so wäre alle Welt durch Handzettel an den Bäumen informiert worden, daß Philip Hudson ein Feigling sei. In diesem Punkt ist der Süden schrecklich. So begab sich der arme Kerl in die Gärten des Kolonialfriedhofs, wo ihm ein Degenstoß die Brust durchbohrte. Ich hatte ihn gewarnt ...«

Das junge Mädchen schwieg eine Weile, und dann murmelte sie wie zu sich selbst:

»Er liebte mich, und er hat mir gesagt, daß er mich liebte.«

»Andere werden dir das gleiche erzählen. Aber glaube ihnen nicht zu schnell. Warte, bis sie dir Beweise geben.«

»Was für Beweise?«

»Elizabeth, es ist spät. Ich schlage vor, daß wir uns gute Nacht sagen. Morgen nehme ich dich mit und zeige dir mein Haus am Madison Square.«

Er neigte sich leicht vor und berührte ihre Stirn mit den Lippen.

Sie erinnerte sich an das Porträt in ihrem Zimmer, und ein vages Glücksgefühl stieg in ihr auf.

»Vergiß Dimwood«, flüsterte er ihr zu, als handle es sich um ein Geheimnis.

Der folgende Tag begann mit einer etwas gekünstelten Fröhlichkeit, denn Charlie Jones war fest entschlossen, jeden Schatten der Melancholie aus seinem Haus zu bannen. Ein wolkenlos klarer blauer Himmel schien diese Vorsätze zu begünstigen. In Wirklichkeit hatte niemand gut geschlafen, außer Billy, der sich in Ned Jones' Piroge dem Glück einer ruhigen Seele und einer mit wollüstigen Bildern gesegneten Phantasie hingeben konnte.

Das Frühstück gab allen wenigstens den Anschein guter Laune zurück. Tante Emma in ihrem blauvioletten Kleid und mit einem architekturalen Kopfputz aus Spitzen und lila Bändern lächelte amüsiert über Onkel Charlies Späße und erklärte, daß sie sich in ihrem Zimmer von den Strapazen der Reise auszuruhen gedenke. Fred erzählte einige Anekdoten von ziemlich finsterer Komik und erbot sich, seine Cousine Susanna durch einen Spaziergang auf dem Kolonialfriedhof oder nach Bonaventura zu zerstreuen. Was Billy betraf, so hatte er vor, sich die Sehenswürdigkeiten dieser interessanten Stadt noch einmal genauer anzusehen.

So war ein vernünftiges Tagesprogramm beschlossen, und Onkel

Charlie fuhr wie versprochen mit Elizabeth zum Madison Square. Etwa zehn Schwarze in graublauer Baumwollkleidung arbeiteten mit mäßigem Eifer unter der grausamen Sonne, vor der die breiten Strohhüte sie ein wenig schützten. Elizabeth stellte fest, daß die Mauern seit ihrem ersten Besuch einen Meter gewachsen waren, und reagierte so überrascht, wie man es von ihr erwartete, doch sie erbebte innerlich, als ihr blinder Engel, dessen Gegenwart sie sofort erriet, ihr sein Gesicht zuwandte. Zum Glück sah er sie nicht, denn sie hielt sich unter ihrem Sonnenschirm verborgen, den sie wie einen Schild schwenkte, aber ihr Herz pochte doch ein wenig, während sie nach Kräften die künftigen Wunder bestaunte, die Charlie Jones ihr im leeren Raum beschrieb.

»Wir erwarten eine Ladung kostbarer elisabethanischer Ziegelsteine«, erklärte er, »aber diese Handelsschiffe sind von einer Langsamkeit ... Jeder der Steine ist in einen Karton verpackt, der ihn vor gefährlichen Stößen schützt. Stell dir das einmal vor, Elizabeth. Es segelt das reinste England auf uns zu.«

»Ich würde lieber auf England zusegeln, Onkel Charlie. Hier in eurem Süden ist es zu heiß.«

»Ich hoffe, dich schon bald nach Virginia mitzunehmen, wo du deine alte Heimat wiederfinden wirst. Ich besitze dort einige Landhäuser, von denen eines dir, wie ich dir bereits sagte, besonders gefallen wird.«

Als er mit Elizabeth wieder in den Einspänner gestiegen war, sagte er wie im Selbstgespräch:

»Wenn ich bedenke, daß wir unsere Kolonien hergegeben haben! Heute wären wir die mächtigste Nation der Welt ... Aber das darfst du nicht weitersagen, mein Kind. Man würde es nicht verstehen.«

»Ich verspreche es Ihnen.«

Nach einigen Minuten im raschen Trab gelangten sie zu den ersten Gebäuden des Hafens, der einen Ausblick auf die Mündung des Savannahflusses bot, wo einige große Schiffe segelten. Mit dem Peitschenschaft zeigte Charlie Jones auf ein kleines Gebäude im neoklassizistischen Stil, dessen Fassade ein Säulenvorbau schmückte.

»Der Zoll«, erklärte er.

In dem betäubenden Lärm, der vom Kai aufstieg, im Geschrei, im Rattern der Wagen auf dem Kopfsteinpflaster hörte sie ihn nicht. Matrosen und Schiffsleute aus aller Herren Länder drängten sich auf den Straßen, lachten, schrien und schwatzten in fremden Sprachen, und dieses laute und geschäftige Treiben stand in einem so krassen Gegensatz zur Ruhe der Stadt und der Gärten, daß das junge Mädchen den plötzlichen Wechsel wie einen Schock empfand, einen angenehmen Schock allerdings, als sei sie in einem anderen Lande. Alles Wilde und Unbezähmbare in ihr zog sie über den Hafen und den breiten Fluß hinaus, und sie folgte der dunklen Linie der Wälder, die sich längs der Ufer erstreckten, bis sie mit den braunen Wassern verschmolzen. Noch weiter draußen, wo nichts mehr den Blick aufhielt, war der Ozean und der lange, schweigende Ruf der Heimat.

Charlie Jones lenkte seinen Wagen ein wenig aus dem Gewühl heraus und wies mit der Hand auf ein großes Gebäude, dessen Unterbau aus rosa Ziegeln bestand und dessen oberer Teil mit den großen Fenstern dem Ganzen das Aussehen einer riesigen Laterne verlieh, die mit dem unvermeidlichen griechischen Giebel gekrönt war.

»Hier«, erklärte er, »befinden sich die Büros der Handelsgesellschaft, zu deren Direktoren ich gehöre und deren wichtigster Bankier ich bin. Schau! Diese Erklärungen sind trivial, und du wirst mich jetzt für eine wichtige Persönlichkeit dieser Gesellschaft halten, aber der Mensch, der sich hinter dieser Persönlichkeit verbirgt, ist auf jeden Fall etwas ganz anderes.«

Nach dieser in ironischem Ton vorgetragenen kleinen Rede machte er mit dem Einspänner eine Kehrtwendung und hielt vor dem Gebäude der Handelsgesellschaft.

»Erwarte nichts Außergewöhnliches«, sagte er, als er Elizabeth beim Aussteigen half. »Unsere Architekten sind mehr für das Solide als für das Elegante.«

Der Wagen wurde einem Schwarzen anvertraut, der Onkel Charlie mit fünf oder sechs »Massa Cha'lie« begrüßte und sich fast bis zum Boden verneigte, als eine funkelnde Silbermünze in seiner Hand glänzte.

Elizabeth begleitete ihren Führer ohne Begeisterung, denn nichts langweilte sie mehr als Handelsgeschäfte. Sie bemühte sich jedoch, ihre Rolle mit Anmut zu spielen. In ihrem blaßgrünen Kleid hatte sie die Frische der Heranwachsenden, die die künftige Schönheit ahnen läßt, aber dessen war sie sich nicht bewußt, und sie fürchtete immer noch, für ein kleines Mädchen gehalten zu werden. Nur einen einzigen Liebesbrief hatte sie bisher erhalten, und den hatte sie am Vortag zerrissen, während die unglückliche Susanna, die keine wollte, bereits sechs Stück, und sehr leidenschaftliche, bekommen hatte. Aber sie, die junge Engländerin, wartete noch immer auf das Wunder eines Briefes von Jonathan.

Die unauslöschliche Erinnerung an seine Stimme und seine Augen beschäftigte sie so sehr, daß sie kaum hörte, was die heitere und freundliche Stimme ihr zu erklären versuchte:

»Diese massive, von zwei Säulen flankierte Tür macht immer einen großen Eindruck auf die Besucher. Treten wir ein. Die monumentale Treppe aus schwarzem Holz könnte dem Gewicht eines ganzen Regiments standhalten. Das riesige Geländer wäre ideal für eine Rutschpartie, zum Beispiel für Billy, aber das entspricht nicht dem Ton des Hauses. Hörst du mir zu?«

»Ja, Onkel Charlie. Kann ich meinen Hut abnehmen?«

»Was für eine Frage! Aber du wirst den Büroangestellten die Köpfe verdrehen. An diesen weißen Wänden siehst du die Porträts der berühmten Gründer; sie sehen alle grimmig aus, wie Leute, die erfolgreich sind und ein Vermögen gemacht haben, es ist kein schöner Mann darunter. Gehen wir weiter.«

In diesem etwas verwirrenden Geplauder gelangten sie in einen Saal von imposanten Ausmaßen, wo Herren in eleganten Sommeranzügen sich über Register beugten oder den Schreibern, die schlichte Baumwollkittel trugen, Briefe diktierten.

Zwei Pankhas, großen müden Vogelschwingen gleich, bewegten die Luft. Die beiden Schwarzen, die sie betätigten, strengten sich nicht sehr an, und da sie ständig von Schläfrigkeit befallen wurden, dösten sie von Zeit zu Zeit ein. Sobald das eintönige Knarren des Seilzugs verstummte und sie verriet, rief eine Ohrfeige sie wieder zur Pflicht, aber die Luft blieb so stickig wie zuvor.

Als Charlie Jones mit der jungen Fremden erschien, die ein ungewöhnliches Aufsehen erregte, wandten alle neugierig die Köpfe. Zwei oder drei Herren in offenen Gehröcken und weißen Westen erhoben sich ohne Eile und kamen auf Charlie Jones zu, der sie kurz vorstellte.

»Ich kam nur schnell einmal mit meiner jungen Landsmännin vorbei«, erklärte er. »Sie muß unbedingt den Ausblick auf unseren berühmten Hafen bewundern. Bis später, meine Herren ...«

Er brach jede Gelegenheit zu weiteren Gesprächen ab und führte

Elizabeth auf eine Veranda, die sich hinter den halbgeöffneten Fenstern über die ganze Fassade erstreckte. Ein hölzernes Dach schützte sie vor der Sonne.

Jenseits der Flußufer, die sich im schimmernden Licht verloren, lag der beunruhigende Ozean mit seiner graugrünen Grenzenlosigkeit und dem dunklen Schrecken, den seine scheinbare Reglosigkeit und seine gewaltigen Ausmaße hervorriefen. Doch gerade das zog Elizabeth an und stimmte auch Charlie Jones träumerisch, denn beide beeindruckte die ewige Herausforderung des unberechenbaren und leidenschaftlichen Elements.

Sie schwiegen lange und gingen dann bis zum Ende der Veranda. Eine schwache Brise und ein leichter Salzgeruch wehten ihnen vom Meer entgegen und erfrischten sie ein wenig. Zu ihren Füßen, unten im Hafen, herrschte ein geschäftiges Treiben bei den Schiffen. Männer kamen und gingen, schleppten riesige, in Sackleinen verpackte und mit Seilen verschnürte Baumwollballen. Bei einigen Männern mit nacktem Oberkörper sah man die schweißglänzenden Muskeln, und Elizabeth wandte instinktiv den Blick ab und schaute woandershin, ohne sich erklären zu können, warum sie es tat. Charlie Jones schien ihre Gedanken zu erraten:

»Du siehst den Hafen nicht in seinem besten Licht. Diese blendende Sonne läßt keinen Platz zum Träumen. Doch wie angenehm kann es sein, in der Abenddämmerung mit der Person, die man liebt, auf dieser Veranda spazierenzugehen ... In der Abenddämmerung wirkt das alles nicht mehr so vulgär. Dann spricht alles eine andere Sprache. Kannst du dir das vorstellen?«

Das Herz wollte ihr zerspringen, weil sie an Jonathan und die Veranda in Dimwood dachte, aber sie sagte nur:

»Ja, ich kann mir vorstellen, wie das wäre.«

»Gehen wir«, sagte er. »Man erwartet uns zu Hause.«

Sie gingen zum Kai hinunter und stiegen in den Wagen.

Als sie wieder durch die großen Avenuen fuhren, über die sich die Sykomoren neigten, sagte er plötzlich:

»Du weißt sicher, daß ich verlobt bin. Man hat es dir bestimmt erzählt.«

»Ja, Onkel Charlie.«

»Die Hochzeit wird hier stattfinden, und dann fahren wir im September nach Virginia und wohnen in dem Haus, das die Kinder das Traumhaus nennen.«

»Ich weiß, man hat mir viel davon erzählt.«

»Wenn du einmal da bist, wirst du es nie mehr verlassen wollen, so glücklich wirst du dort sein.«

Eine Besorgnis stieg in ihr auf, und sie erwiderte:

»Aber Onkel Charlie, ich werde in Dimwood sein.«

Er antwortete nicht. Die hübschen schmalen Häuser aus rosa Ziegeln oder weißem Stein blickten ernsthaft hinter den Blumenbeeten hervor, die an ihrer Stelle lächelten, denn all diese Fassaden wirkten sehr stolz.

Charlie Jones fuhr fort, als habe er Elizabeth nicht gehört:

»Wenn du meine zukünftige Frau kennenlernst, wird die große Sanftmut und Güte, die aus ihren Augen strahlt, auch dein Herz gewinnen, und das alte Haus wird dich wie eine Mutter willkommen heißen. Ich will dich nicht ganz von Dimwood entfernen, du kannst dorthin zurückgehen, wenn du willst, aber wenn du eine Weile bei uns gelebt hast, wirst du es nur tun, um Abschied zu nehmen.«

Jetzt schwieg Elizabeth einen Augenblick.

»Und Savannah? Und das Haus, das Sie hier bauen?«

»Ach, das Haus in Savannah, mein liebes Kind, das ist die Bastion der Zukunft, ein verletzliches Stück England. Denn die Zukunft wirft dunkle Schatten voraus.«

»Glauben Sie, daß es Krieg geben wird?«

»Das habe ich nicht gesagt. Zuweilen lösen sich die Schatten auf. Jede Nation hat ihr Schicksal. Aber lassen wir das. Hast du je, selbst bei uns, etwas Schöneres gesehen als diese große Avenue?«

Sie fuhren in der Tat über eine der berühmtesten Promenaden der Stadt. Im Schatten der vier Baumreihen spazierten fesche Herren in Zylinderhüten mit ihren eleganten Damen in wallenden hellen Kleidern durch die mit rosa Ziegeln gepflasterte Allee. Nur hie und da drang ein vereinzelter Sonnenstrahl durch das dichte, leichte Laub und bildete kleine Goldflecken, während die vielfarbigen Sonnenschirme der Damen sich wie Blumen hin und her bewegten.

»Betrachte dieses sorglose, friedliche Bild und behalte es in Erinnerung. Es ist ein Trugbild, denn falls der Norden uns je angreifen sollte, wird der gesamte Süden sich in ein entsetzliches Wespennest verwandeln.«

»Onkel Charlie, wenn Sie so reden, habe ich das Gefühl, daß Sie ein Unheil voraussehen.«

»Ich bin kein Prophet. Es mag sein, daß ich die Zeichen, die ich an Belsazars Wand sehe, falsch interpretiere.«

Sie lachte nervös und rief:

»Wenn es wie bei Belsazar ist, möchte ich lieber gleich für immer fortgehen.«

»Ach was«, sagte er ebenfalls lachend, »es ist sehr gut möglich, daß ich mich irre und nur vom Pessimismus gewisser Leute angesteckt bin. Man hoffte, es sei alles geregelt, doch der Kongreß ist noch immer zu keiner Einigung gekommen. Bald haben wir den vierten Juli. Du und ich, die Engländer, wir werden ihn nicht feiern. Aber es wäre eine angenehme Überraschung, wenn der Frieden mit den Garben des Feuerwerks und dem Lärm der Knallfrösche begrüßt würde! Man darf doch an Wunder glauben. Elizabeth, da du den Glauben bewahrt hast und täglich in der Bibel liest, bitte die Vorsehung um ein Wunder.«

»Und Sie, Onkel Charlie?«

»Ich? Ach ...«

Und mit diesen Worten sprang er behende aus dem Einspänner, der vor dem Haus hielt, und schickte sich an, dem jungen Mädchen beim Aussteigen zu helfen, aber sie war bereits an der Tür und wartete mit leicht spöttischer Miene.

54

Der Juni ging zu Ende. An den folgenden Tagen gab es keinerlei Vergnügungen bei Charlie Jones. Ganz offenbar ließen ihn die Vorbereitungen zum Nationalfeiertag gleichgültig, und sie waren in der Tat auch sehr bescheiden. Das politische Unbehagen bremste die Begeisterung. Die von Henry Clay geforderte, vielgerühmte Union der Herzen lag noch in weiter Ferne. Nachdem der Kompromiß im großen und ganzen angenommen war, diskutierte man über die Einzelheiten; vor allem das Gesetz über die flüchtenden Sklaven, die von den Regierungsbehörden verhaftet und an ihre Besitzer ausgeliefert werden sollten, stieß bei den Abgeordneten des Nordens auf heftigen Widerstand. Kein Abolitionist war bereit, eine derartige Demütigung hinzunehmen. Auf seiten des Südens ergab sich ein ebenso schwieriges Problem: die Soldaten der Südstaaten hatten sich tapfer geschlagen, um Kalifornien zu erobern, das zu den Sklavenstaaten zählte, und nun sollte es, wie es der Kompromiß vorsah, als ein freier Staat in die Union eintreten. Der Süden berief sich auf die Verfassung, die die Sklaverei nicht nur zuließ, sondern sie als legitim erklärte. Darauf erwiderten die Abolitionisten, die Verfassung sei ein Abkommen mit dem Tode und Pakt mit dem Teufel. Andererseits wollten die *Squatter*, die jetzt einen guten Teil der Bevölkerung Kaliforniens bildeten, um keinen Preis Schwarze bei sich haben. So fühlte sich der erzürnte Süden beraubt und um sein Recht als Eroberer betrogen. Wie er die Situation sah, hatte er sich für die Union und, genauer gesagt, für den Norden geschlagen.

Hier konnte Präsident Zachary Taylor handeln. Aber was dachte er? Was wollte er? Wenn es je einen gordischen Knoten gegeben hatte, so war dieser ein vollkommenes Beispiel dafür.

Und da griff plötzlich jene Macht ein, die man Zufall, Schicksal oder höhere Gewalt nennt, weil man nicht weiß, welchen Namen man ihr geben soll. Es geschah am 4. Juli des Jahres 1850. Das Unabhängigkeitsfest fand mit dem vorgesehenen Drum und Dran statt: Fahnen und Banderolen in den Landesfarben, Ansprachen und Bankette. Vor allem Bankette! Die Küchen überboten sich. Man aß viel. Zachary Taylor aß zuviel. Die Hitze war übermäßig. Der Präsident zog sich eine Magenverstimmung zu, die durch einen heftigen, gegen seinen Staatssekretär im Kriegsministerium, Crawford, gerichteten Wutanfall verschlimmert wurde. Dieser stand unter Anklage, gemeinsam mit dem Staatssekretär des Schatzamtes Bestechungsgelder für die Vergebung von Posten kassiert zu haben, und das sogar mit dem Segen des Justizministeriums. Dieser Skandal traf den Präsidenten, der sich einer gewissenhaften Ehrlichkeit rühmte, besonders hart. Er beschloß eine Umbesetzung seines Kabinetts. Doch infolge seiner Wut erlitt er einen Schlaganfall, den ein böses Nervenfieber noch komplizierte, und das Ende war nicht zweifelhaft. So herrschte in den Tagen nach dem Fest eine allgemeine Unruhe, die wie ein Schatten die ohnehin ungewisse Zukunft verfinsterte.

In dieser Nacht traf Charlie Jones die Maßnahmen, die ihm notwendig erschienen. Tante Emma würde mit Susanna am Morgen des nächsten Tages nach Dimwood zurückkehren. Dort wären sie besser aufgehoben, falls die Ereignisse wider Erwarten eine schlimme Wendung nehmen sollten. Die beiden Jungen konnten ruhig noch ein bißchen warten. Außerdem war Billy verschwunden, weil er wahrscheinlich eine zwangsweise Abreise befürchtete und viele Gründe hatte, auch milchkaffeebraune, seinen Aufenthalt in Savannah zu verlängern.

Fred bewahrte einen kühlen Kopf und analysierte in aller Ruhe die Aussichten eines aktuellen Konflikts. Vizepräsident Fillmore konnte keine Erklärung abgeben, solange der Präsident am Leben war, und woher sollte man wissen, welche Absichten ein Politiker hatte, wenn er sie gewöhnlich selbst nicht einmal kannte? Immerhin war ein Krieg durchaus möglich. Und das wünschte sich Fred. Inzwischen jedoch hatte er sich um seine Mutter zu kümmern, deren Lebensgeister bereits mehrfach mit Laudanum und Portwein wiedererweckt werden mußten.

Charlie Jones sah die Dinge mit beispielhafter Gelassenheit. Seiner Meinung nach war der Norden nicht in der Lage, sich in ein Abenteuer zu stürzen, das so viele Menschenleben und Dollars kosten würde und auf das sich das Volk um keinen Preis einlassen wollte. Ebenso wünschte man – mit Ausnahme einer Minderheit fanatischer Hitzköpfe – auch im Süden den Frieden, vorausgesetzt, daß er nicht einer Kapitulation gleichkäme. Bei Zachary Taylor war es nicht sicher, ob er dem Kompromiß zustimmen würde. Fillmore, gegebenenfalls sein Nachfolger, war ein Mann des Nordens.

Charlie Jones saß zurückgelehnt in seinem großen Ohrensessel, ein Glas Julep in der Hand, und blickte auf Elizabeth, die ihm auf einem roten Plüschsofa gegenübersaß. Keiner von ihnen sprach ein Wort, doch handelte es sich um jenes lastende Schweigen, das auf heftige Diskussionen folgt. Das junge Mädchen hielt sich sehr aufrecht in ihrem weißen Kleid, die Hände artig auf den Knien gefaltet. Ihr Gesicht verriet keinerlei Erregung, aber die stummen, zusammengepreßten Lippen zeugten von trotziger Entschlossenheit.

Plötzlich neigte sich Charlie Jones ein wenig zu ihr und fragte liebenswürdig:

»Trinkst du noch einen Julep mit mir? Um Frieden zu schließen?«

Elizabeth deutete ein Lächeln an: »Onkel Charlie, zwischen uns beiden ist kein Krieg, und ich muß gestehen, daß mir ein Julep vollauf genügt. Er ist zwar erfrischend, steigt aber zu Kopf.«

»Glaube mir«, fuhr er fort, indem er sein Glas auf einen kleinen

Tisch stellte, »daß ich deine Einwände durchaus verstehe. Ich habe kein Recht, dich hier gegen deinen Willen festzuhalten, wenn du unbedingt nach Dimwood zurückkehren willst.«

»Die Hargroves würden es nicht verstehen, wenn ich anderswo als bei ihnen lebte, wie meine Mutter es ausdrücklich gewünscht hat.«

»Gewiß, aber der Unfall von letzter Woche verändert die Verhältnisse ein wenig.«

»Haben Sie schlechte Nachrichten von Mr. Hargrove?«

»Im Gegenteil. Sein Zustand bessert sich mit jedem Tag. Heute abend erhielt ich einige Zeilen von Tante Laura. Sie ist hinsichtlich ihres Vaters sehr optimistisch. Ich habe ihren Brief in der Tasche. Hier ist er. Ich lese dir ein paar Sätze daraus vor. Höre:

Allmählich erkennt er alle Leute wieder, als ob er aus einem Traum erwachte, und das ist sehr bewegend. Nur ich finde leider keinen Platz in seinem Gedächtnis. Ich pflege ihn, und er nennt mich seinen Engel, aber er hält mich für eine Fremde. Wenn er sich seines Irrtums gewahr wird, fürchte ich eine schreckliche Enttäuschung.«

Er faltete den Brief zusammen und sagte:

»Außerdem besteht sie darauf, daß ich dich angesichts dieser außergewöhnlichen Situation so lange wie möglich hierbehalte.«

»Ich sehe da keinen Zusammenhang.«

»Muß ich dich an das erinnern, was du mir bei deinem ersten Abendessen hier anvertraut hast?«

»Nicht nötig. Sie wissen doch, daß Mr. Hargrove nicht mehr mit mir redet – ebenso wenig wie Tante Laura übrigens.«

»Aus anderen Gründen.«

»Aus sehr dunklen Gründen, will mir scheinen.«

»Sehr dunkel, in der Tat. Tante Lauras Problem ist äußerst kompliziert.«

»Tante Lauras Problem geht mich nichts an. Das meine ist einfacher. Ich weiß wirklich nicht, was ich Mr. Hargrove getan haben soll.«

»Elizabeth!«

»Na und? Was habe ich denn so Erstaunliches gesagt? Onkel Charlie, ich bitte Sie, drücken Sie sich etwas klarer aus. Was ist es?«

»Zunächst einmal, daß du sechzehn Jahre alt bist, und daß ich dich für scharfsinniger und besser informiert gehalten hätte.«

»Gut. Dann tun Sie so, als ob ich dumm wäre, und erklären Sie es mir.«

»Es ist mir peinlich, mit dir über diese Dinge zu reden. Mein alter Freund Hargrove bedauert gewiß deine Abwesenheit, aber gerade sie hilft ihm, seine, wie soll ich sagen, seine Ausgeglichenheit, seine Seelenruhe wiederzufinden.«

»Wie charmant, solche Dinge gesagt zu bekommen, nachdem man mit offenen Armen von seiner Familie aufgenommen worden ist.«

»Du mußt nicht gleich so pikiert sein, Elizabeth. Aber sag mir, ob du verstanden hast.«

»Natürlich. Ich ahnte schon so etwas, als ich ihn wie ein Gespenst hier durch das Vorzimmer gehen und mich anstarren sah. Ich lag auf dem Sofa. Er muß geglaubt haben, ich schliefe, und blieb stehen.«

»Was ist das für eine Geschichte? Und du hast mir nichts davon gesagt?«

»Warum hätte ich darüber sprechen sollen?«

»Er war tatsächlich hier, für einen Tag und eine Nacht, weil er eine Person suchte, der er helfen, die er retten will, wie er sagt. Und als er dich hier liegen sah, hat er dich angeschaut ...«

»Sehr lange.«

»Der arme William!«

»Die arme Elizabeth. Er ist nun einmal, wie er ist, und ich bin, wie ich bin, und will nach Dimwood zurück.«

Charlie Jones tat, als habe er nichts gehört, lächelte ein wenig falsch und fuhr dann wie beiläufig fort:

»Ich brauche dir nicht zu erzählen, wer die Person war, die er suchte und retten wollte. Du hast es bestimmt erraten.«

»Nein, ehrlich gesagt, nicht.«

»Die hübsche Dame in Weiß, wer denn sonst?«

»Die, die Sie die Sünderin nennen?«

»Jawohl. Und wie groß muß William Hargroves Enttäuschung gewesen sein, als er erfuhr, daß sie gerade in Dimwood war, während er sie in Savannah suchte.«

»Immer diese Frau!«

»Ich erwähne sie nur, weil Tante Laura mir in ihrem heutigen Brief von einem Gerücht schreibt, das ihr zu Ohren gekommen ist. Die Sünderin soll erklärt haben, der Tag sei nicht mehr fern, da in ihrem Leben eine große Veränderung eintreten werde.«

»Ach was!«

»Ja. Die guten Seelen schlossen daraus, sie wolle sich von der Welt zurückziehen und in ein Kloster gehen. Denn du weißt ja, daß sie römisch-katholisch ist.«

»Das hat gerade noch gefehlt! Sind sie denn überall?«

»Du scheinst sehr wenig über diese Dinge zu wissen. Die Katholiken haben jetzt einen Bischof in Macon und eine Gemeinde in Savannah.«

»Meine Mutter hat mir immer gesagt, ich solle mich vor diesen Leuten in acht nehmen. Sie schleichen sich von allen Seiten ein ...«

Plötzlich erhellte ein Freudenschimmer ihr sorgenvolles Gesicht, und sie fügte kichernd hinzu:

»Wahrscheinlich wäre das auch das Beste für sie, da sie daran glaubt. Ein Kloster. In einer Klosterzelle, fern von der Welt, ganz dem Gebet und der Buße hingegeben. Man sagt, daß eine Nonne bei jedem Fehler, den sie begeht, zur Strafe auf allen vieren vor der Oberin mit der Zunge ein großes Kreuz auf die Steinfliesen lecken muß.«

Sie stotterte vor Vergnügen, als sie diese wunderlichen Dinge erzählte, bis Charlie Jones ihr das Wort abschnitt:

»Ich muß dich leider enttäuschen, mein Kind. Diese malerische Ansicht des Klosterlebens ist eine protestantische Erfindung, die ich gut kenne. Aber die weniger romantisch veranlagten Leute deuten das, was die Dame in Weiß eine große Veränderung in ihrem Leben nennt, ganz anders. Sie sehen darin einfach nur ihre Absicht, sich zu verheiraten.«

Elizabeth erbleichte.

»Wir haben bereits von diesem absurden Vorhaben gesprochen«, murmelte sie. »Es wird ihr nicht gelingen.«

»Niemand kann sie hindern, zu heiraten, wenn sie will.«

»Sie wird nie Aufnahme in die Gesellschaft finden.«

»Vielleicht hat sie diesen Ehrgeiz aufgegeben und will nur den Mann heiraten, den sie liebt.«

»Das könnte dann aber nur ein Mann von niederer Herkunft sein.«

»Aber Elizabeth, das wissen wir nicht. Wir nehmen an, daß sie heiraten will, und vielleicht ist es ...«

Sie unterbrach ihn sofort:

»Sprechen Sie seinen Namen nicht aus, ich will es nicht wissen.«

»Ich werde keinen Namen nennen, aber offenbar denken wir an die gleiche Person.«

Während er dies sagte, hatte er das Gefühl, ein grausames Spiel mit diesem jungen Mädchen zu treiben, das sich so schlecht verteidigte und in immer größere Verzweiflung geriet. Sie war abermals versucht, ihm von ihrer Begegnung mit Jonathan auf der Straße nach Savannah zu erzählen, doch wieder hielt sie etwas davon zurück.

»Du zerstörst deine Zukunft«, sagte er traurig, als er sie stumm und entschlossen sah. »Was willst du tun?«

»So bald wie möglich nach Dimwood zurückkehren.«

»Morgen früh, wenn du willst, mit Tante Emma und Susanna.«

Elizabeth verbrachte eine unruhige Nacht und fand lange keinen Schlaf. Bald war sie glücklich über ihren Entschluß, bald ängstlich beim Gedanken an das, was sie in Dimwood erwartete. Immer wieder rissen schreckliche Träume sie aus dem Schlaf, sie stand auf und lehnte sich ans Fensterkreuz, um in die Nacht zu schauen. Kein Geräusch kam von der Stadt, und noch nie war ihr der Sternenhimmel so geheimnisvoll und so seltsam anziehend erschienen. Je länger sie diese unzähligen Lichtpunkte betrachtete, desto stärker hatte sie den Eindruck, daß sich eine unbekannte Welt, aus der die Erde verschwunden war, in ihrem Kopf drehte, und daß ihre ganze Person von einer unwiderstehlichen Kraft aufgehoben wurde und leicht und sanft im leeren Raum schwebte. Sie wurde von einer unbeschreiblichen Freude ergriffen und vergaß ihre ganze Qual. Es existierte nur noch ein Gefühl des Friedens, in dem die Erinnerung an alle Ängste und alle Ziele dahinschwand. Es dauerte nicht länger als eine Sekunde, doch ihr erschien es wie eine Ewigkeit.

Als sie ganz verwundert wieder zu sich kam, murmelte sie: »Es war ein Schwindelanfall.«

Sie wußte aber, daß diese Worte nichts bedeuteten und nichts darüber aussagten, was sie empfunden hatte. Sie lachte leise, und die glückselige Sekunde war vergessen. Nur an eines erinnerte sie sich: während dieses kurzen Augenblicks hatte sie jede individuelle Bedeutung verloren und war in einer unvorstellbar großen, allgemeinen Freude aufgegangen.

Auf einmal hörte sie einen Vogel singen, eine kurze, glückliche Melodie. Eine Minute später ertönte das gleiche kleine Lied etwas weiter in der Ferne, ebenso klar, jedoch mit leicht veränderter

Stimme. Sie lauschte. Wahrscheinlich sang der Vogel im Garten. Jetzt stimmte er eine ganz andere Tonart an, langsam, melancholisch, mit mehrfachen Wiederholungen und Unterbrechungen und in immer neuen Variationen, mit denen er sein klagendes Gezwitscher fortsetzte, als wollte er es vervollkommnen. Da erinnerte sie sich an die Spottdrossel, von der man ihr in England erzählt hatte. Sie ist eine Plage für alle jene, die nicht schlafen können, denn sie ahmt die Rufe aller Vögel der Gegend nach und gibt sich nur mit einer makellosen Imitation zufrieden; nur so kunstvolle Koloraturen wie die der Nachtigall sind ihr zu schwer und sie verzichtet darauf.

Die Beharrlichkeit des unsichtbaren kleinen Sängers amüsierte Elizabeth schließlich und besänftigte sie. Sie kehrte in ihr Bett zurück und fiel fast sogleich in einen tiefen Schlaf, aus dem Nora sie gegen acht Uhr weckte. Die alte Dienerin weinte:

»Mam'sell Lisbeth, Massa Cha'lie hat gesagt, Sie müssen aufstehen, wenn Sie fo't wollen, abe' das wollen Sie doch nich', nein?«

Elizabeth rieb sich die Augen.

»Ob ich fort will? Aber ja, Nora. Ich reise ab.«

»Oh, Mam'sell Lisbeth, wa'um denn? Nich' zuf'ieden hie'?«

»Doch, doch, Nora, aber ich muß. Schnell, richte mir das Bad.«

Mit einem Satz sprang sie aus dem Bett und sah sich noch einmal in diesem Raum um, in dem sie gelitten und zuweilen auch gehofft hatte, und durch eine jener Tücken der äußeren Welt erschien ihr das Zimmer bezaubernd und von einem bisher ungeahnten Reiz und einer stummen Zuneigung erfüllt, als wollten die Wände und die alltäglichen, vertrauten Möbel sie mit aller Kraft zurückhalten.

Nachdem sie ihre Toilette beendet hatte, trat sie noch einmal ans Fenster und warf einen letzten Blick in den Garten und auf die Blumenbeete, die eine jugendliche Lebensfreude auszustrahlen schienen.

In diesem Augenblick vernahm sie die sanfte Stimme einer schwarzen Wassermelonenverkäuferin aus einer benachbarten Straße:

»*Nice fresh water melons!*«

Zwischen all diesen Eindrücken schien eine geheime Übereinstimmung zu bestehen, die Elizabeths wachem Geist nicht entging, und plötzlich machte ihr das finstere Dimwood Angst.

Die beiden Kaleschen warteten schon vor dem Gartentor, als Charlie Jones Elizabeth bat, ihm in den kleinen Salon zu folgen.

Er lächelte, aber dieses Lächeln reichte nicht bis zu den Augen, mit denen er das junge Mädchen sehr ernsthaft anblickte. Sie befürchtete Unangenehmes und setzte sich auf den Rand des roten Plüschsofas.

»Mein liebes kleines Mädchen«, begann er, »es tut mir wirklich leid, dich so früh fortgehen zu sehen, und ich möchte dich nicht mit einem Vorwurf entlassen. Also höre. Tante Emma, die dramatische Situationen liebt, hat mir von eurer Begegnung mit einem Reiter auf der Straße nach Savannah erzählt.«

»Na und?« sagte das junge Mädchen gereizt, »ich sehe nicht, inwiefern mich das betrifft.«

»Wirklich nicht? Du hättest mir wenigstens ein Wort davon sagen können.«

»Wozu denn?«

»Mit deinem Schweigen hast du mir mehr zu verstehen gegeben, als du dachtest. Hättest du mir von dieser Begegnung erzählt, so hätte ich dir gesagt, daß die betreffende Person nach Savannah gekommen war, um mich zu sprechen. Unsere Unterredung hat immerhin eine Stunde gedauert. Jetzt ist es an mir, den Geheimnisvollen zu spielen, aber ich habe nicht das Recht, mehr darüber zu sagen. Merke dir nur das eine: Hüte dich vor diesem Mann.«

Sie schloß die Augen, als hätte sie einen Schlag erhalten, und stand auf:

»Aber warum sagen Sie das?« rief sie. »Er hat sich nicht schlecht benommen. Er ist ein Gentleman.«

»Ich behaupte nicht das Gegenteil, aber dieser Mann ist nicht mehr Herr seiner selbst. Wenn du nicht leiden willst, meide ihn um jeden Preis. Ich kenne ihn seit Jahren und weiß, was ich sage.«

Elizabeth blickte abwesend.

»Falls dir irgend etwas in Dimwood nicht gefallen sollte, so brauchst du mir nur ein Wort zu schreiben, und ich lasse dich holen. Die Hargroves werden immer damit einverstanden sein.«

»Heißt das, daß ich dort überzählig bin?«

»Man könnte es auch diplomatischer ausdrücken. Alle lieben dich, aber da ist William ...«

»Ich weiß«, unterbrach sie ihn ärgerlich, »für ihn bin ich der Teufel.«

»Also wirklich, Elizabeth, du hast eine bildhafte Ausdrucksweise. Aber deine Reisegefährten werden ungeduldig. Umarmen wir uns?«

Sie bot ihm gleichgültig die Wange, und er berührte sie mit seinen Lippen.

»Hier bist du niemandes Alptraum«, sagte er lachend, »aber man liebt dich auch sehr, besonders Onkel Charlie.«

Ohne Antwort verließ sie den Salon und rannte zu ihrer Kalesche, Jonathan entgegen, aber kaum hatte sie neben Fred Platz genommen, da bereute sie ihre Kälte, lehnte sich aus dem Schlag, winkte Charlie Jones zu und rief: »Ich auch, Onkel Charlie.«

55

In Dimwood war es sehr still. Nur das kreischende Zirpen der Grillen schien die heiße Luft zu zersägen. Wieder war es Onkel Josh, der die Reisenden am Fuße der Freitreppe begrüßte. Auf beiden Seiten wurden nicht viele Worte gemacht. Man sprach ein wenig leiser als gewöhnlich, als fürchtete man, jemanden zu wecken oder, schlimmer noch, den Schlaf eines Toten zu stören.

»Es geht ihm sehr gut«, beteuerte Onkel Josh in zuversichtlichem Ton. »Man hätte es wirklich nicht für möglich gehalten ...«

»Und warum dann all diese Geheimnistuerei?« wollte Fred wissen.

Onkel Josh lachte ein wenig nervös, was gar nicht seiner üblichen guten Laune entsprach:

»Es gibt überhaupt kein Geheimnis. Er redet viel, spricht seine endlosen Gebete vor dem Frühstück, und eigentlich ist alles wieder wie früher.«

»Welche Erleichterung!« rief Tante Emma aus. »Ich gestehe, daß ich eben in der Allee noch starkes Herzklopfen hatte. Also gehen wir hinauf, ja?«

»Aber natürlich, es ist nur wegen Elizabeth und Susanna, weil wir hofften ... annahmen, daß Onkel Charlie sie noch etwas länger bei sich behalten würde, und nun ...«

Peinliches Schweigen. Der zarte Duft der Magnolien umgab die plötzlich sehr aufmerksame Gruppe. Elizabeths Herz, das schwer war von all den Erinnerungen, zog sich zusammen.

»Und nun was?« fragte sie und gab acht, daß ihre Stimme nicht zitterte.

»Aber gar nichts«, beteuerte Onkel Josh. »Es ist sehr gut, daß ihr hier seid. Ich werde mit meinem Vater reden. Leider ist Laura nicht da, sie besucht eine kleine Gemeinde in der Gegend.«

Elizabeth, die im Grunde nur zu glücklich war, daß sich die unvermeidliche Begegnung mit Mr. Hargrove noch etwas verzögerte, zog sich zurück, gefolgt von der sehr gefügigen, doch vor Schreck verstummten Susanna.

Tante Emma und die beiden Jungen begleiteten Onkel Josh, der sie zu Mr. Hargrove führte.

Das Zimmer ging zum Garten hinaus, und die beiden Fenster waren mit dunkelgrünem Taft verhängt. William Hargrove saß in seinem großen Schaukelstuhl und schien Onkel Douglas zuzuhören, der ihm die Zeitungen vorlas, aber ganz offenbar war der Herr von Dimwood in Gedanken anderswo. Sein Aussehen hatte sich nicht verändert, nur die Koteletten waren gewachsen und überwucherten den Schnurrbart, der noch struppiger geworden war. Ein mit allen möglichen Büchern beladener Tisch ganz in seiner Nähe verlieh diesem kleinen Salon, der gewöhnlich Mr. Stoddard und Miss Pringle zu ihren vertrauten Gesprächen gedient hatte, einen Anschein von Gelehrsamkeit. Beide waren in der Tat seit Beginn der Krise nicht mehr da. In Voraussicht des Unvorhersehbaren war jeder von ihnen in seinen Heimatstaat zurückgekehrt.

William Hargrove lächelte strahlend, als er Emma und die beiden Jungen sah, und rief ihnen fröhlich zu:

»Seid ihr endlich zurück aus Savannah? Was wolltet ihr eigentlich dort? Fühlt ihr euch nicht wohl hier?«

»Eine kleine Luftveränderung kann nie schaden, und Charlie war glücklich, uns wiederzusehen.«

Diese ungezwungene Erklärung wurde von Tante Emma abgegeben, die darauf ihre Haube abnahm und sich auf den Stuhl setzte, den Onkel Douglas ihr anbot. Dieser warf ihr einen fragenden Blick zu und schaute besorgt zur Tür.

»Fred und Billy haben sich anständig benommen«, fuhr sie fort. »Besonders Fred. Was Billy betrifft, so kann ich es nur hoffen, denn diese Stadt scheint mir höchst unmoralisch, und unser unerfahrener Billy ist dort ernsten Gefahren ausgesetzt.«

»Ich werde dafür sorgen, daß er die Furcht des Herrn bis ins Knochenmark spürt«, sagte William Hargrove. »Man kümmert sich nicht genug um seine religiöse Erziehung. Wer unterrichtet Billy in der Religion hier in Dimwood?«

»Mr. Stoddard, denke ich«, antwortete Onkel Douglas. »Aber er ist seit einigen Tagen nicht mehr da. Er ist nach Virginia zurückgekehrt, um beim ersten Appell bereit zu sein.«

»Beim ersten Appell?«

»Beim Waffenappell«, erklärte Fred mit Heldenmiene.

»Miss Pringle hat sich in ihr Häuschen in Gettysburg geflüchtet«, fügte Onkel Douglas hinzu. »Der Gedanke, der Süden könne im Norden einmarschieren, erfüllt sie mit Entsetzen.«

»Aber es gibt doch keinen Krieg«, rief Tante Emma aus. »Nicht wahr, Douglas, es wird doch keinen Krieg geben?«

»Nein, aber wir haben seit dem vierten Juli praktisch keinen Präsidenten mehr, und heute ist der siebte, und bei einem Vizepräsidenten aus dem Norden kann man sich auf eine für uns höchst ungünstige Einstellung gefaßt machen.«

Mr. Hargrove hing seinen eigenen Gedanken nach und erklärte: »Ich werde mich persönlich um Billys religiöse Unterweisung kümmern. Mein Junge, du wirst mir zuerst einmal die Psalmen auswendig lernen, alle.«

»Alle hundertfünfzig«, bemerkte Fred mit einem spöttischen Lächeln.

»Keine Streifzüge mehr in Savannah in diesem Sommer.«

»Aber ich habe in Savannah doch nichts Böses getan!« rief Billy. »Ich bin nur ein paarmal in der Stadt ausgeritten.«

»Wo ist jene Frau?« fragte William Hargrove plötzlich.

»Vater«, erwiderte Onkel Douglas, »ich glaube, ich habe Ihnen gesagt, daß sie eine Gemeinde in der Nachbarschaft besucht.«

»Sie sollte hier sein. Sie ist ein Engel, mein Engel.«

Onkel Douglas und Tante Emma tauschten einen Blick.

Beide nickten betrübt.

»Warum ist sie nicht hier?« fragte William Hargrove mit klagender Stimme. »Das verdrießt mich.«

Es gelang Tante Emma, das Gespräch auf etwas anderes zu lenken, und sie erzählte von Charlie Jones und seinem Plan, die Ferien im Haus der Familie in Virginia zu verbringen.

»Ach ja, die große Baracke«, seufzte William Hargrove. »So

nannten wir es aus Sympathie. Ich habe dort einst schöne Stunden verbracht.«

Während einiger Minuten ging er im Geiste durch dieses märchenhafte Haus, verlor sich in seinen Träumen und wurde ruhiger. Die Jungen nutzten die Gelegenheit, um sich davonzustehlen, desgleichen Onkel Josh, aber Tante Emma, von plötzlichem Mitgefühl ergriffen, blieb, zusammen mit Onkel Douglas. Zum ersten Mal in ihrem Leben vergaß sie ihre tausend persönlichen Bedürfnisse und fühlte sich diesem verwirrten Menschen nahe, der ihr ein Vater geworden war.

Elizabeth hatte die Flucht ergriffen und ging in ihr Zimmer, wohin ihr Susanna mit der Beharrlichkeit eines herrenlosen Hündchens folgte. »Endlich allein mit dir!« rief sie und warf sich in Elizabeths Arme. »Es ist eine göttliche Fügung!«

»O nein!« erwiderte die junge Engländerin und stieß sie energisch zurück. »Es ist alles, was du willst, nur nicht das. Es ist einfach unerträglich. Laß mich allein.«

»Du Böse!«

»Verzeih mir meine Grobheit, aber ich habe Sorgen.«

»Liebeskummer vielleicht? Den habe ich nämlich auch, weißt du? Und überdies bin ich überall unerwünscht. Onkel Charlie interessiert sich gar nicht für mich, und hier muß ich mich verstecken wegen dieser Geschichte mit dem Zettel am Flußufer. Jetzt bin ich an allem schuld. Ich frage mich, ob es ihnen nicht lieber gewesen wäre, wenn ich mich wirklich ertränkt hätte.«

»Wenn du dich von mir bemitleiden lassen willst, vergeudest du deine Zeit.«

»Oder wenn der Alligator mich aufgefressen hätte.«

»Du gehst mir auf die Nerven mit deinem Alligator. Alles, was du sagst, geht mir auf die Nerven.«

»Das merke ich, aber du hast unrecht. Ich weiß alles mögliche, und ich habe interessante Dinge erfahren, während ich mich versteckte.«

»Wo?«

»Das möchtest du wohl gerne wissen. Alle möchten es wissen. Doch ich habe mein Wort gegeben, es nicht zu sagen ... Aber jetzt, wo alles in Ordnung ist ...«

»In der Tat.«

»Glaubst du, ich kann es sagen?«

»Das mußt du selbst entscheiden.«

»Gut. Wenn du schwörst, es nicht weiterzusagen ...«

»Einverstanden. Ich schwöre es.«

»Auf die Bibel!«

»Oh, Susanna, manchmal habe ich Lust, dich bei den Ohren zu packen und deinen Kopf an die Wand zu schlagen ... stundenlang. Na schön, ja, auf die Bibel.«

»Also. Ich war bei Miss Llewelyn. Niemand darf ihre Wohnung betreten. Sie hat zwei Zimmer dicht bei der Nähstube, wo die Souligou arbeitet. Sie hat mir erklärt, warum ich nicht heiraten soll. Hochinteressant. Ich werde es dir einmal erzählen. Sie weiß einfach alles. Sie weiß auch, daß Leutnant Boulton am Sonntag kommen wird, um den Verlobungsring zurückzunehmen. Papa wird ihn empfangen.«

»Du flunkerst!«

»Gar nicht! Du wirst schon sehen. Erinnerst du dich noch, wie wir in der großen Allee einem Mann auf einem schwarzen Pferd begegneten?«

»Natürlich ... und?«

»Er ritt Richtung Savannah, aber sowie er uns in der ersten Kalesche sah, hat er kehrtgemacht und einen Blick in den Wagen geworfen, als ob er jemanden suchte.«

»Weiter.«

»Was hast du denn? Langweilt es dich, daß ich dir das erzähle?«

»Im Gegenteil. Ich will wissen ...«

»Was dann geschah, weiß ich nicht. Ich konnte ihn nicht sehen. Du hast ihn doch bestimmt vorüberreiten sehen, nicht wahr?«

»Ja.«

»Nun, die Waliserin hat mir erzählt, er sei hierhergekommen und habe Großvater sprechen wollen, aber Großvater war krank, und so haben Papa und Onkel Douglas ihn empfangen. Dann redeten sie alle drei sehr laut. Der Mann wollte, daß man ihm ein Papier unterzeichne, mit Großvaters, Papas und Onkel Douglas' Unterschrift. Miss Llewelyn hat alles gehört.«

»Wahrscheinlich hat sie wieder einmal an der Tür gelauscht.«

»Ich weiß nicht, ich glaube es nicht. Sie weiß einfach alles, irgendwie. Wahrscheinlich ist sie eine Hexe wie alle Waliserinnen. Der Mann hat gebrüllt, weil er unbedingt Großvaters Unterschrift wollte, und die verweigerte man ihm. Eine ganze Stunde ist er geblieben und hat diskutiert.«

»Und dann?«

»Dann ist er wieder durch die große Allee davongeritten, Richtung Savannah.«

Elizabeth schrie verzweifelt:

»Richtung Savannah! Er war in Savannah, als wir dort waren!«

»Das ist möglich. Als er die Freitreppe hinunterging, um auf sein Pferd zu steigen, hat die Waliserin gehört, wie er gesagt hat: ›Wenn ich das nächste Mal hierherkomme, werde ich hier zu Hause sein, und zwar nicht allein.‹«

Elizabeth sagte nichts. Ihre niedergeschlagene Miene beunruhigte Susanna schließlich.

»Was hast du denn?«

»Nichts. Du solltest jetzt lieber verschwinden, meine kleine Susanna. Wenn Tante Laura dich hier findet ...«

»Tante Laura ist nicht da.«

»Ich möchte Miss Llewelyn sehen.«

»Das ist nicht schwer. Sie läuft immer in den Gängen herum oder auf der Veranda. Du wirst ihr doch nicht sagen, daß ich mit dir gesprochen habe?«

»Natürlich nicht.«

Das Abendessen an diesem Tage unterschied sich von den üblichen Abendessen nur durch drei leere Stühle, die Mr. Hargrove sichtlich verwirrten, denn er schien die Anwesenden immer wieder stumm zu zählen. Immerhin sprach er mit großer Würde einige sehr persönliche Gebete für den allgemeinen Frieden des Landes. Offenbar fand er sich wieder zurecht und erteilte mit ruhiger und natürlicher Stimme seine Befehle.

Doch gegen Ende der Mahlzeit blickte er traurig auf und sagte langsam, wie zu sich selbst:

»Seltsam, ich dachte, daß wir sonst zahlreicher waren. Und dann, wo ist diese Dame, die sich um mich kümmert?«

»Vater«, sagte Onkel Josh, »erinnern Sie sich denn nicht? Sie ist fort, um eine Gemeinde zu besuchen.«

»Eine Gemeinde? Ach ja. Man soll sie bitten, zurückzukommen. Sie ist ein Engel, wißt ihr. Und die anderen?«

»Welche anderen?« fragte Tante Emma, die neben ihm auf Tante Lauras Platz saß.

»Welche anderen«, wiederholte er. »Ich weiß es nicht. Es ist ein Irrtum ... ein Irrtum.«

Billy war in den letzten Minuten sehr aufmerksam geworden und empfand plötzlich einen bisher unbekannten Schrecken. Zum ersten Mal ahnte er, daß hier etwas Geheimnisvolles, ihm Unverständliches vorging. Hilda und Mildred hielten sich die Servietten vor den Mund, um ein nervöses Kichern zu unterdrücken.

Gleich darauf war das Mahl beendet.

Als die Frösche ihren Abendgesang anstimmten, schlenderten Josh und Douglas durch die große Allee. Die Nacht war klar, und ihre Schatten zeichneten sich so deutlich auf dem Boden ab, als wollten sie ihnen Gesellschaft leisten und sie bewachen. Keiner von beiden zeigte sich gesprächig, und sie gingen langsam, doch als sie weit genug vom Haus entfernt waren, begannen sie sich fast flüsternd zu unterhalten:

»Ich fürchte, er ist verloren. Das Gehirn ist betroffen.«

»Da bin ich gar nicht so sicher. Das Gedächtnis kehrt allmählich zurück.«

»Drei Personen sind aus seiner Erinnerung verschwunden. Zuerst seine Tochter, seine eigene Tochter ...«

»Ganz einfach. Er verdrängt alles aus seinem Gedächtnis, was sein Gewissen belastet.«

»Wenn man über diese Dinge scherzen könnte, würde ich sagen, daß das Gewissen äußerst nachsichtig ist.«

»Ein bekanntes Phänomen. Aber das Sonderbarste ist doch, daß er in Laura jetzt einen Engel zu sehen glaubt.«

»Und wenn die Erinnerung zurückkehrt, wird es ein schrecklicher Schlag sein für diesen ewig Schuldbewußten.«

»Die gefährlichste von den dreien ist die arme Engländerin. Sie zerstört ihn. Wäre sie doch mit ihrer Mutter in die Heimat zurückgekehrt! Warum beharrt sie so darauf, hier in Dimwood zu bleiben?«

»Sie ist verliebt.«

»Und in welchen Mann! Ich weiß nicht, was mich zurückhielt, ihn zu ohrfeigen, als er letzthin hier war und nach dieser albernen Diskussion zu uns sagte: ›Ich werde zum vereinbarten Termin wieder hier sein, und ich werde als Besitzer und Herr von Dimwood zurückkommen.‹«

»Und mit der Miene eines Grandseigneurs ...«

»Leider fließt auch das Blut eines Grandseigneurs in seinen Adern, und das könnte sein Verderben sein. Denn er glaubt, mit dieser verrückten Heirat sein Glück zu machen. Ein Geächteter wird er sein. Aber er braucht Geld, und er will diese Frau.«

»Und welche Aussichten hat die naive Elizabeth zwischen diesen Ambitionen? Wer hat dir übrigens erzählt, daß sie verliebt ist?«

»Laura hat es von der Waliserin erfahren ... Fred ist überzeugt, daß dieser Mann auch in Elizabeth verliebt ist.«

»Weil er einmal flüchtig in eine Kalesche geschaut hat? Diese Geschichte ist einfach lächerlich. Elizabeth ist doch nicht so dumm, den Blick eines dahergelaufenen Weiberhelden ernst zu nehmen.«

»Doch. Sie ist sechzehn Jahre alt und hat keine Ahnung. Sie wird sehr leiden.«

»Wir können sie unmöglich hier behalten, solange Jonathan sich in der Gegend herumtreibt. Josh, du mußt sie unbedingt überreden, den Sommer in Virginia zu verbringen. Charlie Jones ist gern bereit, uns zu helfen.«

»Hast du schon einmal versucht, einen störrischen Maulesel zum Gehen zu bewegen?«

»Ich weiß, ich weiß. Ich glaube, die Dinge werden sich von selbst einrenken, und zwar schlecht. Aber was können wir tun? Überlassen wir es dem ... ich weiß nicht wem. Dem Wetter? Der Politik?«

»Unterdessen ist Amerika noch immer ohne Präsident. Morgen werden es vier Tage. Auch das müssen wir der Zeit überlassen ... oder dem Schicksal, hätte ich beinahe gesagt.«

»Das ist das Wort, das ich vorhin suchte.«

Die Luft wurde frischer. Sie kehrten um und gingen schweigend zurück, als ob das Wort Schicksal sie nachdenklich gestimmt hätte. Ringsum schien der unablässige, helle Gesang der Frösche in einer unverständlichen Sprache auf sie einzureden.

56

Als Susanna gegangen und Elizabeth allein in ihrem Zimmer war, fragte sie sich, welches Los sie in Dimwood erwartete, und irgendwie war es ihr egal. Am Wesentlichen änderte sich nichts: um jeden Preis hierzubleiben. Sie hatte die abergläubische Idee, daß ihre Anwesenheit Jonathan anlocken könnte, und obgleich es noch nicht ganz dunkel war und die letzten Strahlen der untergehenden Sonne noch das Zimmer erhellten, zündete sie die Lampe an und ließ sich in ihren Schaukelstuhl sinken.

Indem sie kräftig mit dem Absatz auftrat, setzte sie dieses Möbel in Bewegung, das das Parkett zum Ächzen brachte und sie heftig einwiegte. Sie empfand ein leichtes Schwindelgefühl, das angesichts der vielen Ungewißheiten beruhigend wirkte. Neben ihrem Ellbogen sah sie im Lichtkreis der Lampe ihre Bibel liegen, in schwarzes Leder gebunden, zugeklappt, voller stummer Vorwürfe, aber das junge Mädchen verspürte keinerlei Lust, sie zu öffnen und anzuhören. Durch das offene Fenster stieg der Duft der Magnolien empor, bei dem sie stets an das flehende Gesicht des jungen Mannes denken mußte. In ihrem Wachtraum glaubte sie Jonathan plötzlich vor sich zu sehen. Wer hätte ihn in Abwesenheit Tante Lauras daran hindern können? Und dann . . . Sie klammerte sich an die Tischkante, um den Schaukelstuhl zum Stehen zu bringen. Ihr Herz pochte. Wenn er nun hier vor ihr stünde? Was würde sie sagen? Aufs neue gab sie sich ihren Träumereien hin, bis sie ein Klopfen an der Tür hörte und gerade noch einen nervösen Aufschrei unterdrücken konnte.

Es war Betty, die sichtlich beunruhigt und verängstigt im Türrahmen stand und sich keinen Schritt weiter vorwagte. Um den Kopf trug sie ein blaurotgestreiftes Tuch, das ihr graues Kraushaar verbarg, aber in ihrem schwarzen Kleid und der weißen Schürze strahlte sie jene Würde aus, die die junge Engländerin immer wieder beeindruckte.

»Komm doch herein, Betty«, sagte sie, »und bleib nicht dort stehen.«

»Mam'sell Lisbeth will kein Abendessen nich'?«

»Nein, ich bin nicht hungrig.«

»Betty kann ein schönes Essen in Miss P'ingle und Massa Stodda'ds Speisezimme' se'vie'en, fü' Mam'sell Lisbeth und Miss Susanna.«

»O nein, Betty, das will ich auf keinen Fall. Komm herein oder geh, aber steh nicht herum und schau mich nicht so an. Was hast du mir zu sagen?«

Betty trat ein.

»Komm her. Noch näher. So, und jetzt sprich.«

Das Licht der Lampe umschmeichelte das alte schwarze Gesicht, über dessen Wangen zwei parallele Runzeln von den Backenknochen bis zum Mund liefen.

»Nun? Ich warte«, sagte Elizabeth.

»Mam'sell Lisbeth wi'd nich' unzuf'ieden mit Betty nich' sein?«

»Aber nein, bestimmt nicht. Rede, ich will, daß du sprichst.«

»Massa Jonathan ...«

Mit einem Satz war Elizabeth aufgesprungen.

»Wie kommst du dazu, von diesem Herrn zu sprechen?«

Rot vor Zorn stand sie vor der Dienerin, die einen Schritt zurückwich.

»Alle wissen es, Mam'sell Lisbeth.«

»Was wissen alle? Ich befehle dir zu antworten und mir die Wahrheit zu sagen. Verstanden?«

Voller Schreck schlug Betty sich die Schürze über das Gesicht, gemäß einem Brauch aus alter Zeit.

»Massa Jonathan will das Haus nehmen«, stammelte sie mit erstickter Stimme.

»Das Haus nehmen? Das kann er nicht. Du weißt nicht, was du redest.«

»Mam'sell Lisbeth, am Tag, wo Sie nach Savannah gefah'en sind, is' e' bei Massa Douglas und Massa Joshua gewesen. Wi' haben alles gehö't. E' hat ganz laut gesch'ien. Alle Schwa'zen wissen es.«

»Na und? Ist das alles?«

»Nein, e' is' weg.«

»Und wo ist er?«

»Weiß ich nich', Mam'sell Lisbeth ... weit weg ...«

»Sagst du die Wahrheit, Betty?«

Auf diese Frage folgte ein Schweigen, das Elizabeth endlos schien. Sie hielt dem starren Blick der großen schwarzen Augen stand, die sich mit Tränen füllten ...

Einige Sekunden lang blickten sie einander an und warteten, doch da keine von ihnen ein Wort sagte, zog Betty sich ohne Eile zurück und schloß die Tür sehr leise hinter sich.

Bestürzt starrte Elizabeth auf diese Tür.

Jetzt stand sie vor der Lampe, schlug mit abwesender Miene die Bibel auf, las aufs Geratewohl einige Verse, aber an diesem Abend wollte sich jenes undefinierbare, von Kindheit an vertraute Einvernehmen zwischen ihr und dem Buch nicht einstellen, und sie klappte es enttäuscht wieder zu.

Im Zwielicht verweilte ihr Blick kurz auf dem weißen Fleck ihres Bettes. Schlafen? Davon konnte keine Rede sein. Nichts schien mehr einen Sinn zu haben. Diese Lampe brennen lassen? »Wie ein Leuchtturm«, dachte sie mit jener bitteren Ironie, die sie nie verließ. »Weit weg«, hatte Betty gesagt. Er war fort.

In einer verzweifelten Eingebung ging sie auf die Veranda hinaus und schleppte sich – so schien es ihr – bis zu den Magnolien. Trotz ihrer Erschöpfung überkam sie die Erinnerung wie ein Rausch. In der von Düften erfüllten Dunkelheit schien die ganze Erde verliebt und von nichts anderem als von Jonathan zu sprechen. Im kalten und geheimnisvollen Schimmer der Nacht sah sie die Baumreihe, die sich vom Flußufer aus über die Wiese bis zu den verbotenen Gärten erstreckte, und sie ließ den Blick in diese Richtung schweifen. Da bemerkte sie plötzlich etwas Graues, das sich sehr langsam am Waldrand bewegte.

Instinktiv schreckte sie zurück, als sei ihr ein Gespenst erschienen, aber die graue Form hatte nichts Gespenstisches an sich. Bei genauerem Hinschauen erkannte das junge Mädchen die Silhouette von Miss Llewelyn, und das versetzte ihr einen Schock. Doch warum eigentlich? Es war doch nichts dabei, daß die Waliserin in der Umgebung des Hauses einen Abendspaziergang machte. Gewiß, die Gegend stand in einem schlechten Ruf wegen der Indianer, die man vor über einem Jahrhundert dort getötet hatte. Aber schließlich war das ganze Dimwood von derartigen Erinnerungen überschattet. War es da nicht besser, das alles zu ignorieren?

Neugierig blieb sie stehen und rührte sich nicht, obgleich sie ahnte, daß es ein Fehler war, und plötzlich sah sie zu ihrer Überraschung, wie Miss Llewelyn in ihre Richtung schaute und mit dem Arm winkte.

Automatisch tat sie das gleiche, und trotz der etwa vierzig Meter, die sie von der Waliserin trennten, und dem schwachen Licht, erkannte sie deutlich ihre Züge und ihr Lächeln. So deutlich, daß sie ein Unbehagen verspürte, als wenn diese seltsame Frau ihr wie durch Zauberei näherrückte.

Ihr erster Gedanke war, sich in ihr Zimmer zurückzuziehen. Denn selbst wenn sie die Freitreppe hätte hinuntergehen und Miss Llewelyn aufsuchen wollen, hätte sie sich einen Mantel überwerfen müssen. Sie trug nur ein leichtes Baumwollkleid, und die Luft wurde kühler. Aber warum kam sie auf die Idee, diese Person, mit der niemand etwas zu schaffen haben wollte, aufzusuchen? Sie wußte es nicht. Die Versuchung wurde stärker, erschien ihr als eine sehr vernünftige Idee, wurde unwiderstehlich. Gewiß, Miss Llewelyn hatte sie in ihren Liebesträumen ziemlich entmutigt, aber jetzt stand die Waliserin dort und winkte ihr lächelnd mit dem Arm. Ein Ruf, ein unverhofftes Glück vielleicht ...

In einen großen dunkelgrünen Schal gehüllt, ging Elizabeth über den Rasen, zuerst langsam, doch dann begann sie auf jene Frau zuzurennen, die sie reglos erwartete, immer noch mit dem gleichen Lächeln, selbstsicher in Erwartung ihrer Beute.

Nie war ihr der Himmel mit seinen abertausend blinkenden Sternen, die unverständliche Zeichen bildeten, weiter und tiefer erschienen, und das schwache, zitternde Quaken der Frösche stieg wie eine klagende Frage zu ihm auf.

»So ist's recht«, sagte Miss Llewelyn, als das etwas atemlose Mädchen vor ihr stand, »wenn man unglücklich ist, sucht man die schreckliche Maisie Llewelyn auf, um sich Rat in seinem Liebeskummer zu holen.«

Ihr walisischer Singsang hatte etwas Melodisches.

»Ich wußte nicht, daß Sie hier sein würden ...«

»Natürlich. Mich erwarteten Sie ja nicht an Ihrem Magnolienbaum, aber ich sage Ihnen, daß er nicht kommen wird, weder in dieser Nacht noch sonst irgendwann. Finden Sie sich damit ab. Dieser Mann ist nichts für Sie. Ich habe es Ihnen bereits gesagt, und ich sage es wieder.«

Elizabeth blickte sie trotzig an.

»Sie täuschen sich«, sagte sie. »Jonathan liebt mich, ich weiß es, ich bin mir dessen ganz sicher.«

»Inzwischen heiratet er aber.«

»Das ist noch nicht geschehen. Ich will diesen Mann, und keinen anderen.«

»Ihre Starrköpfigkeit ist zu bewundern, Miss Escridge. Wollen wir einen kleinen Spaziergang machen?«

»Gern. Haben Sie deshalb vorhin gewinkt?«

»Eigentlich nicht. Eher ein einfacher Gruß. Sie fragen aber viel. Vielleicht zuviel. Riechen Sie all die Düfte, die vom Wald her wehen? Gehen wir in diese Richtung? Dort können wir in aller Ruhe plaudern und laufen nicht Gefahr, gesehen zu werden.«

Das junge Mädchen fragte sich, was die Waliserin im Schilde führte, doch folgte sie ihrer Aufforderung.

Einen Augenblick später bogen sie in eine von Birken gesäumte Allee ein. Im Mondlicht ragten die Stämme zu beiden Seiten wie blendend weiße Säulen empor.

»Sehen Sie«, sagte Miss Llewelyn, »jedes junge Mädchen in Ihrem Alter ist auf Männerfang aus, wie man es hier ordinärerweise nennt. Hübsch, wie Sie sind, können Sie das Beste vom Besten beanspruchen, und es gibt eine Menge netter Jungen in der Gegend.«

»Ich will Jonathan«, erklärte Elizabeth grimmig.

»Wollen genügt nicht. Man muß das, was man unbedingt haben will, auch zu bekommen wissen.«

»Aber wie?«

»Es gibt Mittel und Wege.«

»Ich bin bereit, alles Nötige zu tun.«

Wieder ließ die Waliserin ihr hübsches Lachen vernehmen, und es klang recht ungewöhnlich in diesem finsteren Wald. Man sah jetzt nur noch den Sand der Allee.

»Sie machen mir Spaß, Miss Escridge. Was Sie das Nötige nennen, erfordert ein ernsthaftes Studium und eine gewisse Gabe, und man lernt es nicht wie Deutsch aus der Korrespondenz.«

Da sie fühlte, daß diese sarkastischen Bemerkungen das junge Mädchen in seinem Stolz verletzten, fügte sie hinzu:

»Aber die Gabe haben Sie. Wir sehen das aus Erfahrung auf den ersten Blick. Doch das führt vielleicht schon zu weit, und ich möchte Sie nicht verwirren.«

»Ich versichere Ihnen, daß ich mich vor nichts fürchte.«

»Mit Verwirren meine ich eher, daß ich Sie an Ihrer Vorstellung von der Welt irremache. Aber hören Sie doch nur diesen melancholischen Ruf. Wie hübsch, an diesem einsamen Ort.«

Ein Käuzchen hatte zu schreien begonnen, und dieser Ruf erfüllte die Nacht mit einer verträumten Traurigkeit, der sie sich nicht entziehen konnte.

Unwillkürlich verspürte Elizabeth ein gewisses Unbehagen, doch sie bemühte sich, ruhig zu erscheinen.

»Ein Käuzchen«, sagte sie. »Ich mag diese Nachtvögel sehr gern, aber ich liebe alle Vögel. Was meine Vorstellung von der Welt betrifft, Miss Llewelyn, so haben Sie nichts zu befürchten. Ich lasse mich nicht irremachen und möchte nur Ihre Gedanken dazu hören.«

»Gehen wir noch ein Stück weiter. Ich liebe diese Wälder.«

»Ich auch«, beteuerte Elizabeth, »aber ich sehe fast nichts mehr.«

»Halten Sie sich an meinem Ärmel fest, und folgen Sie mir.«

Das junge Mädchen griff in den etwas rauhen Stoff, dessen graue Farbe allen Bewohnern Dimwoods vertraut war, und sie verspürte einen leichten Ekel.

»Wir sehen von der Welt, in der wir leben, nur einen Teil«, erklärte Miss Llewelyn. »Von dem anderen Teil ahnen gewisse Menschen zumindest etwas. Wie Sie, zum Beispiel. Aber kehren wir um. Ich sehe, es ist so finster, daß Sie Angst haben. Doch, doch. Leugnen Sie es nicht. Es ist doch ganz natürlich. Nehmen Sie meine Hand, ich führe Sie.«

Elizabeth zögerte eine Sekunde und fühlte plötzlich, wie Miss Llewelyns Hand die ihre suchte und sie ergriff. Die Hand der Waliserin war klein und fleischig, aber überraschend kräftig.

Langsam gingen sie durch das Dunkel, und das junge Mädchen hörte bei jedem Schritt das leichte Rascheln des rauhen Kleides auf dem Sand. Keine sagte ein Wort, und schweigend schienen sie ihre Unterredung fortzusetzen. Als das Haus in Sicht war, blieben sie stehen. Hie und da schimmerten Lichter in den Fenstern, und das beruhigte.

»Dort oben«, sagte Miss Llewelyn, »sitzt die gute Souligou und legt Karten. Weiter unten, rechts, ist Susanna, die nicht schlafen kann und einen Roman liest, von dem sie kein Wort versteht. Ganz hinten, links, liest William Hargrove theologische Schriften und kämpft wieder einmal mit seinem Gewissen.«

»Wie können Sie das alles erraten?«

»Es ist nicht schwer, wenn man Dimwood so gut kennt, wie ich es kenne. Glauben Sie bloß nicht, ich sei eine Hexe, wenn es auch bei uns welche gibt, und sogar sehr fähige. Ich habe nur die Gabe, wie Sie, und ich versuche, so gut ich kann, mich in der okkulten Welt zurechtzufinden.«

»In der okkulten ...?«

»Das erkläre ich Ihnen ein andermal. Aber wenn Sie jetzt denken, ich sei der Teufel, dann sollten Sie lieber auf Ihr Zimmer gehen, die Bibel lesen und nichts mehr mit mir zu schaffen haben.«

»Ich habe nie gesagt, daß Sie der Teufel sind.«

»Recht so! Das genügt für heute abend, und ich denke, es ist Zeit, daß Sie schlafen gehen.«

»Aber Miss Llewelyn, Sie wissen doch, was ich will, und Sie haben gesagt, daß es Mittel und Wege gibt ...«

»Die gibt es in der Tat, aber sie würden das Schicksal von zwei, vielleicht sogar drei Personen betreffen.«

»Ich bin zu allem bereit.«

»Es ist sehr ernst. Denken Sie heute nacht darüber nach. Ich komme morgen vorbei.«

»Ja? Um wieviel Uhr?«

»Was schert mich die Stunde? Ich werde dasein. Gehen Sie ohne mich hinein. Es ist nicht mehr so dunkel, und Sie sehen genug. Ich setze meinen Spaziergang fort. Schlafen Sie gut, Miss Escridge, oder wenigstens so gut Sie können.«

57

Der Tag schleppte sich mühsam dahin. In einer Ecke des Vestibüls stand hoch und schmal die alte Standuhr und tickte mit einer entsetzlichen Langsamkeit. Das fand jedenfalls Elizabeth, die jede Viertelstunde kam und nachsah, wie spät es sein mochte. Es war einer jener grausamen Widersprüche, aus denen das Leben besteht, daß sie die Waliserin nun mit verliebter Ungeduld erwartete, während sie diese Frau, die ihr Ekel und Schrecken einflößte, im Grunde ihres Herzens doch haßte. Der Teufel? Ohne jeden Zweifel war Miss Llewelyn nicht der Teufel, aber man hätte sie gut dafür halten können, wenn man sich dessen nicht bereits sicher gewesen wäre.

Sie kam kurz vor der Abenddämmerung. Plötzlich war sie da und stand in Elizabeths Zimmer. Sie mußte lautlos über die Veranda hereingekommen sein, und sogleich nahm das junge Mädchen den unbeschreiblichen Geruch wahr, der von ihr ausging, und den weniger ihr Körper als vielmehr dieses graue Kleid verbreitete, dessen trockener und rauher Stoff sich ebenso widerlich anfühlte, wie er stank.

Sie wandte ihr grobes Gesicht mit den grünen Augen Elizabeth zu, die vor Überraschung wie versteinert war.

»Ich mache Ihnen Angst«, sagte die Frau. »Wann wird man endlich keine Angst mehr vor mir haben? Ich bin doch nur da, um zu helfen. Haben Sie über meine Warnung von gestern abend nachgedacht?«

In ihrem lila Kleid, das Haar wie ein Goldnebel im Zwielicht der geschlossenen Läden, stand Elizabeth wie eine Angeklagte vor der Waliserin, die ihr plötzlich wie eine Riesin vorkam.

»Ihre Warnung?«

»Zwei Schicksale, wenn nicht drei, das Ihre mitgerechnet.«

»Ich erinnere mich sehr gut«, antwortete Elizabeth und faltete die Hände, »an meinem Entschluß hat sich nichts geändert.«

»In diesem Fall werden Sie mir das, was Sie wünschen, auf ein Papier schreiben, das Papier zusammenfalten und mit einer Strähne Ihres Haares umwickeln. Haben Sie nichts von ihm? Einen Gegenstand, ein Andenken?«

»Nichts. Leider ...«

»Nichts, leider«, wiederholte Miss Llewelyn mit eintöniger und gleichgültiger Stimme. »Nun schreiben Sie bitte, und lassen Sie mich nicht lange warten. Bald wird es dunkel sein.«

Elizabeth setzte sich an den kleinen Schreibtisch, nahm einen Bogen Briefpapier und war einen Augenblick unschlüssig.

»Sagen Sie klar und deutlich, was Sie wollen«, sagte Miss Llewelyn. »Ich werde nicht hinschauen, aber beeilen Sie sich.«

»Ich will, daß Jonathan mich liebt«, schrieb Elizabeth in einem Zuge. Doch beunruhigte sie der Gedanke an die drei Schicksale, die dieser einfache Satz zerstören könnte, und sie fügte hinzu:

»Aber ich will nicht, daß der Dame in Weiß ein Unglück geschieht.«

»Das ist aber lang«, sagte Miss Llewelyn, die wie ein Denkmal neben ihr stand.

Statt einer Antwort legte Elizabeth den Briefbogen unter ein Löschblatt, zog ihn wieder hervor und rollte ihn zusammen wie eine Serviette.

»Und jetzt ...«, sagte die Waliserin und holte aus der Tasche ihres Kleides eine Schere hervor.

Sie trat auf Elizabeth zu und schnitt ihr eine Haarsträhne ab, und zwar mit einer Behendigkeit, die das junge Mädchen verblüffte. Aus dieser Strähne flocht die Frau mit ebenso geschickter wie flinker Hand eine goldene Kordel, schlang sie um Elizabeths Botschaft und gab sie ihr sogleich zurück. Denn um eine Botschaft handelte es sich, wie sie kurz erklärte:

»Eine Botschaft von Ihnen, mit unbekanntem Empfänger, die der Erde anvertraut wird.«

Dieses Wort beunruhigte die junge Engländerin, und sie fragte:

»Der Erde? Warum denn das?«

»Wenn Sie mir noch eine einzige Frage stellen, gehe ich«, erwiderte Miss Llewelyn streng, »und dann müssen Sie allein zurechtkommen. Es ist ganz einfach. Von jetzt an gehorchen Sie mir bis zum Schluß des Unternehmens. Also ja oder nein?«

»Einverstanden«, sagte Elizabeth. »Ich werde mich Ihren Anweisungen fügen.«

Das Wort »gehorchen« wäre dem stolzen Kind in der Kehle steckengeblieben, aber die Waliserin begnügte sich mit diesem etwas gekünstelten Versprechen.

»Das Weitere wird im Wald vonstatten gehen, der links von der großen Allee liegt«, begann sie.

»Der verfluchte Wald?«

»Ja, so nennt man diesen Wald, der nur furchtsame Seelen erschrecken kann. Es ist besser, wenn wir uns nicht zusammen dorthin begeben. Ich gehe jetzt. Sie finden mich leicht am Fuße des Baumes mit dem dicksten Stamm. Er steht auf einer großen Lichtung, am Ende eines breiten Weges. Sie können mich nicht verfehlen. Ich werde dasein. Warten Sie, bis es dunkel ist. Wir werden voraussichtlich eine klare Nacht haben.«

Damit verschwand sie ebenso plötzlich, wie sie gekommen war, und das junge Mädchen, nun allein und von banger Unruhe ergriffen, sank auf ihr Bett, stammelte verworrene Sätze und stöhnte. Was hatte sie da angerichtet, und auf welch unheilvolles Abenteuer ließ sie sich ein? »Drei Schicksale sind betroffen!« Was sollte das bedeuten? Und alles wegen eines Satzes auf einem Stück Papier?

Die Zeit verging. Sie mußte bis zum Anbruch der Dunkelheit warten. Warum? Plötzlich sprang sie auf, verließ ihr Zimmer und rannte bis zum anderen Ende der Veranda, um zu sehen, welchen Weg die Waliserin nahm. Sie erspähte sie gerade im Augenblick, als sie in den Pfad längs der Gärten einbog, die unter dem blauen Himmel in den leuchtendsten Farben erstrahlten, aber die graue Gestalt verlieh der ganzen Landschaft etwas Tristes.

Elizabeth blickte ihr nach und hatte das Gefühl, daß nichts sie mehr aufhalten konnte, und in einem jähen Entsetzen über sich selbst und das, was sie vorhatte, kehrte sie in ihr Zimmer zurück.

Als sie an Tante Lauras Tür vorbeikam, konnte sie der Versuchung nicht widerstehen und trat ein. Zuerst fiel ihr auf, wie leer dieses Zimmer auf einmal schien. Seit einigen Tagen hatte sich die rätselhafte Frau nicht mehr in Dimwood blicken lassen, und nichts von ihr blieb in diesen vier Wänden zurück. Das kleine Kruzifix, das die junge Engländerin eines Abends bemerkt hatte, hing nicht mehr über dem Bett, dessen sorgfältig gefaltete Laken immerhin die Rückkehr der Abwesenden zu erwarten schienen. Und zum ersten Mal wurde Elizabeth gewahr, wie sehr sie ihren ernsten Blick und ihre sanfte Stimme vermißte.

Wenn sie die Dämmerung abwarten mußte, um sich mit der Waliserin zu treffen, würde sie es hier tun, in diesem unbewohnten Zimmer, und nicht in dem ihrem, wo sie schon zuviel gelitten hatte. Hier, so fand sie, ohne es sich erklären zu können, herrschte Frieden, hier war man fern von der Welt und ihren Ärgernissen.

Im allmählich schwindenden Licht sangen die Vögel rings um das Haus in einem verzweifelten Wettstreit, als drohte das Dunkel, sie danach für immer zu verschlingen. Für Elizabeth war es wie eine Warnung. Die langen, schrägen Strahlen der sinkenden Sonne streiften den Boden. Der Weg zum Wald war noch gut sichtbar, und sie beschloß, jetzt aufzubrechen. Niemand war auf der Veranda. Man wartete, bis es kühler wurde, um hinauszugehen und sich in den Schaukelstühlen zu einem Plauderstündchen zusammenzusetzen. Sie schlich sich hinaus, ging an den Gärten entlang und von dort in Richtung des verfluchten Walds.

Unter den ersten Zweigen blieb sie stehen. Ihr Herz pochte so stark, daß sie sich an den Stamm einer riesigen Eiche lehnen mußte, unter der es schon ganz finster war. Noch nie hatte sie sich im Dunkeln bis hierher gewagt. Zu viele unheimliche Geschichten kamen ihr in den Sinn, und sie hätte es nie gewagt, unter diesen schwarzen Bäumen spazierenzugehen, wenn die Sonne nicht mehr schien und die grauen Moosvorhänge in den langen Alleen hin- und herschwankten. Dieses Moos war immer in Bewegung. Das wußte sie, man hatte es ihr erzählt. An den heißesten Tagen, auch wenn sich nicht der leiseste Hauch im Gras regte, sah man das seltsame Pendeln dieser blassen Schleier, die wie Haarsträhnen von den dunklen Ästen hingen und durch den Atem großer, unsichtbarer Münder bewegt schienen. Elizabeth fragte sich in dieser Einsamkeit nicht einmal, ob sie diese geheimnisvolle Pflanze, die überall im Süden wuchs, schön fand oder nicht, aber die langen Vorhänge, deren Fransen in der Stille erzitterten, jagten ihr einen solchen Schrecken ein, daß sie am liebsten davongelaufen wäre.

Sie schämte sich jedoch ein wenig ihrer Feigheit und beschloß, bis zum Ende der Allee zu gehen, aber jetzt wurde es so finster, daß sie kaum noch die einzelnen Bäume erkennen konnte. Rascheren Schrittes gelangte sie schließlich zu der großen Lichtung, auf die drei andere Wege des verfluchten Waldes mündeten. Dort blieb sie stehen und ließ den Blick in alle Richtungen schweifen, doch sah sie nichts in der Dunkelheit.

In ihrer Erregung sprach sie laut vor sich hin und wiederholte mit leicht zitternder Stimme: »Vielleicht wartet sie etwas weiter . . . auf einer anderen Lichtung . . .« Die Worte verhallten in der Stille. Nicht das leiseste Rascheln eines Blattes, nicht das Knistern eines Zweiges störte die unheimliche Ruhe dieses Ortes. Trotz der Angst, die ihre Gedanken lähmte, empfand sie die Schönheit dieses Augenblickes, dieser Totenstille, die sich auf alle Dinge legte und in der nur das bange Herz, das in ihrer Brust klopfte, lebendig erschien.

Plötzlich hörte sie leise ihren Namen rufen und zuckte zusammen.

»Ja«, sagte sie. »Wo sind Sie?«

Die Antwort kam nicht sofort.

»Sprechen wir nicht zu laut, es sind manchmal Männer hier.«

»Männer?«

»Man schickt sie zur Arbeit in den Wald. Sie brauchen sich nicht vor ihnen zu fürchten, aber ich lege keinen Wert darauf, ihnen zu begegnen.«

»Und was machen sie hier?«

»Wer weiß? Das ist unwichtig. Gewöhnlich erscheinen sie erst, wenn der Mond hoch am Himmel steht, und er ist gerade erst aufgegangen, aber wir müssen vorsichtig sein. Kommen Sie ein bißchen näher. Sehen Sie mich denn nicht?«

»Nein.«

»Hier haben Sie nicht die langen und herrlichen Sonnenuntergänge wie bei uns in Wales.«

»Und wie bei uns in England«, erwiderte Elizabeth pikiert.

»Hier im Süden fällt die Nacht wie ein Vorhang.«

Kaum hatte sie dies gesagt, erhob sich ein schwacher Lichtschein, und das junge Mädchen erkannte Miss Llewelyn, die einige Schritte von ihr entfernt stand. Die Waliserin regte sich nicht und ihre schwere Gestalt sah aus wie ein Menhir. Nur ihr Gesicht blieb im Dunkel.

»Haben Sie den kleinen Gegenstand?« fragte sie.

»Ja«, antwortete Elizabeth.

Und tastend vergewisserte sie sich, daß das in eine Haarsträhne gewickelte Papier noch an seinem Platz im Gürtel ihres Rocks steckte.

»Was muß ich jetzt tun?« fragte sie.

»Warten Sie noch ein paar Minuten, bis es heller wird. Früher ging ich hier bei Tage mit den Kindern spazieren. Seit Jahren kommt niemand mehr her. Man hat Angst. Sie werden sehen. Es ist eigenartig.«

Dann schwiegen sie einmütig, als ob die tiefe Stille sie verzauberte, und allmählich sahen sie zu ihren Füßen die ersten ungewissen Lichtstrahlen, die ihre Schatten auf den steinigen Boden warfen.

Plötzlich, als es heller wurde, konnte das junge Mädchen kaum einen Schrei der Überraschung zurückhalten. Vor ihnen, in der Mitte der Lichtung ragte ein Baum von so gewaltigen Ausmaßen empor, daß man erschrak. Und dieser Riese streckte über ihren Köpfen seine ungeheuerlichen, mit Moosfetzen behangenen Arme aus. Als könnte er so dem Angriff der Stürme besser standhalten, lehnte er sich ein wenig zurück und zog furchterregende schwarze Wurzeln aus dem Boden, deren gigantische Krümmungen aussahen, als ob sie sich bewegten. Nichts wuchs in seinem Schatten, kein Blatt im komplizierten Gewirr seiner Zweige, und so hoch man auch blicken mochte, sah man kein Laub; nur die dichten Reihen langer grauer Fransen erstreckten sich lautlos wehend von Geäst zu Geäst und gemahnten an die von den Zinnen einer Burgruine hängenden zerfetzten Banner und Fahnen, die in ihrer gespenstischen Pracht eine einschüchternde Majestät bewahrt haben.

Elizabeth blickte bestürzt auf.

»Hier ist es«, erklärte die Waliserin. »Folgen Sie mir.«

Sie gingen bis zum Fuße des Baums, und dort schürzte Miss Llewelyn mit großer Sorgfalt ihren Rock, kniete nieder und begann mit ihrer Schere, mit der sie die goldene Haarsträhne abgeschnitten hatte, im Boden zu graben. Als sie sich bückte, spannte sich der graue Stoff des Mieders über den Muskeln ihres kräftigen Oberkörpers. Von Zeit zu Zeit, wenn ein Stein ihre Bemühungen erschwerte, stöhnte sie verärgert auf.

Elizabeth stand neben ihr, betrachtete sie mit einer Art verächtlichem Abscheu und fühlte sich zutiefst beschämt, an diesem Ort des Schreckens zu sein und sich auf diesen schändlichen Spuk eingelassen zu haben, an den sie trotz allem inneren Widerstreben glaubte.

Jetzt drangen die Strahlen des Mondes durch das tote Geäst, und sie sah deutlich diese zu ihren Füßen gebückte Frau, die geschäftig in der Erde kratzte. Irgendwie erinnerte sie sie an ein Tier des Waldes, das seine Wintervorräte im Boden verscharrt, allerdings mit dem Unterschied, daß zum Beispiel ein Eichhörnchen voller Unschuld und Harmlosigkeit ist, während diese dicke Person ihr wie eine Verkörperung des Bösen erschien.

Als das Loch tief genug war, stand Miss Llewelyn auf, wischte die Schere mit einem Taschentuch ab und strich ihren Rock mit dem Handrücken glatt.

Wortlos und mit einer Heftigkeit, als hätte man sie gestoßen, ließ sich Elizabeth nun vor dem Loch auf die Knie nieder und warf das kleine Paket mit einer Geste des Erschauderns hinein.

»Es ist getan«, sagte sie leise.

»Schütten Sie das Loch mit den Händen zu, aber zuerst denken Sie noch einmal darüber nach, was ich Ihnen gesagt habe. Es ist eine Botschaft, die Sie an jemanden senden. Überlegen Sie sehr gut, was Sie ihm sagen, bevor Sie das Loch wieder schließen.«

»Aber wem denn, Miss Llewelyn?«

»Das geht Sie nichts an. Mit Ihren Fragen setzen Sie alles aufs Spiel. Bleiben Sie auf den Knien, und schütten Sie es zu.«

Sie entfernte sich einige Schritte und ließ die verängstigte junge

Engländerin allein. Das Haar fiel ihr zu beiden Seiten ins Gesicht, wie um sie vor neugierigen Blicken zu schützen, und dann flüsterte sie, wie man jemandem ins Ohr flüstert:

»Erde, ich vertraue dir meine Liebe an. Gib mir Jonathan.«

Nach einigem Zögern fügte sie hinzu:

»Aber verschone die Frau in Weiß, tu ihr nichts Böses.«

Mit beiden Händen bedeckte sie das Loch mit der Erde, die die Waliserin ringsum aufgehäuft hatte, und dann stand sie auf, ganz rot vor Verwirrung.

»Das hat aber lange gedauert«, sagte Miss Llewelyn. »Gehen wir. Um diese Zeit schleichen die Männer zwischen den Bäumen herum.«

Raschen Schrittes gingen sie zum Ende der Allee. Keine sprach ein Wort, aber als sie in der Ferne die Lichter in den Fenstern schimmern sahen, rief Elizabeth erleichtert aus:

»Dort gehe ich nie wieder hin!«

»O doch«, erwiderte Miss Llewelyn mit einem spöttischen Kichern. »Sie werden am hellichten Tage zurückkehren, um die Antwort zu holen.«

»Es wird eine Antwort geben?«

»Ja, in irgendeiner Form ganz bestimmt. Und damit Sie den Ort ohne Mühe wiederfinden, werde ich dort, wo Sie gegraben haben, einen kleinen Steinhaufen aufschichten.«

»Werden Sie mit mir kommen?«

»Nein, Miss Escridge, Sie müssen allein hingehen, am besten in der Frühe, es sei denn, Ihre sprichwörtliche englische Kühnheit veranlaßt Sie, der Finsternis zu trotzen.«

Das junge Mädchen zog es vor, diese unverschämte Bemerkung zu überhören, und einige Minuten später trennten sie sich.

58

Zur gleichen Zeit, als Elizabeth aus melancholischen Gründen durch den verfluchten Wald irrte, fand achtzig Meilen von Dimwood entfernt, an der Grenze nach Südkarolina, ein Fest von beinahe königlicher Pracht in einer Villa im Palladio-Stil statt. Miss Annabel Darnley und Mr. Jonathan Armstrong feierten dort ihre gerade vollzogene Eheschließung.

In den goldverzierten Salons brannten zahllose Kerzen, die aber dank der kunstvoll angeordneten dunklen Metallschirme nur ein gedämpftes Licht über die Festlichkeiten verbreiteten.

Die ganze Aristokratie der Umgebung war der unerwarteten Einladung gefolgt, denn der Klang dieser beiden Namen wirkte so zwingend wie ein Ruf zu den Waffen. Von einer Galerie im großen Saal ertönte leise eine Musik aus vergangenen Zeiten, und die stolze Würde dieser alten Melodien erhöhte den Zauber einer undefinierbaren Atmosphäre des Traums. So erhoben auch die Gäste ihre Stimmen kaum über ein Flüstern, wie um sich dem gedämpften Saitenklang anzupassen, und das Ganze hatte etwas Geheimnisvolles. Lakaien in blauen Livreen mit silbernen Tressen kamen und gingen, trugen Tabletts mit Champagnerkelchen, und allmählich wurde der Ton lebhafter. Die mit Juwelen behängten Damen in ihren Rüschenkrinolinen lachten diskret hinter ihren Fächern, während Offiziere in Galauniform sich ihnen zuneigten, wie um ihnen ein Geheimnis anzuvertrauen.

Es herrschte ein solches Gedränge, daß es fast einem Sieg gleichkam, wenn man bis zur Herrin des Hauses gelangte. Und dabei hatte Mrs. Jonathan Armstrong erwartet, daß höchstens ein Zehntel der Gäste ihrer verblüffenden Einladung folgen würden, denn sie wußte nur zu wohl, welche Gerüchte über sie in der Gegend in Umlauf waren, und sie wäre schon zufrieden gewesen, wenn der Name ihres Mannes zumindest einige wenige angelockt hätte, um ihr die Demütigung einer allgemeinen Abfuhr zu ersparen. Aber sie hatte nicht mit der unwiderstehlichen Neugier gerechnet, die sie seit dem Tage erregte, als sie dieses architektonische Wunder gekauft hatte, ihren Schlupfwinkel, wie sie es im engsten Kreise nannte.

Niemand wußte, wann oder wo die Trauung stattgefunden hatte. Die Einladung sagte nichts darüber aus.

Jonathan Armstrong war gebürtiger Anglikaner, und sie gehörte aus Gründen, nach denen man nicht fragte, dem römisch-katholischen Glauben an. Aber dieser Unterschied der Konfession änderte nichts an der Tatsache, daß ihre Heiratsurkunde sich irgendwo in Amerika befand und allen gesetzlichen Formen entsprach. So standen die Neuvermählten nun in dem großen Saal, der in seiner ganzen goldenen Pracht erglänzte, und nahmen die Glückwünsche mit dankbarem Lächeln entgegen, ohne zu vergessen, daß sie unter all diesen höflichen gesellschaftlichen Grimassen einer strengen Prüfung unterzogen wurden.

Von Kopf bis Fuß in Weiß gekleidet, mit einem Kreuz aus Saphiren auf der Brust, entwaffnete sie diese hochmütigen Aristokraten mühelos durch ihre strahlende Schönheit. Das pechschwarze Haar hob die milchige Blässe ihres Gesichts hervor, dessen feine Züge man bei der schummerigen Beleuchtung des Saals nur erraten konnte, doch allein ihre Kopfhaltung verlieh ihr eine souveräne Hoheit. Ob alt oder jung, alle Männer bewunderten sie, insbesondere die vollkommene Rundung ihrer bis zu den Ellbogen entblößten Arme. Diskret flüsterte man einander das Wort »Göttin« zu, und noch diskreter flüsterte man von ihrer »geheimnisvollen Geburt«.

Ihr Gemahl zu ihrer Linken wirkte auf die natürlichste Weise wie ein Grandseigneur, aber während sie in ihrer Haltung und sogar in ihrer Unbeweglichkeit etwas Verführerisches hatte, eine Art verborgener Geschmeidigkeit, die ihren geringsten Gesten Charme verlieh, trug er ein hochmütiges Wesen zur Schau, auch dann, wenn er sich bemühte, liebenswürdig zu erscheinen, so daß all seinen Höflichkeitsbezeugungen etwas Herablassendes anhaftete. Sein fast übertrieben eng anliegender schwarzer Rock von makellosem Schnitt brachte seine gute Figur vorteilhaft zur Geltung. Die Männer, die sich über diese Koketterie ärgerten, erklärten in Gesprächen untereinander, die Braut sei zwar eine strahlende Schönheit, aber der Gemahl habe ein ausgesprochen häßliches Gesicht. Über diesen Punkt waren die Damen anderer Meinung. Gewiß, es hingen ihm zu viele Locken in Stirn und Wangen, aber der herrische Blick verursachte einen angenehmen Kitzel, und der Mund verdiente ungeteiltes Lob.

Wer konnte ahnen, daß sich hier wie auf einer Bühne ein Drama vor dieser blasierten Versammlung abspielte? Ganz offenbar war die Gemahlin eine jener Frauen, die die Männer gewaltsam in ihren Bann ziehen, und die Anwesenheit des Gatten erklärte sich von selbst. Immer wieder wandte er ihr einen feurigen Blick zu, als ob er fürchtete, der Teufel könnte sie ihm plötzlich entreißen, aber sie schien sich seiner Gegenwart gar nicht bewußt zu sein und schenkte allen ihr unwiderstehliches Lächeln. In diesem zugleich zarten und zweideutigen Licht erweckte sie den Eindruck, als teilte sie ihre

Liebe mit herablassender Gleichgültigkeit nach allen Seiten aus. Und im Grunde seines Herzens haßte der Mann sie bereits, weil er ihr wie ein auserwähltes Tier gehörte, für das sie teuer bezahlt hatte. In einer Verdopplung seiner Person sah er sich halb verborgen im Laub und den Blüten eines Magnolienbaums, sah sich mit Sklavenaugen zu einem jungen unschuldigen Gesicht aufblicken, das von einem unordentlichen goldenen Haarkranz umrahmt war. Aber was nutzte ihm die Liebe, wenn die Begierde ihn anderswo zurückhielt?

Nichts von alledem war ihnen anzusehen. Man beneidete den Mann und begehrte seine Frau – oder umgekehrt, je nach Geschlecht. Man zeigte nach außen hin Bewunderung, aber insgeheim kochte die Eifersucht. Ein einziger Gast blieb unbeeindruckt, aber höflich und murmelte, man müsse der Schönheit der Dame und dem Stolz ihres Gemahls einen Dämpfer aufsetzen. Die absichtlich schwache Beleuchtung verriet ihm gewisse Intentionen, die er aus Barmherzigkeit für sich behielt, aber er fügte feinsinnig hinzu, er kenne die Antillen sehr gut, ohne die sich aus dieser Bemerkung ergebende Schlußfolgerung zu verraten. Mit seinem weißen Lockenschopf, seinem dicken Leib und seinen kurzen Beinen war er die personifizierte pausbäckige Boshaftigkeit. Doch an diesem Abend benötigte niemand seine Erklärungen. Die schönen langen und feingliedrigen Hände der jungen Frau sprachen, trotz ihrer tragischen Bemühungen, sie zu verbergen, für sich selbst. Im Süden erkannte man den geringsten Tropfen Mischlingsblut sofort. Jonathan neben ihr schien dem höflichen Klang all dieser Stimmen Aufmerksamkeit zu schenken, und er hörte, wie das Flüstern der Katastrophe an sein Ohr schlug.

59

In Dimwood herrschte helle Aufregung im großen Salon, wo sich die ganze Familie versammelt fand, außer Billy, der sich in den Gärten herumschlich, und Elizabeth, die sich auf ihr Zimmer geflüchtet hatte und immer noch von ihrer unheimlichen Eskapade zitterte. Die Spätausgabe einer von Onkel Charlie aus Savannah geschickten Zeitung meldete den Tod des Präsidenten Zachary

Taylor. Mit Zustimmung des Kongresses nahm nun Vizepräsident Fillmore seinen Platz ein.

»Wenn er auch aus dem Norden ist, wird er doch nichts Unbesonnenes tun«, erklärte Onkel Douglas. »Der Frieden ist nicht bedroht.«

»Das ist mir ein schöner Präsident! Er stirbt, weil er am Nationalfeiertag zuviel gegessen hat. Wie stehen wir vor der Welt da?«

So sprach Tante Augusta.

»Und wenn schon!« rief Tante Emma. »Daß er sich den Magen verdarb, hat die Vorsehung gewollt. Taylor, dieser Hitzkopf, hätte uns noch in einen Krieg gestürzt.«

»In einen Krieg, den wir gewonnen hätten«, bemerkte Fred kühl.

»Du bist wohl verrückt, mein Junge«, erwiderte Onkel Josh. »Wie willst du einen Krieg gegen eine vierfache Übermacht gewinnen? Lies einmal in dieser Zeitung den Kommentar: Ein lauter Freudenschrei hat sich im Süden erhoben.«

»Der Kommentator ist ein Schwachkopf. Ein Mann des Nordens lenkt die Geschicke des Landes. Es gibt immer noch eine Chance für den Krieg.«

Onkel Douglas versuchte, dem jungen Fanatiker Vernunft beizubringen.

»Du scheinst nicht zu wissen, daß dieser Mann des Nordens beabsichtigt, Noah Webster, ebenfalls aus dem Norden und ein entschlossener Verteidiger der Union, in seine Regierung aufzunehmen, und ... rate, wen noch: unseren Henry Clay, den Befürworter der Union der Herzen. Da muß es geradezu zur Versöhnung kommen.«

»Und so verliert man einen Krieg am grünen Tisch«, sagte Fred verächtlich.

»Fred, halte deinen Mund!« schrien alle Damen.

»Ich möchte einmal hören, was Großvater von eurem billigen Optimismus hält«, sagte Fred, stand auf und ging zu William Hargrove.

Dieser saß im größten Sessel des Salons und hatte sich schweigend die Diskussion angehört. Nur eine resignierte Traurigkeit war in seinem Blick zu lesen, mit dem er ein Familienmitglied nach dem anderen musterte, wenn es das Wort ergriff. Besonders Fred erregte seine Aufmerksamkeit. Dieses schmale, blasse Gesicht mit dem scharfen Blick strahlte bereits eine Autorität aus, die für einen siebzehnjährigen Jungen erstaunlich war. So bereitete es ihm einiges Unbehagen, als er seinen Enkel auf sich zukommen sah, offenbar in der Absicht, ihn in Verlegenheit zu bringen.

»Fred«, sagte er geduldig, »ich weiß nicht mehr als ihr alle. Die Zukunft ist uns verborgen.«

»Großvater, wenn wir uns die Augen ausstechen, um nichts mehr zu sehen, dann ist es aus mit uns.«

»Was du da sagst, gefällt mir nicht, mein kleiner Fred. Ich glaube, daß Gott über uns wacht. Wir sind schließlich seine Kinder.«

»Die Leute im Norden behaupten auch, seine Kinder zu sein, aber sie haben Fabriken, und wir haben keine.«

»Fred, laß meinen Vater in Ruhe«, befahl Douglas.

Der junge Mann verneigte sich und kehrte an seinen Platz in der Ecke zurück, nahe am Fenster, von wo man den Sternenhimmel sah. Dort stand er nun, die Arme über der Brust verschränkt, als könnte er nur mühsam seine Wut zurückhalten, und in seiner starren Haltung wirkte er noch störender als in seinen bestürzenden Reden. In diesem großen und ruhigen Salon, wo das matte Lampenlicht die vergoldeten Schnitzereien sanft erglänzen ließ, schien alles nur von Frieden zu sprechen, mit Ausnahme dieses starrköpfigen Jungen, dessen Blick sich in gewaltsamen Träumen verlor.

Allmählich trat wieder Stille ein, und ein wenig später erhob sich William Hargrove und verließ das Zimmer. Mit seinem Fortgehen war der Abend beendet. Alle erklärten, sie seien müde, nur Fred nicht, der lieber einen einsamen Spaziergang unter den Bäumen der Allee machte.

60

In dieser Nacht erlebte Elizabeth noch einmal die Schrecken der Schlaflosigkeit, wobei sie immer wieder das Bewußtsein verlor und minutenlang in Alpträumen versank. Beim Morgengrauen war sie so erschöpft, daß sie einschlief, um allmählich das Bewußtsein wiederzuerlangen. Doch nun begannen die Willensschwankungen, denn sie mußte einen Entschluß fassen. Miss Llewelyn hatte behauptet, es würde eine Antwort in irgendeiner Form geben, und sie brauche sich nur eines frühen Morgens an den Fuß des riesigen Baums zu begeben, um sie in dem Erdloch zu finden. Aber wann? Sollte sie einige Tage verstreichen lassen, wie man es bei einem Brief tut, dem man Zeit läßt, den Empfänger zu erreichen? Den Empfänger ... An wen hatte sie eigentlich geschrieben? In ihrer Angst wagte sie nicht, über diese Frage nachzudenken. Sie fürchtete den verfluchten Wald und brannte vor Verlangen, noch an diesem Morgen dahin zurückzukehren. Doch sie fand nicht den Mut. Der Vormittag verging, ohne daß sie einen Schritt aus dem Haus getan hätte.

Auf dem Korridor begegnete sie mehrmals der Waliserin, die sie nicht ansprach, ihr aber verschwörerisch zulächelte und mit ihren kleinen grünen Augen zwinkerte.

Ringsum nahm das Leben seinen normalen Verlauf, und sie fühlte sich wie in einem albernen Traum, dessen Sinn sie nicht verstand. Mr. Hargrove hatte wieder seine alte Gewohnheit der endlosen Frühstücksgebete aufgenommen, und seine traurige Stimme verlor sich im Gestrüpp seines Backenbarts. Dann sprach man über Politik, und Elizabeth eilte in Gedanken über die Wege des verfluchten Waldes. Eine Mitteilung tief in dem Loch in der Erde, eine Antwort ... Plötzlich fuhr sie zusammen, als sie hörte, wie Onkel Josh den Namen Jonathan erwähnte.

»Falls diese Nachricht der Wahrheit entspricht, wird sie uns künftig seine lästigen Besuche und ewigen Verkaufsangebote ersparen.«

»Ob verheiratet oder nicht«, sagte Onkel Douglas, »jedenfalls hat er uns noch vor ein paar Tagen einen Scheck abverlangt. Wer hat dir übrigens erzählt, daß er verheiratet ist?«

Douglas zwinkerte seinem Bruder geheimnisvoll zu.

»Das Gerücht.«

»An Gerüchte glaube ich nicht.«

Mit einer leichten Kopfbewegung in die Richtung seines Vaters fragte Douglas sehr leise:

»Auch nicht an die im grauen Kleid?«

William Hargrove hatte »im grauen Kleid« gehört.

»Warum redet ihr von dem grauen Kleid? Ich kann diese Frau nicht ausstehen.«

»Wir fragten uns nur, ob sie schon immer ein graues Kleid getragen hat«, antwortete Onkel Josh scheinheilig.

William Hargroves Stirn war zornesrot, und er schlug mit der Faust auf die Lehne seines Sessels.

»Immer. Ich hasse dieses Weib. Auch während der Schreckensnacht auf den Antillen trug sie Grau. Warum redet ihr von diesen furchtbaren Dingen?«

»Aber Vater, Sie haben ...«

»Zu dieser Zeit«, fuhr William Hargrove fort, »trug sie auch eine Halskrause und weiße Manschetten, wie eine feine Dame. Aber sie war keine, denn sie ist viel zu ordinär, und dazu diebisch wie ein Rabe. In der Nacht, als man unser Nachbarhaus in Brand setzte, hat sie alle Schubladen nach Goldmünzen durchsucht.«

»Vater, Sie müssen versuchen, das alles zu vergessen. Hier passen wir auf sie auf.«

»Wieviel habt ihr dem Weib am ersten dieses Monats gegeben?«

»Denselben Betrag wie immer, das, was Sie ihr sonst selbst geben.«

»Es ist eine Schande, sie hat kein Recht darauf.«

»Also verringern wir die Summe.«

»Das kann ich nicht. Sie verlangt ...«

Elizabeth hörte diesem Gespräch wider Willen und voller Entsetzen zu, obgleich sie fast nichts verstand, außer daß sie Jonathan für immer verloren hatte, und in dieser seelischen Zerrüttung erschien nun wieder Miss Llewelyn als eine Geächtete. Als die Männer das Geheimnis ein Stück lüfteten, wurde ihr eiskalt, und sie wäre ohnmächtig vom Stuhl gesunken, wenn ihr Stolz sie nicht gezwungen hätte, sich zu beherrschen. Schweißtropfen perlten auf ihrer Stirn, und plötzlich hörte sie nichts mehr, fand Zuflucht in vorübergehender Taubheit. Dann fühlte sie, daß Minnie, die neben ihr saß, ihre Hand ergriff und etwas zu ihr sagte.

Der Eindruck, sich in einem Traum zu befinden, wurde stärker denn je. Sie sah William Hargrove verärgert aufstehen und mit seinen beiden Söhnen das Speisezimmer verlassen.

Ihr erster Gedanke war, in den verfluchten Wald zu eilen und dort vielleicht eine Antwort zu finden. Es hatte eben zehn geschlagen, und sie lief Gefahr, gesehen zu werden. Da war es wohl besser, bis zum frühen Nachmittag zu warten, wenn alle ihr Schläfchen machten, aber das Warten fiel ihr schwer.

»Ich habe einfach keine Geduld«, sagte sie sich immer wieder in ihrem Zimmer.

In solchen Fällen schlägt man seine Bibel auf, öffnet sie aufs

Geratewohl und läßt das Buch sprechen; der Blick fällt auf einen Vers, der auf beinahe übernatürliche Weise zu ihrer Situation zu passen scheint. Doch an diesem Tage zögerte sie. Das Buch machte ihr Angst, obgleich sie es auf eine seltsame, fanatische Weise liebte, die sie von ihrer Mutter übernommen hatte. Sie liebte es wie eine Person.

Als sie auf dem Bett lag, kamen ihr einige Zweifel, wie wirkungsvoll eine der Erde anvertraute Mitteilung sein mochte, und allmählich wurde sie ruhiger, aber es blieb ein Argwohn gegen dieses Land zurück, wo man an Hexerei und anderen kindischen Teufelsspuk glaubte. Verzweifelt sehnte sie sich nach ihrer Heimat jenseits des Meeres. Hier fühlte sie sich von allen Seiten eingeschlossen, wie in einem Gefängnis. Das ununterbrochene Kreischen der Grillen umgab sie wie eine eiserne Mauer. Jonathan würde nie zu ihr kommen, eine Frau hatte ihn ihr genommen.

Kurz vor vier machte sie sich in der unerbittlichen Sonne auf den Weg entlang der Gärten, um ungesehen auf die Straße zum verfluchten Wald zu gelangen. Trotz der Hitze rannte sie mehr als sie ging und erreichte schweißgebadet den ersten Weg, der mitten in diese verlassene Gegend führte. Die grauen Moosvorhänge begrüßten die naive Besucherin dieser geächteten Einöde feierlich. Auch zerfetzt bewahrten diese Gehänge, die mit ihren unruhigen Fransen den Boden streiften, eine traurig düstere Würde, und die mächtigen Äste der toten Bäume schienen sich in lächerlichen Bemühungen zu krümmen, um das Gewicht dieser hauchdünnen Schleier zu tragen. Kein einziger Vogel sang in diesen Wäldern, keine Grille zirpte. Die Stille war so eindringlich, daß Elizabeth sie wie ein endloses Flüstern zu hören vermeinte.

Pochenden Herzens ging sie weiter, ein wenig beschämt, sich wieder hier zu befinden, nachdem sie überzeugt war, daß solcherlei Aberglaube gerade gut für die Schwarzen oder für so einfältige Leute wie die Waliserin sei. Aber irgend etwas sagte ihr, daß Miss Llewelyn gar nicht einfältig war.

So ging sie immer weiter diese Allee entlang, die ihr endlos schien, und plötzlich sah sie in der Ferne die riesige Eiche, deren Bild sie bis in ihre Träume verfolgt hatte. Um die Wahrheit zu sagen, wirkte sie bei Tageslicht weniger schrecklich als vorgestern im Dunkeln, aber sie überragte alle Eichen ringsum. Sie sah aus wie ein toter König, der über ein in prächtige Lumpen gehülltes Totenvolk herrscht.

Das junge Mädchen erkannte auf den ersten Blick, daß jemand die aufgehäuften Steine mit ungeduldiger Hand verlegt oder vielmehr in alle Winde verstreut hatte, und sie näherte sich neugierig und erschrocken dem Loch in der Erde.

Die Botschaft lag da und war noch immer mit ihrem goldenen Haar verschnürt. Entschlossen griff sie nach der Papierrolle. Sie schien völlig unversehrt, aber als sie sie in der Hand hielt, brach sie wie von selbst entzwei. Sie war unter der Haarkordel zerrissen, und nichts ließ vermuten, daß jemand die beiden Hälften gelesen hatte.

Ein Schauder überlief sie. Sie glaubte deutlich eine unsichtbare Gegenwart zu spüren, umschloß die beiden Stücke fest mit der Faust und entfloh.

Beim Mittagessen hatte sie an diesem Tag etwas rote Augen, aber niemand bemerkte es. Sie saß sehr gerade auf ihrem Stuhl und gab sich den Anschein, den Gesprächen zu folgen, die sich natürlich wieder um die Politik drehten. Der Frieden schien so gut wie sicher, trotz der immer noch bestehenden Meinungsverschiedenheiten im Kongreß über die einzelnen Punkte des Abkommens. Man war also noch weit von einer vollkommenen Einigung entfernt, aber ein Zurück konnte es nicht mehr geben. Mr. Fillmore, der neue Präsident, zeigte sich so verständnisvoll, wie ein Mann des Nordens es nur sein konnte.

Zur Feier dieser guten Nachrichten oder aus anderen, geheimen Gründen schmückte ein riesiges Blumenarrangement die Tafel. Die Wahl der zahlreichen Blumen zeugte von einem ausgeprägten Sinn für Farbnuancen. Das Lila der Veilchen kontrastierte angenehm mit dem dunklen Glanz der Levkoien, das unschuldig zarte Blau der Vergißmeinnicht mit der ganzen Farbskala der Rosen und Sonnenblumen. Freesien und Jasmin berauschten mit ihrem Duft und betörten den Blick. Das Ganze hatte nur den Nachteil – oder den Vorteil –, die Hälfte der Anwesenden voreinander zu verbergen, insbesondere Elizabeth vor William Hargrove.

Er schien allem, was in seiner Hörweite gesagt wurde, Aufmerksamkeit zu schenken und tat auch maßvoll seine Meinung kund. Seit der Barbier ihm die Koteletten und den Bart gestutzt hatte, sah er wieder aus wie früher. Das war nicht mehr der struppige und verwirrte alte Mann von vor ein paar Tagen, und um diesen Eindruck zu verstärken, machte er auch wieder ausgiebig von seinem russischen Eau de Cologne Gebrauch, das er jedem anderen vorzog, und sein angenehmer Duft wetteiferte mit dem der Blumen.

Die Damen waren froh, daß er wieder der alte war, und scherzten fröhlich mit Onkel Josh, wenn sich die Gelegenheit dazu ergab. Nur Onkel Douglas behielt eine sorgenvolle Miene. Vielleicht auch Elizabeth, denn wenn ihr irgend etwas während dieser langen Mahlzeit hätte Freude bereiten können, so wäre es dieses Blumengebäude gewesen, das sie vor den Blicken des Mannes verbarg, den sie fürchtete. Sie fragte sich beunruhigt, ob dieses willkommene Hindernis sie nun immer schützen würde, aber die Erinnerung an die vergangene Stunde im verfluchten Wald ließ Befürchtungen dieser Art bedeutungslos erscheinen. Denn ein Morgen war unvorstellbar. Die Zukunft verschwand. Sie wünschte sich inbrünstig, nicht mehr zu leben.

Fred, der zu ihrer Linken saß, beobachtete sie seit einer Weile und sah sie erblassen. Mit der warmen Anteilnahme, die seiner Natur entsprach, berührte er ihre Hand und flüsterte:

»Ist dir nicht wohl, Elizabeth?«

Sie zog ihre Hand zurück.

»Es ist nichts«, sagte sie.

»Du bist nicht glücklich«, fuhr er fort, »aber laß dich nicht unterkriegen, es werden bessere Tage kommen.«

Sie schüttelte energisch den Kopf, und er schwieg verlegen.

Kaum eine Stunde später hatten sich alle in ihre Zimmer zurückgezogen, um sich einem erquickenden Verdauungsschläfchen hinzugeben. Alle, außer den Söhnen Hargroves. Douglas hielt seinen Bruder vor der Treppe zurück und bat ihn, ihm ins Rauchzimmer zu folgen.

In dem kleinen runden Raum mit den geschlossenen Läden war es etwas weniger stickig als in den anderen Zimmern des Hauses, und das Halbdunkel lud zum Schlaf in einem der großen Polstersessel ein, aber von Schlaf war jetzt keine Rede.

»Ich habe heute früh einen Brief aus Milledgeville erhalten«, sagte Douglas. »Mein Name steht zwar auf dem Kuvert, aber dieses enthält einen weiteren, unverschlossenen Umschlag, der an Vater adressiert ist. Ich habe den Brief gelesen. Er ist seltsam. Du wirst wie ich sofort Lauras ordentliche Handschrift erkennen.«

»Nun komm schon, Douglas, laß die langen Vorreden und gib mir den Brief.«

Er nahm das Schreiben, das Douglas ihm reichte, und setzte sich an eines der Fenster, dessen Laden er ein wenig öffnete, um zu lesen.

Mein lieber Vater,

Wenn Sie diesen Brief lesen, werde ich weit weg von Dimwood und auch fern von der Welt sein. Sie werden nicht mehr das tägliche Mißvergnügen haben, mich zu Ihrer Linken sitzen zu sehen, schweigend, aber nicht resigniert.

Zehn Jahre sind seit dem Tage vergangen, als Sie den traurigen Mut fanden, mich ohne Beweise eines unsäglichen Vergehens zu bezichtigen. Ihr Gewissen gebot Ihnen, mich in Ihrer Nähe zu behalten, doch nicht wie eine Tochter, sondern wie eine Schuldige, die in Gefangenschaft leben muß.

Ich habe gesehen, wie mein junger Gemahl in dieser entsetzlichen Nacht getötet wurde, als selbst der Boden unter unseren Füßen in Flammen aufzugehen schien. Vor unserer heimlichen Trauung hatte ich meinem protestantischen Glauben abgeschworen, um den seinen anzunehmen und katholisch zu werden. Einen Monat später war ich bereits Witwe und floh mit unserer Familie, nur von einigen treuen Dienern begleitet, und leider auch von dieser Frau, deren Name allein mir Abscheu einflößt. Ist es der Mühe wert, Sie an alles, was dann folgte, zu erinnern, an die lange Reise, die Irrfahrten durch den Süden bis zu unserer Ankunft in Dimwood, und schließlich an das Ereignis, durch das ich in Ihren Augen zu einem Gegenstand des Abscheus wurde, nämlich die Geburt dieses kleinen Mädchens, das Sie sich weigerten, als legitim anzuerkennen, und das man auf Ihren Befehl aus dem Hause schaffte, weil es gegen Ihre religiösen Überzeugungen verstieß. An jenem Abend war ich nicht stolz auf Sie, mein Vater. Mein Kummer hat Sie nicht gerührt und auch keine Barmherzigkeit, denn Sie vergeben nicht leicht – und was war da zu vergeben? Um mir Glauben zu schenken, hätten Sie Papiere benötigt, die Unterschrift des Priesters, der uns getraut hat. Papiere in einer lichterloh brennenden Stadt!

Onkel Josh legte den Brief für einen Augenblick nieder.

»Sie drückt sich recht gut aus, wenn sie in Erregung ist«, bemerkte er.

»Wie kannst du einen so erschütternden Brief belächeln? Hast du denn gar kein Herz?«

»Ich belächle nichts, ich bewundere nur nebenbei. Aber was sie da schreibt, wissen wir ja längst.«

»Nicht alles. Lies weiter.«

Heute scheinen Sie meine Existenz in einem solchen Maße aus Ihrem Bewußtsein verdrängt zu haben, daß Sie mich, während ich Sie pflegte, für irgendein engelhaftes Geschöpf Ihrer Phantasie hielten.

Doch zurück zu meiner Tochter, von der Sie mich getrennt haben, und die ich immer über alles lieben werde. Sie kennen ihr Schicksal so gut wie ich und haben darunter gelitten. Wer hat sie in diese Bahn gestoßen? Welch abscheulicher Wahnwitz hat Sie glauben lassen, daß ich es war, ich, ihre Mutter? Vor IHM, dem ich mein Leben geweiht habe und der über uns beide richten wird, schwöre ich Ihnen, daß es falsch ist, aber die Person, die in ihrem grauen Kleid bei Ihnen aus und ein geht, die könnte sprechen, wenn sie nicht in ihrem eigenen Interesse schwiege. Sie lebt in der Lüge, sie macht Ihnen Angst, und diese Angst, die sie Ihnen einflößt, macht sie zur wahren Herrin von Dimwood.

Verzeihen Sie mir, daß ich die Ruhe Ihrer so auf Integrität bedachten, so um eigene Rechtfertigung bemühten Seele störe. Vielleicht werden Sie nicht gleich in der Lage sein, die ganze Tragweite meiner Worte zu verstehen. Meine Brüder werden Ihnen das Wesentliche erklären.

Eines Abends, als ich nicht da war, haben Sie einen Ball veranstaltet und hofften, dadurch wenigstens eine Ihrer Enkeltöchter an den Mann zu bringen und gleichzeitig die unglückliche kleine Engländerin loszuwerden, die tapfer die Bürde Ihrer Gastlichkeit trägt. Die kleine Susanna haben Sie an den Rand der Verzweiflung gebracht, als sie sich dem Leutnant Boulton ausgeliefert sah, denn sie könnte weder seine noch irgendeines anderen Mannes Frau sein, aber über diesen Punkt möchte ich lieber schweigen. Ihre Barmherzigkeit, von der man so viel spricht, ging nicht so weit, daß Sie sich die Mühe gemacht hätten, über die Gründe einer so heftigen Weigerung nachzudenken, aber lassen wir das auf sich beruhen. Als Ihre Gäste gegangen waren, und mit ihnen Leutnant Boulton, der sich in vergeblicher Hoffnung wiegte, hat noch jemand Ihnen einen, wie man mir sagte, ziemlich rücksichtslosen Besuch gemacht: Jonathan Armstrong, Ihr edler Nachbar, stets in Nöten, um die Launen dieser Frau zu befriedigen, die ihn behext hat und ständig Geld und wieder Geld braucht, obgleich sie viel mehr davon besitzt, als er zu wissen glaubte. So erhielt er schließlich die

Hand meiner Tochter. Heute muß er begriffen haben, daß er nicht nur den großen Namen, den er trägt, veräußert hat, sondern auch seine Person und seine Freiheit. Sie hat ihn gekauft.

Die Hochzeit fand einige Tage später in aller Heimlichkeit statt. Ich erfuhr all dies in groben Zügen von meiner Tochter, die mir einen sehr schlichten, aber herzlichen Brief schrieb, denn sie liebt mich noch ein wenig, wenn sie sich auch nicht traut, mich zu besuchen. Wie anders sollte ich mir erklären, daß sie sich vor mir versteckt? Warum kann ich sie nicht einmal sehen, um ihr zu sagen, daß ich ihr seit langem verziehen habe? Zumal nicht ich es war, die sie damals als Fünfzehnjährige an diesen skrupellosen Milliardär verkauft hat. Was für eine Welt, in der die Mädchen verkauft und die Ehemänner gekauft werden!

Onkel Josh legte abermals den Brief nieder und erklärte: »Ich finde diesen letzten Satz empörend. Wie kann eine so religiöse Frau etwas Derartiges schreiben?«

»Reg dich nicht auf. Ich glaube eher, du bist von der Wahrheit ein wenig schockiert ... Aber lies weiter. Du wirst noch einiges erfahren.«

Mit welcher Liebe hätte ich sie in meine Arme genommen, mit welchen zärtlichen Tränen meinen Kopf an ihre Schulter gelehnt! Als ich sie unter unseren Fenstern in Dimwood vorüberfahren sah, glaubte ich vor Erregung zu sterben, aber sie verschwand. Muß ich Ihnen in Erinnerung rufen, daß ich an diesem unglücklichen Ball nicht teilnahm? Ich hatte das Haus verlassen und mich einige Meilen von Dimwood entfernt in eine kleine religiöse Gemeinde zurückgezogen, wo ich die ganze Nacht hindurch betete, daß der Böse sich den »Kindern« nicht nähern möge. Vielleicht war es ein Fehler und ich hätte in meinem Zimmer bleiben sollen, in der Nähe der kleinen Engländerin, die mir in ständiger Gefahr zu sein scheint. In der Tat hat der Feind der unschuldigen Seelen ihr am ärgsten zugesetzt.

Als ich wieder zurück war, hat die Frau in Grau mir lächelnd erzählt, daß Jonathan Armstrong und die junge Elizabeth sich in meiner Abwesenheit heimlich in einer Ecke des Säulengangs unterhalten haben. Ich wollte mir dieses Geschwätz nicht länger anhören, womit ich unrecht hatte, und habe die abscheuliche Petzerin weggeschickt, der ich nicht glauben wollte. Jeder weiß doch schließlich, daß Jonathan Armstrong nur die Dame in Weiß liebt. Warum tischte mir diese boshafte Person also solche Lügen auf? Sie glaubt, sie kann sich alles erlauben, weil sie meine kleine Annabel in ihren Händen gehalten hat ...

537

»Das ist es also, womit sie unseren armen Papa erpreßt«, rief Josh. »Ich finde, wir sollten diesen Brief verbrennen.«

»Ist es denn ein Verbrechen, ein kleines Mädchen zur Welt zu bringen?«

»Da liegt nicht das Problem. Unser Vater hat alles kompliziert, anstatt ganz einfach die Wahrheit zu sagen: seine Tochter war mit einem Halbblut verheiratet.«

»Er hätte ja auch Kreole sagen können.«

»Lauras Mann war ein Mestize von bemerkenswerter Schönheit, wie mir gesagt wurde, und man hätte ihn fast für einen Weißen halten können. Sie liebte ihn bis zum Wahnsinn, er verführte sie und heiratete sie. Aber die Beweise für diese Ehe! Papa ist so pedantisch wie ein Notar, und dann fürchtete er diesen Tropfen farbigen Blutes, der sich bei dem Kind bemerkbar machen könnte. Da hatte er übrigens nicht unrecht. Es ist dieses gewisse Etwas, dieses winzige Tröpfchen Mischlingsblut, das Annie einfach unwiderstehlich macht.«

»Ich bitte dich, nenne sie nicht Annie«, sagte Douglas.

»Ach! Du hast also auch Angst?«

»Rede keinen Unsinn. Ich schäme mich, und das ist alles. Ich schäme mich für die Wendung, die unser Vater dieser Geschichte gegeben hat. Er glaubte nicht, was Laura ihm sagte, obwohl sie keiner Lüge fähig ist, und er begann sie zu hassen, wollte das in aller Heimlichkeit geborene Kind nicht sehen.«

»Nur eine Person weiß, was in der Folge geschehen ist«, sagte Josh, »aber sie ist eine abgefeimte Lügnerin.«

»Die Waliserin! Sie kann ihre Geheimnisse für sich behalten, falls diese Heirat mit Jonathan Armstrong wirklich stattgefunden hat. Das würde alles ins Lot bringen. Der Name des Mannes würde in den Augen der Gesellschaft die Vergangenheit vergessen machen.«

»Da bin ich nicht so sicher, Douglas, aber wir werden ja sehen. Ich lese diesen Brief zu Ende. Es sind nur noch ein paar Zeilen.«

Jetzt verlasse ich diese Welt, die mir nur Kummer und Enttäuschungen beschert hat, mit Ausnahme einiger zu kurzer Stunden des Glücks, an die zurückzudenken mir noch größere Schmerzen bereitet. So folge ich dem inneren Ruf zum geistlichen Leben, wo ich Frieden zu finden hoffe. Gern hätte ich über Elizabeth gewacht, aber der Ruf zum ewigen Heil ist dringlich, und ich fürchte, daß diese Stimme für immer verstummt, wenn ich ihr jetzt nicht folge. Ich rate Euch mit allem Nachdruck, Ihnen, meinem lieben Vater und Euch, meinen Brüdern, falls Ihr diese Zeilen lest, Elizabeth Onkel Charlies Obhut anzuvertrauen, der mehr als einmal den Wunsch geäußert hat, sich ihrer anzunehmen und ihr ein glückliches Leben zu sichern. Ich fühle nur zu gut, daß sie in Dimwood und wahrscheinlich überall im Süden bedroht ist. Weiter im Norden, aber dennoch in den Südstaaten, könnte sie vielleicht ein anderes England wiederfinden, das ihrer Heimat, nach der sie sich so sehr zurücksehnt, ähnlich ist.

Ich umarme zärtlich meine beiden Brüder und auch Sie, meinen lieben Papa, der Sie auf dem Wege der Genesung sind, aber Ihren »Engel« nie wiedersehen werden.

Laura

»Sehr aufschlußreich«, sagte Josh, während er den Brief zusammenfaltete, »aber diese Zeilen werden wir dem lieben Papa nicht zeigen, falls du einverstanden bist.«

»Durchaus einverstanden, doch wir werden den Brief nicht verbrennen. Ich schließe ihn in meinen Geldschrank ein.«

Josh reichte ihm den Brief.

Eine Weile blickten sie sich schweigend an.

»Laura«, sagte Douglas versonnen.

61

Elizabeth hatte wie alle anderen das Speisezimmer verlassen und wußte nicht, wohin. Die gewöhnliche Zuflucht ihres einsamen Zimmers war ihr plötzlich durch die langen Stunden vergeblicher Hoffnung vergällt. Wieder einmal stellte sie sich die seltsame Frage: Was tut man mit seinem Körper, wenn man leidet? Wohin mit ihm? Wie läßt er sich ertragen? Denn an ihm erlitt sie den Liebesschmerz. In ihrer ganzen Gestalt, in allen Gliedern, in den Beinen, den Armen und bis in die Fingerspitzen fühlte sie dieses unerträgliche Unbehagen, diese Last, diese Schwere. Das war das Unglück, so fühlte man sich also, wenn man unglücklich war. Jonathan war unerreichbar für sie. Sie empfand es mit ihrem ganzen Körper. Warum von der Seele reden? Der Körper war ihre Seele geworden.

In dieser Herzensnot verbarg sie sich in einer Ecke des um diese Zeit verlassenen Vestibüls, aber jemand war ihr auf leisen Sohlen gefolgt. Sie schrie auf, als sie sich umwandte und Fred sah, der sie sehr aufmerksam anblickte. Sein schmales Gesicht glich nicht mehr dem, das sie jeden Tag bei Tisch sah. Man hätte meinen können, eine unsichtbare Hand sei über seine scharfen Züge gefahren, um ihnen alle Härte zu nehmen, und was sie in seinen stahlgrauen Augen las, empfand sie wie eine Beleidigung: es war Mitleid.

»Laß mich in Ruhe«, sagte sie.

»Schau«, sagte er mit sanfter Stimme, »ich sehe wohl, daß du Kummer hast. Hier in Dimwood kannst du nicht glücklich sein.«

»Das geht nur mich an.«

»Du solltest nach Savannah fahren, zu Onkel Charlie. Er wird dich nach Virginia mitnehmen.«

»Ihr wollt mich nur loswerden, ihr alle!« fuhr sie ihn wütend an.

»O nein, keinesfalls, aber das kannst du nicht verstehen.«

»In der Tat. Ich bin schließlich nicht in Gefahr.«

Und da sagte er etwas so Erstaunliches, daß es ihr die Sprache verschlug:

»Wenn du in Gefahr wärst, würde ich mein Leben dafür geben, dich zu verteidigen.«

Vielleicht waren ihm diese Worte gegen seinen Willen entschlüpft, denn er errötete leicht, und plötzlich erschien er ihr strahlend und schön.

»Fred, ich bitte dich«, stammelte sie verlegen.

Und unwillkürlich schüttelte sie den Kopf.

»Ich bitte um Verzeihung«, sagte er sogleich.

Dann machte er auf dem Absatz kehrt und schritt davon. Sie folgte ihm mit den Augen bis zur Tür. Selbst im Sommer, bei heißestem Wetter, trug er den zugeknöpften Rock und sah in seiner eingeschnürten Kleidung wie ein Soldat aus. Und wegen dieser Besonderheit, die ihr auffiel, bedauerte sie ihr Kopfschütteln, dieses absurde »Nein«. Er hatte ihr eine tapfere und kurze Liebeserklärung gemacht. Sie verdiente sie nicht.

Ein wenig verwirrt schlich sie aus dem Haus, ohne bei dem Magnolienbaum zu verweilen, der voller Erinnerungen aus einem anderen Leben war. Nachdem sie raschen Schrittes die Wiese überquert hatte, folgte sie dem kleinen Pfad am Fluß entlang. Fasziniert von den stillen Wirbeln des dunklen Wassers gab sie sich verworrenen Träumen hin. Fred war also bereit, für sie zu sterben. Was mußte es ihn gekostet haben, diesen verblüffenden Satz auszusprechen! Ein Soldatenwort. Sie hätte sich eine mitfühlende Antwort einfallen lassen können, aber vielleicht hätte sie damit Jonathan verraten?

Sie stellte sich vor, daß er neben ihr ginge. Er überragte sie um Haupteslänge, und sie glaubte die schwarzen Locken in seinem Nacken zu sehen, spürte den Geruch seines Haars und, wie ihr schien, seines ganzen Körpers. Die Illusion war so stark, daß sie stehenblieb und sich beunruhigt und enttäuscht umblickte.

»Ich bin allein«, sagte sie sich, »niemand ist da.«

Der starke Duft des Waldes drang über das Wasser zu ihr, und das unaufhörliche schrille Zirpen der Grillen schien ihr etwas sagen zu wollen. In einer plötzlichen Laune erinnerte sie sich an die kleine Susanna und ihre rätselhaften, stets zurückgewiesenen Zärtlichkeitsbezeugungen.

Ein Stück weiter gelangte sie an den Waldrand und an die lange, von hohen Bäumen gesäumte Allee, die in die verzauberten Gärten führte. Dort ging man nicht hin. Im Halbschatten erblickte sie eine trübe graue Masse, die sie für einen Felsblock hielt, die sich aber bei näherem Ansehen bewegte.

Nach einigem Zögern beschloß sie, nicht weiterzugehen, aber da richtete sich der Felsen auf, nahm menschliche Gestalt an und erwies sich als Miss Llewelyn.

»Ich war beim Kräutersammeln«, sagte sie lachend, »und dachte an Sie, aber ich hatte Mühe, Sie hierher zu locken.«

»Ich bin von ganz allein gekommen«, erwiderte Elizabeth leicht verärgert, »aber mein Spaziergang ist beendet. Ich kehre um.«

»Wir sind aber heute sehr empfindlich, Miss Escridge. Ich gestehe, daß ich neugierig auf die Antwort bin, die Sie erhalten haben.«

Schwerfällig stapfte sie auf Elizabeth zu, die sich nur aus Stolz nicht vom Fleck rührte, obgleich sie am liebsten davongelaufen wäre.

»Es ist keine Antwort gekommen«, sagte sie schroff.

»Was hatten Sie denn erwartet? Einen Brief in Runenschrift? Haben Sie Ihr Papier mit der Haarkordel wiedergefunden?«

»Ja, und entzweigebrochen, falls Sie es unbedingt wissen wollen, aber offenbar war es weder geöffnet noch gelesen worden.«

»Genügt Ihnen das nicht? Sie haben zwei Schicksale, die eins sein sollten, auseinandergebrochen.«

»Aber das habe ich doch nicht gewollt. Ich wollte Jonathan und bat ausdrücklich, daß der Dame in Weiß nichts geschieht.«

»Jonathan, gut und schön, aber Sie durften die Dame in Weiß nicht erwähnen. Jetzt haben Sie die beiden auseinandergebracht. Sie haben einige Tage nach dem Ball in Dimwood geheiratet, aber Jonathan war noch am selben Abend hier, um ein weiteres Stück Land an Mr. Hargrove zu verkaufen. Danach hat er sich versteckt und hat Sie gesehen.«

»Wann werden Sie aufhören, mir nachzuspionieren!«

»Miss Escridge, ich bin da, um Ihnen zu helfen. Ich spioniere nicht. Zugegeben, ich bin ein bißchen überall, und bei Tag und Nacht sehe ich viel. Sie haben Jonathan betört, er ist verliebt in Sie.«

»Oh, Miss Llewelyn, meinen Sie wirklich ...?«

»Sehen Sie, wenn man höflich zu mir ist und mir vertraut, bin ich bereit, mit meinem Wissen zu dienen. Er ist wahnsinnig in Elizabeth verliebt und hat die Dame in Weiß geheiratet, weil er sie begehrte.«

»Und mich?« rief Elizabeth aus. »Mich nicht?«

Miss Llewelyn antwortete nicht sofort. Ihre kleinen grünen Augen starrten forschend in die großen blauen Augen des jungen Mädchens, als wollten sie in ihre Seele schauen.

»Nein«, sagte sie schließlich.

Mit Kennermiene beobachtete sie das plötzlich verzweifelte junge Gesicht.

»Nur Mut, Miss Escridge, aber bleiben wir nicht hier, wo man uns sehen kann. Diese große Allee wird uns in die wunderbaren Gärten führen.«

»So weit möchte ich lieber nicht gehen, aber wir könnten hier ein paar Schritte machen und uns unterhalten, falls es Ihnen recht ist. Ich habe keine Angst. Sagen Sie mir nur, warum Jonathan die Dame in Weiß vorzieht.«

Soviel Unschuld rührte schließlich die ältliche, mit allen Schlichen des Körpers und des Herzens vertraute Frau. Vielleicht auch erweckte diese Ecke des Waldes alte Erinnerungen in ihr und ließ sie an eine Stunde ihrer Jugend zurückdenken, als sie noch an die Liebe geglaubt hatte. Es war ihr, als ob die Bäume sich zu ihr neigten, um ihr Verschwiegenheit anzuraten, doch sie setzte sich über diese Skrupel hinweg und fragte in einem kühlen Ton:

»Wissen Sie, was man unter Begehren versteht?«

»Ja. Die Liebe.«

»Nicht immer. Begehren ist nicht zwangsläufig Liebe. Aber Sie verstehen den Unterschied nicht.«

»Besser als Sie denken«, behauptete Elizabeth mit plötzlicher Selbstsicherheit.

»Wie das? Könnten Sie mir erklären ...?«

»Es ist sehr einfach. Erinnern Sie sich an die Geschichte von Tamar und Amnon?«

»Schlecht. Ich habe nicht ständig die Nase in der Bibel wie ihr.«

»Tamar war seine Schwester. Was dann passierte, wissen Sie.«

»Nein. Fahren Sie nur fort. Es ist hochinteressant.«

»Er stellte sich krank, und als er auf seinem Bett lag, bat er Tamar, ihm Kuchen zu backen. Das tat sie, doch als sie ihm den Kuchen brachte, packte er sie und nahm sie mit Gewalt. Danach liebte er sie nicht mehr und haßte sie.«

»Soso«, sagte die Waliserin ein wenig verblüfft. »Wie ich sehe, ist die Heilige Schrift ein wunderbares Lehrbuch für kleine Mädchen.«

»Ich bin kein kleines Mädchen.«

»Verzeihung. Ich merke es gerade, aber Ihre Geschichte geht viel weiter, als Sie sich vorstellen. Jedenfalls haben Sie verstanden. Liebe und Begehren sind nicht das gleiche, und das eine kann ohne das andere bestehen. Es gibt jemanden, der hat diese bittere Erkenntnis heute gemacht ...«

»Jemanden?«

»Soll ich seinen Namen nennen?«

Elizabeth antwortete nicht.

»Jonathan«, sagte Miss Llewelyn leise. »Aber Sie dürfen nicht mehr an Jonathan denken, denn Jonathan ist mit einer Frau verheiratet, die er begehrt, wie Amnon Tamar begehrte. Und wie Tamar hat sie ihm Kuchen gebracht: ein beträchtliches Vermögen. Und wie Amnon liebt er sie deshalb wahrscheinlich nicht mehr. Denn Sie sind es, die er liebt.«

Ein heftiger Schmerz sprach aus den tiefblauen Augen. Elizabeth blickte Miss Llewelyn eine Weile an, und diese, zum ersten Mal bestürzt über die Wirkung ihrer Worte, blieb stumm.

»Sie ist viel schöner als ich«, sagte Elizabeth tonlos.

»Ach, so einfach ist es nicht. Das Geld war natürlich auch im Spiel.«

»Das kann ich nicht glauben.«

»Jonathan ist kein Heiliger. Amnon wollte ja schließlich auch seinen Kuchen.«

»Ich mag es nicht, wenn Sie über Jonathan spotten.«

»Ich kenne diese Art von Männern. Rasend vor Begierde begehen sie die schlimmsten Fehler. Aber Sie liebt er auf eine ganz andere und ebenso zwingende Art. Wie kann ich es Ihnen begreiflich machen? Sie sind für ihn so etwas wie ein Ideal.«

Elizabeth schrie auf:

»Ich will nicht Jonathans Ideal sein, ich will seine Frau sein!«

»Das ist klipp und klar gesagt, Miss Escridge«, entgegnete die Waliserin nicht ohne Bewunderung. »Aber leider ist es zu spät.«

Es folgte ein langes Schweigen. Elizabeth blickte so traurig drein, daß selbst Miss Llewelyn, diese in Liebesdingen so erfahrene und abgebrühte Frau, gerührt war und vor einem solchen Kummer verstummte. Da klang es wie grausamer Spott, als ein Vogel auf einem Eichenzweig über ihren Köpfen zu singen begann. Es war eine Drossel, und aus ihrer kleinen Kehle drang soviel Freude, daß sogar das junge Mädchen nicht umhinkonnte, ihr mit zärtlicher Miene zuzuhören.

Miss Llewelyn schien nachzudenken, und dann sagte sie in ruhigem, fast liebevollem Ton:

»Sehen Sie, Elizabeth, Sie sollten jemand Ernsthafteren heiraten als diesen verrückten Jonathan.«

»Aber ich liebe ihn so, wie er ist.«

»Sie wären glücklicher mit einem weniger sonderbaren Mann. Sie sind sehr hübsch und könnten leicht jemanden hier in Georgia finden, der einer großen Liebe fähig ist. Vielleicht sogar hier, da Sie ja so sehr an Dimwood hängen.«

»Ich habe meine Gründe, warum ich in Dimwood bleiben will.«

»Nur eine Heirat bietet Ihnen dafür Gewähr. Sträuben Sie sich nicht voreilig, wenn ich Ihnen den Namen nenne, der mir gerade in den Sinn kommt ...«

Sie wartete. Im Nu hatte Elizabeth ihre störrische Miene aufgesetzt.

»Fred«, sagte die Waliserin.

Eilzabeth blickte sie an, antwortete nicht und schüttelte dann den Kopf, wie sie es vor einer Stunde im Vestibül des Hauses getan hatte.

»Ich werde nie einen anderen als Jonathan lieben«, sagte sie
schließlich.

Diese Starrköpfigkeit schien Miss Llewelyn nicht zu entmutigen.

»Fred bewundert Sie wie all die jungen Männer hier. Das sieht
man schon an seiner Art, Sie anzuschauen – Billy übrigens auch, aber
Billy wäre ein unmöglicher Ehemann. Fred, das ist schon etwas
anderes. Fred ist bereits jemand.«

»Er mag schon jemand sein, aber er ist niemals Jonathan.«

»Jonathan ist verheiratet. Das ist vorbei.«

»Nein, er wird diese Frau verlassen, er wird sie hassen, wie Amnon
Tamar gehaßt hat, und er wird wiederkommen, er wird zu mir
zurückkehren.«

»Elizabeth, Sie verlieren den Verstand. Sie zerstören jede
Chance, glücklich zu werden. Ich sehe zu klar in Ihre Zukunft. Mit
den Jahren werden Sie eine alte Jungfer, deren Anwesenheit man in
Dimwood aus Barmherzigkeit duldet, und die niemand mag.«

Diese Worte erschreckten Elizabeth, und es war ihr, als hörte sie
in ihrem Inneren die harte Stimme ihrer Mutter: »Die arme Verwandte ... Jeder Bissen Brot aus Barmherzigkeit ...«

Sie blickte Miss Llewelyn wütend an.

»Und was geht Sie das an?« fragte sie schroff.

Miss Llewelyns Antwort ließ sie wie versteinert stehenbleiben,
obwohl sie gerade im Begriff gewesen war, sich ohne ein weiteres
Wort zu entfernen.

»Was mich das angeht? Das werde ich Ihnen sagen. Man kann
nicht umhin, Sie gern zu haben. Sie werden noch vielen Männern
den Kopf verdrehen, und manche werden Sie bis zum Wahnsinn
lieben, und Sie werden sich einmal sehr gut verheiraten. Aber diese
fast dämonische Anziehungskraft der weißen Dame, die haben Sie
nicht. Ich weiß nicht, ob ich mich verständlich ausgedrückt habe.«

»Man müßte blöd sein, um es nicht wenigstens zu erraten.«

»Ich brauche Ihnen nicht zu sagen, daß diese Dinge mir nichts
mehr bedeuten. Mein Leben liegt hinter mir. Man hat mir einen
schlimmen Ruf angehängt, man verdächtigt mich aller möglichen
Abscheulichkeiten. Mir ist das egal. Glauben Sie es, oder glauben Sie
es nicht. Es ist alles unwahr, aber Sie müssen zumindest eines wissen:
auch ich habe Sie sehr gern.«

Die Ernsthaftigkeit, mit der sie diese Worte sprach, bewegte die
junge Engländerin so sehr, daß sie nicht wußte, was sie darauf sagen

sollte. Ein Sonnenstrahl beleuchtete die Waliserin von Kopf bis Fuß, als wollte er die Häßlichkeit dieses schweren, in graues Tuch gesperrten Leibes hervorheben.

Das unerbittliche Licht grub Furchen in das grobe, fleischige Gesicht. Nur in den kleinen grünen Augen glühte ein Schimmer von Zärtlichkeit.

Elizabeth suchte verzweifelt nach irgendeinem liebenswürdigen Wort, das keine Lüge wäre, denn sie hatte Mühe, den Ekel zu beherrschen, den diese Frau ihr einflößte, aber sie war doch empfänglich für dieses diskrete Geständnis. Es kostete sie große Anstrengung, aber schließlich stieß sie errötend hervor:

»Ich danke Ihnen sehr, Miss Llewelyn.«

Dazu schenkte sie ihr ein Lächeln, das jedoch nur mit einem etwas traurigen, leicht verletzten Blick belohnt wurde.

Etwas unbeholfen erklärte Elizabeth, daß sie heimzukehren wünschte, um sich in ihrem Zimmer auszuruhen, und entfernte sich zuerst langsam, dann immer rascher und schließlich so schnell, daß es wie eine Flucht aussah.

Einige Minuten später saß sie in ihrem Schaukelstuhl und verbarg ihr brennendheißes Gesicht in den Händen. Ihr Benehmen schien ihr würdelos. Warum hatte sie die Flucht ergriffen? Was hatte die arme Miss Llewelyn denn Böses gesagt, um diese kaum verhohlene Abfuhr zu verdienen? Gewiß, sie war keine angenehme Erscheinung, sie war sogar abstoßend wegen dieses säuerlichen und faden Geruchs, der von ihr ausging, aber sie hatte ihr in diskreten Worten ihre Freundschaft bezeugt, und sie, Elizabeth Escridge, war wie ein herzloses und schlecht erzogenes Mädchen einfach davongerannt und hatte sie ohne Grund stehengelassen. »Wenn man vor Scham sterben könnte«, sagte sie sich, »wäre ich tot, würde man mich tot in diesem Schaukelstuhl finden.« Und dann kam ihr plötzlich die bedrückende, unerträgliche Idee, daß sie Miss Llewelyn eine Wiedergutmachung schuldete. Aber die Demütigung war zu stark, versperrte ihr den Weg. Welchen Weg? Sie machte sich nicht die Mühe, eine Antwort auf diese Frage zu suchen, sondern sprang aus dem Stuhl, stampfte mit dem Fuß auf und rief:

»Nein!«

Und da der Stuhl noch immer schaukelte, fuhr sie ihn an:

»Nein!«

Dieser Anfall von schlechter Laune beruhigte sie und besänftigte ihre Skrupel. Sie wäre gern auf der Veranda spazierengegangen, doch die Gefahr, der stets unerwartet auftauchenden Waliserin zu begegnen, hielt sie zurück. Aus Vorsicht zog sie die Läden zu und verschloß sogar ihre Tür. Darauf warf sie sich wieder in den Schaukelstuhl, griff nach den *Letzten Tagen von Pompeji* und las mit großer Anstrengung vier oder fünf Seiten, von denen sie kein Wort verstand. Ohne es zu merken, schlief sie ein.

62

Der Tag verging, und auch der folgende und ein weiterer verstrichen, ohne daß sich im täglichen Leben etwas geändert hätte. Mit dem wiedergekehrten Frieden schlich sich unmerklich ein sonderbares Gefühl der Langeweile ein. Nach den Aufregungen der vergangenen Wochen schien die Zeitung leer. Für Josh und Douglas jedoch war sie nicht ganz uninteressant. Einige Zeilen in einer Ecke der dritten Seite gaben dem neugierigen Leser bekannt, daß in der Stadt Albany in der Villa Jonathan Armstrongs und seiner Gemahlin ein Empfang stattgefunden habe. Der Stil dieser Mitteilung war etwas geheimnisvoll, wie der eines von der Zensur zusammengestrichenen Textes. Kein Wort über den Anlaß des gesellschaftlichen Ereignisses, nichts über die Gäste und auch nicht über das architektonische Juwel: die Villa im Palladio-Stil. Die beiden Brüder beschlossen, der Verschwiegenheit der Zeitung mit noch größerer Verschwiegenheit zu begegnen, um die Nerven ihres lieben Papas zu schonen, der ganz allmählich in seinen sogenannten Normalzustand zurückkehrte. Allein der Name Jonathan versetzte ihn in Wut, denn er sah in diesem arroganten jungen Mann nur den zukünftigen Gegner, der ihm sein Haus streitig machen würde.

Die Damen jedoch argwöhnten etwas, und es war Tante Augusta, die den kurzen Bericht für die Öffentlichkeit entdeckte. Sofort begannen sie und Tante Emma sich in lauten Ausrufen zu ergehen, und Douglas bat sie, ihrer Empörung im Ballsaal Luft zu machen, wo Mr. Hargrove, der in einer Ecke des großen Salons las, sie nicht hören konnte. Sie gehorchten.

»Es ist also doch wahr«, stöhnte Tante Emma. »Die Gerüchte,

die über diese Person und die Herkunft ihres Vermögens im Umlauf sind, haben nichts verhindert.«

»Nichts. Er gibt ihr einen der ältesten Namen im Lande für ein bißchen Gold.«

»Für sehr viel Gold«, berichtigte Tante Emma und fügte hinzu: »Dem Himmel und der guten Gesellschaft zum Trotz.«

Sie verbreiteten sich ausgiebig über diesen Doppelaspekt des moralischen Problems, und im Feuer der Entrüstung fielen Worte wie Schimpf und Schande, Lüsternheit, Verdammnis und ewige Flammen, und das am gleichen Ort, wo noch vor weniger als einem Monat die schmachtenden Walzermelodien und der fröhliche, ein wenig stürmische Galopp erklungen waren.

Nachdem sie den moralischen Ansprüchen Genüge getan hatten, wandten sie sich mit einer bemerkenswerten geistigen Behendigkeit den Kleiderfragen zu.

»Keine anständige Frau zieht sich so an. Alles, was sie trägt, läßt sie direkt aus Paris kommen.«

»Pfui, Augusta, rede mir nicht davon.«

»Dann halte dir die Ohren zu. Sie zeigt ihr Dekolleté und ihre Schultern.«

»Ganz ohne Schal?«

»Du machst wohl Spaß. Beim Tanzen läßt sie den Reifrock fliegen...«

»Das ist unvermeidlich. Alle Damen...«

»Mag sein, aber sie tut es mit einer Schamlosigkeit! So, daß man ihre ›Unaussprechlichen‹ mit all den üppigen Chantillyspitzen sieht.«

»Chantilly?« sagte Emma verträumt. »Das ist das Beste vom Besten, und ich bin ganz verrückt darauf. Aber ich besitze nur ein winziges Taschentuch, während die Kurtisanen sich alles leisten können...«

»Emma!«

»Was habe ich denn Schlimmes gesagt? Ich schätze die Qualität einer Spitze, aber ich verurteile die Unanständigkeit, die sich damit schmückt.«

»Die Schamlosigkeit...«

»Das Laster, liebe Augusta. Man muß den Mut haben, die Dinge beim Namen zu nennen. Für diese aufreizende Eleganz erwartet sie ein Platz in der Hölle.«

»Wie konnte Jonathan nur ...«

»Das Laster, Augusta, das Laster.«

Sie wiederholte dieses Wort mit einem fast genießerischen Zorn, der ihre Wangen rosig färbte, und während sie ein wenig verlegen lachte, fächerte sie sich mit einem Palmwedel.

»Was mich am meisten ärgert«, fuhr sie fort, »ist dieses schandbare Gerücht über ich weiß nicht welchen Verwandtschaftsgrad zwischen ihr und uns, das nun schon seit langer Zeit in aller Munde ist.«

»Nur bei den Schwarzen.«

»Die glauben alles zu wissen und reden zuviel. Ich werde den Verdacht nicht los, daß der Teufel dahintersteckt.«

»Er ist überall.«

»Er lauscht hinter allen Türen, schnüffelt in allen Briefen ...«

»Und unter allen Kopfkissen – aber schweigen wir darüber, meine gute Emma.«

»Und der Himmel möge die Schwätzer strafen.«

Sie erhoben sich in gemeinsamem Einverständnis und kehrten in den Salon zurück.

Das Leben in Dimwood ging weiter, stets etwas abseits von der Welt, dem Anschein nach ruhig, aber doch von Besorgnis getrübt. Man hörte die »Kinder« nicht mehr oft lachen. Die Abwesenheit Tante Lauras hatte eine große Leere hinterlassen, und die verborgene Bedeutung dieser Frau, deren bescheiden zurückgezogenes Dasein während so langer Jahre von einem geheimnisvollen Dunkel überschattet war, wurde jetzt deutlich spürbar. Seit sie fort war, wurde sie gegenwärtiger denn je, außer für William Hargrove, der sie vergessen zu haben schien, wenn er auch noch zuweilen jenen »Engel« erwähnte, den er nicht zu erkennen vermochte, und der ihn mit seinen zarten Händen gepflegt hatte. In seinem Gedächtnis, das einen ungleichen Kampf gegen die Erinnerung an eine schwere Schuld führte, geisterte sie noch spukhaft herum, aber seit einiger Zeit war der Gesichtsausdruck des Herrn der Plantage wieder heiter, denn er hatte das Drama der kleinen Susanna aus seinem Bewußtsein verdrängt, da sie ja in Fleisch und Blut anwesend war. Was Elizabeth betraf, die hinter dem riesigen Blumenstrauß in der Mitte der Tafel – jetzt ein ständiges Requisit – eine Art von Versteckspiel mit ihm spielte, so sah er sie nie, weil sie sich nach jeder Mahlzeit davonstahl und damit aus seinem Leben verschwand. Er hatte wieder die Gewohnheit seiner langen und ermüdenden Gespräche mit Gott aufgenommen, die er seine Gebete nannte, und die man über sich ergehen lassen mußte. Dagegen sprach er sehr ruhig und vernünftig über die Nachrichten aus Washington, die allerdings niemanden mehr sonderlich aufregten.

Fred wurde immer ernsthafter und wandte geflissentlich die Augen von Elizabeth ab. Doch sie sah wohl die jammervollen Blicke, die er ihr heimlich zuwarf, und die sie verwirrten. Obgleich sie sich aus tiefstem Herzen wünschte, daß er sie vergäße, lauerte sie doch auf diese Blicke, die sie nicht zu sehen vorgab. Die fixe Idee, daß man sie unbedingt in Dimwood los sein und nach Savannah schicken wollte, beunruhigte sie. So verlor sie sich in ihre Tagträume, stellte sich vor, wie Jonathan eines Nachts auf der Veranda erscheinen würde, und hoffte inbrünstig, daß Fred dann auch da wäre, um sie am Fortgehen zu hindern. Diese Widersprüche schienen ihr gar nicht absurd. Und während das Haus im Dunkel der heruntergelassenen Läden lag, irrte sie durch die Gänge und wich allen Menschen und besonders Miss Llewelyn aus, die sich seltsamerweise nicht sehen ließ.

Die sommerliche Hitze wirkte in diesem Landstrich so lähmend, daß alle Tätigkeit erstarrte und sogar die Zeit stillzustehen schien, und das Kreischen der Grillen war so laut, als webten sie Eisen.

Eines Tages jedoch hatte man das Gefühl der Erleichterung. Aus den Wäldern wehte eine Brise, die das Atmen wieder ermöglichte und gleichzeitig ein Gewitter für den nächsten Tag verkündete.

Zu dieser gesegneten Stunde ereignete sich etwas, was die Figuren auf diesem so lange unberührten Schachbrett des Landlebens in Bewegung brachte. Der Nachmittag neigte sich seinem Ende zu, als man Hufgetrappel und Räderrasseln von der großen Eichenallee her vernahm, durch deren Laub die letzten Sonnenstrahlen drangen, und gleich darauf fuhr eine prächtige schwarze Kalesche mit weißen Pferden in raschem Trab vor und hielt an der Freitreppe.

Sogleich waren alle an die Fenster geeilt und blickten durch die halbgeschlossenen Läden hinaus, außer William Hargrove, der in seinem Bett lag und schlief.

Ein Lakai in perlgrauer Livree mit Goldlitzen sprang vom Bock, lief um die Kalesche, nahm seinen Hut ab und öffnete den Schlag. Dann sah man, wie die Dame in Weiß sich erhob und mit großer

Gemächlichkeit ausstieg. Sie schlug die behandschuhte Hand aus, die sich ihr darbot, und trat lässig auf die Stufen zu, doch plötzlich wurde sie von einer Schüchternheit ergriffen, die gar nicht zu ihr zu passen schien, und verlangsamte ihren Schritt.

Der hauchzarte Schleier an ihrem Hut verbarg den oberen Teil des Gesichts, aber ihre gesamte Haltung verriet eine natürliche Anmut und enthüllte das Geheimnis ihres ganzen Lebens, insbesondere die Anziehungskraft, die sie auf so viele Männer ausübte. Wahrscheinlich sah sie sich selbst als das erste Opfer dieser Macht, die sie besaß und deren sie sich auch stets bewußt war, die sie aber nicht glücklich werden ließ, weil sie sie nicht beherrschte und deshalb früher oder später andere unglücklich machte. Im Grunde ihrer selbst bewahrte sie wie eine verfehlte Berufung die schlichte Sehnsucht nach menschlicher Liebe, die sie nicht kannte.

Unterdessen hatte Onkel Josh von seinem Zimmer aus diese unerwartete Ankunft beobachtet und stürmte nun durch die Gänge, um seinen Bruder zu suchen. Sie stießen fast zusammen, als sie sich trafen, und ihre Unterredung war kurz:

»Hast du gesehen?« sagte Josh. »Ich traue meinen Augen nicht. Können wir sie empfangen?«

Douglas drehte sich jäh um.

»Warum denn nicht?«

»Aber ... eine Prostituierte ...?«

»Und wenn schon! Du willst Lauras Tochter die Tür nicht öffnen? Bist du verrückt?«

»Du hast recht. Gehen wir schnell hinunter.«

Plötzlich standen die beiden Brüder vor ihr, und in einer unwiderstehlichen Aufwallung des Gefühls warf sie sich ihnen wortlos in die Arme.

Fast eine Minute lang schwiegen sie alle drei, von einer Rührung überwältigt, die keiner von ihnen erwartet hätte. Die junge Frau hatte ihren Hut abgenommen, um sie besser zu sehen, und ihre großen veilchenblauen Augen blickten sie an, als bettelten sie um Zärtlichkeit. Und dann sagte sie plötzlich mit vor Erregung erstickter Stimme:

»Sie waren entsetzlich.«

»Das war zu erwarten«, erwiderte Douglas. »Man kann sie nicht ändern.«

551

»Sie haben keine Seele«, sagte Josh.

»Keine Seele«, wiederholte sie wie ein Echo.

Sie halfen ihr die Stufen der Freitreppe hinauf, führten sie in den kleinen Salon und schlossen die Tür. Im Halbdunkel dieses Zimmers schien sie von strahlender Schönheit, aufrecht wie eine weiße Säule, regungslos. Douglas fragte sie, ob sie sich auszuruhen wünsche. Sie antwortete nicht, schlug die Augen nieder und rang um Fassung.

»Es ist ganz einfach«, sagte sie. »Die Partie ist verloren.«

»Dieses Wort besagt nichts in deinem Munde«, erwiderte Douglas.

»Du bist sehr jung und sehr schön«, sagte Josh, »dein Leben beginnt erst, und du bist verheiratet. Jonathan trägt einen der besten Namen des Südens.«

Sie zuckte die Schultern.

»Liebt er mich wenigstens?« fragte sie.

»Du träumst«, rief Douglas. »Jeder weiß, daß er völlig verrückt nach dir war.«

Sie wandte ihnen ihr Gesicht zu, dem die Traurigkeit eine schmerzvolle Würde verlieh.

»Ich weiß nur zu wohl, was diese Worte bedeuten. So gut wie nichts. Es wird weitergehen, und zugleich ist es aus. Etwas ist nicht mehr da.«

Und dann fragte sie ganz unvermittelt:

»Kann ich die kleine Engländerin sehen?«

Onkel Josh holte Elizabeth aus ihrem Zimmer und ließ sie mit der Dame in Weiß allein im kleinen Salon.

Sie blickten sich an und hatten beide den gleichen Gedanken, den jede von ihnen auf ihre eigene Weise unausgesprochen formulierte: »Da ist sie also ... Wie schön sie ist!« – »Wie hübsch sie ist!«

Es dunkelte bereits, und man hatte einen der Läden geöffnet. Beide standen und schienen auf ein Wort zu warten, das den Zauber der Stille brechen würde.

»Sie sind offenbar überrascht, mich zu sehen«, sagte schließlich die Dame in Weiß.

»Ein wenig schon. Ich erwartete nicht ...«

»Nun«, fuhr die Besucherin lächelnd fort, »Sie sind Elizabeth,

und ich bin Annabel. Das sagen die Kinder zueinander, die sich mit den Vornamen begnügen und den Familiennamen weglassen.«
Elizabeth lächelte höflich.

»Aber wenn wir so stehen bleiben«, sagte Annabel, »habe ich den Eindruck, als stünde eine unsichtbare Mauer zwischen uns, was ich sehr bedauern würde, denn ich glaube, daß wir uns viel zu sagen haben. Gestatten Sie?«

Ohne die Antwort abzuwarten, nahm sie auf einem Sofa Platz, wo sie die Beine ein wenig ausstrecken konnte. Linkisch wie ein Automat setzte sich Elizabeth auf einen kleinen, sehr geraden Sessel.

»Ich habe viel von Ihnen gehört«, fuhr die Besucherin in liebenswürdigem Ton fort. »Sie sind viel jünger, als ich dachte.«

Eine Menge Fragen schossen Elizabeth durch den Kopf, und ihr Herz pochte. Diese mysteriöse Frau, die stets lächelte, wenn sie sprach, schien trotz allem traurig. Ihr Gesicht glich keinem, das die junge Engländerin je in ihrem Lande oder in Georgia gesehen hatte.

Die außergewöhnlich feinen Züge ließen sie unbeschreiblich zart aussehen, und in diesem wie von einer leichten Sonnenbräune vergoldeten Gesicht wirkten die großen, melancholischen, veilchenblauen Augen dunkel und strahlend. Zwei Saphire, so groß wie Wassertropfen, zierten die kleinen Ohren. Man erriet sofort, daß sie sich ihrer seltenen Schönheit bewußt war. Sie strahlte etwas aus, das man bewundern mußte, wie man sich am betörenden Duft einer Blume berauscht.

»Darf ich offen sein?« fragte sie. »Oder soll ich mich auf Komplimente über Ihr Haar und Ihren Teint beschränken?«

Elizabeth machte sich auf das Schlimmste gefaßt.

»Ich liebe die Wahrheit«, sagte sie ein wenig schroff.

»Sehr gut. Es handelt sich um Jonathan. Um wen sonst könnte es sich handeln, und was täten wir beide hier, wenn es nicht um ihn ginge?«

»Wie Sie wünschen.« Elizabeth mußte schlucken.

»Eines Tages werden Sie das Leben und seine Tücken besser kennen, die Irrtümer, die man vermeiden muß, und die schwindelerregenden Versuchungen ...«

So begann sie, und ihre Stimme hatte einen so reinen und herzbewegenden Klang, wie wenn jemand im Dunkeln leise singt. Der Akzent kam von anderswo, von weit her. Es war nicht die Stimme, die die Brüder Hargrove gehört hatten.

Unwillkürlich erlag Elizabeth dem Charme dieser Stimme, die sie fast liebevoll umschmeichelte, als wollte sie den Sinn der Worte mildern, die bald deutlicher werden sollten:

»Der Tag ist nicht mehr fern, da die jungen Leute Ihnen den Hof machen werden. Mit Ihrer bezaubernd unschuldigen Miene – doch, doch, ich sage bezaubernd, und glauben Sie mir, das ist für manche ein Trumpf...«

»Wir haben gesagt: keine Komplimente«, unterbrach Elizabeth sie gereizt.

»Ganz richtig, also kommen wir zur Sache. Zuerst einmal Ihr Name, Miss Escridge. Sie gehören einer Gesellschaft an, die man die Aristokratie nennt.«

»Ich versichere Ihnen, daß mir das gleichgültig ist.«

»Ihr gesunder Verstand ehrt Sie. Denn wo sind schließlich ihre Titel? Wo sind die Ländereien der Ahnen? Was bleibt ihnen außer ihrem großartigen Gebaren, dieser berühmten Arroganz ... deren sie sich nicht einmal schämen, sondern auf die sie im Gegenteil auch noch stolz sind ...«

Sie ereiferte sich immer mehr, und ihre dunklen, leuchtenden Augen funkelten.

»Ich könnte mich durch meine Mutter oder durch den Mann, dessen Namen ich heute trage, auf sie berufen. Lieber möchte ich sterben. Mein Vater war ein bewundernswerter Mann. Ich habe ihn nicht gekannt, aber die Nonnen, die mich bei sich aufgenommen haben, priesen ihn mir unaufhörlich, als ich alt genug war, es zu verstehen. Sie wußten es, sie waren aus dem gleichen Lande, und sie kamen nach der Katastrophe als Flüchtlinge hierher.«

Sie hielt inne, als sie das verblüffte Gesicht des jungen Mädchens sah.

»Die Geschichte ist kompliziert«, sagte sie. »Er war Leutnant der Regierungstruppen auf den Antillen, er war sehr schön und sehr verliebt in meine Mutter, die ihn heimlich geheiratet hat.«

»Heimlich?«

»Weil er katholisch und meine Mutter protestantisch war, wie ihr Vater, der sich der Heirat widersetzt hätte. Die beiden Jungvermählten liebten sich innig. Drei Monate später kam es zu erbitterten Kämpfen um die englischen Plantagen, weil die Schwarzen sich gegen die Weißen erhoben hatten. Mein Vater fiel in der Schlacht. Meine schwangere Mutter floh mit ihrem Vater, ihren drei Brüdern und einigen treuen Dienern. Und mit der Gouvernante, einer Waliserin ...«

Elizabeth zuckte zusammen.

»Sie kennen sie natürlich«, sagte Annabel. »Meiden Sie sie, lassen Sie sich nicht mit ihr auf Gespräche ein; sie ist gefährlich. Schließlich kam ich dann auf die Welt. Meine Geburt wurde geheimgehalten, und man versteckte mich, weil mein Großvater es so wollte.«

»Warum?« fragte Elizabeth neugierig und unbedacht.

»Warum ist ein Wort, das man nicht zu oft gebrauchen darf, Miss Escridge«, ermahnte Annabel sie sanft.

»Verzeihung.«

Annabel gab vor, nichts gehört zu haben, und fuhr fort:

»Meine Mutter hätte ebensogut tot sein können. Sie mußte sehr viel leiden, und jetzt ist sie fort.«

Ein Verdacht stieg in Elizabeth auf, aber diesmal hielt sie den Mund.

»Und nun«, sagte Annabel, »treten Sie auf den Plan, Elizabeth.«

»Ich?«

»Jawohl, Sie und der Mann, den Sie lieben.«

Rot vor Erregung sprang Elizabeth auf.

»Ich verstehe nicht. Wie wollen Sie wissen, daß ich jemanden liebe?«

»Ach, Sie kleines Mädchen«, sagte Annabel lächelnd, »wissen Sie denn nicht, daß eine Frau schließlich immer erfährt, was sie wissen will? Ich könnte einen Stein zum Sprechen bringen, wenn es sein müßte.«

»Man hat mich verraten!« rief das junge Mädchen.

»Aber nein«, erwiderte Annabel mit einem Blick, der Mitgefühl und Zärtlichkeit verriet, »niemand hat geredet, niemand hat Sie verraten. Ich weiß es nur, weil ich die Männer kenne, eine gute Beobachterin bin und mich aufs Schweigen verstehe, wenn ich jemandem zuhöre. Und nun wundern Sie sich nicht: ich möchte ihn so lieben können, wie Sie ihn lieben. Leider kann ich es nicht. Geliebt werden, ja, aber lieben? Das habe ich nie gekonnt. Selbst bei ihm war das, was er für Liebe hielt oder dafür halten wollte, keine Liebe.«

Jetzt konnte Elizabeth nicht mehr an sich halten und rief aus:

»Und warum haben Sie ihn mir genommen?«

Annabel bewahrte ihre Ruhe und Sanftmut.

»Sie haben sein Herz, Elizabeth, ich habe seine Person und seinen Namen. Überlegen Sie einmal, Elizabeth. Ich kannte ihn nicht. Er ist zu mir gekommen und hat mich wie ein Rasender mit der ganzen Heftigkeit des Begehrens angefleht. Begehren ist nicht dasselbe wie Liebe. Sie haben keine Ahnung, was Begehren ist. Das sieht man an Ihren Augen.«

Elizabeth war bestürzt und suchte vergeblich nach einer Antwort.

»Die Liebe, das sind Sie. Für Jonathan sind Sie es.«

»Jonathan . . .«, flüsterte Elizabeth.

»Sie sagen seinen Namen genau so, wie er eines Tages in einem Gespräch den Ihren gesagt hat, mit der gleichen Stimme und dem gleichen Ausdruck. Und er glaubte, ich hätte es nicht bemerkt. Wie naiv doch die Männer sind. Dieser trunkene Blick hat ihn verraten. Aber glauben Sie bitte nicht, daß ich eifersüchtig bin. Ich beneide Sie nur.«

»Ich verstehe fast nichts von dem, was Sie mir da erzählen.«

»Ich versuche mit Ihnen von Frau zu Frau zu sprechen. Ich wäre gern auch einmal verliebt gewesen, um zu sehen, wie das ist. Ich bin nie fähig gewesen, Liebe zu erwecken, so wie Sie. Aber es ist immer die gleiche Geschichte: keine Liebe, nur Begehren. Begehrt zu werden, dafür bin ich geschaffen.«

Sie sah so traurig aus, als sie diese Worte sagte, daß das junge Mädchen sie schüchtern fragte: »Sind Sie glücklich?«

Zu ihrer Verblüffung erfolgte die Antwort mit einem schallenden Gelächter, das aber nicht fröhlich klang:

»Nein, ich bin reich! Ich habe, was ich will. Alles. Machen Sie nicht so ein entsetztes Gesicht. Ich bin kein schlechter Mensch. Meine Mutter ist die einzige Person, die ich geliebt habe, aber sie macht mir Angst, weil sie all das ist, was ich nicht bin. Aber es wird Nacht, Elizabeth, und wir reden in der Dunkelheit. Ich sehe nur noch den Schimmer Ihres Haars.«

Sie hielt kurz inne, und das junge Mädchen hörte sie seufzen, doch dann fuhr sie plötzlich fort:

»Es gibt Dinge, von denen man leichter im Dunkeln spricht. Ist es nicht komisch? Ich möchte Ihnen nichts sagen, was Ihnen Kummer machen könnte, denn ich mag Sie sehr. Die Frau, die Sie später einmal sein werden, kann ich mir noch nicht recht vorstellen. Jetzt sind Sie eher ein Ideal. Für Jonathan zum Beispiel. Ich habe das Gefühl, daß Sie nicht verstehen, was ich meine, aber es gibt Worte dafür, die ich nicht aussprechen möchte. Haben Sie *Romeo und Julia* gelesen?«

»Ja, natürlich.«

»Nun, in der Balkonszene wären Sie vollkommen, aber drinnen im Hause, im Schlafgemach – denn dahin führt es ja unweigerlich –, da scheint mir der Sieg noch zweifelhaft. Was man das Temperament nennt . . .«

Elizabeth unterbrach sie:

»Das, was Sie sagen, gefällt mir gar nicht.«

»Mir auch nicht, und Sie wären nicht, was Sie sind, wenn das, was ich sage, Ihnen gefallen würde, aber, mein kleines Mädchen, Sie stehen dem Leben wehrlos gegenüber. Ihre Unschuld ist erschreckend. Und jetzt werde ich Ihnen etwas Betrübliches sagen. Deshalb bin ich gekommen, und ich zögere diese Minute feige hinaus, weil Sie mich dafür hassen werden. Sie werden Jonathan nicht wiedersehen.«

Wahrscheinlich erwartete sie einen Aufschrei, aber der vernichtende Satz verhallte in tiefem Schweigen.

»Sagen Sie etwas, Elizabeth«, bat sie.

»Nein«, antwortete eine entschlossene Stimme. »Was Sie sagen, ist nicht wahr.«

»Doch. Wir verlassen das Land für lange Zeit. Ich werde es nicht bereuen, und er auch nicht, dessen bin ich sicher.«

»Aber warum? Warum?«

»Das Land enttäuscht uns. Eine bittere Erfahrung . . . Wir werden reisen, und vielleicht beschließen wir, in Europa zu leben. Dort werden wir glücklicher sein – selbst ohne diese Liebe, mit der man uns bis zum Überdruß in den Ohren liegt.«

Selbst ohne diese Liebe . . . Plötzlich erinnerte sich Elizabeth an Miss Llewelyns Worte: »Sie haben zwei Schicksale, die eins sein sollten, auseinandergerissen.«

Sie wurde von einer übernatürlichen Angst ergriffen und zitterte. Tastend suchte sie ihren Sessel, und als sie ihn gefunden hatte, stützte sie sich auf die Lehne, um nicht umzusinken. Die sanfte Stimme Annabels setzte im Dunkeln ihren Monolog fort, von dem das junge Mädchen nur Bruchstücke vernahm:

». . . ich glaube, ich habe Ihnen weh getan . . . das wollte ich nicht . . . Wenn Jonathan wüßte, daß ich hier bin . . .«

»Jonathan . . .«, sagte Elizabeth.

»Jonathan ist seit gestern in Savannah, um die Abreise vorzubereiten. Er wird nichts über meinen Besuch hier erfahren, nichts über unser vertrauliches Gespräch – oder erst in einigen Monaten. Aber jetzt muß ich Sie verlassen, Elizabeth. Ich habe einen Weg von fünfundzwanzig Meilen vor mir, und die Straßen sind schlecht. Sie werden mir bitte helfen, aus diesem hübschen Salon wieder herauszufinden, den ich vorhin nur flüchtig bewundern konnte ...«

Ihre Hände fanden sich im Dunkeln, und dann führte Elizabeth die Besucherin zur Tür und öffnete. Im Licht des Vestibüls erschien ihr Annabel von einer grausamen Schönheit, kostbar und abweisend in ihrer Vollkommenheit, doch gleich darauf lächelte die junge Frau und wirkte wieder bezaubernd in ihrer Anmut und ihrem seltsamen Charme.

»Mein liebes kleines Mädchen, wie böse ist doch das Leben!« sagte sie.

Diese Bemerkung fand keinen Widerhall.

»Darf ich Ihnen einen Kuß geben?« fragte Annabel.

Elizabeth blieb stumm und rührte sich nicht. Einige Sekunden verstrichen, und dann fühlte sie die Wärme eines Kusses auf ihrer Wange.

Annabel richtete sich auf und entfernte sich einige Schritte.

»Auf Wiedersehen, liebe Elizabeth«, sagte sie fast zärtlich.

Und dann fügte sie flüsternd hinzu:

»Seien Sie nicht traurig. Vergessen Sie, vergessen Sie ...«

Elizabeth sah weg.

Als sie allein war, zog sie ein kleines Taschentuch aus ihrem Gürtel und wischte sich wütend damit die Wange ab.

63

An diesem Tag erschien sie nicht beim Abendessen. Onkel Douglas fand, daß man sie in Ruhe lassen müsse. Nachdem sie die Dame in Weiß verabschiedet hatte, lief sie in ihr Zimmer, warf sich auf ihr Bett und zog sich die Decke über den Kopf. Das war bei ihr seit der Kindheit das Zeichen eines großen Kummers. Keine Tränen, kein Schluchzen. Einfach nur der Wunsch zu sterben. Ohne zu wissen, was sie erwartete, blieb sie reglos liegen und stellte sich tot.

Durch die Wolldecke hörte sie das Rattern der Kalesche, mit der die Besucherin davonfuhr, das Stampfen der Hufe in der Eichenallee, wo es sich bald in der Stille auflöste, die sich über alles legte.

Sosehr sie sich auch bemühte, an nichts zu denken und all die Stunden aus ihrer Erinnerung zu tilgen, die sie im Süden verbracht hatte, vermochte sie nichts gegen diesen einen Namen, der sie unaufhörlich, mit jedem Schlag ihres Herzens verfolgte.

Endlose Minuten vergingen. Die ersten Frösche stimmten ihren schüchternen Nachtgesang in den Bäumen nahe dem Haus an.

Plötzlich ging die Tür auf, und jemand trat ein. Das junge Mädchen hob einen Zipfel der Decke und rief:

»Betty, bist du es? Verschwinde! Ich will schlafen.«

»Es ist nicht Betty«, antwortete eine sehr ruhige Stimme, »es ist Maisie Llewelyn, und ich komme, um mich nach Ihrem Befinden zu erkundigen.«

»Ach! Miss Llewelyn, ich bitte Sie, lassen Sie mich allein. Ich ruhe mich aus, das ist alles – und ich möchte jetzt schlafen.«

Die Stimme fuhr ruhig und entschlossen fort:

»Miss Escridge, ich bin die Gouvernante dieses Hauses, und ich tue meine Pflicht.«

Mit einer ungeduldigen Geste schlug Elizabeth die Decke zurück, streckte ihren goldenen Wuschelkopf hervor und blickte die Waliserin an, die neben dem kleinen Tisch stand. Das Licht der Kugellampe beleuchtete sie von oben bis unten, warf ihren Schatten bis zur Decke, und diese riesige schwarze Silhouette war wie eine Projektion ihrer ganzen Autorität.

Nach einer kurzen Ungewißheit fand Elizabeth ihre Kräfte wieder, und ihre Stimme bebte vor Empörung:

»Miss Llewelyn, darf ich Sie daran erinnern, daß dies hier mein Zimmer ist?«

»Versuchen Sie, ein bißchen weniger britisch zu sein, Miss Escridge. Was ich Ihnen zu sagen habe, ist von größter Wichtigkeit für Sie.«

Es war, als hätte der hohe Schatten an der Wand diese Worte gesprochen, langsam und deutlich, und das junge Mädchen blieb stumm vor Schrecken.

»Zum gegenwärtigen Zeitpunkt«, fuhr die Stimme fort, »ist es an Ihnen, Ihr Schicksal in die Hand zu nehmen. Ihre Zukunft steht auf dem Spiel. Soll ich bleiben oder gehen?«

Elizabeth sprang völlig angezogen aus dem Bett.

»Sie haben Ihr hübsches Kleid zerknittert«, bemerkte Miss Llewelyn. »Ich an Ihrer Stelle würde auf meine Kleider mehr achtgeben. Das Leben nimmt oft eine unerwartete Wendung.«

Eine vage Furcht stieg in dem jungen Mädchen auf, als sie an die bösen Tage in London zurückdachte.

»Sie hatten mir etwas zu sagen?« fragte sie.

»Ja, Miss Escridge, im Wald ließen Sie mich so plötzlich stehen, daß ich Ihnen das Wichtigste gar nicht sagen konnte.«

»Ich war ganz durcheinander, es tut mir leid ... Wollen Sie sich nicht setzen?«

Ohne zu zögern ließ sich die Waliserin in dem großen Schaukelstuhl nieder, den sie mit einem Fußtritt in Bewegung setzte.

»Sie sind entschuldigt, Miss Escridge. Vergessen Sie nur nicht, daß ich keine Dienerin bin.«

Bei diesen Worten schaukelte sie ganz energisch, und ihr Schatten hob und senkte sich hinter ihr an der Wand.

»Ich bin die Herrin von Dimwood«, erklärte sie.

Elizabeth setzte sich wortlos auf das kleine Sofa ihr gegenüber. Miss Llewelyn ließ einen Augenblick verstreichen und fuhr dann fort:

»Annabel war eine ganze Stunde lang mit Ihnen im kleinen Salon. Wahrscheinlich hat sie Ihnen ihr Leid geklagt – auf ihre Weise, versteht sich.«

»Sie hat mir alles gesagt.«

»Alles? Das möchte ich bezweifeln, aber wir werden ja sehen. Und das alles wegen eines Tropfens schwarzen Blutes! Ich war dort in Haiti, und ich habe den jungen Mann gut gekannt. Weiß wie Sie und ich, ein glattes, feines Gesicht. Seine Mutter muß eine Mestizin gewesen sein. Sie zeigte sich nie. Eine junge Engländerin hat sich dann in ihn verliebt und ist katholisch geworden, um ihn zu heiraten. Hören Sie mir zu?«

»Ja, aber das alles will ich gar nicht wissen. Nur Annabels Heirat interessiert mich.«

»Sehr gut. Ich fahre also fort: Die Tochter aus dieser Ehe ist zwar schön wie ein Engel, aber – welch eine Überraschung! – man sieht, daß sie ein Mischling ist. So etwas kann Generationen überspringen, kommt aber immer wieder zum Vorschein. Daß sie Jonathan geheiratet hat, war ihre Idee. Sie hat nur den Fehler gemacht, sich zu zeigen, sich mit ihrem edlen Gemahl der vornehmen Gesellschaft zu präsentieren. Sie gab einen seltsamen Empfang, auf den allgemeines Schweigen folgte. Kein einziger Höflichkeitsbesuch, nicht das geringste Kärtchen, nichts. Die vornehme Gesellschaft hat nein gesagt. Sie verlassen das Land.«

»Auch das weiß ich leider bereits.«

»Dann wissen Sie ja alles.«

»Ich weiß auch, daß sie sich nicht wirklich lieben. Sie hat es mir gesagt.«

»Die Ehe ist trotzdem unauflöslich.«

»Was hindert sie, sich zu trennen, wenn sie sich nicht lieben?«

»Die Kirche. Ich sehe, daß Annabel Ihnen diesen wichtigen Punkt verschwiegen hat.«

»Ich verstehe nicht ...«

»Um Annabel zu heiraten, die katholisch ist, ist er zum Katholizismus übergetreten.«

»Das ist eine Schande!«

»Nennen Sie es, wie Sie wollen, aber was geschehen ist, ist geschehen. Die römische Kirche läßt die Scheidung nicht zu.«

Elizabeth blickte sie fassungslos an. Für sie war die Religion etwas, wovon man nicht sprach, das aber in ihrem Leben einen bedeutenden Platz einnahm, etwas bald Furchteinflößendes, bald Tröstliches, immer Geheimnisvolles und vor allem Unantastbares. Das Bild, das sie sich von Jonathan gemacht hatte, schien plötzlich getrübt.

»Ich will nicht sagen, daß Ihr Jonathan für diese Frau seine Seele dem Teufel verkauft hätte, aber man sollte ihn nicht in Versuchung bringen, und gerade das hat sie getan.«

»Eine schreckliche Frau!«

»O nein, sie verfügt nur über eine unwiderstehliche Anziehungskraft, wie ihr Vater, von dem sich eine Protestantin so angezogen fühlte, daß sie katholisch wurde, um ihn zu heiraten.«

»Aber wer war eigentlich Annabels Mutter?«

»Sie sind zu neugierig. Wann werden Sie endlich lernen, daß es in Dimwood Dinge gibt, nach denen man nicht fragt? Und nun hören Sie mir gut zu: Ich habe eine Nachricht von Jonathan erhalten.«

Mit einem Satz war das junge Mädchen aufgesprungen.

»Setzen Sie sich, Miss Escridge. Er hat mir geschrieben, nicht Ihnen.«

Elizabeth setzte sich mit puterrotem Gesicht, als ob man sie geohrfeigt hätte.

»Er schrieb mir diesen Brief aus Savannah, an dem Tage, als er Ihnen auf der Straße begegnet war. In der Kalesche, erinnern Sie sich? Ah! Ich sehe, daß Sie sich erinnern. Er hatte sich wohl dorthin begeben, um das Geld, das er von William Hargrove für den Verkauf einiger Hektar Land erhalten hatte, auf das Konto seiner Circe einzubezahlen. Das vermuteten jedenfalls Joshua und Douglas Hargrove. Eines Tages, als ich zufällig am Rauchzimmer vorbeiging, wo sie sich unterhielten, habe ich einige Gesprächsfetzen erhascht – im Fluge sozusagen – und wieder einmal ganz ohne es zu wollen ...«

»Ach, Miss Llewelyn, sagen Sie mir doch bitte, ob er in diesem Brief von mir spricht.«

»Sieh einmal an, er interessiert Sie also noch ... Dieser liederliche Kerl besitzt zwar nicht die Kühnheit, mir die Rolle der Kupplerin zwischen Ihnen und ihm anzubieten, aber für den Fall, daß Sie je – Gott behüte – ihm unbedingt schreiben müßten, schlägt er Ihnen vor, einen solchen Brief meiner Besorgung anzuvertrauen.«

»Ich könnte ihm heute abend schreiben ... aber jetzt sind Sie da. Ich soll den Brief Ihrer Besorgung anvertrauen? Ich verstehe nicht ...«

»Das wäre notwendig, falls Sie nicht in Dimwood wären. Ihre Mitteilung muß kurz sein – und sie darf nichts Anstößiges enthalten, verstehen Sie, nichts Anstößiges.«

»Aber Miss Llewelyn, was stellen Sie sich vor?«

»Ich stelle mir nichts vor, ich weiß. Denn ich kenne mich in der menschlichen Natur aus. Falls es in einen Liebesbriefwechsel ausartet, mache ich Schluß. Wir haben bereits das, was man ein geheimes Einvernehmen nennt, und von da bis zum Ehebruch ist es nicht mehr weit.«

Wieder sprang Elizabeth auf.

»Miss Llewelyn, warum sagen Sie diese schrecklichen Dinge? In der Bibel werden Ehebrecherinnen gesteinigt!«

»Das tut man nicht mehr. Und dann wäre schließlich er der Ehebrecher, und nicht Sie, meine arme Miss Escridge. Aber dieser Mann ist ein reißender Wolf. Nehmen Sie sich in acht. Zum Glück bin ich da, um aufzupassen, zu kontrollieren, zu lesen und wenn nötig zu vernichten, was Sie schreiben. Und übrigens ... was hätten Sie ihm schon zu sagen? Das frage ich mich.«

»Oh! Viele Dinge.«

»Da sehen Sie, so fängt es an. Es war ein Fehler, daß ich mich von seinen dringlichen Bitten habe rühren lassen. Ich hatte Mitleid. Nur deshalb bin ich darauf eingegangen. Er gab mir seine nächste Adresse, und die anderen werden folgen, denn ich nehme an, daß unsere beiden Flüchtlinge nicht lange an einem Ort bleiben werden. Auch Sie werden bald nicht mehr hier sein. Sie gehen fort.«

»Wie? Man will mich los sein, das ahnte ich.«

»Man wird es Ihnen auf nette Weise beibringen. Das Klima hier bekommt Ihnen nicht. Sie werden sich woanders besser fühlen. Der wahre Grund dürfte Ihnen bekannt sein. Ihre Anwesenheit ist Mr. Hargroves Gewissen nicht zuträglich. So ist es. Von nun an wird sich der charmanteste Mann der Welt Ihrer annehmen. Sie kennen ihn: Charlie Jones, der große Bankier von Savannah – der Bankier der guten Gesellschaft, aber auch Annabels und Jonathans. Er wird Sie nach Virginia mitnehmen, wo das Klima nicht so drückend ist und wo man von anderen Dingen spricht, als von Duellen und dem drohenden Krieg. Sie werden glücklicher sein, aber vergessen Sie nicht, sich in Ihren Briefen, falls Sie welche schreiben, an die Regeln des Anstands und der Moral zu halten. Gute Nacht.«

Damit erhob sie sich jäh aus dem Schaukelstuhl, der emporschnellte wie ein Pferd, das sich seines Reiters entledigt hat, und verließ ohne ein weiteres Wort das Zimmer.

64

In der Nacht wurde Elizabeth von Alpträumen gequält, in denen das Wort Ehebruch aufflammte, aber kurz vor Morgengrauen fiel sie in einen so tiefen Schlaf, daß Betty sie wachrütteln mußte.

Eine Stunde später nahm sie ihren gewohnten Platz am Frühstückstisch ein und lächelte allen zu, ohne ein Wort hervorzubringen. Etwas in ihr war zerstört, und sie fragte sich, was sie in diesem Speisezimmer zu suchen hatte, wo man schwatzte und plauderte, ohne daß sie verstand, wovon die Rede war.

Sie lehnte ab, was man ihr zu essen anbot, trank mehrere Tassen Tee und fand allmählich wieder in die Wirklichkeit zurück. Aber jetzt kam ihr das schreckliche Gespräch mit der Waliserin erst deutlich und bedrückend zu Bewußtsein. Ihr Leben war ein böser Traum, aus dem sie nicht zu erwachen vermochte. Hinter dem riesigen Amaryllisstrauß in der Mitte des Tischs verbargen sich Menschen, die sie nicht länger in ihrem Hause dulden wollten. So war die Wirklichkeit. Jonathan existierte nicht.

Eine Hand legte sich auf die ihre. Es war Susanna. Elizabeth blickte sie geistesabwesend an. Susanna wiederholte den gleichen Satz:

»Geh nicht fort.«

Die junge Engländerin lächelte, ohne zu antworten.

Auf einmal ertönte das lärmende Stühlerücken und verkündete das Ende der Mahlzeit. Das junge Mädchen erhob sich mit den anderen. In der Art von Dämmerzustand, in dem sie sich noch befand, bemerkte sie die Schönheit des durch die Läden gedämpften Lichts, das die Wände vergoldete.

Sie verließ den Speisesaal, trat ins Vestibül und blieb unentschlossen stehen. Nichts gab mehr einen Sinn. Sich in ihrem Zimmer einzuschließen oder hinauszugehen, kam auf dasselbe hinaus. Der Körper bewegte sich, und das war alles. Die Person, die diesen Körper bewohnte, blieb immer gleich teilnahmslos. Es war, als hätte man sie ihrer selbst beraubt.

Plötzlich wurde sie gewahr, daß Onkel Josh neben ihr stand. Er führte sie zum anderen Ende des Vestibüls. Sie ließ es geschehen. Beide gingen ziemlich rasch, und bald öffnete sich eine Tür und schloß sich hinter ihnen. Sie erkannte den kleinen Salon, wo sie Annabel begegnet war.

Jetzt saß sie in einem großen Polstersessel und empfand eine vage Zufriedenheit darüber, daß ihr keine Wahl blieb: Hier mußte sie sein und nicht anderswo. Der Körper gehorchte. Onkel Josh saß neben ihr und sprach, redete viel und mit großer Sanftmut. Sie hätte schlafen mögen, aber er hinderte sie lachend daran, hob ihr Kinn mit zarter Hand, als sei es ein Spiel, und lachte so herzlich, daß auch sie lachen mußte, ohne zu wissen, warum, aber diese Fröhlichkeit vertrieb die Trübsal, und die Augen des jungen Mädchens wurden klar. In diesem Augenblick ertönte das erste Zirpen der Grillen in den Bäumen.

»Dieses Geräusch ist dir jetzt wohl vertraut«, sagte Onkel

Josh. »Die Hitze wird zunehmen und uns bis zum Abend im Hause einschließen. In diesem Lande, das wir so lieben, ist der Sommer eine Plage. Hörst du mich, Elizabeth?«

Ein Lächeln war die Antwort. Er fuhr fort:

»Wir hier in Dimwood glauben, daß du in Virginia glücklicher wärst. Dort ist es auch warm, aber nicht so heiß wie in Georgia, und es geht immer ein leichter Wind in jener Landschaft, die an England erinnert.«

Sie schaute ihn an und sagte nur:

»Sie wollen, daß ich fortgehe, Onkel Josh?«

»Nein«, erwiderte er lebhaft, »wir alle lieben dich, und du kannst wiederkommen, wann du willst. Der Winter ist sehr angenehm bei uns.«

Allmählich war sie wieder zu sich gekommen und blickte ihm ernst in die gutmütigen braunen Augen, die so schlecht logen.

»Wann soll ich abreisen?«

Er war überrascht und verwirrt und stammelte verlegen:

»Aber ... wann du willst.«

»Es ist mir egal, Onkel Josh. Alles ist mir egal.«

»Oh! Das darfst du nicht sagen. Wir werden dich alle sehr vermissen.«

Nach kurzem Zögern fuhr er fort:

»Du mußt wissen, daß wir vor drei Tagen einen Brief von Onkel Charlie erhielten. Er möchte dir Virginia zeigen, wo er mehrere Häuser besitzt. Er schlägt vor, daß du ... übermorgen fährst, aber wenn du nicht willst ...«

»Ich habe nichts dagegen. Es bleibt mir ja keine Wahl. Ich werde tun, was Ihnen paßt.«

Lebhaft in ihrem Selbstgefühl getroffen, erhob sie sich, und er tat es ihr nach. Ihr Blick war immer noch auf ihn gerichtet.

»Und wie geht es Ihrem Vater heute morgen?« fragte sie.

Er errötete leicht.

»Aber es geht ihm gut, Elizabeth. Du hast ihn doch eben noch bei Tisch ...«

»Da sah ich ihn nicht, verstehen Sie, mit all diesen Blumen zwischen uns.«

Jetzt konnte er seine Verlegenheit nicht mehr verbergen und erwiderte mit einem gezwungenen Lachen:

»Ach ja, all diese Blumen. Das ist schon ein bißchen absurd.«

»All diese Blumen«, wiederholte sie lächelnd.

Sie verließ den Salon. Im Vestibül vernahmen sie eine laute Diskussion aus dem Rauchzimmer, trotz der geschlossenen Tür. Die heftige und ein wenig matte Stimme von Onkel Douglas wetteiferte mit der hellen und schneidenden Stimme seines Sohnes, den man deutlich hörte:

»Vater«, schrie er, »und das nennen Sie die Gastfreundschaft des Südens?«

Onkel Josh zuckte zusammen und blickte Elizabeth beunruhigt an. Sie lächelte, und ohne ein Wort gingen sie vorüber.

Der Tag verlief ohne Zwischenfall. Außer den beiden Söhnen William Hargroves wußte noch niemand, daß Elizabeth übermorgen fortgehen sollte. Sie selbst zeigte sich sehr ruhig und bewahrte das Geheimnis, dachte aber nichtsdestoweniger an die Vorbereitungen für die Abreise.

Als erstes nahm sie *Die letzten Tage von Pompeji* und stellte das Buch an seinen Platz im Schrank des Salons zurück. Das war ein kleiner Beginn, und es erstaunte sie, wie glücklich sie sich dabei fühlte.

Dann kam ihr die Idee, einen diskreten Rundgang durch das Haus zu machen, wie um heimlich Abschied zu nehmen. Gewiß, sie mochte Dimwood nicht, aber Orte, die man verläßt, besitzen die geheimnisvolle Macht, einem auf ihre Weise zurückzuhalten. Die Türen zu den Schlafzimmern öffnete sie nicht, aber sie warf einen Blick in die anderen Räume. Sie begann im Erdgeschoß und gelangte durch einen endlosen Korridor zu der Wäschekammer, in der sie kurz nach ihrer Ankunft Mademoiselle Souligous Bekanntschaft gemacht hatte.

Sie trat ein und sah wie in einem Traum die Souligou am gleichen langen Tisch vor einem Haufen Hemden und Unterwäsche sitzen.

»Sieh einmal an«, sagte die alte Frau ohne den Kopf zu wenden, »ich hatte Sie eigentlich früher erwartet, aber man vergißt die Souligou, wenn man sie nicht mehr braucht.«

»Aber nein«, beteuerte Elizabeth verlegen.

»Aber doch, und es macht auch nichts. Setzen Sie sich dorthin. Ich habe mit Ihnen zu reden. Seit der ersten Hitzewelle arbeite ich nicht mehr da oben. Es ist zum Ersticken unter dem Dach in meiner geliebten Bodenkammer. Sie fehlt mir wirklich ein bißchen, denn von dort oben sehe ich alles.«

Sie hatte ein grünes und lila Baumwolltuch um den Kopf geschlungen, den eine große, angriffslustige Schleife krönte. Das rötlichbraune Gesicht wandte sich der jungen Engländerin zu, und die kleinen schlauen Augen sahen sie forschend an.

»Immer noch das Schulmädchengesicht unter dem goldenen Schopf, aber nicht unvorsichtig werden.«

»Ich tue nichts Unvorsichtiges.«

Mademoiselle Souligou nahm wieder das Hemd auf, das sie eben weggelegt hatte, und schickte sich an, einen Knopf anzunähen.

»Das glauben Sie vielleicht, aber es ist zum Beispiel sehr unbedacht, mit Miss Llewelyn am Waldrand spazierenzugehen.«

»Wie? Spionieren Sie mir etwa auch nach? In Dimwood scheint jeder jedem nachzuspionieren.«

»Wir wollen nicht übertreiben. Ist es vielleicht nicht erlaubt, daß ich aus den Fenstern meiner Bodenkammer blicke, um die Natur zu bewundern? Und wenn ich da Miss Escridge im Gespräch mit Miss Llewelyn sehe, ist das vielleicht Spionage? Aber ich habe es Ihnen gesagt, und ich sage es Ihnen wieder: Diese Frau ist gefährlich.«

»Von Miss Llewelyn habe ich nichts zu befürchten.«

»Das will ich hoffen, das will ich hoffen. Was Sie mit ihr besprochen haben könnten, geht nur Sie an.«

»Das ist auch meine Meinung«, sagte Elizabeth spitz. »Es tut mir leid, Sie bei Ihrer Arbeit gestört zu haben.«

Mit diesen Worten stand sie auf und wollte gehen. Aufs neue blickte die Souligou sie an, und ihre Mundwinkel verzogen sich zu einem breiten Lächeln.

»Immer noch so stolz, unsere liebe kleine Aristokratin! Aber merken Sie sich eins: Die Waliserin ist zu den schlimmsten Schandtaten bereit, wenn man ihr den Preis dafür bezahlt. Sie liebt das Geld, und sie ist reich. Doch die Reichen zeichnen sich dadurch aus, daß sie nie genug bekommen. So ergattert sie einen Teil von Mr. Hargroves Einkünften, indem sie ihm droht, alles, was sie über seine Tochter Laura weiß, auszuplaudern.«

»Tante Laura!«

»Jawohl, sie ist eine Heilige, oder fast. Das genügt unserer Waliserin aber nicht. Sie läßt sich keine Gelegenheit entgehen, ein kleines Geschäft zu machen. Bald läßt sie sich ihr Schweigen bezahlen, und zwar teuer, bald schlägt sie Profit aus ihren Talenten als Kupplerin, und da darin ein Risiko liegt, ist der Preis dementsprechend höher.«

»Mademoiselle Souligou, ich verstehe nichts von dem, was Sie sagen.«

»Das wundert mich nicht, aber Sie werden sich eines Tages an meine Worte erinnern, und sie werden Ihnen nützlich sein. Was die Llewelyn betrifft, so wird sie zu gegebener Zeit das Zeitliche segnen, und ihre Seele wird geradewegs dorthin fahren, wo sie erwartet wird, aber sie hat eine eiserne Gesundheit und läßt den Teufel warten. Und Sie, nehmen Sie sich in acht. Haben Sie die Güte, mir diese ›Unaussprechlichen‹ für Herren dort am Tischende zu reichen. Ich bin alt, und das Aufstehen macht mir Mühe ... Danke. So, und jetzt haben wir uns wohl alles gesagt, was zu sagen war.«

»Ganz gewiß«, sagte Elizabeth. »Ich hatte übrigens nicht die geringste Absicht, Sie zu besuchen. Es war ganz zufällig ...«

»Wie es Ihnen beliebt, Miss Escridge, ich halte Sie nicht zurück.«

Mit einem Satz war die junge Engländerin aufgesprungen und eilte hinter dem Sessel der Souligou zur Tür. In ihrer Wut, daß man sie wie eine Untergebene entlassen hatte, war sie versucht, an den spöttischen Zipfelohren des Kopftuchs zu ziehen, aber sie beherrschte sich. Als sie draußen war, wurde sie puterrot und zitterte vor Erregung.

Weiter ging sie nicht bei ihrem Abschiedsbesuch in Dimwood. Zu viele schaurige Geschichten, die man ihr erzählt hatte, kamen ihr in Erinnerung: Ein alter Fluch lastete auf diesem außergewöhnlich schönen Haus und machte es unmöglich, darin glücklich zu sein.

Aus Furcht, Miss Llewelyn zu begegnen, wagte sie nicht, in den Wäldern spazierenzugehen. Auch floh sie die Gesellschaft der »Kinder«, denen sie nichts von ihren neuen Sorgen anvertrauen konnte. Außerdem irritierten sie deren Zärtlichkeitsbezeugungen, besonders die Susannas, deren Überschwenglichkeit sie unbegreiflich und kindisch fand.

Sie sehnte sich so sehr nach Einsamkeit, daß sie beschloß, sich in das Zimmer ihrer Mutter zurückzuziehen, das seit Mrs. Escridges Abreise niemand mehr betrat. Dort konnte sie in dem großen Schaukelstuhl nach Herzenslust über das Mißgeschick grübeln, das sie seit ihrer Ankunft in Dimwood verfolgte.

Die Worte Annabels und Miss Llewelyns hatten sie in arge

Besorgnis gestürzt. Noch mehr aber beunruhigten sie die Enthüllungen der Souligou über die Aktivitäten der Waliserin. Mit Gold erkauftes Schweigen … Kupplerin … Was für geheimnisvolle Worte. »Kupplerin« vor allem. Daß sich das auf sie und Jonathan beziehen könnte, wagte sie nicht zu glauben. Wie hätte die Alte das wissen sollen?

Diese Gedanken quälten sie eine ganze Weile, und schließlich schlief sie darüber ein. Man suchte sie zur Mittagsessenszeit überall, und Betty fand sie schließlich. So erschien das junge Mädchen wie gewöhnlich bei Tisch, blieb jedoch stumm.

Der Rest des Tages verging in der etwas dumpfen Stille, die herrschte, wenn es sehr heiß war und alle am Nachmittag schlummerten. Dann kam die Stunde des Abendessens.

Elizabeth fühlte sich von einer ganz unerwarteten Traurigkeit ergriffen. Zum ersten Mal ließ sie einen melancholischen Blick durch diesen Speisesaal schweifen, wo sie morgen noch einmal zu Abend essen würde, und dann nie mehr wieder. Es war wie eine Vorahnung des Heimwehs nach dem Süden. Der melodische Singsang der Stimmen, das Geheimnis der dunklen Wälder und die köstlichen Düfte der bezaubernden Gärten – an alldem hing sie doch ein wenig.

Nach der Mahlzeit erhob sie sich mit den anderen, und als sie hinter William Hargroves Söhnen ins Vestibül trat, hörte sie, wie Josh seinem Bruder vertraulich zuflüsterte:

»Weißt du, was er eben gesagt hat? Ich traute meinen Ohren nicht. Er fragte leise, wo Laura sei.«

»Ja, alles kehrt ihm ins Gedächtnis zurück. Bald wird er wieder der alte sein.«

»Es ist also höchste Zeit, daß diese Abreise stattfindet.«

Sie entfernte sich unbemerkt und kam wieder in den Speisesaal zurück, wo sie sich noch eine Weile aufhielt. »Diese Abreise …« Man schien alle Eile zu haben, daß sie das schöne Haus verließ, das sie in letzter Minute doch noch liebgewonnen hatte … Die arme kleine Verwandte wurde fortgeschickt … In ihrer Verwirrung sank sie auf einen Stuhl und schloß die Augen, was die Schwarzen sehr verwunderte, die den Tisch abräumten. Einer von ihnen trat auf sie zu:

»Mam'sell Lisbeth nich' wohl?« fragte er schüchtern.

Sie schüttelte den Kopf, stand auf und ging hinaus.

Ohne lange zu zögern, schloß Elizabeth sich in ihrem Zimmer ein und schlug ihr Bett auf, nachdem sie sich vergewissert hatte, daß man weder durch die Tür noch über die Veranda zu ihr hereinkommen konnte. Die Müdigkeit überfiel sie schlagartig. Nach den Aufregungen der letzten Tage hatte sie nur einen Wunsch: sich so schnell wie möglich auszuziehen, unter die Decke zu schlüpfen und zu schlafen, um zu vergessen. So hatte sie sich kaum niedergelegt, als sie schon den köstlichen Augenblick des Hinübergleitens in den Schlaf genoß.

Ein beharrliches Pochen an der Tür weckte sie. Als sie öffnete, trat Betty in Tränen aufgelöst ein. Zu bewegt, um auch nur ein einziges verständliches Wort hervorzubringen, jammerte die alte Dienerin und stieß kleine, maunzende Schreie aus.

»Mam'sell Lisbeth ...«, klagte sie.

In ihrer gebeugten Haltung schien sie im Begriff, vor Elizabeth auf die Knie zu sinken.

»Nun komm schon«, sagte diese ungeduldig. »Nimm dich zusammen und rede. Was ist los?«

»Mam'sell Lisbeth geht fo't? Man hat die g'oße T'uhe geb'acht. O weh!«

»Nun ja, ich gehe fort, morgen reise ich ab.«

»Zu Massa Cha'lie? Abe' doch nich' fü' imme'?«

»Doch. Ich glaube für immer.«

Jetzt schluchzte Betty ohne Zurückhaltung, und plötzlich warf sie sich dem verblüfften jungen Mädchen zu Füßen und flehte sie an:

»Mam'sell Lisbeth, bitten Sie Massa Josh und Massa Douglas, sie sollen mich an Massa Cha'lie ve'kaufen.«

»Dich an Mr. Jones verkaufen? Bist du verrückt geworden?«

»Nein, ich will bei Ihnen bleiben ...«

»Das werden sie nicht wollen, Betty. Und dann hast du es hier doch sehr gut.«

»Nein, nein, alle sagen, daß Sie mit Massa Cha'lie nach Vi'ginia gehen. Betty will Massa Cha'lie gehö'en. O weh!«

Zwischen Mitleid und Empörung schwankend, blickte Elizabeth diese alte Frau in ihrem schwarzen Rock an, die unbedingt an einen neuen Herren verkauft werden wollte. Dieses seltsame Flehen war ihr peinlich, und sie schämte sich.

Sie beugte sich ein wenig nieder, legte Betty die Hand auf die Schulter und sagte:

»Steh auf, es ist mir unangenehm, dich so zu sehen. Ich werde mit Onkel Josh reden.«

Nun hörte Betty auf zu jammern und bezeugte ihr überschwenglich ihre Dankbarkeit, als ob der Verkauf bereits beschlossen sei, und die junge Engländerin wäre beinahe zu spät zum Frühstück gekommen. Sie wartete auf den günstigsten Augenblick, um ihre Bitte vorzutragen, aber die Vorbereitungen für ihre Abreise begannen sich mit fieberhafter Geschäftigkeit bereits überall auszubreiten. Elizabeth hatte den Eindruck, daß man ihretwegen ein wenig kopflos war. Man mußte die »Kinder« zum Schweigen bringen, deren lauter Abschiedsschmerz dem Herrn des Hauses hätte verraten können, was man vor ihm verbergen wollte, denn er schien die bloße Existenz der bedrohlichen jungen Schönheit vergessen zu haben, die seinem kostbaren Gewissen so übel mitgespielt hatte. Man fügte zu den Amaryllis Zweige des Pfeifenstrauches, um den Schutzwall zu verdichten, der die Versuchung bannen sollte. Tränenfeuchte Augen blickten Elizabeth an, hübsche Händchen streckten sich aus, als wollten sie sie über die Teller und die Krapfen in Ahornsirup hinweg zurückhalten. Selbst Billy zeigte Bereitschaft, sich dem Chor der klagenden Mädchen anzuschließen. Nur Fred hielt sich abseits und starrte mit undurchdringlicher Miene vor sich hin.

Gleich am Morgen wurde der große Koffer, den man in Savannah gekauft hatte, in Elizabeths Zimmer gestellt, und das gab Anlaß zu einer neuen Verzweiflungsszene. Betty zog die Schubladen auf und nahm die Kleider von Mam'sell Lisbeth heraus, die ihr die sehnlichst erwartete Nachricht noch nicht gebracht hatte, und sie stieß schreckliche Klagelaute aus, während sie die pastellfarbenen Röcke und Mieder sorgfältig in den geräumigen Tiefen der Truhe verstaute. Sie hatte sich bereits vorgestellt, wie sie ihre Herrin in Virginia für einen Ball ankleidete, und jetzt ... Elizabeth wiederholte ihr irritiert, sie würde noch an diesem Nachmittag mit Onkel Josh reden, aber sie schämte sich ein wenig ihrer Feigheit, diese schwierige Minute so lange hinauszuzögern, weil sie eine Weigerung nicht ertragen hätte.

Noch etwas anderes verwirrte sie. Obgleich sie für all diese

Sympathiekundgebungen empfänglich war, erinnerte sie sich an die Zeit, als man ihr kaum Aufmerksamkeit geschenkt hatte. Liebte man sie denn wirklich so sehr? Wahrscheinlich mußte man sie aus dem Blickfeld dieses ehrwürdigen und skrupulösen Gentlemans entfernen, der in seiner Bibliothek nach Mitteln und Wegen suchte, den tausend Listen des Teufels zu entgehen.

Die halbvolle Truhe blieb bis zum Mittagessen offen in einer Ecke des Zimmers stehen.

Diese Mahlzeit, die sich zuerst nicht sonderlich von den anderen zu unterscheiden schien, wurde plötzlich durch einen Zwischenfall gestört, der wie ein Blitz aus heiterem Himmel kam. Onkel Douglas beging die Unvorsichtigkeit, von den Nachrichten zu sprechen. In Washington verzögerten die Diskussionen über Einzelheiten des Kompromisses die abschließende und endgültige Einigung, die das Problem »für immer« lösen sollte.

»Der Kongreß schläft«, sagte Onkel Josh. »Es muß sehr heiß sein in Washington.«

Freds harte und klare Stimme traf alle wie ein Schock.

»Sie haben es gesagt, Onkel Josh: er schläft«, rief er aus, »und jetzt, gerade jetzt sollten wir losschlagen.«

»Aber Fred«, entgegnete Onkel Douglas, »du vergißt, daß die Union eine Armee hat.«

»Die amerikanische Armee? Achtzigtausend Mann, und die meisten Offiziere sind für den Süden. Der Norden hat keine Lust, sich zu schlagen. Aber wir, wir haben es im Blut. Kein Südstaatler würde sich dem Massenaufgebot entziehen, und wir wären im Nu an den Grenzen.«

»Was berechtigt dich zu der Behauptung, daß die Männer des Nordens nicht ebenso tapfer sind?« fragte Onkel Josh.

»Oh! Das bezweifle ich nicht, aber sie sind ein Volk von Krämern, und man muß sie hinter ihren Ladentischen hervorholen, während bei uns jeder bereit ist, in die Schlacht zu ziehen, wie zu einem Duell.«

»Kurz und klein werden wir sie schlagen!« brüllte Billy dazwischen.

»Ach, du«, fuhr Onkel Douglas ihn wütend an, »wenn du nicht sofort den Mund hältst, kannst du dich auf eine Unterredung in meinem Arbeitszimmer gefaßt machen, die dir gar nicht gefallen wird.«

In diesem Augenblick ließ sich William Hargroves ein wenig klagende Stimme vernehmen, der aus seinen Träumen erwachte:

»Was habt ihr denn? Ist es der Kompromiß?«

»Fred«, sagte Onkel Douglas, »da siehst du, was du angerichtet hast. Du erschreckst deinen Großvater und verdirbst den letzten Tag unserer lieben Eli ...« Er verstummte plötzlich.

»Gut so, Vater«, sagte Fred, »da man in Dimwood die Wahrheit nicht verträgt ...«

Jetzt mischten sich die Damen ein.

»In allen Zeitungen steht, daß der Kompromiß der Frieden für lange Zeit ist«, erklärte Tante Augusta.

»Die Zeitungen!« rief Fred verächtlich aus.

William Hargrove erhob abermals die Stimme:

»Die Zeitungen? Sind sie gekommen? Hoffentlich gibt es gute Nachrichten. Was ist denn mit Fred? Warum schrie er denn so?«

»Er schreit immer, wenn es heiß ist«, sagte Onkel Josh. »Das hat er schon von Kindheit an getan.«

»Ach so«, sagte William Hargrove höflich erstaunt. »Das hatte ich nicht bemerkt.«

Dann aß er weiter, und während er kaute, verfiel er wieder in seine Träumereien.

»Ein Duell«, sagte sich Fred im stillen. »Ein Duell mit dem Norden, das wird unser Krieg sein.«

65

Elizabeth bedauerte, daß sie wieder einmal die Gelegenheit verpaßt hatte, ein gutes Wort für Betty einzulegen, und da es ihr manchmal an Geistesgegenwart fehlte, wählte sie ausgerechnet den Augenblick, als die beiden Brüder sich nach dem Mittagessen, beide verärgert über Freds Reden, ins Rauchzimmer begaben.

»Ich fürchte leider«, sagte Josh, »daß er trotz seiner Übertreibungen nicht ganz unrecht hat. Vielleicht steuern wir wirklich auf eine Katastrophe zu.«

»Das tun wir, seit die Gründerväter uns diese schlechte Verfassung beschert haben. Sie trug von Anfang an den Keim des Krieges in sich, und das wußten sie wohl, aber noch ist es nicht soweit.«

»Meinst du?«

Das junge Mädchen war ihnen gefolgt und faßte Mut:

»Entschuldigung«, sagte sie und trat vor sie hin, »ich habe Ihnen etwas zu sagen.«

Ein wenig überrascht blickten sie auf und betrachteten sie mit amüsierter Nachsicht, aber auch mit Zuneigung. Onkel Douglas öffnete die Tür und trat beiseite, um sie einzulassen.

Im Rauchzimmer, wo die Jalousien heruntergelassen waren, setzte sich Elizabeth den beiden Männern gegenüber, ein wenig eingeschüchtert, doch mit entschlossener Miene.

»Hier bist du in der Höhle des Löwen«, sagte Onkel Josh lachend, »in die sich kein weibliches Wesen wagt. Aber du brauchst dich nicht vor unseren Zigarren zu fürchten, denn wir rauchen nicht in Gegenwart junger Damen. Und nun sprich.«

In einem Atemzug sagte sie den sorgfältig vorbereiteten Satz:

»Ich möchte euch bitten, Betty an Onkel Charlie zu verschenken, damit sie mich nach Virginia begleiten kann.«

Onkel Josh blickte seinen Bruder an.

»Betty verschenken?« fragte er.

»Oder verkaufen«, sagte Elizabeth, »da sie ja verkauft werden will.«

»Aber wir mögen Betty gern«, erwiderte Onkel Douglas, »und sie ist uns sehr nützlich.«

»Und dann«, fügte Onkel Josh hinzu, »ist sie viel zu alt, um verkauft zu werden.«

Das junge Mädchen begann die Geduld zu verlieren.

»Betty ist eine Person«, sagte sie, »und kein Tier.«

Die beiden Männer runzelten die Brauen. Dann sagte Onkel Douglas lächelnd:

»Zuerst einmal müßten wir wissen, ob Charlie Jones gewillt ist, sie in seine Dienste zu nehmen.«

Die Antwort kam heftig und mit aller Deutlichkeit:

»Sie will gekauft werden und ihm für immer gehören.«

Und jäh aufspringend fügte sie hinzu:

»Wenn ich Geld hätte, würde ich sie euch selbst abkaufen, da es hier Sitte ist, die Schwarzen zu kaufen und zu verkaufen.«

»Auch wenn wir sie behalten wollen?« fragte Josh ruhig. »Denn sie gehört uns ja schließlich.«

»Sie gehört niemandem«, erwiderte Elizabeth, »sie gehört sich selbst.«

Ohne darauf zu antworten, tauschten Onkel Josh und Onkel Douglas einen erstaunten Blick.

»Die gleiche Selbstsicherheit wie Fred«, murmelte Onkel Josh.

»Das ist die neue Generation«, bemerkte Onkel Douglas im gleichen Ton.

»Ich bin gegen die Sklaverei!« rief Elizabeth, die nicht mehr an sich halten konnte.

Bei diesen Worten erhoben sich die Männer, um die peinliche Diskussion zu beenden. Onkel Josh ergriff das Wort:

»Meine liebe kleine Engländerin«, sagte er ruhig, »du wirst nie so sehr wie wir dagegen sein, denn wir hassen sie, und falls du ein Mittel, eine Methode oder ein System kennst, das uns davon befreit, ohne das Land in wirtschaftlichen Ruin zu stürzen, will ich es gern dem Kongreß vortragen, um dieser Plage ein Ende zu setzen. Lege deine Vorschläge schriftlich nieder, und in Erwartung dieses Dokuments, dem wir, wie du dir denken kannst, mit Ungeduld entgegensehen, werden wir Betty mit einem Brief zu Charlie Jones schicken, den sie ihm übergeben wird. Wir machen sie ihm zum Geschenk. Bist du einverstanden, Douglas?«

»Durchaus einverstanden, aber der gute Charlie wird in arge Verlegenheit geraten, wenn er eine Dienerin zum Geschenk erhält, für die er keinerlei Verwendung hat, und die er vielleicht gar nicht mag.«

»Aber ich mag sie«, erklärte Elizabeth feurig.

»Gut, mein Kind, dann wirst du Onkel Charlie alles erklären. Vergiß jedoch nicht, bevor du uns vor ein moralisches Weltgericht stellst, daß es dein Vaterland und Frankreich waren, die den amerikanischen Kolonisten die ersten Schwarzen verkauft haben, welche du, wie auch wir, nun bemitleidest. Mit der Zeit sind die Schwarzen im Norden ausgestorben, weil sie das Klima nicht vertrugen. Und der Norden, der schon immer geschäftstüchtig war, hat die Sklaven, die Europa ihm weiterhin lieferte, an uns verkauft. Wenn du es genauer wissen willst, bitte Onkel Charlie, dich zu einem Besuch bei Mr. Toombs mitzunehmen.«

»Ach! Mr. Toombs!« rief Elizabeth verächtlich.

»Ach, Mr. Toombs!« wiederholte Onkel Douglas. »Wir sind offenbar derselben Meinung über diesen beredsamen Gentleman. Also bis später dann, Elizabeth, wir zünden jetzt unsere Zigarren an.«

Sie erhob sich stumm, errötete und verschwand.

Kaum hatte sie das Vestibül durchquert, als sie eilige Schritte hinter sich hörte. Es war Onkel Josh.

»Wir sind etwas schnell auseinandergegangen«, sagte er, als er sie eingeholt hatte. »Du hast völlig recht wegen Betty. Ich selbst werde euch nach Savannah begleiten und Charlie Jones alles erklären. Betty fährt morgen mit dir. Sie wird der Kalesche in einem kleinen Wagen folgen.«

»Warum kann sie nicht mit uns in der Kalesche fahren?«

Er lächelte.

»So weit sind wir noch nicht«, sagte er.

Elizabeth ging in ihr Zimmer zurück und klingelte nach Betty, um ihr die gute Nachricht mitzuteilen, und es wiederholte sich die gleiche Szene wie am Morgen, aber sozusagen umgekehrt. Die alte Dienerin warf sich abermals dem jungen Mädchen zu Füßen, nur stieß sie diesmal keine Verzweiflungsschreie, sondern Dankesbezeugungen aus. Lachend, außer sich vor Glück, war sie nahe daran, sich auf den Boden zu wälzen, doch Elizabeth klopfte ihr auf die Schulter:

»Bist du närrisch geworden? In deinem Alter! Du benimmst dich wie ein kleines Mädchen. Los, steh auf und pack den Koffer.«

Bis zum Abendessen herrschte im ganzen Hause große Aufregung, die die beiden Söhne Mr. Hargroves nur mit Mühe unter Kontrolle zu halten vermochten. Ihr Vater durfte auf keinen Fall erfahren, was bevorstand. Da Elizabeth aus seinem Blickfeld verschwunden war, könnte er sie am Ende gar noch zurückhalten wollen, wenn er sie plötzlich wieder auftauchen sah. Das hinderte allerdings nicht das zwecklose Hin und Her und das aufgeregte Geflüster in den Korridoren, fern des Salons, wo der Herr von Dimwood in seinem Ohrensessel döste.

Die Damen in ihren schwarzen oder dunkellila Taftkleidern kommentierten das kleine Ereignis des Tages hinter ihren Seidenfächern. Elizabeth war der Empfehlung Onkel Joshs gefolgt und hatte sich in ihr Zimmer eingeschlossen. Von Zeit zu Zeit versuchten die Mädchen, durch die Tür einzudringen – ohne Erfolg. Dann versammelten sie sich auf der Veranda und rüttelten an den Läden, aber die Eisenstange, die diese von innen verriegelte, hielt ihren Kräften tapfer stand. Die vielleicht ein wenig zu sehr bewunderte junge Engländerin hüllte sich in Schweigen, und alles Flehen ihrer einstigen Gefährtinnen war vergebens.

Sie wollte allein sein, allein, um über ihr seltsames Leben zu grübeln und an den grausamen Jonathan zu denken, der sich in weite Fernen begab.

Das Abendessen verlief ohne Zwischenfall. Elizabeth saß an ihrem gewohnten Platz und hatte den Eindruck, daß man weniger und leiser als sonst redete, als ob jemand gestorben sei. Fred sagte kein einziges Wort und starrte auf einen unsichtbaren Punkt im Raum. Von Zeit zu Zeit schniefte Susanna diskret.

Nur William Hargrove sprach laut und vernehmlich, äußerte seine Ansichten über die Temperatur und die Chancen einer guten Ernte auf den Baumwollfeldern. Er zeigte sich in bester Laune und schien die im Speisesaal herrschende Trauerstimmung gar nicht wahrzunehmen.

In Elizabeths Kopf setzte sich ein Gedanke fest, der alle anderen verdrängte: nur weg von hier! Das vorweggenommene Heimweh von gestern schien ihr albern und unangebracht, denn jetzt freute sie sich aus tiefster Seele, das alles zum letzten Mal zu sehen: diesen vergoldeten Stuck, diese Schwarzen in ihren roten Baumwollivreen, all diese Köpfe, diese Gesichter der männlichen und weiblichen Tischgenossen, denen sie nie wieder zu begegnen wünschte. »Undankbare!« rief ihr eine innere Stimme zu. »Warum undankbar? Sie haben mich gegen ihren und gegen meinen Willen bei sich aufgenommen. Die arme Verwandte wird ihr Glück anderswo suchen. Freue dich, arme Verwandte!«

Sobald es ihr möglich war, höflich zu verschwinden, kehrte sie in ihr Zimmer zurück und klingelte nach Betty, die auch sogleich erschien, ganz quirlig vor Fleiß und Fröhlichkeit.

»Betty, du weckst mich morgen früh um sieben Uhr. Ich will vor allen anderen fertig sein. Wann reisen wir ab?«

»Weiß ich nich', Mam'sell Lisbeth. Nich' vo' dem F'ühstück nich'.«

»Warum frühstücken? Aber laß nur. Also um sieben, hörst du?

Die Reisetruhe ist gepackt, wir lassen sie über Nacht offen. Jetzt geh! Gute Nacht.«

»Gute Nacht, Mam'sell Lisbeth.«

Sowie sie allein war, verschloß sie die Tür, verriegelte die Läden und zog sich aus. Abermals rief die Stimme von vorhin: »Undankbare!«

Plötzlich empfand sie Scham, aber sie gab sich nicht lange damit ab, dieser faszinierenden Ungewißheit auf den Grund zu gehen, schlüpfte unter die Decke und tauchte in den Schlaf, wie man in einen See springt...

Mitten in der Nacht weckte sie ein Gesang. Es war eine zarte, traurige Männerstimme, von einer Mandoline begleitet.

Sie stand auf, trat ans Fenster, lehnte den Kopf an die Läden und lauschte. Die Stimme schien aus dem Säulengang zu kommen, und einen Augenblick hatte sie die verrückte Idee, es sei Jonathan. Aber das war nicht möglich. Jonathans Stimme hatte einen betörend tiefen Klang, diese aber, viel heller und von bewegender Schönheit, stieg rein und fast kindlich in die Nacht empor, mit einer zu Herzen gehenden Schwermut.

Die Worte wiederholten sich in endloser Folge, wie in einer flehenden und klagenden Litanei:

> *Sie ruht und schläft im Tal,*
> *Und der Spottvogel singt ihr sein Lied.*
> *Hört ihr den Vogel singen,*
> *Hört ihr den Vogel singen,*
> *Der Spottvogel singt ihr sein Lied im Tal.*

Sie hatte den Kopf geneigt, hielt sich an den Latten der Fensterläden fest und lauschte dieser Stimme, die ihr tief ins Herz drang, und der Zauber dieser wehmütigen Musik war so stark, daß Elizabeth wünschte, sie würde kein Ende nehmen. Aber die Rolläden öffnen und auf die Veranda hinausgehen, das wollte sie nicht, weil der Sänger nicht Jonathan sein konnte.

Es war wie ein Ständchen für eine Tote.

Plötzlich schwieg die Stimme. Elizabeth verließ das Fenster und warf sich auf ihr Bett. Vielleicht sang der Unbekannte für eine andere, für Mildred oder für Minnie – aber die Mädchen schliefen auf der anderen Seite des Hauses.

Sie hatte Angst, die Liebe machte ihr Angst.

66

Um sieben Uhr riß Betty sie aus dem Schlaf und schalt sie, weil sie sich nicht zugedeckt hatte, und das junge Mädchen blickte sie eine Weile verständnislos an. Erst allmählich kehrte sie aus ihren Träumen zurück. Sie machte ihre Morgentoilette, zog ein grünes Kleid an und verließ das Zimmer.

Jetzt begann im ganzen Hause eine Art Pantomime sich überstürzender kleiner Ereignisse. Elizabeths Abreise mußte ganz einfach verschwiegen werden. Keine Seufzer, keine unbedachten Zärtlichkeiten, nichts, was das Fortgehen derer verraten könnte, die man so schmerzlich vermissen würde. Aber obwohl der Herr des Hauses von allem ausgeschlossen war, zeigte er sich argwöhnisch. Wie um das Bevorstehende hinauszuzögern, verlängerte er an diesem Morgen seine Gebete um ein Beträchtliches, und man mußte sie bis zum Ende anhören, bevor man die köstlichen Roggenkrapfen in Angriff nehmen durfte.

»Er tut es absichtlich, er ahnt irgend etwas«, flüsterte Mildred Minnie zu.

Ein Fußtritt unter dem Tisch brachte die Unvorsichtige zum Schweigen, und Onkel Douglas warf ihr einen strengen Blick zu.

Nach dem Frühstück ließ William Hargrove sich mühelos dazu überreden, auf sein Zimmer zu gehen, wo ein kleines Schläfchen ihm guttun würde, da der Tag wieder einmal sehr heiß werden würde.

Von seinem Zimmer aus, das neben denen Freds und Billys lag, konnte er den Blick auf die Gärten genießen, wo die Sonne erst am Nachmittag schien. So streckte sich William Hargrove in diesem relativ kühlen Raum auf seinem Bett aus und lächelte selig in seinen struppigen Bart.

Die Kalesche wartete auf der anderen Seite des Hauses vor der Freitreppe, und alles war für die Abreise bereit, aber Onkel Douglas wünschte, daß sich die Familie zuerst in aller Stille im Salon versammelte, um von Elizabeth Abschied zu nehmen. Die Betroffene allerdings hätte, da sie Gefühlsausbrüche fürchtete, gern auf diese sentimentale Zeremonie verzichtet, aber zu ihrem Schrecken sah sie sich bereits allein im Salon stehen, und ihr gegenüber die im Halbkreis versammelten Hargroves.

»Ich schlage vor«, sagte jetzt Douglas, »daß wir einer nach dem anderen unsere liebe Elizabeth in die Arme nehmen. Denn mit ihr scheidet ein wenig Lebensfreude aus unserem geliebten Haus.«

»Douglas, fasse dich kurz«, flüsterte Onkel Josh ihm zu, »es ähnelt ja schon einer Begräbnisfeier.«

Onkel Douglas gab sich einen Ruck und sagte:

»Sehr gut. Beginnen wir mit den Ältesten. Emma, darf ich bitten ...«

Tante Emma war in Tränen aufgelöst und drückte das sich höflich wehrende junge Mädchen lange in ihre Arme.

In diesem Augenblick öffnete Fred lautlos die Tür und schlich sich hinaus.

Dann kam Tante Augusta, selbstbeherrscht wie immer, gab ein paar Banalitäten von sich, drückte Elizabeth einen kurzen Kuß auf die Stirn und flüsterte ihr ins Ohr:

»Ich habe ein kleines Geschenk in deinem Gepäck versteckt, eine Überraschung, ein kleines Andenken an die schönen Stunden in Dimwood.«

Die traurige Zeremonie drohte dann in heillose Unordnung auszuarten, weil die »Kinder« sich keinerlei Zurückhaltung auferlegten, am wenigsten Susanna, die schamlos zu heulen begann und zur Ruhe gebracht werden mußte. Billy betrug sich männlicher und nutzte die Gelegenheit, um die junge Engländerin auf den Mund zu küssen.

Arg mitgenommen und beschämt stieg das junge Mädchen mit Onkel Josh in die Kalesche; jetzt eilte es ihr, wegzukommen. Hinter ihnen nahm Betty im Gepäckwagen Platz, erschöpft von einem langen Abschiedsabend mit all ihren farbigen Freunden. Azor in seiner eleganten roten Livree, den kleinen Strohhut schräg im Gesicht, wartete auf das Signal zur Abfahrt. Man hatte ihm befohlen, bis auf eine halbe Meile vom Haus im Schritt zu fahren. Es fehlte nicht viel, und man hätte den Tieren Stroh unter die Hufe gebunden, um jedes Geräusch zu vermeiden.

Unterdessen wollte Elizabeth aus einer unerklärlichen Laune heraus noch einen letzten Blick auf das elegante Haus werfen, in dem sie so gelitten hatte, und drehte sich unvermittelt um. Doch sie bereute es sofort. In einem Fenster der zweiten Etage stand Miss Llewelyn, eine Faust in die Hüfte gestemmt, den Zeigefinger der anderen Hand warnend erhoben. *Moral und Anstand* schien über die ganze Breite ihres bleichen Gesichts geschrieben.

Elizabeth streckte ihr die Zunge heraus.

Als sie wieder neben Onkel Josh Platz nehmen wollte, wäre ihr beinahe ein Aufschrei entschlüpft. Weiter unten, in einem Fenster des Salons und regungslos wie ein gerahmtes Porträt blickte William Hargrove sie an.

Rasch ließ sie sich auf den Sitz sinken. Onkel Josh blickte eine Sekunde zum Haus, klopfte Azor mit seinem Stock auf den Rücken und befahl ihm laut und vernehmlich:

»Wir fahren los, Azor, und zwar schnell. In vollem Galopp über die Allee.«

Die Peitsche knallte in der warmen Luft, und die vier Pferde stoben im raschen Trab davon.

»Beunruhige dich nicht, Elizabeth«, sagte Onkel Josh besänftigend, »das hat nichts zu bedeuten. Douglas hat bei seinen Anordnungen Fehler gemacht. Mein Vater war schon immer mißtrauisch. Heute früh waren alle bei Tisch viel zu still. Erster Fehler. Dann zuviel Geschäftigkeit in den Stallungen. Man mag noch so vorsichtig sein, aber man kann die Pferde nicht am Wiehern hindern. Papa muß gemerkt haben, daß da irgend etwas im Gange war. Ich glaube, er ist endlich wieder bei vollem Verstand, aber er bleibt sehr verschlossen. Hat er uns heute eine Komödie vorgespielt? Was mag er gedacht haben? Ist er erleichtert, dich fortgehen zu sehen? Entschuldige, aber es ist möglich.«

»Ach, es ist mir egal, Onkel Josh, alles ist mir egal, ich möchte nur fort von hier.«

»Ich bedaure sehr, dies zu hören, aber ich verstehe dich ... Ich werde Charlie Jones alles erklären. Er ist ein Engel in Bankiersgestalt.«

Da Elizabeth nichts darauf zu antworten wußte, lehnte sie sich in ihre Ecke zurück und ließ den Blick über die weißen Sklavenhütten schweifen, dann über die hohen schwarzen Pinien am Flußufer auf der anderen Seite der Straße. Trotz des wolkenlosen blauen Himmels schien ihr die Landschaft herb und öde. Ein Geier begleitete sie eine Weile, glitt mit weit ausgebreiteten Schwingen über sie hin und verschwand dann in Richtung der Felder. Erschrocken und bewundernd zugleich folgte ihr Blick seinem Fluge. Der Lärm der Räder und der stampfenden Hufe begleitete ihre Gedanken wie ein eintöniger Monolog. Immer wieder mußte sie an den Gesang denken, den sie in der Nacht gehört hatte. Sie fragte sich, ob sie den Mut aufbringen würde, mit Onkel Josh darüber zu sprechen. Er hatte die Krempe seines Panamahuts tief in die Stirn gezogen, und sein Gesicht lag im Schatten.

Nach langem Zögern rief sie leise: »Onkel Josh.«

Keine Antwort. Schlief er vielleicht? Sie rief ihn aufs neue, diesmal etwas lauter.

»Ja?« antwortete er. »Hast du mir etwas zu sagen?«

»Letzte Nacht hörte ich jemanden in der Nähe des Hauses singen.«

»Das ist gut möglich. Unsere Jungen hier im Süden sind stets bereit, irgendeiner Schönen in der Umgebung ein Ständchen zu bringen.«

»Mit einer Mandoline.«

»Das versteht sich von selbst. Ich habe nichts gehört.«

Wieder zögerte sie, und dann sagte sie mit leicht bewegter Stimme:

»Er sang wunderbar.«

»Na und?«

»Es war irgend etwas von einer Frau, die in einem Tal schläft, und einem Spottvogel ...«

Onkel Josh lachte.

»Das war Fred«, sagte er. »Es ist sein Lieblingslied, aber er singt es nur sehr selten und nie ohne Grund. Was hast du?«

»Nichts«, sagte sie und beherrschte sich.

»Er ist schon ein wenig sonderbar, unser lieber Fred, aber ich mag ihn sehr gern. Bemerkenswert intelligent, aber das Herz dominiert.«

Elizabeth antwortete nicht. Der Schlag traf sie hart. Fred! Sie war beschämt, ihn so verkannt zu haben. Er hatte mit seinem Gesang Abschied von ihr genommen, aber insgeheim war sie enttäuscht. In ihrem verliebten Wahn hatte sie gehofft, daß das Unmögliche geschähe und Onkel Josh nicht »Fred« sondern »Jonathan« sagen würde.

Das war nicht nur unmöglich, es war dumm. Die Stimme hätte nie die Jonathans sein können. Aus Freds Stimme klang eine gewisse Unschuld. Jonathans Stimme hatte nichts Unschuldiges. So jung und unerfahren sie war, das spürte sie.

Plötzlich schien Onkel Josh sich auf etwas zu besinnen.

»Woher kam diese Stimme?« fragte er.

»Genau weiß ich es nicht, weil ich mein Zimmer nicht verließ. Aus dem Säulengang, wie mir scheint . . .«

»Also ziemlich in der Nähe deines Zimmers?«

»Vielleicht, wahrscheinlich . . . Ich glaube . . . ja, es muß ganz in der Nähe gewesen sein.«

»Donnerwetter«, sagte Onkel Josh.

Er fügte nichts hinzu, und das junge Mädchen hüllte sich wieder in Schweigen.

»Und dann«, sagten die Räder und die Hufschläge der Pferde auf der Straße, »ist der geliebte Jonathan, den Onkel Josh verabscheut, auf dem Wege ins Exil mit seiner schönen Mestizin, durch die er sein Ansehen verlor und die er nicht liebt, weil er dich liebt, und Miss Llewelyn, diese angeblich so auf Anstand bedachte Kupplerin, ist nur zu gern bereit, euch beide, dich und ihn, zu einer heimlichen und ehebrecherischen Korrespondenz anzustiften, und du wirst nicht antworten, aber du wirst doch antworten, du wirst nicht antworten, aber du wirst doch antworten, du wirst nicht antworten . . .«

»Was ist denn los?« rief Onkel Josh belustigt aus. »So jung, und bereits Selbstgespräche? Wenn du Sorgen hast, meine Kleine, solltest du dich Onkel Josh anvertrauen.«

»Sorgen? Es ist nur das Geräusch des Wagens und der Hufe, das mich dazu bringt, mir selbst Geschichten zu erzählen, wie ich es als Kind in England getan habe.«

»Laß nur, es ist nicht meine Art, in anderer Leute Geheimnissen zu schnüffeln. Du wirst es nicht bereuen, unser liebes, aber ein bißchen strenges Dimwood verlassen zu haben. Ich glaube, daß du in Virginia glücklich werden wirst. Und denke nicht mehr an Fred.«

»Ach, ich dachte gar nicht an Fred.«

»Schon gut, ich habe nichts gesagt«, erwiderte er mit einem vielsagenden Lächeln. »Azor, ich sehe, daß du mit dem Kopf wackelst. Wenn du eindöst, werden wir im Flußbett landen. Schwing deine Peitsche und fahre uns in vollem Galopp nach Savannah.«

»Jawohl, Massa Josh, in vollem Galopp.«

Die Peitschenschläge knallten wie Pistolenschüsse, und Azor

trieb sein Gespann zu einem solchen Tempo an, daß Elizabeth auf ihrem Sitz emporschnellte.

Es blieben ihr kaum drei Sekunden, um einen Blick auf den geheimnisvollen Teich zu werfen, der in der Einsamkeit einer vorweltlichen Zeit schlummerte, und wie beim ersten Mal schien es ihr, als lockten diese toten Wasser sie mit einem unerklärlichen Ruf. Das Unbehagen, das sie dabei empfand, ging ihr noch eine Weile nach, wie beim ersten Mal.

67

Kaum eine Stunde später befand sie sich in den schattigen Alleen von Savannah, und die strahlende und ruhige Schönheit dieser Stadt ließ sie den Kummer der letzten Tage vergessen. Dieses vom Laub der Sykomoren gedämpfte Licht, diese farbige Blütenpracht vor den weißen Häusern, all das schien ihr glückverheißend, und auf einmal bedauerte sie, hier nicht bleiben zu können, da man beschlossen hatte, sie nach Virginia zu bringen, in ein Land, von dem sie nichts wußte. Angeblich war es ein zweites England, aber gibt es einen Ersatz für die Heimat?

Charlie Jones begrüßte sie mit jener strahlend guten Laune, die ansteckend wirkte, und an diesem Vormittag leuchtete eine jugendliche Heiterkeit aus seinen dunkelblauen Augen. Er küßte Elizabeth, und sie ließ es gern geschehen. Das Lächeln des Porträts in ihrem Zimmer kam ihr in den Sinn, nur war diese Erscheinung in eine Wolke von Eau de Cologne gehüllt.

»Josh, alter Knabe«, sagte er, »du brauchst mir nichts zu erklären. Laura hat mir in einem ellenlangen Brief die ganze Chronik von Dimwood und die Ereignisse der letzten Woche erzählt. Dein Vater wird sich erholen. Da du die Zeitung von Savannah nicht liest, kannst du nicht wissen, daß ich meine Braut in aller Stille in der Christ Church zum Traualtar geführt habe. Die Zeremonie fand im kleinsten Kreise statt. Elizabeth, ich werde dich meiner Frau vorstellen.«

»Oh, Charlie, das ist aber eine gute Nachricht!«

Als sie plaudernd und scherzend die Freitreppe emporstiegen, blieb Josh plötzlich stehen und fragte:

»Wo ist Betty?«

»Ja, wo ist Betty?« wiederholte Charlie Jones. »Aber darf ich fragen, wer Betty ist?«

»Sie ist uns mit dem Gepäck gefolgt und kommt hierher, um dich nie mehr zu verlassen. Wir schenken sie dir, denn sie hat uns angefleht, daß sie Elizabeth begleiten und bei ihr bleiben darf. So ist das.«

»Ich bin mit allem einverstanden, aber da sie euch gehört, bezahle ich euch, was ihr wollt.«

»Das kannst du nicht, denn sie ist unbezahlbar. Wir geben sie dir als Geschenk.«

»Tausend Dank. Sie muß ein Prachtstück sein.«

»Hm«, sagte Onkel Josh.

»Mehr brauchst du nicht zu sagen. Ich habe verstanden und heiße sie im voraus willkommen, ob Engel oder Teufelin. Heute wird gefeiert.«

Sie traten ins Haus, und er führte sie in einen kleinen runden Salon, wo das Licht durch die drei geschlossenen Fensterläden drang, die dem Raum das Aussehen einer Laterne verliehen. Die mattgoldenen Schnitzereien hoben das Blaßgrün der Wände hervor und gaben der etwas strengen Einrichtung eine sanfte Note.

Als sie hereinkamen, erhob sich eine Frau aus einem Sessel und trat ihnen lächelnd entgegen. Was einem zuerst an ihr auffiel, war ihr sanfter Blick und der Glanz ihrer großen braunen Augen. Ihr Haar bedeckte in dichten dunklen Flechten die Schläfen und unterstrich die Würde ihres Gesichts, das Intelligenz und Güte ausstrahlte.

In ihrem veilchenblauen Taftkleid, das ihr bis über die Knöchel fiel, wirkte sie so einschüchternd, daß Elizabeth kein einziges Wort hervorzubringen vermochte und sich mit einem kleinen Knicks begnügte.

»Wie förmlich!« rief Charlie Jones. »Amelia, darf ich Ihnen meinen Freund Joshua Hargrove aus Dimwood und unsere liebe Elizabeth Escridge vorstellen, die aus England kommt und gewillt ist, bei uns zu leben – wenn wir artig sind!«

Die Dame im Taftkleid reichte Onkel Josh die Hand, der sich tief vor ihr verbeugte, und dann umarmte sie das vor Verlegenheit errötende junge Mädchen.

Es blieb noch eine Stunde bis zum Mittagessen, und die Reisenden ruhten sich unterdessen aus.

In ihrem Zimmer, wo sich nichts geändert hatte, lehnte sich Elizabeth aus dem Fenster. Leuchtend rote Vögel, die man »Kardinäle« nennt, flatterten in den Blumen des Gartens und jagten verspielt den Blaumeisen nach.

Staunend betrachtete Elizabeth sie eine Weile. Mit dem Duft der Blumen stieg die Erinnerung an die in Savannah verbrachten Tage zu ihr auf: der Ball, das Duell, das große Haus, das langsam aus dem Erdboden wuchs, der Hafen, die lange Veranda, von der man die nach Europa segelnden Schiffe sah, und während sich das alles zu einem traumähnlichen kleinen Leben zusammenfügte, fragte sie sich, welcher Zukunft sie jetzt entgegenging. Virginia war nichts weiter als ein schöner, rätselhafter Name. Jonathan ...

Das Mittagessen fand in einem kleinen Speisezimmer statt, das sie nicht kannte, und sie war überrascht über die Einfachheit der Bedienung. Die Diener trugen keine Livreen, nur weiße Jacken, und es gab eindeutig nicht mehr so viele Gänge wie früher, aber das Essen schmeckte deshalb nicht weniger köstlich. Kein Wein, statt dessen kalter Pfefferminztee.

Es wurde nicht viel gesprochen. Amelia saß aufrecht auf ihrem Stuhl und schien das bewundernde Lächeln, das ihr Gemahl ihr schenkte, nicht wahrzunehmen. Er wechselte zuweilen ein paar Worte mit Onkel Josh; sie sprachen über die Aussichten einer guten Baumwollernte. Der September versprach ein guter Monat zu werden. Unwillkürlich fiel der Blick des jungen Mädchens immer wieder auf Charlie Jones. War es das Glück, das sein Gesicht erhellte? Er glich mehr denn je dem Porträt, das sie damals in ihrem Zimmer gesehen hatte, und das übrigens nicht mehr an seinem Platz hing. Man hatte es fortgenommen. Aber warum fiel ihr das erst jetzt ein? Das herrliche Gesicht war verschwunden, und sie fand es wie eine Sinnestäuschung in Onkel Charlies Zügen wieder: die dunklen Augen, die rosigen Wangen, die Jugend ... Sie begegnete Amelias aufmerksamem Blick, die ihr ein Lächeln voll amüsierter Zuneigung schenkte. In ihrer Bewunderung auf frischer Tat ertappt, lächelte die junge Unbesonnene ihrerseits, senkte den Kopf und wandte sich dann Onkel Josh zu, der sie überhaupt nicht interessierte.

Nach dem Essen nahm Charlie Jones sie beiseite und führte sie in einen kleinen grünen Salon, den sie noch nie gesehen hatte, aber das

Haus verfügte neben den prunkvollen Empfangsräumen über eine Anzahl mehr oder weniger winziger, für Vertraulichkeiten und Geheimnisse wie geschaffener Gemächer. Als sie nun hier mit diesem Mann eintrat, dessen verführerischem Charme sie widerstandslos erlag, hatte sie das Gefühl, einen Fehler zu begehen, aber was konnte sie anderes tun als gehorchen? Sie versuchte, ihre Aufmerksamkeit den römischen und venezianischen Veduten zu widmen, während er mit ihr reden würde, aber es gelang ihr nicht. Selbst die Erinnerung an Jonathan vermochte nichts gegen den Blick dieser dunkelblauen Augen, der sie in seinen Bann zog, und gegen diesen harten und fleischigen Mund, der bestürzende Worte vernehmen ließ.

»Setz dich, Elizabeth, ich habe dir einiges zu sagen. Sieh in mir einen Freund, der nur dein Bestes will. Du darfst nicht mehr an Jonathan denken. Er ist jetzt ein verheirateter Mann, und du hast nicht mehr das Recht, ihm irgendwelche Hoffnungen zu machen. Du mußt ein neues Leben beginnen. Ich sage dir das ganz offen und brutal, weil es wegen euch beiden in Dimwood beinahe einen Skandal gegeben hätte. Ihr wurdet von dieser Waliserin gesehen, die gewiß viel zu neugierig ist, zugegeben, aber das ändert nichts an der Sache, und das weißt du.«

Der Ton war neu. Die Sätze trafen sie wie Ohrfeigen, und sie wehrte sich.

»Wir haben nichts Unrechtes getan, und Jonathan war nicht verheiratet. Also wo ist der Skandal?« erwiderte sie. »Ich hasse dieses Nachspionieren.«

»Dort, wo ich dich bald hinbringen werde, wird es das nicht geben. Ich verstehe durchaus deine Entrüstung. Du bist wieder die streitbare junge Engländerin, die ich vorhin gar nicht bemerkt habe.«

Ein charmantes Lächeln entschärfte diese arglistige Bemerkung.

»Welche Selbstgefälligkeit!« stellte sie wütend fest. Aber wie gut er aussah ...

»Zwar kam es noch nicht zu einem Skandal«, fuhr er mit ruhiger Stimme fort, »aber die Sache wurde allmählich ruchbar. Also, Miss Escridge, versuchen Sie, die Leute nicht in unangenehme Situationen zu bringen. In Dimwood fürchtete man die Rückkehr des Galans. Besonders die Damen, die so sehr auf Tugend bedacht sind.«

Wieder glitt ein Lächeln über seine Züge, das ihn in den Augen der verwundbaren Elizabeth unwiderstehlich erscheinen ließ.

»Warum schaust du mich so seltsam an, mein kleines Mädchen? Ich bin nicht dein Feind.«

»Ich weiß, daß Sie nicht mein Feind sind«, antwortete die Betörte, »aber ich bin beunruhigt.«

Er erhob sich und stand aufrecht in seinem makellos geschnittenen Gehrock vor ihr.

»Wir werden das alles schon in Ordnung bringen«, sagte er selbstzufrieden lächelnd und fuhr sich mit beiden Handflächen über die Hüften, wie jemand, der sich satt gegessen hat.

Sie war überrascht und ein klein wenig angewidert.

»Was hat er nur?« fragte sie sich. »Er ist nicht mehr derselbe wie früher.«

»Noch etwas«, sagte er mit feierlichem Ernst. »Auch ohne über das Kommen und Gehen dieser Mannsperson informiert zu sein ...«

»Welcher Mannsperson?«

Er wiederholte:

»Auch ohne über das Kommen und Gehen ... Jonathan Armstrongs informiert zu sein ...«

»Jonathan ist keine Mannsperson«, erwiderte sie lebhaft. »Jonathan ist Jonathan – und ein Gentleman.«

Als ob er sie nicht gehört hätte, fuhr er in ruhigem Ton fort:

»Ich rate dir, falls eure Wege sich durch einen unglücklichen Zufall kreuzen sollten, nicht mit ihm zu sprechen, denn ungeachtet der Tatsache, daß er ein Gentleman sein mag, was ich nicht bestreiten will, bist du eine Dame.«

»Falls eure Wege sich kreuzen sollten ...« Sie mußte sich auf ihren Stuhl stützen. All ihre Liebe stieg plötzlich wieder in ihr auf, und ihr Herz schlug heftig. Mit vor Erregung etwas heiserer Stimme erwiderte sie:

»Glauben Sie wirklich, daß ich Ihren Rat benötige?«

»Ich verlasse mich auf dein Ehrgefühl«, sagte er würdevoll. »Du würdest dich der Verachtung preisgeben.«

Damit öffnete er die Tür und trat beiseite, um dem verblüfften jungen Mädchen den Vortritt zu lassen, und im Vorzimmer blieb er stehen. Noch einmal schenkte er ihr sein charmantes Lächeln.

»Mein liebes Kind«, sagte er, »ich fürchte, wir haben ein zu ernstes Gespräch geführt. Beruhige dich. In Virginia stehen dir glückliche Jahre bevor. Wir bleiben hier noch zehn oder vierzehn Tage, und ich hoffe, du wirst dich nicht langweilen. In Savannah kann man wunderbare Spaziergänge machen. Meine Frau oder mein Freund Josh werden dich begleiten, denn eine junge Dame geht nicht allein in der Stadt spazieren. Und jetzt, möchtest du nicht einen Rundgang durch den Garten machen? Ich habe ein ganzes Beet mit neuen Blumen bepflanzen lassen und würde gern wissen, was du davon hältst.«

Diese kleine Rede hielt er in freundlich fürsorglichem Ton, aber Elizabeth ging nicht in den Garten. Wie in Dimwood zog sie es vor, sich auf ihr Zimmer zu begeben. Charlie Jones gesellte sich zu Onkel Josh ins Rauchzimmer, einen angenehmen kleinen Raum mit Ausblick auf die große Sykomorenallee.

»Josh«, sagte er und ließ sich in einen der ledernen Polstersessel sinken, »ich habe eben eine Unterredung mit unserer kleinen Engländerin gehabt. Ohne ihr lange die Leviten zu lesen, habe ich an ihr Ehrgefühl appelliert.«

»Gute Idee.«

»Es war notwendig. Ich hatte mir zuerst vorgenommen, sie vor dem Teufel und seinen berühmten Listen zu warnen.«

»Das kannst du später einmal tun. Man darf sie nicht gleich zu sehr erschrecken.«

»Man muß sie eher zähmen, und das gedenke ich zu tun. Ich habe bemerkt, daß sie mich sehr aufmerksam anschaute, und da kam mir eine Idee, aber lassen wir das einstweilen.«

»Das halte ich auch für besser. Und nun?«

»Und nun weißt du sehr wohl, daß Jonathan sich in der Gegend aufhält. Er trifft die letzten Anordnungen für die Reise mit seiner Frau. Die Schiffskarten, das notwendige Geld, die Wahl der Kabinen ...«

»Ich wünschte, die beiden wären bereits in weiter Ferne.«

»Verrückt wie er ist, würde er versuchen, Elizabeth zu sehen, wenn er wüßte, daß sie hier ist.«

»Und wo würde er sie sehen?«

»Keine Ahnung, aber sie wird nie alleine ausgehen. Entweder begleitet Amelia sie ... oder du.«

»Danke. Normalerweise hätte ich dir diesen lästigen Dienst verweigert, aber ich bin einverstanden, weil ich um die Kleine

589

fürchte. In Dimwood zitterten wir vor Angst, daß dieser Kerl wie ein Teufel aus der Schachtel auf der Veranda auftauchen könnte. Deshalb haben wir die Abreise der jungen Dame ein wenig überstürzt. Wir waren über alles informiert. Douglas hat eine kleine Abschiedsversammlung einberufen und sich mit seiner Trauerfeierlichkeit selbst übertroffen. Er ist der schottischste von uns allen. Wir waren den Tränen nahe, denn wir lieben Elizabeth sehr. Und dann, als wir beide bereits im Wagen saßen, fuhr uns ein Schreck durch die Glieder: Mein Vater, von dem wir glaubten, daß er in seinem Zimmer schlummerte, erschien plötzlich an einem Fenster. Ich möchte lieber nicht wissen, was daraufhin geschah. Wir fuhren im Galopp davon.«

»Kein Grund zur Beunruhigung. William Hargrove ist meiner Meinung nach schon lange wieder bei vollem Bewußtsein, aber da er intelligenter ist, als ihr glaubt, und seine Gedanken für sich behält, hat er euch nicht dreingeredet und mit Erleichterung gesehen, wie die Hauptursache seiner großen Gewissensqual abreiste. Der kleine Alptraum mit dem goldblonden Haar ist aus seinem Leben verschwunden, und ihr könnt diesbezüglich ganz beruhigt sein.«

»Weißt du, daß auch Laura fort ist?«

»Ich weiß. Sie tat gut daran, und sie hat mir geschrieben. Sie ist die Heilige der Familie.«

»Und was die gräßliche Llewelyn betrifft ...«

Charlie Jones lachte. »Wenn der Teufel ein Abnehmer dafür wäre, würde sie ihm gern ihre Seele verkaufen, aber sie gehört ihm schon zu lange, und er ist geizig.«

»Da reden wir nun schon zum dritten Mal vom Teufel.«

»Weil er überall ist. Gewisse Aspekte der menschlichen Bosheit kann man sich nicht anders erklären. Aber lassen wir ihn bei seinen Geschäften und kehren wir zu den unseren zurück. Heute abend wird Amelias ältere Schwester mit uns essen. Sie ist eine reizende kleine Dame, die nie heiraten wollte. Sie ist sehr bewandert in gutem Essen und Religion und unschlagbar auf dem Gebiet der Kochrezepte des Südens. Miss Charlotte Douglas könnte William Hargrove noch einiges über die Komplexitäten der Moral lehren, aber da sie viel zu gut erzogen ist, breitet sie ihr Wissen nicht unaufgefordert aus.«

»Ich kann es kaum erwarten, sie kennenzulernen.«

»Und es wird ihr eine Freude sein, Elizabeth auf ihren Spaziergängen als Anstandsdame zu begleiten, denn sie unterrichtet und leitet die Jugend besonders gern.«

»Und mir wird es eine ungetrübte Freude sein, ihr meinen Platz zu überlassen.«

»Bei deiner Zuvorkommenheit hatte ich auch nichts anderes erwartet«, erwiderte Charlie Jones mit einem Katzenlächeln. »Rauch ruhig deine Zigarre zu Ende. Ich gehe zu Amelia hinauf. Das Abendessen ist um sechs, und du wirst uns entschuldigen, denn wir essen sehr einfach. Meine Frau, verstehst du ...«

Als Elizabeth in ihr Zimmer trat, fand sie Betty und Nora in heftigem Streit vor der weit geöffneten Reisetruhe. Jede von ihnen erhob Anspruch auf den ausschließlichen Besitz der jungen Engländerin.

»Bei euch is' sie vielleich' deine He'in, abe' hie' gehö't sie mi'«, schrie Nora mit schriller Stimme, die Arme über dem Koffer ausgestreckt.

»Abe' jetz' gehö't sie mi' fü' imme'«, erwiderte Betty im gleichen Ton, »also geh bloß weg, du Oma.«

»Hie' bin ich zu Hause, also muß' du ve'schwinden!«

Sie kreischten wie ein ganzes Vogelhaus und ereiferten sich dermaßen, daß sie die Anwesenheit Elizabeths, die sie schweigend beobachtete, gar nicht bemerkten. Der Zank drohte in Tätlichkeiten auszuarten, und schon berührten sich ihre kleinen schwarzen Nasen mit den vor Wut geblähten Nüstern.

Elizabeth stampfte mit dem Fuß auf.

»Ruhe!« befahl sie.

Die Gegnerinnen zuckten zusammen.

»Mam'sell Lisbeth!« riefen sie wie aus einem Munde.

»Ich verbitte mir das Geschrei. Ihr werdet mir gehorchen.«

Diese Worte bereiteten ihr ein seltsames Vergnügen. Plötzlich ahnte sie etwas vom Rausch der Macht, von der Genugtuung, verängstigte Menschen vor sich kriechen zu sehen, und sofort kam sie sich abscheulich vor. In der Tat verbeugten sich die beiden bestürzten alten Dienerinnen tief vor ihr und ließen die Köpfe hängen.

»Mam'sell Lisbeth nich' zuf'ieden«, murmelte Betty.

Die ältere Nora verbarg ihr zerfurchtes Gesicht in den langen, schmalen Händen und blieb stumm. Elizabeth, die sich noch mehr schämte als die beiden, gab sich heiter und sagte:

»Kommt, steht nicht so herum. Ihr werdet gemeinsam arbeiten. Betty nimmt die Kleider heraus und reicht sie Nora, die sie in die Schubladen legt. Packt nur die Truhe aus und laßt die beiden Koffer, die für die Reise bestimmt sind.«

Nora richtete sich auf und warf Betty einen triumphierenden Blick zu.

»Mam'sell Lisbeth bleib' in Savannah«, sagte sie.

Die Antwort ließ nicht auf sich warten.

»Sei du bloß still. Mam'sell Lisbeth hat gesagt, wi' fah'en nach Vi'ginia.«

»Ihr werdet euch nicht schon wieder zanken«, sagte Elizabeth, die in die Rolle des zornigen Plantagenbesitzers zurückfiel. »Tut, was ich euch sage. Wir bleiben zuerst hier, und dann fahren wir, ich weiß nicht wann, nach Virginia.«

Sie tauschten böse Blicke, und plötzlich lachten sie wie zwei grauhaarige Kinder.

Pünktlich um sechs Uhr traten die fünf Personen in das kleine Speisezimmer, und Charlie Jones stellte Elizabeth seiner Schwägerin vor. Das junge Mädchen knickste diskret. Die kleine Miss Charlotte trug zu ihrem schwarzen Kleid aus Tussahseide eine kecke und imposante weiße Haube, deren Bänder auf ihre magere Brust hinabhingen. Ihr Gesicht war nicht übermäßig freundlich, aber schwatzhaft, anders konnte man es nicht nennen, denn alles wies darauf hin: die Beweglichkeit der Züge, die spitze und neugierige Nase, der schmale Mund, der ungeduldig darauf wartete, losreden zu dürfen. Doch die grauen Augen von bezaubernder Sanftmut machten den peinlichen Eindruck wieder wett, den ihr sonderbares Aussehen zuerst verursachte.

Da Elizabeth nicht wagte, sie allzu aufmerksam zu mustern, warf sie ihr nur einen flüchtigen Blick zu und fragte sich, was für ein Leben ihr mit diesen drei Personen wohl bevorstand. Ein Lächeln, das Onkel Josh ihr schenkte, wie um sie zu beruhigen, erweckte in ihr ein plötzliches Heimweh nach Dimwood. Sie mißtraute im voraus diesem »Traumhaus«, das man ihr versprach, und in einem Erinnerungsblitz sah sie Jonathan die Magnolienzweige auseinanderbreiten, um sein Gesicht dem ihren zu nähern ...

Schon bei der Suppe ahnte sie, daß die Mahlzeit frugal sein würde, obgleich das massive Familiensilber wie bei einem Festessen auf der schneeweißen Tischdecke funkelte. Auf die Gemüsebouillon folgten zwei Brathühner und eine große Schüssel mit dampfendem Reis. Auf Amelias genaue Anweisungen hin bekam Elizabeth ein Bruststück und mußte noch mehr Reis nehmen, da dieser für nahrhafter befunden wurde als das fehlende Brot. Zum Schluß gab es einen großzügig bemessenen Obstsalat, und Amelia riet ihr, sich davon zweimal, jedoch bescheiden, zu bedienen. Von Zeit zu Zeit füllten die Diener Eiswasser in die Kristallgläser.

Daß man den Appetit in so vernünftigen Grenzen hielt, blieb nicht ohne Auswirkung auf die Konversation. Onkel Josh und Onkel Charlie tauschten ihre Ansichten über die Tätigkeit des Kongresses aus. Die letzten Hindernisse waren beseitigt, und an einem gemeinsamen Abkommen zweifelte niemand mehr. Man bewunderte die Gewandtheit des Präsidenten Fillmore, der dabei war, eine endgültige und günstige Abstimmung herbeizuführen. Dem Frieden und dem Glück der Union stand nichts mehr im Wege.

Die Damen hatten hier offenbar keine Stimme und hörten schweigend zu. Nur Miss Charlotte, die sichtlich darauf brannte, irgend etwas zu sagen, begnügte sich einstweilen damit, der ihr gegenübersitzenden jungen Engländerin liebenswürdige Grimassen zu schneiden.

Nach beendeter Mahlzeit falteten alle die Hände auf der Tischkante, neigten die Köpfe und dankten dem Herrn für seine Wohltaten.

Als sie das Speisezimmer verließen, nahm Onkel Josh Charlie Jones beim Arm und sagte:

»Mein lieber alter Charlie, nach reiflicher Überlegung halte ich es für das beste, wenn ich schon morgen nach Dimwood zurückkehre.«

»So früh, Josh?«

»Ich bedaure es, glaube mir, aber ich habe das Gefühl, daß mich die Pflicht zu meinem Vater ruft. Sein plötzliches Erscheinen am Fenster, als ich glaubte, er wäre in seinem Zimmer und schliefe ... Er weiß alles. Wie nimmt er es auf?«

»Schlecht.«

»Nicht wahr? Und er wird es uns auf dramatische Weise fühlen lassen.«

»Ein wenig schon. Ich kenne Willie. Er leidet, aber er will, daß man es weiß und mit ihm leidet. Beunruhige dich also nicht zu sehr, aber ich hatte fest damit gerechnet, daß du Elizabeth als Leibwächter dienen würdest.«

»Sie hat ja deine Frau und ihre charmante Schwester.«

»Schon gut. Seien wir ehrlich: unser Speiseplan gefällt dir nicht.«

»Aber Charlie!«

»Es ist ganz natürlich. Meine liebe Frau, verstehst du? Eine presbyterianische Schottin mit festen Prinzipien ... Also fort mit dem frivolen Luxus und dem bisherigen Lebensstil. Mir macht es nichts aus. Ich liebe sie wahnsinnig, und sie macht mich glücklich.«

»Sie ist eine wunderbare Frau ... aber ich versichere dir, daß du dich täuschst ...«

»Josh, wir sind, was wir sind, und ich mag dich, wie du bist. Wann möchtest du abreisen?«

»Nach dem Frühstück.«

»Einverstanden. Ich werde mich um alles kümmern. Wollen wir uns jetzt zu den Damen im Salon begeben?«

Das taten sie. Es war einer der Empfangssalons, und er schien um so größer, als die Gesellschaft sich auf drei Personen beschränkte: Miss Charlotte, Amelia und Elizabeth, jede auf einem geraden Stuhl, während die großen vergoldeten Sessel leer blieben. Die schweren, von Silberkordeln gehaltenen Vorhänge aus blauer Seide ließen diesen Raum beinahe protzig erscheinen. Man hätte ein Fest erwartet, einen Ball, eine Menge schöner Frauen in Reifröcken und eleganter junger Männer; statt dessen liefen zwei Schwarze in weißen Jacken herum und servierten Kräutertee: Pfefferminz oder Kamille, je nach Wahl, und eine schlichte rosa Kugellampe auf einem Marmortischchen verbreitete ein bescheidenes Licht, das nicht einmal bis zur Decke reichte und sich in halber Zimmerhöhe in der Dunkelheit verlor.

»Ihr seid uns herzlich willkommen«, sagte Amelia, »falls ihr versprecht, hier keine Zigarren zu rauchen. Wir sind vor dem Lärm der Straße hierher geflüchtet. Während des Essens habe ich mindestens zehn vorüberfahrende Wagen gezählt. Setzt euch.«

Onkel Josh nahm gehorsam auf einem kleinen Sofa Platz, während Charlie Jones seine Unabhängigkeit bewies, indem er auf und ab ging.

»Man muß den Gedanken Bewegung verschaffen«, erklärte er.

»Möchtet ihr einen Kräutertee?«

Keiner der beiden mochte.

»Anstatt die Zeit, die uns auf Erden gewährt ist, zu vergeuden«, fuhr Amelia fort, »schlage ich ein zugleich interessantes und belehrendes Gesprächsthema vor.«

Schweigen. Elizabeth warf Charlie Jones einen verzweifelten Blick zu, als er in ihre Nähe kam, aber er lächelte nur und hielt den Finger an den Mund.

»Das Thema lautet«, verkündete Amelia feierlich: »Ist der Mensch noch vervollkommnungsfähig in einem Jahrhundert, wo der Rausch des Fortschritts ihn mit sich reißt? Man überquert den Atlantik im Dampfschiff, der Telegraph verbindet uns mit der Alten Welt, die Eisenbahnen fahren mit der erschreckenden Geschwindigkeit von fünfunddreißig Meilen in der Stunde, denkt nur, das ist fast so schnell wie der Galopp eines Pferdes.«

»Amelia«, erwiderte Onkel Josh mit düsterer Miene, »die Indianer holen die Eisenbahn auf ihren Pferden ein, halten sie an und bringen die Mechaniker um, von den Passagieren ganz zu schweigen ...«

»Sehen wir darin eine Strafe des Himmels, die die Eisenbahnen trifft. Gefährdet der Mensch in seinem unsinnigen Stolz, der durch das Gefühl seiner Macht ständig angestachelt wird, gefährdet er nicht sein Seelenheil?«

Nun erhob sich Miss Charlotte plötzlich und ergriff das Wort. Ihre schrille Stimme wirkte seltsam unangemessen für diese kleine Person und stieg bis zu der dunklen Decke empor.

»Ein guter Protestant hat von diesem Wahnwitz der modernen Welt nichts zu befürchten«, schrie sie. »Er hat die Gewißheit, daß er gerettet ist, und wenn er nicht glaubt, daß er es ist, dann ist er es auch nicht. So einfach ist das.«

Jetzt stand Onkel Josh auf und ging einige Schritte auf Amelia zu.

»Liebe Amelia«, sagte er, »wie ich Charlie bereits vorhin sagte, bin ich in Sorge wegen des Gesundheitszustands meines Vaters, und ich fahre morgen früh nach Dimwood. Gestatten Sie mir, daß ich mich zurückziehe, um mir vor den Strapazen der Reise noch etwas Ruhe zu gönnen.«

Sein schwarzer Gehrock und der feierliche Ton, in dem er seine Sätze vortrug, ließen ihn so würdig erscheinen, daß Amelia nichts dagegen einwenden konnte. Ihre großen braunen Augen blickten ihn liebevoll an.

»Ich verstehe«, sagte sie, »ich verstehe, und ich bedaure diese betrübliche vorzeitige Abreise. Gute Nacht, Cousin Josh.«

Eine tiefe Verbeugung belohnte sie für die Gnade, mit der sie ihn entließ, und Onkel Josh ging entschlossenen Schrittes zur Tür.

Ein Schrei ertönte, hielt ihn aber in seiner Flucht nicht auf.

»Ich bin auch müde, Onkel Josh!«

Amelia wandte sich dem verzweifelten jungen Mädchen zu.

»Mein liebes Kind«, sagte sie, »in deinem Alter war es mir eine Freude, zu gehorchen. Ich bitte dich, bleib noch ein wenig und denk darüber nach, was du uns alles von deiner Reise im Dampfschiff erzählen kannst, von dem gewaltigen Donner der Wogen zum Beispiel, die auf das Schiff einstürmten. War das nicht etwas, das dich im gleichen Maße vor Furcht und vor Bewunderung erschaudern ließ?«

»Um eine Engländerin erschaudern zu lassen, braucht es mehr als das Donnern der Wogen.«

Der heftige Ton erschreckte Amelia. Charlie Jones griff sofort ein.

»Darling, die liebe Kleine ist sterbensmüde und fühlt sich nicht in der Lage, ein Gespräch zu führen, das im übrigen hochinteressant zu werden verspricht. Ich bitte um Gnade für Elizabeth.«

Amelia schenkte ihrem Mann einen langen und zärtlichen Blick.

»Gewährt«, sagte sie.

Ohne eine Sekunde zu verlieren, dankte das junge Mädchen mit einem fast unmerklichen Knicks und verschwand.

»Leider ist unser Gespräch nun arg bedroht«, sagte Amelia, »aber dem Himmel sei Dank, daß du da bist und bei uns bleibst.«

»Du weißt genau, wie untauglich ich für diese hochinteressanten religiösen Debatten bin ...«

»Aber Charlie, es geht um die Zukunft der Welt.«

»Ach, Liebste, ihr beide werdet das ganz wunderbar ohne mich ins Lot bringen, denn ich verstehe nichts davon. Wir sehen uns ja später noch, du und ich, aber ich glaube, es wäre vernünftiger, wenn ich mich jetzt zurückzöge.«

»Und ich glaube, daß du bei uns bleiben wirst, dort, in dem großen Sessel, weil ich dich darum bitte und du mir bisher noch nie etwas abgeschlagen hast.«

Die großen braunen Augen blickten ihn sanft, aber unerbittlich an.

Mit einer resignierten Geste ließ er sich in den großen Sessel sinken.

68

Am folgenden Morgen wartete Onkel Josh im großen Salon, bis es Zeit zum Frühstücken war, und las die Zeitung. Aus lauter Eile, Dimwood wiederzusehen, war er früher als gewöhnlich aufgestanden. Jetzt versuchte er sich für die letzten Nachrichten aus Washington zu interessieren, aber es gelang ihm nicht recht. Er vermochte sich nicht zu konzentrieren. In Gedanken sah er sich bereits im Galopp durch die große Allee von Dimwood fahren, als er durch das plötzliche Auftauchen Elizabeths aus seinen Träumereien gerissen wurde. Sie lief auf ihn zu und rief:

»Onkel Josh, welch ein Glück, Sie hier allein zu finden! Ich habe sehr schlecht geschlafen, und ich möchte mit Ihnen nach Dimwood zurückkehren.«

»Ich habe dich noch nie so aufgeregt gesehen, Elizabeth. Beruhige dich. Was ist denn los?«

»Ich will nicht nach Virginia.«

»Du weißt nicht, was du sagst. Ich beneide dich um das Paradies, das dich dort erwartet.«

»Mit Amelia wird es nie und nimmer ein Paradies sein.«

»Irrtum. Diese Frau ist ein Engel.«

»Ich werde bei ihr nicht glücklich sein, und dann ist Onkel Charlie auch nicht mehr derselbe. Ich mochte ihn viel lieber, wie er früher war. Und doch scheint er mit allem zufrieden. Was hat er nur?«

»Was er hat? Er ist mit einer Frau verheiratet, die er liebt. Die Seele ist glücklich, weil der Körper zufrieden ist.«

»Ich sehe da keinen Zusammenhang. Er hat doch keinen anderen Körper.«

»Vergiß, was ich gesagt habe, meine Kleine. Ich habe unbesonnen dahergeschwatzt ... Jedenfalls kann keine Rede davon sein, daß ich dich wieder nach Dimwood mitnehme.«

»Oh, Onkel Josh«, flehte sie.

Einen Augenblick war er versucht, seinen Entschluß zu revidieren, ganz einfach nur, um dieses kleine verzweifelte Gesicht wieder froh zu sehen, aber er wußte nur zu gut, daß Douglas sich nicht darauf einlassen würde – und was dann? Das in Tränen aufgelöste junge Mädchen wieder nach Savannah zurückbringen?

»Nein«, sagte er, »es tut mir leid, aber ich kann nicht, ich ...«

Er verstummte. Amelia war am Arm ihres Mannes im Salon erschienen. Strahlend und rosig, ein Lächeln auf den Lippen, schien dieses Paar Onkel Joshs Bemerkungen zu illustrieren, die er über die Ehe und ihre körperlichen und seelischen Freuden gemacht hatte. Die Klänge eines Hochzeitsmarschs hätten gut dazu gepaßt. Miss Charlotte kam hinter ihnen und bildete das Geleit.

»Guten Morgen«, sagte Charlie Jones, »darf ich zu Tisch bitten? Das Frühstück ist angerichtet und erwartet uns.«

Verblüfft und betrübt zugleich folgte Elizabeth den anderen und setzte sich auf den Platz, den man ihr zwischen Amelia und Miss Charlotte zuwies.

Im Gegensatz zum gestrigen Abendessen war dieses morgendliche Mahl sehr reichhaltig. Rühreier mit Speck, Buchweizenkrapfen in Ahornsirup, gemischtes Kompott, Toastschnitten in riesigen Mengen, Honig und bittere Orangenmarmelade, alles war im Überfluß vorhanden und rings um eine monumentale silberne Teekanne und eine nicht minder imposante Kaffeekanne aufgebaut. Zehn Personen hätten hier einen Bärenhunger stillen können, aber Amelias Vorstellungen von einer gesunden Ernährung waren Gesetz, und sie wünschte, daß man den Tag wie ein kampfbereites Bataillon begann.

Elizabeth begnügte sich mit einer Tasse Tee und knabberte an einer halben Toastschnitte.

»Du wirst Hunger bekommen«, ermahnte Amelia sie.

»Nein«, erwiderte Elizabeth schroff.

Amelia kniff die Lippen zusammen und wandte sich ab.

»Tu so als ob, Kleine«, flüsterte Miss Charlotte dem ungehorsamen Kind ins Ohr, »dann ist alles gut.«

In einer vernünftigen Eingebung schluckte Elizabeth ihren britischen Stolz hinunter und aß den Rest ihrer Toastschnitte demonstrativ und geräuschvoll. Amelia belohnte sie mit einem Lächeln.

»Braves kleines Mädchen«, sagte sie.

»Das also habe ich zu erwarten«, dachte Elizabeth, »braves, gehorsames kleines Mädchen.«

Dann war ihr, als ob eine Vogelklaue sich freundlich auf ihrer linken Hand niedersetzte.

»Geduld«, flüsterte Miss Charlotte ihr zu, »ich bin da.«

Der Abschied war kurz. Keine Gefühlsergüsse, hieß die Regel. Onkel Josh küßte die Damen auf die Wange, drückte Charlie Jones nicht die Hand, sondern den Arm, sagte »Danke« mit gebührend bewegter Stimme und stieg in die Kalesche. Aber da gab es eine Überraschung, die er gar nicht schätzte: Azor sprang vom Bock, lief mit dem Hut in der Hand auf Elizabeth zu und verneigte sich tief vor ihr.

»Mam'sell Lisbeth«, sagte er mit plötzlicher Inbrunst, »de' liebe Gott segne Sie, wi' hatten Sie alle ge'n in Dimwood, kommen Sie wiede', kommen Sie schnell wiede' heim.«

»Azor!« fuhr ihn Onkel Josh an, »willst du wohl aufhören! Das ist ja die Höhe!«

Sprachlos vor Rührung wußte Elizabeth nicht, was sie tun sollte, und kopflos ergriff sie die zögernde schwarze Hand und drückte sie. Onkel Josh sprang auf. Azor erschrak, setzte den Hut wieder auf, zog rasch die weißen Baumwollhandschuhe an, sprang auf seinen Kutschbock und ließ die Peitsche knallen.

Onkel Josh hielt sich die Hände wie ein Sprachrohr vor den Mund und neigte sich zu Elizabeth aus dem Wagen. Die Pferde stoben in raschem Trab davon. Er hatte gerade noch Zeit zu rufen:

»Es gehört sich zwar nicht, aber es gefällt mir!«

»Wo soll das hinführen?« seufzte Amelia, als der Wagen verschwunden war.

Charlie Jones lachte.

»Darling«, sagte er, »wohin führt die Geschichte?«

Der Schock dieser Abreise traf Elizabeth in ihrem tiefsten Inneren. Eine ganze Weile war sie wie betäubt von diesem Schlag, der ihr die letzte Hoffnung raubte. Die Erinnerung an Jonathan war für sie so eng mit Dimwood verbunden, daß ihr die ausgestreckte schwarze Hand, von der man sie gleich getrennt hatte, wie das Symbol eines Bruchs erschien.

Amelia und Miss Charlotte zogen sich in das Haus zurück,

während Charlie Jones zögernd auf der Treppe stehenblieb. Mit ernsthafter und sehr aufmerksamer Miene beobachtete er das junge Mädchen, das sich nicht rührte und unverwandt auf die Allee starrte, wo die Kalesche abwechselnd durch Licht und Schatten gefahren und dann an einer Straßenecke verschwunden war.

Schließlich stieg er die drei Stufen herab, trat auf sie zu und sagte leise:

»Du bist bestürzt, als ob du das alles nicht erwartet hättest, meine kleine Elizabeth. Ich verstehe dich sehr gut. Einer Abreise haftet fast immer etwas Trauriges an, aber du bist zu jung, um traurig zu sein. Von jetzt an werde ich für dein Glück sorgen. Vertraust du mir?«

»Ja«, antwortete sie kurz.

»Du hast mein Wort. Denk daran. Heute, am 8. September 1850, um elf Uhr vormittags, unter den Bäumen vor der Freitreppe meines Hauses, verpflichte ich mich bei meiner Ehre, alles zu tun, um dich glücklich zu machen. Beruhigt dich das etwas?«

Erstaunt über den feierlichen Ton seiner Rede blickte sie ihm in die Augen.

»Ich weiß zwar nicht, was Sie tun können«, sagte sie, »aber ich glaube, Sie werden es versuchen. Der Ort, die Stunde, der Tag, das gegebene Wort... Sie können sicher sein, daß ich es nicht vergessen werde. Notfalls werde ich Sie daran erinnern.«

»Du bist nicht umsonst eine Engländerin, Elizabeth, und du redest schon wie eine erwachsene Frau.«

»Ich habe Ihnen bereits gesagt, daß ich kein kleines Mädchen mehr bin.«

»Ein junges Mädchen.«

»Wenn Sie wollen, aber ein junges Mädchen ohne große Illusionen.«

Wortlos kehrten sie ins Haus zurück. Es folgten einige verlegene Minuten. Elizabeth hüllte sich in Schweigen, und er wußte nicht, wie er beginnen sollte.

Im Salon, wohin er sie führte, forderte er sie auf, Platz zu nehmen, und sagte:

»Wenn ich nicht verpflichtet wäre, mich heute nachmittag in mein Büro zu begeben, hätte ich dir eine Kutschenfahrt in der Umgebung vorgeschlagen, aber wir erwarten morgen die Ankunft eines Schiffs aus England. Du kannst dir nicht vorstellen, was das an Papierkrieg und Anordnungen bedeutet. Würde es dir Spaß machen, am späten Nachmittag einen Spaziergang im Park zu machen?«

Sie hatte nichts dagegen einzuwenden.

»Meine Frau oder Miss Charlotte werden dich gern begleiten.«

»Oh! Ich kann sehr gut allein ausgehen.«

»Elizabeth, wir leben hier in einer formalistischen Gesellschaft. Ein bißchen zu formalistisch für meinen Geschmack, aber es ist eine in sich geschlossene Aristokratie mit ihren Gesetzen und Gepflogenheiten. Eine junge Dame geht nicht ohne Begleitung in die Stadt.«

Schweigen.

»Also gut«, sagte schließlich die arme Verwandte in stummer Auflehnung, »ich werde tun, was man von mir verlangt. Wer wird mich begleiten?«

»Amelia vielleicht. Du wirst feststellen, daß sie eine bezaubernde Frau ist.«

Kurz nach sechs Uhr schritt Amelia langsam und majestätisch durch die große Allee. Ihr langes, dunkelgrünes Kleid, dessen Volants über den Sand schleiften, bekräftigte den Eindruck einer unerschütterlichen Würde, der von ihrer Person und ihrer Haltung ausging. Ihre Bewegungen waren zurückhaltend und gemessen. Ein leichter Sonnenschirm aus lila Seide beschattete ihre obere Gesichtshälfte. Sie war hochgewachsen und kräftig, kurz: eine imposante Erscheinung.

Neben ihr wirkte Elizabeth in ihrem weißen Baumwollrock wie ein anmutiges und unbedeutendes kleines Mädchen, das einer Feenwelt entstammte, aber ihr goldenes Haar, auf dem die letzten Sonnenstrahlen spielten, leuchtete flammenhell.

Die beiden erregten viel Aufmerksamkeit, und von Zeit zu Zeit dankte Amelia mit einem leichten Kopfnicken einem sich vor ihr lüftenden perlgrauen Zylinderhut oder einer Gruppe eleganter Damen, die in ihren Höflichkeitsbezeugungen ebenso reserviert waren wie sie, und deren Lächeln sie nur mit einem Lächeln beantwortete, da sie offenbar keine Lust hatte, sich mit Personen, die sie nicht gut kannte, auf ein Gespräch einzulassen.

Im Schatten des ehrwürdigen Laubs der jahrhundertealten Eichen, unter denen einst arrogante Offiziere in scharlachroten

Uniformen geschlendert waren, ging sie mit der jungen Engländerin spazieren, wie sie es versprochen hatte.

Sie gelangten an einen wenig besuchten Ort, wo riesige Trauerweiden sich über ein flaches Brunnenbecken neigten, setzten sich auf Metallstühle und betrachteten schweigend die Fontäne. Diese Art von stiller Betrachtung kann lange dauern. Das unaufhörliche Plätschern der Wassertropfen hat etwas Faszinierendes. Plötzlich richtete Amelia sich auf.

»Ich habe ein wenig vor mich hin geträumt«, sagte sie. »Ich sah mich bereits dort oben in Virginia, in dem alten Haus ... Du wirst sehen, es wird auch dir gefallen ... und du wirst es lieben. Man kann ihm nicht widerstehen.«

Das junge Mädchen schaute sie an, erstaunt, daß diese sonderbare Person auf einmal menschlich wurde.

»Aber vorläufig sind wir noch hier«, fuhr Amelia fort, »in dieser Stadt, und ich mag die Städte nicht, weil man in ihnen erstickt. Die Natur, ach, ich sehne mich nach der Natur ...«

Vergeblich bemühten sich die Weiden, sie zu trösten und sie mit den langen grünen Vorhängen ihrer Zweige zu umgeben. Die Stadt war zu nahe.

»Noch drei Tage«, seufzte sie. »Morgen werde nicht ich dich auf deinem Spaziergang begleiten, sondern meine Schwester Charlotte. Du kennst sie noch nicht. Beurteile sie nicht nach dem Äußeren, sie hat ihre Eigenheiten.«

»Ich beurteile sie gar nicht«, erwiderte Elizabeth lebhaft.

»Schon gut. Ihr Leben war traurig. Sie wollte heiraten. Der Mann, den sie liebte, schien auch bereit, eine Ehe einzugehen. Sie liebte ihn bis zum Wahnsinn und zeigte es vielleicht zu sehr, aber sie liebte ihn mit einer wilden Leidenschaft, wie ein Tier, verstehst du?«

Unfähig, ein Wort hervorzubringen, schüttelte Elizabeth heftig den Kopf.

»Diese Dinge kannst du in deinem Alter noch nicht begreifen, aber glaube mir, ich habe es gesehen, wir lebten alle zusammen, und ich war fünfzehn Jahre jünger als sie, aber ich verstand, und eines Tages erhielt mein Vater den Besuch des betreffenden Mannes. Sie haben lange miteinander geredet, und dann ist der Mann fortgegangen. Er kam nie wieder. Die Verlobung wurde gelöst. Übrigens war Charlotte damals sehr schön. Ihre Verzweiflung war erschreckend. Wir glaubten, sie würde sterben. Monatelang hat sie in einem Spital gelebt – um nicht zu sagen in einer Irrenanstalt –, monatelang zwischen Leben und Tod. Ihre Schönheit welkte dahin wie eine Blume, die vertrocknet. Und weißt du, warum der Mann sein Wort zurückgenommen hat?«

Sie wartete und hämmerte mit der Spitze ihres Sonnenschirms auf den Boden, um eine zu starke Erregung zu beherrschen. Dann sagte sie plötzlich mit veränderter und kalter Stimme:

»Weil sie ganz klein und er ziemlich groß war. Im letzten Augenblick hat er sich anders besonnen, weil er fürchtete, neben ihr lächerlich zu erscheinen.«

Es folgte ein langes Schweigen. Diese Leidensgeschichte, die Elizabeth nur zu gut verstand, griff ihr ans Herz und sie suchte nach Worten.

»Die arme ...«, begann sie.

»Ja, die arme Charlotte«, unterbrach Amelia sie aufblickend, »aber vielleicht war es besser für sie, einen so feigen Mann nicht zu heiraten. Oft versteht man erst viel später, was der Himmel wollte. Als meine Schwester wieder gesund wurde, war sie eine andere geworden. Der Schmerz hatte sie verändert, hatte sie – wie soll ich sagen – tiefer gemacht. Du und ich, wir wissen wohl, daß es seit den Aposteln keine Heiligen mehr gibt. Die letzten Seiten der Bibel sind geschrieben. Und doch ist meine Schwester ...«

»In Dimwood sagte man mir, Tante Laura sei eine Heilige.«

»Laura Hargrove!« sagte Amelia schroff. »Mein Mann hat mir von ihr erzählt, aber sie ist eine Katholikin. Diese Leute würden die ganze Erde mit ihren Heiligen bevölkern, wenn sie könnten. Charlotte ist etwas anderes. Sei nett zu ihr. Höre ihr zu.«

Sie stand auf.

»Wir wollen heimgehen«, sagte sie. »Du warst lange genug draußen. Behalte für dich, was ich dir gesagt habe.«

»Aber natürlich, ich bin doch keine Schwätzerin.«

»Um so besser. Charlotte schwatzt für vier. Laß sie reden.«

»Ich verspreche es Ihnen.«

Langsam traten sie den Heimweg an und wurden wieder, wenn auch seltener, von den Herren mit einem Lüften der Hüte und von den Damen mit einem Lächeln gegrüßt.

Bewegt und schweigend hingen sie ihren eigenen Gedanken nach und sahen nur noch die dichter werdenden Schatten der Sykomoren zu ihren Füßen. Gleichzeitig senkte sich die Dämmerung auf die mit

roten Ziegeln gepflasterten Straßen, und als sie zu Charlie Jones'
Vorgarten gelangten, leuchteten die ersten Straßenlaternen auf. In
diesem Augenblick äußerte Amelia folgende, recht seltsamen
Worte:

»Schon ist es Nacht. Der Heimweg war ein wenig weit, aber wir
haben uns so viele Dinge gesagt, daß er mir kurz erschien.«

69

Am folgenden Morgen gegen elf Uhr waren Miss Charlotte und
Elizabeth am Hafen. Charlie Jones hatte ihnen den Ort gezeigt, wo
sie sich hinstellen mußten, um alles zu sehen, und das alte Fräulein
zappelte vor Ungeduld. Sie kannte Savannah nicht gut, und ihre
Neugierde war so lebhaft wie die eines kleinen Mädchens. Unter
diesen Umständen erschien es ihr wie ein unverhofftes Glück,
Elizabeth als Anstandsdame begleiten zu können.

Die junge Engländerin sah das Tagesprogramm mit ganz anderen
Augen. Wie sollte sie sich an diesem Ort glücklich fühlen, wo sie die
Schiffe sah, die in die Heimat fuhren, während sie an Land bleiben
mußte, hier in diesem Süden für wer weiß wie lange Zeit? In diesem
Süden, mit dem sie nichts verband, außer der Erinnerung an Jona-
than – und Jonathan war fort.

Schweren Herzens folgte sie Miss Charlotte, die sich energisch
einen Weg durch die Menge bahnte. Aus einer Koketterie, die
Elizabeth nicht zu belächeln wagte, hatte sie ihre große weiße
Linnenhaube auf einem kleinen Seidenturban befestigt, um auf
diese Weise ihrer Körpergröße zehn Zentimeter hinzuzufügen und
durch diese absurde Logik ihr Schicksal zu korrigieren, wie die
anderen zu sein, die schreckliche Niederlage auszulöschen. Dieser
verrückte Kopfputz betonte den tragikomischen Aspekt ihrer Gestalt noch mehr. Die junge Engländerin war sich dessen so peinlich
bewußt, daß sie Miss Charlotte allein vorangehen ließ und ihr in
einer gewissen Distanz folgte. Sie schämte sich, mit dieser kleinen
Person gesehen zu werden, die wie eine für eine Zirkusnummer
aufgetakelte Zwergin aussah, und plötzlich kam ihr ein Gedanke, der
sie erschreckte, weil er ihr als eine Einflüsterung des Teufels erschien: »Jetzt verstehe ich die Auflösung der Verlobung, jetzt

verstehe ich diesen Mann.« Sie fühlte, wie ihr die Schamesröte ins Gesicht stieg, und sogleich rief eine innere Stimme ihr zu: »Dann verstehe auch den anderen, diesen Jonathan, der dir eine schönere Frau vorgezogen hat. Vergiß also dieses Trugbild der Liebe und suche anderswo.«

Ihre erste Regung war, sich aus der Menge zu befreien und zu fliehen, und es gelang ihr auch, einen großen freien Platz vor einigen Gebäuden am Meer zu erreichen.

Das heftige Pochen ihres Herzens zwang sie stehenzubleiben. Bestürzt, verwirrt und fremd, machte sie so ein hilfloses und unglückliches Gesicht, daß eine elegant gekleidete Dame sie fragte, ob sie sich nicht wohl fühle. Elizabeth schüttelte den Kopf und entfernte sich. Sie wollte nicht lächerlich erscheinen. Es war schon schlimm genug, daß sie so leiden mußte.

Ihr Blick schweifte durch die Menge, suchte die groteske weiße Haube, fand sie schließlich, und dann bemühte sie sich, todtraurig, zu ihr zu gelangen, gab es jedoch sehr bald auf. Der Widerwille, mit Unbekannten in körperliche Berührung zu kommen, und sei es auch nur flüchtig, war zu stark.

So wandte sie sich wieder den Hafengebäuden aus grauem Stein und roten Ziegeln zu und betrachtete sie kühl und unvoreingenommen. Die Lagerschuppen gähnten wie schwarze Höhlen unter den freundlichen Fensterreihen, die sich im ersten und zweiten Stockwerk über die Länge der Häuser erstreckten. Keins der Häuser war höher, aber die Baumwollexportfirma zeichnete sich durch eine hübsche, mit schmiedeeisernem Gitterwerk verzierte Veranda aus.

Vor weniger als einem Monat war sie dort oben allein und fast glücklich spazierengegangen, hatte die hohen Masten der Segelschiffe betrachtet, die mit traumähnlicher Langsamkeit an den Kais entlangglitten, während Onkel Charlie an diesem Tage hinter ihr in den stickigen Büros mit seinen Schreibern über dicken Registern und einem Haufen ungeordneter Papiere beschäftigt war. Von Zeit zu Zeit, wenn die Pankhas sich nicht mehr bewegten, hatte man die eingedösten Schwarzen mit einer schallenden Ohrfeige geweckt, worauf diese mit einem lautstarken »Yes, Sir!« ihre Arbeit wiederaufnahmen. All diese Geräusche waren durch die zur Veranda hin geöffneten Fenster zu ihr gelangt. Und heute, hier unten am Hafen, vernahm sie wieder das Echo der gleichen Geschäftigkeit, die gleichen Rufe, das gleiche »Yes, Sir!«, und sie fragte sich, was die

Menschen dazu bewegen konnte, aus freien Stücken ein so entsetzlich langweiliges Leben auf sich zu nehmen.

Unterdessen erhob sich ein immer stärker werdendes Raunen in der Menge, und die Schwarzen in ihren gestreiften Baumwollkitteln versammelten sich an einer Ecke des Kais, wo sie nicht Gefahr liefen, sich unter die Weißen zu mischen. In der Ferne stieg eine Dampfwolke empor, und schon ertönten freudige Ausrufe. Man applaudierte beim Anblick der Rauchwolke. Als dann das Schiff in die Mündung des breiten, schlammfarbenen Flusses einfuhr, ertönte ein Jubelgeschrei wie bei einem Sieg.

Jetzt wurde Elizabeths Neugier stärker als die Sorgen, und sie ging auf die Menge der Schaulustigen zu. Im gleichen Augenblick eilte ihr Miss Charlotte, die etwas abseits mit einigen Damen geplaudert hatte, aufgeregt und heftig mit den Armen fuchtelnd entgegen.

»Wo warst du nur? Du hast mir Angst gemacht. Komm schnell, ich bin dort mit ein paar sehr netten Leuten.«

In der Aufregung war ihr Gesicht ganz rot angelaufen, und ihr monumentaler Kopfputz neigte sich, wie von der Gemütsbewegung angesteckt, gefährlich zur Seite. Die kleine magere Hand packte Elizabeth energisch am Arm und zog sie mit sich.

Sie ließ es geschehen und befand sich bald in Gesellschaft von vier oder fünf Damen, die ihr mit freundlichen, hinter Schleiern verborgenen Augen zulächelten und einige Worte an sie richteten, von denen sie so gut wie nichts verstand. Das Geschrei der Menge machte jedes Gespräch unmöglich, und Miss Charlotte, die sich auf die Zehenspitzen stellte, schrie ebenso laut wie die anderen, obgleich sie nur Schultern und Köpfe sah.

Resigniert und verlegen versuchte das junge Mädchen trotzdem, sich von den Neugierigen zu entfernen, die jetzt von allen Seiten herbeiströmten und sich hinter ihr drängten. Die Arme über der Brust verschränkt, kämpfte sie sich durch die Menschenmenge, deren körperliche Nähe sie ekelte, und als ihr jemand etwas ins Ohr flüsterte, machte sie sich auf das Schlimmste gefaßt. Vertraulichkeiten ...

Wütend drehte sie sich um und erkannte Jonathan. Die dunkelblauen Augen blickten sie so durchdringend an wie auf der Straße nach Savannah, mit der gleichen Autorität, gierig und beherrschend.

»Hab keine Angst. Ich sah dich vorhin, aber Annabel war dabei.

Ich kann nicht bleiben, denn sie ist kaum hundert Meter von hier entfernt, und wir reisen heute nacht, sie und ich. Sie glaubt, du seist in Dimwood. Sage mir etwas, Elizabeth, ich bin sehr unglücklich, sage mir irgend etwas, das ich in meinem Herzen bewahren kann.«

»Nicht hier, nicht in dieser Menge, aber du sollst wissen ...«

Sie rang nach Atem.

»Ich komme zurück«, sagte er, »ich komme bestimmt wieder zurück ...«

»Ich werde auf dich warten ... mein ganzes Leben, Jonathan.«

Plötzlich streckte er ihr sein glühendes Gesicht entgegen. Sie sah nur noch seine Augen, so nahe den ihren, daß sie zu schielen glaubte und die Lider schloß. Sie fühlte seine heißen Lippen auf ihrem Mund und glaubte, in Ohnmacht zu sinken.

Als sie die Augen wieder aufschlug, war Jonathan nicht mehr da.

Sie sah ihn gerade noch verschwinden. Seine schwarzen Locken fielen über den Kragen der Wildlederjacke. Verzweifelt blickte sie ihm nach und verlor ihn aus den Augen, aber dann sah sie Annabel in einem Tilbury am Ende des Kais. Sie stand ein wenig abseits der Menge, hochaufgerichtet, um dem Lauf des Schiffes zu folgen, das unter donnernden Jubelrufen majestätisch durch die Fluten glitt. Die *Bonaventura* fuhr in den Hafen von Savannah ein.

VI
Leidenschaften

70

Ins Haus zurückgekehrt, machte sich Elizabeth auf die Suche nach Amelia und fand sie lesend in einer Ecke des Salons. Zuerst vermochte das junge Mädchen kein Wort hervorzubringen, obgleich sie sich heftig bemühte, ihre Beherrschung wiederzugewinnen.

»Da bist du also«, sagte Amelia, ihr Buch niederlegend, »aber was hast du denn, mein kleines Mädchen?«

Mit ihren Haarflechten, die ihr die Stirn wie zwei Flügel bedeckten, war sie die Sanftmut in Menschengestalt.

»Du siehst ja ganz verstört aus«, fuhr sie fort. »Ist etwas passiert?«

Ihr schöner, jetzt fragender Blick verweilte ernst und ruhig auf Elizabeths erregtem Gesicht.

»Doch nichts Ärgerliches hoffentlich?«

Selbst in ihrem Drängen lag eine solche Milde, daß Elizabeth die Ruhe wiederfand.

»Die Menschenmenge«, sagte sie, »es waren zu viele Leute da.«

»Wie ich dich verstehe! Auch ich leide und fühle mich wie eine Gefangene zwischen so vielen unbekannten Menschen. Man kann sich nicht mehr rühren. Aber setze dich doch.«

Elizabeth setzte sich auf den ihr angewiesenen kleinen Stuhl, und Amelia fuhr fort:

»Die Ankunft dieser braven *Bonaventura* erregt eine solche Begeisterung, als wäre sie hier in Savannah vom Stapel gelaufen. Der Süden hat sie auf seine Kosten in Liverpool bauen lassen, und sie gehört ihm, aber Savannah ist immer bereit, Triumphe zu feiern. Als du hereinkamst, war ich gerade in die Lektüre eines hochinteressanten Buches vertieft, das du vielleicht kennst. *Die Reise des Pilgers.*«

»Ja«, antwortete Elizabeth mit schwacher Stimme.

»Nun, du wirst das Vergnügen haben, es bei uns in Virginia wieder zu lesen. Dieser Schatz hat seinen bevorzugten Platz in allen protestantischen Häusern. Aber du bist ja ganz blaß.«

»Ich bin nur sehr müde ... Wenn Sie gestatten, werde ich auf mein Zimmer gehen und mich ausruhen. Und ich möchte lieber nicht zu Abend essen.«

»Also gut. Einverstanden«, antwortete Amelia wie aus einem plötzlichen Entschluß heraus. »Du bist doch nicht etwa krank?«

»Aber nein.«

»Ich halte dich nicht zurück, mein Kind. Charlie wird etwas später kommen, übrigens auch wegen der *Bonaventura*, und ich werde ihm alles erklären. Schlaf gut, und vergiß deine Gebete nicht. Deine liebe Betty wird sich um dich kümmern.«

In ihrem Zimmer zog sie sich eiligst aus und rief Betty. Nora erschien.

»Nein«, sagte Elizabeth, »nicht du, Nora. Ich will Betty.«

Nora ließ den Kopf hängen, als hätte man sie geschlagen, und zog sich zurück.

Nach einem gedämpften Wortwechsel hinter der Tür trat Betty mit siegesbewußter Miene ein.

»Betty, ich brauche dich. Du wirst tun, was ich sage.«

Die Stimme war wieder fest, präzise und englischer denn je.

»Ja, Mam'sell Lisbeth«, antwortete Betty, bereit und willig, sich der Macht zu beugen.

»In dem kleinen Schrank im Badezimmer steht ein Fläschchen Laudanum, ein blaues Fläschchen. Ich weiß nicht genau, wie man es nimmt. Du wirst mir die richtige Menge in einem Glas geben.«

»Oh!« rief Betty aus, »nich' Mam'sell Lisbeth, nich' fü' Sie! Das is' schlecht fü' Mam'sell Lisbeth. Nehmen Sie kein Laumamum nich'.«

»Sei still! Meine Mutter nimmt es, Tante Emma nimmt es, alle nehmen es dauernd. Gehorche, oder ich rede nicht mehr mit dir und schicke dich nach Dimwood zurück, und dann wird Nora mich auf der Reise begleiten.«

Ein geräuschvolles Schluchzen schüttelte die getreue Betty in ihrem inneren Kampf zwischen Angst und Pflicht.

»Mam'sell Lisbeth, es geht nich' ohne Po'twein nich'«, stöhnte sie unter Tränen.

»In der Speisekammer steht bestimmt eine Flasche Portwein, und die bringst du mir mit einem Glas, oder du packst morgen deine Koffer und fährst nach Dimwood zurück. Los, beeile dich!«

Zu Tode erschrocken, verbeugte sich Betty und verschwand. Elizabeth kam es vor, als habe sie sich zu einer Kugel zusammengeduckt und sei hinausgerollt. Und wieder einmal genoß sie das zweifelhafte Vergnügen, eine Sklavin mit ein paar energischen Worten zum Gehorsam gezwungen zu haben.

»Wie einfach es doch ist«, murmelte sie, etwas beschämt.

Das Laudanumfläschchen stand, wie sie feststellen konnte, wirklich im Badezimmerschrank. Auf dem Etikett war die Anzahl der Tropfen für eine normale Dosis angegeben, mit der Empfehlung, diese nicht zu überschreiten.

»Es ist ja nur eine Empfehlung«, sagte sie laut zu sich selbst.

Obwohl sie so eine entschlossene Miene aufgesetzt hatte, fühlte sie sich beunruhigt. In ihrem langen weißen Nachthemd und mit diesem Fläschchen in der Hand gemahnte sie, ohne es zu wissen, an eine Julia, die im Begriff steht, ihren Schlaftrunk zu nehmen, aber derartiges kam ihr gar nicht in den Sinn. In der letzten Stunde mußte sie ständig an ihre Mutter denken, die in Momenten der Verzweiflung nach ihrem Laudanum verlangte, ihrer befreienden Droge, die in allen Apotheken des Vereinigten Königreichs rezeptfrei erhältlich war ... Aber wo blieb Betty? Wollte man ihr die Portweinflasche nicht ohne besondere Erlaubnis geben?

Wenn der Portwein nicht käme, würde sie ihr Laudanum mit ein wenig Wasser nehmen. Sie hätte alles getan, um der Schlaflosigkeit zu entgehen, die sie vor sich sah.

Die Minuten verstrichen so langsam, als hätte man eine Ewigkeit an die andere genäht. Elizabeth bemühte sich, tapfer zu sein und trotz allem zu lächeln, aber das Warten zermürbte sie so, daß sie nicht mehr hätte leben wollen.

»Ich kann nicht leiden«, dachte sie, »ich habe es nie gelernt.«

Sie mußte sich zwingen, nicht an Jonathan zu denken.

Plötzlich ging die Tür auf. Miss Charlotte erschien ohne ihre Haube, aber gefolgt von Betty, die mit verlegener Miene eine Flasche Portwein und ein Glas auf einem Silbertablett trug.

Wie ein Pfeil schoß Elizabeth aus dem Badezimmer.

Die kleine Prozession blieb vor ihr in der Mitte des Zimmers stehen. Miss Charlotte mit ihrem grauen Haar, die keinen anderen Schmuck trug als ihren Dutt im Nacken, strahlte eine natürliche Würde aus.

»Mein liebes Kind«, sagte sie freundlich lächelnd, »deine Betty sagte mir, daß du ein Glas Portwein trinken möchtest. Eine vortreffliche Idee! Es gibt nichts Besseres, um sich nach den Strapazen des Tages zu erholen, und du wirst um so besser schlafen. Ich will dir gern ein Gläschen einschenken. Dieser Portwein ist der beste in der Stadt. Du kannst sicher sein, daß er das Kap umsegelt hat, denn Charlie Jones achtet in allem auf hervorragende Qualität. Setzen wir uns. Und nun komm schon, Betty.«

Sie sprach etwas überstürzt und mit einer gewissen Heftigkeit, die eine geheime Angst verriet. Die ganze kleine Person in ihrem herbstlaubfarbenen Taftkleid zappelte vor Nervosität.

Sie ließ sich in einem Sessel nieder, während die bestürzte Elizabeth sich auf den Rand ihres Bettes setzte. Nachdem Betty Miss Charlotte die Flasche gereicht hatte, goß diese etwas davon in ein Glas, stellte sich jedoch so ungeschickt an, daß einige Tropfen auf das Tablett fielen.

»Meine Augen werden immer schlechter«, sagte sie. »Vielleicht habe ich dir zuviel gegeben, aber trinke nur. Betty, nimm das alles jetzt fort.«

Betty zog sich mit dem Tablett und der Flasche zurück.

Mit gespitzten Lippen nippte Elizabeth an dem Portwein, dem ersten, den man ihr je angeboten hatte, und dann nahm sie einen kleinen Schluck.

»Nun, wie findest du ihn?« fragte Miss Charlotte.

»Köstlich.«

»Nicht wahr? Mir ist er leider verboten. Wir neigen in der Familie alle zur Gicht. In meiner Jugend trank ich ein wenig Portwein bei meinem Großvater in Aberdeen. Damals war ich jung und glücklich. Lang ist's her. Aber trinke nur.«

»Sie hat alles begriffen«, dachte Elizabeth, »sie wird mir keinen Tropfen für mein Laudanum lassen. Was soll ich tun?«

»Vielleicht könnte ich mein Glas dort auf den kleinen Tisch stellen und es später austrinken«, schlug sie arglistig vor.

»Nein, nein, mein Kind. Ich will ganz sicher sein, daß er dir gut bekommt, aber laß dir nur Zeit. Inzwischen werde ich dir einiges über unsere bevorstehende Reise erzählen. Die Kabinen an Bord der *Neptun* sind reserviert, und übermorgen nacht geht es los ... Aber wo ist denn Betty? Betty!«

»Ja, Mam'sell Cha'lotte«, antwortete eine Stimme vom anderen Ende des Zimmers.

»Was machst du da?«

»Das Tablett abwischen, Mam'sell Cha'lotte. Da wa'en paa' T'opfen d'auf ve'schüttet.«

»So lange brauchst du, um ein Tablett abzuwischen? Komm her!«

Betty eilte herbei.

»Wo warst du?«

»Da hinten. Hab mit ein bißchen Wasse' gespült.«

»Da hinten? Was heißt da hinten? Meinst du das Badezimmer?«

»Ja, Mam'sell Cha'lotte, wegen dem Wasse', Mam'sell Cha'-
lotte.«

»So ein Theater wegen ein paar Tropfen verschütteten Portweins. Versuche bloß nicht, mir mit deinen *Ja, Mam'sell Cha'lotte*
etwas zu verheimlichen. Ich werde nachher *da hinten* eine kleine
Inspektion vornehmen, um mich zu überzeugen.«

»Ja, Mam'sell ...«

»Bleib hier, und rühr dich nicht. Elizabeth, mein liebes Kind, du
trinkst ja gar nicht.«

»Aber doch, schauen Sie nur ...«

»Du hat noch einen Rest im Glas. Trinke, mein Kind, und dann
lasse ich dich zu Bett gehen.«

Ohne Widerrede schluckte das junge Mädchen den letzten Tropfen. Wenn es sie auch verdroß, daß man sie überlistet hatte, verspürte sie doch ein unleugbares Wohlgefühl, ein köstliches Brennen
in der Brust. Wortlos reichte sie Betty das leere Glas.

Miss Charlotte erhob sich.

»Na also«, sagte sie fröhlich, »ich sehe, daß der Portwein dir gut
bekommen ist. Du kannst jetzt zu Bett gehen. Betty, auf ins Badezimmer! Geh voraus, ich folge dir.«

Elizabeth blickte ihnen nach. Die würdige Gestalt des alten
Fräuleins erschien ihr wie eine Vorankündigung dessen, was ihr in
Virginia bevorstand. Seufzend wartete sie. Eine ganze Weile verging, aus dem Badezimmer drang nicht das leiseste Geräusch, und
sie wurde so schläfrig, daß sie bereits einzunicken begann, als sie aufs
neue das geschäftige Rascheln des Tafts vernahm, und plötzlich
stand Miss Charlotte vor ihr.

»Also, mein liebes kleines Mädchen, ich bin völlig beruhigt. Alles
ist in Ordnung. Du kannst deine Gebete sprechen und dann ins Bett
schlüpfen. Deine gute Betty wird dich zudecken. Schlaf gut, liebe
Elizabeth. Wir frühstücken um punkt acht Uhr.«

Nach dieser kleinen Rede, deren scharfer Klang wie ein Bohreisen
durch die Stille drang, schritt Miss Charlotte in ihrem knisternden
Kleid zur Tür.

Als Elizabeth mit Betty allein war, kam sie wieder zu sich und
zeigte sich sehr verärgert.

»Betty, du bist ungeschickt und dumm. Ich will dich nicht mehr sehen.«

»Oh! Mam'sell Lisbeth, wa'um denn?«

»Wa'um? Wa'um? Sie hat natürlich das blaue Fläschchen entdeckt, und was hat sie damit gemacht?«

Ein breites Lächeln war die Antwort.

»Das Fläschchen hat Mam'sell Cha'lotte nich' gesehen. Ich habe es ganz oben in den Sch'ank gestellt, und sie hat den Sch'ank aufgemacht und keine Flasche nich' gesehen. Mam'sell Cha'lotte viel zu klein. Is' alles noch da.«

»Oh, Betty, da bin ich aber froh. Geh, und mach mir gleich mein Laudanum zurecht.«

»Mam'sell Lisbeth, das Laudanum muß man mit Po'twein t'inken.«

»Du Dummkopf, das wird sich im Inneren mischen. Willst du mir gehorchen oder nach Dimwood zurückkehren?«

Mit einem entsetzten Stöhnen eilte Betty ins Badezimmer.

»Wenn Mam'sell davon k'ank wi'd, dann wi'd Betty ve'kauft. Hu, hu, hu! Aufs Boot wi'd man sie b'ingen und dann den Mississippi hinunte'. Hu, hu, hu!«

»Gib um Himmels willen Ruhe! Wenn du so schreist, wird sie dich noch hören und kommt zurück. Nun geh schon, und beeile dich!«

Sie war versucht, selbst ins Badezimmer zu gehen, aber entweder war es der Portwein oder die Aufregung, jedenfalls fühlte sie sich zu unsicher auf den Beinen und fürchtete, sich vor Betty zu blamieren und hinzufallen.

Nach einer Weile kam diese schniefend zurück und reichte ihrer Herrin das Glas wie einen Schierlingsbecher. Sie hatte trotz allem das Laudanum mit ein wenig Wasser verdünnt.

Elizabeth trank alles in einem Zuge und entließ Betty sofort. Als sie in ihrem Bett lag, erinnerte sie sich, ihre Gebete vergessen zu haben. »Nun ja«, sagte sie sich, »ich bete im Bett. Der Herr wird es verstehen.«

Doch sie hatte kaum zehn Worte gesprochen, da wurde ihr die Zunge schwer. Plötzlich stand Betty wieder vor ihr und rüttelte sie an der Schulter.

»Oh, Mam'sell Lisbeth«, jammerte sie. »Sie sind doch nich' tot? Sagen Sie Betty, daß Sie nich' tot sind! Wachen Sie auf!«

»Betty!« fuhr Elizabeth sie wütend an. »Was unterstehst du dich, mich zu wecken, wo ich gerade einschlafen wollte?«

Ein breites Lächeln erhellte das schwarze Gesicht.

»Gelobt sei Gott, de' He"! Mam'sell Lisbeth, es is' sieben Uh'.«

Völlig verblüfft blickte Elizabeth sie an, faßte sich jedoch sogleich.

»Die Sonne!« rief Betty voll freudiger Begeisterung. »Die Sonne scheint ins Zimme'.«

»Na schön, dann schließe die Läden«, befahl Elizabeth kühl, »und geh. Ich ziehe mich allein an.«

»Ja, Mam'sell Lisbeth, gelobt sei Gott, de' He"!«

»Du wirst mir ein Fläschchen Laudanum besorgen«, rief ihr das junge Mädchen nach.

Betty enteilte.

71

Zwei Tage später befand sich Elizabeth allein in der geräumigen, für sie und Miss Charlotte reservierten Kabine an Bord der *Neptun*. Sie saß auf einer gepolsterten schwarzen Lederbank und bemühte sich vergeblich, wieder ein Gefühl für die Wirklichkeit zu finden. Seit jener Nacht, wo der befreiende Trunk sie von sich selbst gelöst hatte, wußte sie, daß sie das Bewußtsein auslöschen konnte, und nun begann ihr alle Wirklichkeit zweifelhaft zu werden. Dieser Gedanke quälte sie so, daß sie fürchtete, den Verstand zu verlieren. Vor allem eines beunruhigte sie: solange das Laudanum wirkte, hatte sie ganz einfach zu existieren aufgehört, und dieses Nichtsein machte ihr eine schreckliche Angst. Mit all ihren Kräften wollte sie leben, wieder an die Menschen und Dinge glauben und daran, daß Jonathan wirklich existierte, daß er ein Mensch aus Fleisch und Blut war, der, wie versprochen, zu ihr zurückkehren würde, so daß sie eines Tages wieder den Duft seiner Haut und die brennende Wärme seiner Lippen spüren konnte.

Sie hatte nicht die geringste Lust, sich diese Kabine genauer anzusehen, die ihr mit all dem Kupfer und den dunklen Mahagonimöbeln auf den ersten Blick den Eindruck eines behaglichen Luxus machte. Ihre Reisetruhe war nicht da. Sie hatte sie vorhin, an Seilen befestigt, in der Luft schaukeln sehen, und wahrscheinlich verstaute man sie irgendwo. Was spielte es für eine Rolle? Alles war dem enttäuschten jungen Mädchen egal, alles, solange die Welt nicht existierte. Nur die beiden Reisekoffer in einer Ecke sprachen von greifbaren Alltäglichkeiten, und sie betrachtete sie mit einem Gefühl der Dankbarkeit, denn sie wenigstens waren Zeugen, die nicht lügen konnten und ihr einen Halt gaben.

Plötzlich öffnete sich leise die Tür, und Charlie Jones erschien, rosig und lächelnd in einem eleganten hellbraunen Anzug. Das wirre schwarze Haar, das ihm in die Stirn fiel, verlieh seinem Gesicht eine jugendliche Frische, und er strahlte vor Glück.

»Ist alles in Ordnung?« erkundigte er sich. »Du siehst aus, als seist du noch ganz in deine Träumereien versunken. Wartest du, bis du auf hoher See bist, um wieder auf den Erdboden zurückzukommen?«

»Würde Sie das bei einer Engländerin erstaunen?«

Er lachte.

»Siehst du, jetzt bist du wieder die Elizabeth, die wir lieben, und da wir gerade allein sind und erst in zwei Stunden abfahren, möchte ich dir einige Ratschläge geben. Du bist noch keine richtige Südstaatlerin.«

»Ich habe nie behauptet, eine zu sein. Ich bin, was ich bin, und so bleibe ich.«

»Streitbar, wie mir scheinen will, aber das gefällt mir. Du kommst aus deiner Umnebelung heraus.«

»Aus meiner Umnebelung?«

Er zog einen schweren geschnitzten Sessel heran und setzte sich, ohne sie aus den Augen zu lassen. Sie war ein wenig beunruhigt, beherrschte sich jedoch und schwieg.

»Ich werde es dir später erklären. Du kannst dein Laudanum haben, aber du wirst in Zukunft vorsichtiger damit umgehen. Notfalls werde ich es für dich dosieren. Charlotte hat keine Erfahrung, und was Betty betrifft ...«

»Betty hat mir nur gehorcht«, unterbrach Elizabeth ihn lebhaft. »Sie dürfen ihr nichts tun.«

»Daran hatte ich nie gedacht, aber ihr drei habt es fertiggebracht, daß du nicht leicht beschwipst, sondern völlig berauscht warst.«

»*Shocking!*«

»Das finde ich nicht, denn es war ganz natürlich. Du bist noch sehr naiv, meine liebe Elizabeth. Als du vor drei Tagen hier im

Hafen herumliefst, hast du gar nicht bemerkt, daß man dich wie auf einer Theaterbühne beobachten konnte.«

Sie blickte ihn an.

»Man spioniert mir also ständig nach!«

»Spionieren ist ein häßliches Wort in deinem Munde«, erwiderte er ruhig. »Ich stand zufällig am Fenster meines Büros. Ein Blick genügte mir, um alles zu begreifen, und es schnürte mir das Herz zusammen. Es gibt keine schlimmere Verzweiflung als die der Jugend, weil die Jugend nicht darauf gefaßt ist. Auch ich habe einmal diese Stunden der Verzweiflung gekannt.«

Sie stand auf und ging zu den beiden Koffern am anderen Ende der Kabine, um sich ihre Erregung nicht anmerken zu lassen.

»Onkel Charlie, worauf wollen Sie eigentlich hinaus?«

»Auf folgendes: Ich habe dich wie eine verlorene Seele im Hafen herumirren lassen, und was ich befürchtete, geschah. An einer Straßenecke auf dem Platz hielt ein Tilbury. Du schautest nicht in diese Richtung, aber ich sah es und erkannte sofort Annabel und ihren Mann. Ich wußte, daß er in der Gegend war ... Sie zögerte eine Weile, und dann fuhr er mit dem Tilbury etwas weiter, bis an eine Stelle, wo sie einen besseren Ausblick auf das Meer hatten.«

»Was gehen mich all diese Einzelheiten an, Onkel Charlie?«

Ohne darauf zu antworten, fuhr er fort:

»Er sprang vom Wagen und ließ sie allein, während sie der *Bonaventura* beim Manövrieren zusah. Das war gerade der Moment, als du dich auf die Suche nach Charlotte machtest. Er wagte nicht, dir nachzulaufen, weil er offenbar fürchtete, gesehen zu werden, aber er ging mit einer wachsenden Schar von Neugierigen in deine Richtung, und ich vermute, daß er dich traf. Und weißt du, was ich dann tat?«

Sie war aufgebracht und antwortete in einem ironischen Ton:

»Ich nehme an, Sie haben Ihr Fernglas verlangt.«

Er blickte sie schweigend an.

»Mein kleines Mädchen«, sagte er schließlich, »ich habe mich ganz einfach vom Fenster zurückgezogen. Ich wollte es nicht wissen, und falls etwas geschehen ist, behalte es für dich.«

Sie fuhr ihn an:

»Was wollen Sie eigentlich? Was hätte in dieser Menschenmenge schon passieren können?«

»Gerade das finde ich so traurig. Ich verstehe dich, Elizabeth, ich verstehe das Laudanum nach einem solchen Augenblick, und ich verstehe sehr gut, daß du verliebt bist und daß er den Kopf verloren hat, aber jetzt ist er fort, und er ist verheiratet. Du mußt ihn aufgeben.«

»Nie und nimmer.«

»Wenn auch er so denkt, wird euer beider Leben ein langes Leiden sein.«

»Lieber leiden als verzichten. Er wird wiederkommen.«

»Nein.«

»Er hat es mir versprochen.«

»Und warum hat er Annabel geheiratet, wenn er bereits in dich verliebt war?«

»Ich weiß es nicht und will es auch nicht wissen. Es ist mir egal. Ich liebe ihn.«

»Du machst mir sehr viel Kummer, aber ich verstehe dich trotzdem.«

Er schwieg eine Weile, und dann fuhr er fort:

»Ich muß euch leider bis zum Abend verlassen. Hörst du den Lärm auf dem Deck? Die letzten Vorbereitungen für die Abfahrt. Charlotte wollte noch eine Weile mit ihren Freunden im Salon bleiben. Sie wird bald kommen. Du verstehst dich doch hoffentlich gut mit ihr?«

»Sehr gut. Sie weiß, was Liebesleid ist.«

»Amelia hat dir erzählt?«

»Ja. Wenn jemand mich verstehen kann, dann ist es Miss Charlotte.«

»Aber Elizabeth, alle können dich verstehen.«

Während er dies sagte, trat ein schwarzer Kofferträger ein und schleppte eine große, mit starken Riemen verschnürte Reisetruhe herein. Charlie Jones zeigte ihm, wo er sie hinstellen sollte. Der Träger gehorchte und verschwand.

»Eure beiden Betten sind übereinander«, sagte er. »Wie ich Charlotte kenne, wird sie dich wählen lassen. Laß ihr das untere Bett, ja?«

»Aber das versteht sich doch von selbst, Onkel Charlie«, erwiderte sie mit einiger Ungeduld.

»Verzeihung.«

Er lächelte ihr zärtlich zu.

Wieder allein, blickte sie durch das Bullauge auf die lange schwarze Linie der Wälder, die das Flußufer bis zu der gewaltigen Mündung säumten. Während der Himmel dunkler wurde, erschrak sie über die Strenge dieser Landschaft. Es war nicht das glücklichere Bild des Südens, das sie in ihrem Inneren bewahrte, die verzauberten Gärten von Dimwood, die große Allee mit ihren altehrwürdigen Eichen und – eine plötzliche Erinnerung, die ihr schier das Herz zerriß – die Ecke der Veranda, wo schwere weiße Blüten in der Tiefe des nächtlichen Laubes schimmerten.

Eine hohe und geschwätzige Stimme riß sie aus diesem süßen Schmerz des erwachenden Heimwehs. Mit einem Schwall von Ausrufen und kleinen Ratschlägen auf der Zunge, eilte Miss Charlotte ihr entgegen, nahm sie beim Arm und blickte ihr tief in die Augen.

»Mir scheint, es geht dir nicht gut«, rief sie. »Aber jetzt ist es schon vorbei. Wir beide werden doch nicht traurig sein. Die Melancholie kommt vom Teufel. Ich kann dir darüber eine herrliche Predigt vorlesen. Du wirst Beifall klatschen. Wir werden uns gut amüsieren. Wie findest du meine Reisekleidung?«

Wie in einem Schilderhaus verschwand sie in einem langen, hellgrünen Damenmantel, den sie mit knochiger Hand öffnete, um Elizabeth das schwarzgrüne Schottenkaro des Futters zu zeigen.

»Erkennst du das Schottenmuster der Douglas? Das ist unsere Sippe. Darin fühlt man sich bei Wind und Wetter zu Hause. Aber nicht gerade maßgeschneidert, was?«

»Ich habe nichts gesagt«, bemerkte Elizabeth.

»Du hast es gedacht. Lüg nicht.«

Elizabeth versuchte sich aus der Klemme zu ziehen und die Wahrheit auf annehmbare Weise zu umgehen.

»Ich finde, daß er Sie größer erscheinen läßt.«

Miss Charlotte warf ihr einen erfreuten Blick zu.

»Nicht wahr? Oh, ich weiß, es ist nur eine Illusion, und ich habe nicht die Absicht, jemanden zu täuschen, aber immerhin ...«

»Er steht Ihnen gut.«

»Das will ich meinen, aber ich muß ihn wohl oder übel ausziehen. Ich kann darin nicht essen und schlafen. Du hast es gut, Elizabeth! Groß, schlank und hübsch wie du bist, stehen dir alle Wege zum Glück offen.«

Elizabeth lächelte und schwieg.

»Ich sage es dir im Vertrauen«, fuhr Miss Charlotte fort. »Dieser Mantel gehörte einst Amelia, und sie hat ihn mir geschenkt. Ich mußte die Ärmel ein bißchen kürzen lassen ...«

Ein langes Dröhnen stieg donnernd zum Himmel empor und ließ sie verstummen. In der darauf folgenden Stille hörten sie die raschen Schritte der letzten Besucher, die zum Fallreep eilten, um das Schiff zu verlassen. Und dieses Geräusch erschreckte Elizabeth viel mehr als der laute Klageton der Sirene. Es war, als ob etwas in ihrem Leben zerrisse.

Das Abendessen fand in der niedrigen Schiffsmesse statt, die dem Reeder und seinen Gästen vorbehalten war. Die anderen Reisenden saßen an einem langen Gemeinschaftstisch, und das Gemurmel ihrer Konversation drang nur herein, wenn die Tür sich kurz öffnete.

Diese für vertrauliche Gespräche unerläßlichen Voraussetzungen begünstigten insbesondere Miss Charlottes unaufhörliches Geplapper, die immer tausend interessante Dinge zu erzählen hatte. Nur Amelia war imstande, diesem Wortschwall, wenn auch nur vorübergehend, Einhalt zu gebieten. In einem Ton, dessen sie allein fähig war, sagte sie nur ein Wort:

»Charlotte!«

Beim Anblick des Damasttischtuches stiegen in Elizabeths Erinnerung die dunkelsten Stunden ihrer Ozeanreise auf: das Elend einer eiskalten Kabine, die unbeschreiblich schlechten Mahlzeiten und vor allem das starre Gesicht einer Frau, die in Kummer und Schande sozusagen lebendig begraben war, ihrer Mutter. Welche Laune eines zweifelhaften Schicksals hatte sie, Elizabeth, in diesen mit Teakholz getäfelten Raum geführt, nachdem es sie an einen märchenhaften Ort verschlagen hatte, wo sie das Herzklopfen einer ersten Liebe erfahren durfte? Und das alles, um sie heute wieder fortzureißen und sie in andere Regionen zu versetzen, von denen sie nichts wußte.

In einer Art Fatalismus fand sie sich damit ab, daß sie es nicht verstand, und war innerlich bereit, auf alles zu verzichten, nur nicht auf die Liebe. Über die Distanz, die sie zwischen sich und die Welt gelegt hatte, vernahm sie Onkel Charlies gleichgültige Stimme. Er sprach von Politik, und das Wort »Kompromiß« fiel wieder einmal mit seiner ganzen schweren Langweiligkeit.

»Diesmal scheint die Einigung endgültig«, sagte er.

Nur sein jugendliches Lächeln versöhnte mit einem so abgedroschenen Satz, den fast jeder daherschwätzte, aber dann fügte er hinzu:

»Sobald wir auf der Höhe von Charleston sind, würde es mich nicht wundern, wenn wir die telegraphische Nachricht erhielten, daß der Kongreß zugestimmt hat, womit die höllische Ungewißheit auf immer beendet wäre.«

»Höllisch, jawohl«, schrie Miss Charlotte mit einer Stimme, die die Diener erschreckte. »Die ganze Politik ist des Teufels. Ich kann es euch anhand von vierzig Bibelzitaten beweisen.«

»Charlotte!« sagte Amelia.

Charlotte schwieg.

Charlie Jones, der die Regeln der elementaren Diplomatie bestens beherrschte, wechselte das Thema:

»Ich hoffe, daß ihr mit eurer Kabine zufrieden seid. Der Komfort wäre vollkommen, wenn ich dem Mobiliar noch einen Schaukelstuhl hinzugefügt hätte, aber wir befinden uns ja alle, wenn ich so sagen darf, auf einem großen Schaukelstuhl, dem Meer. Ihr werdet euch bald davon überzeugen können. Elizabeth, du bist doch hoffentlich seefest.«

»Ich bin Engländerin«, erwiderte Elizabeth.

»Und kurz angebunden«, bemerkte Amelia.

»Nachher«, fuhr Charlie Jones fort, »werde ich euch etwas genauer erklären, wie wir für euren Schlaf an Bord der *Neptun* sorgen.«

»Oh, bitte jetzt, bitte jetzt die Erklärungen«, sagte Miss Charlotte.

»Die haben Zeit. Laßt uns erst essen.«

Der Spargelsuppe folgte ein Omelette mit Trüffeln. Dann gab es einen in feine Scheiben geschnittenen italenischen Schinken mit Avocados in Vinaigrette, und um das Menü abzurunden, wurde noch ein kaltes Roastbeef mit Karotten in Aspik gereicht.

Diese erlesenen Speisen forderten allgemeines Schweigen, und man hörte nur noch das Klappern der Messer und Gabeln. Der Bordeaux wurde von den Damen zunächst abgelehnt, dann doch angenommen, und obgleich sie zuerst nur sehr zurückhaltend daran nippten, waren ihre Gläser plötzlich leer.

»Ich glaube, wir sind unmäßig«, sagte Amelia.

»Wir nehmen, was uns geboten wird«, erwiderte Miss Charlotte, »und darin sehe ich keine Sünde.«

»Der Reisende ist gehalten, sich kräftig zu ernähren«, erklärte Charlie Jones. »Die Unschuld der Nachspeise wird euer Gewissen beruhigen.«

Es erschien der »Triumph des Chefs«, der sich als eine große, mit seltenen Früchten und Maraschino gefüllte Ananas erwies.

Um ihre Weltverachtung zu zeigen, war Elizabeth heimlich entschlossen gewesen, alle Nahrung zu verweigern, aber sie hatte seit zwei Tagen so wenig gegessen, daß sie schon bei der Suppe kapitulierte, und mit jedem Gericht gewann sie wieder mehr Geschmack am Leben.

Nach beendeter Mahlzeit schlug Charlie Jones einen kurzen Spaziergang auf dem Deck vor.

»Die Tagundnachtgleiche ist vorbei, und wir können eine ruhige See erwarten. Im übrigen kann uns auch ein stärkerer Wellengang keine Angst machen, nicht wahr?«

Niemand hatte Angst.

An der Reling streckte Elizabeth ihr Gesicht dem Wind entgegen, ließ ihr Haar wehen und atmete in vollen Zügen den Geruch des Meeres. Die schwarzen Wellen plätscherten sanft unter einem unermeßlichen Sternenhimmel. Der Anblick der unzähligen Sterne ließ sie ein wenig schwindlig werden, und da nichts dem Hang zum Erhabenen günstiger ist als eine gute Mahlzeit, gab sie sich der Illusion hin, daß ein Teil ihrer selbst durch eine geheimnisvolle Anziehungskraft sanft in die himmlischen Höhen emporschwebte.

Welch angenehmes Schwindelgefühl! Als sie die Augen schloß, um sich einer so seltenen Freude hinzugeben, trat jemand zu ihr. Es war Onkel Charlie.

»Mein liebes kleines Mädchen«, sagte er fast flüsternd, »ich möchte deine schönen Träume nicht unterbrechen.«

»Sie unterbrechen nichts dergleichen.«

»Nun, dann bin ich so frei, einige praktische Fragen mit dir zu erörtern. Vorhin wollte ich nicht auf Einzelheiten bezüglich der Nachtruhe an Bord dieses Schiffes eingehen. Ich denke, man spricht über solche Dinge nicht beim Essen, das du hoffentlich erträglich fandest.«

»Sehr erträglich, was mich betrifft, und sogar mehr als das.«

»Danke. Was ich zu sagen habe, läßt sich in wenige Worte fassen: An Bord unserer *Neptun* gibt es weder Flöhe noch Wanzen.«

Sie blickte gleichgültig drein.

»Du reagierst stets wie eine wahre Engländerin: mannhaft.«

»Ich weiß nicht, ob ich *mannhaft* als Kompliment auffassen soll.«

»In meinem Munde ist es ein Kompliment. Gab es Flöhe und Wanzen auf dem Schiff, das dich und deine liebe Mutter nach Amerika brachte?«

»Ja, es gab welche.«

»Leider gilt das gleiche für die ganze amerikanische Handelsmarine. Es ist eine nationale Plage. Wenigstens hinsichtlich des Ungeziefers ist die Union vollendet und vollkommen. Aber wie gesagt: keine Flöhe und Wanzen an Bord der *Neptun*. Ihr werdet euch während der Nacht nicht kratzen müssen. Wir segeln auf einem nagelneuen und blitzblank sauberen Schiff der Zukunft entgegen. Was allerdings die Zukunft betrifft, so weiß ich nicht recht ... Ein Konflikt wurde mit knapper Not vermieden. Aber bedeutet das den Frieden? Alle sind erleichtert, und niemand ist zufrieden.«

»Ich finde, sie machen es sich ziemlich schwer.«

»Ja und nein. Der Süden fühlt sich hintergangen, weil Kalifornien kein Sklavenstaat sein wird. Der Norden ist empört, weil die Sklaverei im Süden noch erlaubt ist. Heute nacht kommen wir an der Küste von Charleston vorbei, aber du wirst es nicht sehen, denn bis dann schläfst du längst. Übrigens bezweifle ich sehr, daß die Stadt beleuchtet sein wird, denn sie hat sich von dem separatistischen Aufstand 1832 und der bewaffneten Intervention des Nordens noch nicht erholt. Wie dem auch sei, der Kompromiß bringt uns einen Burgfrieden, und der kann lange dauern. Es stehen dir glückliche Jahre deines Lebens bevor, im vernünftigsten Staat des Südens, unserem lieben Virginia.«

»Glückliche Jahre?«

»Jawohl, glückliche Jahre, darauf gebe ich dir mein Wort. Hast du mein Versprechen vergessen?«

»Am 15. September unter der Sykomore vor Ihrem Haus? Glauben Sie, das kann man vergessen? Ein solches Versprechen?«

»Ich erneuere es dir in dieser Nacht des 20. September, an Bord dieses Schiffes, das ...«

»Das ohne Flöhe und Wanzen ist, ich weiß, Onkel Charlie.«

»Also falls du nicht schläfst, wird es nicht meine Schuld sein. Gute Nacht, Elizabeth.«

»Gute Nacht, Onkel Charlie, ich werde mein Bestes tun.«

Elizabeth kehrte gleich darauf in ihre Kabine zurück und fand Miss Charlotte bereits schlafend in ihrem Bett. Sie war unter ihren Decken zusammengekauert und schnarchte leise. So ganz dem Schlaf hingegeben, glich sie einer Katze, und in ihrem runzeligen Gesicht offenbarte sich ihre wahre Natur, die eines kleinen Mädchens mit grauem Haar. Ihre ganze Person strahlte eine große Unschuld aus, und dieser Eindruck war so stark, daß Elizabeth fand, sie habe nicht das Recht, mehr über sie zu erfahren. Aber welches Geheimnis gab es da noch zu entdecken? Das ganze Leben des armen Fräuleins mündete in diese Flucht vor der Welt, in glückselige Bewußtlosigkeit.

Nachdem sie sich rasch ausgezogen hatte, stieg Elizabeth mit Hilfe eines zweistufigen Schemels in ihr Bett und legte sich auf den Rücken, die Augen weit geöffnet. Zu schlafen schien ihr unmöglich, und sie dachte nicht einmal daran.

Im Schein des kleinen Nachtlichts, das in einer Nische brannte, erkannte sie die schweren dunklen Mahagonimöbel, die am Fuße der schwarzen Lederbank aufgereihten Koffer, die schwach schimmernden Teakwände. Es gab nichts Geheimnisvolles in diesem banalen Raum; das Geheimnis war draußen unter dem Himmelszelt, unter den Millionen Lichtpunkten. Das Bullauge ließ nichts davon ahnen.

Sie war versucht, sich wieder anzuziehen, sich hinauszuschleichen wie zu einem Stelldichein, und das Deck würde sich in die Veranda von Dimwood verwandeln, aber lief sie nicht Gefahr, dort andere Passagiere anzutreffen, die den Traum zerstören würden, indem sie mit ihr plauderten und sie mit seichtem Geschwätz belästigten? Seit kurzem schlingerte das Schiff ein wenig, und sie hörte in der Ferne das traurige Brüllen des Nebelhorns, das rief und rief, wie ein verirrtes Tier.

In der Stille der Nacht lauschte sie auf das Ächzen der Planken und das dumpfe Geräusch der stampfenden Maschinen im Schiffsbauch.

Sie schloß die Augen und sah wieder den Sternenhimmel, an dem sie ihr und Jonathans Schicksal abzulesen versuchte. Irgendwo in dieser Unendlichkeit stand ihrer beider Leben geschrieben. Konnte sie ohne ihn leben, und würde sie sich damit abfinden?

In dem Bett unter ihr schlief die kleine Person, die sich mit ihrem Schicksal abgefunden hatte.

72

Die drei folgenden Tage waren so eintönig, daß sie endlos erschienen. Zu weit von der Küste entfernt, um etwas zu sehen, blieb den Passagieren nur das Vergnügen, die Stunden bis zur nächsten Mahlzeit zu zählen. Die Gespräche waren phantasielos. Das Thema des Kompromisses, zu dem der Kongreß nach langer Ungewißheit endlich gelangt war, hatte man erschöpft, und so richtete sich die Aufmerksamkeit bei Tisch auf die köstlichen Dinge, die man auf dem Teller hatte.

Elizabeth hätte sich wie alle anderen zu Tode gelangweilt, wenn Onkel Charlie ihr nicht zur Hilfe gekommen wäre und ihr vor der Küste von Südkarolina einen Feldstecher in die Hand gedrückt hätte. So entdeckte sie die dichten Palmenreihen am Strand, deren breite Blätter sich im Winde bewegten, und plötzlich reute es sie, dieses Land des Südens zu verlassen, das sie nicht hatte lieben können.

Onkel Charlie setzte sich zu ihr auf das Deck und schien ihre Gedanken erraten zu haben.

»Unser Virginia hat dir Landschaften zu bieten, die deinem englischen Herzen viel näher sind. Schau jetzt einmal ganz genau, da oberhalb der Palmen.«

Sie sah nichts, denn die Palmen faszinierten sie und verbargen alles.

»Schau etwas weiter in die Landschaft hinein. Siehst du dort nicht Wasser?«

»Ja. Seen.«

»Es sind keine Seen, sondern Sümpfe. Dort wachsen Zypressen und Schilf, und jeden Tag fangen die schwarzen Bären da ihre Fische. Ringsum siehst du riesige, mit grauem Moos behangene Eichen, wie in Georgia.«

Elizabeth senkte das Fernglas und blickte Charlie Jones mit begeistertem Kindergesicht an.

»Bären? Sind Sie sicher, daß es dort Bären gibt?«

»Und unzählige andere Tiere, Hirsche mit weißen Schwänzen, Waschbären, Opossums, die sich schlafend stellen, wenn man sie fängt, und die man dann wachkitzelt.«

»Pfui, wie scheußlich.«

»Nicht wahr? Soll ich fortfahren? Füchse, Kaninchen, ganz zu
schweigen von den vielen Vögeln, Schwalben, Ziegenmelker, abscheuliche Bussarde, die sich aus der Luft auf die Reisenden erbrechen . . .«

»Oh! Genug, Onkel Charlie.«

»Alles, was man töten, essen, häuten kann, wird von apoplekti-
schen Herren in roten Röcken auf galoppierenden Pferden gejagt,
alles, was das Jagdhorn zum Schmettern, die Flinten zum Knallen,
die Hunde zum Bellen bringt . . .«

»Und die Blumen, Onkel Charlie, die Blumen . . .«

»Weiter von der Küste entfernt, wo du sie nicht sehen kannst,
wachsen Abertausende von Magnolien . . .«

»Lassen wir die Magnolien, und geben Sie mir das Fernglas
zurück«, sagte sie traurig.

»Die Blumen langweilen dich? Das ist kein Wunder. In Dimwood
hast du ja mehr als genug davon gesehen, aber schau nur weiter,
die Landschaft verändert sich. Ich gehe jetzt zu meiner Frau und
lasse dich vom Süden und seiner gewohnten Pracht Abschied
nehmen.«

Als sie allein war, gab sie sich wieder ihrem natürlichen Hang zur
Träumerei hin. Zwanzigmal legte sie das Fernglas nieder, zwanzigmal nahm sie es wieder auf, und seltsamerweise kam es ihr so vor, als
diente dieser Feldstecher mehr und mehr dazu, die Erinnerung an
Jonathan in ihrem eigenen Inneren zu suchen. Allmählich veränderte sich das Panorama, ohne daß sie sich dessen bewußt wurde.

Pinienwälder, hochaufgerichtet wie Palisaden, erstreckten sich
längs der Küste, und zwischen den kahlen Stämmen, die riesigen
Bleistiften glichen, herrschte tiefe Finsternis. Diese stille Landschaft
erregte schließlich ihre Aufmerksamkeit, und sie wünschte, sie
könnte sich dort verbergen, sich in diesem Dunkel verlieren, in der
unsinnigen Hoffnung, ihre Liebe wiederzufinden.

Einige Minuten lang gab sie sich diesen Halluzinationen hin, und
der phantastische Einfall entzückte sie fast ebenso sehr wie er sie
betrübte. Sie redete sich ein, daß Jonathan zu ihr zurückkommen
würde, aber die Vernunft erklärte ihr, warum es nicht sein konnte.

Ein lauter Gongschlag, der das Abendessen ankündigte, rief sie
brutal in die Wirklichkeit zurück.

Diese Mahlzeit unterschied sich kaum von der des Vorabends.
Miss Charlotte versuchte vergeblich, ihre Erlebnisse des Tages zu

erzählen, und wurde jedes Mal durch einen kurzen Ordnungsruf von Amelia zum Schweigen gebracht. Immerhin fügte diese tröstend hinzu:

»Bewahren wir uns diese Erinnerungen für die Abende in Virginia auf. Dort werden wir sie brauchen.«

Die Antwort war ein gutwilliges Lächeln. Miss Charlotte nahm es frohgemut hin, von ihrer jüngeren Schwester wie ein kleines Mädchen behandelt zu werden. Charlie Jones sprach sehr wenig. So wurde das Schweigen bei Tisch zu einer Art Gesetz, ganz im Gegensatz zu den leidenschaftlichen Diskussionen in Dimwood, und plötzlich mußte Elizabeth an Freds helle und kampflustige Stimme denken.

Sehr bald nach dem Essen zog sie sich zurück, und eine Viertelstunde später folgte ihr Miss Charlotte, die Elizabeth unbehelligt von ihren Reden zu Bett gehen ließ. Es dauerte nicht lange, und sie fühlte sich in Schlaf sinken, eingewiegt von dem eintönigen Gemurmel der ganz in ihre eindringlichen und flehenden Gebete versunkenen Miss Charlotte. Das Schiff schlingerte leicht. Von Zeit zu Zeit blies das Nebelhorn seinen heiseren Ruf in die Ferne, und Elizabeth vernahm es undeutlich, bevor ihr das Bewußtsein schwand.

Gegen Morgen fiel sie in einen verwirrten Alptraum und wurde von einem so deutlichen Schrei aus dem Schlaf gerissen, daß sie sich in ihrem Bett aufrichtete und sich zu Tode erschrocken in der Kabine umsah.

»Ich würde mein Leben für dich geben.«

Es klang wie die rauhe und verzweifelte Stimme eines Ertrinkenden, und sie erkannte sie nicht wieder, aber die Worte schnürten ihr die Kehle zu. Sie würde sie nie vergessen.

In Schweiß gebadet, wischte sie sich das Gesicht mit dem Laken ab.

»Fred«, sagte sie laut.

Es folgte eine beklemmende Stille, und dann ertönte aus dem Bett unter ihr ein Flüstern, das sie vollends weckte.

»Mein kleines Mädchen, du hast einen bösen Traum. Du mußt zum Herrn beten.«

»Zum Herrn beten«, wiederholte Elizabeth mechanisch, »ja, aber beunruhigen Sie sich nicht, ich schlafe gleich wieder ein.«

Ein kurzes Schweigen, und dann fuhr die flüsternde Stimme fort:

»Wenn es Liebeskummer ist, wird der Herr dir Frieden geben, aber du mußt Geduld haben.«

»Es ist kein Liebeskummer ... kein persönlicher ...«

»Warten und warten ... manchmal jahrelang.«

Plötzlich erschien Elizabeth diese Stimme wie eine Prophezeiung.

»Jahrelang!« rief sie entsetzt. »Aber mit den Jahren geht das Leben vorbei.«

»Ja, das Leben geht vorbei, aber die Jugend ist nicht die glücklichste Zeit ... nicht immer.«

»Aber warum dann beten, Miss Charlotte?«

»Weil es hilft, sich später, im Laufe der Zeit, besser damit abzufinden. Das ist der Frieden, der Frieden des Herrn.«

»Oh, Miss Charlotte, das Leben ist zu traurig.«

»Du mußt es hinnehmen, meine kleine Elizabeth. Wollen wir zusammen einen Psalm sprechen? Ich schlage dir den dreizehnten vor: *Herr, wie willst du mich so gar vergessen? Wie lange verbirgst du dein Antlitz vor mir?*«

»Nein, o nein, Miss Charlotte, ich kann nicht. Es gibt Tage, an denen man sterben möchte.«

»Ich weiß, mein liebes Kind, aber das traurigste ist, daß man nicht stirbt, sondern sich daran gewöhnt. Ich glaube, es wird schon hell. Du mußt versuchen, wieder einzuschlafen. Dreh dich nach der Wand wie die Leute im Alten Testament.«

Sie schwieg, und kaum zwei Minuten später hörte Elizabeth das leichte, friedliche und regelmäßige Schnarchen. Und das erstaunte sie fast noch mehr als alles andere.

Die Sonne strahlte an diesem Morgen geradezu festlich, und auf der *Neptun* herrschte allgemein eine gute Stimmung. Die meisten Passagiere waren Handelsreisende in Begleitung ihrer Familien. Bei einigen erriet man die Herkunft an dem nasalen Akzent der Nordstaaten, den man ein wenig belächelte, aber der endlich unterzeichnete Kompromiß hatte ein wenig Öl auf die Wogen gegossen, und der schöne, etwas naive Traum von der »Union der Herzen« schien sich vielleicht doch noch verwirklichen zu lassen. Sicher spielte dabei auch die besondere Mentalität eine Rolle, die sich auf einer Schiffsreise herausbildet, selbst wenn sie nur wenige Tage dauert. Da werden spontane Freundschaften geschlossen, von denen man glaubt, daß sie ewig dauern, die sich aber trotz einem herzlichen Adressenaustausch in nichts auflösen, sowie man den Kai des Ankunftshafens betreten hat.

Fern von der geschwätzigen Menge hatte Elizabeth sich zurückgezogen und in ihren Liegestuhl gekuschelt. Die Landschaft bot nichts, was ihre Aufmerksamkeit fesseln konnte, und was sie durch das Fernglas sah, waren nur riesige Sümpfe und die endlose Wand der Pinienwälder, die das blendende Licht rosig färbte. Allmählich entfernte sich die *Neptun* von der Küste, und sie ließ den Feldstecher sinken. Ständig kehrten ihre Gedanken zu dem morgendlichen Gespräch mit Miss Charlotte zurück. Es schien ihr, als habe diese seltsame kleine Person ihr das Geheimnis des Lebens enthüllt. Zu Gott beten, warten und warten, sich in sein Schicksal fügen ...

Charlie Jones trat zu ihr und unterbrach den Lauf dieser trübseligen Betrachtungen. Noch nie war ihr seine Lebensfreude so penetrant erschienen, und sie sah darin eine Art Schamlosigkeit, die ihr zunächst einiges Unbehagen bereitete.

»Ich nehme an, daß du dich langweilst, meine liebe Elizabeth, und ich verstehe dich. Darf ich mich einen Augenblick zu dir setzen? Ich werde versuchen, dich zu zerstreuen, da ich doch versprochen habe, alles für dein Glück zu tun.«

»Für mein Glück?«

»Sagen wir, ich will dich von deiner Traurigkeit ablenken. Das gehört auch zu meinen Aufgaben. Also höre: In diesem Augenblick umfahren wir in einem weiten Bogen das Kap Hatteras, wo sich in der schlechten Jahreszeit alle Stürme der Umgebung ein Stelldichein geben, wie die Hexen in *Macbeth*. Aber auch bei schönem Wetter sind die Schiffe durch zahllose Klippen gefährdet. Morgen erreichen wir den Hafen von Norfolk, und das ist das Tor nach Virginia. Ich will dir zur Abwechslung etwas über diese Stadt erzählen, die von der Ozeanseite ganz mit Schiffen verbarrikadiert ist. Interessierst du dich für Geschichte?«

»Manchmal«, sagte sie mit abwesender Miene, »es kommt ganz darauf an.«

»Gut. Hast du schon einmal von Kapitän John Smith gehört?«

Sie warf ihm einen stählernen Blick zu.

»Wie oft muß ich Ihnen sagen, daß ich nicht in Peking, sondern in England erzogen wurde?«

»Ich sehe mich in meine Schranken verwiesen«, sagte er lachend,

»aber das habe ich mir nur selbst zuzuschreiben. Kapitän John Smith also, im Dienste Seiner Majestät des Königs Jakob I., landet in den frühen Morgenstunden des 27. April 1607 in der Bucht von Norfolk.«

»Und dann?«

»Seine Bewunderung ist grenzenlos. Einer seiner Gefährten hat die ersten Eindrücke der Seefahrer schriftlich festgehalten: weites Grasland, stämmige Bäume, frische Bäche in den Wäldern, alles erregt allgemeines Entzücken. Der feine, fast weiße Sandstrand ist übersät mit riesigen Austern. Ohne Verzug brechen mehrere Männer sie auf und finden in vielen von ihnen ... was glaubst du wohl?«

»Nein!«

»Doch. Perlen. Und die Austern selbst sind köstlich, sie sind noch heute sehr beliebt und haben einen guten Ruf. Die Geschichte der Stadt will ich dir nicht erzählen. Sie besteht aus roten Ziegelhäusern, und dort haben sich die Puritaner auf ihrer Flucht niedergelassen. Somit ist das ideale Klima für das Erscheinen der Hexe mit dem Besen in Reinkultur gegeben.«

Elizabeth war sehr aufmerksam geworden und hätte gern noch weitere Einzelheiten dieser Art erfahren, aber Onkel Charlie schwieg.

»Fürs erste habe ich meinen Sack geleert«, sagte er schließlich, »und ich fürchte, du wirst bei deiner Ankunft von dem heutigen Norfolk enttäuscht sein. Ganze Reihen schöner Häuser sind im Namen des Fortschritts verschwunden, die Austern, die man in den Restaurants serviert, enthalten keine Perlen, die Hexen mit den Besen sind Kartenlegerinnen geworden, aber die umliegende Landschaft hat noch etwas von dem alten Paradies. Ich verlasse dich jetzt – meine Frau, verstehst du? Wenn ich zehn Minuten abwesend bin, sieht sie mich schon auf dem Meeresgrund. Noch ein kleiner Rat: sprich nicht zuviel mit Charlotte. Ich kenne ihre Geschichte, sie kennt die deine nicht, aber sie wittert bestimmt etwas. Sie ist fröhlich und demoralisierend zugleich. Sie begegnet ihrer täglichen Verzweiflung mit einem Lächeln.«

»Sie hat sich mit ihrem Schicksal abgefunden«, sagte Elizabeth traurig.

»Siehst du, mein kleines Mädchen, nun hast du dich verraten. Als ich vorhin dein tragisches Gesichtchen sah, war mir alles klar.

Glaube mir, höre nicht zu sehr auf sie. So düster ist das Leben nicht.«

Plötzlich beugte er sich über sie und schloß sie in seine Arme, und sie empfing wie einen warmen Hauch die ganze natürliche Zärtlichkeit dieses Mannes, den sie so falsch beurteilte.

»Wach auf«, flüsterte er ihr zu, »befreie dich aus deinem Alptraum, Elizabeth.«

Dann richtete er sich auf und betrachtete sie. Sie saß kerzengerade, rot vor Wut, und war versucht, ihn zu demütigen, indem sie ihm sagte, er solle seine verrutschte Halsbinde zurechtrücken, aber er entwaffnete sie mit einem Lächeln.

»Du kennst meine alte Geschichte«, sagte er. »Ich war wahnsinnig in deine Mutter verliebt, und sie wollte nichts von mir wissen. Und da habe ich eine andere geheiratet, anstatt mir wie ein Narr eine Kugel durch den Kopf zu jagen. Ein Engländer fügt sich nicht in sein Schicksal, er bietet ihm die Stirn.«

Elizabeth zuckte zusammen und fuhr zurück wie ein Pferd, das man an die Kandare nimmt. Dieser banale Vergleich kam ihr jedenfalls in den Sinn, und sie kam sich lächerlich vor in den Augen dieses Mannes, dessen rosiges, selbstzufriedenes Gesicht sie am liebsten geohrfeigt hätte. In solchen Augenblicken fand sie ihn unausstehlich, und sie suchte nach irgend etwas Verletzendem, das ihn in Wut bringen könnte. Die Worte kamen ihr wie von selbst über die Lippen:

»Ihr Liebesleben ist gewiß hochinteressant, aber es geht mich nichts an, und ich kann Ihnen versichern, daß es mich kalt läßt.«

»Bravo!« rief er lachend. »Das war eine gute Antwort. Ich wäre enttäuscht gewesen, wenn du nichts gesagt hättest. Weißt du, daß du ganz entzückend bist, wenn du in Wut gerätst? Entschuldige meine Neckereien, aber deinen Zorn zu erregen, ist mir immer wieder ein Vergnügen.«

»Es wäre vielleicht auch amüsant, zur Abwechslung einmal den Zorn Ihrer Frau zu erregen.«

»Jetzt wirst du boshaft, aber auch darin erkenne ich meine Landsmännin wieder. Meine geliebte Amelia hat es nicht nötig, in Wut versetzt zu werden, um die schönste aller Frauen zu sein. Bedenke jedoch, meine liebe Elizabeth, daß ich, wenn deine Mutter mich geheiratet hätte, heute dein Vater wäre.«

»Nun, dieses Unglück ist mir wenigstens erspart geblieben. Der Himmel ist doch gerecht.«

Plötzlich schien ihn ein nervöser Lachanfall zu schütteln.

»Ich ergreife die Flucht«, rief er prustend. »Mit dir kenne ich mich nicht aus. Ich habe Angst.«

Und er enteilte in der Tat, wie ein schalkhafter Jüngling.

Das Fernglas in Augenhöhe, spielte sie sich selbst die Unbeteiligte vor. Was wollte er ihr mit seinen Neckereien sagen? Es war ihr einerlei. Die Männer redeten überhaupt so seltsam mit ihr ... Sie brachten sie dazu, Dinge zu sagen, die sie gar nicht sagen wollte.

Das Fernglas wog schwer in ihrer Hand, und sie sah nur eine dunkle Linie, hinter der sich in der Ferne eine rauchblaue Hügelkette abzeichnete. Und doch näherte sich die *Neptun* unmerklich der Küste. Mit etwas mehr Geduld hätte sie die Veränderung der Landschaft beobachten können, aber sie war müde und legte das Glas in den Schoß.

Nur Jonathan konnte sie verstehen. Jonathan hätte mit ihr gesprochen wie mit einer Frau.

73

In dieser Nacht weckte sie ein Stimmengeräusch aus dem Schlaf. Irgend etwas ging draußen vor. Sie schlüpfte in ihren Morgenrock, schlich auf Zehenspitzen aus der Kabine und ging bis zu der Tür zum Außendeck. Wie festgenagelt vor Überraschung blieb sie stehen: an der Küste brannte der Wald lichterloh. Der Wind trieb die langen Flammen vor sich her, und sie ergossen sich wie rote Wogen über den Erdboden, durchdrangen das dichte Gestrüpp und legten sich rings um die Bäume, die von einer riesigen weißen Rauchwolke eingehüllt waren. Viele standen noch, andere stürzten mit majestätischer Langsamkeit zusammen und neigten die brennenden Äste wie Fackeln in einem feierlichen Trauerritual. Beim Anblick dieses Feuers, das fröhlich zwischen den hohen Säulen hindurchlief, wurde sie von einem plötzlichen Hochgefühl ergriffen, als ob all die Kräfte ihrer Jugend mit diesem Ausbruch einer zerstörerischen Energie übereinstimmten.

Gegen Ende des folgenden Tages kamen sie in Norfolk an, und

die Passagiere wurden vor die Wahl gestellt, entweder einen letzten Abend an Bord zu verbringen, oder gleich an Land zu gehen. Für Charlie Jones gab es kein Zögern. Eine vierspännige Kutsche wartete auf dem Kai, und er überwachte den Einstieg seiner Damen mit jener höflichen Autorität, die er in solchen Fällen auszuüben wußte. Viel bescheidener als die sehr imposante schwarze Kalesche war der stabile Rumpelkasten, der Betty und einen Haufen Gepäck transportierte. Wohlwollend wie immer, hatte Charlie Jones der Dienerin angeboten, die Reise mit der Eisenbahn zu machen, aber sie zog den Gepäckwagen vor, wo man ihr eine Matratze zur Verfügung stellte.

Die erste Etappe, die kürzeste der ganzen Reise, war Suffolk, das sie in weniger als einer Stunde erreichten.

Kaum hatte Elizabeth festen Boden betreten, da saß sie auch schon neben Miss Charlotte in der Kalesche. In dem geschäftigen Treiben um sie her, dem Hinundherlaufen an einem Ort, den sie nicht kannte, hatte sie jeden Sinn für die Wirklichkeit verloren und fühlte sich wie in einem zusammenhanglosen Traum. Von Norfolk in der Dämmerung behielt sie nur das Bild der großen Segelschiffe vor einem roten Abendhimmel in Erinnerung und ein dunkelrotes Backsteingebäude an der Ecke eines Platzes. Hie und da flammten die Gaslaternen auf und beleuchteten das wirre Durcheinander einer schwatzenden und schreienden Menschenmenge, die sie in einem unverständlichen Hin und Her umwogte. Der Wagen fuhr im Trab durch lärmende Straßen, bog dann in eine etwas ruhigere Allee ein und schließlich in eine stille Landstraße, und Elizabeth erschrak, als die Pferde in der zunehmenden Dunkelheit plötzlich in Galopp fielen. Die Wagenlaternen verhinderten, daß sie die Landschaft außerhalb der Stadt sehen konnte, aber plötzlich fühlte sie etwas, was sie seit Wochen erwartete, was ihr zugleich mysteriös und vertraut war: die Frische der Wiesen bei einbrechender Nacht, die Düfte, die vom Boden aufstiegen, wie der reine und köstliche Geruch der Erde.

Einige Augenblicke lang glaubte sie sich in die Freuden der Kindheit zurückversetzt, und ihr Blick suchte im Halbdunkel die Farbe der Gräser, die vertraute Reglosigkeit der Bäume zu erkennen, aber sie sah fast nichts; nur das verschwundene Glück, das sie vor dem Leid gekannt hatte, lebte in ihrem Innern wieder auf, und sie hielt tapfer die Tränen zurück, die in ihren weit geöffneten Augen schimmerten.

Und dann plötzlich grelle Lichter, laute Stimmen, die die Stille durchbrachen. Man schüttelte sie sanft und lachte:

»Sie schläft! Elizabeth, wir sind angekommen, wir steigen aus.«

Die kleine Stadt Suffolk besaß keine großen Hotels, aber man hatte in einem geräumigen, wie zu Jeffersons Zeiten eingerichteten Gasthaus gute Zimmer reserviert. Das niedrige, langgestreckte Gebäude mit seinem roten Ziegeldach und seinen weißgestrichenen Wänden besaß sogar ein mit zwei Säulen verziertes Portal und ein Schild, auf dem *Ye Olde Virginia Tavern* geschrieben stand.

Das Abendessen wurde in einem mit Gas beleuchteten niedrigen Saal serviert. Elizabeth, die sich die Reise als ein ununterbrochenes Fest vorgestellt hatte, sah ihre Hoffnungen schwinden. Der Raum erschien ihr traurig. Immerhin war das Tischtuch weiß, und die Speisen schmeckten gut. Es gab Maisbrot mit Butter und gebackenem Huhn. Darauf folgte ein Hecht von beachtlicher Größe. In eleganter, S-förmiger Pose, die auf einen Tod im kochenden Wasser schließen ließ, hatte er den Kopf der jungen Engländerin zugewandt und blickte sie böse mit offenem Maul an. Unzählige kleine weiße, kugelrunde Kartoffeln dienten ihm als Polster oder Matratze. Das Ganze war bald verzehrt und wurde für gut befunden, trotz der vielen Gräten, die das Essen komplizierten. Man hatte eine Flasche Pouilly auf den Tisch gestellt. Sie kam direkt aus Onkel Charlies Weinkeller, und er war der einzige, der davon trank. Die beiden Schottinnen betrachteten es als eine Sünde, die man den Männern wohl oder übel nachsehen mußte, und was Elizabeth betraf, so wußte sie nicht einmal, was ein Pouilly war. Zudem war sie argwöhnisch, mißtraute im Grunde der ganzen Welt, seit sie dieses Gasthaus betreten hatte, und ihre Enttäuschung war so offenbar, daß Charlie Jones sie aufzuheitern versuchte:

»Da du weißt, wer der junge englische Seemann John Smith ist, der 1607 hier landete, werde ich dir sein Abenteuer mit der bildschönen Pocahontas erzählen.«

»Charlie, ich hoffe, es ist eine anständige Geschichte. Der Wein kann auch den Gerechten zum Straucheln bringen.«

»Fürchte nichts, Amelia, dieser Gerechte weiß wie ein Gentleman zu trinken. Um John Smith nicht Schritt für Schritt auf seiner Suche nach dem Chikahominy-Fluß folgen zu müssen, der von hier aus ziemlich weit im Nordosten liegt, sagen wir nur, daß er hier in dieser Gegend ankam, wo die Indianer lebten.«

»Die hier zu Hause waren«, sagte Elizabeth, plötzlich aufgebracht, wie immer, wenn von Indianern die Rede war.

»Ein schwieriges Problem«, räumte Charlie Jones ein, »aber verdirb mir nicht meine schöne Geschichte. Ich fahre fort: John Smith und seine mit Musketen bewaffneten Soldaten wagten sich zu weit in das Gebiet des Königs Powhatan vor. Die Indianer lockten ihn in einen Hinterhalt, nahmen ihn gefangen und brachten ihn zu ihrem Häuptling, der ihn im Kreise seiner Krieger verhörte. Powhatan verurteilte ihn zum Tode. John Smith muß niederknien, den Kopf auf einen Stein legen und wartet . . .«

»Wartet tapfer«, unterbrach Elizabeth. »Immerhin ein Engländer.«

». . . wartet tapfer auf die Schläge der schweren indianischen Keulen, die ihn zu Brei zermalmen werden.«

»Charlie, ich bitte dich«, ermahnte ihn Amelia, »nicht beim Essen.«

»Ich bitte um Verzeihung, aber Tatsachen sind Tatsachen. Schon haben die Indianer die Keulen erhoben, und es fehlt nur noch ein Augenzwinkern, aber da erscheint plötzlich die bezauberndste junge Indianerin der Welt; sie ist ganz aufgelöst und eilt geschwind wie ein Pfeil auf den Verurteilten zu, kniet vor ihm nieder und umschlingt schützend sein Haupt mit ihren schönen nackten Armen . . .«

»Und wie alt war deine Heldin?« fragte Amelia in strengem Ton.

Überrascht und ein wenig verlegen antwortete Onkel Charlie: »Dreizehn Jahre.«

Ohne ein weiteres Wort ergriff Amelia die Flasche Pouilly und stellte sie außer Reichweite ihres Mannes.

»Und dann?« fragten Elizabeth und Charlotte wie aus einem Munde.

»Und dann schlugen die Keulen nicht zu, und König Powhatan begnadigte John Smith. Er erlaubte ihm sogar, seine Länder zu erforschen, solange er keine Eroberungspläne hegte. Das dauerte ein Jahr.«

»Und Pocahontas heiratete John Smith?« fragte Elizabeth schüchtern.

»Sie heiratete ihn nicht, sie liebte ihn.«

»Charlie«, sagte Amelia, »die Wendung, die deine Geschichte nimmt, gefällt mir gar nicht. Sie verstößt gegen den guten Geschmack.«

Jetzt wagte auch Miss Charlotte eine Frage:

»Woher wollen Sie wissen, daß sie ihn liebte?«

Der Erzähler ließ sich nicht beirren und fuhr fort:

»Als sie herausfand, daß ihr königlicher Vater, der argwöhnische Powhatan, John Smith nur die Freiheit geschenkt hatte, um ihn in eine Falle zu locken, warnte sie den Fremden, der ihr teuer war, und rettete ihm ein zweites Mal das Leben. Und doch heiratete sie nicht ihn, sondern einen anderen.«

»Einen anderen?« sagte Elizabeth.

»Einen Gefährten John Smiths, John Rolfe. Später begab sie sich nach England, wo sie wie die Tochter eines Kaisers empfangen wurde. Man tat alles, um dem königlichen Blut, das in ihren Adern floß, Ehre zu erweisen und ihrer Anmut und Schönheit zu huldigen.«

»Charlie«, unterbrach ihn seine Frau, »es ist Zeit, daß wir alle schlafen gehen. Das Abendessen ist beendet.«

»Ich komme zum Schluß«, sagte er mit fester Stimme. »Sie bekehrte sich hier in Virginia zum Christentum, und einige der besten Familien der Union behaupten mit Stolz, ihre Nachkommen zu sein. Die höchste Aristokratie, die es in Amerika gibt, rühmt sich, von der Indianerin Pocahontas abzustammen.«

»Sie hätte John Smith heiraten sollen«, sagte Elizabeth.

»Sei es der Mann oder die Frau«, seufzte Miss Charlotte leise, »einer geht immer am Glück vorbei.«

74

Die Besichtigung der Stadt Suffolk am nächsten Morgen nahm nicht viel Zeit in Anspruch, denn sie beschränkte sich auf die Hauptstraße, eine gerade und breite Chaussee, die ihre Würde den großen Bäumen verdankte, die sich feierlich über die bescheidenen Häuserreihen neigten. Die sorgfältig gepflegten Vorgärten wirkten wie vielfarbige Teppiche und gaben einen heiteren Akzent. Fast gegenüber dem Gasthof jedoch fiel ein großes, sehr stattliches Haus mit einem weißen Säulenportal auf, das ganz dem Stil des Südens entsprach, und die hohen Fenster der beiden Etagen ließen auf vornehme Bewohner schließen.

»Dort lebt eine alte Familie«, erklärte Onkel Charlie Elizabeth, »und sie empfängt nicht jeden. In Virginia wirst du zwar nicht jenen Adelsstolz finden, den du schon kennengelernt hast, aber dafür herrscht hier ein zurückhaltender, ebenso tief empfundener wie schweigsamer Ahnenkult. Der stille Schatten der Platanen vermittelt ein ziemlich treffendes Bild davon. Von hier aus fahren wir nach Petersburgh, und das ist eine ganze Tagesreise, aber wir werden unterwegs haltmachen. Ich hätte dir gern noch Smithfield gezeigt, das nicht weit von hier liegt, aber es wäre ein Umweg und würde uns eine Stunde kosten. Sagt dir der Name Smithfield etwas?«

»Aber natürlich: der Tempel der Virginia-Schinken.«

»Das untrügliche Gedächtnis der Sechzehnjährigen ... Es hätte sich auch gelohnt, einen Blick auf den großen schwarzen Sumpf zu werfen, den *Dismal Swamp*. Er ist der König aller amerikanischen Sümpfe, der größte, der schauerlichste, der geheimnisvollste ...«

»Sie schildern ihn in so verführerischen Farben, daß man am liebsten gleich in ihm versinken möchte.«

»Nicht der Mühe wert. Wir alle tragen in uns einen großen schwarzen Sumpf der Trübsal. Aber Spaß beiseite. Man wird ihn dir eines Tages zeigen, da du jetzt nach Virginia gehörst. Jetzt haben wir keine Zeit. Meine Frau hat nur den einen Gedanken: anzukommen und endlich in dem alten Haus zu sein und es nicht mehr zu verlassen. Denn meine Frau, verstehst du ... Wir werden also sehr bald abfahren, und dann geht es nach Petersburgh. Schau dir die Landschaft gut an.«

Eine halbe Stunde später saß Elizabeth wieder neben Miss Charlotte in der Kalesche, die in raschem Trab Richtung Norden fuhr. Die Hüte der beiden Schottinnen waren mit einem Schleier unter dem Kinn festgebunden, und Charlie Jones, mit rosigem Teint und einem Lächeln auf den Lippen, hielt die Hand seiner Frau in der seinen.

Noch etwas verwirrt von der überstürzten Abfahrt, folgte das junge Mädchen Onkel Charlies Rat und spähte in der Landschaft nach den Schönheiten aus, die man ihr versprochen hatte, aber auf die Kartoffelfelder folgten Rübenfelder, und ihre Enttäuschung verwandelte sich allmählich in Verdruß, als sie eine ausgedehnte

Fläche erblickte, wo sich riesige mattgrüne Blätter unter ihrem eigenen Gewicht zu Boden senkten. Sie bewegten sich träge im Wind, und die ganze Plantage vermittelte den Eindruck stumpf dahinbrütenden Lebens.

Sie wandte sich ihrer Nachbarin zu.

»Tabak«, sagte sie lakonisch. »Entsetzlich. Zigarren und Pfeifen. Entsetzlich.«

»Einer der Reichtümer unseres Staates«, berichtigte Onkel Charlie. »Sieh doch, wie schön diese großen Blätter sind, die aussehen, als begrüßten sie dich.«

Elizabeth sah gar nichts, denn sie zog es vor, die Augen zu schließen. Der Anblick des vor ihr zur Schau gestellten Eheglücks ärgerte sie, ohne daß sie sich dessen bewußt war. Irgendwie empfand sie es als unanständig und verkroch sich, leicht angewidert und schläfrig, in sich selbst.

Es verging einige Zeit, dann berührte jemand ihre Hand. Sie erwachte und sah Onkel Charlie, der ihr zulächelte.

»England«, sagte er.

Verwirrt blickte sie auf und sah eine weite, hügelige Ebene, die sich bis zu einem Fluß erstreckte, der hie und da von Trauerweiden gesäumt war. Der Wind bildete in dem wogenden Gras kleine Wirbel, und in der Ferne hoben sich vereinzelte Haine im tiefen Grün der Wiesen wie dunkle Tupfen ab. Allein die gewaltige Ausdehnung verlieh dieser Landschaft den Anschein einer unermeßlichen Freiheit. Ganz weit hinten verschwamm die blaue Linie einer Hügelkette im Dunst des Horizonts.

Vor Rührung bekam Elizabeth einen trockenen Hals, aber sie vermochte sich zu beherrschen und sagte nur:

»Es ist wirklich eine Ähnlichkeit vorhanden.«

Sie war nun aufmerksamer und bemühte sich, alles in ihr Gedächtnis aufzunehmen, um sich später daran zu erinnern. Irgendwo in dieser Einsamkeit erblickte sie eine Schafherde, die in der Nähe eines kleinen Gehöfts weidete, und plötzlich bemerkte sie, daß die Erde auch auf der Straße in einem rostroten Glanz erstrahlte, und diese Farbe erschien ihr wie ein Jubelruf.

Langsam erwachte in ihr die erste geradezu sinnliche Liebe für dieses neue Land. Keines der kleinen verstreuten Häuser entging ihrem Blick, aber am meisten bestaunte und bewunderte sie die riesigen Zäune, die die Felder begrenzten. Sie schienen aus gekreuzten Baumstämmen aufs Geratewohl zusammengefügt, doch einige davon waren zu Boden gesunken, während andere aufrecht standen oder sich locker an die benachbarten Stämme lehnten. Das Durcheinander dieser Anordnung hatte vermutlich eine jahrhundertealte Tradition und war ein Einfall der Phantasie, mit der man dem Unerwarteten begegnet. Keine Spur von Verwahrlosung, aber eine hochmütige Verachtung für jede kleinliche Symmetrie.

Die beiden folgenden Tage glichen mehr einer Galoppade als einer Reise.

Ebenso sanft wie gebieterisch, duldete Amelia keinen Halt, außer in den Städten, in denen sie übernachteten. Das im Eiltempo durchfahrene Petersburgh behielt seine historischen Häuser anderen, neugierigeren Besuchern vor. Auch die alten Wohnviertel und die Häuser mit den stolzen Säulen, die noch von der englischen Kolonialzeit träumten, wurden links liegengelassen.

Ebenso Richmond, mit seinen eleganten Avenuen, die ihm einen hauptstädtischen Glanz verliehen, seinen Gärten und den darin verborgenen Häusern, deren weiße Säulen durch das dichte Laub des Lorbeers und der Magnolien schimmerten. Alles floh dahin wie eine glückliche Vision. Die Mahlzeiten nahm man in ländlichen Gasthöfen ein, wo die empfindsame und meditative Seele der neuvermählten Gattin nicht vom eitlen städtischen Treiben beunruhigt werden konnte. Ihre Siesta machte sie in der gepolsterten Tiefe der Kalesche, im Schatten eines lila Sonnenschirms, den die wachsame Hand des Gemahls schützend über sie hielt.

Miss Charlotte schlief zusammengekauert in ihrer Ecke, mit jener katzenhaften Anmut, die ihrer zerbrechlichen kleinen Gestalt etwas Rührendes verlieh, während Charlie Jones aufrecht dasaß und sein rosiges Profil eines leicht angejahrten griechischen Gottes nach rechts und links wandte. Nur seine Würde bewahrte ihn davor, in der unterwürfigen Rolle des Sonnenschirmträgers lächerlich zu erscheinen.

Auf dieser Gewalttour, wo man Tag und Nacht kaum noch auseinanderhalten konnte, fand Elizabeth sich nicht mehr zurecht. Sie hätte nicht sagen können, wo sie seit ihrer Abreise von Savannah überall gewesen war. Sie brachte die Namen der großen und kleinen Städte durcheinander, und schließlich waren sie ihr trotz ihres angeborenen Wissensdursts egal. Nur die Natur gab ihr den Frieden wieder mit ihrer Vielfalt lieblicher Wiesen und den großen verwunschenen Wäldern. Zuweilen winkten die Leute auf der Straße den vorübereilenden Reisenden freundlich zu. Elizabeth sollte sich noch lange an einen jungen Mann erinnern, der auf einem Feld die rote Erde umgrub. Er trug einen großen ausgefransten Strohhut, und als er sah, daß das hübsche junge Mädchen ihn anblickte, riß er die schäbige Kopfbedeckung herunter und schwenkte sie fröhlich in ihre Richtung. Es dauerte nur den Bruchteil einer Sekunde, aber sie erschrak bis ins Mark, denn sie wußte wohl, daß dieses lächelnde und sonnengebräunte Gesicht sie noch monatelang verfolgen würde, nachdem es für immer entschwunden war.

Sie dachte an Jonathan. Er und dieser junge Unbekannte hatten nichts gemein, aber beide erregten in ihr den gleichen heftigen und unwiderstehlichen Wunsch zu lieben. Sie verriet Jonathan nicht, aber sie nahm den jugendlichen Gruß am Straßenrand im Vorbeifahren gern entgegen, den Ruf der Lebensfreude, und der schäbige Strohhut gab dem Ganzen eine absurde, aber charmante Note.

Unwillkürlich betrachtete sie die vor sich hin dösende Amelia und Onkel Charlie mit dem Sonnenschirm in der Hand, und in ihrem Innern erhob sich eine Frage, deren sie sich sofort schämte: Lief darauf die Liebe hinaus? Wirre Gedanken gingen ihr durch den Kopf; sie hatte die vollkommene Ehe vor Augen und erschauderte.

Als ob er ihre Gedanken erraten hätte – wenn auch nicht ganz richtig –, winkte Onkel Charlie sie mit der freien Hand zu sich heran. Sie neigte sich vor und hörte ihn flüstern:

»Auch du wirst eines Tages glücklich sein.«

Höflich nickend lehnte sie sich zurück und blickte wieder in die Landschaft. Georgia mit der leuchtenden Pracht seiner Farben schien in immer weitere Ferne zu rücken. Was Virginia zu bieten hatte, beschränkte sich auf die blasseren Töne der Wälder, Felder und Wiesen unter einem glanzlosen Himmel, und nur das kräftige Rot der Erde verlieh dieser Landschaft eine gewisse Größe.

75

Endlich kam der Tag, kam der Augenblick, da sich der Schritt der Pferde verlangsamte. Der Himmel war von einer großen Stille erfüllt, als der Wagen in eine Allee einbog, zu deren beiden Seiten sich endlose Wiesen bis zum Horizont erstreckten.

Elizabeth schaute. Sie hatte ein ehrwürdiges, von Efeu überwachsenes dunkles Backsteinhaus erwartet, wie in ihrer Heimat, und sie sah ein hellgraues Holzhaus mit einem roten Ziegeldach, aber dieses Haus war eine Persönlichkeit. Sie brauchte nicht länger als eine Sekunde, dies im tiefsten Grunde ihres Herzens zu fühlen, und sie liebte es, wie man einen Menschen liebt.

Was sie sah, erschien ihr so einfach wie eine Kinderzeichnung. Zwei spitze Giebel, einer links, einer rechts von einem etwas zurückliegenden Hauptgebäude, das sie miteinander verband. Im Erdgeschoß eines jeden Giebels ein vorgebautes Fenster, darüber ein Fenster mit Läden, weiße, seitlich geraffte Gardinen hinter den Scheiben, und ganz oben unter dem Dach ein kleines Fenster, das bestimmt zu einer Bodenkammer gehörte.

Ihr war, als wohnte sie schon dort, kannte sich in allen Ecken und Winkeln aus, war überall herumspaziert. Es war ein Haus, in dem jedermann seine Kindheit hätte verbracht haben können, und wer es sah, in dem rief es alte Erinnerungen wach, eigene Erinnerungen und uralte, für die es keine Worte gibt.

Als sie ausgestiegen waren, trat Charlie Jones zu ihr und beobachtete sie in ihrem Entzücken.

»Auch du hast es verstanden«, sagte er. »Wer ein schlichtes Gemüt hat, erliegt seinem Charme. In diesen Wänden wirst du dich nie einsam fühlen.«

»Wie heißt es?« fragte Elizabeth.

»Great Lawn. Lange vor der Revolution von 1776 war diese Wiese eine Pferderennbahn, eine der größten in Virginia. Während des Unabhängigkeitskrieges gab es an dieser Stelle zunächst nur einige kleinere Scharmützel, dann kam es zu einer Schlacht, und das Haus, das hier stand, wurde dem Erdboden gleichgemacht. Der Vater meiner ersten Frau ließ ein neues Haus errichten, das seinen Vorstellungen mehr entsprach, und so entstand dieses einfache Landhaus, das du jetzt siehst.«

»Und das erste?«

»Ach, das erste war elisabethanisch, ein Backsteinhaus, wie bei uns, dunkelrot und ganz mit Efeu überwachsen. Aber warum schaust du plötzlich so ernst? Eben noch lächeltest du ... Bist du nicht zufrieden?«

»O doch, Onkel Charlie, ich träumte nur.«

»Du weißt vielleicht, daß die Kinder es das Traumhaus nennen ...?«

»Ja, das hat man mir in Dimwood erzählt ... aber warum eigentlich?«

»Wie soll ich das wissen? Wahrscheinlich ist es das Haus, von dem man träumt. Die Kinder haben ihre eigenen Gründe, die sie den Erwachsenen nicht verraten und schließlich vergessen. Aber treten wir ein.«

Eine Birke stand vor dem etwas zurückgesetzten Hauptgebäude und überragte die beiden Giebel. Dahinter lag im Schatten eine Veranda, die die beiden Häuser rechts und links miteinander verband.

»Dort halten wir uns auf, wenn es zu heiß ist. Man bringt Kissen für die Damen. Du wirst auch ein Kissen haben und einen Palmfächer – wie die anderen. Im allgemeinen spricht man nicht, man fächert sich. Die Bänke sind hart. Das Leben in Great Lawn ist von spartanischer Einfachheit. Meine Frau hat in ihrer Jugend in Schottland nichts anderes gekannt. Sie kam hierher, um ihre kranke Cousine zu pflegen. Das war meine erste Frau. Sie ist aus dem gleichen Clan wie meine erste Frau, eine entfernte Verwandte. Ich komme aus den Douglas nicht heraus. Folge mir.«

Er stieß eine Tür auf, und sie traten in einen Raum von bescheidener Größe, in dem das Licht durch dicke Tüllvorhänge gedämpft war.

»Wenn du diese Vorhänge aufziehst, siehst du ein sogenanntes *Bow Window*.«

»Und natürlich auch die langen Fensterbänke ringsum.«

»Ja, aber woher weißt du das?«

»In England war es immer so.«

»Ach ja.«

Sie gingen zum *Bow Window*.

»Siehst du das lange flache Kissen? Dorthin setzen sich die Damen und trinken Kaffee – wenn es welchen gibt. Die Herren bleiben stehen und sagen das, was man gewöhnlich bei solchen Gelegenheiten sagt.«

Elizabeth zog einen Vorhang zurück und rief aus:

»Onkel Charlie, hier möchte ich für immer leben.«

Wortlos stellte er sich hinter das junge Mädchen, blickte in die Landschaft hinaus und versuchte sie so zu sehen, als sei es das erste Mal, ganz frisch und neu. Es gelang ihm nicht. Nur sie konnte ihm das vermitteln.

»Ist es denn so schön?« fragte er leise.

Sie zögerte.

»Schön? Ja, aber da ist noch etwas anderes.«

Von dort, wo sie wie ein kleines Mädchen auf der Fensterbank kniete, sah sie die dunkle Gestalt eines mächtigen Baums, dessen Wipfel so hoch emporragte, daß sie den Kopf in den Nacken legen mußte, um ihn zu erblicken. Dieser Riese stand in einiger Entfernung vom Hause auf der Wiese, die er mit seinen unteren Zweigen streifte.

»Der schöne schwarze Baum wacht über Great Lawn«, sagte Charlie Jones. »Es ist eine Zeder aus dem Libanon. Sie steht da wie jemand, der diesen Winkel des Landes beschützt. Sie muß etwa hundert Jahre alt sein. Als das alte Haus noch stand, war sie ein junger Baum. Seitdem ist sie ständig gewachsen. Mehrere Male hat der Blitz in sie eingeschlagen, und sie verlor einige Äste, aber wie du siehst, hat sie standgehalten. Interessiert sie dich?«

»Ja.«

Abermals blickte sie in die Ferne, und vor unersättlicher Neugier bekam sie große Augen. Ganz hinten am Wiesensaum erblickte sie eine Reihe kleiner niedriger Häuser von gelber Farbe und unregelmäßigen Formen, die sich auf der großen grünen Fläche wie ein Sonnenstreifen ausnahmen.

»Ist dort ein Dorf?« fragte sie.

»O nein. Das größte dieser Häuser, das in der Mitte, war in meiner Jugend eine Schule. Man hat auf beiden Seiten angebaut und einen zweistöckigen Flügel hinzugefügt. Eigentlich müßte es scheußlich aussehen, aber es ist sehr hübsch. Verwandte meiner ersten Frau haben sich dort gleich nach unserer Heirat niedergelassen. Sie wollten unbedingt Schottland verlassen ...«

»Und?«

»Das Haus ist voller Vettern. Du wirst sie sehen.«

»Warum wohnen sie nicht hier?«

»Ein schwieriges Problem, äußerst schwierig. Familienangelegenheiten, Elizabeth, ein Wespennest! Wie du weißt, soll man keine Fragen stellen, weder hier noch in England.«

Sie biß sich auf die Lippen und erwiderte nichts. Die kleinen gelben Häuser, die Charlie Jones so hübsch fand, störten sie irgendwie. Ohne sie wäre ihr die Wiese seltsam vertraut erschienen, und sie war sicher, sie bereits irgendwo gesehen zu haben. Aber dieses Vexierspiel der Erinnerung mit der Zeit verwirrte sie, und sie hatte keine rechte Freude daran. Schon einmal, auf der Straße von Dimwood nach Savannah, war es ihr so ergangen. Doch stärker als alles andere war das Unbehagen, das sie in dem Haus mit den zwei symmetrischen Giebeln empfand. Was sollte sie mit einem so neuen Haus verbinden? Sie fragte sich sogar, ob sie nicht bereits an dem von väterlicher Seite vererbten Wahnsinn zu leiden begann, und sie wollte auf keinen Fall wunderlich werden. In diesem leicht verwirrten Zustand hörte sie Onkel Charlie sagen:

»Nun haben wir diesen ehemaligen Rennplatz lange genug betrachtet. Ich werde dich ein bißchen durch das Haus führen, das von nun an ebenso das deine wie das unsere ist. Es ist geräumiger, als man zunächst glaubt, und die Bäume ringsum lassen die unteren Zimmer ein wenig dunkel erscheinen.«

Elizabeth folgte ihm, und sie hatte das Gefühl, in einen Zauberwald einzudringen. Im gedämpften Licht sah sie zuerst die Bücherregale an den Wänden, die mit schweren, geschnitzten roten Polsterstühlen abwechselten. Das nächste Zimmer bot einen weniger strengen Anblick, denn dort stand ein mit hellem Leinen bezogenes Kanapee. Es war breit und niedrig, mit einer leichten Kuhle in der Mitte wie ein Boot und lud zu einem Schläfchen ein. Auf einem runden Tisch mit olivgrüner Decke lag eine dicke, in schwarzes Leder gebundene Familienbibel mit einem Stahlschloß. Eine Brille, die man dort inmitten einiger halb aus den Umschlägen gezogener Briefe vergessen hatte, erzählte auf ihre Art ihre kleine Geschichte. Das Ganze erinnerte an ein Bilderrätsel, und dieser Eindruck wurde durch das Porträt eines geheimnisvollen Mannes in schwarzer, bis zum Kinn geschlossener Kleidung unterstrichen, dessen Gesicht ein zweideutiges und unheimliches Lächeln erhellte. Er blickte sie im Vorübergehen an, und das junge Mädchen hatte das unangenehme Gefühl, daß sein Blick ihr folgte.

»Wer ist das?« fragte sie Charlie Jones.

»Ein Verwandter meiner Frau«, antwortete er kurz. »Ein Presbyterianer aus Schottland.«

Ein mit kolorierten Veduten geschmückter Korridor bot ihnen einen raschen Rundgang durch die europäischen Hauptstädte und führte sie in einen Teil des Hauses, wo die Nachmittagssonne durch das zarte Laub der Birken schien. Ein hoher und geräumiger Saal beeindruckte Elizabeth so sehr, daß sie auf der Schwelle stehenblieb und fragte:

»Wo sind wir?«

»Seltsame Frage, Elizabeth. Dies ist der Mittelpunkt des Hauses.«

Über die ganze Länge des Raums erstreckte sich ein schwerer Tisch aus Eichenholz, umgeben von etwa vierzig roten Stühlen, ähnlich denen, die Elizabeth kurz zuvor gesehen hatte. Es ging eine große Langeweile davon aus, wie immer von Räumen, die nur zu großen Empfängen oder für die Dauer einer Mahlzeit zum Leben erweckt werden, und die geraden Stühle, deren Rückenlehnen mit mehr Geduld als Geschmack geschnitzt waren, ließen an eine Versammlung unnahbarer Richter denken.

»Hier kommt nie jemand herein«, erklärte Charlie Jones. »Zu Lebzeiten meines Schwiegervaters fand hier alle zwölf Monate ein großes Bankett zu Ehren des Douglas-Clans statt. Sie kamen von überall her, und Charlotte erinnert sich noch daran. Dann starb der alte Herr, und damit nahm alles ein Ende. Der Rahmen ist prunkvoll und schaurig. Die Schwarzen fürchten sich vor diesem Saal.«

»Was ist denn daran so schrecklich?«

»Nur das, was sie darin zu sehen glauben, also nichts. Aber sie schwören, daß in der Nacht des ersten November alle Stühle besetzt sind, außer einem. Ein Stuhl bleibt frei, nicht immer der gleiche. Interessiert dich dieser Unsinn?«

»Ja, wenn ich auch nicht daran glaube.«

»Also auf jedem Stuhl, außer dem einen, sitzt eine Person in Trauerkleidung. Tote oder Lebende? Wie soll ich das wissen? Sie warten.«

»Auf wen?«

»Auf irgend jemanden. Ich weiß nicht, auf wen. Vielleicht auf den Teufel. Da niemand kommt, warten sie bis zum Morgengrauen, und dann ...«

»Warum verstummen Sie? Um mich zu necken?«

»Ein wenig schon ... ich kann es mir nicht verkneifen ... Also sie warten, und dann plötzlich – nichts. Sie sind nicht mehr da.«

Elizabeth kicherte nervös.

»Hat einer je den Mut gehabt, einzutreten und sich auf den leeren Stuhl zu setzen?«

»Ja. Gibst du mir dein Ehrenwort, daß du das Geheimnis für dich behältst?«

»Ja.«

»Die Douglas fürchten sich vor nichts, nicht einmal vor dem Teufel. Ein Douglas trat ein. Alle erhoben sich mit der traditionellen Höflichkeit der Douglas.«

»Alle waren Douglas?«

»Alle. Er grüßte und setzte sich.«

»Und dann?«

»Und dann beim ersten Morgengrauen – nichts mehr ...«

»Aber das ist ja eine entsetzliche Geschichte! Der lebendige Douglas ist also auch verschwunden?«

»Das erzählen jedenfalls die Schwarzen. Besser unterrichtete Leute sagen, man habe ihn allein am langen Tisch sitzen sehen, und er sei einige Jahre später in Washington gestorben, in einer Anstalt, wie die Amerikaner sagen. Die Amerikaner lieben Euphemismen. Hast du verstanden?«

»Ich habe sehr gut verstanden, aber Sie verderben eine schöne Geschichte. Wenn er spurlos verschwunden wäre, hätte es mir besser gefallen.«

»Grausame kleine Engländerin! Man kennt übrigens den Namen dieses jungen Douglas.«

»Jung? Wie schade!«

»Nicht wahr? Und ein junger Mann mit großer Zukunft, aber zu ehrgeizig. Siehst du, es ist gefährlich, sich auf den Platz des Teufels zu setzen.«

»Wer käme schon auf so eine verrückte Idee?«

»Er kam darauf, und täusche dich nicht: es ist ein von den Großen dieser Welt sehr begehrter Platz, ein auserwählter Platz für Staatsmänner, Präsidenten, Minister, Jongleure der Hochfinanz, Könige der Weltpresse, Vorsitzende der obersten Gerichtshöfe, berühmte Prediger, für alle, die auch nur ein klein bißchen Macht in den Händen haben, ›denn alles das gehört mir, und ich gebe es, wem ich will‹.«

Elizabeth erschrak:

»Das hat Satan in der Wüste zum Heiland gesagt, um ihn zu versuchen.«

»Glaubst du, ich hätte nicht daran gedacht, als ich mit achtunddreißig Jahren plötzlich Herr über eines der größten Vermögen des Südens war?«

Sie blickte ihn an, bestürzt über diese seltsame Rede. Sie paßte so wenig zum Bild dieses Mannes mit dem rosigen Teint in der Blüte des weltlichen Glücks.

»Woher kommt das Geld?« fragte er sie plötzlich.

»Aber das weiß ich doch nicht . . .«

»Ich auch nicht. Wenn man keins hat, bildet man sich ein, es würde im Augenblick der Not vom Himmel fallen. Hat man zuviel, dann fragt man sich das manchmal auch, einen Augenblick lang.«

»Der arme Douglas, der wahnsinnig geworden ist, wollte nur wissen, was an diesem Tisch geschehen würde.«

»Was sollte da schon geschehen? Das, was sich die Toten in ihrer Sprache erzählen, in ihrem *Gibberish*, wie Shakespeare es nennt? Er hat nichts darüber gesagt, er ist bis an sein Lebensende stumm geblieben, aber er muß etwas erfahren haben. Gehen wir, und sehen wir uns dein Zimmer an. Es liegt genau darüber.«

Sie ließen den großen Saal im Dunkeln liegen und stiegen eine so schmale Treppe empor, daß sie für Kinder gebaut zu sein schien, und ebenso überraschte das Zimmer Elizabeth durch seine engen Abmessungen. Charlie Jones hätte nur die Hand auszustrecken brauchen, um die Decke zu berühren, was er auch lächelnd tat.

»Die oberste Etage ist wie ein Puppenhaus«, sagte er. »Der alte Herr hat die Pläne des Hauses selbst entworfen, und er wollte dem zweiten Stockwerk besondere Größe verleihen, ohne das Dach zu erhöhen. Ein dilettantischer Architekt, aber er hat seine Idee konsequent durchgeführt. Doch wir wollten dieses Zimmer zum behaglichsten in Great Lawn machen. Gefällt es dir?«

Elizabeth blickte sich um.

»Es wird mir gefallen«, sagte sie und fügte hinzu: »Vielleicht zu sehr.«

»Seltsam. Du reagierst wie alle, die hier eintreten. Man ist sich zuerst nicht ganz sicher. Dann gewinnt man es lieb, und zwar immer mehr.«

Durch das offene Fenster blickte sie in die Ferne, über die ganze grüne Weite hinaus bis zum Horizont, wo sich die blaue Silhouette einer Hügelkette abzeichnete. Vereinzelte Baumgruppen beschatteten einen Weg, der sich wie ein ockerfarbenes Band hinzog.

»Diese Stille«, sagte sie bewundernd.

»Ja, sie gehört zu diesem Haus. Sie ist so tief, daß man manchmal froh wäre, das Geräusch eines Wagens zu hören. Eine Stille, wie es sie nur auf dem Lande gibt. Kein Laut dringt bis hierher, nur das Flüstern des Windes und zuweilen das Rauschen der Tannen, wenn ein Gewitter naht.«

Sie bemerkte die Möbel aus hellem Holz, den Schaukelstuhl mit der hohen Rückenlehne und das Bett mit den weißen Vorhängen in einer schattigen Ecke. Alles war hell in diesem Zimmer, das eine kindliche Lebensfreude ausstrahlte. An den blaßgrün gestrichenen Wänden hingen naiv kolorierte Stiche, sogenannte Panoramen, auf denen man Straßen und Gärten fremder Städte unter einem stahlblauen Himmel sah und Spaziergänger in alter Tracht, wie buntgefiederte Vögel.

Elizabeth betrachtete aufmerksam jeden Winkel, und sie versuchte sich vorzustellen, wie ihr Leben in diesen vier Wänden sein würde. Dieses niedliche Zimmer sprach deutlich genug. »Das also denkt er von mir ...« Sie erschrak über diese Schlußfolgerung, die sie beinahe unwillkürlich zog, und blieb in der Mitte des Zimmers stehen.

Da Charlie Jones sie so nachdenklich sah, fragte er sie in herzlichem Ton:

»Glaubst du, man könnte in deinem Schweigen nicht lesen wie in einem Bilderbuch? Du meinst, man hat dich hier wie ein kleines Mädchen untergebracht, aber auf der Nordseite des Hauses gibt es vornehme Zimmer, die der Erwachsenen würdig sind, hoch, ernsthaft und wie geschaffen zur Nachdenklichkeit. Ein Wort, ein Wink genügt, und du kannst dort wohnen. Ich will, daß du in Great Lawn glücklich bist.«

»Vorläufig bleibe ich hier«, sagte sie entschlossen. »Allerdings ist das Zimmer so klein, daß ich nicht weiß, wo ich mein Gepäck und meine große Truhe hinstellen soll.«

»Ins Nebenzimmer. Siehst du diese Tür?«

Sie sah die Tür.

Mit diesen kurzen und präzisen Worten schien das Gespräch beendet, aber Elizabeth hatte noch eine letzte Frage:

»Dieses Haus steht also gerade dort, wo das zerstörte Schloß sich befand?«

»Ja. Und?«

»In welchem Teil des Schlosses wäre ich, wenn es noch stünde?«

»In der Mitte. Genau über der Wachstube. Stört dich das?«

»Nicht im geringsten. Der Lärm lebendiger Wachsoldaten würde mich weniger stören als diese vierzig toten Douglas und ihr *Gibberish* mit dem Teufel.«

Dieser Satz war ihr unbedacht entschlüpft, und sie errötete.

Onkel Charlie lachte.

»Du hast weder von den einen noch von den anderen etwas zu befürchten. Übrigens will meine Frau anordnen, daß die Tür am Abend des ersten November verschlossen wird.«

Wieder fühlte Elizabeth den Drang, etwas zu sagen, das sie nicht sagen wollte, und all die Gruselgeschichten ihrer Kindheit kamen ihr dabei zu Hilfe:

»Und wenn man Sie herausforderte, das nächste Mal in der Nacht des ersten November einen Augenblick in der Wachstube zu verbringen?«

»Dann würde ich einen kleinen Empfang arrangieren«, sagte er unerschütterlich.

Sie lachte verdutzt, ohne etwas zu erwidern, und er fuhr fort:

»Warum mit den Toten spielen? Es ist viel amüsanter, mit den Lebenden zu spielen – und auch lohnender.«

»Es gibt nur einen Lebenden, der mich interessiert, das wissen Sie.«

»Der ist jetzt in weiter Ferne, auf dem Wege nach Europa ...«

»Er wird zurückkehren.«

»... und er reist, wenn man so sagen darf, nicht allein.«

»Auch das weiß ich, aber ich habe sein Versprechen.«

»In diesem Fall bleibt mir nichts anderes übrig, als zu schweigen. Die Jungen hören nie auf die Älteren, und manchmal haben sie sogar recht. Aber höre immerhin eins und bewahre es irgendwo neben all den Träumen im Gedächtnis ...«

Sie warf ihm einen flehentlichen Blick zu:

»Was denn noch, Onkel Charlie?«

»Es ist zu befürchten, daß das Leben dir nicht gibt, was du verlangst. Ich kenne es. Es ist arglistig und böse.«

»Ich verlange das Glück, und ich will Jonathan.«

»Das will auch seine Frau, und sie wird ihn behalten.«

Plötzlich überzog eine schreckliche Traurigkeit Elizabeths Gesicht wie ein Schatten, der sich über ihre Augen legte, und sie sagte mit bebender Stimme:

»Mir solche Dinge zu sagen, an einem so schönen Tag ... Wo bleibt Ihr Versprechen, mich glücklich zu machen? Das Versprechen vor Ihrem Haus in Savannah?«

Charlie Jones rührte sich nicht und ließ einen Augenblick verstreichen.

»Verzeihung«, sagte er schließlich.

»Ich habe Ihnen nichts zu verzeihen«, erwiderte sie. »Sie können sagen, was Sie wollen, ich bin hier nicht daheim. Weder hier noch in Dimwood.«

Schweigend blickten sie sich an. Plötzlich rief sie aus:

»Oh! So sagen Sie doch etwas, Onkel Charlie! Das ist ja schrecklich, wenn Sie so wie ein Richter vor mir stehen.«

»Elizabeth«, sagte er sehr ernst, »du hast nichts begriffen. In Dimwood ebenso wie hier lieben wir dich so sehr ...«

»Das erzählt man mir ständig, um alles einzurenken, und was nützt es mir, so sehr geliebt zu werden, wenn mir der, den ich so sehr liebe, von einer anderen weggenommen wird?«

Er fuhr ruhig fort:

»... und weil wir dich so sehr lieben, fürchten wir für deine Zukunft. Du ahnst es nicht, aber man muß dich gern haben.«

»Ach, ich bitte Sie, kommen Sie mir nicht wieder damit ...«

»Also gut, schließen wir Frieden, willst du?«

Mit der Unehrlichkeit eines Mannes, der weiß, daß er unwiderstehlich ist, setzte er das verführerischste Lächeln aus seinem Repertoire auf.

Die Antwort war ein Blick, der ihm den Atem benahm.

»Ich gehöre ganz und gar Jonathan, Onkel Charlie.«

Der Schlag traf ihn so direkt, daß er den Kopf zurückwarf, als habe man ihm ins Gesicht geschlagen. Doch er faßte sich sogleich, wenn auch etwas rosiger im Gesicht als gewöhnlich, und sagte freundlich:

»Falls ich je geglaubt habe, du seist ein kleines Mädchen, Elizabeth, so hast du mich heute eines Besseren belehrt. Möchtest du immer noch in diesem Kinderzimmer wohnen?«

»Das ist wirklich der einzige Gefallen, um den ich Sie bitte.«

»Es gehört dir für immer!« rief er lachend aus, aber es klang falsch.

Sie erwiderte kühl:

»Wollen Sie mir dann bitte mein Gepäck bringen lassen?«

Jetzt wurde er wütend:

»Ich will mich gern ein bißchen mit dir herumzanken, das hält mich jung, aber jetzt gehst du entschieden zu weit, liebe Kleine. Für wen hältst du mich eigentlich? Für einen Hotelportier?«

»Für einen Gentleman – normalerweise«, sagte sie mit gespielter Sanftmut.

»Du bist hart, Elizabeth, das hast du von deiner Mutter. Sie konnte auch sehr hart sein. Ich habe sie in meiner Jugend gut gekannt, ich verehrte sie, jeder kennt diese alte Geschichte, und vielleicht habe ich sie zu sehr verehrt...«

»War sie so schön?«

»Man ahnt noch etwas davon, obwohl...«

»Man ahnt etwas davon!« rief Elizabeth entrüstet aus. »Sie ist immer noch sehr schön, meine Mama.«

»Ich weiß es wohl. Sie wollte nicht nach Savannah kommen. Ich war mit Amelia verlobt – mit meiner lieben Amelia.«

Da sie merkte, daß er noch etwas sagen wollte, schwieg Elizabeth.

»Als dein Vater starb und die Katastrophe über sie hereinbrach«, sagte er nach einigem Zögern, »wenn Sie sich da bloß an mich gewandt hätte... Aber ihr Schamgefühl verbot es ihr, und so schrieb sie an Hargrove, einen entfernten Verwandten... Sie ist so stolz...«

Und plötzlich fügte er gerührt hinzu:

»Sie ist wirklich eine wunderbare Frau, deine Mutter, weißt du, Elizabeth...«

Das junge Mädchen wandte ihm ein strahlendes Kindergesicht zu:

»Dieses Wort versöhnt uns wieder«, sagte sie fröhlich.

Wortlos ging er hinunter und befahl, Elizabeths Gepäck auf ihr Zimmer zu bringen. Sodann begab er sich in den Salon, wo die dicke Familienbibel unter dem Porträt des schottischen Presbyterianers lag, um ungestört seiner Wut Luft zu machen.

»Geschlagen«, brummte er in seinen Bart, »und von einer sechzehnjährigen Göre! Es ist doch immer das gleiche: zuerst habe ich es mit einem naiven und unerfahrenen kleinen Mädchen zu tun, und plötzlich sehe ich ihre Mutter vor mir, die mich maßregelt und beschimpft ...«

Er stampfte mit dem Fuß auf.

»Wie konnte ich nur so einfältig sein, sie in einem Kinderzimmer unterzubringen? Sie ist ja bereits eine Frau. Es ist höchste Zeit, daß sie heiratet. Ich werde für ihr Glück sorgen, ob sie es will oder nicht, und trotz ihrem unmöglichen Jonathan ...«

Diese Worte unterstrich er mit einem gewaltigen Faustschlag, der dumpf auf die Familienbibel niedersauste. Allmählich faßte Charlie Jones sich wieder, zog seine Jacke aus, hängte sie über einen Stuhl und griff nach der roten Klingelschnur.

Es erschien ein großer Schwarzer mit lächelndem Gesicht.

»Massa Cha'lie.«

»Mach mir einen Mint Julep und bring ihn mir hierher. Geh.«

Wieder allein, warf er sich auf das Kanapee, streckte sich erschöpft auf dem weichen Möbel aus, die Füße auf eine Armlehne gestützt, und betrachtete die Zimmerdecke.

»Gott sei Dank übt sie auf mich nicht die schreckliche Wirkung aus«, sagte er sich, »die sie in aller Unschuld auf den armen William Hargrove hat. Diesen Aspekt der Sinnlichkeit kenne ich nicht, aber ich verstehe sehr gut, daß Willie sie nicht mehr sehen will. Jedenfalls wird sie gefährlich. Ich sehe den Tag kommen, da sie die schöne Engländerin sein wird, die unseren jungen Männern den Kopf verdreht.«

Der Mint Julep kam nicht, und Charlie Jones streckte den Arm nach hinten aus, bis er die rote Klingelschnur fand, und zog dreimal daran.

Sogleich erschien der große lächelnde Schwarze.

»Ja, Massa Cha'lie?«

»Barnaby, ist dir klar, daß man das Haus schließen und dich verkaufen wird, wenn man mich tot hier auf diesem Kanapee findet, weil ich verdurstet bin?«

»Nein, Massa Cha'lie.«

»Wieso nein?«

»Nein, weil de' Mint Julep gleich kommt.«

Er ging hinaus, und Charlie Jones setzte sein vertrauliches Gespräch mit der Zimmerdecke fort:

»Leider hat sie das, was gewisse Männer zur Leidenschaft entflammt: die Kälte der unberührten jungen Dame. Was soll ich nur tun? Ich will ja nicht, daß Jonathan etwas geschieht ... Lassen wir also diesen bösen Gedanken aus dem Spiel. Und dann ist er verheiratet und weit weg. Aber das will sie nicht einsehen. Nicht für fünf Pfennig Temperament und doch ein glühendes Herz.«

Die Ankunft des Mint Juleps setzte diesem Selbstgespräch ein Ende. Eine halbe Stunde später ging Charlie Jones in philosophischer Gelassenheit unter den hohen Bäumen vor dem Haus spazieren und rauchte ein Zigarillo. Amelia gestattete ihm diese Schwäche nur draußen im Freien, und das Vergnügen, ihr zu gehorchen, war für den unverbesserlichen Raucher ein zusätzlicher Reiz. Süße Freuden des Ehejochs.

76

Elizabeth warf einen Blick in das Nebenzimmer und lächelte amüsiert. Wände, Schränke, bis zur Decke hinauf war alles rosa gestrichen.

»Es fehlen nur noch die Puppen in den Ecken und die Teddybären«, dachte sie.

Ein seltsamer Ort mit all den vielen Schränken, die alle vier Wände bedeckten und nur ein viereckiges Fenster frei ließen, das allerdings auf eine liebliche Wald- und Wiesenlandschaft hinausging. Ein Bach schlängelte sich durch das Gras. Mehr hatte die Natur in dieser Gegend Amerikas nicht zu bieten, aber Elizabeth empfand eine plötzliche Zuneigung für diese Landschaft. Was sie seit Monaten gesucht hatte, hier fand sie es, und es erfrischte ihr Herz und Sinn.

Das Fenster ihres Zimmers, das auf die gelben Häuser am Rand der großen Wiese hinausging, zeigte ihr ein friedliches und stilles Bild, aber ohne die naive Anmut des ersteren, wodurch der verlassene Raum zum Ausgangspunkt aller sehnsüchtigen Träume wurde. Das junge Mädchen hatte das Gefühl, ein Stück

England wiedergefunden zu haben, einen kleinen Winkel, das Geschenk einer guten Fee.

Diese köstliche Minute wurde bald vom Poltern einer Reisetruhe unterbrochen, die man über die enge Treppe zu ihr heraufschleppte. Stöhnend und fluchend versuchte man das geometrische Problem zu bewältigen. Würde der Koffer des englischen Fräuleins durch die Tür passen oder nicht? Barnaby, der ihn auf seinen titanischen Märtyrerschultern trug, schwor, es sei nicht möglich, aber hinter ihm kam Betty, die Gott um Hilfe anrief und behauptete, die Wände würden nötigenfalls auseinanderrücken. Schließlich gelang es dann doch.

Man stellte die Truhe in die Mitte des Zimmers, und Betty wurde angewiesen, sie zu leeren. Noch ganz erschöpft von der langen Reise in dem alten Rumpelkasten war sie nichtsdestoweniger voller Tatendrang und machte sich fleißig an die Arbeit. Alles gefiel ihr hier in Virginia, und ihr schwerer Körper hüpfte vor Freude. Als die alte Dienerin die Schränke öffnete und sah, daß sie innen mit einem geblümten Papier ausgelegt waren, hob sie die Arme und rief bewundernd aus:

»Mam'sell Lisbeth, hie' isses viel schöne' wie in Dimwood!«

»Hör mir von Dimwood auf, und mach deine Arbeit«, erwiderte Elizabeth ungeduldig. »Ich gehe jetzt hinunter und möchte, daß bei meiner Rückkehr alles schön aufgeräumt ist.«

Barnaby machte Miene, sich davonzustehlen, aber das junge Mädchen rief ihn zurück.

»Du bleibst hier. Wie heißt du?«

»Ba'naby, Mam'sell.«

»Barnaby, sowie dieser Koffer leer ist, nimmst du ihn wieder fort.«

Die großen runden Augen in seinem lachenden Kindergesicht blickten plötzlich melancholisch drein.

»Was ist denn mit dir los?« fragte ihn Elizabeth. »Hast du mich nicht gehört?«

»Kann de' Koffe' nicht hie' bleiben, Mam'sell? E' is' seh' schwe'.«

»Barnaby, du bist ein Faulpelz. Du hast ihn heraufgebracht, und du wirst ihn auch wieder hinunterbringen. Verstanden?«

Welch seltsame Freude machte ihr dieser Ton des Südens! Jedesmal wenn sie sich dessen bewußt wurde, schämte sie sich ein bißchen.

»Wem gehörst du?« fragte sie unbesonnen.

»Massa Cha'lie hat mich in 'ichmond gekauft. Da wa' ich unge-
fäh' sechzehn.«

Sie biß sich auf die Lippen: ihre Frage war dumm. Der Junge
konnte nur Charlie Jones' Sklave sein. Da er sie verlegen schweigen
sah und irgendwie ahnte, daß ihr die Situation peinlich war, kam er
ihr mit der instinktiven Komplizität der Jugend zu Hilfe:

»Ich glaube, Massa Cha'lie will mich Ma'm Amelia schenken,
abe' Ba'naby bleibt hie'.«

»Gefällt es dir hier?«

»Ja, Mam'sell.«

Sie lächelte, und sogleich lächelte auch er und entblößte all seine
weißen Zähne.

»Ich gehe jetzt«, sagte sie. »Du bringst dann den Koffer herunter!«

Auf der Treppe fühlte sie, wie sie vor Verwirrung ganz rot
wurde.

»Du weißt immer noch nicht, wie man mit den Sklaven redet ...
mit diesen Leuten, die man kauft und verkauft, die man wie Gegenstände verschenkt ... Ich habe die arme Betty grob behandelt ...«

Sie war so verstört, daß sie sich auf eine Stufe setzen mußte.

»Was soll das heißen? Was ist das für eine Welt? Was soll das
alles nur bedeuten?«

Dann sprang sie plötzlich wieder auf, lief die paar Stufen hinunter, trat aus der Tür und blieb unentschlossen stehen. Die Sonne
schien hell auf die Dächer. Kein Laut störte die Mittagsstille. Sie
schickte sich an, unter den Bäumen spazierenzugehen und eine
Runde um das Haus zu machen, als sie in der Ferne Onkel Charlie
erblickte, der im Schatten der Tannen seine Zigarre rauchte. Sie
wollte nicht mit ihm sprechen, auch nicht nach dem Lob auf ihre
Mutter. Gerade das war ihr peinlich.

»Er hat Mama den Hof gemacht«, dachte sie und war immer
noch erstaunt über das, was sie seit Monaten wußte. Und plötzlich
mußte sie an sich halten, um nicht laut zu lachen. Wenn ihre
Mutter ihn statt Cyril Escridge geheiratet hätte, wäre sie, Elizabeth, heute seine Tochter und würde Miss Elizabeth Jones heißen!

Im Augenblick kehrte er ihr den Rücken zu, und er sah sehr jung
aus, elegant und schlank, in seinem hellgrauen Leinenanzug. Er
brauchte sich nur umzudrehen, um sie zu erblicken. Sie zog sich ein

wenig hinter eine Hausecke zurück und beobachtete ihn um so neugieriger, als er sich allein glaubte.

»Er ist mehrere Male verliebt gewesen«, sagte sie sich. »Er sollte verstehen, daß ich in Jonathan verliebt bin. Ich kann doch nichts dafür, daß Jonathan verheiratet ist. Es ändert nichts an der Tatsache. Sei doch nicht so starrköpfig, Onkel Charlie!«

Der Betroffene genoß dort hinten seinen Zigarillo und ging langsam vor seinem Haus auf und ab. Zuweilen trafen sich seine Gedanken mit denen des jungen Mädchens, aber doch nie ganz, wie in einem vergeblichen Versuch gegenseitiger Verständigung.

»Liebe kleine Elizabeth«, dachte er, »wie unerträglich du manchmal sein kannst! Ich habe versprochen, dich glücklich zu machen, aber ich habe dir nicht deinen Jonathan versprochen. Er ist bereits vergeben. Also adieu, Jonathan … Muß es denn unbedingt Jonathan sein? Könntest du dein Herz nicht einem Junggesellen schenken? Wenn mein Sohn nur etwas gewinnender wäre! Er ist gewiß kein schlechter Junge, aber ein Tolpatsch. Immerhin hätten die beiden ein sehr präsentables Paar abgegeben. Aber das sind eitle Träume … Die politische Lage verschlechtert sich von Jahr zu Jahr. Der Kompromiß verzögert nur den Krieg, der unvermeidlich ist. Ein Wahnsinn, aber so gut wie sicher. Es fehlt nur ein Vorwand. Man wird einen finden. Die Verfassung verbietet zwar weder die Sklaverei noch die Sezession, aber das wird nichts helfen. Die Prediger wissen, was man in solchen Fällen tun muß, und man wird sich schlagen. Der Süden gegen eine dreifache Übermacht. Eine alte, verfeinerte Zivilisation gegen einen modernen Staat mit beträchtlichen Ressourcen. Woher wird die Provokation kommen? Ich weiß es nicht, aber ich fühle, daß sie kommt. Ich werde den Süden, dem ich mein Vermögen verdanke, nicht verlassen, aber ich zittere, ich zittere für Georgia, für die beschämende Sorglosigkeit seiner Jugend. Da singen sie wie verliebte Kater zur Mandoline oder stürzen sich Hals über Kopf in Duelle, während die Katastrophe vielleicht bereits vor der Tür steht … ›Armer Süden!‹ stöhnte der große Calhoun, bevor er starb. Donnerwetter, nun werde ich trübselig, und meine Zigarre verbrennt mir die Finger! Schnell einen Julep, zum Teufel! … Barnaby!«

Stille. Er rief abermals, viel lauter:

»Barnaby!«

Elizabeth zog sich noch weiter hinter das Haus zurück und hörte Charlie Jones fluchend näher kommen:

»Wo steckt dieser große Schlingel nur? Ich rufe, und er kommt nicht. Ich werde nicht mehr bedient. Barnaby«, brüllte er, »willst du fortgeschickt werden? Möchtest du eine Fahrt auf dem Mississippi machen?«

Jetzt ertönte eine Stimme aus dem Inneren des Hauses:

»Massa Cha'lie, Ba'naby kommt ...«

Er erschien in der Tat, watschelte lächelnd über die Schwelle.

»Ba'naby fäh't nich' aufn Mississippi«, sagte er näher tretend.

»Bist du übergeschnappt? Und wenn ich es befehle?«

»Nein, Massa Cha'lie, weil de' Julep da is'.«

Er zeigte auf die Veranda zwischen den beiden Gebäuden, und Charlie Jones sah einen kleinen schwarzen Jungen, der einen Julep in einem großen Glas auf den Tisch stellte und sofort wieder verschwand.

»Unglaublich!« sagte Charlie Jones. »Barnaby, erkläre mir das.«

»Vie' Juleps stehen im Eis, seit Massa Cha'lie angekommen is'. Ba'naby wußte. Und Ba'naby hat zu Tommy gesagt: Wenn du Massa Cha'lie ganz laut Ba'naby 'ufen hö'st, stellst du 'nen Julep auf die Ve'anda.«

»Ach ja, der Sohn der Köchin. Der wächst ja gar nicht mehr. Warum ist er davongelaufen?«

»Schüchte'n isse', de' Tommy. Angst hat e'.«

»Wovor denn, der Nichtsnutz? Habe ich je einen von euch geschlagen?«

In diesem Augenblick hörten sie Hufgetrappel und blickten zur Allee. Drei Reiter kamen winkend in raschem Trab auf sie zu, zwei Jungen und ein Mädchen.

»Hallo, Onkel Charlie!« riefen sie fröhlich.

»Hallo!« rief er zurück.

Und dann fügte er leise hinzu:

»Ich weiß, was das zu bedeuten hat.«

Kurz darauf waren sie bei ihm, und die Szene glich der auf einem alten Bild: die Jungen in weißen Hemden und gelben Hosen, das Mädchen in einem kurzen Reitrock und einem kleinen Herrenhut mit einem lustig flatternden schwarzen Schleier. Alle drei saßen in makelloser Haltung aufrecht und geschmeidig in den Sätteln.

Es folgte ein kurzes Durcheinander von Ausrufen und Gelächter:

»Wir hatten euch gestern erwartet! Wo wart ihr die ganze Zeit? Hattet ihr euch in den Sümpfen verirrt? Wie sollten wir euch da herausholen?«

Jetzt verließ die junge Engländerin ihr Versteck, und drei neugierige junge Augenpaare richteten sich auf sie. Unterdessen reichte Charlie Jones der Reiterin die Hand, um ihr beim Absteigen zu helfen.

»Elizabeth«, rief er, »komm, ich möchte dir die Neffen und die Nichte meiner Frau vorstellen: Harry, Dick und Elsie.«

Letztere hob ihren Rock ein wenig und ging auf Elizabeth zu, die sich nicht rührte. Mit der Reitgerte, die ihr am Handgelenk hing, und ihrem eleganten Herrenhut strahlte Elsie eine Überlegenheit aus, die vom Glanz ihrer dunkelblauen Augen und der feinen schwarzen Linie ihrer Brauen noch unterstrichen wurde. Die schwere, pechschwarze Haarmähne zog ihren Kopf ein wenig nach hinten.

»Man hat uns schon so viel von dir erzählt! Ich muß dich umarmen, Elizabeth.«

»Wir auch«, riefen die Jungen.

Elsie schob sie mit einer Handbewegung zurück:

»Ihr kommt später dran«, sagte sie. »Immer der Reihe nach.«

»Ja, später!« rief Elizabeth, die sich lachend wehrte. »Laßt mich, bitte!«

Dick, der Ältere, ein Jüngling mit struppigem blondem Haar und schwarzen Augen, erwies sich als der Entschlossenere und ergriff Elizabeths Hand, während der Jüngere, dunkelhaarig und kurzgeschoren, das errötende Gesicht der schönen Fremden stumm vor Bewunderung aus seinen treuherzigen braunen Augen anstarrte.

»Dein englischer Akzent gefällt mir über alle Maßen!« rief Dick aus.

»Laßt sie in Ruhe!« schalt Charlie Jones. »Und das ist ein Befehl, Kinder! Ihr führt euch wie die Sioux oder die Irokesen auf, wenn sie ihr Opfer an den Pfahl gebunden haben ... Es ist euch nicht einmal in den Sinn gekommen, mir zu sagen, warum ihr hier seid.«

»Wir sind hier, um Sie zu bitten, uns zum Mittagessen einzuladen«, sagte Dick. »Wir sterben vor Hunger.«

»Das hätte ich mir denken können«, sagte Onkel Charlie. »Was ist denn bei euch los?«

Elsie spielte die Dame von Welt:

»Falls es nicht möglich sein sollte, Onkel Charlie ...«

Dick schnitt ihr das Wort ab:

»Es ist ganz einfach. Mama sagt, sie sei es müde, Mahlzeiten zuzubereiten, die im Nu verschwunden sind und durch neue Mahlzeiten ersetzt werden müssen, und so weiter bis zu ihrem Tode. Und als sie hörte, daß Sie da sind, hat sie uns aus dem Haus gejagt.«

»Sie ist immer noch die entschlossene Frau, die ich kenne.«

Dann brüllte er:

»Barnaby!«

Keine Antwort.

»Er läßt mich warten, weil er weiß, daß es mich ärgert«, sagte Onkel Charlie. »Er versteckt sich, er hört mich sehr gut. Ich habe ihn für immer verdorben, als ich seinen Papa freikaufte, dem ich ein Häuschen und ein Feld geschenkt habe. Er bildet sich ein, er werde auf dieselbe Art profitieren, aber ich werde es ihm schon zeigen.«

Aufs neue rief er wütend nach Barnaby. Eine Weile herrschte Stille, und dann stand Barnaby plötzlich hinter ihm.

»Ja, Massa Cha'lie?«

»Wo warst du?«

»Da, Massa Cha'lie.«

»Frech wie gewöhnlich. Höre, Barnaby, ich sage es dir zum letzten Mal. Auf dem Mississippi fahren Vergnügungsdampfer und auch andere Schiffe, die nicht dem Vergnügen dienen, und auf die man die ungehorsamen Schwarzen verfrachtet.«

»Ja, Massa Cha'lie.«

»Und auch die faulen und die frechen. Verstanden?«

»Ja, Massa Cha'lie, abe' auf denen wi'd Ba'naby niemals nich' fah'en.«

Schweigen. Mit beherrschter und fester Stimme befahl Charlie Jones:

»Barnaby, plündere den Hühnerhof, raube alle Eier, leere die Vorratsschränke und bestelle Miss Charlotte, daß wir Gäste haben und ein Wunder verlangen.«

Barnaby verneigte sich und verschwand.

Charlie Jones wandte sich nun den jungen Leuten zu:

»Da seht ihr, Kinder, wohin die Schwäche der Herren führt. Wenn dieser Mann im Grunde seines Wesens nicht so gutmütig wäre, hätte ich ihn nicht verkauft, sondern einem Nachbarn geschenkt.«

»Oh! Aber Barnaby ist sehr nett, Onkel Charlie«, sagte Elizabeth.

»Mag sein, aber eines Tages, als ich ihm ein wenig grob das Fell gerbte, hat er mir gedroht, er würde sich bei seinem Papa beklagen, denn der ist ein Heiliger geworden, und er revanchiert sich für meine Wohltaten, indem er mich zuerst mit seinem Segen überhäuft, um mir dann ins Gewissen zu reden. Er hat sich die Religion zugezogen, wie man sich die Grippe holt.«

»Wie macht man das?« fragte Elizabeth plötzlich interessiert.

»Das weiß ich nicht. Das hättest du meinen Freund William Hargrove fragen sollen, der davon auch angesteckt ist, ohne allerdings viel Schaden zu nehmen.«

Sie errötete und schwieg.

»Um wieviel Uhr essen wir?« wollte Dick wissen.

»Die Glocke wird Sie rufen, Herr Vielfraß. Ihr habt noch Zeit für einen kleinen Ritt durch den Wald.«

»Nichts könnte mir mehr Vergnügen machen«, sagte Elsie. »Elizabeth, willst du nicht mit uns kommen, falls Onkel Charlie dir eines seiner Reitpferde leiht?«

»Mein Vater hatte ein Gestüt, aber ich bin seit ... seinem Tod nicht mehr geritten und habe auch kein Reitkleid.«

»Ich habe drei zu Hause und kann dir eines geben. Seid ihr denn in Dimwood nie ausgeritten?«

»Nein. Nur die Jungen, die Mädchen nicht. Billy Hargrove war immer mit Wildfang unterwegs.«

Dieser Name wurde mit Gelächter zur Kenntnis genommen.

»Wildfang!«

»Ja, die Mädchen fuhren im Wagen spazieren.«

Onkel Charlie dämpfte die allgemeine Heiterkeit und sagte in besorgtem Ton:

»Mein Freund William fürchtete, die Mädchen könnten im Galopp vom Weg abkommen und sich in den Wäldern um Dimwood verirren. Er hat diesbezüglich recht seltsame Ideen ...«

Eine vage Geste beendete diesen Satz.

»Wie es scheint, ist seine Plantage ein bißchen trübselig«, bemerkte Dick und machte ein wohlinformiertes Gesicht.

»Sie ist sehr schön«, entgegnete Elizabeth treulich.

Seit einer Weile fühlte sie sich unbehaglich. Elsie, die vor ihr stand, ließ sie nicht aus dem Blick, und in ihrem hübschen Jungmädchengesicht sprachen die großen dunklen Augen auf seltsame Weise von einer Welt, die gar nicht die ihres Alters war.

Plötzlich erschrak die junge Engländerin bis ins Herz. Sekundenlang glaubte sie in den Tiefen dieser herrlichen dunkelblauen Augen Jonathans durchdringenden Blick zu sehen. Die Sinnestäuschung war so stark, daß ihr Herz sich zusammenzog, als wenn eine Hand es zerdrückte.

»Was hast du denn?« fragte Elsie sie lächelnd. »Gefällt dir mein Hut nicht? Ich ziehe ihn ein wenig in die Stirn, wie es die Männer tun. Es ist der Hut meines Verlobten, und ich habe ihn ihm gestohlen.«

»Dein Verlobter ...?« stammelte Elizabeth.

»Ich werde ihn dir vorstellen. Er kommt uns bald besuchen. Du wirst sehen, er ist charmant. Wir heiraten im nächsten Jahr.«

Sie lachte und zeigte ihre kleinen, weißen Zähne, die aussahen wie Reiskörner.

»Ich muß dich allerdings warnen, denn ich bin eifersüchtig wie eine Tigerin.«

»Oh! Ich versichere dir, daß du nichts zu befürchten hast. Ich habe nicht gesagt, daß ich ihn kennenlernen will, deinen Verlobten.«

In aller Unschuld fuhr Elsie fort:

»Du kannst dir gar nicht vorstellen, wie nett er ist ... Er ist noch in Virginia auf der Universität, und er arbeitet wie ein Wahnsinniger. Das sagt er wenigstens ... das sagt er ...«, wiederholte sie lachend. »Er studiert Jura. Und du? Wirst du dich auch bald verloben?«

»Weiß ich nicht«, antwortete Elizabeth kurz.

»Hübsch, wie du bist ... Du hast doch bestimmt einen *Beau* ...«

»Aber das geht nur mich an«, sagte Elizabeth, am Ende ihrer Geduld.

Elsie lachte ungläubig.

»Alle Mädchen in unserem Alter haben einen *Beau* ... oder aber ...«

»Also gut, da du es unbedingt wissen willst, ich habe auch einen ...«

Ihre Stimme war heiser vor Erregung, und ihre Augen leuchteten, als sie der Unverschämten diese Worte entgegenschleuderte, aber Elsie ließ nicht locker und setzte ihr Verhör mit noch größerer Neugier fort:

»Wie heißt er?«

Die Antwort war klar und deutlich:

»Das ist mein Geheimnis.«

»Aha, dann gibt's vielleicht eine heimliche Trauung. Oh, Elizabeth, wie romantisch du bist! Ich übrigens auch. Wir werden unzertrennlich sein. Ist dein Verlobter aus Virginia? Werden wir ihn sehen?«

Plötzlich schnürte es Elizabeth vor Angst die Kehle zu, und zu ihrer Überraschung hörte sie sich sagen:

»Niemals. Er ist weit von hier ...«

»Ach so.«

Die übereifrige Schwätzerin wollte gerade wieder eine Frage stellen, aber da läutete die Glocke hinter dem Haus.

»Beeilt euch!« rief Charlie Jones, in die Hände klatschend. »Bewahrt euch eure Vertraulichkeiten für später auf, meine jungen Damen! Wir dürfen Miss Charlotte nicht warten lassen.«

77

Sie wartete trotzdem im Speisezimmer. Von seinen vier Fenstern gingen zwei auf die Reihe der kleinen gelben Häuser hinaus und die anderen beiden auf die kleine Waldung, die Elizabeth vorhin so entzückt hatte. Auf einer schweren, langen Tafel leuchtete ein blendend weißes Tischtuch.

Die Gäste traten durch die eine Tür, Amelia durch eine andere ein, als handle es sich um ein feierliches Zeremoniell. In einem pflaumenblauen Taftkleid, den Kopf in einer Art Gehäuse aus Linnen und Spitzen, lächelte sie sanft und sagte feierlich:

»Es ist mir immer eine Freude, die Jugend von gegenüber in unserem Haus am Anger willkommen zu heißen.«

»Am Anger«, das war der Name, den sie Great Lawn gegeben hatte. Er gefiel Charlie Jones zwar gar nicht, aber er nahm es hin. Mit einer souveränen Geste wies sie jedem seinen Platz an: ein Mädchen, ein Junge, ein Mädchen, ein Junge, und die schweren Stühle scharrten auf dem Marmorfußboden. Sie selbst setzte sich zur Rechten ihres Gemahls, und die kleine Miss Charlotte nahm ihren mit Kissen erhöhten Platz links von Charlie Jones ein.

»Das Tischgebet«, sagte Amelia.

Tiefes Schweigen. Dann neigte Charlie Jones den Kopf und ließ ein frommes Gemurmel vernehmen, das sich vertraulich an seine Halsbinde zu richten schien, worauf ein kurzes Amen die Runde machte. Dann erschien Barnaby mit weißen Handschuhen. Stolz lächelnd trug er einen imposanten Rindsbraten auf einem schweren Silbertablett herein und stellte es auf einen kleinen Tisch neben Onkel Charlie. Dieser ergriff sogleich das Wort:

»Nach englischer Sitte steht es dem ältesten Sohn zu, das Fleisch zu schneiden, aber da mein Sohn nicht anwesend ist, geht diese Ehre an dich, Dick. Ich nehme an, daß dein Vater dir beigebracht hat, wie man es macht.«

Mit einem Satz war Dick aufgesprungen, und Barnaby reichte ihm ein Messer mit riesiger Klinge und eine Gabel mit gewaltigen Zinken. Diese Waffen in seinen Händen verliehen dem jungen Mann ohne sein Wissen ein recht wildes Aussehen, das jedoch seinem Naturell zu entsprechen schien und durch seine aufmerksame Miene, wie die eines gewissenhaften Scharfrichters, noch unterstrichen wurde. Er fühlte, daß alle Blicke auf ihn gerichtet waren, und machte sich mit der Sorgfalt eines Künstlers ans Werk.

Niemand sprach ein Wort während dieser Operation, außer Amelia, die ihn mit sanfter Stimme ermahnte:

»Sehr dünn, die Scheiben.«

Sehr dünn fielen sie aus und landeten eine nach der anderen in einer riesigen Schüssel aus blauem, reichlich mit Gold verziertem Porzellan, die Barnaby schließlich vor Charlie Jones hinstellte. Dieser nickte und sagte zu Dick:

»Gar nicht schlecht, mein Junge.«

Sotto voce, jedoch klar und deutlich, gab Amelia ihre Meinung kund:

»Der Kommodore hat seine Kinder gut gedrillt. Das sieht man sofort. Er wird in seinem Hause stets wie auf der Kommandobrücke eines Kriegsschiffs befehlen. Sein Losungswort ist Gehorsam. Meine liebe Schwester hat den Mann, den sie verdient.«

»Vergessen wir das, vergessen wir das«, erwiderte Onkel Charlie im selben Ton, und dann fragte er lauter:

»Möchtest du es rosa?«

»Blutig«, antwortete sie sanft. »Blutig, mein Lieber.«

Die blutrote Scheibe wurde auf einem heißen Teller vor sie

hingestellt. Amelia betrachtete sie mit sichtlicher Zufriedenheit, dann hob sie den Kopf und erklärte:

»Kinder, obgleich es gegen die guten Manieren verstößt, habe ich nichts dagegen, wenn während dieser Mahlzeit gesprochen wird. Es ist ja eine Art Festtag, da unsere Elizabeth zum ersten Mal unter diesem Dach zu Mittag ißt.«

Elizabeth lächelte errötend.

»Jetzt bist du an der Reihe, Elizabeth«, sagte Onkel Charlie mit erhobenem Messer. »Wie möchtest du es? Rot?«

»Rosa bitte«, antwortete sie.

»Rosa wie die Wangen einer schönen Engländerin!« rief er aus.

»Mein Lieber«, sagte Amelia, »Ihr Vergleich erscheint mir unschicklich.«

»*Honni soit qui mal y pense*, mein Liebling. Elsie, du willst es natürlich auch rosig, nicht wahr?«

»Nein, rot, wie Tante Amelia.«

»Du wirst ihr eine rosige Scheibe geben, wie Elizabeth«, sagte Amelia entschieden. »Ein Mädchen in ihrem Alter hat sich zu mäßigen, und zuerst einmal, Elsie, nimm gefälligst diesen Männerhut ab.«

Elsie trotzte ihr mit einem herausfordernden Blick, und der Hut blieb auf dem Kopf. Die ganze Frechheit des jungen Mädchens offenbarte sich in der bis auf ihr Stupsnäschen heruntergezogenen Krempe.

Während einiger Sekunden betrachtete Amelia die Aufsässige, und dann fand sie jenen unnachahmlichen Ton, den sie von einem ihrer schrecklichen Ahnen hatte:

»Elsie!«

»Mein liebes Kind«, redete Onkel Charlie ihr sanft zu, »du bist so hübsch ohne diese Kopfbedeckung.«

Wütend nahm Elsie den Hut ab, mit einer so heftigen Bewegung, daß der Dutt sich löste und ihr Haar schwer und leuchtend in schwarzen Fluten über ihre Schultern floß. Es war wie eine Herausforderung gegenüber Tante Amelia. Barnaby, stets zur rechten Zeit am rechten Fleck, ergriff den Hut und ließ ihn verschwinden.

Dick, der als nächster gefragt wurde, bevorzugte blutiges Fleisch und bekam zwei Scheiben statt einer.

Fehlte nur noch Harry, der bescheiden in seiner Ecke wartete. Von Natur aus schüchtern und zurückhaltend, antwortete er ganz leise:

»Rosa bitte.«

In diesem Augenblick ertönte eine schrille Stimme, und alle zuckten zusammen.

»Ich möchte gern wissen, warum man diejenige vergißt, die an diesem heißen Tag in der Küche gestanden und alles überwacht hat, damit wir eine anständige Mahlzeit bekommen.«

»Charlotte!« sagte Amelia.

»Charlotte, Charlotte, das ist ja nicht zum Aushalten! Auch ich habe Hunger!«

»Oh, liebe Charlotte!« rief Onkel Charlie. »Verzeih mir, ich bekenne mich schuldig, nur deine außerordentliche Bescheidenheit war die Ursache meiner Unhöflichkeit.«

»Charlotte!« sagte Amelia mit lauter Stimme.

»Charlotte hat recht, Amelia«, sagte Onkel Charlie.

»Sie hat ein bißchen recht und noch mehr unrecht«, räumte Amelia ein.

Die kleine schwarzgekleidete Frau reckte sich auf ihren Kissen empor und schrie so laut, daß Amelia nahe daran war, sich die Ohren unter ihrer Haube zuzuhalten.

»Ihr mit eurem ewigen Charlotte«, rief sie aufgebracht. »Ich bin keine Heilige. Charlie, gib es mir blutig, mir auch, und noch blutiger als all den anderen.«

»Charlotte, man kann von diesem Tier nicht mehr verlangen, als es zu geben vermag. Es hat sein möglichstes getan.«

»Gut. Gib schnell her, Barnaby, und dann lauf in die Küche und hol die Kartoffeln.«

Ein dumpfes Raunen unterbrach die Stille, die diesen Worten folgte. Barnaby verschwand sogleich mit der Behendigkeit einer Raubkatze, und Charlotte ließ ihre kleinen grauen Augen mit triumphierendem Blick in die Runde schweifen.

Selbst in ihrer aufrechten Haltung wirkte sie kaum größer als ein kleines Mädchen, aber der Zorn verlieh ihr eine respekteinflößende Statur. Die Wangen puterrot vor Wut, die Fäuste in die Hüften gestemmt, schien sie nach einem Schlußwort zu suchen, das ihren ganzen Ärger ausdrücken könnte.

»So ist es nun einmal«, sagte sie schließlich.

Elizabeth ließ sie nicht aus den Augen und hatte den Eindruck, daß Charlotte litt, daß ein lächerlicher Vorfall genügt hatte, um die ganze Tragödie ihres kleinen Wuchses und ihres zerstörten Glücks wieder aufleben zu lassen. Weil sie klein war, hatte man ihre Anwesenheit vergessen. Weil sie klein war, hatte sie nicht heiraten können.

Aus einem plötzlichen Impuls sagte Elizabeth mit typisch englischer Ruhe:

»Miss Charlotte, ich hätte gern etwas gewußt.«

»Was denn?«

»Wenn Sie von Kartoffeln sprechen, meinen Sie damit die, die man auch Bataten oder Süßkartoffeln nennt?«

Vor diesem unschuldigen Lächeln fühlte Miss Charlotte ihren Zorn schwinden.

»Aber ja, meine liebe kleine Engländerin, die gibt es nicht bei euch ... Aber ich finde, daß Barnaby sehr lange wegbleibt.«

Sie warf die Schultern zurück und rief: »Barnaby!«

Sie kreischte so laut, daß Amelia das Gesicht zu einer schmerzlichen Grimasse verzog und mit gesenkter Stimme bat:

»Charlotte!«

Eine beschwichtigende Antwort kam aus der fernen Küche, und etwa zwei Minuten später erschien Barnaby mit wichtiger Miene und trug eine große ovale Schüssel vor sich her. Gebieterisch wies Miss Charlotte auf einen breiten silbernen Untersatz in der Mitte des Tisches, der das Ergebnis so vieler Mühen erwartete. Ein köstlicher Duft stieg zur Decke auf und vertrieb im Nu alle schlechte Laune.

Charlie Jones schnupperte und faltete die Hände wie ein entzückter Feinschmecker.

»Selbst in Paris, selbst bei Voisin«, erklärte er, »duftet es nicht besser.«

Amelia streckte neugierig die Nase hervor.

»Ich gestehe«, sagte sie, »daß der bloße Anblick gewisser Speisen mich in Versuchung bringt, Geschmack am guten Leben zu finden.«

»Nun, dann beherrsche dich«, erwiderte Miss Charlotte, »und bring das Opfer, auf meine Süßkartoffeln zu verzichten, wenn sie deine Tugend gefährden. Barnaby, den großen silbernen Löffel bitte. Ich bediene euch. Amelia, wozu entschließt du dich?«

»Ach, gib mir ein wenig zu kosten. Es ist eine Schwäche von mir, das gebe ich zu«, fügte sie mit leicht schalkhafter Miene hinzu, wie um sich für eine Kinderei zu entschuldigen. »Aber«, fuhr sie sogleich fort, »wie schade, an diese rosige und goldene Masse Hand anzulegen ...«

».. . auf der etwas glänzt«, sagte Charlie Jones, »etwas, ich weiß nicht was, etwas ...«

»Etwas Karamelisiertes«, sagte Miss Charlotte, fuhr mit dem Löffel in die duftenden Schichten und füllte Amelias Teller, die nicht protestierte.

Ganz im Gegenteil, sie zögerte keine Sekunde, den ersten Bissen zu nehmen, doch dann legte sie die Gabel zur Seite und fand ihre gewohnte Würde wieder.

»Charlotte, meine liebe Schwester, ich frage mich, ob du das Recht hast, das Rezept für ein so hervorragendes Gericht für dich zu behalten.«

Miss Charlotte brach in schallendes Gelächter aus.

»Ein Geheimnis!« schrie sie, während der schwere Löffel in ihrer Hand immer mehr Portionen auf die Teller häufte. »Ihr macht mir Spaß. Unsere beiden Köchinnen sind bestens informiert. Auch Barnaby übrigens, der ein Schnüffler und ein Vielfraß ist. Leugne es nicht, Barnaby, sonst bekommst du nichts. Also enthüllen wir das dunkle Geheimnis der Süßkartoffeln. Aber ich sage es euch gleich: Wenn ihr es euch nicht merkt ist alles Flehen, daß ich es euch noch einmal sage, nutzlos. Zuerst die Schüssel. Woraus ist sie?«

»Aus Ton«, sagte Dick mit erhobener Gabel.

»Gut. Ich reibe sie leicht mit Palmöl ein. Hört ihr mir auch zu? Jede Einzelheit ist wichtig. Wenn ihr eine verpaßt, verpaßt ihr alles.«

»Wir hören aufmerksam zu, wie gute Schüler«, sagte Charlie Jones.

Miss Charlotte fuhr fort, jedes Wort wie eine Lehrerin betonend. Von Zeit zu Zeit erschien ein überlegenes Lächeln auf ihren Wangen, und sie hatte das Gefühl, eine undisziplinierte Schulklasse zur Raison gebracht zu haben.

»Ihr nehmt also eure Kartoffeln, rosige natürlich, denn die anderen taugen nichts, und schneidet sie der Länge nach in dünne Scheiben. Dann schichtet ihr davon eine Lage in die Schüssel, eine Lage, wohlgemerkt, und auf diese Schicht legt ihr eine zweite, aber da schneidet ihr die Kartoffeln in – wie soll ich sagen? ihr schaut alle so dumm – in kleine Streifen. Dann streut ihr Rohrzucker, Muskat und Zimt darauf. Und jetzt, hört mir um Himmels willen gut zu, jetzt macht ihr eine neue Lage aus dünnen Scheiben und darüber wieder eine aus Streifen. Die bestreut ihr wieder mit Zucker und fügt ein wenig Butter oder Rahm hinzu. Ihr glaubt doch nicht etwa, das sei alles? Weit gefehlt. Ihr schichtet immer weitere Lagen auf, bis zum Schüsselrand. Schließlich macht ihr noch eine letzte Schicht aus etwas dicker geschnittenen Süßkartoffeln und bedeckt sie mit braunem Zucker und einer Prise Salz. Jetzt stellt ihr das Ganze in den heißen Ofen. Dann karamelisiert die oberste Schicht. Eineinhalb Stunden Backzeit und ein guter Schwarzer wie Barnaby in der Nähe, der von Zeit zu Zeit nachsieht...«

Alle waren bedient. Sie hatte den großen Löffel rechts neben die Schüssel gelegt und betrachtete ihr Auditorium, das die letzten Spuren der Süßkartoffeln aus den Tellern fischte. In der Stille vernahm man nur noch das leichte Klappern der Löffel auf dem Porzellan. Kein Kommentar, keine Fragen. Diese beflissene Gefräßigkeit hatte etwas Unschuldiges. Und da kam Miss Charlotte in die allen Lehrern wohlbekannte Versuchung, Schrecken zu verbreiten.

Sanft ergriff sie das Wort:

»Ich werde jetzt das Vergnügen haben, einen von euch zu bitten, mir das Rezept der ›Süßkartoffeln à la Charlotte‹ in allen Einzelheiten aufzusagen. Wartet ... auf wen wird meine Wahl fallen?«

»Auf mich«, sagte Barnaby, »ich kann das ganze ’ezept ohne einen Fehle’ aufsagen.«

»Du kommst schon gar nicht in Frage. Erstens weil du das phänomenale Gedächtnis der Farbigen besitzt, und zweitens, weil du in der Küche Privatunterricht genommen hast. Geh lieber die Nachspeise holen.«

Barnaby verschwand. Sie setzte ein charmantes Lächeln auf und fuhr munter fort:

»Eigentlich habe ich die Qual der Wahl, aber ich möchte einem von euch die Gelegenheit geben, sich durch eine gute Antwort auszuzeichnen.«

Auf allen Gesichtern, denen der Jungen wie der Erwachsenen, zeigte sich eine so lebhafte Beunruhigung, daß sie ihre Worte plötzlich bereute.

»Ach, ich will doch nicht unmenschlich sein«, sagte sie. »Ich möchte nur, daß einer sich freiwillig meldet.«

Ein schreckliches Schweigen, das unnachahmliche Schweigen einer Schulklasse, die abgefragt wird.

»Charlotte«, sagte Charlie Jones schließlich, »du mußt verstehen ... Ich bin sicher, daß wir alle dein Rezept in groben Zügen behalten haben.«

Miss Charlotte lächelte höflich.

»Nun ja«, sagte sie mit gespielter Fröhlichkeit, »an dem Tage, da Sie mir eine Schüssel Süßkartoffeln servieren, die in groben Zügen zubereitet worden sind, werde ich mit einem Gedichtband auf die Wiese gehen und unter einem Baum einen Apfel essen.«

Diese Entgegnung wurde mit schallendem Gelächter begrüßt, und als die Nachspeise erschien, kehrte das Leben wieder in seine gewohnten Bahnen zurück. Der verwöhnte Appetit der Tischgäste erwies dem monumentalen Mont Blanc aus Vanilleeis, Schlagrahm und kandierten Früchten keine wirkliche Ehre. Man nippte an den Flanken des Ungetüms, das fast unversehrt in die Küche zurückkehrte.

Alle sehnten sich nach einem Mittagsschläfchen. Die Konversation, die doch gestattet war, verebbte von selbst. Miss Charlotte zog sich als erste zurück. Amelia ließ sich von ihrem Gemahl auf ihr Zimmer führen. Dieser hatte den jungen Leuten vorgeschlagen, sich auf dem Rasen auszuruhen, im dunklen und erfrischenden Schatten der Zeder, die ihrerseits in jahrhundertealten Träumen schlummerte. Elsie und die beiden Jungen erklärten sich freudig dazu bereit, aber Elizabeth zog es vor, sich ohne ein Wort davonzustehlen und ihr Zimmer aufzusuchen.

Dort oben waren die Fensterläden geschlossen, und im Halbdunkel sah alles viel schöner aus. Für das junge Mädchen bewahrte dieser Raum, in dem sie leben sollte, noch den geheimnisvollen Reiz der Neuheit, doch sie hatte ihn bereits liebgewonnen.

Ein leises Geräusch im Nebenzimmer erregte ihre Aufmerksamkeit. Sie ging nach nebenan. Betty war ganz in der geöffneten Tür eines Schrankes verschwunden, und man sah nur ihre in Sandalen steckenden Füße.

»Was machst du da?« fragte Elizabeth.

Betty stieß einen kleinen Schreckensschrei aus und kam hervor, ein grünes Tuch auf dem Kopf. »Ich tu alles schön in die Laden 'nein, Mam'sell Lisbeth, gucken Sie mal.«

Das junge Mädchen warf einen Blick in den Schrank und stellte fest, daß tatsächlich eine peinliche Ordnung in den Schubladen herrschte.

»Hast du zu Mittag gegessen?«

»Süßka'toffeln inne Küche«, antwortete Betty mit einem breiten Lächeln.

Und sie fügte hinzu:

»Inne T'uhe hat man ein Geschenk fü' Sie ve'steckt, aus Dimwood. Ich hab's unte' Ih' Kopfkissen gelegt.«

Elizabeth zögerte keine Sekunde. Sie griff unter das Kopfkissen und zog ein himmelblaues Päckchen hervor. Mit ungeduldig zitternder Hand zerriß sie das hübsche Papier, um ein zweites, lilafarbenes Papier zu entdecken, nebst einem weißen Briefumschlag, der unter einem dunkellila Band steckte, doch bald hatten ihre ungeduldigen Finger diese schwache Verpackung gelöst. Stumm vor Überraschung hielt Elizabeth *Die letzten Tage von Pompeji* in der Hand.

Betty, die ihr nachgeeilt war, platzte heraus:

»Oh! Miss Lisbeth nich' zuf'ieden?«

»Laß mich in Ruhe«, sagte das junge Mädchen, »geh wieder an deine Schränke.«

Als sie allein war, kicherte sie nervös und zog eine Karte aus dem Umschlag, auf der mit großer, hochmütiger Schrift zwei Zeilen geschrieben standen: »Für unsere Cousine Elizabeth aus England zum Andenken an unser geliebtes Dimwood, wo sie so glücklich gewesen ist. Tante Augusta.«

Sie zerriß die Karte, schloß die Augen und sah wieder den Magnolienbaum in der Ecke des Säulengangs am Ende der langen Veranda in Dimwood. Der zeitliche Abstand löste sich auf. Es war nicht gestern gewesen, daß sie dort stand, es war heute. Benommen vom Duft der Blumen neigte sie sich vor und suchte Jonathans Gesicht, aber ihre Lippen fanden sich nicht, und so streichelte sie sanft mit den Fingerspitzen seine Wange ... Hatte sie sie wirklich gestreichelt? Sie murmelte seinen Namen und wurde es nicht müde: »Jonathan ... Jonathan ...« Wenigstens mit ihrem Atem streifte sie seine halbgeöffneten Lippen.

Plötzlich ließ sie sich rücklings auf ihr Bett sinken.

»Sterben«, sagte sie sich. »Wenn man das auf einmal könnte ... in dieser Minute.«

Jetzt warf die Wirklichkeit, von der sie umgeben war, sie wieder in ihre Verzweiflung zurück, die weißen Vorhänge an ihrem Bett, die Wände und die Möbel. In der Ferne rief ein Vogel, den sie nicht kannte, eintönig und beharrlich.

Mit großer Überwindung stand sie auf und rief Betty, die sich sogleich anschickte, die Papierschnipsel aufzulesen.

»Laß das«, sagte Elizabeth. »Im Koffer war doch eine Schachtel Briefpapier. Wo hast du sie hingetan?«

»In eine Schublade, Mam'sell Lisbeth.«

»Bring sie mir.«

Während Betty verschwand, warf das junge Mädchen einen Blick in den Spiegel über dem Kamin. Die Blässe ihres Gesichts erschreckte sie, und sie glaubte, eine Fremde vor sich zu sehen. Mit beiden Händen griff sie sich in das aschblonde Haar, das ihr Gesicht umrahmte, und hielt es über der Stirn zusammen.

»Betty, komm schnell!« rief sie.

Die Dienerin erschien mit einer Schachtel, die sie auf den Tisch stellte.

»Du wirst mich frisieren«, sagte Elizabeth. »Hier über dem Scheitel wirst du mir das Haar zu einem dicken Dutt aufstecken.«

»Abe' mit was denn, Mam'sell Lisbeth? Wi' ham doch keine Haa'nadeln nich'.«

»Ach Betty, du siehst doch, daß ich warte. Tu irgend etwas. Nimm ein Band.«

Erschrocken eilte Betty davon, kramte in allen Schubladen und kam mit einer Handvoll Bändern zurück, wie für ein Fest. Nun machte sie sich unter Seufzern und Ausrufen an die Arbeit, und nach einigen Minuten der Anstrengung entstand eine Art Haarkugel, die als Dutt gelten konnte, die aber, wie Betty ängstlich wiederholte, nicht halten würde.

Kühlen Blicks betrachtete das junge Mädchen diese neue Elizabeth, die sich nicht rührte. Welch erstaunliche Verwandlung: eine Frau beobachtete aus den Tiefen des Spiegels die junge Engländerin, erwiderte ihren Blick und ahmte die Bewegung ihres Mundes nach, dem ein Murmeln entschlüpfte:

»Das bin ich ... Das bin ich jetzt.«

Betty war so erschrocken, als hätte sie ein Gespenst gesehen.

»Oh! Mam'sell Lisbeth, es wa' doch besse' vo'he'.«

In Wahrheit fühlte sich auch Elizabeth von einem seltsamen

Unbehagen ergriffen. Ein fremder Mensch war in diesem Zimmer erschienen, jemand, den sie aus der Zukunft gerufen hatte.

»Lös mir das Haar, nimm die Bänder weg«, befahl sie plötzlich.

Die Bänder wurden hastig herausgezogen, der Dutt löste sich auf und gab das golden herabfließende Haar frei. Elizabeth sah sich wieder im vollen Glanz ihrer Jugend, doch einige Minuten lang blieb sie nachdenklich. Die Anwesenheit der Dienerin störte sie, und sie bat Betty lächelnd, sie allein zu lassen.

Unter dem Schreibzeug, das auf dem Tisch stand, fand sie Tinte und Federn. Ohne zu zögern setzte sie sich und schrieb die ersten Zeilen eines Briefes.

Liebe Miss Llewelyn,

vier lange Reisetage haben mich von Dimwood entfernt, und ich verschweige Ihnen nicht meinen lebhaften Wunsch, Nachrichten von dort zu erhalten. Betrachten Sie diesen Brief als ein Zeichen des vollen Vertrauens, das ich Ihnen seit unseren letzten Gesprächen schenke. Dies rührt vor allem von der Klarheit Ihrer Antwort her, als ich aufgrund meiner persönlichen Schwierigkeiten gezwungen war, Ihnen Fragen zu stellen. Diesen Punkt muß ich wohl näher erläutern. Was Sie nicht wissen, erraten Sie; das ist ein Kompliment, und ich schätze mich glücklich, es Ihnen machen zu können.

Hier legte sie die Feder nieder und fragte sich, ob es schicklich sei, auf diese Weise an eine Gouvernante zu schreiben. Es schien ihr, als blickte das Gespenst des Klassenbewußtseins ihr über die Schulter. Was würde ihre Mutter zu einer solchen Vertraulichkeit, zu einer solchen Nichtachtung der sozialen Ordnung sagen? Plötzlich schämte sie sich dieser Skrupel und schrieb mit rascher Feder weiter:

Wenn Sie nur hier wären, um mir zu raten! Ich gestehe Ihnen ohne Scham, daß ich mich hier sehr einsam fühle, obgleich das Haus ganz allerliebst ist und alle freundlich zu mir sind – aber was ist die Einsamkeit für mich anderes, als die Abwesenheit eines bestimmten Menschen? Deutlicher möchte ich mich nicht ausdrücken. Sie wissen nur zu gut, um wen es sich handelt, und zudem schmerzen gewisse Worte mich so sehr, daß meine Hand sich weigert, sie niederzuschreiben.

Sie mögen an manchen Tagen geglaubt haben, daß Ihre Gesellschaft mir Widerwillen einflößte, aber das ist nicht wahr. Daran mag meine natürliche Zurückhaltung schuld gewesen sein, aber was nützt mir diese Zurück-

haltung heute? Ich bin ganz einfach unglücklich. Die Wälder und die
schönen Wiesen sind mir kein Trost. Haben Sie keine Nachrichten von
drüben, Nachrichten aus Europa?

Mehr wage ich nicht zu sagen. In diesem Brief stehen bereits zu viele
Worte an der Stelle derer, die ich so leidenschaftlich gerne schreiben würde
und zu denen mir der Mut fehlt. Schreiben Sie mir doch bitte, selbst wenn
es im Augenblick nichts zu erzählen gibt, denn in Dimwood ereignet sich
nichts, dort bleibt das Leben stehen – wie übrigens auch hier –, aber ich
möchte trotzdem wissen, ob alles gutgeht.

Es grüßt Sie freundlich

Elizabeth Escridge

Da sie nur zu gut wußte, daß sie diesen Brief nicht abschicken würde,
wenn sie ihn noch einmal las, steckte sie ihn in den Umschlag und
ließ ihn offen. Vielleicht hätte sie im letzten Augenblick doch noch
etwas hinzuzufügen. Die Adresse wurde sorgsam in mustergültiger
Schönschrift geschrieben. Blieb nur noch das Problem des Frankie-
rens. Wen könnte sie um eine Briefmarke bitten? In dieser schwierigen Lage erschien ihr Miss Charlotte als die geeignetste Person, die
menschlichste jedenfalls. So beschloß sie sich in dem großen Haus
gleich auf die Suche nach ihr zu machen. Den Brief legte sie ganz
hinten in eine Schublade, aber war das nicht unvorsichtig? Die
Schublade hatte kein Schloß. Verschließbar war nur ihre Reisetruhe,
aber die hatte man auf ihren Befehl weggeschafft. Nach einigem
Zögern nahm sie den Brief an sich und verließ ihr Zimmer.

Am Fuß der Treppe entfuhr ihr ein Schrei, als sie sah, wie die
Eingangstür sich öffnete und Charlie Jones lächelnd auf sie zutrat.
Er trug seinen Panamahut, den er feierlich vor ihr abnahm. Verge-
bens versuchte sie, den Brief in den Falten ihres Rocks zu verbergen.
Er lachte.

»Welch ein glücklicher Zufall«, sagte er. »Ich bin nach meinem
Schläfchen ein wenig hinausgegangen und wollte gerade ein paar
Worte mit Miss Charlotte sprechen.«

»Miss Charlotte?«

»Ja, ihr Zimmer ist ganz in deiner Nähe, auf dem gleichen Flur.
Wußtest du das nicht?«

»Nein, niemand hat es mir gesagt ...«

»Sie wollte es wohl so ... Sie möchte wie ein Engel über dich
wachen, und wahrscheinlich ist sie auch ein Engel. Aber ich sehe,

daß du einen Brief auf die Post bringen willst. Das hätte ich für dich tun können.«

Obwohl sie wütend war, wie ein kleines Mädchen, das Geheimnisse hat, bei ihrem Täuschungsmanöver ertappt worden zu sein, faßte sie sich sofort und blickte den rosigen, schelmisch lächelnden Charlie Jones trotzig an.

»Ich weiß gar nicht, wo die Post ist«, sagte sie kampfbereit.

»Die Post ist in meinem Büro, aber ich sehe, daß dein Umschlag nicht frankiert ist. Ich nehme an, er ist an einen Ort in den Vereinigten Staaten adressiert.«

»Er ist an Dimwood adressiert«, erwiderte Elizabeth aggressiv, »und zwar an Miss Llewelyn, wenn Sie es unbedingt wissen wollen.«

»Ich habe dich nicht danach gefragt. Gib ihn mir, und ich werde ihn dem Postboten aushändigen lassen, wenn er morgen früh vorbeikommt.«

Sie zitterte leicht und mußte sich auf das Geländer stützen, aber sie blickte ihn fest an und schwieg.

Mit freundlicher Stimme wiederholte er:

»Gib mir den Brief.«

Undeutlich dachte sie: »Er oder ich«, und hielt den Brief fest in der Hand.

»Wenn du ihn mir nicht geben willst«, sagte er ruhig, »so soll es mir auch recht sein, nur wird er dann nicht abgeschickt.«

Jetzt verlor sie die Beherrschung und schleuderte ihm den Brief vor die Füße. Er hob ihn auf und sagte in unverändertem Ton:

»Es ist wirklich das erste Mal, daß eine Dame sich mir gegenüber so benimmt.«

Und während er den Brief hochhielt, wie um ihn ihr zu zeigen, fügte er hinzu:

»Mein kleines Mädchen, du solltest wissen, daß man nie einen Brief abschickt, ohne ihn vorher sorgfältig versiegelt zu haben.«

Damit klebte er den Umschlag zu und fuhr fort:

»Du kannst jeden Tag und an wen du willst Briefe schreiben. Hier werden deine Briefe nie gelesen werden, weder die, die du schreibst, noch die, die du erhältst. Darauf gebe ich dir mein Wort.«

Seine ernsthafte Miene veränderte ihn, und sie fühlte, wie sie errötete. Mit einer vor Scham ein wenig unsicheren Stimme erklärte sie:

»Ich hatte den Brief offengelassen, weil ich meine neue Adresse beifügen wollte, und die kenne ich noch nicht.«

Dann lachte sie verlegen und sagte rasch:

»Entschuldigen Sie bitte meine unüberlegte Geste von vorhin.«

»Du brauchst dich nicht zu entschuldigen«, antwortete er. »An deiner Stelle hätte ich vielleicht nicht anders gehandelt. Ich muß manchmal geradezu unausstehlich sein. Ich habe es nie verstanden, auf dezente Weise recht zu behalten. Was Miss Llewelyn betrifft, so kennt sie unsere Adresse. Als wir ankamen, erwartete mich ein Brief von ihr. Sie wird dir schreiben, was sich in Dimwood ereignet hat. Einiges ist recht amüsant, anderes betrüblicher. Der alte Mr. Armstrong hat seine kleine Plantage verlassen, um den Rest seiner Tage in Savannah zu verbringen. Fred ist unglücklich gestürzt und hat sich den Knöchel gebrochen. Er wurde gut verarztet, aber er wird ein wenig hinken.«

»Fred!« rief Elizabeth aus.

»Ach, es wird schon nicht so schlimm sein. Alles renkt sich ein, nur nicht das, was sich nicht einrenken will. An deiner Stelle würde ich mein Vertrauen in Miss Llewelyn auf ein Minimum beschränken. Ich kenne sie sehr gut. Laß dich nicht von ihrem ewigen grauen Kleid täuschen. Sie ist steinreich und läßt keine Gelegenheit aus, um immer reicher und reicher zu werden, aber sie ist sehr intelligent und nicht ganz herzlos, wenn es ihr in den Kram paßt. Jedenfalls nimm dich in acht.«

»Nimm dich in acht! Seit ich in Amerika bin, sagt man mir das ständig. Ich habe keine Lust, allen Leuten zu mißtrauen.«

Mit seinem verführerischsten Lächeln, jenem Lächeln, das sie nicht sehen konnte, ohne sich irgendwie schuldig und verwirrt zu fühlen, sagte er:

»Jedenfalls mißtraue nie Charlie Jones.«

»Nein«, sagte sie, »niemals, niemals wieder.«

78

Ganz im Gegensatz zu dem lauten Mittagessen verlief der Abend ruhig und still. In der Nähe der großen Zeder standen mit Leinwand bespannte Liegestühle und luden die des Weltenlärms müden Personen ein, sich in die Betrachtung des Sternenhimmels zu versenken. In schönen Sommernächten versäumte man es nie, sich andächtig dieser Gewohnheit hinzugeben.

Halb ausgestreckt in ihren Liegestühlen, hielten sich Charlie Jones und seine Frau bei den Händen, und auf einmal murmelte Amelia langsam:

»Unser geliebtes Haus liegt genau unter dem Großen Bären.«

Das war das Signal für die große, nachdenkliche Stille. Elizabeth, ebenfalls auf einem Liegestuhl ausgestreckt, der so weich war wie eine Hängematte, befand sich neben Miss Charlotte, der ewig Fröstelnden, die sich in ein großes Plaid gewickelt hatte, dessen Fransen das Gras streiften.

Über ihnen wölbte sich die unermeßliche und milde funkelnde Himmelskuppel und gebot ihnen Schweigen. Elizabeth empfand die unsagbare Freude, die diese überwältigende Größe vermittelt, vielleicht mehr als andere. Sie hatte das Gefühl, als spreche das Weltall eine geheime Sprache, die jenseits der Sprache der Menschen liegt, und als schwebte sie mit der Erde empor. Das unbeschreibliche Glücksgefühl dauerte einige Minuten, als Miss Charlottes Stimme mit einem geheimnisvollen Flüstern an ihr Ohr drang:

»Eines Tages werden wir, du und ich, dort oben wandeln, weil wir nie etwas Böses getan haben.«

Das junge Mädchen rührte sich nicht. Der Satz schien ihr dunkel, beängstigend. Sie hatte Zweifel und Gewissensbisse. Sie erinnerte sich an Liebesszenen in Romanen, in denen Küsse und Geständnisse abwechselten. Am Hafen hatte Jonathan ihr einen Kuß geraubt. Ein Abschiedskuß, war das etwa Sünde? Weiter ging ihre Phantasie nicht. Wahrscheinlich verbarg sich das Böse anderswo, in der Schamlosigkeit, aber die Schamlosigkeit flößte ihr einen krankhaften Abscheu ein. Der Begriff der Sünde, den ihr die Mutter eingeschärft hatte, verfolgte sie um so hartnäckiger, als er ihr nie erklärt worden war. Als Jonathans Lippen die ihren berührt hatten, war ein überwältigendes Bedürfnis nach Zärtlichkeit in ihr aufgestiegen. Etwas anderes wünschte sie sich nicht, nur das, aber viel davon. Wie um sich selbst zu beruhigen, neigte sie sich ein wenig zu Miss Charlotte und flüsterte ihr ins Ohr:

»Ich weiß nicht, was das Böse ist.«

Das alte Fräulein erwiderte im gleichen Ton:

»Du weißt es nicht, weil die Engel dich beschützen.«

Die Nacht wurde kühl. Fledermäuse flogen ziemlich tief, schwirrten mit einem knisternden Geräusch durch die Luft.

Amelia murmelte, es sei Zeit zum Schlafengehen, und wie immer stimmte ihr Charlie Jones begeistert zu, aber Elizabeth bedauerte, nicht draußen bleiben, sich ins Gras legen und sich in die Betrachtung der überwältigenden Schönheit des Alls verlieren zu können.

79

In dieser Nacht schlief Elizabeth beruhigt ein. Miss Charlottes theologische Ansichten regelten alles auf liebenswürdige Art, und sie empfand die Gegenwart des alten Hauses, das sie umgab, wie die einer großen, wohlwollenden Person. Ein Käuzchen rief leise, während sie in den Schlaf sank.

Im ersten Schimmer der Morgenröte stand sie auf und eilte ans Fenster des Nebenzimmers. Über den Wäldern lichtete sich der Morgendunst unter den Strahlen einer noch zaghaften Sonne. Diese Landschaft bezauberte sie durch ihre Einfachheit und ihre stumme Aufforderung, sich des Lebens zu freuen. Sie verweilte einen Augenblick, und dann kehrte sie fröstelnd in ihr warmes Bett zurück. »Jetzt zählt nur noch die Zukunft«, sagte sie sich und schlief wieder ein.

Der Tag begann fröhlich. Die drei jungen Reiter kamen von der anderen Seite der Wiese, doch nicht um sich wie am Vortag zum Mittagessen einladen zu lassen, sondern um mit Elizabeth auszureiten. Elsie trug ein sorgsam gefaltetes Reitkleid über dem Arm.

»Zieh es an«, befahl sie der jungen Engländerin.

Diese blickte Onkel Charlie fragend an.

Er schien etwas überrascht und sagte dann:

»Aber natürlich, falls du keine Angst hast.«

»Angst, Onkel Charlie? Ich saß bereits auf dem Pferd, als ich elf Jahre alt war.«

»Gut, dann leihe ich dir meinen Schecken. Er ist ruhig und geht nur durch, wenn man ihn ärgert.«

Ohne Zögern verschwand Elizabeth im Haus, gefolgt von Betty, die das Reitkleid über dem Arm trug.

Als das junge Mädchen wieder erschien, erhob sich der bewundernde Ausruf, den sie erwartet hatte, denn sie wußte, daß das Kleid ihr vortrefflich stand. Elsie war ebenso groß und ebenso schlank wie sie.

»Du hättest dir das Haar flechten lassen sollen«, sagte Elsie. »Wird es dich beim Reiten nicht stören?«

Elizabeth zuckte die Schultern.

»Ich habe mir einen Dutt gemacht«, fuhr Elsie fort. »Mein Verlobter war gestern abend bei uns zu Besuch und hat mir seinen Reithut wieder weggenommen. Er hängt an solchen Sachen. Aber ich habe ihm eine Szene gemacht ...«

»Los, meine Damen, in den Sattel!« rief Onkel Charlie ihnen fröhlich zu.

Galant hielt er Elizabeth den Steigbügel, und sie dankte ihm mit einem Lächeln. Wie sie da fesch und aufrecht auf dem Pferd saß, wirkte sie sehr vornehm, und sie hatte das Gefühl, ihre im Exil verlorene Stellung wiedergewonnen zu haben. Zum ersten Mal seit Monaten schwoll ihr das Herz vor Stolz.

Das gescheckte Pferd mit seinen schmalen Fesseln, dem eleganten Hals und dem wunderbaren, wie zufällig mit weißen und schwarzen Flecken übersäten Fell machte ihr alle Ehre. Es schüttelte ungeduldig den edlen Kopf, und die junge Engländerin faßte eine instinktive Freundschaft zu ihm. Vielleicht wurde es sich dessen gewahr, denn das Pferd schätzt rasch seinen Reiter ein.

»Paß gut auf meinen Alcibiades auf«, sagte Charlie Jones. »Er ist mein bestes Pferd im Stall.«

Die Jungen machten eine gute Figur neben ihr, Dick auf einem braunen Hengst, Harry auf einem Rotfuchs, der ihm zu etwas mehr Selbstsicherheit verhalf, aber Elsie, die eine hübsche weiße Stute ritt, blickte hochmütig auf sie alle herab und trabte mit erhobener Nase voraus.

»Wohin wollt ihr?« rief Charlie Jones ihr nach.

»Irgendwohin«, rief sie zurück. »Zu den Hügeln.«

In diesem Augenblick erschien Miss Charlotte, um dem Aufbruch beizuwohnen, aber vor allem um zu sehen, wie Elizabeth sich bewähren würde. Sie hielt einen Zweig in der Hand und gab, ganz rosig vor Aufregung, Alcibiades einen Schlag auf die Kruppe, worauf er im Galopp davonstob.

Keineswegs überrascht, blieb Elizabeth fest im Sitz, ohne sich zu verkrampfen, und mit einer Anmut, die die Bewunderung der Kenner erregte.

Elsie und die Jungen mußten ihr folgen und holten sie erst auf der großen Straße ein.

»Hoffentlich wißt ihr, wo ihr hinwollt«, rief sie ihnen fröhlich zu, »denn ich habe nicht die leiseste Ahnung.«

»Immer geradeaus«, wies Elsie sie an. »Zu den Wäldern. Ich werde dich schon führen, Kleine!«

Elizabeth gab Alcibiades einen kleinen Klaps mit der Reitgerte und überholte Elsie keck um eine Nasenlänge. Zu dem berauschenden Gefühl des Galopps gesellte sich die Freude, die anderen ihre Überlegenheit spüren zu lassen. Bei diesem atemlosen Lauf trieb die Idee der Gefahr sie nur noch mehr an. Immer stärker fühlte sie sich vom Risiko angezogen, von der Lust, dem Unbekannten die Stirn zu bieten, die Zukunft herauszufordern. Hinter ihr bemühten sich die Jungen, sie rechtzeitig einzuholen:

»Paß auf! Langsamer, wenn du im Wald bist!«

Sie sah große Wiesen zu beiden Seiten, deren Gräser sich, wie ihr schien, liebevoll unter einem Lufthauch neigten, der die erste Herbstbrise ankündigte. Eine Schwalbe trillerte in den Lüften, so hoch, daß Elizabeth sie kaum sah, und doch klang es ihr wie ein unverständlicher Ruf.

Endlich erreichte sie die ersten Bäume. Sie hatte den seltsamen Eindruck, als seien sie ganz plötzlich vor ihr aus dem Boden aufgeschossen, dicht aneinandergedrängte Pinien und überall verstreute Buchen und Birken.

Sie stob geradewegs in dieses Halbdunkel hinein. Ihre feste kleine Hand lenkte das Pferd mit einer Geschicklichkeit, die an ein Wunder grenzte, zwischen den riesigen, im dichten Laub schimmernden Stämmen hindurch. Man hätte meinen können, daß das Tier ganz von selbst den gespenstisch blassen Säulen auswich und der zarten Person, die die Zügel hielt, geradezu mit Begeisterung gehorchte.

Dort, wo der Wald am dunkelsten war und das Licht so schwach durch das Geäst drang, daß man die Gegenwart der Bäume nur noch erraten konnte, hatte Elizabeth das Gefühl, in jeder Sekunde den Tod herauszufordern, und noch tiefer empfand sie die innere Gewißheit, daß sie es wollte. Und plötzlich hatte sie Angst; sie wollte leben. Aus tiefster, demütiger Seele bat sie um Gnade, um ein Wunder.

Sekundenlang erschien ihr Jonathans Gesicht, als wolle es sie in seinen Bann ziehen und in den Abgrund locken. Sie glaubte das Bewußtsein zu verlieren und vom Pferd zu stürzen, aber ihr Stolz hielt sie aufrecht, und sie ließ die Zügel nicht locker.

Von einem anscheinend unfehlbaren Instinkt geleitet, verlangsamte Alcibiades das Tempo, doch trabte er mit einer Sicherheit dahin, die das junge Mädchen mehr als alles andere erstaunte. Die toten Äste knackten unter seinen Hufen, und mehrere Male glaubte sie mit der Schulter einen Baum zu streifen, bis endlich ein schwacher Lichtschimmer durch das Dunkel drang.

Von allen Seiten vernahm sie die fernen Rufe ihrer beunruhigten Gefährten:

»Hallo, Elizabeth! Wo bist du? Hallo! Hallo! Hallo!«

Es glich einem Kinderspiel, wurde aber diesmal wegen ihres unerwarteten Verschwindens durchaus ernstgenommen.

Die Rufe irrten in diese und jene Richtung, klangen immer ängstlicher, verhallten in der Stille. Sie machte sich einen boshaften Spaß daraus, nicht zu antworten, trabte gemächlich dahin und tätschelte ihrem Pferd den Hals, denn jetzt konnte sie sich als gerettet betrachten. Ein lächelnder blaßblauer Himmel begrüßte sie am Waldrand, wo sich vor ihren Augen ein weites Wiesenland erstreckte und das hohe Gras im Wind wogte, der die Wolkenfetzen vertrieb.

Glückselig berauschte sie sich an der frischen Luft, während Alcibiades seinen großen Kopf mit den spitzen Ohren zu Boden neigte und mit seinen Nüstern das Gras beschnupperte, das er gleich darauf zwischen seinen Zähnen zermalmte.

In der Ferne hob sich eine niedrige Hügelkette wie ein langer blauer Rauchstreifen vom Horizont ab und verschmolz mit dem Himmel.

Reglos wartete sie eine Weile, bis zuerst eine wütende Elsie, dann nacheinander die beiden vor Angst ganz blassen Jungen erschienen. Alle drei riefen ihr zu:

»Wo warst du bloß? Wir glaubten schon, du seist tot.«

Sie lachte spöttisch:

»Beruhigt euch«, sagte sie. »All die Aufregung, weil ich durch einen Wald geritten bin! Ihr hättet mir folgen sollen ... Was habt ihr denn befürchtet? Ich bin keinem einzigen Wolf begegnet.«

»Wölfe gibt es hier nicht mehr«, sagte Harry versöhnlich.

»Nur noch ein paar Füchse«, fügte Dick hinzu.

Elsie näherte sich ihr und zischte ihr leise zu:

»Du Mistvieh!«

»Mistvieh gefällt mir. Keife nur weiter. Alcibiades, wir kehren heim. Kommt, ihr Jungen, und zeigt mir den Weg.«

»Wir machen noch einen Galopp über die Wiesen, und dann reiten wir über die große Straße zurück«, sagte Dick.

»Wunderbar!« rief Elizabeth und gab dem Pferd die Gerte.

Alcibiades schoß davon, und die ganze kleine Bande stürmte durch das vom Wind bewegte Gras.

Der Rausch der Geschwindigkeit versöhnte sie wieder. Im regelmäßigen Auf und Ab des Galopps genoß jeder von ihnen ein wohliges Schwindelgefühl. Sie ritten ziemlich weit den blauen Hügeln entgegen und kehrten dann um, aber diesmal nicht durch den Wald.

»Ich mag euren Wald recht gern«, sagte Elizabeth, »aber er zerzaust mir mein Haar.«

Elsie ritt schweren Herzens zu ihr heran.

»Ich nehme Mistvieh zurück«, sagte sie, »weil du trotz allem ein sehr nettes Mädchen bist. Sozusagen anbetungswürdig.«

Elizabeth erwies ihr die Gnade eines Lächelns.

»Danke«, sagte sie, »aber ich habe keinerlei Bedürfnis, angebetet zu werden. Ein bißchen Freundschaft genügt mir. Haben wir uns verstanden?«

Elsie verlangsamte den Schritt ihres Pferdes. Sie ließ Elizabeth allein vorangaloppieren, und der Wind trocknete zwei dicke Tränen in den Augen des jungen Fräuleins mit dem pechschwarzen Dutt.

Mit seinem Glas Mint Julep in der Hand und fröhlich lachend begrüßte Onkel Charlie die Gruppe.

»Unsere Jugend zu Pferde«, rief er aus, »das ist Virginia!«

Er trug eine schwarze Jacke und weiße Hosen und schien bester Laune zu sein.

»Möchtet ihr etwas trinken?«

Die Jungen nahmen einen Julep, die Mädchen entschuldigten sich. Elsie verschwand durch die Verandatür, Elizabeth in Richtung Treppe.

Bei ihrem Julep auf der Veranda tauschten die Männer ein paar belanglose Worte. Jeder war so ungefähr mit jedem in bezug auf alles einverstanden. Dick und Harry, denen noch der Hufschlag ihres Ausritts in den Ohren klang, verspürten jenes schwer zu beschreibende Glücksgefühl eines friedlichen schönen Spätnachmittags auf dem Lande.

Elsie und Elizabeth begegneten sich am Fuß der Treppe. In ihrem blaßgrünen Baumwollkleid sah Elizabeth wieder so hübsch und mädchenhaft aus wie gewöhnlich, frisch und strahlend. Über dem Arm trug sie das sorgsam gefaltete Reitkleid, in dem sie vor einer Stunde wie eine Amazone gewirkt hatte.

»Hast du es gefunden?« fragte sie verschämt.

»Ja, es war höchste Zeit.«

»Dann ist ja alles gut. Meine liebe kleine Elsie, es war sehr nett von dir, mir dieses schöne Reitkleid zu leihen. Ich gebe es dir zurück.«

»Oh! Behalte es doch, ich bitte dich. Dann habe ich das Gefühl, bei dir zu sein.«

»Vielen Dank, aber siehst du, es ist ein ganz klein wenig zu weit für mich. Ich schwimme ein bißchen darin ...«

»Unsere Schneiderin könnte es dir ändern, sie ist sehr geschickt.«

»Davon bin ich überzeugt, aber ich bitte dich, bestehe nicht darauf. Du mußt mich entschuldigen.«

Elsies Gesicht verkrampfte sich in stummer Wut, als sie das Reitkleid nahm, das die Eigensinnige ihr reichte, und sie entfernte sich ohne ein weiteres Wort.

Elizabeth lief ihr nicht nach. Sie ging wieder auf ihr Zimmer und betrachtete sich im Spiegel über dem Kamin. Ein Schatten der Müdigkeit zeichnete sich unter ihren Augen ab, und sie fand sich weniger hübsch als gewöhnlich. Aber sie mußte schön bleiben – für Jonathan.

So versuchte sie sich zu beruhigen. Der Teint bewahrte wenigstens seinen rosa Schimmer, rosa wie eine englische Rose. Das hatte ihr eben noch Elsies Märtyrerblick bestätigt. Die arme Elsie – aber das Kompliment hatte seinen Preis.

Sie stellte sich unbeweglich vor den Spiegel und redete sich ein, daß ihr, wenn sie sich lange genug nicht rührte, Jonathans Gesicht über die Schulter blicken würde – Reminiszenz eines alten Aberglaubens aus der Kindheit: wenn man zu lange in den Spiegel blickt, sieht man das Gesicht des Teufels neben dem seinen.

Nach einer Weile ging sie ins Nebenzimmer und lehnte sich auf die Fensterbank. Die Wald- und Wiesenlandschaft bezauberte sie wie beim ersten Mal und gab ihr den Frieden wieder, und Liebeserklärungen, die man ihr gemacht hatte, kamen ihr in Erinnerung.

»Ich bin anziehend«, sagte sie sich, »und das ist alles.«

Ja, das war alles, und nichts geschah. Nichts konnte je geschehen, außer mit Jonathan – aber was würde dann geschehen? Hier geriet ihre Phantasie ins Stocken. Sie wußte es nicht recht und wollte es auch nicht wissen. Daß sie Angst hatte, wollte sie sich nicht eingestehen, aber zu der Angst gesellte sich eine seltsame Neugier, und auch die wollte sie nicht wahrhaben. Sie wünschte sich, daß Jonathan da wäre und sie in die Arme nehmen würde. Das war die Liebe. Sie schloß die Augen. Es schien ihr, als müßte sie dann vor Freude sterben, doch das Warten war schrecklich.

Man rief sie von unten, sie hörte Onkel Charlies fröhliche Stimme und die der Jungen, aber nicht die Elsies.

»Schnell!« riefen sie. »Du hast Besuch. Ein Verehrer!«

Ein wenig widerwillig, jedoch neugierig geworden, ging sie hinunter und fand alle außer Elsie unter der großen Buche versammelt. Elsie hatte sich mit ihrem Kummer in eine Ecke der Veranda verzogen.

»Nun?« fragte sie.

»Wo hast du denn deine Augen? Schau einmal dort auf die Wiese. Ein Verehrer!«

Dieses trotzdem irgendwie magische Wort ließ sie den Blick der Wiese zuwenden, aber sie sah nur ein sehr junges Kerlchen, das Hals über Kopf herbeieilte und sich im hohen Gras zu verlieren schien.

»Man macht sich über mich lustig«, dachte sie erbittert.

Doch gleich darauf erschien ein sechsjähriger kleiner Junge, der sich mit lautem Freudengeheul auf sie stürzte.

»Schaut euch das an«, sagte Onkel Charlie. »Der jüngste Hargrove bestürmt bereits die schönen Damen.«

Elizabeth stieß einen Schreckensschrei aus und raffte krampfhaft ihren Rock zusammen. In Dimwood hatte sie ihn nur einmal flüchtig gesehen, aber sie erkannte ihn sofort.

»Mike Schmutzpatsche! Guten Tag, Mike. Komm mir bitte, bitte nicht zu nahe, aber guten Tag, guten Tag! Was machst du denn hier?«

»Seine Eltern haben ihn kurz nach deiner Ankunft in Dimwood zu Amelias Schwester in die Ferien geschickt«, erklärte Onkel Charlie. »Ganz offenbar liebt er dich.«

»Cousine Elsbeth«, kreischte eine schrille Stimme.

Es gelang ihr, ihn mit einer Hand auf Distanz zu halten.

»Ich weiß, ich weiß, die Wiedersehensfreude ist groß, auch meinerseits, Mike. Wir werden später miteinander reden. Wir haben uns eine Menge Dinge zu erzählen ... Oh! Ich bitte euch, kann ihn nicht jemand wegnehmen? Er hat genauso schmutzige Hände wie in Dimwood. Wenn er mich anfaßt, ist mein Kleid hin.«

Es gab Geschrei, einen kurzen Kampf, und dann wurde der widerspenstige Verehrer mit Gewalt ins Haus geschleppt, wo er sich mit Kuchen und einem Topf Marmelade tröstete.

Dick und Harry verabschiedeten sich von Onkel Charlie und auch Elsie, die mit dem Reitkleid über dem Arm aus ihrem Schlupfwinkel kam. Die Dankesbezeugungen nahmen kein Ende. Von seiten Elsies wurden sie mit Trauermiene vorgebracht. Onkel Charlie witterte ein schmerzliches Geheimnis, aber er stellte keine Fragen.

Einen Augenblick später saßen die Gäste im Sattel und verließen Great Lawn in langsamem Trab, der Gangart der ungern Scheidenden und Verzweifelten, was zumindest für eine von ihnen zutraf.

Darauf trat wieder die wunderbare ländliche Stille ein, eine so tiefe Stille, daß Charlie Jones und Elizabeth zögerten, sie zu stören. Beide standen unter der dichtbelaubten Buche und schienen nachdenklich. Schließlich sagte Charlie Jones leise:

»Ich sehe wohl, daß es mit Elsie nicht sehr gut gegangen ist.«

»Ach«, sagte Elizabeth, »ich mag sie ganz gern, aber sie ist ein sonderbares Mädchen.«

»Sonderbar ist das richtige Wort. Sie kann nichts dafür, sie hat ihre Launen, und ich weiß, worum es sich handelt. Mit der Zeit werden sie ihr schon vergehen. Man tut gut daran, sie zu verheiraten. Ich weiß nicht, ob du verstehst, was ich meine.«

»So ungefähr, aber ich möchte lieber von etwas anderem reden.«

»Wie du willst ... Ach, dein Reitkleid, jetzt fällt es mir ein. Du hast keines, und das, das Elsie dir angeboten hat, magst du nicht.«

»So ist es.«

»Ich werde dir eines machen lassen, wenn wir in die Stadt fahren. Amelia, die an alles denkt, hat bereits mit mir darüber gesprochen. Sie hat all ihre Jungmädchenkleider aufgehoben, und das Reitkleid, das sie damals trug, ist vielleicht ein wenig altmodisch, aber von unbestreitbarem Schick. Falls es geändert werden muß, wird Jemima das besorgen. Jemima ist eine ausgezeichnete Schneiderin.«

»Onkel Charlie, wie soll ich da nein sagen!«

»Du scheinst dich übrigens mit Alcibiades gut zu verstehen. Also von jetzt an gehört er dir.«

Wenn es nicht ein Verstoß gegen die Anstandsregeln gewesen wäre, hätte Elizabeth vor Onkel Charlie einen Freudentanz aufgeführt. Doch sie mußte sich mit einem Lächeln und einem höflichen Wort des Dankes begnügen.

Aber als sie später allein in ihrem Zimmer war, tanzte sie wie eine Verrückte, bis sie erschöpft auf ihr Bett sank.

80

Sie war bereits eingeschlummert, als es dreimal sehr deutlich und gar nicht schüchtern an ihre Tür klopfte.

Eine große und schlanke Farbige trat ein. Sie trug ein schwarzes Kleid mit einer weißen Schürze. Ihre vollkommen ebenmäßigen Züge ließen vermuten, daß sie ein Mischling war, und dieser Eindruck wurde durch ihr Betragen bestätigt. Nichts Unterwürfiges war in ihrer Haltung, eher ein gewisser Hochmut, der auf den ersten Blick überraschte. Das sorgfältig frisierte Haar paßte zu der natürlichen Würde ihrer Erscheinung. Über dem Arm trug sie ein langes dunkelbraunes Kleid, woraus das junge Mädchen schloß, daß Charlie Jones Wort gehalten hatte.

Die Frau schloß die Tür und trat einen Schritt vor.

»Jemima«, sagte sie.

»Guten Tag, Jemima. Du bist Schneiderin?«

»Schneiderin ist etwas zuviel gesagt, Miss Elizabeth. Ich kann mit Nadel und Faden umgehen.« Ihre klare Aussprache und ihr korrektes Englisch erstaunten Elizabeth so sehr, daß sie sie beinahe aufgefordert hätte, sich zu setzen.

»Bist du auf die Schule gegangen, Jemima?«

»Ja, Miss Elizabeth, von meinem zwölften bis achtzehnten Lebensjahr.«

Angesichts Elizabeths Verblüffung fühlte sie sich zunächst ein wenig unsicher, doch dann breitete sie das Kleid vor ihr aus.

»Das Reitkleid«, sagte sie. »Möchten Sie es jetzt anprobieren oder lieber später?«

»Jetzt gleich. Gib es mir.«

»Soll ich mich zurückziehen und in ein paar Minuten wiederkommen?«

»Warum denn? Du bleibst hier und hilfst mir. Das Kleid scheint mir ziemlich lang, der Stoff ist schön, die Farbe ein wenig traurig.«

»Das ist der Geschmack von vor zwanzig Jahren, aber der Schnitt des Kleides ist ganz entzückend. Ich habe Mrs. Jones darin gesehen, als sie jung war.«

Elizabeth schlüpfte aus ihrem Baumwollkleid und zog sich den Reitdress über, wobei ihr zwei feine schwarze Hände halfen, deren energische Festigkeit sie spürte.

»Drehen Sie sich bitte einmal um, heben Sie die Arme ... noch etwas höher bitte.«

Sehr gefügig folgte sie diesen Anweisungen und blickte sich nach einem Spiegel um, aber es gab keinen, der groß genug war.

»Gestatten Sie mir eine Bemerkung?« fragte Jemima.

»Aber natürlich.«

»Das Reitkleid wird Ihnen sehr gut stehen. Es kommt von einem der besten Schneider – aber Sie werden keine Luft mehr bekommen, wenn wir es von oben bis unten zuknöpfen.«

»Ach! Warum denn?«

»Weil Mrs. Jones eine schlankere Taille als Sie hatte, als sie zwanzig war. Verzeihen Sie mir, aber so ist es.«

Es schien der jungen Engländerin, als bestrafte sie der Himmel für das, was sie zu Elsie über ihr angeblich zu weites Reitkleid gesagt hatte, und sie errötete.

»Also nichts zu machen? Dann muß ich es zurückgeben.«

»Aber nein. Das kleine Malheur ist zu beheben. Ich kann die Nähte auftrennen und die Knöpfe ein ganz klein wenig versetzen. Man wird es nicht sehen, das garantiere ich Ihnen.«

»Gut«, sagte sie, während sie das Reitkleid wütend auszog, »aber ich brauche es morgen.«

»O nein, Miss Elizabeth. Vor drei Tagen wird es nicht fertig sein.«

»Drei Tage? Ich hatte auf ein Wunder gehofft.«

»Ich kann keine Wunder vollbringen.«

»Aber ich hatte für morgen damit gerechnet. Was soll ich in den drei Tagen anfangen, wenn ich nicht ausreiten kann?«

»Sie werden warten, Miss Elizabeth.«

Damit hob Jemima das Reitkleid auf, faltete es sorgfältig zusammen und ging hinaus.

Verdutzt blieb das junge Mädchen einen Augenblick stehen. Beschämt und wütend starrte sie voller Empörung auf die Tür, die sich soeben geschlossen hatte. Und wie um sie zu verspotten, drang das Klappern der Halbstiefel von der Treppe her an ihr Ohr – denn diese unverschämte Schwarze trug Halbstiefel wie eine Dame.

Nachdem sich ihr Zorn etwas gelegt hatte, zog sie sich an und schaute aus dem Fenster des Nebenzimmers, um sich zu beruhigen. In der heiteren Stille der Landschaft fand sie den Frieden wieder.

»Ich verstehe es immer noch nicht, mit den Sklaven zu reden!« sagte sie sich. »Diese Frau mag sich noch so großartig aufspielen, sie hat eine schwarze Haut.«

»Na und?« sprach deutlich eine Stimme neben ihr.

Sie schrie vor Schreck leicht auf und drehte sich um. Niemand war zu sehen.

Sinnestäuschungen dieser Art stellten sich bei ihr recht häufig ein, und sie haßte sie, weil sie ihre Phantasie und ihr Gewissen in Aufruhr versetzten.

Ohne eine Sekunde länger zu verweilen, verließ sie das Fenster, als sei sie auf der Flucht vor einem Gespenst, durchquerte rasch ihr Zimmer und eilte die Treppe hinunter. Draußen gelangte sie nach ein paar Schritten in den Schatten der Bäume. Auf der Wiese gingen Charlie Jones und seine Frau spazieren, und sowie Elizabeth sie erblickte, kehrte sie um. Sie verspürte keinerlei Lust, sich mit den beiden zu unterhalten, aber sie hatten sie gesehen, und Charlie Jones rief sie mit weit ausholenden Gesten heran. Ein wenig widerwillig ging sie zu ihnen.

Die Sonne stand tief. Amelia, die einen großen, weichen Strohhut trug, fächerte sich mit einem Palmwedel und schritt so gemessen einher wie bei einer Prozession. Onkel Charlie schwenkte fröhlich einen Brief in der Hand.

»Deine Mutter hat geschrieben«, sagte er, als Elizabeth näher kam. »Ich hatte bereits indirekt über meine Bank in Liverpool und meine Devisenmakler von ihr gehört, und hier ist nun ein Brief von ihr persönlich. Sie hat gerade nach erbitterten Kämpfen ein vornehmes Haus erworben. In vier oder fünf Monaten wirst du einige Zeit bei ihr verbringen können, falls du es wünschst, aber ich hoffe doch, daß du bei uns bleiben wirst, Elizabeth. Oder nicht?«

Ein paar Sekunden lang brachte sie vor Überraschung kein Wort hervor. Mit einem Mal hatte sich ihr Schicksal gewendet. Schließlich stammelte sie:

»Hierbleiben? ... Ja, natürlich ... Aber ich verstehe nicht. Warum nach erbitterten Kämpfen?«

Sie ging neben ihnen, im gleichen ruhigen Schritt, der so wenig ihrem Seelenzustand entsprach.

»Man verlangte einen horrenden Preis für dieses herrliche Haus«, erklärte Charlie Jones geduldig. »Sie hat mit den Banken verhandelt, und dank guter Wertpapiere, die sie im richtigen Augenblick gekauft hatte ... Aber die Einzelheiten der Transaktion sind zu langweilig für eine junge Dame. Mrs. Escridge verfügt jedenfalls über beträchtliche Geldmittel ...«

»Aber wie ist denn das möglich?«

»Sie hat das, was sie bei ihrer Ankunft besaß, gut angelegt, und jemand hat ihr mit seinem Rat geholfen.«

»Jemand?«

»Elizabeth, du bist immer noch neugierig wie ein kleines Mädchen. Glaubst du an die Vorsehung?«

»Natürlich, Onkel Charlie, aber ...«

»Da gibt es kein Aber. Wenn die Vorsehung es will, ist alles möglich.« Mit einer königlich herablassenden Geste fächerte Amelia sanft Elizabeths vor Erregung gerötetes Gesicht.

»Du fragst viel«, sagte sie lächelnd »und das soll man nicht.«

Um einer Diskussion vorzubeugen, fuhr Onkel Charlie rasch fort: »Sie erwähnte in einem Postskriptum, daß sie dir bald schreiben wird. Eines Tages wirst du sie im alten Lande besuchen und dann wieder heimkehren, denn hier im Süden bist du nun zu Hause, Elizabeth. So hat es deine Mutter gewollt, erinnerst du dich?«

»Zu Hause? Ich? Hier?«

Sie blickte ihn verwirrt an. In diesem Augenblick erklärte Amelia, daß es sie an den Schultern fröstle.

»Ich hätte meinen Schal mitnehmen sollen«, sagte sie.

»Gehen wir ins Haus, liebe Amelia.«

In einem letzten Bemühen, sich über Mrs. Escridges phantastisches Abenteuer Klarheit zu verschaffen, fragte Elizabeth:

»Warum hat meine Mutter nicht das Schloß unserer Familie zurückgekauft?«

»Das erkläre ich dir später«, sagte er ausweichend. »Bleib nicht zu lange draußen, du wirst dich noch erkälten in deinem leichten Baumwollkleid.«

Darauf antwortete sie nichts und blickte ihnen nach. Sie gingen so langsam, daß es aussah, als glitten sie wie Automaten dahin, ohne die Beine zu bewegen.

»So werde ich hier mit ihnen leben«, sagte sie sich, »und ein Tag wird wie der andere vergehen, immer in diesem Tempo.«

Dann kehrte sie ihnen den Rücken und blickte auf die Reihe der kleinen gelben Häuser jenseits der großen Wiese. Der langgestreckte Farbfleck im schwindenden Licht ließ das kleine graue Haus des Dorfkrämers, das ein wenig abseits lag, wie um Distanz zu wahren, noch schmuckloser erscheinen. Alte Bäume am Straßenrand und blasse Hügel, die sich in der Ferne ganz schwach vom Horizont abhoben, vervollständigten diese Landschaft, die von nun an zu ihrem Alltag gehören sollte.

Irgendwie hatte sie das Gefühl, eine Gefangene dieses Raums zu sein. Hinter ihr bewegte die große Zeder schwach ihre Zweige, als wollte sie ihr etwas sagen, und das lebhafte Gezwitscher der Vögel stieg in der Dämmerung auf. Sie streckte sich im Gras aus und starrte ins Leere. Nur ein Gedanke blieb gleich inmitten dieses Durcheinanders von Hoffnungen und Enttäuschungen: Der Süden, das war Jonathan.

81

Der folgende Tag verlief so friedlich und einschläfernd, wie das nur bei einem Leben auf dem Lande möglich ist, mit einem Nachgeschmack der Langeweile, den vor allem die jungen Leute fürchten. Noch ganz verwirrt von Onkel Charlies Eröffnungen suchte Elizabeth die Einsamkeit und schaute von Stunde zu Stunde auf die große Standuhr, deren Ticktack in der tiefen Stille verhallte. Was erwartete sie? Das Ende des Tages? Sie wußte es nicht. Die Nacht würde nichts Neues in ihr Leben bringen, und so würde es von nun an immer sein. Wie in einem Spiel würde sie mit Körper und Seele vom Tag in die Nacht und von der Nacht in den Tag herüberwechseln. Wenn man ihr gesagt hätte, sie erwartete Jonathan, so hätte sie geglaubt, man wolle sich über sie lustig machen, und doch war es das und nichts anderes.

Zwei- oder dreimal an diesem Nachmittag begab sie sich in den Stall, um Alcibiades zu besuchen und mit ihm zu reden. Ihm vertraute sie sich an wie sonst niemandem, und ihm erzählte sie leise von ihrem Kummer:

»Ich verliere den Verstand, Alcibiades, ich liebe jemanden bis zum Wahnsinn, aber er ist fern von hier, und ich möchte am liebsten sterben.«

Seufzend näherte sie ihr Gesicht diesem edlen Kopf, der ihr Aufmerksamkeit zu schenken schien. Laut sagen zu können, was ihr das Herz zerriß, tat ihr seltsamerweise wohl, doch plötzlich hatte sie Angst, man könnte sie hören, und ergriff die Flucht...

Am nächsten Morgen erlebte sie eine Überraschung. Während sie nach dem Frühstück unter den Bäumen spazierenging, gesellte sich Charlie Jones zu ihr. »Amelia ist müde und wird den Vormittag auf ihrem Zimmer verbringen«, sagte er. »Ich habe dir ein paar sehr wichtige Dinge mitzuteilen. Wie wär's, wenn wir eine Spazierfahrt im Einspänner machten?«

Ihre Neugier war erwacht, und sie nahm den Vorschlag mit Vergnügen an. Einige Minuten später saß sie neben Onkel Charlie in einem hübschen schwarzen Einspänner mit gelben Rädern.

In raschem Trab fuhren sie die Straße entlang, durch weites Grasland, auf dem Viehherden weideten. Wieder einmal bewun-

derte sie die langen Einzäunungen mit den gekreuzten Baumstämmen, von denen einige im Laufe der Zeit morsch geworden waren.

»Auf ihre Weise sind sie ehrwürdig«, sagte Onkel Charlie. »Viele
von ihnen haben noch die schönen Tage der englischen Kolonialzeit
erlebt, lange vor dem Unabhängigkeitskrieg.«

Mit einem leichten Peitschenschlag trieb er das Pferd zum Galopp an. Bald kamen sie an dichten Baumgruppen vorbei, die immer
zahlreicher wurden und sich über die klaren Wasser eines ruhigen
Flusses neigten, der mit sich selbst schwatzend durch ein grasbe-
wachsenes Tal dahinplätscherte. Diese liebliche Gegend gefiel ihr
so gut, daß das junge Mädchen von sich aus einen Halt vorschlug.

»Du hättest es nicht besser treffen können«, sagte Onkel Charlie.
»Der Ort ist für seine Schönheit bekannt, und ein bißchen weiter hat
man deshalb eine Bank aufgestellt.«

Die Bank stand ein Stück weiter im Schatten einer Trauerweide,
deren herabhängende Zweige sie vor der Sonne schützten. Während
Charlie Jones das Pferd an einen Baum band, setzte sich Elizabeth
und gab sich dem Entzücken hin, in das die Natur sie jedesmal
versetzte. »Ein Augenblick des Glücks«, dachte sie. »Wenn er doch
andauern könnte ...«

Onkel Charlie kam zurück und setzte sich zu ihr.

»Diese idyllische Landschaft gefällt dir«, sagte er, »doch wird sie
jetzt gewissermaßen auf die Probe gestellt, denn sie entspricht gar
nicht dem, was ich dir zu sagen habe. Aber vielleicht macht sie es dir
leichter.«

Elizabeth dachte sofort an Jonathan.

»Eine schlechte Nachricht?« fragte sie mit angstgeweiteten Augen.

»Aber nein. Beruhige dich. Heute ist alles wieder gut. Es handelt
sich um deine Mutter. Du hast schreckliche Zeiten mit ihr erlebt,
ohne zu wissen, welches Drama sich dahinter verbarg. Sie wollte
nicht mit dir darüber reden. Als dein Vater im Februar letzten Jahres
starb, wäre sie beinahe wahnsinnig geworden, denn sie liebte ihn mit
einer Leidenschaft, die du nicht verstehen kannst, und hatte die
Idee, das Schloß, in dem sie einst so glücklich gewesen war, auf
immer zu fliehen. Dein Vater hatte ihr nur Schulden hinterlassen.
Geld war fast keines mehr vorhanden. So fuhr sie mit dir nach
London und suchte den Notar auf, der mit der Testamentsvollstrek-
kung betraut war. Sie las das Testament noch einmal mit ihm durch,

und er konnte leicht feststellen, daß sie den Sinn nicht genau begriff. Testamente sind fast immer sehr merkwürdig formuliert. Nun war aber dieser Notar ein Gauner. Er versicherte deiner Mutter, sie könne aus ihrer Erbschaft einigen Gewinn ziehen, obwohl sich das Schloß in sehr schlechtem Zustand befände und schwer zu verkaufen sein würde. Das Wort ›verkaufen‹ traf deine Mutter wie ein Dolchstoß, aber sie schenkte diesem Mann, dem Notar der Familie, blindes Vertrauen und überließ alles seinem Gutdünken. Er legte ihr ein Papier zur Unterschrift vor. Du warst bei dieser Unterredung nicht dabei. Deine Mutter hatte dich in eine anglikanische Kapelle geschickt, wenige Minuten entfernt, wo du auf sie wartetest. Ihre ganze Habe belief sich auf einige Zehnpfundnoten, die sie im Schreibtisch ihres Mannes gefunden hatte. Mit diesen bescheidenen Mitteln zog sie schließlich in eine Pension in einem Armenviertel, an die du dich gewiß noch erinnerst.«

»Onkel Charlie, ich bitte Sie!« rief Elizabeth aus.

»Es tut mir leid, aber du mußt alles wissen. Sie hatte dem Notar ihre Adressse in dem elenden Viertel gegeben. Wochen vergingen. Endlich erhielt sie einen Brief mit der Bitte, sich bei zwei Rechtsanwälten in Lincoln Inn Fields einzufinden. Wieder einmal ganz allein – du wartetest in eurem Zimmer – ging sie zu Fuß an einem eisigen Novembertag durch ganz London. Man empfing sie mit allem Respekt, und die drei Herren in Schwarz teilten ihr mit, daß ein Käufer in Sicht sei. Mit einer Antwort könne sie wahrscheinlich noch im Laufe des Monats rechnen. Die Herren in Schwarz erklärten sich bereit, über den Verkauf dieses *Wohnsitzes* zu verhandeln (sie wählten nie die genaue Bezeichnung). Würde sie ihnen Vollmacht erteilen? Ja, natürlich, ja! Man ließ sie ein Papier unterschreiben, dann noch eins und noch zwei weitere. In allen stand ungefähr das gleiche, nur nicht ganz in denselben Worten, so daß sie nicht völlig übereinstimmten. Sie unterschrieb diese Papiere, und sie hätte deren zwanzig mit ihrer großzügigen Handschrift unterzeichnet. Heimgekehrt, glaubte sie vor Müdigkeit ohnmächtig zu werden. Erschöpft sank sie auf die Knie und bat dich, auch niederzuknien, um der Vorsehung zu danken.«

»Das waren schlimme Zeiten, an die ich nicht gern zurückdenke«, ließ sich Elizabeth vernehmen.

»Ich bedaure, dich daran erinnern zu müssen, aber du kennst gewisse Einzelheiten nicht, und die sind wichtig für die Logik der

Ereignisse. Der Monat verging, ohne daß sich etwas Neues ergab. Die Hoffnung schwand und wich der Angst. Es blieb euch nichts anderes übrig, als auf Kredit zu leben. Anfang Januar faßte deine Mutter den Entschluß, um Hilfe zu bitten, und weinend vor Scham schrieb sie an William Hargrove, den Onkel deines Vaters. Vielleicht hätte sie besser daran getan, sich an mich zu wenden, aber aus Gründen des Zartgefühls tat sie es nicht. Hargrove antwortete selbstverständlich sofort. Inzwischen – die Post ist manchmal von einer demoralisierenden Langsamkeit – erhielt deine Mutter den unerwarteten Besuch ihres Notars, der ihr einen Betrag von hundert Pfund aushändigte und sich für diese geringfügige Summe entschuldigte, aber, so sagte er, als die ... Liegenschaft verkauft worden sei, habe der Erwerber eine Vorauszahlung geleistet, diesen lächerlichen Betrag – er gab es selbst zu –, und die Hauptzahlung würde innerhalb eines Monats erfolgen, zu Händen der Rechtsanwälte, also der beiden Herren in Schwarz, gemäß des Abkommens, das Mrs. Escridge eigenhändig unterzeichnet habe. Sie erinnerte sich nicht mehr daran, und der Notar legte ihr als Beweis die mit ihrer Unterschrift versehenen Dokumente vor. Eines dieser Dokumente bezog sich genau auf die jetzige Situation. Als sie sich darüber ein wenig verblüfft zeigte, beruhigte er sie mit den Worten: ›Haben Sie Vertrauen, Madame, das Gesetz entspricht der Ehre unseres Landes.‹ Und ohne ihr ein weiteres Papier zur Unterschrift vorzulegen, verschwand er.«

»Das alles ist wahr«, seufzte sie, »aber warum müssen Sie mich daran erinnern?«

»Geduld, du wirst es gleich sehen. Sowie Mr. Hargrove den Brief deiner Mutter erhielt, suchte er mich in Savannah auf und erzählte mir die ganze Geschichte. Wir hatten beide unsere Zweifel an der Ehrlichkeit dieser Anwälte. Es mußte rasch gehandelt werden. Ich erteilte meiner Bank in London Anweisung, deiner Mutter das Geld, das sie für die Reise nach Amerika benötigen würde, unmittelbar zu überweisen. Gleichzeitig beauftragte ich meine Geschäftspartner, diskrete Ermittlungen anzustellen. Diese bestätigten alle meine Befürchtungen, aber ihr wart bereits auf dem Schiff, als die Betrüger verhaftet wurden. Der Notar, euer Familiennotar, war nach Belgien geflohen. Man fahndet nach ihm, und der Tag ist nicht fern, da diese ganze Bande den Känguruhs in Australien Gesellschaft leisten wird. Sie werden sich beim Steineklopfen auf den Straßen nützlich machen. Deine Mutter mußte nach England zurückkehren, um sie vor Gericht zu überführen. Mit William Hargroves Einwilligung hat sie mich zu deinem Vormund ernannt. Jetzt wirst du verstehen, warum ich dir in Savannah unter dem Baum vor meinem Hause dieses feierliche Versprechen gegeben habe.«

Während der Rückfahrt im Einspänner herrschte bedrücktes Schweigen. Onkel Charlie versuchte zwar ein paar tröstende Worte, um das junge Mädchen zu beruhigen, aber sie war vom Bericht über das Unglück ihrer Mutter so erschüttert, daß sie den Mund nicht auftat. Und dabei hatte Charlie Jones ihr eigentlich nichts Neues erzählt, außer einigen Einzelheiten, die sie allerdings um so mehr schmerzten, als sie diese Frau liebte und ihre Seelenstärke bewunderte. Doch als die Dächer von Great Lawn am Horizont auftauchten, regten sich Zweifel in ihr.

»Gestatten Sie mir eine Frage?« bat sie.

»Natürlich. Es hätte mich überrascht, nicht wenigstens eine Frage von dir zu hören.«

»Sie ist ganz einfach. Als meine Mutter diese Rechtsanwälte aufsuchte ... woher wissen Sie eigentlich so genau, wie die Szene sich abgespielt hat? Das erscheint mir seltsam. Ich weiß wohl, daß Sie Ihre Informationen von Mr. Hargrove haben, aber schließlich war er doch nicht dabei, als meine Mutter im Büro mit den Herren in Schwarz sprach.«

»Ganz richtig. Erinnerst du dich an den Tag kurz nach deiner Ankunft in Dimwood, als zwei deiner Cousinen mit dir in den Wald gingen?«

»Mildred und Hilda? Natürlich.«

»William Hargrove nutzte die Gelegenheit deiner Abwesenheit, um deine Mutter aufzusuchen. Ein einfacher Höflichkeitsbesuch. Er wollte wissen, ob sie mit ihrem Zimmer zufrieden sei, und ob sie irgendwelche Wünsche habe. Und auf diesen Augenblick hatte Mrs. Escridge gewartet. Sie war stolz und beschämt zugleich, denn sie verzieh es sich nicht, einen entfernten Verwandten ihres Mannes um Hilfe gebeten zu haben, und so schüttete sie ihm ihr Herz aus, um alles, was sie quälte, endlich loszuwerden. Um ihr Handeln zu rechtfertigen, beschrieb sie ihm in allen Einzelheiten die grausam demütigenden Schritte, zu denen die Not sie gezwungen hatte, und insbesondere ihren Besuch bei den Männern in Schwarz und diese Papiere, die sie in ihrer verzweifelten Lage unterschrieben hatte.

Hargrove sprach gütig und respektvoll mit ihr, so daß sie sich allmählich beruhigte. Als er mir dann später alles erzählte, kannst du dir denken, daß er mir auch diese so äußerst wichtige Szene nicht verschwiegen hat. Habe ich deine Frage beantwortet?«

»Ja, Onkel Charlie.«

»Es wundert mich nur, daß du mich nicht gleich danach gefragt hast.«

Elizabeth erwiderte nichts, und Tränen liefen ihr über die Wangen, aber sie faßte sich rasch, und einige Minuten später fragte sie in scheinbar natürlichem Ton:

»Wann werden Sie mich zu meinen Vettern und Cousinen auf der anderen Seite der Wiese mitnehmen? Ich gestehe, daß ich neugierig bin, sie alle kennenzulernen – und auch ihre Eltern.«

Er zögerte.

»Selbstverständlich möchte ich, daß du sie besuchst«, sagte er, »aber vielleicht allein. Wäre dir das recht?«

»Warum nicht mit Ihnen? Das wäre mir lieber.«

»Es ist schwierig, Elizabeth, aber da du es ohnehin einmal wissen mußt ... es hat zwischen Amelia und ihrer Schwester Maisie ... wie soll ich sagen ... einen bedauerlichen Streit gegeben. Das ist nun schon Jahre her. Eine erbärmliche Auseinandersetzung um Mein und Dein. Jedenfalls gibt es seitdem ein stillschweigendes Abkommen, wonach es den jungen Leuten gestattet ist, die Wiese nach Belieben zu überqueren und sich von einem Haus zum anderen zu begeben, während die Eltern nicht mehr miteinander verkehren und nie über die Wiese gehen, die sie für immer trennen wird.«

»Ich finde das ziemlich schrecklich.«

»Ja, ein Nimmermehr zwischen zwei Schwestern ... Und natürlich sind die Ehemänner in diesem Streit zur Solidarität mit ihren Gemahlinnen verpflichtet, was mich allerdings nicht hindert, zuweilen mit dem Kommodore eine Zigarre zu rauchen, aber weit weg von hier, auf der Straße. Es versteht sich von selbst, daß du das, was ich dir soeben gesagt habe, für dich behältst. Du weißt von nichts.«

Sie kamen ins Blickfeld des Hauses.

Elizabeth nickte und schien nachzudenken.

»Und Charlotte?« fragte sie plötzlich. »Ist ihr der Eintritt in das gelbe Haus auch verboten?«

»Eine ausgezeichnete Idee! Daß ich daran nicht gedacht habe! Charlotte ist unabhängig und trotzt allen Vorurteilen. Es wird ihr eine große Freude sein, dich zu begleiten. Aber geht lieber am Nachmittag, sonst glauben sie, sie müßten dich zum Mittagessen einladen, und sie sind bereits sieben ...«

82

Charlotte wurde gefragt und erklärte sich sofort bereit. Sie wählte ein weißes Baumwollkleid mit grauen Streifen und Volants, dazu eine große Haube aus feinem Linnen mit himmelblauen Bändern, die sie wie Schmetterlinge umflatterten. Elizabeth fühlte sich in ihrem blaßgrünen Kleid ein wenig schlicht angezogen neben ihr, aber handelte es sich nicht nur um einen einfachen Besuch auf dem Lande?

Vier Uhr schien ihnen die passende Stunde.

Während sie über die Wiese gingen, hatte Miss Charlotte das Vergnügen, Elizabeth plaudernd zu belehren:

»Seit fünfzehn Jahren wohnen sie dort. Das Haus stammt aus der englischen Kolonialzeit. Es war einst eine Schule, und das lange einstöckige Gebäude in der Mitte reichte nicht aus. So haben sie links und rechts zwei quadratische Pavillons angebaut. Keine glückliche Lösung, wie du siehst, aber es waren eine Menge Leute unterzubringen, meine Schwester Maisie, ihr Mann, der Kommodore, und die ganze Kinderschar.«

»Schade, daß die beiden Familien nicht gemeinsam in dem großen Haus wohnen können.«

»Vielleicht, aber es gab vor langer Zeit einen großen Bruch zwischen meinen beiden Schwestern, als wir noch alle in Schottland lebten. Weißt du davon?«

»So ungefähr.«

»Dann reden wir nicht darüber.«

Kerzengerade, um keinen Zoll ihres kleinen Wuchses zu verschenken, schritt sie gewichtig durch das hohe Gras und fächerte sich mit einem Palmwedel.

»Nach dem Traumhaus wirst du nun das Tumulthaus kennenlernen. Zehn Personen tummeln sich im Erdgeschoß, wo sie sich am liebsten aufhalten. Du wirst alles auf den ersten Blick verstehen. Da ist De Witt, der Kommodore, Sproß einer alten holländischen

Familie, neben ihm eine Märtyrerin, seine Frau, meine Schwester Maisie, und drei Töchter im heiratsfähigen Alter. Ein Problem. Ich weiß nicht, wie sie es anstellen, überall gleichzeitig zu sein. Vielleicht hoffen sie einen Mann zu fangen, indem sie überall herumlaufen. Elsie, die zweite, die du kennst, glaubt einen gekapert zu haben, und sie klammert sich an ihn wie an eine Rettungsboje. Du wirst ihn sehen und dir dein Urteil bilden, aber mach ihm keine schönen Augen!«

»Cousine Charlotte, was denken Sie nur?«

»Er ist nämlich bereit, alles, was einen Rock trägt, mit seinen Kälberaugen anzuhimmeln. Fanny, die Jüngste, ein kleiner Windbeutel von fünfzehn Jahren, ist reif für den skandalösen Fehltritt, der zur Mußehe führt, dem banalen Unglück mit langem weißem Schleier, Orgelmusik und Glockengeläut. Die Hölle. Bleibt die Älteste, Clementine, zwanzig Jahre alt, schön, zart, schüchtern, der Einsamkeit und Tugend geweiht, die ihren Schmerz in einem der Pavillons dem Klavier anvertraut. Du kennst die beiden Jungen Dick und Harry, die ihr Vater bald vor die Tür setzen wird, indem er sie nach Annapolis schickt, wo man sie gegen ihren Willen in die Marine steckt. Und schließlich noch Teddy, der Stolz der Familie, der nicht immer da ist, ein schöner, ernsthafter und stiller junger Mann, der sich in Annapolis seine Sporen verdient hat, geheimnisvoll und für schmachtende Blicke unempfänglich.«

Als sie den kleinen weißen Zaun vor dem Haus erreicht hatten, blieben sie stehen. Miss Charlotte lachte, als ob sie jemandem einen Streich spielen wollte, und diese Heiterkeit beunruhigte Elizabeth.

»Was soll ich zu ihnen sagen?«

»Nichts. Guten Tag. Alles übrige werden sie schon tun. Hörst du sie nicht?«

In der Tat vernahmen sie einen großen Lärm und Geschrei wie bei einem plötzlich ausgebrochenen Streit. Immer noch lachend ging Miss Charlotte dem jungen Mädchen voraus und schlug zweimal sehr stark mit dem Klopfer an die Tür, die sich sogleich weit öffnete.

Mit schriller, durchdringender Stimme verkündete Miss Charlotte:

»Besuch aus England. Eure Cousine Elizabeth.«

Starr vor Schrecken trat das junge Mädchen einen kleinen Schritt vor und blieb dann wie angewurzelt stehen. Es schien ihr, als ob unzählige Gesichter sie anstarrten, stumm und ausdruckslos wie Masken. Vor Angst schwindelte ihr ein wenig, und sie fragte sich, ob sie träume, ob alles nur eine Sinnestäuschung sei. Doch am meisten entsetzte sie das ganz unerwartete Schweigen.

Darüber erstaunte sogar Miss Charlotte.

»Was ist denn mit euch los?« schrie sie mit ihrer hohen Stimme. »Niemand rührt sich, niemand sagt ein Wort? Glaubt ihr, ich hätte euch ein Gespenst aus Schottland mitgebracht? Wacht auf! Es ist eure Cousine Elizabeth Escridge, die ihr auf so seltsame Weise bei euch empfangt.«

Bei diesen Worten trat eine Frau in Schwarz vor, die bisher an der Wand gelehnt hatte, warf sich weinend dem jungen Mädchen an den Hals und rief mit vor Rührung erstickter Stimme:

»Mein liebes Kind, Sie wurden von unserem lieben Charlie Jones in die Familie aufgenommen. Charlotte hat mir alles erzählt. Oh, Charlie! Wie traurig, daß diese Wiese uns trennt! Umarme ihn statt meiner, Elizabeth. Er wird verstehen, er wird sich erinnern.«

Obwohl sie klein und untersetzt war, lag in ihrer Haltung eine natürliche Würde, die sie größer erscheinen ließ. Das schöne Gesicht war vom Kummer gezeichnet. In die Stirn und um den Mund waren Furchen gegraben, die ihr ein tragisches Aussehen verliehen, aber in der Tiefe ihrer großen schwarzen Augen offenbarte sich eine gewissermaßen unerschöpfliche Güte.

Tränen rannen ihr über die Wangen und benetzten Elizabeths Gesicht, die nicht wußte, wie sie auf diesen überschwenglichen Gefühlsausbruch reagieren sollte, doch plötzlich ertönte die wohlklingende Stimme eines offenbar sehr ungeduldigen Mannes:

»Maisie, beruhige dich endlich!«

Ein wenig brüsk wandte sich Elizabeth einem imposanten Schaukelstuhl aus Ahornholz zu, in dem groß und breitschultrig der Kommodore De Witt saß und seine Pfeife rauchte. Sein Gesicht umrahmte ein schmaler grauer Bart. Er hatte stahlblaue Augen, hagere Wangen und eine schmale, markante Adlernase.

Maisie klagte mit verzweifelter Stimme:

»Aber ich muß Elizabeth doch erklären, warum unsere Familie entzweigerissen ist.«

»Erkläre es ihr also«, sagte der Kommodore, »aber fasse dich kurz. Wir kennen deine Geschichte zur Genüge.«

»Sie ist sehr einfach. Elizabeth, komm mit mir.«

Sie führte sie in eine Ecke des langen Zimmers, das voller Menschen war, und setzte sich mit ihr auf einen jener zweisitzigen Sessel, die man *Boudeuses* (Schmollsessel) nannte, weil die darauf Sitzenden einander den Rücken zukehrten. Man konnte es aber, wenn man seine Position änderte, auch so einrichten, daß man sich beinahe gegenübersaß, um miteinander zu sprechen.

»Als ich Schottland verließ, um meinem Mann nach Virginia zu folgen, wo er sich niederlassen wollte, hatte ich mich leider bereits seit einiger Zeit mit Amelia überworfen. Über die Umstände möchte ich mich hier nicht lange auslassen. Wir Schotten sind in Streitigkeiten unerbittlich. Wir verzeihen nicht. Es ist schrecklich, ich weiß, aber man sagt in Schottland: Wenn wir hassen, hassen wir richtig. Sie blieb also dort. Charlie Jones war mit einer Douglas verheiratet und verbrachte mit ihr zumindest einen Teil des Jahres in dem alten Haus gegenüber. Der Vater Amintas – so hieß Charlies erste Frau – hatte dieses schöne Haus auf den Ruinen eines im Unabhängigkeitskrieg zerstörten Schlosses erbauen lassen, und ich ging jeden Tag über die Wiese, um sie zu besuchen, denn die erste Mrs. Jones war meine Cousine. Als sie krank wurde, lange nachdem sie ihren Sohn Edward geboren hatte, pflegte ich sie liebevoll. Die Familienbande zwischen uns waren sehr stark. Als meine Schwester Amelia in Schottland erfuhr, daß unsere Cousine in Lebensgefahr schwebte, kam sie auf dem schnellsten Wege hierher. Ich verließ sogleich meinen Platz, und so traf meine Schwester Charlie Jones zum ersten Mal am Sterbebett seiner Frau. Das Schicksal hat seltsame Launen. Es ist sicher, daß Charlie Jones seine erste Frau anbetete, und daß ihr Tod ihn an den Rand der Verzweiflung trieb, aber es ist ebenfalls sicher, daß er mit meiner Schwester Amelia in Verbindung blieb und nach zwei Trauerjahren um ihre Hand anhielt. Von dem Tage an, da Amelia nach Great Lawn kam, wurde beschlossen, daß keine von uns je die Wiese überschreiten würde, die die beiden Häuser voneinander trennt. Das schmerzt mich so sehr, daß ich mich bis heute nicht davon erholt habe. In dieser Geschichte bin ich nicht ohne Schuld, das gebe ich zu, und ich bin bereit, mich mit meiner Schwester zu versöhnen, deren Schuld ebenso groß wie die meine ist, aber den ersten Schritt muß sie tun.«

Nach dieser energischen kleinen Rede stand sie auf und rief ihre Kinder, um sie der Neuangekommenen vorzustellen. Elsie drängte sich vor, um die erste zu sein, und warf Elizabeth einen schmachtenden Blick zu. Da sie rasch einsah, daß sie damit nichts erreichte, versuchte sie es mit einem herausfordernden Lächeln, aber die junge Engländerin machte dem allen mit einem kurzen »Guten Tag, Elsie« ein Ende.

Es folgte die große Clementine, die Elizabeth ohne Umstände in die Arme nahm und ihr unverständliche, liebevolle Begrüßungsworte zuflüsterte. Trotz ihrer Zurückhaltung verriet alles in ihrem Wesen eine Seele, die sich in geheimen Qualen verzehrte. Unter den Bögen der schwarzen Brauen verströmten die klaren blauen Augen eine große Zärtlichkeit.

»Clementine ist sehr musikalisch«, sagte Maisie. »Sie spielt Klavier wie ein Engel, und am Sonntag spielt sie die Orgel in der presbyterianischen Kapelle.«

»Oh, Mama! Bitte, ich vergehe vor Scham«, sagte Clementine und entfernte sich in ihrem lila Schürzenkleid.

Als nächster stürzte sich Dick auf Elizabeth, die ihn sanft zurückwies:

»Guten Tag, Dick, wir kennen uns bereits, also sage ich dir und auch Harry nur guten Tag.«

Harry hatte die Hand aufs Herz gelegt und schickte sich an, etwas dieser gefühlvollen Geste Entsprechendes zu sagen, aber ein hübsches fünfzehnjähriges Mädchen kam ihm zuvor, stieß ihn mit ihrem Hinterteil zurück und trat auf Elizabeth zu.

»Ich bin Fanny«, sagte sie, »und ich finde England ganz toll. Wie schade, daß es den Krieg nicht gewonnen hat!«

Brünett und rosig, mit funkelnden Augen, war sie allem Anschein nach sehr aufgeregt und fuchtelte mit ihren Patschhändchen, die keine Arbeit zu kennen schienen. Sie trug ein blaßblaues Kleid, zappelte nervös und stotterte vor Ungestüm.

Die Stimme ihres Vaters rief sie zur Ordnung:

»Wenn du noch einmal derartige Reden hältst, sperre ich dich in deinem Zimmer ein.«

Sie brach in Tränen aus und verschwand.

»Überempfindlich«, sagte Maisie, »das ist das Alter. Aber ich möchte, daß du meinen großen Sohn Teddy kennenlernst. Warum bleibt er in seiner Ecke? Er ist ein wenig sonderbar.«

Sie nahm Elizabeth bei der Hand und führte sie ans andere Ende des Zimmers, wo in der Nähe der Tür ein junger Marineoffizier stand. Was zuerst an ihm auffiel, war seine Ernsthaftigkeit. In einer dunkelblauen, fast schwarzen Uniform, die seine natürliche Eleganz betonte, schien er bemüht, nicht aufzufallen, aber als das junge Mädchen vor ihm stand, verneigte er sich mit einer gewissen Anmut.

Sie erschrak zutiefst. Noch nie hatte sie ein so schönes Männergesicht gesehen, und sie blieb stumm. Das Ebenmaß seiner Züge allein konnte die undefinierbare Ausstrahlung dieses Gesichts nicht erklären. Der Blick seiner großen dunklen Augen ruhte mit einem unmerklichen Lächeln auf ihr:

»Als ich Sie von allen Seiten von der Familie bestürmt sah, wollte ich Ihnen eine weitere Vorstellung ersparen.«

»Gute Ausrede«, sagte seine Mutter mit einem leicht ungläubigen Lachen. »Ich lasse euch allein.«

Es folgten einige Sekunden peinlichen Schweigens. Sie mußte zu ihm aufblicken, um ihn anzuschauen, denn dieser hochgewachsene junge Mann überragte sie mindestens um Haupteslänge, und sie war fasziniert von dem Anflug eines Lächelns, das um seinen schönen Mund spielte. Für das junge Mädchen verkörperte er den Adel des Südens, aber ohne die kaum verhohlene Arroganz der jungen Männer aus Georgia, die sie gekannt hatte.

Da er ihre Verwirrung bemerkte, begann er das Gespräch. Seine Stimme war leise, jedoch voll Wärme, anders als jener schleppende Tonfall des tiefen Südens. (Erinnerte sie dich vielleicht an Jonathan, Elizabeth?)

»Jetzt, da Sie eine der Unseren sind«, sagte er, »sollen Sie lieber gleich meinen wahren Namen erfahren. Man nennt mich Teddy, und das ist auch gut so, aber mein richtiger Name ist Daniel De Witt.«

Was hätte sie dafür gegeben, um wieder das Lächeln auf seinen sonnengebräunten Wangen zu sehen! Sie suchte verzweifelt nach einer amüsanten Antwort, wurde ganz rot vor Verlegenheit und sagte schließlich:

»Er erinnert an die Deiche in Holland . . . Aber was rede ich da für einen Unsinn!«

»Weniger als Sie glauben, Miss Elizabeth. Mein Vater bildet sich ein, von jenem großen Ratsherrn der Niederlande abzustammen, der Befehl gab, das Land den Meeresfluten preiszugeben, um den Feind zu ertränken.«

»Ein berühmter Name.«

»Das will nichts heißen. In Holland wimmelt es von De Witts.

Jeder kann sich einbilden, was ihm beliebt. Mein Vater will unbedingt, daß wir direkte Nachfahren sind. Ich bezweifle es, und es ist mir auch egal.«

Elizabeth bezweifelte es nicht. Sie sah diesen eindrucksvollen Mann an der Seite seines Bruders Cornelius, der den Befehl gab, die Dämme zu brechen, um die Eindringlinge zu ertränken.

Er fügte hinzu:

»Ich werde nicht oft Gelegenheit haben, Sie zu sehen, Miss Elizabeth ...«

»Elizabeth«, berichtigte sie ihn lachend.

Er verneigte sich leicht.

»Also Elizabeth, da Sie es mir gestatten. Ich bin nur für achtundvierzig Stunden auf Urlaub gekommen und reise morgen früh wieder ab.«

»Weit weg?«

»Warum willst du das alles wissen?« fragte sie eine innere Stimme.

»Ja und nein. Nach Annapolis. Ich komme ziemlich selten. Außer der Familie habe ich hier keine Bindungen.«

»Keine?« fragte sie unbesonnen. »Ich meine das Land, Virginia ...«

Er blickte sie eine Weile schweigend an, und sie glaubte, dieses Schweigen währte endlos.

»Nein«, sagte er, »nicht einmal Virginia. Aber zu Weihnachten komme ich wieder. Werden Sie dann hiersein?«

»Ich bin fast sicher.«

»Fast, Elizabeth? Nur fast sicher?«

»Nein, sicher. Ich werde ganz bestimmt hiersein.«

»Sie machen mir den Abschied weniger schwer, Elizabeth, aber Weihnachten scheint mir jetzt ferner als zuvor.«

Sie wollte nicht verstehen. Eine innere Stimme rief ihr zu: »Höre ihn nicht an, verlasse ihn.« Ohne recht zu wissen, warum, fragte sie:

»Um wieviel Uhr reisen Sie ab?«

Und da lächelte er, und dieses Lächeln verlieh ihm eine geradezu überirdische Schönheit. So kam es ihr jedenfalls vor, und sie erschrak über ihre eigene Reaktion. Es war ihr plötzlich, als spräche sie mit einem Unbekannten. In einer Art von Schwindelanfall hörte sie:

»Bei Morgengrauen. Ich fahre mit dem Einspänner zum kleinen Bahnhof in Gainesville.«

Schweigend und in plötzlicher Verzweiflung blickte sie dem jungen Mann tief in die Augen.

»Sie werden dann bestimmt noch schlafen«, sagte er leise.

»Nein.«

Sie zögerte und sagte:

»Nein, Daniel.«

Da näherte er sich ihr unmerklich und ergriff ihre Hand. Sie ließ es geschehen und hatte das Gefühl, daß sich die Wärme dieser Berührung in ihrem ganzen Körper ausbreitete.

»Daniel werde ich immer nur für Sie sein«, flüsterte er.

Minutenlang blieben sie stumm und sprachen alles, was sie sich zu sagen hatten, in einem endlos langen Blick aus. Plötzlich fühlte sie, wie die große, feste und kraftvolle Hand sich sanft öffnete und die ihre freigab.

»Ich glaube, man beobachtet uns«, murmelte er. »Erlauben Sie mir, Ihnen zu schreiben, Elizabeth?«

Sie nickte, und dann trennten sie sich. Miss Charlotte trat auf sie zu.

»Elizabeth, wir müssen heimkehren, aber sagen Sie noch ein paar Worte zum Kommodore, der mit Ihnen reden möchte. Leutnant, ich nehme sie Ihnen fort, aber hoffentlich werden Sie uns eines Tages im großen Haus besuchen.«

»Ich hoffe es, Miss Charlotte.«

»Für Sie ist die Wiese keine Grenze«, fügte sie hinzu.

Er grüßte, und sie nahm Elizabeth bei der Hand, um sie zum Kommodore zu führen. Plötzlich ertönte ein furchtbares Geschrei aus einem fernen Teil des Hauses. Maisie trat Elizabeth und Charlotte mit einer beschwichtigenden Handbewegung entgegen.

»Beunruhigt euch nicht«, sagte sie, »es ist kein Tier, das da geschlachtet wird, wie man meinen könnte, sondern nur Mike, den Clementine gerade auf seine bevorstehende Abreise vorbereitet. Wir mögen den Kleinen zwar gern, aber wir sind auch froh, ihn loszuwerden. Du kennst ihn doch, Elizabeth?«

Das junge Mädchen war noch zu erregt, um ausführlich zu antworten, und sagte nur:

»Ich habe ihn einmal flüchtig gesehen, das ist alles.«

Der Kommodore legte seine Pfeife nieder, als sie vor ihm stand, und betrachtete sie mit seinem scharfen Blick, der stets nach einer Fregatte am Horizont auszuspähen schien.

»Willkommen an Bord der *Quarrelsome*, mein kleines Fräulein, und nehmen Sie es mir nicht übel, wenn ich Sie daran erinnere, daß man auf einem Schiff zuallererst den Kapitän begrüßt ...«

»Oh, Dirk!« sagte seine Frau in flehendem Ton.

»Sei still, Maisie ... anstatt sich mit dem Bordpersonal zu unterhalten. Aber Schwamm drüber! Ich freue mich, Sie zu sehen.«

Miss Charlotte eilte herbei, nahm Elizabeth beim Arm und zog sie in Richtung der Tür.

»Kommodore«, rief sie mit ihrer schrillsten Stimme, »unsere junge Cousine wird jenseits der Wiese erwartet. Entschuldigen Sie bitte diesen plötzlichen Aufbruch. Guten Abend allerseits.«

Es folgte ein allgemeiner Aufruhr, und der Kommodore versetzte seinen Schaukelstuhl mit einem so wütenden Tritt in Bewegung, daß er beinahe umgestürzt wäre.

Draußen, in der tiefen ländlichen Stille, schlug Miss Charlotte wieder einen vertraulichen Ton an, während sie sich ihren Weg durch das hohe Gras bahnte, und das Rascheln ihres Taftkleids begleitete ihre Rede:

»Du mußt dich von dem Kommodore nicht einschüchtern lassen. Seit er im Ruhestand ist, lebt er in einem Traum, und das Haus ist für ihn ein Kriegsschiff. Die Familie ist seine Mannschaft, und er liebt sie auf seine Art. Aber lassen wir das. Gestatte mir, wie eine Schwester zu dir zu sprechen. Fürchtest du dich, die Wahrheit zu hören?«

»Natürlich nicht«, antwortete Elizabeth, wie immer ein wenig empört, wenn man an ihrem Mut zweifelte.

»Nun denn, mein Kind, du bist im Begriff, eine Dummheit zu machen. Ich weiß zwar nicht, was ihr euch gesagt habt, du und Teddy De Witt, aber ich las etwas in seinem Gesicht, das mir Angst machte. Eine Frau sieht alles. Du weißt nichts von ihm. Dieser bildschöne Mann ist ein Kind.«

»Oh, bitte! Sagen Sie nichts gegen ihn!«

»Beruhige dich, ich bin da, um dir zu helfen. Sein Leben ist allen ein Rätsel. Man hat nie gesehen, daß er einer Frau den Hof gemacht hätte, und andrerseits hat er auch keine Freunde. Man respektiert und bewundert ihn, aber die einzige Leidenschaft, die man an ihm kennt, ist die Arbeit. Und nun – wenn ich mich nicht sehr täusche – habe ich in seinen Augen gelesen, daß du ihn wahnsinnig verliebt gemacht hast.«

Elizabeth ergriff ihre beiden Hände:

»Glauben Sie? Glauben Sie das wirklich?«

»Leider bin ich mir dessen sicher.«

Sie ging eine Weile schweigend weiter, und nur ihr Taftkleid flüsterte, als erzählte es ein Geheimnis – sch ... sch ...

»Mit seinen vierundzwanzig Jahren hat er noch das Herz eines Vierzehnjährigen, der nichts von der Liebe weiß. Du brauchtest ihn nur ein wenig zärtlich anzusehen, um alle Leidenschaft, deren er fähig ist, in ihm zu erwecken. Du. wirst zusehends schöner, Elizabeth, die Männer werden dich umschwärmen, und dieser da wird dir bestimmt einen Antrag machen. Heirate ihn nicht. Du würdest nur unglücklich werden.«

»Warum unglücklich? Oh, reden Sie doch, Miss Charlotte, sagen Sie mir die Wahrheit.«

»Seine Familie ist arm ...«

»Das ist mir egal.«

»Ein Marineoffizier wird nicht so schnell reich, und das zählt, das zählt immerhin.«

»Nicht für mich.«

»Gut, aber die Frau eines Marineoffiziers führt ein einsames Leben. Er wird einen guten Teil des Jahres abwesend sein. Und was kann für ihn anderes daraus entstehen als Besorgnis, Besorgnis zuerst und dann Eifersucht?«

Elizabeth entgegnete wie in einem Aufschrei:

»Aber ich werde treu sein, Miss Charlotte!«

Das alte Fräulein blieb mitten auf der Wiese stehen. Die ersten Lichter flammten in den Fenstern des großen Hauses auf.

»Elizabeth«, sagte sie, »bist du wahnsinnig? Hast du den Verstand verloren? Komm wieder zu dir. Du hast dich mir ein wenig anvertraut, vielleicht ohne es zu wissen. Ich glaubte zu verstehen, zu erraten ...«

»Nein«, sagte das junge Mädchen mit tonloser Stimme, »schweigen Sie, ich bitte Sie.«

Ihr ganzes Leben lang sollte sie sich an diese Minute erinnern, da sie sich plötzlich ihrer wahren Natur bewußt wurde, der sie hilflos ausgeliefert war. Langsam brach die Dunkelheit herein. In der Einsamkeit des benachbarten Waldes ertönte der leise, traurige Ruf einer Drossel, und Fledermäuse schwirrten durch die Luft.

Miss Charlotte stand regungslos. Die unerwartete Wirkung ihrer Worte hatte sie stumm gemacht.

»Mein Liebes«, sagte sie sanft, »glaube einem Menschen, der das alles erlebt hat und vor Liebeskummer beinahe gestorben wäre.«

»Vor Liebeskummer ...«, stammelte Elizabeth.

»Der Mann war unwürdig, die Vorsehung hat ihn aus meinem Leben entfernt, ich glaubte wahnsinnig zu werden, aber ich habe verstanden und sehe klar.«

»Sie werden mich nicht ändern«, sagte Elizabeth und brach in Tränen aus.

Aus einem kleinen Beutel aus Taft, der an ihrem Gürtel hing, zog Miss Charlotte sogleich ein Taschentuch hervor und reichte es Elizabeth. Sie wischte sich die Augen und schneuzte sich.

»Ich bitte um Verzeihung«, sagte sie.

»Soll ich dir den Namen dessen nennen, der sein Wort gebrochen hat? Seit jenem schrecklichen Tag habe ich ihn nie ausgesprochen. In der Bibel ist es der Name eines tapferen und treuen Mannes, und ich sagte ihn mir liebevoll vor, wenn ich allein war. Ich hatte wirklich geglaubt, daß dieser Mann der meine werden würde. Ich habe zuviel gelitten und will nicht, daß du leidest. Man wagte nicht, mir die Wahrheit zu sagen. Man hätte es von Anfang an tun können, und so ist es zur Katastrophe gekommen. Ich bin hart geworden und muß dir böse erscheinen.«

»Nein«, flüsterte Elizabeth, »aber was Sie mir sagen, verwirrt mich.«

»Eines Tages wirst du es mir danken. Soll ich dir diesen Namen nennen, der mir noch immer nicht über die Lippen will?«

»Nein, ich will ihn nicht hören.«

»Gehen wir heim«, sagte Miss Charlotte. »Ich habe getan, was ich tun mußte, weil eine innere Stimme es mir befahl.«

In dieser Nacht wachte eine Person in dem großen schlafenden Hause, ging zwischen dem Zimmer, dessen Möbel die Sprache der Kindheit sprachen, und dem Nebenzimmer hin und her, wo ihre unruhige Hand grundlos die großen Schränke öffnete. Das Mondlicht schien hell durch die Fenster, und ein schwarzer Schatten heftete sich an die Fersen des Mädchens im weißen Schlafrock, das mit seinem Körper nichts anzufangen wußte und es im Bett nicht aushielt.

Durch die absichtlich halb geöffnete Tür vernahm sie das Ticken der Standuhr, und zu jeder vollen Stunde dröhnte der Schlag so gewaltig in der tiefen Stille, daß Elizabeth erschauderte.

Mitternacht schien ihr weniger beunruhigend als die frühen Morgenstunden, die sie der Kälte und dem gefürchteten Augenblick näherbrachten. In ihre Decke wie in einen Mantel gehüllt, blickte sie vom Fenster des Ankleidezimmers aus in den Himmel. Die Wiese lag im fahlen Mondlicht vor ihr, unermeßlich wie ein farbloser See, und die Wälder bildeten eine schwarze, kompakte Masse, die einer Felswand glich.

In ihrem Kopf pochte das Blut, und alles geriet in heillose Unordnung. Immer wieder sah sie die Lippen des jungen Offiziers vor sich, und zunächst kämpfte sie gegen ihre halluzinatorischen Wunschvorstellungen an, in denen sie diese Lippen mit ihren Fingern berührte, bis sie sich öffneten und sagten: »Daniel werde ich immer nur für Sie sein.«

Aber die Illusion war so stark, daß sie sich schließlich dieser Phantasiegestalt an die Brust warf und die körperliche Berührung eines Körpers aus Fleisch und Blut zu spüren glaubte, der sie in seine Arme schloß. Es dauerte nur den Bruchteil einer Sekunde, aber es erschreckte sie.

Sie kniete vor ihrem Bett nieder, vergrub den Kopf in den Decken und begann zu schreien. Kraft ihrer Phantasie konnte sie die Wirklichkeit neu erschaffen. Diese Gabe besaß sie, und sie zitterte noch über diese Entdeckung einer unsichtbaren Welt. »Ich verliere den Verstand«, sagte sie sich, »ich bin nicht wie die anderen.«

Sie machte eine Anstrengung, sich zu beruhigen, und sagte in Gedanken das Vaterunser auf, in Gedanken, weil ihre Zunge sich weigerte, die Worte auszusprechen. »Und führe uns nicht in Versuchung« war ein schreckliches Geheimnis, das in der letzten Bitte »Erlöse uns von dem Übel« gipfelte. »Erlöse uns vom Teufel«, hatte die Mutter es ihr erklärt.

Dann streckte sie sich auf ihrem Bett aus, den Kopf noch immer in die Decke gehüllt, »auf daß sie nicht erschrecken müssen vor dem Grauen der Nacht«, wie es der Psalm mit bestürzender Genauigkeit beschrieb, und plötzlich fiel ihr wieder ein, was Miss Charlotte sie gefragt hatte – wie war sie nur auf diesen seltsamen Gedanken gekommen? –: »Willst du, daß ich dir den Namen dessen nenne, der sein Wort gebrochen hat?«

Sie riß die Decke vom Kopf und richtete sich auf. In der Dunkelheit glaubte sie das alte Fräulein zu sehen, bereit, ihr den Namen des Eidbrüchigen zu verraten, und auf diesem lächelnden Gesicht, das in diesem Augenblick so traurig ausgesehen hatte, las sie in stummem Entsetzen den Namen Jonathan.

Es traf sie wie ein Schlag, sie taumelte, verlor das Bewußtsein und sank auf den Teppich. Dort blieb sie liegen, bis die Kälte sie weckte. Alles war finster ringsum, und sie hörte das leise Rasseln der Standuhr, die sich anschickte, die volle Stunde zu verkünden. Fünf Schläge hallten unheilvoll durch die Nacht. Sie stand rasch auf, tastete sich durch das Zimmer und fand ihren Schal auf einer Sessellehne. Die Fensterläden waren offengeblieben, und draußen kämpfte ein blasser Lichtschimmer gegen die Dunkelheit der Nacht. »Das Morgengrauen«, dachte sie, »er hat gesagt: ›Ich fahre bei Morgengrauen ab.‹«

Ihre Augen gewöhnten sich an die Dunkelheit, und sie erkannte die blaßgrünen Türen. Steif wie ein Automat ging sie bis zur Treppe, blieb auf der obersten Stufe stehen und versuchte die Benommenheit des Schlafs zu überwinden. Da sie fürchtete hinzufallen, hielt sie sich beim Hinuntersteigen am Geländer fest, und fast bei jedem Schritt meinte sie leise seinen Namen zu vernehmen: Jonathan.

Unten angelangt, öffnete sie behutsam die Tür und erkannte verschwommen die Umrisse der großen Zeder, die wie ein schwarzer Riese vor dem blassen Morgenhimmel aufragte. Fröstelnd schloß sie die Tür bis auf einen Spalt, durch den sie die Wiese sehen konnte, und wartete auf den Augenblick, da das, was Miss Charlotte das Tumulthaus nannte, sichtbar werden würde. Aber was sollte sie dann tun? Darauf wußte sie keine Antwort.

Seit ihrem kurzen Gespräch mit Daniel De Witt war alles in Unordnung geraten, und ihr Betragen kam ihr vor wie eine unverständliche Geschichte aus einem verrückten Buch. Sie fand sich einfach nicht mehr zurecht. Da liebte sie einen Mann, und plötzlich kam dieser andere. Konnte man denn zwei Männer zugleich lieben?

Vor Kälte hüstelnd trat sie ins Haus zurück, schloß die Tür jedoch nicht ganz. Durch den Spalt konnte sie das andere Ende der Wiese noch sehen.

Es verging einige Zeit. Sie fürchtete, von Barnaby oder einem anderem Diener überrascht zu werden, aber mit einer Beharrlichkeit, die ihr selbst zwecklos erschien, blieb sie stehen, mit der Hand auf der kupfernen Klinke.

»Ich liebte dich vom ersten Augenblick an«, sagte sie ganz leise, ohne zu präzisieren, an wen diese Worte gerichtet waren.

Endlich sah sie Licht in den Fenstern des gelben Hauses. Einige Minuten später hielt ein grauer Einspänner vor der Tür. Wieder verging einige Zeit, und dann sah sie mit pochendem Herzen, wie diese Tür sich öffnete. Sie erkannte Daniel an seinem hohen Wuchs, gefolgt von einem Schwarzen. Beide stiegen in den Einspänner, und die Lichter des Hauses erloschen eins nach dem anderen. Bald verschwand der Wagen hinter den Bäumen, und sie dachte: »Aus, es ist aus.«

Irgend etwas hielt sie davon ab, die Tür zu schließen, die Tür der Hoffnung zu verschließen. Das würden andere für sie tun, aber sie wollte nicht glauben, daß nun wirklich alles aus war, und mit einer herausfordernden Geste stieß sie sie weit auf.

Es war noch nicht ganz hell, und die schweren Zweige der Zeder bewegten ihre schwarzen Fransen langsam im Wind. Sie zog den grauen Schal dichter um die Schultern und sah zu, wie der Baum allmählich aus den letzten nächtlichen Schatten auftauchte, da glaubte sie plötzlich, am Fuße des mächtigen Stamms jemanden zu sehen, der reglos und verborgen in dieser dunklen Ecke stand.

Sie begriff sofort. Daniel hatte den Einspänner auf der Straße angehalten und war gekommen, um einen letzten Blick auf das Haus zu werfen, in dem diejenige, die er liebte, seiner Vermutung nach noch schlief. Kein einziges Licht schimmerte unter den Dächern von Great Lawn. Sie stellte sich vor, wie er in der langen Reihe der Fenster des ersten Stocks ihr Zimmer auszumachen suchte. Der graue Schal, in den sie sich gehüllt hatte, verbarg sie, und sie trat ganz sachte ins Haus zurück.

Sie hatte schreckliche Lust, den Schal abzuwerfen und aus dem Haus zu laufen. Nur ein paar Schritte hinaus, ein paar Schritte ihm entgegen. In ihrem weißen Schlafrock würde sie wie eine übernatürliche Erscheinung wirken. Es war so leicht, so einfach, daß alles in ihr sie dazu trieb, und doch rührte sie sich nicht. Ein einziger Gedanke hielt sie zurück: »Wenn du das tust, begehst du Verrat.« So beschloß sie, sich nicht zu rühren. Wenn er aufmerksam genug hersah, würde er schließlich die offene Tür bemerken und am Saum des Schlafrocks eine weibliche Gegenwart erraten. »Ich überlasse es ihm«, sagte sie sich. »Ich war da, er ist gekommen, ich habe nichts dazu getan, daß er mich sieht.« Und eine innere Stimme setzte diese Überlegung fort: »Du hast nichts dazu getan, daß er dich sieht, also tue jetzt, was du tun mußt, damit er dich nicht sieht, und entferne dich von der Tür.« Sie kämpfte mit diesen Gedanken, aber sie rührte sich nicht. Sie glaubte zu erkennen, daß er den Kopf erst in die eine und dann in die andere Richtung wendete. Was hoffte er zu sehen?

Jetzt sah sie ganz deutlich seine Gestalt und versuchte ihn mit allen Kräften zu fixieren. Es schien ihr, als verließe ihre Seele den Körper, um sich ihm entgegen, sich ihm an die Brust zu werfen. Warum spürte er nicht, daß sie da war?

Kurz darauf ging er fort, und weniger als drei Minuten später hörte sie die Räder des Einspänners auf der Straße.

In ihrer Verzweiflung versuchte sie sich an dem Gedanken aufzurichten, daß sie wenigstens keinen Verrat geübt hatte, aber am Fuße der Treppe fiel sie hin und konnte nicht mehr aufstehen.

Kurz nach sechs Uhr fand Barnaby sie. Sie lag auf der Seite, hatte die Knie angezogen und den Kopf zwischen den Armen. Unwillkürlich blickte er auf die Treppe, darauf noch einmal auf sie, und dann war er überzeugt, daß sie tot sei. Und alsbald heulte er los, wie es die Schwarzen bei Todesfällen tun:

»Huh, huh, Miss Lisbeth is' tot, fü' imme' hingegangen ...«

Im gleichen Augenblick erschien Miss Charlotte oben auf der Treppe in einem pflaumenblauen Schlafrock und einer hohen weißen Haube.

»Willst du wohl schweigen, du Idiot!« rief sie. »Jeder weiß, daß Miss Elizabeth eine Schlafwandlerin ist. So etwas kommt vor. Also hör auf mit deinem Gebrüll, und hilf mir, sie hinaufzutragen ... und heb die Decke auf, die zu Boden gefallen ist.«

Leichtfüßig eilte sie, fast ohne die Stufen zu berühren, die Treppe hinab, und nahm Elizabeth bei den Beinen, während Barnaby das junge Mädchen unter den Schultern gefaßt hatte und vorausging. So trugen sie sie beide ohne große Mühe in ihr Zimmer. Miss Charlotte leitete das Unternehmen mit männlicher Autorität, gab Anweisung, Elizabeth auf das Bett zu legen, und setzte dann Barnaby kurzerhand vor die Tür.

»Raus mit dir«, befahl sie, während sie ihm Elizabeths Decke von der Schulter riß, »und sage niemandem ein Wort darüber, verstanden? Sonst . . .«

Sowie Barnaby draußen war, verschloß sie die Tür und beugte sich dann über das junge Mädchen, das verdutzt die Augen aufschlug.

»Hast du Schmerzen?« erkundigte sich Miss Charlotte.

»Ich weiß nicht . . . ein bißchen, glaube ich.«

Im Handumdrehen hatte Miss Charlotte sie entkleidet und untersuchte nun ihren Körper von allen Seiten, klopfte ihr gnadenlos auf Rippen, Schenkel und Rücken.

»Tut es hier weh? . . . Nein? . . . Und hier auch nicht?«

Ihr Finger drückte mehr oder weniger kräftig auf alle empfindlichen Stellen, ohne daß der geringste Schmerzensschrei zu hören war.

»Kein einziger blauer Fleck. Nichts. In deinem Alter fällt man weich.«

Sie breitete die Decke über das junge Mädchen, das sich nicht rührte.

In diesem Augenblick klopfte es an die Tür.

»Charlotte«, rief Onkel Charlie, »mach auf.«

»Kommt nicht in Frage«, antwortete sie. »Falls ich Sie brauche, werde ich Sie rufen lassen. Elizabeth hat überhaupt nichts. Sie wandelt im Schlaf wie eine Menge heiratsfähiger Mädchen. Ein falscher Schritt, und sie ist gefallen. Ich war drei Jahre lang freiwillige Krankenschwester in einem Spital in Edinburgh. Ich weiß, was ich zu tun habe.«

»Charlotte, ich befehle dir, aufzumachen.«

»Erteile deine Befehle gefälligst anderswo, Charlie. Ich öffne die Tür, wenn ich es für richtig halte. Ich gehorche der Stimme.«

Dieser mysteriöse Schlußsatz schien gewirkt zu haben. Man vernahm einen zornig-männlichen Seufzer und dann das wütende Schlurfen sich entfernender Pantoffeln.

Jetzt setzte sich Miss Charlotte an Elizabeths Bett und streichelte ihr die Stirn.

»Kein Fieber«, murmelte sie. »Unter der Decke wird dir wieder warm werden. Ein Gläschen Rum?«

Elizabeth schüttelte den Kopf.

»Vielleicht einen Schluck Cognac? Ich habe eine Flasche hervorragenden Cognac in meinem Zimmer.«

»Nein, danke«, sagte Elizabeth und mußte unwillkürlich lächeln.

»Herzchen, das Leben ist böse«, fuhr Miss Charlotte sanft fort, »aber du wirst dem Unglück durch die Maschen gehen. Ich bin da, um dir zu helfen. Dein schöner Offizier hätte dir das Leben zur Hölle gemacht.«

»Ich liebte ihn«, seufzte Elizabeth.

»Du hast dich in ein schönes Gesicht verliebt, und das ist immer gefährlich. Wenn es nur das Gesicht wäre – das Gesicht und die Seele –, aber da ist noch etwas anderes, wovon ich dir nichts erzählen konnte, weil ich es Gott sei Dank nicht genau weiß, aber ich habe Dinge gehört, die mich eine ganze Nacht lang nicht schlafen ließen – eine schreckliche, grauenhafte Nacht. Seit dem Sündenfall steckt das Tier im Manne. Meine Schwester Maisie hat mir etwas anvertraut, wovon man nie spricht. Ich mußte sie zum Schweigen bringen, ich glaubte ihr nicht.«

»Ich verstehe kein Wort«, sagte Elizabeth.

»Das ist vielleicht auch besser. Nimm dich in acht, Kleine. Ich mußte mir mein Glück anderswo als in der Ehe suchen, und ich habe es nicht gefunden … aber ich fand den Frieden, der alles Begriffsvermögen übersteigt.«

»Und die Liebe, Miss Charlotte, die Liebe?«

Das alte Fräulein schwieg und fuhr mit dem Finger in eine Falte des Bettuchs dicht neben Elizabeths Gesicht. Diese scheinbar sinnlose Geste sah aus, als ob sie das Geheimnis ihres Lebens dort verbergen wollte.

»Die Liebe«, flüsterte sie schließlich, »die Liebe ist alles, was ich im Herzen habe.«

Elizabeth wagte keine weitere Frage, da sie erriet, daß es sich um ein Geheimnis handelte. Sie zog ihre Hand unter der Bettdecke hervor und legte sie auf Miss Charlottes Hand.

»Verlassen Sie mich nicht«, sagte sie.

Warum hatte sie das gesagt? Später fragte sie sich erstaunt, wie sie dazu gekommen war. Es mußte ihr unwillkürlich entschlüpft sein.

»Mein kleines Mädchen«, sagte Miss Charlotte, »glaubst du etwa, es sei ein Zufall, daß du mir begegnet bist? Und vor allem, gibt es überhaupt einen Zufall?«

Plötzlich stand sie auf und schien wieder eine andere zu werden, die Miss Charlotte, wie man sie gewöhnlich kannte.

»Wir reden wirres Zeug«, sagte sie lachend. »Du wirst jetzt

schlafen, und ich komme ganz leise wieder vorbei, um zu sehen, ob es dir gutgeht. Wenn nicht, gebe ich dir etwas Laudanum.«

Sie schloß die Läden der beiden Fenster, zog sorgfältig die Vorhänge zu und ging hinaus. Den Kopf in die Kissen vergraben, hörte Elizabeth nicht einmal mehr, wie die Tür sich schloß.

83

Die Tage vergingen, der Herbst war schön und warm. Obwohl die Stunden langsam vergingen und ihnen ein leichter Geruch der Langeweile anhaftete, blieb der Zauber des Lebens auf dem Lande spürbar. Die gleichen Personen sagten sich ungefähr die gleichen Dinge, man gähnte diskret hinter einem Palmwedel, es herrschte Frieden, und die Welt war so fern, daß man sich fragen konnte, ob sie überhaupt existierte. Nur Onkel Charlie runzelte zuweilen etwas besorgt die Stirn, wenn die Zeitung aus Washington kam, aber an seiner guten Laune änderte sich nichts.

Doch dann brach eines Nachts, nach einem ungewöhnlich warmen Tag, die Kälte in diesem Winkel der Erde herein, und alle Bäume der umliegenden Wälder färbten sich rot, soweit sie nicht einen dunklen oder kupfernen Goldton annahmen. Das Laub der Ahornbäume bekam einen violetten Schimmer, und die Buchen leuchteten in hellem Gold. Man spazierte unter einer bunten Farbenpracht einher, die gleichsam aus Protest gegen das immerwährende Grün des Sommers dem Leben einen wilden Glanz verlieh.

Elizabeth wurde nicht müde, diese Flut von grellen und zarten Farben zu bewundern, aber sie schleppte sich mit einer lastenden Schwermut durch die Herrlichkeit dieses Altweibersommers. Die Erinnerung an Jonathan, an sein Gesicht in einer berauschenden Sommernacht, halb verborgen vom Laub und den Blüten der Magnolien, wurde von der Erinnerung an Daniels Antlitz überlagert, der ihr in einem Salon voller Menschen wie ein junger Gott erschienen war. Jeder der beiden bot ihr Liebe, und sie verlor sich in ihren stürmischen Jungmädchenträumen bald an den einen, bald an den anderen, und kämpfte mit den Vorstellungen, die sie sich von der Liebe machte.

Doch an einem Novembermorgen erhielt sie einen Brief von ihrer

Mutter, deren Handschrift allein alles wieder an seinen rechten Platz zu rücken schien.

Bath, den 25. September 1850

Elizabeth, meine liebe Tochter,
*   meine Adresse auf dem Absender dieses Briefes wird Dir, von den Einzelheiten abgesehen, fast alles über die glückliche und providentielle Fügung im Leben Deiner Mutter sagen. Ich bewohne nun eines der elegantesten Häuser dieser Stadt, die durch ihre vornehme Gesellschaft und die unvergleichliche Schönheit ihrer Architektur berühmt geworden ist. Du wirst mit Genugtuung erfahren – dessen bin ich sicher –, daß ich heute in meinen eigenen vier Wänden lebe ... und daß mein Haus, eines an dem berühmten Crescent, um den uns die ganze zivilisierte Welt beneidet, mir vom Dachboden bis zum Keller gehört.*
*   Charlie Jones kann Dir, falls Du es wünscht, im einzelnen erklären, welche Schritte ich vor Gericht unternommen habe, und wie ich den langen Prozeß gegen drei Spitzbuben gewann, die für immer aus dem Königreich England verbannt wurden. Ich kann nun der Zukunft mit Vertrauen entgegenblicken und gedenke nicht, den Rest meiner Tage in der Einsamkeit zu verbringen. Du kannst diesen Satz nach Deinem Belieben interpretieren, aber Du sollst wissen, daß Dich, falls Du eines Tages Dein Exil in Amerika beenden möchtest, eine Achtzimmerwohnung im zweiten Stock meines Hauses erwartet.*
*   Als ich Dich mit nach Georgia genommen habe, wollte ich dich vom Alptraum der Armut befreien, in der wir damals lebten, Dir aber auch und vor allem eine einigermaßen glückliche Zukunft oder, mit anderen Worten, die Aussicht auf eine vernünftige und standesgemäße Ehe sichern. Verstehe mich richtig. Halte Dich an die Aristokratie, aber laß die finanzielle Lage der in Frage kommenden Partie nicht außer acht. Charlie Jones, den ich Dir zum Vormund gegeben habe, kann Dich bei Deiner Wahl leiten und Dich gegebenenfalls vor einer Dummheit bewahren. Sei vorsichtig, und laß dich um Himmels willen nicht von einem verführerischen Aussehen blenden. Frage Dich, ob Du glücklich sein würdest, Tag und Nacht die gleiche Stimme zu hören, die gleiche Nase zu betrachten, den gleichen Mund und die gleichen Glotzaugen. Halte Dich bei einem Verehrer an das zarte Seidenfutter und bei einem Ehemann an den soliden und rauhen Stoff des Anzugs. Und schließlich, Elizabeth, versuche nicht, Dich wie ein idiotische Romanheldin zu benehmen. Wir leben im 19. Jahrhundert.*

Hier glaubt man nicht an einen bewaffneten Konflikt zwischen dem Norden und dem Süden. Die Königin wäre vielleicht eher dem Süden zugeneigt, in Erinnerung an die alten englischen Kolonien, aber Albert, der Prinzgemahl, zieht den Norden vor. Niemand weiß, was der Prinz-Präsident in Paris denkt, falls er überhaupt denkt. Sollten die Dinge in den Vereinigten Staaten je eine böse Wendung nehmen, so wird Charlie Jones die notwendigen Maßnahmen treffen, damit Du nicht in die Wirren eines Bürgerkriegs gerätst. Aber soweit sind wir noch nicht. Der Süden wird noch viele Jahre im Frieden leben. Begehe aber trotzdem nicht die Torheit, einen jungen Laffen zu heiraten, der zu rasch eingezogen werden kann. Das reife Alter hat auch seine Reize. Denk daran. Schau Dich ein wenig in diplomatischen Kreisen um. Und lies Deine Bibel morgens und abends. Eines Tages werde ich Dir dazu ein paar Fragen stellen, denn wir sehen uns bestimmt wieder, mein Kind.

Es küßt Dich Deine Mutter
Laura

PS: Ohne sentimental werden zu wollen, muß ich gestehen, daß mich Deine Abwesenheit zuweilen betrübt. Es fehlte nicht viel, und ich würde deswegen Tränen vergießen, aber vergiß das wieder.

Die Lektüre dieses Briefes stimmte Elizabeth nachdenklich. Sie kannte den Crescent nur aus Abbildungen, aber als Leserin von Jane Austen wußte sie, daß sich in Bath die beste Gesellschaft traf und dort die glanzvollsten Hochzeiten stattfanden. Der diesbezügliche Satz Mrs. Escridges erschien ihr klar und entlockte ihr ein Lächeln, aber die Wahl, vor die man sie stellte, beunruhigte sie. Noch vor drei Monaten wäre sie außer sich vor Freude gewesen, wenn man ihr gesagt hätte, sie könne den Süden verlassen, um nach England zurückzukehren und dort zu leben, aber heute – war der Süden nicht Jonathan? Nach einer Sekunde des Zögerns fügte sie nicht ohne inneres Zittern hinzu: und Daniel De Witt?

Aufs neue sah sie sich in Qualen der Ungewißheit gestürzt und faßte sogleich mehrere einander widersprechende Entschlüsse, von denen ihr der, Miss Charlotte aufzusuchen, ihr ihr Herz auszuschütten und alles zu sagen, am verführerischsten erschien – oder vielleicht Onkel Charlie? Plötzlich verspürte sie den heftigen Wunsch, sich von all ihren Problemen zu befreien und noch weiter zu gehen und alles stehen- und liegenzulassen – sie würde sich nach Bath begeben, sich ins Vergnügen der rauschenden Bälle stürzen, und sah bereits die strahlenden Kerzenleuchter in den weiß-goldenen Salons vor sich – denn es gab Augenblicke, da ihr das Leben in Amerika leer und sinnlos erschien, als ob es am Glück vorbeiginge.

Um besser nachdenken zu können, beschloß sie, in schwindelerregendem Galopp durch die Wiesen bis zum Fuß der Hügel zu reiten.

Der Tag verhieß kühles, aber schönes Wetter. Amelia verbrachte den Vormittag im Bett, da sie in der Nacht nicht gut geschlafen hatte, Miss Charlotte schnitt Blumen in ihrem Garten, und Charlie Jones erledigte seine Korrespondenz im Arbeitszimmer. Sie zögerte, weil sie ihn nicht stören wollte, tat es dann aber doch unter ausgiebigen Entschuldigungen.

Er empfing sie mit seiner unerschütterlich guten Laune. Der schwere, schwarze Eichentisch, an dem er saß, war mit Papieren überhäuft. Darunter verschränkte er die in Pantoffeln steckenden Füße, ein Detail, das Elizabeth mißfiel, ohne daß sie wußte, warum. Außerdem mißfiel ihr seine besonders zufriedene Miene, die er am Morgen immer zur Schau trug. Seit seiner Heirat, so fand sie, ähnelte er immer weniger dem Porträt in Savannah. Daß Männer mit der Zeit gewissen äußerlichen Veränderungen ausgesetzt sind, wollte sie nicht einsehen. Daß Jonathan je altern könnte, erfüllte sie mit Entsetzen, und sie kämpfte verzweifelt gegen den Gedanken an ein solches Unglück an.

Mit seinem natürlichen Charme gewährte Charlie Jones ihr alles, was sie wollte.

»Ich werde Barnaby anweisen, Alcibiades zu satteln. Wenn du einen schönen Ausflug machen willst, rate ich dir, in die Richtung des Tals zu reiten, wo wir vor einiger Zeit miteinander sprachen. Folge nur immer dem Fluß, dann kommst du in einen Wald, der von breiten Wegen durchschnitten wird. Dort gibt es einen Ort, wo man im Tal sein Echo hört. Das ist amüsant. Reitest du ganz allein aus?«

»Jawohl, allein«, antwortete sie entschlossen.

»Bravo, aber sei vorsichtig. Bei diesem Tal fällt mir übrigens wieder unser Gespräch über deine Mutter ein. Du hast heute früh Nachricht von ihr erhalten. Ist sie zufrieden?«

»Sehr. Möchten Sie den Brief lesen?«

»Unter keinen Umständen. Es ist abgemacht, daß ich nie einen deiner Briefe lesen werde, woher er auch immer kommen mag.«

»Wie Sie wünschen«, sagte sie lachend.

Und plötzlich fand sie, daß Onkel Charlie mit seinen rosigen Wangen und strahlenden Augen eigentlich doch noch etwas von seinem Jugendbildnis bewahrt hatte.

Sie kehrte auf ihr Zimmer zurück und ließ Jemima rufen, die einige Minuten später erschien. In ihrem dunklen Kleid mit dem kleinen weißen Kragen erinnerte sie an eine englische Lehrerin, die man schwarz gefärbt hatte. Was an ihrem ernsthaften Gesicht besonders einschüchternd wirkte, war der direkte Blick ihrer stets aufmerksamen Augen. Sie war offenbar eine Frau, die nicht log.

Sorgfältig gefaltet, trug sie das Reitkleid über dem Arm.

»Guten Morgen, Miss Elizabeth«, sagte sie. »Ich nehme an, Sie möchten Ihr Reitkleid haben.«

»Ganz richtig, Jemima. Ich wollte Ihnen genügend Zeit lassen.«

»Ich hoffe, daß es jetzt sitzt. Möchten Sie es anprobieren?«

»Ja, sofort. Ich mache einen Ausflug zu Pferde und möchte es gleich tragen.«

»Dann ziehen Sie sich bitte aus.«

Das Umziehen verlief erstaunlich rasch. In dem braunen Reitkleid drehte sich das junge Mädchen vor dem Spiegel nach allen Seiten und konnte einige Komplimente nicht unterdrücken, die mit würdevollem Schweigen aufgenommen wurden. Um die Wahrheit zu sagen, fühlte sie sich überall ein wenig eingeschnürt, aber Jemima hatte ihr Bestes getan, um Elizabeth so schlank erscheinen zu lassen, wie Amelia es in ihrer Jugendzeit gewesen war.

Plötzlich ging die Tür auf, und ohne sich die Mühe zu machen, vorher anzuklopfen, trat Miss Charlotte ein, ungeduldig, ihre Meinung kundzutun.

»Nicht schlecht«, sagte sie mit lauter Stimme. »Wird sie darin auch tief durchatmen können?«

»Aber ja.«

»Und herzzerreißende Seufzer ausstoßen?«

»Das ist nicht vorgesehen, aber die Nähte werden halten.«

»Elizabeth, mein kleines Mädchen, jetzt bist du gerüstet, die Herzen der jungen Männer zu betören.«

»Miss Elizabeth, darf ich mich zurückziehen?« fragte Jemima.

»Aber natürlich, Jemima – und vielen Dank.«

»Nichts zu danken, Miss Elizabeth, ich tue nur meine Arbeit.«

Mit diesem rasch und deutlich gesprochenen Satz verschwand Jemima.

»Du meine Güte«, sagte Miss Charlotte, »die ist ja noch britischer als du. Sie regt wirklich nicht gerade zu Vertraulichkeiten an, aber Charlie Jones schätzt sie sehr. Diese Jemima ist mir ein Rätsel.«

»Mir wird es eiskalt in ihrer Nähe ... Oh, Miss Charlotte! Ich freue mich so sehr auf diesen Ausritt!«

»Das kann ich verstehen. In deinem Alter galoppierte ich auch gern auf einem allerliebsten weiß-braun gescheckten Pony durch die Gegend.«

»Ein Pony, in meinem Alter?« rief die Unbesonnene im braunen Reitdress.

Miss Charlotte blickte sie traurig an.

»Zu klein«, sagte sie.

»Oh, Pardon, Miss Charlotte.«

»Schon gut«, antwortete Miss Charlotte lachend. »Aber sei um Himmels willen vorsichtig. Es ist zwar berauschend, im Hopphopp durch die Straßen zu stürmen, aber halte dich fest im Sattel und laß die Zügel nicht los.«

»Ich verspreche es Ihnen«, sagte Elizabeth und setzte sich einen schwarzen Reithut auf, den Amelia ihr geliehen hatte.

Der schwere goldene Dutt, den sie im Nacken trug, ließ ihr den kleinen Hut in die Stirn rutschen.

Miss Charlotte betrachtete sie und lachte halb spöttisch, halb bewundernd.

»Wie frech du mit diesem Reithut auf der Nase aussiehst! Damit verdrehst du den Männern die Köpfe, also hüte dich in Zukunft vor allzu leichten Eroberungen. Vergiß das Tumulthaus und sei rechtzeitig zum Mittagessen zurück.«

Auf der Straße, die zum Tal führte, hielt Elizabeth das Reiten im Trab für Zeitvergeudung. Erstens haßte sie den Trab, weil sie dabei gnadenlos durchgeschüttelt wurde, und dann wollte sie möglichst rasch in die Einsamkeit des Waldes gelangen, wo die Bäume in ihrem prophetischen Schweigen zu ihr sprachen.

So gelangte sie in kurzer Zeit in die liebliche Landschaft, die Charlie Jones auserwählt hatte, um ihr anschaulich und genau die unerfreulichen gerichtlichen Auseinandersetzungen ihrer Mutter darzulegen. Der Fluß plätscherte ruhig an den herbstlich bunt und golden gesprenkelten Wäldern entlang, und die Reiterin war versucht, haltzumachen, um diese außergewöhnliche Pracht mit Herz und Sinnen aufzunehmen, aber irgend etwas trieb sie unwiderstehlich weiter.

Daß sie vor jemandem floh, wagte sie sich nicht einzugestehen. Miss Charlottes Mahnung hatte ihr nur den Klang einer Stimme in Erinnerung gerufen, die zärtliche Worte murmelte. Ihre lebhafte Phantasie versetzte sie aufs neue, ein wenig atemlos vor Erregung, in die Gegenwart des jungen Mannes, der sie um ein Wiedersehen am Weihnachtsfest bat. Der Ausritt in der frischen, belebenden Luft erweckte einen Glückshunger in ihr, den sie in ihrem ganzen Körper verspürte. Ihn vergessen? Sie wollte ihn vergessen, und doch gab sie sich einem verrückten Traum hin, der ihr schließlich als die Wahrheit erschien: dieser Mann schloß sie in seine Arme und drückte sie so fest, daß sie erstickte – so wie der Bär in den Bergen seine Opfer umarmt und dabei zermalmt. Das mußte die Liebe sein. Der junge Gott, dessen Augen voller stürmischer Fragen waren, die der herrliche Mund nur andeutete, dieses fremdartig schöne Wesen besaß die Kraft eines Tiers, und sie sehnte sich danach, in ihm zu vergehen.

Trotz dieser Halluzination blieb sie wach und aufmerksam. Keine Einzelheit der Landschaft, die sie in raschem Tempo durchquerte, entging ihr. Sie hatte die Wiesen und das Flußtal hinter sich gelassen, als sie plötzlich einen Wald vor sich sah, dessen Bäume den gewaltigen Säulen eines finsteren Palasts glichen. In der Mitte öffnete sich ein breiter Weg, wo schwache Lichtstrahlen durch das dichte Laub drangen. Hier entfaltete sich wieder die ganze Pracht der herbstlichen Farben, aber die Dunkelheit verlieh ihnen eine tragische Größe. Matte Bronze-, Kupfer- und Rottöne verschmolzen miteinander. Elizabeth hatte das Gefühl, in einen jener legendären Wälder einzudringen, wo der Liebeszauber lauert und der Tod umherschleicht. Sie hatte keine Angst, sondern ließ den Reiz dieser magischen Welt auf sich wirken. Auf einer Lichtung machte sie halt, um die herrliche Stille zu genießen. Unter diesen schwindelerregend hohen Bäumen ertönte nur von Zeit zu Zeit der melancholische Ruf einer einsamen Drossel.

Sonderbare Gedanken stiegen in ihr auf, die sie durch ihre Neuartigkeit und Logik erstaunten. In einer Art von leuchtendem Nebel erschien ihr Daniels Gesicht, wich immer weiter zurück und verschwand im trüben Zwielicht, das durch die Bäume drang.

Und dann glaubte sie in diesem Halbdunkel plötzlich wieder Jonathans Gesicht vor sich zu sehen. Sein durchdringender, fragender Blick erregte sie aufs neue wie beim ersten Mal, als in der südlichen Nacht die Magnolien dufteten und der Gesang der Frösche erklang. Seine sanfte Stimme drang bis zu ihr, berührte ihr Gesicht, liebkoste ihre Wangen und Lippen wie die Finger einer Hand. Die Phantasie wurde so übermächtig, daß Elizabeth in plötzlichem Entsetzen vermeinte, wahnsinnig zu werden. Sie trieb das Pferd mit der Gerte an und stob davon, wie um dem Grauen zu entkommen, aber das Gesicht verließ sie nicht, sie nahm es mit sich. In panischer Angst stieß sie einen Schrei aus, und dieser Schrei befreite sie, denn ein fernes Echo antwortete ihr, und jetzt erinnerte sie sich an das Echo im Tal, an Charlie Jones, der ihr von der Mutter erzählt und später dieses Echo erwähnt hatte: »Du wirst es hören, es ist amüsant ...«

Damit kehrte sie aus ihrem Wachtraum in die Wirklichkeit zurück, und diese löschte die allzu lebhafte Erinnerung an die Minuten der ersten Liebe und Jonathans Gesicht im Laub der Magnolien aus.

Doch die Erleichterung, die sie empfand, wich fast sofort einer namenlosen Verzweiflung. Es schien ihr, als verlöre sie Jonathan für immer. Sie nahm all ihre Kraft zusammen und rief nach ihm. Eine Sekunde verging, und dann sandte ihr das Echo den Namen zurück, den einzigen auf der Welt, der für sie zählte. Klar und deutlich, wenn auch in weiter Ferne, erklangen diese drei magischen Silben im Widerhall, wie um ihr zu sagen, daß er sie gehört hatte. Elizabeth empfand dabei eine seltsame Freude. Sie rief erneut, und immer wieder antwortete ihr eine Sekunde später die Stimme voller Liebe.

Dieses zugleich kindliche und enttäuschende Spiel faszinierte sie eine Weile, aber sie merkte bald, daß ihr Pferd bei jedem Schrei nervös die Ohren spitzte, und streichelte es, um es zu beruhigen. Es verlangsamte seinen Galopp, und plötzlich, als sie noch etwas lauter schrie, scheute es, so daß sie beinahe gestürzt wäre. Trotz ihrer Angst behielt sie das Gleichgewicht und bemerkte, daß sie sich zehn Meter vor einem Abgrund befanden.

Mit immer noch fester Hand brachte sie das Pferd zum Stehen. Der Schweiß rann ihr über Stirn und Wangen, und sie hörte das laute Pochen ihres Herzens.

Zuerst kam ihr die Vermutung, das Echo habe sie bis an diesen

Ort gelockt, um sie zu töten, aber dann wehrte sie sich ganz entschieden gegen diesen Gedanken. Das Echo war doch Jonathan, der sie rief. Wie konnte er ihren Tod wollen? Aber der Verdacht stellte sich beharrlich immer wieder ein. Sie bemühte sich, ihre Ruhe wiederzufinden und die absurden Gedanken zu verjagen, die ihr durch den Kopf schossen.

Sie machte kehrt und ritt ein wenig langsamer über die große Straße zurück. Ihr Herz beruhigte sich allmählich, und sie glaubte eine innere Stimme zu vernehmen, die beharrlich und geduldig irgendwelche Worte murmelte, deren Sinn sie nicht verstand, die jedoch besänftigend wirkten und sie mit einer gewissen Seelenruhe erfüllten.

Als sie sich wieder unter der riesigen Zeder des großen Hauses befand, hatte sie das Gefühl, aus einem unbekannten Land zu kommen. Es bedurfte Miss Charlottes unvermittelter Heiterkeit, um sie wieder ganz zu sich zu bringen:

»Der Reithut sitzt schief, der Dutt hat sich aufgelöst, Alcibiades ist in Schweiß gebadet. Das läßt auf einen wilden Galopp durch Wiesen und Wälder schließen. Immer Hopphopp in rasendem Tempo, und den Kopf voller Träume, die man unbedingt für sich behalten wird. Sehr gut, schöne Engländerin, aber in einer Viertelstunde essen wir zu Mittag. Du hast gerade noch Zeit, dich zu waschen und umzuziehen. Beeile dich, denn sonst wirst du zu spät im Speisezimmer erscheinen, und dann ist Amelia imstande, die Brauen zu runzeln, wenn sie dich sieht.«

Das Ende dieser Rede hörte Elizabeth nicht mehr. Sie war bereits in ihrem Zimmer, der Hut flog im weiten Bogen durch die Luft und landete hinter einem Sessel, während das Reitkostüm, von ungeduldiger und zitternder Hand aufgeknöpft, zu Füßen der Reiterin sank. Ein himmelblaues Baumwollkleid vollendete die Verwandlung.

Sie tauchte ihr Gesicht in kaltes Wasser, rieb es ab, zog die Nadeln aus dem Dutt und befreite ihre Haarmähne, die ihr in goldenen und kupfernen Wellen bis über die Schultern fiel.

»Was ist dir?« fragte sie die Elizabeth im Spiegel. »Wer bist du jetzt?«

Weder sie noch die andere wußte eine Antwort darauf.

Beim Mittagessen blieb sie stumm. Was Onkel Charlie sagte, hörte sie zwar, behielt aber nur Satzfetzen zurück, die keinen Sinn ergaben.

»Eine von unbesonnenen, unwissenden Hitzköpfen leichtfertig zusammengeschusterte Verfassung. Und diese Spatzenhirne nennt man die Väter des Vaterlandes ... Den Keim der Zwietracht haben sie in ihrer Verfassung gesät ... alles, was zum Kriege führt ...«

Aus einem ihr unverständlichen Grund fühlte sie sich glücklich, empfand insgeheim ein undefinierbares Wohlbehagen, und sie lächelte Miss Charlotte zu, die sie mit besonderer Aufmerksamkeit beobachtete.

Als sie das Speisezimmer verließen, nahm das alte Fräulein sie beim Arm.

»Zufrieden, Elizabeth?«

»Ja, Miss Charlotte, sehr zufrieden.«

»Nenn mich doch bitte einfach Charlotte, ja? Und falls du mir irgend etwas zu sagen hast, findest du mich im Obstgarten.«

»Ich werde mich ein bißchen ausruhen, Charlotte«, sagte sie und drückte ihr die Hand.

In ihrem Zimmer warf sie sich voll angezogen auf das Bett und schloß sogleich die Augen.

Sie schlief bis zum Abendbrot, und es sah ganz so aus, als sollte der Abend in der liebenswürdigen Eintönigkeit verlaufen, die zu allen Jahreszeiten das Leben in Great Lawn charakterisierte. Da es ein wenig zu kühl war, um die Liegestühle ins Gras zu stellen und die Natur zu bewundern, schlug man vor, etwas vorzulesen, und Miss Charlotte trug ihr Bravourstück vor: den herzzerreißenden Appell der Königin Katharina von Aragon an ihren Gemahl, den schrecklichen Heinrich VIII., der sie verstoßen wollte, um Anna Boleyn zu heiraten. Sie warf den Kopf zurück und bestürmte ihren fürchterlichen Gatten mit ihrem lauten Redeschwall, verteidigte ihre Frauenehre und alle Rechte, die ihr als Mutter zustanden. Bald demütig und flehend, bald stolz und fordernd, aber stets königlich und stets menschlich trotzte sie dem Mann, der sie verjagen wollte.

Zufällig war es nun aber Onkel Charlie, der einzige Vertreter des starken Geschlechts, über den sich diese wütende Rhetorik ergoß, und er wandte peinlich berührt den Kopf ab, doch das alte Fräulein ließ ihn nicht aus den Augen und attackierte mit erbarmungslosem Blick sein Gewissen. Er wußte, daß sie das ganze Pathos ihres gescheiterten Lebens in diese grandiose, wohlklingende Rede legte, und im Grunde seines Herzens litt er mit ihr, fühlte sich aber nichtsdestoweniger zu Tode beschämt. Miss Charlottes großes Bravourstück war ein Alptraum für ihn.

Endlich schwieg sie, mit schweißgebadetem Gesicht und wütendem Geifer in den Mundwinkeln, und es trat eine bedrückende Stille ein, die Stille der allgemeinen Verlegenheit. Elizabeth machte sich ganz klein in ihrer Ecke, und dann ließ sich plötzlich Amelias tonlose Stimme vernehmen:

»Schließlich war sie eine abergläubische Katholikin und folglich eine Gefahr für den christlichen Glauben. Ich verstehe den König.«

Onkel Charlie wurde puterrot.

»Amelia«, sagte er in einem ungewöhnlich energischen Ton, »wir gehen schlafen. Charlotte, ich bewundere deine Begabung und danke dir.«

Aber Charlotte hatte bereits unter Tränen den Salon verlassen. Elizabeth schlich sich ihrerseits zur Tür und verschwand.

84

Einige Tage später ließ Charlie Jones dem jungen Mädchen durch Betty auf einem Silbertablett einen Brief überreichen. Elizabeth erschauderte, als sie den Brief sah, denn er trug den Stempel von Annapolis. Sogleich schloß sie sich in ihrem Zimmer ein, setzte sich, überlegte einen Augenblick, riß dann den Umschlag auf und las:

Liebe Elizabeth,

Ihren Namen zu schreiben heißt, Sie vor mir zu sehen, als ich mein Gesicht dem Ihren näherte. Nichts kann mir je diese Minute rauben, sie ist für immer mein Paradies. Sie sind diejenige, auf die ich seit meiner Jugend gewartet habe, und ich hätte beinahe schon geglaubt, daß mein Ideal nicht existierte, wenn Sie mir nicht erschienen wären.

Die Welt bedeutet mir nichts, sie langweilt mich, Bälle flößen mir nur Abscheu ein. Ich habe nie das Vergnügen gesucht, ich lebte nur für Sie, für die Frau, der zu begegnen ich schon nicht mehr hoffen konnte. Ich glaube nicht an den Zufall. Ich bin überzeugt, daß wir füreinander geschaffen sind, Elizabeth. Die göttliche Vorsehung hat es gewollt, daß wir uns bei meinem Vater begegneten. Sagen Sie mir, daß auch Sie es glauben, Elizabeth, sagen Sie es mir, damit ich leben kann, damit derjenige lebt, den Sie Daniel genannt haben.

Sie legte den Brief in den Schoß und öffnete die Lippen, um diesen Namen auszusprechen, aber durch eine seltsame Laune ihres Willens gelang es ihr nicht, und sie las weiter:

Ich bin mir bewußt, daß ich, indem ich Ihnen so lange von mir erzähle, das Geständnis einer meiner Eigenschaften hinauszuzögern versuche. Die Liebe zur Wahrheit zwingt mich, die nun folgenden Zeilen niederzuschreiben. Ich will ganz und gar ehrlich sein und nichts verschweigen, denn wie könnte ich mit der Bürde einer Feigheit auf dem Herzen leben? Ich bin eifersüchtig, Elizabeth, und ich bin es leidenschaftlich. Ein gewandterer Mann würde diese Schwäche, deren ich mich schäme, verbergen, aber ich bin kein gewandter Mann, und ich habe noch nie in meinem Leben einen Liebesbrief geschrieben. Elizabeth, sagen Sie mir, daß Sie nur mich allein lieben können und daß Ihr Herz frei ist. Sagen Sie es mir, meine Angebetete, ich will es wissen, und ich werfe mich Ihnen zu Füßen und flehe Sie an, es mir zu sagen. Ich fühle mich tapfer genug, die härtesten Schläge der Wahrheit hinzunehmen – aber diese Wahrheit benötige ich, diese Gewißheit muß ich haben, denn ich will, daß Sie ganz und gar mir gehören, so wie ich Ihnen bereits auf ewig und mit Leib und Seele gehöre.

Ihr
Daniel

Elizabeth warf den Brief auf ihr Bett und glaubte wahnsinnig zu werden. Da sie nichts mit sich anzufangen wußte, lief sie von ihrem Zimmer in das Ankleidezimmer, dann wieder bis zu ihrem Bett, wo sie noch einmal diese beiden mit einer regelmäßigen, engen, eigensinnigen Handschrift bedeckten Seiten betrachtete. Ihr Herz pochte wild, wollte schier zerspringen, und zu ihrer Überraschung sprach sie mit leiser und hastiger Stimme zu sich selbst:

»Der erste Liebesbrief in Virginia ... dieser Mann, der schön wie ein Gott ist ... liegt mir zu Füßen ... mir zu Füßen ...«

Plötzlich schleuderte sie ihre Pantoffeln fort und blickte von Eitelkeit wie berauscht auf ihre Füße.

»... da, zu meinen Füßen ... mit Leib und Seele ... es ist nicht möglich ...«

Ein schrecklicher Hunger nagte an ihren Eingeweiden, ein seltsamer Hunger, wie sie ihn noch nie gekannt hatte, der Hunger nach diesem Wesen, das sich ihr demütig wie ein Sklave anbot. Auf einmal entrang sich ein Schrei ihrer Brust, ein wilder Schrei, den sie sofort erstickte. Was würde man sagen, wenn man sie hörte? Was würde man sagen, wenn man diesen Brief lesen könnte? Onkel Charlie zum Beispiel, oder Amelia? Oder Charlotte? Charlotte?

Einige Minuten verstrichen. Sie beruhigte sich ein wenig, schlüpfte wieder in ihre Pantoffeln, faltete den Brief zusammen und steckte ihn in den Umschlag. »Wenn Mama wüßte . . .«, dachte sie.

In diesem Augenblick klopfte es diskret an ihrer Tür. Rasch schob sie den Brief unter das Kopfkissen und rief:

»Herein.«

Miss Charlotte erschien und setzte sich ohne Umstände in den Schaukelstuhl.

»Guten Morgen, Kleine. Hast du eine gute Nacht verbracht?«

Leicht überrascht sah Elizabeth sie so glücklich lächeln, daß sie sie beinahe gefragt hätte, ob sie eine gute Nachricht bringe. Ihr Gesicht strahlte vor Freude.

»Gib bitte meinem Stuhl einen kleinen Schubs, ja? Ich sitze zwar gut, reiche aber nicht mit dem Fuß bis auf den Boden, um das Ding in Bewegung zu setzen, und ich möchte furchtbar gern schaukeln.«

Sie trug ein dunkelrotes Taftkleid und eine Spitzenhaube, deren lange Bänder ihr bis über die Schultern hingen.

»He! Nicht so heftig«, rief sie lachend. »Willst du mich an die Decke schleudern? Findest du mein Kleid nicht hübsch?«

»Doch, Charlotte, Sie sehen ganz reizend aus.«

»Reizend nicht gerade, aber heute ist für mich ein Tag der Gnade. Du wirst gleich verstehen, warum. Setze dich, wir haben noch eine Stunde bis zum Frühstück. Also höre.«

Das junge Mädchen setzte sich auf das Bett.

»Über das, was gestern abend geschehen ist, darfst du niemandem ein Wort sagen«, begann Miss Charlotte, »aber du sollst alles wissen. Im Morgengrauen, als es noch nicht ganz hell war, klopfte es an meine Tür – so leise, daß ich es normalerweise nicht gehört hätte, aber ich schlief nicht. Weißt du, wer es war?«

»Aber nein, woher sollte ich das wissen?«

»Amelia.«

»Amelia?«

»Jawohl. Ich öffnete ihr, und sie warf sich schluchzend in meine Arme. Sie bat mich um Verzeihung für das, was sie über Katharina von Aragon gesagt hatte, und während sie ihre Wange an die meine schmiegte, flüsterte sie: ›Ich bin eine schlechte Frau, ich war dir böse, weil du gesagt hast: *Ihr mit eurem ewigen Charlotte*. Pardon, oh, Pardon!‹ Wir haben so schön miteinander geweint! Welch eine köstliche Tränenflut, und in diesen Tränen lag die göttliche Gnade. Es dauerte eine gute Viertelstunde, und ich mußte sie schließlich hinausschicken. ›Pardon, oh, Pardon!‹ Die Stimme, verstehst du? Die Stimme hat ihr Herz gerührt.«

»Die Stimme, Charlotte?«

»Lies es im ersten Buch der Könige nach, Kapitel 19, Vers 1 bis 14. Da steht alles drin. Nun sind die Schatten zerstreut ... Doch reden wir von etwas anderem. Es kam viel Post heute früh. Alles für Charlie, und ein Brief für dich.«

»Ja.«

»Ah? Aber das geht mich nichts an. Ich gehe hinunter. Zieh dich schnell an. Und kein Hopphopp heute, das rate ich dir. Gönne dir einen Ruhetag. So, und jetzt halte diesen Schaukelstuhl an, sei so nett.«

Rasch sprang sie aus dem Stuhl und verschwand, leise vor sich hin singend. Elizabeth blickte auf die Tür, die sich hinter ihr schloß. Einige Sekunden vergingen, dann folgte sie einer plötzlichen Eingebung und rief:

»Annapolis!«

Dieser Schrei blieb ohne Antwort. Mit der Behendigkeit eines kleinen Mädchens war Miss Charlotte die Treppe hinuntergeeilt und befand sich bereits draußen. Welchen Sinn hätte sie diesem seltsamen Ruf auch entnehmen können? Das junge Mädchen wagte sich nicht einzugestehen, daß es nur einen Grund dafür gab. Sie wollte so gern Miss Charlotte diesen Brief zeigen, besonders nach dem, was das alte Fräulein ihr anvertraut hatte, nach diesen Worten, die sie aus der Welt irdischer Liebschaften in überirdische Regionen emporhoben. Amelias Reue verwirrte sie. Ihr unter dem Kopfkissen versteckter Liebesbrief kam ihr nun ein wenig absurd vor. Und dabei war sie so ungeheuer stolz, daß ein Marineoffizier sich ihr zu Füßen werfen wollte ... schön wie ein junger Gott ... Und Jonathan? War er nicht ebenso schön? Allein seine Augen, als er sie auf dem Kai inmitten der Menge angeblickt hatte ...

Diese plötzliche Erinnerung ließ sie taumeln, und sie mußte sich an einem der Bettpfosten festhalten, um nicht das Gleichgewicht zu verlieren. Seit etwa einer Stunde glaubte sie Jonathans Gegenwart zu spüren, wie die eines Schattens, dem sie nicht auszuweichen vermochte. Sie sah ihn nicht, aber er war da.

Rasch machte sie ihre Morgentoilette und zog sich an. Nach einem wehmütigen Blick auf die pastellfarbenen Baumwollkleider wählte sie ein jagdgrünes Wollkleid, das besser der Jahreszeit entsprach. Es verlieh der Elizabeth von gestern das ernsthaftere Aussehen einer jungen Dame aus Virginia. Das Reitkleid hatte sie ein wenig zu einer anderen Person gemacht, und als sie nun vor dem Spiegel stand, kam es ihr vor, als nähme sie Abschied von den Ferien in Dimwood. Sie war in Georgia zwar nicht glücklich gewesen, aber sie hatte in der Sonne und der üppigen Blumenpracht wie in einem verzauberten Garten gelebt. In der besinnlicheren Landschaft von Virginia lächelte das Leben nicht mehr auf die gleiche Art.

Als sie im Speisezimmer erschien, beglückwünschte man sie zu ihrer Eleganz. Das Kleid stand ihr vortrefflich, aber Amelia meinte, es sei an der Zeit, daß sie sich ihr Haar hochstecke und sich wie eine Erwachsene frisiere. Dieser Rat klang in Elizabeths Ohren wie ein fernes Totengeläut; sie hörte es kaum, aber trotzdem nahm sie es wahr.

Onkel Charlie nannte sie lachend »Miss Escridge«, und sie konnte nur lächeln, ohne zu antworten. Mit den Fingerspitzen betastete sie den Brief Daniel De Witts in der kleinen Tasche an ihrem Gürtel und empfand einen gewissen Trost. Für ihn blieb sie Elizabeth.

Gut oder schlecht, so war es nun einmal, und Jonathan würde nichts davon erfahren.

85

Ein wenig später trat Charlotte unter den Bäumen hinter dem Haus zu ihr. Sie machte die undefinierbare Miene einer Person, die alles errät. Wie Elizabeth war sie etwas wärmer angezogen, und der Rocksaum ihres braunen Tuchkleids streifte über das Gras.

»Wir sind recht nachdenklich, wie mir scheint«, sagte sie freundlich. »Kann ich irgendwie behilflich sein?«

»Ich freue mich immer, Sie zu sehen, Charlotte, aber ich glaube
nicht, daß Sie mir helfen können.«

»Es soll mir recht sein, aber ich finde trotzdem deine Miene zu
nachdenklich für dein Alter.«

»Ich fürchte, daß dieses Kleid mich älter macht. Außerdem will
Onkel Charlie, daß ich mir das Haar hochstecke und mich wie eine
Erwachsene frisiere.«

»Kurz, es ist Zeit, daß du heiratest.«

»Das raten Sie mir?«

»Nein.«

»Was wollen Sie also damit sagen?«

»Ich will damit sagen, daß ich, Charlotte Douglas, heute am
28. November 1850 auf Erden bin, um Elizabeth Escridge daran zu
hindern, eine nichtwiedergutzumachende Dummheit zu begehen.«

»Eine Dummheit? Welche Dummheit?«

»Das weißt du so gut wie ich, Herzchen, aber du willst dich
Charlotte nicht anvertrauen, und so wird Charlotte mit einem Korb,
den Betty ihr tragen wird, Mispeln pflücken gehen. Magst du
Mispelkonfitüre? In der Zubereitung der Mispelkonfitüre bin ich
unschlagbar. Also bis später dann, Kleine, und grüble schön weiter
unter den Bäumen.« Sie machte Miene, sich zu entfernen, doch
Elizabeth hielt sie am Arm zurück.

»Necken Sie mich nicht, Charlotte. Er hat mir geschrieben. Das
ist es natürlich.«

»Das habe ich mir gedacht. Wenn du willst, können wir die Lage
in aller Muße in dem kleinen Boudoir im Erdgeschoß besprechen;
dort sind wir ungestört.«

Sie sprach in ruhigem, aber entschiedenem Ton, dem sich die
sonst so aufsässige junge Engländerin nicht widersetzte, aber sie war
zu niedergeschlagen und folgte Charlotte gehorsam.

Das Boudoir war ein kleiner runder Raum, in dem es schwach
nach Tabak roch. Das Mobiliar beschränkte sich auf einige rote
Plüschsessel und ein altersschwaches schwarzes Ledersofa. Nichts
erinnerte an die liebenswürdig frivolen Gespräche eines klassischen
Boudoirs. Nur das Fenster mit dem Blick auf die fernen blaßblauen
Hügel jenseits der Wiesen und Wälder verlieh dem Zimmer einen
gewissen Reiz und wirkte besänftigend auf die innere Unruhe.

Sie setzten sich beide und schauten auf die verträumte Landschaft hinaus.

»Also«, begann Miss Charlotte lächelnd, »man hat uns geschrieben.«

Elizabeth zog den Brief aus der Tasche und reichte ihn ihr.

»Heißt das, daß du mir gestattest – nein, daß du mich bittest, ihn zu lesen?«

Elizabeth nickte und blickte wieder zu den Hügeln hinaus. Sie wollte lieber nichts anderes sehen.

Mit ihren knochigen Fingern zog die alte Dame den Brief aus dem Umschlag und entfaltete ihn so sorgfältig und feierlich, als handelte es sich um ein Dokument von höchster Wichtigkeit.

Die Lektüre erforderte einige Zeit, und Elizabeth fühlte sich währenddessen wie auf die Folter gespannt, aber Miss Charlottes Augen waren nicht mehr so gut. Von Zeit zu Zeit hielt sie sich den Bogen dicht vor die Nase, und ein- oder zweimal glaubte Elizabeth ein leises spöttisches Kichern zu hören.

Nach etwa zehn Minuten legte Miss Charlotte den Brief flach auf ihre Knie und sagte:

»Papperlapapp.«

Elizabeth zuckte zusammen.

»Ist das alles?« fragte sie.

»Herzchen, genügt es dir nicht?«

»Ich muß gestehen«, sagte Elizabeth empört, »jawohl, ich muß gestehen, daß ich von Ihnen ein ... differenzierteres Urteil erwartet hätte!«

»Das kannst du haben, da du es wünschst. Zuerst einmal laß dir sagen, daß die jungen Männer zu meiner Zeit stilvollere Liebesbriefe verfaßten. Allerdings informiert uns dein Leutnant, daß er hier seinen ersten Versuch wagt. Und dann, nachdem er einige Kratzfüße vor seiner Angebeteten gemacht hat, beginnt er sogleich von sich selbst zu sprechen. Seine eigene Person interessiert ihn ganz enorm. Mit der brutalen Offenheit des Soldaten – aber dafür kann ich ihn nicht tadeln – offenbart er uns die schreckliche Sache, vor der ein Bataillon schöner junger Frauen die Flucht ergreifen würde. Er ist eifersüchtig, und er gibt vor, sich dessen zu schämen. Quatsch! Insgeheim ist er stolz darauf und brüstet sich sogar damit – *leidenschaftlich eifersüchtig*. Siehst du nicht, welche Eheszenen sich da abzeichnen? Wo warst du heute nachmittag? Du hast einen Brief aus

Paris erhalten? Zeig ihn mir sofort! Dann werden die Tränen rinnen, und du wirst verzweiflungsvoll die Arme ringen. Aber das ist noch nicht alles. Er will wissen, ob dein Herz noch frei ist, ob du nicht bereits einen anderen liebst. Eifersüchtig im voraus, eifersüchtig vor der Hochzeit, bevor die Braut im weißen Schleier die Kirche betritt und der Hochzeitsmarsch erklingt … Schon jetzt wittert er Untreue. Er muß Gewißheit haben.«

Bei diesen Worten erhob sie sich, und ihr Gesicht nahm einen tragischen Ausdruck an. Sie fuhr fort:

»Eins spricht für ihn: er ist auf seine Art ehrlich, aber mit seinem Engelsgesicht ist er zugleich ein Kind und ein Ungeheuer an Selbstsucht und Grausamkeit. Zittere vor ihm, Kleine. Ich kenne die Männer, und ich rate dir gut.«

Flammend vor Erregung blickte Elizabeth sie an, ohne ein Wort hervorbringen zu können. Endlich raffte sie sich zu einer Frage auf:

»Und wenn ich ihn trotzdem liebe?«

»Dann bist du verloren.«

»Aber ich muß ihm doch antworten.«

»Antworte nicht.«

»Das ist unmenschlich. Ich schulde ihm eine Erklärung.«

»Dann bist du verloren.«

Nach diesem mit klarer Stimme gesprochenen Urteil machte sie auf dem Absatz kehrt und ging hinaus. Das war eine andere Frau.

86

Die junge Engländerin verbrachte den Nachmittag schweigsam, aber von Stimmen und Gesichtern heimgesucht. Ein ganzer Teil ihres Lebens lief vor ihrem inneren Auge ab, um bei diesem irritierenden Wort zu enden: *verloren*. Diese drei Silben rührten an die empfindsamste Saite ihrer Seele, deren Schwingungen alle Schrecken einer unsichtbaren Welt wachriefen.

Sie verließ das Haus und flüchtete unter die niederen Zweige der großen Zeder, die sich langsam im späten Herbstwind bewegten. Dort konnte niemand sie sehen, und dort war auch Daniel im Morgengrauen gestanden, um wenigstens das Fenster ihres Zimmers zu erspähen, und sie hatte ihn gesehen …

Verloren. Bedeutete das nicht, daß alles irdische Glück durch eine unglückliche Wahl hinfällig wurde? Oder daß ihr, wenn sie sich von einem hübschen Gesicht verführen ließ, ein Schicksal bevorstand, wie ihre Mutter es ihr in unvergeßlichen Worten geschildert hatte? Ihre Treue und ihr Glaube hatten sie vorerst gerettet, aber sie mußte sich ihrer auch ganz sicher sein. Schon der leiseste Zweifel bedeutete eine Gefahr. Doch die Ungewißheit schlich sich ein und begann sie zu zermürben. Lebte sie wie eine Auserwählte? Welchen Sinn hatte ihre Leidenschaft für einen verheirateten Mann und diese plötzliche Verliebtheit in einen jungen Marineoffizier, der ihr diesen verrückten Brief geschrieben hatte?

Zum ersten Mal in ihrem Leben verstand sie die panische Angst vor dem Tod. Plötzlich glaubte sie, daß Charlotte eine prophetische Gabe besitze und sie dazu gebracht habe, ihr den Brief zu zeigen, um ihr eine letzte Warnung zukommen zu lassen.

Sie warf sich auf den Boden, bedeckte ihr Gesicht mit den Armen und blieb reglos liegen. Das Entsetzen streifte sie wie ein eisiger Windhauch. In einer Hand zerknüllte sie den Liebesbrief und sah sich mit diesem Papier in der Faust in den Abgrund der Hölle stürzen. Es schauderte sie am ganzen Körper.

Doch im gleichen Augenblick überkam sie ein plötzlicher Friede, die Beklommenheit in ihrer Brust löste sich ganz sanft, und sie fühlte sich von einer unbeschreiblichen Freude erfüllt, die sie überraschte und entzückte. Sie erhob sich und murmelte:

»Ich habe geträumt, es war nichts.«

Das Gefühl der Begeisterung wich ebenso plötzlich, wie es gekommen war, und sie erinnerte sich kaum noch an diesen kurzen, außergewöhnlichen Moment. Nur die Sehnsucht nach etwas Unbestimmtem blieb ihr, wie nach einem unbegreiflichen Licht.

Sie glaubte, geschlafen zu haben. Es geschah ihr oft, daß sie beim Erwachen noch einen letzten Rest ihrer Träume zurückbehielt, aber auch der verflüchtigte sich fast sofort, und der Tag brachte sie wieder in die prosaische Wirklichkeit zurück.

Es war so kalt, daß sie niesen mußte. Rasch lief sie ins Haus zurück und hatte gerade noch Zeit, ihr Kleid abzubürsten und Gras- und Blattstückchen aus ihrem Haar zu entfernen. Nicht ohne Wehmut fuhr sie sich mit dem Kamm durch die dichte goldene Mähne, die sie bald der allgemeinen Mode entsprechend hochstecken sollte. Würde Jonathan sie dann noch wiedererkennen? Oder Daniel …

doch diesen Gedanken verscheuchte sie mit einer heftigen Handbewegung.

Bei Tisch machte sie den Mund nur auf, um zu essen, aber sie aß gut. Ziemlich zerstreut hörte sie, was Charlie Jones von einem vor etwas mehr als einem Jahr verstorbenen Schriftsteller erzählte.

»Er war ein Dichter«, sagte er, »und ich gestehe, daß seine Verse mich langweilen, aber er gilt etwas in literarischen Kreisen. Er hat auf der Universität von Virginia studiert. Edgar Poe, der Sohn eines Schauspielers! Man erzählt sich noch heute, wie aus alter Tradition, was er 1827 oder 28 auf einem Spaziergang bei den blauen Hügeln zu seinen Kameraden sagte. Er prophezeite ihnen, wie es scheint, einen schrecklichen Krieg zwischen dem Norden und dem Süden, aber der Bursche hatte eine zügellose und zuweilen recht morbide Phantasie.«

»Warum erzählst du uns das?« fragte seine Frau pikiert.

»Um euch zu zeigen, daß diese Kriegsbesessenheit nichts Neues ist.«

»Es wird keinen Krieg geben«, erklärte Amelia entschieden.

»Der Himmel möge dich hören, aber die flammenden Predigten Reverend Beechers gefallen mir gar nicht. Dieser Mann ist gefährlich, er predigt Gewalt. Er ist übrigens nicht der einzige seiner Art, weder im Süden noch im Norden.«

»Charlie«, sagte Charlotte, »verdirb uns nicht die gegenwärtige Stunde. Man hat ein Abkommen unterzeichnet. Der Norden ist viel zu sehr auf seinen Wohlstand bedacht, um sich in ein so kostspieliges Abenteuer wie einen Krieg gegen den Süden zu stürzen. Wie sollte er ihn rechtfertigen?«

»Vorwände finden sich immer. Es genügt, an die Gefühle der Öffentlichkeit zu appellieren. Gefühle sind ein Sprengstoff von unberechenbarer Kraft.«

»Charlie, noch ein Wort, und ich gehe.«

Amelia machte Miene, sich zu erheben. Miss Charlotte versuchte ein Ablenkungsmanöver und rief mit ihrer schrillen Stimme:

»Heute früh habe ich Äpfel gepflückt. Betty begleitete mich, und als wir zurückkamen, schwankte sie unter der Last eines schweren Korbes, den wir mit den schönsten Renetten des Albermale County gefüllt haben. Ich will euch daraus eine Torte machen, die ihr nie vergessen werdet – groß wie ein Wagenrad.«

Amelia war im Nu besänftigt und fragte:

»Wann?«

»Sagen wir in drei Tagen. Ich möchte einen Mischteig verwenden, der euch ›Bitte noch mehr!‹ rufen läßt.«

»Einen Mischteig?« fragte Elizabeth plötzlich.

»Jawohl, mein Kind. Butterteig und Blätterteig. Ohne den Butterteig zerbröckelt der Blätterteig, verstehst du?«

»Wenn du sie so groß wie ein Wagenrad machst«, bemerkte Charlie Jones, »werden wir unsere jungen Nachbarn von gegenüber zur Verstärkung rufen müssen.«

Miss Charlotte lachte verschmitzt.

»Mit welcher Freude werden sie Vater und Mutter verlassen, selbst die getreue und weinerliche Clementine.«

»Es fehlt nur noch der kleine Mike«, sagte Charlie Jones, »der letzte Woche unter stürmischem Geschrei und Protest abgereist ist. Er rief ständig: Lisabeth! Lisabeth!‹«

Er warf seiner Frau einen bedeutsamen Blick zu.

»Aber auch der Älteste der Familie, Teddy, wird nicht dabeisein. Er ist selten da.«

Elizabeth blickte ihn mit ausdruckslosem Gesicht an.

Und plötzlich trat ein Schweigen ein, und keiner der Anwesenden rührte sich mehr. Man hätte fast meinen können, daß sie nicht einmal atmeten. Es dauerte nur zwei oder drei Sekunden, doch Elizabeth kam es wie eine Ewigkeit vor. Schließlich räusperte sich Charlie Jones und fragte beiläufig:

»Du hast ihn doch gesehen, Elizabeth? Was hältst du von ihm?«

»Ich? Gar nichts. Ich habe ihn nur ganz kurz gesehen. Und wen interessiert das schon?«

Charlie Jones seufzte tief, und seine Frau lächelte wie eine dicke Katze.

»Gehen wir hinauf«, sagte sie. »Ich brauche mein Nachmittagsschläfchen.«

»Aber natürlich«, erwiderte ihr Mann fröhlich. »Ich brauche es ebenso.«

Schweigend und heiter verließen sie Hand in Hand das Speisezimmer, in einem leicht wiegenden Schritt, als glitten sie auf den stillen Wassern eines vernünftigen Glücks dahin.

Miss Charlotte blickte Elizabeth eine Weile wortlos an. Schließlich sagte sie:

»Weißt du eigentlich, daß du ihm mit diesem Brief aus Annapolis eine furchtbare Angst eingejagt hast?«

»Aber warum denn?«

»Weiß ich nicht. Eines Tages werden wir es vielleicht verstehen. Er sah Annapolis auf dem Poststempel. Deswegen war er dann bezüglich der Kriegsgerüchte, die wieder im Umlauf sind, so schlechter Laune.«

»Ich sehe da keinen Zusammenhang.«

Miss Charlotte zuckte die Schultern. »An irgend jemand oder an irgend etwas mußte er seine Wut auslassen. Deine Gleichgültigkeit gegenüber Teddy hat ihn dann wieder heiter gestimmt. Aber meintest du das wirklich ganz ehrlich?«

»Verzeihen Sie mir, Charlotte, aber ich finde Ihre Frage höchst unpassend.«

»Schon gut, schon gut, ich nehme sie zurück, aber sage mir eins: jetzt bist du wieder frisch und lebhaft, während du heute früh wie eine Tote aussahst. Ist irgend etwas geschehen?«

»Sie scheinen zu vergessen, daß ich heute früh, wie Sie sich ausdrückten, verloren war.«

Das alte Fräulein lachte nervös und schüttelte die Schultern.

»Habe ich das gesagt?«

»Nicht nur einmal, Sie haben es zweimal gesagt.«

»Dann glaubte ich es wohl auch. Seitdem muß etwas geschehen sein.«

»O ja! Ein welterschütterndes Ereignis, das in den Geschichtsbüchern zu stehen verdient. Ich habe mich unter die große Zeder gelegt und geschlafen.«

Bei diesen Worten nickte Miss Charlotte ihr zu, nahm ihre Hand und sagte mit außergewöhnlichem Ernst:

»Kleine, das ist vielleicht bedeutender, als du ahnst.«

Jetzt konnte das junge Mädchen ihren Ärger nicht mehr verbergen.

»Charlotte, mir scheint, daß es Ihnen Vergnügen macht, aus den einfachsten Dingen ein Geheimnis zu machen. Zuerst sahen Sie mich schon in der Hölle, mit diesem unglücklichen Brief in der Hand ...«

»Nein, nicht in der Hölle, sondern auf Erden und als Sklavin eines eifersüchtigen Ehemannes.«

»Fest steht jedenfalls, daß Sie mir Angst gemacht haben. Und so bin ich, müde und erschöpft, unter dem alten Baum eingeschlafen, und der Schlaf hat mir den Frieden wiedergegeben. Ist das nicht ganz natürlich?«

»Findest du? Ich nicht. Du mußt eine Stimme gehört haben.«

»Nein.«

»Den Hauch einer Stimme.«

»Nichts dergleichen. Oh, Charlotte, stellen Sie mir nicht so viele seltsame Fragen. Ich bin ein normaler Mensch, dem nichts Außergewöhnliches zustößt.«

»Und der Brief, Elizabeth?«

»Ich weiß nicht, was ich damit gemacht habe, ich habe ihn verloren.«

Miss Charlotte verzog die Lippen zu einem breiten Lächeln.

»Ich habe Ihre Fragen beantwortet, Sie scheinen zufrieden zu sein.«

»Zuversichtlich.«

Dann fügte sie mit verschwörerischem Lächeln hinzu:

»Wir sehen uns wieder, wann du willst. Ich gehe jetzt in die Küche, um Anweisungen für meine Torte zu geben.«

Elizabeth ließ sie gehen, ohne ein Wort zu sagen, denn dieser etwas scherzhafte Ton verärgerte sie noch mehr. In ihrem Zimmer murmelte sie vor sich hin:

»Sie bildet sich ein, ihre Torte würde mich trösten, sie hält mich für ein kleines Mädchen.«

Der Brief, der ihrer Hand entglitten und ins Gras gefallen war, konnte ruhig dort liegenbleiben und auf eine Antwort warten, die nie kommen würde. Sollte der Regen das zerknüllte Stück Papier nur aufweichen! Elizabeth verzichtete. Charlotte hatte sie überzeugt, und Elizabeth nahm es ihr übel, daß sie sie überzeugt hatte. Zuweilen konnte sie diese kleine Person nicht ausstehen – aber Charlotte hatte immer recht. Sie mußte also auf das schöne, in Leidenschaft entflammte Gesicht verzichten. Auf Daniel verzichten. Sie sagte es ihm laut und deutlich in diesem Zimmer, dem nur das Kinderspielzeug fehlte, um das Zimmer eines kleinen Mädchens zu sein. Sie sagte es wie eine Verrückte dem Schaukelstuhl:

»Ich verzichte auf Daniel.«

Sie sagte es den Wänden, den Möbeln, dem Bett sogar, dem sie allerdings nur einen flüchtigen Blick schenkte. Sie ging und sagte es der Landschaft, die sich vom Ankleidezimmer aus ihrem Blick darbot.

»Ich verzichte auf Daniel«, sagte sie zu den purpurnen und goldenen Wäldern unter dem grauen Himmel, sie sagte es zu der Elizabeth im Spiegel, die ihr stumm und mit halbgeöffneten Lippen antwortete, und jedesmal schnürte sich ihr das Herz ein wenig mehr zu. Die ungestillte Zärtlichkeit, alles in ihr lehnte sich auf, aber sie hatte verzichtet, verzichtet, verzichtet.

Zu weinen wäre unwürdig und völlig nutzlos. Sie war standhaft geblieben und rechnete es sich hoch an, nicht schwach geworden zu sein, aber sie wollte nicht, daß man ihr von geheimnisvollen Stimmen sprach, denn in den Ermahnungen und Überlegungen Charlottes witterte sie fromme Absichten, und das ertrug sie nicht.

Es klopfte an die Tür.

Jemima. Sie war schwarz von Kopf bis Fuß, und nur das Weiß ihrer Augen und ihres kleinen puritanischen Kragens leuchteten hell. Eine dunkle Ledertasche hing an ihrem Handgelenk.

»Master Charlie schickt mich, um Sie zu frisieren, Miss.«

»Jetzt?«

»So lautete sein Befehl.«

»Warum diese Eile? Und wo wollen Sie mich frisieren?«

»Hier. Es ist sehr einfach. Nur ein Versuch, eine Probe, um zu sehen.«

»Sie sind Friseuse, Jemima?«

»Ich war es ein Jahr lang in Richmond. Master Charlie hat mir Unterricht geben lassen. Er will, daß ich einen Beruf habe. Für später.«

»Das verstehe ich nicht ...«

Ohne zu antworten, holte Jemima einen Stuhl und stellte ihn vor den Spiegel.

»Darf ich Sie bitten, Platz zu nehmen, Miss?«

Die Stimme war deutlich, die Ausdrucksweise vollkommen korrekt. Sie redete wie eine gut erzogene Engländerin des Mittelstandes, und das alles kontrastierte irgendwie mit ihrer Hautfarbe.

Elizabeth fühlte sich unbehaglich. Das Bild, das ihr der Spiegel zeigte, verwirrte sie, und es war ihr, als blickte sie jemand – sie selbst – zum letzten Mal an. Es glich zu sehr einem Abschied ... und hinter ihr diese schwarze Silhouette ...

»Jemima, was Sie da tun, gefällt mir nicht«, sagte sie plötzlich.

»Ich habe noch nichts getan, Miss.«

»Sie werden mir doch nicht etwa das Haar schneiden?«

»Davon ist keine Rede, Miss. Übrigens habe ich keine Schere mitgebracht. Ich werde nur Kämme und Haarnadeln verwenden.«

Elizabeth schloß die Augen.

»Ich will es lieber nicht sehen.«

»Sie werden überrascht sein, Miss.«

In der dichten Masse ihres Haars fühlte Elizabeth zuerst die langen zärtlichen Striche des Kammes, die ihr einen angenehmen Schauder verursachten, dann hoben die schmalen, behutsamen Hände die leichten und fülligen Strähnen eine nach der anderen empor, und das junge Mädchen verspürte ein merkwürdiges Gefühl der Leere um die Schultern, während auf ihrem Kopf in mühsamer Arbeit mit gebogenen Kämmen und jeder Menge Haarnadeln eine Art Turmbau entstand.

Sie sagte sich: »Wie schrecklich – ich werde eine vornehme Dame des Südens sehen, anstatt des frischen, fröhlichen jungen Mädchens aus England, das den Reithut ins Gesicht zog und das Haar im Winde wehen ließ . . .«

»Sie können sich jetzt anschauen«, sagte Jemima.

Elizabeth schlug die Augen auf und sah eine Unbekannte, die ihr jedoch sehr nett und schüchtern zulächelte. Sie war gar keine Dame der Gesellschaft, sondern eine hübsche junge Person mit einer Art goldgewellter Haube, die sich über den Ohren in verwegene Locken auflöste. Ihr Herz pochte.

»Guten Tag, du . . .«, sagte sie.

Als sie sich schließlich umwandte, um Jemima zu danken, stand diese bereits auf der Schwelle und hatte die Tür schon geöffnet.

»Mein Kompliment, Jemima«, rief Elizabeth ihr zu, »und vielen Dank.«

»Nichts zu danken, Miss. Ich habe nur meine Arbeit getan.«

Damit verschwand sie und schloß die Tür.

Elizabeth machte ein verdutztes Gesicht, denn wenn auch Jemima Komplimente verachtete, so tat die junge Engländerin dies durchaus nicht. Ihre neue Frisur gefiel ihr so gut, daß sie sich um jeden Preis zeigen wollte. Sie ahnte, daß nun ein neues Leben für sie begann und daß sie von einer vielleicht verführerischen, jedoch lächerlichen kleinen Person befreit war. Von jetzt an würde sie auf der Bühne der

Welt nicht mehr die Rolle des zurückgebliebenen Backfischs spielen. Mit ihrem langen Kleid und diesem herrlichen Lockengebäude, das ihren Kopf wie eine goldene Haube umgab, bot sie der Zukunft die Stirn. Jonathan würde sie nicht wiedererkennen.

Jonathan! Dieser Name ließ sie innehalten. Sie zögerte eine Sekunde und ging dann entschlossen die Treppe hinunter. Jonathan war weit weg, noch weiter als gewöhnlich, aus dem einfachen Grunde, weil diese Verwandlung stattgefunden hatte. Ein seltsamer Gedanke, den sie in ihrem Kopf hin- und herwälzte.

Draußen sah sie niemanden. Amelia und ihr Gemahl hielten noch ihr Nachmittagsschläfchen. Es war kalt. Sie warf einen Blick auf das lange gelbe Haus in der Ferne, und sogleich bedrängten sie die Erinnerungen, und das Herz wurde ihr schwer, aber hatte sie nicht verzichtet? Sie verspürte das Bedürfnis, es noch einmal laut und deutlich zu sagen.

Der Winter kündigte sich bereits an. Krähen umflogen schreiend das Haus, und die ersten Blätter des Herbstlaubs sammelten sich am Fuße der hohen Bäume. Diese Melancholie war von einer ergreifenden Schönheit. Das Leben war nicht mehr so überschwenglich. Elizabeth trat wieder ins Haus, um einen Schal zu holen. Heute morgen war das noch nicht nötig gewesen, da hatte sie noch das lange Haar. Sie hatte bereits den Fuß auf der ersten Treppenstufe, als Betty in einer roten Jacke hinter ihr erschien.

Kaum hatte die alte schwarze Frau sie erblickt, da stieß sie einen Schrei aus und sank zu Boden. In ihrem zerfurchten Gesicht wich die Überraschung dem Schrecken.

»Aber Betty, was ist denn mit dir? Man sollte meinen, du hast ein Gespenst gesehen.«

»Oh, Mam'sell Lisbeth«, rief Betty aus. »Sie sind es? Wie schön Sie sind!«

Dieser Ausruf der Bewunderung schien Elizabeth ein Vorzeichen glücklicher Jahre. Sie bedauerte nur, daß diese erste Huldigung von der tiefsten Stufe der sozialen Leiter kam, aber sogleich schämte sie sich dieses Gedankens und errötete. Rasch trat sie auf Betty zu und half ihr auf.

»Meine kleine Betty, findest du wirklich, daß ich so besser aussehe?«

Betty stammelte unverständliche Worte, aus denen jedoch hervorging, daß sie stolz auf ihre Herrin war.

»Komm, fasse dich, du wirst immer so lieb wie in Dimwood sein. Und jetzt lauf schnell hinauf und hole mir meinen großen grauen Schal. Ich friere.«

»Miss Cha'lotte will Ihnen was sagen«, murmelte Betty und zog sich am Geländer die Treppe hinauf.

Als sie oben war, fügte sie lachend hinzu:

»De' Ko'b mit all die Äpfel, das b'icht einem den Buckel entzwei.«

»Warum hast du mir das nicht gleich gesagt?« rief ihr das junge Mädchen zu.

Aber die alte Dienerin war bereits verschwunden. Elizabeth hörte sie über den Korridor schlurfen.

Sie wartete. Irgend etwas ging mit ihr vor, aber sie wußte nicht, was. Nur eins fühlte sie: sie war nicht mehr die gleiche Person, die sie noch vor einer Stunde im Spiegel bewundert hatte, und das bereitete ihr großes Unbehagen. Sie wünschte sich sehnlichst, daß Betty zurückkäme. Lange brauchte sie nicht zu warten. Mit dem grauen Schal über dem Arm kam Betty die Stufen herunter und lächelte über all ihre gelben Zähne.

Das junge Mädchen nahm den Schal und legte ihn um die Schultern. Es war ein schottischer Schal, dessen Spitze ihr hinten bis zu den Fersen reichte.

»Weißt du was, Betty?« sagte sie sanft. »Um mich und um mein Zimmer kann sich eine andere Dienerin kümmern, aber du bleibst immer diejenige, die ich am liebsten habe. Verstehst du?«

Das vom Alter und von der Arbeit gezeichnete Gesicht blickte zu ihr auf. Es war fast mehr, als die junge Engländerin ertragen konnte. Sie fragte sich, ob sie je in den Augen eines anderen Menschen eine so tiefe Liebe gesehen hatte, eine Liebe, die nichts verlangte und alles gab. Sie beherrschte sich und fragte in ihrem gewohnten Ton:

»Wo ist Miss Charlotte?«

Betty zeigte nach draußen.

»Sie is' inne' Küche gewesen, und dann isse fo't«, antwortete sie leise.

»Ich werde sie suchen. Und du, geh dich ausruhen. Ich werde Anweisung geben, daß man dich in Ruhe läßt.«

»Danke, Mam'sell Lisbeth.«

Sie machte einige Schritte unter den Bäumen vor dem Haus, sah aber niemanden. Der Wind hatte sich gelegt. Ein Spaziergang entlang des Weges, der sich um die Wiese schlängelte, schien ihr das beste Mittel, wieder zu sich zu kommen.

Jetzt sehnte sie sich nach einer Tasse Tee. Die Jahreszeit, die kühle Luft, alles regte dazu an. Es war ihr peinlich, ins Haus zu gehen und sich im Salon ganz allein einen Tee servieren zu lassen. Natürlich hätte man es sofort getan, aber die Einsamkeit des Lebens auf dem Lande begann ein Problem zu werden. In Savannah und selbst in Dimwood hatte man Bälle veranstaltet. Die Bälle fehlten ihr. Sie wollte gesehen werden. Das war neu. Ihr Herz gehörte Jonathan, und sie wiederholte es sich oft, aber sie konnte sich doch nicht von der Welt verschließen wie ein kostbarer Gegenstand in einer Vitrine. An den Fingern zählte sie die Männer her, die ihr seit ihrer Ankunft in Amerika den Hof gemacht hatten. Zuerst der arme blinde Engel, der so hübsch aussah, wenn er seinen Kneifer abnahm. Dann Fred, der arme Fred, der so entschlossen und aufrichtig war, aber eben doch der arme Fred. Und dann der blendendschöne Daniel, dessen glühender Liebesbrief auf immer – der Arme – ohne Antwort bleiben sollte. Alle verdienten die gleiche Bezeichnung, alle drei waren Opfer.

Plötzlich hatte sie das Gefühl, daß die kalte Luft ihr die Wangen rieb, um sie aus ihren Träumereien zu reißen und in die Wirklichkeit zurückzubringen. Wie in einer Sinnestäuschung sah sie Bettys schwarze Augen vor sich, die in ihrer unergründlichen Einfalt nur von Liebe sprachen.

Dieses Bild verwirrte sie so, daß sie stehenbleiben mußte. Es schien ihr, als zeigte man ihr auf diese Weise die ganze Frivolität, die in ihr schlummerte. Der lange Rock und die elegante Frisur änderten nichts daran. Ihre Neigungen und Vorlieben waren die eines kleinen Mädchens. Nur Jonathan hätte eine Erwachsene aus ihr machen können, aber Jonathan war weit weg. Sie erinnerte sich an die Leidenschaft in seinem Gesicht, an diesen gierigen Blick, der sich ihrer mit der Brutalität eines wilden Tieres bemächtigte. Und mit welchen Zärtlichkeiten würde er sie überhäufen!

»Jonathan«, stöhnte sie.

Und da bei ihr die Ironie stets das letzte Wort hatte, lachte sie ein wenig traurig und bemerkte dazu:

»Ist es nicht ein bißchen albern? Da geht ein junges Mädchen im langen Kleid in Virginia spazieren und ruft nach einem Herrn in Wien ...«

Sie kehrte um.

Eine Schwalbe ließ ihren kaum hörbaren Schrei an dem unermeßlichen hellgrauen Himmel ertönen. Am Rande des Weges, der sich gemächlich dahinschlängelte, fröstelten die Birken, und ihre kleinen gelben Blätter zitterten. Im Hintergrund bot das solide große Holzhaus dem, der es wünschte, Schutz und Geborgenheit.

Als sie durch die Verandatür eintrat, hätte sie beinahe Miss Charlotte umgerannt.

»Es ist doch nicht zu glauben!« rief diese und rückte ihre Haube zurecht. »Ich suchte Elizabeth und finde eine entzückende Unbekannte. Bleiben wir nicht hier, es fängt an kalt zu werden. Amelia und Charlie sitzen vor einem Holzfeuer im Salon beim Tee.«

Elizabeth war zu verstört, um ihr zu antworten, und folgte Miss Charlotte in den Salon, wo sie in der Tat die beiden beim Tee vorfand. In hellem Knistern sprangen die Funken im Kamin, und die Flammen züngelten in fröhlichem Wetteifer. Der große Raum mit seinen imposanten Proportionen wirkte nicht mehr ganz so pompös und feierlich. Er wurde lebendig und fast heimelig, denn die langen roten Samtvorhänge verbargen die hohen Fenster und hielten die wohlige Wärme in den vier Wänden zurück.

Charlie Jones und seine Frau thronten auf breiten Sesseln zu beiden Seiten des Kamins und strahlten das eheliche Glück des reiferen Alters aus. Ganz in ihrer Nähe funkelte eine schwere silberne Teekanne auf einem kleinen Tisch inmitten der mit Gebäck, *Scones* und *Muffins* beladenen Teller.

Elizabeth wurde mit erstauntem Schweigen begrüßt. Stumm und gereizt angesichts dieses zur Schau gestellten Wohlbehagens trat sie einige Schritte vor, begleitet von Miss Charlotte.

»So, da ist sie«, sagte diese mit einem strahlenden Lächeln.

Amelia setzte ihre Tasse ab und betrachtete die junge Engländerin.

»Was meinst du?« fragte Charlie Jones.

»Es geht«, sagte Amelia.

Charlie Jones sprang mit einem Satz auf und ergriff Elizabeths beide Hände:

»Mein liebes Kind, du siehst entzückend aus, *exquise de chic et de bon ton.*«

Diese französischen Worte wurden von Amelia mit einem Stirnrunzeln aufgenommen, denn sie gemahnten an Paris, die Stadt des Verderbens.

»Ich finde, du übertreibst«, sagte sie.

Ein schriller Schrei Charlottes stieg bis zur Decke auf.

»Er übertreibt? Es ist ein totaler Erfolg! Dreh dich um, Elizabeth.«

»Nein«, sagte Elizabeth. »Ich möchte eine Tasse Tee.«

»Ach! Wie unverzeihlich von uns«, entschuldigte sich Onkel Charlie. »Charlotte, ich bitte dich, läute so kräftig du nur kannst, damit Miranda kommt.«

Er rückte selbst zwei Sessel heran. Elizabeth und Charlotte setzten sich.

»Wir hatten gerade von euch gesprochen«, fuhr Onkel Charlie fort. »Wegen dieses Kuchenessens für die Kinder von gegenüber ... Elsie kommt mit ihrem Verlobten und einer Freundin, deren Name mir entfallen ist, die aber aus gutem Hause sein soll. Werden zwei Torten genügen, Charlotte?«

»Ich mache drei!« rief das tapfere Fräulein.

Miranda erschien. In ihrer weißen Spitzenschürze entsprach diese junge Frau mit der kaffeebraunen Haut den vornehmsten Ansprüchen. Das außergewöhnlich fein geschnittene Gesicht ließ nicht an eine Sklavin denken. Ernst und schweigsam erwartete sie Charlie Jones' Befehle und zog sich dann lautlos zurück.

Elizabeth starrte versonnen ins Feuer und nahm an der Konversation nicht teil, die sich ein wenig schleppend in Banalitäten über das Wetter und den Vorbereitungen für das Weihnachtsfest erging. Die Bauern beobachteten die Tiere auf den Feldern und sagten einen harten Winter und baldige Schneefälle voraus. Am 25. Dezember würde es Putenbraten geben, und alle zählten auf Charlotte, was den mit Rum flambierten Pudding betraf. Amelia verurteilte wie gewohnt den sündhaften Norden.

»Und so wird es mein ganzes Leben lang sein«, sagte sich Elizabeth, »es sei denn, es passiert etwas und Jonathan kommt zurück. Und dann?« Sie träumte, daß er mit ihr fliehen würde ... aber wohin?

In diesem Stadium ihrer Überlegungen hörte sie, daß Onkel Charlie mit jener Stimme zu ihr sprach, die er sich für Situationen vorbehielt, bei denen diplomatisches Geschick erforderlich war:

»Meine liebe Frau und ich gedenken, dir ein anderes Zimmer zu geben, das angenehmer und geräumiger ist als dein kleines jetziges.«

»Aber ich liebe mein kleines Zimmer«, protestierte Elizabeth, um Widerspruchsgeist und um Unabhängigkeit zu beweisen, »ich habe es liebgewonnen wie einen Freund.«

»Dummkopf«, dachte sie bei sich, »du haßt es. Laß sie nur machen.«

»Du wirst deine Meinung ändern, wenn du das Zimmer gesehen hast, das wir dir anbieten.«

»Neben dem unseren«, fügte Amelia in einem zärtlichen und sentimentalen Ton hinzu.

Unterdessen kam der Tee auf einem riesigen, schwarzen, mit goldenen Sternen übersäten Tablett, das Barnaby in einer kurzen weißen Jacke mit ausgestreckten Armen hereintrug. Es wurde vor Elizabeth und Miss Charlotte auf einen niedrigen Tisch gestellt. Ihm folgte Miranda, die alles überwachte. Sie machte Barnaby mit dem Finger ein Zeichen, daß er sich zurückziehen könne, und dann schickte sie sich an, den Tee in die Porzellantassen mit dem Goldrand zu gießen, aber Miss Charlotte unterbrach sie:

»Er soll zuerst ziehen. Ich übernehme alles übrige.«

Miranda verneigte sich und ging hinaus.

»Ich mache dir einen Hexentee«, sagte Charlotte, »der wird uns beleben.«

»Sie hätten ihn meiner armen Betty geben sollen, die sich von ihren Strapazen noch nicht erholt hat.«

Die Antwort war ein lauter Schrei:

»Ich weiß, es war meine Schuld, ich hatte sie mir robuster vorgestellt. Dieser Apfelkorb wird mir mit seinem ganzen Gewicht auf das Gewissen drücken.«

Charlie Jones hob die Hand und bat um das Wort.

»Betty wird nicht mehr arbeiten«, sagte er. »Sie ist am Ende, ich werde für sie sorgen.«

Elizabeth schnellte empor.

»Sie werden sie mir nicht wegnehmen!« rief sie empört.

»Nein, natürlich nicht, wenn du so an ihr hängst, aber es wäre bestimmt vernünftiger, sie nach Dimwood zurückzuschicken.«

»In Dimwood war sie nicht glücklich, das hat sie mir selbst gesagt.«

»Weißt du eine bessere Lösung? Gut, ich schenke sie dir. Du

kannst sie freilassen, wenn du willst. Ich bin einverstanden. Sie gehört dir.«

»Sie freilassen? Und wohin soll sie gehen? Sie will hierbleiben.«

Er hob die Arme wie ein Anwalt:

»Da liegt das ganze schwarze Problem. Sie laufen davon, und viele kommen zurück, weil sie nicht wissen, wohin.«

»Charlie«, sagte Amelia mit klagender Stimme, »gieß mir noch eine Tasse Tee ein, und reden wir von etwas anderem.«

Und wie um sich zu trösten, fügte sie murmelnd hinzu: »Jedenfalls steht fest, daß sie sich nie auflehnen werden.«

»Das ist seit dreißig Jahren die ewige Litanei des Südens«, sagte Charlie Jones und goß seiner Frau nach, während Charlotte, über das mit goldenen Sternen besäte Tablett gebeugt, in ihrer Kanne rührte, weil sie ganz schwarzen Tee haben wollte.

»Jetzt bist du Besitzerin einer Sklavin«, sagte sie lachend zu Elizabeth, »und was wirst du mit ihr tun?«

»Sie ist nicht meine Sklavin. Sie wird sich um meine Wäsche kümmern und mir Gesellschaft leisten, weil ich sie gern habe.«

Diese Antwort wurde in einem scharfen Ton erteilt, der Miss Charlotte gefiel.

»Bravo«, sagte sie, »das nenne ich mir klar und deutlich gesprochen. Möchtest du einen *Bun?* Ich würde dir eher die Butterkuchen empfehlen, die ich selbst gemacht habe, aber was ist das schon im Vergleich zu meinen Torten?«

»Sind die denn schon fertig?«

»Ja und nein. Sie sind noch nicht gebacken, aber ich sehe sie vor mir, ganz golden. Sie warten im Unsichtbaren. Kann ich dir nichts anbieten?«

»Nein, danke. Der Tee ist ausgezeichnet, aber ich habe keinen Hunger.«

»Ich sage es dir ganz leise: du scheinst irgendwie besorgt.«

»Mag sein. Ich habe das Gefühl, daß sich irgend etwas vorbereitet.«

»Eine Vorahnung? Die habe ich jeden Tag – denn jeden Tag bereitet sich etwas vor. Eine Vorahnung ...«

Elizabeth fühlte, daß etwas Übernatürliches drohte, und zog es vor zu schweigen.

Die Flammen im großen Kamin tanzten etwas langsamer. Unter dem Einfluß der Wärme dösten Amelia und Charlie Jones in ihren

Sesseln ein, und ihr gleichmäßiger und immer tieferer Atem wiegte sie gegenseitig in den Schlaf. Die Atmosphäre schien Miss Charlotte für Vertraulichkeiten geeignet, und sie flüsterte:

»Wir werden dir einen *Beau* finden – einen ernsthaften und anständigen *Beau*, nicht so einen wie den Bewußten.«

Sie neigte sich ein wenig über das Tablett und riskierte ganz leise eine heikle Frage:

»Hat deine Mutter dir erklärt, was jede junge Lady einmal wissen muß?«

Elizabeth fuhr entsetzt auf.

»Charlotte!« rief sie entrüstet.

»Schon gut«, sagte Charlotte lächelnd, »das ist alles, was ich wissen wollte.«

In starrer Reglosigkeit gab die junge Engländerin vor, das Feuer zu betrachten, und erwiderte nichts. Einige Zeit verging in Schweigen.

87

Der Tag neigte sich. Gestärkt von ihrem Nachmittagsschlaf erklärte Amelia, sie wolle allein Elizabeth ihr neues Zimmer zeigen.

»Jetzt schon?« fragte Elizabeth.

»Ja, mein Kind. Alles wurde heute nachmittag umgeräumt. Die Kleider, der Inhalt deiner Kommode und der Schränke, deine Toilettensachen, kurz alles. Oh! Du wirst zufrieden sein.«

Diese Worte sprach sie mit dem Ausdruck und der Miene einer wohlwollenden, aber unbeugsamen Herrscherin. Die große Spitzenhaube betonte die Majestät ihres Gesichts. Unwillkürlich fragte sich Elizabeth, was an dieser Frau wohl Charlie Jones' Liebesleidenschaft erweckt haben mochte, aber da rührte sie an ein Geheimnis, das nicht für junge Ladies bestimmt war. Es war verboten, sich gewisse Dinge vorzustellen.

Im übrigen hatte sie in diesem Augenblick andere Sorgen. Sie war wieder einmal ungefragt wie die arme Verwandte vor eine vollendete Tatsache gestellt worden. Trotz Onkel Charlies Behauptungen und feierlichen Versprechungen hatte sich nichts an ihrem Rang geändert. Der Wille dieses Mannes, der über eine allmächtige

Exportfirma herrschte, war dem Willen und der Laune dieser etwas schwerfälligen Dame untertan.

In stummer Wut folgte sie Amelia, die sich in ihrem braunen Kleid mit den schwarzgeränderten Volants sehr langsam bewegte. Ihr lächerliches kleines Kinderzimmer erschien ihr plötzlich wie ein heimisches Nest, eine Zuflucht vor der Welt, fast wie ein Versteck, in dem sie gut aufgehoben war. Welche Überraschung erwartete sie jetzt?

Als sie an ihrer Tür vorüberging, konnte sie nicht umhin zu fragen:

»Wer hat alle meine Sachen umgeräumt?«

Amelia keuchte ein wenig.

»Jemima«, sagte sie schließlich.

Immer Jemima! Ohne ein weiteres Wort traten sie in den langen, von einigen Öllampen an der Wand ziemlich schlecht beleuchteten Korridor. Vor Miss Charlottes Tür sagte Amelia:

»Die liebe kleine Charlotte. Ich bin sicher, daß sie in ihre geliebte Küche zurückgekehrt ist. Charlotte ist eine Heilige.«

Elizabeth ging auf diese Behauptung nicht weiter ein.

Die nächste Tür war die eines im Augenblick unbewohnten Gästezimmers; dahinter befand sich auf der anderen Seite des Korridors in einer Vertiefung eine größere, zweiflüglige Tür.

»Unser Zimmer«, erklärte Amelia mit fast religiöser Feierlichkeit.

Noch einige Schritte, und dann verkündete sie in leicht amüsiertem Ton:

»Miss Escridges Zimmer.«

Sie trat ein. Der Raum war hoch und dunkel. Eine Öllampe auf einem Tischchen kämpfte mit schwachem Schein gegen die einbrechende Abenddämmerung, aber das Holzfeuer im gemauerten Kamin warf hie und da große Lichtflecken, die blitzartig an den Wänden emporzüngelten. Elizabeth sah, daß sie sich in einem der beiden Giebel von Great Lawn befand und blickte sich in diesem beunruhigend großen Zimmer nach den Möbeln um. Weiße Vorhänge ließen auf die Anwesenheit eines Himmelbetts schließen. Das übrige war der Phantasie überlassen. Man sah fast nur das mit einem roten Teppich bedeckte Tischchen, und unter dem gedämpften Licht der kleinen Lampe lud eine dicke offene Bibel zur Meditation ein.

In diesem großen Raum hallten die Stimmen besonders intensiv, und das verlieh den banalsten Sätzen eine Feierlichkeit, die sie nicht verdienten.

»Ich gebe zu, daß das Zimmer in diesem Licht nicht sehr freundlich wirkt, aber am Tage wird es dich bezaubern. Es ist das schönste Gemach des Hauses – neben dem unseren.«

Sie stand in der Nähe des Tischchens und bemühte sich zu lächeln, aber selbst im Lampenlicht bewahrte ihr Gesicht die Reglosigkeit einer Statue. Verstohlen kramte sie in einer Tasche ihres Kleides.

»Komm her«, sagte sie.

Ein wenig unwillig trat Elizabeth ein paar Schritte vor.

»Mein liebes Kind«, begann nun Amelia, »wenn ich darauf bestand, allein mit dir hierherzukommen, so tat ich es aus einem Grunde, dessen moralischen Wert – jawohl, moralischen Wert – du schätzen wirst. Vorhin im Salon habe ich mich nicht sehr liebenswürdig über deine Frisur und dein Kleid ausgedrückt.«

»Daran erinnere ich mich nicht«, sagte Elizabeth, der diese peinliche Entschuldigung gar nicht behagte.

»Doch, doch, ich war schroff und kalt, ich habe dich verletzt, mein Gewissen sagt es mir deutlich. Nimm diesen Honigbonbon und laß uns Frieden schließen, ja?«

Zwischen ihren spitzen Fingern hielt sie einen Bonbon, den sie einer kleinen Metallschachtel entnommen hatte. Elizabeth blickte sie an, ekelte sich und blieb stumm.

»Nimm ihn, mein Kind, sonst werde ich die ganze Nacht kein Auge schließen.«

Das junge Mädchen nahm den Bonbon, und im gleichen Augenblick schoß ihr in flammenden Buchstaben ein Wort durch den Kopf: fliehen.

»Danke«, rief Amelia, »ich danke dir, und ich danke dem Himmel, der die Herzen in gemeinsamer Liebe vereint. Jetzt bin ich von einer unerträglichen Last befreit. Und nun, Kleine, setz dich einen Augenblick in diesen großen Schaukelstuhl.«

Sie nahm die Lampe, hielt sie hoch und zeigte Elizabeth einen bequemen roten Samtsessel mit zwei riesigen Kufen, auf denen man schaukeln konnte, bis einem schwindlig wurde.

»Willst du dich nicht setzen? Mir zuliebe?«

Elizabeth setzte sich mit dem Bonbon in der Hand.

»Beunruhige dich nicht«, sagte Amelia, »ich lasse dich für eine Minute im Dunkeln, aber hab keine Angst. In diesem Teil des Hauses gibt es keine Gespenster. Außerdem werde ich ganz in der Nähe sein. Ich will nur einen Blick in deinen Waschraum werfen, um mich zu vergewissern, daß alles in Ordnung ist und nichts fehlt.«

Elizabeth sah, wie sie das Zimmer der ganzen Länge nach durchschritt und plötzlich verschwand das im Dunkeln wandernde Licht hinter einem Vorhang. Es folgte das Geräusch auf- und zugezogener Schubladen, dann das Quietschen einer kleinen Tür, wahrscheinlich der des kleinen Medizinschranks, die länger offenblieb. Elizabeth warf den Bonbon unter den Tisch.

Endlich leuchtete die Lampe wieder im Zimmer, doch die Hand, die sie hielt, schien weniger fest. Sie schien sogar ein wenig zu zittern, und gleich darauf stand Amelia vor der jungen Engländerin, die sie kühl ansah.

»Unsere Jemima ist wirklich eine Perle«, sagte Amelia lachend, »man kann sich auf sie verlassen.«

Sie lächelte immer noch mit sichtlicher Zufriedenheit, als sie die Lampe wieder auf den Tisch stellte.

»Wir essen in einer Stunde«, sagte sie. »Du kannst hierbleiben, wenn du willst, oder in den Salon hinuntergehen. Ich werde mich ein wenig in meinem Zimmer ausruhen. Ich leide, wie man dir sicher schon gesagt hat, an seltsamen Erschöpfungszuständen.«

Langsam ging sie zur Tür. Elizabeth war froh, sie verschwinden zu sehen, und blickte ihr nach, aber Amelia schien noch etwas sagen zu wollen.

»Mein Kind, erinnerst du dich an unseren Spaziergang im hübschen Stadtpark von Savannah?«

Elizabeth erinnerte sich.

»Wir haben uns Dinge gesagt«, fuhr Amelia fort, »die, wie ich hoffe, in deinem Leben zählen werden. Ich habe dir meine Zuneigung geschenkt und dich um dein Vertrauen gebeten. Vergiß es nicht: um dein Vertrauen! Mein lieber Charlie und ich werden über dich wachen, über dein Glück ...«

Sie hielt einen Augenblick inne und sagte dann bedeutungsvoll:

»... und über deine Ehre.«

»Meine was?« rief Elizabeth empört.

Im Halbdunkel wandte Amelia ihr ein farbloses Gesicht zu, und dann erklang ihre Stimme in einem Satz von bedeutungsvoller Kürze:

»Frage dein Gewissen, mein Kind.«

Mit diesen Worten verließ sie das Zimmer und begab sich in den Korridor, den sie mit ihrer mächtigen Person auszufüllen schien.

Das junge Mädchen warf sich in den roten Samtsessel und schaukelte einige Minuten lang heftig darin.

Dann stand sie auf und zog an der Klingelschnur neben dem Kamin. Nach einer Weile ging die Tür auf. Zuerst sah Elizabeth nur eine lange weiße Schürze. Dann erkannte sie Jemima.

»Jemima, wo sind meine Sachen? Wo ist das Ankleidezimmer?«

»Hier gibt es kein Ankleidezimmer, Miss. Ich habe alles in die beiden großen Schränke getan. Wollen Sie es sehen?«

»Nein. Bist du jetzt diejenige, die sich um mich bekümmert?«

»Nein, Miss, ich bin kein Zimmermädchen. Heute war eine Ausnahme. Mrs. Amelia hatte es mir befohlen.«

»Weißt du, wo Miss Charlotte ist?«

»Ich bin ihr vorhin unten im Haus begegnet. Sie bat mich, Ihnen auszurichten, daß sie zu Ihnen kommen wird und daß Sie bitte hier warten möchten.«

»Gut.«

»Kann ich jetzt gehen?«

»Ja ... Nein, bleib, Jemima. Ich mag dieses Zimmer nicht.«

Warum hatte sie das gesagt? Sie verlor entschieden die Beherrschung.

Es folgte ein Schweigen, dann fragte Jemima mit ihrer klaren Stimme:

»Brauchen Sie mich noch, Miss?«

Elizabeth schüttelte den Kopf, und Jemima entfernte sich.

88

Charlotte ließ nicht lange auf sich warten. Geschäftig und neugierig schneite sie herein, die Haube etwas schief auf dem Kopf, als ob sie einem Sturm trotzte.

»Also hier hat sie dich untergebracht, die liebe Schwester.«

Beim Klang dieser schrillen Stimme erschrak Elizabeth, die in Gedanken versunken vor dem Feuer saß, und zuckte zusammen.

»Nun, Charlotte, was sagen Sie dazu?«

»Ich hätte einiges dazu zu sagen. Zuerst einmal bist du zwar nicht in unmittelbarer Nachbarschaft des ehelichen Allerheiligsten, aber ganz in der Nähe. Und dann – aber bring doch die Lampe etwas näher – nein, ich bin nicht mit Blindheit geschlagen. Sie haben tatsächlich das Schloß abschrauben lassen. Kein Schlüssel mehr, kein Schloß. Meine liebe Kleine, du bist eine Gefangene.«

»Charlotte, Sie sehen doch, daß ich unglücklich und besorgt genug bin. Warum erzählen Sie mir Dinge, die ich nicht verstehe?«

»Du bist nicht dümmer als jeder andere. Überlege doch ein bißchen. Aber ich will nicht, daß du unglücklich bist und dir Sorgen machst. Du scheinst zu vergessen, daß Charlotte da ist und über dich wacht.«

Elizabeth stampfte mit dem Fuß auf.

»Nein, Charlotte, nein und abermals nein! Ich habe schon genug an den beiden, die mich überwachen.«

»Siehst du, du beginnst zu verstehen. Bei dir kann jeder hereinkommen, du lebst wie in einem Glashaus. Kein Schloß, nichts, was dich vor ihrer ständigen Obhut schützt. Der Schlüssel – das ist die einzige Garantie des Privatlebens.«

»Aber ich war doch sehr gut in meinem kleinen Zimmer aufgehoben, und sie haben mich in Ruhe gelassen. Was habe ich nur verbrochen?«

»Nichts, aber es ist etwas dazwischengekommen. Ein Brief.«

»Ein Brief? Na schön, ein Brief. Und?«

»Und dieser Brief hatte den Fehler, aus Annapolis zu kommen.«

»Sie haben ihn nicht gelesen.«

»Gott sei Dank nicht.«

»Aber Onkel Charlie hat mir doch gesagt, ich könne Briefe erhalten von wem ich will ... Warum sagen Sie nichts?«

»Du kannst Briefe aus allen Ecken der Welt erhalten, aber dieses Annapolis auf dem Poststempel hat ihn verärgert.«

»Warum denn?«

»Sei geduldig, du wirst es bald verstehen.«

»Charlotte, ich habe es satt. Ich will hier nicht mehr bleiben.«

»Und wo willst du hin? Nach Dimwood?«

»In Dimwood bin ich unerwünscht. Man hat es mir zwar nicht direkt gesagt, aber ...«

»Nicht alle denken so.«

»Ich weiß, wen Sie meinen, aber ich liebe ihn nun einmal nicht.«

»Weil du einen anderen liebst.«

»Charlotte, halten Sie den Mund!«

Diese Worte waren ihr wie ein Schrei entschlüpft, und sie selbst war darüber ebenso verdutzt wie das alte Fräulein, das sich jedoch nichts anmerken ließ.

Sie schwiegen eine Weile, dann sagte Charlotte ganz leise:

»Du mußt ihn sehr lieben, wenn du so zu der kleinen Charlotte sprichst.«

Elizabeth hielt ihre Tränen zurück.

»Ich bitte Sie um Verzeihung, Charlotte.«

»Du brauchst mich nicht um Verzeihung zu bitten. Ich verstehe dich sehr gut.«

Elizabeth schneuzte sich wütend.

»In diesem Hause entschuldigt man sich und bittet von morgens bis abends um Verzeihung. Es geht mir auf die Nerven. Eben noch Amelia mit einem Bonbon ...«

»Was? Sie hat auch dir ihre Honigbonbonszene vorgespielt? Über solche Dinge solltest du lieber lachen, Elizabeth. Ich weiß, daß du verliebt bist, alles an dir sagt es mir, deine Stimme, deine Augen, deine Gesten, du verrätst dich ständig. Auch ich habe einmal geliebt, aber schweigen wir darüber.«

Sie nahm die Lampe, die das junge Mädchen wieder auf den Tisch gestellt hatte.

»Folge mir«, sagte sie.

Vorsichtig, jedoch festen Schritts ging sie in den Waschraum. Dort reichte sie Elizabeth die Lampe und öffnete den Medizinschrank.

Einige Minuten lang kramte sie in den Flaschen und Schachteln, dann schlug sie mit einem Aufschrei die Tür zu.

»Das ist doch die Höhe! Sie hat dir das Laudanumfläschchen entwendet, das ich dir eigenhändig gemischt hatte. Jetzt verstehe ich, warum sie darauf bestand, mit dir allein zu sein. Verlassen wir diesen Ort. Geh mit der Lampe voraus. Ich komme nach. Ich muß mich ein bißchen im Schaukelstuhl erholen.«

Sie gelangten in die Mitte des Zimmers, und die Lampe wurde wieder neben die Bibel gestellt. Mit noch rosigeren Wangen als gewöhnlich setzte sich das alte Fräulein in den Schaukelstuhl, den Elizabeth in Bewegung setzte.

»Ich vergebe ihr«, sagte Miss Charlotte, »weil die Versuchung ihre Kräfte überstieg, aber ich schäme mich für sie. Die Droge hat sie so hinterlistig gemacht. Du darfst sie deshalb nicht verurteilen.«

»Ich denke nicht daran, um so weniger, als ich sehr gut ohne Laudanum auskomme.«

»Nimmst du es manchmal?«

»Nicht wirklich, nicht wie die anderen. Das erste Mal ist mir in unangenehmer Erinnerung geblieben.«

»Wahrscheinlich eine viel zu starke Dosis. Ich werde es dir erklären. Man muß sich damit auskennen.«

»Ich wollte es machen wie Mama.«

»Oh! Aber deine Mutter ist eine Expertin. Sie kennt sich aus. Es kommt ganz auf die Dosis an, verstehst du?«

»Ich werde es schon lernen. Es gibt Augenblicke, in denen man ...«

»Gewiß. Aber vor allem Mäßigung, Mäßigung! Wenn ich an dieses Fläschchen denke, das so kunstgerecht dosiert war ... Ich hatte es wie für mich selbst gemischt, denn ich traue nicht jeder Apotheke. Aber ich bereite dir wieder welches und werde dir beibringen, wie man es macht.«

In der nun folgenden Stille vernahm man nur noch das Knarren des Fußbodens unter dem Schaukelsessel. Elizabeth saß auf einem Stuhl neben Miss Charlotte. Das Feuer erlosch langsam, und der Schein der Öllampe bildete eine Lichtinsel um die beiden inmitten des großen finsteren Raums.

»Das Leben ...«, sagte Miss Charlotte versonnen. »Zum Glück gibt es das Laudanum, sonst könnte man es nicht ertragen ...«

Ihr Blick fiel auf die große offene Bibel neben ihr, und sie fuhr auf ihrem Sitz empor.

»... und natürlich die Heilige Schrift, Elizabeth.«

»Ja, o ja«, sagte die junge Engländerin.

Und nach einem Augenblick des Nachdenkens fügte sie eine

Bemerkung hinzu, die ganz ihrer noch recht kindlichen Natur entsprach:

»Ich frage mich, wie es die Leute im Alten Testament gemacht haben.«

Der Abend verlief in bedrückter Stimmung. Amelia erschien nicht, und Charlie Jones zeigte sich enttäuscht, weil Elizabeth ihr neues Zimmer mit keinem Wort erwähnte. Gefiel es ihr denn nicht?

»Ein bißchen dunkel«, antwortete das junge Mädchen.

»Ich werde dir einen vierarmigen Leuchter hineinstellen lassen. Morgen wirst du sehen, wie schön es ist, ein richtiges Damenzimmer. Und dann wirst du Miranda als Dienerin haben. Sie ist eine wahre Perle.«

»O nein!« erwiderte Elizabeth lebhaft. »Ich behalte Betty.«

»Die arme Betty ist nicht mehr flink genug. Sie schafft es nicht mehr.«

»Da sie mir gehört, überlasse ich es ihr, darüber zu entscheiden.«

»Wie du willst, aber Miranda hat mehr Stil und Schliff.«

»Onkel Charlie, das ist mir egal.«

»Ich verstehe dich. Es war eine Idee meiner Frau.«

VII
Frau

89

Elizabeth ging früh schlafen. Onkel Charlies Anweisungen entsprechend, erhellte ein großer vierarmiger Leuchter mit dem Licht seiner langen Kerzen die ganze Ecke des Zimmers, in der das Himmelbett stand, das mit seinen vier Säulen und den weißen Vorhängen wie ein kleines Haus aussah. Zwei schwere Eichenschränke waren nun auch sichtbar, beide auf Holzkugelfüßen, was ihre niederländische Herkunft verriet, und wenn Schränke dreinblicken können, so blickten diese stolz drein.

Das junge Mädchen bewunderte sie nicht lange. Trotz des Kaminfeuers, das von dicken, freudig in hohen Flammen auflodernden Scheiten belebt wurde, schien ihr das Zimmer eiskalt, und sie zog sich zähneklappernd aus. Kaum zwei Minuten später öffnete sie die weißen Vorhänge und schlüpfte unter einen Haufen dicker Decken. Die Laken waren vorgewärmt, und in einem Wonneschauder erwartete Elizabeth den Schlaf.

In der Stille der Nacht hörte sie jedesmal, wenn der Wind sich erhob, das Scharren der Tannenzweige an der Hauswand, aber dieses Geräusch hatte nichts Beunruhigendes, ganz im Gegenteil, denn sie glaubte darin die wohlwollende Gegenwart des alten Hauses zu verspüren. Ein Käuzchen schrie ganz nahe am Fenster, aber auch dieser einsame Ruf störte sie nicht, und bald schlief sie ein.

Im Morgengrauen jedoch hatte sie das Gefühl, nicht allein in diesem Zimmer zu sein, und ihr Herz pochte wild.

Die Kerzen waren erloschen, und auch die Lampe. Sie schlug ihr Laken zurück und blickte sich beunruhigt in der Finsternis um. Plötzlich sah sie einen roten Fleck vor dem Kamin, und in panischer Angst vor einem Brand warf sie mit einem Aufschrei all ihre Decken von sich. Ein schwächerer Schrei antwortete ihr, und der rote Fleck begann zu sprechen:

»Mam'sell Lisbeth, ich bin's, Betty. Das Feue' geht aus, und ich blase hinein.«

»Zu dieser Stunde?«

»Späte', wenn Miss Lisbeth aufstehen will, wi'd es kalt sein. Ich leg noch Holz nach.«

»Danke, Betty. Es war dein dummes rotes Mieder, das mich erschreckt hat. Ich werde dir ein anderes geben lassen.«

»Sie müssen wiede' ins Bett, Mam'sell Lisbeth, sonst e'kälten Sie sich.«

Diesen Rat befolgte Elizabeth ohne zu zögern, denn sie fror in ihrem Nachthemd, aber als sie wieder unter den Decken lag, schob sie den Vorhang beiseite und rief:

»Betty, du bist ein Engel, das werde ich dir nie vergessen.«

Die Antwort kam prompt:

»Betty is' vom lieben Gott auf die E'de geschickt wo'n, damit sie Mam'sell Lisbeth dient.«

Die Ungeheuerlichkeit dieser Erklärung machte die junge Engländerin sprachlos. Religiöse Dinge bereiteten ihr Unbehagen. Davon sprach man nicht. Es genügte, sich seines Seelenheils sicher zu sein. Alles übrige, persönliche Ansichten, Gewissensskrupel und dergleichen, mußte stets geheimgehalten werden. Vor allem schien es ihr eine unerträgliche Anmaßung, in den Plänen der göttlichen Vorsehung klarsehen zu wollen. Sie hatte Betty im Verdacht, keine Protestantin zu sein, traute sich jedoch nicht, sie danach zu fragen, und wunderte sich nur über diese schrankenlose Hingabe, die ihr die Enge ihres eigenen Herzens empfindlich spürbar machte. Für wen wäre sie vor Tagesgrauen aufgestanden, um auf die Glut zu blasen und in Dunkelheit und Kälte ein Feuer anzufachen? Für Jonathan? Beinahe hätte sie laut aufgelacht. Der Mann war doch schließlich dazu da, der Frau zu dienen, ihr Sklave zu sein ... aber der Name Jonathan lag ihr nichtsdestoweniger auf den Lippen, als sie wieder einschlief, während der schwarze Engel im roten Mieder bäuchlings vor dem Kamin lag und die kleinen tanzenden Flammen anfachte.

90

Am Nachmittag des gleichen Tages fand das Kuchenessen statt, das Miss Charlotte seit drei Tagen und ohne falsche Bescheidenheit angekündigt hatte.

Im größeren der beiden Speisezimmer verschwand der um alle Ausziehplatten verlängerte Tisch unter einer weißen Decke, deren Enden wie bei einem Bankett kunstvoll mit Schleifen verziert waren. Sechs Gedecke auf der einen, fünf auf der anderen Seite, schwere, dickbäuchige Kaffeekannen inmitten einer ganzen Schar kleiner dunkelblauer Tassen. Das blitzblank geputzte Silber funkelte neben den Porzellantellern mit dem schwarzen Rand und den goldenen Tupfen.

Miss Charlotte betrachtete das Ganze mit kritischem Auge und zog sich dann in den Salon zurück, um die fröhliche kleine Gästeschar zu empfangen. Schon draußen erweckte ihr Lärm mit einem Schlage das Haus, das sonst traumverloren dahindämmerte. Die hellen und lauten Stimmen gaben in der kalten Luft charmante Albernheiten zum besten, und sogar die Jahreszeit schien sich zu verjüngen, so daß man sich im Frühling wähnte.

Die brünette Fanny war die aufgeregteste von allen. Mit ihrer kleinen Pelzkappe, unter der das Haar im Winde wehte, ihren roten Wangen und ihren strahlenden Augen sah sie noch aus wie ein kleines Mädchen.

»Elsie kommt mit ihrem Verlobten, und ich habe meine reizende Freundin Lucette mitgebracht«, rief sie, um sich anzukündigen.

»Laß meinen Verlobten in Ruhe«, zischte Elsie sie wütend an. »Mein Gustav und ich, wir heiraten in zwei Jahren, nicht wahr, Gustav? Ehrenwort?«

»Ehrenwort!«

Gustav, ein beleibter blonder Junge mit Frettchenaugen, scharwenzelte vor Lucette, einer kleinen fünfzehnjährigen Zierpuppe, die ihren winzigen Muff aus Kaninchenfell öfter als es sich schickte fallen ließ.

Nur die in einen breiten schwarzen Schal gehüllte Clementine blieb einigermaßen ruhig und schalt mit hübscher trauriger Stimme ihre beiden Brüder, die sich um das Recht stritten, wer als erster den Salon betreten dürfe, indem der jüngere den schüchternen älteren beiseite schubste.

Von diesem Lärm aufgeschreckt, erschien Miss Charlotte sogleich in der Tür, die sie ganz plötzlich öffnete.

Ihre schrille Stimme brachte alle zum Schweigen. »Ruhe! Ihr seid zwar herzlich willkommen, aber glaubt ihr etwa, ihr seid auf dem Jahrmarkt? Clementine, meine Große, ich bin erstaunt.«

Clementine schlug klagend die Augen zum Himmel auf, lief ein wenig gebückt auf Charlotte zu und warf sich ihr an den Hals.

»Nichts zu machen«, seufzte sie, »in ihren Seelen wohnt der Friede nicht.«

Im Nu besänftigt, bahnte sich die kleine Herde ihren Weg in den Salon. Amelia, schöner denn je, empfing sie in einem weiten schwarzen Gewand mit jenem Lächeln göttlicher Güte, das auf geistige Naturen besonders anziehend wirkt.

Onkel Charlie stand neben ihr, mit seinen rosigen Wangen und seinem schallenden Lachen, das keines wirklichen Anlasses bedurfte, und war die britische Lebensfreude in Person:

»Ein Kuchenessen! Wir sind alle zu einem königlichen Festmahl geladen. Es fehlt nur noch ein Orchester zur feierlichen Untermalung...«

»Charlie«, unterbrach ihn Amelia gebieterisch, »laß uns die Tafelfreuden genießen.«

In diesem Augenblick eilte Elizabeth, die sich in einer Ecke verborgen hatte, durch den Salon und trat glücklich lächelnd auf die jungen Leute zu. In ihrem eleganten jagdgrünen Kleid und mit dem von Jemima sehr hübsch aufgesteckten goldenen Haar strahlte sie in einer neuen, erwachseneren Schönheit.

»Nun«, fragte sie fröhlich, »sagt man Elizabeth nicht guten Tag?«

Alle starrten sie an, und es war totenstill. Diejenigen, die sie kannten und sie hätten wiedererkennen müssen, waren sich nicht ganz sicher, aber der Klang ihrer Stimme verwirrte sie. Elsie schickte sich an, etwas zu sagen, aber es blieb ihr keine Zeit. Beklommenen Herzens hatte Elizabeth sich Amelia angeschlossen, die bereits, als führte sie eine Prozession an, in Richtung des Speisezimmers schritt.

Nicht zwei, sondern vier Torten standen auf dem Tisch. Keine war von der Größe eines Wagenrads, wie Charlotte es gewollt hätte, aber wo hätte man auch Tortenplatten von solchem Ausmaß finden sollen? Nichtsdestoweniger sahen sie ganz köstlich aus, strahlten wie goldene Sonnen in ihrem feinen Mürbeteigrand. Ein Murmeln genießerischer Bewunderung begrüßte sie. Miss Charlotte richtete sich in ihrer ganzen Höhe auf und sagte mit amüsiertem, gönnerhaftem Lächeln:

»Was seid ihr doch für Kinder! All dieser Jubel für einen einfachen Nachmittagsimbiß...«

»Aber beim Anblick allein läuft einem das Wasser im Munde zusammen«, sagte Harry.

»Wir haben extra nicht zu Mittag gegessen«, platzte Gustav höchst unfein heraus.

Elsie kniff ihn wütend in die Seite.

»Dir fehlt aber auch jedes Taktgefühl«, zischte sie ihm ins Ohr.

Onkel Charlie beugte kurz entschlossen diesem beginnenden Ehekrach vor und stellte eine Frage technischer Art:

»Charlotte, ich bin entzückt, und ich frage mich, wie du es geschafft hat, diese glänzende Kruste zustande zu bringen.«

»Aber Charlie, das ist doch ein Kinderspiel. Ich habe sie mit Ahornsirup bestrichen. Du verstehst wirklich nichts von der Kochkunst.«

»Ich gestehe es in aller Demut, aber ich weiß sie verdammt gut zu schätzen, oder nicht?«

»Wie sollen wir uns setzen?« fragte Harry.

»Nach Belieben«, entschied die freche Elsie, »solange ich neben meinem Gustav sitzen kann.«

Es folgte ein geräuschvoller Augenblick der Unschlüssigkeit. Elizabeth, die ein wenig den Kopf verlor, nutzte ihn, um sich zu den jüngsten Gästen zu setzen, und eroberte den Stuhl zur Rechten Elsies.

In diesem Augenblick ließ sich Amelias gesetzte und autoritäre Stimme vernehmen:

»Nein«, sagte sie, »die Erwachsenen auf dieser Seite und die Jugend auf der anderen. Clementine, mein liebes Kind, und du, Elizabeth, ihr setzt euch zu uns.«

Elizabeth erhob sich wortlos, ging um den Tisch herum und nahm neben Amelia Platz, die ihr eines ihrer himmlischsten Lächeln schenkte, aber die junge Engländerin fühlte sich auf einmal von allem so angewidert, daß sie ihr nur mit einer Art mechanischer Grimasse antwortete. Lautlos wie ein Schatten setzte sich Clementine zu ihrer Rechten.

Miss Charlotte, die dem Ablauf dieses kleinen Dramas aus dem Augenwinkel folgte, zückte ein langes Messer mit Elfenbeingriff und schnitt die erste Torte an.

Barnaby, in roter Livree, servierte den Kaffee, während Miss Charlotte die Teller füllte, die von Hand zu Hand um den Tisch gereicht wurden. Nach den vergnügten Ausrufen zu Anfang versank die Konversation nun im dumpfen Grunzen animalischer Zufriedenheit.

Elizabeth vermochte die Demütigung nicht zu überwinden, durch einen Beschluß Amelias nicht mehr zur Jugend zu gehören. Wegen einer Erwachsenenfrisur mußte sie die Reihen der fast Gleichaltrigen verlassen, die nichts mehr von ihr wissen wollten. Sie verspürte den heftigen Wunsch, mit gespreizten Händen Jemimas kunstvolles Werk zu zerstören, die Haarnadeln herauszureißen und ihre befreite Mähne zu schütteln, um wieder als ein Kind zu gelten. Jeder Zwang versetzte sie in Wut, aber war es nicht ihre eigene Schuld?

Plötzlich erschien ihr die Absurdität dieses Kuchengelages wie ein Abbild der Nichtigkeit ihres jetzigen Lebens. Welch einen häßlichen Anblick bot die Gefräßigkeit der kleinen Mädchen, die sich in gebückter Haltung über ihre Teller beugten, um die für ihre kleinen Münder zu großen Kuchenstücke so zahlreich und so rasch wie nur möglich zu verschlingen. Noch widerlicher waren die Jungen, die sich in ihrer Hast, von der einmaligen Gelegenheit zu profitieren, den Karamelsaft in abscheulicher Weise über das Kinn laufen ließen und sich mit klebrigen Krumen beschmierten.

Mit der Fingerspitze schob sie den Teller zurück. Sie hatte an einem kleinen Stück Torte geknabbert und gab zu, daß sie köstlich schmeckte, aber das genügte. In diesem Augenblick fühlte sie Miss Charlottes Blick auf sich gerichtet. Das alte Fräulein betrachtete sie mit einer versonnenen Miene, die sie rührte. Auch sie aß nicht. Die schöne Spitzenhaube verlieh ihr etwas Erhabenes, das ihren kleinen Wuchs vergessen ließ. Sie schüttelte sanft den Kopf, wie um nein zu sagen – nein zu was? Elizabeth verbot es sich, sie zu fragen, aber beide tauschten ein Lächeln geheimer Komplizenschaft aus.

Das Fest war von ziemlich kurzer Dauer. Es begann dunkel zu werden, und Amelia äußerte den Wunsch, sich in ihrem Zimmer auszuruhen. Alles war bis auf den letzten Rest aufgegessen und ausgetrunken. In der Schläfrigkeit, die einer zu guten Mahlzeit folgt, blinzelten selbst die jüngsten Augen. Und diesen Moment wählte Charlie Jones, um Nachrichten zu verkünden, die jetzt vielleicht weniger schockierend wirken würden. Böse Gerüchte kamen aus dem Norden, wo der Beschluß, die flüchtenden Sklaven ihren Herren auszuliefern, die Abolitionisten in eine derartige Wut versetzte, daß sie die Annullierung des diesbezüglichen Paragraphen forderten. Damit waren die Friedensbedingungen wieder umstritten. Die Annullierung wurde zum Kriegsruf der Extremisten.

Immerhin, so meinte Onkel Charlie, sollte man sich darüber nicht allzusehr beunruhigen. Daran dachte auch keiner. Alle wollten schlafen, und niemand ahnte, daß Miss Charlotte Mohnsamen in die Torten gemischt hatte.

Ohne Übergang fuhr Charlie Jones fort:

»Man sagt uns mildes Weihnachtswetter voraus. Ich werde die Freude haben, die Festtage in Great Lawn zu verbringen, und dann verlasse ich euch für drei Wochen. Ich werde in Savannah von meinen Geschäftspartnern erwartet, mit denen ich vieles zu besprechen habe, ganz abgesehen von meinem Haus am Madison Square, wo die Arbeiten in meiner Abwesenheit ins Stocken geraten sind, aber unser geliebter Familienwohnsitz wird mir fehlen – wie auch ihr alle, selbstverständlich.«

Diese Mitteilungen wurden mit der gleichen Seelenruhe angehört wie die der politischen Krise im Norden. Die jungen Gäste verabschiedeten sich von ihren Gastgebern in einem Zustand glücklichen Stumpfsinns. In der kalten Abendluft, die ihnen entgegenschlug, lachten sie ohne Grund, während sie sich auf der Straße entfernten.

Das große Haus fiel wieder in Schlaf.

91

Am Morgen des folgenden Tages, als Elizabeth sich noch in ihrem riesigen Zimmer befand, brachte Barnaby ihr einen Brief. Da das Tablett gerade nicht verfügbar war, präsentierte er ihr das Schreiben nach alter Sitte auf seinem kleinen Kutscherdreispitz.

Sie entließ ihn und setzte sich in einen Sessel am Fenster. Auf dem Poststempel war deutlich »Macon« zu lesen, und Macon konnte nur Dimwood sein. Die mit feiner Hand und etwas gekünstelt geschriebene Adresse ahmte den Stil der vornehmen Welt nach.

»Das ist sie«, sagte das junge Mädchen laut.

Nachdem sie den Umschlag aufgerissen hatte, mußte sie zuerst ihre Erregung beherrschen, bis sie verstand, was sie las:

Dimwood, den 5. Dezember 1850

Liebe Miss Escridge,

(hier folgte ein großer, respektvoller Zwischenraum)

Sie tun der Gouvernante von Dimwood viel Ehre an, indem Sie ihr mit einer so erfrischenden Einfalt Ihre persönlichen Schwierigkeiten anvertrauen. Ich werde meinerseits ehrlich bemüht sein, mich auf Ihr Niveau zu versetzen, denn Ihre junge Seele verdient alle Rücksichtnahme.

Doch immerhin, wie steif und unbeholfen ist Ihr Brief! Hat man Sie in England nicht gelehrt, einen Satz mit Eleganz zu gestalten, auf die Gedankenverbindungen zu achten, das Augenmerk auf den harmonischen Fluß der Silben zu richten, kurz, zu schreiben, Miss Escridge?

Im Süden werden Sie lernen, Ihren Stil auszuschmücken. Heute abend wird Ihre bescheidene Dienerin Ihnen helfen, ein bißchen Ordnung in das Chaos Ihres Innenlebens zu bringen. Zuerst einmal Ihre Unschuld. Ich finde sie empörend. Man hat Sie in einer Unwissenheit der Dinge des Lebens aufwachsen lassen, die mich erschüttert. Ich rede nicht von gewissen Prüfungen, deren unerbittliche Wiederkehr die Plage unseres Geschlechts ist. Sie erröten, Sie haben mich verstanden, ich lasse mich nicht weiter darüber aus. Gestatten Sie mir, brutal zu sein, brutal wie die Wahrheit ...

An dieser Stelle ließ das junge Mädchen den Brief sinken und verbarg stöhnend das Gesicht in den Händen.

»Diese Abscheulichkeit!« sagte sie laut vor sich hin. »Diese Abscheulichkeit! Jetzt bin ich entehrt wegen dieses Briefes, den ich ihr in einem Augenblick der Schwäche geschickt habe, und sie wagt es, mich zu kritisieren ... Sie, die wie eine Köchin auf Urlaub schreibt und sich Schleifen ins Haar steckt, weil sie damit hofft, als Dame zu gelten ...«

Einige Minuten lang ließ sie ihrer Empörung freien Lauf. Dann nahm sie den Brief wieder auf, und da die Neugierde stärker als der Widerwille war, las sie weiter:

Zuerst ein Rat. Ohne recht zu wissen, wie und warum, dürfte es Ihnen nicht entgangen sein, daß Sie mit Ihrem langen Haar und Ihren kurzen Röcken die Aufmerksamkeit der Männer erregen, die anfällig für den gefährlichen Charme kleiner Mädchen sind. Da machen Sie große Augen und verstehen es nicht. Macht nichts, aber glauben Sie mir, es ist höchste Zeit für Sie, eine Frau zu werden.

»Schon geschehen, du elende Alte«, murmelte Elizabeth.

Sie haben schon einige Opfer auf dem Gewissen. Das erste lebt, wie Sie wissen, sehr weit fort von hier, kann sich aber mit mir in Verbindung setzen, und ich erwarte Nachricht von ihm und seiner turbulenten Existenz. Vielleicht erinnert man sich dort zwischen zwei Walzern noch an Sie.

Allerdings muß ich Ihnen sagen, daß es nicht eine vulgäre Laune der Sinne ist, was ihn zu Ihnen hinzieht. Aber wissen Sie überhaupt, was das bedeutet? Er liebt in Ihnen die unberührte Elizabeth, die Arroganz des noch reinen Mädchens. Ich kenne mich in diesen Dingen aus, glauben Sie mir. Was ihn im Augenblick betört und herausfordert, ist das, was selten an Ihnen ist. Verstehen Sie mich (wenn Sie können . . .). Ich bin keine Heilige und Sie auch nicht, aber sogar die verderbtesten Männer bewahren irgendwo im Grunde ihres Herzens die Sehnsucht nach dem Ideal, und Sie sind das Ideal dieses Mannes. Was wird davon bleiben, wenn Sie ihm nachgeben? Die Lage ist äußerst heikel, und ich sehe mich wieder einmal gezwungen, Ihr natürliches Zartgefühl zu verletzen.

Nichts ist komplizierter als eine einfache Seele. Die Ihre ist es in höchstem Maße. Ein schönes Gesicht, ein verführerischer Blick, und Sie sind verloren. Leugnen Sie es nicht, ich weiß es.

»O weh«, dachte Elizabeth. »Diese Frau macht mir Angst.«

Das Gesicht, die Augen, all das kann blenden, es ist wie die Sonne auf der Fassade eines Palasts. Aber das ist nicht der ganze Mann. Er zeigt nur, was dem Blick schmeicheln und die Herzen gewinnen kann . . .

Sie sehen die Männer nur angezogen. Sagen Sie mir nicht, daß die antiken Statuen in den Museen Ihnen alles enthüllt hätten und daß Sie gut darüber informiert seien. Sie wissen gar nichts. Die Statuen lügen. Ich bewundere den gesunden Menschenverstand eurer prüden englischen Mamas und den Rat, den sie ihren Töchtern am Vorabend der Hochzeit geben: »Mach die Augen zu und denke an England.«

Was mich betrifft, so würde ich lieber an den Teufel denken, weil ich Waliserin bin.

Elizabeth sprang mit einem Satz auf und rief:
»Sie ist der Teufel!«
In der Stille des großen Zimmers hallten diese Worte unerwartet

laut und schienen die plötzlich aufmerksamen Wände aus tiefem Schlaf zu wecken. Das junge Mädchen machte einige Schritte und trat ans Fenster. Unter einem tiefen, von grauen Wolken überzogenen Himmel streckte die Zeder ihre schwarzen Äste aus. Beklommenen Herzens und von einer unerklärlichen Traurigkeit ergriffen, blickte Elizabeth auf den Brief zu ihren Füßen und fragte sich, ob sie ihn nicht lieber zerreißen sollte, ohne ihn zu Ende gelesen zu haben. Was diese Frau schrieb, schien ihr zugleich abscheulich und verworren.

Lange Minuten verstrichen, bevor sie ihre Ruhe wiederfand und in ihrer Brust das befreiende Gefühl eines regelmäßiger schlagenden Herzens verspürte.

Doch dann zwang sie eine unbeherrschbare Neugier, den Brief wieder aufzunehmen. Sie hielt den Kopf ein wenig abgewandt, wie von einem schmutzigen Gegenstand, und las von der Seite folgende doppelt unterstrichenen Zeilen:

... für gewisse Frauen, Miss Elizabeth, ist es die Hölle ...

Ihr Blick trübte sich, sie übersprang zwei Zeilen und las:

... das Gesicht steht in einem zu heftigen Kontrast zu dieser Abscheulichkeit, die sich dem Auge bietet ... Sie würden es nicht ertragen ...

»Was will sie damit sagen?« murmelte Elizabeth. »Ich will es lieber gar nicht wissen.«

Sie bemerkte das leichte Zittern ihrer Hand und sagte sich:

Vor was fürchte ich mich? Sie ist ja nicht hier. Solange ich weiß, daß sie weit entfernt ist, existiert sie nicht.

Sie las weiter und blieb bei folgenden Sätzen hängen:

Glauben Sie wirklich, daß er Ihre so schöne und verwundbare Seele respektieren wird? Bei einem Mann von seinem Temperament wird das Begehren zur Raserei. Sie wissen nicht, worauf Sie sich einlassen, wenn Sie ihm erlauben, Ihnen zu schreiben. Sie ahnen nicht, zu welcher Katastrophe das führen kann, denn schreiben wird er Ihnen, dessen können Sie sicher sein.

Im Nu verschlang sie die folgenden Zeilen:

Was mich betrifft, so kann und will ich mich nicht zur Komplizin eines Briefwechsels machen, der in Anbetracht Ihres Alters und der gesetzlichen Lage der Person, die Ihnen schreiben wird, nichts weniger als kriminell ist. Sie lassen sich da mit einem verheirateten Mann ein. Überlegen Sie es sich wohl, bevor Sie mir antworten. Ich werde Ihnen, falls Sie es wünschen, von Zeit zu Zeit Nachrichten aus Dimwood schicken, und das ist alles, was ich für Sie tun kann. Ihre ergebene Dienerin

Maisie Llewelyn

PS. Verbrennen Sie diesen Brief sofort. Den anderen dagegen, den Sie beiliegend finden, verstecken Sie bitte nicht. Sie könnten ihn z. B. auf Ihrem Schreibtisch liegenlassen.

Tatsächlich befand sich ein zweiter Brief im Umschlag. Elizabeth las ihn sogleich:

Dimwood, den 5. Dezember 1850

Liebe Miss Escridge,

da ich zu verstehen glaubte, daß Sie gerne wüßten, was sich seit Ihrer Abreise in Dimwood ereignet hat, freue ich mich, Ihnen mitteilen zu können, daß fast alle Sie vermissen. Den jungen Damen fehlen Sie sehr, und die Erwachsenen sprechen in den höchsten Tönen von Ihnen, seit Sie nicht mehr da sind. Ich möchte nicht versäumen, Ihnen zu sagen – und es wird Sie bestimmt rühren –, daß Mr. Hargrove seine schöne einstige Seelenruhe wiedergefunden hat. Seine Gebete sind doppelt so ausführlich wie früher.

Und jetzt machen Sie sich auf eine betrüblichere Nachricht gefaßt: Der arme Mr. Fred hat sich aus dem Fenster seines Zimmers gestürzt, als er die Kalesche, die Sie nach Savannah brachte, verschwinden sah. Es ist ein Wunder, daß er nicht gestorben ist. Der Rand des Verandadachs hat seinen Sturz abgefangen, aber er ist nichtsdestoweniger in einem traurigen Zustand auf dem Boden gelandet. Er wurde sofort nach Macon ins Krankenhaus gebracht, wo eine schwierige Operation das Schlimmste verhütet hat, aber er wird sein Leben lang hinken. Man sprach von einem Unfall, doch das entspricht nicht der Wahrheit. Er war verliebt und wollte sterben. Schließen Sie daraus, was Sie wollen. Da er sehr verschlossen ist, schweigt er und erklärt nur, er würde sich, falls er noch in den Sattel steigen könne, zur Kavallerie melden und im Krieg gegen den Norden, mit dem er fest rechnet, den Tod suchen.

Habe ich alles gesagt? Ich glaube, ja. Mißbrauchen Sie nicht Ihre Macht über die jungen Männer, die in Gefahr sind, das Leben ein bißchen zu ernst zu nehmen. Sollten Sie wieder einmal Lust haben, mir zu schreiben, so würden Sie damit eine Freude bereiten

Ihrer ergebenen Dienerin
Maisie Llewelyn

Elizabeth faltete den Brief und schloß die Augen.

Fred. Sie hatte nicht verstanden. Ohne sich im geringsten von ihm angezogen zu fühlen, war sie ihm gegenüber doch nicht gleichgültig gewesen, und es hatte ihr Kummer bereitet, als sie ihn verließ, allerdings einen kleinen, schnell vergessenen Kummer. Und dann dieser Gesang in der Nacht – da war ihr wirklich traurig ums Herz gewesen, aber auch das hatte sie bald vergessen.

»Wenigstens ist er nicht gestorben«, sagte sie laut, wie um sich zu entschuldigen.

»Jedenfalls ist das ein Brief, den ich vorzeigen kann, falls man mich fragen sollte«, stellte sie beruhigt fest.

Sehr geschickt von Miss Llewelyn, daran gedacht zu haben ... konnte man deutlicher seine Dienste anbieten und seine Bereitwilligkeit zugleich mit moralischen Bedenken verbrämen? Allein das Wort »Komplizin« ist ein Meisterwerk der Zweideutigkeit. Komplizin? Gerade das wollte sie sein.

Es folgten Minuten eines seltsamen Hochgefühls. Es war ihr, als sei sie nicht mehr die gleiche wie vorhin. Anstatt der unsicheren, zukunftsbangen Elizabeth ging jetzt eine entschlossene, auf ihr neuentdecktes Selbstvertrauen stolze junge Person in diesem imposanten großen Zimmer auf und ab.

Sie hatte also die Möglichkeit, an Jonathan zu schreiben. Und doch zögerte sie. Der Brief würde zuerst in die Hände der Waliserin gelangen, die ihn dann in ihrer Rolle als Kupplerin an den Adressaten nach Wien weiterleiten sollte. Ein gefährliches Unternehmen, denn wenn sie sich, wie Maisie Llewelyn es so ordinär ausdrückte, mit einem verheirateten Mann einließ, so durfte sie nicht die Frau vergessen, die Ehefrau, die von ihr über alles gefürchtete Annabel. Und wenn nun Annabel diesen Brief abfangen und lesen würde? Oder wenn die Waliserin den Brief gar nicht nach Wien weitersandte, sondern ihn einfach bei sich behielt? Und in welcher Absicht?

Angesichts dieses zweifelhaften Abenteuers verlor Elizabeth plötzlich den Boden unter den Füßen. Und in diesem Augenblick hörte sie in der tiefen Stille eine ruhige und vernünftige Stimme, die zu ihr sagte:

»Wage es.«

92

Das von Onkel Charlie angekündigte milde Wetter trat am Nachmittag dieses Tages ein. Man konnte mit dem gleichen Vergnügen wie im Oktober spazierengehen. Schals und Mäntel ließ man in der Garderobe des Erdgeschosses hängen.

Nie war das Leben in Great Lawn süßer gewesen. Man fühlte sich wie im Traum. Das mochte an dem unmittelbar bevorstehenden Weihnachtsfest liegen. *Friede auf Erden.* Wahrscheinlich hatte auch Great Lawn seinen Teil daran.

Doch dann, am 23. Dezember, schien das ganze Haus plötzlich voller junger Leute zu sein, die einen wilden Aufruhr verursachten. In Wirklichkeit waren es nur drei, aber man hatte den Eindruck, sie seien überall.

Mit ihrer gewohnten Autorität, der die schrille Stimme noch mehr Nachdruck verlieh, fing Miss Charlotte sie unten an der Treppe ab und wies sie in den Salon, wo Charlie Jones sie erwartete. In seinem schwarzen Gehrock wirkte er sehr majestätisch, aber auf seinen rosigen Wangen lag das breite Lächeln, das man an ihm kannte und das trotz des langen Gebrauchs seine Frische bewahrt hatte. Er empfing sie mit der etwas unbeholfenen väterlichen Herzlichkeit, hinter der sich der Schrecken einer unbeugsamen Autorität verbirgt. Kurz, er empfing sie höflich.

»Willkommen in Great Lawn, meine Herren. Ich hoffe, Sie werden sich hier wohl fühlen. Ned, worauf wartest du eigentlich? Willst du mir nicht deine Freunde vorstellen?«

Ned trat vor. Er war vom gleichen Wuchs wie sein Vater, ebenso kräftig, und hatte die gleichen breiten Schultern und den gleichen rosigen Teint. Das üppige schwarze Haar lag in glänzenden Wellen über den Ohren, und die braunen Augen lachten unter einer breiten, glatten Stirn. Die gewisse Schwerfälligkeit seiner Person verriet eine bäuerliche Abstammung, die man Charlie Jones, der ein Städter geworden war, nicht mehr ansah. Die Ähnlichkeit zwischen Vater und Sohn überraschte, als handelte es sich um die gelungene Kopie eines Porträts, nur daß die Schönheit des Vaters auf dem Gesicht des Sohnes in jugendlichem Glanz erstrahlte.

»Das hier ist mein Freund Christopher Hughes, *Kit* genannt«, verkündete er.

Ein hochgewachsener junger Mann mit leuchtend blondem Haar verneigte sich vor Charlie Jones. Sein makellos geschnittener schwarzer Anzug vermochte nicht, ihm ein ernsthaftes Aussehen zu verleihen. Die herrlichen blauen Augen suchten das Abenteuer. Daran konnte er nichts ändern, nicht einmal in diesem ehrfurchtgebietenden Salon, wo dieser imposante Herr ihm in seiner ganzen gewichtigen Würde gegenüberstand. Offenbar war er der geborene Verführer. Er sprach mit einer leicht singenden Stimme einige Dankesworte.

Charlie Jones schenkte ihm ein erneutes Lächeln, während Ned seinen zweiten Freund beim Arm nahm. Dieser schien sehr schüchtern und blieb stumm.

»Das ist ganz einfach Teddy Brown«, sagte Ned.

»Warum ganz einfach?« fragte Charlie Jones mit einem einschüchternden Stirnrunzeln. »Mr. Teddy Brown, es ist mir eine Ehre, Sie hier zu sehen.«

Mr. Teddy Brown wäre am liebsten in den Boden versunken, denn er fand keine Worte.

»Darf ich Sie bitten, etwas näher zu treten? Ihre Bescheidenheit hält Sie in einer ungerechtfertigten Distanz.«

Teddy Brown näherte sich Charlie Jones bis auf etwa zwei Meter. Schlank und ziemlich klein, mit einem feingeschnittenen, mandelförmigen Gesicht, hätte er als schön gelten können, wenn der Abstand zwischen seinen zwei wie Saphiren leuchtenden Augen nicht so schmal gewesen wäre. Dieser Makel erzielte eine Wirkung, über die man nicht zu lächeln wagte, denn Teddy Brown sah aus, als ob er ein wenig schielte. Darin lag das Drama seiner krankhaften Schüchternheit.

Charlie Jones bemerkte all dies sofort.

»Seit wann sind Sie auf der Universität, Mr. Brown?«

Teddy Brown überwand sich:

»Ich bin im zweiten Jahr«, sagte er.

»Wäre es indiskret, Sie zu fragen, welchen Beruf Sie einmal ergreifen wollen? Aber das ist vielleicht eine zu persönliche Frage ...«

»Nein«, erwiderte er mit plötzlich festerer Stimme, »durchaus nicht. Lehrer vielleicht ... aber ich warte bis zum Ende meines Studiums, um einen endgültigen Entschluß zu fassen.«

Miss Charlotte, die in der Mitte des Salons stand, hatte den jungen Studenten instinktiv liebgewonnen und kam auf ihn zu. Sie erriet, daß er ein Sonderling war.

»Gut«, sagte Charlie Jones, »ich werde unseren Barnaby rufen, und er wird jeden von Ihnen auf sein Zimmer führen. Ned, du hast ein Doppelzimmer, und du kannst es mit einem deiner Freunde teilen.«

»Mit mir!« rief Kit Hughes lebhaft aus. »Nicht wahr, Ned?«

»Na schön, da du es bereits beschlossen hast«, erwiderte Ned geduldig.

»Mr. Brown, dann werden Sie das schönste Zimmer haben, mit Blick auf die Hügel, aber Sie werden allein sein.«

»Es ist mir ein großes Vergnügen«, antwortete Teddy Brown.

Er hatte diese Worte mit einer so charmanten Einfachheit gesagt, daß Miss Charlotte etwas kühner wurde und ihn diskret beiseite nahm. Ein wenig verlegen blickte er diese lächelnde, verhutzelte kleine Person an, die ihn sehr aufmerksam betrachtete. Vor allem die viel zu große Haube verwirrte den jungen Mann.

»Sie sagten vorhin, daß Sie vielleicht den Lehrberuf ergreifen werden.«

»Ja, Madame.«

»Nennen Sie mich nicht Madame!« schalt sie ihn lachend. »Ich werde nie mehr heiraten. Ihr ›vielleicht‹ hat mich nachdenklich gemacht. Haben Sie nicht schon einmal an einen anderen Beruf gedacht?«

Teddy Brown errötete und schwieg.

»Schon gut, schon gut«, sagte sie, »ich verstehe. Eines Tages werde ich Ihnen sagen, woran ich für Sie gedacht habe. Es wird unser Geheimnis bleiben.«

Während dieses Gespräch in einem verschwörerischen Flüsterton geführt wurde, gab Kit Hughes seine Zukunftspläne laut bekannt:

»Ich gedenke, mich der Theaterkunst zu widmen, der Bühne ...«
»Darauf hätte ich schwören können«, sagte Onkel Charlie mit einem Tigerlächeln. »Ned, überwache Barnaby und kümmere dich um deine Gäste.«

Das für Ned und Kit bestimmte Zimmer ging auf die Wälder hinaus, von deren Anblick Elizabeth, als sie auf dieser Seite des Hauses gewohnt hatte, so bezaubert gewesen war. Jetzt hätte man um das ganze Gebäude herumgehen müssen, um an ihre Tür zu klopfen.

Was Teddy Brown betraf, so hauste er zwar nicht auf dem Dachboden, aber immerhin im obersten Stockwerk, gerade über dem kleinen Salon, in welchem Miss Charlotte den Liebesbrief des Leutnants De Witt gelesen und einer unerbittlichen Analyse unterzogen hatte. Von seinem Fenster aus konnte nun auch der Student mit den Saphiraugen jene blauen Hügel betrachten, die auf wunde Seelen so besänftigend wirkten, und Teddy Brown war in der Tat nicht glücklich. Er hatte nur wenige Freunde auf der Universität, und vielleicht war Ned deshalb in einer seiner verrückten Launen auf die Idee gekommen, ihn für ein paar Tage nach Great Lawn einzuladen, um ihm eine Freude zu bereiten und ihn um jeden Preis glücklich zu machen. Und Ned konnte man nichts abschlagen.

Ganz anders verhielt es sich mit Christopher Hughes, genannt Kit. Wenn er Neds Zimmer teilte, so betrachtete er dies als das Recht des Eroberers. Das war so seine Art. Seine strahlende Jugend, sein Stolz und ein gewisses Ansehen, das er seinem frechen Mundwerk und einer sich stets am Rande der Unverschämtheit bewegenden Höflichkeit verdankte, trugen dazu bei, daß er von den einen bewundert und von den anderen geringschätzig beurteilt wurde. Der kaum verhohlene Ehrgeiz, sich unter die gute Gesellschaft zu mischen, hatte es ihm wünschenswert erscheinen lassen, in das Haus einer der angesehensten Persönlichkeiten des Südens eingeladen zu werden. Wie hatte Ned seinen ständigen und fast flehenden Bitten nachgeben können? Er selbst wußte es nicht. Vielleicht weil er ihn nicht enttäuschen wollte, aber vor allem weil er es nicht über das Herz gebracht hätte, einen Studienkollegen, mit dem er sich gern unterhielt, durch eine Weigerung zu demütigen.

Kurz nach sechs Uhr abends erschien Barnaby in roter Livree und klopfte an die Türen der jungen Leute, die sich fünfzehn Minuten später mit allen anderen im Salon einfanden. Ned und Kit wirkten sehr elegant in ihren schwarzen Gehröcken, Teddy Brown trug einen nicht ganz so gut geschnittenen, jedoch korrekten Anzug.

Amelia in einem dunkelroten Seidenkleid empfing sie mit Wohlwollen, aber ohne Wärme, denn sie schreckte instinktiv vor der Jugend zurück, von der, wie sie meinte, nichts als Unordnung zu erwarten war. Selbst der Stiefsohn entging nicht diesem finsteren Verdacht. Sie schenkte ihm nur ein etwas nachdrücklicheres Lächeln und einige matte Begrüßungsworte:

»Du siehst deinem Vater immer ähnlicher.«

Im Grunde ihres Herzens hatte sie Angst, eine fast animalische Angst. Sie zitterte bei dem Gedanken, daß man während des Abendessens von den wieder einmal auflebenden Kriegsdrohungen sprechen würde. Charlie Jones, der sie aus den Augenwinkeln beobachtete, strahlte vor guter Laune und lachte über alles. Man formierte sich bereits zu einer Art von Prozession, um ins Speisezimmer zu gehen, als Miss Charlotte besorgt ausrief:

»Wo bleibt Elizabeth? Barnaby, hast du sie gerufen?«

»Ja, natü'lich, Mam'sell Cha'lotte. Sie kommt gleich.«

Fast im selben Augenblick schlüpfte die junge Engländerin durch die Tür, neben der sie stehenblieb, wie um nicht aufzufallen. Sie kam gerade aus ihrem Zimmer, wo Jemima ihr mit der Kunstfertigkeit eines Goldschmieds, der eine Krone ziseliert, das Haar gerichtet hatte. Ein schillerndes Taftkleid hob die Frische ihres Teints hervor, und als sie in der mit roten Vorhängen drapierten Tür stand, bewunderte man schweigend ihre Schönheit. Selbst die, die sie jeden Tag sahen, waren sprachlos. In der Tat glänzten ihre Augen in einer tiefen Gemütsbewegung, und ihre ganze Person schien zu strahlen: Sie hatte soeben aus Dimwood die ersten Nachrichten von Jonathan erhalten.

Die drei Studenten starrten sie an wie eine Erscheinung. Es trat eine peinliche Stille ein, die unerträglich geworden wäre, wenn Charlie Jones nicht mit seinem schallenden Gelächter alle Anwesenden aus ihrer Erstarrung gerissen hätte.

»Ich bitte um Verzeihung«, sagte sie.

»Du brauchst dich nicht zu entschuldigen, wir sind entzückt«, sagte Onkel Charlie. »Elizabeth, ich stelle dir meinen Sohn Ned vor ... Ned, deine Cousine Elizabeth Escridge.«

Ned verneigte sich etwas linkisch. Die natürliche Unbefangenheit vieler seiner Altersgenossen fehlte ihm.

Dann kam Kit mit seinem siegesbewußten Lächeln und seiner herrlichen, wirren, rotblonden Mähne, die wie eine wandelnde Flamme aussah.

Schließlich erschien Teddy Brown und verschwand gleich wieder, wie ein aufgeschrecktes Tier.

Elizabeth blickte sie alle an und nahm sie nicht wahr. Sie war anderswo, in einer berauschenden Mainacht, und suchte ein verliebtes Gesicht im Laub eines Magnolienbaums. Würde diese Minute je wiederkehren? Andere vielleicht, aber nie dieselbe, diese erste ... Was tat sie hier an diesem Tisch, wo gleißende Lüster Menschen einer poesielosen Welt beschienen? In ihrer inneren Vision verloren, ließ sie einen abweisenden Blick in die Runde schweifen, doch Miss Charlottes Stimme zog sie wie an einem Seil aus ihren Träumen empor.

»Ihr jungen Leute«, sagte sie, »erzählt uns doch ein bißchen von eurer Universität, die weder meine Schwester noch ich kennen – ganz zu schweigen von unserer Cousine aus England, Elizabeth.«

Der Klang ihres Namens weckte das junge Mädchen in dem Augenblick, als Kit, der Schönredner, das Wort ergriff:

»Säulen, Hunderte von Säulen. Es gibt so viele, daß man glaubt, sie begleiteten einen. In dieser Architektur komme ich mir manchmal wie ein alter Grieche vor ...«

»Wie ein griechischer Gott vielleicht?« fragte Onkel Charlie.

Der griechische Gott schüttelte seinen hübschen leeren Kopf und zeigte dabei kleine weiße Zähne, so weiß wie der Reis, der in der Mitte des Tisches dampfte.

»Schön wäre es ...«, sagte er bescheiden.

Es gab ein Gelächter, dessen sanfte Ironie er nicht verstand. Nachdem sie wieder ganz zu sich gekommen war, konnte Elizabeth nicht umhin, ihn etwas genauer zu betrachten. Die großen, tiefschwarzen Augen milderten auf unerklärliche Weise das aggressive Rot seiner wilden Mähne. Er erinnerte an das Bild, das man sich von einem romantischen Dichter macht, nur ohne dessen Genie. Trotzdem schien er Elizabeth durchaus einer gewissen Bewunderung würdig, denn in diesem Punkte blieb sie unverbesserlich, aber plötzlich kam ihr jener abscheuliche Satz Miss Llewelyns wieder in den Sinn, welch grobe Wirklichkeit sich hinter einem schönen Gesicht verbirgt, und sie wandte mit heftigem Widerwillen den Kopf ab.

Dabei begegnete sie Neds Blick, der kaum einen Meter entfernt von ihr saß, und die Kehle wurde ihr trocken. Etwas wie Angst ergriff sie. Sie erinnerte sich an dieses Porträt in ihrem Zimmer in Savannah, das man gemäß ihren Jungmädchenlaunen abgehängt und wieder aufgehängt hatte, bis es dann endgültig verschwunden war, und jetzt sah sie es wieder vor sich, aber lebendig und mit dem linkischen Lächeln eines Jugendlichen, dem noch alle Lebenserfahrung fehlte.

Schweigend betrachtete sie ihn und versuchte zu lächeln, doch sie vermochte es nicht. Wie vorhin, aber aus ganz anderen Gründen, wandte sie den Kopf ab. Er war sicherlich verblüfft, versuchte ihren Blick festzuhalten und murmelte schüchtern protestierend:

»Elizabeth, ich bin Ned, Ned Jones.«

Elizabeth fühlte eine solche Erregung, daß sie nahe daran war, aufzustehen und das Zimmer zu verlassen, doch ihr natürlicher Stolz zwang sie, sich zu beherrschen, und sie blieb regungslos sitzen.

Charlie Jones, der sie unauffällig beobachtete, witterte ein kleines Drama und beschloß, einzugreifen.

»Ned«, sagte er, »auf der Universität hast du doch bestimmt von diesem Edgar Allan Poe gehört, der im vorigen Jahr starb. Wird er viel gelesen?«

»Mehr oder weniger. Ich bin von seinen Gedichten und seiner Prosa nicht gerade begeistert, aber er hat seine Legende. Er verbrachte nur ein Jahr auf der Universität, von 1826 bis 1827. Später ging er nach West Point, wo man ihn wegen Trunksucht hinausgeworfen hat.«

»Wie du sie erzählst, ist seine Geschichte ziemlich kurz.«

»Ich kenne sie schlecht. Auf der Universität galt er als Genie.«

»Ein vom Alkohol zerstörtes Genie. Aber es gibt doch sicher noch Leute, die sich an ihn als Studenten erinnern. So erzähl doch ein bißchen, Ned. Du bist heute abend nicht sehr gesprächig.«

»Ich gebe zu, daß ich nicht sehr gesprächig bin«, sagte Ned mit einem gezwungenen Lächeln, »aber von seiner Prophezeiung rede ich nicht gern. Sie ist nicht angenehm zu hören.«

»Erzähle trotzdem. Die Prophezeiung eines Dichters ist ohnehin nur ein Traum. Und was der wert ist, wissen wir.«

»Na schön. Also während einer Wanderung in den Blauen Hügeln, die man vom Universitätsgebäude aus sieht, hat er seinen Kameraden prophezeit, daß es eines Tages zum Krieg zwischen dem Norden und dem Süden kommen wird und daß dies ein schrecklicher Krieg sein wird.«

Bei diesen Worten schüttelte Amelia krampfhaft den Kopf und stieß einen rauhen, tonlosen kleinen Schrei aus:

»Ich will nicht...«, sagte sie, ohne zu erklären, was sie nicht wollte.

Onkel Charlie ergriff ihre Hand.

»Es ist doch nichts, mein Liebling. Dieser närrische Poet sagte das im Jahre 1826, und es hat keinen Krieg gegeben. Im Gegenteil, wir haben heute ein Friedensabkommen.«

»Ich bitte um Verzeihung«, sagte Ned.

»Nein, es ist meine Schuld«, beteuerte sein Vater. »Ich hatte darauf bestanden. Aber welchen Glauben kann man den Visionen eines Trinkers schenken?«

»Ein Trinker? Meinst du?« fragte Amelia mit wehleidiger Stimme. »Charlotte, gib mir das Riechsalz.«

»Ich habe keins«, erwiderte Charlotte barsch. »Eine Schottin braucht kein Riechsalz, liebe Schwester. Nimm dich zusammen und iß.«

Ein leidender Blick antwortete auf diesen Befehl, der alle überraschte und ein plötzliches Interesse erweckte, wie bei einer schlagfertigen Replik in einem Theaterstück. Selbst Teddy Brown zögerte nicht, einen neugierigen Blick auf die große dunkle Frau zu werfen, die ganz still dasaß. Man erwartete einen Eklat, aber sie schien sich in ihr Schweigen wie in einen Trauerschleier zu hüllen. Eine Veränderung ging mit ihr vor.

»Nun denn«, sagte sie mit einer plötzlich entschlossenen Stimme, »euer Dichter hatte vielleicht recht. Es wird einen Krieg geben.«

»Aber das ist doch keinesfalls sicher!« rief Charlie Jones aus.

»Doch. Man redet ständig davon und führt ihn damit schließlich herbei. Ich bilde mir nichts darauf ein, ihn so lange gefürchtet zu haben.«

Sie versuchte sich in ihrem Sessel aufzurichten, aber die Kräfte fehlten ihr, und Charlie Jones nahm ihre Hand.

»Möchtest du hinaufgehen und dich ausruhen?«

Mit einer Geste wehrte sie ihn ab. In diesem starren Gesicht leuchtete ein Schimmer von Zufriedenheit auf. Sie sah sich von einer Welle entsetzter Bewunderung umgeben. In ihrer Phantasie erweckte sie die Heldin einer schottischen Legende zum Leben. Außerdem hatte sie mit ihrer Schwester noch ein Hühnchen zu rupfen.

»Charlotte«, sagte sie mit einer Stimme, die schroff klingen sollte, »ich würde auch dir raten, lieber zu essen, anstatt mich anzustarren.«

»Bravo!« rief Charlotte. »Das ist die Stimme des Blutes. Wir haben uns in Schottland auf der Seite des jungen Prätendenten zur Genüge geschlagen, um die näselnden Klänge des Dudelsacks und den Donner der Trommeln in der Schlacht nicht zu fürchten. Ich habe auch selbst einmal die Trommel geschlagen. Auf dem Dachboden liegt noch eine, die aus der Zeit der Engländer stammt. Man bringe sie mir, und ihr sollt mich hören, ich schwöre euch. Ich habe einen wilden Schlag.«

Onkel Charlie sprang mit einem Satz auf.

»Jetzt sind sie losgelassen!« rief er aus. »Wie soll ich sie nur besänftigen? Ruhe! Ich bitte um Ruhe, ich befehle es!«

»Wozu denn?« fragte ihn Amelia in einem Ton, den er an ihr nicht kannte.

»Aber Liebste, weil … weil wir hier sind, um zu essen, und nicht um in den Krieg zu ziehen, weil hier die ganze Familie friedlich versammelt ist – oder doch fast… Und dann wird es keinen Krieg geben. Meine lieben Jungen, ihr werdet wahrscheinlich nie den Waffenrock tragen müssen, macht euch keine Sorgen.«

»Sir«, sagte Ned in einem ruhigen Ton, »ich würde keine Angst haben.«

Von der unerwartet hitzigen Diskussion mitgerissen, beobachtete Elizabeth die Anwesenden mit neuem Interesse. Bisher hatte sie Ned Jones' Blick gemieden, aber als er das Wort ergriff, um seinem Vater zu antworten, konnte sie nicht umhin, ihm direkt in die Augen zu blicken, und was sie in seinen Zügen las, war eine Seelengröße, die sie überwältigte. Es war ein blitzartiger Eindruck, der sogleich wieder verschwand. Er lächelte, als sie ihn so aufmerksam sah, und dieses Lächeln zerstörte alles. Jetzt glich er wieder dem Porträt in Savannah, aber während eines kurzen Augenblicks hatte sie ihn anders gesehen und geliebt.

Diese vorübergehende Verwirrung ließ sie plötzlich erschrecken. Welch eine seltsame Schwäche entdeckte sie da in ihrem Wesen. Die abscheuliche Waliserin hatte recht: ein schönes Gesicht übte eine gefährliche Faszination auf sie aus. Neds Charme lag eigentlich nur in einer gewissen heiteren Zärtlichkeit der braunen, goldgesprenkelten Augen. Er hatte nichts von einem romantischen Helden. Der Ausdruck »guter Kerl« paßte genau auf ihn. So wollte sie ihn von nun an sehen, und da sie sich durch diesen Entschluß von ihrer schwärmerischen Neigung befreit glaubte, konnte sie unbesorgt mit ihm reden.

»Ich nehme an, Sie heißen Edward«, sagte sie etwas forscher als beabsichtigt, aber würde sie je einem Impuls widerstehen können? Als Entschuldigung mochte vielleicht gelten, daß sie ihre Unhöflichkeit von vorhin wiedergutmachen wollte.

»Edward ist schon richtig, aber es wäre mir lieber, wenn Sie mich Ned nennen.«

»... wenn Sie mich Ned nennen ...« Das verschlug ihr die Sprache, denn darum hätte sie ihn nie gebeten.

»Mein Vater erzählte mir, wir seien entfernte Verwandte, also sage ich Elizabeth zu dir, wenn es dir recht ist.«

»Aber natürlich ... Ja.«

»Ja, Ned«, berichtigte er sie mit dem unwiderstehlichen Lächeln seines Vaters.

»Ja, Ned«, sagte sie automatisch.

Hatte sie dies nicht schon einmal gesagt? War es eine jener falschen Erinnerungen, die das Gedächtnis necken? Plötzlich sah sie sich wieder in dem Tumulthaus, vor Daniel De Witt. *Nennen Sie mich Daniel. – Ja. – Ja, Daniel.* Alles fing wieder von vorne an. Sie fühlte sich so unbehaglich, daß sie aufstehen wollte, um den Tisch zu verlassen. Er bemerkte es und faßte sanft und etwas furchtsam ihre Hand. Angesichts dieses zärtlichen Blicks fand sie nicht den Mut, ihre Hand zurückzuziehen.

»Was ist denn, Elizabeth?«

»Nichts, nur all der Lärm.«

In der Tat war eben ein lebhaftes Wortgefecht ausgebrochen. Amelia, in einem heftigen Streit mit Charlotte, war wieder in die kehlige Aussprache ihrer Heimat verfallen.

»Warum schreien sie denn so?« fragte Elizabeth.

»Es ist wegen Charlottes Apfeltorten. Man hat mir die Geschichte erzählt. Weißt du darüber Bescheid?«

»Das Kuchenessen für die Vettern und Cousinen von gegenüber? Ich war dabei.«

»Charlotte hat gerade von dem alten Familienstreit gesprochen, den sie idiotisch findet, und da ist Amelia wütend geworden.«

»Kann der Streit denn nicht geschlichtet werden?«

»Er könnte, aber Amelia ist unbeugsam. Sie gibt nicht nach.«

Während er dies sagte, hatte sich Charlotte mit hochroten Wangen erhoben und ließ ein ohrenbetäubendes Geschrei vernehmen:

»Ich frage mich, was du dir dabei denkst, wenn du in deinem Nachtgebet behauptest, daß du denen vergibst, die dich beleidigt haben.«

Jetzt verließ Onkel Charlie seinen Platz und brüllte mit Donnerstimme:

»Charlotte, du gehst zu weit! Ich befehle dir, zu schweigen.«

Wie um ihrer Stimme noch mehr Kraft zu verleihen, warf Charlotte die Schultern so heftig zurück, daß ihre Haube sich gefährlich nach vorn neigte.

»Erteile deiner Frau Befehle, und nicht mir«, kreischte sie. »Nach den Gesetzen der Ehe ist sie verpflichtet, dir zu gehorchen.«

Und nun geschah etwas, das Teddy Brown und Kit Hughes sichtlich in Schrecken versetzte, denn sie wurden bleich und machten sich ganz klein. Man sah, wie Charlie Jones in seinem schwarzen Gehrock den Brustkorb spannte und die Fäuste ballte. Auf eine unbeschreibliche Art schien er größer und breiter zu werden, vor Wut anzuschwellen. Elizabeth bewunderte ihn, denn jetzt wurde er in ihren Augen wieder das, was er wirklich war – ein Mann. Eine seiner Fäuste, die in Spitzenmanschetten steckten, schlug auf den Tisch, und die Gläser klirrten fröhlich wie bei einem Fest.

»Wer ist hier der Herr?« fragte er mit Baßstimme, der er einen prächtigen, sonoren und machtvollen Klang zu geben wußte.

Barnaby, der eine Schüssel herumreichte, stellte sie irgendwo auf den Tisch und ergriff die Flucht, während Amelia sich nun ihrerseits erhob, um ihre Stellung zu behaupten. Mit königlicher Miene befahl sie:

»Laß, Charlie, das geht mich allein an. Charlotte, du wirst deine Worte vor dem Jüngsten Gericht zu verantworten haben.«

Ihr rauher Akzent und ihre Grabesstimme versetzten alle in Schrecken, und selbst Charlotte schwankte. Doch sie faßte sich sogleich und antwortete – der Anspielung gemäß mit kraftvoll trompetender Stimme:

»Jawohl, dort werden wir uns wiedersehen, meine Schwester, und dort werde ich deine geheuchelte Barmherzigkeit und die Härte dieses Steins zur Sprache bringen, den du dein Herz nennst.«

»Nein, nein und abermals nein!« brüllte Onkel Charlie. »Jetzt ist es aber genug!«

Diese Worte wurden so energisch gesprochen, daß sie während einiger Minuten ein bedrücktes Schweigen erzwangen, das wie ein Knebel wirkte. Die Zeit schien stillzustehen, bis sich Amelias Stimme mit sanfter Hartnäckigkeit vernehmen ließ:

»Die Vergebung wird erteilt, wenn man mich hier darum bittet.«

Charlotte bemerkte dazu in einem lauten Flüstern:

»Du wirst nicht siebenmal vergeben, sondern siebzigmal siebenmal.«

»Ich werde warten«, sagte Amelia, und damit verließ sie den Tisch und schritt zur Tür.

Zur Überraschung aller blieb Miss Charlotte stumm und trat ostentativ beiseite, um ihre Schwester vorbeizulassen.

Als diese verschwunden war, sagte Miss Charlotte:

»Jetzt wird sie leiden.«

Charlie Jones zuckte die Schultern.

»Ihr hättet euch einen anderen Tag als den vor Heiligabend aussuchen können, um euch zu zanken. Ich gehe nachher zu ihr hinauf.«

Seine Ruhe verwunderte Elizabeth. Wo war der stets so um seine Frau besorgte Ehemann, als den sie ihn seit seiner Hochzeit erlebt hatte? Vielleicht hatte auch er genug von den finsteren Launen der unnachgiebigen Schottin.

Barnaby servierte die Nachspeise, und die Konversation lebte recht und schlecht wieder auf und schleppte sich farblos dahin. Ein wenig zu Ned vorgebeugt, flüsterte Elizabeth:

»Ich möchte nicht allzu neugierig sein und lästige Fragen stellen, aber ...«

Er zeigte sein treulosestes Lächeln, weil es das verführerischste war, als er sich seinerseits zu ihr neigte:

»Es ist ganz einfach«, sagte er leise. »Früher wohnten die beiden

Schwestern im selben Haus. Amelia und ihre Schwester Mollie führten abwechselnd das Haushaltsbuch. Und wegen eines Rechenfehlers brach ein Streit aus, in dem Amelia nichts weniger als des Betrugs bezichtigt wurde.«

»Wegen eines Rechenfehlers? Das ist doch nicht möglich.«

»Der Rechenfehler war vielleicht nur ein Vorwand. Wahrscheinlich schwelte bereits irgendein finsterer Groll zwischen diesen beiden Schottinnen. Manchmal flammt der Haß blitzartig auf.«

»Blitzartig?«

»Wie die Liebe«, sagte er verschmitzt, ohne die Augen von ihr abzuwenden.

Sie blickte zu Boden und erwiderte nichts.

Der Abend war äußerst kurz. Wahrscheinlich lag es an der peinlichen Szene während des Diners, daß niemand zum Plaudern aufgelegt war, außer Kit, dem griechischen Gott, der so schrecklich gern mit seinen Geschichten geglänzt hätte. Die Anekdoten lagen ihm auf der Zunge, aber niemand wollte sie hören. Man blätterte in den offenen Familienalben auf dem großen Tisch des Salons. Onkel Charlie überflog hastig die Zeitungen, zerknüllte sie und warf sie nacheinander neben seinem Sessel zu Boden. Schließlich erhob er sich und sagte:

»Kinder, ich bin müde, ich gehe hinauf. Gute Nacht allerseits.«

Miss Charlotte folgte seinem Beispiel sofort. Noch nie hatte man sie so ernst gesehen. Dennoch versuchte sie zu lächeln, als sie sich von den Gästen verabschiedete:

»Hoffentlich findet ihr eure Zimmer. Ned wird euch den Weg zeigen. Elizabeth, du solltest auch schlafen gehen, du siehst gar nicht wohl aus.«

Das junge Mädchen wünschte sich nichts Besseres, als zu verschwinden. Alles, nur nicht allein mit den drei jungen Leuten bleiben. Was hätte sie mit ihnen reden sollen? So wünschte sie ihnen eine gute Nacht und ergriff die Flucht.

Die anderen trennten sich freiwillig, jedoch nicht alle. Teddy Brown suchte sein hübsches Zimmer mit Blick auf die schlafenden Hügel auf, während Kit seinem Freund Ned in ihr gemeinsames Zimmer folgte.

Eine halbe Stunde später versank Great Lawn in der gewaltigen ländlichen Stille. Das war der Augenblick, den Barnaby in Ermangelung eines eigenen Privatlebens nutzte, um ein wenig von dem der anderen zu erhaschen. Seine katzenhafte Gewandtheit hatte sich dabei schon manches Mal als dienlich erwiesen, denn das Lauschen an der Tür ist nicht ohne Risiko.

Nicht alle Türen des Hauses boten die gleichen Genüsse. Die des englischen Fräuleins war von keinerlei Interesse, ebensowenig wie die Miss Charlottes, aus der nur Psalmen und Gebete drangen. Die von Mr. und Mrs. Jones hätte gewiß einen Versuch gelohnt, aber dort lauerten die schrecklichsten Gefahren, denn Mr. Jones war argwöhnisch und hellhörig.

In dieser Nacht konzentrierte Barnaby seine Begabung auf die Türen der Gäste. Um die Wahrheit zu sagen, war die des unbedeutenden Mr. Teddy Brown nicht der Mühe wert, dort zu verweilen. Dagegen lockte Neds und Kits Tür wie ein Fragezeichen, und an sie drückte er mit glühender Neugier sein Ohr. Doch was er vernahm, klang nach nichts mehr und nichts weniger als nach einer Schlacht. Zuerst ein heftiger Wortstreit im Flüsterton, was ihn noch dramatischer erscheinen ließ, dann plötzlich ein krachend umgestoßener Stuhl, gefolgt von dem unverwechselbaren Geräusch einer schallenden Ohrfeige. In diesem Augenblick geriet der indiskrete Barnaby in Panik und verschwand eiligst im Dunkel des Korridors, mit diesem rätselhaften Ausschnitt eines Studentenstreits im Ohr.

93

Elizabeth grübelte in ihrem Zimmer, wo die Kohlenglut wie ein Haufen Rubine funkelte, und konnte sich nicht entschließen, zu Bett zu gehen. Die Stille ringsum zog sie in ihren Bann. Von dem kleinen Drama, das sich anderswo abspielte, drang kein Laut bis hierher.

Der schreckliche Wortwechsel zwischen Amelia und Charlotte klang noch in ihr nach, von Neds ruhiger Stimme unterbrochen, und in dieser Verwirrung suchte sie, was ihr mehr als alles andere am Herzen lag, Jonathans Gesicht.

Sie saß an ihrem kleinen Mahagonischreibtisch und starrte auf einen leeren Briefbogen, als läse sie bereits, was sie schreiben wollte, und sie zögerte. Ein an sie adressierter Brief aus Dimwood war schon am Vormittag angekommen und ihr mit einiger Verspätung ausgehändigt worden. Man hatte ihn natürlich nicht geöffnet, aber er mußte von Hand zu Hand gegangen sein, und man wußte, daß sie mit Miss Llewelyn korrespondierte. Was diese zu sagen hatte, beschränkte sich übrigens auf drei Zeilen:

Habe Nachricht erhalten. Man denkt dort sehr viel an Sie. Falls Sie unbedingt antworten wollen, erfolgt Weiterleitung von hier. Verbrennen Sie dieses Papier sofort.

Ein zweiter Brief, den man vorzeigen konnte, war dieser Mitteilung beigefügt. In ihm schrieb Miss Llewelyn dem jungen Mädchen, daß sich alle in Dimwood wohl befänden, außer Mr. Fred, dem sein operierter Fuß Schmerzen bereite. Mr. Hargrove zeige sich besorgt: eines Tages werde Jonathan erscheinen, um die Schlüssel des Hauses zu verlangen, nachdem die Jahre der Pacht verstrichen seien.

Man denkt dort sehr viel an Sie. Welches Entzücken hatten diese Worte bereitet! Sie hatte sie in ihrem Herzen bewahrt, als sie beim Abendessen erschienen war, und jetzt konnte sie endlich schreiben, an Jonathan schreiben …

Ein Gedanke ernüchterte sie plötzlich. Als ob sie ihr über die Schulter blickte, würde die Frau im aschgrauen Kleid mit ihren Rattenaugen jede Zeile lesen, all ihre glühenden Liebeserklärungen. Nie und nimmer!

Mit einem Satz sprang sie auf. Sie mußte nachdenken, nachdenken. Rasch warf sie die gefährliche Mitteilung ins Feuer, zog sich aus und ging zu Bett.

Nachdem die Lampe gelöscht war, lag sie mit offenen Augen da und dachte im Dunkeln über ihre Probleme nach. Die einzige Lösung wäre die, sich Jonathans Adresse zu beschaffen und ihm direkt zu schreiben. Aber würde die Waliserin sie ihr geben? Das war höchst ungewiß. Sie müßte höflich drängen, ihr ein wenig schmeicheln, sie vielleicht sogar anflehen – aber nur ein wenig. Oder aber, falls es mißlänge, müßte sie Mittel und Wege finden, Jonathan ihre Adresse in Virginia zukommen zu lassen.

So arbeitete ihre fieberhafte Phantasie, und eine schwache Hoffnung tat sich auf. Fast glücklich schlief sie ein. Doch gerade als sie in die Bewußtlosigkeit des Schlafes sinken wollte, glaubte sie Neds etwas spöttische Stimme zu hören, die zu ihr sagte: »Ja, Ned, ja, Ned.«

Der folgende Tag begann unter den besten Voraussetzungen. Wie nach einem starken Gewitter heiterte sich die Atmosphäre auf. Unter den breiten schwarzen Bändern ihrer Haube strahlte Amelias Gesicht in der stillen Freude eines ungetrübten Gewissens, und sie hörte nachsichtig lächelnd dem Geschwätz der jungen Leute zu. Kit zeigte sich unerschöpflich in seinen kleinen boshaften Geschichten über die Schwächen gewisser Professoren, und Ned lachte höflich an den richtigen Stellen, obwohl ihm die leichtfertigen Witzeleien seines Gastes vulgär erschienen und er sich ihrer schämte.

Kit bedauerte zutiefst, daß es ihm nicht möglich war, den ganzen Weihnachtstag in Great Lawn zu verbringen, da er seinen Eltern versprochen hatte, rechtzeitig zu Hause zu sein, um am großen Familienmittagessen teilzunehmen. Der Weg sei nicht weit, erklärte er, denn er wohne sechs Meilen von hier.

»Eigentlich sind wir fast Nachbarn«, sagte er lächelnd zu Ned.

Deutlicher konnte man nicht bitten, im Wagen oder im Einspänner nach Hause gefahren zu werden.

»Unserem Barnaby wird es ein Vergnügen sein, dich zu begleiten«, sagte Ned, »und dich bei den Deinen abzuliefern, die bestimmt damit rechnen, daß du am Weihnachtstag bei ihnen bist.«

»Und das, sobald es Ihnen beliebt«, fügte Charlie Jones mit kaum verhohlenem Eifer hinzu.

»Ich höre diese kleinen Anekdoten furchtbar gern«, erklärte plötzlich Miss Charlotte, die in Kits Augen las, wie peinlich er es empfand, unerwünscht zu sein und es zu spät begriffen zu haben. »Sie sind ein erstklassiger Plauderer, und ich hoffe, Sie werden uns wieder einmal besuchen.«

Kit wandte sich Ned zu, der seinen Blick mit einem breiten Grinsen beantwortete, und er hatte den Eindruck, gegen eine Mauer gerannt zu sein.

»Aber Teddy Brown wird uns jedenfalls nicht verlassen«, sagte Charlie Jones. »Seine Eltern gestatten ihm hoffentlich, uns Gesellschaft zu leisten.«

Ned flüsterte seinem Vater zu:

»Keine Eltern. Er ist Waise.«

»Betrachten Sie sich hier wie zu Hause«, sagte Charlie Jones sogleich, ergriff Teddy Browns kleine Hand und drückte sie herzlich.

Die Saphiraugen blickten mit kindlicher Freude zu ihm auf, und er öffnete den Mund, um etwas zu sagen, aber er sprach so leise, daß Charlie Jones keine Silbe verstand. Nichtsdestoweniger schüttelte er ihm kräftig und lange die Hand.

Elizabeth beobachtete diese Szene und ließ sich keine Einzelheit entgehen, denn es schien ihr, als sähe sie all diese Leute in einem neuen Licht. Ohne es zu bemerken, wurde sie selbst zum Gegenstand einer gewissermaßen unermüdlichen Aufmerksamkeit.

Miss Charlotte, die neben ihr stand, sagte leise:

»Ihr leset wie in einem Buche, doch urteilt deshalb nicht.«

Der geheimnisvolle Ton des alten Fräuleins rührte Elizabeth, und sie lächelte. Charlotte verstand es zu sprechen, als vertraute sie ihr ein Geheimnis an, aber jede Anspielung auf die Heilige Schrift war der jungen Engländerin peinlich, weil sie sich sofort betroffen und schuldig fühlte.

»Ich urteile nicht«, murmelte sie, »nur finde ich, daß der arme Kit gar nicht glücklich aussieht.«

»Ach«, erwiderte Charlotte mit gespieltem Erstaunen, »Sie sind also menschlich.«

Elizabeth errötete.

»Nehmen Sie es mir nicht übel«, sagte Charlotte, »es war nur eine Neckerei. Sie werden es bald verstehen.«

In diesem Moment erhob Onkel Charlie die Stimme:

»Wir werden uns auf eine Invasion aus dem Tumulthaus gefaßt machen müssen. Hast du Munition, Charlotte?«

»Ich bin seit sechs Uhr früh auf«, erklärte Miss Charlotte mit ihrer schrillsten Stimme. »Die gesamte Küche ist auf den Beinen. Es wird alles im Überfluß vorhanden sein und zu einigen überflüssigen Magenverstimmungen führen.«

Man lachte schallend über diese Worte. Alle erhoben sich, und die Stühle scharrten laut auf dem Parkett. Elizabeth packte Charlotte am Arm und fragte mit schreckgeweiteten Augen:

»Glauben Sie nicht, daß er dann auch kommen wird?«

»Keine Gefahr. Er ist fort. Man hat nicht darüber reden wollen, aber er hat sich nach Manila versetzen lassen.«

94

Ein schwerer Stechpalmenkranz wurde an die Tür des Hauses gehängt. Die Beeren leuchteten wie rote Blutstropfen im stachligen Laub.

Eine vielleicht etwas konventionelle, jedoch unwiderstehliche Atmosphäre unschuldiger Freude verbreitete sich in Great Lawn. Lauter lächelnde Gesichter. Vor dem Hause versuchte Ned in einem kameradschaftlichen Impuls Kit zu überreden, wenigstens bis nach dem Diner zu bleiben und dann erst heimzukehren. Kits Antwort erleichterte ihn: die Familie erwartete das Prachtkind, und er konnte sie nicht enttäuschen.

»In diesem Fall«, sagte Ned, um sich liebenswürdig zu zeigen, »werde ich dich selbst in meinem Einspänner zu den Deinen bringen. So sind wir ein wenig länger beisammen.«

Die dunklen Augen mit den rötlichen Wimpern strahlten.

»Willst du das wirklich tun? Du bist mir also nicht böse?«

»Du Dummkopf!« rief Ned lachend aus und boxte ihn gegen die Schulter.

Doch da kam Onkel Charlie und machte Neds großzügigem Anerbieten ein jähes Ende.

»Es freut mich zu sehen, daß ihr so gute Freunde seid«, sagte er heiter. »Die Universität schafft viel bessere und dauerhaftere Bindungen zwischen den jungen Leuten als die gesellschaftlichen Beziehungen. Kit, wir werden Sie vermissen, aber um welche Zeit wünschen Sie heimzukehren?«

Kit wurde ein wenig rosiger und antwortete:

»Wann es Ihnen recht ist ... sagen wir um fünf Uhr.«

»Ich werde ihn begleiten«, sagte Ned.

»O nein, du bleibst hier. Wir brauchen dich für die Vorbereitungen. Barnaby wird um fünf Uhr mit dem Wagen vorfahren, Kit. Ich komme dann, um Ihnen zum Abschied die Hand zu drücken.«

Lächelnd drehte er sich um und ging entschlossenen Schritts zum Haus.

»Schade«, sagte Kit traurig, »aber es war trotzdem nett von dir. Alles war gut.«

»Alles war gut«, wiederholte Ned wie ein Echo.

Was Charlie Jones die Vorbereitungen nannte, existierte nur in seiner Phantasie. Er brauchte einfach einen Vorwand und hatte nur irgend etwas gesagt, um den griechischen Gott, den er nicht mochte, loszuwerden. Die Abendmahlzeit war Miss Charlottes Angelegenheit, und sie benötigte Ned ganz bestimmt nicht. Mit der Ruhe eines Generals traf sie alle Entscheidungen für den Überfall der Vettern und Cousinen von gegenüber.

Punkt fünf Uhr hielt der schwarze Einspänner mit den gelben Rädern vor dem Haus, und Barnaby trug diensteifrig Kits Koffer. Dieser machte ein etwas betrübtes Gesicht und zögerte mit dem Einsteigen, bis Ned herbeieilte.

»Wir sehen uns bald wieder«, sagte er und drückte Kit den Arm. »Treffpunkt unter den Kolonnaden! Hast du dich auch nicht zu sehr bei uns gelangweilt?«

Im gleichen Augenblick erschien Onkel Charlie und rief, bevor Kit die Frage beantworten konnte:

»Es war mir eine Freude, Sie in Great Lawn zu Gast zu haben. Viel Glück, mein Junge, und ein frohes Weihnachtsfest.«

Und wie er es versprochen hatte, schüttelte er ihm lachend die Hand. Barnaby schien entzückt über diese kleine Reise mit Massa Kit. Wahrscheinlich hoffte er, ein sehr diskretes Gespräch anzuknüpfen und einiges zu erfahren, denn die schallende Ohrfeige klang ihm noch wie ein Flintenschuß in den Ohren.

Kaum waren sie verschwunden, da tauchte auch schon die kleine Herde der Nachbarn von gegenüber auf. Fanny, wild und ungestüm wie immer, Elsie, Dick, Harry und die blasse und ernsthafte große Clementine.

In einem unaufhörlich sprudelnden Wortschwall packte Fanny ihre gewohnten Indiskretionen aus:

»Papa hat nie viel von Religion gehalten, und Mama tut alles, was er sagt, und so haben sie uns gehen lassen, weil Weihnachten für uns eben Weihnachten ist, und da werdet ihr verstehen ...«

»Ich verstehe durchaus«, erwiderte Onkel Charlie, »aber ein Weihnachtsfest ohne Abendessen zum Beispiel – wäre das noch ein Weihnachtsfest?«

Die kleine Gruppe stieß einen Schrei aus:

»Kein Abendessen?«

Nur Clementine bewahrte Schweigen, aber die Beunruhigung war auch in ihren Augen zu lesen.

»Beruhigt euch«, sagte Onkel Charlie, »ihr werdet unter meinem Dach bei der Ausübung eurer Religion keine Einschränkung erfahren. Wir essen in einer Stunde.«

Leise ließ Clementine ihre wehleidige Stimme vernehmen: »Teddy hat uns geschrieben. Es betrübt ihn sehr, über Weihnachten nicht hier zu sein.«

»Er ist bestimmt auf hoher See«, sagte Elsie.

Elizabeth schloß die Augen. Blitzartig sah sie wieder das strahlende Gesicht vor sich, das sich dem ihren mit einem stummen Schrei nach Liebe in den großen dunklen Augen näherte. Wie hatte sie nur das ungeheure Glück, die unverhoffte Freude von sich weisen können?

Onkel Charlie, der sie aus dem Augenwinkel beobachtete, riß sie mit fester Stimme aus der schmerzlichen Verzauberung.

»Die Dämmerung bricht an. Gehen wir hinein. Clementine, du wirst einen Beitrag zum Fest leisten müssen. Ich habe das alte Klavier im Salon stimmen lassen, und du weißt, was das bedeutet.«

Im Salon thronte Amelia in einem großen Sessel und wartete darauf, begrüßt zu werden. Ihr Gesicht war von jenem undefinierbaren Heiligenlächeln verklärt, das sie sich im Verlaufe langer Anstrengungen angeeignet hatte, und sie war bemüht, ihre Rolle gut zu spielen. Als ein Zugeständnis zur Weihnachtsfreude hatte sie ihr gewöhnliches schwarzes Taftkleid durch eines aus dunkellila Seide ersetzt, das ihre ziemlich großzügig gerundeten Formen hervorhob. Doch ein großer weißer Schal mit langen Fransen verhüllte den gewaltigen Busen.

In den Herzen der Jungen und Mädchen, die sie an diesem Abend begrüßten, verbreitete dieses Bild den Schrecken der Achtbarkeit. Sie fühlte es verschwommen, und es betrübte sie, denn sie hätte gewollt, daß alle Menschen sie liebten, besonders die jungen. Aber das ständige Versteckspiel mit ihrem Gewissen brachte alles hoffnungslos durcheinander. Sogar Ned fand sie furchterregend in ihrer Tugendhaftigkeit.

Mit sehr leiser Stimme wünschte sie allen fröhliche Weihnachten, und fast hätte sie auch die Eltern der jungen Gäste in ihre Wünsche einbezogen, aber ihre Prinzipien ließen dies nicht zu. Angesichts einer Kränkung der Ehre – und lag sie auch noch so weit zurück – durfte man nicht schwach werden.

Wie immer rettete Onkel Charlie die Situation.

»Ich höre das Getrappel der armen Kinder, die uns ihr *Christmas Carol* vorsingen wollen. Es sollen ihrer siebzehn sein. Wir wollen gehen und sie uns anhören. Die alten Bräuche müssen respektiert werden.«

Vor dem Hause standen in der Tat siebzehn Jungen und Mädchen und warteten in der anbrechenden Dunkelheit. Jedes Kind hielt eine dicke Kerze in der einen Hand und schützte die flackernde Flamme mit der anderen. In ihren schwarzen oder blauen Wollmänteln sahen sie eher bäurisch als elend aus, aber die dicken Schals und die Stiefel mit den klobigen und geräuschvollen Holzsohlen verrieten die Armut. Die jüngsten mochten etwa zwölf, die ältesten etwa fünfzehn Jahre alt sein, und die schwache Beleuchtung ihrer Gesichter verlieh ihnen allen eine engelhafte Schönheit. Sie schienen aus einer fernen Zeit zu kommen, als der Glaube noch fest und lebendig in den Herzen der Menschen war.

Die hellen und kräftigen Stimmen stimmten ihr Lied vor den Zuhörern mit einer fast kriegerischen Entschlossenheit an. Ohne es zu wissen, ließen sie die Welt der Kriegsgerüchte, der politischen Kämpfe, der halb frommen, halb aufwiegelnden Predigten vergessen. In reiner, ungekünstelter Intonation erzählten sie die Weihnachtsgeschichte:

Seht das zarte unschuldige Kind,
Wie es bei eisiger Kälte und Wind
In der Krippe friert, im harten Stroh.
Ist's nicht ein Jammer? Die Menschen sind roh.
Die Herbergen voll, und keiner der Gäst',
Der dem kleinen Pilger sein Bett überläßt.
So kehrt bei den unschuld'gen Tieren er ein,
Und sie stützen sein Köpfchen und wiegen ihn ein.
Doch seht, diesen Stall schmücken Zepter und Kron',
Und die Krippe, sie ist ein Königsthron!

Sie wurden bis zum Schluß in andächtigem Schweigen angehört. Und selbst nachdem der Gesang verklungen war, schien niemand etwas sagen zu wollen, als ob eine unsichtbare Erscheinung ihren Platz inmitten all der sprachlosen Anwesenden eingenommen hätte.

Der Zauber verflog, als man folgende Worte vernahm:

»Meine lieben Freunde«, sagte Charlie Jones, »ihr habt uns eine große Freude gemacht, und wir konnten während einiger zu kurzer Minuten an den Frieden auf Erden glauben. Ihr singt wunderbar, und ich will euch nicht ohne Dank entlassen.« Dann näherte er sich den Sängern mit charmantem Wohlwollen und legte jedem von ihnen eine Goldmünze in die Hand. Ihre Augen strahlten im Kerzenlicht.

Plötzlich wandten sich alle Blicke der Tür zu, und die Kinder, die sich zum Aufbruch anschickten, blieben wie angewurzelt stehen, als hätten sie ein Gespenst gesehen. Stumm und zu Tränen gerührt, war Amelia in ihrem schillernden Kleid und der weißen Spitzenhaube auf der Schwelle des Hauses erschienen. Jeder religiöse Gesang erweckte in ihr eine Welt unaussprechlicher Gefühle, in die sich eine allumfassende Zärtlichkeit und die berauschende Gewißheit mengten, zu den auserwählten Seelen zu gehören.

Sie wollte etwas sagen, wurde jedoch von einer Schwäche befallen und schwankte bereits, als zwei lange ebenholzfarbene Hände sie fest um die Taille faßten und einen Sturz verhinderten. Es war Jemima, die über sie wachte, und die ihre Herrin, ohne deren Würde zu verletzen, mit einer geschickten Bewegung umdrehte und in das Dunkel des Vestibüls schob.

Onkel Charlie war nichts von diesem Vorfall entgangen, doch er rührte sich nicht.

»Kein Grund zur Beunruhigung«, erklärte er der erschrockenen Clementine, die neben ihm stand. »Es ist nur einer jener kleinen vorübergehenden Frömmigkeitsanfälle, die sie seit einiger Zeit hat. Ich habe ihn vorausgesehen, und Jemima hielt sich bereit.«

»Aber Onkel Charlie, was wird sie jetzt tun?«

»Sie wird sich im Salon erholen und geduldig auf ihr Abendessen warten.«

Diese letzten Worte sprach er mit einem leichten Lächeln, und dann rief er laut:

»Charlotte!«

Die Antwort kam aus dem Inneren des Hauses, fern aber schrill:

»Geleite deine Engel zu mir. Sie werden in der Speisekammer die himmlischen Leckereien finden, die ich zubereitet habe.«

Fröhliches Gelächter erschallte, und der Chor der Engel folgte Ned, der die Führung übernahm, ohne weitere Fragen zu stellen.

Es wurde beschlossen, daß die Gäste in warmen Mänteln bis zum Abendessen einen Spaziergang in der Umgebung machen sollten. Charlie Jones hielt es für ratsam, Amelia ihren einsamen Meditationen im großen Salon zu überlassen.

Mit Jemimas Hilfe hatte man sie in einen breiten, mit Kissen gepolsterten Sessel gebettet, wo sie die Flammen betrachtete und sich frommen Träumereien hingab. Obwohl sie sich ehrlich bemühte, ihre Gedanken auf Weihnachten zu konzentrieren, konnte sie nicht umhin, von Zeit zu Zeit auf die große englische Kaminuhr zu blicken und sich dabei zu fragen, wann man endlich essen würde.

Charlie Jones rauchte einen Zigarillo an seinem gewohnten Zufluchtsort, wo das eingesunkene Sofa unter dem ewig mißbilligenden Blick des presbyterianischen Pastors zur Ruhe einlud. Er mochte dieses Porträt gar nicht, aber zu viele Gedanken gingen ihm durch den Kopf, als daß er ihm hätte Aufmerksamkeit schenken können. Was ihm am meisten Sorge bereitete, war Elizabeths Korrespondenz mit Mrs. Llewelyn. Er kannte die Waliserin, die über ein beträchtliches Bankkonto verfügte und eine seiner Kundinnen war, recht gut. Welche Notwendigkeit bestand für Elizabeth, ihr zu schreiben? Die Erinnerung an den Abschied der jungen Engländerin von Jonathan kam ihm mit einer fast automatischen Regelmäßigkeit immer wieder in den Sinn, aber er vermochte keinen Zusammenhang zu diesem Briefwechsel herzustellen. Das von Natur aus so verschlossene junge Mädchen hätte sich einem Verhör widersetzt, und war er im übrigen nicht an sein Versprechen gebunden, ihr keine Fragen zu stellen?

Doch in wenigen Tagen würde er das Haus verlassen und sich nach Savannah begeben, wo die Geschäfte ihn einige Wochen lang festhalten sollten. Ein Besuch in Dimwood war unvermeidlich, wenn er mit William Hargrove an Ort und Stelle das schwierige Problem des Pachtvertrages besprechen wollte, der nun bald auslief. Da böte sich die Gelegenheit zu einer Unterredung mit Mrs. Llewelyn. Er würde ihr ein paar geschickte Fragen stellen, ohne sich etwas anmerken zu lassen. Sie war schlau, er aber auch ...

Und dann müßte er auch über Neds Problem nachdenken ...

Ohne auch nur im geringsten zu ahnen, welch wichtigen Platz sie in den Gedanken ihres Vormunds einnahm, hatte sich Elizabeth auf ihr

Zimmer begeben. Immer noch im Bann dieses *Christmas Carol*, das sie eine Viertelstunde lang in das England ihrer Kindheit zurückversetzt hatte, fragte sie sich, ob sie in dieser Nacht an Jonathan schreiben könnte. Denn sie schrieb ihm jeden Abend, und jeden Abend verbrannte sie den Brief.

Diese Stunde, da sie den Brief an Jonathan schrieb, war grausam und tröstlich zugleich und half ihr, all die anderen Stunden des Tages mit weniger schwerem Herzen zu überstehen. Von *Lieber Jonathan* war sie rasch zu *Mein Jonathan*, dann zu *Mein Geliebter* übergegangen. Jetzt war sie bei *Mein Heißgeliebter, Geliebter meines Lebens*.

Mit Neds Ankunft war eine seltsame Veränderung des Tons eingetreten. Sein erster Blick, sein erstes Lächeln hatten sie verwirrt, und an diesem Abend war ihr Brief an Jonathan nahezu ekstatisch gewesen, und sie hatte ihm beteuert, daß sie ihn noch nie so sehr geliebt habe. Am folgenden Tage war sie überzeugt, daß Ned ihr keine Aufmerksamkeit mehr schenkte. Hatte sie ihn nicht sogar dabei überrascht, als er während des *Christmas Carol* ein- oder zweimal Elsie zulächelte? Es war ihr egal, und ihre Liebe zu Jonathan steigerte sich zu einem neuen Höhepunkt. Die Zeilen, die sie bereits im Kopf hatte, würden ganz von selbst aus ihrer Feder fließen: *Jonathan, Du bist so fern, und ich sterbe, Jonathan* ... Aber der *Christmas Carol* klang ihr noch in den Ohren, und sie wagte nicht, weiterzuschreiben. Jonathan bekam seinen Brief nicht.

Warum nur empfand sie im Grunde ihres Herzens eine solche Erleichterung? Die Glocke ertönte, und sie ging hinunter.

95

Das Abendessen verlief tumultuös. Das ist der einzig passende Ausdruck. Und dabei hatte es sehr gut begonnen, in einer Art gesitteter Andacht. Im langen, mit großen europäischen und orientalischen Veduten geschmückten Speisesaal funkelte der weißgedeckte Tisch im Glanz des schweren Familiensilbers. Amelia thronte wie eine Königin gegenüber ihrem Gemahl. Dieser hatte die Plätze ein wenig aufs Geratewohl verteilt, doch nicht ganz, denn Elizabeth saß zu ihrer Überraschung neben Ned.

Warum schienen aus den zehn Personen am Tisch am Ende der Mahlzeit auf einmal zwanzig geworden zu sein? Aber, wie gesagt, die ersten Minuten verliefen vorbildlich. Charlie Jones, sehr majestätisch mit seiner bis zum Kinn geknüpften Halsbinde, erhob sich und schlug vor, zuerst den Weihnachtssegen zu hören. Niemand hatte etwas dagegen, aber dann fügte er einen Satz hinzu, der lebhafte Beunruhigung hervorrief:

»Es kam mir die Idee, einen von euch zu bitten, ihn an meiner Stelle zu sprechen, und meine Wahl fiel auf...«

Die Herzen pochten.

»... Teddy Brown.«

Teddy Brown erhob sich sogleich, und alle waren verblüfft. Mit bewundernswerter Würde rezitierte der kleine junge Mann den in der anglikanischen Kirche gebräuchlichen Segen. Er hatte eine wohlklingende Stimme und sprach die Sätze ohne frömmelnde Affektiertheit, aber im Ton eines überzeugten Glaubens.

Als er sich wieder setzte, herrschte Schweigen, und jemand hüstelte. Plötzlich richtete sich Miss Charlotte auf und verkündete laut:

»Mr. Teddy Brown ist zum Seelsorgeamt bestimmt.«

»Oh«, rief Charlie Jones, »welch eine gute Idee, Teddy Brown. Ich habe nicht geahnt...«

Lüge. Er hatte alles mit Miss Charlotte arrangiert, in der naiven Hoffnung, die frivole und lärmende Jugend auf diese Weise zu einiger Ernsthaftigkeit zu bewegen.

»Aber ich habe noch drei Jahre Studium vor mir«, erklärte Teddy Brown bescheiden.

Die Gespräche wurden wiederaufgenommen, zuerst leise, dann lauter, aber mit einem gewissen Respekt vor dem künftigen Kirchenmann.

Man servierte zunächst eine scharfe Schildkrötensuppe. Miss Charlotte gab die Anweisungen für die Küche unter Einsatz ihres ganzen Temperaments, und Charlie Jones erklärte, man müsse den Brand sofort löschen. Große Gläser Wasser wurden unter Tränen und Hustenanfällen geleert, was Charlie Jones nicht hinderte, Barnaby eine Zauberformel ins Ohr zu flüstern:

»Château-Lafite Charles X.«

Barnaby verschwand sogleich wie ein Verschwörer in seiner roten Livree, deren lange Rockschöße ihm lustig um die Waden flatterten.

Endlich kam, von den reichhaltigen Düften einer raffinierten Küche präludiert, der Puter, und er wurde mit einem allgemeinen verfressenen Grunzen begrüßt. In seiner großen dunkelblauen Porzellanschüssel sah er aus als trüge er eine goldene Rüstung, und es duftete berauschend, als er umgeben von bernsteinfarbenen süßen Kartoffeln hereingetragen wurde.

Als die Platte vor ihm stand, ergriff Onkel Charlie ein großes Messer und sagte:

»Eigentlich weiß dieses Tier gar nicht, was es bei uns zu suchen hat, denn der Puter ist vor allem im Norden beliebt.«

In Reichweite erschien zuerst eine Sauciere mit Preiselbeertunke, dann ein großer Topf mit Konfitüre derselben Frucht, aber gezuckert, um die Schärfe der sauren Beere zu mildern. Während die virtuos und elegant geschnittenen Fleischstücke auf die brühendheißen Teller verteilt wurden, füllte Barnaby die Kristallgläser mit dem altehrwürdigen Bordeaux und sorgte taktvoll dafür, daß jeder je nach Alter und Geschlecht das ihm Zustehende bekam, sehr wenig für die einen, etwas mehr für die anderen ...

Die artige und versonnene Clementine schien nur aus Höflichkeit zu essen, oder weil sie sich dazu verpflichtet glaubte, aber die anderen Vettern und Cousinen führten sich wie die Raubtiere auf und benahmen sich ebenso schlecht wie bei dem riesigen Tortengelage. Über ihre Teller gebeugt, verschlangen sie Puter und Süßkartoffeln, und das Geklapper der Messer und Gabeln verstummte keinen Augenblick. Dank Miss Charlottes Vorsorge wurden die leeren Teller sogleich wieder aufgefüllt. Doch leider begannen sich die Köpfe unter der Wirkung des Weins, den man sonst nie bei Tisch servierte, zu erhitzen.

Miss Charlotte blickte betrübt in die Runde, da sie ein Unheil vorhersah. Aber noch betrugen sich die Gäste einwandfrei.

Es war Fanny, die als erste das Feuer eröffnete und mit Dingen herausplatzte, die man nicht sagen soll. Mit roten Wangen und glänzenden Augen, aus denen die Dummheit strahlte, verkündete sie:

»Puter esse ich furchtbar gern! So etwas Gutes würde es bei uns zu Hause nie geben!«

Die stets schweigsame Clementine ermahnte sie sogleich vom anderen Ende des Tischs:

»Halte den Mund, Fanny. Bei uns ist alles sehr gut.«

Die beiden Jungen stimmten ihr zu, besonders Dick, der zornig
seine wilde blonde Mähne schüttelte:
»Fanny, wenn Papa dich hörte, würde er dich hinter die Tür
nehmen. Und du weißt, was passiert, wenn der Kommodore einen
hinter die Tür nimmt.«
»Ach, hört bloß auf, ihr macht mir keine Angst!« kreischte
Fanny.
»Kinder, beruhigt euch doch«, sagte Charlie Jones. »Ich habe
einmal bei euch zu Abend gegessen, und ihr habt eine ganz erstklassige Köchin.«
»Eine Köchin!« prustete Fanny. »Sie meinen wohl Mama, denn
die ist die Köchin. Jawohl!«
Jetzt schlug Amelia mit der flachen Hand auf den Tisch. Mit
einem mimischen Talent, um das eine Schauspielerin sie beneidet
hätte, gab sie ihrem Gesicht einen Ausdruck von furchteinflößen-
der Strenge. Plötzlich war sie die Gerechtigkeit in Person.
»Fanny«, sagte sie mit sanfter Stimme, »magst du Plumpudding?«
»Plumpudding...«, stammelte die bereits etwas beschwipste
Fanny, verängstigt von einer üblen Vorahnung.
»Jawohl«, fuhr die unerbittliche Amelia fort, »bald wird nämlich
der Plumpudding serviert, und wenn du nicht *sofort* den Mund
hältst, bekommst du eine besondere Nachspeise, die du dem Himmel zum Geschenk machen kannst – einen schönen leeren Teller!«
Fanny hielt die Tränen der Wut zurück und senkte den Kopf.
Barnaby, der mit gewohnter Beflissenheit den Tisch abräumte,
verfolgte diese hochinteressante Szene wie ein Zuschauer im Thea-
ter. Als er an Charlie Jones vorbeikam, flüsterte dieser ihm zu:
»Keinen Tropfen Wein mehr für die drei jungen Damen.«
Barnaby nickte gehorsam und setzte seine Runde um den Tisch
fort. Ned winkte ihn mit dem Finger heran:
»Erwarte mich nach dem Essen an der Tür des Speisezimmers.
Ich habe ein Wort mit dir zu reden.«
»Ja, Massa Ned.«
Allmählich wurden die Gespräche wiederaufgenommen. Ned
neigte sich zu Elizabeth.
»Ein kläglicher Auftritt, findest du nicht?« flüsterte er ihr ins
Ohr (ein wenig zu nahe, schien es ihr, aber sie wich nicht zurück).
»All das kommt von dem alten Familienstreit. Wir hätten hier sehr

gut alle zusammen wohnen können. Der Kommodore lebt von seiner Pension, und auf der anderen Seite der Wiese fehlt es an Geld.«

»Ich finde das schrecklich«, sagte sie im gleichen Ton.

»Warum schaust du mich nicht an, Elizabeth? Bist du unzufrieden?«

Sie hatte das Gefühl, daß der Wein auch auf ihn ein wenig wirkte, wie übrigens auch auf sie – angenehm.

»Unzufrieden? Wieso denn?«

»Gestern hast du mich auch nicht angeschaut.«

»Das warst du. Du hast alle anderen angeschaut, nur mich nicht.«

»Ich habe niemanden angeschaut.«

»Doch. Gib es zu.«

Onkel Charlie saß zu weit weg, um ein Wort ihres geflüsterten Gespräches zu verstehen, aber diese Heimlichkeiten entsprachen seinen Wünschen und hatten seinen vollen Segen. Er war bereits bei seinem vierten Glas Château-Lafite 1830 und suchte in seinem euphorischen Geisteszustand nach einem Thema, das dieses Weihnachtsessen beleben könnte. Plötzlich dachte er an Paris.

»Ich verstehe sehr gut«, sagte er, »daß Mr. und Mrs. Jonathan Armstrong sich auf ihrer Reise nach Wien nicht lange in Paris aufgehalten haben.«

»Die Stadt der Verderbnis«, bemerkte Amelia.

»Wie es scheint«, fuhr Charlie Jones fort, »hat die Cholera dort wieder gewütet, wie 1832.«

»Die Strafe des Himmels«, sagte Amelia. »Wann werden diese Menschen sich endlich bekehren, und was tun unsere protestantischen Missionare?«

Ned sah, daß Elizabeth blaß wurde, und wollte ihre Hand ergreifen, aber sie zog sie fort.

»Was hast du, Elizabeth? Du bist ja ganz bleich.«

Der Name Jonathan hallte furchtbar in ihrem Kopf nach. Während einer Sekunde glaubte sie ihn an Neds Platz zu sehen und war unfähig, ein Wort hervorzubringen.

»Ist dir nicht gut?« fragte er. »Soll ich dir helfen? Möchtest du hinausgehen?«

Seine Besorgtheit ging ihr auf die Nerven. Sie kam wieder zu sich und war völlig nüchtern.

»Laß mich, ich bitte dich. Es ist nichts. Ich bin einfach das Weintrinken nicht gewohnt, das ist alles.«

Onkel Charlie redete unentwegt weiter:

»Sie bräuchten eher eine stabile Regierung. In Paris ist man nie vor Unruhen sicher. Der Prinz-Präsident ...«

In diesem Augenblick kam der Pudding, und der Prinz-Präsident war vergessen.

Die schwere braune Kugel war mit einem Stechpalmenblatt geschmückt und wurde respektvoll vor den Herrn des Hauses gestellt, der sich sogleich erhob. Man reichte ihm eine Flasche Cognac, und er übergoß feierlich und mit einer fast religiösen Andacht die Speise, wobei er sich eines Suppenlöffels bediente. Bald schossen die Flammen fröhlich und herausfordernd zur Decke empor. Selbst Amelias Gesicht strahlte in kindlicher Bewunderung.

Man verteilte die sehr ausgiebigen Portionen auf die warmen Teller, und die dicke, mit Zucker und Cognac verfeinerte Soße folgte in silbernen Schalen. Der Clan aus dem Tumulthaus stieß Freudenschreie aus. Die jungen Damen schwatzten angeheitert drauflos und erzählten dummes Zeug.

»Wie schade, daß Teddy nicht hiersein kann!« rief Elsie aus. »Seit Jahren beklagt er sich, zu Weihnachten keinen Pudding zu bekommen.«

»Alle sagen, daß er der schönste junge Mann in Virginia ist«, krähte die schreckliche kleine Fanny im stolzen Besitz ihres Puddings.

»Fanny, halte gefälligst den Mund!« schrie Miss Charlotte.

»Warum denn?« erwiderte die Aufsässige und verschlang den letzten Bissen, damit ihn ihr niemand mehr wegnehmen konnte.

Elizabeth neigte sich zu ihrem Tischnachbarn:

»Ned, mir wird übel von diesem Pudding. Glaubst du, daß das Diner noch lange dauert?«

»Das Diner nicht, aber dann kommen noch die Weihnachtslieder. Auch ich habe die Nase voll, aber wir können nicht einfach verschwinden.«

Plötzlich wandte sie sich ab, als ob sie ihm böse wäre.

96

Ned sagte die Wahrheit. Man verließ das Speisezimmer, wobei die jüngsten Gäste ein ganz klein wenig torkelten, und Clementine wurde an Onkel Charlies fester Hand zum Klavier in einer Ecke des Salons geführt. Das Instrument war von ziemlich bescheidenem Äußeren, aufrecht und klassisch, mit kleinen kupfernen Kerzenleuchtern unter blaßrosa Schirmen. Wie eine Märtyrerin nahm sie auf dem Hocker Platz. Sie fühlte sich gar nicht gut, weil der Magen ihr noch viel deutlicher als das Gewissen ihre Maßlosigkeit vorwarf, und die zwei großen Gläser Wein machten es eher noch schlimmer, aber zu Hause war sie immer hungrig.

Amelia verlangte das Lied, das in allen protestantischen Kirchen am meisten geliebt wird, in welchem die Hirten des Nachts im Schnee über ihre Herden wachen und die Engel Gottes vom Himmel herabsteigen, um ihnen die Geburt des Heilands zu verkünden, den die Welt seit ihrer Erschaffung vor mehr als viertausend Jahren erwartet hat.

Schüchtern erklangen die ersten Töne, und dann stimmten plötzlich alle mit jener inbrünstigen Frömmigkeit ein, die ein gutes Essen begünstigt. Die alten Mißhelligkeiten lösten sich im gemeinsamen Glauben auf. Vor allem Miss Charlotte schmetterte ohrenbetäubende Hallelujas, bei denen die anderen freudig erschauderten, und dann stießen sie alle gemeinsam aus Leibeskräften den gleichen Jubelschrei aus, ein gewaltiges Halleluja, wie man es gewöhnlich nur zu Ostern hört.

Von Panik ergriffen, hob Clementine die Hände, fuchtelte mit den Armen und bat um Ruhe. Sie sah so blaß und unglücklich aus, daß man verstummte. Mit ersterbender Stimme sagte sie:

»Verzeiht mir, aber ich höre mein eigenes Spiel nicht mehr.«

»Sie hat recht«, brüllte Charlotte. »Unser Halleluja ist zu laut.«

»Und schließlich«, erklärte Amelia schulmeisterlich, »ist Gott nicht taub.«

»Habt ihr verstanden?« fragte Onkel Charlie ebenso gerührt wie alle anderen. »Also leise, ihr Engel, ja?«

Alle hatten verstanden, und alle sangen leise, während die in Tränen aufgelöste Clementine sie begleitete.

Und das war Weihnachten.

Ein wenig verlegen, weil auch er der religiösen Ansteckung erlegen war, verließ Ned als einer der letzten das Zimmer. Ohne im geringsten gläubig zu sein, vermochte er doch dem vererbten Enthusiasmus nicht zu widerstehen. In seinen Adern floß reines protestantisches Blut.

Eine Hand berührte die seine. Es war Teddy Brown, der während des Essens kein einziges Wort gesagt hatte, und dessen Anwesenheit niemand wahrnahm. Er lächelte.

»Glücklich?« fragte er.

»Aber ... natürlich. Warum nicht?«

Teddy drückte ihm die Hand, ohne zu antworten, und verschwand.

Barnaby wartete an der Tür, wie Ned es ihm befohlen hatte. Auch er war überwältigt, und die religiöse Begeisterung leuchtete aus seinen Augen. Er faltete die Hände und rief aus:

»Massa Ned, das wa' schön!«

»Schon gut, schon gut«, sagte Ned sehr ruhig. »Du wirst mir jetzt erzählen, wie die kleine Reise im Einspänner verlaufen ist. Schien Mr. Hughes zufrieden oder nicht? Ich will es wissen.«

»Massa Hughes? De' hat kein Wo't nich' gesagt. Nich' mal angeschaut hat e' mich.«

»Das spielt keine Rolle, Barnaby. Ich will nur wissen, ob er besorgt aussah, unzufrieden, verstehst du?«

»Das weiß ich nich', Massa Ned. Abe' als wi' vo' seinem Haus angekommen sind, da hat e' 'ote Augen gehabt. Das hat e'.«

»Rote Augen? Bist du sicher?«

»Ja, und als e' ausgestiegen ist, hat e' mi' die Hand ged'ückt.«

»Die Hand gedrückt? Das ist sehr gut. Aber kein Wort?«

»Nein, Massa Ned, kein Wo't nich'.«

»Danke. Gute Nacht, Barnaby.«

Da er allein sein wollte, begab er sich auf sein Zimmer. Im Licht der kleinen Nachtlampe schien es ihm noch größer als gewöhnlich, noch leerer. Kits Bett war sorgfältig gemacht, das weiße Laken im Winkel zurückgeschlagen. Ned schenkte ihm einen kurzen Blick und wandte sich ab. In seinem Stolz verletzt und mit der Demütigung einer groben Abfuhr hatte sein Gast das Haus verlassen. Die Ohrfeige ... Wessen Schuld? Die Ungeschicklichkeiten des armen Kit waren eine wahre Katastrophe. Es wäre wohl besser gewesen, ihn gar nicht erst einzuladen, aber er hatte so darum gebeten ... Das alles ließ sich nur durch einen völligen Mangel an Erziehung erklären, aber zum Teufel mit der Erziehung ...

»Zum Teufel mit der Erziehung, wenn sie uns daran hindert, menschlich zu sein!« sagte er laut. »Ich war hart, selbst als ich alles wieder einrenken wollte. Schlimmer als hart: herablassend. Ich werde ihm ein paar Worte schreiben.«

Es schlug Mitternacht, und er hörte, wie die kleine Schar der Vettern und Cousinen von Amelia und Onkel Charlie Abschied nahm. Zum Abschluß der Feier hatte man noch einen Punsch kredenzt, und alle sangen mit erneuter Inbrunst:

Stille Nacht, heilige Nacht ...

»Ned ist schon schlafen gegangen«, hörte man plötzlich Miss Charlotte sagen. »Wie schade. Fröhliche Weihnachten, Ned!«

»Fröhliche Weihnachten!« riefen alle im Chor.

Er hütete sich zu antworten oder seine Lampe anzuzünden. Sollten sie nur glauben, daß er bereits schliefe. Zum ersten Mal fühlte er sich unglücklich in Great Lawn. Nicht nur wegen Kit, der auf so sonderbare Art zu ihm gesprochen, ihn mit unglücklichen Blicken angefleht hatte, bis es dann zu dieser unerwarteten Geste gekommen war ... und schließlich der Ohrfeige ...

»Wie hätte ich das voraussehen können? Nichtsahnend, wie ich war?«

Aber dem war nicht mehr abzuhelfen. Was ihn mehr als alles andere verwirrte, war Elizabeths verstörtes Gesicht am Ende des Diners. Sie hatte ihn nicht anschauen wollen, und dabei war sie kurz zuvor noch so gut aufgelegt gewesen und hatte ihm zugelächelt. Während die Mädchen dumm daherschwätzten, hörte er sie plötzlich sagen: »Ned, mir wird übel ...« Sie hatte den Pudding kaum angerührt. Er hatte irgend etwas geantwortet, und dann hatte sie sich ganz plötzlich von ihm abgewandt. Was hatte er ihr getan?

In jäher Wut riß er sich die Kleider vom Leibe, schleuderte sie irgendwohin, auf den Fußboden, auf die Möbel, lief zu seinem Bett und schlüpfte nackt unter die Laken. Er wollte nicht leiden, er wollte nur schlafen.

Elizabeth hatte es nicht gewagt, wie Ned die Flucht zu ergreifen. Sie war von vielen Menschen umgeben und fühlte sich wie eine Gefangene. Alle Hallelujas mußte sie über sich ergehen lassen, und dann wurde sie in den Salon geschleppt, wo in einer riesigen Schüssel die Punschbowle wartete. Rum, Zimt, Zitrone, nichts fehlte, und Onkel Charlie flambierte sie mit Branntwein nach allen Regeln der Kunst. Die Flamme leuchtete in aller Augen, außer denen Elizabeths, die vor Müdigkeit erschöpft und zu Tode betrübt den Kopf hängen ließ. Und in diesem Augenblick, inmitten des Geschreis und Gelächters, berührte eine Hand schüchtern ihren Arm. Sie drehte sich um und sah Teddy Brown, der ihr zulächelte. Er flüsterte ihr ins Ohr:

»Was ist geschehen? Kann ich Ihnen helfen?«

»Ich halte es nicht mehr aus«, flüsterte sie zurück.

»Bleiben Sie nicht hier. Gehen wir hinaus.«

Sie folgte ihm. Diskret und gewandt schob er einige Personen beiseite, deren Interesse einzig und allein dem Punsch galt, und führte Elizabeth zur Tür.

Draußen belebte die kühle Nachtluft sie beide.

»Ihr Schal«, sagte er. »Wo haben Sie ihn gelassen?«

»Im Vestibül, auf einem Sessel.«

Er verschwand sofort. Fröstelnd, doch erleichtert, blickte sie zum Himmel auf, und es schien ihr, als habe sie noch nie so viele Sterne gesehen. Sie hatte das Gefühl, einem Wunder beizuwohnen, und wie in Kinderzeiten stellte sie sich vor, daß eine unwiderstehliche Kraft sie sanft zu diesen Myriaden leuchtender Punkte hinaufzog.

Plötzlich verspürte sie die Wärme eines Schals um ihre Schultern.

»Ich war schnell, nicht wahr?« sagte Teddy Brown lachend.

Sie dankte ihm.

»Bleiben Sie nicht zu lange hier draußen«, sagte er, »sonst werden Sie sich noch erkälten.«

»Ich gehe gleich auf mein Zimmer, aber ich liebe es so sehr, den Himmel zu betrachten.«

»Ich auch.«

Dann fügte er plötzlich hinzu:

»Nur dort oben werden Sie glücklich sein, nicht auf Erden, nicht auf dieser Welt, die weder für Sie noch für ihn geschaffen ist.«

»Wie kommen Sie darauf, mir das zu sagen, Mr. Brown?«

»Ich weiß es nicht. So eine Ahnung ... Aber Sie müssen jetzt gehen.« Er begleitete sie bis zur Haustür.

Als sie Abschied nahmen, trafen sich ihre Blicke, und sie war beeindruckt von der Klarheit dieser tiefblauen Augen, die zuweilen fröhlich aufleuchteten.

»Wir sehen uns hoffentlich morgen«, sagte er, »da ich ja hier zu Gast bin ...«

»Morgen, aber gewiß. Gute Nacht und nochmals vielen Dank.«

»Gute Nacht, Miss Elizabeth. Ich werde an Sie denken.«

Fast im Laufschritt entfernte er sich. Sie stellte fest, daß er in seinem etwas zu engen Anzug ein bißchen wie ein armer Junge im Sonntagsstaat aussah, und bedauerte, daß er so rasch verschwunden war.

»Welch ein seltsamer kleiner Mann«, dachte sie. »Er ist bereits ein kleiner Pastor.«

Denn sie täuschte sich nicht über den Sinn seiner Worte. »Ich werde an Sie denken« war keine Liebeserklärung ...

Als sie die Treppe hinaufstieg, hörte sie den Gesang, den die Punschtrinker kraftvoll anstimmten, und der durch die Winternacht schallte:

Stille Nacht, heilige Nacht ...

In ihrem Zimmer brannten noch die Holzscheite und verbreiteten jenen wohligen Geruch, den sie immer wieder mit der gleichen Freude einatmete. Doch heute hielt sie sich nicht damit auf, die Flammen zu schüren, wie sie es sonst getan hätte, sondern lief zum Tisch und schob sogleich den Docht der Lampe höher.

Dann nahm sie Briefpapier aus einer Schublade und schrieb folgende Worte auf den leeren Bogen:

Sagen Sie ihm, daß ich ihn liebe und immer nur ihn geliebt habe.

Darauf steckte sie das Blatt in einen Umschlag, den sie an Mrs. Llewelyn in Dimwood adressierte.

Den versiegelten Umschlag legte sie augenfällig in die Mitte des Tischs. Am Tage nach Weihnachten würde er Onkel Charlie ausgehändigt und von ihm mit der übrigen Post abgeschickt werden. Was er sich auch immer denken mochte, öffnen würde er diesen Brief nicht, denn er hatte sein Wort gegeben, und sie konnte sicher sein, daß ihre Nachricht nach Dimwood und von da aus nach Wien gelangte. War es so schwer, einen Entschluß zu fassen und zu handeln? Diese einfache Lösung war ihr nach langem Grübeln während der ganzen frommen und erbaulichen Verrichtungen eingefallen, was sie jedoch nicht gehindert hatte, mit Rührung dem *Christmas Carol* der Dorfkinder zu lauschen und sogar am gemeinsamen Weihnachtsliedersingen nach dem Abendessen teilzunehmen, wobei ihr Tränen in die Augen gestiegen waren. Ihr Glaube blieb fest und unerschütterlich. Die Liebe zu Jonathan war ein Problem für sich, das mit der Religion nichts zu tun hatte. Alles das ließ sich sehr gut auseinanderhalten und mit ihrem Gewissen vereinbaren, solange sie nicht den Kopf verlor, aber es kam noch etwas anderes hinzu.

Seit gestern fühlte sie, daß Ned in ihrem Leben eine Rolle zu spielen begann. Sie lauerte auf sein Lächeln und ärgerte sich, wenn er sie nicht ansah. Oft tat er es absichtlich. Er entzog ihr seine Blicke. Das war die Strafe, die er ihr auferlegte, wenn sie ihm gleichgültig, unaufmerksam oder distanziert erschien. Im Grunde benahm er sich, als ob er verliebt wäre. Verliebt und spöttisch. Sie aber war natürlich nicht im geringsten in ihn verliebt. Der Beweis? Sie hatte soeben den ersten Liebesbrief an Jonathan geschrieben, den er auch erhalten würde.

Welche Erleichterung! Welcher Friede! Jonathan wird bestimmt antworten, weil es einfach so sein muß. Sie kannte doch ihren Jonathan. Es schien ihr, als ob das Leben sich endlich vor ihr auftue. »Hab Mut!« hatte ihr eine innere Stimme gesagt, hier in diesem großen Zimmer, und sie hatte Mut gehabt. Es fehlte nicht viel, und sie hätte gesungen.

Als sie sich auszog und zu ihrem Bett ging, wäre ihr beinahe ein überraschter Aufschrei entschlüpft. In einer fernen Ecke des Zimmers, halb verborgen hinter den hochmütigen Schränken, kniete Betty mit ihrem roten Mieder, reglos und ganz zusammengekauert, mit einer kleinen brennenden Kerze vor einem viereckigen Stück Papier, einem Bild vielleicht.

Elizabeth zögerte. Ihr erster Impuls war, sich lautlos zurückzuziehen, denn sie wußte nicht, was sie davon halten sollte. Es mag seltsam erscheinen, aber es war vor allem die Kerze, die sie neugierig machte und, man kann es nicht anders sagen, die sie rührte. Die arme Betty war also ebenso rätselhaft wie die weißen Frauen, die sich das Leben schwermachten. Unsinniger Gedanke. Sie kannte Betty zwar schlecht, aber sie liebte sie, wie sie war. Doch wieder einmal siegte die Neugier über die Diskretion, und sie beugte sich etwas vor, um zu sehen, was das für ein Bild sein mochte.

Zu ihrer Verblüffung erblickte sie ein von naiver Hand koloriertes Kind mit einer schweren Krone. Einigermaßen beunruhigt, wich sie zurück. Betty mußte verrückt sein.

Betrübt und ratlos zugleich machte das junge Mädchen einige Schritte rückwärts, leichtfüßig wie eine Katze, doch konnte sie ein lästiges Knarren des Parketts nicht verhindern, und Betty wandte sich um. Ein glückstrahlendes Lächeln verlieh diesem schwarzen Gesicht eine seltsame Schönheit, die alle Furchen und Runzeln vergessen und nur die herrlichen Augen hervortreten ließ.

»F'öhliche Weihnachten, Mam'sell Lisbeth«, sagte sie, ohne sich zu erheben.

»Fröhliche Weihnachten, meine kleine Betty. Betest du?«

»Ja, Mam'sell Lisbeth.«

»Vor einem Bild?«

»Vo' de' liebe Gott.«

»Und dieses Kind mit der Krone?«

»Das is' de' liebe Gott, Mam'sell Lisbeth.«

Sprachlos über diese Antwort, die ihre Befürchtungen bestätigte, entfernte sich Elizabeth.

»Gute Nacht, Betty. Wenn du fertig bist, blas deine Kerze aus und geh schlafen.«

»Ja, Mam'sell Lisbeth.«

Während dieser ganzen Unterredung hatte sich Betty fast nicht gerührt. Das fiel Elizabeth sofort auf. »Jedenfalls«, sagte sie sich, »ist meine arme Betty völlig ungefährlich. Es muß irgendein von ihren Großeltern ererbter afrikanischer Aberglaube sein, den sie in ihrem alten grauen Kopf noch herumschleppt. Ich werde es lieber niemandem erzählen.«

Während sie ihr Nachthemd anzog, fand sie, daß diese kindliche Form des Wahnsinns eigentlich rührend war, und daß im übrigen diese großen, gütigen schwarzen Augen alles entschuldigten. Nur die Kerze beunruhigte sie. Eine Kerze in der Hand einer geistesgestörten alten Frau …

Langsam erlosch das Feuer. Von ihrem Bett aus konnte Elizabeth den roten Schimmer sehen, den die Glut verbreitete. Die großen flämischen Schränke verbargen die alte schwarze Frau vor ihr, die sich ihrem geheimnisvollen Kult widmete. Tiefe Stille herrschte in diesem Zimmer, das in der zunehmenden Finsternis noch größer wirkte.

Für Elizabeth brachte die Nacht den Frieden. Wie durch ein Wunder versetzte ihr Brief Jonathan über Tausende von Meilen hinweg ganz in ihre Nähe. Dieser Gedanke hatte etwas Schwindel- erregendes und berauschte sie.

Plötzlich wurde sie gewahr, daß sie in ihr Bett geschlüpft war, ohne vorher gebetet zu haben. Zu faul, das Bett noch einmal zu verlassen, verbarg sie den Kopf halb unter der Decke und schlief ein, während sie das Vaterunser sagte. Sie ahnte nicht, daß die alte afrikanische »Götzenanbeterin« genau das gleiche Vaterunser in dem gleichen veralteten, frommen Kauderwelsch betete.

97

Der zweite Weihnachtstag verlief viel ruhiger. Die Kinder des Kommodore blieben im Tumulthaus, wo eine vielleicht etwas weni- ger üppige Mahlzeit sie erwartete, aber die Befehle des Vaters waren strikt: »Alle Mann an Deck zum Mittagessen!« Denn das Haus war sein Schiff.

In Great Lawn, das alle Gäste außer Teddy Brown inzwischen verlassen hatten, konnte man nicht umhin zu bemerken, daß mit ihnen zwar die schlechten Manieren verschwunden waren, aber auch so viel sprudelndes Leben und Fröhlichkeit ... Und insgeheim vermißte man sie. Das Weihnachtsmahl war, wie es sein sollte: köstlich und sonst nichts. Alle benahmen sich sehr gesittet. Teddy Brown wurde gebeten, das Tischgebet zu sprechen, als sei er bereits der Hauskaplan. Onkel Charlie sagte einige Worte über den Frie- den, um den man den Himmel bitten müsse. Statt dem Puter vom Vorabend wurde eine Gans serviert, und den Château-Lafite Char- les X ersetzte ein hausgemachtes Getränk, dessen Geschmack nie- mand hätte beschreiben können, weil es, von einem vagen süßlichen Aroma abgesehen, nach gar nichts schmeckte. Dafür verlieh ihm ein indianischer Name eine gewisse romantische Note.

Elizabeth würdigte Ned nicht eines einzigen Blicks, da sie überzeugt war, daß er sie nicht liebte. Und sie liebte nur Jonathan, was sie ja schließlich mit ihrem gestrigen Brief bewiesen hatte.

Ned wiederum schaute nicht einmal in Elizabeths Nähe, um sie für ihre Gleichgültigkeit zu bestrafen, aber auch weil er merkte, daß er verliebt war, und das gefiel ihm gar nicht, denn im Grunde zog er dunkelhaarige Mädchen vor.

Inzwischen beschloß die junge Engländerin, die neben Teddy Brown saß, mit diesem ein Gespräch anzuknüpfen, zum Teil weil er ihr sympathisch war, zum Teil aber auch aus dunkleren Gründen, um den jungen Mann aus Virginia zu ärgern, der immer mehr dem Porträt in Savannah ähnelte. Dieses Phänomen machte sich allerdings nur gelegentlich bemerkbar. Es mochte am Licht liegen, oder an einer vorübergehenden Stimmung. An diesem Tage hätte man meinen können, daß er es absichtlich tat, und das irritierte sie. So erschien ihr Teddy Brown, dieser harmlose Tischnachbar, wie ein Retter.

»Sie fragten mich gestern, ob ich glücklich sei. Sind Sie es denn?« begann sie liebenswürdig.

»Oh! Ja, ja«, antwortete er mit plötzlicher Begeisterung. »Ich bin sehr glücklich, und nicht nur heute, sondern an jedem Tage meines Lebens.«

»An jedem Tage?« sagte sie lächelnd. »Da beneide ich Sie. Wie machen Sie das?«

»Ich bin glücklich, weil ich gerettet bin.«

Darauf hätte sie eigentlich gefaßt sein sollen ... Ein junger angehender Pastor. Es wurde ihr unbehaglich, und sie sah das Folgende voraus, das auch nicht auf sich warten ließ:

»Und Sie, Miss Elizabeth, sind Sie gerettet?«

War er verrückt? Keineswegs. Sie kannte diese Art eines gewissen exaltierten Protestantismus. Mit unsicherer Stimme antwortete sie: »Ich will es hoffen ...«

»Hoffen genügt nicht. Man muß die Gewißheit haben und überzeugt sein. Denn sonst ...«

»Denn sonst? Ach, ich bitte Sie, reden wir von etwas anderem.«

»Nein! Der Geist weht, wo er will, hier wie anderswo. Er veranlaßt mich, Ihnen zu sagen, daß es nur zwei Möglichkeiten gibt, wenn Sie Ihres Seelenheils nicht sicher sind: entweder ist Ihr Seelenheil in Gefahr, oder Sie müssen sich noch einmal bekehren. Ich muß mit Ihnen reden. Es ist kein Zufall, daß wir uns begegnet sind.«

Elizabeth wurde blaß und schüttelte den Kopf.

Dieses sonderbare Gespräch wurde fast im Flüsterton geführt, aber der Blick der Saphiraugen war so durchdringend, daß Elizabeth die Augen niederschlagen mußte. Sah er darin ein Schuldbekenntnis? Er fuhr unerbittlich fort:

»Wer sein Unrecht einsieht, hat bereits den ersten Schritt getan. Nur Mut, Miss Elizabeth. Ich bin da, um Sie auf den rechten Weg zu führen.«

Sie faltete die Hände auf dem Tisch.

»Mr. Brown, ich bitte Sie, lassen wir es genug sein.«

Er warf ihr einen strengen Blick zu, der noch beunruhigender als seine Worte war, und schwieg.

Miss Charlotte, die zur Linken Elizabeths saß, hatte zwar nur ein paar Worte erhascht, aber daraus rekonstruierte sie mit Entzücken das Ganze, wie ein wahrer Musiker nur ein paar Töne zu hören braucht, um eine seiner Lieblingspartituren zu erkennen; aber sie ließ sich nichts anmerken.

Ned dagegen, der auf der anderen Tischseite Teddy Brown und dem jungen Mädchen gegenübersaß, stellte empörte Betrachtungen an. »Das ist ja nun wirklich etwas stark«, dachte er und rutschte auf seinem Stuhl hin und her. »Träume ich? Da macht doch der durchtriebene kleine Pastor tatsächlich diesem Mädchen den Hof, und das vor meinen Augen! Er kommt ihr immer näher, und es sollte mich nicht wundern, wenn sie sich noch küssen. Nein, sie weicht ein wenig zurück, aber sehr wenig, nur aus Anstand. Ach, schließlich ist es mir egal. Soll sie tun, was sie will, soll sie ihn nur heiraten! Ich gebe zu, daß sie ganz hübsch ist mit ihrem goldenen Haar, aber wer hat schon Lust, sein ganzes Leben in einem Kornfeld zu verbringen? Ich nicht.«

Verärgert stieß er seinen Teller zurück.

»Du ißt ja gar nicht«, sagte sein Vater, »und du schaust ganz griesgrämig drein. Los, Junge, es ist doch Weihnachten! Ich hätte euch gern ein bißchen Champagner servieren lassen anstatt dieser ... Mixtur, Amelias Geheimrezept.«

»Redet ihr von mir?« fragte Amelia.

»Ich versuchte nur, mich an den Namen dieses indianischen Getränks zu erinnern ...«

»Scuppernong.«

»Das werde ich nie vergessen«, sagte Ned ein wenig sarkastisch, und dann fügte er boshaft hinzu: »Das gestrige Diner war … lebhafter. Heute spricht fast niemand …«

»Der stille Tag nach dem Fest – das ist immer so«, bemerkte sein Vater.

»… niemand außer meinem Kameraden, dem Pastor.«

»Sehr sympathisch übrigens. Er ist gar nicht so schweigsam, wie er tut. Ich kenne diese Art. Im Augenblick tischt er Elizabeth endlose Geschichten auf, und sie sitzt wie versteinert da … Ach, jetzt hat er aufgehört. Du wirst sehen, wie ich ihn auf freundliche Art zum Schweigen bringe. Mr. Teddy Brown!«

»Sir?« antwortete Teddy Brown.

»Ich werde Ihnen ein Geheimnis verraten. Zum Dessert gibt es Eis.«

»Es sollte eine Überraschung sein«, sagte Miss Charlotte verstimmt. »Eigentlich ein Vanilleeis, also die harmloseste Sorte, weil Weihnachten ist, aber dazu gibt es Kringel mit *Benn*, die sehr gut dazu schmecken. Doch wißt ihr überhaupt, was *Benn* ist?«

»Ich gestehe meine Unwissenheit in diesem Punkt«, erklärte Amelia mit demonstrativer Bescheidenheit.

»Mr. Teddy Brown, können Sie es uns sagen?« fragte Charlie Jones hinterhältig.

»Ich glaube wohl, daß ich es weiß«, antwortete Teddy Brown.

»Sie setzen mich in Erstaunen, aber wir sind ganz Ohr.«

»Die Geschichte ist ein wenig traurig. Als die ersten armen Schwarzen in Georgia an Land gebracht wurden …«

»Barnaby«, rief Amelia, »geh in mein Zimmer und hol mir mein Riechsalz.«

»Ja, Ma'm.«

Er verschwand und versteckte sich hinter der Tür, um zu lauschen.

»Als sie Afrika verließen, hatten sie eine Handvoll Körner von diesem *Benn* mitgenommen. Sie sollten ihnen, wie man dort glaubte, Glück bringen. Wie hoffnungsvoll drückten sie die Körner in ihrer Faust! Das weiß Gott und nur Gott allein …«

»Keine lange Predigt, wenn ich bitten darf«, sagte Ned.

»*Benn* ist nichts anderes als Sesam. Die Schwarzen pflanzten ihn an und verwendeten ihn als Nahrungsmittel. Ihre Herren kamen bald hinter das Geheimnis, und von da an erfreute sich der *Benn* in Georgia und Südkarolina großer Beliebtheit.«

»Woher wissen Sie das alles, Mr. Brown?«
»Ich habe Verwandte in Savannah.«
»Wo bleibt Barnaby?« fragte plötzlich Amelia.
Seit einiger Zeit bewegte sie sich unruhig auf ihrem Stuhl und schien in heftiger Erregung. Mit einer für sie ungewöhnlich harten Stimme schrie sie:
»Dieser Tropf ist nicht einmal fähig, mein Riechsalz zu finden. Ich brauche es dringend. Mir ist gar nicht wohl. Ich sehe den Krieg.«
Mit einem Satz sprang Charlie Jones auf und wollte sie in den Arm nehmen, aber sie wehrte sich.
»Laß mich!« fuhr sie ihn an.
»Beruhige dich, mein Liebling, es besteht kein Grund zur Aufregung. Ned, lauf schnell und hol das Riechsalz.«
Ned stürmte zur Tür und rannte beinahe Barnaby um, der mit dem Riechsalz herbeieilte.
»Ja, Ma'm«, stammelte er erschrocken, »das 'iechsalz.«
Charlie Jones riß ihm das Fläschchen aus der Hand und hielt es seiner Frau unter die Nase. Sie warf den Kopf zurück, wie ein scheuendes Tier.
Stumm und mit zusammengebissenen Zähnen ergriff Miss Charlotte ihre Schwester bei den Armen und hielt sie fest.
»Es geht gleich vorüber«, flüsterte sie Charlie Jones zu, »es ist ihr Zustand – eine Vision.«
Abermals bewirkte das Riechsalz eine konvulsivische Kopfbewegung, und dann kam Amelia zu sich. Leiser, mit tonloser und stockender Stimme begann sie zu sprechen:
»Eine schwarze Rauchsäule steigt zum Himmel auf . . . die Plantagen stehen in Flammen . . . Soldaten liegen auf dem Rücken hingestreckt . . . einer neben dem anderen . . . sie werden nie mehr erwachen . . . zuviel Blut . . . zuviel Blut auf ihnen, zuviel Blut im Gras . . . Soldaten stürmen vor . . . die Sonne glänzt auf den Bajonetten . . . ein Junge am Rande des Straßengrabens . . . dreizehn Jahre alt . . . fast noch ein Kind . . . liegt da . . . barfüßig . . . das Gesicht still und rein . . . eine Hand auf dem Bauch . . . ein klaffendes rotes Loch . . . er wird sich nicht mehr rühren . . . anderswo junge Leute . . . einer von ihnen, das Gesicht unter der Uniformjacke verborgen . . . Es ist aus . . . die, die nicht wiederkehren werden, sind alle um uns herum . . . der Krieg kommt auf uns zu . . . der Krieg . . .«
Elizabeth und Ned standen nebeneinander und blickten sich

schweigend an. Ohne recht zu wissen, was sie taten, ergriff Elizabeth
Neds Hand und drückte sie. Ein langes Lächeln voller Zärtlichkeit
antwortete ihr.

»Du mußt keine Angst haben«, sagte Ned ganz leise. »Sie phanta-
siert.«

Amelia war still geworden. In der Erregung hatte sie ihre Haube
verloren, und das schwarze Haar hing ihr in dicken Flechten über die
Schultern.

Ihr Gesicht entkrampfte sich. Die Maske der Frömmigkeit fiel
angesichts eines unsagbaren Schmerzes, der sie zu einem Menschen
wie alle anderen machte. Sie wurde zu einem Teil der großen
Welttragödie. Die großen dunklen Augen blickten verloren in die
Ferne, über die gegenwärtige, unwirkliche Minute hinaus, und sie
sagte erschreckend klar und einfach:

»Alles ist verloren.«

Einen Augenblick verweilte sie reglos, und dann sackte sie plötzlich zusammen. Als sie vornüber auf den Tisch sank, griff Charlie
Jones ihr unter die Arme.

Miss Charlotte half ihm, sie nach nebenan zu tragen, aber sie
konnten nicht verhindern, daß ihre Füße auf dem Boden schleiften.
Ned kam hinzu, und mit vereinten Kräften brachten sie sie in ihr
Zimmer.

Teddy Brown hatte dieser Szene untätig, jedoch aufmerksam und
fasziniert beigewohnt und stand noch am Tisch. Man hatte ihn in
aller Eile verlassen und die Servietten auf die halbleeren Teller
geworfen, so daß er in grotesker Weise an ein Schlachtfeld gemahnte.

Als Elizabeth sah, daß sie mit dem jungen Fanatiker allein war,
beschloß sie, in den Salon zu flüchten und näherte sich unauffällig
der Tür, aber Teddy Brown eilte ihr nach.

»Gehen Sie nicht, Miss Elizabeth. Was Sie soeben gehört haben,
ist von hohem geistigen Wert.«

»Dessen bin ich sicher, Mr. Brown, aber ich bin müde und traurig
und möchte mich ausruhen.«

»Verzeihen Sie meine Aufdringlichkeit, aber Sie haben soeben
eine Frau gehört, aus der der Geist sprach. Sie zeigte uns die
Zukunft, als sei sie gegenwärtig, wie die Propheten des Alten
Testaments.«

»Offen gesagt, glaube ich eher, sie phantasierte. Das ist auch Neds Meinung, und er kennt sie besser als Sie und ich.«

»Man hat auch von den Propheten behauptet, daß sie phantasierten. Es wird Krieg geben.«

Er schaute sie mit seinen starren Augen an, deren Blau sich zu verfinstern schien, aber sie hielt dem Blick zornig stand.

»Wenn Sie wirklich überzeugt wären, daß Amelia wahrgesehen hat, sprächen Sie nicht in einem so ruhigen Ton. Denn welches Los wäre Ihnen in einer so dunklen Zukunft bestimmt?«

»Ich würde getötet werden, Miss Elizabeth.«

Sie zuckte die Schultern.

»Sagen Sie das nicht. Diese ganze Rede war nur ein Traum. Sie hat ein dreizehnjähriges Kind gesehen, das von einem Bajonett getötet wurde und mit aufgeschlitztem Bauch am Straßenrand lag. Wenn der Krieg in vier Jahren ausbricht, dann spielt dieses Kind heute Murmeln mit seinen Kameraden. Es ißt, schläft, freut sich des Lebens und wächst auf, um sich dorthin zu begeben, wo der Tod in einem Graben mit dem Bajonett lauert, das er ihm in den Bauch stoßen wird. Wenn es sich so verhält, Mr. Brown, dann ist Ihre Religion entsetzlich.«

Er schwieg, doch er wandte den Blick nicht von Elizabeth. Aus Trotz nahm sie die gleiche Haltung an. In seinen klaren Augen, aus denen eine fast kindliche Einfalt sprach, glaubte sie Wut und Enttäuschung zu erkennen, aber auch jene Zärtlichkeit, die sie so oft im Blick der Männer fand, und die sie jedesmal verwirrte.

Er wartete eine Weile und sagte dann sanft:

»Es stand dem Jungen frei, zu Hause zu bleiben oder fortzugehen. Gott sieht die ganze Vergangenheit und die ganze Zukunft der Welt, aber unsere Freiheit rührt er nicht an. Mrs. Jones hat gesehen, was Gott sieht.«

Er sprach mit einer Höflichkeit, die dem jungen Mädchen peinlich war, als wolle man ihr Manieren beibringen. In die Enge getrieben von seinen Argumenten, suchte sie nach einem Einwand, fand jedoch keinen.

»Wie ich sehe«, sagte sie, »wissen Sie auf alles eine Antwort. Aber selbst wenn Sie recht haben sollten, finde ich es grauenhaft. Dann wäre also alles vorherbestimmt.«

»Alles ist *vorausgesehen*.«

»Aber sie hat vielleicht nicht richtig gesehen, sie hat sich vielleicht geirrt. Man kann doch nicht die Hoffnung der Menschen zerstören.«

»Wir werden ja sehen, ob sie sich geirrt hat oder nicht.«

»Wie können Sie nur so teilnahmslos sein?«

Und in einem jener Impulse, die sie nie zu beherrschen vermochte, rief sie aus:

»Ich will nicht, daß Sie getötet werden, Mr. Brown!«

Er war so verblüfft, als hätte man ihn geschlagen.

»Wirklich, Miss Elizabeth?« fragte er ernst.

Sie versuchte sich zu fassen.

»Ja, wirklich. Weder Sie, noch ein anderer, noch Ned, noch ...«

Beinahe hätte sie »Jonathan« gesagt, und sie verstummte. Da sie nicht wußte, was sie sagen sollte, stellte sie dem kleinen Pastor eine Frage, die ihr seit ihrer gestrigen Unterredung auf der Zunge lag: »Ist es indiskret, Sie zu fragen, ob Sie der anglikanischen Kirche angehören?«

»Nein, Miss Elizabeth, ich bin Methodist.«

Methodist! Das hätte sie sich denken können. Er besaß zweifellos weder die Umgänglichkeit der Anglikaner noch den Schliff der dortigen Geistlichkeit ... Die Methodisten standen eine Klasse tiefer.

Er sah ihr Befremden und lächelte verständnisvoll.

»Das soll Sie nicht abschrecken. Ich bin ein Christ wie Sie. Meine Großeltern lebten in Savannah. John Wesley persönlich hat sie bekehrt.«

»John Wesley!«

»John Wesley war ein Heiliger. Er verstand es, zum Volk zu sprechen, und er hat dem Heiland ein Heer von Armen zugeführt, die im Begriff waren, sich zu erheben.«

Elizabeth schwieg peinlich berührt. Wieder einmal verspürte sie das seltsame Unbehagen, das religiöse Dinge ihr einflößten, eine Mischung aus Anziehung und Ablehnung, oder zumindest dem Wunsch zu fliehen.

»Ich bin froh, mit Ihnen gesprochen zu haben«, sagte sie schließlich, wie um der Unterredung ein Ende zu machen.

»Ich auch«, sagte er, »aber eines Tages werde ich wiederkommen, und dann werden wir ein noch entscheidenderes Gespräch führen.«

Es blieb keine Zeit, sich weiter darüber auszulassen. Zwei Dienerinnen traten ein, um die leeren Teller abzuräumen und durch dunkelblaues, goldgeblümtes Geschirr zu ersetzen.

Dann kam Barnaby und brachte eine riesige Eisbombe auf einem Tablett, das er in die Mitte des Tischs stellte.

»Ma'm Cha'lotte und Massa Ned kommen gleich. Massa Cha'lie bleibt bei Ma'm Amelia und hat gesagt, man soll nich' auf ihn wa'ten.«

Er stotterte ein wenig, und seine verstörte Miene bewies, daß ihm nichts von Amelias Vision entgangen war.

Miss Charlotte trat gleich darauf ein, gefolgt von Ned, der Elizabeth und Teddy Brown einen argwöhnischen Blick zuwarf.

»Setzen wir uns«, sagte Miss Charlotte, »und essen wir dieses Vanilleeis. Barnaby, wo sind die Kringel? Du vergißt aber auch alles.«

Barnaby verschwand eiligst, und Miss Charlotte nutzte seine kurze Abwesenheit, um in aller Ruhe zu erklären:

»Ihr wißt vielleicht nicht, daß meine liebe Schwester ein Kind erwartet. Sie ist noch in den ersten Monaten, und in diesem Stadium haben manche Frauen die Gabe – wenn man es so bezeichnen kann –, gewisse Dinge vorauszuahnen oder gar bildlich vorauszusehen. Das kommt jedenfalls bei uns in Schottland häufig vor. Ob verheiratet oder nicht, ob jung oder alt«, fügte sie stolz hinzu, »sind wir Hochländerinnen mit dem Unsichtbaren vertraut.«

»Glauben Sie, daß Amelia wirklich den Krieg gesehen hat?« fragte Elizabeth beunruhigt.

»Wer weiß? Wir werden ja sehen.«

»Ich glaube eher«, sagte Ned, »daß sie uns ein Gesamtbild ihrer Ängste gemalt hat.«

»Das sollte Sie beruhigen«, sagte Teddy Brown zu Elizabeth mit einem liebevollen Lächeln, das Ned nicht entging.

Plötzlich rief Miss Charlotte mit einer Stimme, die alle Anwesenden erschaudern ließ:

»Barnaby, hör gefälligst auf, an der Tür zu lauschen, und bring uns die Kringel. Ich werde einmal mit deinem Vater reden.«

Wie durch Zauberei stand gleich darauf ein Haufen Kringel in einer riesigen Wedgwood-Porzellanschüssel auf dem Tisch.

»Ja, Ma'm, die K'ingel«, meldete Barnaby dienstbeflissen.

»Ned«, sagte Miss Charlotte, »in Abwesenheit deines Vaters bist du das Familienoberhaupt und wirst uns bedienen.«

Ned fügte sich ein wenig widerwillig und warf einen verstohlenen Blick zu den anderen.

Das Eis wurde kommentarlos verspeist. Nachdem die Kringel verschwunden waren, sah man einen Spruch, der wie eine Krone aus erhabenen gotischen Buchstaben um den Schüsselrand lief. Teddy Brown las ihn laut vor: »Iß dein Brot in Dankbarkeit und Freude.« Das waren die einzigen Worte, die während diesem letzten Teil der Mahlzeit gesprochen wurden. In dem bedrückten, traurigen Schweigen vernahm man nur das leise Geräusch der Löffel auf den Tellern. Man wartete auf Onkel Charlie. Seine Portion Eis schmolz dahin. Er erschien nicht.

Als sie vom Tisch aufstanden, nahm Ned Teddy Brown beiseite, hakte sich bei ihm ein und sagte in einem heiter kameradschaftlichen Ton:

»Mein lieber alter Teddy, wenn ich mich nicht täusche, interessierst du dich für meine Cousine Elizabeth.«

Teddy Brown antwortete mit feierlichem Ernst:

»Ich will sie retten.«

Ned zog seine Hand zurück.

»Bist du übergeschnappt? Sie ist nicht in Gefahr.«

»Ich will ihre Seele retten.«

»Das ist nun wirklich die Höhe!« rief Ned aus. »Jetzt spielst du den Pastor bei uns! Höre, mein Lieber, wenn du willst, daß wir Freunde bleiben, laß gefälligst Elizabeths Seele in Ruhe. Verstanden?«

»Ich werde tun, was der Geist mir zu tun befiehlt.«

»Aber nicht hier, nicht bei uns, Teddy!«

Fest und ruhig blickte Teddy Brown ihn an, ohne zu antworten. Ned fühlte, wie er rot wurde, denn der Gedanke, in den Augen dieses aggressiven Puritaners als ein eifersüchtiger Verliebter dazustehen, war ihm peinlich. Die Saphiraugen wandten sich nicht von ihm ab, als wollten sie ihn an die Wand nageln. Ned wurde es so unbehaglich zumute, daß er beinahe einen Wutanfall bekommen hätte, aber er beherrschte sich und sagte:

»Du mußt mich verstehen. Ich bin nun einmal ein bißchen schroff und kann es nicht ändern.«

»Wenn du willst, kann ich heute abend abreisen«, sagte Teddy Brown.

Ned lachte und schlug ihm auf die Schulter.

»Tu das bloß nicht, du Narr! Mein Vater würde es nicht verstehen. Er mag dich gern, und du bist unser Gast. Vergessen wir diese Geschichte, ja? Ich werde jetzt ein bißchen ausreiten. Kommst du mit?«

Teddy Brown zog es vor, auf sein Zimmer zu gehen und sich der Lektüre zu widmen.

Während dieses Gespräch stattfand, focht Elizabeth einen inneren Kampf aus, doch nicht wegen Teddy Browns Anschlag auf ihre Seele, sondern wegen ihres Briefes an Mrs. Llewelyn oder, genauer gesagt, an Jonathan. Diesen Brief wollte sie möglichst bald abgeschickt haben, bevor sie in Versuchung käme, ihn zu zerreißen. Sie kannte sich gut.

Über Weihnachten kam der Postbote nicht. Er würde erst morgen den Briefkasten leeren, aber vorher mußte Charlie Jones die Briefe noch in seinem Büro frankieren, und ihm mußte alles ausgehändigt werden. Das war die Regel, und sie hatte in Great Lawn Gesetzeskraft. Gewöhnlich sammelte Jemima bei jedem die ausgehende Post ein, und es war meist herzlich wenig, aber welche Qual für Elizabeth! Sie wollte den kostbaren und gefährlichen Brief auf keinen Fall Jemima anvertrauen, und sei es auch nur für einige Minuten. Und noch weniger Onkel Charlie, der immerhin sein Ehrenwort gegeben hatte.

Sie litt. Am liebsten hätte sie selbst ihren Brief dem Postboten in die Tasche gesteckt, aber – sie hatte keine Briefmarken. Wen sollte sie um eine Briefmarke bitten, ohne Verdacht zu erregen? Sie litt wirklich.

Schließlich schämte sie sich ihrer Feigheit, eilte auf ihr Zimmer, nahm den Brief und machte sich pochenden Herzens auf die Suche nach Onkel Charlie.

Natürlich konnte er nur bei seiner Frau sein. So überquerte sie den Korridor und klopfte schüchtern an die Tür des ehelichen Allerheiligsten, wie Miss Charlotte es nannte.

Zuerst antwortete niemand. Sie mußte lauter klopfen. Es blieb ihr noch Zeit, sich anders zu besinnen und mit dem Brief in ihr Zimmer zurückzukehren. Sie zögerte; das ganze Haus um sie her schien stumm. Die hohe und breite Tür aus hellgrauem Holz mit den golden gerahmten Türfüllungen hatte zweifellos etwas Königliches.

Und plötzlich tat sie sich auf. Man hatte sie also doch gehört, und Charlie Jones stand in seinem schwarzen Gehrock vor der wie versteinerten Elizabeth. Ein kurzes Schweigen, und dann sagte er liebenswürdig:

»Auf einen Besuch unserer lieben Elizabeth war ich nicht gefaßt. Du kannst hereinkommen. Amelia schläft fest und wird bis morgen früh nichts hören. Aber deshalb brauchst du kein so erschrecktes Gesicht zu machen.«

Ein mechanisches Lächeln huschte über die Lippen der jungen Engländerin, und sie trat ein. Das Zimmer lag in einem besänftigenden Halbdunkel. Die Läden der drei Fenster waren halb geschlossen, und die langen weißen Musselingardinen filterten wie ein leichter Nebel die letzten Sonnenstrahlen. Das riesige, mit elfenbeinfarbigen Vorhängen drapierte Ehebett nahm eine ganze Ecke des imposanten Raums ein. Auf einem dunkelgrünen Teppich stand ein großer, mit Leder bespannter, gepolsterter Schaukelsessel und darum herum lagen Haufen geöffneter und wahllos verstreuter Zeitungen, die aussahen wie Schiffswracks auf einem stürmischen Meer.

Charlie Jones setzte sich in diesen Schaukelstuhl, den er gemächlich in Bewegung setzte, und bot seiner Besucherin einen Sessel an.

»Nun«, sagte er, »ich bin ganz Ohr.«

Jedesmal wenn ein schwacher Lichtstrahl auf sein Gesicht fiel, schien er noch rosiger und noch ruhiger. Elizabeth konnte nicht umhin, diese britische Kaltblütigkeit zu bewundern, obwohl er doch angesichts der Schreckensvision seiner Frau eigentlich sehr besorgt aussehen müßte.

Sie wollte sprechen und vermochte es nicht. Wortlos überreichte sie ihm den Brief. Er nahm ihn schweigend an sich und steckte ihn in eine Innentasche seines Gehrocks.

Diese so einfache und so rasche Geste erleichterte Elizabeth. Jetzt brauchte sie nicht mehr zu wählen, keinen Entschluß mehr zu fassen. Doch ihr Frieden war von kurzer Dauer.

»Morgen kommt der Postbote vorbei, aber diesen Brief wird er nicht befördern.«

»Oh! Warum nicht, Onkel Charlie?«

»Weil ich übermorgen nach Savannah abreise, und von Savannah werde ich mich ganz bestimmt nach Dimwood begeben. Und ich ahne doch, daß der Brief an jemanden in Dimwood gerichtet ist. Oder irre ich mich?«

»Nein ... Dimwood ist richtig ...«

»So werde ich den Postboten spielen, und vielleicht bin ich ein bißchen schneller als er. Jedenfalls besteht keine Gefahr, daß der Brief verlorengeht.«

Er klopfte auf die Tasche, in der der Brief steckte, wie um sich zu vergewissern, daß er noch da war.

»Er wird direkt dem Empfänger übergeben«, fuhr er fort. »So sparen wir die Briefmarke«, fügte er leicht schelmisch hinzu. »Zufrieden, Miss Elizabeth? Verdiene ich nicht einen kleinen Dank?«

»Danke, Onkel Charlie«, sagte sie in einem Atemzug.

Ohne Übergang fuhr er fort:

»Über den Monolog meiner lieben Frau vorhin bei Tisch solltest du dich nicht weiter aufregen. Sie lebt ständig in der historischen Erinnerung an den schottisch-englischen Krieg und insbesondere an die schreckliche Schlacht, in der die tapferen Schotten vom Herzog von Cumberland, dem Bruder des Königs Georg III., dem berühmten ›Schlächter von Hannover‹, hingemetzelt wurden, als dieser kam, um die Rebellion des jungen Prätendenten der Stuart niederzuschlagen. Das alles hat sie in einer Art von Wachtraum wieder gesehen. Morgen wird sie sich an nichts mehr erinnern. Das hoffe ich jedenfalls. So ... und nun, glaubst du, daß noch etwas Vanilleeis übriggeblieben ist? Ich hätte gern ein bißchen davon gegessen.«

»Geschmolzen«, murmelte sie, »ich fürchte, es ist geschmolzen.«

Sie selbst fühlte sich dahinschmelzen, vor Schrecken dahinschmelzen. Denn plötzlich sah sie, was sie gefürchtet hatte: Onkel Charlie überreicht Mrs. Llewelyn den Brief, sie öffnet ihn, wirft einen Blick darauf, runzelt die Stirn. Charlie Jones wird neugierig, täuscht Besorgnis vor, ohne Fragen zu stellen, und dann ... dann verrät die Waliserin sie in ihrer Verwirrung und enthüllt ihm alles.

Denn auch Elizabeth hatte ihre Visionen. Diese Szene sah sie ganz deutlich vor sich, am Anfang der Eichenallee, ganz in der Nähe des Hauses, nicht weit von der Veranda und dem Magnolienbaum neben der Freitreppe.

»Danke, Onkel Charlie«, sagte sie und erhob sich. »Ich werde auf mein Zimmer gehen und mich ausruhen.«

»Bis heute abend dann«, erwiderte er freundlich. »Es ist mir immer ein Vergnügen, etwas für dich zu tun. Mach ein kleines Schläfchen, und wir sehen uns beim Essen.«

Als sie zur Tür ging, kam sie sich vor wie eine lahme Fliege. Draußen glaubte sie, sie würde bewußtlos zu Boden sinken. Nur ihr Stolz hielt sie aufrecht. Falls das Unglück es wollte, daß Charlie Jones sein Zimmer verließ und sie so fand, würde er sofort Verdacht schöpfen. Welche Blamage für sie, welches Schuldgeständnis ...

In ihrem Zimmer streckte sie sich auf dem Bett aus und bemühte sich mit geöffneten Augen, ihrer Angst Herr zu werden. Wie war sie überhaupt darauf gekommen, daß die Waliserin den Kopf verlieren würde? Wenn sie es sich überlegte, war es höchst unwahrscheinlich. Diese kaltblütige und selbstbeherrschte Frau würde die dringende Nachricht bestimmt zur gegebenen Zeit nach Wien schicken, und Jonathan würde antworten. Es würde einige Tage dauern, und dann würde die Antwort kommen. Sie schämte sich, an Onkel Charlies Ehrenwort gezweifelt zu haben. Sie würde eine Antwort bekommen. Von nun an würde sie nur für diese Antwort leben, denn eine Antwort würde kommen, eine Antwort mußte kommen.

98

Der folgende Tag stand im Zeichen der Vorbereitungen für Charlie Jones' Abreise. Die schwere gefederte Karosse mit dem Winterverdeck wurde blitzblank gescheuert. Sie sollte von sechs Pferden gezogen werden. Man packte die dicksten Decken aus, die großen, in den Farben des Douglas-Clans grün und schwarz karierten Plaids, man füllte die schweren Rindslederkoffer mit Kleidungsstücken und Unterwäsche, die mit strategischem Blick ausgewählt wurden, ebenso wie die purpurnen Reisenecessaires mit den kostbaren Flacons des russischen Eau de Toilette. Man vergaß auch nicht die Hüte in ihren wunderbaren, der Form angepaßten ledernen Hutschachteln. Charlie Jones reiste wirklich wie ein König.

Amelia, einigermaßen wiederhergestellt nach ihrer Schreckensvision, vergoß jederzeit und gleichsam auf Befehl Ströme von Tränen, wie man es von ihr erwartete. Miss Charlotte erwies sich als äußerst tüchtig und nützlich und überwachte alles mit Bienenfleiß. Zwei der intelligentesten und kräftigsten Schwarzen sollten in dicken Mänteln aus Shetlandwolle neben dem Kutscher auf dem Bock sitzen. Ned lief mit geschäftiger Miene herum, stand der Dienerschaft im Wege und störte mehr, als er nützte, aber unter diesen Umständen konnte man nicht gut mit verschränkten Armen zusehen. Elizabeth erlebte das alles aus viel größerer Entfernung. Sie blieb in ihrem Zimmer und erschien nur zu den Mahlzeiten, denen sie fast stumm beiwohnte. Ihre Phantasie reiste tausendmal schneller, als die Kalesche es tun würde, reiste nach Dimwood und von Dimwood nach Wien, während ihr banges Herz mit der Regelmäßigkeit eines Pendels zwischen Hoffnung und Verzweiflung hin- und herschwankte.

Endlich kam der Morgen der Abreise. Alles war bereit. Charlie Jones, vermummt wie ein Bojar, verabschiedete sich von allen, aber bevor er in den Wagen stieg, nahm er seinen Sohn beim Arm und ermahnte ihn:

»Von dir, mein Junge, erwarte ich, daß du dich anständig benimmst und mit Elizabeth keine Dummheiten machst.«

Als er in der Kalesche saß, lehnte er sich aus dem Fenster und fügte hinzu:

»Zumindest keine großen – verstehst du mich?«

Ned nickte. Er hatte verstanden. Elizabeth stand in einiger Entfernung und winkte, wie es sich gehörte, aber mit ängstlichem Herzen. Eine Minute zuvor war sie von dem nach Eau de Cologne duftenden Reisenden ausgiebig geküßt worden. In dem Augenblick, als die ersten Peitschenschläge knallten, blickte er sich nach ihr um, zwinkerte ihr verschwörerisch zu und klopfte sich auf den Mantel, auf die Stelle, wo er den Brief verbarg. Sie raffte sich zu einem Lächeln auf, und dann taumelte sie.

Ned eilte auf sie zu, gerade noch rechtzeitig, um sie in seinen Armen aufzufangen.

Charlie Jones' Abwesenheit hinterließ eine große Leere. Man vermißte seinen schwarzen Gehrock und sein stets gutgelauntes Lächeln. Amelia hütete meist das Zimmer, und wenn sie erschien, machte sie stets eine ernste Trauermiene. Selbst Ned schien sorgenvoll. Vergeblich versuchte er, einen Blick Elizabeths zu erhaschen, aber sie wich ihm aus und war stets in ihre Träumereien versunken. Von Zeit zu Zeit ertönte Charlottes schrille Stimme und brachte die Stille des großen Hauses zum Zerspringen.

Teddy Brown wurde kurz nach Charlie Jones' Abreise den halben Weg nach Manassas heimbegleitet, und Ned vermißte ihn trotz seiner kleinen Predigerallüren, denn schließlich war er ein Studienkamerad, mit dem er gelegentlich reden konnte.

In der Woche nach Weihnachten ließ das Tumulthaus noch einmal seine hungrige Herde los, und wieder ertönte in Great Lawn das vergnügte Lärmen der Jugend. Man klagte, man stöhnte ein wenig, aber sobald sie gesättigt fortgezogen waren, verbreitete sich eine unbeschreibliche Melancholie in dem zu groß gewordenen Speisezimmer, und der Salon schien wieder leer und langweilig.

Ned schlich verstohlen um Elizabeth herum, deren finstere Miene und deren abwesender Blick ihn einschüchterten. Sie sah wohl, was er im Schilde führte, und blieb fest entschlossen, ihm keine Aufmerksamkeit zu schenken. Was sie ihm insgeheim vorwarf, war nicht, der zu sein, der er war, sondern nicht Jonathan zu sein. Außerdem erinnerte sie das hübsche Gesicht des jungen Mannes zu sehr an das seines Vaters, der mit dem gefährlichen Brief in der Rocktasche in seiner Kalesche nach Dimwood rollte. Wie sollte sie dieses schreckliche Augenzwinkern vergessen, das alles mögliche bedeuten konnte?

Eines Tages, als sie in der sinkenden Dämmerung allein im Salon waren, ergriff Ned die Initiative und trat vor Elizabeth hin, die in einem Sessel am Kamin saß und so tat, als würde sie lesen.

»Was soll das?« fragte sie und legte ihr Buch nieder.

Er stand breitbeinig da und hatte die Hände hinter dem Rücken verschränkt.

»Reden wir nicht mehr miteinander? Was hast du gegen mich?«

»Du bist verrückt. Ich habe nichts gegen dich.«

»Aber da ist etwas. Langweilst du dich hier in Great Lawn?«

»Offen gesagt, ja. Ich wäre lieber woanders. Es ist vielleicht nicht sehr nett, was ich da sage, aber da du mich fragst . . .«

Plötzlich rutschte es ihr heraus:

»Ich bin hier nicht glücklich.«

»Wie dumm. Wenn Papa hier wäre, würde er einen Ball veranstalten. Dann würde ich mit dir Walzer tanzen. Ich bin ein guter Tänzer.«

»Ich kann nicht tanzen.«

»Du brauchst es gar nicht zu können. Beim Walzer genügt es, wenn man sich führen läßt. Ich hätte es dir gezeigt ... Die Füße berühren kaum noch den Boden ... es ist wunderbar. Die Frauen lieben das.«

»Danke, aber mir würde es nicht helfen.«

»Man vergißt alles in solchen Augenblicken, Elizabeth. Vor ein paar Tagen, als ich dich in meinen Armen hielt ...«

Auf einmal war er ganz nahe bei ihr und beugte sich über ihren Sessel.

»Ach, vor ein paar Tagen, das war reiner Zufall«, wehrte sie sich. »Ich fiel, und du hast mich aufgefangen, das war alles. Laß mich aufstehen.«

Neds Arm auf der Sessellehne hinderte sie daran.

Anstatt zu gehorchen, neigte er sich zu ihr, und sie hatte urplötzlich sein vor Begierde glühendes Gesicht vor Augen und spürte seinen Atem. Sie legte beide Hände an die Wangen und stieß ihn zurück. Er richtete sich sofort auf und sagte:

»Ich nehme mir nichts mit Gewalt, aber man weist mich nicht zweimal ab. Du hast etwas gegen mich.«

»Aber Ned, wie kannst du so etwas sagen? Durchaus nicht. Du mußt versuchen, mich zu verstehen ...«

Sie dachte: »Wie schade! Wenn er darauf bestanden hätte ...«

Die Nacht brach herein. Im flackernden Licht der Flammen schien er ihr unwiderstehlich schön.

Die folgenden Tage verliefen ereignislos. Ned hatte sich mit der Situation abgefunden, plauderte hie und da mit Elizabeth über Virginia oder die architektonischen Schönheiten der Universität, doch die meiste Zeit verbrachte er mit Spazierritten in der Umgebung.

»Auf *meinem* Alcibiades«, dachte das junge Mädchen betrübt. Aber war es nicht ihre eigene Schuld? Sie hatte ihre Ehre verteidigt. Ein trauriger Sieg. Und wozu auch, denn war ihre Ehre wirklich so bedroht? Wenn der junge Mann aus Virginia nur nicht so empfindlich wäre, so leicht in seinem Stolz verletzt ...

Jetzt wußte sie nichts mehr mit ihrer Zeit anzufangen. Alle Bücher der Bibliothek langweilten sie. So suchte sie Charlottes Gesellschaft. Eines Tages fragte diese, ob sie mit ihrer lieben Betty immer noch zufrieden sei.

»Ich mag sie sehr, aber sie ist nicht ganz richtig im Kopf.«
Miss Charlotte schien bestürzt, und Elizabeth beschrieb ihr die
seltsamen Andachtsübungen der schwarzen Dienerin in der Weih-
nachtsnacht.
»Aber das ist doch ganz einfach«, erklärte Miss Charlotte. »Betty
ist katholisch.«
Elizabeth war entsetzt.
»Wieso stört dich das?« fragte Miss Charlotte. »Betty wurde von
Laura bekehrt. Hat man dir das nicht erzählt? Laura hat alle
schwarzen Dienerinnen in Dimwood bekehrt. Monatelang ließ sie
sie heimlich auf ihr Zimmer kommen, gab ihnen Unterricht und
taufte sie, denn dazu war sie berechtigt, weil es keinen katholischen
Priester gab.«
»Tante Laura! Das ist doch nicht möglich. Wie hinterhältig von
ihr ...«
»Ach, mein kleines Mädchen, nimm doch ein bißchen Vernunft
an. Wir haben bei uns in Schottland eine Menge Katholiken, und ich
kann dir versichern, daß sie uns Protestanten in nichts nachstehen.
Sie folgen ihrem Gewissen. Wir haben ihnen nichts vorzuschrei-
ben.«
Sie sprach mit einer solchen Überzeugung, daß Elizabeth ihr
nicht zu widersprechen wagte, obgleich ihr der Ausdruck *Götzenanbeter* vor Augen stand.
»Ich werde mich daran gewöhnen müssen«, sagte sie schließlich.
»Glaube mir, die Seele deiner armen Betty ist ebenso weiß, wie
ihre Haut schwarz ist. Ihr Platz im Paradies ist ihr sicher.«
Elizabeth zuckte zusammen. Miss Charlotte drehte sich um und
ging fort.
Verblüfft blickte das junge Mädchen ihr nach. Sie fühlte sich in
ihrem Glauben empfindlich getroffen. Gewiß, Miss Charlotte hatte
nichts Persönliches im Sinn gehabt, aber daß ausgerechnet eine
Götzenanbeterin die arme Betty getauft hatte ... Sie selbst war in
einer gotischen Kathedrale von einem anglikanischen Priester ge-
tauft worden, und später hatte man sie gelehrt, daß sie durch ihren
Glauben gerettet sei. Folglich brauchte sie um ihren Platz im
Paradies nicht zu bangen.
»Wirklich nicht?« fragte jemand.
Sie hätte schwören können, daß sie eine Stimme gehört hatte, die
»Wirklich nicht?« fragte. Wie eine Schlange schlich sich das Wort

von der *kriminellen Korrespondenz* in ihre Gedanken ein. Wütend zuckte sie die Schultern. Der Glaube deckte doch alles zu. Noch nie waren ihr solche Gedanken durch den Kopf gegangen. Wie bereute sie es nun, von Betty und ihrem kleinen Götzenkult gesprochen zu haben! Inzwischen rollte Onkel Charlies Kalesche durch Nordkarolina. Nur ein Erdbeben konnte ihn daran hindern, nach Dimwood zu gelangen. Aber Elizabeth wünschte kein Erdbeben – nicht wirklich.

Sie hätte lieber schweigen sollen. Sie redete zuviel. Von nun an würde man sehen, daß eine Engländerin zu schweigen wußte ...

Der nächste Tag, der Neujahrstag, bestand aus Lächeln, guten Wünschen und kleinen Geschenken. Man versammelte sich im Salon und wie durch Zufall unter dem Mistelzweig, der unter dem Deckenleuchter hing. Elizabeth wurde am meisten verwöhnt. Amelia schenkte ihr einen entzückenden kleinen Gedichtband mit frommen Versen. Charlotte überreichte ihr mit einem tiefen Seufzer ein Paar lila Handschuhe.

»Ich muß dir gestehen«, sagte sie, »daß ich mich schweren Herzens von diesen ein bißchen altmodischen Handschuhen trenne; ich trug sie, als ich in deinem Alter war und noch an das Glück geglaubt habe.«

Aus Zartgefühl wollte Elizabeth sie zuerst nicht annehmen, aber Miss Charlotte zwang sie ihr auf.

»Nimm sie nur, nimm sie nur, mein Kind. Ich plage dich manchmal ein bißchen, aber ich mag dich sehr gern.«

Ned kam mit einem kleinen Strauß Christrosen.

»Ein glückliches neues Jahr, Mademoiselle Escridge«, sagte er in einem etwas holprigen Französisch. »Je vous aime.«

Sie sprach genug Französisch, um das zu verstehen, und riß vor Überraschung den Mund auf.

»Was ist denn mit dir los?« fragte sie schließlich. »Und warum sprichst du Französisch mit mir?«

»Weil Französisch die Sprache der Liebe ist«, sagte er mit großer sprachlicher Anstrengung.

Sie ging auf das Spiel ein und antwortete in derselben Sprache, aber mit einem besseren Akzent:

»Glauben Sie nicht, Monsieur, daß man von Liebe ebensogut auf englisch sprechen kann?«

Und dann fuhr sie in ihrer Muttersprache fort:

»Macht es dir Spaß, am Neujahrstag Theater zu spielen?«

»Gut«, erwiderte er lachend, »sagen wir also, es sei Theater. Aber, Elizabeth, nimm mir doch endlich diese Blumen ab. Ich stehe wie ein Idiot mit einem Blumenstrauß vor dir.«

Sie nahm den Strauß und lächelte, doch mit einem Schatten von Traurigkeit in den Augen. Plötzlich rief er:

»Und jetzt, meine kleine Elizabeth, werde ich dich küssen, da es Neujahr ist. Hier und vor allen.«

Damit stürzte er sich auf sie, nahm sie in die Arme, drückte sie mit allen Kräften, küßte sie über das ganze Gesicht und zuletzt mit wildem Ungestüm auf den Mund.

»Das ist für vorvorgestern«, sagte er rot vor Erregung.

Weder Amelia noch Charlotte verstanden die Anspielung, aber sie lachten herzlich.

»Unter dem Mistelzweig ist alles erlaubt«, erklärte Miss Charlotte.

»Ich weiß«, sagte Elizabeth lachend, »ich hätte mich in acht nehmen sollen.«

»Nun behaupte bloß noch, daß es dir nicht gefallen hat«, sagte Ned triumphierend.

»Ich habe nichts behauptet«, erwiderte sie, »aber ich stelle fest, daß man sich das, was einem aus Anstand verweigert wird, sehr gut mit Gewalt nehmen kann, Herr Schauspieler.«

Amelia, die von diesem Wortwechsel nichts verstand, klatschte in die Hände.

»Genug, genug«, sagte sie. »Ich habe einen schrecklichen Hunger, und das Essen wartet.«

Ohne ein weiteres Wort schritt sie majestätisch zum Speisezimmer. In ihrem langen schwarzen Kleid, das die Füße bedeckte, sah sie aus, als ob sie schwebte.

Das Mahl war köstlich, wie zu erwarten. Man servierte sogar einen leichten Wein. Amelia hob das Glas, um auf den Frieden zu trinken, aber ihre Stimme bebte, und sie hatte Tränen in den Augen.

Endlich kam der Tag, den Ned jetzt fürchtete. Die Ferien waren zu Ende, und er mußte zurück nach Charlottesville auf die Universität. Ein eleganter schwarzer Tilbury erwartete ihn unter den hohen Buchen vor dem Haus. Barnaby, einen ledernen Reithut auf dem

Kopf, trug den Koffer seines jungen Herren. Dieser, in einem Mantel aus Shetlandwolle, blickte sich traurig um, als suchte er jemanden. Er hatte sich von der verfrorenen Amelia im Salon und von Charlotte an der Haustür verabschiedet.

Plötzlich erschien Elizabeth. Sie trug einen weißen Schal und bemühte sich zu lächeln, aber man sah, daß sie geweint hatte.

»Ned«, sagte sie, »spielen wir Theater wie am Neujahrstag, willst du?«

Er verstand sofort.

»Ach, Elizabeth«, sagte er, »in meinem Zustand kann ich leider nicht mehr Theater spielen.«

»Macht nichts«, sagte sie. »Dann tun wir so, als ob wir Theater spielten.«

Sie öffnete die Arme. Der Schal glitt von ihren Schultern. Ned lief auf sie zu und drückte sie an sich. Sie fühlte seine Lippen auf den ihren und wollte sich abwenden, aber er hielt sie mit beiden Händen fest.

»Schon gut, schon gut!« rief Miss Charlotte von der Schwelle. »Mr. Ned Jones, Sie werden den Zug verpassen.«

Sie lachte laut wie über einen guten Scherz, aber man ahnte, daß sie, wie schon am Vorabend, nicht ganz unbeteiligt war.

»Schreib mir«, sagte Elizabeth, als sie sich trennten.

»Das verspreche ich dir, aber ich komme zurück, ich komme zurück, bevor ...«

»Bevor was?«

»Bevor er wieder da ist.«

Zwei Minuten später saß er neben Barnaby, der dem Pferd die Peitsche gab. Elizabeth blickte dem Tilbury nach, wie er den langen, gewundenen Weg entlangfuhr. Als er hinter dem weißen Zaun verschwunden war, unterdrückte sie einen Seufzer.

Miss Charlotte kam, hob den weißen Schal auf und legte ihn ihr um die Schultern.

»Tröste dich«, sagte sie, »in seiner Familie hat noch nie ein Mann sein Wort gebrochen.«

»Aber ich wollte es gar nicht ...«, stammelte Elizabeth. »Es ist ganz gegen meinen Willen geschehen.«

99

Als der erste Schnee fiel, war das Haus wie ein Grab. Amelia trug gewiß nicht zur Erheiterung bei. Der gesunde Appetit, mit dem sie sich zu den festgesetzten Stunden bei Tisch einfand, vertrug sich sehr gut mit ihrer gewohnten Melancholie. Sie vermißte ihren Mann. Jeden Tag brachte ihr der Kurier einen Brief aus Savannah, aber all diese glühende Zärtlichkeit auf dem Papier vermochte die physische Präsenz nicht zu ersetzen, die sie benötigte. Ziemlich oft ließ sie sich das Abendessen in ihrem Zimmer servieren. Dann saß Elizabeth allein mit Miss Charlotte am Tisch, die zwar angenehm plauderte und sich alle Mühe gab, sie zu zerstreuen, aber seit Neds Abreise zog das junge Mädchen die Einsamkeit vor.

Vom Fenster ihres Zimmers aus blickte sie auf die Wiese, sah das Gras unter dem Schnee verschwinden und dachte über ihr Leben nach. Noch vor kurzem war ihr ihre Zukunft wie eine Straße erschienen, an deren Ende Jonathan sie erwartete, aber jetzt war die große weite Ebene ein leeres Blatt. Elizabeth hatte das Gefühl, nicht mehr die gleiche wie früher zu sein. Das Gesicht, das aus dem Laub der Magnolien zu ihr aufsah, war ein fremder Traum. Der Schnee löschte alles aus, der Schnee, der in dieser Gegend Virginias fiel, und auch in Charlottesville, und den Ned sah. Sie wollte Ned.

Am 3. Januar hatte er ihr geschrieben:

Ich sitze in einem großen Saal voller Studenten, schaue durch das hohe Fenster auf das Universitätsgelände und sehe eine lange weiße Fläche. Warum ich Dir das erzähle? Ich weiß es nicht. Die Vorlesung ist heute sehr langweilig, und so höre ich dem Professor gar nicht zu, blicke auf den Schnee hinaus, stehle mich davon und bin bei Dir. Ich sage Dir auf französisch »Je vous aime«, wie vor ein paar Tagen, als wir Theater spielten. Ich werde bald Urlaub nehmen und zurückkommen, und dann können wir wieder Theater spielen, aber was ich Dir dieses Mal zu sagen habe, werde ich Dir in meiner Sprache sagen, und dann ist es kein So-tun-als-ob mehr, denn dann wird es nie mehr ein So-tun-als-ob geben. Ich liebe Dich.

Ned

Diesen Brief steckte sie in ihr Mieder, möglichst nahe dem Herzen, wie einen Talisman. Ihre Freude wäre während dieser ganzen Woche vollkommen gewesen, wenn sie nicht am nächsten Tag einen unerwarteten Brief von Mrs. Llewelyn erhalten hätte:

Liebe Miss Escridge,
wie ich soeben von Mr. Hargrove hörte, ist Mr. Charlie Jones unterwegs nach Savannah, von wo aus er einen Besuch in Dimwood machen wird. Er weiß nichts von dem Interesse, das Sie der Stadt Wien bezeugen, aber falls er durch irgendeine Indiskretion helotischen Ursprungs etwas wittern sollte, werden Sie die in solchen Fällen einzig mögliche Haltung einnehmen, nämlich die meine, die darin besteht, alles zu leugnen, zu leugnen und abermals zu leugnen.
Ihre getreue Dienerin   *Maisie Llewelyn*

PS. Ins Feuer mit diesem Papier!

Ihre erste Sorge war, das Wort »helotisch«, das sie nicht kannte, im Lexikon nachzuschlagen. Was sie las, ließ sie vor Schreck erstarren. Die Anspielung war klar. Sie durfte nicht vergessen, daß alle schwarzen Sklaven an der Tür lauschten. Vielleicht hatte man ihre Unterredung mit Annabel belauscht und auf diese Weise das Geheimnis ihrer Liebe zu Jonathan erfahren.

Als die ersten Minuten der Verwirrung vorüber waren, warf sie den Brief ins Feuer und faßte sich. Sie war fest entschlossen zu leugnen, wenn es notwendig wäre. Nein, nein und abermals nein, sie war nicht in Jonathan verliebt. Eine innere Stimme sagte leise: »Doch!« Aber konnte man denn zwei Männer gleichzeitig lieben? Und die ruhige und vernünftige Stimme antwortete: »Man kann sehr gut zwei Männer gleichzeitig lieben.«

»Bist du wahnsinnig?« murmelte sie vor sich hin. »Du bildest dir ein, jemand spräche zu dir, und dabei ist niemand da.«

Sofort schrieb sie an Ned.

Lieber Ned,
es dauert noch einige Zeit bis zu Deiner Rückkehr. Komm, sobald Du kannst. Für unser Spiel So-tun-als-ob habe ich meine Rolle auswendig gelernt, aber beeile Dich, bevor ich sie vergesse.

Elizabeth

Eine Woche verstrich, sieben leere Tage, sieben todlangweilige Abende im großen Salon am Kaminfeuer, entweder mit Amelia und Charlotte, wobei Amelia in ihren Kissen döste, während Charlotte Blumen auf eine Tischdecke stickte, die ihr bis über die Füße hing, oder, wenn Amelia das Zimmer hütete, allein mit dem geschwätzigen alten Fräulein. Charlotte hatte ein unerschöpfliches Repertoire an blutrünstigen Erzählungen aus der schottischen Geschichte, aber auch an hochinteressanten Gespenstergeschichten, die Elizabeth besonders liebte. Dann lauschte sie begierig und versäumte es nie, vor dem Schlafengehen unter ihr Bett zu schauen.

Rosen, Veilchen und Vergißmeinnicht entstanden nacheinander unter Miss Charlottes emsigen Fingern, die sich alle Mühe zu geben schien, die junge Cousine aus England zu zerstreuen. Sie saß da, die große weiße Haube über die Arbeit gebeugt, und sprach mit einer Stimme, die den rauhen Akzent ihrer Heimat nicht ganz verloren hatte. Eines Abends sagte sie in vertraulichem Ton:

»Der Schnee fällt immer dichter seit zwei Tagen und hält uns hier gefangen. Du fühlst dich sicher ein bißchen einsam in diesem großen Haus. Möchtest du, daß ich die Horde zum Mittagessen einlade?«

So nannte sie die jungen Leute von gegenüber, die beim ersten Ruf mit dem Schlitten herübergekommen wären.

»O nein!« sagte Elizabeth.

»Nicht wahr? Das dachte ich mir. Schade, daß dein Vetter Ned nicht da ist. Er ist so amüsant.«

»Leider hält ihn sein Studium zurück«, seufzte die junge Heuchlerin.

Ned hatte ihren Brief vor acht Tagen erhalten, und sie erwartete ihn jeden Augenblick.

Miss Charlotte bewahrte ein geheimnisvolles Schweigen.

Der nächste Tag war ein Samstag. Gerade als die Klingel zum Mittagessen rief, hielt der schwarze Tilbury vor der Tür, und eine Minute später stürmte Ned ins Speisezimmer.

»Legt ein Gedeck für mich auf!« rief er fröhlich.

»Ist bereits geschehen«, sagte Miss Charlotte. »Überzeuge dich selbst.«

Er lachte.

»Danke, Miss Charlotte. Ich habe Ihren Brief meinem *Advisor* gezeigt. Er war völlig einverstanden. ›Da familiäre Gründe Ihre

Anwesenheit erfordern, muß es sich um etwas Ernstes handeln. Fahren Sie, und ich wünsche alles Gute.«

»Es ist wirklich etwas Ernstes«, sagte Miss Charlotte. »Wir werden alle drei an der Schwermut sterben, wenn du nicht da bist, um das tägliche Leben aufzuheitern. Vor allem Elizabeth. Sie ist am ärmsten dran.«

Elizabeth täuschte Erstaunen vor:

»Guten Tag, Ned. Das ist aber eine freudige Überraschung.«

»Ned, mein Freund«, sagte Amelia, »gib Barnaby deinen Mantel. Er soll ihn draußen ausschütteln. Du bist ja ganz voll Schnee.«

»Es ist wahr«, sagte Ned, während er sich den Mantel abnehmen ließ, »ich komme wie ein Weihnachtsmann, der den Zug zum 25. Dezember verpaßt hat.«

»Wo sind die Geschenke?« fragte Miss Charlotte.

»Unterwegs verlorengegangen. Die Sioux haben uns überfallen und alles mitgenommen.«

»Und was gibt es Neues auf der Universität?«

»Nichts. Alle führen sich wie die Verrückten auf und reden nur vom Krieg. Jeder hat bereits sein Regiment gewählt. Für mich ist es die Kavallerie. Dort melde ich mich mit Alcibiades. Es wird allerdings nur ein militärischer Ausritt sein.«

»Ruhe!« rief Amelia. »Hier reden wir nicht vom Krieg, weil es keinen Krieg geben wird. Ich weiß es. Ich bin sicher.«

Alle hoben die Brauen und tauschten erstaunte Blicke.

Elizabeth, die wie zufällig neben Ned saß, flüsterte ihm zu:

»Du gehst nicht, Ned.«

»Beruhige dich. Im Senat einigt man sich zum Schluß immer. Aber es macht ihnen Spaß, uns die Faust zu zeigen und Phrasen zu dreschen.«

Zum Mittagessen gab es Neds Leibgericht: überbackenen Virginiaschinken, Süßkartoffeln, Krebssalat, und zur Krönung des Ganzen eine Riesentorte in Gestalt des Pantheons, zu Ehren der Universität, deren Bibliothek von Mr. Jefferson entworfen und dem architektonischen Meisterwerk des alten Rom nachgebildet war. Es versteht sich von selbst, daß Miss Charlotte aktiv an der Herstellung dieses monumentalen Backwerks mitgewirkt hatte, und es war so schön, daß man es nur mit Bedauern zerstörte.

Länger als zwei Stunden saßen sie bei Tisch, und es hätte den stärksten Mann umgeworfen, zumal Miss Charlotte eine kostbare, sehr schmutzige und sehr verstaubte Flasche Château Talbot 1830 ausfindig gemacht hatte. Jeder trank zwar nur ein halbes Glas, aber es genügte, um allen den Rest zu geben, außer Ned, dem noch nie vor einem bißchen Alkohol bange gewesen war.

Amelia mußte man in ihr Zimmer tragen und auf ihr Bett legen. Miss Charlotte kämpfte tapfer gegen den Schlaf an, aber Elizabeth flatterte mit den Wimpern und betrachtete die Welt mit glasigem Blick. Ned führte sie auf ihr Zimmer, wo die wachsame Betty sich ihrer annahm.

Dann wankte der junge Student in die kleine Bibliothek und ließ sich auf das Kanapee sinken, wo er unter dem vernichtenden Blick des presbyterianischen Pastors im goldenen Rahmen lange und tief schlief und laut schnarchte.

Bei Einbruch der Dunkelheit erwachte er. Seine erste Sorge war, sein Gesicht unter das kalte Wasser zu halten und seine dichten schwarzen Locken zu kämmen. Jetzt, da er mit seinem Aussehen einigermaßen zufrieden war, ging er zu Elizabeth hinauf und klopfte diskret an ihre Tür.

Sie stand, in einen Schal aus Shetlandwolle gehüllt, am offenen Fenster, streckte den Kopf heraus und ließ sich die kühle Abendluft um die Nase wehen, als wollte sie die letzten Gerüche der Mahlzeit vertreiben. Ein wenig beschämt, weil sie soviel gegessen hatte, empfand sie ein vages Schuldgefühl und schreckte zusammen, als sie das Klopfen hörte.

Als Ned erschien, rosig und im vollen Glanz der Jugend, rief sie:

»Oh! Ned, nein, komm nicht herein!«

»Gut«, sagte er, »also treffen wir uns unten vor dem Haus. Es schneit nicht mehr, die Luft ist etwas lauer, die Nacht verspricht herrlich zu werden. Eine feenhafte Szenerie für den zweiten Akt des *So-tun-als-ob*.«

»Meinst du?«

»Es ist meine Überzeugung. Der Text erfordert es.«

Er ging hinunter. Eine Viertelstunde später liefen sie einen Weg entlang, den die Schwarzen freigeschaufelt hatten. Vermummt wie für eine Reise, gingen sie lachend Hand in Hand. Ringsum verbreiteten die Wiesen ihren weißen Glanz im Licht des über den Bäumen aufsteigenden Monds.

Nach einigen Minuten gelangten sie in einen Tannenwald, und Ned blieb stehen.

»Hier ist das Intermezzo«, sagte er. »Bewundere die Regie, das einladende Halbdunkel, die tiefe Stille. An diesem Ort sage ich zu dir: ›Meine Geliebte, meine Angebetete ...‹«

»Soweit waren wir meiner Meinung nach noch nicht«, erwiderte sie lachend. »Ich habe ein paar Längen gestrichen, die die Handlung verzögerten. Also spiele jetzt anständig, denn an dieser Stelle mußt du sagen: ›Mein Geliebter, mein Ned ...‹«

Abrupt löste sie die Arme, die sie um seinen Hals geschlungen hatte.

»Keine Vornamen«, sagte sie.

»Warum nicht, da es doch ein *So-tun-als-ob* ist? Ich habe übrigens auch irgendwann ›Elizabeth‹ gesagt.«

»Nein.«

»Doch. Und wenn ich es nicht gesagt habe, habe ich es gedacht. Also los!«

Elizabeths Herz begann heftig zu schlagen.

»Wir könnten sehr gut einen anderen Namen nehmen«, sagte sie schwach, »weil sonst das *So-tun-als-ob* ... zu weit geht.«

»Einverstanden. Ich sage Lizzy zu dir, und wie nennst du mich?«

»Jonathan«, murmelte sie.

»Was ist denn das für ein Name! Warum nicht gleich David oder Salomon?«

»Jonathan finde ich sehr gut.«

»Na schön, einverstanden. Lizzy, ich denke Tag und Nacht an dich, ich will, daß du mir gehörst, mir ganz allein.«

»Das steht nicht im Text.«

»Du spielst aber schlecht! Nun komm schon, wir tun doch nur als ob ...«

Plötzlich rief sie:

»Jonathan!«

»Ist das alles?«

»Jonathan, mein Geliebter, meine einzige Liebe, schließe mich fest in deine Arme, halte mich fest, damit ich dir nicht weglaufe.«

»Ah! Das ist schon besser. Keine Bange, du wirst mir nicht weglaufen, und was das in die Arme nehmen betrifft, so wirst du schon sehen ...«

Sie glaubte, er wolle sie erdrücken, so kräftig war seine Umarmung. Aber sie hatte keine Angst. Im Gegenteil, sie empfand eine seltsame Freude, und während sie die Augen schloß, dachte sie: »Jonathan.« Sie fühlte den heißen Atem des jungen Mannes überall auf ihrem Gesicht, und plötzlich küßte er sie wie ein Rasender auf den Mund.

Als er sie endlich losließ, stieß sie ihn zurück.

»Hör auf«, sagte sie mit veränderter Stimme. »Du hast gemogelt, das war kein *So-tun-als-ob* mehr.«

»Nein«, sagte er, »ich konnte nicht mehr so tun als ob, aber du . . .«

Beinahe hätte sie ihm gestanden, daß auch sie nicht mehr konnte, und daß die Sache mit Jonathan kein Spiel sei, aber blitzartig kam ihr die Warnung der Waliserin in den Sinn: »Leugnen, leugnen und abermals leugnen . . .« Sie schwieg.

Sanft streichelte er ihr Gesicht:

»Du bist mir natürlich böse.«

»Nur ein bißchen . . . Ned.«

»Ein bißchen, dann ist noch nicht alle Hoffnung verloren. Ein bißchen ist gut, Elizabeth, ein bißchen ist wunderbar, aber warum bist du mir böse?«

»Du hast gemogelt, du hast dein Wort nicht gehalten.«

»Elizabeth!«

»Gehen wir heim, Ned . . . mir ist kalt.«

Sie verließen den Wald und nahmen wieder den Weg zwischen den weiten Feldern, deren Weiß von keiner einzigen Fußspur unterbrochen wurde, und die im Mondlicht glänzten, als seien sie von einer anderen Welt.

Während einiger Minuten schien keiner von ihnen geneigt, das Schweigen zu brechen. Ned hatte Elizabeth zärtlich den Arm um die Schultern gelegt, und sie schritt neben ihm im Frieden der übernatürlich klaren Nacht.

Schließlich sagte er leise:

»Du mußt keine Angst vor mir haben, Elizabeth.«

»Ich habe vor niemandem Angst.«

»Dann überlege ein bißchen. Du bist siebzehn Jahre alt, ich bin neunzehn. Wenn wir jetzt nicht glücklich sind, wird man uns unsere Jugend stehlen. Wir müssen uns beeilen zu leben.«

»Du glaubst also an den Krieg . . .«

»Nicht jetzt gleich, es kann noch lange dauern, bis er kommt, aber er wirft einen Schatten auf die schönsten Tage, auf unsere Tage, deine und meine. Weise die Liebe nicht zurück, mach dir nicht vor, ein Phantasiewesen zu lieben. Ich werde dich glücklich machen. Liebst du mich nicht ein kleines bißchen?«

»Leider nicht nur ein kleines bißchen.«

»Wieso leider? Wir spielen jetzt nicht mehr, Elizabeth.«

Er mußte eine ganze Weile auf die Antwort warten, aber da er sah, daß sie nachdenklich zu Boden blickte und überlegte, wollte er sie nicht drängen. Mit vor Erregung tonloser Stimme enthüllte sie ihm endlich einen Teil ihres Geheimnisses:

»Ich bin unglücklich, weil ich dich liebe, denn ich wollte es nicht ...«

»Ach! Und warum?«

»Das kann ich dir nicht sagen, und ich werde es dir nicht sagen. Aber ich liebe dich.«

»Also dann, Elizabeth ...«

Er zögerte.

»Also dann was?« fragte sie.

»Willst du meine Frau werden?«

»Was ich dir gesagt habe, muß dir genügen, Ned. Heute sage ich dir nichts mehr ...«

Er nahm sie in die Arme und drückte sein Gesicht an ihre Wange. Sie wehrte sich nicht.

100

Das Diner war einfach und verlief ruhig. Amelia schlief so fest von den Folgen des Mittagessens, daß niemand sich entschließen konnte, sie zu wecken. Miss Charlotte sprach vor allem über die Kälte, die im Lande zu wüten begann, und beglückwünschte die jungen Leute, ihren Spaziergang vor dem einbrechenden Frost gemacht zu haben, der die Wege vereiste. Sie benahm sich ganz mütterlich und führte sie nach beendeter Mahlzeit in einen kleinen Salon neben dem Speisezimmer.

Es war ein recht nettes Zimmer, dessen Mobiliar aus einigen Stühlen und zwei Sesseln mit flachen Sitzkissen und gerader Rükkenlehne bestand, vielleicht ein wenig streng, doch von gutem altmodischen Stil.

»Alles Originale«, erklärte sie und schob die Sessel näher an den Kamin, in dem ein prächtiges Feuer loderte und köstliche Wärme verbreitete.

An den blaßrosa gestrichenen Wänden hingen hübsche italienische Landschaftsbilder: der rauchende Vesuv, singende und tanzende *Pfiferari* bei der Weinlese, umrahmt von Traubengirlanden.

»Hier«, sagte Miss Charlotte, »könnt ihr euch von euren Strapazen ausruhen. Barnaby wird euch einen Spieltisch bringen. Ihr habt die Wahl zwischen Tricktrack, Domino und Dame – Dame ist hochinteressant, ich spielte es leidenschaftlich gern, als ich in eurem Alter war. Aber keine Karten. Bei uns in Schottland pflegt man zu sagen, daß die Karten die Ziegelsteine des Teufels sind. Ach, da kommt Barnaby.«

Barnaby erschien in roter Livree und stellte einen mit grünem Filz bespannten Spieltisch zwischen die beiden, mit einem großen Kasten aus Mahagoni, der alles zur Unterhaltung Notwendige enthielt.

»Möchtet ihr einen schwarzen Tee?« fragte Miss Charlotte. »Oder vielleicht lieber einen Kräutertee – Pfefferminz, Lindenblüten, Eberesche? Jemima erwartet eure Befehle.«

Beide schüttelten die Köpfe.

»Ganz nach eurem Belieben, Kinder. Barnaby, du wirst von Zeit zu Zeit nach dem Feuer sehen.«

Barnaby verbeugte sich tief und verschwand.

»So«, sagte das alte Fräulein. »Ich bin auch einmal jung gewesen und kann mir denken, daß ihr euch eine Menge zu sagen habt. Unser Ned ist immer so gesprächig – und so amüsant. Ich lasse euch jetzt allein. Es gibt Augenblicke, in denen man lästig wird, auch mit den besten Absichten. Ich wünsche euch einen schönen Abend, liebe Kinder. Bleibt nicht zu lange auf.«

Als sie allein waren, setzten sie sich und blickten einander an.

»Tut sie das absichtlich?« fragte Elizabeth.

»Das kann man wohl sagen. Sie tut alles absichtlich. Wir lieben und verehren dieses alte Fräulein, aber sie ist eine Plage wie alle, die immer nur unser Bestes wollen.«

»Überwacht sie uns vielleicht?«

»Du wirst es gleich verstehen. Gewöhnlich steht dort hinten, nicht weit von der Tür, ein Kanapee. Dieses Kanapee macht ihr Angst, und sie hat es verschwinden lassen. Und dann ... aber das traue ich mich kaum, dir zu sagen ...«

»Vorhin warst du weniger schüchtern.«

»Also gut. Gewöhnlich liegt hier ein dicker türkischer Teppich.«

»Ned!« rief Elizabeth aus. »Hält sie uns für Tiere?«

»Es sind nun einmal die Ideen einer ältlichen Person, die gewisse Seiten des Lebens nie gekannt hat und sich alles mögliche vorstellt.«

Ein Brief Mrs. Llewelyns kam Elizabeth in den Sinn, und sie hob entsetzt die Hand.

»Ich habe verstanden. Erzähle mir bloß nichts von diesen Scheußlichkeiten.«

»Ich weiß nicht, an welche Scheußlichkeiten du denkst, denn ich sehe keine Scheußlichkeiten ... die Liebe ist schön ...«

»Ned, ich bitte dich, reden wir von etwas anderem. Möchtest du wirklich Tricktrack spielen?«

»Bist du verrückt?«

»Oder Dame, oder Domino ...«

»Ich werde etwas anderes tun, und vielleicht wirst du deinen Spaß daran haben.«

Er stand auf, schlich sich ganz leise zur Tür, riß sie mit einem Schlag auf und ertappte Barnaby, der ihm beinahe vor die Füße fiel.

»Massa Ned!« stammelte der Schwarze zu Tode erschrocken. »Ich wollte ge'ade an die Tü' klopfen.«

Ned packte ihn beim Ohr und zwang ihn aufzustehen.

»Barnaby«, sagte er mit furchterregender Miene, »wenn es nach mir ginge, würde ich dich hier auf der Stelle züchtigen, aber du weißt, daß man bei uns einen Diener nicht anrührt, und das ist deren Glück. Aber weißt du, was ich tun werde?«

Er hatte sein Ohr losgelassen, und Barnaby warf sich auf die Knie.

»Morgen früh«, fuhr Ned fort, »werde ich auf dem kleinen Weg zur Straße reiten und mich zu dem Häuschen deines Vaters, des Pastors, begeben, um mit ihm über dich und deine Gewohnheiten zu reden. So wirst du deine Prügel nicht von einem Weißen beziehen, sondern von der rächenden Hand deines Vaters.«

»Pa'don, Massa Ned«, stöhnte Barnaby, »ich we'de es nie wiede' tun.«

»Nach der väterlichen Tracht Prügel wirst du es ganz bestimmt nicht wieder tun.«

»Au! Au!« schrie Barnaby, als ob die ersten Schläge bereits fielen.
»Ich bitte um Gnade für Barnaby«, rief Elizabeth lachend.
»Oh, danke, Miss Lisbeth«, schrie Barnaby.
Plötzlich erschien Miss Charlotte. Ihre schrille Stimme klang wie eine Trillerpfeife.
»Was ist los? Ich will es wissen!«
»Los ist«, sagte Ned aufs höchste verärgert, »daß Barnaby wieder einmal beim Lauschen an der Tür ertappt worden ist. Was er zu hören hoffte, weiß ich nicht. Bildet man sich etwa ein, daß Elizabeth und ich uns unschickliche Dinge sagen würden? Ich habe ganz den Eindruck, daß man uns nachspioniert.«
Miss Charlotte wurde von einem leichten Zittern befallen und mußte sich an die Wand lehnen. Doch sie fand sogleich ihre Entschlossenheit wieder und rückte ihre Haube zurecht.
»Dein Zorn ist berechtigt!« schrie sie. »Barnaby, scher dich fort! Verschwinde, du Elender! Ned, du hast zwanzigmal recht und auch ein wenig unrecht. Man verdächtigt einen Gentleman und eine junge Dame nicht, unschickliche Gespräche zu führen – noch dazu in einem so eleganten Rahmen.«
»Ach ja, der elegante Rahmen – haben Sie den ausgewählt?«
Miss Charlottes Gesicht wurde ganz rosig.
»Es ist unmöglich, euch zu belügen. Ich war es, aber ich hatte Anweisung von oben.«
Jetzt war Ned so verdutzt, daß es ihm die Sprache verschlug, denn mit *von oben* konnte bei Miss Charlotte ebenso die göttliche Vorsehung wie Charlie Jones gemeint sein.
Elizabeth erhob sich.
»Ihr werdet mich entschuldigen«, sagte sie, »wenn ich jetzt schlafen gehe. Dieser Spaziergang vor dem Abendessen hat mich furchtbar müde gemacht ... Gute Nacht, Miss Charlotte, gute Nacht, Ned.«
»Erlaube mir wenigstens, dich bis in deinen Flur zu begleiten«, sagte Ned. »Die Treppe ist schlecht beleuchtet, du könntest fallen. Gute Nacht, Miss Charlotte.«
Allein in dem verlassenen kleinen Salon blickte Miss Charlotte sich betrübt um. »Du arme Irre«, sagte sie zu sich selbst. »Und dabei hatte ich alles so wunderbar arrangiert. Genau wie meine Eltern, als ich verlobt war. Sie beschützten mich vor jeder Gefahr. Deshalb ist auch nie etwas geschehen ...«

»Nie«, wiederholte sie laut, als spräche sie zu dem Feuer, das nun unnütz war und fröhlich in dem Kamin mit den schmalen dorischen Säulen flackerte.

Die Treppe, die zu den Zimmern hinaufführte, war wirklich schlecht beleuchtet. Eine Petroleumlampe auf einem runden Tisch am Fuße der Stufen verbreitete ein schwaches Licht und ließ den Flur des oberen Stockwerks im Dunkel.

»Laß nur«, sagte Elizabeth, »ich gehe allein hinauf, ich kenne jede Stufe.« Aus Gründen, die sie selbst nicht verstand und denen sie in gewissen Situationen nachzugeben pflegte, bildete sie sich ein, daß ihre Zukunft sich in dieser etwas finsteren Ecke des alten Hauses entscheiden würde.

»Laß nur«, sagte sie abermals, als er sie in die Arme nehmen wollte. »Rühr mich nicht an. Ich will es nicht.«

»Bist du mir noch böse wegen dieses Kusses im Wald?«

»Ehrlich gesagt, ja ... ein bißchen. Du sagtest vorhin, die Liebe sei schön. Ist das für dich die Liebe? Diese Gewaltsamkeit?«

»Ich begehrte dich.«

Da er ahnte, daß sie schockiert war, fügte er rasch hinzu:

»Ich werde nie mehr gewaltsam sein, Elizabeth.«

»Alle Männer sind es. Ich weiß mehr darüber, als du glaubst.«

»Elizabeth, du weißt gar nichts, und ich liebe dich darum nur noch mehr.«

Sie bekam Angst. Jonathan hatte ähnlich zu ihr gesprochen, und die deutliche Erinnerung an gewisse gräßliche Worte Mrs. Llewelyns stieg in ihr auf. Die griechischen Statuen logen, und Ned war ein Mann wie alle anderen.

»Geh, Ned«, sagte sie plötzlich. »Wenn du wieder so werden willst, wie du am ersten Tage warst, werde ich dich lieben.«

»Wie am ersten Tage?«

Er versuchte ihre Hand zu ergreifen, aber sie entzog sich ihm und stieg rasch die letzten Stufen der Treppe empor.

Er folgte ihr nicht.

Die Nacht löschte alles aus. Am nächsten Tag saßen sie alle bei Tisch, mit ihren gewohnten Gesichtern, und plauderten wie üblich, wie Schauspieler, die ihre Rollen vom Vorabend bereits vergessen hatten. Das Leben brachte alles in die Reihe. Miss Charlotte prophezeite wieder einmal Frost im ganzen Lande und fragte sich, wie Ned bei einem solchen Wetter die Rückreise antreten könne.

»Du wirst vielleicht deinen Aufenthalt in Great Lawn verlängern müssen«, sagte sie.

»Nein«, erklärte Amelia mit teilnahmsloser Stimme, »der Schlächter hat seine beiden Pferde für das Glatteis beschlagen und nimmt die Reisenden, die in Not sind, in seinem Wagen mit.«

»In Not«, wiederholte Ned leise mit einem vielsagenden Blick zu Elizabeth.

Das junge Mädchen lächelte resigniert.

»Ned wird den Zug in Gainsville nicht verpassen«, fuhr die unerschütterliche Amelia fort. »Und auf jeden Fall wird alles in Ordnung gehen.«

Die Buchweizenkrapfen mit Ahornsirup wurden schweigend verspeist, und das leise vertraute Klimpern der Löffel in den großen Teetassen klang nach einem friedlichen, ereignislosen Leben. Jedenfalls für Ned, der sich am Rande der Verzweiflung befand.

An diesem Morgen hatte er die junge Engländerin am Fuße der Treppe erwartet, um ihr zu sagen, daß er ihretwegen sterben würde.

»Sterben?« fragte sie verwundert.

»Ja, sterben, weil das Leben ohne dich keinen Sinn mehr für mich hat.«

»Du wirst ja wiederkommen.«

»Ich habe das Gefühl, daß du mir immer noch böse bist, weil ich dir im Wald diesen unglücklichen Kuß gegeben habe.«

»Gegeben? Du hast ihn dir mit Gewalt genommen. Ich habe mich für dich geschämt. Du hast dich wie ein Tier benommen.«

»Aber nein, mein Liebes, das ist die menschliche Natur.«

»So? Dann finde ich sie einfach abscheulich, deine menschliche Natur!«

»Ich kann nichts dafür, verstehst du? Man küßt eben so, wenn man liebt.«

»Ich nicht.«

»Zeige mir, wie, Elizabeth.«

»Nicht hier, nicht jetzt. Man könnte uns sehen.«

»Liebst du mich noch wie zuvor?«

»Ich liebe dich, wenn du nett und ruhig bist, wie du es am ersten Tag warst. Von dem, was du die menschliche Natur nennst, will ich nichts wissen. Aber nun geh, wir dürfen nicht zusammen zum

Frühstück kommen. Amelia und Charlotte würden wer weiß was vermuten.«

»Sie wissen sehr gut Bescheid, da kannst du sicher sein. Sie haben nichts dagegen ... aber sie haben unseretwegen große Angst.«

»Ich möchte bloß wissen, was sie befürchten.«

»Dummheiten, was man so Dummheiten nennt. Ich werde es dir eines Tages erklären.«

»Ich will es gar nicht wissen. Nun geh schon, Ned. Wir sehen uns gleich im Speisezimmer.«

Der Tag schleppte sich langweilig dahin. Da es unmöglich war, einen Spaziergang zu machen, saß man im Salon, wo ein großes Holzfeuer loderte. Amelia schlug vor, ein historisches oder ein erbauliches Thema zu erörtern, um die Zeit nützlich zu verbringen, während man auf die nächste Mahlzeit wartete. Sowohl sie als auch Charlotte schienen Neds letzten Tag in Great Lawn mit den beiden jungen Leuten verbringen zu wollen.

Es geschah selten, daß man Amelia so gut gelaunt sah, wenn sie auch in ihrem schwarzen Kleid und mit dem Gebäude aus Spitzen auf dem Kopf nichts von ihrem majestätischen Aussehen verlor. Sie riskierte sogar eine jener liebenswürdigen Plaudereien, die damals in Mode waren:

»Mein lieber Ned«, sagte sie mit einem Lächeln, das sie schöner und zehn Jahre jünger erscheinen ließ, »wir möchten noch ein wenig von deiner Anwesenheit profitieren.«

Verblüfft, jedoch höflich verneigte er sich.

»Bereite uns das Vergnügen«, fuhr sie fort, »mit uns einen Rundgang durch diese Universität mit den tausend Säulen zu machen – oder, falls dir das nicht zusagt, erzähle uns ein wenig von diesem großen Thomas Jefferson. Die Erinnerung an ihn ist bei euch bestimmt noch lebendig. Was war euer Held für ein Mann? Wir würden ihn gern sehen und bewundern.«

Verdrossen versuchte Ned sich zu sammeln:

»Als Architekt gebührt ihm höchste Anerkennung. Er sah das Pantheon in Rom und steckte es in seine Rocktasche, um daraus eine Bibliothek nach seinen Vorstellungen zu machen, die er am Ende des Universitätsgeländes hinstellte, von einer Säulenarmee flankiert. In Paris fiel ihm das Hôtel de Salm auf, und er steckte es in die Tasche seiner geblümten Weste ... Als er später wieder daheim war, veränderte er es nach seinem Geschmack und machte daraus sein Haus Monticello.«

»Welch ein Mann!« sagte Charlotte.

»Als 1789 die ersten Unruhen ausbrachen, beschloß er nach Virginia zurückzukehren und verpaßte die Französische Revolution.«

»Und dann?« fragte Amelia schmollend.

»Er war ein großer Mann, und er versuchte die Zukunft des Landes so weit wie möglich vorauszusehen, als er mit einigen anderen die amerikanische Verfassung unterzeichnete. Kamen ihm Zweifel bezüglich der Dauerhaftigkeit dieses Dokuments? Man sollte es meinen, aber wie konnte er vorhersehen, daß 1850 ein Teil des Nordens diese Verfassung als einen Teufelspakt bezeichnen und behaupten würde, es gäbe ein moralisches Gesetz, das über der Verfassung steht? Man kann alles mit einem Vertrag machen, wenn man behauptet, er widerspreche den Gesetzen der Moral. Das ist sehr praktisch.«

»Deine Reden scheinen mir subversiv«, bemerkte Amelia.

»Ich bitte um Verzeihung, aber der Gedanke, daß ich morgen in aller Herrgottsfrühe fort muß, und dazu noch im Wagen des Schlächters, versetzt mich in subversive Laune. Denn aus zahlreichen Gründen wäre ich lieber hiergeblieben.«

Der hauptsächliche dieser zahlreichen Gründe stieß einen leisen Seufzer aus.

»Wegen zwei oder drei Tagen Verspätung wird man dich nicht ins Gefängnis stecken«, sagte sie errötend.

»Nein, aber es würde einen schlechten Eindruck machen«, erklärte Amelia. »Der Schlächter ist bereits benachrichtigt worden. Ihr könnt euch darauf verlassen, daß er pünktlich sein wird.«

Da Miss Charlotte sah, daß das Gespräch eine böse Wendung zu nehmen drohte, ergriff sie das Wort, um vom Thema abzulenken:

»Der arme Barnaby hat sich mir heute früh zu Füßen geworfen und mich angefleht, ihn vor unserem lieben Ned in Schutz zu nehmen. Die Angst, die ihm sein Vater, der Pastor, einflößt, ist einfach unvorstellbar.«

»Wenn dieser Tropf sich ruhig verhalten hätte, anstatt Zeter und Mordio zu schreien, wäre die Sache für mich längst vergessen. Ich habe wirklich andere Sorgen. Aber ich will menschlich sein, und ich werde seinen Vater nicht besuchen. Zumal bei diesem Wetter ...«

»Bravo«, rief Miss Charlotte.

»Aber«, fuhr Ned fort, »wenn ich ihn noch einmal dabei erwische, werde ich ihn mit dem Ohr an die Tür nageln.«

»Pfui, wie barbarisch!« rief Miss Charlotte aus.

»Ned«, sagte Amelia, »ich erkenne dich nicht wieder. Du erinnerst mich an die Schrecken der spanischen Inquisition.«

Es war Miranda in einer weißen Schürze mit Spitzenborte, die anstelle des momentan unpäßlichen Barnaby den Kaffee servierte. Die schöne Schwarze von den Antillen erregte stets Neds bewundernde Aufmerksamkeit. Das prächtige braune, rötlich schimmernde Haar wurde im Nacken von einem goldenen Netz zusammengehalten. Er fühlte, daß Elizabeth ihn beunruhigt ansah, und wandte sogleich den Blick von der Dienerin ab, deren Haltung und Bewegungen in ihrer natürlichen Anmut er nur bewundern konnte, aber dann lehnte er die Tasse Kaffee ab, die sie vor ihn hinstellen wollte. Elizabeth atmete auf.

Die Stunden bis zum Abend schienen endlos. Unter der mehr oder weniger diskreten Bewachung warteten die beiden Verliebten auf den Augenblick, da man einander gute Nacht sagen würde. Endlich ergab sich eine kostbare Minute, wieder einmal am Fuße der Treppe. Ganz von sich aus streichelte Elizabeth Neds Gesicht und flüsterte:

»Wie schrecklich, daß du fortgehen mußt.«

»Ja, morgen früh, wenn es noch dunkel ist. Du wirst mich nicht sehen, denn dann schläfst du noch.«

»O nein!«

Er wollte sie küssen, aber sie wandte sich ab.

»Nur auf die Wange«, sagte sie.

Er küßte sie über das ganze Gesicht, mit der gleichen Gier wie am vorgestrigen Abend.

In diesem Augenblick vernahm man Miss Charlottes Schritte im Vestibül.

»Gute Nacht, Elizabeth«, sagte Ned laut und vernehmlich.

»Gute Nacht, Ned.«

Ohne das Geländer zu berühren, eilte sie die Treppe hinauf.

101

Sehr lang war diese Winternacht. Elizabeth drehte und wendete sich in ihrem großen Himmelbett, den Kopf voller Gedanken, die immer wieder den Schlaf verscheuchten. Ned hatte Miranda angeschaut, doch dann immerhin die Tasse Kaffee abgelehnt. Im Wald hatte er ihr Angst gemacht, aber sie hätte ihn nicht mit einem Tier vergleichen dürfen. Da war sie zu weit gegangen und hatte ihn gedemütigt. Von Zeit zu Zeit hörte sie die Zweige der Tannen wie Reisigbesen an der Hauswand schaben, und dann steckte sie den Kopf unter die Laken. Sie hätte ihm auch nicht sagen dürfen, daß sie die menschliche Natur abscheulich fand ... Es waren so viele Dinge, die sie ihm nicht hätte sagen sollen ...

In der Dunkelheit wurde das Zimmer riesig wie eine Weltkuppel. Ein roter Fleck flackerte im Kamin und verbreitete ein schwaches Licht, in dem die flämischen Schränke gigantisch erschienen. Plötzlich schlich die alte Betty durch das Zimmer und warf Asche auf die letzten glimmenden Stümpfe der Holzscheite. Elizabeth beobachtete sie einen Augenblick und schloß dann die Augen.

Ein Stimmengeräusch riß sie aus dem Schlaf. Es kam von draußen, und man vernahm das laute und deutliche Reden eines Mannes aus dem Volk. Im Nu war Elizabeth aufgestanden.

»Betty, wo bist du?«

Betty erschien. Man wußte nie, woher sie kam. Vielleicht schlief sie in einer Ecke des Zimmers, um über ihre Herrin zu wachen.

»Legen Sie sich hin, Mam'sell Lisbeth. Bei diese' Kälte!«

»Schnell, meine Schuhe, meinen Mantel, meinen Schal ...«

Ihre Stimme war so gebieterisch, daß die Dienerin sofort gehorchte.

Eine Minute später lief Elizabeth warm eingemummt über den Korridor zur Treppe, die sie, zwei Stufen auf einmal nehmend, hinabeilte.

Eisige Kälte drang durch die offene Tür ins Haus. Elizabeth kam gerade heraus, als Ned in einem schwarzen Mantel auf den Wagen steigen wollte, um neben dem Schlächter Platz zu nehmen. Er hatte bereits den Fuß auf dem Trittbrett. Mit einem Satz war sie draußen und rief ihm zu:

»Komm bald zurück, Ned!«

Er hielt die Finger an die Lippen.

Sie hätte ihm aus tiefster Seele etwas zurufen mögen, egal mit welchen Worten ...

Die Peitsche knallte, sie verlor die Beherrschung und rief:

»Es macht nichts, mit der menschlichen Natur.«

Die nun folgenden Stunden zählten zu den schmerzlichsten, die sie erlebt hatte, seit sie in Amerika war. Nur der Abschied von Jonathan hatte sie so bittere Tränen gekostet. Wie sie so flach in ihrem Bett ausgestreckt lag, das Gesicht in den Kissen vergraben, erschien ihr der Schrei, der ihr entschlüpft war, unerklärlich und absurd, aber sie hatte irgend etwas schreien wollen, und da ihr nichts eingefallen war, hatte sie ihm diesen blöden Satz zugerufen ... Manchmal haßte sie sich selbst, weil sie so unkontrolliertes Zeug redete.

Doch die Tränen erleichterten sie, und Betty, die sie von einer Ecke des Zimmers aus beobachtete, tat nichts, um ihr zu helfen. Sie warf ihr nur eine warme Decke über, da das Holzfeuer den Raum noch nicht genügend heizte. Sie wußte außerdem, daß Worte bei einem Liebeskummer nicht viel ausrichteten, und hatte längst begriffen, daß Mam'sell Lisbeth bis über beide Ohren in Massa Ned verliebt war, aber sie schwieg.

In dem stillen Haus, das der Schnee noch stiller gemacht hatte, bemühte sich Elizabeth, wieder Geschmack am Leben zu finden, nur wußte sie nicht recht, womit sie sich beschäftigen sollte. Keines der Bücher in der Bibliothek sagte ihr zu; all die Romane, Gedichte und vor allem Predigten, Erzeugnisse eines vergangenen Jahrhunderts, hätte sie am liebsten aus dem Fenster geworfen. Nur eine Vitrine, in der Charlie Jones hinter einem Vorhang aus roter Seide, der Farbe des Verbrechens, einige Bände zu seinem eigenen Gebrauch unter Schloß und Riegel hielt, hätte sie für einen Augenblick interessieren können.

Miss Charlotte, die ständig im Hause herumlief und sich um alles kümmerte, fand hie und da ein Stündchen Zeit für sie.

»Komm mit mir in den kleinen Salon. Dort werden wir eine Tasse Kaffee trinken. Ich habe Sesamgebäck machen lassen, das du unbedingt kosten mußt.«

Das Zimmer, in das sie sie führte, war das gleiche, in dem Elizabeth und Ned jenen peinlichen Abend verbracht hatten, aber das breite und behagliche Sofa war wieder am gewohnten Platz, ebenso wie der verblaßte Orientteppich, und sekundenlang dachte das junge Mädchen in einem Anfall stummer Wut an die Veränderungen, die sich das alte Fräulein für einen Abend ausgedacht hatte, um die jungen Verliebten vor den Fallen des Teufels zu bewahren. Wie Miss Charlotte ließ sie sich in die gepolsterten Tiefen des Sofas sinken. Der Kaffee und das Gebäck standen auf einem kleinen Tisch bereit. Es kostete Miss Charlotte einige Mühe, sich aufzurichten, um ihre junge Cousine aus England zu bedienen – so nannte sie Elizabeth zuweilen, wenn sie ihrem Nationalstolz schmeicheln wollte.

»Charlie wird erst in einem guten Monat heimkehren«, sagte sie, »und du wirst dich jetzt nach diesem kurzen Besuch Neds noch ein bißchen einsamer fühlen. Er war ja auch charmant wie gewöhnlich, und ich habe den Eindruck, daß ihr euch gut versteht.«

»Ganz gut, Charlotte.«

»Nicht mehr? Nun gut, aber vergiß auf keinen Fall, daß man ihn ein wenig auf Distanz halten muß. Er mag Mathematik, Deutsch, Griechisch und was weiß ich noch studieren, aber er führt sich manchmal wie ein wildes Pferd auf. Ich nehme an, daß er sich anständig benommen hat.«

Elizabeth schwieg.

»Nicht wahr?« fragte Miss Charlotte mit einer Stimme, der die plötzliche Sorge einen heiseren Klang verlieh.

»Miss Charlotte«, entgegnete Elizabeth kühl, »was stellen Sie sich eigentlich vor?«

»Oh, nichts, mein liebes Kind, nur solltest du dich vor jungen Leuten seines Alters in acht nehmen. Sie schwatzen viel daher und machen großartige Versprechungen. Ich habe es am eigenen Leibe erfahren, weiß Gott.«

Sie griff nach der Klingelschnur und zog daran.

»Wir reden ein andermal darüber. Laß deinen Kaffee stehen, er ist kalt.«

Die Tür ging auf, und Jemima erschien. Elizabeth war jedesmal überrascht, wenn sie sie sah. Von Kopf bis Fuß schwarz und mit schlichter Eleganz gekleidet, war sie eine beeindruckende Erscheinung.

»Der Kaffee ist kalt geworden«, sagte Miss Charlotte. »Nimm das Tablett fort und bringe uns eine Kanne heißen Kaffee.«

Froh über diese willkommene Ablenkung sagte Elizabeth, als sie wieder allein waren:

»Ich weiß, daß man nicht fragen soll, aber wer ist eigentlich diese Jemima?«

»Du findest sie seltsam, nicht wahr? Sag es mir nur frei heraus.«

»Sie ist mir ein Rätsel, würde ich eher sagen.«

»Na schön, also rätselhaft. Es ist eine lange Geschichte. Charlie Jones hat sie gekauft, als sie zehn Jahre alt war, ein Waisenkind. Ihr außergewöhnlich intelligenter Blick ist ihm sofort aufgefallen. Anstatt sie gleich in seine Dienste zu nehmen, hat er sie in eine Schule in Nordkarolina geschickt, wo man Schwarze unterrichtete. Dort blieb sie sechs Jahre. Sie ist ein bemerkenswert begabtes Mädchen, das alles mit verblüffender Leichtigkeit lernt. Aber da kommt Jemima. Tritt ein, Jemima, stell das Tablett auf den Tisch und laß uns allein. Ich klingle, wenn ich dich brauche.«

Jemima führte die Befehle mit vorbildlicher Schnelligkeit aus. Als sie verschwunden war, setzte Miss Charlotte ihre Rede mit flinker Zunge fort:

»Wir können ganz beruhigt sein, sie lauscht nicht an der Tür. Jemima ist Onkel Charlie treu ergeben und hat eine beinahe fanatische Dankbarkeit bewahrt. Er schickte sie nach England, wo sie bei einer wohlhabenden Familie in Plymouth als Kindermädchen diente. Es ist unvorstellbar, welche Neugier sie dort erregte, und welchen Erfolg sie hatte.«

»Erfolg?«

»Sie war in allem vollkommen und galt als schön, trotz ihrer schwarzen Hautfarbe. Die Kinder vergötterten sie. Es fehlte nicht viel, und man hätte sie den Nortons gestohlen.«

»In England hätte sie die Freiheit finden können.«

»Ich frage mich, ob sie je daran gedacht hat. Sie vergaß nicht den Mann, der ihr das traurige Dasein auf einer Plantage erspart hatte. Unter uns gesagt, glaube ich, daß sie in Charlie Jones verliebt war. Erstaunt dich das?«

»Ja, nein, ich weiß nicht, und es interessiert mich auch nicht. Und dann?«

»Als sie zwanzig war, kam er sie holen, und sie folgte ihm gehorsam und treu.«

»Und verliebt.«

»Wir wollen nicht übertreiben. Daß du dir keine falschen Vorstellungen machst. Sie lebte fünf Jahre lang bei ihm in Savannah als Sklavin im Haushalt – treu ergeben, fleißig, eine wahre Perle.«

»Wenn ich Sie richtig verstehe, hatte Onkel Charlie auch das Herz seiner Sklavin von sich abhängig gemacht.«

»Mag sein, aber sie war aus England mit Ideen zurückgekehrt, die gar nicht denen des Südens entsprachen.«

»Ach! Potztausend!«

»Elizabeth! Dieser Ausdruck in deinem Munde erstaunt mich.«

»Entschuldigen Sie, ich sage manchmal Dinge, die ich nicht sagen sollte.«

»Charlie tat das Klügste, was er tun konnte. Um sie nicht der Versuchung abolitionistischer Betätigung auszusetzen, versprach er ihr für das Jahr 1852 die Freiheit. Und mehr noch, er fand für sie eine Stelle als Gouvernante in einer Familie in Philadelphia. Man erzählt, sie habe lange geweint, bevor sie einwilligte.«

»Sie besitzt also eigentlich alle Tugenden.«

»Du magst sie nicht?«

»Es wird mir eiskalt in ihrer Nähe.«

»Weißt du, warum? Weil sie eine Spionin des Nordens ist.«

Elizabeths Augen leuchteten auf.

»Das ist ja hochinteressant. Einfach wunderbar!«

»Bist du verrückt? Dieses Mädchen ist gefährlich.«

»Aber Charlotte, wir sind doch nicht im Krieg.«

»Nennst du diesen Zustand des schwankenden Gleichgewichts zwischen Norden und Süden etwa Frieden? Fühlst du nicht, daß wir seit Jahren in einer Art Krieg leben? Glaube mir, die Spione sind überall. Unsere Briefe werden gelesen, bevor man sie uns aushändigt.«

Ein Entsetzensschrei entfuhr Elizabeth, und sie sprang mit einem Satz auf.

»Nein!« sagte sie. »Das ist nicht möglich. Sagen Sie mir, daß es nicht möglich ist.«

»Beruhige dich, meine liebe Kleine. Deine ärmliche Korrespondenz könnte dem Feind von keinerlei Nutzen sein.«

»Wer ist der Feind?«

»Der Süden, wenn man im Norden ist, der Norden, wenn man im Süden ist.«

Elizabeth setzte sich wieder und ergriff Miss Charlottes Hände.

»Charlotte, wer hat Ihnen nur solche Reden eingegeben? Sie

machen mir Angst. Nehmen Sie zurück, was Sie gesagt haben, und dann ist alles wieder gut. Vielleicht haben Sie einen bösen Traum gehabt.«

»Ich? Nein, ich schlafe immer bestens.«

»Eine Vision also?«

»Nein, Visionen hat Amelia. Die hatte sie schon in Schottland. Und sie irrte sich nie. Noch letzthin ... diese bemerkenswerte Offenbarung ...«

»Sie haben nicht daran geglaubt.«

»Habe ich das gesagt? Ich erinnere mich nicht daran, oder vielleicht habe ich es aus Schwäche gesagt, um die ängstlichen Seelen zu beschwichtigen, aber inzwischen hat der Geist zu mir gesprochen ... eine Stimme.«

Bei diesen Worten verspürte das junge Mädchen eine gewisse Erleichterung. Wenn es sich nur um diese geheimnisvolle Stimme handelte, die Miss Charlotte hörte, konnte sie wieder freier atmen. Nur der ernste und tiefe Blick der Schottin bereitete ihr noch einiges Unbehagen. Unter der großen weißen Haube schien das kleine sanfte Gesicht eine innere Welt zu verbergen, die nichts von ihren geheimen Ängsten erraten ließ.

Um diesen Bann zu brechen, griff Elizabeth nach ihrer Tasse und führte sie an die Lippen. Diese Geste ließ das alte Fräulein hochfahren.

»Kalt, nicht wahr?« sagte sie und versuchte zu lächeln. »Ich sorge sehr schlecht für dich, meine liebe Elizabeth.«

»Aber nein, der Kaffee ist köstlich. Ach, wenn ich sehe, daß Sie wieder ein bißchen lächeln, habe ich den Eindruck, daß Sie von einer langen, schrecklichen Reise zurückkehren, aus den Regionen, wo die Gespenster wohnen.«

»Nichts dergleichen. Ich tauche nur in mich selbst hinab, wo es keine Gespenster gibt, aber wo ich die Welt so sehe, wie sie ist.«

»Und sie ist entsetzlich ...«

»Hab nicht zuviel Angst. Das Feuer kann noch lange unter der Asche schwelen, bevor es ausbricht. Du hast vielleicht noch Jahre des Glücks vor dir.«

»Wie viele? Sagen Sie es mir.«

»Woher soll ich das wissen? Man redet von zehn Jahren. Das wäre schön, das wäre großzügig.«

»Haben Sie Vorahnungen?«

»Ja. Du solltest heiraten.«

Elizabeth schwieg.

»Kurz vor einem Krieg?« fragte sie schließlich.

»Soweit sind wir noch nicht, und dann hat ein Krieg noch nie die Leute vom Heiraten abgehalten. Alle werden ja nicht fallen.«

»Ich möchte die Dinge lieber anders sehen.«

»Mein Kind, wenn du Angst vor dem Krieg hast, mußt du deiner Mama schreiben und sie bitten, dich zu holen.«

Elizabeth wurde ganz rosig vor Wut, als wenn man ihr auf die Finger geklopft hätte.

»Ich fürchte mich vor nichts und habe Gründe, hierzubleiben«, sagte sie kurz angebunden.

»Bravo«, erwiderte Miss Charlotte, »du reagierst wie ein Rassepferd auf den leisesten Schlag der Reitgerte. Bleibe hier und heirate hier.«

Sie blickten sich eine Weile wortlos an, und dann fragte das junge Mädchen, nicht ohne Überwindung:

»Was soll man tun, wenn man zwischen zwei Personen schwankt?«

»In deinem Fall sehe ich kein mögliches Schwanken.«

»Ist das auch eine Vorahnung?«

»Elizabeth, ich bin weder eine Wahrsagerin noch eine Kartenlegerin. In Washington wimmelt es von Damen dieses Berufs, besonders jetzt. Die Politiker suchen sie auf, die Pastoren schicken ihre Frauen zu ihnen. Sie machen gute Geschäfte, der Teufel sorgt dafür. Aber sie wissen nichts oder beinahe nichts.«

»Charlotte, Sie sind mir keine große Hilfe.«

»Es tut mir leid. Wo du zwei Personen siehst, sehe ich nur eine, und das ist gewiß. Aber ich habe nicht das Recht, in dein Schicksal einzugreifen.«

»Ich ermüde Sie mit meinen Fragen«, sagte Elizabeth mit einem traurigen Lächeln.

»Durchaus nicht. Wenn du bittest, wird dir geholfen werden, aber achte wohl auf die Zeichen.«

»Die Zeichen?«

»Ach, meine liebe Cousine, du mußt dich besinnen. Zeichen werden uns von morgens bis abends gegeben.«

»Schon gut, ich habe verstanden«, sagte Elizabeth ein wenig

verärgert über die erbauliche Wendung, die ein Gespräch mit dem alten Fräulein stets zu nehmen pflegte.

»Das ist schon ein Fortschritt«, sagte Miss Charlotte lachend. Sie mußte hart mit dem Sofa kämpfen, dessen heimtückische Polster sie zurückzuhalten versuchten.

Elizabeth war aufgestanden und wartete höflich, jedoch ohne ihr zu Hilfe zu kommen.

Den Kaffee und das Gebäck hatten sie in der Aufregung des Gesprächs kaum angerührt.

102

Am folgenden Morgen stand Elizabeth am Fenster und blickte in die Landschaft, die sich seit etwa einer Woche kaum verändert hatte. Unter einem dunkelgrauen Himmel schienen die weiten Schneefelder darauf zu warten, daß eine schreibende Hand sie mit Worten und Sätzen ausfüllen würde. Krähen im Gleitflug schwebten vorbei und zerrissen die Stille mit ihrem krächzenden Schrei.

»Ein Zeichen«, dachte Elizabeth, »wollte sie das damit sagen? Wozu also noch hoffen . . .?«

Während sie sich anzog und Betty ihr beim Zuknöpfen ihres Kleides half, klopfte Jemima an die Tür und trat ein.

»Miss Charlotte bat mich, Ihnen diesen Brief zu bringen, den der Postbote ihr soeben ausgehändigt hat.«

Es war nicht mehr die gleiche Jemima wie früher, die Elizabeth jetzt sah, denn seit Miss Charlottes Enthüllungen schien ihr alles an dieser Frau verdächtig.

Der Brief war dick. Elizabeth riß den von Mrs. Llewelyns feiner und sorgfältiger Hand beschrifteten Umschlag auf.

Dann setzte sie sich in den Schaukelstuhl nahe am Kamin und sagte zu Betty:

»Laß mich allein. Ich rufe dich später.«

Die folgenden Worte ganz oben auf einem großen Briefbogen hatten nämlich ihr Herz höher schlagen lassen:

Palais Wilczeck, 10. Dezember 1850

Meine Liebste,
endlich erhielt ich Mrs. Llewelyns Versprechen, Dir meinen Brief
nachzusenden, und hier liege ich Dir zu Füßen – zumindest im Geiste.
Wie soll ich Dir meinen grausamen Seelenzustand schildern? Ich wohne in
einem Palast und lebe in der Hölle. In ganz Amerika fände man kein Haus
von solcher Pracht, und alle Freuden der Welt werden mir geboten, aber
Du bist fern. Ich hatte den Verstand verloren, als ich diese Frau heiratete,
weil mich das Verlangen quälte, sie ganz allein zu besitzen. Diese Dinge
kannst Du nicht verstehen, denn Deine Seele ist rein, und bei ihr ging es
mir nicht um die Seele. Ich bezweifle sogar, daß sie eine hat. Sie ist ein
Vampir. Während Du ganz Seele bist, ist sie ganz Fleisch. Sie hat die
blasierteste Stadt Europas verführt, die schwierigste, die Hauptstadt eines
riesigen Reichs – aber kannst Du meine Schrift überhaupt lesen? Ich
schreibe, egal was und egal wie, weil ich wahnsinnig bin vor Schmerz, aber
ich will, daß Du mich verstehst. Die Hand gehorcht mir nicht recht.

Elizabeth stand auf und lief zum Fenster, wo das Tageslicht ein
wenig heller war. Eine seltsame Angst stieg in ihr auf. Trotz aller
Anstrengung gelang es ihr nicht, die dichtgedrängten und einander
überschneidenden Buchstaben der folgenden Zeilen zu entziffern.
Die ganze untere Hälfte der Seite glich einer unentwirrbaren Zauberformel. Es sah aus, als seien diese Worte bei Dunkelheit und in
höchster Eile geschrieben worden, und da eine wütende Hand sie
nachträglich stellenweise durchgestrichen hatte, wirkten sie noch
geheimnisvoller. Einen Augenblick starrte sie, zwischen Entsetzen
und heftiger Neugier schwankend, auf den Brief, dann setzte sie sich
wieder ans Feuer und drehte das Blatt um. Was sie jetzt las, war vom
12. Dezember datiert:

Die Nacht ist vergangen, ich fahre in diesem Brief fort, ohne den Mut
aufzubringen, das bereits Geschriebene noch einmal durchzulesen, denn ich
würde es wahrscheinlich ins Feuer werfen. Nun herrscht wieder Ruhe in
diesem Palast. Alle sind verrückt hier, sogar die steinernen Treppenfigu-
ren. Ein Fest hat stattgefunden und dauerte bis in den Morgen. Du kannst
Dir den Tumult nicht vorstellen: Musik, Walzer, endlose Bankette und
Wein in Strömen. Und dann hat meine Frau ... Nein, es gibt Dinge, die

ich Dir unmöglich sagen kann. Ich will nicht der Sklave dieser Kreatur sein, die mich haßt und mich am liebsten umbringen würde, aber wir brauchen einander, wir sind durch dieses teuflische Band aneinandergefesselt. Du weißt nichts vom Leben. Wenn ich an Dich denke – oh, erinnerst Du Dich? – sehe ich Dich in Dimwood, am Ende der Veranda. Im weißen Licht des nächtlichen Himmels neigt sich Dein Gesicht zu dem meinen herab, im Laub der Magnolien, das Deine Hand zur Seite biegt, und Du bist wie eine Erscheinung, ein Wesen aus einer unbekannten Welt, und ohne ein Wort zu sagen, erfüllst Du mich mit einer übernatürlichen Freude. Du bist die, die ich seit jeher suche, die einzige, die mich von der Erde loszureißen vermag. Ich habe dem Vergnügen gelebt, und ich hasse das Vergnügen, ohne mich von diesem immer wiederkehrenden, immer unersättlicher werdenden Hunger befreien zu können, und als ich Dich später in der Menge auf dem Kai sah und unsere Lippen sich berührten, da begriff ich, daß mein Leben sinnlos wäre, wenn ich ohne Dich leben müßte. Dich wollte ich, und nicht dieses Ungeheuer, an das eine sinnlose Ehe mich bindet, aber ich werde diese Ehe brechen.

Wenn Du sie sehen könntest, wie sie sich ruhig und herablassend wie eine Königin in den Salons bewegt, wo sich die ganze Aristokratie Wiens versammelt, dann würdest Du verstehen, daß sie einer bösen Macht verfallen ist. Ich sage es Dir, sie ist kein Mensch. In ihren weißen Seidenkleidern ist sie noch immer von einer atemberaubenden Schönheit, der die schlimmsten Exzesse nichts anzuhaben vermochten. Wahrscheinlich verkehrt sie dort nur wegen dieses Namens, den ich ihr gegeben habe. Das Blut einer anderen Rasse, das in ihren Adern fließt, macht sie nur noch unwiderstehlicher und verführerischer. Es macht mich wütend, daß ich in den Augen der Wiener Gesellschaft nur der Ehemann dieser Frau bin. Die Frage, ob sie mir wenigstens treu ist, wäre lächerlich. Falls ich einen konkreten Verdacht hätte, würde ich den Mann im Duell töten, aber all diese lächelnden Gesichter verstehen sich auf das Lügen, und wenn sie in eine Kalesche steigt und für den ganzen Tag verschwindet, wo ist sie dann? Am Abend findet sie sich wieder ein und überhäuft mich mit ihren abscheulichen Zärtlichkeiten, die mir unentbehrlich geworden sind. Nie stellt sie mir eine Frage. Und ich halte es vor Ekel nicht mehr aus, Elizabeth. Zu Dir wende ich mich, denn Du bist meine einzige Hoffnung. Die Ehe ... die meine war eine Falle. Die Gesetze sind eindeutig. Sie schützen diese Frau, deren Namen ich nicht einmal niederschreiben mag. Wenn sie doch nur sterben würde, wenn doch nur jemand sie töten würde!

Ich werde versuchen, mich zu befreien, um zu Dir zu kommen, ich werde Mittel und Wege finden. Ich habe vor, einen Anwalt aufzusuchen, aber nicht den meinen, der zu legalistisch ist und offensichtlich die Wünsche dieser Frau vertritt, sondern einen jener Winkeladvokaten, die mit allen Wassern gewaschen sind; ich kenne welche, denn ich versuche es nicht zum ersten Mal. Und dann wird der Tag kommen, da ich Europa verlassen und zu Dir zurückkehren kann, um Dich in meine Arme zu schließen und auf immer Dir zu gehören ... Schreibe mir, meine Liebste, fürchte nichts, niemand wird Deinen Brief sehen, dafür sorge ich, aber um Himmels willen schreibe mir, oder ich sterbe.

Dein Jonathan

Ganz unten auf der Seite, wo die Worte sich wie in höchster Verzweiflung zu überstürzen schienen, hatte eine feste Hand eine Zeile hinzugefügt: *Mein armes Kind.*

Elizabeth erkannte sofort Mrs. Llewelyns Schrift und ließ den Brief fallen. Die Waliserin hatte alles vor ihr gelesen. Sie fühlte sich bestohlen.

Einen Augenblick blieb sie reglos in ihrem Sessel sitzen und wußte nicht mehr, ob sie glücklich oder enttäuscht war. Diese abwechselnden Liebesbezeugungen und Haßausbrüche verwirrten sie und taten ihr weh. Das war nicht die Stimme, die sie zu hören gehofft hatte, als sie den Umschlag aufriß, und daß die kleinen grünen Augen dieser Frau jede Zeile dieses verworrenen Schreibens gelesen hatten, verdarb alles. Der Augenblick, der in ihrem Leben am meisten zählte, diese Minute am Ende der Veranda, Jonathans Gesicht im Laub der Magnolien, das alles hatte aufgehört, ihr Geheimnis zu sein, und das Mitleid der Gouvernante empörte und beschämte sie.

Wahrscheinlich würden diesem weitere Briefe folgen, auch sie besudelt vom neugierigen Blick der Gouvernante, es sei denn, sie, Elizabeth, gab Jonathans Bitten nach und ging das Risiko ein, ihm direkt nach Wien zu schreiben, aber das wäre der Beginn jener finsteren Sache, deren Name ihr Angst einflößte: eine kriminelle Korrespondenz.

Jedenfalls brauchte sie ihm jetzt nicht gleich zu schreiben. Die wenigen Liebesworte ohne Unterschrift, die sie der Waliserin anvertraut hatte, würden ihn bald erreichen, und da sie sich mit seinem phantastischen Erguß kreuzten, würde er sie für eine Antwort halten ...

Doch plötzlich schämte sie sich ihrer Vorsicht und ihrer Feigheit. Schließlich handelte es sich doch um Jonathan ...

So setzte sie sich an ihren Schreibtisch und schrieb eine einzige Zeile:

Mein Jonathan, die erste Liebe bleibt stets die einzige, und die wirst Du für immer sein.

Deine Elizabeth

Rasch faltete sie den Brief, steckte ihn in einen Umschlag, schrieb sorgfältig die Adresse und verbarg das kühne Dokument in ihrer Schublade.

»Immerhin ist es wahr«, sagte sie laut, als müsse sie jemandem antworten, »man kann eine erste Liebe nicht ersetzen.«

Dieser Satz gab ihr Mut und brachte die innere Stimme zum Schweigen, die ihr einen anderen Namen als den Jonathans zurief.

Es klopfte an der Tür. Schon wieder Jemima. »Miss Charlotte ist beunruhigt, weil Sie nicht zum Mittagessen kommen.«

»Ich gehe gleich hinunter.«

Sie fand Miss Charlotte allein im Speisezimmer und entschuldigte sich.

»Es macht nichts, ich fragte mich nur, ob du schlechte Nachrichten aus Dimwood erhalten hast.«

»Nein, alles geht gut, Sie können beruhigt sein.«

Wie gern sie gewußt hätte, was in dem dicken Umschlag steckte!

»Hoffentlich ist Tante Amelia nicht krank«, sagte das junge Mädchen.

»Nur ein leichtes Unwohlsein, wie es bei einer Frau in ihren Umständen vorkommt.«

Die kleine Mahlzeit verlief ziemlich mißmutig. Charlotte nahm es der jungen Engländerin übel, daß sie so verschlossen war, und wartete mit Duldermiene, während Elizabeth an ihrem Tee nippte, nachdem sie selbst ihre drei Tassen bereits getrunken hatte.

Sobald es ihr möglich war, kehrte Elizabeth auf ihr Zimmer zurück. Um an Jonathan ihren Brief zu schicken, müßte sie Charlotte um Briefmarken bitten. In dieser Hinsicht hatte sie sich gegenüber dem alten Fräulein sehr ungeschickt benommen. Es wäre besser gewesen, ihr irgend etwas zu erzählen, notfalls etwas Erfundenes, anstatt sie einfach sitzen zu lassen und zu schweigen. Und dann gab es schließlich auch noch Ned! Sie mochte ihm ausweichen, aber er war da, gegenwärtig, mit seinem umwerfenden Lächeln und seinem Virginia-Akzent, dessen Klang ihr wie ein Liebeslied erschien. Sie liebte ihn, sie fühlte sich wehrlos ihm gegenüber, sie liebte ihn, selbst wenn er wie damals im Wald über sie herfiel.

Jonathan war etwas anderes, er war ihre erste Liebe in der Nacht des Südens mit ihren berauschenden Düften und dem Glanz zweier dunkler Augen, in denen eine sanfte und schreckliche Leidenschaft glühte.

»Die erste Liebe kann man nicht ersetzen«, wiederholte sie für sich. Sie mußte unbedingt an Ned schreiben und ihm sagen, daß sie vor ihm einen anderen geliebt hatte. Um jeden Preis mußte sie das tun.

Abermals setzte sie sich an ihren Schreibtisch und schrieb:

Ned, mein Ned, den ich liebe, ich will, daß Du es weißt. Bevor ich Dich kannte, habe ich einen anderen Mann geliebt.

Sie zögerte, und in ihrem Eifer, die ganze Wahrheit zu sagen, fügte sie noch eine Zeile hinzu:

Er hieß Jonathan.

Diesen Brief samt Umschlag steckte sie zu dem ersten und verschloß die Schublade doppelt.

Sie hatte das Gefühl, auf diese Weise das Problem gelöst zu haben. Den Entschluß, die beiden Briefe abzuschicken, würde sie später fassen. Einstweilen war sie wenigstens ruhiger. Morgen oder übermorgen würde sie die Briefe dem Postboten übergeben, oder Jemima, wenn sie auch noch nicht wußte, wie sie zu den Briefmarken kommen sollte, aber morgen war nicht heute.

Jetzt stand sie am Fenster und sah den noch immer makellosen Schnee unter einem etwas blasser werdenden Himmel. Niemand überquerte die Wiese. Unwillkürlich betrachtete sie diese

Landschaft mit Aufmerksamkeit. Es wohnte ihr eine unheilvolle Anziehungskraft inne, eine Langeweile, die an die Verzweiflung grenzte. Nur der große schwarze Baum schien zu leben, denn seine oberen Äste bewegten sich unmerklich im Wind.

Plötzlich fiel ihr Blick auf die langgestreckten, niedrigen Häuser, und zu ihrer Verblüffung sah sie in einem der Fenster der ersten Etage – Clementines Zimmer vielleicht – ein weißes Tuch, das am Ende eines Stocks heftig geschwenkt wurde. Es sah aus wie ein Hemd auf einem Besenstil.

Das dauerte eine ganze Weile. Elizabeth rief Betty und fragte sie, was dieser Ruf bedeuten könnte, denn es war offenbar ein Hilferuf. Betty erklärte, sie wisse es nicht, und man müsse Miss Charlotte fragen.

Ohne zu zögern, machte sich das junge Mädchen auf die Suche nach Charlotte und fand sie am Kamin in jenem kleinen Salon, an den sie so ärgerliche Erinnerungen hatte. Als Miss Charlotte sie sah, legte sie die Bibel in den Schoß. »Nun«, sagte sie mit einem einladenden Lächeln, »man hat also beschlossen, mit seiner alten Freundin zu plaudern und sich ihr anzuvertrauen?«

In einem Atemzug berichtete ihr Elizabeth, was sie gesehen hatte.

»Ist das alles, was du mir sagen wolltest?« erwiderte Miss Charlotte verärgert. »Kümmere dich nicht um das, was dort drüben geschieht. Laß sie nur ihre Fahne schwenken und denke nicht mehr daran. Wenn du mich um Rat fragen willst, bin ich immer für dich da, hier oder irgendwo im Hause, denn ich mag dich sehr gern. Ich kann es nicht hindern, daß der Winter dir lang erscheint. Ich war auch einmal jung. In Schottland schneit es ebenso, und die Einsamkeit ist manchmal schwer zu ertragen.«

»Wozu diese Rede?« fragte sich Elizabeth. »Wahrscheinlich will sie um jeden Preis wissen, was die Waliserin mir geschrieben hat. Der dicke Umschlag ist ihr aufgefallen und hat sie neugierig gemacht.« Sie murmelte ein paar höfliche Worte, um sich für die Störung zu entschuldigen, und ging zur Tür. Miss Charlotte hielt sie nicht zurück.

Einige Tage vergingen. Dann saß Elizabeth eines Abends in ihrem Zimmer am Kamin. Sie hielt einen Brief in der Hand. Eine ganze Weile schien sie nachzudenken, und plötzlich warf sie den Brief in die Flammen. Darauf klingelte sie und rief Jemima.

»Jemima, ich brauche eine Briefmarke. Ich möchte einen Brief nach Charlottesville schicken. Die Marke klebe ich selbst drauf, und morgen früh gibst du den Brief dem Postboten.«

103

Die einfachsten Handlungen sind manchmal die bedeutendsten. Elizabeth verbrachte eine vortreffliche Nacht, und am frühen Morgen wurde der Brief in den Sack des Postboten gesteckt, aber auf das junge Mädchen wartete eine Überraschung.

Als sie ins Speisezimmer kam, eilte ihr Miss Charlotte strahlend entgegen.

»Mein liebes Kind, guten Morgen. Wir wollen uns nebeneinander setzen und beim Frühstück plaudern. Ich habe Barnaby angewiesen, uns in Ruhe zu lassen. Wir müssen allein sein.«

Es war Elizabeth, als ob die Zeit in diesem Raum, den sie so oft sah, daß sie die Einrichtung auswendig kannte, nicht verging, wie sie geglaubt hatte, sondern plötzlich aufhörte zu existieren.

Sie setzten sich. Miss Charlotte schenkte Elizabeth den Tee ein und begann:

»Ich habe heute nacht an dich gedacht. Wegen dieser Briefe, die du aus Dimwood erhältst, hatte ich mir die tollsten Dinge vorgestellt. Das war unrecht von mir, denn deine Korrespondenz geht mich nichts an, aber ich glaubte zu spüren, daß dir ein Unheil drohte. Doch du hast wohl nur Sehnsucht nach dem alten Haus mit den Säulen.«

»Zuweilen schon …«

»Du brauchst mir nicht mehr zu sagen, das genügt. Heute früh sah ich einen Brief an Ned in Jemimas Händen, deinen Brief, meine liebe Elizabeth, und ich habe mir erlaubt, die Adresse zu vervollständigen: West Campus, Zimmer 40. Behalte sie gut, schreib ihm, und du wirst ihn so glücklich machen. Vielleicht weißt du es nicht, aber er ist sehr zurückhaltend, sehr schamhaft in seinen Gefühlen. Eines Tages wirst du ihn besser kennen. Ich gestehe, daß ich mich mehr als einmal Träumereien hingab, den Träumereien einer einsamen Seele, der die Liebe versagt war, obgleich alles sie dazu trieb. Elizabeth, geh nicht an der Liebe vorbei, geh nicht am Leben vorbei wie ich und iß deine Krapfen, bevor sie kalt werden. Wenn du jemals in Neds Herz den Funken erblickst, lösche ihn nicht, oh, lösche ihn nicht ...«

Plötzlich verbarg sie das Gesicht in ihrer Serviette.

»Es übermannt mich«, sagte sie schließlich und schlug mit der Faust auf den Tisch. »Diese Tränen sind Tränen der Wut über mein gescheitertes Leben. Ich will mich nicht beklagen, aber Gottes Hand lag schwer auf mir. Doch du, wenn du fühlst, daß du verliebt bist, sei es mit all deinen Kräften. Amelia versteht mich nicht, sie hat sich in ihre kleine Welt eingeschlossen.«

Ohne ein Wort nahm Elizabeth das alte Fräulein in die Arme, wobei die Haube verrutschte.

»Ich kann es nicht sehen, wenn Sie unglücklich sind«, sagte sie. »Sie wissen sehr gut, daß wir alle Sie lieben, und ich noch mehr als die anderen.«

»Das ist nicht das gleiche«, erwiderte Miss Charlotte. »Du kennst das Leben nicht. Und du zerzaust mir meinen Kopfputz. Du hast nicht einmal bemerkt, daß ich mir zur Feier des Tages eine kleine Straußenfeder an die Haube gesteckt habe ... doch warum zur Feier des Tages? Ich weiß nicht mehr, was ich rede.«

»Aber doch, die hübsche Feder ist mir gleich aufgefallen. In Savannah tragen die Damen sie manchmal wie Sie über dem Ohr.«

Aber Miss Charlotte weigerte sich, getröstet zu werden.

»Ich hätte an dem Abend vor Neds Abreise das Sofa nicht hinausschaffen lassen dürfen. Das war ungeschickt. Ich hätte mir denken sollen, daß von einem zartfühlenden jungen Mann wie ihm nichts Schlimmes zu befürchten war.«

»Ich hätte schließlich auch etwas dabei mitzureden gehabt«, bemerkte Elizabeth stolz.

»Natürlich, aber bei mir zu Hause hat man die gleichen Fehler gemacht. Als Jonah ...«

Mit einer kindlichen Geste legte Elizabeth ihr die Hand auf den Mund, als wollte sie sie hindern, »Jonathan« zu sagen, aber Jonah blieb Jonah.

»Was hast du denn?« fragte Miss Charlotte. »Jonah ist ein sehr hübscher Name.«

Elizabeth nickte, und Miss Charlotte fuhr fort:

»Wenn Jonah mich besuchte, war Papa immer dabei und saß uns gegenüber, ohne den Mund aufzumachen. Wie soll man unter solchen Umständen von Liebe reden ... Ach, lassen wir das, denken wir nicht mehr daran. Ich werde mich bemühen, dich ein bißchen zu zerstreuen, bis der Schnee schmilzt. Der Frühling wird kommen ...«

»Es wird ihm wohl nichts anderes übrigbleiben«, bemerkte Elizabeth nicht ohne Bitterkeit.

»Soll ich die Kinder von gegenüber einladen? Die weiße Fahne bezweckt nämlich genau das. Sie tun so, als ob sie verhungerten, weil sie von der Küche ihrer Mutter genug haben. Allerdings ist Mollie am Herd nicht sehr phantasiebegabt. Und dann langweilen sie sich zu Tode.«

»Wenn sie wirklich genug zu essen haben, könnten wir vielleicht noch ein wenig warten.«

»Da bin ich aber erleichtert! Wenn du es gewollt hättest, wären sie gekommen ...«

»Ich werde mich gedulden.«

Von da an versiegte das Gespräch allmählich, und beide gingen ihrer Wege. Auf die Leere des Morgens folgte die Leere des Nachmittags.

Es gab einfach nichts zu tun in Great Lawn. Das sagte sich Elizabeth immer wieder, wenn sie das alte Haus durchstreifte, in der Hoffnung, etwas Neues zu entdecken, zum Beispiel ein Detail auf einem Gemälde ... In allen Zimmern herrschte die gleiche Stille, die kaum durch das Geräusch der Schritte auf den Korridoren unterbrochen wurde, und aus jedem Fenster sah sie das gleiche unveränderte Bild: Schnee und Himmel. Nichts rührte sich, Tag für Tag. Es war, als ob das Leben, auch ihr eigenes, ausgelöscht würde. Eines Morgens, als sie im großen Salon saß, wurde ihr mit einem Mal klar, daß dort, wo alles stillzustehen schien, die Stunden und Tage in Sturmeseile vergingen, und daß die Zeit, die keine Macht der Welt aufzuhalten vermochte, sie mit Leib und Seele und ohne den geringsten Aufschub davontrug. Dieser Gedanke erfüllte sie mit Schrecken, und sie fragte sich, woran man sich hängen, an was man sich klammern könnte, um stehenzubleiben und das Leben, den Augenblick, die Jugend festzuhalten.

Der Brief an Ned war vor drei Tagen abgegangen. Sie wagte es kaum, sich an das, was sie ihm geschrieben hatte, zu erinnern. Wie würde er die Wahrheit aufnehmen? Aber auch das war jetzt weit weg von ihr, fortgetragen wie alles übrige.

Was Jonathan betraf, so befand er sich in einer solchen räumlichen Ferne, daß er auch zeitlich immer weiter zurückzuweichen schien. Sie würde wochenlang warten müssen, bis er ihr auf die wenigen, nicht unterschriebenen Zeilen antwortete, die den Ozean überqueren mußten, bevor sie ihn in seinem Barockpalast erreichen würden.

Warten und wieder warten. Sie glaubte, es nicht mehr aushalten zu können, als Jemima ihr eines Abends einen Brief überbrachte. Ned. Sie bereitete das gewohnte Zeremoniell vor, schob den Sessel vor den Kamin, stellte die Lampe dicht neben sich und las:

> *West Campus, Zimmer 40*
> *30. Januar 1850*
>
> *Elizabeth, Du meine einzige Geliebte, und mit diesen Worten habe ich Dir bereits alles gesagt. Wenn ich die Feder ergreife, bin ich unbeholfen wie ein Schuljunge, aber Du wirst mich verstehen. Ich sage die Dinge geradeheraus, ohne Umschweife oder Höflichkeitsfloskeln. Dein Brief ist umwerfend. Wenn ich Dich nicht wie ein Narr liebte, würde ich schnurstracks nach Great Lawn reiten, um mir ganz einfach das Vergnügen zu machen, Dich ein bißchen durchzuschütteln. Deine Naivität ist ebenso rührend wie Deine Unschuld. Wozu brauchtest du mir den Namen Jonathan zu erklären? Glaubst Du, ich sei bei unserem So-tun-als-ob so ahnungslos gewesen? Glaubst Du wirklich, ich hätte nicht verstanden, daß ein anderer mir in Deinem Herzen vorangegangen war, als Du Deine leidenschaftliche Liebeserklärung an diesen Herren richtetest?*
>
> *Das Entwaffnende an dir ist Deine Ehrlichkeit. Ich weiß nichts von Deinem Jonathan, aber eins ist sicher: er kann Dich nicht viel gelehrt haben, er ließ Dich so ... Ja, wie? Ich mag gewisse Worte nicht verwenden, da sie vielleicht lächerlich klingen ... Doch, verdammt nochmal, so rein wie vorher. Du magst wie eine junge Dame aussehen, aber Du bist doch noch ein kleines Mädchen. Deine Unberührtheit ist unwiderstehlich. Elizabeth, Du wirst sehen, wie sehr ich Dich liebe, wenn Du nur aufhören willst zu träumen. Sag nicht nein zu der Liebe, meine Elizabeth, sag nicht nein zu Deinem Ned.*

Das junge Mädchen las den Brief noch einmal und drückte ihn dann ungestüm an die Lippen. Wieder und wieder bedeckte sie ihn mit Küssen, und diese Gefühlsaufwallung dauerte so lange, daß sie glaubte, sie würde wahnsinnig werden. Schließlich bildete sie sich sogar ein, die Wärme seiner Hände auf dem Briefbogen zu spüren.

Es verging einige Zeit, bis sie sich von diesem Brief trennte, den sie mit dem des »anderen«, dessen Namen sie nicht mehr laut auszusprechen vermochte, in ihre Schreibtischschublade legte. Doch als sie den Schlüssel im Schloß umdrehte, entfuhr ihr ein Verzweiflungsschrei:

»Jonathan!«

104

Im Speisezimmer kam Miss Charlotte auf sie zu und fragte sogleich, ohne ihr auch nur guten Tag zu sagen:

»Wie geht es ihm?«

Elizabeth blickte sie verwirrt an.

»Wem?« fragte sie.

Das alte Fräulein wich zurück und stützte sich auf einen Stuhl. Eine schreckliche Traurigkeit verdüsterte ihr Gesicht, und sie blieb stumm, als hätte man ihr eine schlechte Nachricht überbracht.

Elizabeth nahm sich zusammen.

»Ned geht es gut. Warum sind Sie beunruhigt?«

»Wie soll ich das wissen?« sagte Miss Charlotte und versuchte zu lächeln. »Ich zittere ständig für dich. Das ist meine verflixte sentimentale Natur. Und dann fürchte ich, daß er auf der Universität nicht genug zu essen bekommt.«

»Darüber schreibt er nichts.«

»Ist er zufrieden?«

»Ich nehme es an. Der Brief war sehr ... nett.«

»Dann ist ja alles gut!« rief Charlotte aus. »Man kann noch leben und glücklich sein auf Erden. Komm, setz dich zu mir.«

Elizabeth nahm ihren gewohnten Platz ein, und plötzlich kam ihr ein Gedanke.

»Wo ist Onkel Charlie?«

»Wahrscheinlich in Savannah. Wir warten auf Nachricht von ihm. Warum fragst du?«

»Glauben Sie, er wird bald nach Dimwood fahren?«

»Ganz bestimmt, aber all das wird er uns schreiben. Denkst du noch immer an Dimwood?«

»Ich habe so meine Erinnerungen daran.«

»Eines Tages wird man mit dir hinfahren, wenn das Wetter wieder schön ist.«

Bald würde Onkel Charlie der Waliserin ihren Brief an Jonathan übergeben. Sie schloß die Augen.

»Ich habe für dich extra Sesamkrapfen backen lassen. Aber was hast du denn?«

»Nichts«, sagte Elizabeth. Dann begann sie an einem Krapfen zu knabbern und trank brav ihren Tee.

Das So-tun-als-ob setzte sich auch im täglichen Leben fort.

An diesem Abend schrieb sie an Ned einen Brief, den sie selbst außerordentlich klug fand.

Mein liebster Ned, mach Dir keine Sorgen. Die Antwort, um die Du mich bittest, ist keine, die ich Dir schriftlich geben kann. Dazu müssen wir uns sehen und miteinander sprechen. Jetzt ist es an mir, Deine Unschuld zu bewundern! Aber fürchte nichts, Du wirst von der, die Du bereits Deine Elizabeth nennst, nie zu leiden haben.

Sie hatte das Gefühl, so wenig wie möglich preisgegeben zu haben. Die Heirat blieb in der Schwebe.

Der Brief wurde abgeschickt, und die Zeit eilte durch alle Zimmer des Hauses, über die schneebedeckten Wiesen und Felder, aber Neds Antwort kam nicht.

Dafür erhielt sie von Charlie Jones einen Brief, den sie mit schlotternden Knien öffnete, der sie dann aber doch beruhigte:

Liebe Elizabeth, Deinen Brief habe ich Mrs. Llewelyn ausgehändigt, die sich zuerst damit fächelte, während wir an einem sonnigen, fast frühlingshaften Morgen in der großen Allee plauderten, und ihn dann in ihre Tasche gleiten ließ. Wie Du siehst, war ich ein perfekter Briefträger. Von Charlotte wirst Du ausführlichere Nachrichten aus Dimwood hören, wo man von Dir stets mit einem Seufzer spricht. Ich umarme meine charmante Cousine aus England und vergesse das Versprechen nicht, das ich ihr unter der Sykomore vor meinem Haus in Savannah gegeben habe. Onkel Charlie.

Jetzt mußte sie wieder warten. Ned kam nicht. Falls er schmollte, würde sie noch mehr und noch besser schmollen – auf englische Art.

Mehrere Briefe an Jonathan wurden in der großen Stille der Nacht geschrieben und dann nacheinander ins Feuer geworfen. Im Hause gegenüber schwenkte man noch immer die weiße Fahne, und das war ungefähr das einzige Ereignis des Tages.

Miss Charlotte hatte nichts Neues aus Dimwood zu berichten, wo keine nennenswerten Ereignisse den gleichförmigen Lauf der Tage störten, außer vielleicht, daß Minnie sich mit einem Mr. Mauvoisin aus Charleston verlobt hatte. Charlie Jones kündigte auch den Besuch einer Freundin seiner Familie an, die er für einige Wochen nach Great Lawn eingeladen hatte, einer gewissen Miss Eliza B. Furnace, einer reizenden Person, die das Klima in Georgia schlecht vertrug. Man erwartete sie in den ersten Frühlingstagen.

Ein finsterer und eisiger Januar wich bei Sturm und Schnee einem turbulenten Februar mit kurzen Aufhellungen. Der Wind trieb die Wolken in alle Richtungen und zeigte sich ungeduldig, mit dem Winter aufzuräumen. Das Eis brach und schmolz in den Furchen der Wege, und es gab Augenblicke, in denen die plötzliche Milde der Luft Elizabeths Herz mit Freude erfüllte.

Amelia verließ ihr Zimmer nicht mehr, und Miss Charlotte, die ihr Gesellschaft leistete, versorgte sie bald mit einer nach eigenem Rezept zubereiteten Arznei, bald mit erbaulichen Gesprächen über die Seele und das Leben nach dem Tode. Nur einmal wurde Elizabeth in das Zimmer mit den halbgeschlossenen Vorhängen eingelassen und durfte eine Weile bei dieser majestätischen Dame sitzen, die im Bett noch imposanter wirkte, als wenn sie auf war. Den Kopf auf drei Kissen gestützt, trug sie dennoch die Haube mit den lila Bändern und sprach, fast ohne die Lippen zu bewegen und mit interessanten Pausen, über das harte Winterwetter, und sie schien der jungen Engländerin mit der unbeschreiblichen Güte dieser Worte eine besondere Huld zu erweisen. Danach schloß sie die Augen, um in ihre innere Versenkung zurückzukehren und die Besucherin zu entlassen. Diese blickte sie noch eine Weile an, bis Miss Charlotte sie auf den Korridor hinausgeleitete.

»Liegt sie lange so, ohne etwas zu tun?« fragte Elizabeth.

»Von morgens bis abends. Sie ist eine Heilige.«

»Ich finde sie ein wenig erschreckend. Rührt sie sich denn gar nicht?«

»Sie rührt sich nicht, und sie sagt, sie sei im Gespräch mit Gott.«

»Glauben Sie das?«

»Mein liebes Kind, lassen wir es auf sich beruhen. Ich weiß nicht mehr als du. Aber sie ißt mit gutem Appetit. Sie hat zwei Personen zu ernähren. Im Juli ist es dann soweit ... Du hast deinen Besuch gemacht. Alles war sehr gut, sehr korrekt.«

105

Einer unvordenklichen Tradition zufolge besaß der März das Recht, wie ein Lamm zu beginnen und wie ein Löwe aufzuhören, oder umgekehrt. Doch infolge einer seiner herrischen Launen gebärdete er sich von Anfang bis Ende wie ein Löwe. Dreißig Tage lang heulte der Wind in den fliehenden Wolken und machte die Schornsteine zu seinen Orgelpfeifen. Dann ertönte seine mächtige Stimme finster und unheilvoll, während der schwarze Rauch den Wärmesuchenden in Augen und Nase drang. Kein Wunder also, daß man Charlie Jones' Heimkehr wie ein Eingreifen der göttlichenVorsehung begrüßte. Mit ihm wurde eine gewisse Ordnung wiederhergestellt. Aus den Tiefen des Kellers ließ er Porzellanöfen heraufschleppen, die man mitten in die wichtigsten Zimmer stellte. Endlose lange Rohre verbanden sie mit den Kaminen, und so gelang es fast, die Raserei des Sturms zu zähmen.

Er selbst war rosig wie immer und voller Neuigkeiten, die er allerdings nur in kleinen Bruchstücken verlauten ließ, denn er verbrachte den größten Teil seiner freien Zeit bei Amelia, deren Zustand ihm Sorge machte. Wie die meisten Männer seines Temperaments genoß er zwar die Freuden der Ehe, fürchtete aber ihre schwierigen Stunden. Er hätte es vorgezogen, eine Vergnügungsreise auf die karibischen Inseln zu unternehmen, um bei seiner Rückkehr im großen Hause ein schönes, ganz neues und hübsch sauberes Kind in den Händen der Frauen vorzufinden, während die von dem Alptraum der Niederkunft befreite Amelia sich ihm schluchzend vor Liebesglück in die Arme stürzen würde. Aber leider trat ihm ständig ein Ritter in leuchtender Rüstung entgegen, ein höchst ärgerlicher Geselle: die Pflicht.

Was diesen weniger erfreulichen Aspekt der Liebe zwischen Mann und Frau betraf, so war Elizabeths Unwissenheit so gut wie total. Sie wußte nur, daß im Falle von Romeo und Julia, wenn sie am

Leben geblieben wären, all die unvergeßlichen Herzensergüsse auf dem Balkon und anderswo für Julia, nicht für Romeo, in großen Schmerzen geendet hätten. Das gab ihr zu denken und bestärkte sie in ihrem launischen Schmollen gegenüber Ned. Sein Schweigen gestattete dem jungen Mädchen, in sich zu gehen und zu entdecken, wie sie zu sein glaubte. Noch kürzlich war sie nahe daran gewesen, alle Torheiten der Unschuld zu begehen. Von nun an würde sie sich argwöhnisch und schwierig zeigen. Die Freier konnten ruhig warten und reifen, Ned unter seinen Kolonnaden und sogar auch ihr Jonathan in seinem Barockpalast mit dem goldenen Stuck. Kurz, sie fühlte sich als Frau. Bald sollte sie erfahren, daß sie noch gar nichts wußte.

Die so heftig aus ihrem Schlaf gerissene Natur schlug nach allen Richtungen aus. Auf der Wiese zeichneten sich Inseln schwärzlichen Grases im geschmolzenen Schnee ab, die von Tag zu Tag größer wurden. In den Bäumen wagten sich winzige Knospen hervor.

Gegenüber wehte wieder einmal die weiße Fahne aus Clementines Fenster, aber Miss Charlotte ließ sich nicht erweichen. Elizabeth fragte sich, ob der Kommodore und seine Frau von diesen verzweifelten Notsignalen wußten. Miss Charlotte versicherte ihr, daß sie es nicht einmal ahnten. Die »Kinder« erhielten eine gewiß nicht sehr abwechslungsreiche, jedoch nahrhafte Kost, wie bei der Marine. Das Hemd am Besenstiel sei nichts anderes als das Emblem der verzweifelten Gefräßigkeit, erklärte sie, und außerdem würde Amelia den Lärm dieser Rasselbande nicht ertragen.

Bei Tisch bemühte sich Onkel Charlie, die allerletzten Tage eines unfreundlichen Winters durch seine gute Laune aufzuheitern.

»In diesem paradiesischen Dimwood wird es ganz allmählich wieder wärmer. Die Blumen sprießen, die liebe Minnie trägt einen wunderbaren Saphir am Finger. Siverac macht seine Sache gut. Er wurde in Charleston erzogen und träumt nur von der Sezession, was einen kleinen Schatten auf das Bild wirft ... Aber das ist nichts im Vergleich zu einem anderen, viel größeren Schatten. Mein armer Freund Hargrove sieht mit banger Besorgnis dem Tag entgegen, an dem Jonathan Armstrong zurückkehren und Anspruch auf sein Haus erheben wird.«

Bei diesen Worten ließ Elizabeth beinahe ihre Teetasse fallen und hielt sich die Serviette vor den Mund, um einen Aufschrei zu ersticken. Sie glaubte, das ganze Speisezimmer mit Onkel Charlie, Miss Charlotte und Barnaby schwankte. »Ich werde ohnmächtig«, dachte sie, »ich werde mich verraten.«

Doch sie beherrschte sich und hielt sich mit beiden Händen an der Tischkante. Niemand bemerkte es, und Onkel Charlie fuhr ruhig fort:

»Es bleibt ihm noch ein Jahr, und wir werden ihm helfen, den Schlag zu verkraften, aber er lebt in ständiger Angst. Und das seit ...«

Sein Blick folgte dem Kommen und Gehen Barnabys, und er schwieg plötzlich. Einige Sekunden später sagte er in einem fröhlichen Plauderton:

»Ich zähle sehr auf Miss Eliza Furnace, die die Stimmung im Haus aufheitern wird. Elizabeth, du wirst diese Frau lieben. Ihre Gegenwart ist wie ein Sonnenstrahl. Sie hat versprochen, in den ersten Apriltagen zu uns zu kommen ... Aber, mein liebes Kind, du bist ja ganz blaß ... Wo sind deine schönen rosigen Wangen aus England?«

»Ich fühle mich ganz wohl«, erwiderte Elizabeth mit fester Stimme.

Ohne etwas darauf zu sagen, warf ihr Onkel Charlie einen sehr aufmerksamen Blick zu. Sie witterte Gefahr und rührte sich nicht. In solchen Momenten erwachte ihr ganzer Mut, und einige Minuten lang spielte sich zwischen den beiden ein stummer Kampf ab. Was hatte der Gegner im Sinn? Im Kopf des jungen Mädchens verdichtete sich ein Verdacht: die Waliserin hatte gepetzt. Was Onkel Charlie betraf, so blieb er undurchschaubar. Schließlich sagte er mit einem breiten Lächeln:

»Elizabeth, ich verstehe sehr gut, daß du Heimweh nach dem Süden Georgias hast. Erinnerst du dich an die Sykomore vor meinem Haus in Savannah?«

»Als ob ich da wäre«, sagte sie und funkelte ihn mit dem aggressiven Blick ihrer blauen Augen an.

Mit einem leichten Kopfnicken schien er die Art, wie sie sich zur Wehr gesetzt hatte, gutzuheißen.

Als sie allein in ihrem Zimmer war, machte sie ihrer Wut Luft, so daß ihr Gesicht wieder in der Farbe aller Rosen Englands erglühte.

»Hier wie überall lügt man«, sagte sie sich empört. »Onkel

Charlie ist ein Heuchler mit seinen zweideutigen Anspielungen. Mrs. Llewelyn hat das Geheimnis unserer Korrespondenz verraten. Alles ist verloren. Jetzt bleibt mir nur noch, an Mama zu schreiben, daß ich nach England zurückkehren will.«

Einige Minuten vergingen, und sie schrieb nicht an ihre Mutter, sondern an Jonathan. Diesen Liebes- und Abschiedsbrief fand sie einfach wunderbar. Sie las ihn wieder und wieder, und jedesmal schien er ihr rührender und schöner ... Doch nach einer kurzen Unschlüssigkeit warf sie ihn ins Feuer. Diese so einfache Geste beruhigte sie seltsamerweise.

»Wie nichtig alles ist!« rief sie aus.

Was wollte sie damit sagen? Sie wußte es selbst nicht. Die Worte hatten sich von ganz allein auf ihren Lippen gebildet. Sie fühlte sich befreit. Und Ned? Oh, der ...

Es gibt nichts, das mit der Zeit nicht langweilig wird, sogar ein Sieg. Sie hatte dem Studenten in Charlottesville eine Lektion erteilt, um ihn Bescheidenheit zu lehren, doch allmählich mußte sie sich fragen, ob er sich nicht revanchierte und ihr deshalb nicht schrieb. Es war ihr sogar der Gedanke gekommen, daß er vielleicht ihrer Neckereien überdrüssig war und nichts mehr von ihr wissen wollte. Doch diese Überlegung verletzte ihre Selbstachtung, und sie geriet in Panik. Ihren Stolz mißachtend, begab sie sich in den Salon und fragte Miss Charlotte mit gleichgültiger Stimme, ob sie zufällig Nachricht von Ned hätte.

»Aber ja. Er ist sehr beschäftigt. Hatte gerade Zeit, ein paar Zeilen zu schreiben. Gesundheitlich geht es ihm bestens. Onkel Charlie hat einen etwas längeren Brief erhalten. Du nichts. Keine Briefe, aber er wird uns Ende April einen kleinen Besuch machen. Also gedulde dich, Kleine.«

»Ich bin nicht im geringsten ungeduldig«, sagte Elizabeth hochmütig.

»Mag sein, aber du siehst mir ganz so aus, als bräuchtest du eine gute Dosis Laudanum, um deine Nerven zu beruhigen. Weißt du überhaupt, wie du dein Laudanum zubereiten mußt?«

Ein wenig beschämt, gestand Elizabeth ihre Unwissenheit.

»Im Grunde genommen weißt du gar nichts vom Leben«, sagte Miss Charlotte lachend. »Da Charlie und Jemima sich um Amelia kümmern, habe ich etwas Zeit für dich. Komm mit, du Ahnungslose.«

Sie legte ihre Bibel auf einen kleinen Tisch, erhob sich aus ihrem Sessel am Kamin und führte Elizabeth auf ihr Zimmer. Dieses befand sich unter der Dachkammer, in der der zukünftige Pastor Teddy Brown während seines Besuchs geschlafen hatte. Die Dimensionen waren die gleichen, aber damit hörten die Gemeinsamkeiten auf. Als Elizabeth über die Schwelle trat, konnte sie einen Ausruf der Bewunderung nicht unterdrücken. Die Tapete war aus blaßblauem Chintz, mit zahllosen Blümchen, vor allem Kornblumen und Vergißmeinnicht übersät, und schon allein darin verriet sich die reine Seele und die fast kindliche Einfalt des alten Fräuleins. Die Möbel aus feingemasertem Ulmenholz wirkten ein bißchen zu groß für diese winzige Person. Der mit lindengrünem Samt überzogene unvermeidliche Schaukelstuhl stand am Fenster, von dem aus man auf die lange Kette der manchmal grauen, öfter rauchblauen Hügel sah. Direkt über diesem Fenster hing ein mit gotischen Lettern gestickter Vers aus einem Psalm, der dem niedlichen Gesamteindruck eine ernsthafte Note gab:

ICH HEBE MEINE AUGEN AUF ZU DEN BERGEN,
VON WELCHEN MIR HILFE KOMMT.

Müssen wir noch erwähnen, daß eine Doppelreihe frommer Bücher eine ganze Ecke dieses Zimmers einnahm, und daß dort auch eine sehr schöne, in Stahl gestochene Gesamtansicht von Jerusalem hing?

»So«, sagte Miss Charlotte mit einem strahlenden Lächeln. »Das ist meine Zuflucht vor den Bösen dieser Welt. Und dort«, fügte sie hinzu und wies auf ein kleines Himmelbett, »verschwinden die schlimmen Erinnerungen an die Vergangenheit.

Doch jetzt an die Arbeit!« rief sie und öffnete die Tür eines kleinen Waschraums neben dem Zimmer.

Als erstes erblickte Elizabeth einen Tisch, auf dem in einem bunten Durcheinander Medizinflaschen, Porzellantöpfe und Filter standen. Mehrere Glaskolben verliehen dem Ganzen das etwas beängstigende Aussehen einer mittelalterlichen Hexenküche, doch was vor allem ihr Interesse erregte, war ein Destilliergefäß in der Mitte des Tischs, in dem eine goldgelbe Flüssigkeit stand. Bei näherem Hinsehen bemerkte sie eine Art schwarzen Satz auf dem Boden des Gefäßes.

Miss Charlotte ließ ihr keine Zeit zum Träumen.

»Jetzt hör mir gut zu«, begann sie, »und merke dir, was ich sage. Ich wiederhole mich nicht gern. Dort siehst du Mohnsamen, Samenkörner des Smyrna-Mohns, des allerbesten, und die stampfst du zu Pulver. Böse Zungen nennen es Opiumpulver. Kannst du mir folgen?«

»Soweit, ja«, antwortete Elizabeth, ganz verblüfft über diese neue Miss Charlotte, die sie in diesem kleinen, zwielichtigen Raum entdeckte.

»Hundertfünfundzwanzig Gramm«, fuhr diese fort und zeigte auf eine kleine Waage, der sie einen leichten Stups gab. »Ein Gramm Zimtessenz. Die aus Ceylon hat mehr Gehalt. Ein Gramm Nelkenessenz, einige Safranspitzen. Ich bin gegen zuviel Safran, weil er nicht gut ist für die Leber. Schließlich noch neunhundertzwanzig Gramm dreißigprozentigen Alkohol. Diese Mischung läßt du zehn Tage lang ziehen und schüttelst sie jeden Abend vor dem Einschlafen.«

»Vor dem Einschlafen«, wiederholte Elizabeth, die bereits den Faden verlor.

»Und dann«, fuhr Miss Charlotte unerbittlich fort, »wenn die Flüssigkeit aussieht wie Wasser ...«

»Wenn sie ganz klar wird«, sagte Elizabeth, um so zu tun, als verstünde sie.

»Aber nein! Paß auf, und du wirst es begreifen. Wenn die Flüssigkeit und der Bodensatz deutlich voneinander getrennt sind, wie du es hier siehst, gieße ich die Flüssigkeit behutsam durch einen Filter in den Destillierkolben.«

Mit ihrer zarten alten Hand, auf der die Adern hervortraten, führte sie das Experiment durch.

»Danach filterst du den Satz und drückst ihn kräftig aus, damit nichts verlorengeht. Jetzt folge mir ans andere Ende des Tischs ... und schau gut zu.«

Sie hantierte mit Reagenzgläsern und Fläschchen, stellte eine Mixtur her, erhitzte sie, goß sie in eine Retorte, fügte destilliertes Wasser hinzu und eine weitere Flüssigkeit, bei der sie sich die Nase zuhielt.

»Äther«, murmelte sie.

Ohne zu warten schüttelte sie das Ganze und stellte es auf den Tisch.

»Jetzt mußt du ruhen«, sagte sie zu dem Gefäß. »Von der Qualität deiner Ruhe hängt die unsere ab. So, das hätten wir.«

Dieses Hantieren mit seltsamen Gegenständen, all diese Prozeduren einer geheimnisvollen Kochkunst wurden mit einer Ernsthaftigkeit ausgeführt, die an die Zeiten erinnerte, als alte Frauen auf den Scheiterhaufen kamen, weil man sie des Umgangs mit dem Teufel bezichtigte, und es muß gesagt werden, daß die arme kleine Miss Charlotte mit ihrem monumentalen Kopfputz voller Schleifen und Bänder durchaus als verdächtig hätte gelten können. Das Zwielicht in der Toilettennische trug für Elizabeth noch zu dieser unheimlichen Illusion bei. Schüchtern fragte sie:

»Miss Charlotte, wie soll ich mir das alles merken?«

»Mit dieser Frage habe ich gerechnet, aber mach dir keine Sorgen. Ich habe alles auf diesen Zettel geschrieben, den du sorgsam verwahren und niemandem zeigen wirst. Niemandem, verstanden? Nicht einmal deinem Ehemann. Hier ist das ganze Geheimnis: Äther, Eisenchlor, Salzsäure, alles. Was die Mengen betrifft, so kannst du das später im einzelnen nachlesen. Das ist das Wesentliche, sozusagen das Geheimnis des Geheimnisses.«

»Und was wird jetzt geschehen?«

»In dieser Phiole wird sich die Flüssigkeit absetzen. Sie wird rot sein, das ist die richtige Farbe, um mit Portwein vermischt zu werden. Ich gebe dir nur einen Rat, aber der ist wichtig: nicht übertreiben. Es wirkt nämlich radikal appetithemmend. Eine Ausnahme – meine Schwester.«

»Ah?« sagte Elizabeth.

Und in einem unwiderstehlichen Bedürfnis, ins Fettnäpfchen zu treten, fragte sie mit unschuldiger Miene:

»Aber, Miss Charlotte, kann man das nicht fix und fertig in der Apotheke kaufen?«

Miss Charlotte warf ihr einen schrecklichen Blick zu.

»Miss Escridge, in der Apotheke kann man alles kaufen, nur eines nicht: die Qualität – meine Qualität.«

Elizabeth entschuldigte sich, aber sie hörte noch eine ganze Weile den raschen Atem des alten Fräuleins, das in seinem Spezialistenstolz verletzt war. Aber die betroffene Miene des jungen Mädchens beruhigte sie schließlich.

»Ich weiß, daß es nicht einfach ist«, sagte sie, während sie Elizabeth in ihr Zimmer zurückführte. »Und du kannst dir nicht vorstellen, was das Laudanum für uns bedeutet. Als ich dort oben im schottischen Hochland lebte, ganz allein und verzweifelt in meinem Zimmer nach der großen Enttäuschung, von der du gehört hast, wie hätte ich da das Leben ertragen ohne die Hilfe dieser paar roten Tropfen in einem Glase?«

Elizabeth blickte sie schweigend an.

»Oh! Ich weiß, was man mir sagen könnte: es gibt doch die Bibel. Aber trotz allem, trotz allem glaubt man an manchen Tagen, in gewissen schwarzen Stunden, daß sie nicht zu uns spricht, daß sie uns in unserer Verzweiflung allein läßt ... absichtlich. Du wirst diese Prüfung kennenlernen, sie bleibt niemandem erspart. Und doch ist Gott da, selbst wenn er sein Antlitz verbirgt. Ich bin ihm dankbar, daß er da ist. Man muß Gott danken, daß er Gott ist.«

Diese mit matter und atemloser Stimme vorgebrachten Worte bewegten Elizabeth so sehr, daß sie sich an eine Säule des Himmelbetts lehnen mußte, um sich aufrecht zu halten. Eine solche religiöse Inbrunst löste in ihr ein tiefes Echo aus, dessen Heftigkeit sie beunruhigte, weil sie sich in ihrem ganzen Wesen bedroht sah, in ihrer Zukunft, in ihren Liebesträumen ... Erschaudernd und bewundernd zugleich betrachtete sie stumm das kleine gerötete Gesicht, in dessen Augen eine Flamme leuchtete.

Plötzlich warf sich Miss Charlotte in den Schaukelsessel, kehrte Elizabeth den Rücken zu und blickte auf die Hügel hinaus. So schaukelte sie ein paar Minuten lang, und nur das Knarren des Fußbodens unterbrach die Stille.

Mit einer Plötzlichkeit, die ihre heftige innere Erregung verriet, erhob sie sich schließlich und versuchte, ihre Selbstbeherrschung wiederzugewinnen.

»Ich frage mich, was du von mir denkst«, sagte sie.

»Charlotte, ich mag Sie, so wie Sie sind«, erwiderte Elizabeth ganz einfach.

Miss Charlotte schien dieser Antwort keine Beachtung zu schenken.

»Ich kann nichts dafür«, sagte sie. »Wenn der Geist mich zwingt, rede ich.«

Dann fand sie wieder ihren natürlichen Tonfall und sagte:

»Es ist kalt in meinem Zimmer. Gehen wir hinunter in den Salon, und trinken wir eine Tasse Tee am Kaminfeuer.«

106

Gleichgültig gegenüber der Unruhe der Menschen zog der Frühling ein. Mit strahlendem Lächeln verteilte er Knospen entlang den Hecken und umhüllte die Bäume mit hauchzartem Laub. Doch diese Freude, die sich draußen diskret ankündigte, schien in dem großen Hause, wo man vor allem um Amelias Ruhe besorgt war, keinen Einlaß zu finden. Nicht das leiseste Geräusch wurde in der Nähe ihres Zimmers geduldet, in dem sie, vom Laudanum benebelt, auf das für Juli angesagte »Ereignis« wartete.

Onkel Charlie war so abscheulich schlechter Laune, da er die großen Wehen auf sich zukommen sah, als handelte es sich nicht um die seiner Frau, sondern um seine eigenen. Eine aus dem Tumulthaus entsandte Delegation Verhungernder wurde rücksichtslos abgewiesen.

Elizabeth floh diese düstere Atmosphäre, indem sie sich fast jeden Tag den Freuden des Galoppierens hingab. Auf den getrockneten Straßen hallte aufs neue Alcibiades' stolzes Hufgetrappel, der seine Herrin unausweichlich in den Wald führte, wo sie Tag für Tag von der göttlichen Begegnung mit Jonathan träumte – da Ned ihr nicht mehr schrieb. Sie hatte sogar den Ort ausgewählt, wo das Wiedersehen gefeiert werden sollte: unter der riesigen Eiche, deren Äste sich über die Straße ausbreiteten. Hatte er nicht versprochen, daß er wiederkäme? Für sie ersetzte diese Hoffnung, diese Gewißheit, alles Laudanum, und mochte es noch so kunstvoll zubereitet sein. Den Bäumen schüttete sie ihr Herz aus, hielt leidenschaftliche Monologe, und zuweilen schrie sie auch. Wer konnte sie in dieser Einsamkeit hören?

Eines Abends, als sie heimgekehrt war, setzte sie sich an ihren Schreibtisch und verfertigte mit fleißiger Schulmädchenhand eine kleine Skizze des Waldes. Sie bezeichnete genau die Stelle, wo der Baum sich befand, den sie bereits den Baum des Stelldicheins nannte. Da stand er nun auf dem Papier, mit seinen niedrigen Ästen, von denen jeder selbst so dick wie ein kleiner Baum war. Unmöglich, ihn zu verfehlen. Diese Zeichnung, begleitet von einer glühenden Liebeserklärung, wurde Jemima anvertraut, die sie dem Postboten übergab.

Im Hause, hinter verschlossenen Türen, nahmen die Mahlzeiten eine ungewöhnliche Wendung. Charlie Jones verschmähte zwar nicht die exzellenten Speisen, doch ließ er bei Tisch seinen pessimistischen Launen freien Lauf. Überall auf der Welt ging es schlimm zu. In Frankreich lieferte der Prinz-Präsident mit Unterstützung des Militärs der Nationalversammlung, die die Rückkehr zur Verfassung von 1848 forderte, einen versteckten Krieg. In Wien (Elizabeth spitzte die Ohren) Tumult im Parlament. Fürst Schwarzenberg hatte den Aufstand, der sich in Ungarn anbahnte, gewaltsam niedergeschlagen.

»Selbst in London liebt man die Königin Victoria nicht mehr wie früher – der Prinzgemahl ist zu deutsch ... Die Orientfrage ist wieder offen ... Und bei uns in Amerika hat der Pastor Beecher, dieser gefährliche Irre, soeben die Sklaverei entdeckt, die er bisher nie auch nur mit einem Wort erwähnte, und stürzt sich Hals über Kopf in eine wilde Anklage gegen den Süden. Mit seiner unerschöpflichen Beredsamkeit stachelt er seine nordistische Zuhörerschaft zu sittlicher Entrüstung an. Die Prediger des Südens antworten mit gleicher Eleganz. Und all diese Kretins im Priestergewand hetzen die öffentliche Meinung auf, um das große Gemetzel von morgen vorzubereiten.«

»Charlie, mir scheint, du übertreibst«, bemerkte Charlotte.

»Glaubst du? Ich habe in Savannah erfahren, daß man den Kindern des Südens nicht mehr beibringt, was in den offiziellen Geschichtsbüchern steht, sondern daß ihr Vaterland eine vom Norden unterschiedene Nation sei. Der Norden ist eine Nation, der Süden eine andere. Das wissen wir seit unserer Kindheit, aber jetzt lehrt man es. Die Sezession beginnt im Topf zu brodeln.«

Diese verblüffende Rede löste Unruhe bei seinen beiden Zuhörerinnen aus, die keine Zeitungen lasen und sich von der Außenwelt nur ein verschwommenes Bild machten. Immerhin stellte sich, was England betraf, bei Elizabeth eine plötzliche Erinnerung ein.

»Als ich in London war«, sagte sie, »kurz bevor ich mit meiner Mutter die Heimat verließ, redeten alle von einem Kristallpalast, der erbaut werden sollte.«

Onkel Charlie wandte sich ihr zu, und seine Wut war auf einmal verflogen. »Sehr richtig«, sagte er, »und wir haben es Prinz Alberts Initiative zu verdanken, daß dieses Wunder vollbracht wurde. Angesichts der periodischen Zuckungen des Kontinents bleibt England

ruhig und selbstbeherrscht. Aus allen zivilisierten Ländern eilt man
herbei, um dieses prächtige Juwel im Süden Londons zu bewundern.«
Miss Charlotte zuckte die Schultern.

»Immer noch rebellisch, Charlotte?« fragte Charlie Jones lächelnd.

»Schottisch«, antwortete sie.

»Verstehst du das, Elizabeth? Sie wird unser England nie lieben.«

»Nein!« rief das junge Mädchen aus. »Aber ich kann es ihr nicht
verübeln. Leute, die vor dem Sieger auf dem Bauch kriechen,
verdienen keinen Respekt.«

»Aber, aber ...«, sagte er plötzlich wieder in seinem jovialen Ton,
»wir schweifen ab. Ich weiß gar nicht mehr, wo ich stehengeblieben
war.«

Elizabeths spöttische Stimme kam ihm sogleich zu Hilfe.

»Beim Kristallpalast. Bis dahin kochten Sie vor Wut.«

»Frech wie ein Rohrspatz! Aber wenn ich schlechter Laune bin, so
habe ich meine Gründe. Auch ich trage mein Kreuz.«

»Was trägst du?« fragte Miss Charlotte mit sich überschlagender
Stimme.

»Ach, Charlotte, Erbarmen!« flehte er, und dann brüllte er
plötzlich: »Barnaby, wenn du nicht sofort aufhörst, um den Tisch zu
schleichen und uns zu belauschen, schicke ich dich auf den Mississippi.«

Barnaby verschwand.

»Und wer wird dir jetzt den Kaffee servieren«, fragte Miss
Charlotte sarkastisch, »da nur du welchen trinkst?«

»Dann werde ich eben darauf verzichten. Ich biete ihn als Opfer-
gabe ...«

»Und du glaubst wirklich, daß der Ewige dein Opfer annimmt –
deine Tasse Kaffee?« fragte Miss Charlotte.

Er bedachte sie mit einem Märtyrerblick, stand auf und zog sich
ohne ein weiteres Wort zurück, würdevoll und steif in seinem
schwarzen Gehrock.

»Siehst du«, sagte Miss Charlotte zu Elizabeth, als sie allein
waren, »so trotzt man den Männern, die sich für Götter halten.
Merke dir eins: sie geben immer nach.«

»Meinen Sie?«

»Ich weiß es. Wenn Amelia ihr Baby hat, wird Onkel Charlie
wieder wie früher sein. Aber worauf warte ich eigentlich, um dir die

Nachricht zu verkünden? Ab nächster Woche wirst du nur noch zu
den Mahlzeiten hiersein. Du verläßt das große Haus.«
Die Angst stand Elizabeth im Gesicht geschrieben, und ihre
Augen weiteten sich.
»Sagen Sie es mir, sagen Sie es mir schnell.«
»Schau nicht so entsetzt drein. Es ist nichts Schreckliches, ganz
im Gegenteil. Heute früh erhielt ich einen Brief von Miss Eliza
Furnace. Sie trifft in acht Tagen bei uns ein. Eine charmante Frau
von ausgesuchter Eleganz . . .«
»Ich weiß. Und dann?«
»Kaum eine Meile entfernt von hier liegt ein kleines Haus, das du
nicht sehen kannst, weil die Bäume es verbergen. Deshalb heißt es
auch das Waldhaus. Es stammt noch aus der Zeit vor dem Unabhän-
gigkeitskrieg und ist von ausgesuchter Behaglichkeit und Eleganz.
Dort wirst du gut aufgehoben sein.«
»Allein?«
»O nein! Die verführerische Miss Furnace wird auch dort woh-
nen. Sie kennt es und ist ganz vernarrt in das Haus.«
»Und wenn ich unglücklicherweise nicht in Miss Furnace ver-
narrt sein sollte?«
»Ausgeschlossen. Übrigens kann Ned nicht vor Mai kommen.
Zuviel Arbeit. Er bat mich, dir Grüße auszurichten.«

Neugier und Ungeduld waren für Elizabeth zu einem Dauerzustand
geworden.
Gleich am nächsten Morgen ließ sie Alcibiades satteln, stob mit
ihm im Galopp über die Wiese und entdeckte ihre zukünftige Bleibe
hinter einer Gruppe hoher Buchen. Mit seinem rosa Ziegeldach und
den grauen Mauern hätte ihr das kleine Haus nicht angenehmer
erscheinen können. Sie traf dort auf fünf Diener von Onkel Charlie,
die gerade dabei waren, es instand zu setzen, da der Winter ihm doch
ein wenig zugesetzt hatte. In allen Kaminen loderten die Scheite, um
die Feuchtigkeit zu vertreiben, und große Eimer mit Farbe warteten
darauf, daß alles schön trocken war, um die blaßgrüne Farbe der
Wände zu erneuern. Für die Holzvertäfelungen war ein kräftigeres
Grün vorgesehen. Es fehlten noch die Möbel, aber im großen und
ganzen machte alles einen freundlichen Eindruck. Da überall gefegt
und geputzt wurde, hielt Elizabeth sich nicht lange auf und ritt in
eine andere Gegend, den Kopf voller Träume, ein wenig beruhigt,

doch immer noch verblüfft über Ned, der nicht schrieb, und über die geheimnisvolle Miss Eliza Furnace. Diese hätte übrigens schon längst eintreffen sollen, ließ aber immer noch auf sich warten.

Onkel Charlie war ihr schließlich sogar böse, denn er hatte Eile, Elizabeth vor der Niederkunft, die dramatisch zu werden drohte, aus dem großen Hause zu entfernen.

Inzwischen war der Mai mit seinen Blumen, seinem frischen Laub, seinem blauen Himmel, seinen abertausend singenden und zwitschernden Vögeln eingekehrt, und die Dame erschien nicht. Für das Waldhaus war es eigentlich besser, denn die Farben hatten Zeit zu trocknen, aber in Great Lawn war man äußerst gereizt.

Da kam sie endlich, und zwar auf eine Art und Weise, die alle nur noch mehr verärgerte, jedoch ganz der Laune einer schönen Frau entsprach: sie erschien mitten in der Nacht. In Schlafröcken und Hausmänteln eilte man ihr entgegen, mit höflichen Gesichtern versuchte man Freude über die gelungene Überraschung vorzutäuschen, und sie nahm alles mit einem unwiderstehlich charmanten Lächeln hin, das Charlie Jones entwaffnete und sogar auf Miss Charlotte wirkte, aber Elizabeth, die finster dreinblickte, nicht aufzuheitern vermochte. »Sie ist schöner als ich«, dachte sie, »und Ned schreibt mir nicht mehr.« Was hatten diese beiden Feststellungen miteinander zu tun? Die junge Engländerin zog es vor, nicht weiter darüber nachzudenken, sie hatte Angst.

In ihrem hellbeigen Reisekostüm stellte Miss Furnace alle Schönheiten des Südens in den Schatten. Das Cape war ihr von den Schultern geglitten und lag auf dem Teppich, und ihre Kappe aus Otterpelz hatte sie auf ein Kanapee geworfen. Man konnte ihr diese Ungeniertheit nicht übelnehmen; ihr Gesicht entschuldigte alles. Das üppige, rotbraune Haar umrahmte ein kleines ovales Gesicht, das sehr zerbrechlich wirkte und in dem zwei mandelförmige, veilchenblaue Augen bald schmachtend, bald kühl distanziert funkelten.

Charlie Jones in seinem damastseidenen Schlafrock strahlte die Selbstsicherheit eines gutaussehenden Mannes aus und erntete gefährlich lächelnde Blicke, die Amelia zum Glück nicht sah. Auf einmal erklärte Miss Furnace mit schelmischer Offenheit:

»Ich bin wirklich unausstehlich, aber ich muß gestehen, daß ich vor Hunger sterbe. Ein kleines *Medianoche*, ein paar Sandwichs und ein Gläschen Champagner ... wenn es keine Umstände macht ...« Onkel Charlie warf Charlotte einen hilfesuchenden Blick zu, und sie eilte hinaus.

Es folgte ein seltsamer Aufruhr in den Schlafzimmern der Schwarzen, die aus ihren Betten gescheucht wurden und den Herd wieder anheizen mußten.

»Wie zufrieden ist man doch«, sagte Miss Furnace, »wenn man sich nach einer großen Reise durch das unruhige Europa wieder in unserem etwas verschlafenen Süden befindet. Finden Sie, der Sie so viel gereist sind, nicht auch, daß man all dieser glanzvollen Hauptstädte müde wird, des Faubourg Saint Germain in Paris, der Bälle in den Wiener Palais, dem Palais Kinsky, Savoien, Wittgenstein, dem Palais Wilczeck« (beim Namen Wilczeck pochte Elizabeths Herz, aber sie nahm sich zusammen), »dem Palais Lobkowitz und wie sie alle heißen ... Danach bietet das bezaubernde Venezia« (jetzt sprach sie mit italienischem Akzent) »einen erholsamen Aufenthalt. Der Gesang der Gondolieri auf dem Canal Grande, die Piazza San Marco, die Salute ... ist es nicht wie ein schöner Traum?«

Während sie so redete, streckte sie ihre entzückenden Füßchen nach dem Feuer aus, zog ihren Rock ein klein wenig höher, ohne jedoch die Knöchel sehen zu lassen.

»Ach! Mein Vierspänner steht immer noch vor dem Haus«, sagte sie plötzlich.

Charlie Jones hob die Hand mit einem engelhaften Lächeln: »Sie können ganz ruhig sein, Miss Furnace, ich habe für alles gesorgt.«

»Für alles gesorgt« hieß, daß Barnaby, den man mit Fußtritten aus seinen Träumen gerissen hatte, halb angezogen zur Kalesche geeilt war, die dann von einem griesgrämigen Kutscher in die Stallungen gefahren wurde. Der gleiche Barnaby erschien eine halbe Stunde später in roter Livree, um das »Medianoche« zu servieren. Der Tisch war wie für das Abendessen gedeckt; das Familiensilber schimmerte im sanften Licht der Kerzenleuchter auf dem weißen Tischtuch. Miss Furnace setzte sich zur Rechten Charlie Jones' und erwies der Wildpastete alle Ehre, sprach aber auch dem unvergleichlichen Smithfield-Schinken und dem darauf folgenden Mokkaeis zu, beschränkte sich auf drei Glas Champagner und erklärte, so guten trinke man nur bei »Voisin« in Paris.

Das Übernachtungsproblem wurde von Miss Charlotte auf energische Weise gelöst. Um zwei Uhr morgens räumte Elizabeth ihr großes Zimmer in der zweiten Etage und kehrte einen Stock tiefer in das hübsche Kinderzimmer zurück, in dem sie die ersten Nächte in Great Lawn verbracht hatte. Sie beklagte sich nicht und nahm alles mit unwilligem Schweigen hin. Aber sie litt, wie eine Frau nur leiden kann.

Betty wickelte sich in eine Decke und verbarg sich in einer Ecke des Nebenzimmers, von wo aus sie unbemerkt über ihre Herrin wachte.

Miss Furnace schlief »göttlich«, wie sie selbst am nächsten Morgen verkündete.

107

So wie ein Schrei oder ein Stein eine Lawine auslösen kann, so schien Miss Furnaces Ankunft den Lauf der Ereignisse in dem bisher zur Reglosigkeit erstarrten großen Haus zu überstürzen.

Elizabeth und die Besucherin richteten sich unverzüglich im Waldhaus ein, wo man alles zu ihrer Bequemlichkeit vorbereitet hatte. Himmelbetten mit Musselinvorhängen, Polstersessel und Spiegel, Spiegel in allen Zimmern, man hatte an alles gedacht, und die Buchen, die das Haus umstanden, schützten es bereits mit dem Schatten ihres noch zarten Laubes.

Die anspruchsvolle Reisende geriet außer sich vor Bewunderung und konnte sich an Ausrufen in mehreren Fremdsprachen nicht genugtun, als sie ihr Zimmer sah. Der Korridor, der zu diesem Zimmer führte, war durch einen hübschen Vorhang aus buntschillerndem Taft von Elizabeths Gemächern abgegrenzt, und die junge Engländerin, jetzt ihre Nachbarin, zeigte sich weniger begeistert, aber – so fragte sie sich insgeheim – was vermag die ewig arme Verwandte gegen ihr Geschick?

Miss Charlotte kam im Tilbury, um sich zu erkundigen, wie das Waldhaus den beiden gefiel, und sie war glücklich, sie zufrieden zu sehen.

»Das Haus hat seinen etwas altmodischen Reiz, zugegeben, aber alle fühlen sich hier wohl. Elizabeth, ich glaube, ich habe dir bereits erzählt, daß die Mutter der ersten Frau von Charlie Jones hier geboren ist. Sie hat es ihrer Tochter vererbt, die es dann ihrem Mann schenkte.«

»Onkel Charlie.«

»Genau, du hast mich verstanden. Das große Haus, das ebenfalls der ersten Mrs. Jones gehörte, wurde dem Sohn vermacht.«

»Ned?«

»Aber natürlich. Wußtest du das nicht? Ned ist der Besitzer von Great Lawn.«

Wie dieser einfache Satz die Dinge plötzlich in ein anderes Licht rückte! Elizabeth war ganz benommen vor Überraschung, und sogar Miss Furnace merkte auf.

Miss Charlotte war das nicht entgangen, und sie fuhr fort, ohne sich etwas anmerken zu lassen:»Jeden Tag wird euch ein Einspänner zu den Essenszeiten abholen. Für eure Ausritte ist gesorgt; ihr braucht nur ein Wort zu sagen. Ich sehe, daß man vergessen hat, euer Häuschen mit Blumen zu schmücken. Jemima wird Abhilfe schaffen. Falls euch noch irgend etwas fehlen sollte oder nicht gefällt, wendet euch an mich. Bis später dann.«

Nach dieser kleinen Rede schenkte sie den beiden ein freundliches Lächeln und verließ das Haus.

Behende wie ein Junge kletterte sie in ihren Tilbury und fuhr in raschem Trab davon.

Nun überstürzten sich die Überraschungen beinahe von Stunde zu Stunde. An diesem Nachmittag nahm Miss Charlotte das junge Mädchen nach dem Essen beim Arm und führte es unter die Bäume vor dem Haus. Dort zog sie mit einem Lächeln, das eine große Unruhe verbarg, einen Brief aus ihrer Tasche und reichte ihn Elizabeth.

»Mein liebes Kind«, sagte sie,»das hier ist kurz vor dem Mittagessen für dich angekommen. Ich wollte dir den Brief nicht vor Miss Furnace geben, da sie neugierig ist. Ich selbst habe kein Recht und kein Verlangen, dir irgendwelche Fragen zu stellen, aber die Briefmarken sind weder aus Frankreich noch aus England. Ich weiß nichts, aber ich habe immer Angst um dich. Ich möchte dir nur eines sagen: Nimm dich in acht!«

Das junge Mädchen nahm den Brief und wurde bleich.

»Hat Onkel Charlie diesen Brief gesehen?«

»Ja. Er hat die Stirn gerunzelt und gesagt: ›Man muß ihn ihr einfach geben.‹ Bis später, Elizabeth.«

Zu bewegt, um ein Wort hervorzubringen, drehte sich das junge Mädchen um, ging ins Haus zurück und suchte Zuflucht in dem kleinen, unbewohnten Kinderzimmer.

Die Briefmarken waren aus Österreich-Ungarn, der Brief – das wußte sie – von Jonathan, und die Schrift fast ebenso verworren wie beim ersten Mal. Sie setzte sich in ihren Sessel am Fenster und las:

Sieg, meine Angebetete, hurra! Meine Heirat ist null und nichtig, und ich bin frei. Möchte man da nicht wahnsinnig werden vor Freude? Aber hier sind die Tatsachen: In meiner Verzweiflung, für immer an dieses Ungeheuer gefesselt zu sein – warum ihren Namen nennen? –, zog ich Anwälte zu Rate. Nicht den ihren natürlich – den hat sie gekauft, und der Halunke ist ihr hündisch ergeben –, sondern ernsthafte, erfahrene Juristen. Keiner machte mir die geringste Hoffnung auf eine rechtskräftige Scheidung. Doch der letzte, ein weiser alter Mann, hatte Mitleid mit mir und gab mir den Rat, mich an einen Priester zu wenden, der mit den einflußreichsten Persönlichkeiten am kaiserlichen Hof verkehrt. Der hochwürdige Pater empfing mich höflich und sogar ehrerbietig, da er meine adlige Abstammung kannte. Auf die Komplimente folgten die Fragen ... oh, meine Heißgeliebte, hättest du doch nur bei dieser Unterredung anwesend sein können! Es ist unvorstellbar, welches Zartgefühl, welchen Takt und Scharfsinn diese Leute besitzen. Angesichts einer solchen Intelligenz komme ich mir fast wie ein kleiner Junge vor. Mein Intimleben wurde auf die selbstverständlichste Art erörtert. Er ließ nichts aus und entschuldigte sich wegen jeder Einzelheit, aber er drang immer weiter in mich, und plötzlich fragte er mich ganz nebenbei, wie ich bei meiner Trauung gekleidet war. Ich gab ihm sogleich eine genaue Beschreibung, vergaß keine Goldtresse und kein Ordensband, denn ich trug damals die nur wenig geänderte Uniform meines Großvaters, der Seiner Majestät Georg III. als Gardeoffizier gedient hatte.

»Auch mit dem Degen an der Seite?« fragte er.

»Aber natürlich, Hochwürden, daher kam auch das diamantbesetzte Stichblatt zu Ehren.«

Da lächelte er mir auf eine Art zu, die ich nie vergessen werde.

»Wie bedauerlich!« rief er fröhlich aus. »Wegen dieses unglücklichen Degens ist Ihre Ehe in den Augen der Kirche ungültig.«

Meine Ehe ist ungültig! Ipso facto *hat er gesagt. Am liebsten hätte ich ihm die Hände geküßt. Die Scheidung ist verboten. Geliebte, ich verlasse diese elende Kreatur, die nie meine Frau war, ich verlasse das Palais Wilczeck, ich verlasse Wien und komme zu Dir. Dein Jonathan wird sich auf den Weg machen und Dich endlich finden, wo immer Du auch sein magst. Oh, meine Elizabeth, Dein Jonathan wird Dich bald wiedersehen.*

Sie ließ den Brief fallen und wurde ohnmächtig.

VIII
Mene, Mene, Tekel,
U-pharsin*

* Die während Belsazars Gastmahl von einer unsichtbaren Hand an die Wand des Palastes geschriebenen Worte (Daniel 5,25–28).

108

Es dauerte lange, bis sie wieder zu sich kam, und als sie sich erhob, war das Entsetzen nicht gewichen. Einen Augenblick blieb sie regungslos stehen, dann trat sie rasch vor den Spiegel, als wollte sie das leichenblasse junge Mädchen, das sie dort mit offenem Munde anblickte, um Rat fragen.

»Was hast du getan?« murmelte sie.

Während sie ihr Spiegelbild befragte, reiste ihr Brief nach Europa, der Brief an Jonathan mit der Adresse von Great Lawn, der genauen Wegbeschreibung und der kleinen Skizze des Waldes, auf der ein Kreuz den dicken Baum mit den gewaltigen Ästen bezeichnete, den Ort des Stelldicheins. Und wer könnte Jonathan hindern, hierherzukommen, wenn er frei war?

Plötzlich zerriß sie Jonathans Brief, ohne lange zu überlegen. Und da es ihr nicht genügte, ihn zerrissen zu haben, warf sie die Schnipsel in den Kamin und verbrannte sie. Auf diese Weise machte sie alles ungeschehen. Sie hatte keinen Brief erhalten, Jonathan hatte nicht geschrieben. In Augenblicken der Panik konnte sie sich einreden, daß nichts geschehen war, daß sie nur geträumt hatte. Falls er je kommen sollte, würde sie sich nicht vom Fleck rühren, im Hause bleiben und einfach sagen, sie wisse von nichts. Nur hatte Jonathan ihren Brief...

Es kam ihr der Gedanke, daß es vielleicht ratsamer wäre, Miss Charlotte alles zu gestehen. Das alte Fräulein würde die Sache schon in Ordnung bringen. Ned durfte auf keinen Fall etwas erfahren. Das war in der Tat das größte Problem, wenn sie es auch nicht wahrhaben wollte.

Sie ging auf und ab und überlegte, und als sie vor dem Spiegel vorbeikam, rief das Spiegelbild ihr zu: »weil ihm das große Haus gehört«. Wütend schrie sie sich an:

»Aber das ist mir ganz egal!«

Wie um sich davon zu überzeugen, daß es ihr ganz egal sei, wiederholte sie diesen Satz mehrmals. Die halblaut, wie Gebete gemurmelten Worte hatten eine geheimnisvolle Wirkung: nach einer Weile war sie völlig beruhigt, richtete ihr bei diesem Zwischenfall in Unordnung geratenes Haar, trank ein Glas Wasser und verließ das kleine Zimmer.

Draußen unter den Bäumen begegnete sie Onkel Charlie, der eine Zigarre rauchte und ganz ruhig wirkte, aber im Innersten fühlte sie sofort, daß er sie belauerte und auf sie wartete.

In der Tat kam er geradewegs auf sie zu, blickte sie mit jenem arglistig gutmütigen Lächeln an, das sie nur zu gut kannte, und sagte:

»Meine liebe Kleine ...«

Sie blieb stehen.

»Ja?« fragte sie fast aggressiv.

»Ich mache mir Sorgen um dich.«

»Sehr zu Unrecht, wie mir scheint«, erwiderte sie. »Geben Sie doch lieber zu, daß dieser Brief aus Österreich-Ungarn Sie beunruhigt.«

»Du mußt nicht gleich aufbrausen. Um nichts auf der Welt möchte ich ...«

»Schon gut. Es wird Sie vielleicht freuen zu hören, daß mir der Brief so verrückt schien, daß ich ihn verbrannt habe.«

Er warf seine Zigarre zu Boden und trat sie aus.

»Oh«, sagte er mit einem strahlenden Lächeln, »daraus spricht der gesunde Menschenverstand der jungen Engländerin.«

Sie selbst konnte sich ein zufriedenes Lächeln nicht verkneifen. Wieder einmal hatte sie sich aus der Affäre gezogen, ohne lügen zu müssen. Der Stolz war unverletzt und das Gewissen beruhigt.

Im Waldhaus ging sie an diesem Abend spät zu Bett, doch sie schlief gut, nachdem Miss Furnace ihr Geschwätz beendet hatte. Eigentlich war sie recht amüsant, diese braune Schönheit ... In ihrem rosaseidenen Schlafrock mit Hermelinbesatz hatte sie sich ganz vertraulich auf dem lindgrünen Samtsofa in Elizabeths Zimmer niedergelassen und dem jungen Mädchen, das sich voraussichtlich bald in der ersten Gesellschaft bewegen würde, Ratschläge für ein angemessenes Verhalten erteilt.

»Denn Sie werden doch nicht hierbleiben und sich zu Tode langweilen wollen, nicht wahr? Sie müssen nach Paris, London und Wien reisen. Worauf warten Sie noch, um sich in Wien am kaiserlichen Hof vorstellen zu lassen? Das ist nämlich ganz einfach. Ich hatte überhaupt keine Schwierigkeiten, weil ich mich bei der Gelegenheit als Cousine eines Erzherzogs ausgab, der Gefallen an mir gefunden hatte. Die Kaiserin ist ein Engel. Ich habe einen ganz tiefen Knicks vor ihr gemacht und mit dem Strunk fast den Boden berührt ...«

»Ich kenne keinen Erzherzog«, sagte Elizabeth.

Ein hübsches Lächeln beantwortete diesen naiven Einwand. »Sie haben bestimmt einen in der Familie. Einen Erzherzog erfindet man in Wien einfach.«

Jedesmal wenn Elisabeth den Namen dieser Stadt hörte, fühlte sie sich unbehaglich. Miss Furnaces Reden gingen ihr allmählich auf die Nerven, weil alles so unwahrscheinlich klang. Die große Reisende flunkerte zweifellos.

»Ich will keinesfalls behaupten«, fuhr sie fort, »daß Virginia nicht auch seinen Reiz hat, aber ich glaube nicht, daß Sie in diesem verlorenen Winkel seßhaft werden, so hübsch er auch sein mag. Und außerdem sind wir hier womöglich vom Krieg bedroht. Ich werde jedenfalls im gegebenen Augenblick das Weite suchen, ohne das Ultimatum abzuwarten.«

»Soweit sind wir noch nicht«, entgegnete Elizabeth kühl.

»Nein, nein, natürlich nicht. Aber, sagen Sie mir, Sie sind doch Engländerin?«

»Ja.«

»Da wäre es doch ganz einfach, nach England zurückzukehren. So würden Sie sich völlig einwandfrei und elegant aus der Affäre ziehen.«

Das junge Mädchen, das in seinem weißen Schlafrock auf dem Bettrand gesessen hatte, stand plötzlich auf.

»Miss Furnace, ich habe keine Lust, von hier fortzugehen. Auch einen Ort wie Great Lawn kann man mit der Zeit liebgewinnen, wie Sie sehen. Und nun bitte ich Sie, mich zu entschuldigen. Ich bin müde und kann die Augen kaum noch offenhalten.«

»Ach, liebste Elizabeth, Sie haben eine ganz entzückende Art, Ihre Meinung zu sagen. Ich gehe. Nur noch eine letzte Empfehlung, die Sie amüsieren wird, und die am Londoner Hof unter den Damen kursiert. Wenn Sie einen Salon betreten, bei einem Ball, einem Empfang oder sonst etwas, müssen Sie zuerst ganz leise ›Prüde Primeln‹ sagen, um dem Mund eine hübsche Form zu geben. Gute Nacht, meine Liebe, und denken Sie an das, was ich Ihnen gesagt habe. Ich wünsche sehr, daß Sie glücklich werden ... weit von hier!«

Sie verschwand wie eine Fee.

Elizabeth legte sich sofort hin und blies die Lampe aus.

»Weit von hier…«, wiederholte sie in der Dunkelheit. »Was will sie eigentlich?«

Am folgenden Tage nach dem Mittagessen kam eine neue Überraschung. Ein Tilbury, von Barnaby im Galopp herbeikutschiert, hielt unter der Buche vor dem großen Haus, Ned sprang heraus, stürmte ins Vestibül und rief mit lauter Stimme:

»Miss Charlotte!«

Niemand antwortete, und er rief aufs neue:

»Will denn keiner hören? Ich bin da!«

Eine Minute verstrich, und dann erschien Jemima.

»Miss Charlotte ist im Obstgarten, Mr. Ned.«

»Wo sind die anderen? Ist mein Vater bei Mrs. Jones?«

»Ich nehme es an.«

»Barnaby, bring den Koffer und die Gitarre auf mein Zimmer, und sei vorsichtig mit der Gitarre.«

Elizabeth trat aus dem Salon und erschien im Vestibül.

»Ned!« rief sie aus.

»Jawohl, Ned«, antwortete er schroff. »Geh in dein kleines Zimmer, ich habe mit dir zu reden.«

Sie gehorchte sofort. Er folgte ihr, sprang in ein paar Sätzen die Treppe hinauf, trat hinter ihr ein, verschloß die Tür von innen mit dem Schlüssel und lehnte sich mit dem Rücken an den Pfosten, die schwarzen Locken zerzaust und das Gesicht rot vor Erregung.

Elizabeth betrachtete ihn verblüfft und beunruhigt. Vor allem sein Schweigen verwirrte sie. Doch dann begann er mit dumpfer und verhaltener Stimme zu sprechen.

»Konntest du mir nicht früher sagen, daß du nichts von mir wissen willst? Zum Beispiel damals im Tannenwald, anstatt mir die Komödie der Seufzer vorzuspielen? Jetzt wird nicht mehr gespielt, du grausames, böses, herzloses Mädchen.«

Elizabeth streckte ihm die Arme entgegen, wie um ihn abzuwehren, obgleich er sich nicht rührte, sondern breitbeinig vor ihr stand, schrecklich in seinem Zorn. Sie war kreidebleich.

»Aber Ned…«

»Da gibt es kein ›aber Ned‹. Ich hatte dir einen Brief geschrieben und um deine Hand angehalten. Du hast mir geantwortet, ein Jawort könne man nicht in einem Brief erteilen. Was wolltest du eigentlich? Eine Liebeserklärung vor dem Notar und einem Pastor mit der Bibel in der Hand?«

Sie ließ sich auf einen Stuhl sinken.

»Du bist von Sinnen«, sagte sie mit erstickter Stimme, »ich habe nie aufgehört, dich zu lieben.«

»Was für Lügen murmelst du da vor dich hin?« fragte er mit einem Lachen, das falsch klang.

Diese Worte trafen die junge Engländerin wie ein Peitschenhieb ins Gesicht, und sie richtete sich auf, nahm all ihre Kräfte zusammen und sagte in eisigem Ton:

»Was unterstehst du dich? Bist du betrunken? Ich befehle dir, sofort diese Tür wieder aufzuschließen.«

Jetzt machte er eine verdutzte Miene, drehte jedoch sogleich wütend den Schlüssel im Schloß.

»Bist du dir eigentlich bewußt, daß du dich bereits wie ein eifersüchtiger Ehemann aufführst?« fragte sie mit Verachtung in der Stimme. »Es wäre verrückt gewesen, jemanden wie dich zu heiraten.«

Verzweifelt brüllte er los:

»Versuche doch einmal, dich an meine Stelle zu versetzen. Wie hättest du dieses schreckliche Schweigen ertragen? Jedesmal, wenn die Post kam, ohne mir den Brief zu bringen, den ich so sehnlich erwartete, schien es mir, als sagtest du wieder nein. Dreimal am Tag, drei Monate lang nein.«

»So beruhige dich doch«, redete sie ihm wie einem Kinde zu. »Diese Szene ist absolut lächerlich. Ich habe nie nein gesagt, und im Augenblick tust du nichts, um mich ja sagen zu hören. Und dann schreist du viel zu laut.«

Er trat einen Schritt auf sie zu und blickte sie lange an.

»Elizabeth«, sagte er mit plötzlicher Sanftmut, »siehst du denn nicht, daß ich krank vor Liebe bin?«

Sie hielt an sich, um ihm nicht in die Arme zu sinken.

»Jetzt bist du wieder der Ned, den ich kenne, und nicht mehr der Tobsüchtige von vorhin.«

»Der Tobsüchtige!« wiederholte er gekränkt.

»Jawohl, der Tobsüchtige. Hast du wenigstens gehört, was ich vorhin zu dir sagte, als du dich wie ein Tragödienschauspieler aufgeführt hast?«

»Was sagtest du?« fragte er verdutzt.

»Daß ich dich liebe, aber es war offenbar nicht der Mühe wert. Wenn du dich an das erinnerst, was ich dir gesagt habe, sehen wir vielleicht etwas klarer.«

»Verzeih mir, Elizabeth, ich habe es nicht gehört, ich war außer mir.«

»Ned, ich sage dir doch, daß ich dir eine Liebeserklärung gemacht habe, genügt dir das nicht? Bist du vielleicht blöde?«

Er stürmte auf sie zu und wollte sie küssen, aber sie wehrte sich.

»Wir sind nicht im Tannenwald«, rief sie lachend. »Jetzt, da die Tür nicht mehr verschlossen ist, könnte jeder hereinkommen.«

»Ist das meine Schuld?«

»Fang nicht wieder an. Laß uns hinausgehen.«

»Gute Idee. Dieses ulkige kleine Zimmer war einmal mein Kinderzimmer, aber seit langem dient es zu nichts mehr.«

»Ah?«

»Warum ah?«

»Kann ich nicht einmal ›ah‹ sagen, ohne daß du mir Fragen stellst? Was für ein Ehemann wirst du einmal für die Frau sein, die dich heiratet?«

»Für die Frau, die mich heiratet ...«, wiederholte er bestürzt.

»Ned, um Himmels willen, sei vernünftig. Von alledem reden wir später. Du wirst wieder dein schönes Zimmer im zweiten Stock haben, man gibt es dir zurück.«

»Aber wo schläfst du, Elizabeth?«

»Nicht hier, nicht im großen Haus. Dein Vater hat mich vor die Tür gesetzt«, sagte sie lachend.

»Nein, so etwas! Ich werde verrückt.«

Sie erklärte ihm die neue Situation, beschrieb ihm das Waldhaus, ohne Miss Furnace zu erwähnen, mußte es dann aber doch tun, als er sich beunruhigt zeigte, daß sie ganz allein in diesem kleinen Haus wohnte.

»Miss Furnace! Mein Vater erzählte mir im vergangenen Jahr von ihr. Eine seltsame Dame. Ich verstehe nicht, warum er ausgerechnet sie eingeladen hat ... um so weniger, als sie sich bekanntlich bei den Leuten einnistet.«

»Das entzieht sich meiner Kenntnis ... sie ist jedenfalls überall in der Welt herumgekommen.«

»Daß ich nicht lache! Ich bezweifle, daß sie je ein Überseeschiff betreten hat. Man weiß nicht recht, wovon sie lebt. Auf Pump, sagt man. Und sie lebt auf großem Fuß ... Papa meint, sie sei eine Lady. Aber wenn sie völlig auf den Hund gekommen ist ...«

»Spricht man so auf der Universität?« fragte Elizabeth spöttisch.

»Pardon ... wenn sie in finanzieller Bedrängnis ist – und das ist sie zuweilen –, verdingt sie sich als Gesellschaftsdame in guten Häusern.«

»In ihrem Alter? Das erstaunt mich.«

»Sie ist gar nicht so jung, wie du glaubst. Aber was für ein merkwürdiger Einfall, dich dort mit ihr zusammenzusperren! Warum? Das begreife ich nicht.«

»Wegen Amelia. Solange es ihr nicht gutgeht, darf ich nicht im Hause sein. Man holt uns für die Mahlzeiten.«

»Ach ja, jetzt fällt es mir ein. Vor meiner Geburt hat mein Vater das gleiche getan. Er entfernt alle, außer den unentbehrlichen Personen. Aber wir werden gleich mit dem Tilbury hinfahren. Ich möchte sehen, was man aus dem alten Waldhaus gemacht hat.«

Eine instinktive Angst stieg in Elizabeth auf. Die unvorhersehbaren Schwierigkeiten machten sie ratlos. Allein mit Ned in diesem kleinen Haus zu sein, schien ihr zu gefährlich.

»Fahr ohne mich, und komm gleich zurück«, sagte sie.

Er lachte verschmitzt.

»Fürchtest du dich immer noch vor mir? Du hast doch eine Anstandsdame im Waldhaus, nicht wahr?«

Sollte sie ihn mit der braunen Schönheit allein lassen?

»Du hast recht«, sagte sie. »Gehen wir.«

Eine Viertelstunde später betraten sie das kleine Haus, und Ned war sofort begeistert.

»Ein wahres Juwel haben sie aus der alten Bude gemacht! Überall Samt, die Wände neu gestrichen, Orientteppiche. So etwas würde man in einem billigen Roman ein Liebesnest nennen. Um so mehr, als es hier wunderbar duftet.«

»Ich weiß«, sagte Elizabeth pikiert, »das ist sie.«

Er atmete tief.

»Ein modisches Parfum, *Charme d'un Soir*, sie spart wirklich an nichts.«

»Nicht so laut«, flüsterte Elizabeth. »Sie ist wahrscheinlich in ihrem Zimmer und kann uns hören.«

Aber Miss Furnace war nicht in ihrem Zimmer. Sie war ausgegangen.

Elizabeth hatte das Gefühl, in das Netz einer unheilvollen Macht geraten zu sein, die sie das Schicksal, ihr Schicksal nannte.
»Nun«, sagte sie tapfer, »da wären wir also ... und allein.«
»Allein an einem verborgenen und geschützten Ort«, erwiderte er scherzend. »Der Traum aller Verliebten.«
Sie lachte nervös.
»Du wirst hoffentlich schön artig sein und dich wie ein Gentleman benehmen. Sonst machst du alles kaputt. Wir sind nicht im Tannenwald.«
»War ich bis jetzt etwa nicht korrekt? Möchtest du, daß ich mich vor dir auf die Knie werfe und dir in aller Form meine Liebe gestehe?«
»Erspar dir diese Mühe. Theatralische Posen sind mir ein Graus, und du würdest mich nur in größte Verlegenheit bringen.«
»Dann schau mir in die Augen, Elizabeth. Ich fand dich noch nie so schön wie heute, mit diesem kleinen Sonnenstrahl, der in deinem Haar spielt. Man könnte meinen, daß er es mir absichtlich zeigt, damit ich es berühre. Darf ich es berühren, Elizabeth?«
»Nein, auf keinen Fall, du würdest nur die Frisur durcheinanderbringen. Aber deine hübsche Bemerkung über mein Haar veranlaßt mich zu einer Frage, die du vielleicht indiskret finden wirst.«
»Frage nur, ich habe nichts zu verbergen.«
»Eines Tages, als wir alle im Salon saßen und Miranda den Tee servierte ... erinnerst du dich?«
»Ja, ich erinnere mich dunkel.«
»Miranda ist schön, und ihr Haar ist schwarz wie die Nacht. Was hältst du von Miranda?«
»Was soll ich schon von einer farbigen Dienerin halten? Nichts.«
»Nichts? Aber wenn ich nicht irre, hast du ihr einen verstohlenen, aber sehr bewundernden Blick zugeworfen.«
Betretenes Schweigen. Doch dann gab ihr dieser junge Mann, den sie für etwas naiv und unbeholfen gehalten hatte, eine verblüffend schlagfertige Antwort.
»Elizabeth«, sagte er mit einem schlauen Lächeln, »machst du mir bereits eine Szene? Glaubst du, ich habe Lust, eine eifersüchtige Frau zu heiraten?«

Sie ließ sich nichts anmerken, aber trotz aller Liebe, die sie ein wenig gegen ihren Willen für den jungen Mann aus Virginia empfand, sah sie mit Bangen die Hoffnung auf den gemeinsamen Besitz des großen Hauses entschwinden.

»Ohne eifersüchtig zu sein«, sagte sie kühl, »hat man doch wohl das Recht, sich zu informieren. Du liebst die Brünetten, und ich bin so blond, wie man nur sein kann. Ich möchte nicht, daß es zwischen uns einmal zu blöden Schwierigkeiten kommt.«

»Schwierigkeiten, mein Engel? Ich schwöre dir ...«

In diesem Augenblick schreckte sie ein rascher Hufschlag vor der Tür auf.

»Tun wir so, als ob nichts sei«, sagte er verwirrt.

»Als ob nichts sei? Ich bin doch hier zu Hause.«

Ein paar Minuten vergingen, während das Pferd angebunden wurde, und dann ging die Tür auf. Liza Furnace trat festen Schrittes und erhobenen Hauptes ein. Ein rotes Reitkleid mit schwarzen Litzen betonte jenen Adel, den sie allem Anschein nach ihrer Person zu verleihen wünschte. Ihr Gesicht war von einem Galopp über Land gerötet und von strahlender Schönheit. Sie warf Ned einen flüchtigen Blick zu und sagte mit gleichgültiger Stimme:

»Ach, ein Herr.«

Elizabeth stellte sie einander vor. Miss Furnace zog sich einen kleinen Männerhut vom Kopf und schleuderte ihn auf ein Sofa, denn in all ihren Gesten zeigte sie sich keck und ungestüm. Dann fuhr sie sich mit beiden Händen durch das schwere braune Haar, das in prächtigen Locken herabfiel.

Ned starrte sie mit offenem Munde an.

»Ihr werdet mich entschuldigen«, sagte sie, ohne ihn eines Blickes zu würdigen, »aber ich muß mich jetzt ausruhen. Nach diesem Ritt ... Einer von euch wird die Diener bitten, sich um das Pferd zu kümmern.«

Nach diesen hochmütig und lässig gesprochenen Worten verschwand sie. Die Reitpeitsche, die sie hatte auf den Teppich fallen lassen, sprach noch von ihr in der den Gegenständen eigenen Weise.

»Es ist doch nicht zu glauben«, sagte Elizabeth. »Heute übertrifft sie sich. Ihre Koketterie kennt keine Grenzen ...«

»Koketterie?« wiederholte Ned verdutzt.

»Jawohl. Was ist denn mit dir? Du findest sie charmant, nicht wahr? Sage es nur.«

»Charmant? Ich weiß nicht, ich hatte kaum Zeit, sie . . .«

»Sie was? Sie zu bewundern?«

»Das habe ich nicht gesagt. Sie anzuschauen.«

»Dazu wirst du noch Gelegenheit haben. Sie nistet sich hier ein, und für immer.«

»Du träumst.«

»Nein, ich träume nicht. Ned, so komm doch endlich wieder zu dir! Eben noch hast du so streng von ihr gesprochen, und ein Blick genügte, um dich zu behexen wie all die anderen, wie deinen Vater und sogar Miss Charlotte.«

Er riß sich zusammen.

»Mein Schatz, ich bin nicht behext, ich bin nur verblüfft über ihr seltsames Betragen, ihre Ungeniertheit. Komm, möchtest du, daß wir nach Great Lawn zurückkehren? Zu Fuß, wenn du willst, es ist nicht weit. Oder aber ich springe aufs Pferd – sie hat Napoleon genommen, einen unserer besten Rotfüchse –, reite herüber und hole dich mit dem Tilbury ab.«

»Gut, aber beeil dich und komm im Galopp zurück. Ich habe keine Lust, mich mit dieser Landplage zu unterhalten.«

»Ist sie unfreundlich zu dir?«

»Ganz im Gegenteil, sie schwatzt unaufhörlich und langweilt mich. Ihre hochmütigen Allüren sind vermutlich nur für die Männer bestimmt.«

Er lächelte verständnisvoll, ging ohne ein weiteres Wort hinaus und band Napoleon los. Sie sah ihn über die Straße davonstieben und beschloß, ihn nicht im Haus sondern auf der Wiese zu erwarten. Allein der Gedanke an Miss Furnace ließ ihr Herz vor Wut pochen. Wie hätte sie in dieser arroganten und so gefährlich attraktiven Besucherin keine Rivalin sehen sollen?

Im milden Licht des Spätnachmittags spazierten Elizabeth und Ned bis zum Rand eines kleinen Waldes, der sich entlang der Straße jenseits des Tumulthauses erstreckte. Es war nicht der verborgene und geschützte Ort, den Ned sich erträumte, und er mußte sich sehr im Zaum halten, um so mehr, als er Abbitte für den bewundernden Blick auf die behexende Schönheit zu leisten hatte, und das war schwierig genug. Er hatte große Mühe, sich bezüglich dieses Punktes zu erklären, aber er salbte das junge Mädchen mit Komplimenten, wie man ein Butterbrot mit Honig bestreicht. Übrigens kam ihm das Wort Honig ständig auf die Lippen.

»Mein Schatz ... *Honey* ... unser Honigmond ...«

Schließlich ließ sie sich überzeugen und gestattete ihm sogar unter den Bäumen, ihre Lippen mit den seinen zu berühren, aber nicht mehr. Zur Abendessenszeit waren sie wieder ganz versöhnt. Sie hatte das Gefühl, daß die Vereinigung der Seelen sich bereits vollzog, in Erwartung der körperlichen Vereinigung, an die das junge Mädchen lieber nicht denken wollte.

Charlie Jones erschien nicht bei Tisch. Amelia klagte immer mehr, und da ihr das Laudanum verboten war, mußte er bei ihr sein und versuchen, sie mit guten Worten von ihrem Leiden abzulenken.

Miss Furnace ließ eine Viertelstunde auf sich warten und nahm neben Ned Platz, während Elizabeth und Miss Charlotte ihr gegenübersaßen. An diesem Abend trug die weitgereiste Dame ein champagnerfarbenes Atlaskleid, und sie beschrieb ihren Aufenthalt in Konstantinopel mit einer solchen Fülle von Details, erwähnte die Namen so vieler Paschas, denen sie begegnet war, daß die unschuldige Miss Charlotte erklärte, sie fühle sich in ein Märchen aus Tausendundeiner Nacht versetzt.

Unempfindlich für den Charme der Erzählerin, beobachtete Elizabeth sie mit einer Aufmerksamkeit, in die sich Entsetzen mischte, denn es stand außer Zweifel, daß diese herausfordernd schöne Frau Verführungsabsichten hegte – aber wem galten sie? Die Arroganz von vorhin war einem Lächeln gewichen, dem das nächste Lächeln so rasch folgte, daß sie sich wie Girlanden aneinanderzuranken schienen. Der vielleicht von den langen Überseereisen leicht gebräunte und wie Ambra schimmernde Teint rötete sich ganz leicht auf der Höhe der Wangen, und die großen Augen unter den dichten Brauen strahlten in einer arglistigen Sanftmut.

Diese bezaubernde Person rührte die Speisen auf ihrem Teller kaum an. Zuweilen, wenn die Erzählung einen Höhepunkt erreichte, gestikulierte sie angeregt.

Gegen Ende der Mahlzeit hielt sie es für schicklich, Miss Charlotte ein paar diskrete Fragen über das Virginia County zu stellen, in dem sich Great Lawn befand. Sie kannte zwar das alte Haus ein wenig und bewunderte seine vornehme Schlichtheit, wußte aber nichts von seiner Geschichte.

»Da müssen Sie Ned Jones fragen, der darüber besser als jeder andere Bescheid weiß, weil es ihm gehört.«

Unmerklich wandte sie sich ihrem Tischnachbarn zu. Er spürte Elizabeths wachsamen Blick und bemühte sich, der Verwirrung, in die ihn diese Frau stürzte, Herr zu werden. Miss Furnace brauchte nicht lange, um dies zu bemerken, und schenkte ihm sogleich jenes wunderbare Lächeln, das nichts bedeuten will und doch etwas verspricht.

»So jung und schon ein vermögender Mann«, sagte sie. »Wie fühlt man sich als Hauseigentümer?«

Er wurde puterrot und stammelte:

»Ich weiß nicht ... ich denke nie daran ...«

»Eine hübsche Antwort«, erklärte sie.

Und damit erhob sie sich und bat Miss Charlotte, sie zu entschuldigen, da sie nach dem herrlichen Ritt durch die Wälder müde sei. Ob Barnaby sie ins Waldhaus fahren könnte?

»Barnaby«, sagte Miss Charlotte, ein wenig schockiert über diesen plötzlichen Aufbruch, »laß die Teller stehen und spann den Tilbury an.«

Miss Furnace dankte Miss Charlotte, verabschiedete sich mit einem leichten Kopfnicken von Elizabeth und Ned und wehrte mit einer Handbewegung ab, als Ned sie zur Tür begleiten wollte.

»Ich werde draußen warten«, sagte sie. »Nichts ist erhebender für die Seele als der Anblick des Sternenhimmels, und heute ist die Nacht von einer geradezu überirdischen Klarheit. So etwas habe ich bisher nur in Ägypten erlebt.«

In diesem Augenblick ertönte eine hohe und etwas unsichere Stimme, die man nicht sofort erkannte, die aber nur Elizabeth gehören konnte:

»Ned, du hast doch deine Gitarre. Jetzt hättest du die einmalige Gelegenheit, diese Betrachtung mit einer deiner schönen Serenaden des Südens zu begleiten.«

Einen Augenblick lang herrschte Verblüffung, und dann sagte Miss Furnace leise und im Ton einer italienischen Sängerin:

»Nicht heute abend.«

Anmutig schritt sie zur Tür und ging hinaus unter die Bäume. Sie ließ den Duft ihres Parfums zurück, der aus einem nächtlichen Garten aufzusteigen schien.

Miss Charlotte stand auf und klatschte in die Hände.

»Los, Kinder«, sagte sie, »schaut nicht so verdutzt drein. Die Dame hat seltsame Allüren, aber sie ist interessant. Nur ein bißchen exzentrisch, das ist alles. Aber wer soviel reist ...«
Ned warf Elizabeth einen flehenden Blick zu, aber sie wandte sich heftig und empört ab.

109

Die Versöhnung fand erst kurz vor Mitternacht unter der großen Zeder statt. Den kleinen Zornesausbrüchen folgte ein erstickter Tränenstrom, dann schluchzende Seufzer und Abschiedsworte, die der Schuldige seinem Opfer nur mit unablässigen Liebesbeteuerungen und Selbstmorddrohungen auszureden vermochte.

Langsam kehrten sie zum Haus zurück, sprachen ganz leise, wie um die Stille der Nacht nicht zu stören, und gingen Hand in Hand. Eine ganze Weile blieben sie stehen und betrachteten den Himmel, bis es ihnen schwindelte, denn es schien ihnen, als hätten die Sterne noch nie in einem so hellen, intensiven und fast harten Glanz geleuchtet.

»Die Gitarre ist in meinem Zimmer«, flüsterte er. »Wenn du willst, hole ich sie und singe dir ein Lied des Südens ...«

»O nein«, sagte sie.

»Ein schönes Liebeslied, warum nicht?«

»Nein, diese Frau hat alles verdorben, als sie ›nicht heute abend‹ sagte.«

Er antwortete nicht sofort.

»Sie wird nicht lange bei uns bleiben. Ich werde mit meinem Vater reden. Ich weiß, was sie will.«

»Was will sie denn?«

»Das Haus, Elizabeth. Sie ist sehr schlau ...«

»Ist sie nicht bei Verstand?«

»Ich weiß nicht. Sie schmeichelt sich bei den Leuten ein.«

»Du wirst sie nie mehr anschauen?«

»Nie ... Hörst du den Wagen auf der Straße? Das ist Barnaby, der vom Waldhaus zurückkommt. Möchtest du, daß ich dich dorthin begleite?«

»Zu dieser Frau? Ich denke nicht daran. Lieber schlafe ich in dem kleinen Zimmer, das ich früher hier im Haus hatte.«

»Nein, du nimmst das obere Zimmer und ich das untere. Widersprich mir nicht«, fügte er mit einem Kuß hinzu.

Sie legte den Kopf auf seine Schulter und sagte:

»Befreie mich von dieser Frau.«

»Ich werde alles tun, um sie uns vom Halse zu schaffen. Mein Vater ließ sie kommen, weil er dich nicht bis zur Niederkunft seiner Frau allein im Waldhaus lassen wollte. Er hätte keine schlechtere Wahl treffen können. Das war seine größte Dummheit.«

»Macht er viele Dummheiten?«

»Ach, er ist ein wenig durcheinander, aber wir werden alles in Ordnung bringen. Heute nacht bleibst du hier.«

»Aber Ned, all meine Sachen sind dort, meine Kleider, meine Toilettengegenstände ...«

»Braucht eine junge Dame denn das alles?«

»Ned, das verstehst du nicht. Du mußt noch viel lernen.«

»Also gut. Ich hole dir deine Sachen mit dem Tilbury.«

»Bist du verrückt, Ned? Wenn du um diese Stunde bei ihr eintrittst, wird sie schreien.«

»Niemand wird sie hören.«

»Deine Idee ist unmöglich. Ich werde wenigstens dabeisein müssen.«

Gemeinsam schmiedeten sie einen kindischen Plan, und als der Tilbury kam, lief Ned ihm entgegen, um ihn anzuhalten.

»Barnaby, hast du Miss Furnace bis vor ihre Tür gebracht?«

»Ja, Massa Ned, und sie hat gesch'ien: ›Schnell, schnell! Ich will schlafen gehn.‹«

»Gut, steig ab und geh auch schlafen. Ich fahre Miss Elizabeth zurück. Vor morgen früh brauche ich dich nicht mehr. Gute Nacht.«

Barnaby gehorchte um so beflissener, als Ned ihm immer noch große Angst einflößte. Einige Minuten später saß Elizabeth neben Ned auf dem Kutschbock. Ein leichter Peitschenknall genügte, um den Rotfuchs nach einer raschen Kehrtwendung zum Galopp anzutreiben.

»Nicht zu schnell, Ned«, bat Elizabeth. »Eigentlich ist es ein Wahnsinn, was wir da tun.«

»Wenn du Ruhe haben willst, müssen wir rasch handeln. Wir

halten ein paar Meter vor dem Hause, um die Dame nicht zu wecken. Ich werde mich ganz leise hineinschleichen.«

»Nein, ich werde hineingehen. Du würdest gar nicht wissen, was du mitnehmen sollst. Du wartest draußen, und ich hole alles. Sie darf auf keinen Fall einen Mann im Hause sehen.«

Sie fuhren jetzt im Trab, aber die Hufschläge auf dem Pflaster störten trotz allem die geheimnisvolle Stille der Nacht. Die ganze Landschaft schien diesem hämmernden Getrappel zu lauschen. Glücklich und besorgt zugleich kuschelte sich das junge Mädchen an Ned.

»Findest du diese Frau schön?« fragte sie leise.

»Im theatralischen Genre, vielleicht. Sie sieht aus wie eine Schauspielerin, die um jeden Preis auffallen will.«

»Würdest du eine Schauspielerin heiraten?«

»Wo denkst du hin, mein Schatz? Du vergißt, daß du mir verziehen hast.«

Es folgte ein langes, nachdenkliches Schweigen, und dann sagte sie lachend:

»Im Süden sind fast alle Frauen dunkelhaarig, und man sieht kaum einmal eine Ausnahme ... Findest du nicht auch?«

»Das ist wahr. Blonde wie du sind sehr selten.«

»Magst du sie ebenso gern wie die Dunkelhaarigen?«

»Ich mag nur dich, ich liebe nur Elizabeth, das weißt du doch.«

Sie war beruhigt, fand sich jedoch im nachhinein ein wenig albern und beschloß, den Mund zu halten.

Das kleine Haus schien inmitten der Felder und Bäume zu schlafen wie jemand, der in seine Träume versunken ist und den seine Abgeschiedenheit, seine Verletzlichkeit sogar, vor allen Belästigungen schützt. Mit katzenhafter Gewandtheit sprangen sie vom Wagen, und Ned band das Pferd an einem Baum am Straßenrand fest. Dort wartete er gemäß Elizabeths Anweisungen.

Sie ging durch das Gras, um nicht gehört zu werden, gelangte zur Tür und öffnete diese mit dem Schlüssel in der ein wenig zitternden Hand. Auf Zehenspitzen schlich sie sich in ihr Zimmer. Sie tastete sich mit äußerster Vorsicht voran, nur von dem dumpfen Pochen ihres Herzens begleitet.

Als sie die Tür hinter sich geschlossen hatte und sich in Sicherheit fühlte, machte sie sich auf die Suche nach Streichhölzern, die sie schließlich fand, und zündete die Lampe an. Sie blickte sich um. An diesem friedlichen Ort sprachen die Dinge zu ihr in der ihnen eigenen stummen Sprache. Was für ein seltsamer Augenblick in ihrem Leben: das Bett, in dem sie nicht schlafen, der Schaukelstuhl, in dem sie sich nicht mehr wiegen würde. Aber die Zeit drängte, und sie zog in panischer Hast die Schubladen ihrer Kommode auf, traf eine rasche Wahl der Dinge, die sie brauchte, holte sich ein paar Sachen aus dem kleinen Waschraum nebenan und packte alles in den Koffer, den sie beim Umzug ins Waldhaus benutzt hatte. Jetzt brauchte sie nur noch den Koffer zu ergreifen und die Lampe auszublasen, was sie mit vor Schrecken ausgetrockneter Kehle tat. Als viel schwieriger erwies es sich jedoch, das Haus zu verlassen. Sie wollte, wenn sie erst einmal draußen wäre, den Koffer auf die Eingangstreppe stellen, wo Ned ihn holen würde.

Alles wäre beinahe gelungen. Sie stieß nur leicht im Dunkeln gegen ein oder zwei Möbel, aber die Tür knarrte beim Öffnen kaum. Sie brauchte nur über einen schmalen Flur zu gehen, und dann waren es noch vier Schritte bis zur Haustür.

Aber in diesem engen Flur geschah etwas, das ihr den Atem verschlug. Ein schwaches Licht wurde plötzlich hinter dem hübschen, buntschillernden Taftvorhang sichtbar, der Miss Furnaces Gemächer vom restlichen Teil des Hauses trennte. Dahinter lag der kleine Korridor, der zum Schlafzimmer der großen Reisenden führte ...

Vor Angst war Elizabeth wie zu Stein erstarrt. Und in diesem Augenblick öffnete sich blitzartig ein Spalt des Vorhangs. Wie in einer Vision erblickte sie ein weißes, aschfahles, ausdrucksloses Gesicht.

Der Schrecken fuhr ihr in die Glieder, und unter Aufbietung ihrer ganzen Willenskraft schleppte sie den Koffer hinaus und stellte ihn auf die Eingangstreppe, nachdem es ihr – sie wußte selbst nicht wie – gelungen war, die Tür zu öffnen.

Draußen rannte sie zum Tilbury, packte Ned beim Arm und stammelte:

»Den Koffer, schnell!«

Ohne eine Frage zu stellen, verschwand er in der Dunkelheit, kam dann mit dem Koffer zurück und warf ihn in den Wagen, wo Elizabeth bereits Platz genommen hatte.

Sowie sie auf der Straße waren, ließ das junge Mädchen den Kopf auf Neds Schulter sinken.

»Schnell!« flehte sie ihn an.

Die Peitsche knallte, und das Pferd stob im Galopp voran.

»Was ist denn los?« fragte Ned.

»Oh, Ned, ich wäre vor Angst beinahe gestorben. Auf dem Flur ist mir eine Tote begegnet. Im Waldhaus spukt es.«

»Das ist mir neu«, sagte er. »Man erzählt zwar, daß es im großen Hause spukt, aber vom kleinen ist mir nichts Derartiges bekannt. Du hast es dir vielleicht nur eingebildet ...«

»Um Himmels willen«, unterbrach sie ihn, »sage das nicht! Ich bin bei völlig klarem Verstand, ich bin nicht verrückt. Ein entsetzliches Gesicht hat mich eine Sekunde lang angestarrt. Ich war wie gelähmt vor Schreck und frage mich noch jetzt, wie ich aus dem Haus gelangt bin.«

»Und mit dem Koffer«, bemerkte Ned lachend.

»Ach, lache nicht. Da gibt es nichts zu lachen.«

»Ich lache nicht, mein Schatz. Du wirst das Waldhaus nie mehr betreten. Miss Furnace soll das Haus für sich allein haben – wenigstens so lange, bis ich sie rausschmeiße.«

»Wirst du deinem Vater erklären, daß es im Waldhaus spukt?«

»Er würde mich nur auslachen. In allem, was das Jenseits betrifft, ist er äußerst eigensinnig. Für ihn gibt es das nicht.«

»Aber wenn es dir gelingt, Miss Furnace loszuwerden, wird er dann nicht darauf bestehen, daß ich wieder dort schlafe? Ned, das wäre mein Tod, dann würdet ihr mich steif und zu Marmor erstarrt in meinem Bett finden.«

»Aber nein. Du allein im Waldhaus, das ist ausgeschlossen. Doch kehren wir zu dem Problem zurück. Weißt du, was ich glaube? Du hast wahrscheinlich eine alte Dienerin gesehen, die Miss Furnace heimlich kommen ließ, weil sie jemanden braucht, der sich um sie kümmert. So sind die sehr schönen Frauen.«

»Die sehr schönen Frauen, Ned?«

»Die Frauen wie sie, die aufgetakelten Schönheiten.«

»Sie ist keine Lady.«

»Sie gibt sich alle Mühe, eine Lady zu sein, aber sie hat noch viel zu lernen.«

Wieder völlig munter, rief sie in plötzlicher Begeisterung aus:

»Oh! Ned, schau den Himmel an ... die Sterne ... es werden immer mehr ...«

110

Von Alpträumen gequält, in denen das Totengesicht sie beharrlich verfolgte, verbrachte Elizabeth die Nacht im großen Zimmer des zweiten Stocks, während Ned versuchte, in dem zu kurzen Bett des Kinderzimmers zu schlafen.

Beide sahen am nächsten Morgen ziemlich mitgenommen aus. Um Elizabeth bezüglich des Waldhauses endgültig zu beruhigen, sah Ned keinen anderen Weg, als Miss Charlotte um Rat zu fragen. Sie trafen sie kurz vor dem Frühstück im Salon, wo sie wie gewöhnlich mit ihrer Bibel am Kamin saß. Elizabeth erzählte ihr sofort von dem Gespenst. Kurz und genau, allerdings ohne die wahren Umstände zu erwähnen, die zu ihrer nächtlichen Flucht aus dem Waldhaus geführt hatten, beschrieb sie ihr das schreckliche Gesicht hinter dem Vorhang.

Miss Charlotte hörte ihr aufmerksam zu.

»Man hat mir nie erzählt, daß es im Waldhaus spukt«, sagte sie. »Miss Furnace hat sich nie darüber beklagt. Wir werden sie fragen, wenn sie zum Frühstück kommt.«

Plötzlich sah sie Elizabeth scharf in die Augen, wie um in ihnen die Wahrheit zu entdecken.

»Mein liebes Kind«, sagte sie, »wir drei sind hier unter uns, und unser Gespräch wird sonst niemandem zu Ohren kommen, aber könnte es nicht sein, daß du ein bißchen zuviel Laudanum genommen hast?«

Elizabeth errötete bis über die Ohren.

»Was? Du nimmst Laudanum?« rief Ned entsetzt.

»Ein paar Tropfen sind erlaubt«, sagte Miss Charlotte, »wenn man Migräne hat, oder Zahnschmerzen – oder einen großen Kummer. Das hat noch niemandem geschadet.«

»Es ist doch nicht zu glauben!« sagte Ned. »Du, Elizabeth?«

»Elizabeth hat es einmal unter meiner Anweisung und auf meinen Rat genommen. Du selbst, Ned, hast bestimmt ein Fläschchen in deinem Badezimmer.«

»Mag sein, aber ich würde nie auf die Idee kommen ...«

»Eines Tages wirst du auf die Idee kommen, wie jeder andere.«

In diesem Augenblick erschien Barnaby in seiner roten Livree und rief zum Frühstück.

»Barnaby«, sagte Ned mit furchtbarer Strenge, »du siehst mir ganz aus wie jemand, der gerade an der Tür gelauscht hat.«

Barnabys Gesicht verfärbte sich bleigrau, und seine Zähne klapperten.

»Laß Barnaby in Ruhe«, sagte Miss Charlotte, »wir wollen frühstücken.«

Als sie ins Speisezimmer traten, flüsterte Ned Elizabeth zu:

»Hast du wirklich Laudanum genommen?«

»Ja, einmal, aus Liebeskummer, du Böser.«

Trotz seiner entrüsteten Miene fühlte er sich ein wenig geschmeichelt, denn für ihn stand es außer Zweifel, daß er der Anlaß gewesen war.

Miss Furnace ließ einige Minuten auf sich warten, aber als sie mit einem winzigen Schirm, der ihren Kopf vor der Sonne schützte, im Türrahmen erschien, war die Wirkung verblüffend. Die dunkle Pracht ihres Haars erhöhte den Glanz ihres Teints, der sich in der Höhe der Wangen nur schwach rosa färbte. Wahrscheinlich war sie sich der allgemeinen Bewunderung bewußt, denn sie beantwortete sie mit einem strahlenden, jugendlichen Lächeln.

Miss Charlotte konnte nicht umhin, ihre Begeisterung auszudrücken:

»So müßte man Sie malen«, sagte sie lachend, »wie Sie dort im Licht stehen, in Ihrem hübschen pfirsichfarbenen Kleid mit dem kleinen Sonnenschirm.«

»Mein Sonnenschirm?« zwitscherte sie und trat leichtfüßig herzu. »Ach, das ist einer jener absurden und unwiderstehlichen Modeartikel aus Paris. Ich hoffe, daß ihr alle gut geschlafen habt.«

Ihre gute Laune, die sich so sehr von der des Vorabends unterschied, ließ darauf schließen, daß sie wie die kapriziösen Salondamen gern ihr Betragen wechselte.

Elizabeth beobachtete Ned mit grimmiger Aufmerksamkeit, und da der junge Mann nicht mehr wußte, wo er hinschauen sollte, blickte er schließlich zu Boden.

»Miss Furnace«, erkühnte sich Miss Charlotte zu fragen, sowie die braune Schönheit neben Ned Platz genommen hatte, »haben Sie den Eindruck, daß das Waldhaus Gespenster beherbergt?«

»Ein Gespenst«, berichtigte Elizabeth sie leise.

Ein fröhliches Lachen war die Antwort auf diese unerwartete Frage.

»Wenn es so wäre, hätte ich es Ihnen gesagt«, erwiderte Miss Furnace und schüttelte ihre herrlichen Locken. »Ich habe nur einmal in meinem Leben etwas Jenseitiges verspürt. Das war in einem königlichen Schloß in der Nähe von Schottland, wo ich auf Einladung des Herzogs von Norfolk eine Nacht verbracht habe. Aber das erzähle ich euch an einem Abend im nächsten Winter.«

»Im nächsten Winter!« rief Elizabeth aus.

»Aber ja, liebes Kind. Haben Sie Angst vor dem Waldhaus?«

Diese Frage verwirrte die junge Engländerin.

»Ich gestehe«, sagte sie, »daß ich mich dort ein bißchen fremd fühle. Ich hatte mich so an das große Haus gewöhnt.«

»Heute früh sind Sie ohne mich fortgegangen. Ich habe Sie gerufen. Keine Antwort. Aber wir haben unsere kleinen Geheimnisse, nicht wahr, du rätselhafte Elizabeth?«

Während sie dies sagte, machte sie eine schalkhafte Miene, die bei Ned aus unerklärlichen Gründen ein sinnliches Begehren hervorrief, das ihn entsetzte. Plötzlich glaubte er mit Sicherheit, daß ein gewisses Glück ihm nur in den Armen dieser Frau vergönnt wäre. Um sich vor Elizabeth nicht zu verraten, wandte er den Kopf ab, aber er litt in diesem Augenblick sehr. Bisher war alles in seinem Leben einfach gewesen, er hatte einige Liebesenttäuschungen erlebt und sie rasch vergessen, aber jetzt quälte ihn eine rasende Begierde, und er lernte zum ersten Mal die unerbittliche Leidenschaft kennen, die sich nicht täuschen läßt. Mit Entsetzen wurde er sich bewußt, daß er dieser Frau verfallen war und daß sie es wußte. Schlimmer noch, er ahnte, daß auch Elizabeth es wußte. Elizabeth, die, wie er glaubte, seinetwegen und weil sie ihn so liebte, Laudanum genommen hatte ... Ein plötzlicher Ekel vor sich selbst ergriff ihn, und er begehrte auf gegen sein Gefühl. Er erhob sich abrupt, erklärte stammelnd, ein unerträglicher Schmerz poche ihm in den Schläfen, was übrigens der Wahrheit ziemlich nahekam, und man möge ihn bitte entschuldigen. Damit verließ er das Speisezimmer, ohne jemanden anzusehen, weil er Angst hatte, sich zu verraten.

Elizabeth wäre ihm am liebsten nachgeeilt, aber sie traute sich nicht und warf Miss Charlotte einen verzweifelten Blick zu, den diese mit einem Kopfschütteln beantwortete.

»Der arme Junge«, sagte sie, »zu viel Arbeit auf der Universität. Zum Glück sind die Ferien nicht mehr fern.«

Miss Furnace lächelte wie eine Königin, die jemandem eine besondere Gunst erweist.

»Ich werde ihm später in Ihrem Garten einen Blumenstrauß pflücken, und dann vergißt er seinen Schmerz.«

Elizabeth verschlug es den Atem, und sie stieß ihre Tasse so heftig zurück, daß der Tee auf das Tischtuch schwappte. Miss Furnace brach darüber in ein hübsches Kinderlachen aus und zeigte eine Reihe blendend weißer Zähne.

»Welch eine Aufregung wegen ein bißchen Kopfweh!« rief sie. »Sie sind von einer bezaubernden Empfindsamkeit, und Sie werden einmal sehr verführerisch sein. Ich sehe Sie bereits am englischen Hof, wo Peers und Herzöge Ihnen zu Füßen liegen. Unterdessen jedoch werde ich, da dieses Frühstück zu Ende ist (es hatte kaum begonnen), die Gärtnerin spielen, wenn Miss Charlotte es gestattet. Also bitte eine Blumenschere, Handschuhe und ein Körbchen ...«

Zu Elizabeth gewandt, fügte sie hinzu:

»... und um mir das Körbchen zu tragen, die liebe Elizabeth ...«

Die Antwort war ein wütender Aufschrei:

»Pardon, die liebe Elizabeth hat anderes zu tun, als Ihnen das Körbchen zu tragen.«

»Wie schade«, sagte Miss Furnace betrübt, »aber vielleicht kann Ihre Betty mich begleiten.«

»Selbstverständlich«, sagte Miss Charlotte und warf Elizabeth einen mißbilligenden Blick zu.

»Betty ist im Waldhaus«, entgegnete Elizabeth schroff.

»Dann wird man sie rufen lassen«, erwiderte Miss Furnace, »nicht wahr, Miss Charlotte?«

»Aber natürlich«, sagte Miss Charlotte, die für die große Reisende eine Schwäche zu haben schien.

»Das ist doch die Höhe«, fuhr Elizabeth wütend dazwischen, »ihr laßt also meine alte Dienerin aus dem Waldhaus holen, damit sie das Körbchen dieser Dame trägt, der der Himmel schließlich auch zwei Hände gegeben hat. Jetzt verstehe ich die Abolitionisten.«

»*Dear me!*« sagte Miss Furnace.

Miss Charlotte erhob sich, stellte sich auf die Zehenspitzen und schrie mit ihrer ohrenbetäubendsten Stimme:

»Elizabeth!«

In diesem Augenblick ergriff Barnaby, der hinter der Tür gelauscht hatte, eiligst die Flucht.

Das junge Mädchen verließ wortlos das Zimmer und rannte unter den Bäumen bis zur Treppe, die zum Kinderzimmer führte. Ohne anzuklopfen trat sie ein und sah Ned am Fenster stehen. Er drehte sich um, und sie brachte vor Schreck kein Wort heraus. Dieses angstvolle und gequälte Gesicht kannte sie an ihm nicht. Einige Sekunden lang blickten sie sich schweigend an, dann fragte er fast flüsternd:

»Was willst du, Elizabeth?«

»Ned, ich fürchte die Wahrheit nicht. Sag es mir. Liebst du diese Frau?«

Er schüttelte den Kopf.

»Nein.«

Er gab diesem Wort einen so ernsthaften und schmerzvollen Klang, daß sie den Kopf senken mußte, damit er die Tränen nicht sah, die in ihren Wimpern glänzten.

»Sie interessiert dich, Ned, du fühlst dich, wie man sagt, von ihr angezogen.«

»Ich habe sie heute früh nicht einmal angeschaut.«

»Du begehrst sie, leugne es nicht.«

»Das hat mit Liebe nichts zu tun, und ich liebe nur dich. Glaubst du mir?«

»Ich werde dir noch mehr glauben, wenn du dafür sorgst, daß sie verschwindet. Gestern nacht hast du mir versprochen, du würdest uns von ihr befreien. Erinnerst du dich?«

Bevor er antworten konnte, warf sie sich in seine Arme und rief: »Ich flehe dich an, mein Ned, ich werde dir gehören, aber schicke sie fort.«

Sie drückte sich so fest an ihn, daß er die Beherrschung verlor. Das Blut kochte vor Begierde in seinen Adern, wie vorhin bei Tisch.

»Verschließe die Tür«, sagte sie kurz entschlossen.

»Wo denkst du hin? Hier?«

»Verschließe die Tür«, befahl sie.

Eine halbe Stunde vor dem Mittagessen hörten sie, daß man sie rief. Ned ging als erster hinaus und verschwand im Korridor, um sich auf sein Zimmer im ersten Stock zu begeben. Elizabeth nahm sich Zeit, um alle Spuren einer verräterischen Unordnung zu beseitigen. Als sie endlich oben an der Treppe erschien und niemanden sah, stieg sie ohne Eile hinunter und trat aus dem Haus.

Onkel Charlie ging unruhig auf der Wiese hin und her. Als er Elizabeth sah, eilte er ihr entgegen.

»Was habe ich gehört?« fuhr er sie in heftiger Erregung an. »Du willst nicht mehr im Waldhaus schlafen, weil du dort ein Gespenst gesehen hast?«

»So ungefähr ist es«, erwiderte Elizabeth in einem eisigen Ton.

»Meine liebe Kleine«, sagte er etwas verblüfft über ihre äußere Ruhe, »wir werden uns nicht zanken. Komm zu dir. Gehen wir unter die Bäume und unterhalten wir uns wie zwei vernünftige Menschen.«

Im Schatten der Buche setzten sie sich auf eine Bank, und hier wie anderswo ließ sich die junge Engländerin nicht aus der Ruhe bringen.

»Du hast kein Gespenst gesehen, weil es keine Gespenster gibt. Ist das klar?«

»Völlig klar, aber falsch«, sagte sie.

Er wurde ein wenig rot und schaute sie streng an. Sie hielt dem Blick der großen dunklen Augen stand und konnte nicht umhin, ihn mit seinem Sohn zu vergleichen. Ned war vielleicht nicht ganz so schön, aber sie fühlte noch die Heftigkeit seiner Umarmung.

Onkel Charlie fuhr leise fort:

»Ich bin es nicht gewohnt, daß man mir auf diese Weise antwortet. Du wirst heute abend ins Waldhaus zurückkehren.«

»Glauben Sie?«

»Ich glaube es, weil der Zustand meiner armen Amelia mich zwingt, dich aus dem Haus zu entfernen, um dir die Unannehmlichkeit zu ersparen, ihre Schreie zu hören. Deshalb habe ich die reizende Miss Furnace kommen lassen, die nichts mehr und nichts weniger als deine Gesellschaftsdame ist.«

»Ich mag Miss Furnace nicht.«

»Elizabeth, es schmerzt mich, dich so verändert zu sehen. Du bist nicht mehr das liebe junge Mädchen wie in Savannah, das ich in so guter Erinnerung habe.«

»Vielleicht erinnern Sie sich auch an die Sykomore vor Ihrem Haus?«

»Ich vergesse sie nicht, aber das ändert nichts an den Tatsachen: du wirst gehorchen.«

»Das kommt ganz drauf an.«

Er stand auf und schenkte ihr ein bezauberndes Lächeln.

»Wo ist Ned?« fragte er.

Es kam ihr vor, als hörte sie einen Gong, doch sie ließ sich nichts anmerken.

»Ich habe ihn beim Frühstück gesehen. Seitdem …«

Eine vage Geste begleitete dieses Wort, das vielleicht ihr ganzes zukünftiges Leben enthielt.

»Er wird wieder einmal auf Alcibiades ausgeritten sein. Das fehlt ihm am meisten auf der Universität. Ich werde Barnaby ausschicken, vielleicht weiß der, wo er ist. Heute werde ich nicht mit euch zu Mittag essen. Amelia will, daß ich bei ihr bin, aber sei beruhigt, liebe Elizabeth, ich vergesse die Sykomore nicht und wache über dein Glück.«

»Welch eine gute Nachricht, Onkel Charlie«, sagte sie mit einem sauren Lächeln.

III

Das Mittagessen verlief seltsam, wie der Tag nach einer Schlacht. Keine der anwesenden Personen glich der, die sie noch am Morgen gewesen war. Ned, den Barnaby schließlich gefunden hatte, starrte Elizabeth an und schien sie nicht zu sehen, so sehr war er mit seinen Gedanken beschäftigt. Er sah auch nicht den hübschen Strauß, der vor ihm stand und immerhin kunstvoll aus kleinen Blumen zusammengestellt und zu einer Kugel gebunden war.

Miss Charlotte, nachdenklicher als gewöhnlich, zerkrümelte verträumt ihre Toastschnitte und schien ihre Aufmerksamkeit einer inneren Welt zuzuwenden, während Elizabeth, auch wenn sie aß, mit nichts anderem beschäftigt war, als Miss Furnace Trotz zu bieten und sie unverwandt anzuschauen. Diese wiederum, strahlend vor Schönheit, schien in ihrer Einsamkeit zu triumphieren, wie eine Statue in der Wüste.

Man hatte sich zu lange in Schweigen vertieft, um es noch auf natürliche Weise brechen zu können. In Wahrheit verspürte auch niemand das Verlangen danach, denn jeder hatte sich fest in sein eigenes Problem verkapselt, und so waren alle erleichtert, als die Mahlzeit zu Ende ging. Miss Furnace begab sich in den Salon, um sich dort bis zur Rückkehr ins Waldhaus auszuruhen. Vielleicht hätte sie sich gern mit Miss Charlotte unterhalten, aber das alte Fräulein mußte irgend etwas gewittert haben, denn sie verschwand ohne ein Wort. Der Blumenstrauß blieb allein auf dem Tisch und erzählte den Stühlen seine Geschichte.

Ruhigen Schrittes begab sich Elizabeth auf die Wiese hinter dem Haus. Ned folgte ihr etwas langsamer, und als sie sich trafen, nahm er sie bei der Hand. Dann setzten sie sich auf eine Bank im Schatten der beiden Birken, deren leichtes Laub in der Brise zitterte. Der blaßblaue Himmel war leer.

»Bist du glücklich, Elizabeth?«

Sie fuhr ihm zärtlich mit der Hand über das Gesicht.

»Habe ich es dir heute früh nicht oft genug gesagt?«

Er legte seinen müden Kopf auf ihre Schulter.

»Du hast mich noch nicht Gitarre spielen gehört«, murmelte er schläfrig. »Wenn du willst, könnte ich jetzt ...«

Sie streichelte seine dichten schwarzen Locken.

»Gewöhnlich«, sagte sie und lächelte ein wenig, »spielt man die Gitarre *vorher* und des Nachts. Danach ist es nicht mehr ganz dasselbe, aber du hast eine hübsche Stimme, und du wirst mir ein Lied des Südens singen, wenn wir allein im Waldhaus sind.«

»Allein im Waldhaus ...«, wiederholte er. »Aber ich muß doch morgen abfahren.«

»Irgendwo anders, heute nacht, vielleicht im Freien.«

»Dann aber sehr spät. Hast du bemerkt, daß niemand bei Tisch etwas gesagt hat? Warum wohl?«

»Ganz einfach, weil sie es alle wissen.«

Jetzt hob er den Kopf.

»Was sagst du da?« rief er erschrocken aus. »Woher sollten sie es wissen?«

»Irgend etwas in ihnen hat es erraten, aber sie können es noch nicht glauben.«

»Ich verstehe dich nicht recht, aber ich hoffe, daß du dich irrst.«

»Früher oder später werden sie es wissen, denke ich.«

»Jedenfalls bin ich jetzt gezwungen, es meinem Vater zu sagen, und er ist schrecklich in seinem Zorn.«

»Der Zorn wird vorübergehen, du brauchst keine Angst zu haben.«

»Angst habe ich nicht – aber ich werde es ihm erst in acht Tagen sagen, ich komme dann extra zurück. Nur nicht heute abend, nicht in dieser Nacht. Die Nacht macht alles so ... schaurig.«

»Du hast recht, diese Nacht gehört uns.«

»Ja, mein Schatz, diese Nacht gehört uns.«

»Und morgen früh ...«

»Morgen früh kehre ich auf die Universität zurück.«

»Das wirst du nicht tun, mein geliebter Ned. Wenn du es deinem Vater am hellen Tage sagst, wird es leichter sein. Wenn du willst, kann ich mich ihm zu Füßen werfen, um ihn zu besänftigen – wie in einem Drama.«

»Wir spielen nicht mehr Theater, Elizabeth.«

»Nein, wir spielen nicht mehr, da ich dir für immer gehöre.«

Der Ton, in dem sie diese Worte sprach, ließ ihn erschaudern. Die unvermeidliche Heirat sah plötzlich ganz anders aus, als er es sich vorgestellt hatte. Instinktiv stand er auf, sie ebenfalls, alle beide wie vor einem unsichtbaren Altar. Alles veränderte sich in ihrer Welt. Die Liebesnacht stimmte ihn nachdenklich, und plötzlich wurde er gewahr, daß er dieser Schönheit mit dem goldenen Haar, die bereits seine Frau war, nichts mehr zu sagen wußte.

Und doch liebte er sie, aber wenn die Liebe zu einem Zwang wurde ... Zum ersten Mal stellten sie sich beide im geheimen die bange Frage: »Was habe ich getan?« Für ihn wie für sie drängte sich beharrlich das Bild eines anderen Gesichts auf, das Gesicht einer anderen Frau und das eines anderen Mannes.

»Du bist müde, mein kleiner Ned«, sagte sie und küßte ihn. »Geh und ruh dich dort oben in deinem Zimmer aus.«

»Ich gestehe, daß ich schläfrig bin, aber du ...«

»Ach, ich ... Um mich brauchst du dir keine Sorgen zu machen. Frauen sind eisern. Wenn du dich ausgeruht hast, werde ich meinen Koffer auspacken, der bei dir steht.«

Plötzlich, in einer gleichzeitigen Gefühlsaufwallung, schlossen sie einander in die Arme und standen Wange an Wange geschmiegt, wie zwei Kinder, die, von einem Traum getäuscht, Trost in der Zärtlichkeit suchen. Es war vielleicht der einzige Augenblick, in dem sie sich verstanden.

Ned ging hinauf, streckte sich auf seinem Bett aus, schloß die Augen und bemühte sich, den Alptraum zu vergessen, der ihn am nächsten Morgen erwartete. Elizabeths Worte kamen ihm nicht aus dem Sinn: »Ich werde mich ihm zu Füßen werfen, um ihn zu besänftigen.« Er hielt sie durchaus dazu fähig. Sie spielte nicht. Sie hielt ihn an der Angel. Und doch liebte er sie.

Einer Laune folgend, lief Elizabeth durch die Wiesen. Ihr Haar wehte im Wind, und bei jedem Schritt raschelte ihr Rock im hohen Gras. Jonathan. Sie wiederholte diesen Namen in einem Ton verzweifelter Zärtlichkeit, und plötzlich ließ sie sich ins Gras sinken, mit Herzklopfen und tränenüberströmtem Gesicht. Diesen brennenden Schmerz, dieses blitzartige Eindringen der Lust in ihr Fleisch – vollkommen unbeschreiblich, begeisternder als alle Ekstasen der Liebeslyrik, erschreckend wie ein Mysterium – hätte sie einem anderen als diesem netten jungen Mann aus Virginia verdanken wollen, und der Schatten Jonathans mit seinen Raubtieraugen schwebte über alledem. Glücklich und unglücklich zugleich, verlor sie sich in Visionen dessen, was hätte sein können. Aber gab es nicht doch noch eine Möglichkeit? Er war nicht mehr verheiratet, und sie noch nicht …

Doch dann besann sie sich und kam wieder zur Vernunft. Ned hatte sie genommen, und sie gehörte nur ihm. Doch mußte unterdessen die kleine Zeichnung in Jonathans Hände gelangt sein, mit der genau bezeichneten Stelle des Stelldicheins unter dem Baum mit den gewaltigen Ästen. Er war unterwegs, dessen war sie sicher, und sie hoffte und fürchtete es zugleich. Nun war es zu spät.

»Wahnsinnige!« sagte sie laut und stand auf.

Einige Zeit war vergangen, und es dunkelte. Sie beschloß, ins Haus zurückzukehren und kühn an Neds Tür zu klopfen.

Er schlief nicht mehr, empfing sie jedoch recht niedergeschlagen.

»Der Koffer ist nicht mehr da«, sagte er. »Barnaby muß ihn mitgenommen haben, während wir draußen unter den Bäumen saßen.«

»Um ihn ins Waldhaus zu bringen?«

»Ich fürchte es.«

»Dein Vater will mich nicht im Hause haben. Das macht alles so kompliziert. Ned, ich will Miss Furnace nicht mehr im Waldhaus sehen.«

Unwillkürlich flatterten seine Lider, als er den Namen Miss Furnace hörte.

»Du wirst sie beim Abendessen sehen.«

»Lieber verzichte ich auf das Abendessen. Sie verdirbt mir den Appetit.«

»Also dann mußt du dich dort in deinem Zimmer einschließen, bevor sie kommt ... Es ist noch nicht einmal sechs Uhr ...«

»Es bleiben uns noch zwei Stunden bis zum Diner. Du wirst sagen, ich sei ausgeritten und wolle heute abend nichts essen.«

»Aber morgen wirst du sie sehen ...«

»Ach, morgen wird alles anders, wenn du mit deinem Vater gesprochen hast. Ich weiß nicht wie, aber es wird bestimmt alles anders, Ned.«

Der junge Mann machte ein so betretenes Gesicht, daß sie ausrief:

»Ned, wir werden glücklich sein, aber wir müssen jetzt handeln, du hast es selbst gesagt. Handeln, handeln, handeln!«

Sie stampfte mit dem Fuß auf und sah die Angst in seinem Gesicht. »Feige wie alle Männer«, dachte sie mit Verachtung, »und fähig, mich mit einem Kind sitzenzulassen.«

Nach einem kurzen Schweigen herrschte sie ihn an:

»Zwing mich nicht, an deiner Stelle zu reden. Denn das zu tun, ist schließlich die Pflicht des Schuldigen und nicht die des Opfers.«

»Des Opfers, Elizabeth?« fragte er verständnislos.

»Streiten wir nicht. Reite mit mir zum Waldhaus und bring das Pferd in den Stall zurück, oder mach damit, was du willst, aber verschwinde. Laß dich nicht beim Abendessen sehen. Du wirst erzählen, wir seien beide ausgeritten. Daß ich allein fort bin, würde seltsam erscheinen. Da wäre sie durchaus fähig, Verdacht zu schöpfen ...«

»All diese Geheimniskrämerei ... Schon jetzt?«

»Gib mir einen Kuß, Ned. Diese kleine Abweichung von der Wahrheit wird uns vergeben werden, und es wird die letzte sein. Alles muß plausibel wirken, und dazu genügt es, wenn man uns nicht beim Abendessen sieht.«

Allmählich fühlte er eine unbezwingbare Wut in sich aufsteigen, und er fragte mit kalter und klarer Stimme:

»Daß man uns nicht beim Abendessen sieht? Damit meinst du doch, daß *sie* uns nicht sieht, oder, genauer gesagt, daß sie *mich* nicht sieht?«

Zu seiner Überraschung antwortete sie ganz ruhig:
»Ich verteidige mich, wie ich kann. Laß die Pferde satteln.«
»Meine sanfte Elizabeth, ich hätte dich nicht für so ... umsichtig gehalten.«
»Mißtrauisch wäre das richtigere Wort. Du gehörst mir, so wie ich dir gehöre. Ich wache über unser Glück. Paß du nur auf, daß du morgen früh nicht feige bist, wenn du vor deinem Vater stehst ...«

Er ohrfeigte sie.

Diese plötzliche Geste kam für beide so überraschend, als ob die Hand sich von ganz allein gelockert hätte, um auf die erstaunte Wange zu schlagen. Elizabeth blickte Ned bewundernd an: aufrecht, ohne Jacke, mit offenem Hemdkragen, stand er breitbeinig da wie ein Soldat. Die wirren schwarzen Locken ließen das vom Zorn gerötete Gesicht noch wilder erscheinen, und sie fand ihn schön.

»Die hattest du dir aber wirklich verdient«, sagte er mit gezwungenem Lachen. »Das wird dich lehren ...«

»Was wird es mich lehren?« fragte sie und umarmte ihn.

Er machte Miene, sich zu befreien.

»So sei doch vernünftig. Du wirst noch alles verpatzen ...«

Im dreifachen Galopp kamen sie vor dem Waldhaus an. Betty machte gerade Ordnung in Elizabeths Zimmer und schrie auf, als sie die beiden eintreten sah.

»Massa Ned«, sagte sie, »Mam'sell Fu'nace kommt abe' gleich.«

»Nicht vor einer Stunde«, erwiderte er. »Sie sitzen bestimmt noch bei Tisch. Laß uns allein, Betty.«

Die kleine schwarze Frau blickte sie erschrocken an und ging zur Tür. Elizabeth wartete, bis das rote Mieder außer Sicht war.

»Und ich hatte dich für einen Engel gehalten«, rief er lachend aus.

»Ich bin kein Engel, Ned, ich bin eine Frau, der du eine neue Welt eröffnet hast. Jetzt mußt du mit den Pferden verschwinden, verstehst du? Es wird dunkel, und ich habe gerade noch Zeit, mich hinzulegen, ohne die Lampe anzuzünden. Nun geh schon, beeile dich, damit die arme Betty nicht Verdacht schöpft.«

»Und wenn schon ... das ist doch egal.«

913

»Ich will es nicht.«

»Aber warum denn? Ob sie es weiß oder nicht, spielt doch jetzt keine Rolle mehr ... Eine Dienerin ...«

»Ich will es nicht ... Nicht Betty. Das kannst du nicht verstehen. Geh, Ned. Wir sehen uns morgen früh.«

Sie schob ihn hinaus. Nachdem sie die Tür geschlossen hatte, wartete sie noch eine Minute, bis sie den dumpfen Hufschlag auf der Wiese hörte, und dann rief sie: »Betty!«

Die Dienerin kam sofort.

»Betty, ich werde Mr. Ned heiraten. Bist du zufrieden?«

»Massa Ned? O ja, Mam'sell Lisbeth. Wann?«

»Schnellstens.«

»Schnellstens?« fragte Betty etwas beunruhigt.

»Jawohl. Du bist die erste, der ich die Nachricht verkünde, meine kleine Betty. Und jetzt wirst du lieb sein. Ich gehe schlafen, aber du wirst Miss Furnace nicht sagen, daß ich mit Mr. Ned gekommen bin.«

»Nein, Mam'sell Lisbeth.«

»Und du wirst für mich beten. Bitte den lieben Gott, daß ich hier nie mehr ein Gespenst erblicke.«

»Nein, Mam'sell Lisbeth. So was kann Betty nich' beten.«

»Wie? Aber warum denn nicht?«

»Weil es hie' kein Gespenst nich' gibt.«

»Aber Betty, ich habe es doch gesehen. Ein ganz schreckliches Gesicht, dort, hinter dem Vorhang.«

»Dann muß Mam'sell Lisbeth beten.«

»Ich kann noch so viel beten, aber der liebe Gott hört mich nicht.«

»Dann gibt's eben kein Gespenst nich'.«

»Betty, du bist eine Böse. Ich sage dir, daß ich jemanden gesehen habe.«

»Jemand ja. Sie haben eben jemand im Zimme' gesehn.«

»Ist dort jemand? Ach, Betty, du wirst mich noch in Wut bringen. Sag mir, wer in dem Zimmer ist.«

»Miss Fu'nace.«

»Natürlich, aber wer sonst noch? Wen habe ich gesehen?«

»Betty sagt nich'.«

»Du wirst diese Lampe anzünden und mich in Miss Furnaces Zimmer führen.«

»Nich' gut, Mam'sell Lisbeth, nich' gut.«

»Gehorche!« fuhr Elizabeth sie an. »Wir gehen zusammen, und du wirst keine Angst haben.«

Widerwillig zündete die alte Dienerin die Öllampe an und trat beiseite, um Elizabeth vorangehen zu lassen.

»Nein«, sagte diese, »du zuerst, du führst mich.«

Gemeinsam gingen sie durch das Vestibül, dann zog Betty den buntschillernden Taftvorhang zur Seite, den das junge Mädchen zu berühren vermied, als ob sie irgendeine Ansteckungsgefahr aus dem Jenseits, aus dem Reich der Toten, fürchtete.

Vor der Tür des Zimmers äußerte Betty aufs neue Bedenken:

»Mam'sell Fu'nace nich' zuf'ieden, wenn sie weiß.«

»Sie wird nichts wissen. Ich schaue mich nur um. Mach auf.«

Nach einem letzten Zögern öffnete Betty endlich die Tür und trat ein, gefolgt von der jungen Frau, die sich neugierig im Zimmer umblickte. Zwei große goldgerahmte Spiegel reflektierten das unsichere Hin und Her der Lampe, die irgendwie schuldbewußt zu flackern schien.

»Stell die Lampe auf den Tisch.«

Betty stellte sie in die Mitte eines runden Marmortischchens.

»Jetz' müssen wi' gehen, Mam'sell Lisbeth.«

»Warte. Ich will mir diese Bücher anschauen.«

Die Bücher standen in langen Reihen auf den Mahagoniregalen. Leise las Elizabeth die Titel einiger Bände: »*Reise durch die Türkei, durch Spanien, durch Österreich-Ungarn. Neue Reisen in den Orient, nach Preußen, nach Rußland*... Natürlich, eine weitgereiste und kultivierte Frau, zugegeben, aber was für eine Zurschaustellung ihres Wissens! Ach, was ist denn das?«

Sie blieb vor einer kleinen Tür stehen, die sie vergeblich zu öffnen versuchte.

»Zugeschlossen. Betty, mach auf!«

»Betty kann nich', Mam'sell Lisbeth. Mam'sell Fu'nace will nich'. Das is' Mam'sell Fu'nace ih' Wasch'aum.«

»Hast du den Schlüssel?«

»Betty kann nich' aufmachen. Mam'sell Fu'nace hat ve'boten.«

»Du bist nicht Miss Furnaces Dienerin, du bist meine Dienerin, und du wirst öffnen.«

Die alte Frau wurde unruhig, faltete die Hände und blickte ihre Herrin an.

»Wenn Mam'sell Fu'nace nich' will, will de' liebe Gott nich'.«

»Was ist das für ein Blödsinn, Betty? Du öffnest diese Tür, oder ich jage dich fort.«

»Nich' gut, Mam'sell Lisbeth, de' liebe Gott wi'd dich st'afen.«

»Zum letzten Mal ... ich befehle dir, aufzuschließen.«

Schluchzend holte Betty einen Schlüssel, der in einer dunklen Ecke des Zimmers an einem Haken hing. Als sie ihn Elizabeth brachte, sank sie auf die Knie.

»Mam'sell Lisbeth wi'd eines Tages best'aft we'n«, sagte sie, »dann wi'd sie an Betty denken.«

»Was für Geschichten wegen eines Waschraumes«, murmelte Elizabeth und steckte den Schlüssel ins Schloß. »Man glaubt ja, man sei bei Ritter Blaubart! ... Ach ... man sieht nichts. Betty, bring die Lampe her.«

Aber Betty hatte die Flucht ergriffen, und die junge Frau mußte selbst die Lampe holen, die sie in Gesichtshöhe hielt.

Zuerst sah sie nichts Außergewöhnliches. Ein Badebottich, der an der Wand hing. Eine Wasserkanne in einer Schüssel, ein hochgehängter und nach vorn geneigter Spiegel, und dann fiel ihr Blick auf einen Tisch voller Fläschchen, Töpfe und Schachteln mit bunten Etiketten.

Sie stellte die Lampe auf eine Ecke des Tisches und schaute sich diese Gegenstände mit immer lebhafterer Aufmerksamkeit an, denn all die Tinkturen und Salben schienen nur der Verschönerung des Teints zu dienen. Genaue Anweisungen erklärten die jeweilige Anwendungsmethode. Die Salben tupfte man leicht mit den Fingerspitzen auf die Haut, um eine Grundierung zu bilden. Eine Tinktur wiederum brauchte nur ganz dünn in der Höhe der Backenknochen aufgetragen zu werden und bewirkte einen garantiert dauerhaften Glanz.

Elizabeth wußte so gut wie nichts von diesen Raffinessen, und ihre blauen Augen tanzten vor Vergnügen, als sie die Töpfe, Schachteln und Fläschchen öffnete und sie danach sorgfältig an ihren Platz zurückstellte. Der Gedanke, sich ein wenig von einer dieser Farben auf die Haut zu reiben, schien ihr zuerst lächerlich. Mit einem Teint, um den alle Damen sie beneideten, benötigte sie dergleichen doch wirklich nicht.

Trotzdem wäre es vielleicht amüsant, es einmal zu probieren, zum Beispiel auf einer der Handflächen ... Sie wählte einen Pfirsichton, der leicht rosa schimmerte, und das Ergebnis war überraschend. Ein wahres Wunder! Die Haut absorbierte diese ausgesuchte Farbe. Einige Minuten lang betrachtete sie die feenhafte Färbung ihrer eben noch weißen Hand. Dann rieb sie die Fläche ein wenig, um den Fleck verschwinden zu lassen, aber er ging nicht weg. Sie lachte vor sich hin. Eines Tages, wenn sie alt sein würde, kämen ihr solche Töpfe und Fläschchen zu Hilfe. Und plötzlich lachte sie nicht mehr. Das Altern war unvermeidlich, wenn sie nicht jung sterben wollte.

Sie nahm die Lampe, verließ das Kabinett und schloß die Tür wieder zu. Wie lange war sie dort geblieben? Wäre es nicht schrecklich, wenn Miss Furnace sie überraschte? Wie alt mochte die große Reisende wohl sein? Diese Frage kam ihr ganz plötzlich in den Sinn, als sie durch das Zimmer mit all den Büchern und Spiegeln ging. Daran hatte sie noch nie gedacht. Doch die Frage schien ihr interessant, so interessant sogar, daß sie sich noch immer damit beschäftigte, als sie längst wieder in ihrem Zimmer war. Mogelte die braune Schönheit?

Betty könnte es wissen, da sie sie wahrscheinlich vor der Morgentoilette gesehen hatte. Sie rief Betty.

Die alte Dienerin kam herein, aber es war nicht mehr ganz die demütige, bescheiden geduckte Betty. Ganz im Gegenteil bemühte sie sich, eine möglichst aufrechte Haltung einzunehmen, stellte sich in ihrem feuerroten Mieder vor Elizabeth hin und blickte sie ohne ein Lächeln an.

»Meine kleine Betty«, sagte Elizabeth, »siehst du Miss Furnace früh am Morgen, wenn sie aufsteht?«

»Manchmal, Mam'sell Lisbeth«, erwiderte Betty mit unzufriedenem Gesicht.

»Wie sieht sie dann aus?«

»Sie sieht aus wie Miss Fu'nace.«

»Du willst mir nicht antworten, das ist sehr schlecht, du mußt mir die Wahrheit sagen. Sieht sie dann auch so gut aus wie später, wenn sie mit mir im Tilbury zum großen Haus fährt?«

»Miss Fu'nace imme' gut, imme' seh' nett zu Betty.«

»Na schön. Geh, Betty, ich ziehe mich allein aus.«

Sie war überrascht, daß die Dienerin wortlos das Zimmer verließ und dachte bei sich: »Sie weiß alles und will nichts sagen, die treue Seele. Man kann ihr nicht böse sein.«

Nachdem sie aus ihrem Kleid und der Unterwäsche geschlüpft war, zündete sie die Kerze auf ihrem Nachttisch an, blies die Lampe aus und ging zu Bett.

Ihre Bibel lag in Reichweite, wie ein Fetisch. Sie las darin nicht mehr wie früher, denn das Buch verursachte ihr Unruhe und Zweifel. Sie brauchte es nur aufs Geratewohl aufzuschlagen, und schon fand sie Worte, die so persönlich und direkt an sie gerichtet waren, daß sie nicht ruhig schlafen konnte. Und doch wollte sie den schwarzen Lederband sozusagen zum Schutz in ihrer Nähe haben. Aus einer kindlichen Angst vor der Dunkelheit und möglichen Erscheinungen hatte sie nicht den Mut, das Licht zu löschen. Es gefiel ihr gar nicht, daß Betty ihr nicht mehr so ergeben wie früher war. Was hatte die schwarze Dienerin mit dieser Frau zu schaffen? Was gab es zwischen den beiden? Ein Abkommen? Bestechung vielleicht? Ausgeschlossen. Dazu würde sich die liebe Betty nie hergeben. Aber es war doch zu unheimlich im Waldhaus, und viel zu einsam. So fühlte sie eine gewisse Erleichterung, als sie den Tilbury hörte, der Miss Furnace zurückbrachte. Diese hatte soeben Barnaby verabschiedet, trat ins Haus und blieb im Vestibül stehen, wo Betty sie mit einer Lampe in der Hand erwartete.

»Guten Abend, Betty«, sagte sie mit ihrer flötenden Stimme, die Elizabeth gewöhnlich amüsierte – nur an diesem Abend nicht. »Zünde die Lampe in meinem Zimmer an und geh schlafen. Ich werde etwas länger aufbleiben.«

»Oh, Mam'sell Fu'nace, Betty kann wa'ten.«

»Die Verräterin!« dachte Elizabeth. »Diese Beflissenheit! Ich hatte recht, sie zu verdächtigen.«

Es wurden noch einige Worte gewechselt, und dann hätte die junge Frau vor Überraschung beinahe aufgeschrien, als es an ihre Tür klopfte.

Miss Furnace trat lächelnd ein.

»Ich habe Licht gesehen«, sagte sie. »Haben Sie ein paar Minuten Zeit für mich?«

Mit diesen Worten setzte sie sich in den großen Sessel und schenkte Elizabeth ein erneutes Lächeln. Die junge Frau richtete sich in ihrem Bett auf, stützte sich auf ein Kopfkissen und blickte die Besucherin schweigend an, die in diesem undeutlichen Licht wie von einer Mauer flackernder Schatten umhüllt schien.

»Sie mögen mich nicht, Elizabeth«, sagte Miss Furnace leise.

»Ihre Augen sprechen es klar und deutlich aus, auch wenn der Mund schweigt.«

»Warum sagen Sie das?«

»Weil es mir weh tut. Ich habe kein sehr glückliches Leben. Die Umstände gestatten mir nie, irgendwo länger als ein paar Monate zu bleiben. Und, sehen Sie, was ich hier zu finden hoffte, war ... Ja, was eigentlich? ... Ein Zufluchtsort.«

»Sie reisen so viel ...«

Miss Furnace wiederholte wie in einem Traum:

»Sie reisen so viel ... Warum reist man? Oft nur, um die Einsamkeit zu fliehen, die Langeweile. Wer weiß? Die Verzweiflung. Aber was soll's, Sie sind zu jung, um mich zu verstehen, und ich stehle Ihnen nur den Schlaf.«

Ihr Gesicht ließ eine solche Niedergeschlagenheit erkennen, daß Elizabeth die Hand nach ihr ausstreckte.

»Gehen Sie nicht, wenn Sie mir etwas zu sagen haben. Ich werde versuchen, Sie zu verstehen.«

»Es ist nicht der Mühe wert. Als Sie mich heute während des ganzen Mittagessens mit dieser triumphierenden Miene musterten, die mich ein wenig verletzte, wußte ich, daß die Partie wieder einmal verloren war.«

»Können Sie mir das erklären?«

»Elizabeth, seien Sie nicht grausam ... Ihre kleine Betty, die in den Augen der Welt nichts ist, hat Herz bewiesen. Sie hat es erraten. Ich natürlich auch, wie Sie sich denken können. Eine Frau versteht so etwas sofort. Ein Blick genügt. Ich konnte Ihnen nicht böse sein, aber Sie haben, wie man sagt, das Messer in der Wunde umgedreht. Doch, doch, und mit einer schrecklichen Freude.«

»Sagen Sie das nicht«, rief Elizabeth bestürzt, »ich war mir dessen nicht bewußt, ich hatte unrecht.«

Miss Furnace stand auf.

»Dieses Wort macht alles wieder gut, Elizabeth. Sie sind jung, die Jugend ist grausam, und Sie wissen nur zu gut, daß Sie hübsch sind.«

»Ich versichere Ihnen ...«

»Lassen Sie nur, ich war auch einmal jung. Und dann hatten Sie Angst.«

»Angst? Ich? Vor was sollte ich Angst haben?«

»Daß man Ihnen Ihren Ned wegnimmt. Ihr Gesicht sagt alles. Ich habe es gesehen. Ein verstohlener Blick hat mir Ihre ganze Geschichte erzählt. Nur wußten Sie es nicht. Es war gestern, als Sie mit ihm hier waren, um Ihren Koffer zu holen. Gerade lange genug, um einen Vorhang zu öffnen und wieder zuzuziehen. Eine Sekunde ...«

Elizabeth sprang aus ihrem Bett.

»Miss Furnace!«

»Nun ja, aber was ist denn los? Sie schauen so entsetzt drein, als ob Sie ein Gespenst gesehen hätten. Es ist höchste Zeit, daß ich gehe«, fügte sie mit einem freudlosen Lachen hinzu. »Gute Nacht, Elizabeth.«

Und mit jener Anmut, die in ihren einfachsten Bewegungen lag, eilte sie zur Tür und verschwand.

Eine plötzliche Schwäche befiel Elizabeth. Ihre Beine versagten, und sie sank vor ihrem Bett auf die Knie. Ein Seufzer entrang sich ihrer Brust.

»Sie war es! Sie, das Gespenst ...«

Armes Gespenst, abgeschminkte künstliche Schönheit.

Die Enthüllung eines so traurigen Geheimnisses war der jungen Frau unerträglich.

All diese Puder und Salben im Waschraum hätten ihr die Augen öffnen müssen, aber es war ihr nicht eingefallen, sie mit diesem schrecklichen, blutleeren Gesicht in Verbindung zu bringen. Und am Tage danach dieser triumphierende Blick, mit dem sie die braune Schönheit gedemütigt hatte ...

Sie schämte sich, verabscheute sich. Ohne zu überlegen, was sie sagen würde, lief sie im Nachthemd zu Miss Furnaces Tür und klopfte an.

»Das bist du, Betty, nicht wahr? Geh schlafen, alles ist gut.«

»Nein, es ist nicht Betty, Miss Furnace. Ich bin es.«

»Meine kleine Elizabeth, ich empfange niemanden in meinem Zimmer, aber was willst du?«

»Nichts ... Ich weiß nicht.«

Plötzlich hämmerte sie an die Tür, wie um den Klang ihrer Stimme zu übertönen.

»Ihnen sagen, daß es mir leid tut ... Sie um Verzeihung bitten.«

Aus dem Inneren ertönte eine gar nicht mehr affektierte, sondern menschliche, verängstigte Stimme:

»Ich kann Ihnen nicht öffnen, um Sie zu küssen, Elizabeth. Sie können nicht verstehen, warum es mir unmöglich ist, aber ich schließe Sie fest in meine Arme. Seien Sie glücklich. Alles ist vergessen, alles ist wieder gut, ich habe es Ihnen gesagt.«

»Danke, Miss Furnace.«

112

Als der Tilbury am folgenden Morgen kam, um sie zum Frühstück abzuholen, sprach keine der beiden ein Wort, da Barnabys Anwesenheit ein Gespräch unmöglich machte. Doch lächelten sie einander herzlich zu.

Elizabeth gab sich große Mühe, Ruhe zu bewahren, hegte jedoch ihre Zweifel hinsichtlich Neds Standhaftigkeit und hoffte, er würde sich als ein wahrer Mann erweisen. Onkel Charlie konnte gelegentlich sehr jähzornig sein.

Auch an diesem Tage kam er wie seit einiger Zeit nicht herunter, und Ned beschloß mit Elizabeths Beistand, ihm durch Jemima eine schriftliche Mitteilung zukommen zu lassen:»Lieber Papa, ich habe eine dringliche und äußerst wichtige Angelegenheit mit Ihnen zu besprechen und erwarte Sie im Salon. Ned.«

Im Salon schien die Sonne hinter den Bäumen und warf goldene Lichttupfen auf den großen Perserteppich. Im Garten zwitscherten die Vögel. Alles sprach von Glück und Frieden, aber der junge Student blickte finster und besorgt drein.

»Soll ich bei dir bleiben, um mich ihm notfalls zu Füßen zu werfen?«

»Nein, nein. Geh nur, ich bitte dich. Ich werde allein kämpfen.«

»Bravo, Ned, ich wußte, daß du deinen Mann stehen würdest.«

Als sie den Salon verließ, kam ihr Onkel Charlie in seinem purpurseidenen Schlafrock entgegen.

»Guten Morgen, Elizabeth. Hoffentlich vergißt dieser Schelm Ned nicht, daß sein Zug in einer Stunde abfährt. Er hat gerade noch Zeit zu frühstücken. Was kann er mir wohl zu sagen haben?«

Alle Diplomatie außer acht lassend, entledigte sich Ned sofort der Bürde seines Geheimnisses.

»Vater, ich habe mit Elizabeth eine Dummheit gemacht, und zwar auf die vollständigste Art. Seit gestern ... ist sie eine Frau.«

Er stand in der Mitte des Salons und machte sich auf die Ohrfeige

921

gefaßt, die ihn zu Boden schleudern würde. Sie kam nicht. Onkel Charlie hob die Brauen und sagte:

»Was willst du? Wir Jones sind doch alle gleich. Das heiße Blut! Ich habe es mit deiner Mutter genauso gemacht.«

Ned starrte ihn verblüfft und mit offenem Munde an.

»Aber, sag mal, wie hast du das angestellt? Die Kleine scheint nicht mit sich spaßen zu lassen. Hat sie sich gewehrt?«

»Keineswegs.«

»Also voll und ganz im gegenseitigen Einvernehmen, nehme ich an.«

»So ungefähr. Sie wollte es ...«

»Da war es weiß Gott nicht der Mühe wert, eine hochbezahlte Gesellschaftsdame zu ihrem Schutz zu engagieren. Und wie soll ich nun diese Dame wieder loswerden?«

»Indem du sie hoch bezahlst, Papa.«

»Natürlich, aber jetzt, mein Junge, wird geheiratet. Verstanden?«

»Ja, Vater.«

»Und zwar sofort. Ich weiß noch zu gut, was uns passiert ist. Du kümmerst dich um die Kalesche. Wir fahren nach Manassas. Der dortige Pastor wird seine Sache wunderbar machen, zumal ich ihm seine Kirche habe bauen lassen. Und die Trauzeugen. Wir brauchen zwei. Du wirst den Kommodore holen und ihm sagen, daß ich ihn um diese Gefälligkeit bitte, aber er soll sofort kommen. Das wäre einer. Der zweite? Eine Frau. Verdammt! Es kommt nur sie in Frage: Miss Furnace.«

»Meinen Sie?«

»Ob ich es meine? Ich wünsche es. Vornehm und schön, wie sie ist, wird sie einen gewaltigen Eindruck auf den verknöcherten alten Presbyterianer machen.«

»Elizabeth ist anglikanisch.«

»Spielt keine Rolle. Sie ist Protestantin. Die Trauung ist also gültig.«

Er klatschte in die Hände.

»Schnell, trink eine Tasse Kaffee und versammle deine Leute. Charlotte wird sich um Amelia kümmern.«

»Und die Universität?«

»Die Universität kann warten. Ich werde an den Rektor schreiben. Doch was die Trauung betrifft, ist Elizabeth einverstanden?«

»Von ganzem Herzen!« rief sie und stürmte auf ihn zu.

Lachend schloß er sie in die Arme.

»Sie hat alles gehört. Wenn man die Ohren und die Türen abschaffte, würde es kein Theater und keine Romane mehr geben. Aber mein Traum ist in Erfüllung gegangen. Komm, daß ich dich noch einmal küsse.«

Die junge Frau fühlte eine frischrasierte Wange und eine Wolke von Eau de Cologne überall auf ihrem Gesicht, und mehrmals streiften Onkel Charlies Lippen die ihren.

»Ned«, rief er dem jungen Mann nach, als dieser den Salon verließ, »den Vierspänner wohlgemerkt. Ich will, daß alles noch heute vormittag vonstatten geht. Die Leute werden die Tage an den Fingern abzählen . . . Du kennst sie. Du kamst gerade noch rechtzeitig auf die Welt. Ich werde inzwischen das Fehlende nachholen und meinen Drucker beauftragen, die interessante Nachricht nach Savannah zu senden. Virginia übernehme ich selbst. Und was deine Mutter betrifft«, sagte er zu Elizabeth, »so wird sie es früh genug erfahren.«

Dieser Tag verging wie in einem Wirbelsturm.

Die Rückkehr aus Manassas ließ nicht ganz die freudige Stimmung aufkommen, die man hätte erwarten können, trotz der hervorragenden Laune Onkel Charlies, der den leichten Schatten nicht einmal bemerkte, der über dem jungen Eheglück schwebte.

Der Kommodore war so imposant und würdig aufgetreten, daß alle beeindruckt waren. Miss Furnace, strahlend schön wie immer, jedoch ernsthafter als gewöhnlich, hatte ihre Rolle mit bewundernswerter Seelenstärke gespielt und sich ein an die junge, glücklichere Rivalin gerichtetes Märtyrerlächeln bis zum Schluß aufgehoben.

Sie wandte die Augen ab, als Ned ihr zum letzten Mal einen verstohlenen heißhungrigen Blick zuwarf.

Ganz von sich aus kündigte sie Onkel Charlie ihre Abreise an. Die Unterredung fand in der kleinen Bibliothek statt, wo das Porträt des erwürdigen presbyterianischen Ahnen über die Nachmittagsschläfchen und Gewissenskämpfe wachte. Ein Umschlag glitt fast unbemerkt von einer Hand in die andere, und die große Reisende verabschiedete sich mit einer etwas heitereren Miene.

Noch am gleichen Abend verließ der junge Ehemann das große Haus, um auf die Universität zurückzukehren, und seine Gemahlin schlief in dem einsamen Zimmer mit den flämischen Schränken.

Ein Trost erwartete sie. Ihre alte Betty tauchte aus einer Ecke des riesigen Gemachs auf, warf sich ihr zu Füßen und ergriff ihre Hände, die sie mit Tränen benetzte.

»Was hast du denn?« fragte Elizabeth.

»Oh! Mam'sell Lisbeth, Betty is' jetz' seh' zuf'ieden. Alles is' gut, abe' Sie müssen Massa Ned kein Wo't nich' sagen von wegen dem Gespenst, was sie wa', Miss Fu'nace.«

»Aber natürlich nicht, was denkst du denn?«

Um die Wahrheit zu sagen, war ihr die Idee bereits gekommen, um Ned von seinem absurden Wahn zu heilen, aber sie beschloß, der Versuchung zu widerstehen.

»Eines Tages wi'd Mam'sell Lisbeth an Betty denken und Angst ha'm.«

»Schweig, Betty.«

»Pa'don, Mam'sell Lisbeth.«

»Nun komm schon, Betty. Laß meine Hände los und steh auf. Ich habe dir tausendmal vergeben.«

Während sich diese Szene abspielte, trank Onkel Charlie einen Julep im Zimmer seiner schlummernden Frau. Miss Charlotte saß neben ihm und wiegte sich in einem Schaukelstuhl. Sie schien zufrieden mit dem Lauf der Ereignisse, zeigte sich aber noch ein wenig besorgt bezüglich Elizabeth.

»Beruhige dich«, sagte Onkel Charlie mit einem verschmitzten Lächeln. »Die Schreie, die sie möglicherweise hören wird, können jetzt, da sie verheiratet ist, ihrer Erziehung nur nützlich sein. Auch sie wird einmal schreien, aber an dem Tage, das schwöre ich dir, werde ich auf Barbados sein.«

113

Aufs neue versank das große Haus in Schweigen; man hörte nur hie und da das Stöhnen Amelias, die bisher nur an der Furcht vor den großen Wehen litt.

»Wann wird es an mir sein?« fragte sich Elizabeth. »Im nächsten Sommer.« Sie zog es vor, nicht daran zu denken. Die Waliserin hatte etwas von großen Schmerzen angedeutet. Elizabeth verspürte keinerlei Lust, sie von ihrer Heirat zu informieren. Sie beschränkte ihre Korrespondenz mit ihr übrigens auf ein Minimum, und aus Dimwood kamen keine Briefe, wahrscheinlich weil es dort zu heiß zum Schreiben war.

Miss Charlotte zeigte sich weniger gesprächig als früher und schien besorgt, lauerte dem Briefträger auf und warf einen raschen Blick auf die Post, bevor Jemima sie Charlie Jones aushändigte. Eines Tages hörte Elizabeth zufällig ein erstaunliches Gespräch. Amelias Tür war offengeblieben, und sie vernahm Onkel Charlies Stimme:

»Leg die Post auf den Schreibtisch, Jemima. Immer noch nichts aus China?«

»Ich habe nichts gesehen, Mr. Jones.«

Die Tür schloß sich, und Elizabeth schaute Miss Charlotte fragend an.

»Mein Schwager hat Handelsniederlassungen in allen Teilen der Welt«, erklärte das alte Fräulein kurz.

Elizabeth fragte nicht weiter. Es war ihr völlig egal, ob Onkel Charlie einen Brief aus China erhielt oder nicht; im Grunde war ihr alles egal, seit Ned Great Lawn verlassen hatte, und er schrieb ihr nicht. Sein Studium, hatte Miss Charlotte gesagt, und Elizabeth schien sich, wenigstens dem Anschein nach, recht gut damit abzufinden. Doch des Nachts, wenn alle Lichter aus waren, gab es Stunden, in denen sie ein seltsames Verlangen nach seiner Gegenwart verspürte, und dann schien ihr das große Bett wie eine Einöde. Sie litt, wie sie noch nie gelitten hatte, und dieses Leiden setzte ihr zu. Die leere, grausame Nacht wollte kein Ende nehmen.

Am Tage täuschte sie sich durch lange Ausritte über die schreckliche Langeweile hinweg. Der Wald war immer noch ihr Zufluchtsort, aber sie glaubte nicht mehr so recht daran, daß Jonathan dort auftauchen würde. Die Heirat änderte alles, tötete den Traum.

Die Begierde, ein neuer, ihr noch bis vor kurzem unbekannter Heißhunger, stieg wie eine verzehrende Flamme in ihr auf. Sie nahm es dem jungen Mann aus Virginia übel, all ihre Sinne in einem einzigen erweckt zu haben. Er hatte eine Glut in ihrem bisher arglos schlummernden Fleisch angefacht. Am Tage betäubte die Erschöpfung des wilden Galopps das frustrierte Begehren, aber wenn die Nacht sie mit ihren Phantasiebildern heimsuchte, kam es vor, daß sie sich unter erstickten Wut- und Verzweiflungsschreien am Boden wälzte. Sie verfluchte die Minute, da Ned sie im Tannenwald gewaltsam geküßt hatte. Dort hatte alles angefangen.

Jetzt, da das Leben wieder seinen gewohnten, unerträglich banalen Lauf nahm, wurde auch sie wieder die distanzierte Engländerin, selbstbeherrscht, zurückhaltend in ihrer Ausdrucksweise. Ihre scheinbare Kälte beunruhigte Miss Charlotte.

Und noch jemand anders beobachtete heimlich die junge Frau. Betty hockte in einer verborgenen Ecke hinter einem der großen Schränke und weinte still vor sich hin.

Der Juni ging vorüber, und der Juli brach wie eine Feuersbrunst herein. Die Hitzewelle pochte an die verschlossenen Häuser, wo man die Frische der Nacht wie einen Schatz hütete.

Die verdorrte Wiese wurde allmählich gelb. Das Begießen der Pflanzen in den Gärten erwies sich bald als unmöglich. Der stärkste Wille erlahmte schließlich und wich stumpfer Betäubung.

Die grausame Glut der Sonne hatte eine demoralisierende Wirkung. Nur Elizabeth hielt diesem Klima stand. Ihr Ned war ihr endlich wiedergegeben, und er hatte seine Prüfungen mit Auszeichnung bestanden. Sie bewunderte, gratulierte, doch dann wandte sie sich den ernsthaften Dingen zu. Nach dem Abendessen überließ sie Miss Charlotte und Charlie Jones auf ihren Liegestühlen der genüßlichen Betrachtung des Sternenhimmels und stieg mit Ned in das nunmehr eheliche Schlafgemach. Das Türschloß war wieder an seinem Platz, und Ned mußte in erschöpfendem Maß das Nötige tun, um der jungen Mänade mit dem Goldhaar den Frieden wiederzugeben ... Er liebte sie ohne Zweifel, aber sie trieb es, wie ihm schien, ganz entschieden zu weit. Wenn er in den frühen Morgenstunden in Schlaf sank, wachte sie immer noch mit verzückt geweiteten Augen.

In einem solchen Zustand wurden sie eines Morgens von den ersten lauten Schreien der sehr empfindlichen Amelia aus dem Schlaf gerissen. Es war zwar nur eine Art Vorspiel, aber Elizabeth erschauderte deshalb nicht weniger. Ned beruhigte sie mit guten Worten, doch als das Schreien nicht aufhören wollte, sehnte sie sich nach dem Waldhaus zurück. Sie versuchte, ihren Mann zu überzeugen, daß sie in diesem bezaubernden, stillen, intimen Häuschen viel glücklicher sein würden.

»Ein Liebesnest, wie es im Buche steht!« sagte er lachend.

»Niemals. Ich bin hier zu Hause, meine Angebetete, und wir beide sind hier sehr gut aufgehoben.«

Sie hatte ihn nicht für so willensstark gehalten, das war eine Überraschung.

Es versteht sich von selbst, daß Charlie Jones die Unannehmlichkeiten der Situation äußerst schlecht vertrug. Wenn er ausnahmsweise einmal in seinem roten Schlafrock im Speisezimmer erschien, trat ein Gewitter mit ihm ein. Warum mußte sich ausgerechnet an einem Morgen, als er besonders unausstehlicher Laune war, etwas ereignen, was Schlimmes ahnen ließ?

Man traute seinen Augen kaum . . . Plötzlich stürmte der Kommodore aus dem Tumulthaus. Ohne zu zögern lief er mit seinen langen Beinen wie ein wildgewordenes Pferd über die Wiese, die den Oberhäuptern der beiden verfeindeten Familien doch verboten war. Sein graues Haar wehte im Winde, und er fuchtelte wie wild mit der einen Hand, in der er Zeitungen hielt.

Charlie Jones eilte ihm entgegen, und sein Gesicht war rot vor Erregung.

»Was soll das heißen?« brüllte er. »Du überquerst die Wiese? Meine Frau wird in Ohnmacht fallen. Hat man den Krieg erklärt?«

»Nein, aber glaube mir, er ist nicht mehr weit. Liest du denn nicht die NATIONAL ERA? Die veröffentlichen einen Fortsetzungsroman über die Sklaverei in den Südstaaten, und die Autorin ist diese dumme Gans Harriet Beecher Stowe.«

Sein hageres Gesicht verkrampfte sich vor Wut, und seine dunkelblauen Augen fixierten Onkel Charlies schwarze Augen, als tauchte darin gerade eine feindliche Fregatte auf.

»Na und?«

»Sie bemitleidet die guten armen Schwarzen, die wir angeblich wie Vieh behandeln.«

»Völlig unbedeutend. Ich kenne die Dame . . . Sie hat den wahren Süden nie betreten und kennt nur Kentucky. Von Dokumentation keine Rede.«

»Mag sein, aber sie schreibt in jenem populären Stil, der das große Publikum anspricht und die tugendhaften Gemüter entflammt. Es sind bereits zwei Fortsetzungen erschienen. Ich überlasse dir diesen Dreck und kehre an Bord meines Schiffes zurück.«

»Hast du nicht Zeit, unter den Bäumen eine Havanna mit mir zu rauchen? Das würde meinen Nerven guttun. Amelia erwartet heute ihre Niederkunft.«

»Du armer alter Knabe. Ganz schön hart, was? Mollie hat bereits sechs Kinder und wollte rückfällig werden, aber ich habe für Ordnung gesorgt. Die Frauen muß man Mores lehren.« Mit diesen Worten drehte er sich um, galoppierte diesmal in die entgegengesetzte Richtung über die Wiese und verschwand in seinem Hause.

Das Kind wurde in der darauffolgenden Nacht geboren, nach einem für Elizabeth grauenhaften Tag. Die Versuchung, Alcibiades aus dem Stall zu holen und auf ihm in den Wald zu flüchten, war stark gewesen, aber Ned hatte ihr ins Gewissen geredet. Niemand hätte es verstanden, wenn sie, die jetzt zur Familie gehörte, in einer für die ganze Familie so wichtigen Stunde die Flucht ergriffen hätte. Und so blieb ihr kein Schrei erspart. Die ehelichen Freuden schienen ihr auf einmal in einem anderen Licht.

Es war ein Junge, und man nannte ihn Emmanuel. Nachdem endlich alles vorüber war, wurde Charlie Jones wieder sanft wie ein Engel und weinte vor Freude.

Amelia war dem Leben wiedergegeben, lächelte beglückt und murmelte: »Das ist jedenfalls einer, der nicht auf dem Schlachtfeld fallen wird.«

In dieser Nacht zeigte sich Elizabeth zurückhaltend in ihren legitimen Forderungen, und ihr junger Gemahl schlief gut. Sie hatte Angst.

Der unerbittlich blaue Himmel ließ auch nicht einen Regentropfen erhoffen, und die Hitze lastete so schwer, als wollte sie die Welt ersticken und den Menschen ein für allemal den ewigen Wunsch nach schönem Wetter austreiben.

Die Bewohner des großen Hauses schleppten sich von einem Zimmer ins andere, wie wandelnde Schatten in ihren Nachthemden oder Schlafröcken. Niemand wollte etwas essen, und die erfrischenden Getränke fachten, sobald man sie getrunken hatte, die Flamme des Durstes nur um so stärker an. Die ständig feuchte Luft machte alles noch schlimmer. Man brauchte nur den Arm zu heben, und schon rann der Schweiß vom Handgelenk bis in die

Achselhöhle. Ein Briefbogen, auf den man etwas schreiben wollte, verwandelte sich in ein Löschblatt.

Die Tage vergingen trübsinnig, und doch mußte man sich um den zarten kleinen Emmanuel kümmern, der wie alle anderen unter der Hitze litt. Seine Amme, Ada, eine beleibte Negerin mit einem goldenen Herzen, der der Schweiß unter dem Hemd in alle Richtungen lief, fächerte ihn mit einem Palmwedel und sang sehr angenehm dabei. Man segnete sie von weitem, denn sie roch stark. Besonders Charlie Jones, der eine äußerst feine Nase hatte, hielt sich auf Distanz und atmete durch ein mit Eau de Cologne getränktes Taschentuch. Trotzdem behauptete er, das Haus schulde bis auf weiteres der kostbaren Ada Gehorsam. Diese rollte die riesigen schwarzen Augen und wachte liebevoll über das winzige Wesen, das leicht in einer ihrer Hände hätte Platz finden können.

Drei Wochen vergingen in völliger Untätigkeit. Geschah etwas in der Welt? Die unberührten Zeitungen häuften sich in einer Ecke, und die Briefe waren, kaum geöffnet, schon nicht mehr von Interesse. Doch dann, eines Spätnachmittags, begannen die Schwalben tief zu fliegen, und als es dunkelte, flatterten Schwärme von Fledermäusen um das Haus.

Bisher hatte sich kein Lüftchen geregt. Man löschte die ohnehin nur wärmenden Lampen, dann begaben sich alle mit einer Kerze in der Hand in ihre Schlafgemächer, und bald herrschte völlige Dunkelheit.

Kurz vor elf Uhr ließ ein entsetzliches Krachen die Schläfer hochfahren. Mit einem apokalyptischen Getöse spaltete sich der Himmel, und durch einen langen Riß schlugen die Blitze zur Erde nieder. Die ganze Landschaft von den Hügeln bis zur großen Wiese erschien von übernatürlicher Schönheit in dem blendenden Licht, das jedes Blatt, jeden Stein, jeden Grashalm in unwirklicher Intensität erstrahlen ließ. Der fast unaufhörlich rollende Donner trug zu dieser schrecklichen Weltuntergangsstimmung bei. Alle Schwarzen kauerten unter ihren Betten, mit Ausnahme von Ada, die den kleinen Emmanuel im Arm hielt, der unbeirrt weiterschlief. Miss Charlotte stand kerzengerade in ihrem Nachthemd und stimmte mit ihrer wie eine Lokomotive pfeifenden Stimme einen Psalm an.

Elizabeth stand hingerissen vor Bewunderung am Fenster, ohne Rücksicht auf die lautstarken Aufforderungen ihres Gemahls, sich zu ihm ins Bett zu begeben. In den Stallungen wieherten die Pferde, bäumten sich auf und versuchten zu fliehen.

Endlich fielen die ersten Tropfen klatschend auf die Dächer, und dann ergoß sich der Regen plötzlich wie ein Sturzbach. Er prasselte mit einer so wütenden Heftigkeit nieder, daß einige Angst bekamen und das Haus von oben bis unten in Aufruhr geriet. Nur Miss Charlotte, die sich in den Salon geflüchtet hatte, sang unbeirrt weiter. Vergeblich versuchte Onkel Charlie, der in seinem roten Schlafrock heruntergekommen war, sie zum Schweigen zu bringen. Das alte Fräulein beruhigte sich erst nach einer halben Stunde, als auch der Regen das gleiche tat und mit einer ruhigen Regelmäßigkeit zu fallen begann, die auf alle wie eine einschläfernde Musik wirkte. Am nächsten Morgen dauerte er an, und mit geduldiger Beharrlichkeit noch weitere drei Tage. So hielt der für seine Zügellosigkeit bekannte August seinen Einzug mit all den Wohlgerüchen der nassen Erde.

114

Alles war wieder wie früher in Great Lawn. Amelia erschien bei Tisch, erhaben lächelnd unter ihrer weißen Spitzenhaube, die eine kleine Straußenfeder schmückte. Um ihr Aufregungen zu ersparen, sprach Charlie Jones weder von Politik noch von *Onkel Toms Hütte*, jenem Machwerk, dessen dritte Fortsetzung soeben erschienen war. Er hatte seine gute Laune wiedergefunden und schien stolz auf seine Frau zu sein, die ihm einen Sohn geschenkt hatte.

Eines Morgens nahm er Ned beim Arm und ging mit ihm unter die Bäume hinter dem Haus.

»Nun, mein Junge«, fragte er, »bist du glücklich mit Elizabeth?«

»Wie sollte ich nicht glücklich sein? Sie ist stets reizend, vielleicht ein wenig zurückhaltend, aber unter uns gesagt, bin ich sicher, daß sie mich ganz einfach anbetet.«

»Worauf gründest du diesen Glauben?«

»Ihre ... Aufwallungen. Mehr brauche ich wohl nicht zu sagen.«

»Ich beobachte sie mit Interesse. Du hast gewiß recht, aber sie verändert sich. Sie ist nicht mehr das unschuldige junge Mädchen, das ich in Savannah kannte.«

»Das will ich meinen!«

»Ha! Ha! Aber in ihren schönen Augen leuchtet zuweilen so etwas Wildes auf – das ihr übrigens wirklich gut steht.«

»Ist mir nicht aufgefallen, aber ich werde darauf achten.«

»Es gibt Dinge, über die ich dich in aller Höflichkeit unterrichten möchte. Meine liebe Amelia … Was jeden an ihr besonders beeindruckt, und dich bestimmt auch, ist diese unerschütterliche Ruhe, die ihr eine so würdige Haltung verleiht.«

»Natürlich, Papa.«

»Diese Frau ist ein Engel. Sie schreit, bevor sie Schmerzen hat, sie schreit, wenn sie Schmerzen hat. Aber das bedeutet nichts, gar nichts. Wichtig ist, daß Amelia, wie eine beträchtliche Anzahl Frauen in Amerika und anderswo, nie das gekannt hat, was man Lust nennt.«

»Ah?«

»Jawohl, nie. Daher diese wunderbare, fast olympische Ausgeglichenheit. Also wache auch du über die Ausgeglichenheit deiner Elizabeth. Möge sie wie Amelia sein, die ihren Ehepartner regelmäßig einer Art von Krampfanfall ausgesetzt sieht, von dem sie nichts versteht. Begreifst du, was ich sagen will?«

»Ja«, sagte Ned, ein Blümchen zerdrückend, das er soeben von einem Busch gepflückt hatte.

»Es ist bestimmt die beste Art, mit den Frauen umzugehen«, fuhr Charlie Jones in ermahnendem Ton fort. »Sonst läuft man Gefahr, sie zu … wie soll ich es sagen … sie zu Besessenen zu machen. Du wirst mir den Ausdruck verzeihen.«

»Zu Besessenen?«

»Es ist, wie ich es dir sage, mein Junge. Muß ich es genauer erklären? Ach was, wir sind doch schließlich unter Männern. Sie können sogar hysterisch werden.«

»Oh!«

»Durchaus! Bei der heutigen Entartung der Sitten gibt es sie in England zuhauf.«

»Aber Papa, wie schrecklich! Was tun diese Unglücklichen?«

»Sie schreiben Romane.«

Ned blickte ihn verdutzt an.

»Romane? Oh, Papa, wie entsetzlich!«

»Manche sind sogar ganz verteufelt begabt, und das Publikum liebt sie.«

»Ich werde jedenfalls auf Elizabeth aufpassen. Sie gehorcht mir.«

»Jetzt bin ich völlig beruhigt ... Aber ihre Aufwallungen, Ned, hat sie die oft?«

»Sie will sicher sein, daß sie schwanger wird. Es ist wohl eher aus Berechnung.«

Charlie Jones blieb stehen und schaute seinen Sohn aufmerksam an. Ned wandte den Blick nicht ab, schwieg jedoch. Charlie Jones seufzte, Ned blickte zu Boden und betrachtete seine Stiefelspitzen. Charlie Jones räusperte sich und sprach:

»Höre, was ich dir sagen werde, und merke es dir wohl. Wenn du mit ihr zusammen bist ... in jenen gewissen Momenten ... Hörst du mir zu?«

»Aber ja doch.«

»Sei egoistisch, sei kurz ... Für das übrige gibt es die Kurtisanen. Verstanden?«

Der junge Mann wurde rot und nickte.

»Gehen wir ins Haus zurück«, sagte der Vater. »Alles wird gutgehen, verlaß dich darauf.«

Nach dieser Unterredung mit seinem Vater war Ned so verstört, daß er noch eine Weile allein durch die Landschaft spazierte. Die noch feuchte Erde glänzte im Licht des blaßblauen Himmels, und die Vögel sangen aus voller Kehle in den Bäumen. Gewöhnlich hätte er bei einem solchen Wetter vergnügt vor sich hin gepfiffen und wäre mit der Sorglosigkeit eines Schuljungen, die Hände in den Hosentaschen, ausgeschritten, aber an diesem Morgen hinterließen die Worte Charlie Jones' einen bitteren Nachgeschmack. Hatten sie ihm nicht die Geheimnisse des fleischlichen Lebens offenbart, das er doch so gut zu kennen glaubte? Aber hatte er je etwas anderes als das Vergnügen gesucht? Er verwechselte es mit der Liebe. Auch in seinen frivolsten Liebesabenteuern hatte es so etwas wie Zärtlichkeit gegeben. Daß es Frauen und Mütter gab, die nichts von körperlichen Freuden wußten, verwirrte ihn. Hatte er Elizabeth also krank gemacht? Dieser Gedanke brachte ihn auf, so daß er die Welt für den Rest des Tages mit unüberwindlicher Traurigkeit betrachtete. Die absurde Erziehung, die er genossen hatte, ärgerte ihn. Anstatt den Jungen Geschichte und Trigonometrie beizubringen, hätte man sie lieber in den wesentlichen Dingen unterrichten sollen, aber gerade über die durfte man nicht sprechen. Da war man auf die eigene Erfahrung angewiesen, und die Erfahrungen machte man aufs Geratewohl, auf einem zwielichtigen Terrain voller Fallen. Zum ersten Mal fühlte er sich einsam.

Auf der Straße von Great Lawn ging Charlie Jones am Tumulthaus vorbei, und im Nu schnellte der Kommodore heraus, wie der Teufel aus dem Kasten.

»Ich habe dich von weitem kommen sehen«, sagte er. »Laß mich dich ein Stück begleiten, ich habe mit dir zu reden.«

Ein zerknülltes Feuilleton unter seinem Arm hervorziehend, begann er mit tonloser Stimme, die bald zu einem donnernden Gebrüll anschwoll:

»Hast du das gesehen? Nein? Noch nicht? Dieses Mal sollte man meinen, daß es ihr Spaß macht, Schwarze zu verkaufen, dieser übergeschnappten Ziege. Männer und Frauen, in allen Geschäftskniffen kennt sie sich aus, trennt die Familien, um zu sehen, ob man auch schön weint, aber heute treibt sie es wirklich zu weit mit dieser haarsträubenden Geschichte von einer schwarzen Frau und ihrem Baby von zehneinhalb Monaten, die beide zu verkaufen sind. Ihren Mann hat man bereits verkauft. Großes Gedränge auf dem Schiff am Kai. Sie will zum letzten Mal ihren Mann sehen, aber wohin mit dem Baby? Jetzt hör gut zu. Sie legt es in eine Krippe, deckt es mit einem Laken zu und geht weg. Als sie zurückkommt – kein Baby mehr. Man hat es ihr gestohlen, der Kleine hat Abnehmer gefunden. Stell dir das vor. Eine Mutter, die die Krippe mit ihrem Baby irgendwo mitten in der Menge stehenläßt, und sei es auch nur für eine Minute! Das nehmen ihr doch nicht einmal die Abolitionisten im Norden ab. Glaubst du, die Leute werden so dumm sein, das zu schlucken?«

»Durchaus«, erwiderte Onkel Charlie ruhig. »Sie schlucken alles und verlangen immer mehr, wenn es darum geht, gegen den Süden zu hetzen. Sie wird den Beifall des Publikums und die begeisterte Zustimmung der Pastoren ernten, sie wird die öffentliche Meinung anheizen, bis es eines Tages knallt. Und dann haben wir den heiligen Kreuzzug gegen den bösen Süden. Der Krieg kommt von ganz allein.«

Sein resignierter Ton brachte den Kommodore noch mehr in Wut.

»Das scheint dich nicht sonderlich aufzuregen«, schrie er. »Gibt es denn kein Mittel, sie zum Schweigen zu bringen? Könnte man sie nicht zum Beispiel wegen Verleumdung verklagen?«

»Ein Prozeß wäre die beste Werbung für sie. Kannst du dir die Schlagzeilen nicht vorstellen? ›Endlich Klarheit über die schweren Ungerechtigkeiten in den Südstaaten‹. Diese Agitatorin wird zu Ruhm gelangen, zu einem blutbefleckten Ruhm zwar, aber immerhin. Sie wird fortfahren, ihre Gebete zu sprechen und die Bibel zu lesen.«

»Diese Frau? Du bist verrückt. Ich würde bei ihr eher an den Teufel glauben.«

»Der Teufel spielt die Rolle des Seelsorgers ganz wunderbar. Er selbst wird ihr die Bibel an den guten Stellen aufschlagen, die er besser als jeder andere kennt.«

»Donnerwetter, du hast recht.«

Mit vor Wut zitternder Hand entfaltete er das Feuilleton und zeigte auf eine Kapitelüberschrift: »Eine Stimme hat sich in Rama erhoben; es ist Rachel, die ihre Kinder beweint«.

»Siehst du«, erklärte Charlie Jones, »mit solchen Zitaten findet sie Zugang zu jedermanns Gewissen. Warten wir ab, wie es weitergeht, und rauchen wir inzwischen eine Zigarre, um uns zu beruhigen.«

Der Kommodore ließ sich nicht lange bitten, und bald setzten sie ihr Gespräch in einem weniger heftigen Ton fort. Endgültige Urteile wurden gefällt und fast sogleich mit den eleganten blauen Rauchwolken der Havannazigarren vom Wind davongetragen.

Das Leben in Great Lawn hatte sich wieder normalisiert und dem großen Haus seine Seele wiedergegeben. Onkel Charlie und Amelia nahmen wie früher an allen Mahlzeiten teil. Der winzige Emmanuel war ein willkommenes Opfer für die dicke Ada, die dieses kleine Wesen mit abgöttischer Liebe umgab. Er war verhutzelt wie ein alter Affe auf die Welt gekommen und wurde nun von Tag zu Tag schöner. Die schwarze Amme, die ihn säugte, wurde seine wahre Mutter, die unvergeßliche *Black Mammy* mit den gewaltigen, nie versiegenden Brüsten. Miss Charlotte leistete ihr oft Gesellschaft, respektierte sie, wie sie einen farbigen Engel respektiert hätte, und machte sich, bisweilen mit einem traurigen Lächeln, ihre eigenen geheimen Gedanken.

115

Elizabeth floh die Einsamkeit und nahm jede Gelegenheit wahr, mit Ned spazierenzugehen. Sie mochte ihn wirklich gern. Sein schönes, offenes, ein wenig naives Gesicht, die gütigen dunklen Augen, in denen keinerlei Falsch war, und seine natürliche Herzlichkeit erweckten in ihr eine Zärtlichkeit, die sie für Liebe zu halten versuchte, aber in Wahrheit hatte sie ihm nichts zu sagen, und ihre langen Wanderungen durch die Wälder entbehrten von nun an jeder Romantik. Fast alle möglichen Gesprächsthemen waren erschöpft.

Die Nächte unterschieden sich sehr von den früheren, zumindest für Elizabeth. Der von Natur aus nicht sehr leidenschaftliche Ned beschränkte das, was er Liebe nannte, auf jenen Akt, den sie innerlich als prosaisch empfand, weil er mit einer jeder Gefühlsregung baren Regelmäßigkeit stattfand, den er aber als notwendig für seine Ausgeglichenheit und seine Gesundheit zu erachten schien. Sie war da, um ihm zu diesem wohltuenden Ergebnis zu verhelfen. Mit kaum beherrschter Ungeduld wartete sie auf den kleinen zufriedenen Seufzer, mit dem das Ganze endete. Und gleich darauf wünschte er ihr zärtlich eine gute Nacht und fiel fast sogleich in einen geräuschvollen Schlaf.

Erst dann begann ihre eigentliche Nacht in der Finsternis. Mit weit geöffneten Augen befragte sie das Dunkel. Hatte er wenigstens in diesem eintönigen Auf und Ab sein Vergnügen gefunden? Das hätte sie gern gewußt. Die Stunden der Ekstase, als sie beide in ihrer Leidenschaft unersättlich waren, existierten nur noch in der Erinnerung. Mit der Ehe hatte dieses Glück ein jähes Ende genommen, als ob ein mysteriöses Paradies ihnen plötzlich verboten sei. Warum hatte er es ihr geöffnet?

Was war geschehen? In einer Nacht der Verzweiflung stellte sie ihm diese Frage mit der gebotenen Vorsicht und Schamhaftigkeit. Aber er lachte nur, bedeckte ihr Gesicht mit Küssen und erklärte ihr, daß die Exzesse von einst dem stürmischen Impuls der ersten Begegnungen entsprochen hätten. Die Ehe aber erfordere eine gewisse Disziplin, und gewisse Dinge könne man sich unter Eheleuten nicht mehr erlauben. Er enthalte sich aus Respekt für sie und für seine … Das Wort ›Würde‹ schwebte einen Augenblick auf seinen

Lippen, aber der wütende Blick, den sie ihm zuwarf, hieß ihn schweigen. Sie hatte es erraten.

»Ich verstehe«, sagte sie, »aber was für ein schrecklicher Verzicht!«

»Du wirst dich dran gewöhnen«, tröstete er sie, »und die Kinder werden sich zu gegebener Zeit einstellen. Also quäle dich nicht, mein Schatz, und schlafe.«

Mit diesen guten Worten löschte er die Lampe, und Elizabeths Ratlosigkeit nahm neue Formen an. Miss Furnace, von der ihr junger Gemahl sich so angezogen gefühlt hatte, kam ihr wieder in den Sinn. Mehr als einmal war sie versucht gewesen, Ned über das wahre Alter dieser faszinierenden Person aufzuklären, die mindestens fünfunddreißig Lenze zählte, hatte es dann aber aus weiblicher Solidarität nicht getan. Die Sache lag ganz einfach. Sie hatte einen Mann geheiratet, der die Brünetten liebte, während sie all dieses blonde Gold auf dem Kopf trug ... Hatte er je die Nase in das von allen bewunderte Haar gesteckt, hatte er je sein Gesicht darin verborgen, je die blonden Flechten gestreichelt? War sie eine jener Frauen, die trotz strahlender Schönheit keine wahre Leidenschaft erwecken? Warum hatte er sie geheiratet? Aus Laune? Oder weil sein Vater ihn insgeheim dazu bewegt hatte?

Stumm weinte sie in dieser weiteren Nacht der Entbehrung, die sich zu all den anderen gesellte, Tränen des Kummers und der Wut.

Als ihre Not am ärgsten war, kam ihr eine Erinnerung, die wie ein Blitz in der Nacht aufflammte. Mit einer Genauigkeit, die sie verblüffte, sah sie sich, wie sie in den ersten Tagen nach ihrer Ankunft in Dimwood gewesen war. Damals hatte es sie geschmerzt, ihrer Heimat entrissen zu sein, aber sie ahnte, daß dieser Schmerz eines Tages verstummen und ihr Herz Ruhe finden würde, und von dieser Hoffnung hatte sie gelebt. Damals war sie noch völlig unschuldig gewesen. Wenn auch die Seele litt, so war wenigstens der Körper ruhig. Der Körper wußte nichts. Und für eine gewisse Zeit, die ihr kurz erschien, die jedoch bis zum Morgengrauen währte, fühlte sie sich wieder als das junge, unschuldige Mädchen, dem die Welt der Sinne verschlossen war. Ohne es zu wissen, geriet sie in eine Art von Ekstase, aus der sie erst erwachte, als die ersten Sonnenstrahlen durch die Läden drangen. Der Sturz in die Wirklichkeit war schrecklich. Sie verabscheute sich und verfluchte die sinnlichen Freuden, deren Entbehrung sie so quälte. Wieder einmal richtete ihr Stolz sie auf. Sie konnte sich zwar nicht vorstellen, was die Ehe ihr noch vorbehielt, beschloß jedoch, so zu tun, als ob alles für sie zum besten stünde. Sie würde die erbärmliche Komödie des konventionellen Eheglücks spielen, die perfekte, um das Wohl ihres Mannes besorgte, lächelnde junge Ehefrau sein.

Für wie lange? Die Frage, die eine innere Stimme an sie richtete, wurde energisch zurückgewiesen. Niemand durfte es wissen. Die anderen würden es nicht wissen, aber Ned wüßte es.

Eines Morgens, als sie sich allein in ihrem Zimmer glaubte und vor dem Spiegel des Toilettentisches ihr Haar kämmte, sah sie Betty, beinahe zu ihren Füßen. Man wußte nie, wann und wo die alte schwarze Frau auftauchen würde; sie versteckte sich in den Ecken und war plötzlich da.

»Meine kleine Betty«, sagte Elizabeth, »ich brauche dich jetzt nicht. Ich rufe dich später.«

»Betty bleibt ein bißchen, Mam'sell Lisbeth. Betty will das schöne Haa' kämmen, bitte, Mam'sell Lisbeth.«

Die junge Frau konnte dem flehentlichen Blick der großen schwarzen Augen nicht widerstehen, und bald glitt der Kamm mit verliebter Sanftheit durch die weiche, goldene Flut.

Mit einer fast sinnlichen Freude legte die junge Frau genüßlich den Kopf zurück.

»Findest du mein Haar schön?« fragte sie in Erwartung eines Schwalls tröstlicher Komplimente.

»Oh, Mam'sell Lisbeth, niemand hat so schönes Haa' nich', niemand nich' auf de' ganzen Welt!«

»Glaubst du das wirklich?«

»O ja, Mam'sell Lisbeth, abe' Mam'sell Lisbeth is' nich' glücklich.«

Elizabeth zuckte so stark zusammen, daß Betty den Kamm fallen ließ.

»Warum sagst du das?« fragte die junge Frau. »Heraus mit der Sprache, Betty. Ich will es wissen.«

»Betty weiß alles, Betty me'kt das, Betty b'auch Mam'sell Lisbeth bloß angucken.«

»Du weißt überhaupt nichts«, erwiderte Elizabeth verärgert. »Kämme mich, Betty.«

Die Dienerin hob den Kamm auf und fuhr damit wieder durch die goldene Mähne.

»Was tust du, wenn du nicht glücklich bist?«

»Jetz' is' Betty imme' glücklich. Vo'he' nich'.«

»Und was hast du gemacht, als du nicht glücklich warst?«

»Gebittet.«

»Du hast zum lieben Gott gebetet, willst du das damit sagen?«

»Ja, Mam'sell Lisbeth, de' liebe Gott hat gesagt, ich soll bitten.«

»Ich bitte auch, und nichts passiert. Warum warst du nicht glücklich?«

»Da wa' Betty jung und ve'liebt in ein Mann, und de' Mann hat Betty kein bißchen nich' geliebt.«

Elizabeth richtete sich auf und neigte sich zu der schwarzen Frau: »Meine kleine Betty, ich habe dich sehr gern und du mußt mir sagen, was du getan hast.«

»Betty hat alles Miss Lau'a e'zählt, und Miss Lau'a hat gesagt, das mußt du alles dem lieben Gott e'zählen und bitten und bitten.«

»Ach, Betty«, sagte Elizabeth enttäuscht, »ist das alles?«

»Ja, das is' alles. De' liebe Gott hat gesagt, daß e' geben wi'd, und e' hat gegeben.«

»Was hat er dir gegeben? Die Liebe dieses Mannes?«

»Nein, seine Liebe von ihm.«

Elizabeth schwieg. »Bin ich verrückt«, fragte sie sich, »daß ich mir von einer schwarzen Katholikin Unterricht im Beten erteilen lasse?«

Dann sah sie die Tränen in den Augen ihrer Dienerin, streichelte ihr sanft das Gesicht und sagte:

»Betty, man erzählt uns ständig, wie sehr Gott uns liebt, aber wir leiden trotzdem und haben Kummer.«

»Nich' wenn e' bei Ihnen is', Mam'sell Lisbeth, dann nich'.«

»Das sind ihre katholischen Ideen«, dachte Elizabeth verzweifelt, »aber sie glaubt daran, und das ist ihr Trost und ihr Glück.«

»Betty«, sagte sie, »ich glaube, wir haben uns noch nie geküßt. Ich werde dich jetzt küssen, weil ich dich sehr lieb habe.«

Damit beugte sie sich über die alte Frau und gab ihr einen Kuß auf beide Wangen. Ihr goldenes Haar umhüllte den kleinen Wuschelkopf wie mit einem leuchtenden Schleier.

Von der langen Unterredung, die ihr unergiebig erschien, blieben ihr jedoch zwei Dinge zurück. Erstens der Name Lauras, an die sie fast nie mehr dachte, zweitens eine seltsame Rührung, die sie empfunden hatte, als sie Betty küßte. Es war nichts weiter als eine kurze Geste des Friedens und der Freude gewesen, aber unvergeßlich. Sie erklärte sich das aus ihrem großen Liebesbedürfnis, das nicht körperlich war, sondern aus einem Herzen voller unerwiderter Zärtlichkeit kam.

Diese Einsicht änderte jedoch nichts an ihrem Wunsch, mit Ned über den ihr zugefügten Kummer zu reden.

An diesem Morgen war er früh zu seinem einsamen Spaziergang aufgebrochen, eine Gewohnheit, die er seit einiger Zeit angenommen hatte. Fast immer kam er gutgelaunt zurück, den Kopf voller neuer Ideen für sein Studium, wie er sagte.

Sie stand am Fenster ihres Zimmers und spähte ungeduldig nach ihm aus. Um eine zufällige Begegnung vorzutäuschen, ging sie die Treppe hinunter, als er heraufkam, und rief ihm fröhlich zu:

»Bist du wieder über die Felder galoppiert, um über deine Arbeit nachzudenken? Wann werde ich endlich einen Mann haben, der mit seinem Studium fertig ist?«

»Schatz«, erwiderte er im gleichen Ton, »ich bin von Kopf bis Fuß dein Mann. Hast du mich denn so sehr vermißt?«

Sie trat vor ihm ins Zimmer und begann mit entschlossener Miene:

»Ich habe einige Fragen an dich zu richten. Möchtest du dich nicht setzen?«

Er schüttelte den Kopf und blieb stehen, denn ihm schwante nichts Gutes.

Elizabeth stellte sich vor ihn hin, schöner als je in ihrem weißen Kleid, bemüht, ein unzufriedenes Gesicht zu machen.

»Ned, neulich in der Nacht hast du wie ein Schuljunge zu mir geredet.«

»In welcher Nacht, und was habe ich gesagt?«

»Wir sprachen von der Liebe. Ich möchte hier nicht auf Einzelheiten eingehen. Es gibt Worte, die ich nicht gern in den Mund nehme, aber du sagtest mir, ich würde mich an die Art, wie du mit mir umgehst, gewöhnen. Erinnerst du dich?«

»Ja, so ungefähr.«

»Ich weiß es noch genau: ›Du wirst dich dran gewöhnen, und die Kinder werden sich zu gegebener Zeit einstellen.‹«

»Welch ein Gedächtnis! Das habe ich gesagt? Na und?«

»Ich finde diese Art zu reden ungeheuerlich. Unsere erste Umarmung im Kinderzimmer und alles, was ich damals gefühlt habe, läßt du völlig außer acht?«

»Elizabeth, das war die Natur, der unwiderstehliche Drang. Du wolltest es so sehr ...«

»Ich will mich nicht streiten, aber durch dich habe ich eine Freude kennengelernt, die du mir jetzt entziehst.«

»Ach, mit der Zeit werden wir sehr gut darauf verzichten können, es ist nur eine Frage der Geduld.«

»Glaubst du, daß Romeo und Julia sich in Zurückhaltung übten?«

»Du träumst! In Amerika führt man sich nicht wie diese Italiener auf, und dann haben sich die Zeiten geändert. Die Ehe ist nun einmal so, wie wir, du und ich, sie erleben.«

»Die Zeiten haben sich nicht geändert«, sagte sie und stampfte mit dem Fuß auf. »Was wir getan haben, tut man überall auf der Welt.«

»Du bist verrückt, das ist Einbildung.«

»Nein, du hast mich gelehrt, Lust zu empfinden, und jetzt ...«

»Normalerweise hätte ich es nicht tun sollen.«

Sie schrie auf wie ein verletztes Tier.

»Und was schlägst du nun vor, damit ich es vergesse? Antworte!«

»Ich weiß es nicht.«

»Glaubst du wirklich, daß Romeo sich zurückhielt?«

»Laß mich bloß mit deinem Romeo in Ruhe. Ich bin nicht Romeo.«

»Nein, weil Romeo nicht nur ein Ehemann, sondern auch ein Geliebter war.«

Ned wurde rot vor Wut.

»Sprich dieses Wort nie mehr vor mir aus! Falls du je einen Geliebten haben solltest, werde ich den Kerl umbringen, um meine Ehre zu rächen. Du gehörst mir.«

»Wer redet von einem Geliebten? Warum bist du nicht mein Geliebter? Du?«

»Das ist nicht möglich ... In Amerika gehört sich so etwas nicht.«

»Willst du mir etwa erzählen, daß alle Männer in Amerika sich mit einer Ehe begnügen, wie du sie verstehst? Mit dieser Mäßigung, von der du faselst?«

»Es handelt sich nicht um andere, sondern um uns ... Du hast die Lust kennengelernt, weil du es wolltest.«

»So? Wie konnte ich etwas wollen, wovon ich noch nicht einmal eine Vorstellung hatte?«

»Ach? Und wer hat gesagt: ›Ich befehle dir, diese Tür zuzuschließen‹?«

Sie wankte, faßte sich jedoch sogleich wieder.

»Pardon, aber ich hatte keine Ahnung, daß die Liebe so wäre, wie du sie mir offenbart hast – mit diesem gewaltigen Glücksgefühl – ich hatte geglaubt, sie beschränkte sich auf etwas wie unsere Umarmung im Tannenwald, als du mich mit all deinen Kräften an dich drücktest und meinen Mund nahmst ...«

»Aber da waren wir angezogen, Elizabeth.«

»Ich weiß. Ich dachte natürlich schon, daß es, wenn man nackt ist, notwendigerweise einen ... Akt gibt, aber ich ahnte nichts von dieser überraschenden Lust.«

»Du wußtest es nicht?«

»Nein, man hatte mir nie von etwas Derartigem erzählt.«

Er trat auf sie zu und streckte mit einem strahlenden Lächeln die Arme nach ihr aus.

»Mein Schatz«, sagte er, »wir haben uns wie zwei Kinder benommen. Verzeihen wir einander.«

Sie war so wenig auf diese Worte gefaßt, daß ihre Augen sich mit Tränen füllten.

»Oh, Ned!« sagte sie betrübt.

»Ich schwöre dir, daß ich dir ewig treu sein werde.«

Überwältigt und ohne ein weiteres Wort, warf sie sich ihm an den Hals, und er küßte ihre Augen.

Charlie Jones ahnte nichts von diesen schmerzlichen Geständnissen. Er sonnte sich in dem Bewußtsein, seine Familie in wunderbarer Eintracht um sich zu sehen. Der kleine Emmanuel verlor seine Runzeln, als ob man ihm jeden Morgen das Gesicht bügelte, und lächelte allen zu, ohne je zu weinen. »Mein Schatz«, sagte Ada, wenn sie ihm die Brust gab. Amelia warf ihr einen zustimmenden Blick zu und ging vorbei, vielleicht ein wenig zu empfindlich für die animalischen Gerüche des dicken schwarzen Engels, der über den kleinen weißen Engel wachte.

Aber was Charlie Jones fast ebensosehr entzückte, war der Anblick des jungen Paares, das ihm bei Tisch gegenübersaß. Beide sahen so artig und schön aus, sie mit dieser königlichen Krone auf dem Kopf, er mit seinen dichten schwarzen Locken, die ihm den Charme eines romantischen Dichters verliehen.

»Meine Kinder«, sagte er eines Morgens, »ich habe eine gute Nachricht für euch. Meine tüchtigen kleinen Arbeiterinnen aus China sind angekommen und werden sofort ans Werk gesetzt.«

»Um Himmels willen«, rief Miss Charlotte, »drücke dich doch bitte klarer aus. Wer sind diese kleinen Chinesinnen, und was werden sie bei uns tun?«

Er machte ein verschmitztes Gesicht.

»Laßt mir das Vergnügen, euch eine Überraschung zu bereiten, wie sie unser Jahrhundert noch nicht gesehen hat. Diese Damen sind außerordentlich geschickt.«

»Sie müssen aber zuerst Englisch lernen, um zu verstehen, was man ihnen sagt.«

»Charlotte«, erwiderte er mit einem schlauen Lächeln, »sie verstehen jede Sprache.«

Sehr zufrieden über diese Antwort, die alles sagte und nichts erklärte, wandte Charlie Jones sich seiner Frau zu.

»Liebste«, sagte er, »ich glaube, wir haben lange genug gefrühstückt, und das Wetter ist herrlich. Möchtest du mit mir ein bißchen unter den Bäumen spazierengehen?«

Amelia war an diesem Morgen besonders schön. Sie wirkte ausgeruht und lächelte unter einer prächtigen Haube aus Brüsseler Spitzen allen gütig zu, bewahrte jedoch ihre Würde, diese Würde, die einen zur Verzweiflung bringen konnte. Mit einem leichten Kopfnicken deutete sie ihrem Gemahl ihr Einverständnis an, und beide erhoben sich.

Elizabeth blickte ihnen nach, wie sie mit jenem gemessenen Schritt auf und ab gingen, der sie so imposant erscheinen ließ. Amelia trug ihr Lieblingskleid aus pflaumenblauem Taft mit breiten Volants, das bei jedem Schritt raschelte und ihrem Ohr schmeichelte.

Versonnen betrachtete die junge Frau das Paar und dachte: »So werde ich auch einmal sein. Ich werde lernen, mich so ruhig wie sie zu verhalten, aber ich möchte doch wissen, ob sie je in Onkel Charlies Armen ihre Beherrschung verlor. Das ist ein Geheimnis. Wie machen es andere Frauen?«

Sie und Ned sprachen nicht mehr über dieses Thema, und die Gewohnheit schien alles ins Lot zu bringen, außer Elizabeths Schlaflosigkeit, von der Ned nichts wußte. Hie und da streckte er im Schlaf halbbewußt die Hand nach ihr aus, um sich zu vergewissern, daß sie noch da war. Erst kurz vor Morgengrauen, wenn sie es müde wurde, mit ihrem Schicksal zu hadern, fiel sie in einen tiefen Schlaf, in dem ihre Verzweiflung versank.

Wochen vergingen, und nichts ereignete sich. Onkel Charlie bereitete seine Reise nach Savannah vor, wo er sich um seine Geschäfte und vor allem um die laufenden Arbeiten an seinem Haus am Madison Square kümmern mußte. Er seufzte ein wenig bei dem Gedanken, Virginia zu verlassen, wo die Hitze noch erträglich war, während in Georgia ein unerbittlicher Sommer herrschte. Amelia würde später in den ersten kühlen Tagen des Oktobers mit Elizabeth und Charlotte nachkommen, und was Ned betraf, so war seine Rückkehr auf die Universität nur noch eine Frage von Tagen, allerhöchstens acht, und wahrscheinlich würde es Seufzer und Tränen geben, denn die beiden Kinder, wie Charlie Jones sie nannte, schienen ganz toll ineinander verliebt zu sein. So sah er die Dinge und war äußerst gerührt.

Elizabeth nahm alles hin, todtraurig und mit einer Resignation, die an völlige Verzweiflung grenzte. Sie war Ned nicht mehr böse, nachdem er ihr seine katastrophale Ungeschicklichkeit gestanden hatte. Zuweilen bemerkte sie, wie er sie mit dem beunruhigten Blick eines geschlagenen Hundes ansah, aber das Unwiederbringliche war geschehen, und darunter würden sie wahrscheinlich beide bis zum Ende ihrer Jugend und darüber hinaus zu leiden haben.

Sie gab sich zwar schreckliche Mühe, nicht mehr an Jonathan zu denken, aber eine innere, von ihrem Willen unabhängige Macht zwang sie nachzurechnen, wie viele Tage ihr Brief mit der Skizze des Waldes gebraucht hatte, um zu ihm zu gelangen, und wieviel Zeit er benötigte, um sie in Virginia aufzusuchen.

»Es darf nicht sein«, sagte sie laut, ohne zu wissen, an wen sie diese Worte richtete.

Falls ihre Berechnungen stimmten, konnte er nicht vor Mitte

September dasein. Dann wäre Ned auf der Universität und Onkel Charlie in Savannah. Sie hatte den Eindruck, daß die Umstände sie seltsam begünstigten, und da sie zu solchen phantastischen Spekulationen neigte, glaubte sie darin eine geheime Komplizität des Schicksals und ein stummes Einverständnis mit ihrem Leben zu erkennen. Jemand hatte Mitleid mit ihr und machte ein geschehenes Unrecht wieder gut.

Doch wenn sie aus diesen Träumereien erwachte, geriet sie in Panik und glaubte wahnsinnig zu werden. War es die Entbehrung, die das bewirkte? Und dann, in einem plötzlichen Sinneswandel, wie er bei ihr häufig war, redete sie sich ein, daß Jonathan gar nicht kommen würde. Denn gemäß einer neuen Berechnung hätte er ausreichend Zeit gehabt, die Reise zu machen, ohne auf einen Brief von ihr zu warten. Er hatte ja ausdrücklich gesagt:»Ich komme.« Wozu brauchte er also eine Antwort? Er wäre sofort abgereist – aber er war nicht abgereist.

116

Wie Ned einen Morgenspaziergang machte, um sich in Arbeitslaune zu versetzen, ritt sie am Nachmittag aus, während er über seinen Büchern saß und sein Examen vorbereitete. Beide kamen gut mit dieser Tageseinteilung zurecht, die keine Zeit für nutzlose Diskussionen ließ.

Eines Nachmittags, zwei Tage vor Onkel Charlies Abreise, beschloß sie, wieder einmal eine Art sentimentaler Wallfahrt zum Platz des verfehlten Stelldicheins zu machen. Sie schwang sich in Alcibiades' Sattel und nahm den längeren Weg.

Die Sonne schien noch am Horizont, und der Himmel begann sich rötlich zu färben. Die Tage wurden kürzer. Es blieben ihr noch etwa zwei Stunden bis zum Anbruch der Dunkelheit. Dies war ihre liebste Tageszeit, wenn der Gesang der Vögel bereits hie und da die Stille ankündigte, die sich über das Land senken würde.

Einen Augenblick verweilte sie auf der Anhöhe über dem Tal, um einem geschwätzigen Bach zu lauschen, dessen Geplätscher sie besonders liebte. Hier hatte sie einst mit Charlie Jones auf dieser Bank gesessen, und sie erinnerte sich noch an ihr gemeinsames

Gespräch über Jonathan. Er war der einzige Mensch in Virginia, der von ihrer unglücklichen Liebe wußte, und wie zufrieden er nun über ihre Heirat war, die – so glaubte er jedenfalls – all dem ein Ende gemacht hatte ... Seufzend band sie Alcibiades an einen Baum und ließ sich auf die Bank sinken.

Charlie Jones war ganz ohne Zweifel einer der besten Menschen auf der Welt, von unvorstellbarer Großzügigkeit, aber manchmal sehr naiv. Alles war ihm zu leicht gelungen. Das Glück hatte sich wie eine Verliebte in seine Arme gestürzt. Nur der Tod seiner ersten Frau hatte einen Schatten auf sein Leben geworfen, aber nicht für lange.

Ganz ihren Träumereien hingegeben, betrachtete sie den Himmel, der sich hinter den Bäumen am gegenüberliegenden Talhang langsam mit roten Streifen überzog. Dieses unmerkliche Schwinden des Tages schien ihr großartig. Für sie war es die magische Stunde, in der der Traum erwacht.

Plötzlich hörte sie von weitem ein Pferd über die Wiesen galoppieren. Sofort stand sie auf – und wäre beinahe rücklings hingestürzt. Eine Täuschung schien ausgeschlossen. Sie kannte die Silhouette des Reiters, der auf sie zukam. Er konnte nur einen Namen haben:

»Jonathan!« rief sie.

Er hielt drei Meter vor ihr, und während sein prächtiges Pferd sich aufbäumte, begrüßte er sie, indem er mit einer ausladenden Geste den Hut vor ihr zog.

»Alles ist möglich, sogar das Unwahrscheinliche!« rief er ihr fröhlich zu.

Dann sprang er aus dem Sattel, band sein Pferd in einiger Entfernung von Alcibiades an einem Baum fest, warf den Hut zu Boden und sank vor Elizabeth auf die Knie.

»Steh auf, mein Jonathan, du bringst mich in Verlegenheit.«

»Du vergißt, daß du ein Engel bist«, sagte er lachend und erhob sich.

»Ich bin kein Engel, ich ...«

Er verschloß ihr den Mund mit einem gierigen Kuß und umschlang sie so fest, daß sie zu ersticken glaubte, aber er ließ sie nicht los, und sie wehrte sich wie sie konnte in seinem stählernen Griff.

Während er seine Umarmung ein wenig lockerte, sagte er atemlos:

945

»Verzeih mir, aber auf diese Minute habe ich mein ganzes Leben gewartet.«

»Ich auch«, sagte sie, »aber ich ersticke.«

Er befreite sie für einige Sekunden, und sie liebkoste sein Gesicht mit beiden Händen.

»Mein Liebster, laß dich anschauen. Wie schön du bist ... deine schwarzen Locken und deine Augen ... mit dem Blick eines wilden Tiers.«

Er riß ihr den kleinen Hut vom Kopf und zerwühlte ihr Haar mit seinen stürmischen Fingern, bis die ganze goldene Mähne über ihre Schultern wallte.

»Ich habe immer nur dich geliebt«, sagte er und verbarg das Gesicht in diesem Haar, dessen Duft er mit Entzücken einatmete.

»Du, du hast mir die Liebe gegeben, Jonathan ... Erinnerst du dich an die Magnolien in Dimwood?«

»Meine Liebste, ich habe nur von dieser Erinnerung gelebt, seit ich dein Gesicht im Laub sah. Du warst wie eine Seele ... Dich wollte ich heiraten, aber da war diese Frau, die sich an mich klammert ...«

»Die Ehe ist nicht geschieden?«

»Unmöglich. Die Gesetze verbieten es, und sie hat die Anwälte gekauft. Ich werde sie umbringen müssen, um frei zu sein. Aber du, du gehörst mir. Sag es, sag es mir.«

»Ich werde immer nur dich lieben, das weiß ich, aber ich kann dir nicht gehören.«

»Mir nicht gehören?« schrie er.

Und er packte sie um die Taille, trug sie fort und legte sie im Schatten einer Birkengruppe ins Gras. Sie wandte all ihre Kräfte auf, um ihn zurückzustoßen, aber ihr Widerstand entflammte die Begierde dieses kräftigen Mannes nur noch mehr. Vergeblich strampelte sie und schlug ihm ins Gesicht, doch er nahm sie brutal, und sie gab sich hin ... verängstigt, glücklich.

Sie trennten sich bei Anbruch der Nacht, stiegen auf ihre Pferde und ritten ein Stück des Weges gemeinsam.

»Und jetzt?« fragte Jonathan.

»Ich weiß nicht, aber ich werde immer nur dich lieben können.«

»Meine Angebetete, wir werden zusammen leben.«

Sie schwieg eine Weile und seufzte.

»Jonathan, ich muß es dir sagen . . . Ich bin verheiratet, wie du.«

»Verheiratet?« rief er wütend aus. »Du hast nicht auf mich gewartet . . .?«

»Nicht mehr, als du . . . Das ändert nichts an unserer Liebe.«

»Es ändert alles . . . Wer ist es?«

»Der Sohn von Charlie Jones.«

»Ein Jones! Wenn du Kinder haben willst, wird er sie dir machen, aber das ist alles. Die Männer dieser Familie sind für ihre Leidenschaftslosigkeit bekannt.«

»Er war nicht immer so mit mir. Beim ersten Mal . . .«

»Das erste Mal will nichts heißen. Jeder hat einmal eine erste Wallung erlebt. Aber höre: falls ich diesen Mann je zu Gesicht bekomme – ich kenne mich –, dann bringe ich ihn um. Dazu bin ich fähig.«

Elizabeth schrie auf:

»Wenn du das tust, tötest du mich auch. Ich würde es nicht ertragen.«

»Liebst du ihn, Elizabeth?«

»Nicht wie dich, aber auf eine andere Art liebe ich ihn sehr.«

»Man kann nicht zwei Menschen auf einmal lieben.«

»Doch. Frauen können es.«

»Dann ist einer von beiden der Geliebte. Ich bin dein Geliebter. Wenn du mich geheiratet hättest, wäre ich mit dir nach Europa gereist, nach London oder Paris. Dort versteht man das Leben zu genießen. In einem Monat werde ich reich sein. Ich verkaufe Dimwood. Denn Dimwood gehört mir.«

»Dimwood gehört dir?«

»Es ist kompliziert, du kannst es nicht verstehen, aber ich verkaufe es, und weißt du an wen? Rate mal. An meine Frau. Sie ist sehr reich, sie kauft alles. So befreie ich mich von beiden.«

Wie in einem gemeinsamen Entschluß hielten sie noch einmal an. In den Fenstern einiger Häuser am Rande der Wiesen leuchteten bereits die Lichter auf.

»Ich verlasse dich hier«, sagte er, »aber wir sehen uns wieder. Ich werde in der Nähe sein. Jeden Nachmittag zur gleichen Stunde findest du mich dort, wo wir waren.«

»Warte ein paar Tage . . . Es würde Verdacht erregen, wenn ich jeden Nachmittag das Haus verlasse und so spät heimkehre.«

»Laß deinen Geliebten nicht warten, mein Herz.«

»Ich werde tun, was ich kann, weil ich dich liebe, Jonathan ...
mehr als mein Leben.«

Er lenkte sein Pferd ganz dicht an das ihre, nahm ihren Kopf in
seine Hände und streichelte das notdürftig wieder zusammenge-
steckte Haar.

»Ich habe Angst«, sagte sie, »es ist fast Nacht.«

Er küßte sie und sagte:

»Beeile dich, mein Herz, aber vergiß mich nicht. Ich werde dich
entführen.«

Sie legte die Finger an die Lippen und floh im Galopp.

117

Es gelang ihr, sich unbemerkt ins Haus zu schleichen, denn alle
Aufmerksamkeit konzentrierte sich ausschließlich auf Onkel Charlies Reisevorbereitungen. Das Problem war sehr einfach. Alles
mußte perfekt sein, vor allem der Komfort. Selbst Ned wurde von
dem allgemeinen Eifer angesteckt und machte sich bei der Wahl der
schönsten Krawatten und der Vervollständigung des Reiseneceissai-
res nützlich.

Unterdessen zog sich Elizabeth in ihrem Zimmer aus, stieg in die
Wanne und wusch sich von Kopf bis Fuß. Betty goß ihr eimerweise
warmes Wasser über die Schultern, und die junge Frau seifte sich
mit einer beinahe manischen Gründlichkeit ab. Sie hatte die fixe
Idee, daß der Geruch Jonathans, ein warmer Geruch, ihrem Körper
anhaftete, und da sie sich nicht traute, Betty danach zu fragen, rieb
sie sich immer fester ein und beobachtete verstohlen die alte Dienerin, die ihr ungerührt dabei zusah.

Als sie endlich wieder angezogen war, betrachtete sie sich im
Spiegel. Ein seltsamer Gedanke stieg in ihr auf: »Jedenfalls sieht
man es mir nicht an.« Das Seifenwasser hatte etwas mehr als nur den
Geruch Jonathans fortgespült.

Das zerrissene Reitkostüm wurde durch das schönste weiße
Baumwollkleid ersetzt, mit keinem anderen Schmuck als einem
königsblauen Samtgürtel. Betty kämmte und frisierte ihre Herrin
mit liebevoller Behutsamkeit, aber sie sprach während der ganzen
Prozedur kein Wort.

»War es ein schöner Spazierritt?« fragte Ned, als sie bei Tisch saßen.

»Sehr.«

»Du siehst ein bißchen müde aus«, sagte Miss Charlotte. »Du mußt das Hopphopp nicht übertreiben.«

Elizabeth lachte verlegen.

»Sie haben recht, aber das Wetter war so herrlich ...«

Sie antwortete zerstreut, wie man eine Fliege mit der Hand verscheucht.

Seit einer Weile betrachtete sie Onkel Charlie, als ob sie ihn noch nie gesehen hätte, und versuchte ihn zu verstehen. Sie versuchte in diesem ruhigen und rosigen Gesicht eine Charakterschwäche zu entdecken, vielleicht sogar ein Laster, aber sie fand darin nur Selbstzufriedenheit, eine gewisse Naschhaftigkeit in der Form der Lippen, aber auch einen ironischen Zug um die Mundwinkel, der ihr ein wenig unheimlich war. Die Augen jedoch beruhigten sie, diese großen gewittergrauen Augen, die Intelligenz und Güte ausstrahlten, eine etwas naive Güte, wie ihr schien, aber schließlich besaß er eine langjährige Erfahrung als Geschäftsmann, Anwalt und Bankier. Trotz allem sah sie, was sie sehen wollte. Er schien sich bewußt zu sein, daß sie ihn insgeheim musterte, denn mehrmals schenkte er ihr ein schönes Lächeln, das eine solide Eitelkeit verriet, die Eitelkeit eines jungen Mannes.

Er nahm den Kaffee im Salon mit seiner lieben Amelia, der er von Zeit zu Zeit liebevoll die Hand tätschelte, worauf seine majestätische Gemahlin ihn mit einem gnädigen Lächeln belohnte. Übereinstimmend beschlossen sie, sich auf ihr Zimmer zu begeben, als die Wanduhr die zehnte Stunde schlug.

Das war der Augenblick, den Elizabeth wählte. Sie folgte ihnen lautlos die Treppe hinauf und faßte Onkel Charlie beim Arm, als Amelia im Zimmer verschwand.

Erstaunt blickte er die junge Frau an, die flehend zu ihm aufschaute.

»Meine liebe Kleine, was willst du? Du siehst doch, daß ich mich mit meiner Frau für die Nacht zurückziehe.«

»Ich weiß, Onkel Charlie, aber ich bin in Not.«

»Aber, aber ... Was ist es denn? Sag es mir schnell.«

»Nicht hier. Ich muß einen Augenblick mit Ihnen allein sein.«

»Aber Elizabeth, es brennt doch schließlich nicht. Und muß es

949

denn ausgerechnet jetzt sein? Ist es wirklich so wichtig? Du hast dich mit Ned gestritten?«

»O nein! Mein lieber Ned hat nichts damit zu tun und weiß von nichts.«

»Elizabeth, du kannst mir das alles morgen früh erzählen. Geh schlafen, und gute Nacht.«

»Nein, nein«, sagte sie, ohne seinen Arm loszulassen. »Meine Zukunft liegt in Ihren Händen, mein Leben. Oh, Onkel Charlie, erinnern Sie sich an das Versprechen, das Sie mir unter der Sykomore vor Ihrem Haus gegeben haben!«

»Charlie, worauf wartest du?« ertönte Amelias beleidigte Stimme.

Mit einer Handbewegung bat Charlie Jones Elizabeth, einen Augenblick zu warten, ging ins Zimmer und schloß die Tür hinter sich. Man vernahm eine lebhafte Diskussion im ehelichen Gemach. Zweifellos konnte Amelia nicht begreifen, daß ihr Mann sie, wenn auch nur für einen Augenblick, allein ließ, und außerdem wollte sie wissen, warum. Endlich beruhigt, schwieg sie, und Charlie Jones kam heraus.

»Gehen wir hinunter«, sagte er sichtlich verärgert.

Wortlos betraten sie den Salon. Im Vorzimmer nahm er die Nachtlampe, die hier ein schwaches Licht verbreitete, und stellte sie auf den kleinen Marmortisch in dem großen feierlichen Raum. Die Beleuchtung war unheimlich, und vielleicht wollte er es so. Die Decke und der obere Teil der Wände lagen im Dunkel. Von Finsternis umgeben, setzten sie sich einander gegenüber, und ihre Gesichter schimmerten wie Masken im Licht der flackernden kleinen Lampe.

»Ich höre«, sagte er.

Sie wartete ein paar Sekunden, wie um einen Anlauf zu nehmen, und dann sprach sie den Satz aus, über den sie stundenlang gegrübelt hatte: »Ich fahre morgen mit Ihnen nach Savannah.«

Überrascht stieß er seinen Stuhl zurück und rief aus:

»Bist du nicht bei Verstand, Elizabeth?«

»Ich bin durchaus bei Verstand! Hier bin ich nicht mehr sicher. Ich kann Ihnen nicht sagen, warum; das ist ein Geheimnis, das preiszugeben mein Gewissen mir verbietet, aber ich bitte Sie inständig, mir zu glauben.«

Plötzlich schien ihm seine Reise unmöglich gemacht, sein kostbarer Komfort gestört durch diese lästige Schwiegertochter, die ihm die Hälfte des Platzes in seiner Kalesche nehmen und ihn mit ihrem Geschwätz ermüden würde.

»Ich bedaure, dir eine Absage erteilen zu müssen. Mein Gewissen sagt mir, daß es richtig ist, dich hier unter dem Schutz deines Mannes zu lassen . . .«

Sie unterbrach ihn:

»Ned geht in vier Tagen auf die Universität.«

»Na und?«

»Eine Frau in meinem Alter muß auf den Schutz eines Mannes zählen können.«

»Was hast du schon zu befürchten?«

»Und wenn nun zufällig jemand in der Gegend herumstreunt? Mit ich weiß nicht welchen Absichten? Das bedarf wohl keiner näheren Erklärung. Ich bin jung.«

»Was sind das für verrückte Ideen? Niemand streunt hier herum. Wenn dem so wäre, wüßte ich es.«

»Onkel Charlie, es ist kein kleines Mädchen mehr, das zu Ihnen spricht, sondern eine Frau, die um Hilfe ruft. Denken Sie an Ihr Versprechen. Wenn Sie mich nicht mitnehmen, riskieren Sie und Ned, mich nie wiederzusehen.«

»Was erzählst du mir da, Elizabeth?«

»Ich werde davonlaufen, das ist so gut wie sicher.«

»Aber warum? Warum?« fragte er fast zornig.

»Ich habe genug gesagt. Soll ich auf die Bibel schwören, daß ich die Wahrheit sage?«

Er warf einen Blick auf die dicke Familienbibel, die unverrückbar an ihrem Ehrenplatz auf dem Marmortischchen lag.

»Nicht nötig, ich glaube dir«, sagte er und seufzte wie ein erschöpfter Kämpfer.

Doch plötzlich erhob er sich und richtete sich mit einer Entrüstung auf, die seinem Amt als Anwalt entsprach:

»Du kleine starrköpfige Engländerin, ich gebe nach, aber bilde dir bloß nicht ein, daß ich deinetwegen in meiner Kutsche irgendwelche Unbequemlichkeiten in Kauf nehmen werde.«

»Lieber Onkel Charlie, ich werde mich ganz klein machen.«

»Du kannst dich so klein machen, wie du willst, aber nicht in meiner Kutsche. Du wirst in einem einigermaßen bequemen Wagen nachfolgen.«

»Mit meiner lieben Betty.«

»Mit deiner lieben Betty und Miltons *Paradise Lost* und Kochtöpfen, um euch unterwegs Schokolade zu brauen, und mit dem Kater, der Köchin und ...«

»Sie sind zu gütig, Onkel Charlie.«

»Das ist auch meine Meinung«, sagte er wütend und nahm die Nachtlampe vom Tisch.

Er ging ihr voraus und trat aus dem Salon. Sein riesiger Schatten spazierte einen Augenblick an der Wand entlang, gefolgt von dem schmalen und graziösen Schatten Elizabeths.

»Gute Nacht«, sagte sie unten an der Treppe.

Ein kurzes Brummen antwortete ihr. Sie kehrte in ihr Zimmer zurück.

In der Dunkelheit fand sie das Bett und schlüpfte so gewandt unter die Laken, daß der schlafende Ned nichts merkte, aber einen Augenblick später ruderte seine Hand in die Richtung der Treulosen und berührte sie. Sie war da, alles war bestens.

»Er hat mich mit Gewalt genommen«, dachte sie, als sie mit weit offenen Augen im Dunkel lag. »Ich bin keine Ehebrecherin.« – »Wer hat ihn gerufen?« fragte die Stille. »Ich war verliebt«, antwortete sie, »verliebt.«

Im Gegensatz zu dem, was man hätte erwarten können, war der Abschied nicht herzzerreißend. Ned nahm, wie er sagte, die Dinge mit Gelassenheit.

Jedenfalls würde Amelia in weniger als einem Monat mit Miss Charlotte Great Lawn verlassen, zumal sie schwor, dort nie wieder den Winter zu verbringen, und natürlich würde Ned sie begleiten. Und sein Studium? Keine Sorge. Er konnte das Versäumte notfalls nachholen.

Empfindsam, wie es Frauen bei allen Gelegenheiten sind, war Elizabeth geneigt, einige Tränen beizusteuern, aber sie hielt sich »männlich« zurück, wie sie es schalkhaft lächelnd ausdrückte.

Man hatte die Stallungen leeren müssen, um vier Pferde vor jeden der beiden Wagen zu spannen. Der zweite wirkte ein bißchen ärmlich im Vergleich zu Onkel Charlies Kutsche, die einem Präsidenten alle Ehre gemacht hätte, aber Elizabeth konnte sich nicht beklagen, denn ihre Kalesche war zwar vielleicht weniger weich gepolstert, aber geräumig und mit guten Federn versehen, die eine gewisse Bequemlichkeit garantierten.

Endlich fuhren sie los, mit fröhlichem Hufgetrappel und Peitschenknallen, von zahlreichen Reisewünschen und einem kräftigen Schwenken der Taschentücher unter dem strahlenden Septemberhimmel begleitet.

Warum muß das Leben um jeden Preis einen Schatten auf die entzückendsten Bilder werfen? Kaum bogen die Reisenden in die große Straße ein, da brach ein Drama in Onkel Charlies Kutsche aus. Er hatte sich in die Polster zurückgelehnt, denn man hatte ihm gerade die soeben eingetroffene Post ausgehändigt.

Briefe, viele Briefe, aber auch eine Zeitschrift, die verteufelte NATIONAL ERA mit der vierten Fortsetzung des Feuilletonromans *Onkel Toms Hütte*, deren Lektüre er sofort in Angriff nahm. Bei jedem Abschnitt erbebte er vor Wut, riß die Seite heraus und warf die Schnipsel aus dem Fenster, wo der Wind sie davontrug. Eins nach dem anderen wurden die gefühlsseligen Kapitel in Stücke gerissen und fielen wie schmutzige Schneeflocken auf die rote Erde Virginias. Elizabeth, die dieses seltsame Schauspiel verfolgte, glaubte zuerst, Charlie Jones sei wahnsinnig geworden, aber als nach einiger Zeit die letzten Papierfetzen in der Brise flatterten, erriet sie die Ursache dieser Wut und brach in ein schallendes Gelächter aus, das sie von ihren finsteren Gedanken befreite. Das war das einzige nennenswerte Ereignis auf dieser Reise, die sie auf dem Hinweg mit Bangen und Unruhe gemacht hatte und die sie jetzt mit Freude und Panik erfüllte. Sie floh vor einer Liebe, die ihr Angst machte und deren Verlust sie bei jeder Drehung der Räder bitter bereute.

118

Eine Woche später kamen sie gegen Abend in Savannah an. Um diese Stunde erfüllten alle Blumen der Stadt die Luft mit ihren Düften, und die junge Frau verspürte ein melancholisches Glücksgefühl. Zu viele Erinnerungen stiegen auf einmal in ihr auf, als daß es ihr nicht schwer ums Herz werden mußte. Die Sykomoren in den langen Alleen und auf den Plätzen erzählten ihr die Geschichte des jungen Mädchens, das hier seine ersten Liebesträume geträumt und noch nichts vom Verrat des Lebens gewußt hatte.

Betty, die sah, daß sie bekümmert war, zeigte sich behilflich und führte sie auf ihr Zimmer. Für Elizabeth war der Schock der Erinnerung gewaltig. Die Frau, die sie geworden war, verstand nicht, daß die Zeit gleichsam aufgehoben war zwischen diesen vier Wänden, wo sich nichts geändert hatte. Instinktiv suchte sie Onkel Charlies Jugendporträt und fand ein banales Stilleben an seiner Stelle. Hatte sie vergessen, daß der schöne junge Mann in seinem Goldrahmen in Amelias Zimmer hinabgestiegen war? Sie konnte sich eines Lachens nicht erwehren. In diesem Zimmer wartete auf Mrs. Edward Jones in ihrem langen Kleid und mit dem zu einer Krone aufgesteckten Haar ein Gespenst: die kleine Elizabeth Escridge, die bald glücklich, bald von Heimweh nach ihrem fernen England verzehrt gewesen war.

Doch Onkel Charlies lärmende Geschäftigkeit versetzte sie bald wieder in die Gegenwart. Zufrieden mit seiner Reise, war er überall zugleich, teilte Befehle aus und brachte seine Leute ein bißchen durcheinander. Nachdem er seine gute Laune wiedergefunden hatte, fand er auch Zeit zu kurzen, halb ernsten, halb scherzhaften Plaudereien mit Elizabeth. Beim Abendessen, als sie allein waren, zeigte er sich liebenswürdig, wenn er sie auch ein wenig neckte. An einer Ecke des Tisches kühlte eine Flasche Champagner im Eiskübel.

»Du hattest keine zu schlechte Reise in deiner englischen Kalesche, und jetzt bist du in Savannah, wie du es auf so dramatische Weise wünschtest. Wenn ich indiskret wäre, würde ich fragen: und nun?«

»Es wäre gar nicht indiskret ... Ich wollte aus verschiedenen Gründen nach Georgia zurückkehren, und einer davon wird Sie überraschen: ich möchte Tante Laura besuchen und mit ihr sprechen.«

Charlie Jones beugte sich über den Tisch und blickte sie an, als hätte sie sich in ein wildes Tier verwandelt.

»Um Tante Laura zu besuchen«, sagte er fast flüsternd, als wenn es ein Geheimnis wäre.

»Ich habe gesagt, daß es nur einer der Gründe ist.«

Mit einem Seufzer lehnte er sich in seinem Stuhl zurück und sprach wieder im normalen Ton.

»Ich glaubte, die Frauen zu kennen«, sagte er, »aber mit dir lernt man jeden Tag etwas hinzu, und du vervollständigst meine Erziehung ... Du bist voller Geheimnisse, meine liebe Kleine, und ich bin dir deshalb nicht böse. Dazu liebe ich dich zu sehr. In Great Lawn war ich schroff zu dir, und ich bitte um Verzeihung, aber weißt du eigentlich, wo Tante Laura wohnt?«

»In einem kleinen katholischen Kloster in der Nähe von Dimwood.«

»Es ist weder ganz nah noch sehr weit ... Zwischen Dimwood und Macon.«

»Es gibt eine Eisenbahnverbindung. Betty kennt den Ort. Sie wird mich hinführen.«

»Ich respektiere und liebe Laura zu sehr, um mit dir zu streiten, aber das hätte ich nicht erwartet.«

»Nicht erwartet«, wiederholte sie mechanisch.

»Lassen wir es dabei. Du wirst hinfahren ... Dieses Kloster war einst eine verlassene Farm. Ich habe den Frauen geholfen, es instand zu setzen, aber du wirst dort keinen Luxus finden, ganz im Gegenteil. Laura begab sich manchmal heimlich von Dimwood dorthin, um die Schwestern zu besuchen. Sie heckten da gemeinsam allerlei aus.«

»Was heckten sie aus?«

»Was weiß ich ... Nichts Gefährliches. Wenn ich es mir recht überlege, kannst du im Wagen hinfahren. Zwei Stunden hin, zwei Stunden zurück.«

»Onkel Charlie, Sie nehmen mir eine schreckliche Last von der Seele.«

»Das ist meine Rolle auf dieser Welt. Ich verbringe meine Zeit damit, anderen Leuten Lasten abzunehmen. Ich nenne das meine karitative Seite.«

Sie brach in schallendes Gelächter aus, und er verschüttete ein Glas Champagner.

Das Kloster befand sich am Rande eines Pinienhains, an dem ein kleiner Fluß entlangfloß. Das Haus bestand nur aus einem Stockwerk, ein langes, weißes Viereck. Es lag im Schatten einer großen Platane, die die Hälfte des roten Ziegeldaches vor der Sonne schützte. Ein schmaler Pfad lief durch die von der Hitze verdorrten Wiesen und führte zu einer schwarzen Tür aus dickem, stabilem Holz.

Gefolgt von Betty, die Barnaby die notwendigen Anweisungen

erteilt hatte, zog Elizabeth an der Glocke und wartete. Einige Zeit verging, dann öffnete sich ein kleines Gitterfenster in der Tür. Die junge Frau erblickte ein gelbes Gesicht in einer schwarzen Haube. Hinter einer großen Stahlbrille blickten zwei braune Augen sie sehr aufmerksam an.

»Was wünschen Sie?«

Die Stimme war neutral, ein wenig abweisend.

»Ich möchte Miss Laura Hargrove besuchen.«

»Schweste' Lau'a!« rief Betty, deren kleine Gestalt kaum zu sehen war.

»Du bist es, Betty?« sagte die Stimme. »Einen Augenblick.«

Das Gitter schloß sich, und eine Minute später vernahm man das zweimalige Läuten einer Glocke im Inneren des Klosters. Die Tür öffnete sich halb. Die von Kopf bis Fuß schwarzgekleidete Frau mit der großen Brille führte Betty und die Besucherin in einen kleinen Hof, wo die Hitze des Tages weniger drückend war. Von dort traten sie in ein kleines Zimmer, das nach Wachs roch und durch ein Gitter von einem zweiten, dunkleren Raum getrennt war. Das Mobiliar der beiden Zimmer bestand lediglich aus zwei Strohstühlen. An der Wand hing ein großes Kruzifix, das Elizabeth, peinlich berührt, nicht zu sehen versuchte. Nach einigen weiteren Minuten des Wartens öffnete sich hinten eine Tür, aus der eine Frau in Schwarz trat.

»Madame?« sagte sie.

»Schweste' Lau'a«, rief Betty ihr zu, »Mam'sell Lisbeth is' hie'.«

Auf beiden Seiten verblüfftes Schweigen, dann drehte sich die große Gitterwand in ihren Angeln. Die Frau in Schwarz öffnete die Arme.

»Elizabeth!« rief sie aus. »Ich hatte dich nicht erkannt. Du bist jetzt eine Dame. Betty, ich danke dir, daß du Miss Elizabeth zu mir gebracht hast. Willst du uns bitte einen Moment allein lassen? Wenn du in die Küche gehst, wird sich Schwester Mathilda mit Freuden deiner annehmen.«

Zu bewegt, um ein Wort hervorzubringen, warf Elizabeth sich in die Arme der Nonne und setzte sich dann, mit dem Rücken zum Kruzifix.

»Meine kleine Elizabeth, du weinst ja. Was ist los?«

»Ich bin unglücklich«, sagte Elizabeth.

Sie schneuzte sich diskret und fragte:

»Sind Sie glücklich, Tante Laura … Ich meine, Schwester Laura?«

»Tante Laura war es nicht«, antwortete die Nonne lächelnd, »aber Schwester Laura ist es voll und ganz.«

»Was machen Sie denn?«

»Wir sind zehn in der Gemeinschaft. Wir sind hierhergekommen, fern von der Welt, um uns Gott zu nähern, und ich glaube, daß wir alle glücklich sind. Aber Elizabeth, sag mir, was du auf dem Herzen hast. Noch einmal, was ist los?«

»Ich bin todunglücklich, weil ich mich niemandem anvertrauen kann.«

»Wie oft habe ich dich gebeten, dich mir anzuvertrauen? Erinnerst du dich nicht mehr an unsere Gespräche auf der Terrasse in Dimwood?«

Mit dem schwarzen Schleier auf dem Kopf und dem langen schwarzen Gewand, das sie ganz einhüllte, hätte sie einschüchternd wirken können, aber sie bewahrte die ruhige Heiterkeit der Dame im hellgrauen Kleid, die sie in Dimwood gewesen war. Die tiefen klaren Augen ließen sie trotz der Falten in ihrem Gesicht schön erscheinen.

In kurzen Sätzen, die hie und da ein Schweigen unterbrach, erzählte Elizabeth ihr ihr ganzes Leben.

Schwester Laura neigte sich zu ihr und hörte sie während mehr als einer halben Stunde an, dann nahm sie ihre beiden Hände in die ihren und fragte:

»Ich denke, du hast mein Zimmer in Dimwood noch in Erinnerung, das direkt neben dem deinen lag, nicht wahr?«

»O ja, ich bin mehrere Male dort gewesen, nachdem Sie fort waren.«

»Dort hing an der Wand ein Kruzifix, vor dem ich nächtelang den Tod herbeigefleht habe. Elizabeth, ich weiß, was es heißt, zu leiden. Mein Leben brauche ich dir nicht zu erzählen, du kennst es. Ich habe zu sehr an der Liebe gelitten, an diesem nie verlöschenden Feuer, am Begehren. Du solltest Jonathan nicht wiedersehen. Ich sage dir nicht, daß du ihn vergessen sollst, denn das kannst du nicht, in diesem Punkt sind wir beide uns zu ähnlich. Es ist die erste, despotische Liebe … aber ich werde für dich beten, damit du die Entbehrung ertragen lernst, die du kennst und die mich während all der Jahre in Dimwood an Leib und Seele gemartert hat. Ich habe gekannt, was ich lieber nie hätte kennen sollen. Es ist ein Mysterium. Gewissen Seelen wird dieser Verzicht abverlangt, wie jenen Eunuchen, von denen der Herr spricht, die Eunuchen aus Liebe zu Gott sind. Warum diese Seelen und nicht andere? Man weiß es nicht. Und doch haben alle Heiligen es verstanden.«

So sprach sie, vergeblich, während einiger Minuten.

»Aber ich fühle mich nicht dazu geschaffen, eine von denen zu sein, die verzichten«, seufzte die junge Frau.

»Du hast einen Mann, Elizabeth.«

Die Antwort war ein langer, schmerzlicher und hilfloser Blick. Sanft fuhr Schwester Laura fort:

»Du kennst dich selbst noch nicht gut genug, aber ich will dich nicht drängen. Höre: du bist mit Betty hierhergekommen. Laß sie für dich beten. Du ahnst es vielleicht nicht, aber Betty ist eine Frau des Gebets. Was sie erbittet, erhält sie.«

»Ich will die Liebe Jonathans.«

»Jonathan ist der Mann meiner Tochter, meiner armen Annabel, die er nicht liebt. Jonathan benimmt sich wie ein Wahnsinniger. Versuche nicht, ihn wiederzusehen.«

»Wie soll man etwas nicht wollen, das man sich mit allen Kräften wünscht?«

»Du willst doch keine Ehebrecherin sein. Liebst du deinen Mann?«

»Ich liebe ihn auf andere Art.«

»Würdest du leiden, wenn er sterben sollte?«

»Dann wäre ich sehr unglücklich. Ich liebe ihn sehr.«

»Also bitte Betty, für dich zu beten. Gott hat ihr außergewöhnliche Gaben verliehen, weil sie in den Augen der Allgemeinheit nur eine kleine schwarze Frau ist, die demütigste und geringste von allen. Aber halte dich fern von Jonathan.«

»Schwester Laura, ich bin nicht katholisch, aber ich setzte meine Hoffnung in Sie.«

»Wir werden alle beten, daß du den Frieden findest.«

»Den Frieden ... Ich habe versucht, darum zu beten, ich habe noch gestern nacht gebetet, und ich hätte geschrien, wenn ich es gewagt hätte ...«

»Dein Herz schrie, Elizabeth. Gott hört diese Schreie.«

»Ich weiß nicht, ich habe Angst, das ist alles.«

»Christus hat gesagt: Fürchtet euch nicht.«

»Ich möchte seine Stimme hören, wie Sie, wie Betty, aber ich höre nichts, nichts! Es ist nicht meine Schuld.«

Schwester Laura schwieg und küßte sie noch einmal auf der Türschwelle. Die Worte, die Sätze, die man immer sagt, lagen ihr auf der Zunge. Sie kannte sie alle. Doch vor der Verzweiflung dieser jungen Frau, die sie anblickte und ein lebendiges Wort erwartete, verstummte sie beschämt, und etwas in ihr begann zu schwanken: die Meinung, die sie von sich selbst hatte.

Die Tür ging auf und schloß sich wieder.

Nach Savannah zurückgekehrt, ließ sich Elizabeth, die nicht zu Mittag gegessen hatte, einen leichten Imbiß servieren, den sie rasch verschlang. »Dieser Hunger zumindest«, stellte sie mit bitterer Ironie fest, »ist schnell gestillt. Der andere, der einen plötzlich überfällt, ist eine Qual.« Von allem, was Schwester Laura ihr gesagt hatte, behielt sie das Wort »Begehren« zurück, und sie war ihr dankbar, jetzt wenigstens den Namen ihrer Hölle zu kennen. Die Hölle des Begehrens. Die trug sie in sich. Plötzlich flammte wieder alles auf. Ned hatte es getan, auch Jonathan, auf verheerende Weise. Und wer nun? Niemand. Niemand mehr. »Man gewöhnt sich daran.« Diese Worte hatte sie nicht vergessen, und auch jene nicht: »Die Kinder werden sich zu gegebener Zeit einstellen.« Im Grunde genommen war also alles in bester Ordnung!

Der Abend brach an. Es war die angenehmste Stunde des Tages, wo die frische Meeresbrise die Damen zu Dutzenden aus ihren Häusern lockte und zu einem Spaziergang in den prächtigen Sykomorenalleen einlud, die sich durch die ganze Stadt zogen. Wie elegant sie waren, und wie ihr fröhliches Geplauder mit der bedrükkenden Stille in Great Lawn kontrastierte!

Um nicht erkannt zu werden, zog Elizabeth die Krempe ihres großen Strohhuts in die Stirn. Im übrigen hatte sie sich seit ihrem letzten Aufenthalt ziemlich verändert. Ihre Frisur, der lange Rock, all das veränderte sie, und sie hielt sich ein wenig abseits.

Was ihr vor allem auffiel, war die Fröhlichkeit der jungen Frauen, die ganz entzückende und völlig nutzlose kleine Sonnenschirme über ihren Köpfen schwenkten. Sie lachten viel, jedoch stets mit Anmut. Das angenehme Farbenspiel der weißen, hellgrauen, blaßgrünen, rosa und veilchenblauen Seidenkleider betonte den Ein-

959

druck glücklicher Sorglosigkeit, der von alldem ausging. Mit einer Art Abscheu erinnerte Elizabeth sich an das dunkle Sprechzimmer des Klosters, wo Frauen in Schwarz den Frieden suchten und vor der Welt flohen.

Seltsam erschien ihr jetzt dieser Besuch.

Was hatte sie dort eigentlich gewollt? Von der Qual eines ungestillten körperlichen Hungers sprechen? Sicher, aber es war noch etwas anderes. Gewisse physische Veränderungen, Unterbrechungen der »Regel«, die sie glauben ließen, daß sie schwanger war. Erst seit kurzem schwanger, aber sie hatte sich nicht getraut, davon zu sprechen. Eine absurde Zurückhaltung, der Widerwille, gewisse Dinge beim Namen zu nennen. Und doch, wenn jemand sich in dieser Frage auskannte, so war es gerade Tante Laura, Annabels Mutter. Sie würde es Ned sagen müssen.

An diesem Abend, als sie wieder allein mit Charlie Jones aß, beantwortete sie nach bestem Vermögen alle Fragen, die er ihr bezüglich Schwester Laura stellte: ob sie gesund, ob sie zufrieden sei? Er selbst hatte nicht viel Verständnis für dieses Klosterleben, aber wenn es den Frauen den Frieden brachte ...

»Ich muß allerdings sagen«, fügte er hinzu, »daß sie sich nicht nur in ewigen Litaneien und Gebeten vor dem Kruzifix ergehen. Sie tun auch Gutes, indem sie die Kranken pflegen, die man ihnen aus der Umgebung bringt. Sie stören niemanden, und ich bin da, falls man je versuchen sollte, sie zu vertreiben.«

Elizabeth, die diesen letzten Satz ein wenig rätselhaft fand, behielt ihre Gedanken für sich.

»Ich fürchte, du wirst dich im Augenblick ein wenig langweilen, da du tagsüber allein bist, aber in einem Monat wird Ned für gute vierzehn Tage kommen, und bis dahin auch eine Überraschung ...«

»Eine gute Überraschung?« fragte die mißtrauisch gewordene Elizabeth.

»Aber natürlich. Falls meine Rechnung stimmt, wird sie nicht lange auf sich warten lassen.«

»Oh! Sagen Sie es mir!«

»Nein. Die Überraschung will es nicht.«

Er lachte selbstzufrieden.

»Die Sykomore steht immer noch vor meiner Tür, und ich halte mein Versprechen. Onkel Charlie wacht über dein Glück.«

»Sind die Nachrichten besser?«

»Ach, darum geht es leider nicht ... Diese blöde Kuh, die Beecher Stowe, ist zwar nicht fähig, einen Krieg zu entfesseln, aber sie bereitet das Klima vor. Noch herrscht Friede. Genießen wir ihn.«

»Wenn er wüßte!« dachte die junge Frau. »Zuerst Ned, dann Jonathan ...«

Im Laufe der folgenden Tage ging sie oft spazieren, sei es auf dem Kolonialfriedhof, wo zwei Männer sich für sie geschlagen hatten, sei es in dem großen, ein wenig dunklen Park, wo Amelia ihr in einer abgelegenen Ecke gute Ratschläge erteilt hatte, von denen nichts geblieben war. Das alles lag schon weit zurück ... Da war der Körper noch ruhig gewesen, wenn es im Herzen auch noch so sehr gestürmt hatte.

An einem Spätnachmittag, als die berauschenden Düfte des Heliotrops, der Lilien und Freesien die Luft schwängerten, war sie erstaunt, schon vor dem Haus fröhliche Stimmen und Gelächter aus dem Salon zu hören. Neugierig warf sie einen Blick hinein, wurde gesehen und gerufen. Sie sah drei Damen in den großen Sesseln sitzen und blieb verblüfft stehen, als sie die eine von ihnen erkannte. Es war Miss Furnace, blendendschön wie gewöhnlich, mit einem riesigen Hut im englischen Stil des 18. Jahrhunderts, dessen Krempe auf der einen Seite kühn aufragte und auf der anderen fast bis auf die Schulter fiel, das Ganze mit Blumen geschmückt, wie für eine in die ländliche Einfachheit verliebte Königin. Das blaßgrüne Kleid gab dem Ganzen die entsprechende frische Note. Ihr üppiges braunes Haar mit dem leichten Goldton ließ das strahlende Gesicht noch verführerischer erscheinen. Mit weitausholenden Bewegungen, so daß man die Anmut ihrer bis zu den Ellbogen entblößten Arme sehen konnte, und unter einem ständigen Spiel der Hände erzählte sie ihr angenehm schauriges Erlebnis in Gizeh, wo sie sich auf immer in den finsteren Gängen der Großen Pyramide verloren hätte, wenn nicht einer der Söhne des Paschas gekommen wäre, um sie wieder ans Licht zu führen.

Die beiden anderen Damen krümmten sich vor Lachen. Eine von ihnen, mit einem langen Gesicht von aristokratischer Häßlichkeit, war ganz offenbar die Person, der Miss Furnace als Gesellschaftsdame diente. Ihre weißen Löckchen hüpften vor Freude bei jeder Einzelheit dieser hochinteressanten Erzählung. In ihrem schwarzen Taftkleid verlor sie trotz aller ausgelassenen Heiterkeit nichts von ihrer majestätischen Würde.

Noch beeindruckender wirkte die dritte dieser hocheleganten Personen. Etwas beleibt, in einem kupferroten Kleid mit sehr breiten Volants, hatte sie die eine, mit Smaragden bedeckte Hand auf die Lehne gestützt und hielt in der anderen einen Sonnenschirm mit unendlich langem Schaft. Das war ungefähr alles, was Elizabeth sehen konnte, denn eine imposante Haube umhüllte ihren Kopf und verbarg das Profil.

Das Gelächter verstummte, als die junge Frau eintrat. Miss Furnace begrüßte sie mit einem liebenswürdigen »Guten Tag«, neigte sich dann zu ihrer Nachbarin mit den weißen Löckchen und sagte mit betontem Respekt:

»Darf ich vorstellen: Mrs. Edward Jones, Mrs. Devilue Upton Smythe.«

Es folgte ein kurzes Schweigen.

»Liebe Elizabeth«, sagte schließlich Miss Furnace, »natürlich brauche ich Ihnen nicht...«

Sie brauchte es wirklich nicht, denn plötzlich drang eine vertraute Stimme aus der großen Haube:

»Na, du Dummerchen, erkennst du deine Mutter nicht?«

Elizabeth zuckte zusammen und ging auf die große Haube zu.

»Mama!« rief sie aus.

Sie machte einen Anlauf, der mit fester Hand zurückgewiesen wurde.

»Keine Gefühlsergüsse, mein Kind. Ich sehe, daß es dir gutgeht. Das genügt einstweilen.«

Sie erhob sich und wirkte plötzlich monumental, obgleich sie nur von mittlerer Größe war.

»Violetta«, sagte sie, »und Sie, liebe Eliza, ich muß Sie jetzt leider verlassen. Ich habe mit meiner Tochter ein ernstes Wort zu reden. Aber Charlie Jones sagte mir auf dem Kai, er werde bald heimkehren und freue sich sehr, Sie zu sehen. Also bis bald, liebe Freundinnen. Elizabeth, führe mich auf dein Zimmer.«

Die geschlossene Tür gestattete dem unverbesserlichen Barnaby zwar nicht genau zu verstehen, was drinnen gesagt wurde, aber mehrere Male erschrak er dermaßen, daß er nahe daran war, die Flucht zu ergreifen.

Der leise und etwas furchtsame Ton in Elizabeths Stimme verriet trotz allem Freude. Freude, ihre Mutter wiederzusehen, Freude, sich ihr endlich anvertrauen zu können.

»Zuerst mußt du wissen, daß deine Mutter sich wieder verheiratet hat ... mit Lord Fidgety. Eine sehr alte englisch-normannische Familie. Wilhelm der Eroberer, 1066, du weißt schon. Ein großes Vermögen.«

Lady Fidgetys Stimme war zugleich kräftig und prononciert, wie die einer großen Tragödiendarstellerin.

»Mrs. Edward Jones, geborene Escridge«, fuhr sie fort. »Jones wie jedermann. Damit will ich nicht behaupten, daß Charlie kein Gentleman sei. Er zählte einst zu meinen Verehrern, als wir jung waren, und er war sehr in mich verliebt. Ein schöner Mann, aber eben ein Jones und nichts weiter ... Nun ja, immerhin genießt er im Süden hohes Ansehen, aber wie oft habe ich dir gesagt, du kleines Dummerchen, daß du einen *Erwachsenen* heiraten sollst, der im Kriegsfall nicht eingezogen wird, und der Krieg droht mit all seiner stumpfsinnigen Barbarei. Und du bindest dein Schicksal an einen jungen Laffen, der am ersten Tage unter dem Hurrageschrei einer hysterischen Menschenmenge in die Schlacht ziehen wird. Du kannst dich ruhig setzen, denn du scheinst erregt zu sein. Was mich betrifft, so gehe ich lieber im Zimmer auf und ab, wenn ich sage, was ich zu sagen habe.«

In der Tat begann der Parkettfußboden bald unter ihren Schritten zu knarren und zu stöhnen, während Neds junge Gemahlin stumm blieb.

»Es war Liebe auf den ersten Blick, ich weiß«, fuhr die Mutter fort, »und die Ehe wurde schleunigst in der presbyterianischen Kirche geschlossen. Charlie hat mir alles bei meiner Ankunft erzählt. Kurz, verheiratet. Mit einem Studenten! Mit einem dieser unbeholfenen Hitzköpfe, die der schlimmsten Dummheiten fähig sind, während ein vernünftiger, ausgeglichener Erwachsener ...«

In diesem Augenblick ertönte ein so herzzerreißender Schrei, daß Barnaby vor Schreck bis zur Treppe lief, aber sogleich wieder umkehrte.

»Oh, Mama! Wenn du wüßtest!«

Die Schritte verstummten.

»Wenn ich *was* wüßte? Versuche gefälligst, wie eine Escridge zu reden. Ich werde dich nicht auffressen. Schließlich kann man seine

Tochter zurechtweisen, aber man hat doch immer noch das, was man ein Mutterherz nennt. Ich sehe wohl, daß du Kummer hast … Komm, du darfst mich küssen, hier, auf die Wange, aber ich verbiete dir, zu weinen.«

Dem von Natur aus empfindsamen Barnaby, der wieder an der Tür lauschte, konnte sie es nicht verbieten. Er hörte nur ein Gemurmel, das jedoch an den geeigneten Stellen von lauten Ausrufen unterbrochen wurde.

»Lauter, um Himmels willen, sprich lauter! Du brauchst keine Angst zu haben, du Dummerchen, ich bin deine Mutter, mir kannst du alles sagen.«

Barnaby trocknete seine Tränen und spitzte die Ohren, vernahm zuerst nur eine Art Maunzen, doch dann hörte er plötzlich klar und deutlich folgende Worte:

»Und dann diese Qual … ich wußte ja nicht, ich hatte keine Ahnung …«

Darauf folgte ein Ausbruch, bei dem die Luft zu erzittern schien:

»Und deshalb machst du diese reuige Sündermiene? Bildest du dir etwa ein, daß wir das nicht kennen, was du *diese Qual* nennst? Glaubst du vielleicht, die Engländerinnen seien Vestalinnen? Worauf sonst als auf diese brennende Frage gründet sich unsere ruhmreiche Poesie, und nicht nur die der Frauen, sondern auch die der Männer? Reiß dich zusammen, mein Kind. So finster ist das Leben nicht. Benimm dich wie eine Lady. Manche benehmen sich schlecht, und ich billige es nicht, aber wir sind schließlich keine neurotischen Nonnen, die sich in einem Kloster einsperren. Ach! Nun schließe daraus aber bloß nichts, was ich nicht gesagt habe!«

»Nein, Mama«, sagte Elizabeth mit einer bereits etwas festeren Stimme.

»Erinnere dich an die Worte Shakespeares: was man sein Leben lang bewahren soll, ist ein makelloser Ruf … Auf diesem edlen Prinzip ist unsere ganze Gesellschaft aufgebaut … Hast du verstanden? Hast du es wirklich verstanden?«

»Ja, Mama«, antwortete die jetzt kristallklare Stimme.

»Sei darauf bedacht, daß das häßliche Wort Ehebruch in deinem Umkreis nicht fällt. Man arrangiert sich. Das ist alles. Gehen wir hinunter.«

Elizabeth kehrte nicht mit ihrer Mutter in den Salon zurück. Erstens wollte sie Miss Furnace, die ihr auf die Nerven ging, nicht wiedersehen, und dann wünschte sie allein zu sein, um ihre unbeschreibliche Erleichterung zu genießen. Mit wenigen Worten hatte ihre Mutter sie wieder mit dem Gros der Menschheit vereint. Jetzt, da sie wußte, daß alle Frauen wie sie litten, fand sie ihren Kummer fast erträglich. Und sie hob ihre Röcke ein wenig und deutete einige Schritte eines Volkstanzes an, dessen Text sie vor sich hin summte.

Diese Freude war jedoch von kurzer Dauer. Warum mußte eine unpassende Erinnerung sie ihr verderben? Denn plötzlich sah sie sich wieder im Sprechzimmer des Klosters mit Schwester Laura und bewunderte diese Frau, die auf alles verzichtet hatte, bewunderte sogar auch die alte Betty, die sich mit Hilfe eines Bildes und einer billigen Kerze in eine andere Welt zu versetzen vermochte.

»Bin ich verrückt?« fragte sie sich. »Bleiben wir mit den Füßen auf der Erde, wie Mama.«

Mama hatte übrigens noch so ganz nebenbei einen kleinen Satz gesagt, einen Satz aus drei Worten: »Man arrangiert sich.« *Man arrangiert sich*, das war das ganze Leben, das sich vor ihr auftat. Sie wußte zwar nicht genau, wie, aber es war ihr, als hätte man ihr einen Schlüssel in die Hand gedrückt.

Natürlich hatte sie ihre Liebschaft mit Jonathan wohlweislich verschwiegen, aber da kam *Man arrangiert sich* wie gerufen. Verträumt sann sie einen Augenblick darüber nach, und dann ging sie hinunter.

Charlie Jones war aus seinem Büro zurückgekehrt und unterhielt die Damen mit all dem Charme, den er in solchen Fällen aufzubieten wußte, wie der Pfau mit seinen prächtigen Schwanzfedern ein Rad schlägt. Hätte er das auch in Amelias Beisein getan? Aber Amelia saß bereits in der Kalesche und rollte fern von hier über die Straßen von Virginia. Elizabeth bemerkte die Blicke, die er Miss Furnace zuwarf, ebenso wie die verhaltene Wut in Lady Fidgetys Zügen, die vielleicht nach all den Jahren immer noch ein bißchen eifersüchtig war.

»Ah, da bist du«, sagte er, als er Elizabeth sah. »Ich erzählte diesen Damen gerade von dem Fest, das ich in Dimwood zu geben gedenke, sowie meine liebe Amelia und Ned bei uns eingetroffen sind. Es liegt über diesem unvergleichlich schönen Besitz ein Schatten, den ich vertreiben will. Eine wunderbare Überraschung wird mir dabei helfen. Sie wird so großartig sein, daß die Sorgen und Tränen wie von selbst verschwinden. Für die Vorbereitungen werde ich einen Tag nach Dimwood fahren müssen. Wahrscheinlich reise ich übermorgen. Elizabeth, ich lasse dich hier in der Obhut deiner geliebten und unverändert schönen Mama, und natürlich seid ihr alle eingeladen, an diesem Fest teilzunehmen. Es wird Ende Oktober stattfinden. Bis dahin werden meine geheimnisvollen kleinen Arbeiterinnen, die direkt aus Peking kommen, ihr Werk beendet haben ...«

Bei dem Wort Peking erbebte Miss Furnace wie ein Pferd, das beim Klang der Trompete die Ohren spitzt, und erhob sich:

»Wenn ich das nächste Mal das Vergnügen habe, bei euch zu sein, muß ich euch unbedingt von meinem Besuch bei der lieben Kaiserin in ihren berühmten Gärten erzählen, wo sie mir ihr Vertrauen schenkte. Erinnert mich bitte daran ...«

Wie in schweigendem Einvernehmen standen alle auf, und die beiden Besucherinnen verabschiedeten sich. Eliza Furnace reichte ihren Arm der gebrechlichen Mrs. Devilue Smythe, die sich vorsichtigen Schrittes bewegte. Mit einer leicht zitternden Stimme sagte diese zu Charlie Jones:

»Sie haben unsere Neugier lange genug angestachelt mit Ihren chinesischen Arbeiterinnen. Wir erwarten nun nicht mehr und nicht weniger als ein Wunder.«

Dann flüsterte sie ihm ins Ohr:

»Ich danke Ihnen für diese bezaubernde Person, die Sie mir geschickt haben. Ich habe sie bereits in meinem Testament bedacht.«

Die bezaubernde Person ihrerseits verneigte sich anmutig vor ihrem Wohltäter und dankte ihm nur mit einem Blick, aber dieser Blick sagte mehr als eine lange Rede.

Nachdem sie fort waren, ließ Lady Fidgety den Blick durch den Raum schweifen. Obwohl sie ziemlich korpulent war, hielt sie sich sehr aufrecht, die Schultern gerade und den Kopf emporgereckt. Diese Haltung verlieh ihrer Erscheinung etwas Aggressives, was auch ihrem strengen Gesichtsausdruck entsprach, den sie durch die Jahre des Unglücks bewahrt hatte. Mit ihrer markanten Nase und dem energischen Mund war sie eine Frau, der man einfach Beachtung schenken mußte, ob man wollte oder nicht. Elizabeth zitterte manchmal vor ihr, aber andererseits spürte man, daß diese eigenwillige Mutter ihr Kind bei der geringsten Bedrohung mit der Wut eines wilden Tiers verteidigt hätte.

»Mein lieber Charlie«, sagte sie, »du hast ein bezauberndes Haus, und alles darin ist vom allerfeinsten Geschmack. Darf ich dich fragen, wo du meine Tochter in dieser eleganten Stadt unterzubringen gedenkst?«

»Eins der schönsten Häuser von Savannah an einem der ehrwürdigsten Plätze der Stadt erwartet sie und ihren Mann. Es wird mein Hochzeitsgeschenk sein. Aber deine Frage erstaunt mich, meine liebe Laura. Solltest du irgendwelche Befürchtungen haben?«

»Nein, Erinnerungen.«

Charlie Jones erriet, daß sie an die schlimme Zeit in London nach dem Tode ihres ersten Mannes dachte.

»Laura, all das ist vorbei. Für immer.«

Sie machte eine ausweichende Geste und sagte:

»Jedenfalls wirst du mich entschuldigen, daß ich nicht nach Dimwood kommen werde. Dort habe ich eine zu böse Zeit verbracht.«

»Diesmal verstehe ich dich. Übrigens habe ich keine Skrupel, dich in unserer Abwesenheit hier zu lassen. Dein Name ist bereits in aller Munde. Die gute Gesellschaft Savannahs wird sich bei dir die Klinke in die Hand geben.«

119

Am Morgen des übernächsten Tages begab sich Charlie Jones auf seine sogenannte Inspektionsreise nach Dimwood. Er kam noch am gleichen Abend zurück und war so begeistert, daß er ganz jugendlich wirkte.

»Es wird herrlich werden«, rief er. »Ich bin schon jetzt ganz begeistert. Ach, wenn unsere armen Schwarzen doch nur mit dem gleichen Fleiß und der gleichen Liebe wie diese kleinen Chinesinnen arbeiten könnten! Ich beneide euch, die ihr noch nichts wißt. Ich weiß bereits, was mich erwartet, aber ihr, ihr werdet eine wunderbare Überraschung erleben.«

In diesem Ton redete er noch eine Weile, und dann ließ er Champagner servieren, um, wenn auch nicht das Fest, so doch zumindest die erfolgreichen Vorbereitungen zu feiern, denn das Ereignis sollte der Höhepunkt der Saison werden.

»Und jetzt«, sagte er, »wollen wir hoffen, daß meine liebe Amelia, Ned und Miss Charlotte nicht mehr zu lange auf den Straßen von Südkarolina verweilen. Ich gebe ihnen noch acht Tage, und dann haben sie gerade noch Zeit, Atem zu schöpfen, bevor sie mit uns nach Dimwood fahren.«

Da der Champagner ihn zusehends geschwätziger machte, fing er bald an, sich am Rande der Indiskretion zu bewegen, was zur Folge hatte, daß Lady Fidgety und Elizabeth ihm immer aufmerksamer zuhörten. Besonders Elizabeth hoffte auf interessante Enthüllungen.

»Ganz Dimwood ist in heller Aufregung ... Alle leben in Angst vor dem gefürchteten Besuch, aber ich werde dasein, um die Wogen zu glätten und Frieden zu stiften. Nur ein trauriger Mißklang. Fred ist fort. Er mußte sich einer neuen, schrecklichen Operation unterziehen, aber der Mut dieses Jungen ist erstaunlich. Sein Fuß hat allmählich wieder seine normale Form, und er geht wie früher. Nach einem neuerlichen Nervenzusammenbruch beschloß er, nicht mehr in Dimwood zu bleiben, und hat sich zur Kavallerie gemeldet. Er ist überzeugt, daß es zum Krieg kommen wird, und er wünscht den Krieg mit allen Kräften.«

Elizabeth konnte nicht umhin, leise seinen Namen zu murmeln, und das Herz war ihr schwer.

»Fred!«

Sie sah noch einmal die kurze und so schmerzvolle Szene: Aug in Auge standen sie sich gegenüber an der Treppe, der angstvolle Blick des jungen Mannes, der mit einem Schlag seine Zukunft, sein Glück, seinen Lebensinhalt aufs Spiel setzte, und sie, Elizabeth, die nein gesagt hatte, weil sie ihn nicht lieben konnte ...

Charlie Jones fuhr fort:

»Er ist ein Junge des Südens, wie er sein soll, mit Feuer in den Adern und einem Blick, der nicht lügen kann.«

Er leerte seinen Champagnerkelch.

»Ganz anders als dieses Individuum, dessen Besuch der Familie Hargrove nur Kummer bereiten kann.«

»Ein Drama?« fragte Lady Fidgety neugierig.

»Eine komplizierte Situation. Kurz gesagt, Dimwood war für fünfundzwanzig Jahre verpachtet. In drei Monaten ist die Frist

abgelaufen, und der Eigentümer der Plantage will sein Haus zurück-
haben.«

»Aber das alles weiß ich doch bereits«, sagte Lady Fidgety. »In
Dimwood kennt jeder diese Geschichte ... Es handelt sich um
Jonathan Armstrong, dessen Name in England hohes Ansehen
genießt.«

Elizabeth wurde bleich, doch sie rührte sich nicht. Onkel Charlie
warf einen Blick in ihre Richtung und fügte hastig hinzu:

»Wir werden ihn übrigens nicht sehen ... Hargrove erwartet ihn
dieser Tage. Bis wir eintreffen, ist er längst fort, denn er kommt nur,
um die Papiere unterzeichnen zu lassen. Eine traurige Geschichte.
Aber, meine Damen, es wird spät. Wenn Sie einverstanden sind,
schlage ich vor, daß wir uns hinaufbegeben und schlafen gehen.«

»Gern«, sagte Lady Fidgety. »Elizabeth, du siehst ja ganz blaß
aus. Du bist bestimmt müde, wie ich. Charlie, vielen Dank für diesen
interessanten Abend.«

Elizabeth fand keinen Schlaf. Zwanzigmal war sie versucht, ihre
Mutter zu wecken, um ihr die Liebschaft mit Jonathan zu beichten.
Ihre Liaison ... das Wort Ehebruch wagte sie nicht auszusprechen.

Übrigens kein richtiger Ehebruch, argumentierte sie vor sich
selbst, denn er hatte sie ja mit Gewalt genommen. Aber auch wenn
der Körper nicht ehebrecherisch gewesen war, das Herz war es ganz
gewiß. Wer hatte den Brief geschrieben, den Ort des Stelldicheins
genannt, die kleine Skizze gezeichnet? Und war es nicht gerade
unter diesem großen Baum geschehen? Unsinn! Ehebruch. Im
Evangelium wurde der Ehebrecherin, die man steinigen wollte,
vergeben. Wie viele Frauen haben sich auf sie berufen – ohne
allerdings das Ende des Zitats zu beachten: »Geh und sündige nicht
mehr.«

»Man arrangiert sich.« Was genau wollte die strenge Mutter
damit sagen? Sie wollte das häßliche Wort Ehebruch in ihrem
Umkreis nicht hören ... Also? Lieber schweigen. Niemand wußte
es. Man arrangierte sich. Die Dinge renkten sich ganz von selbst ein.
Sie würde Jonathan nicht mehr wiedersehen. Sie würde sterben. Bis
zum Morgengrauen wälzte sie sich unruhig in ihrem Bett, und dann
schlief sie plötzlich ein, ohne es zu merken.

Es kam der von Onkel Charlie so ungeduldig erwartete Tag. Amelia, Ned und Miss Charlotte stiegen vor dem Haus aus ihrer Kutsche, alle drei hungrig, erschöpft und unzufrieden wegen der langen Reise. Sie hatten nur einen Gedanken: sich in die Badezimmer zu begeben, sich umzuziehen, zu essen. Lady Fidgety beobachtete sie mit Interesse und stellte sich ihnen mit einem einzigen Satz vor, den sie mit vollkommener Betonung aussprach. Ihre Stimme, ihr ausgesucht britischer Akzent, ihre Haltung, all das wirkte etwas einschüchternd auf die drei Reisenden, die zu nichts anderem mehr fähig waren, als die bei solchen Gelegenheiten üblichen Komplimente zu stammeln. Diener in roten Livreen kümmerten sich um sie und führten sie auf ihre Zimmer.

Als Charlie Jones aus seinem Büro zurückkehrte, zeigte er sich überrascht, daß sie einen Tag zu früh angekommen waren. Ganz von seinem Projekt des Festes in Dimwood erfüllt, wartete er bis zum Abendessen, um ihnen alles zu erklären, was er dann auch mit jener Beredsamkeit des Südens tat, die er wie kein zweiter beherrschte. Verstört und müde hörten sich die drei Reisenden den Vorschlag an, am nächsten Morgen in der Dämmerung aufzubrechen, um die Hitze zu meiden, und noch einen Tag in Ruhe in dem paradiesischen Dimwood zu verbringen. Es erhob sich ein unwilliges Gemurmel, und die Expedition wurde aufgeschoben.

Das Diner war köstlich und langweilig. Man aß die Teller leer, aber die Konversation drohte bei jedem Satz einzuschlafen. Nein, in Virginia gab es nichts Neues. Der Tabak gedieh, die Nächte waren kühl, ein Unbekannter zu Pferde hatte nach Mrs. Edward Jones gefragt, und als man ihm sagte, daß sie nicht da sei, war er im Galopp davongestoben.

Ned, der halb eingeschlafen über seinem Eischaum döste, schien nichts gehört zu haben, aber Elizabeth fühlte Onkel Charlies fragenden Blick und wandte den Kopf ab.

»Ein geheimnisvoller Unbekannter, der im Galopp davonstiebt«, sagte Lady Fidgety, »das finde ich romantisch. Wie in einem Roman von Walter Scott.«

Amelia stöhnte und bat ihren Gemahl, sie auf ihr Zimmer zu bringen, da sie todmüde sei.

»Charlotte«, flüsterte sie ihrer Schwester zu, »keinen Schlaftrunk heute abend. Nicht nötig.«

Die Mahlzeit ging zu Ende. Alle erhoben sich.

Weniger als eine Stunde später lag Elizabeth in der Dunkelheit neben dem vom Schlaf übermannten Ned. Durch das offene Fenster drangen entfernt die Stimmen junger Leute und Gitarrenklänge zu ihr.

Sie dachte über ihr Leben nach, über den Reiter, der sie suchte und der vielleicht um diese Stunde über Land galoppierte. Sie würde ihn nicht sehen. Der Ehebruch ...

Sie hätte seinen Namen gern im Dunkeln laut ausgesprochen, aber sie tat es nicht. Da Ned neben ihr lag und friedlich wie ein Kind schlief, wäre es ihr unrecht erschienen. In dieser Nacht ruderte die Hand nicht wie gewöhnlich zu ihr. Durch die weißen Vorhänge, die das große Bett umgaben, hörte sie das Summen der Moskitos.

Plötzlich kam ihr ein Gedanke: »Romeo und Julia ... Man vergißt immer, daß sie verheiratet waren. Sind Begierde und Ehe wirklich unvereinbar?« Aber es gab keinen Jonathan mehr, keinen Ehebruch. Ihr Leben komplizierte sich ohne ihr Zutun. Was würde geschehen, wenn sie und Jonathan sich in Dimwood sahen? Sie fürchtete diese Begegnung, die sie gleichzeitig mit Leib und Seele herbeiwünschte.

Wenn die Gitarren doch nur schweigen wollten ...

120

Nachdem den Reisenden noch ein Ruhetag zugebilligt worden war, begann das Frühstück an diesem Morgen in allgemein guter Stimmung, die sich jedoch bald verdüstern sollte. Die sonst so zurückhaltende Lady Fidgety riß plötzlich die Konversation an sich:

»Charlie«, sagte sie, »da ich gestern nacht nicht gleich schlafen wollte, holte ich mir fünf Nummern der NATIONAL ERA, die während deiner Abwesenheit gekommen sind, und las, was bis jetzt von *Onkel Toms Hütte* erschienen ist.«

»Es würde uns alle brennend interessieren, was du davon hältst. Dir ist vielleicht nicht bekannt, daß die Autorin den Süden nie betreten hat und daß ihre phantasievollen Beschreibungen der Sklavenhütten selbst die Schwarzen zum Lachen bringen. Sie erfindet und erfindet ...«

»Das kann ich nicht beurteilen, aber wenn sie uns die Armut des Südens schildert – denn ihr habt auch eure Armen – lache ich nicht, sondern werde höchst ungeduldig, denn diese Moralpredigerin hat nicht die leiseste Ahnung davon, was Armut wirklich ist. Ich weiß es, Elizabeth weiß es. Ich schäme mich nicht im geringsten, von diesen Dingen zu sprechen, weil ich sie erlebt habe ... Ich erkenne das Elend, wenn ich es sehe. Sein Geruch ist mir vertraut, ebenso wie der bohrende Hunger und das ständige Zittern vor Kälte.«

»Laura«, sagte Charlie Jones, »diese Erinnerungen sind schmerzlich, und all das liegt weit zurück.«

»Das verdanke ich dir und William Hargrove, aber du wirst mir gestatten, die Unverschämtheit dieser Frau beim Namen zu nennen. Wer die Armut gewisser Schwarzenviertel in London im Winter nicht gesehen hat, ist nicht in den Abgrund der Verzweiflung hinabgestiegen.«

»Die Kälte und das Elend in New York stehen der eisigen Hölle Londons in nichts nach«, sagte Charlie Jones. »Ich bin dort mehrmals im Jahr wegen meiner Geschäfte, und ich kann dir versichern, daß die beißende Kälte dort ebenso hart ist, und daß die langsame Agonie des Hungers bei den Armen keine Gnade kennt.«

»Aber es gibt doch die guten Werke«, wandte Miss Charlotte ein.

Lady Fidgety schüttelte den Kopf und fuhr fort:

»Wenn uns also diese Frau im behaglichen Pfarrhaus ihres Mannes die Armut eures Südens vorhält ...«

»Aber wir haben auch unsere Armen«, unterbrach Charlie Jones sie mit veränderter Stimme, »und was mich ebenso beunruhigt wie alle Kriegsdrohungen, ist die traurige Tatsache, daß der Süden sie verachtet. Man hilft ihnen, aber man respektiert sie nicht, und man schämt sich nicht, sie den Abschaum der weißen Rasse zu nennen. *Poor White Trash* ist ein Ausdruck, der mich erschaudern läßt, weil er Unheil heraufbeschwört.«

»Unzählige Familien klammern sich an dich«, sagte Miss Charlotte mit Überzeugung.

»Das ändert nichts an dem Problem. Laura, du hast mich veranlaßt, etwas zu sagen, was ich bisher nicht ausgesprochen habe, weil ich den Süden wie eine Heimat liebe. Oh, ich weiß. Mit seinem unermeßlichen Reichtum kommt der Süden seinen Wohltätigkeitspflichten weitgehend nach. Die Frage ist nur: tut man es, wie man die Steuern bezahlt, und um die Stimme seines empörten Gewissens zum Schweigen zu bringen, oder tut man es aus ... aus ... mir fehlt das passende Wort.«

Das Wort war auf allen Lippen: »Nächstenliebe«, aber jeder schämte sich, es auszusprechen.

»Ach was«, sagte Onkel Charlie, »ich lasse mich zu großen Reden hinreißen.«

»Sagen wir lieber, du bist ehrlich. Was mich betrifft, so werde ich es bis zum letzten Atemzug sein. Ich bin arm gewesen und habe darunter gelitten. Ich bin es nicht mehr und habe Grund, zufrieden zu sein, und das ist wenig gesagt. Ich bin ganz unverschämt zufrieden. Die Vorfahren meines Mannes, wie die vieler unserer angesehensten englischen Familien, haben im 18. Jahrhundert mit dem Sklavenhandel beträchtliche Gewinne erzielt. Sie kauften die Schwarzen in Afrika und verkauften sie an eure Farmer im Norden. Aber da die Schwarzen das Klima im Norden schlecht vertragen, haben ihre geschäftstüchtigen Besitzer sie an den Süden weiterverkauft, wo man sie dringend brauchte. Wieviel Gold ist von einer weißen Hand in die andere geflossen!«

»Und das stört dich nicht, meine liebe Laura?«

»Man entschädigt sie so gut man kann«, antwortete Lady Fidgety nur. »Aber ich halte euch auf mit meinen Weisheiten. Schluß jetzt. Ihr müßt fahren. Die Sonne steht schon hoch, und es wird heiß.«

Zwei Kaleschen erwarteten sie. Amelia und Charlie Jones nahmen in der ersten Platz, Miss Charlotte und das junge Paar in der zweiten.

Wahrscheinlich waren alle noch beeindruckt von Lady Fidgetys Reden, und so sagte niemand ein Wort, außer Charlie Jones, der den Kutschern die Reiseroute erklärte – eine andere als die, die man gewöhnlich nach Dimwood nahm. Gerade in diesem Augenblick kam ein Reiter im Galopp an und hielt vor dem Haus. Offenbar ein Mann aus dem Volk, denn er zog seinen Strohhut und sagte, zu Charlie Jones gewandt:

»Sir, ich habe einen Brief für Mrs. Edward Jones.«

»Geben Sie her. Woher kommen Sie?«

»Ich bin der Gärtner der guten Schwestern. Eine von ihnen bat mich, diesen Brief zu bestellen. Es sei eilig, hat sie gesagt.«

Charlie Jones nahm den Brief, warf einen Blick auf den Umschlag und stieg zu Amelias Überraschung wieder aus dem Wagen.

»Elizabeth«, rief er, »kannst du einen Augenblick herkommen?«

Die junge Frau trat sofort auf die Straße, und Charlie Jones reichte ihr den Brief.

»Ich gestehe«, sagte er, »daß ich diese Mitteilungen, die gerade zum Zeitpunkt einer Abreise eintreffen, nicht mag. Ich weiß allerdings nicht, warum. Man schreibt dir aus dem Kloster. Tante Laura. Hoffentlich ist ihr nichts zugestoßen.«

Mit zitternder Hand riß Elizabeth den Umschlag auf, las den Brief und gab ihn Charlie Jones.

»Ich verstehe das nicht«, sagte sie.

Er überflog den Brief, der nur einige Zeilen enthielt. Ein kleines Kreuz zierte den Briefkopf.

Elizabeth, mein liebes Kind, ich habe in dieser Nacht für Dich gebetet. Im Namen des Heilands, der am Kreuz für uns gestorben ist, geh nicht nach Dimwood! Ich habe eine schlimme Vorahnung. Gott behüte dich.

Schwester Laura

»Ich verstehe das nicht«, sagte sie wieder.

»Wovor kann sie nur Angst haben? Diese Nonnen sind so seltsam mit ihren abergläubischen Befürchtungen. Hast du ihr irgend etwas anvertraut? Verzeih mir die Frage.«

»Wir haben über Religion gesprochen«, sagte die junge Frau mit schwacher Stimme, »und auch über meine Ehe, über Ned ...«

»Schließlich sind wir da, um dich zu beschützen, Ned und ich. Falls du lieber hierbleiben willst, bleib. Aber ich an deiner Stelle würde den Träumereien dieser frommen Frau keine Aufmerksamkeit schenken.«

Elizabeth zögerte nicht.

»Gut. Ich steige wieder in den Wagen.«

Charlie Jones rief den Boten, der vor dem Haus wartete, und steckte ihm eine Goldmünze zu.

»Sag Schwester Laura, daß alles in Ordnung sei, und daß es keine Antwort gibt.«

Als er wieder allein mit Elizabeth auf der Straße stand, wurde er plötzlich rot vor Zorn.

»Ich mag diese Nonnen zwar sehr gern«, sagte er aufgebracht, »aber manchmal gehen sie mir auf die Nerven mit ihren Vorahnungen. Zerreißen wir den Wisch?«

Elizabeth nickte.

Er riß den Brief in zehn oder zwölf kleine Stücke, die der Wind davontrug.

»Was soll ich Ned sagen?« fragte sie.

»Daß du mit ihr über Religion gesprochen hast ... und über deine Ehe. Vergiß die Vorahnungen. Ach, und wenn wir aus Savannah hinausfahren, achte auf die Straße. Wir sind sehr stolz darauf. Sie ist nämlich mit Austernschalen gepflastert.«

Sie trennten sich, und zwei Minuten später rollten die Kaleschen in raschem Trab dahin.

»Was war das?« fragte Ned. »Ich sah, daß man dir einen Brief ausgehändigt hat.«

»Ja, von Tante Laura. Die Ratschläge einer guten Schwester. Sie redet von Vorsicht. Dein Vater meint, es sei barer Unsinn. Er hat den Brief sogar zerrissen.«

»Die Katholiken sind doch alle gleich. Laura will dich bekehren, vermute ich.«

»Mich? Machst du Witze?«

»Schade, daß Papa den Brief zerrissen hat. Ich hätte ihn gern gesehen ...«

Trotz ihrer kurzen Eheerfahrung, hörte sie die Eifersucht heraus.

Miss Charlotte, die kein Wort gesagt hatte, blickte sie besorgt an, und ihre Augen waren voller stummer Fragen.

Kaum hatten sie die letzten Häuser der Stadt hinter sich gelassen, da erklang der Hufschlag der Pferde auf der Chaussee plötzlich so hart und präzis, daß die Reisenden auffuhren. Elizabeth erinnerte sich an Onkel Charlies Worte.

»Die Austernschalen!« rief sie. »Es klingt, als führen wir über Metall.«

Ned lehnte sich hinaus.

»Sie sind riesig«, sagte sie, »und so zusammengefügt, daß sie eine einheitliche Fläche bilden. Savannah ist stolz darauf. Ich hätte sie fast vergessen.«

Er nahm ihre Hand und flüsterte mit kindlicher Zärtlichkeit:

»Ich freue mich über diese kleine Reise mit dir, mein Schatz.«

Sie lächelte. Diese zärtlichen Anwandlungen Neds störten sie. Er sagte nichts weiter, vielleicht weil Miss Charlottes stumme Anwesenheit ihm peinlich war.

Die junge Frau fragte sich, warum man diesmal nicht die gewohnte Reiseroute gewählt hatte. Vor allem bedauerte sie, den Ort nicht wiederzusehen, wo Jonathan an ihrer Kutsche vorübergeritten war und ihr diesen unwiderstehlichen Blick zugeworfen hatte. Das war die Sekunde gewesen, in der er von ihrer Seele Besitz ergriffen hatte, mehr noch als auf der Veranda unter den Magnolien. Da war sie ihm verfallen. Später hatte Ned sich ihres Körpers bemächtigt, aber die Seele war ihm entgangen. Heute erschien ihr das alles in einer Vereinfachung, die sie erschreckte.

Die Bäume am Straßenrand verloren zwar die ersten Blätter, bewahrten aber noch den Glanz der schönen Jahreszeit. Aus den grünen Tiefen leuchteten einzelne goldene Tupfen, aber was war das im Vergleich zur Pracht des Altweibersommers von Virginia? Das Klappern der Hufe auf der Chaussee hämmerte in ihren Schläfen, wie um ihr etwas zu sagen, einen Namen, bald den eigenen, bald den Neds oder Jonathans, mit einer unerbittlichen Regelmäßigkeit. Sie versuchte sich die Ohren zuzuhalten, als der Lärm plötzlich aufhörte und sie einen Duft verspürte, den sie entzückt einatmete. Sie fuhren jetzt auf einem sandigen Weg durch einen Pinienwald. Die rötlichen Stämme ragten wie unzählige Säulen empor, die sich in einer unendlichen dunklen Masse verloren. Leider wirbelte eine gelbe Staubwolke von der Straße auf und zwang die Reisenden, den Kopf zu bedecken. Endlich verließen sie den Wald, legten die letzte Etappe der langen Fahrt im Galopp zurück und erreichten Dimwood in der aufsteigenden Mittagshitze. Ned und Miss Charlotte brachen beim Anblick der triumphalen Pracht der Gärten in laute Bewunderung aus.

Alle Hargroves hatten sich zu ihrer Begrüßung auf der Freitreppe versammelt, und es gab zahlreiche Umarmungen und die üblichen Komplimente und Ausrufe, bevor sich die fröhliche Gesellschaft in die Salons ergoß, wo die Luft hinter den geschlossenen Jalousien angenehm kühl geblieben war.

Man versicherte, daß Elizabeth hübscher denn je sei; dann mußte die ganze Familie Amelia und Miss Charlotte vorgestellt werden, dann Ned der ganzen Familie. Es dauerte lang.

Bei der ersten Gelegenheit verschwand Elizabeth und stieg hinauf in das ehemalige Zimmer ihrer Mutter. Alles war dort unverändert, genauso, wie sie es bei ihrer Rückkehr aus Savannah kurz nach Mrs. Escridges nächtlicher Abreise vorgefunden hatte. Das große Säulenbett, der kleine Tisch, auf dem noch die Portweinflecke zu sehen waren ... In Sekundenschnelle durchlebte sie noch einmal jene endlosen Wochen, sah sie wie einen Spuk an sich vorüberziehen, sah sich wieder im kurzen Rock, mit dem schulterlangen goldenen Haar und dem etwas erstaunten Jungmädchengesicht. Eine heftige Angst stieg plötzlich in ihr auf, und sie ließ sich auf das Bett sinken.

»Ich hätte nicht kommen dürfen«, sagte sie halblaut. »Laura hat etwas gesehen.«

Man rief sie, und sie stand eiligst wieder auf.

Unten wurden Juleps im weißgoldenen Salon serviert, und alle plauderten fröhlich und angeregt. Etwas abseits saßen William Hargrove und Charlie Jones in den großen Sesseln und unterhielten sich mit sehr ernsthafter Miene.

»Charlie, ich verstehe überhaupt nichts mehr. Jonathan Armstrongs Entschluß ist mir unbegreiflich. Er hat das Haus und seinen Anteil der Plantage an seine Frau verkauft, die damit die alleinige Besitzerin von Dimwood ist.«

»Aber warum? Hat er einen Grund genannt?«

»Nein. Zwischen ihm und ihr besteht ein Vertrag, den er mir zu lesen gab. Ich traute meinen Augen nicht. Sie schlägt uns vor, den Pachtvertrag um weitere fünfundzwanzig Jahre zu verlängern, unter den gleichen Bedingungen wie zuvor.«

»Und du hast unterschrieben?«

»Ja.«

»Also bleibt Dimwood in der Familie. Du bist jetzt der Pächter deiner Enkelin. Vielleicht hast du gut daran getan. Aber ich hätte den Vertrag doch lieber vorher gesehen. Meine lange Berufserfahrung ... Und was ist nun mit dem Haus, das du in Savannah gekauft hast, als du glaubtest, Dimwood verlassen zu müssen?«

»Ich beabsichtige, es meiner Enkelin Minnie und diesem Herrn aus New Orleans zur Hochzeit zu schenken.«

»Das alles scheint mir ganz vernünftig, vorausgesetzt, der Vertrag wird eingehalten.«

»Annabel hat dem Pachtvertrag einen liebevollen Brief beigefügt. Sie trennt sich von ihrem Mann und wird nie mehr nach Georgia zurückkehren.«

»Nach dem unverzeihlichen Affront, den ihr die hiesige Gesellschaft bereitet hat, finde ich das durchaus begreiflich. Amerika ist groß. Ich könnte mir gut vorstellen, daß sie sich im Westen niederläßt – oder im Norden. Was Jonathan Armstrong betrifft, so ist er wirklich kein Mann für sie.«

»Sie sind getrennt, nicht geschieden. Sie behält seinen Namen.«

»Natürlich. Das ist an sich ein Kapital. Er muß für das Ganze eine beträchtliche Summe erhalten haben.«

»Das kann man wohl sagen.«

»Und was wird er mit diesem Vermögen tun?«

»Es verprassen, was sonst? Er weiß nichts anderes mit seinem Geld anzufangen. Du vergißt, daß er ein Grandseigneur ist.«

»Ich kann dieses Wort nicht ausstehen.«

»Mich amüsiert es eher. Wenn du ihn heute früh auf seinem schwarzen Pferd gesehen hättest ... Welche Eleganz und welcher Hochmut!«

»Jedenfalls freut es mich, daß er nicht in unserer Anwesenheit kam. So sind wir ihn los.«

»Ich hoffe es, denn, ehrlich gesagt, er ist mir verhaßt.«

Onkel Charlie runzelte die Brauen.

»Du hoffst es? Bist du nicht sicher?«

»Leider nicht. Er hat viele Freunde in der Gegend, denen er seine sogenannte gute Nachricht verkünden will. Das ermöglicht ihm, seinen angeschlagenen Ruf ein bißchen aufzubessern. Er wird genug zu tun haben.«

»Wäre er nur in Wien geblieben!«

»Du bist doch nicht sein Nachbar. Was hast du gegen ihn?«

»Eigentlich nichts, aber ich kann diesen Mann nicht ausstehen.«

»Ich mußte ihn wegen dieses Geschäfts wohl oder übel bei mir empfangen.«

»Natürlich. Es ist nur ein unangenehmes Gefühl, das ich nicht loswerde. Aber ist das nicht die Glocke zum Mittagessen?«

»Ja. Am Nachmittag treffen wir die letzten Vorbereitungen für das Fest heute abend, das prächtig zu werden verspricht.«

»Prächtig«, wiederholte Charlie Jones mit besorgter Miene.

Und dann fügte er mit einem gezwungenen Lächeln hinzu:

»So wird dieses Fest, das die Trübsal über den Verlust Dimwoods vertreiben sollte, nun, da es euch erhalten bleibt, ein wahres Freudenfest sein.«

Das Mittagessen war schlicht und einfach. Das abendliche Festmahl versprach dafür um so reichhaltiger zu werden. Man redete und lachte viel. Mehrere Male bat Charlie Jones alle Anwesenden, vor der Abenddämmerung nicht in die große Allee zu schauen.

»Wir werden den Nachmittagsschlaf verlängern«, sagte Tante Emma, »aber wir erwarten ein Wunder. Du treibst unsere Neugier auf die Spitze.«

»Geduldet euch bis zur Ankunft der Gäste«, sagte William Hargrove mit einem Lächeln, das sich in seinem Bart verlor.

Seit ihm mit der Erneuerung des Pachtvertrages seine Seelenruhe wiedergegeben war, hatte er das Gefühl, sein Leben sei um fünfundzwanzig Jahre verlängert worden. Es war bereits ein Fest, hierzusein. Aus dem gequälten Mann von einst war ein neuer Mensch geworden, der nicht an den Krieg glauben wollte und sich in eine strahlende Gegenwart flüchtete. Ein Ereignis des Tages betraf Elizabeth. Das kleine Mädchen brauchte sich nicht mehr hinter einem riesigen Blumenstrauß zu verbergen, um William Hargroves Herz zu schonen. Erstens, weil heute keine Blumen auf dem Tisch standen, und zweitens, weil es kein kleines Mädchen mehr gab. Eine schöne junge Frau begegnete jetzt William Hargroves gleichmütigem Blick.

Ein Schatten schwebte allerdings über diesem glückseligen Optimismus. William Hargrove fürchtete, daß Jonathan Armstrong doch auftauchen und ihm den Abend verderben könnte, indem er hochnäsig einherstolzierte, nur um sich zu zeigen, aus purer Eitelkeit, aus Unverschämtheit. Und wie sollte er ihn daran hindern? Aber vielleicht würde es gar nicht geschehen. Mit einer Handbewegung verjagte er die schwarzen Gedanken, und dann erhob er sich. Die Mahlzeit war beendet.

Man eilte zu den Schaukelstühlen.

Im Rauchzimmer befragte William Hargrove seinen Mentor.

»Charlie, bist du sicher, daß der Fußboden den Schritten all dieser Tänzer standhalten wird?«

»Ein doppelter Fußboden! Was willst du mehr? Er nimmt den ganzen Raum unter den Bäumen ein.«

»Wo setzt du das Orchester hin?«

»Am Fuße der Eichen in der Allee.«

»Bist du sicher, daß deine kleinen Chinesinnen genug gearbeitet haben?«

»Sie weben Tag und Nacht wie die Besessenen. William, es fehlt dir an Gelassenheit. Du solltest Seneca lesen.«

»Warum Seneca?«

»Ich weiß es nicht mehr, ich habe es vergessen, aber er war für Gelassenheit. Ich hätte Lust auf ein Schläfchen.«

»Schlafen? Während die Wagen mit neugierigen, schwierigen, schwatzhaften Gästen nach Dimwood rollen?«

»Was geschehen ist, ist geschehen. Wir haben etwas in Gang gesetzt. Nennen wir es das Schicksal, und machen wir ein Schläfchen.«

Die Unterredung endete, das Haus war still.

Ned hatte Elizabeth bei der Hand genommen und machte mit ihr einige Schritte unter den Bäumen am Rande der Gärten.

»Wenn wir hier ein paar Tage bleiben«, sagte er, »möchte ich mit dir in den Wäldern hinter dem Haus spazierengehen.«

»Ich war einmal dort mit Hilda und Mildred. Man verläuft sich leicht, wenn man sich nicht gut auskennt. Aber wir haben ja auch die große Allee.«

»Ich folge dir, wohin du willst. Bist du zufrieden, hier mit mir zu sein?«

»Sehr zufrieden, aber ich mag diese Aufregung nicht. All die Leute, die bald kommen werden ...«

»Ich muß gestehen, daß es mir auch nicht gefällt, aber so ist die Welt, Elizabeth ... Liebst du mich?«

»Natürlich, Ned. Ich glaube, wir werden bald zwei sein, die dich lieben.«

»Zwei? Willst du damit sagen, daß ...«

»Ja, Ned.«

»Oh, Elizabeth ... Ich habe mich immer so ungeschickt dir gegenüber verhalten. Sollen wir auf unser Zimmer gehen und uns ausruhen?«

»Geh dich nur ausruhen, Ned. Ich gehe noch ein Stück am Fluß entlang. Ich möchte allein sein.«

»Entferne dich nicht zu weit vom Haus. Wenn euch etwas passierte ...«

121

Sie trennten sich, und obwohl es verboten war, lief sie rasch in Richtung der Freitreppe, aber ihr Herz pochte so stark, daß sie langsamer gehen mußte, und dicht an der Mauer entlang gelangte sie auf die Veranda, wo die Erinnerung sie überfiel. Der Ort war menschenleer. Sie huschte bis zu den Magnolien, deren offene Blüten ihren liebesschweren Duft verbreiteten. Sie anzufassen, traute sie sich nicht, da sie wußte, wie zart und zerbrechlich sie waren, aber sie berührte sie mit den Lippen und flüsterte ihnen den Namen Jonathan zu. Die ganze Trunkenheit der ersten Jugend stieg wieder in ihr auf, die ersten Minuten, die ersten Blicke. Das Herz allein sprach, der Körper existierte nicht mehr. Sie stellte sich vor, wie ihre beiden Seelen im schwindelnden Rausch einer unzerstörbaren Liebe ineinanderflossen, in den Abgrund stürzten, den ein Blick ihnen eröffnet hatte. Sie seufzte. Aus. Heute liebte sie ihn anders, und es war nicht so schön, aber sie hatte keine Wahl mehr, sie gehörte ihm – doch nicht ganz.

Denn es gab Ned ...

Während sie sich entfernte, blickte sie sich um und sah einige Schwarze auf riesigen Leitern. Mit Werkzeugen, die Blasebälgen ähnelten, besprühten sie das Laub der Eichen mit Gold. Das war also das Geheimnis, das nicht gelüftet werden durfte. Sie gewann einen flüchtigen Eindruck der Pracht, dann floh sie auf die andere Seite des Hauses, die auf die Wälder hinausging, in denen sie einst mit ihren Cousinen herumspaziert war. Eine Weile blieb sie reglos stehen.

Die Luft war still. Vor ihr lagen die undurchdringlichen grünen Laubmassen, die ihr unheimlich und anziehend zugleich erschienen. Dort schliefen Indianer unter der Erde, und Schlangen ringelten sich im hohen Gras.

Eine Stimme rief sie. Sie hob den Kopf und sah im Dachgeschoß eine Hand, die aus einem langen, schmalen Fenster winkte, und diese Hand hielt eine Karte. Sofort kam ihr der Name der Souligou in den Sinn.

»Ja?« rief sie.

»Kommen Sie herauf«, sagte die Stimme.

Einen Augenblick später stand sie wie in einem Traum der Souligou von einst gegenüber, die in ihrem Sessel saß, den Rücken zur Tür, mit dem gleichen aggressiv gepünktelten roten Kopftuch. Die listigen schwarzen Augen in dem braunen Gesicht betrachteten sie aufmerksam.

»Sieh einmal an«, sagte sie mit einem Lächeln, das ihre schmalen Lippen auseinanderzog, »eine Dame, eine wahre Dame, elegant und schön. Nehmen Sie Platz, Madame.«

Elizabeth setzte sich neben sie. Die schmale Hand der Souligou lag auf der Karte, mit der sie vorhin aus dem Fenster gewinkt hatte.

»Erinnern Sie sich? An dem Tage, als ich Ihnen die Tarockkarten legte, hatte ich Ihnen eine Karte verborgen, die letzte. Ich wollte sie Ihnen nicht zeigen, um Sie nicht zu beunruhigen, aber wir haben Dummheiten gemacht, Mrs. Jones.«

»Sagen Sie Elizabeth zu mir«, erwiderte die junge Frau ungeduldig.

»Wie Sie wollen. Hier ist die Karte.«

Zu ihrem Entsetzen sah Elizabeth das mit naiver Brutalität gezeichnete Bild eines Gehenkten.

»Ich hatte gehofft, es ließe sich korrigieren«, erklärte die Souligou, »denn die anderen Karten waren nicht so schlecht, aber diese hier ist wirklich schlimm. Da bahnt sich ein Drama an.«

Die junge Frau blieb stumm. Das Blut pochte in ihren Schläfen. Mit matter und ängstlicher Stimme fragte sie:

»Was soll ich tun?«

Schweigen. Die Seherin senkte die Augen, wie um in sich zu gehen und dort die Antwort zu finden.

»Sie brechen Herzen. Seien Sie vorsichtig. Ich sehe einen Schatten.«

Sie blickte Elizabeth an.

»Sie erwarten ein Kind, und Sie müssen sehr auf sich achtgeben. Dieses Kind wird Ihre Freude sein.«

»Das ist wenigstens eine tröstliche Nachricht.«

»Ja, aber sie vertreibt diesen Schatten nicht, der mir gar nicht gefällt.«

»Der Krieg?«

»Ach, der Krieg ... Man redet von nichts anderem, aber der kommt nicht so schnell. Das dauert noch Jahre.«

»Sie beruhigen mich immerhin ein bißchen ... trotz allem.«

»Ein bißchen vielleicht, aber dieser Schatten ist da, und nichts bringt ihn weg. Sonst sehe ich nichts.«

Elizabeth blickte sich betrübt und verzweifelt um. Die Wände dieses großen und niedrigen Zimmers, die schmalen, schießschartenähnlichen Fenster, alles erinnerte sie an ihren letzten Besuch, an die völlige Ahnungslosigkeit, in der sie damals gelebt hatte, an ihre verworrenen Jungmädchenträume.

»Welchen Rat geben Sie mir?« fragte sie, sich wieder Mademoiselle Souligou zuwendend, die sie schweigend beobachtete.

»Welchen Rat? Ich sehe nichts, absolut nichts, und das ist mir ebenso unangenehm wie all das andere. Nichts.«

Elizabeth erhob sich. Sie war sehr bleich und stützte sich mit der Hand auf die Stuhllehne.

»Danke, Mademoiselle Souligou«, sagte sie fast flüsternd. »Ich werde Sie wieder besuchen.«

»Vielleicht, Mrs. Jones, aber ich glaube es nicht.«

Sie rückte ein wenig beiseite, um Elizabeth durchzulassen, die hinter ihrem Stuhl vorbeiging und die Tür öffnete, die auf die kleine steile Treppe führte.

Unruhig wartete sie, bis die junge Frau hinabgestiegen war, und dann rief sie ihr nach:

»Nicht den Mut verlieren, Elizabeth!«

Die Dämmerung war kaum angebrochen, als die ersten Kaleschen ankamen. Sie nahmen den längeren Weg, wie man sie gebeten hatte, machten einen Bogen um den verfluchten Wald und hielten vor der Freitreppe, die auf die Gärten hinausging.

Von ihrem Fenster aus beobachtete Elizabeth diese Vorgänge mit wachsender Angst. Während sie sich für das Fest ankleidete, dachte sie immer wieder an das Gespräch mit der Souligou, an diesen Schatten, an den Rat zur Vorsicht.

Ned, der sich in seiner Ecke anzog, sah ihre Besorgnis, wagte jedoch nicht, sie nach dem Grund zu fragen. Er selbst fühlte sich unbehaglich, denn die Aussicht auf einen Gesellschaftsabend war ihm ein wahrer Alptraum.

»Du hast das weiße Kleid gewählt«, sagte er mit einer etwas gezwungenen Heiterkeit. »Es ist zwar sehr schlicht, aber Weiß steht dir am besten. Man wird nur dich bewundern.«

»Ach, ich habe aber gar keine Lust, bewundert zu werden. Ich schwöre dir, daß ich viel lieber hier in diesem Zimmer bleiben würde.«

Sie gingen hinunter.

122

Im großen Salon mit den roten Vorhängen, die die hohen Fenster umgaben, schwatzten die bereits zahlreich vorhandenen Damen aus voller Kehle, fast alle in hellen Abendtoiletten, die mit der feierlichen Eleganz der Herren im schwarzen Frack kontrastierten. Ned und seine Frau verloren sich in dieser nach allen modernen Parfums duftenden Menge, die dem jungen Paar, zwei unbekannten Gesichtern, kaum Beachtung schenkte. Elizabeth war erleichtert. Sie konnte nicht umhin, Neds Unbeholfenheit zu bemerken, die sie rührte. Der junge Mann erinnerte in seiner Haltung an einen *Gentleman Farmer* seiner Heimat.

Da die draußen fast ununterbrochen vorfahrenden Kutschen mit ihrem Lärm die Konversation übertönten, hob man die Stimme, um das Gelächter und die Ausrufe in diesem mondänen Tumult zu übertönen. Die Hargroves versuchten in diesem Durcheinander vergeblich, den Dienern, die Tabletts voller Champagnerkelche vor sich her balancierten, einen Weg durch die Menge zu bahnen, und gaben es schließlich auf. Endlich standen alle Wagen in Reih und Glied hinter dem Haus, aber dazu hatte es Azors energischer Anweisungen bedurft, der sich nicht scheute, die Kutscher der angesehensten Familien zu beschimpfen. Mit seinem kleinen Lederhut, der ihm schräg und verwegen in der Stirn saß, und dem Geschrei eines wütenden Papageis verschaffte er sich Gehorsam.

Als es dunkel wurde, drehten sich die weißen Türen in den Angeln und Charlie Jones verkündete mit Stentorstimme die Eröffnung des Balls unter den großen Eichen. Mit einer einladenden Geste wies er gleichzeitig auf den angrenzenden Saal, der im Lichte der Deckenleuchter erstrahlte. In der unbekümmerten Art der vornehmen Leute, die sich wie Schulkinder benehmen, sobald sie zu mehreren sind, kamen die Gäste geräuschvoll und unter fröhlichem Gelächter der Aufforderung nach.

Man durchquerte das Erdgeschoß in seiner ganzen Länge, und

dann stand die feine Gesellschaft vor einem Schauspiel, das sie zunächst für ein paar Sekunden verstummen ließ; doch gleich darauf stieg ein Raunen der Bewunderung zu den Sternen empor. Das ganze Laubwerk der riesigen Bäume war von einem goldenen Schleier umhüllt, der im Schein des Feuers glitzerte. Diener in roter Livree standen sich auf beiden Seiten der Allee in zwei Reihen gegenüber. Eine Distanz von zwei Metern trennte sie, und jeder von ihnen hielt in der weißbehandschuhten Hand einen langen Stab, an dessen Spitze eine Fackel brannte. Dieses Licht schien bis in die Wipfel der Bäume zu leuchten, so daß es aussah, als ob diese Illumination in der Dunkelheit einen Funkenregen entzündete. Daher wurden die Zuschauer von einem Schrecken erfaßt, der ihrem Vergnügen einen zusätzlichen Reiz verlieh. So weit das Auge reichte, erstreckte sich dieses zauberhafte Schauspiel unter dem Gewölbe der Äste, wie ein leuchtender Tunnel in der Finsternis.

Und nun lüftete Charlie Jones endlich das so lange gehütete Geheimnis.

»Es ist ganz einfach«, erklärte er. »Es sind Tausende von Spinnen, die ich in Papiertüten direkt aus Peking kommen ließ. Man setzt sie in die Bäume, sie weben wie die Irren ihre Netze im Laub, und man besprüht die Spinnweben mit Goldstaub. Das ist das Ergebnis.«

Man war so fasziniert von diesem Wunder, daß niemand das unsichtbare Orchester unter den Eichen bemerkte, und alles fuhr überrascht auf, als plötzlich ein schmetternder Straußwalzer erklang. Mit einem kleinen entzückten Aufschrei des Erschreckens warfen sich die Damen in die Arme der Herren, die sie alsbald im Takt herumwirbelten. Der unwiderstehliche Walzertaumel erfaßte alle.

Elizabeth klammerte sich an Ned und rief ihm ins Ohr:

»Ich kann nicht tanzen.«

»Macht nichts«, antwortete er. »Tu so, als ob.«

Das Buffet, das in einer langen Galerie aufgebaut war, bot eine Fülle köstlicher Dinge, teils zu Pyramiden aufgebaut, teils auf riesigen wappengeschmückten Porzellantellern angerichtet. Weißgekleidete Diener schenkten den in Strömen fließenden Champagner in die rasch geleerten Gläser, und viele hübsche Köpfe begannen sich um so schneller zu drehen, da sie ein wenig beschwipst waren.

Zu späterer Stunde erschienen die jungen Offiziere in ihren

feschen dunkelblauen Uniformen, aßen wie die Scheunendrescher und warfen den Damen feurig schmachtende Blicke zu.

Elizabeth vermochte nicht am Jubel dieses Festes teilzunehmen, auf dem sie sich verloren fühlte. Vergeblich versuchte sie, ihren jungen Gemahl zum Fortgehen zu bewegen, und fühlte sich dabei immer unbehaglicher. Aber ganz offenbar amüsierte Ned sich sehr gut, und da der Champagner ihm die Zunge gelöst hatte, plauderte er fröhlich mit den Gästen, freilich wenig mit den Damen, um seiner Frau nicht zu mißfallen.

Unwillkürlich schnappte sie einzelne Gesprächsfetzen auf. Es handelte sich wieder einmal um den drohenden Krieg. Sie zog es vor, nichts zu verstehen, doch fiel ihr auf, das Ned mit den Offizieren lauter und etwas rascher als gewöhnlich sprach. Die Diskussion war lebhaft, zweifellos hochinteressant, und die junge Frau hatte den Eindruck, daß er für den Augenblick ihre Anwesenheit vergaß.

»Ned«, sagte sie, »ich werde hineingehen und mich drinnen ein wenig ausruhen.«

»Wo denn?« fragte er, plötzlich besorgt.

»In meinem alten Zimmer, beunruhige dich nicht.«

Da der Geruch der Speisen und der Tabakrauch in der Galerie ihr ein wenig Übelkeit verursachten, wollte sie zuerst hinausgehen und einmal gründlich frische Luft schöpfen. Einen Augenblick lang bewunderte sie die Pracht der lichtdurchfluteten großen Allee. Dennoch war sie innerlich nicht bei diesem Fest, diesem Freudentaumel, denn seit Beginn des Abends verfolgte sie eine fixe Idee, und nun rannte sie plötzlich zur Freitreppe. Ein seltsames Gefühl überkam sie, etwas, das einer Offenbarung glich. Sie hatte den Eindruck, daß ihr Leben in Dimwood noch einmal anfing, so wie man ein Buch auf der ersten Seite noch einmal zu lesen beginnt, und, das Gesicht ganz nahe an den Magnolien, sagte sie leise:

»Ich bin gekommen.«

Sie ging die Stufen hinauf, die sie zum erstenmal mit ihrer Mutter emporgestiegen war, und direkt in ihr Zimmer. Sie mußte sich im Dunkel vorantasten, um ihr Bett zu finden, und dort blieb sie eine Weile stehen. Während sie den bekannten Geruch dieses Zimmers einatmete, stürmten die Erinnerungen auf sie ein: Heimweh, Sehnsucht, Unruhe und das erste Herzklopfen der Liebe. Dieser Wunsch, alles noch einmal zu erleben, entsprach einem Bedürfnis, zu verstehen. An diesem Punkt ihres Daseins versuchte sie, den Sinn ihres Lebens zu entdecken.

Dann ging sie hinaus. Im Zimmer nebenan war keine Tante Laura mehr, die sie überwachte. Das junge Mädchen, das sie wieder geworden war, konnte ans Ende der Veranda laufen, wo die großen Blätter der Magnolie Platz machen würden, um ein strahlend verliebtes Gesicht erscheinen zu lassen. Wie eine Schlafwandlerin beugte sie sich noch einmal nieder.

In diesem Augenblick vernahm sie ein Geräusch von Schritten. Der Fußboden der Veranda knarrte hinter ihr, und eine klare und deutliche Stimme sagte:

»Sie haben lange auf sich warten lassen, Miss Elizabeth – oder sollte ich Mrs. Jones sagen?«

Elizabeth hielt sich am Geländer fest. Verblüfft fragte sie:

»Sie haben mich erwartet, Mrs. Llewelyn?«

Die kräftige, breitschultrige Gestalt trat auf sie zu.

»Glauben Sie, ein Kind hätte nicht erraten, was Sie tun würden? Wenn man Ihre Geschichte kennt? Aber die Zeit drängt. Es gefällt mir nicht, daß Sie heute nacht hier sind.«

Jetzt sah sie im Mondlicht das feiste Gesicht der Waliserin und ihre forschenden kleinen Augen.

»Ich will es Ihnen lieber gleich klar und deutlich sagen. In Dimwood sind Sie in Gefahr.«

»Aber warum denn?«

»Der, an den Sie nicht mehr denken sollten, sucht Sie hier in diesen Gärten. Sie sind eine Ehebrecherin, Mrs. Jones.«

Elizabeth fuhr auf:

»Haben Sie es zu verhindern versucht?«

»Und wer hat mich um Hilfe gebeten? Aber lassen wir das. Alles begann am Fuße dieses Baumes, im verfluchten Wald. Erinnern Sie sich an den Zettel mit der Antwort, der dort vergraben war? Der entzweigerissen war?«

»Wie deuten Sie das?«

»Man bittet die okkulten Mächte nicht um Liebe. Sie wissen nicht, was das ist, sie zerstören nur.«

»Ich habe nicht um Liebe gebeten.«

»Doch. Sie haben darum gebeten, daß die Frau, die Ihrer Liebe im Wege stand, entfernt wird. Jetzt beschwören Sie durch Ihre Anwesenheit das Unheil herauf. Verstecken Sie sich. Gehen Sie nicht aus dem Haus. Das ist der Rat, den ich Ihnen gebe, und das ist alles, was ich tun kann.«

»Sie sind eine sehr böse Frau, Mrs. Llewelyn.«

»Ich bin keine böse Frau. Ich versuche, Sie zu retten ...«

Sie zögerte:

»... den Schaden wiedergutzumachen.«

Damit kehrte sie ihr jäh den Rücken zu und stieg die Stufen der Freitreppe hinab. Elizabeth blickte ihr nach, bis das graue Kleid hinter dem Haus verschwunden war.

Sie brauchte nur einige Sekunden zu überlegen, und dann wußte sie, was sie tun wollte.

Sie ging hinunter.

Das Orchester spielte in der Ferne, und bei den zarten, einschmeichelnden Klängen hielt sie einen Augenblick inne. Irgend etwas in ihr wurde von dieser Ballmusik angesprochen. Sie liebte die Liebe. Das war es. Das Wort Ehebruch schmerzte sie wie eine Wunde. Sie floh vor diesem Wort. Wohin sollte sie gehen? Im Augenblick wußte sie es nicht. Sich irgendwo verstecken. Im Dunkel.

Als sie am Haus entlangging, wunderte sie sich, daß kein Laut mehr aus der Galerie drang, die nun wohl verlassen war. Sie konnte nicht anders, als ein Stück in Richtung der Allee zu gehen. Im blendenden Licht erblickte sie die Paare, die sich zu den verführerisch einschmeichelnden Walzerklängen hin und her wiegten. Wie nichtig ihr das alles schien, im Vergleich zu ihrer großen körperlichen und seelischen Not ... Ned war irgendwo in dieser Menge, plauderte mit den Offizieren, trank ein wenig zuviel Champagner, und vielleicht tanzte er sogar, aber das bezweifelte sie.

Sie kehrte der Allee den Rücken und ging an den weißen Säulen vorbei, die im Mondlicht wie Silber schimmerten, und gelangte zu den Gärten, die sie jedoch nicht zu betreten wagte, weil sie fürchtete, sich in dem Labyrinth zu verirren. Der Duft der Blumen wirkte beruhigend: Mohn, Wunderblumen, Gardenien und vor allem das Geißblatt, dessen Geruch sie mit geschlossenen Augen einatmete, weil es sie an ihre Kindheit in England erinnerte.

Etwas weiter erstreckte sich die große Wiese, wo am Abend zuweilen die älteren Familienmitglieder spazierengingen. Heute abend war niemand da, und die junge Frau spürte mit Wonne das weiche, dichte Gras unter ihren Füßen. Die Unermeßlichkeit des

Sternenhimmels erfüllte sie mit einem geheimnisvollen Glücksgefühl, das über alles hinwegtröstete, ohne daß sie hätte sagen können, wie und warum. Es war ihr plötzlich, als hüllte eine unsagbare Stille sie ein, und sie fragte sich, was sie im Ballkleid hier in diesem Winkel der Erde zu suchen hatte.

Sie blickte noch weiter, bis zum Ende der Plantage am Rande des verfluchten Waldes, der sie jetzt mit Schrecken erfüllte. Hier konnte sie nicht bleiben. Sie mußte zurückkehren. Vielleicht war man bereits über ihre Abwesenheit beunruhigt. Dennoch zögerte sie. Insgeheim wünschte sie, daß der, den sie um keinen Preis sehen wollte, vor ihr auftauchen würde; vielleicht suchte er sie und lauerte ihr irgendwo im Dunkel auf. Sie spielten beide miteinander Versteck, dachte sie, im Leben wie in dieser Nacht ...

Plötzlich hörte sie, daß man nach ihr rief. In ihrer Phantasie sah sie die zu einem Trichter geformten Hände. Ihr Name hallte von allen Seiten als Echo wider, unter den abertausend Sternen am dunklen Himmel. Sie begann zu laufen, über die Wiese, dann den Garten entlang, dann zum Haus.

Es schien ihr, als seien es weniger Leute als zuvor. Das Orchester spielte noch immer, und die Allee lag in strahlendem Licht, aber die Begeisterung war verflogen, die Überraschung vorbei. Alles war noch so prächtig wie zuvor, aber es beeindruckte nicht mehr.

Die junge Frau wartete noch einen Augenblick, bevor sie herzutrat, um sich wieder in dieses festliche Treiben zu stürzen. Sie bemerkte die livrierten Diener mit ihren Tabletts voller Gläser und Teller. Man trank im Stehen. Jemand erblickte sie und winkte mit dem Arm.

Es war Billy. Er lachte und rief lauter nach ihr als die anderen. Als sie näher kam, fiel ihr der goldene Teint all dieser Gesichter auf, die ihr zugewandt waren. Das von den Bäumen herabfallende Licht verschönte die Züge eines jeden wie eine Göttermaske. Diese magische Verwandlung ließ sie verblüfft innehalten, und erst als Billy auf sie zueilte und ihre Hand ergriff, kam sie wieder zu sich.

»Wo hast du dich nur versteckt?« fragte er fröhlich. »Wir haben uns kaum gesehen, seit du zurück bist.«

Sein junges Gesicht glühte. Zweifellos war er ein wenig beschwipst. Kühn und frech wie immer versuchte er sie zu küssen, aber sie wehrte ihn ohne Mühe ab.

»Du bist verrückt«, sagte sie, »hier, vor allen Leuten ...«

»Ach, die haben alle getrunken und amüsieren sich. Komm. Du wirst doch einen kleinen Walzer mit mir tanzen?«

»Nein, Billy, ich bin müde.«

»Du willst deinem Vetter Billy aber auch nie einen Gefallen tun.« Er lachte laut auf.

»Erinnerst du dich an die Ohrfeige, die du mir auf der Treppe in Savannah gegeben hast?«

»Nein ... doch ... ich weiß nicht mehr.«

»Meine Backe erinnert sich«, sagte er und zog sie fort.

Er lachte pausenlos, was dem Champagner zuzuschreiben war, aber seine Fröhlichkeit wirkte wohltuend auf Elizabeth.

Wieder bei den Gästen, sah sie sich sofort von allen Seiten umringt. Ned gab ihr einen Kuß auf die Wange.

»Du hast mir Angst gemacht«, sagte er, »ich habe schon wer weiß was gedacht ...«

Ein junger Offizier erklärte:

»Wir waren alle schon im Begriff, uns in den Sattel zu schwingen und über Land zu reiten, um Sie wiederzufinden.«

»Ein Gläschen Champagner?« schlug Ned vor. »Er kann dir nicht schaden, und er ist vom Allerbesten. Papa kennt sich aus. Direkt aus Paris importiert.«

Sie lehnte mit einem Lächeln ab. Man tanzte wieder. Das Orchester spielte eine schmachtende Liebesmelodie, und die Füße der Tänzerinnen berührten in dem sentimentalen Wirbel kaum noch den Boden.

Leise verklang der Walzer, als eine elegante Gestalt sich aus dem Dunkel löste und ins Licht trat. Von Kopf bis Fuß in Schwarz, um den Hals ein weißes Seidentuch: Jonathan.

Elizabeths Herz pochte wild, und ein stechender Schmerz durchzuckte ihre Brust. Sie glaubte zu träumen. Das war nicht der Mann, den sie gekannt hatte. Was sie in seinen hellen Augen sah, war nicht mehr die gewalttätige Flamme, sondern eine überwältigende Zärtlichkeit.

Instinktiv faßte sie Ned am Arm, wie um ihn zurückzuhalten, aber er hatte Jonathan noch nie gesehen. Mit dem Glas in der Hand blickte er den Neuangekommenen höflich lächelnd an.

Jonathan schenkte ihm keine Aufmerksamkeit. Er trat auf Elizabeth zu, blickte ihr mit einem Ausdruck grenzenloser Liebe tief in die Augen und sagte leise:

»Elizabeth.«

Plötzlich ernüchtert, fuhr Ned ihn an:

»Wer sind Sie, Sir, daß Sie es wagen, in diesem Ton zu meiner Frau zu sprechen?«

Jonathan verneigte sich leicht.

»Jonathan Armstrong mit Verlaub, Mr. Jones.«

»Jonathan!« wiederholte Ned.

Und in jäher Wut schleuderte er ihm seinen Champagner ins Gesicht. Jonathan rührte sich nicht. Ohne mit der Wimper zu zucken, lächelte er und sagte abschätzig:

»Stümper.«

Dann zog er ein Schnupftuch aus der Tasche, fuhr sich damit über Stirn und Wangen und fügte mit ruhiger Stimme hinzu:

»Das wischt sich leichter ab als Blut, finden Sie nicht, Mr. Jones?«

Ned richtete sich auf.

»Sir, ich stehe zu Ihrer Verfügung.«

»In diesem Falle denke ich, daß eine Auseinandersetzung mit der Pistole das einfachste wäre. Morgen früh.«

Elizabeth wurde ohnmächtig. Drei Männer trugen sie sogleich fort und setzten sie auf einen Stuhl. Man fand einen Arzt, der sich um sie kümmerte.

»Ich kenne einen ruhigen Ort, wo wir nicht gestört werden«, fuhr Jonathan fort. »Wir treffen uns hier um sieben Uhr, zu Pferd. Ist Ihnen das recht?«

Ned nickte.

»Und jetzt brauchen wir Zeugen«, sagte Jonathan.

Die jungen Offiziere boten sich an. Der Arzt, der Elizabeth aus der Ohnmacht half, versprach ebenfalls anwesend zu sein. Alles wurde vollkommen korrekt geregelt. Jonathan hatte Erfahrung in diesen Dingen.

Das Orchester war verstummt.

Schweigend begaben sich die Gäste zu ihren Kaleschen.

Nur die Lichter strahlten immer noch ohne jeden Grund.

Charlie Jones und William Hargrove ruhten sich schon eine Weile im Salon aus, als der Vorfall sich draußen ereignete. Müde von all ihren Bemühungen um das Gelingen dieses denkwürdigen Festes, fanden sie, daß die Gäste sie nun nicht mehr brauchten, um sich zu amüsieren, und betrachteten schweigend die zur Decke aufsteigenden Rauchwolken ihrer Zigarren, als Joshua und Douglas ihnen die schlimme Nachricht überbrachten.

Charlie Jones sprang mit einem Satz auf und rief mit bebender Stimme:

»Es ist meine Schuld! Laura hatte uns gewarnt.«

In seiner Verzweiflung schlug er sich mit den Fäusten an die Stirn. Joshua versuchte ihn zu beruhigen.

»Aber Charlie, sie sind doch nicht tot! Du wirst sehen. Die offizielle Mitteilung kann ich mir jetzt schon vorstellen: ›Ein Schußwechsel ohne Resultat. Die Gegner haben sich die Hand gereicht.‹ Ein klassischer Fall.«

»Glaubst du?« fragte Onkel Charlie. »Glaubst du das wirklich?«

William Hargrove war in seinem Sessel sitzen geblieben, ohne sich zu rühren. Charlie Jones wollte Elizabeth in ihrem Zimmer aufsuchen. Er stürmte ohne Vorankündigung wie ein Wirbelwind herein.

Die junge Frau lag leichenblaß auf ihrem Bett. Sie schloß die Augen und öffnete sie nicht, als Onkel Charlie sich zu ihr setzte und ganz entsetzlich stöhnte.

»Mein Kind«, sagte er mit vor Schmerz heiserer Stimme, »es ist meine Schuld, nicht die deine, oh, nicht die deine ...«

In diesem Augenblick tauchte Miss Charlotte hinter dem Bett auf, wo sie etwas zubereitete. Rot vor Zorn stieß sie Onkel Charlie sehr kräftig in die Seite.

»Sind Sie verrückt geworden?« zischte sie ihn an. »Sie stören das arme Kind mit Ihrem Geschrei. Gehen Sie. Ich kümmere mich um sie.«

Sie schob ihn hinaus, und er fügte sich wie ein großes Kind in seinem schwarzen Frack.

»Nun gehen Sie schon«, wiederholte Miss Charlotte. »Raus mit Ihnen!«

Mit etwas lauterer Stimme rief er aus:

»Oh, mein Gott, erbarme dich!«

»Sprechen Sie Ihre Gebete gefälligst woanders«, sagte Miss Charlotte, während sie ihn mit Gewalt zur Tür führte, die sie hinter ihm schloß. Und laut genug, daß er sie hören konnte, fügte sie hinzu:

»Vorher hätten Sie beten sollen!«

Sie kehrte an Elizabeths Bett zurück und sagte mit ruhiger Stimme:

»Mein kleines Mädchen, bleiben wir schön ruhig. Ich habe dir ein kräftiges Laudanum zubereitet, das du langsam trinken wirst. Ein gutes Glas Portwein wird das seine tun, und dann schläfst du wie ein Engel.«

Elizabeth warf ihr einen tragischen Blick zu.

»Und morgen?« hauchte sie.

»Morgen ist gar nichts, und das Leben wird wieder schön, mit Blumen und Vogelgezwitscher.«

In der einen Hand hielt sie das Glas, mit der anderen stützte sie den Kopf der jungen Frau und gab ihr das Laudanum. Darauf flößte sie ihr auf die gleiche Art ein Glas Portwein ein. Elizabeth sank auf ihr Kopfkissen zurück.

»Du bist zu müde, um deine Gebete zu sprechen«, sagte Miss Charlotte, »aber ich werde es für dich tun. Ich werde laut die Psalmen lesen, während du schlafen kannst.«

»Schlafen...«, wiederholte Elizabeth. »Glauben Sie, daß ich schlafen werde? Glauben Sie, daß alles gutgehen wird? Glauben Sie, daß...«

Weiter kam sie nicht. Miss Charlottes Laudanum hatte eine umwerfende Wirkung.

123

Am nächsten Morgen um Punkt sieben Uhr versammelten sich acht Reiter vor dem Haus. Jonathan, der auf einem schwarzen Pferd saß, erklärte kurz:

»Meine Herren, der Weg ist nicht weit, aber ein bißchen beschwerlich. Zu Fuß wäre es eine Zumutung.«

Wortlos folgten sie ihm, ritten um das Haus, dann an den Gärten entlang und über die Wiese bis zum Rande des verfluchten Waldes.

Der Tag dämmerte herauf, und die großen Moosfetzen, die von den Bäumen hingen, bewegten sich unmerklich. Diese weißgrünen Schleier berührten fast den Boden und verliehen der zentralen Allee eine Art zerlumpter Pracht, die zu einer geheimen Zeremonie gepaßt hätte. Die Bäume mit den gewaltigen Ästen waren fast kahl. Kein Vogel sang.

Sie gelangten auf eine Lichtung, wo eine riesige Eiche stand, deren Moosschleier sie wie ein zerfetzter Mantel umhüllte. Nun brachen die ersten Sonnenstrahlen hervor. Sie fielen schräg auf die graue Erde und bezeichneten den günstigsten Platz.

Die Vorbereitungen dauerten nicht lang, da jeder sich genau an die ihm vorgeschriebene Rolle hielt. Eine Distanz von zwanzig Metern zwischen den Gegnern wurde als angemessen befunden. Jonathan warf seinen Hut zu Boden und stand kerzengerade, die Hand mit der Pistole hing ruhig herab. Sein stolzes und ruhiges Gesicht verriet nicht die geringste Gefühlsregung, während Ned kreidebleich und sichtlich bemüht war, seine extreme Ungeduld zu beherrschen. Auf das vereinbarte Signal senkten sie die erhobenen Pistolen und zielten mit gestrecktem Arm auf den Gegner.

»Feuer!«

Ned zielte richtig. Jonathan fiel, ins Herz getroffen, rücklings zu Boden. Sein Gegner wankte und mußte gestützt werden. Dann legte man ihn auf die Erde am Fuße der großen Eiche. Er stöhnte vor Schmerzen, und das Blut rann ihm aus einer Wunde unterhalb des Gürtels unaufhörlich über die Kleider. Nur einen Meter über seinem aschfahlen Gesicht zitterten die Fransen des Moosvorhangs leise in der morgendlichen Brise.

Gegen zehn Uhr weckte ein lautes Stimmengewirr vor dem Haus Elizabeth aus dem Schlaf. Im Zwielicht der geschlossenen Läden sah sie Miss Charlotte, die sich über sie neigte.

»Nun?« sagte das alte Fräulein, »ich hoffe, wir haben gut geschlafen.«

»Geschlafen? Ja«, sagte Elizabeth benommen.

Doch plötzlich richtete sie sich in ihrem Bett auf und rief: »Miss Charlotte!«

»Ja, was ist denn?«

»Es wird doch kein Duell geben, nicht wahr?«

»Mein kleines Mädchen, ich habe die Nacht im Schaukelstuhl verbracht und hoffe, daß nichts passiert ist. Aber ich weiß nichts. Bete zu Gott, Elizabeth.«

»Sie machen mir Angst. Man betet zu Gott, wenn es schlecht steht, aber er antwortet mir nie.«

»Er antwortet immer auf seine Art. Wir wollen gemeinsam den dreiundzwanzigsten Psalm lesen.«

Plötzlich ging die Tür auf, und Elizabeths Mutter erschien, in ein schwarz-grün kariertes Plaid gehüllt.

»Licht!« rief sie mit lauter Stimme. »Ich will meine Tochter sehen. Wo ist meine Tochter?«

Miss Charlotte öffnete einen Fensterladen, und Lady Fidgety eilte zum Bett der jungen Frau.

»Elizabeth! Noch im Bett um diese Stunde? Bist du krank? Warum hat man mir nichts gesagt? Ich will es wissen. Unten antwortet niemand, man könnte meinen, daß sie sich alle verstecken. Miss Charlotte, so reden Sie doch um Himmels willen.«

Das alles stieß sie so rasch hervor, daß man sie kaum verstand. Hastig zog sie ihre Handschuhe aus, warf sie auf das Bett, riß sich den Hut vom Kopf, unter dem eine Flut wirrer grauer Haarsträhnen hervorquoll, und plötzlich sah das schöne energische Gesicht aus wie das einer Furie. Sie setzte sich auf das Bett, ergriff Elizabeths Hand und ließ sie gleich wieder los.

»Kein Fieber. Was hast du? Ich bin heute nacht an einer schlimmen Vorahnung aufgewacht. Etwas ist geschehen. Miss Charlotte, ich bitte Sie noch einmal, reden Sie doch endlich.«

»Madame, ich weiß nichts.«

In diesem Augenblick ging die Tür wieder auf, und Betty in ihrem roten Mieder trat ein. Sie weinte.

»Betty ist mit mir im Wagen gekommen«, sagte Lady Fidgety in einem fast aggressiven Ton. »Sie können sich wohl denken, daß ich den absurden Vorurteilen des Südens nicht die geringste Beachtung geschenkt habe.«

»Betty!« rief Elizabeth aus. »Warum weinst du? Du bist die einzige, deren Gebete erhört werden. Bete bitte, daß nichts geschehen ist.«

»Betty kann nich' bitten, Betty kann nich' ände'n, was passie't is'.«

Miss Charlotte trat zu Lady Fidgety.

»Gestern abend, während des Festes«, sagte sie leise, »haben sich zwei Herren gestritten. Mehr weiß ich nicht. Ich war hier. Barnaby hat es mir erzählt und ist davongelaufen. Mehr weiß ich wirklich nicht.«

Unterdessen hatte sich Betty vor dem Bett niedergekniet und ihre gefalteten Hände auf Elizabeths Hand gelegt.

»Mam'sell Lisbeth«, sagte sie mit erstickter Stimme. »Massa Ned hat gesagt, daß e' mit Ihnen sp'echen will.«

»Mit mir sprechen? Ich gehe sofort zu ihm. Mama, hilf mir.«

»Nein, nein«, rief Betty. »Massa Joshua kommt Sie holen. Massa Ned ve'wundet.«

Jetzt richtete sich Lady Fidgety auf ihrem Stuhl auf. Sie war plötzlich wie verwandelt und sprach mit unwiderstehlicher Autorität.

»Ich habe mich also nicht geirrt«, sagte sie, und ihre Stimme war wieder ganz klar. »Es ist etwas geschehen. Mein Kind, jetzt ist die Stunde gekommen, da du deinen ganzen Mut brauchen wirst. Ich werde ihn für dich haben, ich werde Mut für uns beide haben, wenn die Last zu schwer ist. Eine Engländerin läßt sich vom Unglück nicht unterkriegen.«

»Ein Unglück!« schrie Elizabeth auf. »Jonathan! Wo ist Jonathan?«

»Es handelt sich um Ned«, sagte Lady Fidgety.

»Betty, wo ist Jonathan?«

Die alte Frau brach in lautes Schluchzen aus.

»Betty weiß nich', wo Massa Jonathan is'.«

Lady Fidgety erhob sich und sagte mit fester Stimme:

»Elizabeth, soviel ist klar, du mußt jetzt tapfer sein, wie deine Mutter es war, als sie ihren geliebten Mann verlor. Es hat ein Duell gegeben, und dein Mann ist in Gefahr. Wenn er uns verläßt ... so höre auf die Stimme der Vernunft. Ich werde nach England zurückkehren, und du wirst mit mir kommen. Nur dort hast du die Chance, glücklich zu werden. Wenn dein Mann davonkommt, was ich ihm wünsche, kannst du selbstverständlich bleiben, trotz des drohenden Krieges, von dem man auch bei uns fürchtet, daß er über dieses Land kommen wird. Geh nun zu deinem armen Ned, aber denk an England ... *Mother England*. Du bist eine Engländerin.«

Elizabeth verstand so gut wie nichts von dieser Rede und bat Betty, ihr beim Ankleiden zu helfen.

»Noch nich', Mam'sell Lisbeth. Massa Joshua kommt Sie holen.«

Miss Charlotte nahm Lady Fidgety beiseite und flüsterte ihr ins Ohr:

»Ich glaube, wir sollten sie lieber vorläufig in Ruhe lassen. Sie wird noch ein bißchen schlafen. Dafür sorge ich, das kann ich Ihnen versichern.«

Sehr interessiert fragte Lady Fidgety:

»Haben Sie ein neues Mittel?«

»Nein, das alte, aber ich habe da mein Rezept – unfehlbar!«

»Ich wäre Ihnen sehr dankbar, wenn Sie es mir anvertrauen würden.«

»Gern. Später. Wir müssen warten, bis der Sturm vorüber ist. Sie wissen doch, wie sehr ich Ihrer Tochter zugetan bin.«

»Das ist gut. Ich vertraue sie Ihnen für eine Stunde an. Was hat Jonathan mit dieser Geschichte zu tun?« fragte sie plötzlich.

»Vermutlich ist er derjenige, der Ned im Duell verwundet hat.«

»Und meine Elizabeth ist außer sich und bereit, den Mann zu töten, der ihren Mann verwundet hat. Wie ich sie verstehe! Rache! Das ist sehr britisch, wissen Sie. Elizabeth ist nicht umsonst eine Engländerin. Charlie hat mir von diesem Jonathan Armstrong erzählt. Ein Taugenichts, ein unverbesserlicher Raufbold, und außerdem trägt er einen berühmten Namen, aber mein Gott, wie dumm doch diese Duelle sind! Kennt man den Grund für diese Schießerei?«

Miss Charlotte machte eine ausweichende Geste. Lady Fidgety zuckte die Schultern.

»Daß sie mir nur nicht wegen ihres armen Mannes in Verzweiflung gerät! Ich will nicht gefühllos sein, aber bei uns in Bath sind Ehemänner nicht unersetzlich. Dort wird sie sich heimisch fühlen. Aber hoffen wir trotz allem, daß Ned durchkommt. Er scheint mir ein netter junger Mann zu sein.«

Sie entfernte sich ebenso plötzlich, wie sie eingetreten war.

Als sich die Tür hinter ihr geschlossen hatte, setzte sich Elizabeth in ihrem weißen Nachthemd auf, blickte Miss Charlotte an und sagte mit seltsam tonloser Stimme:

»Jonathan ist tot.«

Ein wenig später klopfte Onkel Josh an die Tür, und Miss Charlotte öffnete ihm, einen Finger an die Lippen gelegt. Er sah Elizabeth in einem dunkelgrünen Kleid. Sie stand mit dem Rücken zu ihm am Fenster und lehnte die Stirn an die Scheibe. Am Fuße des ungemachten Bettes kniete Betty und rührte sich nicht.

Das alte Fräulein nahm Onkel Josh beiseite, führte ihn in eine Ecke des Zimmers und flüsterte:

»Sie weiß alles, und sie scheint sehr ruhig. Sie hat ein paar Worte gesagt, und seitdem spricht sie nicht mehr. Mich beunruhigt das.«

Joshuas Gesicht war sehr ernst.

»Sie hat es überwunden ... Was soll sie noch sagen? Welche Seelenstärke bei einer so jungen Frau!«

»Ich habe ihr vielleicht ein bißchen zuviel Laudanum gegeben. Sie ist ganz bleich.«

Ohne zu antworten, ging Onkel Josh zu Elizabeth und nahm sie bei der Hand. Die großen blauen Augen blickten ihn an. Er suchte, was er erwartet hätte, Schmerz, Verzweiflung, und er sah nichts.

»Komm«, sagte er.

Sie folgte ihm, ließ sich wie ein kleines Mädchen führen. Sie stiegen die Treppe hinab, gingen durch die Galerie, wo man das Buffet aufgebaut gehabt hatte. Alles schien wieder in Ordnung, aber sowie sie den weißen Salon betraten, schlug ihnen ein Äthergeruch entgegen.

Onkel Josh blieb stehen und wandte sich Elizabeth zu.

»Du wirst doch keine Angst haben?« fragte er sehr leise. »Der arme Ned ist nebenan.«

Sie schüttelte den Kopf, und sie traten ein.

Ned lag auf einem Feldbett in der Mitte des kleinen Salons, den Bauch mit Watte und Bandagen umwickelt. Ein Arzt, der bei ihm saß, flüsterte der jungen Frau zu:

»Bleiben Sie nicht länger als fünf Minuten. Er kann noch ein wenig sprechen und leidet im Augenblick nicht allzusehr, aber wenn Sie ihn anstrengen, wird er das Bewußtsein verlieren, und dann ...«

Elizabeth sah Ned an und fragte sich einen Augenblick lang, wer er war. Der Anblick der schwarzen Locken auf dem Kopfkissen brachte sie in die Wirklichkeit zurück, und sie suchte in dem weißen, eingesunkenen Gesicht den Mann, den sie einst so leidenschaftlich im Wald von Virginia geküßt hatte. Ein überwältigendes Mitleid stieg plötzlich in ihr auf. Die Augen des Verwundeten öffneten sich.

»Bist du es?« hauchte er.

»Ja, Ned.«

»Hast du mir verziehen?«

»Alles, mein kleiner Ned.«

Er machte eine Anstrengung und sagte:

»Ich habe den Mann getötet, den du liebtest.«

Sie beugte sich über ihn, berührte seine Stirn mit den Lippen.

»Ich liebe dich auch, mein kleiner Ned.«

»Ich werde unser Kind nicht sehen. Du mußt ihn Charles Edward nennen ...«

Der Arzt faßte die junge Frau am Arm.

»Ermüden Sie ihn nicht, er wird leiden.«

»Bleib«, sagte Ned, »ich habe keine Angst. Und bitte, bleib in diesem Land. Wenn du fortgehst ...«

Er hielt inne und fuhr langsam fort:

»... wirst du nicht glücklich werden, weil du zu uns gehörst. Du wirst immer von unserem Süden träumen, von den fernen Ländern, wo du die Liebe kennengelernt hast, und du wirst weinen ...«

»Ich werde hierbleiben«, sagte sie.

Er schloß die Augen.

»Jetzt geh, mein Schatz.«

In einem Impuls beugte sie sich tief über ihn und drückte ihre Lippen auf diesen Mund, aus dem das Leben bereits gewichen war.

Am gleichen Abend kam ihre Mutter zu ihr und setzte sich an ihr Bett. Ein Nachtlicht erhellte das Zimmer, wo die junge Frau wie betäubt den Tag verbracht und vergeblich versucht hatte, das Unbegreifliche zu verstehen. Sie ahnte undeutlich, daß die eigentliche Prüfung später mit den Erinnerungen kommen würde.

Lady Fidgety gab sich alle Mühe, möglichst taktvoll mit ihr zu sprechen.

»Mein liebes Kind«, begann sie, »ich habe gehört ... Es ist schrecklich ... So jung ... Wir werden alle bei dir sein. Du bist nicht allein. Und für die Zukunft habe ich alles geregelt.«

»Laß nur, Mama. Ich bleibe hier.«

»Ich höre wohl nicht recht. Ist dir eigentlich klar, daß dieses Land kurz vor einem Krieg steht?«

»Es ist mir egal. Ich bleibe.«

Lady Fidgety stand auf.

»Elizabeth, aus Rücksicht auf deinen Schmerz will ich heute nicht weiter in dich dringen, aber wir werden diese Unterredung fortsetzen, wenn du wieder bei Verstand bist.«

»Ich bin bei Verstand, Mama, und ich bleibe.«

Lady Fidgety blickte sie schweigend an und sagte dann traurig:

»Ich kann dich nicht zwingen, aber vergiß nicht, was ich dir sage: hier wirst du unglücklich sein.«

»Vielleicht, aber anderswo wäre ich noch unglücklicher.«

Ihre Mutter wollte noch etwas sagen, besann sich jedoch anders und verließ das Zimmer, dessen Tür sie leise hinter sich zuzog.

Raschen Schrittes ging sie die Treppe hinunter, bog in einen Korridor ein, trat in ihr Zimmer und schloß sich ein. Und hier brach diese Frau, die immer so vollkommen selbstbeherrscht schien, zusammen. Sie kniete vor ihrem Bett, das Gesicht in den Händen vergraben, und ihr unaufhörliches Schluchzen wurde nur hie und da von einem erstickten Aufschrei unterbrochen.

Trotz ihrer Erschöpfung gelang es ihr schließlich aufzustehen, und sie wusch sich das Gesicht mit kaltem Wasser. Man hatte sie nicht gehört. Dessen war sie sicher. Eine schreckliche Stille lastete auf dem Haus, und die Gegenwart des Todes war überall spürbar. Man hätte meinen können, daß all die Zimmer, aus denen nicht das leiseste Geräusch drang, leer waren, und doch dienten sie zwanzig stummen, entsetzten Personen als Zuflucht.

124

Am nächsten Morgen gegen elf Uhr klingelte eine Frau in Grau an der Tür des kleinen Klosters. Es dauerte eine Weile, bis man sie einließ, aber einen Augenblick später stand sie, durch das Gitter des Sprechzimmers getrennt, Schwester Laura gegenüber.

»Mrs. Llewelyn«, sagte die Nonne, »welch eine Überraschung, Sie hier zu sehen.«

»Ich weiß, Schwester Laura, ich genieße in Ihren Kreisen keinen sehr guten Ruf.«

»Und das ist schade, denn Sie wurden, glaube ich, in Haiti katholisch getauft, nicht wahr?«

Mrs. Llewelyn nickte.

»Jedenfalls werde ich dieses Gitter öffnen, das zwischen uns überflüssig ist. Jetzt können wir unbefangen miteinander reden.«

Die Waliserin deutete ein Lächeln an.

»Ich danke Ihnen, aber ich wäre froh, es handelte sich nicht um eine so traurige Mitteilung. Jonathan, Ihr Schwiegersohn, starb gestern früh in einem Duell gegen Elizabeths Mann.«

»Das tut mir sehr leid. Ich hatte Elizabeth inständig gebeten, nicht nach Dimwood zu gehen. Sie wollte nicht auf mich hören. Hat Jonathan lange gelitten?«

»Er war auf der Stelle tot, mit einer Kugel im Herzen.«

»Auf der Stelle? Der arme Jonathan.«

»Ich bitte um Verzeihung, aber es scheint Sie nicht sonderlich zu betrüben.«

»Nein.«

»Nein? Wie ist das möglich? Sie sind sehr geheimnisvoll! Ein Duell ... Das ist doch schon fast ein Mord.«

»Nicht in seinem Fall ... Ohne indiskret zu sein, kann ich Ihnen sagen, daß er hier bei mir gewesen ist. Wir haben lange miteinander geredet, und ich versichere Ihnen, daß er keinerlei Absicht hatte, sich zu duellieren, als er mich verließ. Man muß ihn herausgefordert haben.«

»Herausgefordert? Das kann man wohl sagen. Elizabeths Mann hat ihm ein Glas Champagner ins Gesicht geschüttet.«

»Nun, nach den Vorstellungen des Südens konnte er wohl nichts anderes tun, als sich zu schlagen. Ich bin in seiner Hinsicht ganz unbesorgt.«

»Da kann ich Ihnen nicht ganz folgen. Denn sehen Sie, er zeigte sich plötzlich von wunderbar heiterer Ruhe, und seine Augen waren voller Sanftmut, während er gewöhnlich ... Da steckt doch etwas dahinter.«

»Ganz richtig.«

»Aber was?«

»Vielleicht hat ihn die Liebe verändert.«

»Das ist eine Antwort, die keine Antwort ist. Darauf versteht ihr euch, ihr Klosterschwestern ...«

»Mrs. Llewelyn, ich bin zwar nur eine einfache Frau, die in den vier Wänden eines Klosters lebt, aber ich habe nicht vergessen, was sich in der Welt gehört und was nicht. Das Geheimnis einer Seele zu verraten, ist schändlich, sowohl dort als hier.«

»Ich bitte um Entschuldigung ... Aber er war verändert, das ist klar.«

»Nennen Sie es, wie Sie wollen. Ich bin überzeugt, daß er gerettet ist. Und Ned?«

»Ist tot. Er starb am Nachmittag. Man konnte ihn nicht mehr operieren ...«

»Der arme Junge. So jung. Und Elizabeth?«

»Es war ein harter Schlag. Sie ist mehrmals ohnmächtig geworden.«

»So jung ... und der Mann tot. Wir werden alle an sie denken. Wollten Sie mir sonst noch etwas sagen?«

Eine Glocke ertönte.

»Ich bitte um Verzeihung«, sagte Schwester Laura, »aber wir haben Messe.«

Plötzlich stieß Mrs. Llewelyn einen Schrei aus.

»Messe! Messe! Oh, Laura, lassen Sie die Messe, und hören Sie mich an. Ich bin keine schlechte Frau, wie jeder denkt, wenn auch niemand den Mut hat, es mir ins Gesicht zu sagen.«

Sie schien so bewegt, daß die Nonne aufstand.

»Was haben Sie? Was kann ich tun?«

»Man behauptet, ich hätte Ihre Tochter auf die schiefe Bahn gebracht. Das ist nicht wahr. In diesem Pensionat, in das Mr. Hargrove sie geschickt hat, weil er sie nicht bei sich haben wollte ...«

»Ich weiß es leider nur zu gut.«

»Dort hat man nicht auf sie aufgepaßt, und da sie gut aussah, war sie in Gefahr und ist in schlechte Hände gefallen, in der Stadt ... und allein.«

»Das weiß ich alles, Mrs. Llewelyn. Sie berühren da ein sehr schmerzliches Thema, ich bitte Sie ...«

»Ein Mann – vielleicht wird man nie wissen, wer – hat sie diesem alten Jurgen vorgestellt, diesem Millionär, und hat sie an ihn verkauft. Und Ihr Vater glaubte, Sie seien es gewesen.«

»Schweigen Sie, ich verbiete Ihnen, mich an diese Lüge zu erinnern. Meine unglückliche Tochter war ein Opfer, und ich habe für sie bezahlt. Es ist genug, Mrs. Llewelyn, lassen wir es dabei und reden wir nicht mehr davon. Gehen Sie jetzt bitte.«

Die Waliserin, die sich bereits erhoben hatte, sank wieder auf ihren Stuhl zurück und griff sich an die Kehle, als litte sie unter Atemnot.

»Pardon, Schwester Laura, aber wenn ich mit Ihnen rede, mich Ihnen anvertraue, fällt mir ein riesiger Stein vom Herzen. Eine Frau wie Sie gibt es nirgendwo sonst auf der Welt.«

»Sie machen sich falsche Vorstellungen.«

»Hören Sie mich um Gottes willen an. Ich habe das Geld geliebt, ich habe Dinge getan, die ich nie hätte tun dürfen.«

Bei diesen Worten streckte Schwester Laura die Hände aus den langen schwarzen Ärmeln hervor, zog die Waliserin an sich und umarmte sie.

»Liebe Mrs. Llewelyn. Nicht mir müssen Sie diese Dinge sagen, aber von jetzt an werde ich aus ganzem Herzen an Sie denken.«

Und dann fügte sie fröhlich lachend hinzu:

»Ich vergesse nicht, daß Sie es waren, die Annabel auf die Welt brachte. Seien Sie nicht mehr traurig.«

Die Waliserin hielt ihre Tränen zurück, schneuzte sich, drückte Schwester Laura die Hand und ging ohne ein weiteres Wort hinaus.

Epilog

Die Zeit verging wie im ruhigen Zentrum eines Wirbelsturms, worüber Elizabeth einst so erstaunt gewesen war. Monate, Jahre, und kein Krieg. Die Baumwolle gedieh, wurde weiß wie Schnee, der Schnee fiel und verwandelte sich in Schlamm, die Reden flossen und verbreiteten ihr Gift, man predigte Haß und Lügen von den Kanzeln der Kirchen, klagte den Süden im Norden, den Norden im Süden an. Extrem war der Eifer der Zungen. Die Dummheit flatterte mit schweren Flügeln über das Land, aber es gab keinen Krieg. 1853, 1854, 1855 ...

Elizabeth bewohnte das Haus, das Onkel Charlie dem jungen Paar schenken wollte, und sie hatte sich dort noch in Trauerkleidung eingerichtet, mit Betty, die sie nicht mehr verließ. Dem Vorübergehenden wäre an diesem schlichten, etwas schmalen Gebäude höchstens die Tür mit ihren Schnitzereien im italienischen Stil aufgefallen. Ein Haus aus dem 18. Jahrhundert von weder reichem noch armem Aussehen, dafür aber von auserlesenem Geschmack, der dem Kenner auffiel. Zwei hohe Sykomoren schützten es mit ihren beweglichen Schatten vor der Sonne. Ein etwas verwilderter, bunter Blumengarten umgab es mit seinen je nach Jahreszeit bald zarten, bald schweren Düften.

Im Inneren, in den durch die halb geschlossenen Gardinen leicht verdunkelten Zimmern, herrschte eine einsame Ruhe, die von der alten Dienerin sorgfältig gehütet wurde. Ein Besuch war fast ein Ereignis. Doch Miss Charlotte war stets willkommen und verbrachte dort im Winter zuweilen einige Wochen.

Elizabeths Zimmer, ganz in Chintz und weißem Musselin, zeichnete sich durch eine heitere Note aus, die mit dem Rest des Hauses kontrastierte, der in einem konventionelleren und strengeren Stil eingerichtet war. Von ihren Fenstern aus blickte sie auf einen der schönsten Plätze der Stadt, umgeben von rosa oder weißen Häusern mit den traditionellen kupfernen Türklopfern, die in der Sonne funkelten.

Jeden Tag ging sie in der großen Allee spazieren, wo sie einst die eleganten Damen beobachtet hatte. Wie naiv war sie damals gewesen, welch einfältige Überlegungen hatte sie angestellt!

Wenn sie in ihr Zimmer zurückkehrte, hörte sie in der Ferne den langen heiseren Ruf der Schiffe im Hafen, aber sie ging nie in diese Gegend.

Das Kind, das sie von Ned empfangen hatte, war jetzt drei Jahre alt, und sie umgab es mit all der Liebe ihres vollen Herzens. Der kleine, aufgeweckte und fröhliche Bub betörte sie mit einem Lächeln von überwältigender Zärtlichkeit. Sie waren ineinander verliebt und erlebten gemeinsam glückliche Stunden, die Elizabeth ergötzten und zuweilen auch beunruhigten, so heftig und tief war diese Zuneigung.

Von seinem Vater hatte er die schönen schwarzen Locken mit dem Kupferschimmer, von ihm auch die großen lachenden Augen voller Unschuld. Bei ernsthaften Anlässen, vor den Leuten, nannte sie ihn Charles Edward oder, da das ein wenig lang war, einfach Ned, aber wenn sie ihm gute Nacht sagen kam und ihn in seinem Bettchen zudeckte, fragte sie ihn ganz leise:

»Hast du auch unser Geheimnis nicht vergessen? Und wirst du es niemandem weitersagen?«

»Nein, Mama.«

Dann küßte sie ihn stürmisch und flüsterte:

»Also dann schlaf gut, mein Jonathan, gute Nacht, mein Jonathan.«

Inhalt

Julien Green
im Carl Hanser Verlag

Leviathan
Roman
Aus dem Französischen von
Eva Rechel-Mertens
1986. 312 Seiten

Mont-Cinère
Roman
Aus dem Französischen von
Rosa Breuer-Lucka und
Brigitte Weidmann
1987. 256 Seiten

Der andere Schlaf
Roman
Aus dem Französischen von
Peter Handke
1988. 120 Seiten

SIR WILLIAM ———— MARY
ESCRIDGE   WALCOT OF W.
†   †

(eine walisische Korsarenfamilie)

WILLIAM ———
DOUGLAS
erwirbt Great Lawn,
läßt sich in Virginia
nieder

SIR CYRIL ———— LAURA
ESCRIDGE   STEWART
1806–1849   * 1806
    wird in zweiter
    Ehe Lady Fidgety

CHARLES JONES ————
* 1803 in Liverpool
»Onkel Charlie«

aus erster Ehe

AMINTA
DOUGLAS
1810–184...

heiraten im Juni 1851

ELIZABETH ———————— NED
* Januar 1834   1832–1851

CHARLES EDWARD
* Mai 1852

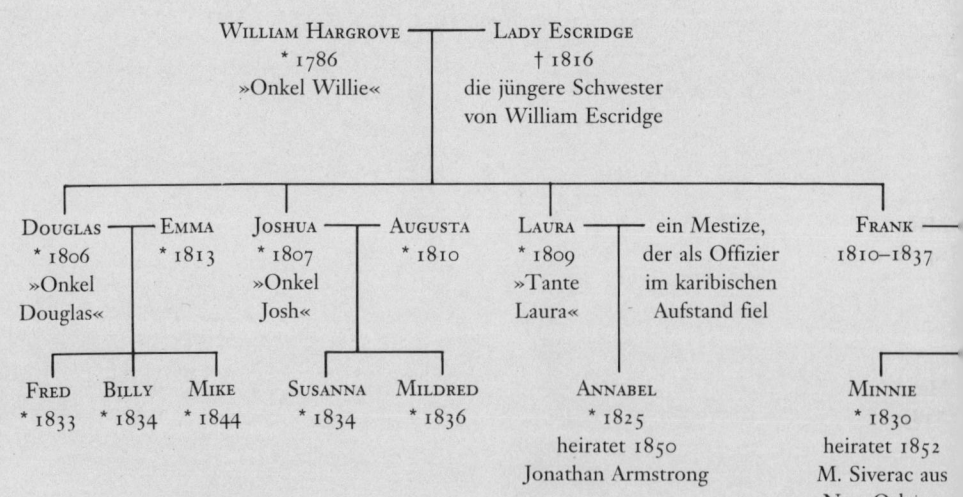

GEORGIA

DIMWOOD

WILLIAM HARGROVE ———— LADY ESCRIDGE
* 1786   † 1816
»Onkel Willie«   die jüngere Schwester
    von William Escridge

DOUGLAS —— EMMA   JOSHUA —— AUGUSTA   LAURA —— ein Mestize,   FRANK ——
* 1806   * 1813   * 1807   * 1810   * 1809   der als Offizier   1810–1837
»Onkel   »Onkel   »Tante   im karibischen
Douglas«   Josh«   Laura«   Aufstand fiel

FRED   BILLY   MIKE   SUSANNA   MILDRED   ANNABEL   MINNIE
* 1833   * 1834   * 1844   * 1834   * 1836   * 1825   * 1830
    heiratet 1850   heiratet 1852
    Jonathan Armstrong   M. Siverac aus
     New Orleans